# 한국 현대시조 연구와 향방

A Research
on Korean Modern Shijo

국립중앙도서관 출판시도서목록(CIP)

국립중앙도서관 출판시도서목록(CIP)

한국현대시조연구의 향방 : 김창현 평설집 / 지은이: 김창현
. -- 대전 : 오늘의문학사, 2014
p. ; cm

참고문헌 수록
ISBN 978-89-5669-601-0 93810 : ₩70000

현대 시조[現代時調]
평론[評論]

811.3609-KDC5
895.7109-DDC21 CIP2014005927

※ 일러두기

1. 자료조사 대상은 생몰연도가 분명한 사람으로 한정하였다.
2. 필자와의 인연에 의한 자료 정리임을 밝힌다.
3. 필자 중심의 서술이어서 주관적 표현도 산재한다.
4. 원본상 세로쓰기를 한 작품은 가로쓰기로 바꿔 썼다.
5. 한자 시어를 한글 시어로 바꿔썼다.
6. 고어 · 방언은 표준말, 바른말로 고쳐 썼다.

# 한국 현대시조 연구와 향방

## A Research on Korean Modern Shijo

김창현 평설집

오늘의문학사

■ 발간사

# 가슴 뜨거운 시심과 시조문학

세상에 태어나서 처음 글을 쓴 것은 1959년부터 1960년까지 육군 군영 생활을 했을 때였다. 「화랑 관창」이라는 이야기를 쓴 것도 있지만, 《교육자료》나 《새교실》에서 1960년대에 쓴 글들이 여러 편 있었을 터인데 찾기가 어렵다.

기억을 더듬어 찾아보니, 《새교실》(1971. 9월호)에 「동명이인(同名異人)」이 수록되었고, 1977년에 《충남일보(대전일보)》에 「외딴섬」, 「글짓는 마음」이 수록되어 있다. 이때부터 수필을 밀쳐두고 시(詩)를 쓰기 시작하였다. 《새교실》(1987)에 「바느질」로 1회 추천, 「저녁놀」(1988)로 2회 추천, 「홍도」(1988)로 3회 추천완료를 했으나, 다시 《시조문학》(1991)으로 등단하였다.

《대전동시조》(2000) 창간호를 발간하면서 논문과 《현대동시조 문학》을 이끌어 온 발자취를 재구성하여, '현대시조 조사연구' '한국현대시조연구와 향방' '아동문예문학상 심사평' '대전문학 연구총서' 등으로 분류하고, 시조문학공로상 수상과 결혼 50주년(금혼)을 기념하여 이 책을 엮었다.

《대전동시조》에서 《현대동시조》로, 다시 《한밭아동문학》으로 발전하는 과정에서, 시조작가에 대한 조사연구를 시도했으나, 이 부분은 누락된 시인도 있어서 다음 기회에 추가 정리하여, 제2권을 발간할 때에 추록할 계획이다. 현대시조에 대한 전문적 · 객관적인 연구라기보다는 자료적 · 주관적 측면의 편저 형식으로 엮었음을 고백하며, 강호 제현의 충언을 당부드린다.

앞으로 지속적으로 보완해 나갈 것이다. 지금까지 지켜보았던 친지 가족들에게 머리 숙여 고마움을 전하며, 이상으로 발간사에 갈음한다.

2014년 결혼 50주년(금혼) 기념

지족산(智足山) 관촌 편집실.

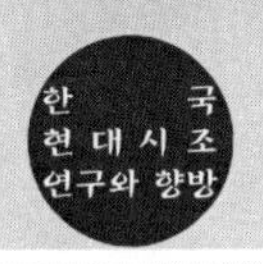






## 1. 한국 대통령의 현대시조



## 2. 현대시조 작가

한 국
현대시조
연구와 향방

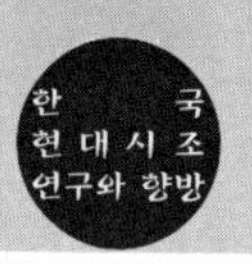



## 3. 한국여류 현대시조 작가



## 4. 아동문예문학상 심사평

## 5. 현대시조의 늪과 벽

## 6. 관촌 시조작가 평론



## 7. 현대시조의 앞날

한 국
현대시조
연구와 향방

# I.
# 한국 대통령의 현대시조

## 1. 우남 이승만(雩南 李承晩 1875-1965) 초대 대통령

### 1) 고기 낚고 돌아오며

자 남은 버들가지 꿰어 든 고기 새끼/ 자냐 굵으냐 물어선 무엇하오/ 내 뜻이 낚는데 있고 고기 탐이 아닌 걸.

### 2) 느낀 바 있어

몇 번이나 죽을 고비 살아온 육대 독자/ 부질없이 고향 산천 꿈속에도 못 잊건만/ 선영에 묻히실 백골 돌아 볼 일 없어라.

### 3)벽에 걸린 그림

벽 머리 산 마슬 그림 봉우리마다 눈이로고/ 외로운 조각배 한 척 어드메 나그넨지/ 아마도 대 처사 집을 찾아 가는가 보이.

### 4) 봄날

게으른 저 늙은이 제비가 조롱하네/ 꽃이 웃는구나 바쁘신 저 나그네/ 웃거나 조롱하거나 모두 저마다 봄이라네.

### 5) 불국사

예 듣던 불국사를 오늘에사 올랐더니/ 지나간 온갖 역사 신들은 말이 없고/ 흐르는 물소리만이 옛 소식을 전한다.// 반월성 언덕가엔 봄풀이 어울렀고/ 첨성대 그 아래는 들꽃이 피었구나/ 오늘은 전쟁마저 끝내고 군사들도 쉬는군.

### 6) 비오는 밤 베개 위에서

촉촉이 오는 비에 봄풀이 부르더니/ 야속타 바람 불어 꽃잎 펄펄 다 떨구네/ 봄 한철 비바람 속에 오는 듯이 가누나.

### 7) 생일에

이 봄에 여든 한 살 지난 일 헤아리매/ 동창 옛 벗들은 거의 다 없어지고/ 때 돌던 이역 삼천만 꿈에 자주 뵈누나.// 해동은 예로부터 물려받은 내 땅인데/ 오늘은 북쪽 땅이 되놈 발에 밟히다니/ 노래로 날 그리지 마오 빈 이름이 부끄러워.

### 8) 선달 그믐 밤

반평생 선달 그믐 나그네로 보내더니/ 해마다 이 밤이 오면 집 그리던 제 버릇되어/ 집으로 돌아와서도 집을 도로 그리네.

### 9) 외로운 소낙비

백 척 큰 소나무 사시에 푸르렀다/ 빼어나 우뚝하기 쉬운 일이 아니거냐/ 팔방에 끝없는 바람 혼자 받고 있구나.

## 10) 전쟁 중의 봄

강산을 바라보며 진치는 연기 자욱하고/ 되 깃발 양 돛대 봄 하늘을 가리웠는데/ 집 없이 떠도는 이들 생쌀 씹고 다닌다.// 거리엔 벽만 우뚝 산기슭엔 새발 매고/ 전쟁이야 멀건 멀건 봄바람 불어 들어/ 피 흘려 싸우던 들에 속잎 돋아 나온다.

## 11) 진해 부산 길에서

며느린 바구니 이고 시어미는 소를 몰고/ 낙동강 십리 길에 장보러 가는구나/ 아우 형 전쟁에 다 나가고 전쟁은 상기 아니 멎고.

* 〈1연-8수, 2연-3수, 총 11수〉
* 出典-한국시조큰사전(한춘섭, 박병순, 리태극)-을지출판공사-서울. 1985

## 2. 박정희(朴正熙 1917-1979) 제5, 6, 7, 8, 9대 대통령

(화답)

한산섬 수루에 올라 우리 님 얼마 애타신고
그 충성 그 마음 받아 겨레 사랑 나라 살림
맹세코 통일과 번영 이루고야 말리라.

* 出典 : 충무공 시조 화답집. 한산섬. 1970. 한국시조작가협회

(화답)

남들은 무심할 제 님은 나라 걱정했고
남들은 못미친 생각 님은 능히 생각했소
거북선 만드신 뜻을 이어 받드옵니다.

* 出典 : 충무공 시조 화답집. 거북선. 1971. 한국시조작가협회

## 3. 최규하(崔圭夏 1919-2006) 제10대 대통령

(화답)

나라를 지키는 일과 나라를 사귀는 일이
따지고 보면 똑같은 것 이치보다는 어려운 일
거북선 나라 지킨 뜻 외교술로 살리리라.

* 出典 : 충무공 시조 화답집. 거북선. 1971. 한국시조작가협회

한국 대통령의 현대시조 창작형태

| 현대시조 | 1연 | 2연 | 3연 | 화답 | 총계 | 비고 |
|---|---|---|---|---|---|---|
| 이승만(1875-1965) | 9 | 2 | | | 11 | |
| 박정희(1917-1979) | | | | 2 | 2 | |
| 최규하(1919-2006) | | | | 1 | 1 | |
| 총계 | 9 | 2 | | 3 | 14 | |
| 비 율% | 64.2 | 14.2 | | 21.4 | 99.8% | |

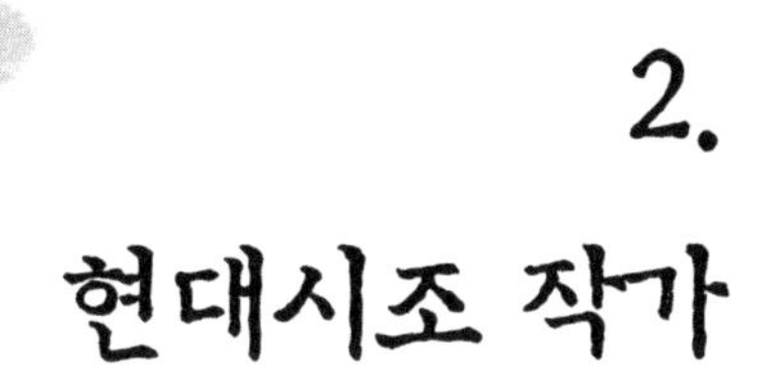

# 2. 현대시조 작가

## ➚ 강운회(姜雲會 1928-1977)

### Ⅰ. 한국시조큰사전. 1985.

겨울산-2연6행, 계곡(溪谷)의 물소리-2연6행, 꽃꽃이-1연3행, 꽃 편지(便紙)-1연3행, 구월송(九月頌)-순례(巡禮)의 길-1연3행, 묘지(墓地)-1연3행, 순교자(殉敎者)-1연3행, 낙엽(落葉)-1연3행, 뗏목-1연3행, 동경(憧憬)-2연6행, 등선폭포(登仙瀑布)-1연3행, 망향(望鄕)-1연3행, 못잊어-1연3행, 벽보(壁報)-1연3행, 봄의 산길에서-2연6행, 산(山)-1연3행, 산성(山城)의 봄-1연3행, 산정(山情)-2연6행, 삼복(三伏)더위-2연6행, 삼사월(三四月)-2연6행, 설화(雪花)-2연6행, 세모(歲暮)-1연3행, 순교복자(殉敎福者)-3연9행, 순교자(殉敎者)-1연3행, 시골길-2연6행, 시골에 가고파-3연9행, 시월십삼일-3연9행, 아내-도혼일(陶婚日)을 맞으며-1연3행, 아카시아꽃-1연3행, 어느 자서전(自敍傳)에서-2연6행, 오월(1)-1연3행, 오월(2)-1연3행, 요지경(瑤池鏡)-1연3행, 운평선(雲平線)-2연6행, 유월-3연9행, 전원(田園)의 시심(詩心)-1연3행, 절정(絶頂)-2연6행, 제주기행(濟州紀行)(1)-제주(濟州)의 정(情)-1연3행, 여명(黎明)-1연3행, 일출(日出)-1연3행, 백록담(白鹿潭)-1연3행, 제주공항(濟州空港)-1연3행, 어리목 산장(山莊)-1연3행, 공서사계(共棲四季)-1연3행, 야래향(夜來香)-1연3행, 제주도(濟州道)산길 오월-2연6행, 좌우명송(座右銘頌)-2연6행, 처녀무당(處女巫堂)-2연6행, 첫 등교(登校)-1연3행, 추상화(抽象畵)(1)-2연6행, 보현봉(普賢峰)에서-1연3행, 불암사(佛岩寺)에서-1연3행, 수락산(水落山)에서-1연3행, 추상화(抽象畵)(2)-3연42행, 해토(解土)-3연9행, 허상(虛像)-1연3행.

### Ⅱ. 강운회(姜雲會 1928-1977)의 정형시 창작형태조사

| 시조집 | 1연 | 2연 | 3연 | 4연 | 5연 | 사설 | 장시조 | 총계 | 비고 |
|---|---|---|---|---|---|---|---|---|---|
| 한국시조 | 35 | 16 | 6 | | | | | 57 | |
| 총 계 | 35 | 16 | 6 | | | | | 57 | |
| 비 율% | 61.4 | 28.0 | 10.5 | | | | | 99.9 | |

↗ 황산 고두동(1903-1994)

# 황산의 시조 혼과 한밭의 흔적

— 황산 고두동(1903-1994) 선생 10주기 추모특집

## Ⅰ. 들어가기

지구의 이상 기온으로 100년 만의 폭설이 쏟아진 대전에도 봄기운이 감돌아 목련꽃이 탐스럽게 피었다. 국제 항구 도시 부산에도 봄은 찾아 왔었다. 남해 바다 멀리 광안대교의 현수교가 마치 수상식장을 꾸민 것처럼 양쪽 대형 꽃 축대도 수상자를 반갑게 맞이했다.

수상 소감을 발표할 때도 하늘 상을 받은 심정이라고 말했다. 황산 고두동 선생이 한밭에서는 어떤 시조작품을 남겼는지 그 시조 혼을 찾아보기로 한다.

## Ⅱ. 시조의 흔적

대전 충남지역의 시조 뿌리를 연표로 정리하면 다음과 같다.

### 1. 청자(青磁) 황산시조작품 목록

| 연간지 | 시조 작품 | 작품유형 | 비 고 |
|---|---|---|---|
| 청자 제3집 | 삼층사자석탑<br>(연기조사 모자 상) | 2연 시조 | 1965. 12. 30.발행.<br>1960년 창작. |
| 청자 제8집 | 가람선생 회혼례 축시 | 2연 시조 | 시조문학 제16집.<br>1967. 6. 15. 발행. |
| 청자 제10집 | 인간 위성 | 단형 시조 | 황산 시조집<br>영역 판-생략. |

## 2. 가람문학 황산시조작품 목록

| 연간지 | 시조 작품 | 작품유형 | 비 고 |
| --- | --- | --- | --- |
| 가람문학 창간호 | 가람님 생각 (가람문학 창간에 즈음하여) | 3연 시조 | 1980. 10. 19. 발행. 가람문학회. |
| 가람문학 제2집 | 조춘(早春) | 2연 시조 | 1981. 7. 5. 발행. 가람문학회. |
| 가람문학 제3집 | 백서향분(白瑞香盆) | 2연 시조 (18행) | 1982. 8. 1. 발행. 가람문학회. |
| 가람문학 제4집 | 꿈길 | 3연 시조 | 1983. 8. 10. 발행. 가람문학회. |
| 가람문학 제5집 | 1)난화(춘란 옆에서)<br>2)창태(蒼苔) | 단형 시조(12행)<br>단형 시조(12행) | 1984. 5. 30. 발행. 가람문학회. |
| 가람문학 제6집 | 꽃가게 | 단형 시조 | 1985. 8. 17. 발행. 가람문학회. |
| 가람문학 제7집 | 근영이제(近詠二題)<br>1)삶이란<br>2)막판 생애 | 단형 시조<br>단형 시조 | 1986. 7. 17. 발행. 가람문학회. |
| 가람문학 제8집 | 1)춘일(春日)<br>2)양시(良詩)<br>3)살고 싶은 곳 | 2연 시조<br>단형 시조<br>엇시조(7행) | 1987. 8. 1. 발행. 가람문학회. |
| 가람문학 제11집 | 1)축시(祝詩)(4월 3일 - 육당선생 탄생 100주년 기념에 즈음하여)<br>2)만월(滿月) | 2연 시조<br>단형 시조 | 1990. 7. 30. 발행. 가람문학회. |
| 가람문학 제12집 | 근음이제(近吟二題)<br>1)촌경(寸景)<br>2)봄 | 단형 시조<br>단형 시조 | 1991. 7. 30. 발행. 가람문학회. |
| 청자 제3집<br>가람문학 10집 | 3제재 5수<br>16제재 24수 | | 총 19제재 29수 수록 |

※ 차령(車嶺) 창간호(1978. 1. 20) 제2집(1978. 10. 30) 제3집(1979. 8. 20) 작품 없음.

## Ⅲ. 황산 고두동 선생 시조작품

### 1. 삼층사자석탑(연기조사 모자 상)

어머님 섬긴 정성 한 평생도 못다 하여/ 그 모습 돌로 새겨 천년도 모자란다/ 만대(萬代)에 간절한 정(情)이야 씻어진다 하리오./ 보고 또 다시 본다 하늘도 느끼우리/ 탑에 모신 어머니에 무릎 꿇고 비는 아들/ 끝없이 겹치는 세월을 눈물 질 이 몇 이리.

-1960- ※출전 - 청자 제3집.

### 2. 가람님 생각

— 가람문학 창간에 즈음하여

유곡(幽谷) 물 바위 마냥/ 닦이고 헹권 임의 기품// 깃들인 그 풍류(風流)야/ 학(鶴)을 이웃하였거니// 선비의 어엿한 정(情)이/ 이에 어이 더 하뇨.// 한밤에 찾는 시신(詩神)/ 잠을 앗아 닭 울리고// 은유직소(隱喩直訴) 그 사경(寫景)에/ 묘(妙)를 다한 정성 수법(守法)// 딸른다 누가 따르리/ 어이 이루 말하리.// 하해(河海)로 남겨둔 글월/ 해와 별이 항시 논다// 고고(孤苦)히 거닌 자취/ 앞지른 이 뉘 없거니// 대인(大人)은 하늘도 아는가/ 이리 빛에 젖구나.

※ 출전 - 가람문학 창간호.

### 3. 축시(祝詩)

— 4월 3일 육당 선생(六堂 先生) 탄생 100주년 기념에 즈음하여.

난마(亂麻)로 어지럽던 시절/ 혜성(彗星)처럼 태어나서// 신문학(新文學) 새론 학문/ 길을 열어 이끄신 분// 남기신 모든 자국에/ 고개 숙여 헵니다.// 금이 간 벼루 읊어/ 자책(自責)까지 하셨거니// 열사(烈士) 문사(文士)님들/ 먹은 뜻이 다르도다// 이겨낸 모든 괴로움/ 이젠 복(福)이 오이다.

※출전 - 가람문학 제11집.

황산 고두동 선생 10주기 추모특집
— 눈 내리는 고향 아침

꽃마을 그리움을
쪽 가슴에 간직하고

살아 온 외길만큼
두려움이 아직도

칼바람 지나갈 때마다
솟아 오른 빛 덩이.

내 언제 그 넓다란
하늘의 마음 얻어

가시나무 햇살 몇 점
지나갈 그림자 뿐

또 다시 연두 빛 얼굴 너머
정든 꿈을 세우랴. (김창현)

## Ⅳ. 나오기

우리나라의 민족시가 700년을 내려오면서 민족의 역사와 함께 유지해 온 과정은 여러 학설이 많지만 민족의 숨결이 판소리나 농요의 공감대 가락을 즐겨 오는데서 비롯되었다고 해도 틀린 말은 아닐 것이다. 대전 충남 지방의 시조는 가람 이병기(1892-1968)의 근대시조가 움트기 시작하여 한

받시조동인회가 청자(靑瓷 1965.7.31)연간 시조집을 세상에 내놓게 된다. 황산 고두동(1903-1994)은 가람 이병기의 머리말과 가람시조집에서 〈낙엽〉을 실은 청자 제3집에서 제일 처음 만나게 된다.

삼층사자석탑 작품은 맨 끝에 써 놓은 연대로 보아 1960년대에 작품인 듯 하며 청자에서는 1965년 12월 30일에서 1970년 6월 28일부터 제12집 1991년 7월 30일까지 16제재 24수가 실려 있다. 차령(車嶺)시조시문학회가 발행했던 차령 창간호(1978.1.20)에서 차령 제3집(1979.8.20)까지는 작품이 없으며 총 19제재 29수를 한발시조에 남겼다.

황산 고두동의 시조작품 특색은 황산시조집에서 가려 뽑은 〈인간위성〉이 영역으로 번역된 작품이 1수 있고 〈춘란 옆에서〉 〈창태〉 단형시조 2수를 각각 12행으로 창작된 것이 특징이다. 아마 율독미를 높이기 위해 음보율을 확보하기 위해서 창작된 것으로 짐작된다. 또 〈살고 싶은 곳〉에서는 7행 시조로 창작되어 평시조도 아니고 사설시조로 보기도 어려워 엇시조로 분류했다. 단형시조가 10편 연형시조가 6편으로 보아 단형시조를 즐겨 창작하였고 작품경향은 자연을 탐미한 곡조와 인생을 반추한 작품이 눈에 띈다. 특히 육당 최남선(1886-1957)탄생 100주년 축시와 가람 이병기(1891-1968) 회혼례 축시로 미루어 보아 근대시조의 전통 맥을 이어온 흔적으로 규정하고 싶다. 좀 더 광대한 자료와 참고 서적이 없어 가시적인 논문을 적었는데 너그럽게 감상하기를 기대하며 추모 특집을 접는다.

**참고자료 : 제17회 皇山時調文學賞**

(심사소감)

다음으로 우수상 수상자인 김창현 시조시인은 충남 서천출생으로, 계간 『시조문학』지를 통하여 문단에 데뷔하였는데, 그간에 시조집 『가슴냇가에 흐르는 사랑』 등 일곱 권을 간행했으며, 지난 2001년에는 민족동시조문학상을 수상하였으며, 동인지 『대전동시조』도 많은 어려움을 이겨내면서 발간하고 있습니다.

우수상 수상작품집으로는 시조집 『고향햇살밭』이며, 수상작품은 「떨고 있는 석불(石佛)」 외 아홉 편입니다.

C · P, 보들레르는 - 감옥에서는 시가 폭동이 된다. 병원의 창가에서는 쾌유에의 불타는 희망이다. 시는 단순히 확인만 하는 것이 아니다. 재건하는 것이다. 어디에서나 시는 부정(不正)의 부정(否定)이 된다. - 고 했습니다.

김창현 시조시인의 아홉 편 시조작품들도 정형(定型)의 균제미(均齊美)를 살리려는 노력이 엿보입니다. 〈떨고있는 저 석불도/ 말 못할 빈혈 있어/ 골마다 이는 핏줄/ 한숨인들 말 없으랴〉 - 떨고있는 석불 - 는 시인이 감정이입(感情移入) - empathy - 을 시켜놓고 있습니다.

자연석에다가 부처의 상(像)을 새기면 바로 돌부처상이 되고, 자연석 그대로라면 그냥 자연석(自然石) - natural stone - 일 뿐입니다.

그런데 석불상(石佛像)이 떨고 있는 모습이라면, 이는 바로 요지경 같은 세상살이의 불안 · 공포 · 갈등 · 고뇌 · 통곡의 군상(群像)을 불쌍하게 여기고 있는 그대로를 상징하고 있다고 하겠습니다.

시어(詩語)를 조탁(彫琢)하고자 하는 노력이나 심안(心眼)의 청정경지(清淨境地)를 향한 정진은 모든 시조시인의 관심사이기도 합니다.

김창현 시조시인은 이같은 점을 그냥 간과하지 않고, 차분하게 끈기있게 골격을 지켜가고 있는 분이라고 생각됩니다.

(수상소감)

현대시를 따라 잡는 직유 시조가 앞설치고 있어도 세밀한 수사와 상징성 그리고 시의 3요소가 미흡하다고 흠잡지만 생활 시조가 현실화되면서 불안, 근심, 걱정을 해소시키는 시조 창작 방안으로 애써보았다. 선비정신과 불교사상으로 반죽되는 누정시조, 사설동시조까지 개척해 보았고 동시조의 다양한 장르와 밑거름을 만들어야 현대시조가 살아 남을 수 있다는 신념으로 동시조를 관념속에 흐르지 않고 시적 긴장미가 유지되도록 노력해 보았다. 아이들의 입가에서 흥얼거리는 콧노래가 흘러 나와야 할텐데 농약중독 후유증이 날 잡고 놓아주지 않는다. 한국 동시조를 중흥시키겠다는 열정은 앞서 있지만 몸이 따라 주지 않아 걱정과 부끄러움이 앞을 가린다. 아무것도 내놓을 것이 없는 텅 빈 가슴에 과분한 상까지 내려 앞으로 더 열심히 해내라는 채찍으로 믿고 허리가 아플 때까지 꾸준히 펴 올리겠다. 시행착오의 시련은 지금도 계속되고 있다는 결심을 굳게 지킬 것이며 심사위원님께 고마운 인사를 올린다. (김창현)

## ➚ 고 원(高 遠 본명–고성원 1925–2008)

### Ⅰ. 새벽 별. - 현대시조100인선. 2000.

마무리-1연9행, 겨울동백-2연14행, 산눈-1연7행, 구름-1연8행, 물얘기-1연11행, 단풍 들어 철 들어-1연7행, 산삼(1)-1연8행. 산삼(2)-1연9행, 지진-1연9행, 양귀비-1연8행, 꽃진나무-1연8행, 노래로 산다-3연25행, 노란선인장-2연15행, 양란-2연15행, 귀뚜라미-1연9행, 장미나무 자르기-1연7행, 밤마다-2연14행, 석류열매-3연21행, 비둘기-1연9행, 한 번 가까이-1연8행, 잠시-1연9행, 촛불-1연10행, 오늘 다시-1연11행, 빈하늘-1연10행, 바위-1연10행, 돌마음-1연12행, 가는 길-3연23행, 딸을 놔두고-1연8행, 제 갈 길-2연16행, 하나-1연8행, 바위로 앉아-1연8행, 어느날 학이 보여-1연8행, 눈물만은-2연16행, 작은 바위-3연20행, 우주곡조-2연14행, 공(空)-3연25행, 느닷없이-1연11행, 신음의 향기-1연8행, 꽃이 탄다-1연8행, 이공공공-2연15행, 백년해로-1연7행, 황혼이 곱더라-1연9행, 어머니 날에-1연7행, 관을 쓰고-3연18행, 밤과 낮이-2연15행, 걸음마-1연8행, 양식-1연8행, 해지기 전에-1연8행, 당신 안에서-4연28행, 시간의 요술-2연16행, 눈도 입도-1연12행, 선회-1연10행, 새벽별-1연8행, 별을 품고-1연10행, 선 채로 묻힌 돌에-1연8행, 눈물-1연10행, 한풀이-1연7행, 업어키워-1연8행, 전날밤-1연8행, 오십년-1연9행, 조선총독부-1연9행,  차라리 진양조-4연21행, 도망하는 젊은이-6연43행, 좁은 문으로-1연7행, 섣달그믐-1연7행, 자고 가지요-2연16행, 비밀-1연8행, 무화과나무-3연21행, 얼굴 아니면 손-1연10행, 떡 한 조각-1연10행. / 〈해설〉생활속의 문학과 연륜(年輪)-정병헌.

### Ⅱ. 춤추는 노을. 2003.

별춤-1연10행, 별의 이름-2연11행, 별이 되면-1연12행, 잔별 하나-2연14행, 꿈얘기-1연10행, 별의 증언-1연9행, 기다리는 구름-2연15행, 산울림-1연11행, 달맞이꽃-1연14행, 꽃배나무-1연14행, 상한 갈대-3연15행, 칸나-1

연8행, 단풍-1연9행, 12월 잎새-1연11행, 연분홍장미-2연14행, 오리 세마리-2연14행, 혼자여행-2연14행, 안녕-4연11행, 방의 트레모로-1연10행, 비움-2연14행, 헛바람-2연14행, 피아노건반-1연11행, 그림자 없는 가로등-2연14행, 하늘신호-2연14행, 현주소-1연6행, 산돌-2연10행, 비어서 가득-2연13행, 25년-2연14행, 해를 안은 바다-1연8행, 걸음걸이-1연10행, 부젠밀레아-2연12행, 아버지날-1연8행, 별을 품고-1연10행, 난의 집-2연15행, 난사랑-1연6행, 쥬니퍼의 키-2연14행, 까마귀-2연14행, 어디로 가나-1연11행, 하늘교회-1연11행, 풍선날리기-1연9행, 기도하는 별-2연13행, 솔로몬의 시-2연13행, 새가 운다-2연11행, 닭우는 소리-2연12행, 임관식대화-1연8행, 단테의 원형극장-2연15행, 새얼굴-1연12행, 색깔의 언덕-2연13행, 시간의 몸짓-1연11행, 무나무-1연11행, 두다리 쭉뻗고-2연13행, 폼베이돌 노래-2연15행, 카프리섬-2연13행, 선생님-2연13행, 죽음의 입체-2연13행, 쉬업잡서-2연14행, 천마총에서-2연13행, 춤추는 노을-2연15행, 무승부-2연12행, 고향찾기-2연14행, 증려나무벌판-2연12행, 이민백년-3연18행, 권길상 작곡.

## Ⅲ. 고원(高遠 1925-2008)박사의 현대시조 작품조사

| 시조시집 | 1연 | 2연 | 3연 | 4연 | 사설 | 장시조 | 엇시조 | 총계 | 비고 |
|---|---|---|---|---|---|---|---|---|---|
| 새벽별 | 49 | 11 | 7 | 1 | | 1 | 1 | 70 | |
| 춤추는노을 | 7 | 6 | | | 17 | | 38 | 68 | |
| 총계 | 56 | 7 | 7 | 1 | 17 | 1 | 39 | 138 | |
| 비율% | 40.5 | 12.3 | 5.0 | 0.7 | 12.3 | 0.7 | 28.2 | 99.7 | |

## ↗ 고정흠 (高廷欽 1903-1985)

### Ⅰ. 한국시조큰사전. 1985.

간직한 마음-5연15행, 꾀꼬리-3연9행, 기원(祈願)-1연3행, 나의 이상주택(理想住宅)-7연21행, 느티나무-4연12행, 늙은이 푸념-5연15행, 명상(冥想)-3연9행, 모색(摸索)-3연9행, 물처럼 술렁술렁-1연3행, 믿음-3연9행, 배추꽃-5연15행, 백화(白花)-3연9행, 벽지교 전임(僻地校 轉任)에 부쳐-3연9행, 비(碑)-1연3행, 석굴암(石窟庵)에서-3연9행, 성숙(成熟)-1연3행, 아무리 외로워도-3연9행, 암소의 눈망울-5연15행, 연정(戀情)-3연9행, 열중(熱中)-3연9행, 잡초(雜草)를 뽑습니다-4연12행, 정겨운 말-3연9행, 추산묘경(秋山描景)-3연9행, 코스모스-3연9행, 하고픈 말-3연9행, 햇님-1연3행, 향양성(向陽性)-4연12행, 홍매(紅梅)-3연9행, 회갑유감(回甲有感)-5연15행.

### Ⅱ. 고정흠(高廷欽 1903-1985)의 정형시 창작형태조사

| 시조집 | 1연 | 2연 | 3연 | 4연 | 5연 | 사설 | 장시조 | 총계 | 비고 |
|---|---|---|---|---|---|---|---|---|---|
| 한국시조 | 5 | | 15 | 3 | 5 | | 1 | 29 | |
| 총 계 | 5 | | 15 | 3 | 5 | | 1 | 29 | |
| 비 율% | 17.2 | | 51.7 | 10.3 | 17.2 | | 3.4 | 99.8 | |

## ↗ 공석하(孔錫夏 1941–2011)

### Ⅰ. 겨울서정-시조시집. 1984.

폭포-1연12행, 파도처럼-3연18행, 우리들의 입맞춤은-2연12행, 겨울 서정-5연30행, 당신은-2연12행, 비선대(飛仙臺)-3연18행, 거리-2연12행, 가을 이미지-2연12행, 11월의 비가-1연12행, 석상(石像)(1)-1연12행, 포옹-2연12행, 오월의 슬픔-4연24행, 애모(愛慕)-2연12행, 풀밭에서-3연20행, 야국(野菊)-2연12행, 나목(裸木)-3연18행, 여름바다-3연18행, 삼월에 목마른-2연12행, 화혼축시(華婚祝詩)-3연18행, 여음(余音)-2연12행, 강물에서-3연9행, 바위-해변연가(1)-1연12행, 그리움-해변연가(2)-1연12행, 낙조(落照)-해변연가(3)-1연12행, 파도-해변연가(4)-1연12행, 갈매기-해변연가(5)-1연12행, 자유의 나무-3연19행, 백두산(白頭山)-9연54행, 비원(悲願)-4연24행, 설야(雪夜)-2연12행, 영춘사(迎春詞)-4연24행, 설매부(雪梅賦)-4연24행, 보초(步哨)-3연18행, 기(旗)(1)-2연12행, 기(旗)(2)-2연12행, 이순신장군 동상 앞에서-1연12행, 임진강-2연12행, 시작(詩作)-3연9행, 석굴암-3연18행, 무등산(無等山)-4연24행, 야국(野菊)-3연9행, 그 창(窓)가-2연12행, 섭리(攝理)-3연9행, 강(江)-3연9행, 강물에서-강물-1연12행, 나목(裸木)-1연12행, 문(門)-1연12행, 석상(石像) 2-2연12행, 불국사를 지나며-2연12행, 가을밤-1연12행, 석재(石齋)의 무덤-5연18행, 무애(无涯-梁柱東)의 무덤-3연15행, 노산(露山)의 무덤-3연18행, 김종문(金宗文) 서거유감-11연33행.

### Ⅱ. 한국시조큰사전. 1985.

가을밤-1연3행, 겨울이미지-2연6행, 기(旗)(1)-3연9행, 나목(裸木)-3연9행, 3월에 목마른-2연6행, 석굴암-3연9행, 석상(石像)-1연3행, 야국(野菊)-2연6행, 여름바다-3연9행, 여음(余音)-2연6행, 이순신장군 동상 앞에서-1연3행, 자우의 나무-3연9행, 포옹-2연6행, 풀밭에서-3연9행, 해변연가-5연15

행, 화혼축시(華婚祝詩)-3연9행.

## Ⅲ. 공석하(孔錫夏 1941-2011)의 정형시 창작형태조사

| 시조시집 | 1연 | 2연 | 3연 | 4연 | 5연 | 사설 | 장시조 | 총계 | 비고 |
|---|---|---|---|---|---|---|---|---|---|
| 겨울서정 | 14 | 17 | 18 | 5 | 2 | | 2 | 58 | |
| 한국시조 | 3 | 5 | 7 | | 1 | | | 16 | |
| 총 계 | 17 | 22 | 25 | 5 | 3 | | 2 | 74 | |
| 비 율% | 22.9 | 29.7 | 33.7 | 6.7 | 4.0 | | 2.7 | 99.7 | |

## ➚ 권덕규(權悳奎 1890−1950)

### Ⅰ. 한국시조큰사전. 1985.

울산 개운포(蔚山 開雲浦)-3연9행, 상당산성(上當山城)-1연3행, 섬진강(蟾津江)-2연6행, 연지루(蓮池樓)-1연3행, 영남루(嶺南樓)-5연15행, 절영도(絶影島)-1연3행, 조치원(鳥致院)-1연3행, 한산도(閑山島)-2연6행.

### Ⅱ. 권덕규(權悳奎 1830-1950)의 정형시 창작형태조사

| 시조집 | 1연 | 2연 | 3연 | 4연 | 5연 | 사설 | 장시조 | 총계 | 비고 |
|---|---|---|---|---|---|---|---|---|---|
| 한국시조 | 4 | 2 | 1 | | 1 | | | 8 | |
| 총 계 | 4 | 2 | 1 | | 1 | | | 8 | |
| 비 율% | 50.0 | 25.0 | 12.5 | | 12.5 | | | 100 | |

## ↗ 남곡 권용경 (南谷 權容敬(容斗) 1912-1992)

### Ⅰ. 들어가며

집필자와 첫 상견례는 가람문학 출판기념회 때 유동삼 회장의 소개로 인사를 올렸다. 애국지사로 알려졌고 한문 지식이 많은 구세대와 사범학교를 졸업한 해방둥이 신세대와는 생각의 차이점과 일상생활의 가치기준이 현격한 차이점이 있으나 시청각 매체가 발달하여 새로운 경제생활의 혜택으로 신사고 방식으로 많이 개선되어 젊은층의 세대를 잘 이해하였다. 다만 시조창작의 개선점을 습득하는 신지식문제가 차이점이 많았다고 생각되었다. 대전국립현충원으로 두 차례나 찾아갔으나 문학적 인명사용과 애국지사의 인명이 다르기 때문에 헛 수고를 한 일이 있었다.

### Ⅱ. 펼치며

1. 차령(車嶺)

1978. 창간호-바다-1연6행, 은폭동(隱瀑洞)-1연6행./ 1978. 차령제2호-우공이제(牛公二題)-2연12행./ 1979. 차령제3호-삼월이 오면-3연18행.

2. 가람문학

1980. 창간호-지새는 언덕-3연18행./ 1981. 제2집-어버이-1연6행./ 1982. 제3집-병처(病妻)-3연18행./ 1983. 제4집-회상초(回想草)-3연18행./ 1984. 제5집-우각도금부(牛角刀金賦)-3연18행./ 1985. 제6집-아내의 승천(昇天)-5연15행, 백옥동에서-2연6행, 연의정(蓮의情)-3연9행./ 1986. 제7집-몸부림-3연18행, 대관(大觀)-1연6행, 소울음-1연6행./ 1987. 제8집-한려수도-2연12행, 한산대첩비-1연6행./ 1988. 제9집-올림픽-3연18행, 금수강산-2연12행, 인류애-1연6행, 판교의 달밤-1연6행./ 1989. 제10집-통일-3연18행, 백두산-2연12행, 금강산-2연12행, 고량산(鼓樑山)-2연12행./ 1990. 제11집

-천년고목-4연24행, 생명-2연12행, 자연의 미소-2연12행./ 1991. 제12집-강이여! 금강이여!-1연6행, 귀향시-5연30행, 비내리는 밤-2연10행.(시인의 말).

3. 현대시조

1983. 가을호-경포대에서-2연12행.

4. 한밭시조문학

1987. 창간호-대몽(大夢)-2연12행./ 1988. 제2집-눈내리는 달밤-3연18행, 삼생(三生)-1연6행, 천지부모(天地父母)-1연6행./ 1989. 제3집-독립기념관-4연36행, 오월의 산하-3연18행,/ 1990. 제4집-사랑이여!-2연12행, 동방이 일어난다-1연6행, 마음의 다이아-1연6행, 장창가(長蒼歌)-1연6행.

5. 새맑은바람-시조집(1981).

태극가-6연18행.후렴-26행. 고리성(城)의 미륵선화-2연12행, 삼월이 오면-2연12행, 동방태백-1연5행, 태고사의 추억-3연18행, 태고사중창-1연6행, 눈부신 태양(전편)-3연17행, 8) 눈부신 태양(후편)-2연12행, 광화문에서 소년과의 대화-사설시조. 새하늘-2연12행, 경주행-1연6행, 금산사를 지나며-2연12행, 우공(牛公)-2연12행, 초대웅자-2연12행, 은폭동-1연6행, 비로자나-1연6행, 지새는 언덕-2연12행, 새맑은 바람-4연24행, 속금산-1연3행, 영웅바위-2연6행, 아미반월(峨嵋半月)-1연6행, 바다-3연20행, 용추-2연12행, 산(山)돌-2연12행, 돌거북-1연6행, 선죽교(善竹橋)-1연6행, 묘석(猫石)-3연18행, 현충사(顯忠祠)-1연6행, 만세불망비-3연18행, 성류동행(性柳洞行)-1연6행, 봉무산(鳳舞山)-2연6행, 추모(追慕)-1연6행, 추억(어버이)-1연6행, 어머니-1연6행, 자훈(慈訓)-1연6행, 송선사분립-1연6행, 송선사 사십구제-1연6행, 배, 선사묘(拜,先師墓)-1연6행, 청송(靑松)-1연6행, 진달래-1연6행, 조보살(趙菩薩)충렬행(忠烈行)-3연9행, 달밝은 밤-1연6행, 창덕

궁연못-1연6행, 민속박물관을 찾아-1연6행, 토끼풀-1연6행, 설이매(雪裡梅)-2연12행, 직지사-1연7행, 해인사-1연6행, 해인사 장판각시를 보고-1연6행, 팔만대장경-1연6행, 고양산회로-1연6행, 용인길-1연6행, 불국사-1연6행, 동경감회-1연6행, 에밀레종-1연6행, 대릉원(大陵苑)-1연6행, 무렬왕릉-1연6행, 남해-2연14행, 충렬사를 지나며-1연7행, 동방의 새 일월-6연36행, 종소리를 듣는다-장시조, 인화(人花) 종(鐘)소리-1연7행, 마음의 고향-2연12행, 월명행-2연12행, 오동도(梧桐島)-1연6행, 임신갑무조(壬申-甲戊-調)-12연72행(장시조). 백마강-1연6행, 달노래-사설시조. 석굴암-1연6행, 승천가-1연6행, 덕진연못-2연12행.

### Ⅲ. 남곡 권용경(南谷 權容敬 1912-1992)의 현대시조 창작형태조사

| 시조잡지 | 1연 | 2연 | 3연 | 4연 | 5연 | 사설 | 장시조 | 총계 | 비고 |
|---|---|---|---|---|---|---|---|---|---|
| 차령 | 2 | 1 | 1 | | | | | 4 | |
| 가람문학 | 7 | 9 | 8 | 1 | 2 | | | 27 | |
| 현대시조 | | 1 | | | | | | 1 | |
| 한밭시조문학 | 5 | 2 | 2 | 1 | | | | 10 | |
| 새맑은바람 | 43 | 17 | 6 | 1 | | 2 | 4 | 73 | |
| 총 계 | 57 | 30 | 17 | 3 | 2 | 2 | 4 | 115 | |
| 비 율% | 49.5 | 26.0 | 14.7 | 2.6 | 1.7 | 1.7 | 3.4 | 99.6 | |

### Ⅳ. 현대시조 창작의 특색

1. 불교적 기행시조가 대부분을 차지하고 있으며 도덕경이나 화엄경에 나오는 용어를 시어에 사용하여 어려운 구절이 있었다.

2. 애국지사의 일본배척운동은 사상적 체험이 인지되어 시적 변용으로 확대되었고 온갖 고통과 인내로 점철된 작품을 엿볼수 있었다.

3. 평시조의 단형 중에서 1연, 2연, 3연이 104수로 90.2%를 차지하고 장시조보다 단형시조를 선호하였다.

## Ⅴ. 나오며

남곡님은 국립대전현충원 애국지사 1묘역에 찾아갈 때 현충원역에서 보훈모시미 차를 이용하여 한얼지 앞에서 하차했다. 애국지사 1묘역368호는 오른 쪽에 위치해서 애국지사 권용두(1912-1992)로 안장되었다. 신문이나 문학잡지에는 권용경으로 사용했고 1991년 8월 15일 건국훈장 애족장을 수여받았다. 한 평생동안 총 115수를 창작했으며 평시조 중 1연, 2연, 3연짜리가 104수 90.2%를 차지하고 있어 장시조보다 단형시조를 선호하였다. 특히 과학, 문화, 예술, 체육 등 현대시조 창작이 주로 일상생활에서 일어는 생활시를 위주로 창작하였으며 해양이나 문화재 같은 소재도 찾아 볼 수 없는 점이 특색으로 나타나고 있다. 삼가 고인의 명복을 기원하며 끝을 맺는다.

## ➚ 김 기 진 (金基鎭 1903−1985)

### Ⅰ. 한국시조큰사전. 1985.

오작교(烏鵲橋)-1연3행, 광한루(廣漢樓)-1연3행, 춘향동사(春香同祠)-1연3행, 무제(無題)-2연6행, 시조(時調)3장(章)-3연9행.

### Ⅱ. 김기진(金基鎭 1903-1985)의 정형시 창작형태조사

| 시조집 | 1연 | 2연 | 3연 | 4연 | 5연 | 사설 | 장시조 | 총 계 | 비 고 |
|---|---|---|---|---|---|---|---|---|---|
| 한국시조 | 3 | 1 | 1 | | | | | 5 | |
| 총 계 | 3 | 1 | 1 | | | | | 5 | |
| 비 율% | 60.0 | 20.0 | 20.0 | | | | | 100 | |

## ↗ 김 기 호 (金琪鎬 1912–1978)

### I. 한국시조큰사전. 1985.

강산(江山)-갈매기-1연3행, 갈섬-1연3행, 구십구곡(九十九谷)-1연3행, 갈고리-1연3행, 거목(巨木) 앞에서-3연9행, 거제해금강(巨濟海金剛)-1연3행, 교사상(教師像)-4연12행, 창문(窓門)-1연3행, 유리조각-1연3행, 교목사(校木詞)-1연3행, 교화사(校花詞)-1연3행, 꾀꼬리-3연9행, 국보(國寶)47호-1연3행, 낙동강(洛東江)-3연9행, 낙일피안(落日彼岸)-3연9행, 누이야 어디메다냐-3연9행, 단상(斷想)-1연3행, 대화(對話)-3연9행, 설-1연3행, 썰매-1연3행, 들국화-1연3행, 바닷가에서-2연6행, 바위-1연3행, 사도행초(使徒行抄)-4연12행, 사월이 우니 누나-4연12행, 산촌(山村)의 밤-1연3행, 삼무(三無)-1연3행, 삼분정차-三分停車)-1연3행, 상농(尙農)의 노래-3연9행, 선(線)-1연3행, 불국사(佛國寺)-1연3행, 석굴암(石窟庵)-1연3행, 아내-1연3행, 야국(野菊)-1연3행, 어머님-1연3행, 오월-1연3행, 오월의 산에 올라-2연6행, 옥녀봉(玉女峰 )-2연6행, 옹화부(翁花賦)-3연9행, 인생(人生)-1연3행, 조국(祖國)-1연3행, 청산곡(青山曲)-2연6행, 길-1연3행, 식목(植木)-1연3행, 파초여운(芭蕉餘韻)-2연6행, 풍란(風蘭)-4연12행, 해금강(海金剛)-3연9행, 회귀(回歸)-3연9행, 희우(喜羽)-2연6행.

### II. 김기호(金琪鎬 1912-1978)의 정형시 창작형태조사

| 시조집 | 1연 | 2연 | 3연 | 4연 | 5연 | 사설 | 장시조 | 총계 | 비고 |
|---|---|---|---|---|---|---|---|---|---|
| 한국시조 | 29 | 6 | 10 | 4 | | | | 49 | |
| 총계 | 29 | 6 | 10 | 4 | | | | 49 | |
| 비율% | 59.1 | 12.2 | 20.4 | 8.1 | | | | 99.8 | |

## ↗ 운장 김 대 현(雲藏 金大炫 1920-2003)

### Ⅰ. 들어가며

운장(雲藏) 고문이 승천하신 지 벌써 10주년을 맞이했다. 야석 박희선(也石 朴喜宣1923-1998) 고문은 오직 서정시를 다루었지만 운장은 시와 시조를 넘나들어 그 활동 범위가 광범위했음을 알 수 있다. 집필자와 운장과의 인연은 1987년과 1988년 교육자료에 시조를 천료해 놓고 가람문학을 손짓했을 때 상면하게 되었고 한국불교문인협회 회원 가입신청 추천을 받기 위해 소제동 자택을 방문하면서 자리를 굳혀갔었다. 보리수문학을 이끌어 오면서 시조를(이광렬 1935-1997)시조문학 지도 등단 후에 지도해 주라는 청탁이 있었으나 자식들이 사립대학교에 중첩되어 가정 경제가 어려워 보살펴 드리지 못한 아쉬움이 남는다. 2002년 어느 날 가정집으로 불러 시조집을 발간하신다고 원고 뭉치를 주면서 교정을 부탁한 일이 있었다. 〈백의의 아가〉에서 특히 종장 둘째구의 넉자를 모두 다섯 자로 바로 잡아 드린 것이 기억에 남는다. 왜냐하면 내용보다 틀(형식)이 더 중요하고 틀이 어긋나면 시조의 본질을 담아 낼 수 없기 때문이다. 그 후 한글반야경을 발간하셨고 시조집은 뒤로 미루었다. 대한생활불교회를 설립하여 후진 양성과 시조 발전에 지대한 공적을 쌓아 그 생생한 흔적을 조사 연구하여 충청권의 시조문학 전승과정과 후진에게 교훈적 사상을 전개하여 한밭시조문학의 위상을 극대화시키는 책임을 느끼게 되어 시조(정형시)만 발췌하여 조사했음을 밝혀둔다.

### Ⅱ. 펼치며

#### 1. 서정 시집

1)청사(靑史)시집(1954.11.15)-창문사-대전/ 2)옥피리 시집(1958.4.30)-정음사-대전/ 3)고란초 시집(1962.8.15)-교학사-서울/ 4)석굴암 장시집(19

63.11.30)-교학사-서울/ 5)보리수 시집(1974.3.30)-시문학사-대전/ 6)청지(靑紙)한 장 시집(1983.8.20)-정명사-대전/ 7)불타의 발자욱 시집(1983.8.20)-정명사-대전/ 8)구름 꽃 묵음과 새. 시집(1990.6.30)-호서문화사-대전/ 9)푸른 숲 푸른 달빛. 시조집(1991.6.30)-호서문화사-대전/ 10)창가에 앉아. 시집(1996.10.15)-대교출판사-대전.

2. 시선집

1)호서시선〈1〉(1972.8.25)-호서문화사-대전./ 2)호서시선〈2〉(1974. 3.30)-오광인쇄사-대전./ 3)호서시선〈3〉(1979.1.10)-호서문학사-대전./ 4)호서시선〈4〉(1980.10.30)-호서문학사-대전./ 5)호서시선〈5〉(1983.8. 15)-호서문화사-대전./ 6)백의의 아가(白衣의 雅歌)유고시집(2004.10. 16)-오름-대전./ 7)지비(紙碑) 그리고 강(江)(朴喜宣,金大炫)대표 시선집(2004.12.22)-오름-대전.

3. 시조집-푸른 숲 푸른 달빛(1991.6.30)

1) 산(山) 하나-1연6행./ 2) 새야-1연3행(영역본)/ 3) 궁상각(宮商角)-2연14행./ 4) 소나기-2연12행./ 5) 청산에서-3연24행./ 6) 수채화-3연21행./ 7) 푸른 숲 푸른 달빛-2연18행./ 8) 화음(和音)-3연27행./ 9) 섬-3연26행./ 10) 여운(餘韻)-3연27행./ 11) 솔바람이 가네-2연6행./ 12) 춘수(春睡)-2연6행./ 13) 외딴집-3연21행./ 14) 뙤약볕-4연28행./ 15) 산은 그늘-2연12행./ 16) 산사자(山査子)-2연18행./ 17) 한 시경(時景)-3연30행./ 18) 물마름-3연27행./ 19) 춘채(春菜)-3연21행./ 20) 달 하나-3연21행./ 21) 설인(雪人)-3연30행./ 22) 산 마을 뜰-4연28행./ 23) 노을 산책-3연24행./ 24) 달맞이 사랑-3연24행./ 25) 서실(書室)-3연24행./ 26) 아침 소식-3연26행./ 27) 봉우리-2연6행./ 28) 열매-2연6행./ 29) 달 뜨면-1연5행./ 30) 양각(陽角)-1연5행./ 31) 동녀(童女)-1연7행(영역본)./ 32) 음죽정(吟竹亭)-1연3행./ 33) 미인도(美人圖)-2연18행./ 34) 낮달-2연18행./ 35) 백주(白晝)-3연24행./

36) 개다리소반-3연21행./ 37) 잔양(殘陽)-3연30행./ 38) 꽃나무-4연36행./ 39) 백지(白紙)의 사연-3연21행./ 40) 제 몸으로 울리는 너-3연27행./ 41) 운작(雲雀)-3연18행./ 42) 나의 동산-4연28행./ 43) 섬 그늘-3연21행./ 44) 꽃가마-3연21행./ 45) 바람아-3연9행./ 46) 꿈나무-4연20행./ 47) 쌍곡주(雙曲奏)-4연28행./ 48) 푸른 메아리-3연27행./ 49) 망아사(忘兒詞)-3연27행./ 50) 목척(木尺)다리-3연27행./ 51) 산거(山居)-3연18행./ 52) 토란잎-3연27행./ 53) 하늘빛 유물-4연28행./ 54) 숨바꼭질-4연32행./ 55) 전화 부음(電話訃音)-4연28행./ 56) 인형의 집-4연28행./ 57) 꽃잎 사연-2연14행./ 58) 아장다리 찍었어요-3연21행./ 59) 해동청(海東靑)-3연21행./ 60) 물방울-1연3행./ 61) 음영(陰影)-1연3행./ 62) 동구 목(洞口 木)-1연3행./ 63) 월하(月下)-3연27행./ 64) 옥녀의 헌배- 3연27행./ 65) 삿대를 놓고-2연14행./ 66) 침묵을 좇는 새-3연21행./ 67) 유곡(幽谷)의 달-4연28행./ 68) 욕난월(浴蘭月)-4연28행./ 69) 나의 섬-2연6행./ 70) 용두암(龍頭岩)뱃머리-3연18행./ 71) 물허벅-3연27행./ 72) 축포 웃음꽃-3연21행./ 73) 유관순 동상-2연18행./ 74) 멍청이 꽃-3연25행./ 75) 전망대-4연36행./ 76) 상원(上院) 계수나무-4연28행./ 77) 설악산-3연21행./ 78) 아침 햇살-3연27행./ 79) 경호(鏡湖)에 와서-3연9행./ 80) 산채화(山菜畵)-1연5행./ 81) 금강(錦江)-4연28행./ 82) 서대산-4연36행./ 83) 고수동굴-3연27행./ 84) 토함산-4연30행./ 85) 수어장대(守禦將臺)-3연27행./ 86) 홍수-1연5행./ 87) 시발과 종점-4연36행./ 88) 한반도-2연18행./ 89) 저 수평(水平)-1연3행./ 90) 태고송(太古頌)-1연3행./ 91) 푸른 물감-2연18행./ 92) 별자리-3연27행./ 93) 역정(歷程)-3연30행./ 94) 황소 눈망울-3연27행./ 95) 해조음(海潮音)-3연21행./ 96) 체중(體重)-3연18행./ 97) 너도 화초(花艸)-3연18행./ 98) 풍류(風流)-2연6행./ 99) 춤-3연21행./ 100) 남창(南窓)-3연18행/ 101) 하루의 적막-3연27행./ 102) 달빛 무심(無心)-4연32행./ 103) 윤색(潤色)-3연27행./ 104) 등불-3연21행./ 105) 당간(幢竿)-3연27행./ 106) 춘뇌(春雷)-2연6행./ 107) 청첩 한장-3연15행./ 108) 삼중주(三重奏)-3연18행./ 109)일락(一樂)-2연12행./

110) 산방우거(山房寓居)-3연27행./ 111) 한실(閑室)-3연21행./ 112) 연지곤지-2연12행./ 113) 해정(海亭)-3연27행./ 114) 고인(故人)의 미소-3연21행./ 115) 허일(虛日)-3연18행./ 116) 석상(石像)-3연21행./ 117) 증발-1연3행./ 118) 촛불-1연3행.

4. 자선시집

1) 점 하나-1연6행./ 2) 남창(南窓)-2연12행./ 3) 산 하나-1연6행./ 4) 보름달-2연14행./ 5) 저 수평(水平)-1연7행./ 6) 화음(和音)-3연18행./ 7) 달 하나-3연21행./ 8) 푸른숲 푸른달빛-2연16행./ 9) 물허벅-3연18행./ 10) 떡잎-2연14행./ 11) 춘채(春菜)-3연18행./ 12) 미인도(美人圖)-2연14행./ 13) 산거(山居)-3연18행./ 14) 개다리 소반-3연21행./ 15) 소나기-2연12행./ 16) 여운(餘韻)-3연18행./ 17) 나의 동산-4연28행./ 18) 새야-1연3행./ 19) 섬 그늘-3연18행./ 20) 서실(書室)-3연21행./ 21) 노을 산책-3연18행./ 22) 한산세모시-3연27행./ 23) 해녀(海女)-3연18행.

5. 백의의 아가-유고시집

1) 해녀(海女)-3연18행./ 2) 홍도 순례-홍도10경-13연39행(장시조)/ 3) 흑산도-6연42행./ 4) 한라산 계곡-7연52행(장시조)./ 5) 백목련-2연14행./ 6) 사라봉(沙羅峰)-2연14행./ 7) 설악동 권금성-4연28행./ 8) 비룡, 토왕성 폭포-4연28행./ 9) 금강굴, 미륵봉 서경-5연33행./ 10) 눈감고 아옹한가-3연22행./ 11) 동동 떠 오는 섬-3연21행./ 12) 한장송곡-3연23행./ 13) 부레옥잠화-2연14행./ 14) 비자림 나의 그늘치-6연30행./ 15) 관음 송-3연21행./ 16) 가을 나그네-3연21행./ 17) 글사랑 놋다리집-1연7행./ 18) 백일홍 그늘에-4연28행./ 19) 돋보기-3연18행./ 20) 옛날 소제연못-4연25행./ 21) 난고(蘭皐)-3연14행./ 22) 가야산 외나무다리-4연21행./ 23) 회오리 방-3연18행./ 24) 수평-2연12행./ 25) 설악산 팔경-8연42행(장시조)./ 26) 새, 노

을빛-3연21행./ 27) 청청하늘 우죽(又竹)-4연28행./ 28) 고인(故人)의 미소-3연20행./ 29) 연지곤지-2연12행./ 30) 일락(一樂)-2연12행./ 31) 대전국립묘지에서-6연42행./ 32) 고석포(孤石浦)-2연18행./ 33) 월하시(月下柿)-2연18행./ 34) 보름달-2연14행./ 35) 골짝메아리-2연14행./ 36) 전시장-4연28행./ 37) 낮잠-2연16행./ 38) 울릉도-3연18행./ 39) 뇌종봉(雷鐘峰)-4연28행./ 40) 청학동-3연21행./ 41) 비선대-5연35행./ 42) 해바라기 사랑-5연30행./ 43) 섹스폰 환락-5연30행./ 44) 꿈꼬대-6연36행./ 45) 한산세모시-3연27행./ 46) 외롭지 않아요-4연28행./ 47) 옥순봉-3연15행./ 48) 사인암-3연21행./ 49) 오아후섬-7연61행(장시조)./ 50) 사월의 꽃망울-4연30행./ 51) 해달 걸음-4연28행./ 52) 둥근나무 저 마루타-4연28행./ 53) 토끼의 도하(渡河)-6연30행./ 54) 어항-3연9행./ 55) 하구에서-3연15행./ 56) 수렴담(水簾潭)-4연16행.

6. 지비(紙碑) 그리고 강(江)-대표시선집.

1) 연(蓮)-1연10행./ 2) 다보탑-2연13행./ 3) 화음(和音)-3연18행./ 4) 해녀(海女)-3연18행./ 5) 동동 떠오르는 섬-3연21행./ 6) 달빛 무심-4연33행./ 7) 해달 걸음-4연28행./ 8) 하구에서-3연15행./ 9) 뇌종봉(雷鐘峰)-4연28행.

7. 문학잡지-시조 발췌

1) 가람문학

1980. 창간호-당유자-1연6행, 봉우리-3연18행./ 1981. 제2호-산은 그늘-4연24행, 흔들림-2연12행./ 1982. 제3호-편사일곡(片思一曲)-3연18행, 귀향(歸鄕)-1연6행./ 1983. 제4호-산과자락(山果自落)-2연14행, 귀고리-2연14행./ 1984. 제5호-정자(亭子)-1연7행, 산마을-1연7행, 춤-2연14행./ 1985. 제6호-궁상각(宮商角)-2연18행, 설녀(雪女)의 헌배(獻盃)-1연9행, 무위(無爲)라고-2연18행, 삿대를 놓고-2연18행./ 1986. 제7호-설악산-3연21행, 늪

가에 앉아-2연6행, 한정(閑庭)-2연6행./ 1987. 제8호-여운(餘韻)-3연27행, 자리의 한 때-4연28행, 자화(自畵)-2연14행./ 1988. 제9호-서울 축전(祝典)-3연18행, 노을 산책-3연18행, 떠나던 바람-4연28행, 바다 건너온 부음(訃音)-5연35행./ 1989. 제10호-나무들의 행렬-5연35행, 남창(南窓)-3연21행, 한실(閑室)-4연28행, 산 첩첩-4연28행./ 1990. 제11호-지팡이-3연21행, 옥(玉)돌물-2연14행, 봉운(峰韻)-2연14행./ 1991. 제12호-일락(一樂)-2연12행, 금강(錦江)-4연28행, 낮달-2연18행, 개다리 소반-3연21행, 화음(和音)-3연27행, 섬 그늘-3연21행, 달 하나-3연21행, 서실(書室)-3연24행, 푸른숲 푸른달빛-2연18행, 산거(山居)-3연18행./ 1993. 제14호-한누리울-3연9행, 수채(水彩)-3연9행, 나 하나-3연9행./ 1994. 제15호-해바라기 사랑-5연30행, 섹스폰 환락-5연30행, 꿈꼬대-6연35행./ 1995. 제16호-한산세모시-3연27행, 간격-1연12행, 해녀(海女)-3연21행, 어떤 상황-5연30행, 망께놀이-3연20행./ 1996. 제17호-옥순봉-3연15행, 사인암-3연21행, 외롭지 않아요-4연28행./ 1997. 제18호-오아후 섬-7연62행(장시조)./ 1998. 제19호-사월의 꽃망울-4연30행, 남은 여백-4연30행, 아침그늘-4연30행./ 1999. 제20호-해달걸음-4연28행, 꽃수레를 밀어 주소서-5연34행, 둥근 나무 저 마루타(丸太)-5연41행./ 2000. 제21호-한밭시조문학상-화음(和音)-3연18행, 토끼의 도하(渡河)-6연30행, 어항-3연9행, 하구에서-3연15행./ 2001. 제22호-수렴담(水簾潭)-8연32행(장시조)./ 2002. 제23호-산정(山頂)-3연21행./ 2003. 제24호-산정(山頂)-3연21행, 남은 여백-4연29행, 해 달 걸음-2연14행, 수렴담(水簾潭)-4연16행.

2) 한밭시조문학

1987.7.10. 창간호-떡잎-2연18행, 삼대(三代)-2연18행./ 1988. 제2집-소리나는 노을-3연21행, 금정(琴亭)-2연14행, 신경(新京)의 밤-4연28행./ 1989. 제3집-여운(餘韻)-2연14행, 추일(秋日)-3연21행, 수어장대(守禦將臺)-3연20행, 하늘빛 유물-4연28행./ 1990. 제5집-안개 길-3연21행, 그 아이와-4연27행, 바다의 마음-4연28행./ 1994. 제6집-새벽사원-3연24행, 휴양지파파

야-4연32행, 수상(水上)시장-4연28행./ 1995. 제7집-자스민-3연18행, 타이의 밤-2연12행, 반문죠 사투리-6연36행./ 1996. 제8집-허망한 불길-3연17행, 하현(下弦)달맞이-4연20행./ 1997. 제9집-일주문-2연14행, 그리운 멋-3연18행, 흑산도5연40행./ 1998. 제10집-충무공 현충사에서-6연18행, 소리는 빛을 발한다-3연21행, 홍도 순례(1)-4연12행, 홍도 순례(2)-5연15행./ 1999. 제11집-고요한 아침-2연12행, 부레옥잠화-2연14행, 봄빛초리-3연21행./ 2000. 제12집-한밭시조문학상 특집-푸른 여백-1연6행, 푸른 숲 푸른 달빛-2연18행, 아침 소식-3연9행, 봉우리-2연6행, 무문관(無門關)-3연21행, 칠성산 법왕사-5연30행./ 2001. 제13집-탄금대-4연12행./ 2003. 제15집-추모 특집-일주문-2연14행, 소리는 빛을 발한다-3연21행, 고요한 아침-2연12행, 그리운 멋-3연18행, 탄금대-4연12행.

3) 대전문학

1991. 제4호-달빛 무심-4연36행./ 1991. 제5호-고석포(孤石浦)-2연18행./ 1992. 제6호-월하 시(月下 柿)-2연18행./ 1993. 제8호-보름달-2연14행./ 1997. 제16호-월악산 송계-8연64행(장시조)./ 1997. 제17호-목척시민공원-5연40행./ 1998. 제18호-목척시민공원-5연40행./ 1998. 제19호-골짝 메아리-2연14행./ 1999. 제20호-전시장-4연28행./ 1999. 제21호-충만한 계절-2연12행./ 2000. 제22호-그늘바람꽃-4연20행./ 2000. 제23호-고요한 산그늘-3연21행./ 2001. 제24호-영랑호(永郎湖)-5연35행./ 2001. 제25호-관음송(觀音松)-4연28행./ 2002. 제26호-청간정(淸澗亭)-5연35행./ 1994. 대전문학선집-연(蓮)-1연10행.

4) 한국시조 연간집

1988.9.1. 나루터 장날-설야(雪野)-4연28행./ 1992. 울안에서 거둔 열매-춘수(春愁)-4연12행./ 1993. 내일을 위한 비상-만월(滿月)-3연9행./ 1995. 쉰 평의 섬 숲속에서-나그네-4연12행./ 1996. 한국시조 연간집-나, 외롭지 않아요-4연20행./ 1997. 한국시조 연간집-단잠-2연14행./ 1998. 한국시조 연간집-산그늘 적음(寂音)-3연21행./ 1999. 한국시조 연간집-산색의 음계

-3연21행./ 2000. 한국시조 연간집-울릉도-3연18행.

5) 시조문학 사화집(1)

1998. 1. 25. 풍경 소리-3연12행, 애기 달-2연14행.

6) 현대시조

1983. 가을호-소나기-2연12행./ 1985. 가을호-날씨-2연18행./ 1986. -궁상각(宮商角)-2연6행, 설악산-3연9행, 삿대를 놓고-2연6행./ 1989. 가을호-백지의 사연-2연14행.

7) 한국동시조

1996. 제3호-꼬마 섬-2연12행, 눈꽃 피는 물렁울-3연9행.

8) 현대동시조

2000. 창간호-꼬마 섬-2연12행./ 2002. 제3집-눈꽃 피는 물렁울-3연9행. / 2009. 한국현대동시조선집-꼬마 섬-2연12행.

9) 중도문학

1998. 제4호-땅을 딛고-3연23행, 울산바위-6연43행(장시조)./ 1999. 제5호-무영탑 그늘-3연18행, 산이 멀어-3연18행./ 2000. 제6호-달맞이 가세-5연29행./ 2001. 제7호-합장-7연49행(장시조)/ 2002. 제8호-가을 나그네-3연21행.

10) 한국시조 큰 사전

1985. 봉우리-2연6행, 산은 그늘-2연6행, 소나기-2연6행, 솔바람이 가네-2연6행, 열매-2연6행, 편사일곡(片思一曲)-3연9행.

11) 한국시 대사전

2004.12.1. (초판. 1988)-연(蓮)-1연10행, 거울-2연10행.

12) 한국불교문학

1994. 제6집-거울-2연10행./ 1999. 제12집-홍도순례(3)-4연12행./ 2000. 제13집-빛과 그늘사이-6연42행(장시조).

8. 충청권의 시조문학과 위상

우리나라의 고대시조는 3335수이다. 평시조는 2759수, 작자는 288명이고 이들의 시조는 1760수, 엇시조는 326수, 작자는 26명 시조는 86수, 사설시조는 250수 작자는 16명이고, 시조는 57수가 되어 3335수의 시조 중 밝혀진 작자는 330명이고 그들의 시조는 1903수이고 생몰연대를 알 수 없는 작자는 46명이며 시조는 105수가 되고 있다. 〈시조문학 연구-서원섭. -형설출판사-서울. 1988〉 참조.

1) 고려시대 시조

(1) 우탁(禹倬1262-1342) 충북제천. 청구영언-시조2수/ (2) 이색(李穡 1328-1395)충남서천. 청구영언, 가곡원류-시조1수/ (3)이존오(李存吾 1341-1371)충남부여. 청구영언, 가곡원류-시조1수.

2) 조선시대 시조

(1) 맹사성(孟思誠 1360-1438)충남아산. 청구영언. 시조4수/ (2) 김종서(金宗瑞 1390-1453)충남공주. 청구영언, 가곡원류-시조1수/ (3) 성삼문(成三問 1418-1456).충남홍성. 청구영언, 가곡원류.-시조1수/ (4) 박팽년(朴彭年 1417-1456).충남대전. 청구영언-시조1수/ (5) 이개(李塏 1417-1456).충남서천. 가곡원류-시조1수/ (6) 김구(金絿 1488-1534)충남예산. 자암집-시조1수/ (7) 서익(徐益 1542-1587)충남논산. 청구영언-시조2수/ (8) 이순신(李舜臣 1536-1582)충남아산. 청구영언-시조1수/ (9) 이정환(李廷煥 1613-1673).충남공주. 송암유고집-시조2수/ (10) 류혁연(柳赫然 1615-1680)충남서산. 청구영언-시조1수/ (11) 강복중(姜復中 1563-1639)충남논산. 청계집-단가70수, 가사2수/ (12) 강백년(姜百年 1603-1681)충남대덕. 청구영언-시조1수/ (13)송시열(宋時烈 1607-1687)충남대덕.청구영언-시조2수/ (14) 조 헌(趙 憲 1544-1592)충남금산. 청구영언-시조1수/ (15) 김장생(金長生 1548-1631)충남논산. 청구영언-시조1수/ (16) 조명복(趙明覆 1697-1756)충남대덕. 청구영언-시조1수.

3) 근대시조

(1) 한용운(韓龍雲 1879-1944)충남홍성. 시조321수/ (2) 신채호(申采浩 1880-1936)충남대덕. 시조2/ (3) 김일엽(金一葉 1896-1971)충남예산. 시조32수/ (4) 심훈(沈熏 1901-1936).충남예산. 시조28수/ (5) 전형(全馨 1907-1989).충북영동. 시조150수. 대전일보/ (6) 신석초(申石艸 1909-1975)충남서천. 시조고풍(古風-고등학교국어교과서)/ (7) 최영자(崔英子 1920-1986)북소리-시조집.

4) 현대시조

(1) 정훈(丁薰 1911-1992)중학교국어교과서-장다리, 춘일, 밀고 끌고.총290수/ (2) 이교탁(李敎鐸 1920-1972)시조집-햇빛 먼둘레/ (3) 이금준(李錦濬 1931-1982)시조문학 추천-시조집-기우제/ (4) 이덕영(李德英 1942-1983)한국일보시조(화석)당선-한줄기의 연기/ (5) 김대현(金大炫 1920-2003)푸른숲 푸른 달빛, 외385수/ (6) 김영배(金英培 1931-2009)출항의 아침 시조집 외, 권468수/ (7) 신재후(申載厚 1931-2010)나룻배에 달빛 싣고-시조집 외621수

9. 운장 고문의 시조문학 특색

1) 불교사상에 접근한 시조문학은 시와 시조의 조화를 이루어 정형시의 날카로운 문맥을 빛내 충청권 시조문학과 호서학파 후진의 핵심을 이루고 있다.

2) 서정시에서 향토시조문학으로 뛰어넘는 시조창작 전개과정이 관조, 관념, 묵상 등의 시적 요소를 융합하여 수준 높은 정형시를 창작해 내고 있다.

3) 어린이를 배려한 동심 세계의 현대동시조 작품을 창작했으며 한글법화경이나 한글화엄경, 바른 한글 원각경을 발간하여 생활불교문학과 보리수문학으로 확충 헌신하였다.

## 10. 운장 김대현(雲藏 金大炫 1920-2003)의 정형시 창작형태조사

| 시조집<br>문학지 | 1연 | 2연 | 3연 | 4연 | 5연 | 사설 | 장시조 | 엇시조 | 총계 | 비고 |
|---|---|---|---|---|---|---|---|---|---|---|
| 푸른숲<br>푸른달빛 | 15 | 20 | 64 | 19 | | | | | 118수 | |
| 자선시집 | 4 | 6 | 12 | 1 | | | | | 23 | |
| 백의의<br>아가 | 1 | 11 | 18 | 12 | 5 | | 9 | | 56 | |
| 지비,<br>그리고 강 | 1 | 1 | 4 | 3 | | | | | 9 | |
| 가람문학 | 7 | 16 | 32 | 12 | 7 | | 4 | | 78 | |
| 한밭시조<br>문학 | 1 | 13 | 17 | 10 | 3 | | 2 | | 46 | |
| 한국시조<br>연간집 | 2 | 5 | 4 | | | | | | 11 | |
| 대전문학<br>(선집1) | 1 | 5 | 1 | 4 | 4 | | 1 | | 16 | |
| 시조문학<br>사화집 | | 1 | 1 | | | | | | 2 | |
| 현대시조 | | 5 | 1 | | | | | | 6 | |
| 한국<br>동시조 | | 1 | 1 | | | | | | 2 | |
| 현대<br>동시조 | | 2 | 1 | | | | | | 3 | |
| 중도문학 | | | 4 | | 1 | | 2 | | 7 | |
| 한국시조<br>큰사전 | | 5 | 1 | | | | | | 6 | |
| 한국시대<br>사전 | 1 | 1 | | | | | | | 2 | |
| 한국불교<br>문학 | | 1 | | 1 | | | 1 | | 3 | |
| 총 계 | 34 | 93 | 161 | 62 | 20 | | 17 | | 385 | 중복 |
| 비율 % | 8.8 | 23.3 | 41.8 | 16.1 | 5.1 | | 4.9 | | 100% | |

### 11. 운장의 대표시조 감상

1) 연(蓮)

꿈이 고와 정오였네/ 아슴한 잎새에// 물방울 하나 없는데/ 지레 가슴부터// 하느적이네./ 간절한 손결// 당신의 맘/ 연(蓮)이라// 세상엔 더러 고운 벗도/ 있으올게 아니오니까.

〈出典-대전문학선집.1994.문학의 해.〉

2) 산 하나

서느렇게 둥그는 달/ 다기에 든 휜 바람// 마음 발심 둥그대 당실/ 조각배에 둥그대 당실// 어린 맘 조각배 기웃/ 산 그 하나 둥실, 당실.

3) 다보탑(多寶塔)

비둘기 비둘기 고운 비둘기/ 햇살에 목털/ 쪽빛 무지개// 부처님 버선발로/ 모이를 뿌리실 제// 팔십이호 그윽히 웃으신/ 그 몸에 떼 지어 나네.// 법화 보진의 메아리/ 저 모서리 꽃잎 하나// 비둘기, 비둘기 구구구/ 소리 내어 떼 지어 나네.

## Ⅲ. 나오며

지금까지 자료조사를 총 동원하여 조사연구를 시도했으나 누락된 것이 많으리라 짐작되고 불교 사찰적 덕목에는 비유(은유) 속에 집어넣어 표출된 작품이 극히 드물어 40여수 밖에 되지 않아 10.3%, 자연 환경적 덕목은 250수 64.9%, 문화 과학적 덕목은 90수 25.9%를 차지하고 중복된 것은 골라내지 못했다. 평시조의 창작형태는 3연 시조 41.8%, 가장 많이 창작했고 2연 시조 23.3%, 4연 시조 16.1%를 나타내고 있으며 장시조가 19수 4.9%로 남다른 장시조 창작을 충청권을 빛낸 시인으로 손꼽히고 있음을 알 수 있다. 그러므로 한시나 서정시에 때 묻은 앳되고 여린 감성의 묵은 때를 씻어 내고 수준 높은 정형시를 창작하여 후진들에게 본보기의 예술적 시조작품이 되고 있다. 사찰의 불교적 사상이나 시상을 직유로 표현하지 않고 은유나 의인화로 표출하여 상상력을 동원한 정형시로 담아  내고 있다. 패기가 넘치는 시어로 〈호통치고 싶네〉 등의 시어는 과감한 도전의 혁명이요, 참신성의 시발점이다. 눈이 번득거리는 소재를 선택하여 사물시의 안목을 넓혀 연시조의 진폭을 폭넓게 확대 시키고 있다. 생활불교의 시혼이 깃들어 통찰력, 분석력이 거시적 또는 미시적 안목으로 정보처리되어 독특한 장점을 발휘하고 있으며 시집과 정형시를 병행하여 호서시선의 금자탑을 이루었다.

## ➚ 김 동 리 (金東里 1913-1995)

### Ⅰ. 한국시조큰사전. 1985.

가을 밤-1연3행, 꽃다발-1연3행, 광릉(光陵)에서-3연9행, 광주(光州)에서-6연18행, 그림자-1연3행, 남원(南原)에서-4연12행, 눈 온 아침-2연6행, 분단(分斷)-2연6행, 송추(松湫)에서-2연6행, 묵사(黙史)부음을 듣고-1연3행.

### Ⅱ. 김동리(金東里 1913-1995)의 정형시 창작형태조사

| 시조집 | 1연 | 2연 | 3연 | 4연 | 5연 | 사설 | 장시조 | 총계 | 비고 |
|---|---|---|---|---|---|---|---|---|---|
| 한국시조 | 4 | 3 | 1 | 1 | | | 1 | 10 | |
| 총 계 | 4 | 3 | 1 | 1 | | | 1 | 10 | |
| 비 율% | 40.0 | 30.0 | 10.0 | 10.0 | | | 10.0 | 100 | |

## ↗ 일농 김 동 일 (逸農 金東日 1933-2004)

### Ⅰ. 들어가며

시조문학으로 등단하겠다고 교육자료에 1987년과 1988년에 3회 천료를 끝낸 후로 가람문학 활동을 할 때 대전에 오서서 동참한 일이 많았다. 그때 〈심여수(心如水)〉라는 서예 한 폭을 써 주셨고 항상 예술가들이 애용하는 까만 모자를 쓰고 오셨다. 서울에서 고등학교 국어교사로 봉직하시다가 퇴임하고 고향으로 귀향하셨다고 말씀하셨다. 고향 구항면은 오백년 전부터 민속놀이 〈거북놀이〉가 유명한 마을이다. 충,효,예를 남다르게 숭상하고 후손들에게 가풍을 이어가는 마을이며 지금까지 서예작품과 성명을 한 자풀이로 해석한 시조를 지어주신 기억이 남아 있다. 〈산(山)새벽〉을 발간하면서 독자들에게 보내줄 우편엽서를 제작하고 궤도란 시(詩)를 그려 넣어 산(山)새벽의 사연을 적어 놓았다. 자연과 더불어 깨끗하고 욕심 없이 살아가고자 하는 김동일의 시(詩)속에는 일그러지고 찌든 사람들의 마음을 걸러내 주는 정화조가 들어 있다고 역설하고 있음을 본다.

### Ⅱ. 펼치며

#### 1. 시조문학

1987. 여름호. -차(茶)-2연14행(천료)/ 1990. 가을호-출어(出漁)-3연14행.

#### 2. 가람문학

1988.제9집-88올림픽-7연49행, 산(山)새벽-1연7행, 잠-1연7행, 심여수(心如水)-3연13행./ 1989. 제10집-우리는 한우리-4연28행, 고추-2연14행, 고독-3연21행, 골동품-2연14행./ 1991. 제12집-문득 가을이-2연15행, 고목(古木)-1연7행./ 1992. 제13집-유(有)-1연7행, 매봉의 꽃사슴-4연28행, 낙가무(樂歌舞)-1연7행.

3. 충남문학

1993. 제24집-생활의 장-2연14행.

4. 홍주문학

1985. 창간호(1985.11.26)-자료 없음./ 1986. 제2호-만추(晩秋)-4연24행, 빨래하는 날-3연21행, 봄 김치-4연28행, 입춘(立春)-3연21행./ 1988. 제3호-바위솔(松)-2연14행, 청산별곡-1연6행, 봄(春)-1연3행, 여름(夏)-1연3행, 가을(秋)-1연3행-겨울(冬)-2연9행, 약수 샘-2연14행, 뜰에 서서-3연21행, 눈 온날-3연21행./ 1989. 제4호. 1990. 제5호-자료 없음./ 1991. 제6호-비구니승(比丘尼僧)-5연35행, 그림자-2연14행, 사색(思索)-2연14행, 모정(母情)-3연21행, 내 산하(山河)-3연21행./ 1992→1998(7호→13호)자료 없음./ 1999. 제14호-광천독배 아리랑-4연22행, 호접란-1연7행, 선(線)-1연7행, 석운(石雲) 유품전-3연21행, 가을걷이-2연14행, 맥(脈)-2연14행.

5. 한밭시조문학

1988. 제2집-잔칫날-4연28행, 물꼬-2연14행, 빈(貧)-2연14행./ 1989. 제3집-산중별곡-10연30행, 인상(人像)-2연14행, 주왕산-3연21행.

6. 산(山)새벽-시조집

1) 산(山)봄-3연13행. 2) 낙화(落花)-1연7행. 3) 할미꽃-1연7행. 4) 늦봄-1연7행. 5) 뜰에 서서-3연13행. 6) 산(山)새벽-1연7행. 7) 봄 김치-4연12행. 8) 이른 봄-2연14행. 9) 진달래꽃-3연13행. 10) 입춘(立春)-3연13행. 11) 새싹-2연14행. 12) 저녁나절-4연12행. 13) 산(山)딸기-1연7행. 14) 잠-1연7행. 15) 아침-2연14행. 16) 여름밤 1-3연13행. 17) 여름밤 2-3연13행. 18) 채송화-1연7행. 19) 수(愁)-1연7행. 20) 한거(閑居)-2연14행. 21) 적(寂)-2연14행. 22) 초동(樵童)-1연12행. 23) 가윗달-1연7행. 24) 시월-삶-1연7행. 25) 마당-1연7행. 26) 논-1연7행. 27) 밭-1연7행. 28) 하늘-1연7행.

29) 가을정취-3연13행. 30) 만추(晩秋)-4연12행. 31) 낙엽(1)-1연7행. 32) 낙엽(2)-1연7행. 33) 단풍-풍류-3연13행. 34) 설매(雪梅)-1연7행. 35) 눈 온 날-3연13행. 36) 빨래하는 날-3연13행. 37) 서설(瑞雪)-3연13행. 38) 동일(冬日)-4연12행. 39) 빼앗긴 마당-2연14행. 40) 여름 1987-2연14행. 41) 아내(1)-이주-4연12행. 42) 아내(2)-일기-4연12행. 43) 아내(3)-사계음-이른 봄이라-4연12행. 44) 초여름부터-4연12행. 45) 늦가을 길에-4연12행. 46) 겨우살이-4연12행. 47) 농촌일기-아내에게-봄-2연14행. 48) 여름-2연14행. 49) 가을-2연14행. 50) 겨울-2연14행. 51) 아내가 부른 노래-3연13행. 52) 농사꾼-2연14행. 53) 약수(藥水)샘-2연13행. 54) 석양(夕陽)-1연7행. 55) 달-1연7행. 56) 새벽-1연7행. 57) 고향(故鄕)에 살으리랏다-1연7행. 58) 귀향(歸鄕)-4연12행. 59) 돌섬-2연13행. 60) 고향(1)-1연7행. 61) 고향(2)-1연7행. 62) 산마루 길-4연12행. 63) 고추-2연14행. 64) 독배(폐포구)-2연14행. 65) 호드기-2연14행. 66) 향수(鄕愁)-1연7행. 67) 고독(孤獨)-1연7행. 68) 졸업-1연7행. 69) 인생(1)-1연7행. 70) 인생(2)-1연7행. 71) 수다-1연7행. 72) 생사로(生死路)-1연7행. 73) 방황(彷徨)-1연7행. 74) 생애(生涯)-3연13행. 75) 눈을 감고-1연7행. 76) 길-1연7행. 77) 심여수(心如水)-3연13행. 78) 인상(人像)-2연14행. 79) 무상(無常)(1)-1연7행. 80) 무상(無常)(2)-1연7행. 81) 무상(無常)(3)-1연7행. 82) 삶-1연7행. 83) 회한(悔恨)-1연7행. 84) 우탄(牛嘆)-4연12행. 85) 월남출정-3연13행. 86) 새풍속도-4연12행. 87) 주막에서-3연13행. 88) 동창회-2연14행. 89) 늦잠-1연7행. 90) 청산별곡-봄-1연3행. 91) 여름-1연3행. 92) 가을-1연3행. 93) 겨울-2연9행. 94) 말장난-5연15행. 95) 눈물-3연11행. 96) 첫사랑-1연7행. 97) 그리움(1)-3연13행. 98) 그리움(2)-1연7행. 99) 기도-1연6행. 100) 연가(戀歌)-3연13행. 101) 당신께 기원하오-2연14행. 102) 어머니-4연12행. 103) 옛날-4연12행. 104) 모정(母情)-1연7행. 105) 둘이서-2연13행. 106) 편지-4연12행. 107) 임종(臨終)-7연21행. 108) 청개구리의 변-3연13행. 109) 병상(病床)에서-1연7행. 110) 바위솔(松)-2연14행. 111) 바위-2연14행. 112) 연화(蓮花)-2연14

행. 113) 산사(山寺)길-1연7행. 114) 해운대(海雲臺)-2연14행. 115) 돌탑-3연13행. 116) 산혜암(山蕙庵)-2연14행. 117) 산사(山寺)에서-1연7행.

※서평-자연과 인간의 합일-구재기.

7. 들새가 그리워 멧새는 길을 뜨고-시조집.

1) 유품(遺品)-2연14행. 2) 소생(蘇生)-2연14행. 3) 그림자-2연14행. 4) 빈(貧)-2연14행. 5) 세태(世態)-1연7행. 6) 돌-1연7행. 7) 미인도(美人圖)-4연28행. 8) 낙화(落花)-2연14행. 9) 꼽추-3연21행. 10) 고슴도치-2연14행. 11) 농아-2연14행. 12) 골동품-2연14행. 13) 변혁의 농촌 아침-3연21행. 14) 할미꽃-2연14행. 15) 노심(老心)-1연7행. 16) 선(禪)-1연7행. 17) 곡형(哭兄)-4연28행. 18) 첫눈-2연14행. 19) 긴베개-2연14행. 20) 겨울바다-2연14행. 21) 논공단지-3연21행 .22) 또 한번-2연14행. 23) 들국화-1연7행. 24) 모정(母情) -3연21행. 25) 이별(1)-3연21행. 26) 이별(2)-1연7행. 27) 여름나무-3연21행. 28) 고향 길-5연35행. 29) 고독-3연21행. 30) 능금-3연21행. 31) 설매(雪梅)-2연14행. 32) 타향살이-3연21행. 33) 우리는 한우리-4연28행. 34) 야사(夜寺)-1연7행. 35) 노로(老路)-1연7행. 36) 사색(思索)-2연14행. 37) 적(寂)-2연14행. 38) 시집살이-2연14행. 39) 머슴살이-1연7행. 40) 아침산(山)-3연21행. 41) 88 서울올림픽-7연21행. 42) 겨울나무-2연14행. 43) 솔(松)-3연21행. 44) 달밤-2연14행. 45) 봄의 정취-2연14행. 46) 차(茶)-2연14행. 47) 법(法)-1연7행. 48) 벽계(碧溪)-1연7행. 49) 폐촌(廢村)- 2연14행. 50) 고(孤)-1연7행. 51) 한빛-1연7행. 52) 해수(咳睡)-1연7행. 53) 아내-2연14행. 54) 설-3연21행. 55) 분수(分守)-1연7행. 56) 호박꽃-3연21행. 57) 오서곡(烏棲谷)-3연21행. 58) 물꼬-2연14행. 59) 칠월머슴-3연21행. 60) 잔칫날-4연28행. 61). 오는 봄-2연14행. 62) 내 산하(山河)-3연21행. 63) 뒤란 풍경-2연14행. 64) 일하는 맛-3연21행. 65) 산 동요(山童謠)봄-3연21행. 66) 여름-3연21행. 67) 가을-3연21행. 68) 겨울-3연21행. 69) 계류(繼流)-2연14행. 70) 티-1연7행. 71) 세외(世外)-1연7행. 72) 세심

(洗心)-1연7행. 73) 산중별곡(山中別曲)-9연63행(장시조).

※평설-아픔의 내면화 혹은 따뜻한 감싸안기-염창권.

8. 한국현대시조대표선(1994)

-골동품(骨董品)-2연14행, 미인도(美人圖)-4연28행, 낙화(洛花)-1연7행.

## Ⅲ. 현대시조 감상

1. 산(山)새벽

안개 자오룩한// 깊은 새벽 산노루가// 서성이다 돌아서 간/ 후미진 산자락// 뻐꾹새/ 설운 푸념에/ 솔밭이 홍건하다.

2. 기도(祈禱)

에워싸인 벽속에서/ 촛불마저 가리우고/ 하늘 너머 아스라이/ 이름을 적었습니다.// 병상을 풀고 싶습니다./ 합장(合掌)으로 염원(念願)합니다.

## Ⅳ.일농 김동일(逸農 金東日 1933-2004)의 정형시 창작형태조사

| 시조집 | 1연 | 2연 | 3연 | 4연 | 5연 | 사설 | 장시조 | 총계 | 비고 |
|---|---|---|---|---|---|---|---|---|---|
| 시조문학 | | 1 | 1 | | | | | 2 | |
| 가람문학 | 5 | 3 | 2 | 2 | | | 1 | 13 | |
| 충남문학 | | 1 | | | | | | 1 | |
| 홍주문학 | 6 | 7 | 7 | 3 | 1 | | | 24 | |
| 한국시조 | 1 | 1 | | 1 | | | | 3 | |
| 한밭시조 | | 3 | 1 | 1 | | | 1 | 6 | |
| 산새벽 | 50 | 27 | 21 | 17 | 1 | | 1 | 117 | |
| 들새멧새 | 18 | 27 | 21 | 4 | 1 | | 2 | 73 | |
| 총 계 | 80 | 70 | 53 | 28 | 3 | | 5 | 239 | |
| 비율% | 33.5 | 29.2 | 22.4 | 11.4 | 1.2 | | 2.1 | 99.8 | |

## Ⅴ. 나오며

한평생 동안 시골 농촌에서 고향을 지키며 생활하시다 시조집 2권에 총 236수를 창작했는데 그 중 단형이나 2연, 3연 평시조가 201수로 85.1%를 차지하고 있다. 자료 수집이 미흡하여 홍주문학 자료가 겨우 5권에 불과했고 제3시조집을 발간했는지도 알 수 없다. 구재기시인은 〈산(山)새벽〉시조집에서 자연과 인간의 합일로 평설했으며 염창권 시인은 〈들새가 그리워 멧새는 길을 뜨고〉시조집에서 아픔의 내면화 혹은 따뜻한 감싸안기로 평설했으나 집필자는 자연환경의 시적 변용으로 평설하고 싶다. 모든 시의 소재들이 과학적, 역사적, 민속적 문제들을 찾아 볼 수 없고 자연환경 속에 파묻힌 순수 그대로의 작품을 엿볼 수 있기 때문이다. 삼가 고인의 명복을 기원하며 애도시로 끝을 맺는다.

※ 애도시(哀悼詩)

### 심여수(心如水) 거북놀이 환한 웃음

— 일농 김동일(逸農 金東日 1933-2004) 사백님 영전에

예술가 애용하는 까만 모자 눌러 쓰고
가람문학 출판회 때 한밭 땅 찾아오셔
다섯 살 연상 형님 같은 정다웠던 옛 추억.

우편엽서 제작하여 독자에게 나눠주고
궤도 시 쓴 시의 중심 인간도 본받기를
물처럼 깨끗한 생활 시골에서 살았네.

거리가 너무 멀어 한발 땅 출입 끊고
홍주문학 정성 다해 온몸 바친 시 정신
산 새벽 시조 흔적도 심여수와 똑같지요.

새마을 농공시대 직업 따라 고향 떠나
일 손 없는 시골 농촌 노인들이 농사 짓고
품앗이 이웃사촌도 인정 넘친 고향 냄.

거북이 민속놀이 사오백년 전통 이어
시골 선비 시 쓰면서 마음 비운 그 기백
그 높은 일농 시 정신 천추만대 빛나리오. (김창현)

(2013.5.10. 충남홍성군구항면마온리 마을이장-별세 회신 받고)

## ➚ 낭강 김 동 직 (浪江 金東稙 1930-2004)

### Ⅰ. 들어가며

충남교육회관 3층 강당에서 1989년 가람문학 제10집 출판기념회 때 김영배(1931-2009)회장님 소개로 상견례를 처음 나누었고 한밭시조문학회 총무를 담당하면서 현대시조 작품원고와 쪽지 편지가 왕래한 일이 많았다. 하얀 빵 모자를 눌러 쓰시고 다정한 말씨에 협회 총무 일 맡아 수고 많이 하신다고 만나면 격려와 칭찬과 덕담으로 화목한 분위기에서 지내다가 아산시부시장으로 떠나신 후 상면하기가 드물었다. 시조집을 두 권 발간하여 상호 교환 할 때까지 만나서 얘기를 나누었는데 세상을 떠나신 뒤로 여운만 남고 아무것도 찾을 길이 없었다. 특히 설화문학을 발간하여 6집, 7집을 나누어 주신 일이 제일 기억에 남는다. 여기에 그 발자취의 흔적인 현대시조 작품을 정리하여 추모의 정을 돈독히 하고자 노력했으며 자료가 불충분하여 개략적으로 정리했으니 넓은 마음으로 양해 있기를 기대한다.

### Ⅱ. 펼치며

1. 시조문학

1989. 여름호-가시 돋친 철조망-3연21행./ 1990. 봄호-자화상-3연9행./ 1990. 가을호-두고 온 세월-2연6행./ 1991. 가을호-등불-3연9행./ 1994. 겨울호-신창고개에서-3연22행./ 1996. 가을호-봉곡사에서-3연18행./ 1997. 봄호-방황-3연15행./ 1997. 여름호-골프장-3연13행./ 1997. 가을호-행장(行狀)-4연12행./ 1998. 봄호-영가(靈歌)-2연12행./ 1999. 겨울호-불효자로 남는다-3연9행, 세월의 난간에서-3연9행, 하늘이 하도 높아-3연9행, 나 아닌 나를 본다-3연9행, 99년의 처서-3연9행./ 2000. 가을호-이산상봉-3연9행./ 2004. 여름호-세월의 난간에서-3연9행, 금강-3연9행, 농촌야화-3연9행, 불효자로 남아-3연9행, 환한 웃음 지으소서-4연12행, 온양온천-3연9행, 꽃잎으로 피던 2대-3연9행, 눈오는 날의 행간-3연9행.

2. 현대시조

1989. 가을호-연(戀)-3연18행.

3. 가람문학

1986. 제7집-봄비-3연21행, 하늘-3연22행, 새벽달-3연21행, 회귀(回歸)-3연21행./ 1987. 제8집-한강-3연18행, 세모(歲暮)-3연18행, 대포 한 잔-2연12행.(시작노트)./ 1988. 제9집-대명(大命)-88 성전에 부쳐-3연15행, 눈 오는 날에-2연16행, 독백(獨白)-2연14행, 짐돌(독립기념관에서)-2연14행./ 1989. 제10집-시공(時空)-1연8행, 세밑에서-3연21행, 산여울-2연14행./ 1990. 제11집-두고 온 세월-2연14행, 숲으로 태어나-2연14행, 자화상-3연23행./ 1991. 제12집-산동네 초상(肖像)-3연18행, 눈 오는 날의 행간-3연18행, 삽교호-3연18행, 산촌일기-2연14행, 한 세상 사는 것이-2연14행, 여백(餘白)-2연14행./ 1992. 제13집-전우의 유월-1연7행, 정신대 할머니-3연20행, 나의 만추-2연14행./ 1993. 제14집-꿈돌이의 꿈-3연22행, 갯마을소경(素景)-3연20행, 운주사-2연14행, 봄의 서곡-3연22행, 어느 골프장에서-3연21행, 4월의 꽃샘추위-2연14행./ 1994. 제15집-맹사성고택-3연22행, 신창고개에서-3연21행, 고향 6월의 어느 날-2연14행, 새벽장 길에서-2연16행, 어금니(牙岩)바위-3연22행./ 1995. 제16집-아산만에서-2연14행, 초여름 가뭄 앞에서-2연15행, 온주문(溫州門)-3연18행, 꽃부터 피워놓고-2연15행./ 1996. 제17집-아! 독도-3연20행, 어의정(御醫井)-3연23행, 백석포구에서-3연21행./ 1997. 제18집-환상곡-3연20행, 연가-3연21행, 산마을 잔상-3연9행, 불사춘(不似春)-3연9행, 회랑(回廊)-3연18행./ 1998. 제19집-I.M.F.한파(寒波)-4연12행, 모정의 강-3연21행, 영가(靈歌)-3연19행, 적신호-2연14행, 진실의 파편-2연13행./ 1999. 제20집-느아버지-3연9행, 국군포로의 아내-3연9행, 실향의 기도문-3연9행./ 2000. 제21집-아! 장영실-3연9행, 아내에게-3연9행, 어린손자 보내놓고-3연9행./ 2004. 제25집-산촌일기-3연18행, 눈 오는날의 행간-3연18행, 귀향-4연12행.

4. 한밭시조문학

1987. 창간호-삼천궁녀-3연18행, 모정(母情)-3연21행./ 1988. 제2집-봄 소경(素景)-2연15행, 입시 모정-2연14행, 여백(餘白)-2연14행, 입추(立秋)-2연14행, 장미-2연15행.(시를쓰고서)./ 1989. 제3집-자화상-3연9행, 쑥뿌리 캐는 날-2연14행, 여수돌산섬에서-2연12행./ 1992. 제4집-자화상-3연18행, 고백-2연14행, 속리산늦가을-3연18행, 산창(山窓)가에서-3연18행, 하늘이 송구한 날-3연18행, 세모(歲暮)-3연18행, 눈 오는 날에-2연14행, 6월이 오면-2연15행, 벌판-2연14행, 이정표(里程標)-1연8행.(김동직-그 인간과 문학-김영배)/ 1993. 제5집-전환기에 서서-2연15행, 한식날의 그리움-2연16행, 수심별곡-2연14행./ 1994. 제6집-늦가을 수심-3연23행, 도고온천-3연21행, 창동고개-3연21행./ 1995. 제7집-가을 앞에선 농심-2연15행, 초여름 가뭄 앞에서-2연15행, 원망-2연14행./ 1997. 제9집-촌노의 종소리-4연12행, 순명(順命)-3연15행, 귀향살이-4연12행, 난맥(亂脈)97-4연12행, 어느 마을의 초상(肖像)-3연15행, 어금니 바위-3연21행./ 1998.제10집-불사춘(不似春)-3연15행, 소쩍새 추억-4연12행, 순명(順命)-3연15행, 어머니-4연16행, 영가(靈歌)-3연15행, 충무공시비 앞에서-3연12행, 성제공의 신도비-3연15행, 팔월의 탄식-4연12행, 도고산불당골-3연18행, 근황-3연18행, 족보-2연14행./ 1999. 제11집-불효자로 남는다-3연9행, 하늘이 하도 높아-3연9행, 어제 그리고 내일-3연9행, 나 아닌 나를 본다-3연9행./ 2000. 제12집-일상을 들고-3연9행, 길목에 서서-3연9행.

5. 충남문학

1990. 제21집-자화상-3연21행, 산창(山窓)가에서-3연18행./ 1991. 제22집-중국연길에서-3연19행./ 1993. 제24집-어떤 날에-2연15행./ 1997. 제28집-촌노의 종소리-4연12행. / ※모든 누락된 호는 자료 없음.

6. 호서문학

1988. 제14집-속리산 늦가을-3연24행, 농부기-3연23행./ 1991. 제17집-숨결 그리고 만남-8연56행./ 1993. 제19집-한식날 묘원에서-2연14행, 성황당 옛터-2연14행, 가을단상-3연21행, 어량리소경-2연15행./ 1994. 제20집-청동고개-3연24행./ 1995. 제21집-운주사의 초파일-3연20행./ 1997. 제213집-귀향살이-3연18행./ 1999. 제25집-나 아닌 나를 듣고-3연9행.

7. 오늘의문학

1994. 여름호-장미꽃-2연15행, 어느 골프장-3연22행, 저승길 친구-3연23행. / 1996. 겨울호-백석포구-3연21행, 늦가을 수심-3연20행, 영리대-2연16행./ 1997. 여름호-나의 환상곡-3연18행./ 1997. 가을호-소쩍새 추억-4연12행, 귀향의 삶-4연12행.

8. 설화문학

1987.창간호,2집,5집,8집,9집,10집,11집,12집,13집,14집,16집,17집,18집,19집,20집,21집,22집,23집까지-자료 없음./ 1988. 제3집-산촌일기-3연23행./ 1989. 제4집-통일염원-3연21행./ 1990. 제6집-산창(山窓)가에서-3연18행./ 1991. 제7집-산동네 초상(肖像)-3연19행./ 1999. 제15집-내일의꿈-3연9행, 맹사성 고택(孟思誠 古宅)-3연9행./ 2004. 제24호(추모특집)-소쩍새 추억-4연12행, 방황의 언저리-2연13행, 백목련의 노래-2연13행, 행장(行狀)-4연12행, 정신대 할머니-3연21행, 무너진 모정-3연21행, 아! 독도-3연21행, 실향의 광복절-2연12행, 아산만-2연14행, 도고산(道高山)-2연14행.

9. 풀 물든 영창(映窓)-시집.

1) 온양온천-3연21행. 2) 길목에 서서-3연21행. 3) 눈 오는 날의 행간-3연18행. 4) 산창(山窓)가에서-3연18행. 5) 삽교호-3연18행. 6) 망향의 동산-2연14행. 7) 천안삼거리-2연15행. 8) 손을 잡고-3연18행. 9) 속리산-3연18

행. 10) 성묘-2연13행. 11) 가을은 지금-2연16행. 12) 세모(歲暮)-3연18행. 13) 삼천궁녀-3연18행. 14) 입시모정-2연14행. 15) 짐돌(독립기념관)-2연 14행. 16) 보문산 약수터-3연18행. 17) 목로집에서-2연14행. 18) 추석날에 -2연14행. 19) 삶-2연16행. 20) 자화상-3연21행. 21) 산촌일기(1)-3연18행. 22) 산촌일기(2)-3연18행. 23) 산촌일기(3)-3연18행. 24) 산촌일기(4)-3연 22행. 25) 산촌일기(5)-2연14행. 26) 고향산심-3연9행. 27) 버려진 초상-3 연21행. 28) 다독이는 모정-3연18행. 29) 꽃샘추위-3연9행. 30) 6월이 오면 -2연14행. 31) 어떤 날에-2연14행. 32) 여일(余日)-2연16행. 33) 눈오는 날에-2연16행. 34) 여일(餘日)-2연14행. 35) 봄소경(素景)-2연15행. 36) 가을 단상-3연9행. 37) 대명(大命)-3연20행. 38) 등불-3연18행. 39) 다져본 숨결 -2연14행. 40) 북경공항에서-3연21행. 41) 너와 나의 거리-2연14행. 42) 자금성의 숨결-3연18행. 43) 천안문 광장-2연12행. 44) 연길에서-3연 18행. 45) 마주선 두만강-3연19행. 46) 보지못한 천지-1연7행. 47) 빗속의 만리성-2연14행. 48) 장춘에서-1연7행. 49) 모택동 동상-2연14행. 50) 하늘이 송구한 날-3연20행. 51) 독백-2연14행. 52) 두고온 세월-2연14행. 53) 한강 -2연13행. 54) 통일로-2연14행. 55) 현충사-2연14행. 56) 금강-2연14행. 57) 장미꽃-2연15행. 58) 숲으로 태어나-2연12행. 59) 나의 일상-2연14행. 60) 여심(女心)-2연12행. 61) 설일(雪日)-2연14행. 62) 입추(立秋)-2연14 행. 63) 고백(告白)-2연14행. 64) 대춘부-2연14행. 65) 가을의 순명(順命)-2 연14행. 66) 이정표(里程標)-1연8행. 67) 어부일기-1연9행. 68) 연(戀)-3연 19행. 69) 무상(無常)-1연8행. 70) 벌판-2연14행. 71) 춘추세태(春秋世態)-춘(春 )-1연3행. 하(夏)-1연3행. 추(秋)-1연3행. 동(冬)-1연3행. 72) 산(山)-2연14행. ※향토성 짙은 민족혼의 접맥-이은방.

10. 별을 줍던 뜨락-시집

1) 실향의 광복절-2연12행. 2) 소쩍새 추억-4연12행. 3) 행장(行狀)-4연 12행. 4) 순명(順命)-3연20행. 5) 산(山)마을 잔상(殘像)-3연21행. 6) 정신

대할머니-3연21행. 7) 무너진 모정(母情)-3연21행. 8) 방황(彷徨)의 언저리 -3연20행. 9) 불사춘(不似春)-2연18행. 10) 난맥(亂脈)(97)-4연12행. 11) 촌노(村老)의 종(鐘)소리-4연12행. 12) 삶, 그리고 흔적-3연20행. 13) 환상곡(幻想曲)-3연21행. 14) 성묘(省墓)-2연14행. 15) 산창(山窓)을 열고-2연15행. 16) 귀향(歸鄕)-4연12행. 17) 농심부(農心賦)-4연12행. 18) 농촌야화(農村夜話)-4연12행. 19) 미로(迷路)-3연9행. 20) 백목련(白木蓮)의 노래-3연19행. 21) 아! 독도(獨島)-3연21행. 22) 봄의 서곡(序曲)-3연21행. 23) 수심(愁心)-3연23행. 24) 연가(戀歌)-3연21행. 25) 고향(故鄕)의 초상(肖像)-3연22행. 26) 허수아비-3연20행. 27) 가뭄 앞에서-2연14행. 28) 전우(戰友)의 6월-2연14행. 29) 운주암사(雲住巖寺)-3연19행. 30) 벌판-2연14행. 31) 눈오는 날은-2연15행. 32) 세월은 가고-2연15행. 33) 텃밭머리-2연15행. 34) 그대는-3연19행. 35) 그날의 목련-3연19행. 36) 제주도(濟州道)를 다녀와서-4연24행. 37). 용두암(龍頭巖)에서-3연21행. 38) 망배단(望拜壇)에서-2연14행. 39) 망향의 동산-2연14행. 40) 온양온천(溫陽溫泉)-3연20행. 41) 백석포구(白石浦口)-3연21행. 42) 도고산(道高山)-3연21행. 43) 형제송(兄弟松)-3연21행. 44) 도고온천(道高溫泉)-3연 20행. 45) 청동고개 -2연 14행. 46). 천안삼거리(天安三巨里)-2연 16행. 47) 삽교호(揷橋湖)-3연 21행. 48) 신창고개-2연14행. 49) 아산만세-10연36행. 50) 현충사(顯忠祠)-2연14행. 51) 맹사성고택(孟思誠)古宅)-3연21행. 52) 김옥균묘소(金玉均墓所)-3연21행. 53) 온주아문(溫州衙門)-3연21행. 54) 어금니바위-3연20행. 55) 어의정(御醫井)-3연 21행. 56) 영괴대(靈槐臺)-2연 16행. 57) 신정비(神井碑)-2연16행. 58) 아산만(牙山灣)-2연16행. 59) 아산팔영(牙山八詠)-8연24행. 60) 어랑팔경(漁浪八景)-8연24행. 61) 독립기념관(獨立記念館)-2연15행. 62) 고향산심(故鄕山心)-3연21행. 63) 금강(錦江)-3연21행. 64) 속리산(俗離山)-3연24행. 65) 서들강문(西들江門)-2연16행. 66) 6월의 대학가-1연9행. 67) 갯마을 소경(素景)-3연21행. 68) 골프장 우화(寓話)-3연9행.

※해설-한국적인 의식의 미학-이우종. 근대판 귀거래사에 담긴 최후의 선비정신-김영배.

## Ⅲ. 낭강 김동직(浪江 金東稙 1930-2004)의 정형시 창작형태조사

| 시조집 | 1연 | 2연 | 3연 | 4연 | 사설 | 장시조 | 총계 | 비고 |
|---|---|---|---|---|---|---|---|---|
| 시조문학 | | 2 | 19 | 2 | | | 23首 | |
| 현대시조 | | | 1 | | | | 1 | |
| 가람문학 | 2 | 20 | 39 | 2 | | | 63 | |
| 한밭시조문학 | 1 | 18 | 27 | 6 | | | 52 | |
| 충남문학 | | 1 | 3 | 1 | | | 5 | |
| 호서문학 | | 3 | 7 | | | 1 | 11 | |
| 오늘의문학 | | 2 | 5 | 2 | | | 9 | |
| 설화문학 | | 5 | 9 | 2 | | | 16 | |
| 풀물든영창(映窓) | 9 | 38 | 28 | | | | 75 | |
| 별을줍던뜨락 | 1 | 21 | 35 | 8 | | 3 | 68 | |
| 총 계 | 13 | 110 | 173 | 23 | | 4 | 324 | |
| 비 율% | 4.0 | 34.2 | 53.4 | 7.1 | | 1.2 | 99.9 | |

## Ⅳ. 현대시조의 창작 특색

1) 아산 고향으로 귀향하여 자연환경 속에 파묻혀 살아가며 소탈한 친환경적 서정시를 창작하였다.

2) 아산시의 특색인 관광온천의 고향으로 산촌일기를 창작하듯 시골 농촌의 서민적 생활 태도가 돋보였다.

3) 설화문학을 창간하여 지역사회 발전에 문학을 접목시켜 많은 문학인을 양성하였고 지상백일장을 개최하여 지역사회의 유능한 인재를 발굴 지도하였다.

## V. 나오며

현대시조의 평시조에서 2연, 3연짜리 창작이 283수 87.6%를 차지하고 있어 연시조를 매우 폭 넓게 선호하였으며 장시조에서는 8연시조가 4수 창작되어 있다. 〈풀물든 영창(映窓〉에서 이은방(1940-2006)은 향토성 짙은 민족 혼의 접맥으로 평설하였고, 이우종(1925-1999)은 한국적인 의식의 미학으로 평설했고, 가장 절친한 친구 김영배(1931-2009)는 근대판 귀거래사에 담긴 최후의 선비정신으로 해설하였다. 자료 수집이 미흡해서 완전한 조사연구가 성립되지 못하고 실망을 안겨주어 부끄러울 뿐이고 기회가 된다면 국립중앙도서관을 이용하여 알차고 완벽한 조사연구로 매듭짓기를 기대하고 삼가 고인의 명복을 기원하며 끝을 맺는다.

### 낭강 사랑(浪江 舍廊)

— 낭강 김동직(1930-2004)님 영전에

고향으로 귀향하신 그 숭고한 애향정신
산촌일기 시 쓰시며 서민생활 파고들어
온천의 온양온천이 관광지로 각광받고.

설화문학 창간하고 백일장 길을 열어
농촌정신 문학에 접목하신 그 높은 뜻
후학은 알것 같아요 시집 속에 읊어 놓고.

풀물든영창, 별을줍던뜨락, 그 시집도 빛나고
논강(論江)낭강(浪江) 친우사이 문학가교 으뜸되어
별처럼 온 세상천지 영원히 빛날게요. (김창현)

## ➚ 김 만 옥(金萬玉 1946−1975)

### Ⅰ. 한국시조큰사전. 1985.

돌담안팍-2연6행, 병풍도(屛風圖)-3연9행, 쓴사람-4연12행, 아친 3곡-1곡-1연3행, 2곡-1연3행 3곡-1연3행, 역항(逆航)-2연6행, 오월 아침의 찬(讚)-1연3행, 옥적(玉笛)을 두고-4연12행.

### Ⅱ. 김만옥(金萬玉 1946-1975)의 정형시 창작형태조사

| 시조집 | 1연 | 2연 | 3연 | 4연 | 5연 | 사설 | 장시조 | 총계 | 비고 |
|---|---|---|---|---|---|---|---|---|---|
| 한국시조 | 1 | 2 | 2 | 2 | | | | 7 | |
| 총 계 | 1 | 2 | 2 | 2 | | | | 7 | |
| 비 율% | 14.2 | 28.5 | 28.5 | 28.5 | | | | 99.7 | |

## ↗ 초정 김상옥(艸丁 金相沃 1920–2005)

### Ⅰ. 초적(草笛)

사향(思鄕)-3연9행, 춘소(春宵)-1연3행, 애정(愛情)-1연3행, 비오는 분묘(墳墓)-2연6행, 봉선화-3연9행, 물소리-1연3행, 강(江) 있는 마을-2연6행, 만추(晩秋)-2연6행, 입동(立冬)-3연9행, 눈-3연9행, 길에 서서-2연6행, 어무님-1연3행, 가정-2연6행, 병상(病床)-2연6행, 안해-1연3행, 누님의 죽음-3연9행, 강시(僵屍)-2연6행, 회의(懷疑)-2연6행, 낙엽(落葉)-2연6행, 영어(囹圄)-4연42행, 집오리-2연6행, 흰돛 하나-2연6행, 노방(路榜)-2연6행, 번뇌(煩惱)-2연6행, 회로(廻路)-1연3행, 자계명(自戒銘)-3연9행, 변씨촌(邊氏村)-3연9행, 청자부(青磁賦)-5연15행, 백자부(白磁賦)-5연15행, 추천(推薦)-2연6행, 옥적(玉笛)-2연6행, 십일면관음(十一面觀音)-3연9행, 대불석굴암(大佛石窟庵)-2연6행, 다보탑(多寶塔)-2연6행, 촉석루(矗 石樓)-3연9행, 선죽교(善竹橋)-사설시조, 무렬왕릉(武烈王陵)-3연9행, 포석정(鮑石亭)-2연6행, 재가정(財買井)김유신장군 집터-3연9행, 제황산성(帝皇山城)-3연9행.

### Ⅱ. 고원(故園)의 곡(曲)

포도(葡萄)-3연20행, 봄(1)-사설시조, 강(江)건너 마을-3연21행, 잠자리-3연18행, 비온 뒷 날-5연21행, 꽃속에 묻힌 집-3연21행, 금잔디지붕 1-3연24행, 술래잡기(1)-2연14행, 달-2연10행, 멧새알-사설시조, 저문 들길-2연16행, 돌탑-2연16행, 박물관-4연25행, 술래잡기(2)-사설시조, 적막(寂寞)-3연25행, 안개낀 항구-사설시조, 목장(牧場)-3연22행, 누에-사설시조, 내시곱새가 되었습니다-3연16행, 봄 2-사설시조. 무화과(無花果)-사설시조, 원정(園丁)의 노래-사설시조, 실명(失明)의 환자-사설시조, 조개와 소라-사설시조, 금잔디지붕 2-사설시조.

## III. 이단(異端)의 꽃

고목(古木)-4연14행, 산화(山火)-4연15행, 구릉(丘陵)-3연12행, 모래 한알-3연11행, 바위(1)-1연4행, 어무님-4연12행, 태양(太陽)-5연16행, 측(厠)-사설시조, 흉기-1연7행, 성명(聲明)의 장(章)-4연16행, 해바라기-1연6행, 화석(化石)-3연11행, 슬픔도 마목(痲木)처럼-3연9행, 눈-3연12행, 지난해 초춘(初春) 서울에 올라와서-사설시조, 나는 하늘이로다-사설시조, 봄-3연11행, 봄비-사설시조, 포풀러-사설시조, 목내이(木乃伊)-5연15행, 주막(酒幕)-사설시조, 사자(獅子)-5연15행, 독사(毒蛇)-3연11행, 지주(蜘蹰)-사설시조, 밀정(密偵)-2연7행, 정기(婧忌)-사설시조, 바위 2-1연5행, 바위 3-사설시조, 두미도(頭尾島)-2연7행, 산기슭-3연19행, 감나무-3연14행, 비오는 제사-사설시조, 불안(不安)-사설시조, 그림자-사설시조, 슬픈대사(臺詞)-사설시조.

## IV. 석류꽃

구름 한송이-3연18행, 개구리-2연15행, 염소-2연8행, 집 없는 나비-5연30행, 나비 날개-2연16행, 송아지-2연12행, 쌍둥이 강아지-2연16행, 눈과 토끼-2연16행, 그림자-2연16행, 봉숫골-2연12행, 우닥방망이-2연14행, 마늘각시-2연12행, 할만네-2연16행, 삼짓날-2연16행, 삐비-2연13행, 동백꽃-2연16행, 석류꽃 환한 길-2연13행. 포구-1연8행, 쥐잡기-1연10행, 웃음-2연12행, 베개-2연12행, 꿈-2연10행, 새알심-2연10행, 쪽방-4연20행, 힘이 한웅큼-3연20행, 진신짓는 영감님-3연20행, 착한 어린이-3연20행, 배애배 초코야-2연12행, 보슬비-3연18행, 햇빛과 아기-3연12행, 제비-2연12행, 참새와 아기-3연19행, 석류꽃-2연12행, 감꽃-4연24행, 박-2연11행, 포도-5연20행, 호롱불-3연15행, 외갓집-1연8행, 산울림-3연23행, 봄-1연8행, 숲보담 들보담-4연12행, 아기무덤-5연33행, 깜박깜박-1연9행, 안개낀 항구-2연13행, 망아지-3연15행, 새벽-5연15행, 물과 구름-2연12행, 젓꼭지-1연8행, 연필-3연18행, 노리개-5연15행, 무엇을 생각할때는-4연16행, 산골-1연12행, 삼일절-1연8행, 문패-2연12행, 딸기-2연12행, 눈오는 아침-2연16행, 꽃과 구름-2연14행, 아침-3연18행, 석류빛 노을-4연12행.

## Ⅴ. 의상(衣裳)

창(窓)(1)-사설시조, 위치(位置)-사설시조, 현틀에서-3연18행, 호수(湖水)(1)-1연8행, 호수(湖水)(2)-2연13행, 호수(湖水)(3)-2연9행, 여운(餘韻)(1)-4연16행, 여운(餘韻)(2)-1연6행, 무제(無題)-사설시조, 초동(初冬)-사설시조, 노변(爐邊)-사설시조, 사립문-3연14행, 인연(因緣)이여-사설시조, 풀밭같은 곳-3연18행, 궤짝처럼-사설시조, 장서(藏書)처럼-사설시조, 비(碑)(1)-1연5행, 비(碑)(2)-1연5행, 비(碑)(3)사설시조, 삶이라는 것-사설시조, 바깥은 바다였다-사설시조, 바다의 뇌임-사설시조, 의상(衣裳)(1)-2연14행, 의상(衣裳)(2)-사설시조, 의상(衣裳)(3)-사설시조, 창(窓)(2)-사설시조, 창(窓)(3)-사설시조, 저녁어스름-사설시조, 동굴에서-사설시조, 나비-2연9행, 창(窓)(4)-사설시조. 아득한 사연(事緣)-사설시조.

## Ⅵ. 목석(木石)의 노래

아침-3연9행, 돌 1-4연11행, 질그릇-4연31행, 목련(木蓮)-사설시조, 홍장미-3연18행, 겨울-사설시조, 도서-사설시조, 과실(1)-3연21행, 과실(2)-4연20행, 소년-사설시조, 밀실(密室)-3연21행, 열쇠-사설시조, 기억(記憶)-4연13행, 편지(便紙)-사설시조, 소포-사설시조, 틈-3연9행, 좌석(座席)-3연9행, 정물(靜物)-2연8행, 소풍-사설시조, 기러기-3연19행, 학(鶴)-3연11행, 풍경(風景)-2연6행, 살구나무-3연19행, 혜화동설화(惠化洞說話)-사설시조, 음향(音響)-3연24행, 일모(日暮)-4연12행, 승화(昇華)-사설시조.

## Ⅶ. 꽃속에 묻힌 집-동시집

봄꽃-2연12행, 달밤-1연8행, 산울림-1연10행, 아기봄-1연12행, 가을하늘-2연15행, 석굴암에서-1연8행, 가을-1연6행, 소공동 시-4연24행.

## Ⅷ. 삼행시-65편

난(蘭)이 있는 방-1연3행, 세례-1연3행, 꽃피는 숨결에도-2연6행, 무연(無緣)-1연3행, 축제2연6행, 촬영(撮影)-3연9행, 따사롭기 말 할 수 없는 무제-2연6행, 항아리-2연6행, 이조(李朝)의 흙-3연9행, 어느 날-1연3행, 딸에게주는 흘기(笏記)-2연6행, 꽃의 자서(自敍)-2연6행, 부재(不在)-1연3행, 억새풀-2연6행, 은행잎-1연3행, 도장(圖章)-사설시조, 내가 네 방에 있는 줄 아는가-사설시조, 늪가에 앉은 소년-사설시조, 겨울이적(異蹟)-1연3행, 백모란-2연6행, 모란(牧丹)-2연6행, 꽃과 걸인-2연6행, 전설(傳說)(1)-1연3행, 전설(傳說)(2)-1연3행, 꿈의 연못-3연9행, 관계(關係)-사설시조, 회를 친 얼굴-3연9행, 어느 친전(親展)-2연6행, 유화(油畵)-2연6행, 사진(寫眞)-1연3행, 배치(配置)-1연3행, 가을뜨락에 서서-4연12행, 금추(今秋)-1연3행, 조락(凋落)-1연3행, 안개-2연6행, 밤비소리-2연6행, 강설(降雪)-2연6행, 탐라기(耽羅記)-2연6행, 인간나라 생불나라 수도-사설시조, 고산자김정호선생송(古山子金正浩先生頌)-사설시조, 물빛 속에-1연3행, 옹취인령가(翁翠印靈歌)-2연6행, 포도인령가(葡萄印靈歌)-2연6행, 착한마법(魔法)-2연6행, 형상(形象)-2연6행, 연적(硯滴)-3연9행, 금(金)을 넝마로 하는 술사(術士)에게-3연10행, 개안(開眼)-사설시조, 문(門)-1연3행, 현신(現身)-2연6행, 봄-3연9행, 돌아온 돌이(乭伊)-사설시조, 춤(1)-사설시조, 춤(2)-2연6행, 무가(巫歌)-2연6행, 나의 악기(樂器)-3연9행, 일-3연9행, 수해(樹海)-3연9행, 홍매흉곡도(紅梅凶谷圖)-4연12행, 슬기로운 꽃나무-사설시조, 과학, 비과학, 비비과학적 실험-사설시조, 아가(雅歌)-5연15행, 아가(雅歌)(2)-사설시조, 남은 온기-4연12행, 달의 노래-4연12행, 먹을 갈다가-3연17행, 뜨락-2연18

行, 변신의 꽃-3연17행, 회심곡(回心曲)-2연12행, 수심가(愁心歌)-3연18행, 독감(毒感)-2연15행, 백매(白梅)-2연13행, 화창한 날-3연9행, 신록(新綠)-사설시조, 불모(不毛)의 풀-3연12행, 대역(大役)의 풀-사설시조, 이교(異教)의 풀-3연16행, 한풀잎 위에-4연20행, 가슴-1연10행, 해후(邂逅)-2연14행, 깃을 떨어뜨린 새-4연20행, 너는 온다-2연13행, 이순(耳順)의 봄-2연16행, 가을과 석수(石手)-3연21행, 귓전에 남은 소리-1연10행, 어느 가을-2연9행, 바람-2연8행, 가을하늘-2연12행, 나무와 연-2연16행, 고아말세리노의 입김-3연9행, 안개-사설시조, 목침(木枕)-1연12행, 갈증(渴症)-3연9행, 손-3연18행, 구갑(龜甲)-사설시조. 옹이 박힌 나무-사설시조, 더러는 마주친다-3연20행, 전정(剪定)-2연12행, 살아서 보는 죽음-2연17행, 푸른동공(瞳孔)-2연16행, 벽화(壁畵)-사설시조, 홍매(紅梅)-2연12행, 부처님돌이(乭伊)가 막일꾼차돌이에게(1)-3연6행, 삼연시-두수-삼사월-1연6행, 자물쇠-1연6행, 제기(祭器)-1연12행, 가지않는 시계-1연3행, 귀여운 채귀(債鬼)-사설시조, 꽃으로 그린 악보-5연15행, 꽃결에 노는 아이들-2연7행, 불노초(不老草)-사설시조, 구름(2)-사설시조, 귀한수치(羞恥)-사설시조, 복사꽃 삼백년-3연21행, 방관자의 노래-3연11행, 아직도 이 과일은-3연11행, 녹음(綠陰)-3연19행, 담뱃불 붙일 날-3연11행, 합류(合流)-3연15행, 듣지 못하는 어깨-2연13행, 가을에 쥐구멍을-4연11행, 남명조식선생송(南暝曺植先生頌)-2연7행, 네 목숨이 네 것이 아니다-12연36행.

## IX. 향기담은 가을

백자(白磁)-1연9행, 편지(便紙)-1연9행, 우후(雨後)-1연9행, 너만 혼자 어디로-1연9행, 그 문전(門前)-1연9행, 싸리꽃-1연9행, 인과(因果)-1연9행, 하얀꽃나무-1연9행, 빈궤짝-1연9행, 가을그림자-1연9행, 이 나무는-1연9행, 제꽃처럼-1연4행, 조춘(早春)-1연9행, 아침 소견(所見)-1연9행, 환생(還生)-1연9행, 꽃-1연9행, 모란(牧丹) 앞에서-1연9행, 뒤안길-1연9행, 근황(近況)-1연9행, 햇빛-1연9행, 봉서(封書)-1연9행, 착한마법(魔法)-1연9

행, 연적(硯滴)의 명(銘)-1연9행, 안부-1연9행, 보얀불빛-1연9행, 실명(失明)-1연9행, 무엇으로 태어나리-1연9행, 흔적(痕迹)-1연9행, 어느 골짜기-1연12행, 못물(1)-1연12행, 못물(2)-1연12행, 못물(3)-1연12행, 잎지는 나무-1연9행, 입춘 가까운 날-1연9행, 무연(無緣)-1연9행, 난(蘭) 있는 방-1연9행, 부재(不在)-1연9행, 억새풀-1연9행, 물빛 속에-1연9행, 조락(凋落)-1연9행, 은행잎-1연9행, 어느날-1연9행, 사제(師弟)-1연9행, 꽃과 눈물-1연9행, 향낭(香囊)-1연12행, 모란(牧丹)-1연9행, 전설(傳說)(1)-1연9행, 전설(傳說)(2)-1연9행, 고아말세리노(1)-1연9행, 을숙도(乙叔島)-1연9행, 강아지풀-1연9행, 꿈의 연못-2연12행, 늪가에 앉은 소년-사설시조, 안개-사설시조, 돌(1)-2연16행, 비가(悲歌)-3연18행, 가을 열쇠-3연22행, 참파노의 노래-3연25행, 귀여운 채귀(遞歸)-사설시조, 가지 않는 시계-사설시조.

## Ⅹ. 느티나무의 말

이승에서-1연9행, 주변에서-1연9행, 대상(對象)-1연9행, 느티나무의 말-1연5행, 정지(靜止)-1연9행, 광채(光彩)-1연9행, 구름-1연9행, 촉촉한 눈길-1연9행, 친전(親展)-1연9행, 흔적(痕迹)-1연9행, 그 늙은 나무는-1연9행, 공동(空洞)-1연9행, 봄-1연9행, 빈궤짝-1연3행, 아침소묘(素描)-1연3행, 꿈 같은 생시-1연7행, 돌(2)-1연9행, 돌(3)-1연9행, 밀사(密使)-1연4행, 무늬-1연9행, 미물(微物)-1연9행, 종적-1연9행, 눈길 한번 닿으면-1연9행, 건너다 보면-1연9행, 돌담모퉁이-1연9행, 11월의 연상(聯想)-1연9행, 일기초(日記秒 )-1연9행, 돌(4)-1연3행, 돌(5)-1연9행, 태(胎)-1연9행, 손바닥 위의 궁궐(宮闕)-1연9행, 소망(所望)-1연3행, 풀꽃과 나비-1연9행, 꽃 소묘(素描)-1연9행, 금(金)을 티끌처럼-1연9행, 시(詩)나 한편-1연9행, 풍경(風景)-1연9행, 한란(寒蘭)-1연9행, 가랑잎 위에-1연9행, 수몰(水沒)-1연9행, 동굴(洞窟)-1연9행, 짚단 부스럭거리는 소리-1연9행, 풀잎-1연9행, 억새풀(1)-1연9행, 억새풀(2)-1연9행.

## XI. 미간행 유고

우수(憂愁)의 서(序)-장서(藏書)처럼-사설시조, 비수(匕首)-사설시조, 밤비- 사설시조, 비(碑)-사설시조, 궤짝처럼-사설시조, 우수(憂愁)의 서(序)(2)-수난-사설시조, 숙종대왕(肅宗大王)-사설시조, 각자(刻字)-사설시조, 살인인(殺人人)-사설시조, 노인(老人)-사설시조, 유서(遺書)-사설시조, 우수(憂愁)의 서(序)(3)-치자꽃-사설시조, 파초(芭蕉)-사설시조, 귀(耳)-사설시조, 눈(目)-사설시조, 입(口)-사설시조, 코(鼻)-사설시조, 모란(牧丹)-사설시조, 효불효교(孝不孝橋)-사설시조, 어느 초여름 저녁에사-사설시조, 동자(童子)와 화병(畵屛)-4연24행, 산(山)-4연23행, 낙엽(落葉)-1연6행, 꽃지는 날에-2연12행, 불-4연17행, 조춘(早春)-3연17행, 현신(現身)-2연6행, 무슨 목청으로-3연17행, 무희(舞姬)-2연6행, 어떤 사실(事實)-3연9행, 축원문(祝願文)-2연12행, 다섯 개의 항아리-6연23행 겨울을 사는 나무-2연6행, 보신각(普信閣) 종소리 새로 듣다-6연18행, 식전(式典)-3연18행, 선인장(仙人掌)-3연18행, 변질(變質)-1연9행, 손-6연24행, 난초(蘭草)여-2연11행, 단장(斷章)-1연12행, 십년 후(十年 後)-1연9행, 친전(親展)-1연9행, 어느 눈오는 날의 이야기-1연9행, 비어(蜚語)-1연9행, 풀잎 하나-1연9행, 구름도 한모금 물도-1연9행, 신록(新綠)-3연25행, 꽃장수 아주머니-사설시조, 푸른 초여름-2연6행, 꽃내음 쑥내음-2연14행, 손님과 초인(超人)-1연10행, 빈집-1연9행, 이방자(李芳子1901-1989)-1연6행, 복혜숙(卜惠淑1904-1982)-1연6행, 비오는 고속도로-2연14행, 공주도(拱珠島)-1연3행, 4월이 오면-3연14행, 〈해설〉고고하고 정결한 정신의 지향-이숭원.

## XII. 초정 김상옥(艸丁 金相沃 1920-2005)의 정형시 창작형태조사

| 정형시 | 1연 | 2연 | 3연 | 4연 | 5연 | 사설 | 장시조 | 동시 | 총계 | 비고 |
|---|---|---|---|---|---|---|---|---|---|---|
| 초적 | 6 | 18 | 12 | 1 | 2 | 1 | | | 40 | |

| | | | | | | | | | | |
|---|---|---|---|---|---|---|---|---|---|---|
| 고원의곡 | | 4 | 8 | 1 | 1 | 11 | | | 25 | |
| 이단의 꽃 | 4 | 2 | 9 | 4 | 3 | 13 | | | 35 | |
| 석류꽃 | 5 | 28 | 12 | 6 | 4 | | | | 55 | |
| 의상 | 4 | 4 | 3 | 1 | | 20 | | | 32 | |
| 목석노래 | | 2 | 10 | 4 | 1 | 10 | | | 27 | |
| 꽃속 묻힌 집 | 5 | 2 | | | | | | | 8 | |
| 삼행시 | 15 | 24 | 11 | 4 | | 11 | | | 65 | |
| 먹을 갈다가 | 5 | 17 | 17 | 2 | 1 | 13 | 1 | | 56 | |
| 향기가을 | 51 | 2 | 3 | | | 4 | | | 60 | |
| 느티나무 | 45 | | | | | | | | 45 | |
| 미간행유고 | 14 | 10 | 6 | 2 | | 17 | 3 | | 52 | |
| 총계 | 154 | 113 | 91 | 26 | 12 | 100 | 4 | (8) | 500 | |
| 비율% | 30.8 | 22.6 | 18.2 | 5.2 | 2.4 | 20.0 | 0.8 | | 100% | |

## ↗ 김 상 용 (金尙鎔 1902-1951)

### Ⅰ. 한국시조큰사전. 1985.

바다-1연3행, 바친몸-1연3행, 백두산음(白頭山吟)-정계석축(定界石築)-2연6행, 무두봉(無頭峰)-1연3행, 백두산정(白頭山頂)에서-1연3행, 천지(天池)가에서-1연3행, 병상음(病床吟)-2연6행, 시조(時調)6수-6연18행, 실제(失題)-1연3행, 어린것을 잃고-6연18행.

### Ⅱ. 김상용(金尙鎔 1902-1951)의 정형시 창작형태조사

| 시조집 | 1연 | 2연 | 3연 | 4연 | 5연 | 사설 | 장시조 | 총계 | 비고 |
|---|---|---|---|---|---|---|---|---|---|
| 한국시조 | 6 | 2 | | | | | 2 | 10 | |
| 총 계 | 6 | 2 | | | | | 2 | 10 | |
| 비 율% | 60.0 | 20.0 | | | | | 20.0 | 100 | |

## ➚ 동산 김 상 형 (東山 金相亨 1924-2003)

### Ⅰ. 한국시조큰사전. 1985.

감(感)-1연15행, 고향소묘(故鄕素描)-3연9행, 별밭-2연6행, 신당리-2연6행, 나목(裸木)-2연6행, 나무-2연6행, 나비-3연9행, 농부찬가(農夫讚歌)-3연9행, 독백(獨白)-4연12행, 매화부(梅花賦)-2연6행, 모란-2연6행, 산(山)(1)-1연3행, 산(山)(2)-1연3행, 설화(雪花)-2연6행, 송덕비(頌德碑)-3연9행, 십자가(十字架) 앞에서-3연9행, 어느 아가씨-2연6행, 어머님-4연12행, 연-2연6행, 오월헌(梧月軒)-3연9행, 조춘(早春)-2연6행, 죽송(竹頌)-2연6행, 추야우(秋夜雨)-2연6행, 추원당(追遠堂)-4연12행, 추음(秋吟)-1연3행, 호롱불-3연9행.

### Ⅱ. 사모곡(思母曲)-시집. 1991.

신록(新綠)-2연18행, 도원(桃園)에서-2연18행, 기도(祈禱)-2연12행, 십자가(十字架)앞에서-3연27행, 무제(無題)-1연9행, 호산나-2연18행, 영랑호주변(永郞湖周邊)-2연18행, 아버님 수연(壽宴)에-4연36행, 사모곡(思母曲)(1)-3연18행, 사모곡(思母曲)(2)-3연18행, 사모곡(思母曲)(3)-2연13행, 사모곡(思母曲)(4)-3연18행, 사모곡(思母曲)(5)-2연18행, 사모곡(思母曲)(6)-2연18행, 사모곡(思母曲)(7)-3연27행, 사모곡(思母曲)(8)-3연18행, 사모곡(思母曲)(9)-3연18행, 고향소묘(故鄕素描)(5)-2연14행, 고향소묘(故鄕素描)(6)-2연14행, 나무-2연12행, 대관령설경(大關嶺雪景)-2연12행, 바위-2연18행, 삼동에 베 옷 입고-2연14행. 새하늘이 열립니다-3연18행, 황매산(黃梅山)-3연27행, 만수천(萬壽川)-2연13행, 낚시-2연18행 노송(老松)-2연14행, 낙동강(洛東江)도 열렸네-2연18행, 칠십고개 구름재-2연14행, 산란(山蘭)-2연18행, 동해일출(東海日出)-2연14행, 병상(病床)에서-3연21행, 임의 깊은 뜻-1연9행, 코스모스-2연14행, 밑없는 항아리-1연6행, 송악(松岳) 관측소에서-3연18행, 강화도(江華島)에서-2연12행, 우리도-2연18행, 하늘 아래 뫼이라 해도-1연9행, 열매-사설시조, 한라산(漢拏山)-2연18행, 서곡(瑞曲)-2연14행, 나의 예순한 해-3연21행, 인제사-3연18행, 고운 결실(結實)-3연18행, 낙천(樂天)-3연27행, 낙서(落書)-3연18행, 무제(無題)-1연9행, 김어수사백타계(金魚水詞伯他界)-2연12행, 과녁-2연18행, 독백(獨白)(1)-2연18행, 금산기행(錦山紀行)-4연24행, 얼음골-3연18행, 가마불-2연12행, 호박수-2연12행, 〈동시조〉사슴도 산토끼도-1연12행, 봄아가씨-2연12행, 연못-2연12행, 하나님은-1연28행, 함박꽃-2연14행, 눈-1연6행.

〈발문〉긍정의 철학과 소망의 시정신-황희영.

### Ⅲ. 삼국기(三國記)-대서사시. 1997.

삼국기(三國記)(1)-3연18행, 삼국기(三國記)(2)-10연60행, 삼국기(三國記)(3)-6연36행, 삼국기(三國記)(4)-7연42행, 삼국기(三國記)(5)-15연90행, 삼국기(三國記)(6)-6연36행, 삼국기(三國記)(7)-5연30행, 삼국기(三國記)(8)-10연60행, 삼국기(三國記)(9)-4연24행, 삼국기(三國記)(10)-8연48행, 삼국기(三國記)(11)-6연36행, 삼국기(三國記)(12)-12연72행, 삼국기(三國記)(13)-13연78행, 삼국기(三國記)(14)-12연72행, 삼국기(三國記)(15)-40연240행, 삼국기(三國記)(16)-13연78행, 삼국기(三國記)(17)-10연60행, 삼국기(三國記)(18)-17연102행, 삼국기(三國記)(19)-17연102행, 삼국기(三國記)(20)-33연198행.

### Ⅳ. 아침에-시조시집. 1998.

임의 사랑-2연14행, 난(蘭)-2연18행, 겸손(謙遜)-1연9행, 아침에-3연27행, 25시-2연18행, (영역)세월(歲月)-1연9행, 자화상(自畵像)-3연21행, 지구촌 현황-2연18행, 묵시(黙示)-2연14행, 득춘부(得春賦)-2연18행, 일기(日記)-1연9행, 화신(花信)-1연9행, 재기(再起)-2연14행, 만성(晩成)-1연9행(영역), 탄식(歎息)-2연14행, 국송(菊頌)-2연12행, 내일(來日)의 봄이 있기에-2연14행, 사랑의 섭리(攝理)-2연18행, 인생(人生)은-2연14행, 산(山)에 올라 세상(世上)을 보면-3연21행, 월야독보(月夜獨步)-1연6행, 꽃방석-2

연14행, 채미정(採薇亭)에서-5연30행, 이 영광(榮光) 금쟁반에 담아-3연19행, 산촌정경(山村情景)-1연9행, 잠언(箴言)-2연14행, 옥연정사(玉淵精舍)-4연36행, 분화(盆花)-2연17행, 가진 보물은 없어도-2연18행, 흥부와 놀부-사설시조, 기적(奇績)의 박-사설시조, 삶-사설시조, 인자수(仁者壽)-사설시조, 관포지교(管鮑之交)-사설시조, 뿌리깊은 나무-사설시조, 계수(桂樹)나무처럼-사설시조, 신라(新羅)의 의미(意味)-사설시조, 오월(五月)이 되면-3연27행, 발돋움만 하였네-3연18행, 이총(耳塚)-2연14행, 죄(罪)와 벌(罰)-3연27행, 한실 이상보 박사 정년퇴임에-2연14행, 감탄(感歎)-2연12행, 나래-2연14행, 은항교수 정년퇴임에-2연18행, 기원(祈願)-3연21행, 독백(獨白)-1연7행, 감사(感謝)-1연7행, 내일의 나-3연27행, 산국(山菊)-2연14행, 늦잠-1연12행, 찬타(讚朶)-1연6행, 규방정경(閨房情景)-1연9행, 추억(追憶)-1연9행, 내일(來日)-4연24행, 지팡이-1연7행, 만가(輓歌)-7연42행, 철수화(鐵樹花)-3연18행, 공상(空想)-1연9행, 고독(孤獨)-1연9행, 불굴(不屈)-1연9행, 하늘은-1연7행, 축복(祝福)-1연9행, 응답(應答)-2연14행, 독백(獨白)-1연7행, 울릉도(鬱陵島)의 노래-4연24행, 하늘까지-1연8행, 금자리-2연18행, 충정공 박팽년 선생(忠貞公 朴彭年 先生)의 사당(祠堂)을 찾아-5연35행, 고희(古稀)-3연9행.

〈발문〉 삶의 철학과 시심의 조화로운 경지-원용문.

## V. 동산 김상형(東山 金相亨 1924-2003)의 정형시 창작형태조사

| 시조시 | 1연 | 2연 | 3연 | 4연 | 5연 | 사설 | 장시조 | 총계 | 비고 |
|---|---|---|---|---|---|---|---|---|---|
| 한국시조 | 4 | 12 | 7 | 3 | | | | 26 | |
| 사모곡 | 8 | 34 | 17 | 2 | | 1 | | 62 | |
| 삼국기 | | | 1 | 1 | 1 | | 17 | 20 | |
| 아침에 | 18 | 24 | 10 | 3 | 2 | 8 | 1 | 66 | |
| 총계 | 30 | 70 | 35 | 9 | 3 | 9 | 18 | 174 | |
| 비 율% | 17.2 | 40.2 | 20.1 | 5.1 | 1.7 | 5.1 | 10.3 | 99.7 | |

## ↗ 김 소 월(金素月 1902-1934)

### Ⅰ. 한국시조큰사전. 1985.

깊이 믿던 심성(心性)-1연3행, 문견폐(門犬吠)-1연3행, 부자(父子)-6연18행, 봄밤-2연6행, 생(生)과 돈과 사(死)초(抄)-5연15행, 은대촉(銀臺燭)-1연3행, 의(義)와 정의심(正義心)초(抄)-3연9행, 일야우(一夜雨)-1연6행, 제비-1연3행, 함구(緘口)-1연3행, 함장초-1연3행.

### Ⅱ. 김소월(金素月 1902-1934)의 정형시 창작형태조사

| 시조집 | 1연 | 2연 | 3연 | 4연 | 5연 | 사설 | 장시조 | 총계 | 비고 |
|---|---|---|---|---|---|---|---|---|---|
| 한국시조 | 7 | 1 | 1 | | 1 | | 1 | 11 | |
| 총 계 | 7 | 1 | 1 | | 1 | | 1 | 11 | |
| 비 율% | 63.6 | 9.0 | 9.0 | | 9.0 | | 9.0 | 99.6 | |

## ↗ 김어수(金魚水 1909–1985)

### Ⅰ. 이 짙은 향기를 어이하리.1983.

비시(扉詩)-5연30행, 마산 월영대(馬山 月影臺)-3연18행, 한산도(閑山島)-3연18행, 금산(錦山)-3연18행, 노량(露梁)-2연12행, 해인사(海印寺)-3연18행, 송광사(松廣寺)-3연18행, 청천강(淸川江)-3연18행, 명사십리(明沙十里)-3연18행, 삼수갑산(三水甲山)-3연18행, 백두산(白頭山)-3연18행, 통군정(叢石亭)-3연18행, 석왕사(釋王寺)-3연18행, 묘향산(妙香山)-3연18행, 압록강(鴨綠江)-3연18행, 락산동대(樂山東臺)-3연18행, 모란봉(牧丹峰)-3연18행, 금강산(金剛山)-3연18행, 울산학성(蔚山鶴城)-3연18행, 신륵사(神勒寺)-5연30행, 해운대(海雲臺)-3연18행, 부여(扶餘)-3연18행, 만월대(滿月臺)-4연24행, 덕수궁(德壽宮)-3연18행, 영남루(嶺南樓)-3연18행, 화엄사(華嚴寺)-3연18행, 법주사(法住寺)-3연18행, 대동강(大同江)-3연18행, 치술령(鵄述嶺)-3연18행, 범어사(梵魚寺)-5연30행, 진주성(晋州城)-4연24행, 촉석루(矗石樓)-3연18행, 대흥사(大興寺)-3연18행, 변산반도(邊山半島)-3연18행, 석굴암(石窟庵)-3연18행, 계룡산(鷄龍山)-3연18행, 낙화암(落花岩)-3연18행, 조령(鳥嶺)-3연18행, 달천강(撻川江)-3연18행, 장릉(獐陵)-3연18행, 설악산(雪嶽山)-3연18행, 삼각산(三角山)-3연18행, 남한산성(南漢山城)-3연18행, 한강(漢江)-3연18행, 선죽교(善竹橋)-3연18행, 박연폭포(朴淵瀑布)-3연18행, 몽금포(夢金浦)-2연12행, 통도사(通度寺)-3연18행, 지리산(智離山)-3연18행, 쌍계사(雙溪寺)-3연18행, 내장산 단풍(內臟山 丹楓)-3연18행, 금산사(金山寺)-3연18행, 한라산(漢拏山)-3연18행, 구월산(九月山)-3연18행, 총석정(叢石亭)-3연18행.

〈서문〉미당. 서정주(未堂 徐廷柱 1915-2000). 총55수.

## II. 한국시조 큰사전. 1985.

가야금-3연9행, 가을의 어귀에서-3연9행, 감-3연9행, 꿈-3연9행, 귀로단장(歸路斷章)-3연9행, 낚시-3연9행, 눈 내리는 날-3연9행, 맹세-3연9행, 목련-3연9행, 백상부(白想賦)-3연9행, 별곡-2연6행, 봄비-3연9행, 산도라지-3연9행, 산사의 밤-3연9행, 산촌춘정-3연9행, 산촌한정(山村寒情)-3연18행, 옛고향초-3연9행, 정(情)-3연9행, 정(靜)-3연9행, 조춘만정(早春慢情)-3연9행, 청산-3연9행, 총21수=시집+큰사전=76수.

중 · 고등학교장을 역임했고 회장직도 역임했으며 〈달안개 피는 언덕길〉 〈햇살 쏟아지는 뜨락〉 〈회귀선의 꽃구름〉 〈스님에게서 온 편지〉 등 저서가 있으나 자료수집이 어려워 시집 한 권과 한국시조 큰사전으로 끝을 맺는다.

## III. 김어수(金魚水 1909-1985)의 정형시 창작형태조사

| 시 집 | 1연 | 2연 | 3연 | 4연 | 5연 | 사설 | 장시조 | 총계 | 비고 |
|---|---|---|---|---|---|---|---|---|---|
| 이짙은향기 | | 2 | 48 | 2 | 3 | | | 55 | |
| 한국시조 | | 1 | 20 | | | | | 21 | |
| 총 계 | | 3 | 68 | 2 | 3 | | | 76 | |
| 비 율% | | 3.8 | 89.4 | 2.6 | 3.8 | | | 99.6 | |

## ➚ 김 억 (金億 1896−1950)

### Ⅰ. 한국시조큰사전. 1985.

꽃이 필 때면-3연9행, 광화문(光化門) 네거리-3연9행, 무심(無心)한 봄바람에-3연9행, 우감(偶感)-2연6행, 추야음(秋夜吟)-3연9행, 패성(浿城)서-3연9행, 행로난(行路難)-3연9행.

### Ⅱ. 김억(金億 1896-1950)의 정형시 창작형태조사

| 시조집 | 1연 | 2연 | 3연 | 4연 | 5연 | 사설 | 장시조 | 총계 | 비고 |
|---|---|---|---|---|---|---|---|---|---|
| 한국시조 | | 1 | 6 | | | | | 7 | |
| 총 계 | | 1 | 6 | | | | | 7 | |
| 비 율% | | 14.2 | 85.7 | | | | | 99.9 | |

## ↗ 김 영 기 (金永騏 1902–1983)

### Ⅰ. 한국시조큰사전. 1985.

대동단결(大同團結)-1연3행.

해오라비-1연3행.

### Ⅱ. 김영기(金永騏 1902-1983)의 정형시 창작형태조사

| 시조집 | 1연 | 2연 | 3연 | 4연 | 5연 | 사설 | 장시조 | 총계 | 비고 |
|---|---|---|---|---|---|---|---|---|---|
| 한국시조 | 2 | | | | | | | 2 | |
| 총 계 | 2 | | | | | | | 2 | |
| 비 율% | 100 | | | | | | | 100 | |

↗ 논강 김 영 배 (論江 金英培 1931–2009)

## 논강 김영배의 생애와 현대동시조(시조)문학

### Ⅰ. 들어가며

우리나라의 서민적 향수를 달래는 인생관이나 향토적 서정성 깊은 빛나는 수필과 시조, 그리고 현대 동시조까지 폭넓은 문학 장르에서 어느 것 하나 놓치기 아까운 작품들이 너무 많다. 제1회 전국한밭시조백일장이 1986년 10월 3일 대전고등학교에서 처음 열렸다고 생각한다. 교육자료 시조 3회 천료를 끝냈을 때 박순길시인 소개로 논강님을 처음 알게 되었고, 한밭시조문학 창간호(1987)에서 논강님의 〈민족시의 근원과 시조문학의 맥락적 가치〉 논문을 탐독하고 감명을 받은바 있다. 한국불교문인협회 대전.충남지회와 대전시조시인협회에서 회장과 총무를 맡아 보면서 희생적 봉사활동을 전개한 일이 영화의 스크린처럼 추억 속의 한토막이 스쳐 지나간다. 오늘날까지 세상에 발간되었던 수필문학, 시조문학, 현대동시조를 중심으로 한평생 층층이 쌓아 올린 문학의 글탑을 고찰하면서 필자와는 2008년 1월 22일 문학흔적을 기록한 자료조사를 우송한 바 있다.

### Ⅱ. 펼치며

1. 논강 김영배(1931–2009)의 시조문학 조사

1) 가람문학

창간호(1980)-노송-3연27행/ 제2집(1981)-목련-2연12행, 여승당-2연12행, 하루-3연24행/ 제6집(1985)-계룡 팔경-16연32행/ 제7집(1986)-해 돋는 항구-2연12행, 진달래-2연12행, 춘산-2연12행/ 제8집(1987)-숨결-3연18행, 고향 길-3연18행, 산 울음-3연18행/ 제9집(1988)-자운영-2연12행, 갈등-2연12행/ 제10집(1989)-윷판-5연30행, 상사화-3연9행, 농투사니-5연15행/ 제

11집(1990)-홍성 가는 길-3연26행, 아직은 세월이-3연18행, 객고-3연23행/ 제12집(1991)-금강이여 흘러라-9연54행(장시조), 장미빛 오월-3연18행/ 제13집(1992)-산 울음-2연12행, 기상도-3연18행, 해빙기-3연18행, 선구자-3연18행/ 제14집(1993)-한빛탑에게-3연24행, 한 우주를 담은 복지-3연24행, 단비-2연12행, 삼불봉 설화-3연18행, 참수-2연12행/ 제15집(1993)-버드내 풍경-3연18행, 가야 할 산하-5연30행, 비의 계절-3연18행/ 제16집(1995)-춘정-3연24행, 독백-3연18행, 육십령-3연18행, 괴목-2연12행/ 제17집(1996)-독도 내 사랑-3연18행, 순례기-2연12행, 돌 하나 세워 놓고-평시조6행/ 제18집(1997)-다정도 병이련가-김창현, 축시, 박쥐동굴-사설시조2수, 업보-3연18행, 참회-3연18행, 허전한 아침-2연12행, 다시 출항의 아침에-2연12행, 제주의 산하-3연18행/ 제19집(1998)-적신호-2연14행, 진실의 파편-2연13행/ 제20집(1999)-덩굴장미-3연12행, 그가 사는 뜻은-4연17행, 어머니의 성(城)-3연21행/ 제21집(2000)-돌 하나 세워 놓고-평시조12행, 탑돌이-2연16행, 계명-3연24행, 어떤 흔적 1-3연14행, 어떤 흔적 2-3연13행/ 제22집(2001)-시농제(始農祭)-3연12행, 액막이-2연12행, 보고 또 봐도-4연16행/ 제23집(2002)-영산재-3연15행, 유달산에서-노래비-2연6행, 노적봉-2연6행, 무심-2연8행, 꽃박람회-3연18행/ 제24집(2003)-무너진 성터에서-2연13행/ 제25집(2004)-수련-3연14행, 연꽃 축제-3연17행/ 제26회(2005)-봄나들이-3연18행, 바람소리-2연6행, 백의종군-2연6행, 내 안의 강-3연13행/ 제27집(2006)-수락폭포-3연18행, 십자로의 파수꾼-3연18행, 진달래 사연-3연18행, 저녁노을-3연18행, 4월의 분수대-3연18행/ 제28집(2007)-농가의 점경-4연24행, 동백섬 소묘-3연15행, 일흔일곱의 정해년에-3연9행, 지상은 꽃밭 지하는 낙원-2연12행/ 제29집(2008)-봄과 꽃과 여인-3연9행, 개항 후기-2연12행, 해일과 방파제-2연12행, 진토위에 피는 꽃관-2연12행/ 제30집(2009)-간벌사지-2연6행, 벚꽃 생명-2연8행, 사랑꽃 후지리아-2연12행, 몬로 바람-3연18행.

2) 한밭시조문학

창간호(1987)-분수-3연18행, 탑-밤-평시조6행, 낮-평시조6행, 밤-평시조6행/ 제2집(1988)-귀성-3연18행, 마지막 선비-3연18행, 모정-2연12행/ 제3집(1989)-어떤 목자의 여정-3연18행, 물거품-3연24행, 술빛 상념-4연33행, 설원-3연18행/ 제4집(1990)-장마 뒤풀이-3연23행, 상경 일기-5연30행, 이별 이후-3연20행, 겨울 산책-3연23행, 늦바람 타고-3연23행, 사유의 연속무늬-3연18행, 객수-3연24행, 목련 꽃이 질 때-6연36행/ 제5집(1993)-어디로 가랴-4연30행, 억새풀-2연12행, 가락을 타고-2연15행/ 제6집(1994)-흔적3연23행, 추등-3연23행, 삶의 현장-3연22행/ 제7집(1995)-안개 지역-3연18행, 조약돌-3연18행, 10월의 나무-3연18행/ 제8집(1996)-입산 소언-3연18행, 아! 쉰해라니-3연18행, 들꽃 전시회-3연18행, 종점 부근-3연18행, 간월도에서-3연18행/ 제9집(1997)-어머니의 성(城)-3연21행, 철새들의 행방-3연21행, 내가 사는 뜻은-3연16행, 터 구름 굿-사설시조, 달빛-3연15행, 들풀들의 합창-4연16행, 정방폭포-2연14행, 산굼부리-2연12행/ 제10집(1998)-콩밭에서 서울까지-4연12행, 아내의 기야(忌夜)에-3연18행, 첫 갑자의 아침-3연15행, 허물벗기-3연15행/ 제11집(1999)-세기말 풍경-3연12행, 뿌리 찾기-4연16행, 분양의 아침-3연12행, 종가집 명절-4연16행/ 제12집(2000)-나루터의 저녁놀-4연12행, 황사바람-4연16행/ 제13집(2001)-산 말고 들이 되어-3연12행, 백로와 추분 사이-3연9행, 한(恨) 풀이-3연9행/ 제14집(2002)-임리정(臨履亭)-2연12행, 숲의 비가-4연16행, 농가의 점경-새 농가-평시조5행, 무계절의 땀-평시조5행/ 제15집(2003)-놀뫼 들-4연16행, 해변의 풍속도-2연8행, 고궁에서-3연15행/ 제16집(2004)-뿌리공원에서-3연18행, 남강에서-5연25행, 영원한 단명-3연18행/ 제17집(2005)-상봉의 여울목-3연15행, 미완의 글 탑-3연9행, 새벽빛 모정-2연12행, 간병녀의 푸른 기도-3연9행, 퇴역 훈장-2연10행/ 제18집(2006)-4남매의 뜨락-3연9행, 초겨울의 자화상-3연9행, 등반 일기-2연12행/ 제19집(2007)-사모곡-3연18행, 굴렁쇠 세월-3연19행/ 제20집(2008)-안개-3연9행, 가을 초입-2연12행, 삶의 현장-2연6행.

3) 대전문학

창간호(1989)-역풍-3연23행/ 제3호(1990)-늦은밤 타고-3연23행/ 제4호(1991)-겨울의 끝-3연18행/ 제7호(1992)-산울림-기다람-2연12행, 재생-2연12행, 절규-2연12행/ 제8호(1993)-강울음-3연18행/ 제17호(1997)-강 언덕에서-하얀 흙바람-3연20행, 외다리로 서서-2연14행/ 제21호(1999)-뿌리 찾기-4연16행, 세기말 풍경-3연12행/ 제28호(2003)-강물의 증언-3연11행/ 제29호(2003)-10월의 단상-3연15행/ 제35호(2006)-반야재(般若齋)-3연15행.

4) 호서문학

제10호(1984)-조약돌-3연21행/ 제16호(1990)-영원한 미소-3연24행/ 제18호(1992)-태백산정에서-4연30행, 벌뫼 현장-3연24행, 청자-3연24행, 술빛 상념-3연24행, 세월-2연12행/ 제19호(1993)-푸른 성터-3연18행/ 제33호(2004)-낙과의 계절-3연17행, 윤회-3연10행/ 제34호(2004)-백의의 삶터-3연9행/ 제36호(2005)-바다의 분노-2연12행.

5) 현대시조

1985.봄호-경칩으로 등단/ 1985.가을호-도중송모춘-3연23행/ 1990 가을호-장마 뒷 풀이-4연30행, 빈 집 타령-4연24행/ 1992.합병호(가을,겨울)-파초 앞에서-4연24행, 낮달-3연21행/ 1993.봄호-산심-2연18행, 강울림-3연18행/ 1993.겨울호-산울림(11)-3연24행, 허실-3연24행/ 1994.봄호-실향-3연21행/ 1995.가을호-춘정-3연24행, 괴목-3연18행/ 1996.여름호-목탁소리-3연23행, 청명-3연18행/ 1997.가을호-내가 사는 뜻은-3연16행/ 1997.겨울호-강 언덕에서(1)-2연14행, 강 언덕에서(2)-2연13행/ 1998.여름호-귀로-2연12행, 보리 싹-3연18행/ 1999.가을호-금강산 시-입산-2연18행, 삼선암-2연12행, 관음폭포-2연18행, 한하계-2연8행, 상팔담-3연18행, 옥류동-3연9행, 구룡폭포-3연12행/ 2000.여름호-어떤 흔적(1)-3연14행, 어떤 흔적(2)-3연13행/ 2000.가을호-귀로-3연15행, 부활의 아침-3연24행/ 2002.가을호-너와 나-3연18행, 낙과의 계절-3연15행/ 2004.겨울호-구역질-사설시조, 권세의 표상-사설시조.

6) 논산문학

창간호(1993)-산울림-3연24행, 허실-3연24행, 실향-3연24행/ 제12집(2004)-한빛 타고 예 오시다-5연20행/ 제13집(2005)-신도안 양정고개-3연8행/ 제14집(2006)-흔적(1)-2연12행, 흔적(2)-2연11행, 흔적(3)-2연12행, 흔적(4)-2연12행.

7) 현대시조 사화집

1986(난(蘭)이 눈뜨는 방(房))-은행잎-3연9행, 과목(果木)-3연9행, 백의향(白衣 香)-3연9행, 출항의 아침-3연9행/ 1997(내일은 쾌청)-청정(淸淨)의 음파(音波)-3연24행, 군자 난-2연18행, 돌 하나 세워 놓고-평시조12행, 최후의 선비-3연21행, 계명(鷄鳴)-3연24행/ 2001(숲 그 합주)-기다림-3연15행, 바람 끝-3연12행, 보고 또 봐도-4연16행, 시농제-3연12행/ 2003(새들은 어디서 잠을 자는가)-연꽃의 축제-3연18행, 고궁에서-3연15행, 행간의 길-3연18행, 수몰지대-3연18행/ 2005(소나무 저 소나무)-산울림-3연15행, 강물은 흘러도-3연18행, 미완의 글탑-3연9행, 겨울바다-3연15행.

〈자료가 없는 것은 조사하지 못했음〉

8) 한국시조 연간집

1988-나루터 장날-어머님전상서-5연30행/ 1992-울 안에서 거둔 열매-파초 앞에서-4연12행/ 1994-나무들의 푸른 손짓-파초 앞에서-4연12행/ 1995-쉰 평의 섬 숲 속에서-독백-3연18행/ 1997-한국시조연간집-철새들의 행방-3연12행/ 1998-한국시조연간집-넝쿨장미-3연12행/ 1999-한국시조연간집-발원의 종점-3연18행/ 2000-한국시조연간집-나루터의 저녁놀-4연20행/ 2001-한국시조연간집-환생의 아침을 위하여-3연21행, 시조2002-농가의 점경-3연20행/ 2003-시간에 관한 단상-황혼 무렵-2연16행/ 2004-축제에 합창-짧은 환생의 연가-2연12행, -백로와 추분사이-3연9행/ 2005-장년기의 푸른 꿈-영원한 단명-3연9행/ 2006-삼천의 꽃 너울-입 다문 당신의 바다-3연18행.

9) 글탑. 중도문학

1994.글탑 창간호-탑(塔)돌이-2연12행, 핏줄-4연32행/ 1996.글탑 제2호-가로수-2연14행, 들국화-2연15행/ 1997.글탑문학 제3호-영산홍(映山紅)-2연16행, 독백(獨白)-3연27행, 강심(江心)-3연18행/ 1998.중도문학 제4호-추혼제(야석선생 영전에)-2연16행, 삼우가(야석.삼우)-2연16행/ 2003.중도문학 제9호-계곡-3연12행, 그림자-3연9행, 빈 무덤-3연9행, 황혼에 앉아-3연12행/ 2004.중도문학 제10호-권세의 표상-사설시조1수, 구역질-사설시조1수, 옥녀봉에 타 오르는 횃불-3연16행/ 2005.중도문학 제11호-훈장(勳章)-2연12행, 새벽 빛-2연12행, 홑 산의 고독-2연12행, 산사의 뜨락-2연8행/ 2006.중도문학 제12호-꿈꾸는 원두막-3연18행, 두견새 우는 뜻은-3연18행, 바닷가에서-3연18행.

2. 우리나라 현대동시조 작품조사

1) 한국동시조(1995)

1995.제2호-달맞이-2연13행, 바다-2연12행, 산-2연12행, 고구마 밭-2연12행/ 1998.제5호-설날-3연21행, 사랑 탑-3연21행/ 1998.가을호-아빠의 얼굴-3연18행, 심부름-2연12행/ 1999.가을호-우리 집 정원-3연18행/ 2001.봄호-눈이 비가 되어-2연12행, 선생님의 졸업식-3연15행.(총14주제-34수)

2) 현대동시조(2000)

2000.창간호-신바람-2연12행, 목련-2연12행/ 2001.제2집-우리는 쌍둥이-4연16행/ 2002.제3집-월드컵축구장에서-2연12행, 벌써 한여름-2연12행/ 2003.제4집-오월의 새노래-2연8행, 송홧가루 날리는-2연12행/ 2004.제5집-할머니 집 문지기-2연12행, 주말 농장-2연12행/ 2005.제6집-뻐꾹새 장단 맞춰-2연12행, 감자 캐던 날-3연18행/ 2006.제7집-민들레-2연12행/ 2007.제8집-졸업 날의 눈물-평동시조 6행/ 2008.제9집-봄 가뭄-2연12행./ 2009.제10집-채소장수-2연12행.(총 15주제 32수)한국현대동시조선집-채소장수.

3) 시조집-지등(紙燈)하나 걸어 놓고(2000)

①그믐밤-2연12행/ ②심부름-2연16행/ ③우리 아기-3연26행/ ④우리 집 정원-3연27행/ ⑤아빠의 얼굴-3연21행/ ⑥사랑 눈-3연21행/ ⑦목련-2연16행/ ⑧신바람-2연12행.(8주제-20수).

4) 시조집-새 생명의 아침(2004)

①삼월의 눈-2연12행/ ②나의 입학식-2연12행/ ③눈이 비가 되어-2연12행/ ④벌써 한여름-2연12행/ ⑤교장선생님의 졸업식-2연12행/ ⑥송홧가루 날리는-2연12행/ ⑦5월에 우는 새-4연16행/ ⑧우리는 쌍둥이-4연16행/ ⑨월드컵축구장에서-2연2행/ ⑩할아버지의 눈물-3연9행/ ⑪할머니 집 문지기-2연10행/ ⑫주말 농장-2연12행.(12주제 26수=총 20주제 46수).

## Ⅲ. 현대동시조 대표 작품감상

1) 사랑 눈

잠자리에 드러누워/ 하루 일을 생각한다.// 눈 쌓인 마을 빈 터/ 재재 김이 남아 놀고// 진종일/ 얼은 손가락/ 마디마디 아리다.// 둥글둥글 크게 뭉쳐/ 해님 몸통 만들어 놓고// 작은 덩이 새로 굴려/ 달님 얼굴 만들어서// 해와 달/ 하나로 이어/ 우리 엄마 만든다.// 실눈썹 큰 눈동자/ 콧날 세워 입 그리고// 복스러운 귀 두 개를/ 양쪽 볼에 붙이고 나면// 다문 입/ 두 입술 사이로/ 엄마 미소가 흐른다.

2) 신바람

내 마음이 날아 가네요/ 꿈 마냥 떠 오르네요// 지긋이 눈을 감으면/ 별 속에 내가 있네요// 가냘픈 손가락 끝에/ 한 우주가 뜨고 있네요/ 키보드에 놀라/ 세 세상이 선뜻 열리고// 마우스 입김으로/ 생명들이 태어 나네요// 이렇듯 솟는 신명에/ 나는 늘 신선이네요.

| 시조잡지 | 평 시조 | 2연 | 3연 | 4연 | 5연 | 사설 | 장시조 | 엇시조 | 동 시조 | 비고 |
|---|---|---|---|---|---|---|---|---|---|---|
| 가람문학 | 2 | 32 | 46 | 3 | 3 | 2 | 2 | | | 90수 |
| 한밭시조문학 | 7 | 12 | 50 | 10 | 2 | 1 | 1 | | | 83수 |
| 대전문학 | | 4 | 9 | 1 | | | | | | 14수 |
| 호서문학 | | 2 | 9 | 1 | | | | | | 12수 |
| 현대시조 | | 8 | 21 | 4 | | 2 | | | | 35수 |
| 논산문학 | | 4 | 4 | | 1 | | | | | 9수 |
| 현대시조사화집 | 1 | 1 | 18 | 1 | | | | | | 21수 |
| 한국시조연간집 | | 2 | 9 | 3 | 1 | | | | | 15수 |
| 한국동시조 | | 8 | 6 | | | | | | 14 | 14수 |
| 현대동시조 | 1 | 14 | 5 | 1 | | | | | 21 | 21수 |
| 글탑.중도문학 | | 10 | 10 | 1 | | 2 | | | | 23수 |
| 총계 | 11 | 97 | 187 | 25 | 7 | 7 | 3 | | | 337수 |
| 비율% | 3.2 | 28.7 | 55.4 | 7.4 | 2.0 | 2.0 | 0.8 | | | |

IV.논강 김영배(1931~2009)의 정형시창작형태조사(시조잡지)

V. 논강 김영배(1931~2009)의 시조시창작형태조사(시조집)

| 시조집 | 평시조 | 2연 | 3연 | 4연 | 5연 | 사설 | 장시조 | 엇시조 | 동시조 | 비고 |
|---|---|---|---|---|---|---|---|---|---|---|
| 出港의 아침 | 9 | 18 | 35 | 10 | 1 | | 1 | | 1987 | 74수 |
| 산울음담은 강물 | 12 | 37 | 32 | 4 | | | 1 | | 1993 | 86수 |
| 아, 나의산하여 | 3 | 27 | 52 | 4 | | | | | 1996 | 86수 |
| 다시출항의 아침에 | | | | | | | | | 1997 | 퇴임문집 |
| 紙燈하나 걸어놓고 | | 10 | 48 | 4 | 1 | 2 | | | 2000 | 65수 |

| | | | | | | | | | | |
|---|---|---|---|---|---|---|---|---|---|---|
| 새생명의 아침 | 1 | 14 | 47 | 7 | | | 1 | | 2004 | 70수 |
| 쑥잎의찬가 | | | | | | | | | 2005 | 가족 문집 |
| 굴렁쇠세월 | 4 | 25 | 50 | 1 | 1 | 5 | | 1 | 2007 | 87수 |
| 총계 | 29 | 131 | 264 | 39 | 3 | 7 | 3 | 1 | | 468수 |
| 비율% | 6.1 | 27.9 | 56.4 | 6.4 | | 9.2 | | | | |
| 시적 경향 | 향토적 서정 사물시, 사유시로 변용 또는 변주 | | | | | | | | | |

## Ⅵ. 논강 김영배(1931—2009)의 현대동시조 특색

1) 샛별처럼 반짝이는 상상과 논리적 사고로 평동시조 보다 연동시조(장형동시조) 창작 작품이 월등하게 많이 창작되고 있다.

2) 꽃봉오리처럼 곱게 피어나는 정서 감정이 풍부하여 분수처럼 우뚝우뚝 솟아나는 재치의 필력이 섬세한 경향을 보이고 있다.

3) 거미줄처럼 줄줄 풀려나오는 수필의 모듈처럼 해박한 한문 지식은 현대동시조의 글밭을 가꾸는 중요한 요소로 작용하여 소용돌이치는 창작기교가 놀랄만한 경탄을 자아내고 있다.

## Ⅶ. 논강 김영배(1931~2009)의 현대동시조 창작형태조사

| 동시조 | 평 동시조 | 2연 | 3연 | 4연 | 사설 동시조 | 장 동시조 | 엇 동시조 | 비고 |
|---|---|---|---|---|---|---|---|---|
| 지등 하나 걸어놓고 | | 4 | 4 | | | | | 8수 |
| 새 생명의 아침 | | 11 | | 1 | | | | 12수 |
| 한국동시조 | | 8 | 6 | | | | | 14수 |
| 현대동시조 | 1 | 22 | 11 | 1 | | | | 35수 |
| 총계 | 1 | 45 | 21 | 2 | | | | 69수 |
| 비율% | 1.4 | 65.2 | 30.4 | 2.8 | | | | |
| 시적 경향 | 향토적 사물시, 사유시로 변용 또는 변주 | | | | | | | |

## Ⅷ. 나오며

한국의 중요한 시조잡지에는 총 337수를 투고하였고, 자신의 시조인 정형시는 468수를 창작하였으며, 현대동시조는 35수를 세상에 내놓았으며, 총 840수를 남겼다. 조사한 것 중에 중복된 것도 있으며 거꾸로 빠뜨린 것도 있다. 문학의 진수로 여기는 수필문학은 자료가 없고 부족하여 생략했으며 방대한 서정성 짙은 정형시를 시대감각에 비추어 논리적 사고 방식이 특징을 이루고 있다. 한문 학식이 풍부하여 후대의 귀감이 되는 수필문학과 병행하여 빛나는 시조와 현대동시조에도 조예가 깊은 작품들이 즐비함을 엿 볼 수 있었다. 우리나라의 현대동시조가 80년을 지내오면서 수 많은 가슴앓이를 겪어 왔고 피눈물 나는 노력의 흔적들이 여러 시조문학 잡지에서 만나게 되는 일은 그만큼 새 시대를 맞이한 발전 또는 발달된 모습이라고 생각한다. 한 평생 동안 현대동시조를 창작한 발자취를 추적해 보면 시조집―지등하나 걸어 놓고(2000)에서 8주제 20수, 시조집―새 생명의 아침(20040에서는 12주제―26수, 총20주제 46수를 창작하였고 한국동시조는 14주제 34수, 현대동시조는 15주제32수, 총52주제 78수를 창작하였는데 중복된 것은 골라내지 못했다.

지병으로 투병하면서 백일장 때 꼭 만나 뵈었고 한국불교문인협회 대전, 충남지회, 회장을 모시고 총무를 맡아보면서 글탑 창간호(1994)와 글탑 제2호(1996)를 발간하기 까지 아낌없는 헌신과 봉사로 추진했으며, 대전시조시인협회에서도 회장을 모시고 총무를 맡아보면서 한밭시조문학 제6집, 제7집을 발간하였고 전국한밭시조백일장 제9회, 제10회를 치러내기까지 피눈물 나는 고생과 희생정신 봉사로 매끄럽게 마무리한 추억이 주마등처럼 스쳐 지나간다.

글탑을 창간하고 한국불교문인협회 임영창(1917―2001)회장을 모셨던 일, 전국한밭시조백일장을 끝내고 노고의 칭찬을 아끼지 않았던 너그러움, 한밭가든 가정집 까지 방문하여 밤새 술을 마셨던 그리운 추억이 아지랑이처럼 피어오른다. 삼가 고인의 명복을 두 손 모아 기원하며 끝을 맺는다.

〈추모시〉

## 저 황산 하늘 학이 되어

— 논강님을 애도하며

강경포구 펄럭이던 황포돛대 울던 깃발
황산나루 젓갈 통이 소금끼 절은 치마폭도
옥녀봉 중턱에 걸린 초승달도 울다 지쳐.

봄이 오면 화혼(華婚)되어 삼라만상(森羅萬象) 유람하고
도공(陶工)의 빛난 눈빛 목공(木工)의 대패질처럼
못다 한 미완(未完)의 글 탑 층층이 쌓으시고.

땀 흘리는 여름 되면 매미 노래 벗을 삼아
안에서는 밝은 화목(和睦) 밖에서는 웃음 깃든
모기 떼 부채질하며 쑥잎 찬가 부르시고.

가을 산 단풍 들면 금강산 시(詩) 다시 읊고
휘갈긴 붓대 필력 묘비병이 섧던 골목
지평(地平)이 맞닿은 수필 귀뚜라미와 책 읽고.

온 세상 하얀 마음 눈 쌓인 겨울에는
지상은 찬란한 꽃밭 지하는 낙원 품에
십자로 흰 눈빛 천사와 극락을 누리소서. (김창현)

## ➚ 라산 김 영 진(羅山 金永鎭 1896-1981)

### Ⅰ. 고경부(古鏡賦).

조국송(祖國頌)(1)-6연30행, 내조국-2연12행, 조국송(2)-5연30행, 나의 소원-2연12행, 송악산-1연6행, 만월대-1연6행, 태자묘-1연6행, 불국사탑-3연9행, 석굴암 가는 길-1연3행, 대불-2연6행, 보살상-1연3행, 감회-2연6행, 불국사-1연3행, 석굴암대불-1연3행, 비원산책-2연12행, 설악산-2연12행, 고경부(古 鏡賦)-3연18행, 한글글씨 전시회에서-1연6행, 석우(石牛)시조집을 읽고-1연6행, 젊은이에게-3연18행, 세월-4연24행, 삶(1)-6연36행, 병음(病吟)-1연6행, 먼산-1연6행, 눈(目)-2연12행, 봄-3연18행, 가는 봄-1연6행, 코스모스-3연18행, 야국(野菊)의 추억-1연6행, 분란(盆蘭)-3연18행, 자조(自嘲)-2연12행, 삶(2)-1연6행, 흰구름-1연6행, 강산(江山)은 변할망정-1연6행, 하거(夏居)-1연6행, 그리움(1)-1연6행, 호젓한 산책-2연12행, 추억-5연30행, 그리움(2)-3연18행, 고향-8연48행, 고향생각-2연12행, 막내딸 시집가는 날-3연18행, 만취귀가(滿醉歸家)-2연12행, 고목(古木)-1연6행, 칠석송(七夕頌)-3연18행, 무제(無題)-5연30행, 오월-2연12행, 나의 생애-3연18행, 봄을 보내면서-1연6행, 제야(除夜)-4연24행, 너와 나-4연24행, 황혼의 노래-3연18행, 내가 떠나면-2연12행, 별-3연18행, 고독-3연18행, 미련(未練)-3연18행, 사람-3연18행, 우정(友情)-2연12행, 산사(山寺)로 가는 친우에게-2연12행, 떠나가는 친우들-2연12행, 친구여 강남가세-3연18행, 억,범부(億,凡父)-3연18행, 공초사백(空超詞伯)에게-3연18행, 억,범산(億,梵山)김법린(金法麟)-3연18행, 현주(玄珠)허영호(許永鎬)-3연18행, 억,독견(億,獨鵑)최상덕(崔象德)-3연18행, 억,수주(億,樹洲)변영로(卞榮魯)-3연18행, 억,김규수(億,金圭壽)형(兄)-5연30행, 그리움(3)-1연6행, 가고 또 가잤구나-1연6행, 돌아감-1연6행, 꿈-1연6행, 무제(2)-1연6행, 기다림-4연24행, 남해(南海)의 초동(初冬)-2연6행, 자규사(子規詞)-3연9행, 노목(老木)-1연6행, 무제(3)-1연6행, 봄(춘사-春事)-1연3행, 가을-3연18행, 고궁(古宮)의 초동(初冬)-3연18행, 들국화(1)-3연18행, 첫봄-3연18행, 어머니 생각-1연6행, 성묘-3연18행, 들국화(2)-1연6행, 꿈의 찬가-2연12행, 낙엽-1연6행, 그 가슴 속-1연6행, 엘사의 노래-3연18행, 실제(失題)-7연42행, 황혼에 떠나는 배-3연18행, 삶-2연12행, 병음(病吟)-8연48행, 족로(族路)-1연6행, 성천강선루(成川降仙樓)-1연6행, 눈(雪)-2연12행, 할미꽃-3연18행, 봄탓-1연6행, 그대 떠난 뒤-3연18행, 오월-1연6행, 뻐꾹새-1연6행, 만월대(滿月臺)-1연6행, 선죽교(善竹橋)-1연6행, 회고(1)-1연6행, 회고(2)-1연6행, 면산(山)-1연6행, 음춘(愔春)-1연6행, 우음(遇吟)-1연6행, 궁절(窮節)-2연12행, 장진주(將進酒)-3연18행, 자음(自吟)-1연6행, 무제(4)-1연6행, 행로난(行路難)-2연12행, 억,낙일(億,落日)-1연6행, 황성부(荒城賦)-3연18행, 공허-1연6행, 귀뚜라미-3연18행, 낙엽을 밟으며-1연6행, 자화상(1)-1연6행, 고요한 밤-1연6행, 황성(荒城)에 비친 달-1연6행, 외로운 별-1연6행, 어린것들-3연18행, 소-3연18행, 꿈 깨인 뒤-2연12행, 죽음-2연12행, 코스모스-1연6행, 자화상(2)-1연6행, 눈(雪)-1연6행, 그리운 이에게-1연6행, 어릴적 꿈이 그리워-4연24행, 고적(孤寂)-1연6행, 잉꼬-1연6행, 한일(閑日)-1연6행, 자화상(3)-1연6행, 춘신-1연6행, 지나가는 부탁-1연6행, 귀로-1연6행, 길-2연12행, 사랑-2연12행, 임-1연6행, 술을 마셔도-2연12행, 기타-1연6행, 조형가(弔荊軻)-3연18행, 척영(隻影)-5연30행, 산문-서울신문-주필. (경북, 군위)

## II. 라산 김영진(羅山 金永鎭 1896-1981)의 현대시조 창작형태조사

| 시조집 | 1연 | 2연 | 3연 | 4연 | 5연 | 사설 | 장시조 | 총계 | 비고 |
|---|---|---|---|---|---|---|---|---|---|
| 고경부 | 68 | 27 | 38 | 5 | 5 | | 5 | 148 | |
| 총계 | 68 | 27 | 38 | 5 | 5 | | 5 | 148 | |
| 비율% | 45.9 | 18.2 | 25.6 | 3.3 | 3.3 | | 3.3 | 99.6 | |

## ➚ 김 영 흥 (金永興 1942–1997)

### Ⅰ. 부재증명. - 시집. 1994.

겨울비-3연22행, 가을산-2연14행, 눈-3연17행, 소낙비-2연14행, 1993, 오월-2연15행, 계곡-2연11행, 숲-3연15행, 협죽도-2연16행, 무적(霧笛)-3연19행, 12월의 시-2연12행, 정낭-2연13행, 연자매-2연15행, 항파두리-5연15행, 한라산-3연18행, 아흔아홉골-2연15행, 비자람-2연14행, 갈옷-3연21행, 애기업은 돌-2연13행, 허풍선이-사설시조, 선인장-2연14행, 가시나무새-2연18행, 고독-2연12행, 하늘-11연73행, 외줄타기-사설시조, 산을 오르며-3연12행, 항해일지-3연10행, 원형(圓形)의 하루-2연12행, 불-2연13행, 아침산책-2연12행, 말-2연14행, 등나무 아래서-2연14행, 흐린날의 우리는-4연15행, 거울을 보며-2연14행, 어부의 초상-2연13행, 무화과-2연12행, 노을-2연16행, 이어도 찾아-2연14행, 가로수-2연13행, 아버님 휘일(諱日)-1연7행, 행상소리-2연12행, 똥파리 이야기-2연14행, 성모병원에서-1연7행, 돌의 의미-3연9행, 물레-2연15행, 한복-2연16행, 들국화-2연12행, 감나무-2연13행, 창(窓)-2연13행, 맷돌-2연15행, 권태보다는 죽음을-레오나르도는 이렇게 말했다-1연10행, 속리산법주사운-2연12행, 흔들바위-1연7행, 비선대(飛仙臺)-1연7행, 오죽헌(烏竹軒)-2연12행, 통일전망대에서-3연18행, 〈해설〉자연, 일상의 존재 방식과 극복-강병택.

### Ⅱ. 김영흥(金永興 1942-1997)의 정형시 창작형태조사

| 시집 | 1연 | 2연 | 3연 | 4연 | 5연 | 사설 | 장시조 | 총계 | 비고 |
|---|---|---|---|---|---|---|---|---|---|
| 부재증명 | 5 | 32 | 10 | 1 | 1 | 2 | 1 | 52 | |
| 총계 | 5 | 32 | 10 | 1 | 1 | 2 | 1 | 52 | |
| 비율% | 9.6 | 61.5 | 19.2 | 1.9 | 1.9 | 3.8 | 1.9 | 99.8 | |

## ↗ 죽정 김옥동(竹亭 金玉童 1934-2009)

### Ⅰ. 한강 백조의 꿈. - 시집. 1996.

봄날-2연16행, 이충무공 영정(李忠武公 影幀)에서-3연22행, 새싹-2연17행, 금동대향로예찬(金銅大香爐禮讚)-3연20행, 약수(藥水)터-2연14행, 서울수락산(首落山)-3연22행, 공해(公害)-2연17행, 팔당호(八堂湖 )에서-3연20행, 만장동굴(萬丈洞窟)-3연21행, 반집-3연19행, 푸른꿈-2연18행, 가을이 탄다-3연19행, 뒷동산-3연21행, 새벽-3연22행, 너뱅이골-3연20행, 돌산대교(突山大橋)에서-3연22행, 봄에 쓰는 편지(便紙)-2연17행, 애기봉(愛妓峰)-3연22행, 핑계많은 사회(社會)-3연22행, 불회사(佛會寺)-3연20행, 앗아간 꿈망울-3연19행, 봄소식(消息)-3연20행, 아! 광복(光復)의 그날-3연20행, 효령대군.총(孝寧大君塚) 앞에서-3연20행, 패가(敗家)-2연14행, 정년(停年)-2연15행, 늦가을 풍경(風景)-2연15행. 〈현대시-53수〉

〈해설〉 함축어로 나누는 신토불이 사랑-노창수.

〈발문〉 현대적 선비정신의 발산-김해성.

### Ⅱ. 죽정 김옥동(竹亭 金玉童 1934-2009)의 정형시 창작형태조사

| 시집 | 1연 | 2연 | 3연 | 4연 | 사설 | 현대시 | 장시조 | 총계 | 비고 |
|---|---|---|---|---|---|---|---|---|---|
| 한강백조꿈 | | 8 | 18 | | | 53 | | 26 | |
| 총계 | | 8 | 18 | | | | | 26 | |
| 비율% | | 30.7 | 69.2 | | | | | 99.9 | |

## ↗ 김 이 홍(金履弘 1914-1975)

### Ⅰ. 한국시조큰사전. 1985.

개나리-3연9행, 고원(故園)-3연9행, 광야(廣野)-2연6행, 꿈-3연9행, 끊어진 강-3연9행, 길-2연6행, 동구버들-2연6행, 뙤약볕에 들려온 소리-2연6행, 미담(美談)-1연3행, 바다-1연3행, 봉선화(鳳仙花)-1연3행, 산길-2연6행, 아버님-눈-1연3행, 산소-1연3행, 등나무 굵는 밑에-1연3행, 여왕봉(女王峰)-1연3행, 영마루-1연3행, 월요(月曜)-2연6행, 잠꼬대-3연9행, 진달래-2연6행, 천광(天光)-1연3행, 철쭉-1연3행, 철쭉꽃 붉혀놓고-2연6행, 청다대 맺힌 멍울-2연6행, 청송(靑松)-2연6행, 학(鶴)의 울음-3연9행, 현충일(顯忠日)에-3연9행, 황토(黃土)재-1연3행, 회로(回路)-3연9행.

### Ⅱ. 김이홍(金履弘 1914-1975)의 정형시 창작형태조사

| 시조집 | 1연 | 2연 | 3연 | 4연 | 5연 | 사설 | 장시조 | 총계 | 비고 |
|---|---|---|---|---|---|---|---|---|---|
| 한국시조 | 11 | 10 | 9 | | | | | 30 | |
| 총계 | 11 | 10 | 9 | | | | | 30 | |
| 비율% | 36.6 | 33.3 | 30.0 | | | | | 99.9 | |

## ➚ 우은 김 인 곤 (又隱 金仁坤 1919–1995)

### Ⅰ. 한국시조큰사전. 1985.

강아지꽃-5연15행, 겨울-5연15행, 꽁보리밥-1연3행, 낙엽(落葉)-1연3행, 늙어도 사내랍시고-1연3행, 달과 갓-4연12행, 디딜방앗간-3연9행, 망각(忘却)-4연12행, 매화(梅花)-2연6행, 멋-3연8행, 불과재중(不過在中)에서-1연3행, 병중(病中)-3연9행, 사랑방-3연9행, 새벽맞이-1연3행, 서성이며-1연3행, 선유행(仙遊行)-7연21행, 속, 다시 한 번 살고파라-2연6행, 아바지 가시던 날에-1연3행, 아버지 내 나이에-1연3행, 원점(原點)-3연9행, 입춘(立春)-1연3행, 자화상(自畵像)-5연15행, 전라도(全羅道)-4연12행, 제절로-1연3행, 창(窓)가에-1연3행, 청년(青年)이란-2연6행, 폐허(廢墟)-2연6행, 하늘 뒤를 보고싶어 1-3연9행, 하늘 뒤를 보고싶어 2-3연9행, 허무(虛無)-2연6행, 홍매화(紅梅花)-1연3행.

### Ⅱ. 우은 김인곤(又隱 金仁坤 1919-1995)의 정형시 창작형태조사

| 시조집 | 1연 | 2연 | 3연 | 4연 | 5연 | 사설 | 장시조 | 총계 | 비고 |
|---|---|---|---|---|---|---|---|---|---|
| 한국시조 | 11 | 7 | 7 | 3 | 4 | | 1 | 33 | |
| 총계 | 11 | 7 | 7 | 3 | 4 | | 1 | 33 | |
| 비율% | 33.3 | 21.2 | 21.2 | 9.0 | 12.1 | | 3.0 | 99.8 | |

## ↗ 동암 김 종 성 (東岩 金鐘聲 1926-2000)

### Ⅰ. 들어가며

집필자와 동암님과의 인연은 부여로 가는 버스 안에서 우연히 만나게 되었다. 대전시조시인협회 총무를 맡아서 일을 하기 때문에 가끔 만나서 오동동 타령과 시조문학의 여러 문제점을 상의했으며 부여문학을 창간해서 회장을 한번 경험하는 것도 좋은 사례가 될 것이라고 권장했으며, 대표시를 남겨야 된다는 얘기도 주고받은 기억으로 보낸 일도 있었다. 한밭시조문학 2000 제12집 추모 특집으로 엮은 것은 평설 제일 뒤쪽으로 옮겨서 다시 수록하도록 꾸미겠다. 1993년 3월 어느날과 1993년 5월 9일 〈부소산 까치소리〉 시조집과 함께 옥서가 왔었다. 제일 가슴 뜨겁게 상면한 일과 대화로 이어진 사례는 1993년 8월 15일 대전시조시인협회 대전 세미나가 끝나고 엑스포 관람을 하면서 아호문제를 동암(東岩)으로 결정해 버린 일이 제일 기억에 남는다.

### Ⅱ. 펼치며

#### 1. 가람문학

1992. 제13집-산골아침-2연14행, 목련 한 그루-2연14행, 백강의 사공-3연21행./ 1993. 제14집-물의 변주-2연14행, 너와 나-2연14행, 길-3연15행/ 1994. 제15집-홍산운-3연15행, 색과 공-3연15행, 연못꿈-2연14행, 사모곡-4연19행/ 1995. 제16집-백자송-4연12행, 백제탑-2연1 · 8행, 숲속에서-2연18행, 무지개-2연18행/ 1996. 제17집-동백-2연18행, 고향생각-3연15행, 유전(流轉)-3연15행, 수련(垂蓮)-3연15행, 성뭇길-3연18행, 그리워-3연15행/ 1997. 제18집-봄안개-3연15행, 인연-3연15행, 보리수 아래서-5연18행/ 1998. 제19집-문을 열고-2연18행, 해오리(白鷺)나는 길-2연18행, 연산회상(靈山會相)-2연18행/ 1999. 제20집-보리수 아래서-5연15행, 물의 변주-2연

14행, 부소산 까치소리-2연14행/ 2001. 제22집(추모 특집)-산행-2연12행, 물의 변주-2연12행, 요요놀이-1연9행, 노을진 비단강-2연12행, 새안도(塞雁圖)-2연12행.

2. 한밭시조문학

1993. 제5집-백강의 가락-2연14행, 황산운-3연15행, 공과색-3연15행/ 1994. 제6집-요요놀이-1연9행, 적심(摘心)-1연9행, 항아리-1연9행/ 1995. 제7집-백자송-항아리-4연32행, 갈꽃나는 사연-1연9행, 백제탑-2연16행/ 1996. 제8집-망월대-퇴미공원-3연15행, 진달래-3연15행/ 1997. 제9집-물망초-1연9행, 영산회상-2연18행, 해오리나는 길-2연18행, 달님같이-3연18행, 호반에서-1연9행/ 2000. 제12집(추모특집)-호반에서-3연15행, 망월대-3연15행, 보문산에서-5연15행, 꾀꼬리-3연15행.

3. 대전문학

1993. 제9호-다향(茶香)-2연14행/ 1994. 제11호-안개에 잠긴 마을-2연14행/ 1995. 제12호-새안도(塞雁圖)-2연14행/ 1995. 제13호-백자송(白磁頌)-4연32행/ 1996. 제14호-수련(垂蓮)-3연15행/ 1996. 제15호-호반(湖畔)에서-3연15행/ 1997. 제17호-문을 열고-2연18행/ 1998. 제18호-영산회상(靈山會相)-2연18행/ 1998. 제19호-보문산-1연9행.

4. 오늘의 문학

1993. 제25호-오동꽃-2연14행. 영원한 순간-2연14행, 목련 한그루-2연14행/ 1996. 여름호-공(空)과색(色)-3연9행, 연못꿈-2연14행, 노을진 비단강-2연14행.

5. 사비문학

1991. 창간호-추석달-4연12행, 궁남지-3연9행, 백마강 달빛-3연9행, 솔

과 등-3연9행, 백제의 옛터-3연9행, 무궁화-3연9행, 복을 짓는다-4연12행, 분꽃-3연9행, 통도사-4연12행, 백목련-3연9행/ 1992. 제2호-산골의 아침-2연14행, 대둔산-2연14행, 부소산 까치-2연14행, 오월이 오면-2연14행, 짐을 덜며-2연14행, 구도(構圖)-2연14행, 밤꽃-2연14행, 물-2연14행, 고요한 바다-2연14행, 푸르름-3연21행, 모란-3연21행/ 1993. 제3호-고향마을(동암리)-4연26행, 함께가는 길-2연13행, 뻐꾸기 우는 사연-2연16행, 초가을-4연26행, 어려움 속에 낙원이-2연14행, 소나무-2연15행, 나의 노래(마음은 푸른하늘)-4연24행, 서둘지않습니다-4연16행, 안개-2연12행, 호박-2연13행, 상사화-3연21행, 종소리-5연35행, 문주란 새싹-1연7행, 수덕사-3연21행, 저녁놀-2연14행, 천고의 한-4연28행, 산사의 하루-3연21행, 중복-3연22행, 곡두와 실상-2연14행, 내장산-2연14행/ 1993. 제4호-부소산 까치소리-2연12행, 산정(山亭)-2연14행, 연(蓮)-2연14행, 그림자-1연6행, 문주란 새싹-1연7행, 수덕사-2연14행, 초겨울 아침-2연14행, 오월이 오면-2연14행, 질경이-2연14행, 너와 나-2연14행.(작품해설)/ 1994. 제5호-공과색-3연15행, 다향(茶香)-2연14행, 새벽별-2연14행, 부여유정(솔바람)-3연15행, 백강의 가락-2연14행, 노을진 비단강-2연14행, 황산운-3연15행, 멍에-2연14행, 고향의 하루-3연15행, 동암리길-2연14행, 회오(悔悟)-2연14행/ 1994.제6호-연못의 꿈-2연14행, 회오(悔悟)-2연14행, 황산운(黃山韻)-3연15행, 항아리-1연9행, 우주에 뿌리내리고-3연15행, 동암리-2연14행, 사모곡-2연18행, 안동호-2연18행/ 1995. 제7호-백자송-4연32행, 백제탑-2연16행, 숲속에서-2연16행, 무지개-2연16행, 갈꽃나는사연-1연9행, 성묫길-3연18행, 달맞이꽃-1연9행, 오월의 여로-2연17행, 보람-1연9행, 해변에서-1연9행/ 1996. 제8호-진달래-3연15행, 호반에서-3연15행, 가을이 오는 소리-4연36행, 연꽃을 보며-3연18행, 동백-2연18행, 오월의 노래-3연15행, 고향생각-3연15행, 수련-3연15행, 유전(流轉)-3연15행, 그리워-3연15행, 프리즘-2연18행, 제9호-자료없음/ 1998. 제10호-가파른 길-1연9행, 들깨풀-1연9행, 치자꽃-1연9행/ 1999. 제11호-빛의 향연-2연12행, 산과 물의 꿈-2연12행, 구절초-1연9

행, 산다화-1연9행.

6. **마음은 창공에-시집**(1992)

1992. 흐름-2연14행, 유전(流轉)-1연7행, 창공에 마음은-1연7행, 빛과 옥-3연21행, 중심-2연14행, 보리수 아래서-5연35행, 마음은 하나 두고-4연28행, 한마음-3연21행, 꽃과 열매-3연21행, 산행-2연14행, 조명-1연7행, 세월-2연14행, 사랑(1)-1연7행, 사랑(2)-3연21행, 백목련(1)-3연21행, 백목련(2)-2연14행, 백목련(3)-3연21행, 동백(1)-2연14행, 동백(2)-2연14행, 동백(3)-2연14행, 봄이 오는 길-3연21행, 봄비-2연14행, 봄의 순간-3연21행, 춘란-2연14행, 난초-2연14행, 군자란-1연7행, 동백섬-1연7행, 진달래-3연21행, 봄눈-2연14행, 4월의 장미-1연7행, 저녁놀-2연14행, 물의 영상(映像)-1연7행, 관조-3연21행, 물은 맑고자-2연14행, 저 강에 물고기 놀고-5연35행, 빛의 향연-3연21행, 산이 좋아-3연21행, 비바람-1연7행, 헤살꾼-2연14행, 논둑에서-3연21행, 아침 안개-2연14행, 입추의 들녁-3연21행, 추석달-4연28행, 해질녘-3연21행, 가을장미-3연21행, 늦장미-2연14행, 반달-3연21행, 갈꽃-3연21행, 억새-1연7행, 낙엽을 밟으며-3연21행. 발전의 기틀-1연7행, 기약-1연7행, 월식-1연7행, 위하듯-1연7행, 빈가슴-2연14행, 늦었다 생각할 때-1연7행, 보람-1연7행, 참주인-1연7행, 부여유정(1)-2연14행, 백제의 옛터-3연21행, 백마강 달빛-3연21행, 낙화암-3연21행, 고란사-3연21행, 백제꿈-3연21행, 입들의 모습-3연21행, 반산못-2연14행, 고탑(古塔)-2연14행, 나의 님-2연14행, 무량사-2연14행, 계룡위운무-3연21행, 궁남지-2연14행, 교룡터-1연7행, 등넝쿨-3연21행, 구봉산의 봄-3연21행, 보슬비-3연21행, 을성산(동암리)-2연14행, 소금강-3연21행, 내설악 남설악-2연14행, 춘천(春川)-3연21행, 산골의 봄-2연14행, 설악-3연21행, 부석사-4연28행, 죽령(竹嶺)-3연21행, 단양-3연21행, 통도사-4연28행, 만리포-3연21행, 전선의 밤-3연21행, 바다의 자장가-2연14행, 벽지만오천리-3연21행.

7. 부소산 까치소리-시조집(1993)

구도(構圖)-2연14행, 조락(凋落)이 지나간 뒤-2연14행, 무상과 사랑-3연21행, 생각하는 나무-2연14행, 독백(獨白)-1연7행, 물의 변주-2연12행, 그리운 님-2연14행, 너와 나-2연14행, 술래잡기-2연14행, 짐을 덜며-1연7행, 낮은 곳을 향한 걸음-2연14행, 영원과 순간-2연14행, 실상과 허상-2연14행, 오월이 오면-2연14행, 곡두와 실상-2연14행, 신도하는 마음-3연21행, 저녁놀-2연14행, 만남-3연21행, 허수아비-3연21행, 그림자-1연7행, 그리움-3연15행, 길-3연18행, 나상-2연14행, 연(蓮)-2연14행, 목련 한그루-2연14행, 자목련-1연7행, 모란-3연21행, 오동(1)-1연7행, 오동(2)-2연14행, 두견이-1연7행, 꾀꼬리-1연7행, 문주란 새싹-1연7행, 흑장미-1연7행, 월계화-2연14행, 질경이-2연14행, 호박-1연7행, 해바라기-1연7행, 계곡-2연14행, 산정(山亭)-2연14행, 창파(滄波)-2연14행, 돛단배-1연7행, 돌-1연7행, 강산무진-2연14행, 부소산 까치소리-2연14행, 천고(千古)의 한(恨)-4연28행, 사비문인들-2연14행, 친상만감-2연14행, 덕진공원-2연14행, 수덕사-3연21행, 산사(山寺)의 하루-3연21행, 초겨울 아침-2연21행, 겨울산정(山亭)-3연21행, 기내(機內)에서-2연14행, 종소리-5연35행, 반달(1)-4연20행, 반달(2)-4연20행, 반달(3)-4연20행, 백두산-5연25행, 청산리(青山裏)의 한(恨)-4연20행, 봉황산 안시성-4연20행, 설유참-2연14행, 동암리-4연20행.

8. 동암리-시집(1994)

십장생-1연10행, 다향(茶香)-2연16행, 백지 한 장-1연9행, 요요놀이-1연7행, 적심(摘心)-1연9행, 항아리-1연9행, 조화(調和)-2연14행, 가위-1연9행, 굽은 나무-1연9행, 떠돌이 연(蓮)-1연9행, 너와 나-1연9행, 아가방-1연9행, 세월-3연18행, 산과 물의 꿈-2연16행, 업보-1연9행, 스산한 봄-1연8행, 우주에 뿌리 내리고-3연18행, 동암리(1)-2연14행, 동암리(2)-2연16행, 안개에 잠긴 마을-3연24행, 고향의 하루-3연18행, 을성산(乙城山)에서-2연16행, 도라지꽃-1연9행, 원추리-1연8행, 구절초-1연9행, 산다화-1연9행, 사모곡(思母曲)-4연36행, 청명이 오면-1연9행, 연못꿈-2연14행, 회오(悔悟)-2연 14행, 정상-2연14행, 단란-1연9행, 공(空)과 색(色)-3연18행, 물오리 떼 나는 사연-4연32행, 부소산-1연9행, 백강의 가락-2연14행, 오는 봄-2연14행, 부여유정(솔바람)-3연18행, 부여유정(삼신산)-3연19행, 안개낀 부소산-2연 14행, 백제 꿈-2연14행, 백제유정-2연14행, 노을진 비단강-2연14행, 새벽별-2연14행, 대둔산-2연14행, 상환암-3연18행, 불영사-2연14행, 백양사-4연24행, 월출산-1연9행, 태화강의 봄-1연7행, 여울가에서-2연16행, 황산운-3연18행, 5월의 농원-3연18행, 봄바람-3연18행, 출근길-2연14행, 동백-1연8행, 고추분(盆)-1연8행, 문주란을 나누며-1연9행, 강촌의 한나절-2연14행, 까치가족-2연14행, 농심(1)-3연18행, 농심(2)-2연14행, 농심(3)-3연18행, 금산사 오죽림-2연14행, 반계의 떡깔나무-2연14행, 자귀나무-2연14행, 목련을 보며-1연8행, 새안도(塞雁圖)-2연14행, 홍매(紅梅)-1연8행, 푸르게 살자-2연14행, 새벽길-2연14행, 너와 나(물)-2연14행, 너와 나(바람)-3연18행, 웃고살자-2연14행, 설헤목-1연9행, 멍에-2연14행, 거미집-2연14행, 물의 예찬-3연18행, 흐르는 물-2연14행, 먼 훗날-3연18행.

9. 노을진 비단강-고희시선집(1996)

창공에 마음-1연7행, 중심-2연12행, 보리수 아래서-5연30행, 산행(山行)-2연12행, 세월-2연12행, 사랑-1연8행, 봄눈-1연6행, 봄비-2연12행, 유전(流轉)-1연7행, 물의 변주-2연12행, 낮은 곳을 향한 걸음-2연12행, 생각하는 나무-2연12행, 구도(構圖)-2연12행, 그리운 님-2연12행, 영원과 순간-2연12행, 무상과 사랑-3연19행, 곡두와 실상-2연12행, 십장생-1연10행, 다향(茶香)-2연12행, 요요놀이-1연9행, 적심(摘心)-1연9행, 항아리-1연10행, 조화(調和)-2연11행, 업보-1연9행, 스산한 봄-1연8행, 연못꿈-2연12행, 공(空)과 색(色)-3연18행, 너와 나-2연12행, 춘란-2연12행, 진달래-3연18행, 4월의 장미-1연6행, 산이 좋아-1연6행, 동백(1)-1연8행, 동백(2)-2연12행, 동백(3)-2연12행, 동백(4)-2연12행, 문주란 새싹-1연7행, 흑장미-1연6행, 월계화-2연12행, 질경이-2연12행, 호박-1연6행, 해바라기-1연7행, 계곡-2연12행, 산정(山亭)-2연12행, 창파(滄波)-2연12행, 도라지꽃-1연9행, 구절초-1연9행, 산다화-1연9행, 빛의 향연-2연12행, 헤살꾼-2연12행, 추석달-2연12행, 가을끝-3연20행, 넘나드는 세정-1연6행, 5월이 오면-2연12행, 인도하는 마음-2연12행, 만남-3연18행, 그리움-3연15행, 길-2연12행, 연(蓮)-2연12행, 꾀꼬리-3연18행, 허수아비-3연18행, 그림자-1연7행, 나상-2연12행, 목련 한그루-2연12행, 자목련-1연7행, 모란-3연18행, 오동(1)-1연6행, 오동(2)-2연12행, 두견이-1연7행, 낙화암-3연18행, 무량사-2연12행, 부소산 까치소리-2연12행, 백제탑-2연12행, 덕진공원-2연12행, 수덕사-2연12행, 산사(山寺)의 하루-3연19행, 겨울산정(山亭)에서-3연18행, 기내(機內)에서-2연12행, 종소리-4연25행, 동암리-2연12행, 고향의 하루-3연18행, 을성산(乙城山)에서-2연16행, 사모곡-4연24행, 백강의 가락-2연12행, 오는 봄-2연12행, 안개낀 아침-2연12행, 노을진 비단강-2연12행, 새벽별-2연12행, 대둔산-2연12행, 불영사-3연18행, 황산운-3연18행, 5월의 농원-3연18행, 봄바람-3연18행, 출근길-2연12행, 강촌의 한나절-2연12행, 까치가족-2연12행, 새안도(塞雁圖)-2연12행, 홍매-1연8행, 멍에-2연12행, 무지개-2연12행, 숲속에서-2연12행, 성묫길-3연15행, 갈꽃 가을-1연9행, 달맞이꽃-1연9행, 그리워-2연12행, 산과 물의 꿈-2연12행, 백자송-4연25행, 백두산-5연25행, 청산리의 한-4연27행, 봉황산 안시성-4연20행, 설유참-2연14행.

10. 한국현대시조대표선( I .II).

1994. 보리수 아래서-5연15행, 낮은 곳을 향한 걸음-2연14행, 물의 변주-2연12행, 부소산 까치소리-2연12행, 요요놀이-1연9행.

### III. 동암 김종성(東岩 金鐘聲 1926-2000)의 현대시조 창작형태조사

| 시 조 집 | 1연 | 2연 | 3연 | 4연 | 5연 | 사설 | 장시조 | 총계 | 비고 |
|---|---|---|---|---|---|---|---|---|---|
| 가람문학 | 1 | 18 | 11 | 2 | 2 | | | 34 | |

| 한밭시조문학 | 6 | 4 | 8 | 1 | 1 | | | 20 | |
|---|---|---|---|---|---|---|---|---|---|
| 대전문학 | 1 | 5 | 2 | 1 | | | | 9 | |
| 오늘의문학 | | 5 | 1 | | | | | 6 | |
| 사비문학 | 12 | 44 | 26 | 10 | 1 | | | 93 | |
| 마음은창공에 | 18 | 28 | 37 | 4 | 2 | | | 89 | |
| 부소산까치소리 | 13 | 30 | 10 | 7 | 2 | | | 62 | |
| 동암리 | 27 | 34 | 16 | 3 | | | | 80 | |
| 노을진비단강 | 28 | 58 | 18 | 5 | 2 | | | 111 | |
| 한국현대시조 대표선 | 1 | 3 | | | 1 | | | 5 | |
| 총계 | 107 | 229 | 129 | 38 | 11 | | | 509 | |
| 비율% | 21.0 | 44.8 | 25.5 | 6.5 | 1.9 | | | 99.7 | |

## Ⅳ. 동암의 현대시조 창작특색

1. 경북김천 황악산 직지사 산자락 근처에서 살고 계신 조선일보 신춘문예작가 정완영님을 만나 시조창작법을 독학했으며 자료를 얻어 뒤늦게 〈문학공간〉의 〈시〉로, 〈마음은 창공에〉 시집 발간으로 현대시조에 입문하였다.

2. 〈사비문학〉을 창간해서 회장 일을 맡아보시고 현대시조 창작작품을 여러 문학잡지에 재 사용한 흔적을 엿볼 수 있었고 사설시조나 장시조가 없는 편이다.

3. 원로 현대시조 작가로 활동하면서 뒤늦게 현대시조 창작에 뛰어들어 많은 심리적 부담을 느꼈을 흔적이 많았고 역사, 과학, 문화재 등, 시제보다 일상생활의 생활시가 많은 편이다.

## Ⅴ. 나오며

집필자와 동암님과의 인연은 내 형님이 없기 때문에 항상 장형님처럼 만나면 즐거웠고 대전유천초등학교로 통근하면서 부여로 일 나가시는 법무사로 이웃사촌처럼 정답게 지낸 일이 추억으로 남는다. 현대시조를 총 504수를 창작했으나 중복된 것은 골라내지 못했으며 1연, 2연, 3연의 평시조 창작이 461수 90%를 차지하는 편이다. 역사, 과학이나 문화적 측면의 시제가 없는 반면 일상생활의 생활경험을 통한 생활시가 대부분이고 장시조나 사설시조를 창작한 흔적을 찾아 볼 수 없었다. 고향을 떠나 대전에서 정착한 이후 망향을 상상한 고향시, 몇 군데를 관광하고 현대시조로 창작한 기행시조가 눈에 띈다. 특히 〈부소산 까치소리〉 시조집을 주시면서 겸손한 부끄러움을 무릅 쓰고 잘 보아 달라는 자기 낮춤법이 제일 기억에 남는다. 삼가 고인의 명복을 기원하며 끝을 맺는다.

## ↗ 효천 김창호(曉泉 金昌浩 1909−1990)

### Ⅰ. 한국시조큰사전. 1985.

다도해(多島海)-1연3행, 무등산(無等山)-1연3행, 식영정(息影亭)-1연3행, 아! 다산(茶山)-1연3행, 지리산(智異山)-3연9행, 첫노래(서시)-3연9행, 흑산도(黑山島)-1연3행.

### Ⅱ. 효천 김창호(曉泉 金昌浩 1909-1990)의 정형시 창작형태조사

| 시조집 | 1연 | 2연 | 3연 | 4연 | 5연 | 사설 | 장시조 | 총계 | 비고 |
|---|---|---|---|---|---|---|---|---|---|
| 한국시조 | 5 | | 2 | | | | | 7 | |
| 총계 | 5 | | 2 | | | | | 7 | |
| 비율% | 71.4 | | 28.5 | | | | | 99.9 | |

## 김춘랑(金春郎 본명-태근 1934-2013)

### Ⅰ. 우리네 예사사랑-시조집. 1989.

1) 서시-3연 9행/ 2) 대치-3연18행. 청자제10집-영역시조(1979.6.28)/ 3) 석수의 노래-3연18행/ 4) 상사곡-3연18행/ 5) 실어목-2연6행/ 6) 조어사-2연6행/ 7) 나목의 변-3연9행/ 8) 하일-1연4행/ 9) 낙일-1연4행/ 10) 야곡-1연4행/ 11) 자규춘심-2연6행/ 12) 바람-3연9행/ 13) 비파금연조-3연20행/ 14) 질그릇-3연9행/ 15) 석류-2연6행/ 16) 신문고-1연3행/ 17) 초적-1연3행/ 18) 심연-1연3행/ 19) 살얼음-1연3행/ 20) 길섶풀-1연3행/ 21) 불의 앞에 선-1연3행/ 22) 마음밭갈이 노래(1)-5연15행/ 23) 청자-1연3행/ 24) 가야금-1연3행/ 25) 학의 노래-1연3행/ 26) 종소리-3연9행/ 27) 마음밭갈이 노래(2)-3연-15행/ 28) 완충지대-2연6행/ 29) 휴전선-2연12행/ 30) 실비명-2연12행/ 31)모곡-2연12행/ 32) 범종-2연12행/ 33) 영가-5연15행/ 34) 우리네 예사사랑-4연13행/ 35) 대춘-1연6행/ 36) 대일-1연6행/ 37) 대신-1연6행/ 38) 산거-3연10행/ 39) 신별사-5연15행/ 40) 연부-3연18행/ 41) 가을의 시-3연18행/ 42) 석의장-3연9행/ 43) 강산음-5연15행/ 44) 속, 석수의 노래-3연18행/ 45) 밤의 해안에서-3연15행/ 46) 조춘-1연6행/ 47) 생각(1)-1연6행/ 48) 등대-1연6행/ 49) 단풍-1연6행/ 50) 안부-1연6행/ 51) 생각(2)-1연6행/ 52) 강설일-1연6행/ 53) 해설일-1연6행/ 54) 살구남-4연13행/ 55) 새아침-1연12행/ 56) 환상곡 제5번-5연15행/ 57) 입동-1연6행/ 58) 소한-1연6행/ 59) 대한-1연6행/ 60) 어떤 안부-2연6행/ 61) 속,어떤 안부-2연6행/ 62) 시의 마각-2연6행/ 63) 비상대권을 위임받은 왕의 독백-3연18행/ 64)석수의 노래(3)-3연18행/ 65) 작별-9연27행/ 66) 가을밤에 쓰는 시-3연9행/ 67) 새벽바다-3연9행/ 68) 망나니의 노래-4연12행/ 69) 징비-2연6행/ 70) 칼-1연7행/ 71) 술래잡기-1연3행/ 72) 태산-1연6행/ 73) 채변-1연3행/ 74) 왕의 눈물-1연3행/ 75) 문작사-3연9행/ 76) 별사-2연6행/ 77) 남녘실손-2연6행/ 78) 어느 조일-3연9행/ 79) 봄숫뻐꾸기의 울음-4연12행/ 80) 근황-3연10행

/ 81) 강인한의 배경으로 부는 바람을 읽으며-2연12행/ 82) 남강-1연6행/ 83) 촉석루-1연6행/ 84) 논개-1연6행/ 85) 어떤 손-4연12행/ 86) 인식의 새-2연6행/ 87) 단절시대-2연6행/ 88) 충무공 찬가-5연15행/ 89) 성파님께-2연6행/ 90) 새꽃바침 노래-3연9행/ 91) 사랑-2연6행/ 92) 가을-1연6행/ 93) 탄금대의 달밤-1연6행/ 94) 동해의 밤바다-1연6행/ 95) 어떤 테러를 보고-2연6행/ 96) 산너머 잔치-1연6행/ 97) 여우비 갠 다음-1연7행/ 98) 한 여름날 오후-2연14행/ 99) 손흔들던 아이-1연6행/ 100) 겨울나무이야기-3연9행/ 101) 바닷가에는-1연6행/ 102) 해오름때-1연6행/ 103) 달밤-1연6행/ 104) 감꽃 질때-1연6행/ 105) 그 깊은 산 숲속에 사는 이가 뉘시기에-3연9행/ 106) 산에는-3연9행/ 107) 눈온 뒷날-5연15행/ 108) 밤하늘-1연12행/ 109) 산숲이야기(1)-5연30행/ 110) 산숲이야기(2)-4연24행.

## II. 지부상소하는 바람-현대시조100인선. 2000.

1) 서시-3연9행/ 2) 대치-3연18행/ 3) 석수의 노래(1)-3연18행/ 4) 조어사-2연6행/ 5) 비파금연조-3연20행/ 6) 질그릇-3연9행/ 7) 석류-2연6행/ 8) 청자-1연3행/ 9) 가야금-1연3행/ 10) 학의 노래-1연3행/ 11) 종소리-3연9행/ 12) 모곡-2연12행/ 13) 영가-5연15행/ 14) 대일산제-대춘-1연6행/ 15) 대일-1연6행/ 16) 대신-1연6/ 17) 연부-3연18행/ 18) 가을의 시-3연18행/ 19) 조춘-1연6행/ 20) 생각(1)-1연6행/ 21) 등대-1연6행/ 22) 단풍-1연6행/ 23) 안부-1연6행/ 24) 생각(2)-1연6행/ 25) 강설일-1연6행/ 26) 해설일-1연6행/ 27) 우리네 예사사랑-3연10행/ 28) 새아침-1연12행/ 29) 어떤 안부-4연12행/ 30) 작별-9연27행/ 31) 가을밤에 쓰는 시-3연9행/ 32) 새벽바다-3연9행/ 33) 망나니의 노래-4연12행/ 34) 어떤 손-4연12행/ 35) 새꽃바침 노래-3연9행/ 36) 근황-3연10행/ 37) 서울낮달(1)-2연6행/ 38) 서울낮달(3)-2연8행/ 39) 서울낮달(8)-2연6행/ 40) 서울낮달(23)-2연10행/ 41) 서울낮달(40)-2연8행/ 42) 서울낮달(48)-2연8행/ 43) 서울낮달(49)-2연8행/ 44) 속, 징비-3연13행/ 45) 오늘 내 그대의 시를 만나-1연6행/ 46) 뿌리깊은 나무

는 버히지 목하리라-3연10행/ 47) 임진강 쑥국새(1)-2연12행/ 48) 임진강 쑥국새(2)-3연14행/ 49) 임진강 쑥국새(3)-2연14행/ 50) 임진강 쑥국새(4)-2연16행/ 51) 임진강 쑥국새(5)-2연16행/ 52) 그날-3연9행/ 53) 의인촌을 지나면서-사설시조/ 54) 낙도를 꿈꾸며-3연18행/ 55) 작은 행복론-3연19행/ 56) 영산심서-3연19행/ 57) 안빈의 뜰-3연18행/ 58) 청대숲에 앉아-3연18행/ 59) 성자의 바람-4연28행/ 60) 당황포에서 띄우는 편지-3연18행/ 61) 서설-2연12행/ 62) 설일-2연14행/ 63) 사초(史草)를 다시하며(1)-4연28행.

〈해설〉현실변항의 서정과 알레고리의 담론-김동근.

## Ⅲ. 산골마을 오두막집-아동문예. 2001.

1) 꽃과 아가-1연7행/ 2) 아기와 병아리-1연7행/ 3) 아가방-1연7행/ 4) 처음 걸음마 하던날-1연8행/ 5) 귀여운 손님-2연14행/ 6) 봄소식(1)-2연14행/ 7) 봄소식(2)-1연7행/ 8) 동장군과 민들레-1연8행/ 9) 꽃샘바람-1연9행/ 10) 민들레와 꽃샘바람-1연9행/ 11) 우리집 꽃밭-1연7행/ 12) 이른봄-1연7행/ 13) 목련 피는날-1연7행/ 14) 초봄에-2연14행/ 15) 오월에-1연7행/ 16) 누나생각-1연8행/ 17) 풀밭에 누워-1연7행/ 18) 그 봄-1연7행/ 19)그 여름-1연7행/ 20) 그 가을-1연7행/ 21) 그 겨울-1연7행/ 22) 그 여름밤 이야기(1)-1연7행/ 23) 그 여름밤 이야기(2)-1연7행/ 24) 그 여름밤 이야기(3)-1연7행/ 25) 그 여름밤 이야기(4)-1연7행/ 26) 바다로 가는 안골물-2연14행/ 27) 갈새우는 날-2연15행/ 28) 심술쟁이-1연7행/ 29) 기다림(1)-1연7행/ 30) 기다림(2)-1연7행/ 31) 기다림(3)-1연7행/ 32) 기다림(4)-1연7행/ 33) 외로운 아이(1)-1연7행/ 34) 외로운 아이(2)-1연7행/ 35) 외로운 아이(3)-2연14행/ 35) 외로운 아이(4)-1연10행/ 37) 외로운 아이(5)-1연7행/ 38) 외로운 아이(6)-1연7행/ 39) 외로운 아이(7)-1연7행/ 40) 짝꿍생각-1연7행/ 41) 꽃게 한마리가-1연7행/ 42) 이사 가던 날-1연7행/ 43) 누렁이 팔려가던 날-1연7행/ 44) 시간-1연7행/ 45) 가을바람-1연8행/ 46) 초가을에

(1)-1연7행/ 47) 초가을에(2)-2연14행/ 48) 가을밤에(1)-1연7행/ 49) 가을밤에(2)-1연7행/ 50) 우주정거장-1연7행/ 51) 냇둑길을 가다가-1연7행/ 52) 별, 하나가-1연7행/ 53) 별똥별이 떨어지면-1연7행/ 54) 산속길-2연14행/ 55) 산너머 저산너머-1연7행/ 56) 산골마을 오두막집-2연14행/ 57) 숨바꼭질-1연7행/ 58) 달과 숨바꼭질-1연7행/ 59) 풍향계-1연7행/ 60) 허수아저씨-2연14행/ 61) 새들은-1연7행/ 62) 꽃-1연7행/ 63) 소나기가 지나갈 때-1연7행/ 64) 소나기가 지나간 뒤-2연14행/ 65) 아침-1연7행/ 66) 숫,뻐꾸기-2연14행/ 67) 길-1연7행/ 68) 할아버지 제삿날-2연15행/ 69) 바닷가-2연15행/ 70) 오늘도 바닷가에는-2연14행/ 71) 숲의 죽음-2연14행/ 72) 남대천 연어 오는 날-2연15행/ 73) 이야기(1)-2연14행/ 74) 멍텅구리 척척박사-2연14행/ 75) 밥풀 두개-1연7행/ 76) 남의 탓-1연7행/ 77) 둘이 다 바보-1연7행/ 78) 맹건쟁이-2연14행/ 79) 이당까리연-2연15행/ 80) 겨울 들녘-1연7행/ 81) 함박눈 내리는밤-1연7행/ 82) 통통배소리-3연9행/ 83) 까치네마을 이야기-4연12행/ 84) 그 외로운 섬-2연24행/ 85) 산 숲속에 사는 바람-2연12행/ 86) 호롱불 심지돋우어-1연7행/ 87) 산에는-3연9행/ 88) 아버지-3연18행/ 89) 밤하늘-1연12행/ 90) 산너머 잔치-1연6행.

〈해설〉시종 담긴 한국적 서정-유경환.

## Ⅳ. 새꽃바침노래-경남. 2011.

1) 서시-1연7행/ 2) 새아침-1연11행/ 3) 서설-1연12행/ 4) 설일-1연12행/ 5) 대춘-1연8행/ 6) 제비의 노래-1연12행/ 7) 봄의 적막-1연8행/ 8) 종소리-1연9행/ 9) 풀피리-1연9행/ 10) 조춘-1연10행/ 11) 생명-1연7행/ 12) 기다리는 날(1)-1연8행/ 13) 기다리는 날(2)-1연10행/ 14) 기다리는 날(3)-1연7행/ 15) 생각(1)-1연7행/ 16) 생각(2)-1연7행/ 17) 등대(1)-1연10행/ 18) 등대(2)-1연4행/ 19) 모곡-1연7행/ 20) 학의 노래-1연12행/ 21) 가야금-1연7행/ 22) 우리네 예사사랑-1연7행/ 23) 산가(1)-1연7행/ 24) 산가(2)-1연7행/ 25) 어떤 안부-1연10행/ 26) 또다른 안부-1연8행/ 27) 어떤 작별-1연7행/

28) 단풍-1연7행/ 29) 영가-1연10행/ 30) 어떤 휴식-1연7행/ 31) 어느날 내 죽어서-1연7행/ 32) 어떤 손-1연9행/ 33) 우국충정의 개 한마리-1연7행/ 34) 비탄-1연7행/ 35) 애타는 밤-1연7행/ 36) 빈나루-1연7행/ 37) 동해의 밤바다-1연12행/ 38) 나울치는 동해바다-1연8행/ 39) 작은 행복론-1연9행/ 40) 석류-1연10행/ 41) 가을의 시-1연8행/ 42) 가을밤에 쓰는 시-1연9행/ 43) 가을밤에-1연7행/ 44) 가을수채화-1연7행/ 45) 가을산-1연11행/ 46) 가을편지-1연13행/ 47) 억새의 노래-1연10행/ 48) 폐교 겨울풍경-1연7행/ 49) 눈내리는 날에-1연8행/ 50) 눈녹는 날에-1연10행/ 51) 청대숲에 앉아-1연9행/ 52) 청대숲 너라도 깨어-1연11행/ 53) 미몽 속에서-1연-9행/ 54) 오늘내 그대시를 만나-1연7행/ 55) 별헤는 밤에-1연10행/ 56) 박꽃서설-1연8행/ 57) 장미서설-1연9행/ 58) 설악 갔다가-1연7행/ 59) 어떤 잠언(3)-1연7행/ 60) 징비(1)-1연6행/ 61) 징비(2)-1연6행/ 62) 달빛의 관능-1연8행/ 63) 먹돌 하나가-1연8행/ 64) 겨울바다-1연7행/ 65) 비오는날-1연7행/ 66) 어떤 대일-1연7행/ 67) 어떤 길일-1연7행/ 68) 서울낮달(1)-1연7행/ 69) 서울낮달(2)-1연7행/ 70) 서울낮달(3)-1연7행/ 71) 서울낮달(48)-1연7행/ 72) 서울낮달(49)-1연7행/ 73) 의인촌을 지나며-사설시조/ 74) 청자-사설시조/ 75) 귀뚜라미소리-사설시조/ 76) 새꽃바침노래-사설시조/ 77) 내맘속 백리 깊은 나무는-1연7행/ 78) 임진강 쑥국새(1)-2연12행/ 79) 임진강 쑥국새(2)-2연14행/ 80) 임진강 쑥국새(3)-2연16행/ 81) 임진강 쑥국새(4)-2연16행/ 82) 임진강 쑥국새(5)-2연16행.

※ 김춘랑(1934-2013)의 작품세계

1) 절감 여기에 맞물린 성찰 의욕-서 벌/ 2) 병든 시대에 대한 반성적 질문-이우걸/ 3) 현실사회에 적극적인 메시지 담은 작품들-이우걸/ 4) 김춘랑의 연작시조〈임진강 쑥국새〉의 공간 구조-이상옥.

## Ⅴ. 한국시조큰사전-을지출판공사. 1985.

1) 가을밤에 쓰는시-3연9행/ 2) 남향시초-3연9행/ 3) 별사-2연6행/ 4) 남녘 길손-2연6행/ 5) 어느 조일-3연9행/ 6) 봄,숫뻐꾸기의 울음-4연12행/ 7) 대춘-1연3행/ 8) 대일-1연3행/ 9) 대신-1연3행/ 10) 대치-3연9행/ 11) 마음의 밭갈이 노래-5연15행/ 12) 신문고-1연3행/ 13) 초적-1연3행/ 14) 심연-1연3행/ 15) 밤의 해안에서-5연15행/ 16) 조춘-1연3행/ 17) 생각(1)-1연3행/ 18) 등대-1연3행/ 19) 단풍-1연3행/ 20) 안부-1연3행/ 21) 생각(2)-1연3행/ 22) 강설일-1연3행/ 23) 비파금연조-3연9행/ 24) 살구나무-4연12행/ 25) 상사곡-3연9행/ 26) 새벽바다-3연9행/ 27) 석수의 노래(3)-3연9행/ 28) 속,석수의 노래-3연9행/ 29) 어떤 사자에게 보내는 엽신-3연9행/ 30) 속,어떤 안부/ 31) 영가-5연15행/ 32) 우리네 예사사랑-4연12행/ 33) 작별-9연27행.

## Ⅵ. 신한국문학전집(시조선집)-어문각. 1975.

1) 영가-5연15행/ 2) 새벽바다-3연9행/ 3) 우리네 예사사랑-4연12행/ 4) 대춘-1연6행/ 5) 대일-1연6행/ 6) 대신-1연6행/ 7) 대치-3연9행/ 8) 살구나무-4연12행/ 9) 작별-9연27행/ 10) 조춘-1연6행/ 11) 생각(1)-1연6행/ 12) 등대-1연6행/ 13) 단풍-1연6행/ 14) 안부-1연6행/ 15) 생각(2)-1연6행/ 16) 강설일-1연6행/ 17) 해설일-1연6행.

## Ⅶ. 한산섬-한국시조작가. 1970.-한산섬-1연3행.

거북선-일반시조작가. 1971.-거북선-1연3행.

## Ⅷ. 한국시조 연간집.

1992. 먹돌 하나가-2연13행, 청자-사설시조/ 1993- 작은 행복론-3연9행/ 1994. 가을산의 변용-3연18행/ 1995. 신, 연가(1)-3연18행/ 1996. 사초를 다시하며-4연28행/ 1999. 은유의 돌-2연13행/ 2000. 소망의 집-2연12행/

2001. 어떤 화제-3연19행/ 2006. 서시-3연9행/ 2007. 새아침-1연11행/ 2012. 가을 산-1연11행.

## IX. 김춘량(1934-2013)의 현대시조 창작형태조사

| 시조집 | 1연 | 2연 | 3연 | 4연 | 5연 | 사설 | 장시조 | 동시조 | 총계 | 비고 |
|---|---|---|---|---|---|---|---|---|---|---|
| 우리네 사랑 | 46 | 22 | 27 | 6 | 8 | | 1 | (15편) | 110 | 1989 |
| 서울 낮달 | | | | | | | | | 자료 없음 | 1990 |
| 작은 행복론 | | | | | | | | | 자료 없음 | 1998 |
| 상소 바람 | 16 | 24 | 41 | 7 | 2 | 2 | 1 | | 93 | 2000 |
| 오두막 집 | 63 | 22 | 3 | 2 | | 4 | | 동시조 | 94 | 2001 |
| 꽃바침 노래 | 73 | 5 | | | | 4 | | | 82 | 2011 |
| 시조 큰사전 | 13 | 3 | 10 | 3 | 3 | | 1 | | 33 | |
| 한국 전집 | 11 | | 2 | 2 | 1 | | 1 | | 17 | |
| 한산섬 | 2 | | | | | | | | 2 | |
| 시조 연간집 | 3 | 2 | 5 | 1 | | 1 | | | 12 | |
| 총계 | 227 | 78 | 88 | 21 | 14 | 11 | 4 | | 443 | |
| 비율 (%) | 51.2 | 17.6 | 19.8 | 4.7 | 3.1 | 2.4 | 0.9 | | 99.7 | |

## ↗ 김 태 오 (金泰午 1903–1975)

### Ⅰ. 한국시조큰사전. 1985.

부여행(扶餘行)-5연15행, 사비수(泗沘水)야-3연9행, 신년사(新年辭)-3연9행, 평양성(平壤城)-5연15행.

### Ⅱ. 김태오(金泰午 1903-1975)의 정형시 창작형태조사

| 시조집 | 1연 | 2연 | 3연 | 4연 | 5연 | 사설 | 장시조 | 총계 | 비고 |
|---|---|---|---|---|---|---|---|---|---|
| 한국시조 | | | 2 | | 2 | | | 4 | |
| 총계 | | | 2 | | 2 | | | 4 | |
| 비율% | | | 50.0 | | 50.0 | | | 100 | |

## ➚ 김 택 주 (金宅珠 1926−1981)

### Ⅰ. 한국시조큰사전. 1985.

가을같이-2연6행, 바위-2연6행, 빗방울이 되고 싶다-2연6행, 새벽길-2연6행, 임진강(臨津江)-2연6행, 휴전선(休戰線)-3연9행.

### Ⅱ. 김택주(金宅珠 1926-1981)의 정형시 창작형태조사

| 시조집 | 1연 | 2연 | 3연 | 4연 | 5연 | 사설 | 장시조 | 총계 | 비고 |
|---|---|---|---|---|---|---|---|---|---|
| 한국시조 | | 5 | 1 | | | | | 6 | |
| 총계 | | 5 | 1 | | | | | 6 | |
| 비율% | | 83.3 | 16.6 | | | | | 99.9 | |

## ↗ 김 해 강 (金海剛 1903-1987)

### Ⅰ. 한국시조큰사전. 1985.

기념송(記念頌)-8연24행, 벽허(壁虛)선생-5연15행, 빛나리 사랑의 성좌(星座)에 켜진 대한(大韓)의 샛별이여!-7연21행, 송수(頌壽)-2연6행, 장천리(長川里) 현포(玄圃)님을 만나러 갔다가-1연3행, 조화사(弔花詞)-3연9행, 증호(贈號)-1연3행, 정(情)-3연9행, 하,수연(賀,壽宴)-3연9행, 구름재제4시조집-3연9행, 노래를 사랑하는 구름재 박병순님에게-4연12행, 구름재(朴炳淳)제2시조집-3연9행, 헌시(獻詩) 10장-시망(詩望)-1연3행, 지(智)-1연3행, 인(仁)-2연6행, 용(勇)-1연3행, 지인용(智仁勇)-1연3행, 화랑대(花郞臺)-1연3행, 영광(榮光)-1연3행, 기상(氣像)-1연3행, 희망(希望)-1연3행, 빛의 대열(隊列)-1연3행.

### Ⅱ. 김해강(金海剛 1903-1987)의 정형시 창작형태조사

| 시조집 | 1연 | 2연 | 3연 | 4연 | 5연 | 사설 | 장시조 | 총계 | 비고 |
|---|---|---|---|---|---|---|---|---|---|
| 한국시조 | 11 | 2 | 5 | 1 | 1 | | 2 | 22 | |
| 총계 | 11 | 2 | 5 | 1 | 1 | | 2 | 22 | |
| 비율% | 50.0 | 9.0 | 22.7 | 4.5 | 4.5 | | 9.0 | 99.7 | |

## ➚ 김 호 영 (金湖影 본명-金鎭文 1935-2011)

### Ⅰ. 대독천의 노래. 2001.

독도(1)-3연9행, 독도(2)-3연9행, 인동초(忍冬草)-2연12행, 인동초(忍冬草)(2)-2연12행, 요수정(樂水亭)-7연21행, 인심(人心)-10연31행, 죽령(竹嶺)-8연46행, 고성송(固城頌)-10연30행, 개막이-3연20행, 오염의 장-2연14행, 개발의 장-2연14행, 갈꽃 애가(哀歌)-3연18행, 철둑 갯가-3연18행, 영송재(迎送峙)-5연15행, 남산 솔밭길-4연12행, 베짜기-3연18행, 새들은-3연18행, 봉화산(烽火山)-3연21행, 병풍산(屛風山)-2연12행, 지금 거리에는-5연15행, 가래티-2연14행, 금태산(金太山)-2연14행, 영천벼리끝-2연14행, 영천강(穎川江)-2연14행, 분매골(盆梅谷)-2연14행, 성지골(姓支谷)-5연15행, 대독천(大篤川)-4연12행, 수첩-4연12행, 투우(鬪牛) 되던 날-12연12행, 신 귀거래사(新 歸去來辭)-20연126행, 귀뚜라미-3연18행, 주취로사(酒醉路史)-20연92행, 바위로 서서-5연30행, 피-2연12행, 귀소리-4연12행, 문을 지나며-3연18행, 종이학(1)-2연14행, 대가(大可) 가는 길-2연12행, 나는 삐에로-3연18행, 모정(母情)-5연15행, 수련(水蓮)-3연18행, 산국화(山菊花)-2연12행, 신기루-3연20행, 정상의 연가-3연18행, 그날의 소녀에게-4연24행, 기우제(祈雨祭)-3연19행, 무제의 편지-4연12행, 역사책-2연12행, 새봄맞이-3연9행, 제부바당-2연12행, 성산포앞바다-3연12행, 담팔수-2연12행, 어명소랑-2연12행, 착시로(錯視路)-3연25행, 대포리단애(大浦里斷崖)-5연30행, 제주도-5연32행, 바당과 물에는-4연25행, 전승지(戰勝地)-4연24행, 정의고을-4연33행, 제주진혼곡-4연12행, 천지연폭포-3연18행, 제주도를 아십니까-4연12행, 제주사람들-4연24행, 김녕항(金寧港)-4연24행, 구절초-3연20행, 이웃사람들-5연34행, 휴화산-2연14행, 계절의 순서-3연18행, 토기(土器)-4연24행, 신과의 약속-3연18행, 수녀원을 지나며-5연25행, 종말의 겨울은 없다-3연18행, 바위넝쿨-4연24행, 모시올-4연24행, 지도-3연18행, 암각화(1)-2연12행, 암각화(2)-2연12행, 처용암에서-5연15행, 봉사자의 기도

(1)-3연14행, 봉사자의 기도(2)-2연14행, 봉사하는 자의 기도(3)-2연12행, 한개의 자갈은-3연18행, 어떤 역사-3연18행, 우리가 산다는 것은-3연18행, 폐선(廢船)-3연18행, 물길산조-5연15행.

〈해설〉 성실, 독실, 그리고 진실, 김열규.

## II. 김호영(金湖影 본명-金鎭文 1935-2011)의 정형시 창작형태조사

| 시조집 | 1연 | 2연 | 3연 | 4연 | 5연 | 사설 | 장시조 | 총계 | 비고 |
|---|---|---|---|---|---|---|---|---|---|
| 대독천노래 | | 24 | 28 | 16 | 12 | | 7 | 87 | |
| 총계 | | 24 | 28 | 16 | 12 | | 7 | 87 | |
| 비율% | | 27.5 | 32.1 | 18.3 | 13.7 | | 8.0 | 99.6 | |

## ↗ 정월 나 병 기 (汀月 羅秉箕 1906-1984)

### Ⅰ. 한국시조큰사전. 1985.

가을나그네-3연9행, 기다림-2연6행, 늦가을-1연3행, 두만강(豆滿江)의 메아리-3연9행, 매화(梅花)와의 고별(告別)-2연6행, 버린 국화(菊花盆)을 보고-2연6행, 월강죄-2연6행.

### Ⅱ. 붓끝에 흐르는 샘. 1997.

책머리에-2연12행, 행복의 분수령-1연7행, 인고의 탑-1연7행, 꾸미는 미래상-1연7행, 한밤에 쓰는 글월-2연14행, 원호병상 옆에서-3연12행, 거울 앞에서-3연9행, 경고(鏡高)탄생일흔 돌에-3연12행, 무소유의 무국적-2연14행, 혼자 떠난 길-2연14행, 석양배(夕陽盃)-2연14행, 시월문화(十月文化)의 달에-3연12행, 그날이 오면-3연18행, 나의 영토(領土)로-3연12행, 회한(悔恨)의 독백(獨白)-2연14행, 낙서(落書)한 묶음-2연12행, 붓끝의 애원-2연14행, 절정-1연12행, 사색의 숲속에서-3연9행, 항해일기(航海日記)-5연15행, 인과의 법칙-1연10행, 홍시-1연7행, 망각의 회전무대-3연18행, 참새와 허수아비-3연9행, 죄없는 밤을-1연7행, 한포기 화분에-1연7행, 그리운 그날-1연7행, 강야곡(江夜曲)-2연12행, 덕담과 미소-3연18행, 순정의 소야곡-2연12행, 인고의 샘-2연12행, 백무고원(白茂高原)에서-2연14행, 백산 차(白山茶)한 모금에-3연9행, 칠월에 찾아온 님-5연20행, 꽃마음 내마음-문주란-1연3행, 수선화-1연3행, 목련-1연3행, 박꽃-1연3행, 매화꽃-1연3행, 산수유-1연3행, 여름 밤의 환상-3연21행, 구름 한 끝에-2연14행, 여름 밤이 끼인 그림-3연9행, 국화 송이로-2연14행, 가을 소묘-3연18행, 달항아리-3연18행, 눈의 대관령-3연9행, 풍운아-2연12행, 정열의 계절풍-2연12행, 다 쓴 싸인펜-3연18행, 추억은 아름다워-2연14행, 종군 문화반-2연12행, 역광선-2연12행, 실종된 한글날-3연9행, 밤섬에서-2연12행, 발자취-3연21행, 고향 꿈의 파수꾼-4연24행, 한해 묵은 달력 앞에-5연15행, 나그네-2연12행,

병상별곡(病床別曲)-2연12행, 공백(空白)의 서(書)-2연12행, 윤삼월의 동양화-1연12행, 반성(反省)-4연24행, 방황(彷徨)하는 회귀선(回歸線)-4연28행, 자유인의 새지평-1연7행, 고독한 사명-1연7행, 임종의 그날엔-1연7행, 공상의 파편으로-1연7행, 여백의 푸념-1연7행, 흙과 물에 입맞추기-1연9행, 백두산 가던 길-2연14행, 회한(悔恨)의 장(章)-2연14행, 탑골공원에서-2연12행, 세월 밖에서-3연9행, 방아타령-2연12행, 풀잎 이슬같이-2연12행, 망각의 회전무대-사설시조, 식목일과 종이 한 장-2연12행, 어느 작곡가-2연18행, 요즘의 그대는-2연18행, 백자청룡문항아리-2연12행, 낭만의 분수령-3연18행, 청태-3연18행, 영감의 귀동냥-2연12행, 염원-1연7행, 밤파도-1연7행, 청기와장이-4연218행, 삶의 이정표-3연9행, 세월-2연14행, 삼락의 벗 어겨-3연18행, 막새 그 영원한 미소-3연18행, 어느 묘비명-2연14행, 배소(配所)의 달-2연14행, 무아경(無我境)-2연14행, 초혼제(招魂祭)-3연18행, 초청장-2연14행, 젊은날의 꿈-3연21행, 밑알의 영원-5연15행, 머리쓴 유언-안식의 길-1연6행, 재활용품-1연6행, 자연장-1연6행, 밤의 향가(鄕歌)-3연12행.

## Ⅲ. 정월 나병기(汀月 羅秉箕 1906-1984)의 정형시 창작형태조사

| 시조집 | 1연 | 2연 | 3연 | 4연 | 5연 | 사설 | 장시조 | 총계 | 비고 |
|---|---|---|---|---|---|---|---|---|---|
| 한국시조 | 1 | 4 | 2 | | | | | 7 | |
| 붓끝샘 | 31 | 39 | 28 | 4 | 4 | 1 | | 107 | |
| 총계 | 32 | 43 | 30 | 4 | 4 | 1 | | 114 | |
| 비율% | 28.0 | 37.7 | 26.3 | 3.5 | 3.5 | 0.8 | | 99.8 | |

## ↗ 남 경 (南耕 본명-健相 1905-1984)

### Ⅰ. 한국시조큰사전. 1985.

가을-1연3행, 낙동강(洛東江)에서-1연3행, 몽단선(夢斷線)-1연3행, 무더위-1연3행, 살살이꽃-1연3행, 설악(雪嶽)에의 감(感)-1연3행, 설악한천(雪嶽寒川)-1연3행, 성(城) 밖 노래-1연3행, 여심(女心)-1연3행, 월광곡(月光曲)-1연3행, 전원만정(田園晩情)-1연3행, 정맥(情脈)-1연3행, 풍심(風心)-1연3행, 피안개-1연3행, 해인사(海印寺)-1연3행.

### Ⅱ. 남경(南耕본명-健相 1905-1984)의 정형시 창작형태조사

| 시조집 | 1연 | 2연 | 3연 | 4연 | 5연 | 사설 | 장시조 | 총계 | 비고 |
|---|---|---|---|---|---|---|---|---|---|
| 한국시조 | 15 | | | | | | | 15 | |
| 총계 | 15 | | | | | | | 15 | |
| 비율% | 100 | | | | | | | 100 | |

## ↗ 류 제 하 (柳齊夏 본명-柳重夏 1940-1991)

### Ⅰ. 한국시조큰사전. 1985.

낮달-사설시조. 뉘육성이-2연6행, 뎃상(7)-1연3행, 뎃상(16)-2연6행, 물구나무서기-3연9행, 바람과 소녀와 하느님-4연12행, 변조(1)-4연12행, 변조(18)-1연3행, 변조(28)-3연9행, 변조(42)-1연3행, 변조(44)-1연3행, 변조(48)-2연6행, 변조(51)-1연3행, 변조(53)-2연6행, 변조(55)-2연6행, 변조(59)-2연6행, 변조(75)-3연9행, 변조(79)-2연6행, 변조(82)-4연12행, 불꽃놀이-2연6행, 비원에서-2연6행, 석굴암원경-3연9행, 쓰지 못한 시-2연6행, 심전도(心電圖)-4연12행, 이런날-1연3행, 이야기 하나가-2연6행, 하늘편지-4연12행.

### Ⅱ. 변조(變調)-현대시조. 100인선. 2000.

경칩-3연20행, 별-3연27행, 바람과 소녀와 하느님-4연12행, 물구나무서기-3연9행, 형성-3연9행, 이야기 하나가-2연6행, 내 하늘-1연3행, 돌이 된 봄-2연6행, 모딜리아니에게-3연9행, 강-4연12행, 안경쓰기-3연9행, 당신은-3연11행, 양심이 자유-3연18행, 낮달-사설시조, 하회숨결-3연9행, 입원-3연14행, 신문배달 어린소년에게-4연12행, 변조(2)-4연18행, 변조(8)-2연15행, 변조(9)-1연10행, 변조(28)-3연20행, 변조(33)-2연6행, 변조(36)-5연15행, 변조(43)-2연6행, 변조(44)-1연3행, 변조(53)-2연6행, 변조(55)-2연6행, 변조(56)-2연10행, 변조(57)-2연6행, 변조(59)-2연6행, 변조(60)-2연12행, 변조(62)-1연6행, 변조(63)-3연18행, 변조(64)-2연18행, 변조(69)-3연9행, 변조(70)-3연9행, 변조(71)-2연6행, 변조(73)-2연6행, 변조(79)-2연12행, 변조(80)-2연13행, 변조(81)-1연7행, 변조(82)-3연18행, 변조(84)-2연17행, 변조(86)-2연7행, 술잔속에서-2연11행, 천수관음이 되어-3연13행, 망월동-1연3행, 바다에서-2연9행, 풍경하나-2연6행, 중환자실에서-3연13행, 부할

제-3연11행, 그림이야기-3연9행, 문화사적 눈물-3연9행, 자목련-1연3행, 누드-2연6행, 칼-2연6행, 광화문에서-2연8행, 아다다-1연10행, 방-1연4행, 사슬-1연7행, 불꽃놀이-2연6행, 원정(園丁)의 노래-3연18행, 나상(裸像)-4연24행, 비원에서-2연6행, 석굴암원경-3연9행, 뉘육성이-2연7행, 비화(秘話)(1)-8연35행, 당신이 주신 말을-4연12행, 잃어버린 풍경-3연20행, 눈밭에서-2연13행, 반지-1연6행, 광견도(狂犬圖)-1연8행, 밤눈-1연9행, 조약돌-1연7행, 하늘이 맑은 날은-2연16행, 까치둥지-1연7행, 〈해설〉시조의 운명과 몸, 언어의 형식-조영복.

### Ⅲ. 류제하(柳齊夏 본명-柳重夏 1940-1991)의 정형시 창작형태조사

| 시조집 | 1연 | 2연 | 3연 | 4연 | 5연 | 사설 | 장시조 | 총계 | 비고 |
|---|---|---|---|---|---|---|---|---|---|
| 한국시조 | 6 | 11 | 4 | 5 | | 1 | | 27 | |
| 변조 | 15 | 28 | 23 | 6 | 1 | 1 | 1 | 75 | |
| 총계 | 21 | 39 | 27 | 11 | 1 | 2 | 1 | 102 | |
| 비율% | 20.5 | 38.2 | 26.4 | 10.7 | 0.9 | 1.9 | 0.9 | 99.3 | |

## ↗ 유당 림헌도(裕堂 林憲道 1920-2006)

### Ⅰ. 들어가며

유당(裕堂)님과 첫 상견례는 1989년도 가람문학을 손짓하기 전에 시도(詩圖)출판사-지광현(池光鉉1935-2006) 국립대전현충원(사병 1묘역. 138 묘판-24047에 안장) 시인의 소개로 인사를 올렸으며 가람문학 신인상을 받을 때 상장을 하사해 주셨다. 공주시에 생활하시면서 문학 활동을 대전에서 회장 일을 맡아보시기 때문에 한 달에 두서너 차례 대전에 왔다 가시고 출퇴근을 한 셈이다. 공주사범대학 교수를 역임하셨기 때문에 제자들도 많았고 청자(靑磁)부터 시조문학을 활동했기 때문에 문학 활동의 기틀을 대전에 두시고 가정은 공주에서 지내셨다.

### Ⅱ. 펼치며

1. 청자(靑磁) 현대시조

1965. 창간호-시조작품 없음/ 1965. 제2호- 산촌전경-3연18행. 회갑송-3연18행/ 1965. 제3호-추풍감별곡-2연12행. 유성-1연7행, 윤회-1연7행/ 1966. 제4호-입춘-1연8행, 조국-1연7행, 넝쿨-2연11행/ 1966. 제5호-백제왕릉-2연18행, 나무-1연9행/ 1966. 제6호-가람선생-4연36행, 바다-2연18행/ 1966. 제7호-추석절-1연9행, 기도-1연9행, 망향-1연9행/ 1967. 제8호-묵시록-1연9행, 산-1연9행. 행렬-1연8행, 종언-1연9행.(시조문학16호)/ 1967. 제9호-여심-2연18행, 세정-1연9행, 후일-1연9행/ 1970. 제10호-넝쿨-2연14행, 산-1연9행.

2. 차령(車嶺)

1978. 창간호-당간지주-2연12행, 귀가-1연11행, 세정-1연9행/ 1978. 제2호-고향-1연12행, 여수-1연12행, 설야-1연12행/ 1979. 제3호-밤의 섭리-5연25행.

### 3. 가람문학

1980. 창간호-추풍감별곡-2연12행. 바다-2연18행/ 1981. 제2집-기도-1연9행, 부조리-1연9행/ 1982. 제3집-이대로-1연7행, 남은 시각-1연7행/ 1983. 제4집-석별-1연11행, 귀로-1연11행, 유성(流星)-1연7행/ 1984. 제5집-낙화암에서-1연12행, 여수(旅愁)-1연12행, 대춘부-1연11행(시작노트)/ 1985. 제6집-관음봉의 한운-1연6행/ 1986. 제7집-고향-1연6행, 추억-2연6행, 사모곡-1연6행, 설야-1연6행, 해조음-1연6행, 그림자-1연6행, 망부석-1연6행, 구름-1연6행, 새아침-1연6행, 관음봉의 한운-1연6행/ 1987. 제8집-계시-2연16행, 사루비아-1연12행, 계절풍-2연13행/ 1988. 제9집-올림픽축전-4연36행, 준령(峻嶺)-3연24행, 사모(思慕)-1연12행, -이천규교수 영전에-4연36행/ 1989. 제10집-염원(念願)-8연56행,. 귀향곡-2연14행, 다실에서-2연14행, 여인-3연21행/ 1990. 제11집-그리움-1연11행, 회한(悔恨)-1연12행, 영상(影像)-1연12행./ 1991. 제12집-금강-3연21행, 봉우리-3연26행, 둥근달처럼-4연27행/ 1992. 제13집-동목(冬木)-3연33행, 영상(映像)-3연33행/ 1993. 제14집-변화도 아랑곳없이-3연21행/ 1994. 제15집-나락(奈落)-2연14행, 영은사(靈隱寺)의 풍경소리-2연14행, 환자-3연21행, 수수께끼-2연14행/ 1995. 제16집-쌍수정(雙樹亭)-2연14행, 감꽃-2연14행, 명절을 맞이하여-3연21행, 세상 인심-2연14행/ 1996. 제17집-우리 땅 독도-3연21행, 응시(凝視)-2연14행, 봄의 서곡-3연21행/ 1997. 제18집-시골마을-2연14행, 영원한 평행선-2연14행/ 1998. 제19집-일편단심(一片丹心)-2연14행, 계룡산의 봄-3연21행, 고도의거리-2연14행/ 1999. 제20집-영원한 이별-2연14행, 지루한 나날-1연7행, 물거품-1연7행/ 2000. 제21집-무상-1연7행, 알지못할 사연-1연7행, 기다림-1연7행/ 2001. 제21집-기도-1연7행, 나무-1연6행, 부조리-1연7행, 당간지주-2연16행, -세정(世情)-1연7행, 메아리-2연14행, 후일-1연9행, 바다-2연15행/ 2006. 제27집(추모특집)-밤의 섭리-5연33행, 남은 시각-1연6행, 사루비아-1연6행, 계절풍-2연12행.

4. 충남문학

1995. 제9집-해바라기-4연23행/ 1981. 제12집-유성(流星)-1연7행/ 1984. 제15집-출항-4연25행/ 1985. 제16집-별빛-2연12행/ 1987. 제18집-무너진 항해-3연18행/ 1990. 제20집-고독-3연36행, 분묘-3연23행/ 1991. 제22집-난향단심-3연21행, 회한-3연23행/ 1993. 제24집-계곡에서-3연10행/ 1996. 제27집-헤어짐-2연12행/ 1997. 제28집-상려암(想麗岩)-1연7행, 묘소에서-1연7행.

5. 호서문학

1976. 제5호-제비-2연14행, 고성(古城)-3연14행/ 1981. 제7집-불여귀(不如歸)-2연14행, 찰라-1연7행/ 1982. 제8집-나그네-6연36행, 영사찬가-1연7행/ 1983. 제9집-잔송찬가-장시/ 1984. 제10집-찰라-1연8행, 풍경화-3연20행, 제1회현대시조문학상/ 1985. 제11집-공항에서-1연7행, 침묵의 반추-1연7행/ 1986. 제12집-대기권-2연13행, 한점 그리메-2연16행, 잠을 깬 그림한폭-2연13행, 별빛-3연19행/ 1988. 제14집-석란스님-4연33행/ 1989. 제15집-제형가-3연18행/ 1990. 제16집-난초-2연14행/ 1991. 제17집-백제의 여운-6연30행/ 1992. 제18집-백제의 여운-6연30행/ 1993. 제19집-자유-5연32행/ 1994. 제20집-종소리-2연14행/ 1995. 제21집-등대-4연28행/ 1996. 제22집-시골마을-2연13행, 앙금-2연13행.

6. 한밭시조문학

1987. 창간호-유성-1연12행, 석별-1연12행/ 1988. 제2호-새아침-1연12행, 귀로-1연12행, 석별-1연12행/ 1989. 제3호-정중한-1연12행, 산마을-1연12행, 단상-1연12행/ 1990. 제4호-회상곡-2연12행, 시냇물-3연21행, 언약-4연28행/ 1993. 제5호-달무리-2연14행, 기개는 살아서-2연14행/ 1994. 제6호-농부의 하소연-4연28행, 광부의 하루-3연21행, 교차로에서-3연21행/ 1995. 제7호-외로운 섬-2연14행, 비 오는날-3연21행. 제행무상-2연14행/

1996. 제8호-장맛비(임우)-2연14행, 초조한 일상-2연14행/ 1997. 제9호-기도-1연7행, 우중음-1연7행, 당간지주-2연12행/ 1998. 제10호-사통팔달의 도시-1연7행, 백두산-2연14행, 천지-1연7행, 바오항-2연14행, 고도의 거리-2연14행, 대전의 발전상-1연7행.

7. 오늘의문학

1995. 겨울호-호접(胡蝶)-2연14행/ 1996. 겨울호-시골마을-2연14행, 앙금-2연14행, 신문지-2연12행.

8. 한국동시조

1995. 제2호-2연10행, 별나라 친구-2연12행/ 1996. 제3호-술래잡기-1연7행, 꽃동산-1연7행. 밤하늘 별나라-1연7행/ 1997. 제4호-우리 강산-1연7행, 진아생일-1연7행/ 1998. 제5호-제기차기-2연14행/ 1998. 제6호-별나라-1연11행.

9. 현대동시조

2000. 창간호-우리강산-1연7행/ 2001. 제2호-작품 없음/ 2002. 제3호-별나라 친구-2연12행/ 2009. 선집-별나라친구-2연12행.

10. 매일신보(每日申(新)報(1910.8.30) 대한매일신보를 改題

1937.10.20.금강산-천선대(天仙臺)에서-1연3행/ 1940.11.17.학생란-시조-보덕굴(普德窟)에서-中東學校-林憲道-1연3행.

11. 청산별곡-시조집(1973)

연가(戀歌)-4연38행, 수선화(水仙花)-2연12행, 석별(惜別)-1연11행, 넝쿨-2연14행, 귀로(歸路)-1연11행, 유성(流星)-1연7행, 찬가(讚歌)-4연36행, 기도(祈禱)-1연9행, 윤회(輪廻)-1연7행, 종언(終焉)-1연9행, 후일(後日)-1

연9행, 부조리(不條理)-1연7행, 기상도(氣象圖)-2연14행, 밤의 섭리-5연35행, 바다-2연18행, 행렬(行列)-1연8행, 망향(望鄕)-1연9행, 세정(世情)-1연9행, 산(山)-1연9행, 나무-1연9행, 여운(餘韻)-1연9행, 조국(祖國)-1연7행, 당간지주(幢竿支柱)-2연12행, 무렬왕릉(武烈王陵)-3연18행, 입춘(立春)-1연8행, 선율(旋律)-1연10행, 우중음(雨中吟)-1연11행, 추석절(秋夕節)에-2연18행, 추풍감별곡(秋風鑑別曲)-2연12행, 속리산 기행-말티고개-1연7행, 속리산-1연7행, 세송정-1연7행, 일주문-1연7행, 불심-1연7행, 대불-1연7행, 여심(旅心)-2연18행, 가람선생-4연35행, 메아리-2연14행, 산촌정경(山村情景)-3연18행, 한산도(閑山島)-1연8행, 회갑송(回甲頌)-3연18행.

12. 기상도(氣象圖)-시선집(1986)

서울역에서-2연14행, 한 점 그리메-2연16행, 나그네-4연34행, 추억-2연24행, 별빛-2연19행, 목단화-2연16행, 어머님-1연12행, 자모상-1연12행, 바다찬가-5연44행, 김포공항-1연12행, 망부석-1연12행, 대기권-3연13행, 낙화암-1연12행, 여수(旅愁)-1연12행, 새아침-1연12행, 남은 시각-1연11행, 정적(靜寂)-2연18행, 이야기-1연12행, 대춘부(待春賦)-1연12행, 잠을 깬 한 폭그림-2연13행, 관음봉(觀音峰)의 한운(閑雲)-1연12행, 고향(故鄕)-1연12행, 풍경화(風景畵)-3연20행, 시계(時計)-2연24행, 제주항(濟州港)을 떠나며-3연32행, 구름-1연12행, 만장굴(萬丈屈)-3연31행, 이대로-1연12행, 침묵(沈黙)의 반추(反芻)-1연12행, 그림자-1연12행, 설야(雪夜)-1연12행, 난초(蘭蕉)-2연20행, 국화(菊花)-2연21행, 댕댕이넝쿨-1연12행, 해조음(海潮音)-1연12행, 풍죽도(風竹圖)-3연27행, 고성(古城)-2연14행, 청자향로(靑磁香爐)-2연13행, 제비-2연14행, 분수(噴水)-2연18행, 바위-3연15행, 소망(所望)-2연12행, 별-6연38행, 해바라기-5연16행, 여명(黎明)-1연10행, 불여귀(不如歸)-2연14행, 옥피리-3연22행, 찰라(刹那)-2연7행, 연가(戀歌)-3연38행, 수선화(水仙花)-3연12행, 석별(惜別)-1연11행, 넝쿨-2연14행, 귀로(歸路)-1연11행, 유성(流星)-1연7행, 기도(祈禱)-1연9행, 기상도(氣象圖)-2

연14행, 당간지주(幢竿支柱)-2연12행, 무렬왕릉(武烈王陵)-2연18행, 메아리-2연14행, 세정(世情)-1연9행.

13. 한국현대시조대표선(1993)

당간지주(幢竿支柱)-2연14행, 기상도(氣象圖)-2연14행, 석별(惜別)-1연9행, 귀로(歸路)-1연11행.

14. 현대시조

1993. 여름호-타는 놀-3연20행, 변화도 아랑곳 없이-3연21행/ 1996. 여름호-길손 애가(哀歌)-2연14행, 봄의 서곡-3연18행/ 1998. 가을호-무상(無常)-3연16행, 인정(人情)-1연7행.

15. 한국시조큰사전(1985)

기도-1연3행, 기상도-2연6행, 나무-1연3행, 당간지주-2연6행, 메아리-2연6행. 무렬왕릉-2연6행, 바다-2연6행, 부조리-1연3행, 산-1연3행, 석별-1연3행, 세정-1연3행, 유성-1연3행, 행렬-1연3행, 후일-1연3행.

## Ⅲ. 유당 림헌도(裕堂 林憲道 1920-2006)의 시조시 창작형태조사

| 시조잡지 | 1연 | 2연 | 3연 | 4연 | 5연 | 사설 | 장시조 | 총계 | 비고 |
|---|---|---|---|---|---|---|---|---|---|
| 청자 | 15 | 6 | 2 | 1 | | | | 24 | |
| 차령 | 5 | 1 | | | 1 | | | 7 | |
| 가람문학 | 37 | 23 | 12 | 3 | 1 | | 1 | 77 | |
| 충남문학 | 3 | 2 | 5 | 2 | | | | 12 | |
| 호서문학 | 5 | 9 | 4 | 2 | 1 | | 4 | 25 | |
| 한밭시조문학 | 13 | 11 | 4 | 2 | | | | 30 | |
| 오늘의문학 | | 4 | | | | | | 4 | |
| 한국동시조 | 6 | 3 | | | | | | 9 | |
| 현대동시조 | 1 | 2 | | | | | | 3 | |

| 매일신보 | 2 | | | | | | | 2 | |
|---|---|---|---|---|---|---|---|---|---|
| 청산별곡 | 30 | 9 | 3 | 3 | 1 | | | 46 | |
| 기상도 | 25 | 22 | 9 | 1 | 2 | | 1 | 60 | |
| 한국현대시조 | 2 | 2 | | | | | | 4 | |
| 현대시조 | 1 | 1 | 4 | | | | | 6 | |
| 한국시조사전 | 9 | 5 | | | | | | 14 | |
| 총계 | 154 | 100 | 43 | 14 | 6 | | 6 | 323 | |
| 비율% | 47.6 | 30.9 | 13.3 | 4.3 | 1.8 | | 1.8 | 99.7 | |

## Ⅳ. 현대시조 창작의 특색

1. 청자, 차령부터 현대시조를 창작해 오면서 충청권 한밭시조의 전통맥을 이어오고 있다.

2. 기행시조, 역사문화적 현대시조 소재와 서정시를 융합한 폭넓은 소재를 선택하여 후진들의 귀감이 되고 있다.

3. 사설시조보다 단형시조인 평시조를 선호하였고 서울중동학교 학생때 매일신보에 수록된 시조작품을 발굴하였다.

## Ⅴ. 나오며

지금까지 자료수집이 불충분하여 확고한 조사연구가 성사되지 못했고 서울중동학교 학생 때의 현대시조를 발굴한 일은 특색으로 꼽을 수 있을 것이다. 현대시조를 총 303수 창작했지만 중복된 것은 골라내지 못했다. 가람문학 2006 제27집에서 일부 수록된 바 있으나 조사작품이 일부분만 수록하여 반도막이 된 느낌을 받는다. 앞으로 더욱 뿌리 깊은 자료조사 연구를 거듭하여 충청권의 시조문학에 손색이 없는 연구논문이 되도록 노력할 것을 다짐하고 고인의 명복을 기원하며 끝을 맺는다.

## ➚ 숙암 문 도 채 (肅岩 文道采 1928–2003)

### Ⅰ. 한국시조큰사전. 1985.

겨울나무-2연6행, 그 마음-2연6행, 남도연가-2연6행, 놀(1)-2연6행, 놀(4)-1연3행, 들국화-2연6행, 무등산 제5장-1연3행, 미륵불-1연3행, 병상일기-3연9행, 눈(雪)-1연3행, 소하이장(銷夏二章)-분수-1연3행, 선풍기-1연3행, 역류-1연3행, 욕(慾)-1연3행, 우화-2연6행, 원무-2연6행, 이정표-3연9행, 춘란(1)-1연3행, 춘란(2)-1연3행, 할미꽃-1연3행, 회로기(回路記)-3연9행.

시집-달력을 넘기면서. 1987-108수.

### Ⅱ. 숙암 문도채(肅岩 文道采 1928-2003)의 정형시 창작형태조사

| 시조집 | 1연 | 2연 | 3연 | 4연 | 사설 | 장시조 | 현대시 | 총계 | 비고 |
|---|---|---|---|---|---|---|---|---|---|
| 한국시조 | 12 | 7 | 3 | | | | 108 | 22 | |
| 총계 | 12 | 7 | 3 | | | | | 22 | |
| 비율% | 54.5 | 31.8 | 13.6 | | | | | 99.9 | |

## ➚ 박노경 (朴魯慶 1936–2002)

### Ⅰ. 한국시조큰사전. 1985.

고향(故鄕)의 노래-3연9행, 꽃잎-3연9행, 나목(裸木)의 노래-3연9행, 도가(禱歌)-2연6행, 머나먼 오솔길-4연12행, 목포(木浦)-2연6행, 백학부(白鶴賦)-2연6행, 푸른 벤취-3연9행, 해망(海望)-3연9행, 해협(海峽)의 달빛-3연9행.

### Ⅱ. 박노경(朴魯慶 1936-2002)의 정형시 창작형태조사

| 시조집 | 1연 | 2연 | 3연 | 4연 | 5연 | 사설 | 장시조 | 총계 | 비고 |
|---|---|---|---|---|---|---|---|---|---|
| 한국시조 | | 3 | 6 | 1 | | | | 10 | |
| 총계 | | 3 | 6 | 1 | | | | 10 | |
| 비율% | | 30.0 | 60.0 | 10.0 | | | | 100 | |

## ↗ 구름재 박 병 순 (朴炳淳 1917−2008)

# 구름재 시조전집을 중심으로

### I. 낙수첩(落穗帖)

무궁화(1)-좌우명-1연3행, 무궁화(2).-서장-1연3행, 첫송이-1연3행, 무궁화(3)-2연6행, 무궁화(4)-1연3행, 무궁화(5)-1연3행, 무궁화(6)-3연9행, 눈 내리는 달밤-2연6행, 설야토벌-1연3행, 호소-1연3행, 산촌영웅-2연6행, 무월동방가-1연9행, 읍소-1연7행, 파초-1연8행, 심처화-1연7행, 독야-1연8행, 어머니-6연36행, 아버지-1연9행, 무덤 앞에서-2연17행, 앵도-1연7행, 은하처럼-1연9행, 모란이 울기 전에-2연18행, 낸들 어이-1연7행, 시름이-1연9행, 옛이름-1연10행, 무지개-1연9행, 꽃송이-1연9행, 인간 향훈-3연27행, 송별(1)-1연9행, 우정-1연9행, 몽일상장-3연26행, 허망-1연9행, 산길-1연8행, 순정-1연8행, 사랑(1)-4연36행, 장미화-1연9행, 밤길-1연9행, 돈-1연9행, 종교-3연26행, 설야-3연29행, 노을-1연9행, 남행열차-3연27행, 차창-2연18행, 구룡폭-3연27행, 저무는 가을-3연24행, 대방성-1연9행, 이별(1)-3연27행, 옥야-호남평야-1연9행, 호박꽃은 부른다-5연15행, 전통-3연21행, 비(1)-3연27행, 가을(1)-3연24행, 초가집-1연9행.

### II. 별빛처럼

별리-3연21행, 새 하늘에 부치는 노래-3연26행, 귀향백서-5연48행, 이슬길-3연20행, 석굴암-4연34행, 문수보살-4연36행, 졸업식-3연18행, 비연-1연8행, 송읍-4연36행, 낙조(1)-1연9행, 실제-3연17행, 컨닝-1연9행, 추방-1연9행, 김만경(1)-1연9행, 사랑도-1연9행, 실상사-6연54행, 지리산성에 섰다-1연13행, 작설문답-2연18행, 천은사-5연45행, 추석-3연25행, 퇴원선고-3연23행, 김만경(2)-4연36행, 파장(1)-4연45행, 빛이 산둘레처럼-5연45행,

밤(1)-3연27행, 단풍(1)-2연15행, 실면-4연12행, 기다림-4연12행, 기연-8연24행, 파장(2)-4연12행, 새벽(1)-2연16행, 정(2)-3연9행, 풍년-2연14행, 추석날 아침-2연14행, 가을(2)-3연27행, 공초선생님 앞에-2연18행, 등대처럼-3연9행, 길손-2연16행, 인정열차-4연12행, 눈동자-3연9행, 일선병사에게 들은 이야기-3연9행, 청룡사-5연15행, 눈이 내리면-3연18행, 기적 앞에 섰다-2연16행, 축-5연15행, 고아-3연18행, 강아지버들-3연9행, 나홀로 서서-3연18행, 차라리가 야할테면-2연6행, 묵뫼-2연12행, 오늘-2연12행, 가뭄-3연26행, 산일-4연33행, 생명(1)-3연18행, 가을이 오면-4연24행, 숙명(1)-2연6행, 새벽(2)-1연3행, 새벽(3)-1연3행, 황진이시조 화답가-1연10행, 아내에게-3연9행, 행복(1)-3연9행, 생부처-3연18행, 나는 모르겠다-3연9행, 삶-2연12행, 나도야 청산을 배워-무엇 먹고 사는가-3연9행, 팔자-2연6행, 별처럼-1연10행, 향수-3연9행, 국향에 젖어온 나를-3연9행, 어이 눈을 감으시오-4연12행, 숨막힘-3연27행, 외로움(1)-3연26행, 강변을 거닐며-4연12행, 모두들 선구자 되어-4연12행, 외딴섬-4연12행, 철창일기-16연48행, 실향가-3연19행, 귀양길-3연9행, 결별-4연12행, 아쉬움-4연12행, 물소리-3연9행, 소나기-3연9행, 창(1)-3연9행, 만가(1)-6연48행, 가야상봉 가는 길-5연15행, 축 수연(1)-3연9행, 꿈(1)-4연12행, 속금산(마이산)-4연12행, 호수 앞에서-1연7행, 탑-2연14행, 천왕문에서-1연6행, 산정에 서면-1연9행, 팔자를 우는 여인-3연9행, 쓸데없는 소리-3연9행, 병이 짙어가면-6연18행, 이대졸업-5연15행, 눈 쌓이는 밤에-3연9행, 추모-6연18행, 농번기-사설시조, 단풍-3연9행, 시름(2)-3연9행, 너만 있다면-4연12행, 돈보다 사랑의 힘이-4연12행, 이 밤길-3연9행, 설-5연15행, 비(2)-4연12행, 백합화-4연12행, 구천동 백련암 가는 길에-3연27행, 이돌날-3연26행, 나란히 계시오시면-3연27행, 바다에 떴다-3연26행, 천지연-2연18행, 정방폭포-2연16행, 제주도찬가-4연12행, 스승님 돌날-4연12행, 생명(2)-3연9행, 그리움아 솟아라-3연9행, 분수령(1)-1연3행, 분수령(2)-1연3행, 스승의 날-3연27행, 산우정-3연26행, 숲-3연28행, 가람스승님 앞에-10연30행, 외로움(2)-5연15행, 샘이 바치는 노래-3연9행, 축 회혼-1연9행, 고모님 무덤 앞에-5연15행, 미인박명록-3연9행, 송별(2)-3연27행, 유혹-1연9행, 포풀러-4연26행, 홍련-2연16행, 먼동이 틔는 날-4연12행, 출퇴근길-3연27행, 나팔꽃-1연9행, 화곡동-4연36행, 금-3연27행, 서울(1)-3연9행, 법-1연9행, 가을(3)-3연27행, 벽지에 너를 두고-4연36행, 조시-5연15행, 눈보라에 띄우는노래-4연12행, 밤(2)-3연18행, 환상-사설시조, 세배-7연21행, 그때가 바로-8연24행, 해와 달-4연25행, 잿길에서-1연9행, 짝사랑-1연7행, 김만경들-2연6행, 불암산-2연6행, 딸-1연9행, 헌수가(1)-3연9행, 내장사-1연10행, 금산사-4연18행, 선생님-7연21행, 인연(1)-4연12행, 당신이 하마 가시옵니까-5연15행, 기다림(2)-1연7행, 사모-2연12행, 만덕산 새봄 저물녁-1연9행, 꽃밭을 떠나며-4연12행, 몽중폭포-2연6행, 바람-3연9행, 수릿날(1)-4연12행, 달-5연46행, 신행길-4연36행, 시름(3)-3연28행, 다시 가신 가람스승님 앞에-5연15행, 고독-5연15행, 눈오는 날에-임을 찾아서-1연3행, 낭만을 속삭이며-3연9행, 새해맞이 노래-6연18행, 이호우사형 영전에-5연15행, 충무공한산섬노래 화답가-1연10행, 헌수가(2)-3연9행, 시름(4)-2연6행, 동창회-사설시조, 청우헌-4연36행, 촉석루-4연37행, 미인박명록(2)-4연12행, 생명(3)-4연12행, 새벽장-4연37행, 임의 문전을 나서며-3연21행, 충혼-1연9행, 동방의 태양은-7연21행, 이별(2)-2연6행, 무등을 바라보며-4연12행, 수릿날(2)-4연38행, 대아리폭포-3연9행, 생명(4)-5연15행.

## Ⅲ. 문을 바르기 전에

문을 바르기 전에-4연12행, 한가위-4연12행, 그대를 한솥에 녹여-3연9행, 봄(1)-1연9행, 별빛처럼-5연15행, 한강을 남으로 건너며-4연12행, 교지-가람에 바치는 노래-4연12행, 인연(2)-4연12행, 죽음을 넘는 이슬길-6연18행, 서울길-4연35행, 성벽을 담을 삼고-4연35행, 봄비(1)-4연12행, 벌,나비 상관없이-5연15행, 시집가는 날-4연12행, 자유의 다리라도-4연24행, 오늘을 금으로 하여-3연27행, 심처화-5연15행, 송,수연-4연12행, 사르비아꽃밭

아래서-4연12행, 사랑(3)-4연12행, 낙조(3)-2연19행, 제주도내처녀야-1연10행, 용두암-2연18행, 천제연-3연27행, 외돌괴-1연9행, 속,천지연-2연18행, 한라산-4연38행, 망혼가-2연18행, 룸비니회지 창간을 비는 노래-4연38행, 축 수연(2)-4연12행, 도산의 만고상청을-4연12행, 소리-4연12행, 교지-가람에 바치는 노래(2)-5연15행, 축 수연(3)-5연15행, 수장지대왕바위-7연65행.

## Ⅳ. 새눈, 새맘으로 세상을 보자.

도솔산도솔천-6연18행, 코스모스-2연19행, 에바다,창간호에 부치는 노래-4연12행, 인생은 아예 외로운 것-4연12행, 기쁨-5연15행, 동지팥죽-3연9행, 축시-7연23행, 초가지붕 밑에 서면-4연12행, 성묘-4연12행, 사랑을 앓다가-4연31행, 배신-4연29행, 꿈(2)-4연32행, 이삿날-1연9행, 봄비(2)-4연12행, 왕생극락하사승공통일 지키소서-5연15행, 철따라 사랑은-4연12행, 네가 장가를 드는데-4연12행, 김해성군 시화전에서-1연6행, 위봉폭포-2연20행, 생일날-4연12행, 이 꿈을 뿌리치고-4연12행, 고향잃은 나그네-4연12행, 나그네 꿈-5연15행, 서울(2)-4연12행, 밤하늘 별을 보며-사설시조, 눈과 술과 꿈과-4연12행, 휴가의 마지막 날-3연9행, 혼일랑 유관순 되어-3연9행, 죽음 앞에서-2연6행, 또다시 줌음을 넘어-2연6행, 이 한 몸 스러지면-3연9행, 못잊을 눈망울들-3연9행, 한가지복-사설시조, 죽음을 넘어 한올 희망을 안고-6연18행, 숨은 고비를 넘어 죽음을 뚫고-4연12행, 예수병원 환자번호118357번이 519호실에서, 퇴원하는 날-5연17행, 내가 무슨 죄가 있어-사설시조, 못살고 죽는 이만 불쌍하다-5연15행, 봄은 있다는데-2연14행, 내 핏줄-4연12행, 병상춘몽-4연12행, 소녀의 기도-사설시조, 아내의 힘-사설시조, 거룩한 봉사자-사설시조, 새 눈 새 맘으로 세상을 보자-4연12행, 상에서도 세월은 가는데-4연12행, 봄비(3)-사설시조, 희망을 심어준 소녀-4연12행, 삭주구성 가는길-4연12행, 자화상-6연18행, 비명(碑銘)-사설시조, 봄빛-3연9행, 참으로 당신은-3연9행, 복숭아 꽃피는 마을-5연15행, 병상은 외로운 것-4연12행, 전라고등학교찬가-2연16행, 걸음마점묘-7연21행, 사슴뿔(녹용)-4연12행, 시집가는 날-8연24행, 시조 한 장-2연18행, 일요일아침-5연15행, 이갈도-3연9행, 조국-3연21행, 가람학보 바치는노래-4연12행, 어버이 회갑날에 바치는 노래-4연12행, 오늘은 너울너울 춤이라도 추오소서-4연12행, 꼬마김동원장군-7연21행, 또 한 해를 보내며-4연12행, 백수정완영시백님께-1연5행, 강운희님께-1연4행, 어머님 회갑에 바치는 노래-4연12행, 울어라도 가오리다-7연21행, 노서예대가강암송성용찬가-8연24행, 죽음이 죽음의 그림자가-1연3행, 고이는 눈물 감추고 죽음으로 따르리라-10연30행, 봄을 노래한다는데-3연9행, 봄,새벽-2연6행, 호국의 영령 앞에 바치는 노래-14연42행, 대왕님 어찌하오리까-8연24행, 가나다모임찬가-4연12행, 만가(2)-4연12행, 행복(2)-4연12행, 남은 한세월을-1연6행, 다시 병상에서-24연72행, 사랑(4)-3연9행.

## Ⅴ. 가을이 짙어 가면

사랑(5)-1연7행, 보리수에 바치는 노래-4연12행, 치희에게-3연9행, 아버지세돌날-5연15행, 문이 열린다-3연9행, 산향부에 바치는 노래-3연9행, 봄눈-1연9행, 아침놀처럼-1연6행, 한자락 또한 세월을-4연12행, 목련꽃은 피는데-4연12행, 백목련같던 가슴을 열어-5연15행, 세종날당신님시비 앞에서-4연12행, 숲으로 통하는 길을-7연21행, 불변의 성벽 불멸의 횃불이거라-5연15행, 해와 달이 되뜨는 날을-4연12행, 서울인정점고-대화-2연6행, 우정-2연6행, 비둘기집-3연9행, 환희-2연6행, 외성주 내놓고-2연6행, 마음의 핏줄-2연6행, 경호다방-2연6행, 조바심-2연6행, 문패는 내렸어도-4연12행, 핏줄이 아닌데도-2연6행, 내 노래는-4연12행, 어버이-3연9행, 한(2)-4연12행, 항구-5연15행, 부름에 보내는 노래-4연12행, 또한 하늘을 열거라-6연18행, 성봉에 바치는 노래-4연12행, 윤회의 인연을 이어-4연12행, 신비의 숲속에서-4연12행, 또 한 해가 저물면-5연15행, 다시 보리수에 바치는노래-5연15행, 환갑잔치-6연18행, 예순고개 위에서-4연12행, 동지설화-1연3행,

새하늘이 열린다-3연9행, 봉사-8연24행, 눈-5연15행, 임이 날 부르네-4연12행, 반가운 손님-4연12행, 에덴으로 가는 길-4연12행, 함박눈으로 오라-5연15행, 패장-5연15행, 통근버스-4연12행, 푸른강산 피심세-5연15행, 봄비(4)-4연12행, 진달래(1)-4연12행, 분수-5연15행, 장미-4연12행, 패졸이 물러간다-5연15행, 노을진 허공 저으며-6연18행, 가을이 짙어가면-4연12행, 행복(3)-1연3행, 철없는 아이-4연12행, 비탈길에서-3연9행, 나만 연 줄 알았더니-6연18행, 우리는 맘의 핏줄-4연12행, 은행잎 도지는데-5연15행, 그 가슴 불기둥되어-5연15행, 아아, 유봉옥사장님-3연9행, 이 잔을 석 잔 만들면-4연12행, 꿈은 전라도로-5연15행, 별빛 하나-2연6행, 낙조처럼-2연6행, 양사재(養士齋)-4연12행, 몸부림-4연12행, 목련과 얼려서-4연12행, 참이란 나무하늘 우러 황해를 안고-4연12행, 한가람-4연12행, 원점축제유철운군 시화전-5연15행, 원점축제에 바치는 노래-4연12행, 노래를 함께 불러준다면-4연12행, 제비-4연12행, 용문사 은행나무-3연28행, 만가(3)-10연30행, 남행길-4연39행, 환대-2연17행, 초승달-3연9행, 산책길-3연9행, 잠잃은밤-3연9행, 성묫길-6연18행, 하늘이여 천국극락 열어 누리영웅 맞으소서-21연63행, 촛불-1연9행, 육십령(六十嶺)-4연12행, 추풍령을 넘는다-5연24행, 강언덕 저편-1연9행, 원점열돌에 바치는 노래-5연46행, 전라고 학보에 바치는 노래-6연18행, 문도채사백님께-1연6행, 새아침에-1연6행, 늦푸름최일환님께-1연3행, 나라사랑(2)-8연24행, 한벽당-5연15행, 교통사고-4연12행, 별처럼-5연15행, 아내의 병상을 지키며-75연225행, 새날을 새겨 축수의 춤을-6연18행, 개나리 진달래와 함께 피는-5연15행, 꽃수레에 당신 싣고-6연18행, 여덟번째 원점축제의 노래-5연15행, 적막-5연15행, 줄장미-4연34행, 고운해야 돋아라-1연9행, 행복한 환자-5연15행, 아버지(2)-7연21행, 흑백은 남아-4연12행, 아버지께 올리는 만가-8연24행.

## VI. 진달래 낙조처럼

황진이-1연9행, 승전고 울리는 그날-5연15행, 축복의 잔을 올리세-8연24

행, 원점열한돌에 바치는 서시-6연54행, 나비처럼-사설시조, 폭풍-4연12행, 전라고학도에게 보내는 노래-7연21행, 양해동군에게-2연6행, 무등으로-1연7행, 정-1연7행, 달력-5연15행, 청매-4연12행, 난초-4연12행, 정은유명을 넘어-3연9행, 바다-2연22행, 설악산 가는길-1연14행, 권금성을 오르며-1연10행, 권금성찻집-1연10행, 권금성을 내리며-1연8행, 신흥사를 찾아서-1연9행, 낙산의 밤-3연9행, 의상대의 해맞이-4연12행, 산마을상가집-1연9행, 산마을의 닭울음-3연28행, 원점아홉번째 축제의 노래-6연18행, 오월-4연12행, 쑥국새가 운다-3연9행, 구름-4연12행, 부채-4연12행, 창밖-1연9행, 새벽그믐달-1연9행, 태극기는 휘날리는데-4연12행, 우주에 웃음의 꽃을-8연24행, 다시 낙조처럼-2연18행, 책(1)-6연18행, 잃어버린 신반포-4연12행, 창(2)-4연12행, 개나리-4연12행, 봄(2)-4연12행, 일흔잔치-6연48행, 낙화-2연6행, 원점열돌 축제의 노래-6연18행, 시조잔치-3연21행, 단비-4연12행, 황박사예순돌날-6연18행, 한촌새소식 창간열돌노래-7연21행, 한밝음교회찬가-4연28행, 어느 기항지(寄港地)를 읽으며-9연27행, 여섯그루 버드나무집-6연18행, 초록-4연12행, 맨드라미-2연6행, 분노하는 광복절-5연15행, 풀벌레소리-4연1・2행, 하늘 울고 땅이 울고 벌레도 울고-6연18행, 무너진 가슴안고-5연15행, 노산스승님영 앞에 서서-5연15행, 은행잎-2연6행, 무궁화꽃아가씨들에게-7연21행, 창(3)-5연15행, 염치없는 사람 널까지 들어다 달라고-8연24행, 잃어버린 에덴-7연21행, 매화향기 그윽한 노송쌍학 되거라-5연15행, 노래를 잃어버린 슬픈 봄노래-3연9행, 진달래(2)-4연12행, 여름-1연3행, 경포의 달-3연9행, 집선봉-3연9행, 안연에 부치는 노래-6연18행, 그 여름-1연3행, 꿈에 본 이무기의 승천-사설시조, 한순간 본 한가윗달-1연3행, 붕정만리 푸른하늘 열려라-4연12행, 눈내리는 성탄-4연12행, 나이고개-4연12행, 기지로 살린 젊은철 되돌려 즈믄골해푸르세-6연18행, 눈꽃-3연9행, 배우던 옛시절 그리며-5연15행, 동방의 밝은 별은 지고-8연24행, 낙치(落齒)-2연6행, 대보름-4연12행, 손손을 마주치며-3연9행, 진달래(3)-1연6행, 꽃이 지네-3연27행, 수수꽃다리-3연9행, 평화몰고 오신 손님-8

연24행, 동방군마예있네-7연21행, 제주효도여행-처녀비행-2연6행, 세미나(1)-5연15행, 용머리바위-1연3행, 김만덕기념관-6연18행, 제주박물관-1연3행, 삼성혈-3연9행, 목석원(木石苑)-3연9행, 만장굴(萬丈屈)-2연6행, 민속마을-2연6행, 일출봉(日出峰)-4연12행, 한라산 중턱을 넘어-1연3행, 정방폭포-2연6행, 천지연폭포-2연6행, 협재해수욕장-2연6행, 돌아오는길-2연6행, 수절청상-6연18행, 마음의 기둥 그 웃음 그 목소리-6연18행, 호남평야-1연3행, 호남평야화답가-1연3행, 이별-1연3행, 이별화답가-1연3행, 눈물을 모아 구슬픈 노래를-8연24행, 햇살쏟아지는 언덕 위 꽃구름으로 피오시라-9연27행, 솟구친 정회를 담아-5연15행, 책(2)-4연12행, 즈믄 올해 겨레더듬어-4연12행, 박주은산부인과의원축가-3연9행, 마음의 잔 찰찰 넘치게 올리오니-4연12행, 스승님 수미 활짝 피오시고-6연18행, 해강김대준선생님 쾌유를-4연12행, 여름방학고개-3연9행, 낙발(落髮)-3연23행, 천명을 하늘에 걸고-4연12행, 흩뿌리는 나뭇잎-3연9행, 오늘 돌날로 하여-2연6행, 한가위 새벽달-2연6행, 무궁화(3)-1연3행, 금별을 보내며-6연18행, 호접란 피었다는 소식 듣고-5연15행, 겨울방학 고개-4연12행, 하늘 높고 바다 깊은 은혜-사설시조, 봄과 함께 일으소서-7연21행, 눈숲-1연7행.

## Ⅶ. 해돋이 해넘이의 노래

한겨울의 봄노래-4연12행, 나라겨레 지킬 필봉되라-4연12행, 하나로 불타 하나로 피게하라-4연12행, 겨레의 스승님 기어이 가시옵니까-8연24행, 아우님들 돌잔치-5연15행, 어느 젊은 낙향-4연12행, 각시방-4연12행, 일혼고개 위에서-6연18행, 나그네-2연14행, 장가 가고 시집 오는 날-4연12행, 지는 해(落日)-1연7행, 눈도 춤소리도 없는 성탄절-4연12행, 밤낮 한자락이-3연9행, 그리움으로 가던 고향-7연21행, 책숲에 누워-4연12행, 죽변신화-5연15행, 삼월삼진날-5연15행, 다시 낙화-4연12행, 텅빈 교실에서-3연9행, 한글문화 꽃피어나라 안팎 뒤덮던 날-7연21행, 다시 속금산(1)-1연3행, 다시 속금산(2)-1연3행, 여름저녁 설악산-1연3행, 여름새벽 설악산-1연3

행, 또한시름-4연24행, 해도 달도 별도 별도-6연18행, 일흔에 본 맞손주 박한샘의 노래-10연30행, 만세높이 부르소서-7연21행, 우리 한샘 통일봉으로 솟아라-5연15행, 통일의 소망 모두 풀게하소서-10연30행, 푸른꿈 새기는 탑을쌓세-7연21행, 여섯그루 버드나무집을 떠나며-7연21행, 자리-1연3행, 소처람-1연3행, 오늘은 아님들 돌날-6연18행, 남은한-1연3행, 박상병-2연6행, 영토-3연9행, 꿈(3)-2연6행, 혼만은 학이 되어-3연9행, 여름내장산 달잔치-사설시조, 김해강스승님 무덤 앞에서(1)-8연24행, 흰구름-1연3행, 강릉경포대 앞바다에서-1연7행, 경포대에서-1연7행, 한계령을 넘으며-1연12행, 하하하 웃는 그날에-4연12행, 통일봉-1연3행, 여름내장산-사설시조, 그 이름 온누리에 널렸다-6연18행, 사라아화답가-1연9행, 애타는 밤 쑥국새도 울었네-6연18행, 핫핫핫 호방턴 그웃음으로-3연9행, 본과 공가슴 영원히 흐르리-7연21행, 진달래(4)-1연9행, 봄이 간다는데-1연6행, 녹음철-1연8행, 꽃 본 나비 날아오듯이-3연9행, 비(3)-4연12행, 아침쑥국새-1연3행, 업보-1연7행, 백목련나무-1연7행, 스승님 태어나신 99살되는 해에 바치는 노래-8연24행, 삶과 죽음-1연9행, 안경을 닦으며-2연6행, 울먹이는 한가위-사설시조, 축 희연-4연12행, 책 너와 함께살리라-4연12행, 일석이희승박사노사백님영 앞에서-5연15행, 밀물과 썰물사이를 읽으며(1)-벽난로불 지펴놓고-1연9행, 밀물과 썰물사이를 읽으며(2)-1연9행, 가슴이 잔(盞)이라면-1연9행, 밀물과 썰물사이를 읽으며(3)-2연14행, 모과목 바라보며-2연18행, 밀물과 썰물을 읽으며(4)-2연14행, 밀물과 썰물사이-4연32행, 송원박성옥교장찬가-9연27행, 저물녁 산그늘 지듯이-2연6행, 봄맞이채비-1연9행, 나라사랑(3)-7연21행, 동녘하늘 열려라-5연15행, 환히 피게하소서-사설시조, 영원으로 피시오-6연18행, 어린가장 맞손주-7연21행, 욕심없는 나무꾼-4연12행, 피서-2연6행, 꿈에 본 고운 하늘-1연3행, 회한(悔恨)-3연9행, 겨레와 누리와 더불어 영원하라-8연24행, 여름산-1연6행, 가을소식-1연9행, 해탈-1연7행, 천추전-1연9행, 백로-1연9행, 새삼 멋진 진달래꽃 사랑노래-1연3행, 영원의 참꽃 넌 황진이-1연3행, 종다리처럼-1연9행, 석촌호수 야경-2

연6행, 한글 위해 몸바치신 어른들의 추모의 노래-16연48행, 한가위 아침상-4연12행, 남한산성-2연6행, 해넘이의 노래-3연9행, 까치우는 아침-3연9행, 박한솔의 노래-5연15행, 심장수술-10연30행, 꿈에 본 해돋이 노래-4연12행, 구름으로 왔다가 구름으로 가오-사설시조, 솔샘박한솔돌아오는날-3연9행, 꿈속주중정담-3연9행, 축복-5연15행, 책(3)-7연21행, 동학사 추억-4연12행, 몽혼(夢魂)-3연9행, 참사랑 횃불을 들어-10연30행, 새봄-사설시조, 푸른산자락-1연3행, 고인의 혼백인양-1연3행, 가람스승님백돌날 아침에 바치는 노래-11연33행, 영원하오류서방-8연24행, 한가위보름달 보며-1연3행, 다섯 살 친구 사랑노래-3연9행, 가람시비 앞 꽃바치기-3연9행, 가람탄신백돌 추모의밤-11연33행, 가람추모 심포지엄(세미나)-5연15행, 수우재방문-4연12행, 성묘-3연9행.

## Ⅷ. 배달문화 기념비네

독수리처럼-1연3행, 그가슴-2연12행, 무슨 노래를 불러야-사설시조, 구름재선생님-사설시조, 돌상재롱 즐깁세-4연12행, 명복비는 슬픈노래-4연12행, 성묘-8연24행, 무주행-2연6행, 무주리조트-2연6행, 구천동의 밤-7연21행, 송어양식장휴게소-7연21행, 돌아오는 길-3연9행, 우리말큰사전찬가-5연15행, 배달문화기념비네-2연6행, 오늘의 기쁨을 영원토록-4연12행, 오월은-2연12행, 동고동락 희노애락 함께 누릴-4연12행, 축하의 잔 드높이-4연12행, 책숲에 누워.2.-6연18행, 김해강스승님 무덤 앞에서(2)-1연3행, 기쁨과 슬픔 되새기며-4연12행, 세월 더디가게 하소서-1연3행, 추석성묘-10연30행, 요전당 작은 힘이 불기둥 되어-사설시조, 묘비명-4연12행, 삶의 공백-2연6행, 파로호-6연18행, 저문 가을비 내리는 남한산성-3연9행, 겨울채비-사설시조, 숙명(2)-사설시조, 흠모하는 향초이일향님-사설시조, 존경하옵는 박병순선생님-2연6행, 지옥-4연12행, 통일 이뤄 누릴 감싸는 큰그릇 되리-10연30행, 입춘-4연12행, 변신-사설시조, 할머니-5연15행, 도화점점이 붉은 철에-5연15행, 백목련-1연7행, 시인해강김대준스승님 시비제막식-6연18

행, 산마을 윤삼월보름밤-5연15행, 송영한치과의원찬가-3연9행, 황원에 섰다-4연12행, 겨울바다-4연12행, 선운사-3연9행, 유인이철균시인시비제막-5연15행, 운장산-사설시조, 어머님 무덤 앞에 비석을 세우고 올리는 고축-사설시조, 가시미로홍준오시인영 앞에-5연15행, 운명-2연6행, 동산김상형교장고희만만세-4연12행, 도라지꽃-1연3행, 최성달최솔샘의 노래-5연15행, 화심온천여사-4연12행, 가묘상분소감-6연18행, 삼강려비찬가-4연12행, 목천유시세업-충(忠)-1연3행, 효(孝)-1연3행, 문장(文章)-1연3행, 벽경날반기고달이 날따라오고-사설시조, 머리카락을 주우며-2연18행, 자유시-18편.

〈별빛처럼〉 시조집에서

텁수룩한 내 수염을 깎아주며 소녀가 묻기를,
선생님 선생님이 시인이셔요?
왜?
시조집, 별빛처럼을 좀 훔쳐봤어요.

## IX. 구름재 박병순(朴炳淳 1917-2008)의 정형시 창작형태조사

| 시 조 집 | 1연 | 2연 | 3연 | 4연 | 5연 | 사설 | 장시조 | 총계 | 비고 |
|---|---|---|---|---|---|---|---|---|---|
| 낙수첩 | 32 | 6 | 12 | 1 | 1 |  | 1 | 53 |  |
| 별빛처럼 | 32 | 25 | 65 | 45 | 18 | 3 | 13 | 201 |  |
| 문바르기전에 | 3 | 4 | 3 | 18 | 5 |  | 2 | 35 |  |
| 새눈새맘세상보자 | 7 | 10 | 13 | 40 | 10 | 8 | 14 | 102 |  |
| 가을이짙어가면 | 11 | 11 | 12 | 37 | 24 |  | 17 | 112 |  |
| 진달래낙조처럼 | 24 | 16 | 18 | 28 | 11 | 3 | 29 | 129 |  |
| 해돋이해넘이 | 37 | 11 | 15 | 20 | 9 | 6 | 28 | 126 |  |
| 배달문화기념비네 | 8 | 9 | 4 | 14 | 7 | 10 | 9 | 61 |  |
| 총계 | 154 | 92 | 142 | 203 | 85 | 30 | 113 | 819 |  |
| 비율% | 18.8 | 11.2 | 17.3 | 24.7 | 10.3 | 3.6 | 13.7 | 99.6 |  |

## ↗ 박 암 (朴巖 1910-1990)

### Ⅰ. 한국시조큰사전. 1985.

꽃잎도 지고 잎도 지고-3연9행, 그리움-1연3행, 노래와 춤-2연6행, 독좌(獨坐)-1연3행, 두견(杜鵑)-1연3행, 백제 회고(百濟懷古)-5연15행, 별후(別後)-1연3행, 봄비-1연3행, 봄은 가도-1연3행, 속리산 회고(俗離山 懷古)-4연12행, 아버지-4연12행, 어느 계곡(溪谷)의 풍경(風景)-3연9행, 호수(湖水)-1연3행, 회귀(回歸)-1연3행.

### Ⅱ. 박암(朴巖 1910-1990)의 정형시 창작형태조사

| 시조집 | 1연 | 2연 | 3연 | 4연 | 5연 | 사설 | 장시조 | 총계 | 비고 |
|---|---|---|---|---|---|---|---|---|---|
| 한국시조 | 8 | 1 | 2 | 2 | 1 | | | 14 | |
| 총계 | 8 | 1 | 2 | 2 | 1 | | | 14 | |
| 비율% | 57.1 | 7.1 | 14.2 | 14.2 | 7.1 | | | 99.7 | |

## ➚ 박 용 삼 (朴龍三 1941-2007)

### Ⅰ. 한국시조큰사전. 1985.

가지치기-3연9행, 겨울밤바다-4연12행, 독도(獨島)-3연9행, 목탄부족(木炭部族)(2)-사설시조, 목탄부족(木炭部族)(3)-사설시조. 무심천(無心川 )-3연9행, 밤의 긴다리 위에서-3연9행, 봄비이야기-3연9행, 엽총(獵銃)과 사랑-3연9행, 줄넘기-3연9행, 탈.산조(散調)-3연9행.

### Ⅱ. 독수리는 혼자서 난다-시집. 1992.

봄비 이야기-3연10행, 인연(因緣)-3연21행, 탈.산조(散調)-3연21행, 어떤여정(旅程)-4연28행, 밤바닷가에서-4연28행, 달맞이-3연21행, 가을바람-3연22행, 그리움-5연35행, 노을-4연28행, 끊어진 다리-5연35행, 겨울 산정의 나팔수-5연35행, 법주사(法住寺 )-4연28행, 기도(祈禱)-3연21행(1966. 조선일보. 신춘문예-시조당선). 천안문(天安門)-5연35행.

### Ⅲ. 충북시조

1996. 창간호, 2집-자료 없음.

1998. 제3집-고향비-5연35행, 애호박-4연25행, 난(蘭)-4연28행

1999. 제4집-운천교에서-4연28행

2000. 제5집-인연(因緣)-2연16행

2001. 제6집-자료없음

2002. 제7집-첫눈-사설시조, 독도(獨島)-3연21행

2003. 제8집-인연(因緣)-3연21행

2005. 제10집- 독도(獨島)-3연21행-시작노트

2006. 제11집-가을 햇살-1연10행

2007. 제12집-박용삼. 전회장 추모글.

## Ⅳ. 박용삼(朴龍三 1941-2007)의 정형시 창작형태조사

| 시조시집 | 1연 | 2연 | 3연 | 4연 | 5연 | 사설 | 장시조 | 총계 | 비고 |
|---|---|---|---|---|---|---|---|---|---|
| 한국시조 | | | 8 | 1 | | 2 | | 11 | |
| 독수리시 | | | 7 | 4 | 4 | | | 15 | |
| 충북시조 | 1 | 1 | 3 | 3 | 1 | 1 | | 10 | |
| 총계 | 1 | 1 | 18 | 8 | 5 | 3 | | 36 | |
| 비율% | 2.7 | 2.7 | 50.0 | 22.2 | 13.8 | 8.3 | | 99.7 | |

## ↗ 박 용 철 (朴龍喆 1904–1938)

### Ⅰ. 한국시조큰사전. 1985.

봄 언덕-1연3행, 시작 사수(試作 四首)-4연12행, 마음의 추락-시작(試作)-2연6행, 가신님 서시(序詩)-2연6행, 강가로 거닐던 일-1연6행, 시조(時調)6수(首)-6연18행, 실제(失題)-3연9행, 애사(哀詞) 중에서-6연18행, 우리의 젖 어머니-3연9행.

### Ⅱ. 박용철(朴龍喆 1904-1938)의 정형시 창작형태조사

| 시조집 | 1연 | 2연 | 3연 | 4연 | 5연 | 사설 | 장시조 | 총계 | 비고 |
|---|---|---|---|---|---|---|---|---|---|
| 한국시조 | 2 | 2 | 2 | 1 | | | 2 | 9 | |
| 총계 | 2 | 2 | 2 | 1 | | | 2 | 9 | |
| 비율% | 22.2 | 22.2 | 22.2 | 11.2 | | | 22.2 | 100 | |

## ➚ 서림 박 일 송(曙林 朴一松 본명-朴炳基. 1919-2005)

### Ⅰ. 한국시조큰사전. 1985.

가야금-3연9행, 까치소리-3연9행, 근황초-9연27행, 근영초(近詠抄)-9연27행, 노래(1)-1연3행, 다듬잇소리-3연9행, 다방의 소녀-2연6행, 독백-3연9행, 목련화-2연6행, 별리-2연6행, 별이 지거든-2연6행, 산정길-3연9행, 새모습-3연9행, 소식-3연9행, 송가-3연9행, 여인-3연9행, 연기속에-1연3행, 재회-2연6행, 회상초-11연33행.

### Ⅱ. 시신(詩神)의 목가(牧歌). 시문선. 1989.

제일(祭日)--3연15행, 축하-3연15행, 만추(晩秋)-3연15행, 어데가셨소-3연15행, 친구-3연15행, 노을-3연15행, 사모곡-6연30행, 행운-3연15행, 그대생각-3연15행, 살아있을땐-3연15행, 노래하는 인생-3연15행, C여인-3연15행, 진실-3연15행, 순정-3연15행, 노래-3연15행, 그대도 한때마다-3연15행, 무제-3연16행, 넋두리-3연15행, 고독한 사람에게-3연15행, 장애자의 노래-3연15행, 제일(祭日)-3연15행, 군소리-3연15행, 어떤 문제-3연15행, 어머님 제삿날-3연15행, 아들이 되어-3연15행, 무덤-3연15행, 고문(拷問)-3연15행, 선행-3연15행, 위로-3연15행, 증언-3연15행, 원주에서-3연15행, 생활-3연15행, 해후(邂逅)-3연15행, 군소리-3연15행, 구름-3연15행, 무제-3연16행, 그리운 사람들이-3연15행, 심정(心情)-3연15행, 행사-3연15행.

### Ⅲ. 방랑시인(放浪詩人). 1993.

군소리-3연15행, 횃불-3연15행, 오묘한 이치-3연15행, 새의 노래-해동(解冬)-3연15행, 그대여-3연15행, 당황하는 삶-3연15행, 안일함이여-3연15행, 청빈(清貧)-3연15행, 춘설(春雪)-3연15행, 나머지 생을 위해-3연15행, 체념-3연15행, 화신(花信)-3연15행, 의지(意志)-3연15행, 우리 빼놓으면-3연15

행, 조춘(早春)-3연15행, 하산(下山)-3연15행, 도인(道人)-3연15행, 미워하지않는 마음-3연15행, 방문(訪問)-3연15행, 설야(雪夜)-3연15행, 고독-3연15행, 사진-3연15행, 가없는 삶-3연15행, 마냥 그 모양-3연15행, 생명(生命)-3연15행, 산불-3연15행, 나보고서-3연15행, 내 젊은 한 때-3연15행, 자다가 일어나서-3연15행, 닭소리(3)-3연15행, 사연-3연15행, 운명-3연15행.

〈해설〉 일송시종(一松詩宗)의 인간과 문학-임영창

## Ⅳ. 박일송(1919-2005)의 정형시 창작형태조사

| 시조집 | 1연 | 2연 | 3연 | 4연 | 5연 | 사설 | 장시조 | 총계 | 비고 |
|---|---|---|---|---|---|---|---|---|---|
| 한국시조 | 2 | 5 | 9 | | | | 3 | 19 | |
| 시신목가 | | | 38 | | | | 1 | 39 | |
| 방랑시인 | | | 36 | | | | | 36 | |
| 총계 | 2 | 5 | 83 | | | | 4 | 94 | |
| 비율% | 2.1 | 5.3 | 88.2 | | | | 4.2 | 99.8 | |

## ↗ 운초 박재두(云初 朴在斗 1936-2004)

### Ⅰ. 한국시조큰사전. 1985.

가을 뜨락에서-4연12행, 가을 한조각-1연3행, 겨울밤-1연3행, 공부하는 바다-2연6행, 꽃눈 뜨다-2연6행, 꽃밭 위의 모반-2연6행, 꽃은 지고-3연9행, 꽃잎이 문을 열고-2연6행, 구름결에-3연9행, 난류(暖流)-3연9행, 노고지리-4연12행, 늪의 뇌임-3연9행, 돌아오는 길-1연3행, 들풀같이-3연9행, 매화눈뜨다-2연6행, 목련-3연9행, 물소리-4연12행, 바다는 잠결에도-3연9행, 밤바다에서-3연9행, 봄언덕을 보며-3연9행, 비가(秘歌)-2연6행, 섬을 보다가-4연12행, 씨앗을 뿌려놓고-2연6행, 약달이며-3연9행, 어떤 가난-1연3행, 얼음 풀리는 날에-2연6행, 연밭가에서-3연9행, 오월의 아침에-2연6행, 운학문매병(雲鶴文梅甁)-3연9행, 이 가을에는-2연6행, 진주-1연3행, 풀밭에서-4연12행.

### Ⅱ. 운초 박재두(云初 朴在斗 1936-2004)의 정형시 창작형태조사

| 시조집 | 1연 | 2연 | 3연 | 4연 | 5연 | 사설 | 장시조 | 총계 | 비고 |
|---|---|---|---|---|---|---|---|---|---|
| 한국시조 | 5 | 10 | 12 | 5 | | | | 32 | |
| 총계 | 5 | 10 | 12 | 5 | | | | 32 | |
| 비율% | 15.6 | 31.2 | 37.5 | 15.6 | | | | 99.9 | |

## ➚ 박 재 삼 (朴在森 1933-1997)

### Ⅰ. 한국시조큰사전. 1985.

가람(嘉藍)선생댁에서-2연6행, 가을에-3연9행, 구름곁에, 초(抄)-3연9행, 그대 목소리-3연9행, 금관(金冠)-2연6행, 꿈이라는 것-2연6행, 낚시생각-3연9행, 난간(欄干)-3연9행, 남해유수시(南海流水詩)-3연9행, 내 사랑은-3연9행, 노안(老眼)-4연12행, 다보탑(多寶塔)-2연6행, 대붕(大鵬)의 기상(氣象)을 안고-3연9행, 떠나가는 기러기-3연9행, 막내에게-3연9행, 물옆에 노는 아이-2연6행, 별-3연9행, 봄속의 아이-3연9행, 부재(不在)-1연3행, 산골물 옆에서-3연9행, 섬에서-3연9행, 섭리(攝理)-3연9행, 수양신조(修養信條)-3연9행, 숲에서 보는 하늘-3연9행, 어느 날-3연9행, 어리인 봄빛-1연3행, 촉석루(矗石樓)에서-3연9행, 한경치-1연3행, 혹서일기(酷暑日記)-3연9행.

### Ⅱ. 현대시조100인선. 2006.

비룡폭포운(飛龍瀑布韻)-1연6행, 동학사일야(東鶴寺一夜)-1연6행, 무심(無心)-1연6행, 수선화(水仙花)-1연6행, 삼위일체(三位一體)-1연6행, 신선(神仙)바둑-1연6행, 꽃 핀 것 보고서-1연6행, 조화(調和)-1연6행, 한눈 팔고-1연6행, 삼천포(三千浦) 앞바다 즉흥(卽興)-3연18행, 어느 골짜기에서-2연12행, 한, 경치(景致)-1연6행, 혹서일기(酷暑日記)(2)-3연18행, 막내에게-3연18행, 부재(不在)-1연6행, 별-3연18행, 봄속의 아이-3연18행, 떠나는 기러기-3연18행, 내 사랑은-3연18행, 난간(欄干)-3수-3연18행, 낚시생각-3연18행, 섬에서-3연18행, 물앞에 노는 아이-2연12행, 그대 목소리-3연18행, 가람(嘉藍)선생 댁에서-2연12행, 수양산조(垂楊散調)-3연18행, 구름곁에-5연30행, 노안(蘆雁)-4연24행, 촉석루지(矗石樓址)에서-3연18행, 산골물 옆에서-3연18행, 꿈이라는 것-2연12행, 숲에서 보는 하늘-3연18행의 가을에

-3연18행, 환도부(幻島賦)-3연18행, 어느날-3연18행, 남해유수시(南海流水.詩)-3연18행, 섭리(攝理)-3연18행, 강(江)물에서-3연18행, 눈물-1연6행, 금관(金冠)-2연12행, 다보탑(多寶塔)-2연12행, 모랫벌에서-2연12행, 어린 봄빛-1연6행, 해인사(海印寺)-2연12행, 반상천문(盤上天文)-1연6행, 그리운 남쪽바다-3연18행, 대붕(大鵬)의 氣象을 안고-7연42행, 곡, 조원일(哭, 趙源一)형(兄)-2연12행.

〈해설〉 아름다운 슬픔과 탄력의 미학-이지엽.

## III. 박재삼(朴在森 1933-1997)의 정형시 창작형태조사

| 시조집 | 1연 | 2연 | 3연 | 4연 | 5연 | 사설 | 장시조 | 총계 | 비고 |
|---|---|---|---|---|---|---|---|---|---|
| 한국시조 | 3 | 5 | 20 | 1 | | | | 29 | |
| 현대시조 | 15 | 8 | 21 | 1 | 1 | | 1 | 47 | |
| 총계 | 18 | 13 | 41 | 2 | 1 | | 1 | 76 | |
| 비율% | 23.6 | 17.1 | 53.9 | 2.6 | 1.3 | | 1.3 | 99.8 | |

## ↗ 월탄 박종화(月灘 朴鍾和 1901-1981)

### I. 한국시조큰사전. 1985.

과로호(過路湖)조(弔)육신묘(六臣墓)-5연15행, 우촌점묘(雨村點描)-5연15행, 인생(人生)-1연3행, 춘야우(春夜雨)-1연3행, 풍엽(楓葉)-1연3행, 하야신월(夏夜新月)-2연6행, 화증.진낭-시조 4수(和贈,眞娘) 時調4수-4연12행.

### II. 월탄 박종화(月灘 朴鍾和 1901-1981)의 정형시 창작형태조사

| 시조집 | 1연 | 2연 | 3연 | 4연 | 5연 | 사설 | 장시조 | 총계 | 비고 |
|---|---|---|---|---|---|---|---|---|---|
| 한국시조 | 3 | 1 | | 1 | 2 | | | 7 | |
| 총계 | 3 | 1 | | 1 | 2 | | | 7 | |
| 비율% | 42.8 | 14.2 | | 14.2 | 28.5 | | | 99.7 | |

## ➚ 봉곡 박 준 명 (峰谷 朴準明 1929-2008)

### Ⅰ. 들어가며

세계월드컵축구대회가 하늘을 찌를 듯한 대한민국을 목청껏 외쳐본 열광의 성원도 사그라진 어느 날 대전 오늘의문학사에서 우연히 박 군수님을 상면하게 되었다. 정년퇴임을 하시고 수필, 서예, 사진, 시조창작, 등 다양한 취미생활로 한 시대를 엮어 오면서 빛나는 시조집을 발간하실 목적으로 대전에 오신 듯하다. 〈구멍 없는 피리〉 시조집을 발간한 후 상호 시조집을 부담 없이 교환하였고 한시(漢詩) 서예 작품을 오늘의문학사에 기증(寄贈)하시는 아름다운 미담사례도 직접 체험하였다.

원광대학교 대학원을 마치고 공직에 뛰어들어 전북공무원교육원장, 진안, 옥구, 부안, 완주, 군수(郡守)를 역임했고 전북도청 지역경제국장, 전주부시장으로 봉직하다 정년퇴임 하셨다. 국무총리, 대통령 표창을 받았고 녹조근정훈장, 홍조근정훈장을 수훈했으며 전국신춘휘호대전 초대작가, 전국서예대전 초대작가, 고충처리 전주지역 상담위원, 평화통일정책 자문위원, 한국예총전북연합회 고문으로 활동하였고 한국시(월간)로 신인상에 등단되어 시조문학의 길로 접어들게 되었다.

### Ⅱ. 펼치며

#### 1. 시조집 작품세계

〈1〉시조작품-구멍 없는 피리(오늘의문학사-대전) 2001.

1) 구멍 없는 피리-1연6행/ 2) 좌선(坐禪)-사설시조/ 3) 성산(城山)에서-1연6행/ 4) 기원(祈願)-1연6행/ 5) 나는 누구던가-사설시조/ 6) 꿈이란-1연6행/ 7) 주지암-1연9행/ 8) 정신 개벽-1연6행/ 9) 금강산 통일기원 대법회-사설시조/ 10) 금산사-1연6행/ 11) 하섬-2연12행/ 12) 진리(眞理)-1연6행/ 13) 무한한 꿈꾸며-1연6행/ 14) 푸른 숲-1연6행/ 15) 난향(蘭香)-1연6

행/ 16) 난(蘭)꽃대를 보며-1연6행/ 17) 봄비-1연6행/ 18) 봄빛 따라 나서면-사설시조/ 19) 옥매화-1연6행/ 20) 영산홍-1연6행/ 21) 옥계동(玉溪洞) -1연6행/ 22) 다가천(多佳川)-1연6행/ 23) 다가천 파수꾼-1연6행/ 24) 녹음의 계절-1연6행/ 25) 유월의 군자란-1연6행/ 26) 그늘에 핀 파랭이 꽃-1연6행/ 27) 코스모스 피는 들길-1연6행/ 28) 소망의 바다로-2연12행/ 29) 창터 솔밭-사설시조/ 30) 금강산 온천-1연6행/ 31) 앙지대-1연12행/ 32) 옥녀탕(玉女湯)-1연9행/ 33) 달님에게-사설시조/ 34) 우리 조상-1연6행/ 35) 성묘(省墓)-1연6행/ 36) 어머니 그리며-1연6행/ 37) 감자 꽃 필 무렵-2연12행/ 38) 자화상(自畵像)-1연6행/ 39) 나에게 하나의 바램이 있다면-1연6행/ 40) 눈 쌓인 초가집-1연6행/ 41) 내 고향 구름봉-1연6행/ 42) 여원재(女院峙)의 추억-2연12행/ 43) 추어탕-사설시조/ 44) 세상에서 이루어지는 일들이-1연6행/ 45) 이산가족 상봉-1연6행/ 46) 가는 세월에-1연7행/ 47) 손자생각(1)-1연7행/ 48) 손자 생각(2)-1연6행/ 49) 고향 예찬-2연12행/ 50) 함박눈-사설시조/ 51) 사향(思鄕)-1연6행/ 52) 단상(斷想)-1연6행/ 53) 명절 유감-1연6행/ 54) 새벽 안개-1연6행/ 55) 서림(西林)에 깃든 추억-2연12행/ 56) 사진을 보며-2연12행/ 57) 단비-사설시조/ 58) 여름 초저녁에-1연9행/ 59) 폭풍우 지나간 들녘-사설시조/ 60) 서예(書藝)한 폭을 치며-2연12행/ 61) 해가 지고 뜨는 달-1연6행/ 62) 늦가을-1연6행/ 63) 가을비-1연6행/ 64) 백일홍-사설시조/ 65) 가을 소식-1연6행/ 66) 나목과 마주 앉아-1연6행/ 67) 낙엽을 보며-1연6행/ 68) 피바위-1연6행/ 69) 추억은 어느새-1연6행/ 70) 까치의 항변-1연6행/ 71) 그리움이 깊어서-1연7행/ 72) 홀로 남아-1연7행/ 73) 논둑길을 거닐며-1연7행/ 74) 수분-1연7행/ 75) 텔레비젼을 켜 놓고-1연7행/ 76) 술 한 잔 마시고 나서-1연6행/ 77) 의약 분업-사설시조/ 78) 걱정-1연7행/ 79) 이명(耳鳴)-1연7행/ 80) 숯-사설시조/ 81) 폭설(暴雪)-1연6행.

〈2〉시조작품-심월(心月)-오늘의문학사-대전. 2003.

1) 운림산방(1)-1연12행/ 2) 운림산방(2)-2연14행/ 3) 새벽에-1연8행/ 4)

풍혈냉천(風穴冷泉)-2연14행/ 5) 하회마을-사설시조/ 6) 내소사-2연14행/ 7) 번암 사암골-2연14행/ 8) 달밤-1연9행/ 9) 가을이 온다-2연12행/ 10) 햇빛 퍼지면-1연9행/ 11) 봄날의 남도 길-2연12행/ 12) 중국 상해-1연9행/ 13) 소주(蘇州)한산사(寒山寺)-사설시조/ 14) 용담댐에서-2연14행/ 15) 마이산-2연14행/ 16) 전주 고을-1연9행/ 17) 옥류동-1연9행/ 18) 징검다리-사설시/ 19) 인수봉-1연9행/ 20) 남산공원-사설시조/ 21) 북악산 길-2연12행/ 22) 공원 길-1연7행/ 23) 새만금 방조제-2연14행/ 24) 와이키키해변-2연14행/ 25) 바다 그린 동백-2연14행/ 26) 신비의 바닷길 진도기행-사설시조/ 27) 매화차-1연9행/ 28) 추억을 안고-2연14행/ 29) 망각(忘却)-2연14행/ 30) 국화주-1연7행/ 31) 숨은 정-1연7행/ 32) 마천십현(磨穿十硯)-사설시조/ 33) 자운영-2연14행/ 34) 상사화-사설시조/ 35) 군자란-1연8행/ 36) 난꽃 피는 밤-2연12행/ 37) 연못-1연9행/ 38) 핸드폰-1연7행/ 39) 춘곤증-1연6행/ 40) 다람쥐-사설시조/ 41) 밤비-2연14행/ 42) 고향의 봄-1연8행/ 43) 잃어버린 꿈이여-2연14행/ 44) 고향 들녘에서-1연6행/ 45) 등나무 아래서-1연6행/ 46) 고향-1연12행/ 47) 봄날의 석양-1연7행/ 48) 초복언저리-2연14행/ 49) 고향의 가을-2연14행/ 50) 가을 비-1연12행/ 51) 단풍 철-1연6행/ 52) 가을이 오는 길목-2연14행/ 53) 물처럼 살고 싶어-사설시조/ 54) 심월 보름밤-사설시조/ 55) 추억-1연9행/ 56) 마음은 아기가 된다(1)-사설시조/ 57) 마음은 아기가 된다(2)-1연9행/ 58) 어머니를 그리며-4연28행/ 59) 능소화-사설시조/ 60) 49제를 맞아-2연14행/ 61) 성묘 길(1)-사설시조/ 62) 성묘 길(2)-2연16행/ 63) 아우의 요절에 부쳐-2연14행/ 64) 먼저 간 아우에게-2연14행/ 65) 막내 전화를 받고-1연9행/ 66) 조카를 보내며-2연14행/ 67) 손자 그리다가-2연13행/ 68) 응급실에서-2연14행/ 69) 태촌 아주머니-2연12행/ 70) 삼생의 기연-2연12행/ 71) 귀향 길-2연14행/ 72) 구절초-2연14행/ 73) 세모에 생각나는 친구-2연14행/ 74) 천장(遷葬)-2연14행/ 75) 백일홍 심는 마음-사설시조/ 76) 빈 둥지에 돌아와-2연12행/ 77) 안개 서린 성산-2연14행/ 78) 심월(心月)-2연14행/ 79) 염원-1연9행/ 80) 원만행(圓

滿行)-2연12행/ 81) 낙원 세계를 향하여-1연9행./ 82) 순리를 깨달아야-2연14행/ 83) 모두 다 잊고-2연14행/ 84) 허욕(1)-1연9행/ 85) 허용(2)-1연9행/ 86) 망상(忘想)(1)-1연9행/ 87) 망상(忘想)(2)-사설시조/ 88) 착각-1연9행/ 89) 탐욕-1연6행/ 90) 수분(守分)-사설시조/ 91) 열반-2연12행/ 92) 증산교 영대 앞에서-사설시조/ 93) 노인의 집념을 보며-사설시조/ 94) 눈보라 속에서-2연14행/ 95) 억겁을 윤회해도-2연14행/ 96) 보시하는 마음-사설시조/ 97) 우산같은 사람-1연7행/ 98) 스승을 기리며-사설시조/ 99) 송회장님 영전에-1연7행/ 100) 공적비-1연7행/ 101) 지구촌 평화를 위해-사설시조/ 102) 인생 역정-1연9행/ 103) 말 없는 노인(1)-사설시조/ 104) 말 없는 노인(2)-1연7행/ 105) 입춘 절을 맞아-2연12행/ 106) 회한(悔恨)-사설시조/ 107) 물 무덤-2연14행/ 108) 세계소리 축제-사설시조/ 109) 새 달력-2연14행/ 110) 지금 농촌은-2연14행/ 111) 노인복지 병원에서-2연12행/ 112) 경기전 뜨락-2연12행/ 113) 우박-2연12행/ 114) 국정교과서 왜곡-1연8행/ 115) 한일월드컵-10연60행(장시조).

〈3〉 시조작품(여울목-오늘의 문학사-대전)2005.

1) 섬진강 은어-1연6행/ 2) 방문 길-1연9행/ 3) 금련사-1연6행/ 4) 정해사-1연6행/ 5) 쑥-1연7행/ 6) 마리홀트 여사-1연6행/ 7) 고향 길-1연6행/ 8) 별이 숨은 하늘-1연7행/ 9) 고향에서 타향을 느끼네-1연6행/ 10) 구룡폭포 가는 길-1연6행/ 11) 가을 비-1연6행/ 12) 마지막 대합실-1연6행/ 13) 나목의 변-1연6행/ 14) 공원 길에서-1연6행/ 15) 가을 밤-1연6행/ 16) 산책-1연6행/ 17) 동산-1연7행/ 18) 방황-1연6행/ 19) 낙엽을 따라서-1연7행/ 20) 송림-1연7행/ 21) 메밀꽃-1연7행/ 22) 벗어날 수 없는 굴레-1연9행/ 23) 나목 숲-1연12행/ 24) 장끵의 구애-1연8행/ 25) 이팝꽃-1연7행/ 26) 목련-1연7행/ 27) 춘색-1연8행/ 28) 불빛-1연12행/ 29) 새 아침-1연9행/ 30) 다짐-1연7행/ 31) 세모의 기원-1연7행/ 32) 인내-1연8행/ 33) 무질서-1연8행/ 34) 세모의 상념-1연9행/ 35) 엇갈림-1연10행/ 36) 걱정마라-1연9행/ 37) 입춘

첩을 쓰며-1연9행/ 38) 여울목-1연9행/ 39) 물오름-1연9행/ 40) 동기(同氣)를 잃고-1연12행/ 41) 춘몽(春夢)-1연8행/ 42) 편지-1연7행/ 43) 홍매화-1연12행/ 44) 누이 생각-1연8행/ 45) 연하장을 쓰며-1연8행/ 46) 허무-1연12행/ 47) 태풍타고 간 친구-1연7행/ 48) 경첩 폭설-1연9행/ 49) 부엉이-1연7행/ 50) 천재(天災)-1연7행/ 51) 백두성수(白頭聖水)-1연7행/ 52) 봉숭아-1연6행/ 53) 순환-1연7행/ 54) 아직은-1연7행/ 55) 무념-1연7행/ 56) 기사회생-1연7행/ 57) 뛰고 날며-1연7행/ 58) 인터넷-1연7행/ 59) 뻐꾸기 노래-1연7행/ 60) 탄(嘆)무지(無知)-1연7행/ 61) 춘곤-1연8행/ 62) 코스모스-1연7행/ 63) 사별유감-1연9행/ 64) 메뚜기-1연7행/ 65) 알밤-1연7행/ 66) 몽당붓-2연16행/ 67) 임종하는 누이에게-2연14행/ 68) 청정심-2연14행/ 69) 만남-2연14행/ 70) 대둔산-2연14행/ 71) 대설유감-2연14행/ 72) 갈림길에서-2연14행/ 73) 후회 없게-2연14행/ 74) 세배-2연14행/ 75) 불씨-2연18행/ 76) 원(願)-2연14행/ 77) 새마음-2연16행/ 78) 사모곡-2연14행/ 79) 박달꽃 피던 집-2연14행/ 80) 후회없게 살리-2연14행/ 81) 꽃구름-2연14행/ 82) 생일날-2연14행/ 83) 아픈 추억-2연14행/ 84) 지난날 머물던 곳-2연14행/ 85) 가고 싶은 고향-2연14행/ 86) 노고단 관광유감-3연21행/ 87) 내장산 산책-2연14행/ 88) 착란-2연14행/ 89) 다가천 풍광-2연14행/ 90) 한옥마을엔-2연14행/ 91) 팔봉도예부자전시회-2연16행/ 92) 평화여 오라-2연14행/ 93) 비 개인 숲-2연14행/ 94) 절물자연휴양림-2연14행/ 95) 민들레-2연14행/ 96) 오복-2연14행/ 97) 소중한 하루-2연14행/ 98) 뜸북새-2연14행/ 99) 어리석은 몸짓-2연14행/ 100) 함성-2연14행/ 101) 뇌성벽력-2연14행/ 102) 가을-2연14행/ 103) 춘향길 상념-2연14행/ 104) 비 내리리니-2연14행/ 105) 만남-2연14행/ 106) 밤의 고속도로-2연14행/ 107) 그리움-2연14행/ 108) 가을 밤의 추억-사설시조/ 109) 선녀를 만난듯-사설시조/ 110) 정영치-사설시조/ 111) 전설(傳說)-사설시조/ 112) 보은 용바위-사설시조/ 113) 적거지-사설시조/ 114) 삼방산-사설시조/ 115) 말미를 주소서-사설시조/ 116) 태풍 매미의 분노-사설시조/ 117) 오릉 참배-사설시조.

〈4〉소낙비에 씻기 울까-오늘의문학사-대전. 2005.

1) 바래봉-1연12행/ 2) 감-1연7행/ 3) 윤회-1연7행/ 4) 덕진 연못-1연12행/ 5) 찬바람-1연10행/ 6) 해질녁에-1연9행/ 7) 온돌방-1연7행/ 8) 일력을 떼며-1연9행/ 9) 어떤 관계-1연10행/ 10) 고추냉이 한파-1연9행/ 11) 봄 오는 길목(1)우수-1연7행/ 12) 봄 오는 길목(2)함박눈-1연7행/ 13) 봄 오는 길목(3)경칩-1연7행/ 14) 봄 오는 길목(4)전파타고-1연7행/ 15) 봄 오는 길목(5)안개-1연7행/ 16) 골목 지키는 아내-1연7행/ 17) 자적하고 산다면-1연7행/ 18) 진홍의 씨크라맨트-1연7/ 19) 벼룩의 간-1연7행/ 20) 광한루의 봄-1연7행/ 21) 오월의 이팝꽃-1연7행/ 22) 소낙비 속에-1연7행/ 23) 허무-1연7행/ 24) 관광지-1연7행/ 25) 회상-1연7행/ 26) 금산사-1연7행/ 27) 왜가리-1연7행/ 28) 도라지꽃-1연7행/ 29) 그리움-1연7행/ 30) 남해천사-1연12행/ 31) 유월은-1연10행/ 32) 씀바귀 꽃-1연7행/ 33) 부음-1연7행/ 34) 없애야 할 것들-1연7행/ 35) 흔들리는 마음-1연10행/ 36) 수능 시험날-2연12행/ 37) 제주도-2연14행/ 38) 홀로된 왜가리-2연14행/ 39) 유택-2연14행/ 40) 이승 등지며-2연12행/ 41) 기원-2연14행/ 42) 인간 허욕-2연14행/ 43) 들국화-2연14행/ 44) 황혼-2연14행/ 45) 앞만 보고-2연16행/ 46) 마애불을 찾아-2연14행/ 47) 추어탕-2연14행/ 48) 오목대-2연14행/ 49) 물을 보며-2연14행/ 50) 함박눈을 기다리며-2연14행/ 51) 동지-2연12행/ 52) 어이할꼬-(아들앞세운 분에게)-2연14행/ 53) 먹을 갈며-2연14행/ 54) 혈연(血緣)-2연14행/ 55) 손주 방에 서서(영우)-2연14행/ 56) 안개 낀 봄 야산에서-2연14/ 57) 하심(下心)으로 살게-2연14행/ 58) 아침 눈꽃을 보며-2연14행/ 59) 목도리를 두르고-2연14행/ 60) 봄 꿈-2연14행/ 61) 대보름-2연14행/ 62) 목마름-2연14행/ 63) 무심 세월-2연14행/ 64) 우수절-2연14행/ 65) 황혼의 갯벌-2연14행/ 66) 건강 만들기 체험실에서-2연14행/ 67) 영원의 시작으로-2연14행/ 68) 좌절을 딛고-2연14행/ 69) 원망을 감사로-2연14행/ 70) 남에서 오는 바람-2연14행/ 71) 딱한 인생-2연14행/ 72) 세상은 요지경-2연14행/ 73) 복잡한 생각들-2연14행/ 74) 못 지울 추억-2연14행/ 75)

눈물 어린 밥상-2연14행/ 76) 갈 곳이 없어-2연14행/ 77) 어린 심사원-2연14행/ 78) 추억의 야구놀이-2연14행/ 79) 꽃구름-2연14행/ 80) 때늦은 뉘우침-2연14행/ 81) 가신 임의 발자취-2연14행/ 82) 돌아보는 자취-2연14행/ 83) 뿌리공원-2연14행/ 84) 풍남제-2연14행/ 85) 스승의 길-2연14행/ 86) 개나리 축제-2연14행/ 87) 가을 서곡-2연14행/ 88) 입추-2연14행/ 89) 꿈같은 나들이-2연14행/ 90) 괭이밥 꽃-2연14행/ 91) 자연의 조화-2연14행/ 92) 꿈-2연14행/ 93) 생사여로-2연14행/ 94) 화엄사 오르는 길-2연14행/ 95) 마음 비워-2연14행/ 96) 꿈속에서-2연14행/ 97) 바람 불던 오후-2연14행/ 98) 딸애의 깊은 사려-2연14행/ 99) 견훤의 산성 터-2연14행/ 100) 혼자 떠난 길(친구의 죽음)-2연14행/ 101) 알고도 행하지 못하면-2연14행/ 102)경기전의 가을-2연14행/ 103) 후회-2연14행/ 104) 영원의 기원-2연14행/ 105) 봄나들이-2연14행/ 106) 적벽강의 추억-2연14행/ 107) 소낙비에 씻기울까-2연14행/ 108) 혈연인데-2연14행/ 109) 황혼-2연13행/ 110) 비 내리는 추석 밤-2연14행/ 111) 물처럼-2연14행/ 112) 눈 내리던 변산 바다-사설시조/ 113) 해일의 공포-3연21행/ 114) 어버이 날-3연21행/ 115) 보리싹의 기적-사설시조/ 116) 못다 갚을 은혜-2연18행/ 117) 고향의 가을-3연21행/ 118) 석불산-이순신영상랜드(부안해서)-사설시조.

〈5〉시조작품-세월 타래-오늘의문학사-대전.2006.

1) 난(蘭)꽃-1연7행/ 2) 민들레-2연14행/ 3) 계절의 분수령-2연14행/ 4) 기다림의 꽃-2연14행/ 5) 새싹-1연7행/ 6) 입춘-1연7행/ 7) 창 앞에서-2연14행/ 8) 봄비-2연14행/ 9) 계절의 여울목-2연14행/ 10) 연등-1연12행/ 11) 보릿고개-2연14행/ 12) 여름 오던 날-2연14행/ 13) 순리-2연14행/ 14) 은행나무 가로수 길-2연14행/ 15) 백일홍-1연12행/ 16) 별빛-2연12행/ 17) 기쁨으로-1연12행/ 18) 낙엽-2연14행/ 19) 별을 보며-1연7행/ 20) 첫눈-2연14행/ 21) 나목-2연14행/ 22) 굶주린 까치-2연14행/ 23) 그리움-2연14행/ 24) 옥돔-1연7행/ 25) 독백-2연14행/ 26) 손자 그리며-2연14행/ 27) 네 눈

동자-1연7행/ 28) 산 넘어-2연14행/ 29) 꿈속에서-2연14행/ 30) 뻐꾸기 울음-1연7행/ 31) 사모곡-2연14행/ 32) 운성(雲城)-2연14행/ 33) 누님-2연14행/ 34) 혈육상봉-2연16행/ 35) 헤어짐-1연7행/ 36) 그리운 님-2연14행/ 37) 가을 끝자락-2연14행/ 38) 감사하며-2연14행/ 39) 친구 모임-2연14행/ 40) 생명-2연14행/ 41) 붓을 잡고-2연14행/ 42) 회한-2연14행/ 43) 독백의 곡두-2연18행/ 44) 우리의 운명-2연14행/ 45) 세월의 타레-2연14행/ 46) 눈 내린 밤-2연14행/ 47) 낙제생-3연18행/ 48) 3월-2연14행/ 49) 황사 바람-2연14행/ 50) 폭풍우-2연14행/ 51) 현충일-3연22행/ 52) 가슴 아픈 계절-2연14행/ 53) 응원전-2연14행/ 54) 월드컵 토고전-2연14행/ 55) 6.25 애상-3연18행/ 56) 천재지변-2연14행/ 57) 재래시장-2연14행/ 58) 결혼 풍속-2연14행/ 59) 예상의 가을-2연14행/ 60) 탁배-2연14행/ 61) 쌀이 없으면-2연14행/ 62) 경이로운 핵산시대-3연18행/ 63) 이변-1연7행/ 64) 일본을 이기고-2연14행/ 65) 감격-2연14행/ 66) 제야-2연14행/ 67) 졸업식-2연14행/ 68) 폭설에 대하여-2연14행/ 69) 화엄사 계곡에서-1연7행/ 70) 봄을 따라서-2연14행/ 71) 황둔골 새벽-2연14행/ 72) 운성골 사람-2연14행/ 73) 바람-2연14행/ 74) 서울 풍경-2연14행/ 75) 가을 산-2연14행/ 76) 한국의 산-2연14행/ 77) 강천산 이팝꽃-1연7행/ 78) 강천산에서-2연14행/ 79) 강천산-2연14행/ 80) 운암강-1연7행/ 81) 나래산-1연7행/ 82) 모악산-2연14행/ 83) 비학산(飛鶴山) 아래서-2연14행/ 84) 옥정호에서-1연7행/ 85) 흐른 세월-1연7행/ 86) 믿음-2연14행/ 87) 환상-2연14행/ 88) 복분자-2연14행/ 89) 간절한 바람-2연14행/ 90) 달맞이-2연14행/ 91) 무상-2연14행/ 92) 회포-2연14행/ 93) 허몽-2연14행/ 94) 세월-2연14행/ 95) 세모-2연14행.

〈6〉시조작품-바람을 따라-오늘의문학사-대전.2007.

1) 바람을 따라서-1연7행/ 2) 발병(發病)-1연7행/ 3) 간병 일기(1)-1연7행/ 4) 간병 일기(2)-2연14행/ 5) 간병 일기(3)-2연14행/ 6) 간병 일기(4)-사설시조/ 7) 간병 일기(5)-2연14행/ 8) 간병 일기(6)-2연12행/ 9) 간병 일

기(7)-2연14행/ 10) 간병 일기(8)-3연18행/ 11) 간병 일기(9)-2연14행/ 12) 아내를 생각하며-2연12행/ 13) 다시 가 보는 길-2연14행/ 14) 아내의 권유-2연12행/ 15) 둘이 걷던 길-2연12행/ 16) 천륜(天倫)-2연14행/ 17) 현몽-2연14행/ 18) 막내 아들을 보내고-3연18행/ 19) 자식들을 보면서-2연13행/ 20) 봄비-1연6행/ 21) 봄바람-1연12행/ 22) 소생의 봄-2연12행/ 23) 진달래 필 무렵에-1연6행/ 24) 5월 찬가-1연7행/ 25) 5월의 거리에서-1연7행/ 26) 아카시아를 보며-1연7행/ 27) 장미를 보며-1연7행/ 28) 카네이션-1연7행/ 29) 가는 봄을 보며-1연7행/ 30) 모내기철-2연14행/ 31) 낙화(落花)를 보며-1연7행/ 32) 난(蘭)-1연7행/ 33) 매미 울음-2연12행/ 34) 소낙비-2연14행/ 35) 나비처럼-1연7행/ 36) 비 내리는 새벽에-2연14행/ 37) 장끼를 보며-1연9행/ 38) 청둥오리-1연7행/ 39) 중원일(中元日)-2연14행/ 40) 가을걷이-2연14행/ 41) 함성-1연7행/ 42) 찌개-1연7행/ 43) 기대-2연14행/ 44) 분별심-1연7행/ 45) 오수(午睡)-2연14행/ 46) 비 내린 대보름-2연12행/ 47) 바래봉에서-1연7행/ 48) 달을 따라 걸으며-1연7행/ 49) 산책 길에-1연7행/ 50) 바다가에서-1연7행/ 51) 낙조를 보며-1연7행/ 52) 다가교에서-1연7행/ 53) 다가천 갈대성-2연14행/ 54) 녹색의 물결-2연14행/ 55) 비둘기와 노인-2연14행/ 56) 도시공원-2연14행/ 57) 대아 휴양림-사설시조/ 58) 용담댐에서-4연28행/ 59) 김만경 들-2연14행/ 60) 진안 만덕산에서-2연14행/ 61) 봉선사에서-2연14행/ 62) 봉선사 앞뜰에서-2연12행/ 63) 패능원에서-2연14행/ 64) 지리산 회억(回憶)-2연14행/ 65) 가을 오는 길-2연12행/ 66) 먼산을 바라보며-2연12행/ 67) 해넘이-2연12행/ 68) 동병상린(同病相隣)-1연8행/ 69) 선행을 기대하며-1연7행/ 70) 허무를 딛고-1연7행/ 71) 혜성을 보며-2연14행/ 72) 시름을 덜어내고-2연14행/ 73) 빈 마음-2연14행/ 74) 진혼가(鎭魂歌)-2연14행/ 75) 마음 비워야-2연14행/ 76) 일장춘몽-2연14행/ 77) 자족(自足)-2연14행/ 78) 못 잊을 꿈밭-2연14행/ 79) 영생(永生)-2연14행/ 80) 회상 속에서(1)-2연14행/ 81) 회상 속에서(2)-2연14행/ 82) 회상 속에서(3)-2연14행/ 83) 추억을 반추하며-2연14행/ 84) 순환-2연14행/ 85)

마음이 심란하여-1연7행/ 86) 하늘의 경고-1연7행/ 87) 우정-3연18행/ 88) 두려운 세상-사설시조/ 89) 못푸는 매듭-2연14행/ 90) 세상 살기-2연14행/ 91) 유전과 무전사이-2연13행/ 92) 울화통이 터져서-2연14행/ 93) 기상이변(氣象異變)(1)-1연7행/ 94) 기상이변.(氣象異變)(2)-2연12행/ 95) 독버섯 -2연14행.

〈인터넷 시조〉

1) 심월(心月)-2연12행/ 2) 모두 다 잊고-2연12행/ 3) 어머니를 그리다-4연24행.

〈7〉남기고 가신 예혼(유고집)오늘의문학사-대전. 2010.

1) 새벽 산책(1)-1연7행/ 2) 새벽 산책(2)-1연7행/ 3) 그린공원-2연14행/ 4) 은행잎(1)-1연7행/ 5) 은행잎(2)-1연7행/ 6) 가로수 길(1)-1연7행/ 7) 가로수 길(2)-1연7행/ 8) 정영치에서(1)-1연7행/ 9) 정영치에서(2)-1연7행/ 10) 시월 보름달(1)-1연7행/ 11) 시월 보름달(2)-1연7행/ 12) 시월 보름달(3)-1연7행/ 13) 서글픔-사설시조/ 14) 다시금-사설시조/ 15) 무더위-1연7행/ 16) 다리 밑-2연14행/ 17) 순응(順應)-2연14행/ 18) 가을이 오니-2연14행/ 19) 열대야(熱帶夜)-1연12행/ 20) 민들레 인생(1)-1연7행/ 21) 민들레 인생(2)-1연7행/ 22) 가을 바람-2연14행/ 23) 겨울 날씨-2연14행/ 24) 백일홍(百日紅)-1연7행/ 25) 푸른 하늘-1연7행/ 26) 빗방울-2연14행/ 27) 고추잠자리-2연14행/ 28) 금산사에서-2연14행/ 29) 산행(山行)-2연14행/ 30) 바람들-3연15행/ 31) 메밀꽃 추억-2연12행/ 32) 비워야 한다-1연12행/ 33) 소망-1연8행/ 34) 허무(虛無)-1연12행/ 35) 묻어 두리라-1연12행/ 36) 반거충이-사설시조/ 37) 상책(上策)-2연14행/ 38) 깊은 밤-2연14행/ 39) 이러다가-2연14행/ 40) 표상(表象)이 무너지다-2연14행/ 41) 선거 열풍-2연14행/ 42) 내 생애-2연12행/ 43) 회생의 빛-1연9행/ 44) 온천장의 밤-2연14/ 45) 부모님께 뵈옵기는-2연12행/ 46) 고향(故鄕)-1연12행/ 47) 내 고향을 그리

며-2연14행/ 48) 쓸쓸하다 말할까-1연7행/ 49) 개교 100주년-2연14행/ 50) 보고파도 못 만날 친구-2연14행/ 51) 목우회-2연14행/ 52) 우정-2연14행/ 53) 응급병동-2연14행/ 54) 중환자실-2연12행/ 55) 투석실 광경-2연12행/ 56) 차마 볼 수가 없네-2연12행/ 57) 피를 거르며-3연15행/ 58) 아내에게-2연14행/ 59) 아들, 딸에게-2연14행/ 60) 손자, 손녀에게-2연14행/ 61) 푸른 하늘 먹구름-2연14행/ 62) 세상을 하직하며-2연14행.

※여섯 권의 시조작품에서 선정한 작품(84)수 생략 함.

## 2. 문학사랑

2001. 가을호 -용담댐에서-2연14행, 능소화-사설시조, 염원-1연9행, 소주(蘇州)한산사(寒山寺)-사설시조, 증산교 영대 앞에서-사설시조, 매화차-1연9행/ 2001. 겨울호 -심월(心月)-2연12행. 2002. 봄호 -남산공원-사설시조, 국화주-1연7행/ 2002. 가을호 -새벽 바다에서-2연12행, 백일홍 심는마음-사설시조/ 2003. 봄호 -어머니를 그리며-4연28행/ 2003. 가을호 -수분-1연9행/ 2004. 봄호 -숨은 정-1연7행, 심월(心月)-2연14행, 국화주-1연7행, 삼생의 기연-2연12행, 아우의 요절에 부쳐-2연14행, 자운영-2연14행/ 2004. 여름호 -두고 온 땅-2연14행/ 2004. 가을호 -사모곡-2연14행, 집을 팔고-2연14행, 후회없게 살리-2연14행/ 2004. 겨울호 -소중한 하루-2연14행/ 2005. 봄호 -선녀를 만난듯-사설시조, 몽당붓-2연16행, 임종하는 누이에게-2연14행, 대둔산-2연14행, 민들레-2연14행, 비 내리니-2연14행/ 2005. 여름호 -먹을 갈며-2연14행, 보리 싹의 기적-사설시조/ 2006. 봄호 -일본의 산(구주여행)-2연14행/ 2006. 여름호 -별-2연14행, 꿈 속에서-2연14행, 누님-2연14행, 그리움-2연14행, 회포-2연14행, 세모-2연14행, 나목-2연14행/ 2006. 가을호 -그리움-2연14행, 붓을 잡고-2연14행, 기다림의 꽃-2연14행, 계절의 여울목-2연14행, 비 오는 날-2연14행/ 2007. 봄호 -봉선사에서-2연14행, 둘이 걷던 길-2연12행/ 2007. 여름호 -현몽-2연14행, 마음을 비워야-2연14행/ 2007. 가을호 -현몽-2연14행, 마음을 비워야-2연14행/ 2007. 겨

울호 -순환-2연14행, 추억을 반추하며-2연14행, 두려운 세상-사설시조, 못푸는 매듭-2연14행.

총계===1연=5수, 2연=41수, 3연=1수, 4연=1수, 사설=8수===총56수

3. 봉곡 박준명(峰谷 朴準明1929-2008)의 저서 목록

1) 수필집-(1) 사랑이 머무는 뜨락에(공저)/ (2) 돌아보며 내다보며(1998)/ (3) 창을 열고 밖을 보니(2001)

2) 시조집-(1) 구멍없는 피리(2001)/ (2) 심월(心月)(2003)/ (3) 여울목(2005)/ (4) 소낙비에 씻기울까(2005)/ (5) 세월의 타래(2006)/ (6) 바람을 따라(2007)

3) 유고집-(1) 남기고 가신 예혼(2010).

4. 봉곡 박준명(峰谷 朴準明 1929-2008)의 시조시 창작형태조사

| 시조집 | 1연 | 2연 | 3연 | 4연 | 사설 | 장시조 | 엇시조 | 총계 | 비고 |
|---|---|---|---|---|---|---|---|---|---|
| 구멍없는 피리 | 61 | 8 | | | 12 | | | 81首 | |
| 심월(心月) | 39 | 49 | | 1 | 24 | 1 | | 114 | |
| 여울목 | 65 | 41 | 1 | | 10 | | | 117 | |
| 소낙비에 씻기울까 | 35 | 77 | 3 | | 3 | | | 118 | |
| 세월타래 | 18 | 74 | 4 | | | | | 96 | |
| 바람을 따라 | 32 | 56 | 3 | 1 | 3 | | | 95 | |
| 유고집 | 24 | 33 | 2 | | 3 | | | 62 | |
| 문학사랑 | 5 | 41 | 1 | 1 | 8 | | | 56 | |
| 총계 | 279 | 379 | 14 | 3 | 63 | 1 | | 739 | |
| 비율% | 37.7 | 51.2 | 1.8 | 0.4 | 8.5 | | | 99.6 | |

5. 봉곡 박준명(峰谷 朴準明 1929-2008)의 정형시창작 특색

1) 자연 환경적 사물시를 서정적 사물시로 환치하여 비유(은유)의 기법

을 심층 깊게 파고 들어 독자의 즐거움으로 표출하여 단형시조나 2연시조로 창작하고 있다.

2) 자연 환경적 동식물 자원을 조예 깊게 관찰하여 정형시에 접목하는 독특한 시조문학으로 창작하고 있다.

3) 불교사상과 관련 깊은 소재를 선택하여 후손의 귀감이 되는 정도의 길을 암시했으며 간병일기 등 충효, 효행 교육에도 폭넓은 정형시로 표출해 내고 있다.

## Ⅲ. 나오며

초등학교 동기동창인 문복선(文福善) 시우(詩友)가 〈하지소묘〉〈섬〉〈해당화〉로 시조 장르에 당선되었기에 보내준 책자를 탐독하다 보니 우연히 봉곡 박준명(峰谷 朴準明1929-2008) 군수의 수필 당선 작품 〈눈 내리는 날〉〈몽당붓〉2편으로 이 달에 당선된 수필가로 등단하며 수필 당선소감을 〈대물림의 멍에〉가 한국시(월간) 1993 (9월호) 149쪽에 수록되었다. 또 1998. (12월)호. 〈육모정에 어린 추억〉〈수필〉, 1999. (7월)호 〈약속만 남겨두고 떠난 친구〉〈수필〉이 3회째 수록되어 저명인사의 명예를 드높이고 있다.

박군수의 시조창작 특색은 연시조나 장시조보다 단형시조나 2연시조에 그 비중이 614수로 89.5%를 차지하고 있으며 한국 전통시조의 전승으로 평가되고 있다. 정확하게 꼬집어 말 할 수는 없으나 자료가 없어서 90년대에 한국시(월간) 시조부문 신인상에 당선된 이후 2000년대에 접어들어 6권의 시조집을 상재하는 저력을 발휘하였고 지은이의 사상 감정을 심월(心月)에 비유(은유)하여 담아내고 있음을 주시할 수 있다. 더 많은 시조작품이 여러 곳에 산재해 있으리라 추측되나 한정된 자료 때문에 미흡한 조사연구로 끝을 맺고자 하며 삼가 고인의 명복을 기원한다.

## ➚ 박 평 주 (朴平周 1932–1983)

### Ⅰ. 한국시조큰사전. 1985.

관등기(觀燈記)-2연6행, 그네-2연6행, 기단(祈壇)-사설시조, 동백꽃-1연3행, 씨앗-1연3행, 선인장(仙人掌)-1연3행, 〈동시조〉 눈오는 날-1연3행, 빗방울-1연3행, 가을밤-1연3행, 눈 내린다-1연3행, 봄-2연6행, 이슬-1연3행, 산마을 초가집-2연6행, 바위-2연6행, 백서초(白書抄)-2연6행, 산접동-2연6행, 산촌소묘-2연6행, 생성의 장-3연9행, 선인장(仙人掌)의 변-3연9행, 수석(壽石)-2연6행, 시원(始原)의 장(章)-남해도(南海島)-2연6행, 자유종-2연6행, 재생(再生)-3연9행, 절원서설(切願敍說)(1)-3연7행, 절원서설(切願敍說)(2)-2연6행, 무궁화-3연9행, 절원서설(切願敍說)(3)-3연9행, 절원서설(切願敍說)(9)-3연9행, 절원서설(切願敍說)(10)-산사(山寺)의 종(鐘)-2연6행, 종소리-2연6행, 포화(砲火)-1연3행, 휴전선(休戰線)-2연6행.

### Ⅱ. 박평주(朴平周 1932-1983)의 정형시 창작형태조사

| 시조집 | 1연 | 2연 | 3연 | 4연 | 5연 | 사설 | 장시조 | 총계 | 비고 |
|---|---|---|---|---|---|---|---|---|---|
| 한국시조 | 9 | 14 | 7 | | | 1 | | 31 | |
| 총계 | 9 | 14 | 7 | | | 1 | | 31 | |
| 비율% | 29.0 | 45.1 | 22.5 | | | 3.2 | | 99.8 | |

## ➚ 박 항 식 (朴沆植 1917–1975)

### Ⅰ. 한국시조큰사전. 1985.

경포대(鏡浦臺)-3연9행, 낙조(落照)-1연3행, 낙화암(落花岩)-1연3행, 노고단(老姑壇)-3연9행, 동해(東海)바다-5연15행, 문장대(文藏臺)-12연36행, 반월교(半月橋)-3연9행,버선-3연9행, 분수(噴水)-2연6행, 사모곡(思母曲)-3연9행, 새벽 달-3연9행, 소풍(逍風)-3연9행, 수연(垂蓮)-1연3행, 얼레빗-3연9행, 오죽도(烏竹圖)-3연9행, 청학동(青鶴洞)-4연12행, 촉석루(矗石樓)-3연9행.

### Ⅱ. 박항식(朴沆植 1917-1975)의 정형시 창작형태조사

| 시조집 | 1연 | 2연 | 3연 | 4연 | 5연 | 사설 | 장시조 | 총계 | 비고 |
|---|---|---|---|---|---|---|---|---|---|
| 한국시조 | 3 | 1 | 10 | 1 | 1 | | 1 | 17 | |
| 총계 | 3 | 1 | 10 | 1 | 1 | | 1 | 17 | |
| 비율% | 58.8 | 5.8 | 58.8 | 5.8 | 5.8 | | 5.8 | 99.6 | |

## ➚ 수운 배병창(秀耘 裵秉昌 1927-1976)

### Ⅰ. 한국시조큰사전. 1985.

닭-1연6행, 거울-2연6행, 계축연두송(癸丑年頭頌)-3연9행, 고향(故鄕)에 와서-3연9행, 광복(光復)30주년을 맞이하여-3연9행, 귀로단상(歸路斷想)-3연9행, 그 시절(時節)은 어디로-4연12행, 금붕어-2연6행, 기(旗)1960.동아일보 신춘문예-시조당선.-3연9행, 기적-1연3행, 길-4연12행, 나그네 길-3연9행, 낙화(落花)-1연3행, 낙화음(落花吟)-3연9행, 녹음-3연9행, 누이에게-4연12행, 눈-3연9행, 단풍(丹楓)-3연9행, 달-2연6행, 답.환영연(答,歡迎宴)-4연12행, 대화(對話)-3연9행, 돼지-4연12행, 벌레와 더불어-3연9행, 별-2연6행, 봄-2연6행, 봄바람-1연3행, 비오는 날에-1연3행, 사과-3연9행, 사모곡(思母曲)-2연6행, 산(山)-3연9행, 산(山)-1연3행, 상(像)-3연9행, 새날의 기원(祈願)-3연9행, 성묘(省墓)-3연9행, 소-3연9행, 속,춘경초(續,春耕抄)-한거(閑居)-1연3행, 소녀(少女)-1연3행, 낙화(落花)-1연3행, 수운위호(秀雲爲號)-1연6행, 슬기와 힘으로-3연9행, 매각-1연3행, 어느 날-3연9행, 유방(乳房)-1연3행, 행,전야(行,戰野)-3연9행, 종(鐘)-1연3행, 중풍(中風)-1연3행, 즉흥(卽興)이간화-1연3행, 신록(新綠)-1연3행, 창(窓)-1연3행, 추우(秋雨)-2연6행, 추풍령(秋風嶺)-1연3행, 코스모스-1연3행, 피난-2연6행, 한가위날에-3연9행, 한산도(閑山島)에서-3연9행, 한여름낮의 상(像)-3연9행, 항아리-4연12행, 해인사(海印寺)를 찾아-4연12행, 회갑송(回甲頌)-3연9행, 갑운(回甲韻)-4연12행, 황혼(黃昏)의 묵념(默念)초(抄)-4연12행.

### Ⅱ. 수운 배병창(秀耘 裵秉昌 1927-1976)의 정형시 창작형태조사

| 시조집 | 1연 | 2연 | 3연 | 4연 | 5연 | 사설 | 장시조 | 총계 | 비고 |
|---|---|---|---|---|---|---|---|---|---|
| 한국시조 | 19 | 9 | 24 | 9 | | | | 61 | |
| 총계 | 19 | 9 | 24 | 9 | | | | 61 | |
| 비율% | 31.1 | 14.7 | 39.3 | 14.7 | | | | 99.8 | |

## ↗ 배 태 인 (裵泰寅 1941-1993)

### Ⅰ. 한국시조큰사전. 1985.

고실(果實)-3연9행, 기자(記者)-1연3행, 망부석(望夫石)-3연9행, 세상(世上)-2연6행, 소요산 자재암(逍遙山 自在庵)-2연6행, 이웃들-2연6행, 조국(祖國)-4연12행, 초소(哨所)-1연3행, 항아리-2연6행.

### Ⅱ. 배태인(裵泰寅 1941-1993)의 정형시 창작형태조사

| 시조집 | 1연 | 2연 | 3연 | 4연 | 5연 | 사설 | 장시조 | 총계 | 비고 |
|---|---|---|---|---|---|---|---|---|---|
| 한국시조 | 2 | 4 | 2 | 1 | | | | 9 | |
| 총계 | 2 | 4 | 2 | 1 | | | | 9 | |
| 비율% | 22.2 | 44.4 | 22.2 | 11.2 | | | | 100 | |

## ➚ 수주 변영로(樹州 卞榮魯 1897–1961)

### Ⅰ. 한국시조큰사전. 1985.

고흔 산길-3연9행, 근음 삼수(近吟 三首)-3연9행, 무두봉상(無頭峰上에서-2연6행, 무제(無題)-1연3행, 백두산(白頭山) 갔던 길에-1연3행, 불멸(不滅)의 함성(喊聲)-3연9행, 세모 서감(歲暮 書感)-3연9행, 송도 우음(松都 우음(偶吟)-1연3행, 신무치(神武峙) 지나-1연3행, 야국(野菊)-1연3행, 우음 삼수(偶吟 三首)-3연9행, 자벌레-1연3행. 천지(天池)가에 누워-1연3행.

### Ⅱ. 수주 변영로(樹州 卞榮魯 1897-1961)의 정형시 창작형태조사

| 시조집 | 1연 | 2연 | 3연 | 4연 | 5연 | 사설 | 장시조 | 총계 | 비고 |
|---|---|---|---|---|---|---|---|---|---|
| 한국시조 | 7 | 1 | 5 | | | | | 13 | |
| 총계 | 7 | 1 | 5 | | | | | 13 | |
| 비율% | 53.8 | 7.6 | 38.4 | | | | | 99.8 | |

## ↗ 변 영 만(卞榮晩 1889–1954)

### Ⅰ. 한국시조큰사전. 1985.

상흔(傷痕)-3연9행, 서호(西湖)-2연6행, 수부단(愁不斷)-3연9행, 몽중미인(夢中美人)-3연9행, 버들가지-3연9행, 실모애(失母哀)-3연9행, 어린이원유회(園遊會)-3연9행, 증. 신생(贈, 新生)-3연9행, 춘사(春詞)-3연9행.

### Ⅱ. 변영만(卞榮晩 1889-1954)의 정형시 창작형태조사

| 시조집 | 1연 | 2연 | 3연 | 4연 | 5연 | 사설 | 장시조 | 총계 | 비고 |
|---|---|---|---|---|---|---|---|---|---|
| 한국시조 | | 1 | 8 | | | | | 9 | |
| 총계 | | 1 | 8 | | | | | 9 | |
| 비율% | | 11.1 | 88.8 | | | | | 99.9 | |

## ↗ 만춘 변학규(晩春 卞鶴圭 1914-1994)

### I. 한국시조큰사전. 1985.

가뭄든 들판에서-2연6행, 가을은 쪽빛 바람타고-3연9행, 강(江)-2연6행, 겨울 종소리-1연3행, 고향(故鄕)사투리-1연3행, 과수원(果樹園)-1연3행, 꿈-1연3행, 기다림-1연3행, 기원(基源)의 장(章)-6연18행, 나의 강하-4연12행, 단풍(丹楓)-2연6행, 돌배 꽃-1연3행, 등대(燈臺)-김구선생추모사-1연3행, 등반(登攀)-1연3행, 맥추(麥秋)-1연3행, 목숨-2연6행, 문경새재(聞慶鳥嶺)-3연9행, 박꽃-1연3행, 백발(白髮)-1연3행, 봄날-2연6행, 봄바람-1연3행, 봄비-3연9행, 봄빛-4연12행, 봄 소식(消息)-7연21행, 봄의 숨결-4연12행, 비오는 갯벌-1연3행, 사다리 없는 하늘-1연3행, 사랑은-7연21행, 사시화사(四詩華詞)-매(梅)-1연3행, 봉선화(鳳仙花)-1연3행, 국화(菊花)-1연3행, 육화(六花)-1연3행, 생물송(生物頌)-4연12행, 송,춘사(頌,春詞)-3연9행, 수련(垂蓮)-1연3행, 씨앗-3연9행, 아가의 눈망울-1연3행, 어머니 깃치마-2연6행, 온천기(溫泉記)-3연9행, 의시(疑視)-3연9행, 이해(利害)-1연3행, 조망(眺望)-1연3행, 조조음(早朝吟)-3연9행, 차(茶) 한 잔-1연3행, 청산(靑山)의 노래-1연3행, 초가을-2연6행, 촌역(村驛)-2연6행, 춘조(春鳥)-1연3행, 풋나비-1연3행, 풍경초(風景抄)-1연3행, 한차에 흔들리는-1연3행, 해당화(海棠花)-1연3행, 해도(海徒)-1연3행, 해안서경(海岸敍景)-3연9행, 호롱불-3연9행, 화심초(花心抄)-2연6행, 흙노래-4연12행.

### II. 만춘 변학규(晩春 卞鶴圭 1914-1994)의 정형시 창작형태조사

| 시조집 | 1연 | 2연 | 3연 | 4연 | 5연 | 사설 | 장시조 | 총계 | 비고 |
|---|---|---|---|---|---|---|---|---|---|
| 한국시조 | 31 | 9 | 10 | 5 | | | 3 | 58 | |
| 총계 | 31 | 9 | 10 | 5 | | | 3 | 58 | |
| 비율% | 53.4 | 15.5 | 17.2 | 8.6 | | | 5.1 | 99.8 | |

## ↗ 서 명 호 (徐明浩 1912－1992)

### Ⅰ. 한국시조큰사전. 1985.

가신 날-3연9행, 감회(感懷)-1연3행, 랑객(浪客)-1연3행, 만추(晩秋)-1연 3행, 무제(無題)-8연24행, 백제고도 예찬(百濟古都 禮讚)-백제릉(百濟陵)-3연9행, 사비수(泗沘水)-3연9행, 자온대(自溫臺)-3연9행, 신음(呻吟)-3연9행, 아악(雅樂)-3연9행, 아! 환산(桓山)스승님-4연12행, 앵무(鸚鵡)-3연9행, 한글-8연24행, 혈맥(血脈)-4연12행.

### Ⅱ. 서명호(徐明浩 1912-1992)의 정형시 창작형태조사

| 시조집 | 1연 | 2연 | 3연 | 4연 | 5연 | 사설 | 장시조 | 총계 | 비고 |
|---|---|---|---|---|---|---|---|---|---|
| 한국시조 | 3 | | 7 | 2 | | | 2 | 14 | |
| 총계 | 3 | | 7 | 2 | | | 2 | 14 | |
| 비율% | 21.4 | | 50.0 | 14.2 | | | 14.2 | 99.8 | |

## ➚ 서 벌 (徐伐 본명－徐鳳燮 1939－2005)

### Ⅰ. 한국시조큰사전. 1985.

가슴에 돌 날아들어-3연9행, 가야금-2연6행, 거문고 밤에 보며-사설시조, 구름세상-1연3행, 그 동백마을의 조선동박새-2연6행, 금란피리되어-사설시조, 날 가고 달이 가서-4연12행, 누가 차일로 싸서-1연3행, 별밭-1연3행, 달-1연3행, 바람-1연3행, 남낙바다리듬-2연6행, 내 이승길 바늘로 왔으니-사설시조, 노자(老子)의 안개-3연9행, 두고온 스무나무꽃 이제는 마흔나무꽃-4연12행, 두루마리 한 장-사설시조, 배꽃-2연6행, 벼루에 물 실어놓고-사설시조, 부라우나루-2연6행, 빈주머니들-사설시조, 소리없이 내는 말-1연3행, 솔새가락 받아쓰기-4연12행, 애기 한토막-1연3행, 어르빈떳집이야기-사설시조, 업질러지기만하다가-3연9행, 여지껏 내기다리는 아이-사설시조, 열 살때-3연9행, 오는 봄 온 봄 사이에서-2연6행, 옥천사(玉泉寺)가는 길-사설시조, 우리 사는 누리-1연3행, 우마니나무-2연6행, 이래봐도 되는건지모를 얘기-8연24행, 일월화수목금토-1연3행, 접동새-3연9행, 청송바늘꽃-사설시조.

### Ⅱ. 걸어 다니는 절간-현대시조100인선. 2000.

고대도(古代島)-3연21행, 초겨울행간-3연21행, 헌책-1연9행, 걸어다니는 절간-그 암소를 노래함-2연18행, 고개-4연28행, 몸에 과하여-1연7행, 밤파도 별곡-3연9행, !!!(이땅)-5연15행, 백도아침에 달개비꽃이 하는 말-3연21행, 가다 가해 나오거든-6연42행, 바람촬영-3연31행, 석굴암관세음취재-3연9행, 해수관음상-친면노래-4연28행, 느낀가락 여섯마당-아침안개-1연3행, 통화-1연3행, 생각-1연3행, 그렇고 또 그런 사이처럼-1연3행, 젖어더막막하지만-1연7행, 네 개의 노(櫓)-5연23행, 천상병 혹은 그의 크레이지배가본드-3연22행, 달맞이꽃으로 말하기-3연21행, 생각이 기억대로-2연9

행, 산그늘 인화(印畵)-2연10행, 도르래로 푸는 우물 보면서-2연17행, 별리(別里)-3연9행, 강릉(1)-3연9행, 무지개-1연9행, 청미래꽃-2연10행, 물새는 물새 들새는 들새라서-2연6행, 노자(老子)를 읽다가-2연6행, 산행(山行)-4연12행, 강이여! 영산강이여!-8연24행, 서울(1)-1연9행, 서울(2)-3연11행, 서울(3)-1연6행, 서울(4)-1연7행, 서울(5)-1연6행, 어떤 경영 서곡-3연9행, 어떤 경영(1)-2연14행, 어떤 경영(2)-3연18행, 어떤 경영(13)-1연6행, 어떤 경영(24)-3연9행, 어떤 경영(25)-3연9행, 어떤 경영(28)-3연9행, 어떤 경영(36)-2연6행, 어떤 경영(37)-3연9행, 어떤 경영(49)-실직의 밤-1연3행, 별빛-1연3행, 달-1연3행, 바람-1연3행, 어떤 경영, 별곡-3연9행, 열 살때-3연9행, 고산자(古山子)-4연12행, 문익점(文益漸 1329-1398)-2연16행, 환남해(喚南海)-3연9행, 남안(南岸)의 서(書)-4연12행, 수색(水色)에서-2연12행, 욕심-3연9행, 저물쇠(1)-3연9행, 대낮-4연12행, 우산(雨傘)-4연12행, 뜻도 고생각대로(1)-7연35행, 속사모곡-3연9행, 나날 가고 다달이 가-4연12행, 그 동백마을의 조선동박새-2연8행, 만리도 접으면-3연9행, 구사랑의 바다-1연7행, 야반(夜半)-3연9행, 철쭉꽃-2연11행, 연가(戀歌)-2연6행, 낚시심서(心書)-3연13행, 부채(1)-3연9행, 부채(2)-3연21행, 홍부가-3연18행, 매실-4연21행, 바람-2연6행.

〈해설〉 지상과 천상을 동시에 바라보는 시각-김만수.

### Ⅲ. 습작 65편. 2001.

몸에 관하여-1연7행, 헌지갑-2연6행, 어떤 모래시계-1연9행, 아침구름-1연6행, 이제는-3연9행, 그 사람의 바다-4연12행, 시월이 드디어 오면-4연12행, 들매화 한그루나마-8연24행, 절장(1)-첫사랑은-1연3행, 절장(2)-고성의 남포-1연4행, 절장(4)-지는 잎-1연3행, 절장(5)-구조조정으로 오는 눈-1연3행, 절장(6)-낮달은-1연3행, 절장(7)-돋보기안경-1연3행, 절장(8)-오늘밤 달 뜨는 까닭-1연8행, 절장(9)-몽당연필-심서(心書)-1연9행, 거 입맛 썩당기는 일이지만-사설시조, 박,천,조,한꺼번에 떠올라-사설시조, 아첸타토-사설시조, 잎지우는 서나무 보며-사설시조, 다시 무지개(1)-1연9행, 다시 무지개(2)-1연7행, 다시 무지개(3)-1연9행, 다시 무지개(4)-1연8행, 다시 무지개.5.-1연6행, 낙엽(1)-사설시조, 낙엽(2)-사설시조. 낙엽(3)-1연3행, 낙엽(4)-사설시조, 낙엽(5)-1연6행, 찬바람 저녁에 불어-사설시조, 상고대-사설시조, 사편(思片)-사설시조, 낙목한천(落木寒天)-사설시조, 입동직전-사설시조, 강릉(1)-3연9행, 가을이 여자네 듣게-3연24행, 설감(雪感)-1연9행, ㅎ.ㅎ.ㅎ.-1연9행, 달무리-1연8행, 저물어 별이 나와도-2연6행, 사람이미지 세마당.-3연22행, 그허씨-4연23행, 노숙하여 어차피 그렇게 됐더라도-4연28행, 입춘 앞두고서-2연19행, 되솔새 떠날 무렵-4연12행, 단풍소란은 벌써 며칠째-1연7행, 시방은 돌보지 않는 물레-2연11행, 구름숲에서 오는 빗소리를 복사해 보면-4연16행, 바람바라보기-3연15행, 겨울비-1연9행, 컴맹-1연10행, 시계소념(素念)-1연12행, 어떤 그의 경우-3연17행, 더러운 요즈음에도-1연7행, 폭포-1연11행, 시멘트 담장 위에-돋는풀-1연10행, 어떤 바람의 자화상-1연9행, 촛불화두-사설시조, 목우(沐雨)-사설시조, 기러기떼 보이는 너-사설시조, 귀가-2연6행, 물수제비-4연28행, 사뭇 고요한 이 한때-2연6행, 〈하늘색일요일〉〈각목집〉〈서벌사설〉〈휘파람새 나무에 휘파람으로 부는 바람〉 등은 자료가 없어서 조사하지 못했다.

## Ⅳ. 서벌(徐伐-徐鳳燮 1939-2005)의 정형시 창작형태조사

| 시조시집 | 1연 | 2연 | 3연 | 4연 | 5연 | 사설 | 장시조 | 총계 | 비고 |
|---|---|---|---|---|---|---|---|---|---|
| 한국시조큰사전 | 9 | 7 | 5 | 3 | | 10 | 1 | 35 | |
| 걸어다니는절간 | 29 | 15 | 29 | 9 | 2 | | 3 | 87 | |
| 습작65편 | 29 | 28 | 40 | 19 | 2 | 25 | 5 | 64 | |
| 총계 | 67 | 28 | 40 | 19 | 2 | 25 | 5 | 186 | |
| 비율% | 36.0 | 15.0 | 21.5 | 10.2 | 1.0 | 13.4 | 2.6 | 99.7 | |

## ↗ 서 우 승 (徐愚昇 1946-2008)

### Ⅰ. 한국시조큰사전. 1985.

카메라탐방-4연12행, 신선도.폭(1)-1연3행, 폭(2)-1연3행, 폭(3)-1연3행, 폭(4)-1연3행, 폭(5)-1연3행, 종업(終業)-3연9행, 카메라탐방,필름(11)-1연3행, 카메라탐방,필름(14)-1연3행, 카메라탐방,필름(21)-1연3행, 카메라탐방,필름(22)-1연3행, 카메라탐방,필름(32)-1연3행, 카메라탐방,필름(35)-1연3행, 카메라탐방,필름(39)-1연3행, 카메라탐방,필름(40)-1연3행, 카메라탐방,필름(51)-1연3행, 카메라탐방,필름(75)-1연3행, 카메라탐방,필름(77)-1연3행, 카메라탐방,필름(95)-1연3행, 카메라탐방,필름(100)-1연3행, 카메라탐방,필름(101)-1연3행, 허수아비의 노래-3연9행.

### Ⅱ. 당신 하나로 하여. 1991.

다 접으니-1연10행, 산(山 )-3연24행, 설차(雪茶)-2연16행, 서둘러 깊어지는 숲-1연9행, 심부름-1연12행, 이 가뭄에-3연14행, 씨알만하던 동네-3연20행, 진달래 피는 뜻-2연13행, 귀뚜라미의 노래-3연9행, 길(1)-2연13행, 길(2)- 2연14행, 연기설(緣起說)-1연10행, 물소리-3연13행, 모과향기-1연7행, 난행(蘭行)-2연14행, 우수(雨水)무렵-5연30행, 미완성 신선도-5연15행, 교감(交感)-1연10행, 아득한 소망-사설시조, 천정도배지의 도안-4연27행, 오래사는 비법-1연5행, 열매를 꿈꾸지 않는 과목(果木)-1연7행, 이 땅의 민들레-3연9행, 장마를 건내고 보니-3연21행, 안개-2연12행, 탄피속의 새싹-1연7행, 서둘러 어두워지던 시절-3연20행, 박부자집안마당에 내린 눈-사설시조, 어머니 날에-3연18행, 벙어리의 노래-1연7행, 뒤집혀진 옷-1연7행, 쉽게 풀 수 없는 매듭-2연12행, 기러기 떼-사설시조, 내력(來歷)-4연11행, 쥐잡기-2연13행, 파장에 남은 모과가-2연11행, 저자 바구니를 빠져나온게 가용케 산정에 올라-2연6행, 그믐밤-2연11행, 월식-1연3행, 월식(2)-1연4

행, 산 아래 엎드리니-1연5행, 새벽마다 수인(囚人)이 되어-3연16행, 돌맹이의 노래-사설시조, 그해 그가을 저녁의 환상-4연30행, 죄었다 다시 풀었다-1연9행, 허수아비의 노래-2연6행. 1978년의 눈보라-사설시조, 대나무-1연9행, 불감(不感)을 짚고서서-2연6행, 확인-사설시조, 이삿짐 꾸리다 말고-1연9행, 일요일에 받는 진료-3연16행, 아내의 누비질-2연6행, 깃대 한번 못들어보고-1연10행, 이제는 반납해야 할 일만-1연9행, 들키지 않는 신명(神明)으로-1연10행, 촛불제-1연5행, 테맨옹기-1연12행, 막대기-1연2행, 천지가 꿈꾸는 사이-1연7행, 젊은 한 철-4연12행, 삼등별도 갈라쬐며-4연12행, 이런 작전-2연15행, 아직은 너그럽지만-1연8행, 그네-1연9행, 여름한복판에서-3연19행, 분수 앞에서-1연8행, 꿈-1연9행, 약(藥)-1연6행, 이런 날-1연9행, 벽-1연7행, 마감 앞에서-2연6행, 90년대 벽두에 서서-3연9행, 〈해설〉현실 그리고 꿈과 기다림의 변용-채수영.

〈해설〉아픔의 삿임질이 빚은 아픔의 정화-김열규.

## Ⅲ. 카메라 탐방-현대시조 100인선. 2000.

카메라탐방,자서-1연3행, 카메라탐방,필름(7)-1연3행, 카메라탐방,필름(8)-1연3행, 카메라탐방, 필름(11)-1연3행, 카메라탐방,필름(12)-1연3행, 카메라탐방,필름(13)-1연3행, 카메라탐방,필름(14)-1연3행, 카메라탐방,필름(15)-1연3행, 카메라탐방,필름(17)-1연3행, 카메라탐방,필름(22)-1연3행, 카메라탐방,필름(25)-1연3행, 카메라탐방,필름(26)-1연3행, 카메라탐방,필름(27)-1연3행, 카메라탐방,필름(32)-1연3행, 카메라탐방,필름(39)-1연3행, 카메라탐방,필름(48)-1연3행, 카메라탐방,필름(71)-1연3행, 카메라탐방,필름(75)-1연3행, 카메라탐방,필름(77)-1연3행, 카메라탐방,필름(78)-1연3행, 카메라탐방,필름(79)-1연3행, 카메라탐방,필름(95)-1연3행, 카메라탐방,필름(102)-1연3행, 심부름-1연12행, 빚값기-3연19행, 귀뚜라미의 노래-3연18행, 다 접으니-1연11행, 매미생각-3연19행, 묘한 일-1연10행, 신곡리(神谷里)를 찾아서-아득한 상봉-1연11행, 대역사(大役事)-1연8행, 득의(得意)-1

연9행, 연기설(緣起說)-1연10행, 이런 날-1연11행, 그분의 하늘 아래선-4연18행, 석양 앞에서-1연10행, 대나무-1연9행, 바둑을 두며-3연18행, 정상(頂上)을 꾀하는 세-1연12행, 박부자집마당에 내린 눈-사설시조, 겨울뜨락에서-3연19행, 이 땅의 민들레-3연18행, 이 땅의 소나무-4연24행. 멍에-2연12행, 허수아비의 노래-2연6행, 우리 형님의 하루-3연18행, 이 풍진 세상에-3연18행, 돌맹이의 노래-사설시조, 숲-1연11행, 모서리론(論)-3연18행, 벙어리의 노래-1연10행, 달동네 인상(印象)-3연15행, 거리의 맹인악사-4연20행, 쉽게 풀 수 없는 매듭-4연12행, 정신대 혼의 아리랑-5연30행, 내력-4연12행, 탄환 그리고 되살리며-4연16행, 마을에서 지름길내어-4연24행, 고향-3연17행, 물-3연22행, 벨트생각-3연20행, 두엄 속의 반디야-4연24행, 아내의 누비질-2연15행, 복사꽃소녀-1연12행, 겨울산 마루에 올라-3연22행, 무지개를 보며-1연10행, 눈 오는 날의 연가-2연12행, 꿈-1연9행, 찻잔마루한채-1연11행, 젊은 한 철-4연12행, 통영아리랑-4연24행.

〈해설〉우리시대의 인간풍경과 응시, 투사의 미학-박영주.

## Ⅳ. 생각도 단풍들면. 2006.

저물 무렵의 명상-1연13행, 나목 앞에서-1연8행, 개학을 앞두고-1연9행, 손-1연9행, 나의 섬-1연9행, 단풍이미지(1)-1연9행, 단풍이미지(2)-1연8행, 팜콘을 보다가-1연9행, 까치들의 휴전-1연3행, 땡여름날 평상에서-1연12행, 머리핀 인상(印象)-1연12행, 해바라기-1연5행, 숲의 자치(自治)-3연20행, 틈(1)-2연12행, 능청해도한 경지에 오르면-2연13행, 반세기를 끌어안은날-3연21행, 열매를 꿈꾸지 않은 과목(果木)-1연9행, 담쟁이덩쿨-1연4행, 길(1)-2연15행, 도처에 도화선 깔고-3연19행, 이름-3연18행, 소리짝짓기-2연12행, 이사-3연19행, 소리와 말-1연10행, 이런 연상(聯想)-3연21행, 땅의 비밀-3연19행, 나팔꽃을 보다가-3연15행, 어머니-2연16행, 내 지병(持病)-1연10행, 낙도(落島)-2연11행, 목욕탕에서-2연17행, 생각도 단풍 들면-2연12행, 서둘러 깊어지던 숲-1연9행, 이를 뽑고-2연12행, 살다보니-1

연11행, 한산섬-4연20행, 봉숫골(烽燧谷)벚꽃길-3연21행, 풍광 한폭-1연9행, 갯벌이야기-3연21행, 까치집 보고-1연11행, 무화과를 보면-2연14행, 못이야기-3연15행, 별이 되어-1연11행, 경계(境界)-4연24행, 눈 오는 날의 명상(1)-1연8행, 눈 오는 날의 명상(2)-1연9행, 눈 오는 날의 명상(3)-1연11행, 환멸에 관하여-1연8행, 벚꽃이미지-1연11행, 산행에서-2연14행, 베토벤의 바다-1연9행, 안개속에서-1연11행, 저승도 얼비치던 날-2연15행, 가을 운문사(雲門寺)-3연18행, 각방쓰기-1연9행, 꽃이 날 놀려-1연9행, 등나무이야기-1연8행, 변신-1연9행, 사마귀의 사랑법-사설시조, 과속방지턱-1연11행, 비온 뒷 날 먼 산 바라보기-1연11행, 확인-사설시조, 믿지 않은 꿈-1연13행, 아득한 소망-사설시조, 물에게 묻다-1연10행, 삼동에 기대어-3연18행, 봄이 와서-1연8행, 눈(雪)이미지-2연17행, 졸부들에게-1연10행, 자랑대회장원작-1연8행, 얼굴-1연11행.

〈해설〉 직립과 능청거림 혹은 경계지우기-이지엽.

## V. 서우승(徐愚昇 1946-2008)의 현대시조 창작형태조사

| 시조시집 | 1연 | 2연 | 3연 | 4연 | 5연 | 사설 | 장시조 | 총계 | 비고 |
|---|---|---|---|---|---|---|---|---|---|
| 한국시조 | 19 | | 2 | 1 | | | | 22 | |
| 당신하나 | 35 | 26 | 14 | 5 | 2 | 6 | | 88 | |
| 카메라탐방 | 40 | 4 | 9 | 10 | 1 | 2 | | 66 | |
| 생각단풍 | 40 | 13 | 13 | 2 | | 3 | | 71 | |
| 총계 | 134 | 43 | 38 | 18 | 3 | 11 | | 247 | |
| 비율% | 54.2 | 17.4 | 15.3 | 7.2 | 1.2 | 4.4 | | 99.7 | |

## ↗ 서 재 수 (徐在洙 1936-2005)

### Ⅰ. 벼포기 크는 재미에-시조집. 1997.

정(情)(1)-1연7행, 농심(農心)-2연12행, 논갈이-1연12행, 농자(農者)야-1연6행, 민들레-1연6행, 이 뜨락에-2연12행, 봄갈이-2연14행, 추수(秋收)-2연12행, 보리밭-2연14행, 벼베개-1연6행, 우루과이라운드-2연14행, 넋두리-2연12행, 혼자서 묻을 사연(事緣)-2연12행, 민들레야-2연12행, 태풍이 휥은 벌판-1연12행, 바람-2연12행, 설음-1연6행, 정(情)(1)-1연6행, 정(情)(2)-1연12행, 정(情)(3)-1연6행, 정(情)(4)-2연12행, 정(情)(5)-2연14행, 정(情)(6)-2연14행. 정(情)(7)-1연6행, 정(情)(8)-2연13행, 정(情)(9)-3연18행, 정(情)(10)-2연14행, 정(情)(11)-2연13행, 정(情)(12)-2연13행, 정(情)(13)-1연12행, 정(情)(14)-2연12행, 정(情)(15)-2연14행, 정(情)(16)-1연6행, 정(情)(17)-2연13행, 정(情)(18)-1연7행, 정(情)(19)-1연6행, 정(情)(20)-1연6행, 정(情)(21)-2연12행, 정(情)(22)-2연12행, 정(情)(23)-2연12행, 정(情)(24)-2연14행, 추정야곡(秋情夜曲)-2연12행, 고향생각-1연8행, 대청리(大淸里)-2연12행, 꽃시절(時節)-2연13행, 들샘-2연13행, 그시절(時節)-2연12행, 구지봉(龜旨峰)에서-2연12행, 가리새마을-2연12행, 활터-2연14행, 새벽 창(窓)-1연6행, 들국화-1연7행, 낙남시계(洛南詩契)-1연12행, 낙동강(洛東江)을 보며-2연12행, 허수아비-1연7행, 흥국사(興國寺)계곡-2연12행, 동심(童心)-2연14행, 진달래-1연12행, 안개-1연7행, 강가에서-1연6행, 화살같이-2연13행, 들풀-1연12행, 아내의 일기(日記)-2연12행, 아가야-2연14행, 정(情)이 들면-1연6행, 그 마음을 아느냐-2연14행, 별리(別離)-2연14행, 내사람아-1연8행, 못다한 노래-2연12행, 기다람-2연14행, 휘파람새야-3연18행, 그 심성(心性)-1연12행, 세월 앞에서-2연14행, 을숙도(乙淑島)꽃노을-1연6행, 흰구름에 물어본다-1연6행, 중앙동(中央洞) 원두막-2연13행, 불면(不眠)-2연14행, 그리움이 더하는 날-삼짇날-1연6행, 칠석날-1연6행, 동짓날-1연6행, 차라리 잊고 싶어도-1연6행, 회정(懷情)-1연12행, 대보름-2

연14행, 텃밭-3연19행, 산소(山所) 가는 날-2연13행, 거울-2연14행, 어머니-2연13행, 사모곡(思母曲)(1)-봄-1연6행, 여름-1연6행, 가을-1연6행, 겨울-1연6행, 사모곡(思母曲)(2)-2연13행, 사모곡(思母曲)(3)-2연12행, 사모곡(思母曲)(4)-2연12행, 사모곡(思母曲)(5)-2연13행, 사모곡(思母曲)(6)-2연12행, 사모곡(思母曲)(7)-2연14행, 사모곡(思母曲)(8)-2연12행, 뿌리-3연18행.

〈해설〉소박성과 긍정성의 미학-임종찬.

## II. 서재수(徐在洙 1936-2005)의 정형시 창작형태조사

| 시조집 | 1연 | 2연 | 3연 | 4연 | 5연 | 사설 | 장시조 | 총계 | 비고 |
|---|---|---|---|---|---|---|---|---|---|
| 벼포기 | 39 | 54 | 5 | | | | | 98 | |
| 총계 | 39 | 54 | 5 | | | | | 98 | |
| 비율% | 39.7 | 55.1 | 5.1 | | | | | 99.9 | |

## ➚ 서 정 봉(徐定鳳 1905-1980)

### Ⅰ. 한국시조큰사전. 1985.

거북선-2연6행, 고목(古木)-3연9행, 꽃(1)-1연3행, 꽃(2)-2연6행, 꽃의 발원(發願)-1연3행, 귀주사(歸住寺)-1연3행, 그날이 오면-3연9행, 독좌(獨坐)-2연6행, 들-2연6행, 봄-1연3행, 부엉이-2연12행, 새아침에-3연9행, 수류정(水流亭) 일기(日記)-2연6행, 숭선전(崇善殿)-2연6행, 실존(實存)-2연6행, 영지(影池)-2연6행, 옥중음(獄中吟)-6연18행, 임-1연3행, 귀뚤이-1연6행, 밤-1연6행, 탁야부(啄夜賦)-1연3행, 풍란(風蘭)-1연3행, 한나절-2연6행, 해바라기-2연6행, 황혼(黃昏)-1연3행.

### Ⅱ. 서정봉(徐定鳳 1905-1980)의 정형시 창작형태조사

| 시조집 | 1연 | 2연 | 3연 | 4연 | 5연 | 사설 | 장시조 | 총계 | 비고 |
|---|---|---|---|---|---|---|---|---|---|
| 한국시조 | 10 | 11 | 3 | | | | 1 | 25 | |
| 총계 | 10 | 11 | 3 | | | | 1 | 25 | |
| 비율% | 40.0 | 44.0 | 12.0 | | | | 4.0 | 100 | |

## ↗ 서 항 석 (徐恒錫 1900−1979)

### Ⅰ. 한국시조큰사전. 1985.

귀성(歸省)(1)-3연9행, 귀성(歸省)(2)-4연12행, 묘음사(妙陰寺)의 밤-1연3행, 장수산(長壽山)을 바라보며-1연3행, 추일잡영(秋日雜詠)-가을-1연3행, 야국(野菊)-1연3행, 실솔(蟋蟀)-1연3행, 다듬이-1연3행, 별-1연3행.

### Ⅱ. 서항석(徐恒錫 1900-1979)의 정형시 창작형태조사

| 시조집 | 1연 | 2연 | 3연 | 4연 | 5연 | 사설 | 장시조 | 총계 | 비고 |
|---|---|---|---|---|---|---|---|---|---|
| 한국시조 | 7 | | 1 | 1 | | | | 9 | |
| 총계 | 7 | | 1 | 1 | | | | 9 | |
| 비율% | 77.7 | | 11.1 | 11.1 | | | | 99.9 | |

## ↗ 혜산 선정주(惠山 宣珽柱 1935-2012)

### I. 현대시조큰사전. 1985.

가을중랑천-3연9행, 겨울중랑천-4연25행, 겨울청산도-3연16행, 달과 아이-4연12행, 동양화(1)-3연9행, 동양화(2)-3연9행, 동양화(10)-3연9행, 봄, 중랑천-4연12행, 상경기-3연9행, 서울가을-3연9행, 여름중랑천-3연11행, 이조의 하늘-2연6행, 일산리 부근-3연9행, 장주의 하늘-1연5행.

### II. 소가야의 억새밭. 시화집. 1990.

억새밭에서-3연18행, 동양화(1)-3연18행, 동양화(2)-3연18행, 동양화(3)-3연18행, 동양화(4)-3연18행, 동양화(5)-3연18행, 동양화(15)-3연18행, 겨울 청산도(青山圖)-사설2+1연6행, 차창(1)-사설+2연12행, 차창(2)-3연18행, 차창(3)-3연18행, 우인송(友人頌)(1)-1연3행, 실몽(失夢)의 강(江)-사설시조, 중랑천(中浪川)의 눈(1)사설시조, 중랑천의 눈(2)-사설시조, 중랑천의 날개-4연24행, 중랑천의 물이여(1)-3연19행, 중랑천의 물이여(2)-3연19행, 중랑천의 물이여(3)-3연18행, 중랑천의 사설(辭說)(1)-3연19행, 중랑천의 사설(2)-사설시조. 중랑천의 하루-사설시조, 어떤 수석(壽石)-4연26행, 회귀(回歸)의 풀꾹새(1)-사설시조. 회귀의 풀꾹새(2)-사설시조, 어떤 귀향(1)-4연26행, 어떤 귀향(2)-3연20행, 어떤 능선-3연19행, 난(蘭)과 문 빗장-3연18행, 〈해설〉시혼 그 내부의 불씨-김월한.

〈해설〉시조의 작품적 성과와 운율의 역할-김영민.

### III. 겨울 청산도(青山圖)-시집. 1977.

이런 강물이 되어-3연24행, 겨울 청산도-사설시조+1연6행, 겨울바다-3연18행, 중랑천 전설-3연18행, 속,중랑천전설-사설시조+4연24행, 상경기(上京記)(1)-3연18행, 상경기(上京記)(2)-3연18행, 상경기(上京記)(3)-3연

18행,동림(冬林)-3연18행, 중랑천 근황-3연18행, 경의선(京義線)의 어느지점-3연18행, 아친온 이후-3연18행, 겨울 풍물1화(話)-2연12행+사설시조, 겨울 풍물(2)화(話)-사설시조-1연6행, 어느 기상도(1)-3연18행, 어느 기상도(2)-3연9행, 동양화(1)-3연18행, 동양화(2)-3연18행, 동양화(3)-3연18행, 동양화(4)-3연18행, 동양화(5)-3연18행, 동양화(6)-3연18행, 동양화(7)-3연18행, 동양화(8)-3연18행, 동양화(9)-3연18행, 동양화(10)-3연18행, 동양화(11)-3연18행, 동양화(12)-3연18행, 동양화(13)-3연18행, 동양화(14)-3연18행, 동양화(15)-3연18행, 오월이 내린 밤은-3연18행, 꽃(1)-3연18행, 꽃(2)-3연18행, 수선(水仙)-3연18행, 가을 유언(遺言)-3연18행, 하지송(夏至頌)-3연18행, 해-3연18행, 해시(海詩)-3연18행, 우기(雨期)의 시(詩)-3연18행, 구인일기(蚯蚓日記)-3연9행, 여상(女像)-수선(水仙)-1연6행, 포도(葡萄)-1연6행, 녹음(綠陰)-1연6행, 국화(菊花)-1연6행, 작품5호(作品五號)-2연12행, 작품구호(作品九號)-2연12행, 작품십일호(作品十一號)-2연12행, 한밤에(1)-2연12행, 한밤에(2)-2연12행, 새벽에-2연12행, 개화(開花)-1연6행, 낙화(落花)-1연6행, 꽃무리-2연12행, 마포강(麻浦江)-2연12행, 입원일기(入院日記)-병동(病棟)-2연12행, 간호원(看護員)-2연12행, 회진(回診)-2연12행, 어머니-2연12행, 이설(異說)엘루살렘 열 처녀(處女)-사설시조.1연.2연.3연.동천(冬天)-3연18행, 춘일(春日)-3연18행, 하일(夏日)-3연18행, 추일(秋日)-3연18행, 금동반가사유상(金銅半跏思惟像)-3연18행, 〈서문〉이은상. 〈懷〉이문형(李文亨). 〈정-情〉최은호(崔殷鎬). 〈跋〉徐 伐. 〈跋〉金海星.

## Ⅳ. 겨울 중랑천(中浪川)-시집. 1984.

일산리(一山里) 부근(附近)-3연18행, 이조(李朝)의 하늘-2연13행, 장주(莊周)의 하늘-사설시조, 봄, 중랑천(中浪川)-4연24행, 여름 중랑찬-3연19행, 겨울중랑천-3연18행, 겨울중랑천-3연18행+사설시조,1연, 중랑천의 달-3연18행, 비농일기(非農日記)-2연6행+사설시조 2연, 산의 행보(山)의 行步)-1연+사설2연, 달과 아이-1연+사설2연, 달과 꽃과-3연18행, 달의 표정

-3연19행, 어느 춘일(春日)-사설시조, 서울에는 서울에는-3연21행, 행전(行傳)(1)-1연6행, 행전(行傳)(2)-1연6행, 행전(行傳)(3)-사설시조, 행전(行傳)(4)-사설시조, 행전(行傳)(5)-사설시조, 행전(行傳)(6)-1연6행, 행전(行傳)(7)-1연6행, 행전(行傳)(8)-1연6행, 행전(行傳)(9)-사설시조, 행전(行傳)(10)-사설시조, 행전(行傳)(11)-1연6행, 행전(行傳)(12)-1연6행, 고향나무-2연13행, 우인송(友人頌)(1)-1연6행, 우인송(友人頌)(2)-1연6행, 우인송(友人頌)(3)-1연6행, 우인송(友人頌)(4)-1연6행, 우인송(友人頌)(5)-1연6행, 우인송(友人頌)(6)-1연6행, 우인송(友人頌)(7)-1연6행, 우인송(友人頌)(8)-1연6행, 우인송(友人頌)(9)-1연6행, 우인송(友人頌)(10)-1연6행, 돌-1연6행, 어떤 일상(日常)-사설시조, 어느 우일(雨日)-3연18행, 샘에 대하여-3연19행, 여름과 가을 사이-사설시조 4수, 현장(現場)-사설시조, 다시 중랑천 근황-사설시조, 어떤 기행(紀行)-3연18행, 어떤 기행.(紀行)(2)-3연19행, 어떤 기행(3)-3연18행, 어떤 폐업-사설시조. 孫叔疑의 꽃-사설시조. 짭짤하고 풀리는시-장순하. 탐색(探索)작업이 돋보이는 시조-유성규. 포에지를 갖고 있는 자품-김월한.

## Ⅴ. 겨울 삼십년-시집. 1986.

아브라함의 강-사설시조, 아파라주(主)의 말씀은-3연20행, 성동(盛冬)-3연18행, 융동(隆冬)-3연18행, 밤,중랑천-3연18행, 밤 되어 밤빛 사이로-3연18행, 입춘(立春) 지난 어느날-3연21행, 성령강림절(聖靈降臨節)에-6연36행, 어느 춘일(春日)-3연9행, 서전(書傳)(1)-2연10행, 서전(書傳)(2)-1연3행, 서전(書傳)(3)-1연9행, 서전(書傳)(4)-1연10행, 서전(書傳)(5)-1연13행, 서전(書傳)(6)-1연12행, 서전(書傳)(7)-1연11행, 서전(書傳)(8)-2연17행, 서전(書傳)(9)-1연8행, 서전(書傳)(10)-4연23행, 서전(書傳)(11)-2연15행, 서전(書傳)(12)-1연6행, 서전(書傳)(13)-1연9행, 서전(書傳)(14)-1연8행, 주님은 악기를 만드는 장인-사설시조, 전능(全能)에 대하여(1)-2연14행, 전능(全能)에 대하여(2)-3연27행, 전능(全能)에 대하여(3)-4연25행, 전능(全能)

에 대하여(4)-4연23행, 나사로의 기도(1)-1연6행, 나사로의 기도(2)-2연12행, 나사로의 기도(3)-2연17행, 나사로의 기도(4)-사설시조. 나사로의 기도(5)-1연9행, 입술이 하얀 달은-4연26행, 겨울송가(頌歌)-4연26행, 오늘의난청지대에-4연37행, 본래는 그러하지 아니하나니라-6연36행, 장립송(莊立頌)-5연35행, 장립사(莊立詞)-7연40행, 총회송(總會頌)-8연56행, 오늘은 주님의 신성(神性)을 보는 날-8연56행, 북치는 소년-4연25행, 어떤 공휴일-4연27행, 산간문답(山間問答)(1)-3연19행, 산간문답(山間問答)(2)-2연16행, 산간문답(山間問答)(3)-3연18행, 여름에서 가을로 바뀔때-4연23행, 저신선한 법칙-4연27행, 소비도시-2연16행, 직강(直江)공사 뒷날-3연22행, 다도해 섬 하나라도-2연14행.

〈해설〉기독정신으로 승화된 삶의 문학-허형만.

〈정리〉우리목사님 성역30년기념시집-안주봉.

### VI. 겨울 처용무(處容舞)-시집. 1991.

지리산-1연6행, 파도-1연6행, 구름사(詞)(1)-2연12행, 구름사(詞)(2)-2연12행, 달-2연12행, 운치(韻致)-1연6행, 숲에서(1)-3연19행, 숲에서(2)-3연18행, 숲별곡-3연18행, 불감(不感)으로 내리는 비-3연18행, 폐허(廢墟)-3연18행, 속,산간문답(續,山間問答)-3연18행, 억새밭에서-3연18행, 별, 처용무(別,處容舞)-4연30행, 양지(陽地)에서-3연25행, 아침은 와지련가-3연18행, 자정(子正)-1연8행, 가을별곡-1연6행, 가을별곡(2)-1연6행, 난(蘭)-3연18행, 난(蘭)과 문(門)밧장-3연18행, 동창(東窓)-3연19행, 차창(車窓)(2)-3연18행, 차창(車窓)(3)-3연18행, 차창(車窓)(4)-3연18행, 차창(車窓)(5)-3연18행, 차창(車窓)(6)-3연18행, 장안평일기(長安平日記)-3연18행, 광진교부근(廣津橋附近)-3연18행, 홍인문(興仁門) 일과(日課)-3연18행, 구름(1)-1연6행, 구름(2)-1연6행, 구름(3)-사설시조, 구름(4)-1연6행, 구름(5)-사설시조, 유한(有閑)의 죄(罪)-1연6행, 회귀(回歸)의 풀꾹새(1)-사설시조, 회귀(回歸)의 풀꾹새(2)-사설시조, 어떤 귀향(歸鄉)(1)-4연26행, 어떤 귀향(歸鄉)

(2)-3연20행, 어떤 춘일(春日)-3연18행, 어떤 능선(稜線)-3연18행, 어떤 후조(候鳥)-3연18행, 어떤 수석(壽石)-4연26행, 어떤 인적(人跡)-3연18행, 어떤 나사로얘기-3연18행, 밤비-3연18행, 지명(指命)-사설시조, 리부가의 고리(1)-사설시조, 리브가의 고리(2)-1연6행, 고향(故鄕)(1)-사설시조, 고향(故鄕)(2)-3연18행, 지길(祉枯)-1연6행, 실몽(失夢)의 강(江)-사설시조, 중랑천의 소리-3연20행, 중랑찬의 눈(1)-사설시조, 중랑천의 눈(2)-사설시조, 중랑천의 낮달-3연18행, 그날의 중랑천-3연18행, 중랑천의 날개-4연25행, 중란천의 사설(辭說)(1)-3연18행, 중랑천의 사설(辭說)(2)-사설시조, 중랑천의 사설(辭說)(3)-4연24행, 중랑천의 하루-사설시조, 중랑천 물이여(1)-3연20행, 중랑천 물이여(2)-3연18행, 중랑천 물이여(3)-3연18행, 농무(濃霧)-3연22행.

〈해설〉다양한 형식 체험의 시도-백운복.

〈해설〉전통의 계승과 창조적 변화의 추구-김영민.

## Ⅶ. 겨울 월인천강지곡(月印千江之曲)-시집. 1995.

가을 영언(永言)-3연20행, 가을일기(1)-3연18행, 가을일기(2)-3연18행, 햇살송(頌)-3연18행, 햇살송(頌)(2)-3연18행, 산란(山蘭) 한포기-3연18행, 어항(魚缸)가에서(1)-1연6행, 어항(魚缸)가에서(2)-1연6행, 어항(魚缸)가에서(3)-사설시조, 어항(魚缸)가에서(4)-사설시조, 낙일(落日)을 보다가-3연20행, 하산기(下山記)-3연18행, 산상기(山上記)-사설시조, 낙일송(落日頌)(1)-사설시조, 낙일송(落日頌)(2)-사설시조, 낙일송(落日頌)(3)-사설시조, 낙일송(落日頌)(4)-2연12행, 신(神)의 팽이-3연20행, 작은꽃-4연25행, 부자와 거지나사로 설화-3연19행, 새벽의 시(詩)-3연18행, 바위(1)-사설시조, 바위(2)-사설시조, 바위(3)-사설시조, 바위(4)-사설시조, 월인천강지곡(月印千江之曲)-4연26행, 꽃의 변설(變說)-4연28행, 손가락으로 쓰시니-2연13행, 원점(原點)-사설시조, 재회(再會)-사설시조, 실일(失日)의 몽(夢)-사설시조, 밤빛-5연32행, 별(別)밤빛-3연18행, 밤,정적(靜寂)-3연18행, 입춘방(立春榜)-4연24행, 화씨(和氏)의 울음-3연18행, 통로(通路)-3연20행, 어떤 공동(空洞)-3연18행, 어떤 음치(音癡)-4연24행, 어떤 새-3연18행, 안개-3연18행, 어떤 첩경(捷徑)-4연24행, 문(門)(1)-사설시조, 문고(文庫)-사설시조, 문구(文具)-사설시조, 봄밤-2연12행, 그 생명의 행보-1연7행, 신록(新綠)(1)-1연6행, 신록(新綠)(2)-1연6행, 신록(新綠)(3)-1연6향, 신록(新綠)(4)-1연8행, 어떤 관조(觀兆)(1)-사설시조, 어떤 관조(觀兆)(2)-사설시조, 어떤 관조(觀兆)(3)-사설시조, 어떤 관조(觀兆)(4)-1연6행, 어떤 관조(觀兆)(5)-1연7행, 그림(1)-1연6행, 그림(2)-1연6행, 그림(3)-1연6행, 성야(聖夜)-1연9행, 어떤 타령-2연12행, 남강(南江)가에서-3연18행, 남강(南江)가에서(2)-3연18행, 남강(南江)가에서(3)-사설시조, 강을 굽어 보다가-3연20행, 중랑천에 나가보면-3연18행, 중랑천 표정-4연26행, 중랑천의 바람(1)-3연20행, 중랑천의 바람(2)-사설시조, 중랑천의 바람(3)-1연6행, 중랑천의바람(4)-3연18행, 중랑천의 눈물(1)-3연20행, 중랑천의 눈물(2)-1연6행, 중랑천의 눈물(3)-사설시조, 중랑천의 눈물(4)-사설시조, 중랑천의 눈물(5)-사설시조.

〈해설〉지상적 사랑과 우주적 신성의 교감-이숭원.

〈해살〉밤의 존재론적 의미의 형이상학적 통찰-김우규.

## Ⅷ. 비시(非詩)-시집. 2001.

서시(序詩)-환영(幻影)-3연18행, 환영(幻影)(2)-사설시조, 환영(幻影)(3)-사설시조, 그 청청한 슬픔은-3연15행, 구름에게-1연6행, 운명을 읽게하는 구름-2연12행, 심판을 읽게하는 구름-3연6행+사설시조, 수순(手順)을 읽게하는 구름-1연6행, 사리(舍利)에 대하여-1연6행, 그 전설에 대하여-3연18행, 그 적막에 대하여-3연18행, 그 부동에 대하여-3연18행, 그 절명에 대하여-3연18행, 부활에 대하여-4연27행, 엘루살렘의 닭은-3연18행, 그 가을날에-3연9행, 낙엽을 태울때-1연6행, 어느 하구에서-2연12행, 농무(濃霧)의 생리(生理)-4연24행, 농무(濃霧)의 변수-3연18행, 농무(濃霧)의 허위-사설시조, 달도 저런 때가 있었네-1연6행, 낙일(落日)의 까닭은-1연6행, 아담을 찾으시며 네가 어디 있느냐-사설시조, 어느 섬에서-3연18행, 그 섬만을 두고하는 얘기가 아니다-2연12행, 그 삼에 들어와-사설시조, 신이 임하지 않으면 숲이라 할 수 없다-2연12행, 민들레-사설시조, 어떤 초상-3연18행, 전설허구가 아녔다-4연26행, 어떤 변명-4연28행, 꽃에게-1연6행, 어느 목신(牧神)의 꿈-사설시조, 순교(殉教)-1연6행, 장자(莊子)설검(說劍)을 읽다가-1연6행, 눈물에 대하여-2연12행, 꽃과 상여와-3연18행, 기도문(祈禱文)-3연18행, 사순절(四旬節)-2연12행, 어떤 나팔소리-사설시조, 두 개의 환상(幻像)-2연12행, 표리(表裏)의 변-2연12행, 동해의 푸른 물결은-3연18행, 산자의 땅-사설시조, 그 상징하는 바-3연18행, 어떤 비상(飛翔)-4연24행, 중랑천소회(所懷)-사설시조, 어떤 광경(光景)-1연6행, 낙조(落照)의 소리-1연6행, 봄밤-2연12행, 봄 오는 소리-4연26행, 구름편지-4연15행, 꽃말-1연6행, 꽃의 이름-2연12행, 신록(新綠)-1연3행, 실솔(蟋蟀)에게-2연12행, 어느 입추(立秋)-3연18행, 만추(晩秋)-3연18행, 내 친구 고추잠자리-1연6행, 어떤 동지(冬至)-2연12행, 동면송(冬眠頌)-3연18행, 어떤 여정(旅程)-3연19행, 폭포(瀑布) 앞에서-3연18행, 고궁(古宮)에서-3연18행, 어떤 통로(通路)-3연9행, 은행나무의 소리(1)-3연18행, 은행나무의 소리(2)-사설시조, 은행나무의 소리(3)-1연6행, 녹음(綠陰)-1연6행, 밤이 잘 지켜서서-3연9행, 설야(雪夜)-1연6행, 족적(足跡)-2연12행, 신(神)의 풍자(諷刺)-사설시조, 저임의로 불지않는 바람에 대하여-4연27행, 야곱 그 꿈의 의미(意味)-사설시조, 무화과(無花果)잎의 변설(變說)-4연30행, 백설공주(白雪公主)를 읽다가-사설시조, 어떤 기도(棋圖)-4연27행, 고요하면 보이는 소리-사설시조, 종시(終詩)-사설시조.

〈발문〉 도저(到底)한 시세계의 깊이와 넓이-최재선.

### IX. 중랑천 시인이라 하기에-시초(詩抄). 2004.

중랑천 하루-사설시조, 봄중랑천-4연24행, 여름중랑천-3연24행, 가을중랑천-3연18행, 겨울중랑천-4연31행, 중란전설-3연18행, 속,중랑천전설-3연6행+사설시조, 중랑천근황-3연18행, 중랑천의 달-3연18행, 달의 표정-3연19행, 어느 춘일(春日)-3연9행, 여름과 가을 사이-사설시조, 다시 중랑천근황-사설시조, 밤중랑천-3연18행, 장안평일기(長安平日記)-3연18행, 광진교부근(廣津橋附近)-3연18행, 흥인문 일과(興仁門日課)-3연18행, 중랑천의 소리-사설시조, 실몽(失夢)의 강(江)-사설시조, 중랑천의 눈(1)-사설시조, 중란천의 눈(2)-사설시조, 중랑천의 낮달-3연18행, 그날의 중랑천-3연18행, 중랑천의 날개-4연25행, 중랑천의 사설(1)-3연18행, 중랑천의 사설(2)-4연24행, 중랑천의 사설(3)-1연7행, 어느 하구(河口)에서-2연12행, 중중랑천소회(所懷)-사설시조, 산자의 땅-사설시조, 중랑천의 물이여(1)-3연20행, 중랑천의 물이여(2)-3연18행, 중랑천의 물이여(3)-3연18행, 농무(濃霧)-사설시조, 강을 굽어보다가-3연18행, 중랑천에 나가보면-3연18행, 중랑천 표정-사설시조, 중랑천 바람(1)-3연18행, 중랑천 바람(2)-사설시조, 중랑천 바람(3)-1연6행, 중랑천 바람(4)-3연18행, 중랑천 눈물(1)-3연20행, 중랑천 눈물(2)-1연6행, 중랑천 눈물(3)-사설시조, 중랑천 눈물(4)-사설시조, 중랑천 눈물(5)-사설시조, 겨울 월인천강지곡-4연24행.

〈해설〉 영혼의 빛속에 흐르는 중랑천-선정주론-이재창.

〈해설〉중랑천은 그가 살고 있는 곳 가까이 흐르는 개천이다-이승원.

〈해설〉중랑천의 시인선정주의 작품-박영교.

## X. 겨울 이조(李朝)의 하늘-시조집. 2006.

겨울청산도-사설시조, 중랑천 전설-3연18행, 중랑천 근황-3연18행, 경의선의 어느 지점-3연18행, 동양화(1)-3연18행, 동양화(2)-3연18행, 동양화(3)-3연18행, 동양화(4)-3연18행, 동양화(10)-3연18행, 동양화(15)-3연18행, 수선(水仙)-3연18행, 개화-1연6행, 낙화-1연6행, 일산리부근(一山里附近)-3연18행, 이조(李朝)의 하늘(1)-2연13행, 이조(李朝)의 하늘(2)-1연6행, 봄, 중랑천-4연24행, 겨울중랑천-3연18행, 겨울중랑천-3연18행+사설시조,

비농일기(非農日記)-4언27행, 산의 행보(行步)-3연19행, 달과 아이-3연18행, 서울에는 서울에는-3연18행, 다시 중랑천 근황-사설시조, 아브라함의 강-사설시조, 아파라주의 말씀은-3연21행, 지리산(智異山)-1연6행, 파도(波濤)-1연6행, 구름사(詞)(1)-2연12행, 구름사(詞)(2)-2연12행, 억새밭에서-3연18행, 별,처용무(別,處容舞)-사설시조, 차창(車窓)(1)-3연19행, 차창(車窓)(6)-3연18행, 장안평일기(長安平日記)-3연18행, 회귀의 풀꾹새(1)-사설시조, 회귀의 풀꾹새(2)-사설시조, 어떤 수석(壽石)-4연24행, 어떤 인적(人跡)-3연18행, 리브가의 고리(1)-사설시조, 리브가의 고리(2)-1연6행, 그날의 중랑천-3연18행, 중랑천 사설3, -4연24행, 중랑천 하루-사설시조, 실몽(失夢)의 강(江)-사설시조, 중랑천의 물이여(2)-3연18행, 가을영언(永言)-3연20행, 어항(魚缸)가에서(1)-사설시조, 어항(魚缸)가에서(4)-사설시조, 낙일송(落日頌)(3)-사설시조, 문(門)(1)-사설시조, 문(門)(2)-사설시조, 문(門)(3)-사설시조, 신(神)의 팽이-3연20행, 바위(1)-사설시조, 바위(4)-사설시조, 별,월인천강지곡(別,月印千江之曲)-4연25행, 꽃의 변설(變說)-4연27행, 신록(新綠)(4)-1연7행, 성야(聖夜)-1연9행, 강을 굽어보다가-3연20행, 중랑천의 바람(4)-3연18행, 중랑천의 눈물(1)-3연20행, 그 적막(寂寞)에 대하여-3연18행, 그 가을날에-3연9행, 낙엽을 태울 때-1연6행, 어떤 초상(肖像)-3연18행, 장자(莊子) 설검(說劍)을 읽다가-1연6행, 두 개의 환상(幻想)-2연12행, 봄밤-2연12행, 은행나무소리(1)-3연18행, 은행나무소리(2)-사설시조, 은행나무소리(3)-1연6행, 족적(足跡)-2연12행, 운명을 읽게 하는 구름-2연12행,

〈해설〉현대시조 그 깊이와 시학-최재선.

## XI. 혜산 선정주(惠山 宣珽柱 1935-2012)의 정형시 창작형태조사

| 시조시집 | 1연 | 2연 | 3연 | 4연 | 5연 | 사설 | 장시조 | 총계 | 비고 |
|---|---|---|---|---|---|---|---|---|---|
| 한국시조 | 1 | 1 | 9 | 3 | | | | 14 | |
| 소가야 | 2 | 1 | 16 | 3 | | 9 | | 31 | |

| | | | | | | | | | |
|---|---|---|---|---|---|---|---|---|---|
| 청산도 | 8 | 13 | 42 | 2 | | 7 | | 72 | |
| 중랑천 | 20 | 3 | 3 | 1 | | 19 | | 46 | |
| 삼십년 | 12 | 9 | 11 | 9 | 2 | 3 | 5 | 51 | |
| 처용무 | 11 | 3 | 35 | 4 | | 10 | | 63 | |
| 월인천강 | 15 | 4 | 26 | 7 | 1 | 24 | | 77 | |
| 비시 | 18 | 13 | 26 | 10 | | 17 | | 84 | |
| 시인 | 3 | 1 | 23 | 5 | | 15 | | 47 | |
| 이조하늘 | 11 | 7 | 34 | 6 | | 19 | | 77 | |
| 총계 | 101 | 55 | 225 | 50 | 3 | 123 | 5 | 562 | |
| 비율% | 17.9 | 9.7 | 40.0 | 8.8 | 0.5 | 21.8 | 0.8 | 99.5 | |

## ↗ 설 의 식 (薛義植 1900−1954)

### Ⅰ. 한국시조큰사전. 1985.

님께서 하신 말씀-3연9행, 연두송(年頭頌)-3연9행, 우리집 오동(梧桐)-2연6행, 우영(偶詠)-2연6행, 제야(除夜)-3연9행, 한유(閒遊)의 하루-2연6행, 한묵(閑墨)-복홍사(福興寺) 가는 길에-2연6행.

### Ⅱ. 설의식(薛義植 1900-1954)의 정형시 창작형태조사

| 시조집 | 1연 | 2연 | 3연 | 4연 | 5연 | 사설 | 장시조 | 총계 | 비고 |
|---|---|---|---|---|---|---|---|---|---|
| 한국시조 | | 4 | 3 | | | | | 7 | |
| 총계 | | 4 | 3 | | | | | 7 | |
| 비율% | | 57.1 | 42.8 | | | | | 99.9 | |

## ↗ 소재순(蘇在荀 1924-1997)

### Ⅰ. 한국시조큰사전. 1985.

가을 만각-3연9행, 계시(啓示)-3연9행, 꽃들의 사랑이야기-3연9행, 귀뚜라미-3연9행, 기우응보(杞憂應報)-4연12행, 내 고향(故鄕) 춘향(春香)골-3연9행, 내 마음의 노래-3연9행, 단풍(丹楓)-2연6행, 달을 보며-3연9행, 도보 장수(道步 長壽)-2연6행, 동부새-3연9행, 라일락-2연6행, 문방사우(文房四友)-문방(文房)-1연3행, 종이(紙)-1연3행, 붓(筆)-1연3행, 먹(墨)-1연3행, 벼루(硯)-1연3행, 바다-3연9행, 백목련(白木蓮)이 피었네-3연9행, 사철의 노래-매화(梅花)-1연3행, 부나방-1연3행, 낙엽(落葉)-1연3행, 눈길-1연3행, 산(山)-3연9행, 산을 아이-2연6행, 석류(石榴)-2연6행, 수(繡)-2연6행, 수선(水仙)-2연6행, 숲 사이서-3연9행, 아내-3연9행, 안개 꽃-2연6행, 촛불-2연6행, 해돋이 노래-3연9행, 회한(悔恨)-4연12행, 효자로(孝子路)-3연9행, 흙 열매 땀 열매-4연12행.

### Ⅱ. 소재순(蘇在荀 1924-1997)의 정형시 창작형태조사

| 시조집 | 1연 | 2연 | 3연 | 4연 | 5연 | 사설 | 장시조 | 총계 | 비고 |
|---|---|---|---|---|---|---|---|---|---|
| 한국시조 | 9 | 9 | 15 | 3 | | | | 36 | |
| 총계 | 9 | 9 | 15 | 3 | | | | 36 | |
| 비율% | 25.0 | 25.0 | 41.6 | 8.3 | | | | 99.9 | |

## ↗ 항재 신기훈(恒齋 申基勳 1909-1990)

### Ⅰ. 들어가며

가람문학회에서 제1회 항재시조문학상(1995)을 구름재 박병순(1917-2008) 시인이 수상하였고 제2회 항재시조문학상(1997)은 진도군민회관에서 석가정 한승배(1941-2011)시인이 수상하였고 제3회 항재시조문학상(1998)은 유동삼시인, 제4회 항재시조문학상(1999)은 이도현 시인, 제5회 항재시조문학상(2000)은 김환식 시인, 제6회 항재시조문학상(2001)은 림헌도(1920-2006)박사가 수상하였다. 그 후 항재시조문학상은 중단되었다.

### Ⅱ. 펼치며

1. 차령

1978. 창간호-자축(自祝)-2연12행, 백마강 머리(白馬江頭)에서-1연6행, 옷고름-1연6행/ 1978. 제2집-고희유감-3연18행/ 1979. 제3집-봄 사연-3연21행.

2. 가람문학

1980. 창간호-소망(所望)-1연9행, 모정(慕情)-1연7행, 조춘(早春)-1연7행/ 1981. 제2집-속리산(俗離山)-3연18행/ 1983. 제4집-봄-4연24행, 입신(立身)-2연12행/ 1984. 제5집-평주-묘비제작에 부쳐-3연18행/ 1985. 제6집-계룡산(鷄龍山)-1연6행, 단오(端午)-1연6행, 지진아 수용소에서-1연6행, 정명(定命)-1연6행/ 1986. 제7집-회정(懷情)-3연21행/ 1988. 제9집-월명곡(月明曲)-3연19행/ 1989. 제10집-봄 사연-6연36행/ 1990. 제11집(추모시)-자재(自在)-3연21행, 훈풍(薰風)-3연21행, 호심(湖心)-1연7행, 안행(雁行)-2연14행, 연모(戀慕)-3연21행, 회초리-1연7행, 사다리-1연9행, 종아리-1연7행, 동반자-2연12행, 반일한(半日閑)-1연9행, 망부석(望夫石)-1연9행.

3. 충남문학

1975. 제9호, 제10호 -자료 없음/ 1980. 제11호-시의 사연-2연12행/ 1981. 제12호-한얼의 사계-4연28행/ 1982. 제13집-주인 대사-2연12행, 축(祝)-1연6행/ 1983. 제14집-사향천리-2연12행/ 1984. 제15집-값의 암산-4연24행, 길-5연31행/ 1986. 제16집-추일(秋日)-2연18행.

4. 한밭시조문학

1987. 창간호-한밭 사연-6연36행/ 1988. 제2집-어느 술자리-2연12행.

5. 훈풍(薰風)-시조시집. 1985.

자재(自在)-3연21행, 훈풍(薰風)-3연21행, 호심(湖心)-1연7행, 산(山)새 와도-2연16행, 산(山)뿌리에-1연8행, 동그라미-1연7행, 백여상(白夜想)-1연9행, 그늘 뿐-1연9행, 꿍꿍이 정(情)-1연9행, 하늘빛 울림-1연7행, 화풍(和風)-1연7행, 백설(白雪)-1연7행, 까치야 반갑네-2연14행, 오는 봄-2연14행, 열매-2연14행, 추겨드네-1연7행, 추억의 샘-2연14행, 안행(雁行)-2연14행, 연모(戀慕)-3연21행, 회초리-1연7행, 침상(沈床)머리-2연14행, 인동초(忍冬草)-2연14행, 돌아눕고-1연9행, 복된 날-1연7행, 인정-1연7행, 어린날-1연7행, 강토(疆土)의 벗-1연7행, 밤 낮 없이-1연7행, 제야(除夜)-2연14행, 여운(餘韻)-1연7행, 사다리-1연9행, 종아리-1연7행, 가고지고-4연28행, 하얀봉투-2연14행, 길-1연9행, 트인 길로는-5연43행, 흰구름은-1연9행, 못가는 길-1연9행, 뒤척인다-1연7행, 늙사리-1연7행, 입신(立身)-2연14행, 늙는 한(恨)-2연14행, 3.1 이날-3연21행, 반이라도-1연7행, 사공(沙工)-2연14행, 고개턱-2연14행, 고분(鼓盆)의 노래-8연56행, 동반자(同伴者)-2연14행, 久遠-2연14행, 가는 길-1연7행, 바이없네-1연7행, 값의 암산(暗算)-4연36행, 옥(獄)길-2연14행, 법음(法音)-1연9행, 반일한(半日閑)-1연9행, 망부석(望夫石)-1연9행, 그대의 자욱-2연18행, 울릉여상(蔚陵旅想)-6연42행, 울릉도 점경(蔚陵島 點景)-3연22행, 낙산사 관음(洛山寺 觀音)-1연8행, 홍도 점경(紅島点景)-2연14행, 왜(倭)섬-1연7행, 나그네 길-1연7행, 노송(老松)-1연7

行, 치악산(雉岳山)-1연7행, 동남아 여감(東南亞 旅感)-2연14행, 비(碑)-2연14행, 좋구려-3연26행, 나무도 웃네-2연14행, 제 철이 왔나니-2연18행, 유산(遺産)-1연9행, 남은 경사이세-1연9행, 젊게 하자네-2연18행, 빛내소-1연7행, 이순(耳順)-1연8행, 봉계촌(鳳溪村)가꾼 꽃-3연27행, 오붓이 둘러앉아서-3연21행, 홍지(鴻志)-1연7행, 활짝골-1연6행, 모당(慕堂)뜰-1연9행, 홀로 갔는가-1연9행, 옥경(玉京)에-1연7행, 동산(東山)-1연9행.

6. **담수(淡水)의 정(情)-시조시집.** 1987.

버섯꽃-1연9행, 빙그레 웃더라-3연27행, 월하(月下)-2연14행, 춘정(春情)-2연14행, 마음이 푸르네-1연9행, 사계(四季)-1연7행, 봄-1연7행, 여름-1연7행, 가을-1연7행, 겨울-1연7행, 가랑잎-1연9행, 가을 풍경(風景)-2연14행, 추야(秋夜)-1연9행, 추일(秋日)-2연14행, 청아(靑芽)-1연9행, 시운 유감(詩韻有感)-1연9행, 황국(黃菊)-1연8행, 바늘 끝-1연9행, 강산(江山)아-2연14행, 홍도(紅島)-1연7행, 북천(北天)-2연14행, 산정(山頂)에서-2연14행, 하늘 위 하늘-1연9행, 캄캄하이-1연9행, 보문봉(普文峰)-2연14행, 향곡(鄕谷)-3연27행, 바다거니-2연14행, 도원(桃源)길-1연9행, 폐허-1연9행, 공수래(空手來)-1연7행, 꽃방석-2연14행, 발바닥에-1연9행, 담수(淡水)의 정(情)-5연45행, 설계도(設計圖)-1연9행, 천정(天井)-2연14행, 나의 동산-2연14행, 여로(旅路)-3연27행, 남대천(南大川)에 서서-3연27행, 노송(老松)-2연14행, 방아-1연7행, 모정(母情)-2연14행, 사매(思妹)-3연27행, 밤, 대추-3연21행, 초동(草童)-4연36행, 황소바람-2연14행, 꿈길-1연9행, 백발(白髮)-1연7행, 풍속도(風俗圖)-1연9행, 합장(合掌)-3연27행, 동심운(童心韻)-1연7행, 여정(餘情)-1연9행, 희비(喜悲)-1연9행, 오늘 따라-3연27행, 물-1연9행, 동심무(童心舞)-2연14행, 하, 일묵(賀, 一默)-3연21행, 별-3연21행, 회혼일(回婚日)-2연14행, 나래 송운(頌韻)-4연28행, 축배(祝盃)-3연21행, 그의 자애-3연21행, 한 마당-2연14행, 담긴 음미(吟味)-2연14행, 새롭게 기르세-2연14행, 출판송(出版頌) -2연14행, 침묵(沈黙)은 웅변-사설시조. 팔지(八智)마을 찬가(讚歌)-사설시조.

7. 안서(雁書)-시조시집. 1988.

안서(雁書)-3연21행, 세족(洗足)-4연29행, 금강변(錦江邊)-2연14행, 한밭사연-6연36행, 풍엽(楓葉)놀이-1연7행. 구절초(九節草)사연-2연14행, 안행(雁行)-1연7행, 추등(秋燈)-2연14행, 수평선(水平線)-3연21행, 꽃의 의미(意味)-1연9행, 접목(接木)-3연21행, 파심(波心)-1연8행, 구멍난 하늘-2연14행, 고해 사계절(苦海四季節)-8연48행, 메뚜기-3연19행, 탄성(嘆聲)-2연14행, 푸른 외오리 마음-2연14행, 세월-3연21행, 회한(悔恨)-1연9행, 인고(忍苦)-1연9행, 가랑잎 소식-3연21행, 뿌리깊은 나무-3연21행, 사첩(寫帖)-1연9행, 머들령 뻐꾸기-3연21행, 윤활유-2연14행, 꿀밤-5연30행, 맥(脈)-1연9행, 물넝울 메아리-3연21행, 장강(長江)-1연7행, 한가을 마당-2연14행, 원행(遠行)-1연9행, 여한(餘閑)-1연9행, 초원(草原)에 모인 풀잎-5연35행, 한가람-1연9행, 행복(幸福)-1연9행, 역로(歷路)-3연21행, 신의(信義)-1연8행, 오다 가네-3연21행, 희귀(稀貴)-1연8행, 마음의 길-2연14행, 사표(師表)-2연14행, 한길-1연9행, 손-5연30행, 부엉새 향곡(鄕曲)-2연14행, 일계상(一系相)-1연9행, 할머니-1연9행, 자정(子情)-1연9행, 존영(尊影)-3연18행, 포의(胞衣)-2연14행, 고임돌 마음-6연42행, 큰나무-2연14행, 애도 삼우(哀悼三愚)-3연21행, 서주외우(西洲畏友)-3연21행, 회당비하(悔堂碑下)-2연12행, 송운(頌韻)-3연21행, 향정(鄕情)-2연14행, 조상의 얼-2연14행, 풍상(風霜)-1연9행, 한마음 귀거래(歸去來)-2연14행, 자유의 다리-2연14행, 길-1연9행, 글월-2연14행, 직심(直心)-1연9행, 묘정(墓庭)-1연9행, 상석(床石)놓고-1연9행, 조상님전 헌사-사설시조. 조상에 바칠 보물선-사설시조. 진실에는 허망 없다-10연60행, 삶의 노래-사설시조.

## III. 항재 신기훈(1909-1990)의 현대시조 창작형태조사

| 시조잡지 | 1연 | 2연 | 3연 | 4연 | 5연 | 사설 | 장시조 | 총계 | 비고 |
|---|---|---|---|---|---|---|---|---|---|
| 차령 | 2 | 1 | 2 | | | | | 5 | |

| 가람문학 | 13 | 3 | 7 | 1 | | | 1 | 25 | |
|---|---|---|---|---|---|---|---|---|---|
| 충남문학 | 1 | 4 | | 2 | 1 | | | 8 | |
| 한밭시조 | | 1 | | | | | 1 | 2 | |
| 훈풍 | 47 | 25 | 8 | 2 | 1 | | 2 | 85 | |
| 담수의정 | 29 | 21 | 12 | 2 | 1 | 2 | | 67 | |
| 안서 | 24 | 19 | 15 | 1 | 3 | 3 | 4 | 69 | |
| 총계 | 116 | 74 | 44 | 8 | 6 | 5 | 8 | 261 | |
| 비율% | 44.4 | 28.3 | 16.8 | 3.0 | 2.2 | 1.9 | 3.0 | 99.6 | |

## Ⅳ. 현대시조 창작 특색

1. 자연환경의 서정시를 형상화 현대시조로 창작한 작품들이 대부분이며 멋진 비유(은유)법으로 독자의 심리를 매혹시키고 있다.

2. 역사적 사실 자료를 현대시조로 창작하여 후학들의 귀중한 자료로 이용되고 있을 것으로 사료된다.

3. 훈풍, 담수의 정, 안서의 현대시조작품이 총집합되어 대전, 충청권의 전통시조 맥락을 계승되어 오고 있다.

## Ⅴ. 나오며

현대시조의 작품 투고를 4종의 문학지에 투고했으며 훈풍, 담수의정, 안서, 등의 창작시조집을 발간하였는데 1연116수, 44.4%, 2연74수, 28.3%, 3연44수, 16.8%를 차지하여 총 261수를 남겨 놓았다. 그 후손들이 항재시조문학상을 창설하여 제6회까지 후진 양성에 노력해 왔으나 제7회부터는 중단되어 사기 앙양은커녕 시조시인들의 위축감이 맴돌고 있는 실정이다. 시상금의 과중함보다 한밭 정통 맥락을 계승한다는 의미에서 또 다시 항재시조문학상이 거미줄처럼 이어지기를 바라는 마음 간절하며 다시 부활되기를 기대한다.

## ↗ 소산 신재후(素山 申載厚 1931-2010)

### Ⅰ. 들어가며

집필자와의 인연은 1995년 현대시조로 서영자 시인을 등단시키기 위해 서울로 갔을 때 김영배(1931-2009) 회장과 현대시조 선정주(1935-2012) 주간과 함께 현대시조 편집실에서 우연히 상면하게 되었다. 현대시조(1995. 여름호)신인상 당선자 심사평을 보면 시어선택을 신중하게 하고 있음을 높이 보았다. 시의 언어란 사실 자체에 얽매이지 않고 언어자체의 자율적인 질서와 언어자체가 갖는 존재의 세계를 창조하는 것이 아닌가? 시조문학(1996. 가을호) 당선소감을 보면 아프게 떨어진 꽃잎이 누운 거친 언덕에서 목마른 나무가 되어 갈증에 몸부림치는 한나절, 단비로 찾아온 시조문학사의 천료 소식이 이 벅찬 감격의 노래를 혼자 부르기엔 너무 아쉬웠습니다. 여호와 하나님께 감사드리며 늘 일깨워 주신 숙부님(신병섭) 따뜻이 격려해 주신 여러분께 감사드립니다. 향기도 개성도 서투른 글을 밀어주신 심사위원 여러분께 깊이 감사드립니다. 앞으로 세속에 얼룩진 마음 강물에 헹구고 달빛 파랗게 쏟아지는 초라한 나의 뜨락에서 그리움을 안고 낙엽 지는 소리 들으며 시전(詩田)을 알뜰히 가꾸어 보렵니다. 시조문학사의 끝없는 발전을 충심으로 빕니다. 감사합니다, 라고 쓰고 있다.

### Ⅱ. 펼치며

1. 평시조문학 자료조사

1) 현대시조

1995. 여름호-물소리(신인상 당선)-2연12행/ 1996. 여름호-겨울나무-2연14행/ 1996. 겨울호-징검다리-2연14행. 나목(裸木)-2연14행/ 1997. 봄호-독락정(獨樂亭)에 올라-2연14행/ 1997. 여름호-폐광촌-2연14행/ 1997. 가을호-하구(河口)에서-2연14행/ 1998. 겨울호-서평-겸허와 인종으로 구워낸 백

자-신재후 시조집-〈나룻배에 달빛 싣고〉/ 1999. 여름호-사정(司正)-2연14행. 저무는 바닷가-2연14행/ 2000. 봄호-겨울 바닷가-2연14행/ 2000. 여름호-산길-2연14행/ 2001. 여름호-보내놓고-2연14행. 도시야경(都市夜景)-2연14행/ 2002. 봄호-사노라면-2연17행. 방황-2연14행/ 2002. 여름호-징소리-2연14행/ 2002. 가을호-땡볕 속 설원(雪原)-3연10행. 복수초(福壽草)-2연18행/ 2003. 봄호-오늘-2연14행/ 2003. 여름호-갈증-평시조12행/ 2004. 봄호-눈 내리던 밤-2연14행/ 2004. 여름호-소백산-2연14행/ 2004. 겨울호-마애삼존불-2연14행. 가을 산조-평시조8행/ 2005. 봄호-가면무도회-2연13행/ 2005. 가을호-새벽 강기슭-2연14행/ 2006. 여름호-토담집-2연14행/ 2006. 가을호-조령산(鳥嶺山)-2연14행/ 2007. 봄호-억새-2연16행/ 2007. 가을호-겨울나무-2연14행. 산가(山家)-2연17행/ 2007. 겨울호-구절초(九節草)-2연14행/ 2008. 봄호-우물가 향나무-2연14행/ 2008. 여름호-도요지-2연14행/ 2008. 가을호-수락산(水落山)-2연14행/ 2009. 여름호-강가에서-2연14행.

2) 시조문학

1996. 봄호-삶-2연14행(초회천)/ 1996. 가을호-장승-2연14행(천료)/ 1997. 여름호-허수아비-2연14행/ 1997. 겨울호-옛집-2연14행/ 1998. 가을호-겨울나무-2연14행/ 2000. 봄호-삶-2연14행/ 2000. 가을호-어느 도시 풍경-2연14행/ 2001. 가을호-뗏목-2연14행/ 2001. 겨울호-신문고(申聞鼓)-2연14행/ 2002. 여름호-객수(客愁)-평시조12행/ 2002. 가을호-산 빛으로 사는 날은-2연14행/ 2002. 겨울호-가을빛-2연14행/ 2003. 봄호-고독(독거노인)-2연14행/ 2003. 가을호-돌장승-2연14행/ 2003. 겨울호-지리산(노고단)-평시조12행/ 2004. 봄호-양로원 뒤뜰-평시조7행. 지리산 칠선계곡-평시조10행/ 2004. 여름호-폭설-2연14행/ 2004. 가을호-밀어-2연14행/ 2004. 겨울호-가을산조-평시조8행. 단풍-평시조10행/ 2005. 봄호-담쟁이덩굴-2연14행/ 2005. 여름호-강-2연14행/ 2006. 봄호-가을 길-평시조10행. 캐나다기행-밴프레이크루이즈호(湖)-엇시조11행/ 2006. 여름호-강가에서-2연14행/ 2006. 가을호-돌산-2연

14행/ 2006. 겨울호-늦가을-2연14행/ 2007. 봄호-가는 것들-2연14행/ 2007. 여름호-벚 꽃길-2연14행/ 2007. 가을호-산가(山家)-2연14행/ 2007. 겨울호-석수(石手)-2연14행/ 2008. 봄호-오대산-2연14행/ 2008. 여름호-돌장승-2연14행/ 2008. 가을호-향일암의 달-2연14행/ 2008. 겨울호-억새-2연14행/ 2009. 여름호-백운대-2연14행. 〈신작특집〉-탱자꽃-2연14행. 돌탑-2연14행. 폐허 봄 페이-2연14행. 벚꽃 지던 날-2연14행/ 2009. 가을호-풍란(風蘭)-2연14행/ 2009. 겨울호-늦가을-2연14행/ 2010. 봄호-지리산 단풍-2연16행/ 2010. 가을호-주목(朱木) 아래서-2연14행/ 2010. 겨울호-옛 성터에 올라-2연14행.

3) 가람문학

1995. 제16집-들풀-2연14행. 봄날에-2연14행. 허무-평시조7행/ 1996. 제17집-오, 독도여-3연21행. 봄날의 호숫가-2연14행. 진초록 그늘-2연14행 / 1997. 제18집-별사(別詞)-2연14행. 줄타기-2연14행. 겨울바다-2연13행. 어느 묵비(默秘)-2연14행. 섣달 그믐날-2연14행/ 1998. 제19집-이 한파(寒波) 앞에서(IMF)-2연14행. 부표(浮漂)-2연14행. 관란정(觀蘭亭)-2연14행/ 1999. 제20집-허(虛)한 바람-2연14행. 봄날에-2연14행. 바위 옷-2연14행/ 2000. 제21집-처녀치마 꽃-2연16행. 원추리 꽃-2연14행. 박새 꽃-평시조7행/ 2001. 제22호-만남-2연14행. 향일암의 달-2연14행. 어떤 귀향-2연14행 / 2002. 제23호-변신-2연18행. 추억-2연19행. 각시붓꽃-2연14행/ 2003. 제24호-상처-평시조12행. 난향(蘭香)-평시조13행. 새벽 달-평시조13행/ 2004. 제25집-꽃망울-2연13행. 고란초-2연14행. 지리산(청학유곡)-3연21행/ 2005. 제26집-산에 올라-2연14행/ 〈한밭시조문학상〉 여름 낙엽-2연14행. 봄날에-2연14행. 연꽃-2연14행. 황사-2연15행. 빗속의 새-2연10행. 목각(木刻)-2연14행. 강(江)-2연18행/ 2006. 제27집-고독-2연14행. 산정(山情)-평시조11행. 토담집-2연14행. 덕유산-3연21행/ 2007. 제28집-석비(石碑)-2연14행. 옛성터-2연18행. 산가(山家)-2연17행. 도시철도-2연18행/ 2008. 제29호-집착-2연14행. 비석-2연16행. 지리산-청학유곡-3연21행. 구봉산 단풍-4

연24행. 연꽃-4연28행/ 〈리듬과 함께 하는 시〉 구봉산 단풍-신재후 작사, 김창식 작곡/ 2009. 제30집-벚꽃 길-2연18행/ 〈옥로문학상〉 비에 젖은 나무-2연18행. 매화(梅花)-2연14행. 동백꽃-2연14행. 추억-2연16행. 목련-2연18행. 송곡정(松谷亭)-2연20행. 지리산 단풍-2연16행. 성주산 계곡-2연18행. 연꽃-2연18행/ 2010. 제31집-백마강-2연14행. 조령산(鳥嶺山)-2연14행. 시심(詩心)은 동백처럼2연14행. 연꽃-2연14행.

4) 한밭시조문학

1995. 제7집-아침 산책-2연14행. 칠석(七夕)-3연21행. 계곡-3연21행. 〈신인특집〉 송곡정에서-2연12행. 찾아온 세월-2연12행. 기다림-2연12행. 내일-평시조7행. 낙엽-평시조7행/ 1996. 제8집-서대전역-2연14행. 변경의 새-2연14행. 가로등-2연13행. 종이학-2연14행. 등나무 아래서-2연14행/ 1997. 제9집-성주사지-2연14행. 명퇴-2연14행. 선창가-2연14행. 역 광장-2연14행. 염원-2연14행. 질그릇-2연14행. 서실운-2연14행. 망설임-2연14행. 변명-2연14행/ 1998. 제10집-한밭에 타오르는 불꽃-2연14행. 비상의 꿈-2연14행. 치악산-2연14행. 인연-2연14행. 겨울나무로 서서-2연14행/ 1999. 제11집-보문산 산책-2연14행. 마애삼존불-2연14행. 소나무-4연12행. 까치-4연 12행. 겨울나무-2연14행. 아쉬움-2연14행. 늦가을 유혹-2연14행. 땅빳기-2연14행/ 2000. 제12집-관촉사의 밤-2연14행. 구봉산 단풍-2연14행. 절벽-2연10행. 록키산 유정-2연14행/ 2001. 제13집-피세정(避世亭)-평시조7행. 취원정(聚遠亭)-평시조7행. 변조(變調)-평시조7행. 모정(慕情)-평시조6행. 백로(白鷺)-평시조6행. 언제나 빈손-평시조9행/ 2002. 제14집-오류정(五柳亭)-평시조12행. 채송화-평시조12행. 플로리다 해안-3연15행/ 2003. 제15집-취원정(聚遠亭)-평시조10행. 난초-평시조12행. 양로원 뒤뜰-평시조9행/ 2004. 제16집-마애삼존불-2연14행. 갈증-평시조10행. 아카시아꽃-2연14행/ 2005. 제17집-파랭이 꽃-2연19행〈한밭시조문학상〉 치악산-2연18행. 조약돌-2연15행. 세월 끝-2연18행. 억새-2연14행. 망모정(望慕

亭)-평시조12행/ 2006. 제18집-어머니-평시조7행. 바닷새-2연14행. 굴뚝새-2연18행/ 2007. 제19집-숲 좋고 물 좋고-2연14행. 외딴집-2연14행. 9월의 탄식-2연14행/ 2008. 제20집-독도-2연14행. 가을빛-2연14행. 석류-2연18행. 탱자나무 옆에서-2연18행/ 2009. 제22집-갑천-2연14행. 등나무 숲-2연14행. 채석강-2연14행. 느티나무 곁에서-2연14행/ 2010. 제22집-가을 산-2연14행. 나목(裸木)-2연14행. 가면무도회-2연14행.

5) 대전문학

1995. 13호-산(山)새벽-2연14행/ 1996. 14호-삶-2연14행/ 1996. 15호-맷돌-2연14행/ 1997. 16호-돌팔매-2연14행/ 1997. 17호-Shus wap 호수(캐나다)-3연12행/ 1998. 18호-저무는 바닷가-2연14행/ 1998. 19호-나룻배-2연14행/ 1999. 20호-조약돌-2연14행/ 1999. 21호-석별(惜別)-2연14행/ 2000. 22호-어느 날의 도시풍경-2연12행/ 2000. 23호-로키산 유정(有情)-2연14행/ 2001. 24호-차 한 잔-평시조8행/ 2001. 25호-대청호-2연16행/ 2002. 26호-화실-2연16행/ 2003. 28호-돌장승-2연14행/ 2003. 29호-분수-평시조11행/ 2004. 31호-산(山 )-평시조12행/ 2005. 32호-황사-2연14행/ 2005. 33호-서산마애삼존불-2연18행/ 2006. 34호-도봉산-2연14행/ 2006. 35호-가야산(伽倻山)-2연16행/ 2007. 36호-산가(山家)-2연14행/ 2007. 37호-처서(處暑)-2연14행/ 2008. 39호-담쟁이-2연18행/ 2008. 40호-피나무-2연14행/ 2008. 41호-바닷가에서-2연14행/ 2008. 42호-향일암의 달-2연14행/ 2009. 45호-관악산-2연14/ 2009. 46호-가을 산행-2연14행/ 2010. 47호-바닷가에서-2연14행/ 2010. 48호-석등-2연14행.

6) 옥로문학

1996. 제4집-또 한 해가 저무네. 2연14행. 겨울로 가는 마차-2연14행/ 1998. 제6집-닫힌 문-2연14행. 풀잎 사랑-2연14행/ 1999. 제7집-나룻배 달빛 싣고-작품평설/ 2001. 제11집-봄소식-평시조7행. 차 한 잔-평시조7행/

2002. 제14집-조약돌-2연14행. 산딸기-2연14행/ 2003. 제15집-봄빛-평시조12행/ 2004. 제16집-객수(客愁)-2연14행. 단풍-평시조11행/ 2005. 제17집-황혼-2연14행. 산에 올라-2연14행/ 2006. 제18집-해금강-2연14행. 지리산-2연14행. 염제(炎帝)-2연14행. 이하 생략-자료 없음.

7) 미래문학

2000. 가을호-피나무-2연14행. 갈증-2연14행. 제야(除夜)-2연14행/ 2001. 봄호-적막-평시조7행. 춘정(春情)-평시조7행. 청산(青山)에 물어보면-평시조7행/ 2001. 가을호-신문고-평시조10행. 연민(憐憫-분재)-평시조10행. 모진 세월-평시조10행/ 2002. 여름호-대춘(待春)(1)-2연18행. 대춘(待春)(2)-평시조12행. 바람의 세월-2연14행/ 2002. 겨울호-늦가을 빛-평시조12행. 낙목(落木)-평시조11행/ 2003. 봄호-우수(憂愁)-평시조10행/ 2003. 가을호-간이역 풍경-평시조11행. 허구의 성-2연14행/ 2004. 여름호-소백산-2연14행. 고촌(孤村)-2연14행/ 2004. 겨울호-성주산 계곡-2연14행/ 2005. 여름호-산화(山火)-2연18행/ 2005. 겨울호-굴뚝새-2연14행. 지리산의 봄-2연14행/ 2006. 여름호-도봉산-2연14행. 토담집-2연14행/ 2006. 겨울호-느티나무-2연14행/ 2007. 봄호-오대산-2연14행/ 2008. 여름호-억새-2연16행/ 2008. 겨울호-산가(山家)-2연17행/ 2009. 여름호-탱자나무-2연14행.

〈이하 생략〉-자료 없음.

8) 시조와 비평

1996. 여름호-빈손-2연14행/ 1997. 가을호-어느 신문고(申聞鼓)-3연21행/ 2000. 봄호-어떤 변신(變身)-2연14행/ 2000. 여름호-느티나무-2연14행/ 2001. 여름호-출항-2연14행/ 2002. 봄호-굴뚝새-2연12행/ 2002. 여름호-화실(畵室)-2연16행/ 2002.가을호-복수초(福壽草)-2연14행/ 2003. 봄호-각시붓꽃-2연14행/ 2003. 가을호-새벽달-평시조13행/ 2003. 겨울호-진달래-평시조10행/ 2004. 봄호-양로원 뒤뜰-2연14행/ 2004. 가을호-후회-평시조

9행/ 2005. 가을호-오대산-2연14행.

9) 한국시조 연간집

1997. 가을 적막-2연14행/ 1998. 산딸기-2연14행/ 1999. 고도(孤島)-2연14행/ 2000. 청령포 비가-3연20행/ 2001. 계룡산-2연18행/ 2002. 플로리다 해안-3연15행/ 2003. 돌샘-2연12행/ 2004. 염제(炎帝)-2연12/ 2005. 서산마애삼존석불-2연12행/ 2006. 돌장승-2연14행/ 2007. 추억-2연14행/ 2008. 시조문학 사화집-회우(懷友)-2연14행. 겨울 수첩-2연12행.

10) 현대시조 사화집

1996 제1집-까마귀-2연14행. 도라지 꽃-2연14행. 여로-2연14행. 산정(山情)-2연14행/ 1997. 제2집-손수건-2연14행. 무녀도-2연14행. 길을 나섰네-2연14행. 탁류(濁流)-2연14행/ 1999. 제3집-자료 없음/ 2001. 제4집-추억-2연18행. 억새-2연18행. 조약돌-2연12행. 구직 전선-2연14행/ 2003. 제5집-작품 없음/ 2005. 제6집-낙과(落果)-2연14행. 억새-2연14행. 성주산 계곡-2연18행. 지리산 청학유곡-3연15행.

11) 호서문학

1995. 제21집-나그네-3연21행. 길 잃은 계절-4연31행. 새벽 강물-3연28행. 비단 길 위에 뿌리는 꽃잎-5연30행. 산에 오르면-3연29행/ 1996. 제22집-들국화-2연14행. 벗은 가고-2연14행/ 1997. 제23집-어느 도시의 오후-2연14행/ 1998. 제24집-임종-2연16행. 부나비의 꿈-3연21행/ 1999. 제25집-고도(孤島)-2연14행/ 2000. 제26집-김 삿갓-3연21행/ 2001. 제27집-뗏목-2연14행/ 2001. 제28집-회상-1연9행/ 2002. 제29집-화사목-2연14행. 석불(石佛)-1연12행. 이별-1연12행. 노송(老松)-1연8행. 꽃길-1연10행/ 2002. 제30호-산딸기-2연14행/ 2003. 제31호-고독-1연12행/ 2003. 제32호-곡예사의 설움-2연14행/ 2004. 제33호-억새-2연14행/ 2005. 제35호-경고-2연1

4행/ 2005. 제36호-낙과(落果)-2연20/ 2006. 제37호-비비추-2연10행. 복수초-2연15행/ 2006. 제38호-대청호 물새-2연16행. 늦가을-2연16/ 2007. 제39호-고사목-2연14행/ 2007. 제40호-우포늪-2연14행. 목련꽃 피는 아침-2연14행/ 2008. 제41호-칠석-3연21행/ 2009. 제43호-벚꽃길-2연18행/ 2009.제44호-낙엽을 밟고-2연14행/ 2010. 제45호-괴목(怪木)-2연14행. 매화는 홀로 지고-2연17행. 찢어진 설계도-2연14행/ 2011.제47호-구봉산단풍-2연14행. 간월도-2연14행. 연꽃-4연28행. 산딸기-2연14행. 독도-2연14행. 물소리-2연12행. 내장산-2연14행. 기다림-사설시조. 바닷가에서-2연14행.

12) 시도(詩圖)

2000. 79집-자료 없음/ 2001. 80집-화해-2연12행. 동백꽃-2연12행/ 2002. 81집-돌-2연12행. 억새-2연14행/ 82집-자료 없음/ 2003. 83집-고독(독거노인)-2연14행. 폐차장-2연12행. 가을 소리-3연21행. 산정(山情)-평시조11행 / 2003. 84집-담쟁이-평시조11행. 이 한 밤-평시조10행. 단풍-평시조11행/ 85집-자료 없음/ 2004. 86집-청령포 눈물-2연14행. 기다림-2연14행. 화심(花心)-평시조7행. 눈 내리는 날-2연14행. 임종-2연14행. 난(蘭)-평시조10행. 녹슨 강물-2연14행. / 〈이하 생략〉-자료 없음.

13) 문학시대

2004. 제15집-소백산-2연14행. 지리산-3연21행/ 2008. 제21집-노고단-2연14행/ 2009. 제23집-마지막 잎새-2연14행/ 2010. 제24집-돌-2연14행. 새벽 금강-2연14행.

14) 한국동시조

2003. 제16호-파도-1연10행. 갈대 꽃-1연9행/ 2005. 제20호-밤송이-1연10행.

15) 현대동시조

2000. 창간호-봄내음-1연7행/ 2001. 제2집-시골버스-1연7행. 할머님 생각-1연7행/ 2002. 제3집-봄바람-1연7행. 그리움-1연7행/ 2003. 제4집-나비-1연11행. 달팽이-1연10행/ 2004. 제5집-반딧불-1연7행. 철쭉꽃-1연7행/ 2005. 제6집-철새-1연9행/ 2006. 제7집-밤송이-1연9행/ 2007. 제8집-친구생각-1연10행/ 2008. 제9집-까치둥지-1연12행/ 2009. 제10집-산란(山蘭)-1연11행/ 2009. 한국현대동시조선집-옹달샘-1연12행/ 2010.한밭아동문학. 제11집-푸름 오월-1연7행.

16) 문학사랑

1996. 여름-마음 한자락-2연14행. 그 한마디-2연14행/ 1997. 가을-월동(越冬)-2연14행/ 1997. 겨울-손수건-2연14행/ 1998. 봄-금이산(金伊山)성터-2연14행. 목련꽃-2연14행/ 1998. 가을-나룻배-2연14행/ 1998. 겨울-흔적(痕迹)-2연14행/ 1999. 봄-겨울에 움트는 둥지-2연14행/ 1999. 가을-숲에 들면-2연14행/ 1999. 겨울-겨울의 역사-2연14행/ 2000. 봄-외딴집-2연14행/ 2000. 여름-씀바귀-2연14행. 패랭이꽃-2연14행. 초롱꽃-2연14행. 복수초(福壽草)-2연14행. 금불초(金佛草)-2연14행/ 2000. 가을-어떤 침묵-3연21행. 제비꽃 순정-2연14행/ 2001. 봄-불신-2연14행/ 2001. 여름-부표(浮漂)-2연14행/ 2001. 가을-추정(秋情)-1연12행/ 2001. 겨울-겨울강-2연13행/ 2002. 봄-불야성(不夜城)-2연12행/ 2003. 봄-입시모정(入試母情)-2연14행/ 2004. 가을-수련(睡蓮)-2연14행/ 2005. 겨울-동백꽃-2연10행/ 2006. 가을-집착(執着)-2연14행/ 2006. 겨울-돌의 꿈-2연14행/ 2007. 여름-자갈-2연14행/ 2007. 겨울-돌풀-2연14행/ 2008. 봄-지리산(청학유곡)-3연21행. 돌-2연12행. 가을나무-2연18행. 도봉산-2연14행. 풀꽃-2연18행. 외딴집-2연16행.

17) 기타

독도200선-독도-2연14행. 그 한마디-2연14행. * 전시목판시집(글사랑놋

다리집)-객한(客恨)-1연7행.

## Ⅲ. 소산 신재후(素山 申載厚 1931-2010)의 시조(동시조)작품 특색

(가) 향토적 사물시(事物詩)를 중심으로 자연환경과 직결되는 소재를 많이 창작하였고 누정시조(樓亭時調)에도 노력한 흔적이 엿보이고 있다.

(나) 온순 침착하고 올곧은 성품으로 자유분방한 명랑 쾌활성 보다 묵묵히 서예를 즐겨 조용하고 고요한 정적 시조작품을 많이 창작하였다.

(다) 외국을 여행한 기행시조도 가끔 선을 보이고 있으며 장시조나 사설시조, 엇시조가 없고 오직 평시조에 열정을 쏟은 흔적이 역력히 빛나고 있다.

## Ⅳ. 소산 신재후(素山 申載厚 1931-2010)의 시조시 창작 형태조사

| 시조시 | 1연 | 2연 | 3연 | 4연 | 사설 | 장시조 | 동시조 | 총계 | 비고 |
|---|---|---|---|---|---|---|---|---|---|
| 현대시조 | 2 | 24 | 1 | | | | | 27 | |
| 시조문학 | 7 | 38 | | | | 1 | | 46 | |
| 문학사랑 | 1 | 34 | 2 | | | | | 37 | |
| 가람문학 | 6 | 54 | 4 | 2 | | | | 66 | |
| 한밭시조문학 | 16 | 53 | 3 | 2 | | | | 74 | |
| 대전문학 | 32 | 7 | 1 | | | | | 40 | |
| 옥로문학 | 1 | 12 | | | | | | 13 | |
| 미래문학 | 11 | 19 | | | | | | 30 | |
| 시조와비평 | 3 | 10 | 1 | | | | | 14 | |
| 한국시조연간집 | | 11 | 2 | | | | | 13 | |
| 호서문학 | 6 | 19 | 3 | | | 2 | | 30 | |
| 시도(詩圖) | 6 | 11 | 1 | | | | | 18 | |
| 문학시대 | | 5 | 1 | | | | | 6 | |

| 한국동시조 | | | | | | | 3 | 3 | |
|---|---|---|---|---|---|---|---|---|---|
| 현대동시조 | | | | | | | 16 | 16 | |
| 현대시조사화집 | | 15 | 1 | | | | | 16 | |
| 나룻배달빛싣고 | 2 | 103 | 10 | | | | | 115 | |
| 총계 | 93 | 415 | 30 | 4 | | 3 | 19 | 564 | |
| 비율% | 16.4 | 73.5 | 5.3 | 0.7 | | 0.5 | 3.2 | 99.7 | |

## Ⅴ. 소산의 평시조 감상

1) 산 빛으로 사는 날은

수척한 허리 끌고/ 산에 든 수도승도// 부딪쳐도 아픔모를/ 물소리 익히는데// 세상의 썩은 나무들/ 뿌리 뽑아 눕히려네// 흰 구름 목에 걸은/ 산 빛으로 살고파도// 광포한 칼날 세상/ 부대껴 무뎌지네// 세상의 광란 속 무늬/ 산 빛으로 변할 날은.

2) 돌장승

천년 견딘 파수꾼은/ 낯선 바람 꺾어 놓고// 현란하게 유혹해도/ 설산(雪山)만 우러르네// 갈구로 쪼아 세운 돌/ 피 멍울져 섰는 고독.// 제 빛깔에 취해 사는/ 불모의 땅 불 지르고// 낮게 트인 여토 안을/ 뚫어보는 회색 눈빛// 가랑비 뿌린 산골에/ 키 큰 돌로 숨쉬겠네.

3) 양로원 뒤뜰

은행잎 떠는 소리/ 흠뻑 젖은 한의 소리// 모진 삶 부스러기/ 뒤뜰 곳곳 널브러져// 냉혹한 형벌의 땅에/ 무릎 꿇은 설해 목.

4) 가을 산조

부러져 누운 바람/ 잎 잎에 불이 붙고// 산바람도 물소리도/ 속진(俗塵) 떨고 오라하네// 눈 시린/ 그리움 태워/ 삶의 꽃을 피워낸다.

## VI. 나오며

한평생 동안 현대동시조나 한국동시조는 19수를 창작하였고 시조작품은 528수를 창작하였는데 중복된 것은 가려내지 못했다. 시조집 속에 작품은 2연시조가 77.4%를 차지하고 있어 총 528수 중 409수가 2연시조가 차지하고 있음을 알 수 있다. 한밭시조문학상, 옥로문학상을 수상하였고, 자유시를 창작하여 문학세계로 입문하였으나 정형시로 전향하여 시조창작에 열정을 쏟은 강점을 높이 보아야 할 것이다. 삼가 고인의 명복을 빌며 끝을 맺는다.

## ➚ 신 현 확 (申鉉碻 1920−2006)

### Ⅰ. 한국시조큰사전. 1985.

낙동강(洛東江)-1연6행, 아내의 약(藥)을 다리면서-1연3행, 외손자(外孫子)작명(作名)-1연3행, 은거(隱居)-1연3행, 은하수(銀河水)-1연3행, 통일염원(統一念願)-1연6행.

### Ⅱ. 신현확(申鉉碻 1920-2006)의 정형시 창작형태조사

| 시조집 | 1연 | 2연 | 3연 | 4연 | 5연 | 사설 | 장시조 | 총계 | 비고 |
|---|---|---|---|---|---|---|---|---|---|
| 한국시조 | 6 | | | | | | | 6 | |
| 총계 | 6 | | | | | | | 6 | |
| 비율% | 100 | | | | | | | 100 | |

## ↗ 자산 안확(自山 安廓 1884-1946)

### Ⅰ. 한국시조큰사전. 1985.

간도행(間道行)-1연3행, 경도산묘(經島山墓)-1연3행, 구정소감(舊正所感)-3연9행, 금강산(金剛山)-1연3행, 길림추(吉林秋)-1연3행, 悼,申丹齊-1연3행, 독서락(讀書樂)-1연3행, 무궁화(無窮花)-1연3행, 미주행(美洲行)-2연6행, 방언(方言)-7연21행, 방정위당(方正爲堂)-2연6행, 백두산(白頭山)-1연3행, 백발(白髮)-1연3행, 봉우(朋友)하르빈-1연3행, 북간도(北間道)-1연3행, 북경행(北京行-)2연6행, 상해하야(上海夏夜)-1연3행, 석양사(夕陽思)-2연6행, 선죽교(善竹橋)-1연3행, 설명(說明)-4연12행, 설야사(雪夜思)-1연3행, 설후신보(雪後申報)-1연3행, 수양산(首陽山)-1연3행, 신단월(晨旦月)-1연3행, 압록강(鴨綠江)-1연3행, 시민가(市民歌)-4연12행, 병여(病餘)-2연6행, 종,명곡(終,名曲)-3연9행, 주,시단가(注詩短歌)-1연3행, 증,대학졸업생-2연6행, 술회(述懷)-1연3행, 첨성대(瞻星臺)-1연3행, 청천강(淸川江)-1연3행, 추음(秋陰)-2연6행, 춘광(春光)-1연3행, 취우(醉友)-1연3행, 평양(平壤)이-4연12행, 하,이박사혼(賀,李博士婚)-1연3행, 하일(夏日)-5연15행, 하(賀)졸업생-2연6행.

### Ⅱ. 현대시조 100인선. 2006.

노지(路地)-1연3행, 길림추(吉林秋)-1연3행, 상해하야(上海夏夜)-1연3행, 송우귀국(送友歸國)-1연3행, 북간도(北間道)-1연3행, 봉우(朋友)흡이반(吸離反)-1연3행, 평양(平壤)이-1연3행, 울화(鬱火)-4연12행, 곡,박우(哭,朴友)-1연3행, 도,박우송(悼,朴友送)-1연3행, 도,이창산(悼,李滄山)-1연3행, 도문호암(悼,文湖巖)-1연3행, 경도산묘(經島山墓)-1연3행, 기미산우제(己未山雨祭)-1연3행, 백두산(白頭山)-1연3행, 금강산(金剛山)-1연3행, 주몽릉(朱蒙陵)-1연3행, 안시성(安市城)-1연3행, 낙화암(落花岩)-1연3행, 신라

성(新羅城)-1연3행, 첨성대(瞻星臺)-1연3행, 선죽교(善竹橋)-1연3행, 술루(戌樓)-1연3행, 압록강(鴨綠江)-1연3행, 청천강(淸川江)-1연3행, 수양산(首陽山)-1연3행, 고소대(姑蘇臺)-1연3행, 과장성(過長城)-1연3행, 박랑사(博浪沙)-1연3행, 요양(療養)-1연3행, 북경(北京)-1연3행, 과대마(過對馬)-1연3행, 황조가(黃鳥歌)-사설시조, 여적시(餘滴詩)-1연9행, 언양곡(焉陽曲)-1연6행, 명주가(溟洲歌)-1연3행, 지리산(智異山)-1연8행, 선운산(禪雲山)-1연12행, 〈자유시〉 160수.

## Ⅲ. 자산 안확(自山 安廓 1884-1946)의 정형시 창착형태조사

| 시조집 | 1연 | 2연 | 3연 | 4연 | 5연 | 사설 | 장시조 | 자유시 | 총계 | 비고 |
|---|---|---|---|---|---|---|---|---|---|---|
| 한국시조 | 28 | 9 | 2 | 3 | 1 | | 1 | | 44 | |
| 현대시조 | 36 | | | 1 | | 1 | | | 38 | |
| 총계 | 64 | 9 | 2 | 4 | 1 | 1 | 1 | | 82 | |
| 비율% | 78.0 | 10.9 | 2.4 | 4.8 | 1.2 | 1.2 | 1.2 | 160 | 99.7 | |

## ↗ 학농 양상경(學農 梁相卿 1904-1991)

### Ⅰ. 한국시조큰사전. 1985.

관동기행-2연6행, 겨울밤 강 언덕에서-2연6행, 국기 달던 날-2연6행, 금선(琴線)-3연9행, 꽃속의 자장가-2연6행, 나의 집-1연3행, 낙화암-2연6행, 매화-2연6행, 문향(閿香)-3연9행, 민족의 비원-3연9행, 사설시조-1수, 산촌생활곡-4연12행, 3.1 행진곡-4연12행, 새와 함께 울던 날-3연9행, 삼팔선입초-1연3행, 떡장수-1연3행, 마음의 꽃-1연3행, 승무곡-2연6행, 시조작법-3연9행, 정하고 아름답게-4연12행, 조국이 아물날이 언제인가-2연6행, 중추일-3연9행, 추야월(秋夜月)-3연9행, 풍우십년-3연9행, 한강-4연12행, 해방의 종소리-2연6행, 화랑송-4연12행, 화분-2연6행.

### Ⅱ. 당시선(唐詩選)상(上)-현대시조-번역.

1) 오언고시(五言古詩)-삼행시조=81수/ 2) 칠언고시(七言古詩)-삼행시조=227수/ 3) 오언율시(五言律詩)-삼행시조=128수/ 4) 오언배율(五言排律)-삼행시조=129수/ 당시선(唐詩選)하(下)-삼행시조-번역/ 5) 칠언율시(七言律詩)-삼행시조=252수/ 6) 오언절구(五言絶句)-삼행시조=144수/ 7) 칠언절구(七言絶句)-삼행시조=430수. 총1391수.

### Ⅲ. 학농 양상경(學農 梁相卿 1904-1991)의 정형시 창작형태조사

| 시조집 | 1연 | 2연 | 3연 | 4연 | 사설 | 장시조 | 한시 | 총계 | 비고 |
|---|---|---|---|---|---|---|---|---|---|
| 한국시조 | 4 | 11 | 9 | 5 | 1 | | | 30 | |
| 당시선 | | | | | | | 1391 | 1391 | |
| 총계 | 4 | 11 | 9 | 5 | 1 | | 1391 | 1421 | |
| 비율% | | | | | | | | | |

## ↗ 무애 양주동(无崖 梁柱東 1903-1977)

### Ⅰ. 한국시조큰사전. 1985.

임을 잠깐 뵈옵고-10연30행, 제사(題詞)-5연15행.

### Ⅱ. 무애 양주동(无崖 梁柱東 1903-1977)의 정형시 창작형태조사

| 시조집 | 1연 | 2연 | 3연 | 4연 | 5연 | 사설 | 장시조 | 총계 | 비고 |
|---|---|---|---|---|---|---|---|---|---|
| 한국시조 | | | | | 1 | | 1 | 2 | |
| 총계 | | | | | | | | | |

## ➚ 검솔 여 영 택 (呂榮澤 1923-2012)

### Ⅰ. 한국시조큰사전. 1985.

고향에서-2연6행, 공갈못-사설시조, 도리사-3연9행, 백자-1연3행, 선경이 따로 있나-3연9행, 오죽-사설시조, 이 밤 함께 새우리-3연9행, 황국-2연6행.

### Ⅱ. 엇가락. 1994.

보리가을에-6연18행, 옥산서원-나그네-1연3행, 독락당-3연9행, 석탑-1연3행, 서원에서-2연6행, 공갈못(1)-4연33행, 공갈못(2)-12연94행, 선유동 구곡-옥하대-1연7행, 양사석-1연7행, 활청당-1연7행, 세심대-1연7행, 관란담-1연7행, 탁청대-1연7행, 영귀암-1연7행, 난생뢰-1연7행, 옥사대-1연7행, 완장리-1연7행, 백석탄-1연7행, 와룡담-1연7행, 홍류천-1연7행, 구로천-1연7행, 구은대-1연7행, 칠유정-1연7행, 학천정-1연7행, 용추-1연7행, 죽계구곡-취한대-1연3행, 금성반석-1연3행, 백자담-1연3행, 이화동-1연3행, 목욕담-1연3행, 청령동애-1연3행, 용추-1연3행, 금당반석-1연3행, 중봉합류-1연3행, 하회나그네-2연6행, 달구벌-관풍루-1연4행, 수성못-1연5행, 건들바위-1연6행, 용두-1연5행, 동촌유원지-1연4행, 오포산-1연5행, 만리공원-1연4행, 갓바위부처-1연4행, 동학사거불-1연6행, 문화의 거리-1연6행, 대구타워-1연6행, 강변로-1연6행, 약전골목-1연6행, 건들바위-1연6행, 달성공원-1연6행, 남한산성-나라걱정-1연5행, 지화문-1연5행, 고란초-1연6행, 다람쥐-1연4행, 담장이-1연3행, 수어장대-1연6행, 청량당-1연3행, 무망루-1연3행, 수어서대-1연3행, 순례-1연3행, 동문-1연3행, 매미-1연3행, 구룡산-1연3행, 녹수정-1연6행, 봉암산-1연3행, 소수서원-1연3행, 초암사-1연3행, 청운대-1연3행, 성혈암-1연3행, 한산섬-3연17행, 덕현리유지-1연3행, 경포대-1연6행, 오죽헌-1연6행, 비선대-1연6행, 장릉-1연6행, 금오산-1연6행, 귀양살이-2연12행, 원불교전서-3연19행, 안일암-3연9행, 은적암-1연3

행, 인휴사-1연3행, 송림사-1연6행, 염불암-1연6행, 옥기와-2연12행, 용연사-1연3행, 동화사-1연3행, 인각사-4연22행, 환성사-1연6행, 직지사-2연11행, 돌석가-3연9행, 청량산-2연9행, 낙산사-1연3행, 홍련암-1연3행, 계조암-1연3행, 월정사-사설시조, 연주암 연정-13연78행, 봉은사-6연18행, 치희-1연10행, 월명의 누이-2연8행, 수로부인-1연5행, 선화공주-1연4행, 아사녀-2연12행, 평강공주-2연9행, 낙화궁녀-1연6행, 황진이-1연6행, 사임당-2연9행, 논개-1연6행, 인현왕후-사설시조, 춘향-2연12행, 심청-1연7행, 유관순-1연7행, 난설헌-2연13행, 혜경궁-1연4행, 처용녀-1연9행, 정읍아낙-2연8행, 망부석-2연8행, 까투리-사설시조, 강화도주모-1연10행, 당신은-2연9행, 푹비구니-4연34행, 꽃샘-2연6행, 황국-2연6행, 장미에게-1연7행, 오죽-7연52행, 손수건-2연13행, 사랑인가봐-3연20행, 산수유-1연6행, 씨받을꽃-2연12행, 잎맨드라미-1연7행, 군자란-1연6행, 분꽃-1연6행, 구절초-1연10행, 벌초하던 날-2연12행, 당산제-1연9행, 청학-2연6행, 목기러기-2연10행, 백자-1연6행, 장승-1연7행, 탁본-2연10행, 풀돌-2연11행, 성황당-1연5행, 어릿광대(12)-3연24행, 엇길-4연18행, 나라말씀-1연8행, 휴전선-1연7행, 놀음판-사설시조, 꼭두각시놀음-사설시조, 돈-5연28행, 우주창조-2연11행, 이 밤 함께 새우리-3연9행, 선경이 따로있나-3연9행, 고독-1연6행, 불가사리꽃-1연7행, 벼루에 새김-1연6행, 〈자작해설〉 시조에 대한 나의 생각.

### Ⅲ. 학여울-시집. 2008.

붉은 해바라기-4연32행, 반거들층이 농사꾼-3연22행, 오솔길-2연10행, 서울소쩍새-2연12행, 은방울꽃-3연18행, 서울천심-서울-1연3행, 시장-1연4행, 법-1연4행, 구름-1연4행, 강남북-1연4행, 반공일-1연3행, 학여울-2연17행, 꿈땜-2연17행, 달걀아버지-3연22행, 시쓰기 60년-2연17행, 어릿광대(36)-3연21행, 이사철-2연14행, 군더더기-2연15행, 정다운 동무-3연25행, 북한산 빼꾸기-2연16행, 서릉두꺼비-2연10행, 노인과 강과 별과 고향-3연25행, 말싸움-2연9행, 선주고을-2연15행, 어릿광대(37)-2연16행, 도깨비춤

-2연25행, 석촌호수-2연14행, 서산나들이-4연33행, 산마루 찻집-5연51행, 쓰시마(대마도)나들이-5연45행, 늙은 매화-3연9행, 보길도-2연14행, 카페 솔베르크-2연14행, 내소사 청자기와-3연19행, 매창을 만나-3연19행, 땅끝 -2연16행, 세연정(洗然亭)-2연16행, 부용정(芙蓉亭)-4연24행, 솔빛-3연19행, 녹우당(綠 雨堂)-3연19행, 가야산 등반-3연25행, 부처가 상받는 날-2연 13행, 달빛만 가람에-2연8행, 우담바라-3연21행, 거시림 사람들-2연14행, 하나로 동글동글-2연10행, 산사의 밤-3연22행, 부처님 힘내세요-3연23행, 정산의 별-3연19행, 할머니-4연32행, 고구려는 곰나라-2연8행, 골탕먹는 민심-2연14행, 수정처럼 꿈처럼-3연23행, 꿈아 크거라-3연18행, 단군 혀차는 소리-4연32행, 힘의 덕-3연16행, 단군의 말소리-3연23행, 때의 거미줄-4연25행, 건강의 적-2연15행, 건강한 사람-2연14행, 걸음마-2연14행, 중풍 가족-3연24행, 한글두드러기-3연24행, 한글-3연24행, 대왕의 꿈-3연18행, 홀닿소리-3연25행, 눈뫼의 뚝심-4연27행, 묵인의 숨바꼭질-3연22행, 윤종철님-3연18행, 기다리기-3연20행, 임피에로-3연23행, 호랑이라 불러다오-2연15행.

## IV. 검솔 여영택(呂榮澤 1923-2012)의 정형시 창작형태조사

| 시조시집 | 1연 | 2연 | 3연 | 4연 | 5연 | 사설 | 장시조 | 총계 | 비고 |
|---|---|---|---|---|---|---|---|---|---|
| 한국시조 | 1 | 2 | 3 | | | 2 | | 8 | |
| 엇가락 | 116 | 35 | 10 | 3 | 1 | 5 | 5 | 175 | |
| 학여울 | 6 | 29 | 28 | 7 | 2 | | | 72 | |
| 총계 | 123 | 66 | 41 | 10 | 3 | 7 | 5 | 255 | |
| 비율% | 48.2 | 25.8 | 16.0 | 3.9 | 1.1 | 2.7 | 1.9 | 99.6 | |

## ↗ 고산 여지량(鼓山 余芝良 본명-余忠吉 1934-1996)

### Ⅰ. 한국시조큰사전. 1985.

그 산사-2연6행, 난초-1연3행, 낚시터에서-2연6행, 논계-2연6행, 눈(雪)-2연6행, 달하-2연6행, 대흥사(大興寺)-2연6행, 망향-1연3행, 묵시-3연9행, 반장-2연6행, 볍씨송-2연6행, 불일폭포(佛日瀑布)-3연9행, 빼앗긴 마음-4연12행, 산에서-2연6행, 석상-3연9행, 설악산초-3연9행, 새어머니-2연6행, 소리-2연6행, 어머님 생각-봄-2연6행, 여름-2연6행, 오동도-3연9행, 잃어버린 광명-3연9행, 입동소리-2연6행, 조춘-2연6행, 쫓긴 마음의 노래-3연9행, 청학(青鶴)-2연6행, 추모-3연9행, 칠월칠석-2연6행, 탈곡-2연6행, 판문점기행초-3연9행, 한산사지(寒山寺趾)에서-2연6행, 회심초-3연9행, 회정(懷情)-2연6행, 희열-2연6행.

### Ⅱ. 이뜰에 태어나-시조선집. 1976.

노화도소사(蘆花島小史)-장시조120행, 봉숭아-장시조45행, 한밤중에-장시조19행, 향목(香木)-장시조69행, 꽃마음-2연14행, 그림일기-2연12행, 기다린대요-2연14행, 나뭇잎-2연14행, 달님-2연12행, 목화-1연7행, 뻐꾸기-2연12행, 봄비-2연14행, 봄이-2연12행, 옛생각-2연14행, 오솔길-2연16행, 우리마을-2연16행, 원두막-3연21행, 코스모스-2연12행, 한여름-2연12행, 함박꽃-3연9행, 마디마디 아픈가락-2연14행, 무거운 짐-2연12행, 회정(懷情)-2연6행, 희열-2연6행, 가뭄-2연14행, 갈대-2연12행, 강(1)-2연14행, 까치놀이-2연14행, 개구리고(告)-2연12행, 개구리 노래-2연12행, 개미의 노래-2연12행, 객토-2연12행, 거미의 노래-2연12행, 겨울밤-2연12행, 겨울산사(山寺)-3연18행, 겨울섬진강-3연18행, 고영도초(古令島抄)-3연21행, 고녀애화(鼓女哀話)-4연28행, 고니(孤尼)-2연12행, 고독-2연14행, 고목(枯木) 밑에서-3연18행, 고물(古物)-2연12행, 고사리의 노래-3연18행, 고소성

(姑蘇城)-1연7행, 고소성지(姑蘇城趾)에서-2연14행, 고향의 봄-3연21행, 꼴지의 마음-2연12행, 꽃-2연12행, 꽃상여-2연14행, 관정(觀情)-1연6행, 구름-3연18행, 귀향(歸鄕)-2연14행, 그 강변-3연18행, 그 길-2연12행, 그 산사-2연14행, 석우(析雨)-1연7행, 길섶풀에-3연18행, 나그네-3연21행, 나비의 노래-2연12행, 나심초(癩心抄)-2연12행, 낙송(落頌)-2연12행, 낙엽-2연14행, 낙엽을 밟으며-2연14행, 낚시터에서-2연14행, 난초(1)-1연7행, 내고향-4연28행, 내 귀는 듣고 있습니다-3연18행, 내장산에서-2연12행, 논개-2연12행, 녹색조감-4연28행, 놀부꼴-3연18행, 눈(雪)(1)-2연14행, 눈(雪)(2)-2연14행, 니방(尼房)-2연12행, 님의 길-3연18행, 님의 자리-3연21행, 님이여!-6연18행, 달하-2연14행, 당신은 들으시나이까-3연21행, 대흥사(大興寺)-2연14행, 독서-2연14행, 돌샘에서-3연18행, 등대-2연14행, 등대수-2연12행, 마의태자-2연14행, 망향-2연26행, 매화-1연6행, 매화분(盆)-2연6행, 맷돌-3연18행, 맹인의 습작-2연14행, 먼훗날-2연14행, 노량해협-2연14행, 모기의 노래-2연12행, 모기타령-1연6행, 모녀(慕女)-2연12행, 모야(慕夜)-2연12행, 목련(1)-1연7행, 목련(2)-2연14행, 목탁소리-2연12행, 목화-2연12행, 목화밭에서-2연12행, 무거운 짐-2연12행, 무궁화(1)-1연6행, 무궁화(2)-1연6행, 무덤가까이서-3연21행, 무상(無常)-2연12행, 무지개-1연6행, 묵시(黙示)-3연21행, 물방울-2연12행, 반보기-2연12행, 반장(反杖)-2연14행, 밤비-2연14행, 방황(彷徨)-2연14행, 백화(白花)곁에서-2연14행, 빼앗긴 마음-4연28행, 벌벌벌-2연14행, 법륜에 이는 바람-3연18행, 벚꽃제에서-2연12행, 볍씨송-2연14행, 보길도-3연21행, 봄아가씨-3연21행, 봄이 열리면-2연12행, 부채-1연6행, 불구자의 변-3연15행, 불일폭포에서-3연18행, 불타의 아침-2연8행, 비곡-2연8행, 사공편상-2연12행, 은모사(恩母詞)-2연14행, 사보(四寶)-1연6행, 귀(耳)-1연6행, 눈(目)-1연6행, 입(口)-1연6행, 코(鼻)-1연6행, 4.19절에-2연14행, 사정(蛇精)-2연14행, 사직-2연12행, 산골처녀-2연14행, 산국화-2연12행, 산사의 밤-2연12행, 산에서-2연14행, 산채에서-2연12행, 상강소곡-2연12행, 쌍계사에서-3연18행, 새댁-2연14행, 서

경(叙景)-2연12행, 새벽-2연14행, 새벽길에-3연18행, 새어머니-2연24행, 서향(瑞香)(1)-2연14행, 서향(叙香)(2)-4연28행, 석등-2연12행, 석란-3연21행, 석불-3연18행, 석상-3연21행, 선방(禪房)-2연12행, 선(鮮)아-2연12행, 섣달큰애기-3연21행, 설악산초-3연21행, 설야곡(雪夜曲)-2연12행, 섬진강-3연18행, 섬진강변기-3연18행, 세상풍경-3연18행, 소나기-2연12행, 소리-2연12행, 소심(素心)-2연12행, 소심망비(素心忙備)-4연30행, 소일-2연12행, 송(松)-3연21행, 수신(修身)-2연14행, 승방연민-3연18행, 실국 곁에서-2연12행, 쉰내의 노래-3연27행, 어버님 생각-2연12행, 양달에서-1연14행, 어느 겨울아침에-2연12행, 어느 사념-2연12행, 어느 십자가-2연13행, 어느 탱화 앞에서-3연18행, 어둠의 노래-2연12행, 어떤 인생-3연9행, 어머님 생각-2연14행, 여름-2연14행, 여수(旅愁)-2연14행, 여심초(女心抄)-3연21행, 연(戀)-1연6행, 연가(戀歌)-3연18행, 연꽃-1연7행, 연륜(年輪)-3연21행, 념(念)-2연14행, 염원-2연14행, 염주를 잽니다-2연14행, 오시는 길-2연12행, 엠빙39도-2연14행, 오뉘사리-3연9행, 오동도-3연21행, 영상-3연18행, 오물-3연18행, 오솔길에서-3연18행, 오월장(章)-3연21행, 우리의 삶-3연9행, 우보(牛步)-2연14행, 음각(陰刻)-3연18행, 이 뜰에 태어나-4연24행, 이야기-2연12행, 이어도(離於島)-2연14행, 2월-3연21행, 이산첩(離散帖)-3연21행, 인연-3연18행, 잃고 찾은 것-2연14행, 잃어버린 광명-3연21행, 입동(立冬)-2연12행, 입동소리-2연12행, 입춘(立春)-2연14행, 재롱-2연12행, 저월하-2연14행, 재회(再會)-3연21행, 적묵당에서-3연18행, 전(電)-2연12행, 전시(展示)-2연12행, 점 하나-3연9행, 정념(情念)-2연12행, 정방폭포-3연18행, 정월보름-2연12행, 정자(亭子)-3연18행, 조개(3)-2연14행, 조송사(弔松詞)-2연12행, 조춘(早春)-2연14행, 쫓긴 마음의 노래-3연21행, 좌수영(左水營)(1)-4연28행, 죄(罪)-2연12행, 중용의 노래-2연12행, 직녀(織女)의 노래-3연21행, 처마밑에 이는 바람-3연9행, 천연사-3연18행, 청솔밭에서-3연18행, 청학(靑鶴)-2연14행, 청학동에서-2연12행, 초초방변경(艸艸房邊景)-3연18행, 추도(KAL참사영혼에게)-2연12행, 추석-4연12행, 추야소곡-2연14

행, 추억-3연18행, 추모(追慕)-4연28행, 추모-3연21행, 축혼-3연21행, 춘분-2연12행, 춘설(春雪)-2연12행, 칠불암-2연14행, 칠월칠석-2연14행, 타명(打命)-2연14행, 탈곡(脫曲)-2연14행, 토착(土着)-3연21행, 파계(破戒)-4연28행, 판문점가행초-3연21행, 폭포수-1연7행, 풋여린-2연12행, 포장마차에서-3연18행, 하남사에서-2연12행, 한(恨)-3연18행, 한로(寒露)-2연12행, 한산사(寒山寺)(1)-3연21행, 한산사(寒山寺)(2)-2연13행, 한산사지에서-2연14행, 한식(寒食)-2연14행, 한여인(베틀의 여인)-3연18행, 한입상(立像)의 자국-5연35행, 할미꽃-3연18행, 합장-2연14행, 해동(解冬)-3연21행, 허공을 향하여-2연12행, 현상-2연14행, 현일(現日)-2연13행, 홍파(紅波)-2연15행, 화신-2연12행, 효심(孝心)-2연12행, 화정-2연28행, 횃불-3연18행, 환보(還報)-3연21행, 회심초(懷心抄)-3연21행, 휴전선-3연18행, 홍국사에서-2연12행, 희열-2연14행.

〈해설〉뜨거운 화로같은 여지량의 시심-이은방.

〈해설〉신선한 감각과 여지의 언어세계-정봉래.

## Ⅲ. 여지량(1934-1996)의 정형시 창작형태조사

| 시조선집 | 1연 | 2연 | 3연 | 4연 | 5연 | 사설 | 장시조 | 총계 | 비고 |
|---|---|---|---|---|---|---|---|---|---|
| 한국시조 | 2 | 21 | 10 | 1 | | | | 34 | |
| 이뜰태어나 | 24 | 163 | 82 | 12 | 1 | | 5 | 287 | |
| 총계 | 26 | 184 | 92 | 13 | 1 | | 5 | 321 | |
| 비율% | 8.0 | 57.3 | 28.6 | 4.0 | 0.3 | | 1.5 | 99.7 | |

## ↗ 계산 용 진 호 (溪山 龍珍浩 1933-2001)

### Ⅰ. 들어가며

계산(溪山)님을 처음 상면했을 때는 1991년 가람탄신 100주년기념 전주 세미나 때 야성(野城)이 소개하여 주었다. 그때 여름철인데 정장을 차리고 가방 들고 넥타이를 매고 손부채를 들고 다녔던 추억이 떠 오른다. 그때에는 해마다 새해 인사편지가 유행하여 붓글씨로 써 보내 주신 정성이 〈한국저명문인육필원고집〉 개인문집에 편철되어 있다. 현대시조를 창작하면서 한밭과 관계 깊은 문학작품이 여러 곳에 산재해 있으리라 예상되나 가람문학에 투고했던 작품을 정리하여 고인의 수준 높은 문학정신을 기리고 후학들의 시 정신을 계승하도록 이 논문을 작성 정리하였다.

### Ⅱ. 펼치며

#### 1. 가람문학

1980. 창간호-작품 없음/ 1981. 제2집-봄볕-3연21행, 다방-1연12행/ 1982. 제3집-수덕야은-2연14행, 나비-2연15행/ 1983. 제4집-탄금대-2연15행, 난(蘭)-1연7행, 정(情)-1연7행/ 1984. 제5집-눈(眼)-3연19행, 옹달샘-2연14행, 동백-3연12행(시작노트)/ 1985. 제6집-세탁-2연6행, 쓰르라미-2연6행, 유달산-2연6행, 성수대교-2연6행, 정(情)(16)-1연3행, 정(情)(17)-1연3행, 정(情)(18)-1연3행/ 1986. 제7집-1987. 제8집-작품 없음/ 1988. 제9집-올림픽-2연14행, 춘경(春景)-3연18행, 정(情)(40)-1연6행, 정(情)(41)-1연7행/ 1989. 제10집-통일-4연12행, 바닷가에서-2연13행, 24절사--여름철-6연18행/ 1990. 제11집-삼한사온-1연7행, 철쭉-2연15행, 축,고파 배치문의사 기적비조성-3연20행/ 1991. 제12집-정(情)-3연19행, 동백-2연14행, 바닷가-2연13행/ 1992. 제13집-금갑도진-3연18행, 목장풍경-3연20행, 상록수림-3연21행, 회동서경-3연18행, 홍주예찬-3연18행, 학,도래지-3연18행/ 1993.

제14집-단풍-1연7행, 낙엽을 태우며-4연24행, 경칩-1연6행, 우수-1연6행, 비구니-3연18행/ 1994. 제15집-노량대첩-3연19행, 쌍계사-3연19행, 궁중요화-인조조상궁, 이정민-3연20행/ 1995. 제16집-금강사(金剛寺)-2연14행, 통일염원-3연20행, 낙엽을 태우면서-4연24행, 변공의사 순기추모-2연13행, 박꽃-3연19행/ 1996. 제17집-우리땅, 독도-3연18행, 새벽-2연13행, 풍우가 설치는 날-1연7행/ 1997. 제18집-매송(梅頌)-1연7행, 국송(菊頌)-1연8행, 억새꽃-3연18행, 수녀로 간 딸생각-2연14행, 연곡사(鷰谷寺)-3연18행/ 19 98. 제19집-원(願),경제한국해소-3연20행, 계룡산동학사-4연27행, 늦잠-3연20행/ 1999. 제20집-안동호에서-3연20행, 망종절 안개비-3연21행, 맷돌-3연19행/ 2000. 제21집-다듬이돌-3연18행, 달양진-남창의 을묘왜란사에 접하며-3연18행, 봉우사(鳳羽寺)-3연18행/ 2001. 제22집-원고지-3연20행, 세월비를 쌓고 앉아-3연21행, 달맞이꽃-4연27행, 무등산을 오른 봄-3연21행(작품해설)/ 2006. 제27집(추모특집)-해인사-3연21행, 동그라미-2연12행, 수성송(守城松)-3연21행, 강강술래-3연19행, 땅끝에서-5연27행, 땅끝 일출제-3연12행.

2. 시조문학

1980. 가을호-달밤-2연12행/ 1980. 겨울호-채송화-2연16행/ 1981. 봄호-귀뚜라미-2연6행/ 1982. 가을호-불국사(佛國寺)-3연9행/ 1983. 봄호-오륙도(五六島)-2연6행/ 1986. 여름호-약수터-2연12행/ 1987. 봄호-미황사(美黃寺)의 밤-3연19행/ 1989. 겨울호-조찬(朝餐)-2연14행/ 1990. 여름호-강강술래-3연18행/ 1990. 겨울호-해인사(海印寺)-3연21행, 병풍(屛風)-4연24행, 의사,배치문(義士,裵致文)기적비고성(記蹟碑告成)-3연19행, 문사(門寺)-2연14행(시를 쓰고나서)/ 1991. 가을호-꽃그늘 아래서-2연14행/ 1991. 겨울호-동구릉(東九陵)에서-3연19행, 허약(虛約)-1연6행, 맨드라미-1연6행/ 1992. 여름호-백합(百合)-3연21행, 용산성(龍山城)-3연20행/ 1993. 봄호-백합(百合)-3연19행/ 1993. 겨울호-영산강(榮山江)-3연9행, 정(情)(35)-1연

3행, 정(情)(36)-1연3행, 정(情)(37)-1연3행. 정(情)(38)-1연3행, 눈(白雪)(1)-1연7행, 눈(白雪)-1연6행. 을숙도(乙淑島)-2연13행/ 1994. 가을호-목장풍경(牧場風景)-3연21행/ 1995. 여름호-옥련사(玉蓮寺)-3연20행/ 19 96. 봄호-홍엽(紅葉)에 쓰는 시(詩)-2연13행/ 1996. 여름호-홍엽(紅葉)에 쓰는 시(詩)-2연12행/ 1996. 가을호-지리산(智異山)-3연18행/ 1997. 봄호-추야독음(秋夜獨吟)-3연18행/ 1997. 여름호-빈집-3연20행/ 1997. 가을호-두견화(杜鵑花)-2연13행/ 1997. 겨울호-법성포 단오제 유감(法聖浦 端午祭 有感)-3연19행/ 1998. 여름호-좀(蟲魚)-2연14행. 원, 경제난국 해소(願,經濟亂國解消)-3연21행/ 1998. 가을호-들장미(薔薇)-3연20행/ 1998. 겨울호-장단(壯丹)-3연9행. 부석사(浮石寺)-3연9행/ 1999. 봄호-아카시아꽃-3연19행 / 2000. 봄호-들녘에 서면-3연19행/ 2000. 가을호-형광등(螢光燈)-2연14행.

3. 현대시조

1989. 가을호-겨울에-2연14행/ 1991. 여름호-선암사(仙巖寺)-3연18행/ 1993. 봄호-겨울-3연19행/ 1993. 겨울호-호남선(湖南線)-3연19행, 들국화(들菊花)-3연20행/ 1994. 가을호-백목련(白木蓮)-3연18행/ 1996. 여름호-운주사(雲住寺)-3연18행. 새벽(1)-3연19행/ 1998. 가을호-대(竹)-3연20행/ 1998. 겨울호-폭우(暴雨)-3연19행/ 1999. 가을호-가을 산(山)-3연19행/ 2000. 봄호-기도(祈禱)하는 여인(女人)-5연30행/ 2001. 봄호-봄비-3연19행.

4. 미래문학

2000. 제3집-수평선-3연19행/ 2001. 제4집-봄들-3연21행.

5. 시조시선집(2001)

땅끝일출제-3연12행, 연봉제월(蓮峯霽月)-1연7행, 수성송(守城松)-3연21행, 미황사(美黃寺)의 밤-3연19행, 약수터-2연12행, 홍교유수(虹橋流水)-3연20행, 명량해협(鳴梁海峽)-3연21행, 산정천(山亭川)-3연20행, 이진성

(梨津城)-3연20행, 강강술래-4연19행, 송호해수욕장(松湖海水浴場)-3연21행, 오도재(悟道峙)에서-3연21행, 달마산장(達摩山莊)-4연25행, 달양진외사(達梁津外史)-3연20행, 죽도풍경(竹島風景)-3연22행, 미황사 동백(美黃寺 冬柏)-3연20행, 호수산장(湖水山莊)-4연27행, 대흥사(大興寺) 숲길-3연21행, 땅끝에서-4연27행, 대흥사제(大興四題)-파안교(彼岸橋)-1연6행, 천불전(千佛殿)-1연6행, 일지암(一枝菴)-1연6행, 청신암(淸神菴)-1연7행, 겨울송평해수욕장(松平海水浴場)-4연23행, 고향-1연10행, 계곡수(溪谷水)-3연20행, 다방(茶房)-1연12행, 녹우당(綠雨堂)-3연21행, 사인정(舍人亭)-3연16행, 촉석루(矗石樓)-2연14행, 적벽부(赤壁賦)-2연14행, 월출산경포대(月出山鏡布臺)-3연21행, 외돌괴-3연21행, 다산초당(茶山艸堂)-4연27행, 한산도(閑山島)-2연14행, 섬진강(蟾津江)-3연21행, 낙동강(洛東江)-2연14행, 남해대교(南海大橋)-3연21행, 추풍령(秋風嶺)-3연21행, 오옥헌(嗚玉軒)-3연21행, 북한산(北漢山)-2연14행, 유달산(儒達山)-2연14행, 빗속의 여인-3연21행, 목로주점(木爐酒店)-2연14행, 오동도(梧桐島)-2연14행, 안동하회촌방음(安東河回村訪吟)-3연21행, 춘성정(春城亭)에서-3연20행, 향일암(向日庵)-3연21행, 해인사(海印寺)-3연21행, 화엄사(華嚴寺)-3연21행, 쌍계사(雙磎寺)-3연21행, 불국사(佛國寺)-3연21행, 수덕야운(修德夜韻)-2연13행, 범어사(梵魚寺)-3연21행, 백연사(白蓮寺)-2연14행, 보림사(寶林寺)-3연21행, 내장사(內藏寺)-3연21행, 법주사(法住寺)-3연21행, 통도사(通度寺)-3연21행, 옥련사(玉蓮寺)-3연21행, 금곡사(金谷寺)에서-3연21행, 연곡사(燕谷寺)-3연19행, 수타사(壽陀寺)-3연18행, 옥불사(玉佛寺)-3연21행, 부석사(浮石寺)-3연21행, 서동사(瑞桐寺)칡북-3연21행, 겨울봉우사(鳳羽寺)- 3연21행, 옥토산진학사(玉兎山眞學寺)-3연21행, 고성사(高聲寺)-3연15행, 석문사(石門寺)-3연14행, 재떨이-4연18행, 밤(夜)-1연9행, 냇물-2연14행, 기다림-2연14행, 이슬-3연21행, 접시 위에 쓰는 시-2연14행, 효령대군총전(孝寧大君塚前)에서-3연22행, 만덕호(萬德湖)-3연14행, 동지(冬至)팥죽-3연13행, 소쇄원(瀟灑園)-3연12행, 고수동굴(古藪洞屈)-2연14행,

미암, 차의섭선생추모(美巖車義燮先生追慕)-2연14행, 견우직녀(牽牛織女)-3연21행, 제비(越燕)-3연21행, 개미-3연18행, 떡방아-3연15행, 대우(待雨)-2연14행, 궁중요화(宮中妖花)-3연18행, 춘향가묘(春香假墓)를 보고-2연14행, 연정(戀情)(1)-2연14행, 목계가(木鷄歌)-3연21행, 담하수(擔下水)-3연13행, 죽송(竹頌)-2연14행, 난(蘭)-1연9행, 진달래-2연14행, 석류(石榴)-1연9행, 박꽃-3연22행, 백합(白合)-3연21행, 들극화(들菊花)-2연14행, 코스모스-2연14행, 아카시아꽃-3연21행, 들장미(薔薇)-3연21행, 채송화-2연16행, 목단(牧丹)-3연21행, 호박-3연21행, 밤꽃 아래서-3연21행, 배꽃-3연21행, 풀꽃-3연21행, 들꽃연가(戀歌)-3연21행, 버섯-2연14행, 억새꽃-3연21행, 붉은고추-2연14행, 해당화(海棠花)-1연12행, 조전춘신(早傳春信)-3연20행, 낙엽(落葉)-1연9행, 마이산(馬耳山)-3연21행, 오육도(五六島)-2연14행, 첫일과(日課)-2연14행, 달밤(月夜)-3연21행, 목포야경(木浦夜景)-3연21행, 부채-3연21행, 두드러기-3연16행, 박제(剝製)-2연14행, 장독대-3연21행, 맷돌-3연14행, 화장(火葬)터-3연17행, 청자도요지(靑瓷陶窯地)-4연27행, 외달도(外達島)에 가면-4연28행, 도청(都廳)굿-3연20행, 기도(祈禱)하는 여인-4연28행, 신년역서(新年曆書)를 선물받으며-3연21행, 치통(齒痛)-2연14행, 별님에게 띄우는 시(詩)-3연21행, 안동호(安東湖)에서(1)-3연14행, 압록강(鴨綠江)에서-3연25행, 반지(斑指)-3연21행, 심야(深夜)-1연11행, 애무(愛撫)-3연21행, 비구니(比丘尼)-3연21행, 수첩(手帖)-2연12행, 독거노총각(獨居老總角)-3연11행, 동경(憧憬)-2연12행, 첫날밤-2연12행, 사모송(思母頌)-3연20행, 황국(黃菊)-1연9행, 연자루(鷰子樓)-4연27행, 여유(餘裕)-2연12행, 세탁(洗濯)-2연12행, 수연(壽宴)-3연21행, 화산재(花山齋)-3연21행, 전화(電話)(1)-3연21행, 성묘(省墓)-2연12행, 송, 우록아장학덕(頌,友鹿雅丈學德)-3연20행, 축,고암김기두선생고희송(祝,孤岩金基斗先生古稀頌)-3연21행, 송헌, 김갑주부면장호운(松軒金甲柱副面長號韻)-2연12행, 빈집(空家)-3연21행, 연행천리(戀行千里)-3연21행, 잠 잘자는 아이-2연12행, 조부(祖父)의 정(情)-3연21행, 춘모의 애소(哀訴)-5연35행, 수녀

(修女)로 간 딸생각-2연13행, 서강정덕채추모(西崗鄭德采會長追慕)-3연20행, 벌초(伐草)-3연21행, 은단(銀丹)-1연9행, 매화(梅花)-1연9행, 내열(內熱)로 타는 아픔-4연25행, 효자(孝子)손-3연21행, 봄비(春雨)-3연21행, 봄이 오는 길목-4연28행, 봄들(春野)-4연28행, 봄꽃-2연14행, 봄바람-3연21행, 오월(五月)에-2연14행, 폭풍우(暴風雨)-1연9행, 피서(避暑)-3연21행, 포도(葡萄)-1연9행, 초승달(初生달)-1연9행, 귀뚜라미-3연21행, 추야만월(秋夜滿月)-3연21행, 가을 산-3연21행, 가을 밤-1연9행, 풍요(豊饒)로운 가을-2연14행, 단풍(丹楓)-1연9행, 홍엽(紅葉)에 쓰는 시(詩)-2연12행, 초설(初雪)-3연21행, 제야(除夜)-1연13행, 고드름-3연21행, 순천팔마탑비(順天八馬塔碑)-2연8행, 가로등(街路燈)-2연14행, 나비-2연14행, 석굴대불(石窟大佛)-2연14행, 계영배(戒盈杯)-3연21행, 풍경(風磬)-3연21행, 뜬구름(浮雲)-3연21행, 빠돌-1연7행, 늦잠-3연21행, 수평선-3연21행, 형광등(螢光燈)-2연14행, 비행기(飛行機)-1연8행, 어떤 삶-3연21행, 시계(時計)-2연14행, 백화애송(百花愛頌)(1)-3연21행, 허수아비-3연21행, 찬,송우당운(讚,松友堂韻)-3연21행, 조선왕조실록(朝鮮王朝實錄)을 보면-3연21행, 감우(甘雨)-2연14행, 애도의 정(哀悼의 情)-2연14행, 광주(光州)5.18 민주화운동(民主化運動)-2연14행, 눈(眼)-3연20행, 추억(追憶)-2연14행, 말티고개(馬峙)-2연13행, 광한루(廣寒樓)(1)-2연13행, 법성포단오제유감(法聖浦端午祭有感)-3연22행, 탄금대(彈琴臺)-2연13행, 보길도(甫吉島)에서-4연27행, 낙화암(落花巖)-3연22행, 현충사(顯忠祠)-3연22행, 병영성(兵營城)에서-5연29행, 여로(旅路)-2연16행, 백사장(白沙場)-3연21행, 을숙도(乙淑島)-2연15행, 소양강(昭陽江)의 봄-4연28행, 영광원전관견(靈光原電管見)-3연21행, 탐진강(耽津江)-3연20행, 목장풍경(牧場風景)-3연20행, 어,맹사성(於,孟思誠古宅)-3연21행, 영산강(榮山江)-3연21행, 비행기(飛行機)를 타고-1연13행, 영주일박(榮州一泊)-2연13행, 의상대(義湘臺) 해돋이-2연14행, 지리산(智異山)-3연21행, 축시(祝詩)-사설시조, 동그라미-2연12행, 종달새-3연15행, 꽃동산 만드는 날-2연8행, 할미꽃-2연7행, 우리 부처님-2연7

행, 산(山)-1연7행.

6. 한국시조큰사전(1985)

갈대-3연9행, 경포대-1연3행, 귀뚜라미-2연6행, 냇물-2연6행, 눈(眼)-3연9행, 다방-1연3행, 달밤-3연9행, 동그라미-2연6행, 동백-3연9행, 들국화-2연6행, 벽파야곡-3연9행, 봄-2연6행, 불국사-3연9행, 산-2연6행, 애무-3연9행, 야금강(夜金剛)-3연9행, 오륙도-2연6행, 외돌괴-2연6행, 적벽부-2연6행, 진달래-2연6행.

7. 한국현대시조대표선(1994)

동경(憧憬)-2연14행, 내장사(內藏寺)-2연14행, 동백(冬柏)-3연20행, 땅끝에서-5연32행.

8. 동시조문학

1982. 산-2연12행/ 1985. 구름-2연13행/ 1987. 종달새-3연19행, 봄 냇가-3연16행/ 1988. 꽃동산 만드는 날-2연14행.

9. 한국동시조

1995. 제2집-봄비-1연7행, 동그라미-2연14행/ 1996. 제3집-낙수-1연7행, 저녁노을-1연7행/ 1998. 제5호-동그라미-2연14행/ 1998. 제6호-강아지풀-3연19행/ 1999. 제8호-잠자는 아이 얼굴-3연18행/ 2000. 제9호-병아리-2연14행.

10. 현대동시조.

2001. 제2집-산-1연7행, 동그라미-2연14행.

2009. 현대동시조선집-동그라미-2연14행.

## Ⅲ. 계산 용진호(溪山 龍珍浩 1933-2001)의 시조시 창작형태조사

| 시조 잡지 | 1연 | 2연 | 3연 | 4연 | 5연 | 사설 | 장시조 | 총계 | 비고 |
|---|---|---|---|---|---|---|---|---|---|
| 가람문학 | 15 | 21 | 33 | 5 | 1 | | 1 | 76 | |
| 시조문학 | 8 | 14 | 22 | 1 | | | | 45 | |
| 현대시조 | | 1 | 11 | | 1 | | | 13 | |
| 미래문학 | | | 2 | | | | | 2 | |
| 계산시조시선집 | 23 | 62 | 127 | 13 | 2 | 1 | | 228 | |
| 한국시조큰사전 | 2 | 10 | 8 | | | | | 20 | |
| 한국현대시조대표선 | | 2 | 1 | | 1 | | | 4 | |
| 동시조문학 | | 3 | 2 | | | | | 5 | |
| 한국동시조 | 3 | 3 | 2 | | | | | 8 | |
| 현대동시조 | 1 | 2 | | | | | | 3 | |
| 총계 | 52 | 118 | 208 | 19 | 5 | 1 | 1 | 404 | |
| 비율% | 12.8 | 29.2 | 51.4 | 4.7 | 1.2 | 0.2 | 0.2 | 99.7 | |

## Ⅳ. 현대시조 창작특색

1. 조선 선조 때 임진왜란과 관계 깊은 역사의 고증자료가 학계의 비상한 관심을 집중시키는 현대시조로 창작되었다.

2. 불교사상이 투철한 사찰시조가 많고 자연환경의 경관, 서정시의 운치를 담아내고 있는 현대시조 작품이 많은 편이다.

3. 사설시조나 장시조 창작이 적은 편이고 3연 평시조 창작을 제일 선호했으며 총 404수를 창작했는데 중복된 작품은 골라내지 못했다.

## V. 나오며

시조문학(1980)으로 등단하여 전국에서 현대시조 작가들이 매우 적은 환경세대에서 창작 활동을 전개했으며 월간동백 2수, 한듬문학 9수, 해남신문 5수, 누리문학 22수, 오늘의시조 1수, 현대시조대표선 2수, 시조문예 11수, 부산시조문학 1수, 섬문학2수, 남촌문학 2수, 불교문예3수, 나리시지 1수, 해남문학 2수, 한국시학 3수, 불교사상 1수, 나래문학 2수, 호남시조 1수, 민족시 2수, 주간독서 1수, 나래시조 2수, 문학전남1수 가라문학 1수, 당산문학 1수, 호남문학 2수, 전남시 1수, 등 23종 이상의 시조잡지에 80수 이상의 현대시조가 수록되어 수준 높은 작품세계를 선보이고 있었다. 호남시조문학회 회장으로 활동하며 땅끝찬가를 작사하여 지역문화 발전에 공헌했으며 특히 KBS지역방송 대담으로 4회 출연했는데 〈터주대감〉프로가 제일 기억에 남는다. 다섯 살 연상의 형님 같은 존재로 여러 차례 현대시조 세미나 때 상면하였고, 연하장을 꼭 전해 주셨던 다정다감한 인상은 지금도 땅끝마을에 펄럭이고 있을 것이며, 땅끝 일출제 시조비가 땅끝 관광지에 세워져 있다. 삼가 고인의 명복을 기원하며 끝을 맺는다.

## ↗ 종야 유강희 (宗野 柳剛熙 1942-1997)

### Ⅰ. 한국시조큰사전. 1985.

관음상-3연9행, 난잎 하나를 보며-3연18행, 마르뜨화상-4연12행, 목련-3연9행, 배를 띄우고-3연9행, 별리(別離)-2연6행, 봉숭아-2연6행, 산딸기-2연6행, 여름밤의 기억-3연9행, 인연-3연9행, 장독대-3연9행, 풀잎-2연6행, 해는 지는데-2연6행.

### Ⅱ. 유강희 시조전집. 1999.

난잎 하나 보며-3연17행, 배를 띄우고-3연16행, 청호(靑壺)-1연6행, 마르뜨 화상-4연24행, 마르뜨 보리밭-3연18행, 새벽-1연7행, 사계-4연18행, 인연(因緣)-3연18행, 향수(鄕愁)-3연18행, 선유도(仙遊島)-1연7행, 해는 지는데-2연12행, 봉숭아-2연12행, 산딸기-2연13행, 목련(木蓮)(1)-3연18행, 풀잎-2연12행, 낙화첩(落花帖)-2연16행, 산책길-2연12행, 별리(別離)-2연-12행, 장독대-3연9행, 여름밤의 기억(記憶)-3연18행, 매화정(梅花亭)-1연3행, 딸기밭과 바람과-2연12행, 관음상(觀音像)-3연24행, 금산사(金山寺)-2연8행, 빈자(貧者)의 등(燈)-2연12행, 가장 낮은 곳에서-3연9행, 추상(追想)-2연12행, 불국사(佛國寺)에서(1)-1연13행, 야상(夜想)-1연13행, 금산사(金山寺) 기(記)-3연9행, 절터에서-4연12행, 애원(哀願)-3연24행, 매화(梅花)-1연6행, 비정(非情)-2연12행, 해조음(海潮音)-1연7행, 봄(1)-1연7행, 봄(2)-1연8행, 오동도에서-2연6행, 조화(造花)-1연6행, 사계의 화음-봄-1연3행, 여름-1연3행, 가을-1연3행, 겨울-1연3행, 박꽃 앞에서-1연7행, 원(願)(1)-1연7행, 난(蘭)-1연8행, 국화(菊花)-2연12행, 꽃-1연9행, 세월(歲月)-1연3행, 추억(追憶)-1연3행, 옥녀탕(玉女湯)-1연3행, 촉석루(矗石樓)-1연3행, 상(想) -1연7행, 원(願)(2)-1연3행, 삶-1연9행, 무제(無題)(1)-1연6행, 봄나들이-2연12행, 겨울강가-1연6행, 그리움-1연6행, 봄뜰-1연3행, 서녘에서

-1연6행, 꽃빛의 노래-1연6행, 밤길-1연6행, 산을 내려오며-2연6행, 새날의 노래-2연16행, 밤의 합주곡(合奏曲)-2연6행, 바람-1연6행, 목련(木蓮)(2)-1연6행, 봄(3)-1연8행, 늪이 있는 쪽에서-2연12행, 오솔길에서-2연11행, 계류(溪流)에서-1연6행, 가을 산하(山河)에서-2연9행, 발상(發想)-1연9행, 뜰가에서-1연7행, 달빛풍경(風景)-2연12행, 동,계단(階段)-1연6행, 가을연가(戀歌)-2연12행, 흐느끼는 목마(木馬)-3연15행, 정(情)-3연16행, 그대가 떠난 뒤에-3연12행, 방향(方向)(3)-5연20행, 단상(斷想)(1)-1연11행, 고독초(孤獨抄)-2연18행, 미련(未練)-1연8행, 점묘(點描)-2연18행, 물가에서-1연9행, 야상(夜想)(2)-2연10행, 소품(小品)(1)-1연6행, 소품(小品)(2)-2연10행, 한그루의 나무가 꽃을 피우는 날에-3연15행, 바람 앞에서-3연15행, 회로(回路)-3연18행, 그리움-1연8행, 비가(悲歌)(1)-2연16행, 소곡(小曲)(2)-2연15행, 문명(文明)-2연12행, 비가(悲歌)(2)-2연13행, 고적(孤寂)한악장(樂章)-3연14행, 어느 문전(門前)에서-3연18행, 달, 목과(木果)-1연10행, 바다의 꿈-3연17행, 눈-1연4행, 소망(所望)(1)-1연20행, 소망(所望)(2)-2연6행, 소망(所望)(3)-3연25행, 선인장(仙人掌)-3연26행, 풍선기(風船記)-3연26행, 청사(青史)의 시(詩)-2연18행, 철로변(鐵路邊)-2연6행, 겨울강-2연19행, 눈썹소묘(素描)-1연3행, 책장을 넘기며-3연9행, 목욕(沐浴)-2연15행, 과원(果園)에서-2연21행, 강(江)(1)-2연6행, 강(江)(2)-2연12행, 환상(幻想)-2연9행, 수선(水仙) 앞에서-3연24행, 여창(旅窓)-1연3행, 여수(旅愁)-2연6행, 평화(平和)의 노래-2연11행, 평화(平和)의 얼굴-4연26행, 마르뜨(2)-1연11행, 마르뜨(3)-3연22행, 밤-2연6행, 잎이 쌓일때-2연14행, 파초(芭蕉)-2연16행, 여로(旅路)-3연21행, 장미와 뜰-3연26행, 눈물의 시(詩)-3연25행, 영가(靈歌)-3연11행, 살구꽃-1연11행, 석류(石榴)-3연31행, 과수원(果樹園)-3연9행, 탄생(誕生)-3연9행, 찬가(讚歌)-4연32행, 귀공기(歸公記)-3연9행, 강 언덕에서-1연3행, 포도송(葡萄頌)-2연14행, 괄구-3연27행, 들불-3연24행, 바느질-3연9행, 연서(戀書)-1연6행, 아카시아꽃-2연12행, 봄비-3연31행, 불면(不眠)의 장(章)-3연9행, 악보(樂譜)-2연19행, 조원기(早園記)-2연13행,

목기(木器)-2연17행, 비밀(秘密)-1연10행, 열반(涅槃)의 장(章)-2연16행, 풍경(風磬)-2연22행, 꽃바람-3연28행, 손금, 고(考)-3연9행, 연연무한(戀戀無限)-2연15행, 산중일기(山中日記)-1연10행, 연풍(戀風)-1연7행, 그물을 던지며-1연9행, 산사(山寺)의 밤-4연36행, 장인(匠人)과 콧수염-2연19행, 나리꽃-3연9행, 새벽닭-1연9행, 풍금(風琴)-1연11행, 자유(自由)에 관하여-3연23행, 어떤 비명(碑銘)-2연12행, 들--2연14행, 활터에서-1연11행, 상념(想念)-1연6행, 한 개의 별과 같은 이야기로-30연90행, 장미(薔薇)-2연11행, 꽃사색(思索)-2연12행, 사습기(記)-1연3행, 겨울이야기-3연10행, 겨울일지(日誌)-2연18행, 고적(孤寂)의 빛깔-1연11행, 출구(出口)-1연9행, 절망(切望)을 털며-3연9행, 청자(青磁)-3연23행, 잠을 설치며-1연11행, 인과(因果)-2연12행, 밤 삼경(三更)-3연28행, 구열초(龜裂抄)-2연19행, 태평가(太平歌)-3연20행, 독백조(獨白調)-1연9행, 무제(無題)(2)-1연6행, 그 친구에게 주는 시(詩)-2연16행, 자화상(自畫像)-3연26행, 연날리기-3연26행, 귀로(歸路)의 창(窓)-3연25행, 회상(回想)-1연10행, 꽃과 영원(永遠)(3)-2연12행, 낙루초(落淚抄)-2연21행, 아! 이 정밀(靜謐)-1연11행, 단상(斷想)(2)-1연6행, 그후-2연16행, 가난한 기도(祈禱)-2연19행, 변화(變化)-2연12행, 빛-1연9행, 노래(13)-2연15행, 풍경(風景)-1연8행, 노래(21)-2연12행, 단상(斷想)(3)-2연16행, 풍경(19)-1연9행, 적막(寂寞)-1연6행, 욕망(慾望)-2연12행, 연연서정(戀戀抒情)-3연18행, 역사(歷史)의 틈-2연12행, 술잔(盞)-2연14행, 쓸데없는 노래-3연23행, 대치(對峙)-2연20행, 거미-4연26행, 꽃병-3연10행, 역설(逆說)-1연6행, 담(淡)-1연5행, 회전목마(回轉木馬)-1연7행, 회천곡(回天曲)-2연14행, 어떤 독백(獨白)-2연15행, 세월(歲月)(9)-1연11행, 자라목-1연5행, 세월(歲月)(15)-2연12행, 고서점(古書店)-1연6행, 밤열차-2연14행, 세월(歲月)(17)-2연12행, 망(望)(7)-1연5행, 단상(斷想)(21)-1연6행, 등산(登山)-2연12행, 사슬을 풀며-2연12행, 역사(力士)의 손-2연13행, 봄짓-2연13행, 총(寵)-1연7행, 망(望)(14)-1연11행, 밤은 자꾸 깊어가는데-1연9행, 미술전시장(美術展示場)-3연16행, 시장통(市場通)-1연8행, 단장-겨울바다기-3연24행, 봄(13)-2연6행, 방문기(訪問記)-2연12행, 달과 술-2연12행, 은혜(恩惠)의 노래-3연16행, 하늘을 보며-1연6행, 호수근처(湖水近處)-2연12행, 아침점묘(點描)-2연13행, 어떤 기구(祈求)-2연12행, 꿈속에서-2연12행, 참으로 어려워서-3연9행, 별사(別詞)-2연12행, 문(門)-1연3행, 인연(因緣)(9)-1연6행, 작열(灼熱)-1연6행, 종(鐘)-1연6행, 거리(距離)-1연6행, 기다림-2연6행, 바위.고(考)-3연11행, 풀씨 한알-2연12행, 동백(冬柏)-1연6행, 가로수(街路樹)(7)-3연18행, 유래(由來)-2연11행, 꽃씨 연습-1연4행, 무제(無題)(4)-1연6행, 그가 간 귀-2연11행, 그 눈빛-2연12행.

조선일보(1976)신춘문에. 시조당선. 관음상(觀音像)-3연24행.

## Ⅲ. 종야 유강희(宗野 柳剛熙 1942-1997)의 정형시 창작형태조사

| 시조집 | 1연 | 2연 | 3연 | 4연 | 5연 | 사설 | 장시조 | 총계 | 비고 |
|---|---|---|---|---|---|---|---|---|---|
| 한국시조 | | 5 | 7 | | | | | 13 | |
| 시조전집 | 94 | 97 | 62 | 7 | 1 | | 1 | 262 | |
| 총계 | 94 | 102 | 69 | 8 | 1 | | 1 | 275 | |
| 비율% | 34.1 | 37.0 | 25.0 | 2.9 | 0.3 | | 0.3 | 99.6 | |

## ↗ 이 가 원 (李家源 1913-2000)

### Ⅰ. 한국시조큰사전. 1985.

그대들은 고이 잠드시라-3연9행, 그리운 임께-3연9행, 묘비명초-3연9행, 백월비부(白月碑趺)-1연3행, 봄편지-3연9행, 수주옹에게 드림-3연9행, 심산 김창숙옹만사초-3연9행, 역동우 선생탁유적비명-2연6행, 예조정랑안동권공이유허비명-2연6행, 오위도총부도사퇴유당활공열유허비명-1연3행, 원대이공원태기적비명-2연6행, 유소사(有所思)-6연18행, 장미첩-2연6행, 최열곤동지화혼축시-1연3행, 충무위사직죽계유공춘영유적비명-2연6행.

### Ⅱ. 이가원(李家源 1913-2000)의 정형시 창작형태조사

| 시조집 | 1연 | 2연 | 3연 | 4연 | 5연 | 사설 | 장시조 | 총계 | 비고 |
|---|---|---|---|---|---|---|---|---|---|
| 한국시조 | 3 | 5 | 6 | | | | 1 | 15 | |
| 총계 | | | | | | | | | |
| 비율% | | | | | | | | | |

## ➚ 이 경 윤 (李京潤 1949-1982)

### Ⅰ. 한국시조큰사전. 1985.

강(江)-3연9행, 겨울 들판-2연6행, 계룡산(鷄龍山) 기행-3연9행, 고가(古家)일편(一篇)-3연9행, 관조(觀照)-3연9행, 그날-2연6행, 그 얼굴-3연9행, 내원사(內院寺) 가을-3연9행, 대둔산(大芚山)일기-3연9행, 동백꽃 순화(順花)-3연9행, 등대(燈臺)와 바다-3연9행, 목향(木香)-3연9행, 바다가 보이는 마을-3연9행, 밤, 소곡(小曲)-3연9행, 백(百)-3연9행, 사념(思念)의 해(海)-5연15행, 산가(山家)에 앉아-3연9행, 산초(山草)-4연12행, 삼화리(三和里)-2연6행, 생화택(生花宅)-3연9행, 안부(安否)-5연15행, 연서(戀書)-3연9행, 외로운 고향(故鄕)-4연12행, 정(情)-3연9행, 정야(靜夜)-3연9행, 주변(周邊)(1)-4연12행, 주변(周邊)(2)-5연15행, 촌가(村家)-4연12행, 충무(忠武) 바다-3연9행, 파도(波濤)가 되는 바다-2연6행, 회고(懷古)-3연9행, 회상(回想)-2연6행.

### Ⅱ. 이경윤(李京潤 1949-1982)의 정형시 창작형태조사

| 시조집 | 1연 | 2연 | 3연 | 4연 | 5연 | 사설 | 장시조 | 총계 | 비고 |
|---|---|---|---|---|---|---|---|---|---|
| 한국시조 | | 5 | 20 | 4 | 3 | | | 32 | |
| 총계 | | 5 | 20 | 4 | 3 | | | 32 | |
| 비율% | | 15.6 | 62.5 | 12.5 | 9.3 | | | 99.9 | |

## ↗ 성재 이관구(誠齋 李寬求 1898-1991)

### Ⅰ. 한국시조큰사전. 1985.

고생(苦生)도 창작(創作)인양-1연3행, 깊은 밤 가을 비-2연6행, 나그네 잠 못 이루고-1연3행, 늙어도 귀여운 내 딸-4연12행, 다비(荼毘)-3연9행, 부지노지장지(不知老之將至)-1연3행, 산 넘어 또 산 넘어-1연3행, 에베레스트의 태극기(太極旗)-2연6행, 원단 우음(元旦 偶吟)-4연12행, 월남(月南) 선생을 그리며-3연9행, 저무는 잠실나루-4연12행, 진주(珍珠)의 탄생(誕生)-2연6행, 푸르고 눈부시게-1연3행, 희망(希望)의 80년대-2연6행.

### Ⅱ. 성재 이관구(誠齋 李寬求 1898-1991)의 정형시 창작형태조사

| 시조집 | 1연 | 2연 | 3연 | 4연 | 5연 | 사설 | 장시조 | 총계 | 비고 |
|---|---|---|---|---|---|---|---|---|---|
| 한국시조 | 5 | 4 | 2 | 3 | | | | 14 | |
| 총계 | 5 | 4 | 2 | 3 | | | | 14 | |
| 비율% | 35.7 | 28.5 | 14.2 | 21.4 | | | | 99.8 | |

## ↗ 해정 이교탁 (海亭 李敎鐸 1927-1980)

### Ⅰ. 들어가며

수집 자료가 충분하지 못해서 〈수박 겉핥기〉논문으로 전락한 상태라고 논평해도 어쩔 수 없는 형편이다. 집필자와는 아무 관련도 없었고 대전으로 전근되어 오기 전에 봉직했던 시인이기 때문이다. 청자, 차령, 호서문학(호서시선), 충남문학에 발표되었던 자료 밖에는 더 이상 찾을 수 없었고 그간 대전 문학지에 발표된 논문도 찾아 볼 수 없기에 단조로운 시집 한 권으로 논문을 정리하였다.

### Ⅱ. 펼치며

1. 청자

1965. 제2집-소풍-1연7행, 육당화-1연7행, 맨드라미-1연7행, 정(情)-3연21행/ 1966. 제4집-산(山)-1연7행/ 1966. 제5집-아카시아의 사연-3연21행/ 1966. 제6집-계룡삼영(鷄龍三咏)-상봉(上峰)-1연6행, 국사봉(國師峰)-1연6행, 모사봉(謀士峰)-1연6행/ 1970. 제10집-꽃-2연14행.

2. 차령

1978. 창간호-한제(閑題)-2연12행, 귀가(貴家)-1연6행/ 1978. 제2호-사향사제(思鄕四題)-4연24행, 한려수도(閑麗水道)-3연18행/ 1979. 제3호-죽하묘명(竹下墓銘)-1연9행.

3. 호서문학

1956. 제3집-서신(書信)-1연3행, 영동기(嶺東記)-1연6행/ 1959. 제4집-먼 시간-1연6행/ 1972. 호서시선-산하(山河)-3연24행, 허(虛)-1연6행, 산(山)-1연6행, 맨드라미-1연6행, 귀촉도(歸蜀道)-2연12행, 수북정(水北亭)-2

연12행/ 1975. 속-호서시선-령(嶺)-1연6행, 내장사(內藏寺)-1연6행, 노을-1연6행, 운일암(雲日岩)-1연6행/ 1976. 제5집(봄호)-기도(祈禱)-2연15행, 지평(地坪)-2연14행/ 1976. 제6집(가을호)-빛의 계단-4연26행, 풍경(風景)-1연15행, 구름밭-3연20행/ 1981. 제7집-입동(立冬)-2연12행, 봉(鳳)-2연12행, 동학사(東鶴寺)-3연18행, 금강물 자락의 시정신-해정 이교탁 시인의 작품세계, 향토문단40년-교우록을 중심으로 60년대신춘문예작가12명, 70년대개화기/ 1982. 제8집-노령(蘆嶺)-1연8행, 안면도난(眼眠島蘭)-3연21행, 고속으로 달리던 밤길-3연21행, 문병(問病)(1)-사설시조, 어둠의 신화-2연14행, 기우제(祈雨祭)-2연14행, -산음가(山吟歌)-2연14행, 새벽종소리-2연15행.

4. 충남문학

1970. 제6집-성수터-1연6행/ 1971. 제7집-청풍-2연12행/ 1972. 제8집-수북정(水北亭)-2연12행. 한티고개-2연12행/ 1975. 제9집-추향(秋鄕)-3연18행/ 1978. 제10집-지평(地坪)-1연6행, 운일암(雲日岩)-1연6행, 내장사(內藏寺)-1연6행/ 1980. 제11집-산문-향토문학 40년(1)/ 1981. 제12집-산문-향토문학 40년(2).

5. 햇빛 먼 둘레-시집(1981)

기도(祈禱)-2연14행, 교외(郊外)-2연16행, 입춘(立春)-2연13행, 귀가(歸家)(1)-1연5행, 귀가(歸家)(2)-1연6행, 거리-2연12행, 귀촉도(歸蜀途)-2연12행, 봉(鳳)-2연12행, 허상(虛像)-3연18행, 추야곡(秋夜曲)-3연18행, 춘일산조(春日散調)-3연18행, 산하(山河)-3연18행, 옥저(玉笛)-3연18행, 정(情)-3연18행, 한가위-3연18행, 사향사제(思鄕四題)-4연24행, 노을-1연6행, 고개(嶺)-1연6행, 소녀(少女)여-1연6행, 원(願)-1연6행, 입동(立冬)-2연12행, 지평(地坪)은-1연6행, 인연1연4행, 한려수도(閑麗水道)-3연18행, 영동기(嶺東記)(1)-대관령(大關嶺)1연6행, 경포대(景浦臺)-1연6행, 월정사(月精寺)-1

연6행, 오죽헌(烏竹軒)-1연6행, 설악(雪岳)-2연12행, 낙산사(洛山寺)-2연12행, 영동기(嶺東記)(2)-석굴암(石窟庵)-1연6행, 다보탑(多寶塔)-1연6행, 울산(蔚山)바위-1연6행, 의상대(義湘臺)-1연6행, 동해안(東海岸)-1연6행, 수북정(水北亭)-2연12행, 한재-2연12행, 곰나루-2연12행, 동학사(東鶴寺)-3연18행, 속리산(俗離山)-3연18행, 계룡산(鷄龍山) 상봉(上峰)-1연6행, 국사봉(國士峰)-1연6행, 모사봉(謨士峰)-1연6행, 제물포(濟物浦) 거리-1연6행, 자유공원(自由公園)-2연12행, 포항(浦項)-1연6행, 서라벌-1연6행, 불국사(佛國寺)-1연6행, 부소산(扶蘇山)-1연6행, 공산성(公山城)-1연6행, 운일암(雲日岩)-1연6행, 내장사(內藏寺)-1연6행, 귀로(歸路)-1연6행, 죽하선생 묘명(竹下先生 墓銘)-3연18행, 만장(輓章)-3연12행, 만사(輓詞)-2연12행, 한티고개-2연12행, 회장(回章)-3연18행, 선산(先山)-2연12행, 한제(閑題)-노송(老松)-1연6행, 죽(竹)-1연6행, 매화(梅花)-1연6행, 달-1연6행, 바다-1연6행, 방학수제(放學數題) 패랭이꽃-1연6행, 별-1연6행, 정차장(停車場)-1연6행, 코스모스-4연24행, 소풍(消風)-1연6행, 병상(病床)-1연6행, 계곡(溪谷)-1연6행, 육당화-1연6행, 풍경(風景)-2연12행, 구름발-2연12행, 달-1연6행, 들국화-1연6행, 칸나-1연6행, 백설(白雪)-1연6행.

〈해설〉빛의 곡절과 정한의 심도-박희선

### III. 해정 이교탁(海亭 李敎鐸 1927-1980)의 시조시 창작 형태조사

| 시조잡지 | 1연 | 2연 | 3연 | 4연 | 사설 | 장시조 | 총계 | 비고 |
|---|---|---|---|---|---|---|---|---|
| 청자 | 7 | 2 | 1 | | | | 10 | |
| 차령 | 2 | 1 | 1 | 1 | | | 5 | |
| 호서문학 | 12 | 10 | 5 | 1 | 1 | | 29 | |
| 충남문학 | 4 | 3 | 1 | | | | 8 | |
| 햇빛먼둘레 | 46 | 17 | 13 | 2 | | | 78 | |
| 총계 | 71 | 32 | 22 | 4 | 1 | | 130 | |
| 비율% | 54.6 | 24.6 | 16.9 | 3.0 | 0.7 | | 99.8 | |

## Ⅳ. 현대시조 창작 특색

1. 1965년부터 1980년대까지 현대시조를 창작했으며 장시조보다 단형평시조인 1연 2연 3연 시조를 선호하였다.

2. 계룡삼영, 영동기, 한려수도 등 기행 시조 작품이 눈에 띄도록 많은 작품을 창작하였고 섬마을 풍경을 아름다운 필치로 전개하였다.

3. 금강 물자락의 시정신이 살아있는 작품 세계가 향토문단 40년의 산문도 선보이고 있다.

## Ⅴ. 나오며

청자, 차령, 호서문학, 충남문학, 등 시조잡지가 겨우 네 종류에 불과하고 1971년의 〈청풍-晴風〉이란 시집은 발간했으나 자료수집이 어려워 찾아내지 못했고 〈햇빛 먼 둘레〉 시집은 유고집으로 호서문학회(호서문화사-대전)에서 발간한 것을 어렵게 수집하였다. 총 130수를 창작했는데 단형시조가 71수 54.6%, 2연시조가 32수 24.6%, 3연시조가 22수 16.9%를 나타내고 있다. 삼가 고인의 명복을 기원하며 끝을 맺는다.

## ➚ 이 금 준 (李錦濬 1931-1982)

### Ⅰ. 들어가며

한밭시조 뿌리 찾기를 전개하면서 대전 · 충청권의 시조시인들을 집중 탐구한 결과 현대시조(동시조)와 관계깊은 연관성을 확인하였고 작고 시인들을 조사하면서 한밭시조의 전통맥을 확인 할 수 있었다. 좀 더 심도 깊은 참고자료 수집이 어려웠고 현대시조와 관련 깊은 선행연구 자료가 조사하기 힘들었다. 한정된 자료수집으로 조사연구를 기초로 전개하기로 한다.

### Ⅱ. 펼치며

1. 차령(車嶺)

1978. 창간호-백목련(白木蓮)-1연7행, 방아실-3연18행, 도망매가(悼亡媒歌)-3연19행, 고목(古木)-2연14행/ 1978. 제2호-소녀의 편지-1연7행, 출애급송(出埃及頌)-10연30행. 수북정(水北亭)-3연21행/ 1979. 제3호-봄이 오는 소식-1연12행, 원시시대-2연14행.

2. 가람문학

1980. 창간호-갯마을 당산(堂山)-2연14행, 캠프파이어-3연21행/ 1981. 제2집-하소서(1)-3연21행/ 1982. 제3집-고속으로 달리던 밤길-3연21행, 문병(問病)-사설시조/ 1983. 제4집-산음가(山吟歌)-2연14행, 손바닥을 바라보며-1연9행, 노령(蘆嶺)-1연6행, 기우제(祈雨祭)-2연14행.

3. 충남문학

1981. 제12집-동격렬비열도 어장에서-3연21행/ 1982. 제13집-통근제-3연18행.

4. 호서문학

1976. 제5호-노령(蘆嶺)-1연6행, 동심원(同心圓)-1연6행/ 1976. 제6호-산음가(山吟歌)-2연12행, 연(鳶)-1연6행/ 1981. 제7호-눈 오는 날-2연16행, 설레던 25시-2연14행/ 1982. 제8호-문병(問病)-사설시조, 어둠의 신화(神話)-2연14행, 기우제(祈雨祭)-2연14행, 산음가(山吟歌)-2연14행, 새벽 종소리-2연15행.

5. 시조문학

1965. 제12집-꽃-2연14행/ 1980. 봄호-환한 교실에 서면-3연9행/ 1980. 여름호-산의 숨소리-2연6행/ 1980. 가을호-방포 해변-3연9행/ 1980. 겨울호-고목(古木)-2연6행, 고파도 분교장의 접시꽃-3연9행, 사향보(思鄕譜)-2연6행, 안면난(眼眠蘭)-3연9행, 안면도의 모감주나무군락-2연6행, 영월의 칠월-2연6행/ 1981. 봄호-연육교(連陸橋)에서-3연9행, 인시(寅時)의 해안-3연9행, 하소서(1)-3연9행, 하소서(2)-2연6행, 해면을 깔고 앉은 갈맥-3연9행, 섬마을 해변의 향가-4연12행/ 1981. 가을호-등대-2연6행/ 1982. 여름호-설레던 25시-2연6행/ 1982. 가을호-이충무공 묘소 참배-4연12행/ 1982. 겨울호-기우제(祈雨祭 )-2연6행, 늦가을-2연6행, 백목련-1연3행, 산음가(山吟歌)-2연6행, 석불(石佛)-2연6행, 손바닥을 바라보며-1연3행, 수북정(水北亭)-3연9행, 옥수수-1연3행, 옹달샘-1연3행.

6. 기우제(祈雨祭)-시조집. 1979.

새벽종소리-3연23행, 서재(書齋)-2연14행, 산음가(山吟歌)-2연14행, 손바닥을 바라보며-1연10행, 봄이 오는 길목-1연12행, 그날 숲에서-2연14행, 분수대의 한낮-2연16행, 고목(古木)-2연23행, 어떤 공포-2연14행, 기우제(祈雨祭)-2연14행, 노령(蘆嶺)-1연12행, 사랑-2연14행, 방아실-3연18행, 심메마니-2연18행, 늦가을-2연14행, 공주(公州)길-1연9행, 산길-2연12행, 밤길-2연18행, 베틀가-2연14행, 방패연-1연12행, 연(鳶)-1연12행, 음사월(陰四月)-3연21행, 초파일-2연20행, 단오날-2연22행, 석불(石佛)-2연20행, 의

상대에서-3연21행, 고촉사(高燭寺)-2연14행, 수북정(水北亭)-3연21행, 백목련(白木蓮)-1연11행, 까치가 울면-1연12행, 종달새-2연14행, 옹달샘-2연14행, 호롱불-1연12행, 은하 음(銀河 吟)-2연19행, 옥수수-1연11행, 느티나무-1연11행, 고가(古家)-2연14행, 낙엽(落葉)-1연11행, 소녀의 편지-1연10행, 청우(淸友)여-2연14행, 라일락-1연10행, 설송(雪松)-1연12행, 추모사(追慕詞)-2연14행, 망매사(亡妹詞)-3연24행.

7. 한국시조큰사전

산음가(山吟歌)-3연11행, 고목(古木)-2연6행, 고파도 분교장의 접시꽃-3연9행, 기우제(祈雨祭)-2연6행, 노령(蘆嶺)-1연3행, 늦가을-2연6행, 등대-2연6행, 방포해변-3연9행, 백목련-1연3행, 사향보(思鄕譜)-2연6행, 산음가(山吟歌)-2연6행, 산의 숨소리-2연6행, 석불(石佛)-2연6행, 설레던 25시-2연6행, 섬마을 해변의 향가-4연12행, 손바닥을 바라보며-1연3행, 수북정(水北亭)-3연9행, 안면난(眼眠蘭)-3연9행, 안면도의 모감나무군락-2연6행, 연육교(連陸橋)-3연9행, 영월의 칠월-2연6행, 옥수수-1연3행, 옹달샘-1연3행, 이충무공묘소 참배-4연12행, 인시(寅時)의 해안-3연9행, 하소서(1)-3연9행, 하소서(2)-2연6행, 환한 교실에 서면-3연9행, 해면을 깔고 앉은 갈매기-3연9행.

## Ⅲ. 이금준(李錦濬 1931-1982)의 현대시조 창작형태조사

| 시조잡지 | 1연 | 2연 | 3연 | 사설 | 장시조 | 총 계 | 비 고 |
|---|---|---|---|---|---|---|---|
| 청자 | 3 | 2 | 3 | | 1 | 9 | |
| 가람문학 | 2 | 3 | 3 | 1 | | 9 | |
| 충남문학 | | 2 | | | | 2 | |
| 호서문학 | 3 | 7 | | 1 | | 11 | |
| 시조문학 | 4 | 13 | 8 | 2 | | 27 | |
| 기우제 | 15 | 24 | 6 | | | 45 | |

| 한국시조 | 3 | 9 | 8 | 1 | | 21 | |
|---|---|---|---|---|---|---|---|
| 총계 | 30 | 60 | 28 | 5 | 1 | 124 | |
| 비율% | 24.1 | 48.3 | 22.5 | 4.0 | 0.8 | 99.7 | |

## Ⅳ. 현대시조 창작 특색

1. 자연환경의 관찰을 위주로 한 생활시가 대부분으로 창작되었고 과학, 문화, 체육, 역사적 시제가 매우 적은 편이다.

2. 평시조 중 단형시조가 23수 29.8%를 2연, 3연의 연시조가 30수로 51%를 차지해 장시조보다 단형시조를 선호하였다.

3. 기독교 종교인 집사로 봉직하면서 종교와 관계깊은 시제를 찾아볼 수 없고 오직 한국 전통시조 창작에 매진하였다.

## Ⅴ. 나오며

이금준(李錦濬 1931-1982) 시인은 차령 창간호부터 현대시조 작품이 출현하는데 차령 9수, 가람문학 9수, 충남문학 2수, 호서문학 11수, 시조문학 2수, 기우제-시조집 45수, 총 77수를 창작하였다. 시적 경향은 향토적 서정시, 사물시로 변용된 작품이 주류를 이루고 있다. 리태극(1913-2003)은 책머리 글, 정훈(1911-1992)은 머리 말, 최원규 교수의 발문, 저자의 후기로 엮어진 기우제(祈雨祭) 시조집을 대전 활문사에서 발간하였다. 특히 책 머리글에서 리태극(1913-2003)은 산음가(山吟歌)의 첫 수만 보아도 얼마나 원숙한 상념의 화폭이며 자연의 생태를 미화하고 그 속에 숨쉬는 작자의 인생관인가 이 한 수만에서도 이 시인의 시적 가치성과 척도를 짐작하고도 남을 만하다고 하겠다. 이 시인은 현실의 집착성에서 오는 어지러움을 자연의 섭리와 미감 속에서 다독여 보고 회고적 영상으로 어루만지는 관조와 달관의 경지를 열어 보고자 평설하고 있으며 삼가 고인의 명복을 기원하며 끝을 맺는다.

## ↗ 삼산 이광렬(三山 李光烈 1936-1997)

### Ⅰ. 들어가며

두 살 연상인 삼산(三山)님과 첫 만남은 운장(雲藏) 소제동 집에서 만났다. 태권도 국제심판자이며 공군 준위로 오랫동안 군무를 마치고 제대했다고 소개해 주셨다. 때마침 한국불교문인협회 회원 가입신청서를 들고 추천을 받기 위해 가정방문을 했을 때였다. 1991년도 한국불교문인협회에 가입되어 있는 시인은 김대현(1920-2003), 구상회, 이광렬(1936-1997) 시인이 중앙위원으로 활동했고 집팔자가 처음으로 회원 가입신청서를 제출했었다. 운장님이 한글번역판 〈바른한글 반야심경〉 천수경, 원각경, 금강경 등을 번역하신다고 분주해서 집필자에게 책임을 전가해 주었기 때문에 현대시조 창작지도를 시작하였던 것이다. 시조문학, 현대시조, 시조생활에 초등학교 어린이들 지도 작품을 제시해 주었고 전국한밭시조백일장 심사위원으로 참가했기에 정형시 지도가 손쉬웠으며 집필자가 지도해 낸 첫 시조문학 천료자다. 〈글탑〉 창간호를 발간하겠다고 여러 곳을 방문했고 처음 상면한 사람도 너무 많았다. 끝까지 참여한 군인정신의 정의감, 도전감 지구력이 대단한 인간상이라고 느꼈다.

### Ⅱ. 펼치며

#### 1. 시조문학

1994. 봄호-당신-3연21행.(초회천)/ 1995. 봄호-계룡산-2연14행(천료)

#### 2. 한밭시조문학

1996. 제8집-갑천-2연12행, 대전-3연21행, 충주호에서-2연12행, 다라니-3연18행, 그림자-1연7행, 산사에서-2연12행.

3. 가람문학

1994. 第15집-고독-4연28행, 무상(無常)-2연14행, 정(情)-2연14행/ 1995. 제16집-정(情)-2연13행/ 1997. 제18집-목탁소리 그 목소리(애도시)-3연15행, 수필-저 찬란한 태양을 향하여(인생교차로 한가운데 서서)-목탁소리-2연14행, 도라지꽃-2연14행, 대둔산-3연20행, 정(情)-2연14행, 무상(無常)-2연14행.

4. 오늘의문학

1996. 여름호-무상-2연14행, 고독-3연21행/ 1997. 여름호-당신-3연21행, 충주호에서-2연12행, 목련-2연14행, 창가에서-2연14행, 노송(老松)-2연14행, 도라지꽃-2연14행, 허상(3)-사설시조, 가을산사-2연13행.

5. 대전문학

1995. 제13호-산(山 )-사설시조/ 1995. 제13호-수필-산행/ 1996. 제14호-수필-시내버스 안에서/ 1996. 제15호-수필-가을 어느 날.

6. 서구문학

1995. 창간호-섬진강-2연14행, 아버지께 드리는 글-사설시조/ 1996. 제2호-수필-어떤 운전기사.

7. 시작노트

1997.(1월-3월)-구도-1연6행, 안개꽃-1연6행, 주왕산-2연12행, 물한계곡-3연21행, 목련-2연14행, 정(3)-2연12행, 정(4)-2연12행, 정(5)-2연14행, 해인사-2연14행, 동자승-2연12행, 감포에서-2연12행, 한마리 새-2연14행, 모정-3연18행, 아내의 노래-2연14행, 태공유감-1연6행, 두만강변에서-1연6행, 길-2연14행, 소나무-2연14행, 찻집 휘가로-1연6행, 사월-1연7행, 갑천-2연12행, 나그네-2연14행, 고향-2연14행, 성냥-4연28행, 3.1절-2연13행, 대

나무(1)-2연14행, 대나무(2)-2연16행.

8. 한국불교문학

1993. 제6집-수필-작은 풀잎의 침묵/ 1994. 제7집-정(情)-2연14행, 바람-2연14행, 그 얼굴-2연14행/ 1995. 제8집-수필-절에 대하여/ 1996. 제9집-수필-대륜산 대흥사를 찾아서/ 1997. 제10집-산사(山寺)에서-사설시조, 기다림(2)-3연18행, 허상(虛像)-4연35행, 수필-논산 관촉사를 찾아서, 수필-인연(因緣).

## Ⅲ. 애도시(哀悼詩)

목탁소리 그 목소리-고 이광렬 시인을 애도하며// 천불가 목탁소리 청곱게 퍼지더니/ 회갑 술 잡수시자 무엇이 바쁘길래/ 황천길 극락전 앞에 그리 곱게 가셨구려.// 지묵향 번진 옷섶 태권도 기합소리/ 꽹과리 멋진 장단 그 숨결 하도 고와/ 떨리는 꽃가슴에도 그 목소리 그 목소리.// 전국 시조창을 으뜸으로 뽑아내고/ 농악, 목탁, 수석, 옥상농법, 태권도, 서예/ 못다한 임의 영전에 달빛 가득 받으소서. 〈가람문학. 1997. 제18호〉

## Ⅳ. 삼산 이광렬의 정형시 창작형태조사

| 문학잡지 | 1연 | 2연 | 3연 | 4연 | 사설 | 장시조 | 엇시조 | 총계 | 비고 |
|---|---|---|---|---|---|---|---|---|---|
| 시조문학 | | 1 | 1 | | | | | 2首 | |
| 한밭시조문학 | 1 | 3 | 2 | | | | | 6 | |
| 가람문학 | | 7 | 2 | | | | | 10 | |
| 오늘의문학 | | 7 | 2 | | 1 | | | 10 | |
| 대전문학 | | | | | 1 | | | 1 | |
| 서구문학 | | 1 | | | 1 | | | 2 | |
| 시작노트 | 6 | 18 | 2 | 1 | | | | 27 | |

| 한국불교문학 |  | 3 | 1 | 1 | 1 |  |  | 6 |  |
|---|---|---|---|---|---|---|---|---|---|
| 총계 | 7 | 40 | 10 | 3 | 4 |  |  | 64 |  |
| 비율(%) | 10.9 | 62.5 | 15.6 | 4.6 | 6.2 |  |  | 99.8 |  |

## Ⅴ. 현대시조 특색

1. 일찍 한국불교문인협회의 수필분과에서 활동하였으며 불문에 입성 후 중앙이사를 지내오던 중 현대시조에 입문하여 수필과 현대시조 작품이 두드러진다.

2. 수필에서는 불교에 심취한 흔적을 여러 곳에서 찾아볼 수 있고 현대시조에서도 서정시와 불교시가 많은 창작을 엿볼 수 있다.

3. 평시조의 단형이나 2연 3연짜리 현대시조 작품을 주로 창작하였고 특히 2연 평시조가 제일 많은 경향을 보이고 있다.

## Ⅵ. 나오며

현대시조의 평시조에서 총작품 수는 64수를 창작하였고 단형이나 2연, 3연이 57수로 88.4%를 차지하고 있어 장시조보다 2연, 3연의 평시조 창작을 선호하였다. 다방면의 재주꾼이 박복하다는 말을 이런 곳에서 사용하는지는 모르겠지만 태권, 수필, 시조창, 농악, 현대시조까지 팔방미인처럼 넘나들었다. 필자와의 인연은 〈글탑〉 창간호를 발간하면서 두 살 연상인 친형처럼 가까워졌고, 현대시조를 지도해주면서 괴정동 옥상에서 재배한 상추를 뜯어주며 정다운 인간미를 맛보았고 지인지감(知人知鑑)을 직접 체험한 바 있다. 농악에 사용하는 허리띠, 성불할 때 필요한 목탁수집으로 박물관을 마련했으면 제일 좋겠다는 장래의 희망과 꿈을 마음 터놓고 얘기를 나눈 일이 지금도 내 귓가에 아르스름하게 들려 올 뿐이다. 삼가 고인의 애도시로 명복을 기원하며 끝을 맺는다.

## ↗ 춘원 이광수(春園 李光洙 1892-1958)

### Ⅰ. 근대시조대전 시조작품

1) 천도교회 월보. 1910.8. 창간. 242호. 1931.2. 합(合)하라-평시조3행.

2) 개벽(開闢) 1920.6.창간. 신간1호. 1934.11. 하염없는 슬픔-11연33행.

3) 백조(白潮) 1922. 1. 창간. 1호. 1922. 1. 악부(樂府)-금와(金蛙)-평시조6행, 해모수(解慕漱)-평시조6행, 유화(柳花)-7연42행/ 2호. 1922. 5. 악부(樂府)-동명성왕(東明聖王)-21연63행.

4) 신생활(新生活) 1922. 3. 창간. 임시 회호. 1922. 3. 금강산 유기(金剛山遊記)-11연33행/ 2호. 1922. 3. 금강산 유기-고산(高山)서 장안사(長安寺)-6연18행/ 3호. 1922. 4. 금강산 유기-영원암(靈源菴)-10연30행/ 5호. 1922. 4. 금강산 유기-망군대(望軍臺)-5연24행/ 6호. 1922. 6. 금강산 유기-장안사에서 표훈사를 지나 정양사(正陽寺)에-9연54행, 만폭동(萬瀑洞)-12연72행.

5) 조선 문단(朝鮮 文壇) 1924. 10. 창간. 속간호. 1927. 1. 눈-3연9행/ 속간 1호. 1935. 2. 새해의 희망-3연9행.

6) 동광(東光) 1926. 5. 창간. 21호. 1931. 5. 우리의 뜻-8연24행/ 30호. 1932. 2. 망오자조십수(望五自嘲十首)-서(序)-11연33행/ 30호. 1932. 2. 전원(田園)에 가시는 이-3연9행.

7) 별건곤(別乾坤) 1926. 11. 창간. 21호. 1929. 6. 청춘 송(青春 頌)-9연28행.

8) 신생(新生)(1) 1928. 10. 창간. 1929. 7. 소-평시조3행/ 1930. 9. 석왕사(釋王寺)에서-평시조6행/ 1930. 12. 눈-3연9행/ 1931. 7. 구룡연기(九龍淵)-3연18행.

9) 문예공론(文藝公論) 1929. 5. 창간. 창간호. 1929. 5. 어떤 네 벗을 생각하고-평시조3행/ 2호. 1929. 6. 인정-3연9행. 생(生)과 무상(無常)-3연9행. 금매화(金梅花)-2연6행.

10) 삼천리(三千里) 1929. 6. 창간. 창간호. 1929. 6. 돌 옷-평시조6행/ 1931.11. 님-평시조6행/ 1933.9. 송화강반(松花江畔)에서-평시조6행/ 193

3. 9. 조 충혼(弔 忠魂)-3연18행/ 1939. 1. 염불(念佛)-3연9행, 언뜻 뵈온 얼굴-4연12행, 임 그려-5연15행, 임의 음성-평시조3행, 폭풍우대뇌전(暴風雨大雷電)-3연9행, 어디를 가시옵기로-평시조3행, 장자를 읽고-3연9행, 임의 얼굴-5연15행, 적은 생-4연12행, 연꽃-3연9행, 매미-4연12행, 박인배 군(朴仁培 君)-3연9행, 술회(述懷)-3연9행, 사모-5연15행, 임 거기-9연27행/ 1940. 4. 기다림-6연1행, 초라한 나-3연9행, 안장을 버리나이다-3연9행, 집도 다 없어도-5연15행, 헛 애켠가-3연9행, 하나님-6연18행, 긴 긴 꿈-3연9행, 잊은 뜻-3연9행, 천지(天地)-5연15행, 꿈-7연21행, 여름 볕-4연12행.

11) 여성시대(女性時代) 1930. 8. 창간. 1930. 10. 처녀의 노래-3연9행.

12) 신광(新光) 1931. 1. 창간. 창간호. 1931. 1. 새 여자의 노래-3연9행.

13) 혜성(慧星) 1931. 3. 창간. 창간호. 1931. 3. 삼월(三月)의 노래-3연9행.

14) 비판(批判) 1931. 5. 창간. 창간호. 1931. 5. 비판-3연9행.

15) 신 동아(新 東亞) 1931. 11. 창간. 창간호. 병아(病兒)-5연15행/ 21호. 1933. 7. 금강산 비로봉을 향하여-5연30행.

16) 한글(2) 1932. 5. 창간. 1935. 8. 시조-4연12행.

17) 중명(衆明) 1933. 5. 창간. 1933. 5. 시 한 편-3연9행.

18) 동광 총서(東光 叢書) 1933. 6. 창간. 권.1. 1933. 6. 조선(朝鮮)-5연15행. 누이야-3연9행/ 권.2. 1933. 7. 태백산(太白山)-3연9행. 압록강에서-3연9행.

19) 조선문학(朝鮮文學) 1933. 8. 창간. 15집. 1939. 1. 주올 것이-3연9행.

20) 신인문학(新人文學) 1934. 7. 창간. 6호. 1935. 4. 보낸 뒤-3연9행/ 7호 1935. 6. 대동강(大同江)-3연18행/ 8호 1935. 7. 즉흥(卽興)-3연9행/ 12호. 1936. 2. 차 중(車 中)에서-3연9행.

21) 예술(藝術) 1934. 12. 창간. 창간호. 1934. 12. 새벽의 노래-3연9행.

22) 시원(詩苑) 1935. 2. 창간. 5호. 1935. 12. 대동강(大同江)-3연9행.

23) 조광(朝光) 1935. 11. 창간. 1936. 6. 비둘기-2연6행, 창의문(彰義門)에서-평시조3행/ 1938. 11. 꿈-3연9행, 병든 몸-3연9행, 천지(天地)-3연9행/ 1938. 12. 긴 긴 꿈-3연9행, 잊은 뜻-3연8행.

24) 야담(野談) 1935. 12. 창간. 헛 애 켠가-3연9행.

25) 여성(女性) 1936. 4. 창간. 1938. 11. 발자국-평시조3행, 가을날-평시조3행, 관음상(觀音像)-3연9행/ 1938. 12. 고은 님-3연9행, 뵈오러 갔던 길-3연9행/ 1939. 2. 단장을 버리나이다-3연9행, 초라한 나-3연9행.

26) 삼천리문학(三千里文學) 1938. 1. 창간. 2집. 1938. 4. 님-평시조3행 / 1938. 4. 해운대에서-4연12행, 사비성(泗泌城)에서-3연9행/ 1939. 10. 넝마 장사-평시조3행, 부성이네-평시조3행, 애솔-평시조3행, 돌-평시조3행.

## Ⅱ. 근대시조집람. 시조작품.

1) 독립신문. 1919. 8. 21. 독립으로 창간. 1919. 10. 25. 독립신문으로 개제(改題)/ 1921. 1. 1. 원단 삼곡(元旦 三曲)-3연9행/ 1922. 8. 22. 시 세계9관)-3연18행/ 1923. 9. 19. 국내 수재의 소식-평시조36행/ 1923. 11. 10. 꿈에 금강산을 보고-평시조6행-평시조3행을 병행수록.

2) 조선일보(朝鮮日報) 1920.3.6. 창간. 1934.1.1. 새벽의 노래-3연9행.

3) 동아일보(東亞日報) 1920. 3. 6. 창간. 1925. 10. 9. 꿈-2연12행/ 1925. 10. 10. 중추 월(中秋 月)-2연12행/ 1930. 1. 5. 새해맞이-3연9행/ 1930. 2. 1. 복조리-5연15행/ 1930. 4. 1. 십년 사(1)(十年 詞)-평시조36행. 십년 사(2)(十年 詞)-평시조36행. 십년 사(3)(十年 詞)-평시조36행. 십년 사(4)(十年 詞)-평시조36행/ 1930. 4. 9. 십년 사(6)(十年 詞)-2연12행/ 1930. 4. 10. 십년 사(7)(十年 詞)-2연12행/ 1933. 1. 1. 년두 송(年頭 頌)-6연18행.

## Ⅲ. 춘원 이광수(春園 李光洙 1892-1958)의 시조창작형태조사

| 시조집 | 평시조 | 2연 | 3연 | 4연 | 5연 | 사설 | 장시조 | 엇시조 | 비고 |
|---|---|---|---|---|---|---|---|---|---|
| 근대시조대전 | 18 | 2 | 46 | 76 | 6 | | 15 | | 94수 |
| 근대시조집람 | 6 | 4 | 4 | | 1 | | 1 | | 16수 |
| 총계 | 24 | 6 | 50 | 7 | 7 | | 16 | | 110수 |

## ➚ 이 덕 영 (李德英 1942-1983)

### Ⅰ. 들어가며

대전 · 충청권의 현대시조 전개 양상과 그 맥락을 조사 연구하다 보니 우연히 알게 되었고 대전시조문학사에 중요한 위치를 재확인할 수 있었다. 다행히 유고 시집이 수집되어 일생의 현대시조문학을 조명할 수 있었고 집필자와의 인연은 문학 등단 이후의 사례라 알 수 없는 일이다. 수집된 작품 유고집을 중심으로 논문을 전개 작성하기로 한다.

### Ⅱ. 펼치며

1. 차령

1978. 창간호-설인(雪印)-2연6행, 연기 속에서-3연21행, 길-1연7행.

2. 충남문학

1975. 제9호-밀밭-4연24행.

3. 시조문학

1962. 제5호-화석(化石)-5연35행/ 1963. 제8호-병풍 속의 내 땅-5연35행 / 1964. 제10집-우리꽃의 예비(豫備)-작은 애인에게-4연24행.

4. 신한국문학전집(시조선집).1975.

불면-2연6행, 유월(六月)-2연6행, 화석(化石)-5연35행, 연(鳶)-3연20행, 악기(惡器)-3연21행, 병풍 속의 내 땅-5연15행, 현장(現場)-3연16행.

5. 한국시조큰사전.1985.

겨울 심서(心書)-3연9행, 길-1연3행, 내 나라 가을-5연15행, 눈길-1연3

행, 돌팔매-1연3행, 병풍 속의 내 땅-5연15행, 불면-2연6행, 설인(雪印)-2연6행, 악기(惡器)-3연9행, 연(鳶)-3연9행, 연기 속에서-3연9행, 우리꽃의 예비(豫備)-4연12행, 유월-2연6행, 화석(化石)-5연15행, 흔적(痕迹)-3연9행.

6. 호서문학

1976. 제5호-봄밤-4연12행, 잔치-2연10행.

7. 한줄기의 연기-시집. 1976.

밀밭-4연24행, 흔적(痕迹)-3연9행.

8. 푸른 것이 더 푸른 날-시집. 1993.

우리 꽃의 예비(豫備)-4연12행, 불면-2연6행, 아침 축가(祝歌)-3연21행, 선언-2연13행, 길-2연6행, 연-1연7행, 향-1연7행, 어둠을 허물며-3연22행.

## Ⅲ. 이덕영(李德英 1942-1983)의 현대시조 창작형태조사

| 시조잡지 | 1연 | 2연 | 3연 | 4연 | 5연 | 사설 | 장시조 | 총계 | 비고 |
|---|---|---|---|---|---|---|---|---|---|
| 차령 | 1 | 1 | 1 | | | | | 3 | |
| 충남문학 | | | | 1 | | | | 1 | |
| 시조문학 | | | | 1 | 2 | | | 3 | |
| 신한국전집 | | 2 | 3 | | 2 | | | 7 | |
| 한국시조사전 | 3 | 3 | 4 | 1 | 3 | | | 14 | |
| 호서문학 | | 1 | | 1 | | | | 2 | |
| 한줄기연기 | | | 1 | 1 | | | | 2 | |
| 푸른것 | 2 | 3 | 2 | 1 | | | | 8 | |
| 총계 | 6 | 10 | 11 | 6 | 7 | | | 40 | |
| 비율% | 15.0 | 25.0 | 27.5 | 15.0 | 17.5 | | | 100 | |

## Ⅳ. 현대시조 창작특색

1. 대학교를 다닐 무렵 21살 때 한국일보 신춘문예와 동아일보 신춘문예에 입상하여 현대시조 문학에 뛰어들었다.

2. 대전시청 문화공보실에 근무하면서 바쁜 일과를 거듭해 가면서 작품 쓰기와 업무처리를 병행한 듯하다.

3. 정형시로 등단했지만 자유 시집의 창작 발간으로 유추해 보면 시조작품보다 자유시 창작을 선호한 듯하다.

## Ⅴ. 나오며

시조문학 잡지에 겨우 8종에 투고하였고 1연6수 15.0%, 2연10수 25.0%, 3연11수 27.5%, 4연6수 15.0%, 5연7수 17.5%를 나타내어 총 40수를 창작하였다.

1963년도에 대학교에 다닐 무렵 21살에 한국일보 신춘문예와 동아일보 신춘문예에 입상하여 현대시조의 꽃을 피었다. 불행하게 1983년에 타계하여 빛나는 유작을 감상할 뿐이고, 젊은이의 좋은 본보기가 될 것을 기대하며 끝을 맺는다.

## ➚ 기리 **이 명 길** (麒里 李命吉 1928-1944)

### Ⅰ. 한국시조큰사전. 1985.

가을가의 이창-3연9행, 가을-추야유정-1연3행, 단풍-1연3행, 국화-1연3행, 갈 곳이 없는 사람-7연21행, 개의오상(五常)-5연15행, 고독과 사연과 문-3연9행, 한강여정-5연15행, 논개-3연9행, 논개송-촉석루-사설시조, 개나리-1연3행, 편지-1연3행, 꽃꿈-2연6행, 미련-4연24행, 방황-4연24행, 봄-5연15행, 부자(父子)-3연9행, 사탑의 초혼-8연24행, 생기하학-5연15행, 송년의 대화-3연10행, 실낙원 예찬-4연12행, 야화(夜話)-12연36행, 어둡고 외롭다-6연18행, 영재(英材)-3연11행, 용머리다리-2연6행, 의암 앞에서-5연18행, 전원의 대화-6연18행, 절장시조-9수, 절장시조-가난-1연3행, 춘심(春心)-1연3행, 여건(與件)-1연2행, 묵상-1연3행, 춘경(春景)-1연2행, 유배-1연2행, 입맛-1연1행, 무명-1연1행, 잠재반항-1연1행, X마스-1연3행, 회상-1연3행, 공방-1연3행, 신년-1연1행, 소상-1연1행, 무심에서-1연1행, 모정-1연1행, 배회-1연1행, 광장은 비(空)다-1연1행, 인간부채-1연1행, 봄이 오다-1연1행, 적자전표-1연1행, 이색의 눈-1연1행, 정적에의 도피-1연1행, 본향-1연1행, 한파-1연1행, 직공지대-5연15행, 진주성 돌아나니-11연30행, 찔레꽃이 피면은-8연24행, 추수감사절-8연24행, 제비-2연6행, 오월은-2연6행, 취정(醉情)-13연39행, 현실의 사면-2연12행, 추락-4연12행.

### Ⅱ. 어린이시조 첫걸음(2006-복간)

꽃밭-2연12행, 학교로 가는 길-2연20행, 내 동생-2연12행, 제비-2연12행, 구름-1연6행, 책보-1연6행, 꽃밭-2연12행, 카나리아-2연6행, 소낙비-1연6행, 청포도-1연6행, 학교로 가는 길-2연6행, 내 동생-2연6행, 개나리-2연6행, 편지-2연6행, 청포도-1연6행, 어머니 얼굴-3연18행, 봄맞이-2연6행, 꽃꿈-2연15행, 누나-3연18행, 나비 한마리-2연12행, 이야기-2연12행, 남강에

-2연12행, 총22주제-41수.

## Ⅲ. 기리 이명길(麒里 李命吉 1928-1944)의 정형시 창작형태조사

| 시조집 | 1연 | 2연 | 3연 | 4연 | 5연 | 사설 | 장시조 | 절장시조 | 총계 | 비고 |
|---|---|---|---|---|---|---|---|---|---|---|
| 한국시조 | 5 | 5 | 7 | 4 | 6 | 1 | 11 | 35 | 39 | |
| 총계 | 5 | 5 | 7 | 4 | 6 | 1 | 11 | | 39 | |
| 비율% | 12.8 | 12.8 | 17.9 | 10.2 | 15.3 | 2.5 | 28.2 | | 99.7 | |

## ➚ 청우 이문형(靑雨 李文亨 1933–2011)

### Ⅰ. 소가야의 억새밭-시조집. 1990.

억새밭에서-3연18행, 생각(1)-1연7행, 생각(2)-1연9행, 생각(3)-1연9행, 생각(4)-1연7행, 생각(5)-1연9행, 생각(6)-1연8행, 생각(7)-1연8행, 생각(8)-1연6행, 생각(9)-1연10행, 생각(10)-1연6행, 생각(11)-1연6행, 풀꽃-사설시조, 낮달-사설시조, 산비둘기-1연9행, 산사(山寺)유감-2연12행, 어떤 나무-1연9행, 안개로 흐르고 싶네-사설시조, 귀뚜리 우는 밤-2연12행, 고향을 두고 살며-1연9행, 산골-2연12행, 향수(鄕愁)-사설시조, 목련(木蓮)-1연9행, 옛이야기-3연18행, 돌무더기-2연12행, 장승(長丞)-3연18행, 폐가(廢家)-2연16행, 질그릇-3연16행, 별-2연14행, 바람-2연12행, 낚시터에서-4연24행, 어떤 시적-3연9행, 솔바람 소리-4연21행, 바닷가에서-2연12행, 문출네-2연13행, 왕인 권덕수-4연24행, 욕(辱)-3연15행, 금오산(金烏山)-2연14행, 어떤 생애-4연12행, 두들겨 주지 않는 음계(音階)-사설시조.

〈해설〉시조시의 전통과 차별적 변모-김현신.

### Ⅱ. 청우 이문형(靑雨 李文亨 1933-2011)의 정형시 창작형태조사

| 시조집 | 1연 | 2연 | 3연 | 4연 | 5연 | 사설 | 장시조 | 총계 | 비고 |
|---|---|---|---|---|---|---|---|---|---|
| 소가야 | 15 | 10 | 5 | 4 | | 5 | | 39 | |
| 총계 | 15 | 10 | 5 | 4 | | 5 | | 39 | |
| 비율% | 38.4 | 25.6 | 12.8 | 10.2 | | 12.8 | | 99.8 | |

## ↗ 가람 이 병 기 (嘉藍 李秉岐 1891-1968)

### Ⅰ. 들어가며

가람탄신 100주년 기념 세미나를 전주에서 개최했을 때 참가하여 생가를 찾아가 수우재(守愚齋) 뜰 앞에서 가람선생의 생질되는 작촌 조병희(鵲村 趙炳喜 1910-2002)시백님의 회고담을 청취했던 추억이 아르스름하게 떠오른다. 가람시조집-문장사-서울.1939, 역대시조선-시조집(1940.9.30.)박문서관-서울. 시조의 개념과 창작-현대출판사-서울(1950.4.20.) 자료가 있으나 조사하지 못했고 시조연구논제, 가람문선의 일기초, 수필, 기행문, 시조론, 고전연구, 민요작교, 시조란 무엇인가-동아일보(1926.11.24.-12.31.)외 47종(1926.11.24.→1960.3.1.)까지 발표된 모든 논문도 생략했으며 오직 참고문헌에 수록된 현대시조만 발췌하여 조사연구하고 실행했음을 밝혀둔다.

### Ⅱ. 펼치며

1. 가람문선 현대시조 작품조사

1) 계곡-6연18행, 2) 대성암-5연15행, 3) 도봉-4연12행, 4) 천마산협-3연9행, 5) 박연폭포-3연9행, 6) 금강산가섭봉-3연9행, 7) 만폭동-3연9행, 8) 총석정-2연6행, 9) 월출산-5연15행, 10) 불갑산해불암-3연9행, 11) 난초(1)-1연3행, 12) 난초(2)-2연6행, 13) 난초(3)-2염6행, 14) 난초(4)-2연6행, 15) 매화-3연9행, 16) 수선화-3연9행, 17) 파초-2연6행, 18) 시향(詩香)-2연6행, 19) 오동꽃-1연3행, 20) 할미꽃-2연6행, 21) 포도-2연6행, 22) 옥잠화-2연6행, 23) 수송(垂松)-1연3행, 24) 백송-2연6행, 25) 젖-2연6행, 26) 돌아가신 날-1연3행, 27) 시름-3연9행, 28) 그리운 그날(1)-3연9행. 29) 그리운 그날(2)-4연12행, 30) 고토(故土)-8연24행, 31) 백묵-2연6행, 32) 병석-2연6행, 33) 그뜻-2연6행, 34) 고곰(痼蛩)-2연6행, 35) 시마(詩魔)-3연9행, 36) 주시

경선생의 무덤-3연9행, 37) 광릉-2연6행, 38) 석굴암-2연6행, 39) 부소산-2연6행, 40) 매창 뜸-3연9행, 41) 송광사-4연12행, 42) 노석의 열반(고 김호선생)-2연6행, 43) 정선을 보내며(고 백우용군)-4연12행, 44) 서해를 묻고(고 최학송군)-2연6행, 45) 추도(고 이중건군)-3연9행, 46) 추도(고 이갑군)-2연6행, 47) 죽음-2연6행, 48) 괴석(怪石)-2연6행, 49) 뜰-3연9행, 50) 바람-2연6행, 51) 별-2연6행, 52) 구름-2연6행, 53) 바다-3연9행, 54) 낙엽-3연9행, 55) 밤(栗)-2연6행, 56) 풀벌레-사설시조, 57) 소나기-3연9행, 58) 비(1)-4연12행, 59) 비(2)-3연9행, 60) 비(3)-2연6행, 61) 우뢰-사설시조, 62) 밤(1)-2연6행, 63) 밤(2)-3연9행, 64) 봄(1)-2연6행, 65) 봄(2)-2연6행, 66) 여름-5연15행, 67) 저무는 가을-2연6행, 68) 겨울밤-2연6행, 69) 희제(戲題)(1)-2연6행, 70) 희제(戲題)(2)-운현천문대-2연6행, 71) 희제(戲題)(3)-3연9행, 72) 희제(戲題)(4)-어린이와 꽃-꽃모종-1연3행, 봉숭아-1연3행, 나팔꽃-1연3행, 여지-1연3행, 해바라기-1연3행, 분꽃-1연3행, 밥풀꽃-1연3행, 맨드라미-1연3행, 도라지꽃-1연3행, 73) 홍원저조(洪原低調)-25연75행, 74) 이밤-1연3행, 75) 한강을 지나며-1연3행, 76) 삼일날-2연6행, 77) 해방전-2연6행, 78) 우리님-1연3행, 79) 파랑새-2연6행, 80) 나오라-3연9행, 81) 나의 조국-3연9행, 82) 국제시장-2연6행, 83) 호패뜨기-3연9행, 84) 탱자울-2연6행, 85) 갑오원조(甲午元朝)-2연6행, 86) 한 하소연(농인의 말)-1연3행, 87) 상인의 말-1연3행, 88) 밀보리-1연3행, 89) 풍란(風蘭)-2연6행, 90) 도림난(道林蘭)-2연6행, 91) 난과 매(蘭과 梅)-2연6행, 92) 매화-3연9행, 93) 청매(1)-2연6행, 94) 청매(2)-2연6행, 95) 청매(3)-3연9행, 96) 청매(4)-3연9행, 97) 매, 수선, 난(梅,水仙,蘭)-3연9행, 98)백연(白蓮)-2연6행, 99) 향(香)의 가을-3연9행, 100) 꽃-1연3행, 101) 시루꽃너울-1연3행, 102) 냉이꽃-3연9행, 103) 공손수(公孫樹)-사설시조, 104) 그 밤-3연9행, 105) 창(窓)-3연9행, 106) 발(簾)-3연9행, 107) 천정(天井)-3연9행, 108) 고서(古書)-3연9행, 109) 길-1연3행, 110) 내 한 생(生)-3연9행, 111) 외로운 이 마음-3연9행, 112) 산초(山椒)-3연9행, 113) 처(妻)-4연12행, 114) 이리(裡里)서 두계와 동숙하며)-1연3행, 115) 나진임보환군에

게-1연3행, 116) 재동이-2연6행, 117) 고향으로 돌아가자-3연9행, 118) 고향-3연9행, 119) 고향길에-5연15행, 120) 내 고장-3연9행, 121) 파리-1연3행, 122) 갈보리-2연6행, 123) 비-1연3행, 124) 봄아침-2연6행, 125) 별-2연6행, 126) 새벽-2연6행, 127) 녹음송-2연6행, 128) 늦비-2연6행, 129) 백화근-1연3행, 130) 열무-1연3행, 131) 모기-1연3행, 132) 모기,빈대-1연3행, 133 ) 말복-2연6행, 134) 그 여름도 갔다-3연9행, 135) 쓰르라미-1연3행, 136) 별-1연3행, 137) 하루-3연9행, 138) 정원의 가을-2연6행, 139) 시장(市場)-2연6행, 140) 추석-2연6행, 141) 촛불-1연3행, 142) 첫눈-2연6행, 143) 눈(1)-2연6행, 144) 눈(2)-2연6행, 145) 눈(3)-2연6행, 146) 보리-사설시조, 147) 도중점경(途中點景)-3연9행, 148) 부산-1연3행, 149) 송도-1연3행, 150) 해운대-1연3행, 151) 부산-2연6행, 152) 오목대-2연6행, 153) 금강-3연9행, 154) 수우재(守愚齋)-3연9행, 155) 농촌화첩(1)-5연15행, 156) 농촌화첩(2)-3연9행, 157) 농촌화첩-(3)-2연6행, 158) 청우헌(聽雨軒)-2연6행, 159) 농촌의 명랑-3연9행, 160) 보광보살-5연15행, 161) 인생의 고개-1연3행, 162) 채형만식(蔡兄萬植)이여-2연6행, 163) 곡,이수훈군-2연6행, 164) 호암의 무덤-2연6행, 165) 선계부 회갑(先季父 回甲)-3연9행, 166) 애도(哀悼)-1연3행, 167) 탄식(歎息)-1연3행, 168) 아들을 생각하고(1)-1연3행, 169) 아들을 생각하고(2)-1연3행, 170) 송별(送別)-2연6행.

2. 신한국문학전집(전50권)

1) 계곡-6연18행, 2) 대성암-5연15행, 3) 박연폭포-3연9행, 4) 난초-2연6행, 5) 매화-3연9행, 6) 낙엽-3연9행, 7) 봄-2연6행, 8) 비-3연9행, 9) 홍원저조-5연15행, 10)창-3연9행, 11) 냉이꽃-3연9행.

3. 가람시조선 현대시조 작품조사

1) 난초(蘭草)-7연21행, 2) 풍란(風蘭)-2연6행, 3) 도림란(道林蘭)-2연6행, 4) 매,수선,란(梅,水仙,蘭)-3연9행, 5) 매화(梅花)(1)-3연9행, 6) 매화(梅

花)(2)-3연9행, 7) 청매(青梅)-10연30행, 8) 난과 매(蘭과 梅)-2연6행, 9) 꽃-1연3행, 10) 시루꽃너물-1연3행, 11) 냉이꽃-3연9행, 12) 들국화-2연6행, 13) 수선화(水仙花)-3연9행, 14) 서향(瑞香)-2연6행. 15) 파초(芭蕉)-2연6행, 16) 옥잠화(玉簪花)-2연6행, 17) 백련(白蓮)-2연6행, 18) 함박꽃-2연6행, 19) 오동(梧桐)꽃-1연6행, 20) 포도-2연6행, 21) 수송(垂松)-1연6행, 22) 백송(白松)-2연6행, 23) 산초(山椒)-3연9행, 24) 공손수(公孫樹)-사설시조, 25) 홍도(紅桃)-5연15행, 26) 향(香)의 가을-3연9행, 27) 녹음송(綠陰頌)-2연6행, 28) 우음(偶吟)-1연3행, 29) 그리운 그날-7연21행, 30) 고토(故土)-8연24행, 31) 내 고장-3연9행, 32) 고향으로 돌아가자-3연9행, 33) 고향(故鄕)-3연9행, 34) 돌아가신 날-1연3행, 35) 젖-2연6행, 36) 그 뜻-2연6행 37) 병석(病席)-2연6행, 38) 고곰(痁疘)-2연6행, 39) 길-1연6행, 40) 백묵(白墨)-2연6행, 41) 시마(詩魔)-3연9행, 42) 파랑새-2연6행, 43) 시름-3연9행, 44) 그 밤-3연9행, 45) 고서(古書)-3연9행, 46) 홍원저조(洪原低調)-25연75행, 47) 우리 님-1연3행, 48) 해방 전-2연6행, 49) 나의 조국-3연9행, 50) 내 한 생(生)-3연9행, 51) 외로운 이 마음-3연9행, 52) 발(簾 )-3연9행, 53) 나오라-3연9행, 54) 창(窓)-3연9행, 55) 괴석(怪石)-2연6행, 56) 바람-2연6행, 57) 달-2연6행, 58) 별-2연6행, 59) 구름-2연6행, 60) 뜰-3연9행, 61) 바다-3연9행, 62) 풀벌레-사설시조, 63) 우뢰-사설시조, 64) 소나기-3연9행, 65) 비-9연27행, 66) 밤-5연15행, 67) 봄-4연12행, 68) 여름-5연15행, 69) 저무는 가을-2연6행, 70) 겨울밤-2연6행, 71) 희제(戲題)(1)-2연6행, 72) 희제(戲題)(2)-2연6행, 73) 희제(戲題)(3)-3연9행, 74) 희제(戲題)(4)-꽃모종-1연3행, 봉숭아-1연3행, 나팔꽃-1연3행, 여지-1연3행, 해바라기-1연3행, 분꽃-1연3행, 밥풀꽃-1연3행, 맨드라미-1연3행, 도라지꽃-1연3행, 75) 새벽-2연6행, 76) 봄아침-2연6행, 77) 별-2연6행, 78) 늦비-2연6행, 79) 비-1연7행, 80) 말복(末伏)-2연6행, 81) 백화근-1연3행, 82) 열무-1연3행, 83) 모기-1연3행, 84) 모기,빈대-1연3행, 85) 쓰르라미-1연3행, 86) 별-1연3행, 87) 그 여름도 갔다-3연9행, 88) 정원(庭園)의 가을-2연6행, 89) 갈보리-2연6행, 90)

한하소연-농인의 말-1연3행, 91) 상인의 말-1연3행, 92) 밀보리-1연3행, 93) 보리-사설시조, 94) 추석-2연6행, 95) 살림이-2연6행, 96) 첫눈-2연6행, 97) 눈-6연18행, 98) 촛불-1연3행, 99) 탱자울-2연6행, 100) 재동이-2연6행, 101) 호패뜨기-3연9행, 102) 천정(天井)-3연9행, 103) 고향-3연9행, 104) 만감(慢感)-1연3행, 105) 우감(偶感)-3연9행, 106) 병중에-5연15행, 107) 인생의 고개-1연3행, 108) 계곡(溪谷)-6연18행, 109) 대성암-5연15행, 110) 도봉(道峰)-4연12행, 111) 천마산협(天魔山峽)-3연9행, 112) 박연폭포-3연9행, 113) 금강산가섭봉-3연9행, 114) 만폭동(萬瀑洞)-3연9행, 115) 총석정(叢石亭)-2연6행, 116) 석굴암(石窟庵)-2연6행, 117) 부산행-부산-1연3행, 118) 부산-2연6행, 119) 송도-1연3행, 120) 해운대-1연3행, 121) 국제시장-2연6행, 122) 부산진에서-3연9행, 123) 제주도에서-1연3행, 124) 불갑산해불암-3연9행, 125) 월출산(月出山)-5연15행, 126) 금강(錦江)-3연9행, 127) 오목대(梧木臺)-2연6행, 128) 부소산(扶蘇山)-2연6행, 129) 매창(梅窓)뜸-3연9행, 130) 송광사(松廣寺)-4연12행, 131) 광릉(光陵)-2연6행, 132) 행주(幸州)-6연18행, 133) 절사정(浙斯亭)-3연9행, 134) 유선각(儒仙閣)-1연3행, 135) 청우헌(聽雨軒)-2연6행, 136) 수우재(守愚齋)-3연9행, 137) 보광보살(普光菩薩)-5연15행 138) 승후(乘候)-4연12행, 139) 즉경(卽景)-1연3행, 140) 도중점경(途中點景)-3연9행, 141) 농촌화첩(1)-5연15행, 142) 농촌화첩(2)-3연9행, 143) 농촌의 명랑-3연9행, 고향길에-5연15행, 145) 노석(老石)열반(고 김호선생)-2연6행, 146) 주시경선생무덤-3연9행, 147) 정선(鼎仙)을 보내며(고 백우용군)-4연12행, 148) 서해(曙海)를 묻고-고 崔鶴松군-2연6행, 149) 채형(蔡兄) 만식(萬植)이여-2연6행, 150) 추도(追悼)(1)-고 이중건군-3연9행, 151) 추도(追悼)(2)-고 김갑군-2연6행, 152) 추도(追悼)(3)-경당조병모-3연9행, 153) 호암(湖岩)의 무덤-2연6행, 154) 죽음-2연6행, 155) 이태원묘지에서-2연6행, 156) 아들을 생각하고-2연6행, 157) 탄식(歎息)-1연3행, 158) 애도(哀悼)-고 육제를 생각하고-1연3행, 159) 선계부회갑(先季父回甲)-3연9행, 160) 처(妻)-4연12행, 161) 송별(送別)-2연6행. ※가람의 시조해

설-최승범.

4. 한국시조 큰사전 현대시조 작품조사

1) 가섭봉(迦葉峰)-3연9행, 2) 갈보리-2연6행, 3) 갑오원조(甲午元朝)-2연6행, 4) 겨울밤-2연6행, 5) 계곡(溪谷)-6연18행, 6) 고곰(痁疟)-2연6행, 7) 고서(古書)-3연9행, 8) 고토(故土)-8연24행, 9) 고향-3연9행, 10) 고향길에-5연15행, 11) 고향으로 돌아가자-3연9행, 12) 곡,계은(哭,溪隱)-2연6행, 13) 공손수(公孫樹)-사설시조, 14) 꽃-1연3행, 15) 광릉(光陵)-2연12행, 16) 괴석(怪石)-2연6행, 17) 구름-2연6행, 18) 국어대사전간행.축-2연6행, 19) 국제시장-2연6행, 20) 그 뜻-2연6행, 21) 그리운 그날(1)-3연9행, 22) 그리운 그날(2)-4연12행, 23) 그 방-3연9행, 24) 그 여름도 갔다-3연9행, 25) 백화근-1연3행, 26) 열무-1연3행, 27) 모기-1연6행, 28) 금강-3연9행, 29) 길-1연6행, 30) 나오라-3연9행, 31) 나의 조국-3연9행, 32) 나진임보환군에게-1연3행, 33) 낙엽-3연9행, 34) 난과 매-2연6행, 35) 난초(1)-1연3행, 36) 난초(2)-2연6행, 37) 난초(3)-2연6행, 38) 난초(4)-2연6행, 39) 내 고장-3연9행, 40) 내 한생-3연9행, 41) 냉이꽃-3연9행, 42) 노석의 열반(고 김호선생)-2연6행, 43) 녹음송-2연6행, 44) 농촌명랑-3연9행, 45) 농촌화첩(1)-5연15행, 46) 농촌화첩(2)-3연9행, 47) 농촌화첩(3)-2연6행, 48) 눈(1)-2연6행, 49) 눈(2)-2연6행, 50) 눈(3)-2연6행, 51) 늦비-2연6행, 52) 대성암-5연15행, 53) 도림란-2연6행, 54) 도봉-4연12행, 55) 도중점경-3연9행, 56) 돌아가신날-1연3행, 57) 동희(東熙)를 생각하고-2연6행, 58) 뜰-3연9행, 59) 뜻과 스름(길)-1연3행, 60) 아우를 여의고-1연3행, 61) 만폭동-3연9행, 62) 말복-2연6행, 63) 매, 수선, 난-3연9행, 64) 매창뜸-3연9행, 65) 매화-3연9행, 66) 매화-3연9행, 67) 모기, 빈대-1연3행, 68) 밀보리-1연3행, 69) 바다-3연9행, 70) 바람-2연6행, 71) 박연폭포-3연9행, 72) 발(簾)-3연9행, 73) 밤(1)-2연6행, 74) 밤(2)-3연9행, 75) 밤(栗)-2연6행, 76) 백련-2연6행, 77) 백묵-2연6행, 78)백송-2연6행, 79) 별-2연6행, 80) 별-1연3행, 81) 병석-2연6행, 82)

별-2연6행, 83) 보광보살-5연15행, 84) 보리-사설시조, 85) 봄(1)-2연6행, 86) 봄(2)-2연6행, 87) 봄아침-2연6행, 88) 부산-2연6행, 89) 부산행(부산)-1연3행, 90) 송도-1연3행, 91) 해운대-1연3행, 92) 부소산-2연6행, 93) 비-1연3행, 94) 비(1)-4연12행, 95) 비(2)-3연9행, 96) 비(3)-2연6행, 97) 산놀이-사설시조, 98) 산초(山椒)-3연9행, 99) 삼일날-2연6행, 100) 새벽-2연6행, 101) 서해를 묻고(최학송군)-2연6행, 102)서향(瑞香)-2연6행, 103) 석굴암-2연6행, 104) 선계부 회갑(先季父 回甲)-3연9행, 105) 소나기-3연9행, 106) 송광사-4연12행, 107) 송별(送別)-2연6행, 108) 수선화-3연9행, 109) 수송(垂松)-2연6행, 110) 수우재-3연9행, 111) 쓰르라미-1연3행, 112) 시루꽃너물-1연3행, 113) 시름-3연9행, 114) 시마(詩魔)-3연9행, 115) 시장(市場)-2연6행, 116) 아들을 생각하고(1)-1연3행, 117) 아들을 생각하고(2)-1연3행, 118) 애도(고 육제를 생각하고)-1연3행, 119) 여름-5연15행, 120) 오동꽃-1연3행, 121) 오목대-2연6행, 122) 옥잠화-2연6행, 123) 외로운 이 마음-3연9행, 124) 우뢰-사설시조, 125) 우리 님-1연3행, 126) 월출산-5연15행, 127) 이리서(두계와 동숙하며)-1연3행, 128) 인생의 고개-2연6행, 129) 재동아-2연6행, 130) 저무는 가을-2연6행, 131) 정산을 보내며(백용우군)-4연12행, 132) 정원의 가을-2연6행, 133) 젖-2연6행, 134) 주시경선생의 무덤-3연9행, 135) 죽음-2연6행, 136) 창(窓)-3연9행, 137) 채형(蔡兄) 만식(萬植)이여-2연6행, 138) 처(妻)-4연12행, 139) 천마산협-3연9행, 140) 천정(天井)-3연9행, 141) 첫눈-2연6행, 142) 청매(1)-2연6행, 143) 청매(2)-2연6행, 144) 청매(3)-3연9행, 145) 청매(4)-3연9행, 146) 청우헌-2연6행, 147) 촛불-1연3행, 148) 총석정-2연6행, 149) 추도(고 이갑군)-2연6행, 150) 추도(고 이중건군)-3연9행, 151) 추석-2연6행, 152) 축원-1연3행, 153) 탄식-1연3행, 154) 파랑새-2연6행, 155) 파리-1연3행, 156) 파초-2연6행, 157) 탱자울-2연6행, 158) 포도-2연6행, 159) 풀벌레-사설시조, 160) 풍란-2연6행, 161) 하루-3연9행, 162) 한강을 지나며-1연3행, 163) 한하소연-농인의 말-1연3행, 164) 상인의 말-1연3행, 165) 함박꽃-2연6행, 166) 해방전-2연6

행, 167) 불갑산 해불암-3연9행, 168) 향의 가을-3연9행, 169) 호암의 무덤-2연6행, 170) 호패뜨기-3연9행, 171) 홍원저조-25연75행, 172) 희제(戲題)(1)-2연6행, 173) 희제(戲題)(2)-2연6행, 174) 희제(戲題)(3)-3연9행, 175) 희제(戲題)(4)-꽃모종-1연3행, 봉숭아-1연3행, 나팔꽃-1연3행, 여지-1연3행, 해바라기-1연3행, 분꽃-1연3행, 밥풀꽃-1연3행, 맨드라미-1연3행, 도라지꽃-1연3행.

### 5. 근대시조대전 현대시조 작품조사

1) 휘문(徽文) 1923.7.창간—2호(1924.6.)-길-1연3행, 달밤에-1연3행, 할아버님무덤 앞에서-1연3행/ 2) 불교(佛敎) 1924.7.창간—45호(1928.3.)-퇴경(退耕)스님께-5연15행. 79호(1931.1.)-닭울음-5연15행. 84호(1931.7.)-옹달샘-3연9행/ 3) 조선문단(朝鮮文壇) 1924.10.창간—12호(1925.10.)-한강을 지나며-1연3행, 고향 길에-5연15행, 탄식(歎息)-1연3행, 이태원묘지에서-4연12행. 16호(1926.5.)-앓으면서 어버이 생각-5연15행, 신간호(속간1호)1935.2-승후(乘後-4연12행, 신간3호(1935.5.)-내리는 비-3연9행/ 4) 신민(新民) 1925.3.창간—16호(1926.8.)-시조삼장-3연9행, 29호(1927.9.)-야시 두점 뒤지기-사설시조2수. 30호(1927.10.)-가을-3연9행, 사랑하는ｘｘ에게-3연9행, 33호(1928.1.)-섣달 그믐날-2연6행. 45호(1929.1.)-겨울 새벽-3연9행, 60호(1930.8.)-납량 음악회-2연6행/ 5) 동광(東光) 1926.5.창간. 11호(1927.3.)-고향으로 돌아갑시다-3연18행/ 6) 별건곤(別乾坤) 1926.11.창간—5호(1927.3.)-탈(假面)-양장시조(6연12행). 6호(1927.4.)-봄의 마을집-6연36행, 7호(19 27.7.)-새벽 길-3연9행.10호(1927.10.)-고물(古物)-양장시조-3연6행. 19호(1929.2.)-매화(梅花)-2연6행, 수선화(水仙花)-2연6행/ 7) 시대평론(時代評論) 1927.1.창간(1927.8.)-으스름 달밤-4연12행/ 8) 한글(1).1927.7.창간. 창간호(1927.7.)-한글 기림-3연9/ 9) 신생(新生) 1928. 10. 창간(1928.12.)-피아노 소리-12연36행, 1929.6. 남산의 사시(四時)-4연24행, 1929.12. 옥잠화(玉簪花)-2연6행, 1930.6. 안감 내에서-3연9

행, 1930.12. 석굴암 가는 길에-2연6행, 1931.4. 봄-5연30행, 1932.3. 봄-3연9행, 1932.6. 화장장(火葬場)에서-3연9행, 1932.7. 별-2연6행, 1932.10. 가을-3연9행, 1932.12.3. 오동꽃-1연3행, 종묘(宗廟) 숲-2연6행, 백매(白梅)-2연6행, 1933.6. 추억(追憶)-5연15행/ 10) 조선시단(朝鮮詩壇) 1928.11. 창간—2호-3호(합병호). 1928.12.-비-4연12행, 삼계동(三溪洞)-3연9행 / 11) 학생(學生) 1929.3.창간(1930.4.)-밤비-4연12행/ 12)삼천리(三千里) 1929.6. 창간. 1932. 8.-추억(追憶)-5연15행, 1935.7. 백묵(白墨)-2연6행, 다람쥐-4연12행, 1939.1. 그리운 그날-4연12행/ 13) 대중공론(大衆公論) 1929. 9. 창간. 1930. 4.새봄-7연21행/ 14) 제일선(第一線)〈혜성(彗星)〉 개제(改題)1932.5.2. 1933.3. 대흥산성(大興山城)-3연9행/ 15) 신동아(新東亞) 1931.11. 창간—창간호-1931.11. 월출산-7연21행, 1933.6. 주시경(周時經)선생(先生)묘(墓)-3연9행, 1934.12. 난초(蘭草)-3연9행/ 16) 동방평론(東方評論) 1932.4. 창간. 창간호. 1932.4. 삼미희(三味喜) -9연27행/ 17) 한글(2) 1932.5. 창간. 창간호. 1932.5. 새봄-4연24행—1932.7.재판, 한천샘 스승님-6연18행. 104호(1948.6.)-조선말큰사전 간행을 축하함-2연6행/ 18) 신 가정(新 家庭) 1933.1. 창간—1933.1.1.-새해-5연15행, 1934.6. 추천(鞦韆)-1연3행, 1935.11. 매창梅窓)묘(墓)-5연15행, 1936.9. 아이와 꽃-9연27행(장시조)/ 19) 가톨릭 청년(青年) 1933.6. 창간—1933.6. 홍도(紅桃)-5연15행, 1933.8. 함박꽃-2연6행, 달-2연6행, 행주(幸州)-6연18행, 12호(1934.5.)-괴석(怪石)-3연9행, 21호(1935.1.)-천마산협(天魔山峽)-3연9행 / 20) 학등(學燈) 1933. 10. 창간—3호(1934.1.)-궁문(宮門)-2연6행, 13호(1935.1.)-옥잠화(玉簪花)-2연6행, 15호(1935.4.)-그리운 옛날-3연9행, 16호(1936.6.)-희작(戲作)-3연9행, 21호(1935.12.)-낙엽(落葉)-3연9행/ 21) 중앙(中央). 1933.11. 창간. 창간호(1933.11.)-백마강(白馬江)-5연15행-1934.9. 장마-4연12행, 1936.9. 대성암(大聖庵)-5연15행/ 22) 신인문학(新人文學) 1934.7. 창간. 13호(1936.8.)-난초(蘭草)-3연9행/ 23) 조광(朝光) 1935.11. 창간. 1941.12. 파랑새-2연6행/ 24) 야담(野談) 1935.12. 창간.193

8.10. 천문대-2연6행, 백송-2연6행-1938.12. 수송(垂松)-1연3행, 1939.2. 밤(栗)-2연6행/ 25) 삼천리문학(三千里文學) 1938.1. 창간. 창간호(1938. 1.)-가섭봉(迦葉峰)-3연9행/ 26) 신세기(新世紀).1939.1.창간. 3호(1939. 3.)-비-3연9행, 27호(1941.6.)-답교(踏橋)-3연9행/ 27) 문장(文章) 1939.2. 창간—1939.3. 매화(梅花)-3연9행, 1939.4. 난초(蘭草)-2연6행, 1940.2. 고서(古書)-3연9행, 1945.4. 그방-3연9행/ 28) 시학(詩學) 1939.3. 창간. 2집(1939.5.)-시마(詩魔)-3연9행/ 29) 춘추(春秋) 1941.2. 창간. 1942.1. 답교(踏橋)-3연9행/ 30) 한얼 1946.5. 창간. 2호(1947.3.)-길-3연9행/ 31) 문화(文化) 1947.4. 나의 조국-3연16행.

6. 난초(蘭草)

1) 난초(蘭草)(1)-1연3행, 2) 난초(蘭草)(2)-2연6행, 3) 난초(蘭草)(3)-2연6행, 4) 난초(蘭草)(4)-2연6행, 5) 매화(梅花)-3연9행, 6) 수선화(水仙花)-3연9행, 7) 파초(芭蕉)-2연6행, 8) 서향(瑞香)-2연6행, 9) 오동(梧桐)꽃-1연3행, 10) 함박꽃-2연6행, 11) 낙엽(落葉)-3연9행, 12) 풀벌레-사설시조, 13) 포도(葡萄)-2연6행, 14) 옥잠화-2연6행, 15) 백송(白松)-2연6행, 16) 희제(戱題)(3)-3연9행, 17) 희제(4)꽃모종-1연3행, 18) 봉숭아-1연3행, 19) 나팔꽃-1연3행, 20) 여귀-1연3행, 21) 해바라기-1연3행, 22) 분꽃-1연3행, 23) 밥풀꽃-1연3행, 24) 맨드라미-1연3행, 25) 도라지꽃-1연3행, 26) 밀보리-1연3행, 27) 매(梅),수선(水仙),난(蘭)-3연9행, 28) 백련(白蓮)-2연6행, 29) 냉이꽃-3연9행, 30) 공손수(公孫樹)-사설시조, 31) 갈보리-2연6행, 32) 보리-사설시조, 33) 파랑새-2연6행, 34) 풍란(風蘭)-2연6행, 35) 도림란(道琳蘭)-2연6행, 36) 란과 매(蘭과 梅)-2연6행, 37) 향(香)의 가을-3연9행, 38) 백화근(白花槿)-1연3행, 39) 열무-1연3행, 40) 모기-1연3행, 41) 꽃-1연3행, 42) 청매(靑梅)(1)-2연6행, 43) 청매(靑梅)(2)-2연6행, 44) 청매(靑梅)(3)-3연9행, 45) 청매(靑梅)(4)-3연9행, 46) 박연폭포(朴淵瀑布)-3연9행, 47) 대성암(大聖庵)-5연15행, 48) 광릉(光陵)-2연6행, 49) 부소산(扶蘇山)-2연6

행, 50) 매창(梅窓)뜸-3연9행, 51) 별-2연6행, 52) 구름-2연6행, 53) 우뢰-2연6행, 54) 봄(1)-2연6행, 55) 봄(2)-2연6행, 56) 저무는 가을-2연6행, 57) 바람-2연6행, 58) 계곡(溪谷)-6연18행, 59) 월출산(月出山)-5연15행, 60) 비(1)-4연12행, 61) 비(2)-3연9행, 62) 비(3)-2연6행, 63) 여름-5연15행, 64) 희제(戲題)(1)-2연6행, 65) 희제(戲題)(2)-2연6행, 66) 겨울밤-2연6행, 67) 괴석(怪石)-2연6행, 68) 비-1연3행, 69) 별-2연6행, 70) 새벽-2연6행, 71) 별-1연3행, 72) 농촌화첩(農村畵帖)(1)-5연15행, 73) 농촌화첩(農村畵帖)(2)-3연9행, 74) 농촌화첩(農村畵帖)(3)-2연6행, 75) 청우헌(聽雨軒)-2연6행, 76) 봄아침-2연6행, 77) 정원의 가을-2연6행, 78) 눈(1)-2연6행, 79) 눈(2)-2연6행, 80) 눈(3)-2연6행, 81) 도중점경(途中點景)-3연9행, 82) 금강(錦江)-3연9행, 83) 총석정(叢石亭)-2연6행, 84)금강산가엽봉-3연9행, 85) 젖-2연6행, 86) 돌아가신 날-1연3행, 87) 그리운 그날(1)-3연9행, 88) 그리운 그날(2)-4연12행, 89) 고곰(痮疘)-2연6행, 90) 고토(故土)-8연24행, 91) 91) 시마(詩魔)-3연9행, 92) 주시경 선생 무덤-3연9행, 93) 시름-3연9행, 94) 그 뜻-2연6행, 95) 홍원저조(洪原低調)-25연75행, 96) 해방전-2연6행, 97) 호패뜨기-3연9행, 98) 한하소연-농인의 말-1연3행, 99) 상인의 말-1연3행, 100) 그 방-3연9행, 101) 창(窓)-3연9행, 102) 고서(古書)-3연9행, 103) 내 한 생(生)-3연9행, 104) 외로운 이 마음-3연9행, 105) 처(妻)-4연12행, 106) 고향(故鄕)-3연9행, 107) 하루-3연9행, 108) 애도(哀悼)-고 육제(陸第)를 생각하고-1연3행, 109) 탄식(歎息)-1연3행, 110) 한강을 지나며-1연3행, 111) 탱자울-2연6행, 112) 고향으로 돌아가자-3연9행, 113) 인생의 고개-1연3행, 114) 아들을 생각하고(1)-1연3행, 115) 아들을 생각하고(2)-1연3행, 116) 송별(送別)-2연6행, 117) 횃불-2연6행, 118) 우리 님-1연3행, 119)백묵(白墨)-2연6행, 120) 야시(夜市)-사설시조.

### 7. 근대시조집람 현대시조 작품조사

1) 조선일보(朝鮮日報). 1920.3.6. 창간.

1925.10.27. 평양십영(平壤十詠)-10연60행(장시조), 1926.11.24. 밤든 서울-2연12행, 1927.1.2. 새해에-3연18행, 1927.2.19. 소루장이-3연9행, 1927.4.14. 아가씨와 개나리-2연12행, 1927.8.10.정주행(靜州行)-운교반(雲橋畔)-4연12행, 해불암-3연8행, 영호(暎湖)의 뱃놀아-5연15행, 떠난 뒤-4연12행, 1927.10.7. 경주(慶州)를 보고(1)-반야월-3연9행, 봉황대-1연3행, 1927.10.8. 경주(慶州)를 보고(2)-월성(月城)-2연6행, 안압지-1연3행, 문천(蚊川)-1연3행, 1927.10.9. 경주(慶州)를 보고(3)-불국사-1연3행, 석굴암-3연9행, 1927.10.11.경주(慶州)를 보고(4)-석굴암(4)-1연3행, 토함산-2연6행, 태종무렬왕릉-3연9행, 1929.10.26. 가을-3연18행, 1939.11.1. 호암(湖岩)묘(墓)-3연9행.

2) 동아일보(東亞日報). 1920.4.1. 창간.

1924.8.25. 제주길에-목포-1연3행, 다도해-3연12행, 명랑-4연16행, 제주-1연4행, 관음사-1연5행, 한라산-7연28행, 서귀포-1연4행, 한해(澣海)-1연4행, 애월포(涯月浦)-1연4행, 1925.7.3. 인왕산 저문날-8연48행, 평화-1연6행, 망월(望月)-1연6행, 소년행(少年行)-1연6행, 1925.7.19. 봉천행(奉天行)-심양-3연18행, 셋째 아우여-흰한돌-3연18행, 추도 이수영군(李壽永君)-3연18행, 1925.7.21. 큰물-8연48행(장시조), 1925.8.1. 만감(漫感)-1연6행, 1925.8.4. 어느 벗에게-2연12행. 야우(夜雨)-1연6행, 1925.8.11. 전주한벽당-1연7행, 증, 우인(贈, 友人)-1연6행, 1928.4.19. 봄-5연30행, 1928.9.21. 밤송이-3연9행, 1928.9.26. 더디온 길-3연9행, 1928.10.2. 영가(鸚哥)-3연9행, 1928.10.3. 달-3연9행, 1928.10.5. 삼게에서-5연15행, 1928.10.14. 비온 뒤에-3연9행, 1928.12.2. 겨울밤-4연12행, 1929.7.4. 감우(甘雨)-5연15행, 1929.9.26. 저무는 가을-5연15행, 1931.9. 20. 산해풍경(山海風景)(1)-여수등대-2연6행, 여수야경-2연6행, 1931.9.22. 산해풍경(山海風景(2)-보뜰바다-3연9행, 목포유달산-2연6행, 1931.9.23. 산수정회(山水情懷(1)-여수항-3연9행, 산수정회(山水情懷(2)-군산항-2연6행, 목포항-1연3행, 1931.9.27. 산수정회(山水情懷)(3)-순천송광사-4연12행, 1933.7.23. 백송(白松)

-2연6행, 천문대(天文臺)-3연9행, 1933.9.5. 가을-1연3행, 1933.9.12. 실솔(蟋蟀)-1연3행, 1933.9.19. 다듬이-1연3행, 1933.9.27. 야국(野菊)-1연3행, 1938.8.28. 고 김갑군(金鉀君)-2연12행, 1938.9.28. 오후풍경(午後風景)-2연12행, 1940.4.2. 축 창간20주년(祝,創刊二十週年)-3연9행, 1947.1.1. 횃불-2연6행.

3) 시대일보(時代日報). 1924.3.31. 창간.

1925.5.12. 時調二章)-탄식(歎息)-1연6행, 전춘(餞春)-1연6행, 1925.6.8. 야기회우(夜起悔友)-1연6행, 1925.7.1. 평화(平和)-1연3행, 꽃-1연3행, 태극정(太極亭)-1연3행, 열무정(閱武亭)-1연3행, 1925.7.13. 만감(漫感)-1연6행, 님-1연6행.

4) 중외일보(中外日報). 1926.11.25. 창간.

1930.5.4. 만정산(挽鼎汕)-4연12행.

5) 조선중앙일보(朝鮮中央日報). 1933.3.7. 창간. 중앙일보를 개제(改題)하고 속간. 1935.1.1. 수선화(水仙花)-3연9행.

6) 서울신문. 1946.11.23.(매일신문. 13738호) 창간.

1946.3.1. 삼일(三一)날-2연6행.

## 8. 수선화(水仙花) 현대시조 작품조사

1) 계곡(溪谷)-6연18행, 2) 대성암(大聖庵)-5연15행, 3) 도봉(道峰)-4연12행, 4) 천마산협(天魔山峽)-3연9행, 5) 박연폭포(朴淵瀑布)-3연9행, 6) 금강산가엽봉(金剛山迦葉峰)-3연9행, 7) 만촉동(萬瀑洞)-3연9행, 8) 총석정(叢石亭)-2연6행, 9) 월출산(月出山)-5연15행, 10) 난초(蘭草)(1)-1연3행, 11) 난초(蘭草)(2)-2연6행, 12) 난초(蘭草)(3)-2연6행, 13) 난초(蘭草)(4)-2연6행, 14) 매화(梅花)-3연9행, 15) 수선화(水仙花)-3연9행, 16) 파초(芭蕉)-2연6행, 17) 오동(梧桐)꽃-1연3행, 18) 함박꽃-2연6행, 19) 포도(葡萄)-2연6행, 20) 옥잠화(玉簪花)-2연6행, 21) 돌아가신 날-1연3행, 22) 그리운 그날(1)-3연9행, 23) 그리운 그날(2)-4연12행, 24) 고토(故土)-8연24행,

25) 백묵(白墨)-2연6행, 26) 고곰(痼疘)-2연6행, 27) 시마(詩魔)-3연9행, 28) 주시경선생의 무덤-3연9행, 29) 광릉(光陵)-2연6행, 30) 석굴암(石窟庵)-2연6행, 31) 부소산(扶蘇山)-2연6행, 32) 매창(梅窓)뜸-3연9행, 33) 송광사(松廣寺)-4연12행, 34) 죽음-2연6행, 35) 괴석(怪石)-2연6행, 36) 뜰-3연9행, 37) 별-2연6행, 38) 바다-3연9행, 39) 풀벌레-사설시조, 40) 소나기-3연9행, 41) 비(1)-4연12행, 42) 비(2)-3연9행, 43) 비(3)-2연6행, 44) 우뢰-2연6행, 45) 밤(1)-2연6행, 46) 봄(1)-2연6행, 47) 봄(2)-2연6행, 48) 저무는 가을-2연6행, 49) 희제(戱題)(1)-2연6행, 50) 희제(戱題)(2)-2연6행, 51) 희제(戱題)(3)-3연9행, 52) 희제(戱題)(4)-꽃모종-1연3행, 53) 봉숭아-1연3행, 54) 나팔꽃-1연3행, 55) 여지-1연3행, 56) 해바라기-1연3행, 57) 분꽃-1연3행, 58) 밥풀꽃-1연3행, 59) 맨드라미-1연3행, 60) 도라지꽃-1연3행, 61) 홍원저조(洪原低調)25연75행, 62) 국제시장(國際市場)-2연6행, 63) 호패뜨기-3연9행, 64) 탱자울-2연6행, 65) 한하소연농인(農人)의 말-1연3행, 66) 상인(商人)의 말-1연3행, 67) 풍란(風蘭)-2연6행, 68) 난(蘭)과 매(梅)-2연6행, 69) 매화(梅花)-3연9행, 70) 청매(靑梅)(1)-2연6행, 71) 청매(靑梅)(2)-2연6행, 72) 청매(靑梅)(3)-3연9행, 73) 청매(靑梅)(4)-3연9행, 74) 매(梅),수선(水仙)난(蘭)-3연9행, 75) 백련(白蓮)-2연6행, 76) 냉이꽃-3연9행, 77) 그 방-3연9행, 78) 창(窓)-3연9행, 79) 천정(天井)-3연9행, 80) 고서(古書)-3연9행, 81) 내 한 생(生)-3연9행, 82) 처(妻)-4연12행, 83) 고향으로 돌아가자-3연9행, 84) 봄아침-2연6행, 85) 별-2연6행, 86) 새벽-2연6행, 87) 백화근(白花槿)-1연3행, 88) 열무-1연3행, 89) 모기-1연3행, 90) 정원의 가을-2연6행, 91) 보리-사설시조, 92) 송별(送別)-2연6행.

9. 가람시조집 현대시조 작품조사-권채린 엮음.2012.

1) 계곡(溪谷)-6연18행, 2) 대성암(大聖庵)-5연15행, 3) 도봉(道峯)-4연12행, 4) 천마산협(天麻山峽)-3연9행, 5) 박연폭포(朴淵瀑布)-3연9행, 6) 가엽봉(迦葉峯)-3연9행, 7) 만폭동(萬瀑洞)-3연9행, 8) 총석정(叢石亭)-2연

6행, 9) 해불암(海佛庵)-3연9행, 10) 월출산(月出山)-5연15행, 11) 난초(蘭草)(1)-1연3행, 12) 난초(蘭草)(2)-2연6행, 13) 난초(蘭草)(3)-2연6행, 14) 난초(蘭草)(4)-2연6행, 15) 매화(梅花)-3연9행, 16) 수선화(水仙花)-3연9행, 17) 파초(芭草)-2연6행, 18) 서향(瑞香)-2연6행, 19) 오동(梧桐)꽃-1연3행, 20) 함박꽃-2연6행, 21) 포도(葡萄)-2연6행, 22) 옥잠화(玉簪花)-2연6행, 23) 수송(垂松)-1연3행, 24) 백송(白松)-2연6행, 25) 젖-2연6행, 26) 돌아가신날-1연3행, 27) 그리운 그날(1)-3연9행, 28) 그리운 그날(2)-4연12행, 29) 고토(故土)-8연24행, 30) 시름-3연9행, 31) 백묵(白墨)-2연6행, 32) 병석(病席)-2연6행, 33) 그 뜻-2연6행, 34) 고곰(고곰-학질의방언)-2연6행, 35)시마(詩魔)-3연9행, 36) 주시경선생의 무덤-3연9행, 37) 광릉(光陵)-2연6행, 38) 석굴암(石窟庵)-2연6행, 39) 부소산(扶蘇山)-2연6행, 40) 송광사(松廣寺)-4연12행, 41) 매창(梅窓)뜸-3연9행, 42) 노석(老石)의 열반(涅槃)-故 金錢선생)-2연6행, 43) 정산(鼎山)을 보내며-4연12행, 44) 서해(曙海)를 묻고(故崔鶴松 君)-2연6행, 45) 추도(追悼)(1)-故 李重乾 君)-3연9행, 46) 추도(追悼)(2)-故 李鉀 君)-3연9행, 47) 죽음(어느 젊은이가 스스로 죽었다 함을 듣고)-2연6행, 48) 괴석(怪石)-2연6행, 49) 뜰-3연9행, 50) 바람-2연6행, 51) 별-2연6행, 52) 구름-2연6행, 53) 바다-3연9행, 54) 낙엽(落葉)-3연9행, 55) 밤(栗)-2연6행, 56) 풀벌레-사설, 57) 소나기-3연9행, 58) 비(1)-4연12행, 59) 비(2)-3연9행, 60) 비(3)-2연6행, 61) 우리-사설, 62) 밤(1)-2연6행, 63) 밤(2)-3연9행, 64) 봄(1)-2연6행, 65) 봄(2)-2연6행, 66) 여름-5연15행, 67) 저무는 가을-2연6행, 68) 겨울밤-2연6행, 69) 희제(戱題)(1)-2연6행, 70) 희제(戱題)(2)-2연6행, 71) 희제(喜題)(3)-3연9행, 72) 희제(戱題)(4)-어린이와 꽃-1연3행, 73) 꽃모종-1연3행, 74) 봉숭아-1연3행, 75) 나팔꽃-1연3행, 76) 여지(荔枝)-1연3행, 77) 해바라기-1연3행, 78) 분꽃-1연3행, 79) 밥풀꽃-1연3행, 80) 맨드라미-1연3행.

※해설-전통의현대화근대적탐색-권채린. 2012.

### 10. 초 · 중학교 교육과정 현대시조 작품조사

1) 초등학교 교육과정 현대시조 작품조사

제1차 교육과정(1955)-별-2연6행/ 제2차 교육과정(1963)-별-2연6행/ 제3차 교육과정(1973)-가을-2연6행, 별-2연6행/ 제4차 교육과정(1981)-한산도의밤-2연6행, 별-2연6행/ 제5차 교육과정(1987)-분꽃-1연3행, 급행차-1연3행, 가을-2연6행/ 제6차 교육과정(1992)-없음/ 제7차 교육과정(1998)-가을-2연6행/ 제8차 교육과정(2001)-없음.

2) 중학교 교육과정 현대시조 작품조사

제1차 교육과정(1955)-봄-2연6행/ 제2차 교육과정(1963)-박연폭포-3연9행/ 제3차 교육과정(1973)-박연폭포-3연9행/ 제4차 교육과정(1981)-박연폭포-3연9행/ 제5차 교육과정(1987)-없음/ 제6차 교육과정(1992)-없음/ 제7차 교육과정(1998)-풍란-2연6행/ 제8차 교육과정(2001)-풍란-2연6행.

## Ⅲ. 가람 이병기(1891-1968)의 현대시조 창작특색

1. 자연주의적 근현대 시조를 현대시조 토착화로 변용시켜 놓았다.

2. 생태 환경적 주제를 선호하여 탐미적 현대시조 형식으로 정착화 시켜 놓았다.

3. 광범위한 학술적 논문연구로 방대한 저술활동의 빛나는 세계유네스코 문화유산인 현대시조로 정착 시켜놓았다.

## Ⅳ. 가람 이병기(1891-1968)의 현대시조 창작형태조사

| 시조도서 | 1연 | 2연 | 3연 | 4연 | 5연 | 사설 | 장시조 | 양장 | 총계 | 비고 |
|---|---|---|---|---|---|---|---|---|---|---|
| 가람문선 | 41 | 70 | 48 | 6 | 6 | 4 | 3 | | 178 | |
| 신한국 문학전집 | | 2 | 6 | | 2 | | 1 | | 11 | |
| 가람시조선 | 38 | 57 | 46 | 6 | 9 | 4 | 9 | | 169 | |

| | | | | | | | | | | |
|---|---|---|---|---|---|---|---|---|---|---|
| 한국시조 큰사전 | 41 | 74 | 48 | 6 | 6 | 5 | 3 | 6연 12행 | 183 | |
| 근대시조 대전 | 8 | 20 | 33 | 10 | 12 | 2 | 8 | 3연 6행 | 93 | |
| 난초 | 38 | 49 | 29 | 3 | 4 | 4 | 3 | | 130 | |
| 근대시조 집람 | 32 | 14 | 12 | 6 | 5 | | 4 | | 73 | |
| 수선화 | 17 | 36 | 27 | 5 | 2 | 2 | 3 | | 92 | |
| 가람시조집 | 13 | 34 | 21 | 5 | 3 | 2 | 2 | | 80 | |
| 초.중학교 교과서 | 2 | 11 | 3 | | | | | | 16 | |
| 총계 | 230 | 367 | 273 | 47 | 49 | 23 | 36 | | 1025 | |
| 비율% | 22.4 | 35.8 | 26.6 | 4.5 | 4.7 | 2.2 | 3.5 | | 99.7 | |

## V. 나오며

우리나라 장시조 중에서 가람은 36수인데 그 중에서 홍원저조(洪原低調)는 25연 75행으로 가장 빛나는 역작을 기록했고 수우재(守愚齋)에서 모두 현대시조를 창작했으며 중복된 것은 골라내지 못했다.

수우재 뜰에서 난과 매화 그리고 온갖 화초를 기르며 자연환경과 어울리면서 자연주의적 심미성을 표출하는 방법을 터득했다고 내다 볼 수 있을 것이다. 사설시조는 23수를 창작했고 양장시조는 9연 18행을 창작했으며 평시조 단형이 230수 22.4%, 2연이 367수 35.8%, 3연이 273수 26.6%를 차지하고 있어 평시조 중 2연이나 3연의 현대시조를 선호하였다고 생각한다. 그 밖에 여러 곳에 더 많은 현대시조가 산재해 있으리라 예상되나 한정된 자료 수집과 충분하지 못한 조사연구가 되어 부끄럽고 앞으로 기회가 있을 때 국립중앙도서관을 활용하여 심도 깊은 조사연구가 되기를 기대하며 끝을 맺는다.

## ↗ 원명 이수용(圓明 李守用 1942-2011)

### Ⅰ. 묵향이 이는 노래-시조집. 2005.

봄이 오는 소리-1연7행, 월드컵 전장에서-2연14행, 분소의(糞掃衣)-2연14행, 루시의 한풀이-2연14행, 밴댕이의 유언-1연7행, 런링머신-1연12행, 호접난-胡蝶蘭)-1연12행, 솔분재-1연7행, 삭발(削髮)-1연7행, 태풍매미-1연12행, 수석(壽石)-1연12행, 단풍(2)-1연7행, 낙엽(落葉)-1연7행, 돋보기안경-1연12행, 머리염색-1연12행, 잠 안오는 밤-2연14행, 첫눈이 내리면-2연14행, 방귀벌레-1연7행, 힘찬 질주-2연14행, 보리가 필 무렵-2연14행, 묵향(墨香)이 이는 노래-2연14행, 삶의 여로-6연18행, 지암(志岩)의 높은 뜻-4연12행, 나정(奈汀)의 향기-3연9행, 행복의 길-3연9행, 나에게는 님이어라(2)-3연15행, 나에게는 님이어라(3)-2연14행, 나에게는 님이어라(4)-3연15행, 나에게는 님아어라(5)-1연7행, 나에게는 님이어라(6)-1연7행, 나에게는 님이어라(7)-1연7행, 외손자의 첫만남-1연7행, 할애비와 손자 사이-3연15행, 초원에 베푼 인술(仁術)-4연12행, 첫돌-2연14행, 관욕(灌浴)의 마음-2연13행, 설록차(1)-1연7행, 설록차(2)-1연7행, 설록차(3)-1연7행. 외도(外島)에 살고 싶네-3연15행, 매화마을 봄나들이-2연12행, 해금강 소감-4연12행, 화개장터의 장을 보고-2연14행, 망선루(望仙樓)소감-3연9행, 바다마을에서-1연12행, 호방마을 느티나무-2연14행, 청도군자정(君子亭)에서-2연14행, 논개영정 앞에서-3연9행, 낙화암-1연7행, 임청각(臨淸閣)-4연28행, 감은사지(感恩寺址)-3연16행, 돌산도 동백꽃은-1연7행, 아야진해돋이횟집-2연24행, 해돋이 암자-1연7행, 오월의 꽃지해변-3연18행, 영금사(靈琴寺)-2연14행, 외암마을-4연12행, 청간정(淸澗亭)-2연14행, 충주호유람선에서-2연14행, 보훈병원 대기실-2연14행, 큰 별이 지던 날-3연21행, 종손이가시던 날-4연12행, 청순한 미소-1연7행, 52병동 사람들(1)-3연15행, 52병동 사람들(2)-2연14행, 수다재(水多齋)묘소 참배길-2연14행, 광모재(廣慕齋) 참배-1연7행, 철령포-1연7행, 노산대-1연7행, 성묘-1연7행, 다비(荼

毘)-1연7행, 탈상-1연7행, 송산조견(松山趙狷)선생묘 앞에서-3연21행, 순결무구(純潔無垢)-1연7행, 충절의 가르침-4연28행, 구괴정 괴목(九槐亭槐木)-1연7행, 보살의 마음-1연7행, 의암(義岩)에 서서-1연7행, 보신각 종소리-2연14행, 잃어버린 시간-3연21행, 장가계 비경(張家界 秘景)(1)-2연14행, 장가계 비경(2)-1연7행, 장가계 비경(3)-3연21행, 장가계 비경(4)-1연7행, 장가계 비경(5)-1연7행, 장가계 비경(6)-2연14행, 장가계 비경(7)-1연7행, 장가계 비경(8)-2연14행, 단심의 피(丹心)의 피-2연14행, 금도협(金刀峽)하산길-2연14행, 나이아가라폭포-2연14행, 불루마운틴에서-2연14행, 활화산 앞에서-1연7행, 모란시정(1)-2연12행, 모란시정(2)-1연7행.

〈해설〉세월을 다스리는 소박한 자연친화의 심상-유선.

## II. 피안의 메아리. 시조집. 2009.

피안의 메아리-2연14행, 달맞이꽃-2연14행, 연꽃-1연7행, 어머님 전상서-4연12행, 모란시장(3)-2연12행, 모란시장(4)-1연12행, 모란시장(5)-1연7행, 가을 안부-1연12행, 사랑의 열매-1연7행, 쓰나미-3연9행, 해상분계선(NLL)3연9행, 과메기-2연6행, 청설모-2연12행, 핸드폰-1연12행, 발왕산-3연9행, 까치밥-2연6행, 서둘러 바친 조공(朝貢)-2연14행, 커피 한 잔-1연12행, 순천만 갈대밭-1연7행, 목조삼존불감(木造三尊佛龕)-3연9행, 고향-1연12행, 편지-1연7행, 유진(1)-3연9행, 유진(2)-1연7행, 유진(3)-1연7행, 유진(4)-1연7행, 유진(5)-1연7행, 유진(6)-1연12행, 유진(7)-1연7행, 유진(8)-2연14행, 손녀가 주는기쁨-2연14행, 모델걸음 흉내-1연7행, 이명(耳鳴)-1연7행, 새벽예불-1연7행, 백령도-3연9행, 지하철의 새풍속도-1연7행, 연비(煙匪)-1연7행, 한가위달-1연7행, 칠월칠석-1연7행, 황금돼지해에-2연14행, 올림픽공원에서-1연7행, 빌트모아 저택-2연14행, 동굴속 폭포-1연7행, 수족관에서-2연14행, 씨엔엔(CNN)방송국 방문기-1연7행, 남북전쟁기념관-1연7행, 마틴루터킹목사-2연13행, 아트랜타 전등사-1연12행, 앨라모성-2연14행, 연꽃 탑돌이-1연12행, 쏠트레이트 경기장에서-1연7행, 호수의 풍경-1연7행, 진짜같은 가짜-1연6행, 포말(泡沫)-1연7행, 미국국립공원(1)-3연9행, 미국국립공원(2)-4연12행, 미국국립공원(3)-2연14행, 미국국립공원(4)-2연14행, 미국국립공원(5)-4연12행, 석산-4연12행, 관포지교(管鮑之交)-1연7행, 공자삼제(孔子三題)공림(孔林)-1연3행, 공묘(孔廟)-1연3행, 공부(孔府)-1연3행, 태산(泰山)-2연14행, 강태공(姜太公)묘소 앞에서-1연12행, 서호유랑-1연7행, 무이산등반기-2연14행, 무이산구곡의 노래-1연3행, 구곡-1연3행, 팔곡-1연3행, 칠곡-1연3행, 육곡-1연3행, 오곡-1연3행, 사곡-1연3행, 삼곡-1연3행, 이곡-1연3행, 일곡-1연3행, 백록동서원-1연7행, 황산(1)-1연7행, 황산(2)-1연11행, 황산(3)-1연7행, 황산(4)-1연11행, 황산(5)-1연7행, 포공사(砲公祠)-1연7행, 초왕능원병마용(楚王陵園兵馬俑)-1연7행, 숭양서원(嵩陽書院)-1연7행, 소림사(少林寺) 소감-1연6행, 용문석굴(龍門石窟)-3연9행, 백거이(白居易)묘 앞에서-3연9행, 관림(關림林)-1연7행, 각진국사(覺眞國師) 650주기를 추모하며-4연12행, 은촌어른 공적을 기리며-4연12행, 악마에서 천사까지-5연15행, 학(鶴)처럼 오랜풍류-3연9행, 심마니의 기도-3연9행, 모과-3연9행, 북망산-2연14행, 소림무술-1연7행, 측천무후(側天武后)-3연9행, 백마상(白馬像)-1연7행, 앙코르와트-1연7행, 캄보디아수상촌-1연7행, 동경시청관망지에서-1연7행, 현해탄-1연7행, 아소산화산-1연7행, 아소산 억새밭-1연7행, 벳부온천마을-1연7행, 가마모토성-1연6행, 일본에 관하여-3연9행, 동경의 자유인-1연7행.

〈해설〉 세계를 아우르는 담대한 품-김준.

## Ⅲ. 마음으로 여는 세상. 시조시집. 2001.

만남-3연21행, 괴강(槐江)의 추억-4연28행, 홍로일점설(紅爐一點雪)-1연7행, 번지점프-2연12행, 아쉬운 만남-3연21행, 첫사랑-2연14행, 모닥불-1연7행, 꿈-1연11행, 치매(癡呆)(1)-1연7행, 치매(癡呆)(2)-1연7행, 기약없는 이별-3연15행, 고엽제 후유증-4연25행, 해병혼-3연21행, 금봉재기른 봉황-4연26행, 명아주 꿈-2연14행, 꽃꽂이-1연7행, 아침이슬-1연7행, 구름다리-1연7행, 돼지감자 먹던 추억-1연7행, 목사의 미소-2연14행, 안동(安東)고모-2연14행, 소금쟁이-3연21행, 해당화-2연14행, 황소개구리-1연7행, 삶의 길이-1연6행, 서툰 낚시꾼-1연6행, 딸 예단을 보내면서-2연14행, 구두수선공-1연7행, 양로원 노인들-2연14행, 치매(癡呆)(3)-1연7행, 딸아이 산행길-1연7행, 어항속 금붕어-1연7행, 군자란-2연14행, 하얀철쭉꽃-1연7행, 숲(1)-1연7행, 숲(2)-2연14행, 느티나무-1연7행, 여의도 귀머거리-1연7행, 원두막-1연7행, 관어청조(觀魚聽鳥)-1연7행, 새천년소망-3연15행, 눈이 오는 계절-2연14행, 단풍-1연7행, 입춘(立春)-2연13행, 삼일절 추모-1연7행, 한식(寒食)-2연14행, 꽃비가 내리는 길-3연21행, 장마비-3연21행, 여름밤-2연12행, 겨울나무-1연7행, 겨울산-1연7행, 동지(冬至)-1연7행, 원단해맞이-1연6행, 사위보던 날-2연14행, 설날-1연7행, 이순(耳順)-1연7행, 정월대보름-1연7행, 경칩(驚蟄)-1연7행, 초파일절에 가서-1연7행, 대한날 산길에서-2연14행, 장릉(莊陵)을 지나며-2연14행, 어라연(魚羅淵)계곡-2연12행, 융능석마가 우는 소리-1연7행, 백련시사회(白蓮詩寫會)-2연14행, 임진강 아우라지-2연12행, 삼청(三淸)한마을-1연7행, 바닷가에 서서-4연28행, 두레박 타고 가는 길-2연14행, 방울샘-2연14행, 도담삼봉(島潭三峰)-2연12행, 홍련암소감-1연7행, 병산서원-2연14행, 번지있는 주막처녀-1연7행, 간절곶 해돋이-1연7행, 온달동굴-2연14행, 임진각철마-1연7행, 대왕바위-2연14행, 김삿갓묘 옆에서-3연21행, 부석사바위-1연7행, 채석강 소감-1연7행, 삼학사(三學士) 모시고-4연12행, 백일축하송(頌)-5연27행, 명창(名唱)의 소리-2연12행, 새빛으로 오소서-3연21행, 가릉빈가(迦陵嚬伽)의 소리-2연12행, 독도(獨島)-3연21행, 백두산천지(白頭山天池)-3연21행, 설원(雪原)-1연7행, 떼제베 타고 오백리길-2연14행, 피라미트무덤 속에서-1연6행, 로렐라이언덕-1연8행, 계림절벽-3연21행, 북파산정상에서-1연7행, 관암동굴-1연7행, 에펠탑에 올라서서-사설시조.

〈작품평〉시간의 길 위에서 노래함-김준.

## Ⅳ. 원명 이수용(圓明 李守用 1942-2011)의 정형시 창작형태조사

| 시조집 | 1연 | 2연 | 3연 | 4연 | 5연 | 사설 | 장시조 | 총계 | 비고 |
|---|---|---|---|---|---|---|---|---|---|
| 묵향노래 | 41 | 32 | 15 | 7 | | | 1 | 96 | |
| 메아리 | 71 | 19 | 14 | 6 | 1 | | | 111 | |
| 마음세상 | 46 | 29 | 13 | 5 | 1 | 1 | | 95 | |
| 총계 | 158 | 80 | 42 | 18 | 2 | 1 | 1 | 302 | |
| 비율% | 52.3 | 26.4 | 13.9 | 5.9 | 0.6 | 0.3 | 0.3 | 99.7 | |

### ↗ 성촌 이우만(城村 李愚萬 1932-2013)

## Ⅰ. 가람문학

1980. 창간호-향촌의 밤-2연6행/ 1981. 제2집-내 하늘의 별-2연12행/ 1982. 제3집-대화-2연12행, 흔적-4연24행/ 1983. 제4집-하지-2연12행, 곰티재-1연12행/ 1984. 제5집-강건너-2연12행, 이별-1연12행, 잿마루-1연12행/ 1985. 제6집-타작마당-1연12행, 고개(嶺)-2연12행, 그믐날밤-1연12행/ 1986. 제7집-질주하는 자동차-1연6행, 낙엽은 지고-1연6행, 사람다운 대접-1연11행/ 1987. 제8집-농촌의 일손-2연6행, 모두의 숨결-2연6행, 하늘의 뜻-3연9행/ 1988. 제9집-들에 핀 꽃-2연6행, 기다리는 마음-3연9행/ 1989. 제10집-오늘의 세상-3연18행, 새벽길-3연18행, 깨끗한 마음-3연18행/ 1990. 제11집-내 하늘의 별-1연12행, 보고픈 내 임-2연12행, 찬바람 스치고-2연12행/ 1991. 제12집-못자리-2연13행, 애정어린것 -2연19행, 그대 모습-3연9행, 미더운 품 안-2연6행, 세월은 가고-2연6행.〈시인의 말〉/ 1992. 제13집-달라진 생활-2연12행, 정분-2연12행, 골라내는 것-2연12행, 생명-2연19행/ 1993. 제14집-서로의 정-3연18행, 국화꽃-2연12행, 고독을 달래는 소쩍새-2연12행, 꽃을 피우기 위해-2연12행/ 1994. 제15집-두레의 협동정신-2연18행, 변함없는 마음-2연12행, 그대 모습-3연18행, 봄비-2연12행/ 1995. 제16집-촛불-3연18행, 새벽길-1연9행, 가을 일손-3연18행, 늦가을 줄가리-2연12행/ 1996. 제17집-작품 없음/ 1997. 제18집-생명-2연12행, 출발-3연21행, 회상-3연9행, 가로등-2연12행, 은행잎-2연14행/ 1998. 제19집-살아가는 환경-3연21행, 마음의 움직임-2연12행, 윤리도덕 지키자-3연21행/ 1999. 제20집-문을 열어라-3연9행, 명분있는 생활-3연9행, 마음의 움직임-2연12행/ 2000. 제21집-고향은 농촌-2연12행, 일하는 즐거움-2연12행, 문을 열어라-3연9행/ 2001. 제22집-눈을 뜨고-3연18행, 버들가지-2연6행, 일하는 즐거움-2연12행.〈작품해설〉/ 2002. 제23집-목련꽃-2연12행/ 2003. 제24집-사철나무의 기백-2연12행, 꽃향기-3연9행, 바른세상-2연12

행/ 2004. 제25집-여유있는 생활-2연12행, 조상의 힘-3연9행, 연정의 마음-2연 6행/ 2005. 제26집-연정의 마음-2연6행, 꽃선인장-2연12행, 고개숙인 벼이삭-2연12행/ 2006. 제27집-서로의 약속-3연18행, 고마운 마음-3연9행, 안개는 짙고-3연 21행/ 2007. 제28집-평온한 세상-2연12행, 한민족의 정신자세-3연9행, 변함없는 마음-3연9행/ 2008. 제29집-희망을 품고-2연6행, 산고개-2연12행, 맺어진 인연-2연6행/ 2009. 제30집-돌아온 모퉁이-2연6행, 생긴것의 율동-2연12행, 산마루 외딴집-2연6행/ 2010. 제31집-이고 지고-1연6행, 움직이면 살고있다-2연6행, 다랑이 노란벼-2연6행, 기다림의 소음-2연6행, 바쁜 오월 농촌-1연6행, 파초-1연3행/ 2011. 제32집-월드컵의 열기-2연12행, 즐거운 농악-2연6행/ 2012. 제33집-나비는 꽃을 찾고-2연6행, 옛날과 현재의 이치-3연9행, 파고 심고-1연6행, 한국의 요지인 대전-1연6행.

II. **향운(香雲) 시조시집. 1985.**

1) 향촌의 밤-4연24행/ 2) 강 건너-4연24행/ 3) 그믐날밤-4연24행/ 4) 곰팃재-2연12행/ 5) 타작마당-4연24행/ 6) 하지-2연12행/ 7) 내 하늘의 별-1연12행/ 8) 잿마루-4연24행/ 9) 익어가는 가을-10연69행/ 10) 창락의 임종-1연6행/ 11) 흑장미-2연24행/ 12) 강변발 언덕-2연18행/ 13) 새벽녘-1연12행/ 14) 겨울철 치마꼬리-2연24행/ 15) 구절초-1연12/ 16) 나로도에서-1연12행/ 17) 물방울-2연24행/ 18) 마지막간 어린새싹-4연36행/ 19) 정자에 담긴 정-1연12행/ 20) 속마음 드러내어-1연12행/ 21) 내 하늘의 별-1연12행/ 22) 옛길-2연24행/ 23) 정열-1연12행/ 24) 믿음의 아쉬움-1연12행/ 25) 허무-2연24행/ 26) 함박눈-1연12행/ 27) 지렁이-2연24행/ 28) 인연-2연24행/ 29) 꿈의 향로-2연24행/ 30) 새싹이 남긴 분노-2연24행/ 31) 풋내기(등신)-2연24행/ 32) 어린이 공포-2연24행/ 33) 실없는 인간-2연24행/ 34) 문을 열어라-5연60행/ 35) 붓끝의 먹물-2연24행/ 36) 세종대왕-2연24행/ 37) 절개-1연12행/ 38) 대화-2연24행/ 39) 흔적-4연48행/ 40) 놀속에 고깃배-1

연12행/ 41) 향운-1연12행/ 42) 깃발-1연12행/ 43) 다방가-2연24행/ 44) 연기-2연24행/ 45) 솟구친 불길-1연12행/ 46) 버들피리-1연12행/ 47) 믿음-1연12행/ 48) 어버이 마음-3연26행/ 49) 효심-1연12행/ 50) 그리움-2연24행/ 51) 한 여인의 일생-3연36/ 52) 이별-3연36행/ 53) 설날제사-2연24행/ 54) 형님의 혼-4연48행/ 55) 새싹-1연12행/ 56) 임의 사랑-2연24행/ 57) 생(生)-1연12행/ 58) 만남-3연28행/ 59) 번져진 정-1연12행/ 60) 풍성한 계절-1연12행.

〈해설〉정도로서의 시조문학-이동희

### Ⅲ. 운광(雲光) 시조시집. 1992.

1) 보금자리-5연35행/ 2) 제목-인쇄탈고. 없음/ 3) 세상살이-4연36행/ 4) 바른양심-5연15행/ 5) 속마음-2연12/ 6) 약속-2연12행/ 7) 괴로움-2연6행/ 8) 철조망-2연12행/ 9) 낚시-2연6행/ 10) 명당-2연6행/ 11) 매듭짓고-2연6행/ 12) 바쁜걸음-3연9행/ 13) 제뜻-2연12행/ 14) 정분-2연6행/ 15) 믿음-3연9행/ 16) 생명-2연18행/ 17) 한약 두세첩-2연24행/ 18) 기러기-2연22행/ 19) 남향받이-2연12행/ 20) 홍겨움-2연12행/ 21) 서예전에서-1연6행/ 22) 방구연같구나-2연24행/ 23) 노력-2연12행/ 24) 변화-2연12행/ 25) 제비-2연12행/ 26) 내를 건너-3연9행/ 27) 보릿고개-4연24행/ 28) 속음질-2연6행/ 29) 자리-4연24행/ 30) 헛물-2연12행/ 31) 꼭대기-2연24행/ 32) 소쩍새-2연6행/ 33) 운광-2연12행/ 34) 안개낀 마을-3연9행/ 35) 가랑잎-2연12행/ 36) 전통-3연18행/ 37) 못자리-3연35행/ 38) 호남평야-1연6행/ 39) 직행버스-2연12행/ 40) 색칠하고-2연12행/ 41) 오늘날-3연18행/ 42) 큰별-3연18행/ 43) 완행열차-3연18행/ 44) 거미-2연12행/ 45) 다니던 길-2연6행/ 46) 골짜기마을-3연18행/ 47) 나들이-2연12행/ 48) 진달래꽃-2연12행/ 49) 산에 핀 들벗-2연6행/ 50) 미완성-3연18행/ 51) 갈증-3연9행/ 52) 철이 가고-3연9행/ 53) 가을걷이-2연12행/ 54) 맑은 하늘-3연9행/ 55) 함박눈 쌓이고-2연12행/ 56) 세배-2연12행/ 57) 호수-2연6행/ 58) 귀향살이한대-3연18행

/ 59) 자목련-2연12행/ 60) 여울-3연15행/ 61) 끝없는 고개-2연24행/ 62) 같이 지내다가-2연12행/ 63) 마무리-2연19행/ 64) 약속-2연12행/ 65) 헤어짐-2연18행/ 66) 독풍-2연6행/ 67) 풍경-2연12행/ 68) 매화-2연24행/ 69) 장대비-3연36행/ 70) 바람-3연9행/ 71) 빛깔-2연6행/ 72) 차차 익어가는 것-3연9행/ 73) 층계-3연9행/ 74) 땀방울-3연9행/ 75) 뙤약볕-2연24행/ 76) 눈물-3연24행/ 77) 어머니의 사랑-2연12행/ 78) 내 님-3연15행/ 79) 애정어린 것-2연12행/ 80) 옛 정-3연9행/ 81) 미더운 품 안-2연6행/ 82) 스승의 눈웃음-3연17행/ 83) 흥겨운 노래-2연6행/ 84) 온기-1연6행/ 85) 소식-3연9행/ 86) 그이-2연12행/ 87) 갈림길-3연9행/ 88) 서로의 정-2연24행/ 89) 다정함-3연18행/ 90) 냉이캐는 아가씨-2연12행/ 91) 해후-2연12행.

〈해설〉 평이하고 시조의 형식을 존중한 산물-강병덕

## Ⅳ. 청절(淸絶) 시조시집. 2002.

1) 명분있는 생활-3연9행/ 2) 향촌문학의 혼-2연6행/ 3) 생명-2연6행/ 4) 생활의 쓰임-3연9행/ 5) 출발-3연9행/ 6) 새싹-3연18행/ 7) 직분-3연18행/ 8) 안전한 큰길-2연12행/ 9) 진실한 약속-2연12행/ 10) 북풍-2연24행/ 11) 청절-3연18행/ 12) 엷은 미소-3연18행/ 13) 비애-3연18행/ 14) 텃밭-4연24행/ 15) 두통-1연11행/ 16) 앞치마-3연9행/ 17) 원한-3연18행/ 18) 세월따라 살아감-3연18행/ 19) 일하는 즐거움-2연12행/ 20) 보리밭-3연9행/ 21) 종기-2연12행/ 22) 무인도-2연6행/ 23) 문을 열어라-3연9행/ 24) 어른 찾는 설날-2연6행/ 25) 도덕을 살리자-2연6행/ 26) 윤리도덕 지키자-3연9행/ 27) 예의를 찾아서-3연23행/ 28) 주춧돌-2연12행/ 29) 효심-2연6행/ 30) 스승의 눈웃음-3연18행/ 31) 새벽길-2연18행/ 32) 번영-2연18행/ 33) 잡초-2연18행/ 34) 생존의 기쁨-2연19행/ 35) 갈증-3연9행/ 36) 어머니 마음-2연12행/ 37) 상투를 틀고-3연24행/ 38) 우리의 예절-2연12행/ 39) 자연보호-5연15행/ 40) 오르는 층계-3연9행/ 41) 낙엽은 날리고-3연9행/ 42) 녹이는 봄비-2연6행/ 43) 은행잎-2연6행/ 44) 한파는 가고-3연25행/ 45) 한물-2연

11행/ 46) 모깃불-2연12행/ 47) 추석-3연18행/ 48) 통통거림-2연12행/ 49) 두레의 협동정신-2연12행/ 50) 소나기 삼형제-2연12행/ 51) 한세상-2연6행/ 52) 노을의 풍경-2연12행/ 53) 봄나들이-4연12행/ 54) 비오는 소리-2연24행/ 55) 봄나들이-4연12행/ 56) 늦가을 줄가리-2연12행/ 57) 가을의 일손-3연18행/ 58) 잔디둑-3연18행/ 59) 첫서리-3연18행/ 60) 숲-2연12행/ 61) 버들가지-2연6행/ 62) 무주구천종-2연12행/ 63) 보리가리논-2연12행/ 64) 장마의 피해-3연18행/ 65) 푸른 하늘-3연18행/ 66) 안개는 짙고-3연18행/ 67) 하얀눈 쌓이고-3연9행/ 68) 바람의 힘-3연9행/ 69) 폭설-2연12행/ 70) 앞내 얼음타기-2연12행/ 71) 홍수-2연12행/ 72) 바닷속-2연12행/ 73) 차차 익어가는 것-3연9행/ 74) 고독을 달래는 소쩍새-2연6행/ 75) 산 흔드는 진달래-2연12행/ 76) 복숭아 꽃 피고-2연12행/ 77) 고독을 달래는 여자-2연12행/ 78) 혼인마당-2연12행/ 79) 장미꽃-2연12행/ 80) 무궁화꽃-3연23행/ 81) 백합꽃-2연12행/ 82) 꽃을 피우기 위해-2연12행/ 83) 설토화-2연24행/ 84) 계절에 맞는 꽃-4연12행/ 85) 매화-2연12행/ 86) 철쭉꽃-3연18행/ 87) 개나리꽃 피고-2연12행/ 88) 무 꽃피는 무꽁다리-2연12행/ 89) 목련꽃-2연12행/ 90) 꽃향기-3연9행/ 91) 가로등-2연12행/ 92) 노동-2연16행/ 93) 편지-3연18행/ 94) 단자-3연18행/ 95) 높은 아파트-2연6행/ 96) 개울가-3연18행/ 97) 일의 결과-2연12행/ 98) 외딴섬-2연12행/ 99) 모교-3연9행/ 100) 부산여행-2연12행/ 101) 밤 일-1연12/ 102) 첫날밤-2연6행/ 103) 바닷가 여수-2연12행/ 104) 고향은 농촌-2연12행/ 105) 촛불-3연18행/ 106) 추억속의 얼굴-3연18행/ 107) 노처녀 시집 가는 날-3연18행/ 108) 바람(1)-4연23행/ 109) 바람(2)-3연17행/ 110) 훈훈한 고향-2연6행/ 111) 김장 손길-3연18행/ 112) 한민족 혼-5연36행/ 113) 돌잔치-3연18행/ 114) 약속은 지켜야지-2연6행/ 115) 옛적의 풍경-2연6행/ 116) 즐거운 웃음-3연9행/ 117) 기다림-3연19행/ 118) 눈을 뜨고-5연15행/ 119) 먼동이 틀 무렵-2연12행/ 120) 기다림-2연12행/ 121) 마음의 움직임-2연16행/ 122) 회상-2연12행/ 123) 살아가는 환경-3연20행/ 124) 한가지 기술-2연6행/ 125) 잠은 오지 않고-2연14행/ 126) 혼자 집보기-3연18행/ 127) 오솔길-3연18행/ 128) 지친 몸 달래는 밤-2연17행/ 129) 이 땅의 통일-3연18행/ 130) 생일-2연16행/ 131) 마이산-1연6행/ 132) 영원한 우정-2연12행/ 133) 전주시민의 눈-2연17행/ 134) 도민의 인심-2연17행/ 135) 이사-2연18행/ 136) 나물캐는 아낙-2연12행/ 137) 그림자-2연12행/ 138) 나들이-2연24행/ 139) 어릴때의 생각-2연18행/ 140) 너털웃음-1연6행/ 141) 앉은 자리-2연12행.

〈해설〉 향토적 정감이 어우러진 소박미-유준호

## Ⅴ. 성촌 이우만(城村 李愚萬 1932-2013)의 정형시 창작 형태조사

| 시조시 | 1연 | 2연 | 3연 | 4연 | 5연 | 사설 | 장시조 | 총계 | 비고 |
|---|---|---|---|---|---|---|---|---|---|
| 한국시조 | 15 | 58 | 26 | 1 | | | | 100 | |
| 향운(香雲) | 23 | 23 | 4 | 8 | 1 | | 1 | 60 | |
| 호송(湖松) | | | | | | | | | 자료없음 |
| 운광(雲光) | 3 | 54 | 28 | 3 | 2 | | | 90 | |
| 청절(淸絶) | 4 | 79 | 52 | 4 | 3 | | | 142 | |
| 이하시조시 | | | | | | | | | 자료없음 |
| 총계 | 45 | 214 | 110 | 16 | 6 | | 1 | 392 | |
| 비율% | 11.4 | 54.5 | 28.0 | 4.0 | 1.5 | | 0.2 | 99.6 | |

↗ 유동 **이우종**(流東 李宇鐘 1925-1999)

# 모국의노래-시집을 중심으로

우리나라의 전문적인 시조문학 잡지가 1960년도에 처음으로 발간하기 시작하였다. 시조문학, 현대시조, 시조생활, 시조와 비평 등 많은 잡지가 발간되었는데 자료수집이 어렵고 조사연구가 힘들고 선행연구조사가 어려워 〈모국의 노래〉 시집을 중심으로 논문을 간소하게 엮었음을 밝혀둔다.

## Ⅰ. 모국의 노래-시집. 1998.

소쩍새 사설-2연14행, 달리기-2연14행, 담뱃불-3연21행, 이런날 하루쯤은-3연21행, 어느 날의 기도문-3연21행, 꽁초와 나-3연21행, 삭지않는 돌-3연21행, 간이역 부근-4연24행, 꽃과 동행-2연12행, 오후 한 때-2연12행, 근황(近況)-4연24행, 서울의 담(1)-2연12행, 서울의 담(2)-2연12행, 선술집-2연14행, 이농(離農)-1연9행, 환절기-4연28행, 삭은 이빨-1연9행, 남해에서-2연14행, 가을이미지-2연14행, 석상(石像)-3연21행, 인왕산(仁旺山)-3연21행, 가을 비-3연21행, 아직도 흐르는 강-4연24행, 산(山)에서-5연15행, 비개인 하늘-2연12행, 임진강(臨津江)-2연14행, 오월의 숲-2연14행, 인왕산 바람-4연24행, 아침바다-4연28행, 초승달(1)-1연9행, 초승달(2)-1연9행, 봄의 노래(1)-1연9행, 봄의 노래(2)-1연9행, 가을 문턱에서-3연21행, 봄의 문턱에서-3연21행, 밤의 서정(1)-2연14행, 밤의 서정(2)-2연14행, 그날 밤-2연14행, 우리 사이-2연14행, 달밤에-3연21행, 사랑찾기-2연12행, 사랑의 높이-2연14행, 사랑(1)-1연9행, 사랑(2)-1연9행, 당신-1연9행, 달과 님-1연9행, 어머니의 방(1)-3연21행, 어머니의 방(2)-3연21행, 의자에 대하여-5연15행, 시간의 이랑-5연15행, 삶의 층계-3연21행, 맷돌-3연21행, 사진첩-6연18행, 자술서(1)-3연18행, 자술서(2)-3연18행, 누님댁-3연21행, 만남-3연21

행, 고향-3연18행, 고향길-2연14행, 고향뜰-1연9행, 세모(歲暮)에-2연14행, 동전-1연9행, 빈마음-1연9행, 종점(終點)-1연9행, 한눈 팔다가-4연24행, 검버섯 필 무렵-4연24행, 지나는 길에-4연24행, 강물소리-3연18행, 떠나온 길목-5연15행, 어느 길목에서-2연14행, 생각나는 일-2연14행, 두드러기-2연14행, 문풍지-1연9행, 메아리-1연9행, 단추-1연9행, 나는-2연14행, 빗살캐기-4연28행, 서울거리-4연28행, 채석공(採石工)의 변(辯)-3연21행, 장작패기-3연21행, 사는법-3연21행, 오시게나-3연21행, 목숨-2연14행, 친구-1연9행, 산책-1연9행, 창문내기-1연9행. 〈해설〉-현대시조의 전통성과 정형성-조병무. 〈해설〉-멋과 슬기의 시간-이영걸.

## II. 유동 이우종(流東 李宇鐘 1925-1999)의 현대시조 창작형태조사

| 시집 | 1연 | 2연 | 3연 | 4연 | 5연 | 사설 | 장시조 | 총계 | 비고 |
|---|---|---|---|---|---|---|---|---|---|
| 모국의노래 | 20 | 25 | 25 | 11 | 4 | | 1 | 86수 | |
| 총계 | 20 | 25 | 25 | 11 | 4 | | 1 | 86 | |
| 비율% | 23.2 | 29.0 | 29.0 | 12.7 | 4.6 | | 1.1 | 99.6 | |

## ➚ 이우출(李禹出 1923-1985)

### Ⅰ. 한국시조큰사전. 1985.

강심(江心)에-4연12행, 관음상(觀音像)-2연6행, 구름-1연3행, 구릉지대(丘陵地帶)-2연6행, 9월 앞에서-3연9행, 기다림-1연3행, 나목(裸木)-1연3행, 낙엽(落葉)-2연6행, 남해안-송도(松島)에서-3연9행, 너와 나-2연6행, 눈을 맞으며-3연9행, 노송(老松)에게-3연9행, 단풍(丹楓)-2연6행, 달밤(1)-1연3행, 달밤(2)-3연9행, 독백(獨白)-3연9행, 모정(慕情)-1연3행, 목로변(木爐辨)-3연9행, 민들레-사설시조, 병석(病席)에서-3연9행, 비 오는데-2연6행, 비 오는 가두(街頭)-3연9행, 비원(悲願)-4연12행, 산곡도-담(潭)-1연3행, 폭(暴)-1연3행, 연(蓮)-1연3행, 삼진날-1연3행, 상추이제(霜秋二題)-낙엽(落葉)-1연3행, 만가(輓歌)-1연3행, 세모송(歲暮頌)-3연9행, 속리산초(俗離山抄)-미륵존(彌勒尊)-1연3행, 은폭(隱瀑)-1연3행, 상환암(上歡庵)-1연3행, 장명등(長命燈)-1연3행, 송가(送歌)-3연9행, 송편을 빚으며-3연9행, 시월 능선(稜線)-3연9행, 악수터-3연9행, 오월에 서서-3연9행, 우물-1연3행, 울릉도(鬱陵島)초(抄)-도동(道洞)-2연6행, 천부동(天府洞)-2연6행, 태하동(台霞洞)-2연6행, 6월-3연9행, 이 봄으로 오는 길-3연9행, 이 여름에-2연6행, 장마-2연6행, 종루(鐘樓)-3연9행, 청과전(青果廛) 유감(有感)-3연9행, 취우이제(驟雨二題)-광분(狂奔)-1연3행, 월개화(月開花)-1연3행, 하일산조(夏日散調)-청령(蜻蛉)-1연3행, 채송화(菜松花)-1연3행, 복(伏)-1연3행, 태극선(太極扇)-1연3행, 호박꽃-3연9행, 화심(花心)-3연9행, 회향초(懷鄕抄)-모정(母情)-1연3행, 이화령(梨花嶺)-1연3행, 제1관문(關門)-1연3행, 진남교(鎭南橋)-1연3행, 잔치놀이-1연3행.

## II. 이우출(李禹出 1923-1985)의 정형시 창작형태조사

| 시조집 | 1연 | 2연 | 3연 | 4연 | 5연 | 사설 | 장시조 | 총계 | 비고 |
|---|---|---|---|---|---|---|---|---|---|
| 한국시조 | 27 | 11 | 21 | 2 | | 1 | | 62 | |
| 총계 | 27 | 11 | 21 | 2 | | 1 | | 62 | |
| 비율% | 43.5 | 17.7 | 33.8 | 3.2 | | 1.6 | | 99.8 | |

➚ 옥천 **이은방**(沃泉 李殷邦 1940-2006)

# 시집, 시조집을 중심으로

## Ⅰ. 들어가며

우리나라의 현대시조 발전단계가 60년대는 시조의 현대성 확립과 문학적 형상화에 앞장섰고, 70년대는 현대시로 합병하는 상징 · 체계를 기호화했고 80년대는 형식 파괴로 다양한 실험이 지속되었으며, 90년대는 직유시조가 현대시로 자리매김 했으며, 2천년대는 활발한 시어 선택으로 시적 긴장미가 유지될 수 있는 작품 속으로 파고 들었다고 설명할 수 있을 것이다. 이러한 시대를 맞이하여 옥천(沃泉) 회장을 처음 상견례를 했을 때는 서울에서 한국시조시인협회 사무실을 개설했을 때였다. 우리 협회 연간집인 〈나루터 장날. 1988〉을 구입하고 89년부터 91년까지 연간집을 찾기 위해서 서울 사무실을 찾아간 일이 있다. 그때 협회 심벌마크(모표)를 주면서 열심히 해보라고 격려를 해준 일이 지금도 생각난다. 그 해 홍인장 호텔(대전-유성)에서 한국시조시인협회 창립40주년 행사와 세미나가 있어 〈현대동시조 2004. 제5집〉 100부를 찾아오신 회원께 봉사해 준 일이 있었다. 김영배(1931-2009) 회장 〈산 울음 담은 강물〉시조집 평설을 끝내준 뒤로 내 시조집 평설을 써 주겠다는 약속을 남겨둔 채 2006년 갑자기 타계하여 아쉬운 점이 항상 가슴 한 켠에 자리 잡고  남아 있다. 기행문, 평설, 기타 여러 가지 논설이 있지만 본고에서는 정형시만 간추렸음을 밝혀 둔다.

## Ⅱ. 펼치며

### 1. 문학잡지

#### 1) 시조문학

1968. 19집-국화 향-4연12행/ 1968. 20집-여행 길-2연14행/ 1969. 21집-

천지 초-4연24행/ 1969. 22집-윤회-2연12행, 행상인-2연12행/ 1970. 23집-환념(幻念)-3연18행/ 1970. 24-25집-혈정(血情)-3연18행/ 1971. 27집-고궁산책(古宮散策)-2연14행/ 1971. 28집-옛 여인-3연14행, 생기(生氣)-3연18행, 초추(初秋)-1연6행/ 1971. 29집-열녀비초(烈女碑抄-3연15행/ 1972. 30집-남북서곡(南北序曲)-3연18행/ 1974. 32집-가을의 장(章)-2연12행/ 1975. 봄호-채밀기(1)-2연16행/ 1975. 가을호-청송(青松)-3연9행/ 1975. 가을호-어느 봄날-3연9행/ 1975. 가을호-여름비-1연3행/ 1976. 가을호-신록 바다-2연12행/ 1977. 봄호-F77서울-2연12행/ 1980. 봄호-토담집-2연14행/ 1981. 여름호-질경이 꽃-2연14행/ 1981. 가을호-고불, 우촌, 오리, 세 정승 전(前)-2연13행/ 1982. 가을호-성배(聖杯) 고-현호현선생 기려-3연9행/ 1984. 여름호-잡초와 지뢰와 철조망-3연17행/ 1986. 봄호-경평가도(京平街道) 6백리(2)-1연8행/ 1986. 봄호-효목리(孝木里)달빛-1연7행/ 1986. 봄호-속물시대-1연7행/ 1986. 겨울호-구름재(朴炳淳 1917-2008)고희 송-2연13행/ 1987. 여름호-산(山)너와집-1연6행/ 1988. 여름호-강변놀이-2연8행/ 1989. 여름호-돌 하나로소이다(이희승 1896-1980)선생님-2연8행/ 1989. 가을호-어떤 상황-2연17행/ 1989. 겨울호-철운(조종현1906-1987)님 가신 날에-4연12행/ 1990. 봄호-나와 일석(一石 李熙昇 1896-1989)-수필/ 1990. 여름호-간도 땅에서-2연12행/ 1991. 가을호-만세송(萬歲頌)-2연14행/ 1992. 봄호-가을 산-3연14행/ 1992. 봄호-가을 산(2)-3연15행/ 1992. 겨울호-석불(石佛)로 앉아-2연14행/ 1993. 겨울호-현상학(現象學)-3연17행/ 1994. 봄호-마니산 가는 길-1연7행, 산사(山寺)안부-1연6행/ 1994. 여름호-산사안부-1연6행, 마니산에 가서-1연7행, 산장호수-2연12행/ 1997. 겨울호-시베리아의 진주 바이칼호 가는 길, 바이칼호에서-2연14행, 바이칼호의 놀빛-3연12행.

2) 시조문학 연간집

1970. 한산섬-1연3행/ 1971. 거북선-1연3행/ 이하 자료 없음/ 1988. 나루터장날-다도해변경-4연16행, 종소리-3연19행, 겨울포구-3연10행/ 이하

자료 없음/ 1992. 울안에서 거둔 열매-가을 산-3연 16행/ 1993. 내일을 위한 비상-백령도 통신-4연12행/ 1994. 나무들의 푸른 손짓-황태 덕장에서-3연14행/ 1995. 쉰평의 섬 숲속에서-신록맞이-4연16행/ 1996. 한국시조 연간집-판문점 통신-3연16행/ 1997. 한국시조 연간집-사막을 가며-5연18행/ 1998. 한국시조 연간집-토기론(土器論)-6연18행/ 2002. 한국시조 연간집-온실(溫室)-3연14행/ 2004. 축제의 합창-혈죽도-3연12행, 노도의 적소에 답함-2연10행/ 2005. 장년기의 푸른 꿈-이슬 빛-2연15행/ 2007. 초록동행-두메 길-2연12행.

3) 현대시조

1986. 겨울호-노을진 기상(機上)에서-2연9행

1987. 여름호-삼짇날-5연15행.

4) 시조 생활

1991. 겨울호-고비사막 넘는 길-2연13행

1993. 봄호-무역전황-2연13행.

5) 한국시조 큰 사전

1972. 주간조선-절망-3연9행/ 1973. 조선일보-여인의 장(章)-소녀-1연3행, 새댁-1연3행, 여인-1연3행, 은장도-3연9행/ 1974. 한국문학-낙화-3연9행/ 1974. 문학사상-산 노래-2연6행/ 1975. 현대문학-산수화-2연6행/ 1975. 시조문학-채밀기(1)-2연6행/ 1975. 시조문학-청송-3연9행/ 1975. 현대시학-회춘법(1)-2연6행/ 1977. 가정의 벗-실솔곡-2연6행/ 1977. 한국일보-남해의 꽃섬-2연6행/ 1978. 시문학-겨울 해변-2연6행/ 1978. 한국일보-촌경(村景)-2연6행/ 1978. 한국일보-지신밟기-2연6행/ 1978. 현대문학-채밀기(2)-3연9행/ 1979. (出典없음)-문풍지-2연6행/ 1980. 신동아-농부일기(1)-4연12행, 농부일기(2)-2연6행, 농부일기(3)-3연9행/ 1984. 한국문학-겨울 포구-3연9행/ 1984. 한국문학-낙엽-2연6행/ 1984. 현대문학-종(鐘)-3연9행/ 1985.꽃산조-봄꽃-1연3행, 여름꽃-1연3행, 가을꽃-1연3행, 겨울꽃-1연3행, 그네-1연3행/ 1985. 남북사기(南北史記)-3연9행/ 1985. 다도해변경

-4연12행/ 1985. 돌담-2연6행/ 1985. 동해-1연3행/ 1985. 만추화(晩秋花)-4연12행/ 1985. 생기(生氣)(2)-2연6/ 1985. 생기(生氣)(7)-2연6행/ 1985. 서울 일기-3연9행/ 1985. 설화산(雪花山)-2연6행/ 1985. 이슬-2연6행/ 1985. 천지초(天池抄)-4연12행/ 1985. 한강 서정-3연9행/ 1985. 혈정설(血情說)-3연9행/ 1985. 회춘법(3)-2연6행/ 1985. 문예중앙-여름호-신, 이어도-3연9행.

6) 신한국문학 전집(시조선집). 1975.

(1) 남북사기(南北史記)-3연18행/ (2) 생기(生氣)(2)-2연6행/ (3) 생기(生氣)(7)-2연6행/ (4) 보리 밭-2연6행/ (5) 절망(絶望)-3연9행/ (6) 은장도(銀粧刀)-3연9행/ (7) 이슬-2연6행/ (8) 추량초(秋凉抄)-2연6행.

7) 가람문학 창간호. 1980.

1980. 창간호-어떤 잔적(殘迹)-2연16행, 농부 일기(1)-3연15행

1992. 13집-봄산-2연15행.

8) 문학사랑 2005. 가을호.

(1) 천산(天山)에 가서-2연15행/ (2) 벌목장에서-2연14행/ (3) 변경(邊境)의 바람꽃-3연14행/ (4) 혈죽도(血竹圖)-3연12행/ (5) 노도의 적소(謫所)에 답함-2연9행/ (6) 신록 맞이-2연14행/ (7) 대림동(大林洞) 아침 까치-2연14행/ (8) 이슬-2연16행/ (9) 농부 일기(農夫日記)(7)-2연14행/ (10) 독도통신(2)-3연14행/ (11) 백령도 통신(1)-4연19행/ (12) 탑돌이-3연12행(문학사랑10주년)

9) 한국시 대사전(개정. 증보판)2004.

(1) 겨울 포구-3연9행/ (2) 겨울 해변-2연6행/ (3) 꽃 산조-봄꽃-1연3행, 여름꽃-1연3행, 가을꽃-1연3행, 겨울꽃-1연3행/ (4) 낙엽-2연6행/ (5) 남북사기(南北史記)-3연9행/ (6) 낙화-3연9행/ (7) 남해 꽃섬(1)-2연6행/ (8) 농부 일기(1)-4연12행/ (9) 농부 일기(3)-2연6행/ (10) 농부 일기(12)-3연9행/ (11) 다도해 변경-4연12행/ (12) 돌담-2연6행/ (13) 동해-1연3행/ (14) 만추화(晩秋花)-4연12행/ (15) 문풍지-1연3행/ (16) 산 노래-2연6행/ (17) 산수

화-2연6행/ (18) 생기(生氣)(2)-2연6행/ (19) 생기(生氣)(7)-2연6행/(20) 서울 일기-3연9행/ (21) 실솔곡(蟋蟀曲)-2연6행/ (22) 절망(絶望)-3연9행/ (23) 풍무도(風舞圖)(1)-4연24행/ (24) 풍무도(風舞圖)(3)-3연15행/ (25) 고산(孤山)의 섬-4연15행/ (26) 컴퓨터 시대-2연12행/ (27) 비천무(飛天舞)(2)-3연13행/ (28) 녹차밭(1)-3연12행/ (29) 귀뚜라미 노래-2연14행.

2. 시조시집

1) 다도해 변경-시조집(월간문학사). 1971.

〈1부〉 / (1) 혈정설(血情說)-3연18행/ (2) 한강 서정-3연12행/ (3) 남녘길-3연18행/ (4) 개기식(皆旣蝕)-3연18행/ (5) 다도해 변경-4연25행/ (6) 천지초-4연12행/ (7)환념(幻念)-3연18행/ (8) 자명가(YH에 붙여)-5연30행 / (9) 서울 일기-3연9행/ (10) 촌경(村景)-3연18행/ (11) 윤회(輪回)-2연12행/ (12) 청봉(青峰)-1연6행/ (13) 여행길-2연12행/ (14) 추정(秋情)-1연6행/ (15) 밤 열차-2연12행/ (16) 후정(後情)-1연6행/ (17) 꽃 산조-봄꽃-1연6행, 여름꽃-1연6행, 가을꽃-1연6행, 겨울꽃-1연6행.

〈2부〉 / (1) 국화송-4연12행/ (2) 설악기행초-2연12행/ (3) 눈(眼)-1연6행/ (4) 행상인(行商人)-2연12행/ (5) 정(情)-1연6행/ (6) 만추화(晩秋花)-4연12행/ (7) 설화산(雪花山)-2연6행/ (8) 야연(夜戀)-3연18행/ (9) 해변(海邊)-3연18행/ (10) 한산섬-1연3행/ (11) 거북선-1연3행/ (12) 여의도-1연7행/ (13) 동짓달-1연7행/ (14) 박람회-1연7행/ (15) 삼복(三伏)-1연7행/ (16) 가뭄-1연9행.

〈3부〉 / (1) 여인의 장(章)-소녀-1연6행, 새댁-1연6행, 여인-1연6행/ (2) 그네-1연9행/ (3) 세모(歲暮)-1연6행/ (4) 고속도로변에 서면-3연18행/ (5) 겨울 여행-2연12행/ (6) 빙우초(氷雨抄)-4연24행/ (7) 세모 풍경(歲暮風景)-1연7행/ (8) 청산소음(青山小吟)-2연14행/ (9) 봄 길목-2연14행/ (10) 야반(夜半)에 핀 꽃-2연14행/ (11) 이상 기류(異常 氣流)-3연18행/ (12) 갈뜰에-3연18행/ (13) 영등포 풍경(永登浦 風景)-4연24행/ (14) 김일엽(1896

-1971) 영전(靈前)에-1연7행/ (15) 태양(太陽)의 원단(元旦)-3연18행/ (16) 고궁 산책(古宮 散策)-2연14행/ (17) 화시(花時)이미지-3연21행.

2) 채밀기(採蜜期)시집(인문당. 1980.9.25.)

〈1부 서시(序詩)〉 / (1) 생기(生氣)1-3연21행(조선일보. 1971.12.23.)/ (2) 생기2-2연15행(시문학. 1972. 8월호)/ (3) 생기(生氣)3-2연15행(월간문학. 1973. 2월호)/ (4) 생기(生氣)5-2연14행(시문학. 1973. 3월호)/ (5) 채밀기(採蜜期)12연16행.(시조문학. 1975. 봄호)/ (6) 채밀기(採蜜期)2-3연19행.(현대문학. 1978. 10월호)/ (7) 채밀기(採蜜期)3-2연15행.(조선일보. 1978.6.14.)/ (8) 문풍지-2연15행(한국문학. 1979. 6월호)/ (9) 은장도(銀粧刀)-3연22행(조선일보. 1978.8.7.)/ (10) 어떤 고경(古景)-3연21행.(한국문학. 1980. 9월호)/ (11) 지신(地神)밟기-2연14행.(한국일보. 1978.2.12.) / (12) 어떤 잔적(殘迹)-2연16행.(월간문학. 1980. 5월호)/ (13) 회춘법(回春法)1-2연15행.(현대시학. 1975. 1월호)/ (14) 회춘법(回春法)2-2연15행.(시문학. 1974. 6월호)/ (15) 회춘법(回春法)3-2연18행.(한국일보. 1974.3 5.)/ (16) 옛 여인(女人)-3연9행.(시문학. 1971. 11월호)

〈2부 씨뿌리기〉 / (1) 산(山)노래-2연15행.(문학사상. 1974. 11월호)/ (2) 산사초(山寺抄) -2연14행.(한국문학. 1977. 6월호)/ (3) 산수화-2연16행(현대문학. 1975. 6월호)/ (4) 산가기(山家記)-3연20행.(현대문학. 1975. 6월호)/ (5) 씨 뿌리기-2연17행(시문학. 1980. 7월호)/ (6) 보리 밭-2연14행(현대문학. 1974. 7월호)/ (7) 산포도(山葡萄)-1연8행(신서정. 1979. 가을호)/ (8) 두메길-3연9행(한국문학. 1974. 5월호)/ (9) 청와곡(青蛙曲)-2연16행(한국일보. 1976.6.24.)/ (10) 봄밤-2연13행(월간문학. 1975. 1월호)/ (11) 낙화(落花)-3연9행(한국문학. 1974. 5월호)/ (12) 농가(農歌) 1-3연12행.(현대시학. 1972. 9월호)/ (13) 농부 일기1-3연20행.(신동아. 1980. 7월호/ (14) 산당화(山棠花)나무-2연16행.(중앙일보. 1979.8. 25.)/ (15) 어느 봄날-3연9행.(시조문학. 1975. 가을호/ (16) 청송(青松)-3연9행. 시조

문학. 1975. 가을호)/ (17) 신록 바다-2연12행.(시조문학. 1976. 가을호)

〈3부 해돋이〉 / (1)해돋이-2연14행.(현대시학. 1973. 10월호)/ (2) 여름비-1연3행.(시조문학. 1975. 가을호)/ (3) 남해 꽃섬1-2연14행.(한국일보. 1977.8.19.)/ (4) 남해 꽃섬2-2연14행.(서울신문. 1977.11.26.)/ (5) 변방일기(邊方日記)-3연21행.(자우공론. 1974. 4월호)/ (6) 동해(東海)-1연8행(서울신문. 1977.11.26.)/ (7) 겨울 해변-2연12행.(시문학. 1978. 6월호)/ (8) 촌경(村景)1-2연14행.(한국일보. 1978.11.17.)/ (9) 가을의 장(章)-2연14행(시조문학. 1974. 32집)/ (10) 이슬-2연16행(한국일보. 1971. 11.24.)/ (11) 추량초(秋涼抄)-2연17행.(한국일보. 1972.9.27.)/ (12) 가을 차창(車窓)-3연22행(신동아. 1979. 10월호)/ (13) 실솔곡(蟋蟀曲)-2연15행.(가정의 벗. 1977. 12월호)/ (14) 감 익는 마을-2연14행.(현대문학. 1979. 10월호/ (15) 석등(石燈)-2연13행.(불교신문. 1976.2.22.)/ (16) 갈대밭에서-2연14행.(월간문학. 1977. 11월호)/ (17)추경(秋景)-2연12행.(시문학. 1975. 8월호)

〈4부 아침 까치〉 / (1) 갈 비각(碑閣)-2연14행(현대시학. 1972. 9월호.)/ (2) 영근 의미-1연7행.(한국일보. 1976.9.22.)/ (3) F77 서울-2연12행.(시조문학. 1977. 봄호)/ (4) 겨울 서울 바람-2연15행.(월간문학. 1976. 5월호)/ (5) 절망(絶望)-3연21행.(주간조선. 1974.4.21.)/ (6) 설일(雪日)-2연12행.(시문학. 1975. 3월호)/ (7) 거울속 이야기종합신문-구비평신문-창간8주년에 부쳐)-3연9행(종합신문. 1975.7.7.)/ (8) 계절 주변-2연15행.(한국경제일보. 1971.9.5.)/ (9) 대림동(大林洞) 아침까치-2연16행.(시문학. 1977. 8월호)/ (10) 강화 섬-2연14행(현대문학. 1976. 9월호)/ (11) 강심초(江心抄)-3연20행.(신동아. 1976. 4월호)/ (12) 강변에서-3연16행.(현대문학. 1977. 9월호)/ (13) 옥천(沃川)의 밤-2연13행.(조선일보. 1976.4.28.)/ (14) 청산(靑山)꽃 지다-2연14행.(서울신문. 1977.5.26.)/ (15) 햇골산 뻐꾸기-2연15행.(현대문학. 1979. 10월호)/ (16) 불꽃-2연12행.(불광지(佛光誌) 1977. 9월호)/ (17)성루(城樓)-3연21행.(한국문학. 1976. 4월호)

* 발문-고전과 현대의 접맥-洪起三(출처-충남대학교도서관)

3) 바람꽃 우는 소리(이은방 시조시집-도서출판-백양. 1987.)

〈1부 고적(古跡)〉 / (1) 종(鐘)소리-3연19행(동아일보. 1984.8.18)/ (2) 신, 이어도-3연20행.(문예중앙. 1984. 여름호)/ (3) 푸른빛 청탑(青塔) 위에-7연42행(충청일보. 1987.1.1. 신년시)/ (4) 바람꽃1-2연10행.(소설문학. 1987. 5월호)/ (5) 바람꽃2-3연12행.(현대문학. 1987. 9월호)/ (6) 바람꽃3-2연13행(出典 없음)/ (7) 민통선(民統線)의 바람꽃-6연18행(중앙일보. 1986.6.21)/ (8) 잔흔(殘痕)1-2연14행.(현대시학. 1980. 12월호)/ (9) 고적(古跡)2-2연14행.(월간문학. 1986. 5월호)/ (10) 늙은 장승(長丞)-3연9행(한국문학. 1981. 6월호)/ (11) 돌담-2연14행(문예중앙. 1984. 여름호)/ (12) 고궁(古宮)에서-3연20행.(이화지(李花誌. 1982.2.20.)/ (13) 고원(故園)의 빛-3연15행(出典 없음)/ (14) 겨레의 성전(聖殿) 앞에-6연20행(전우신문. 1987.8.15).

〈2부 그네뛰기〉 / (1) 봄비-2연13행.(1982.3.30.)/ (2) 회춘법(回春法)5-2연13행.(시문학. 1981. 4월호)/ (3) 해토(解土)-2연13행.(현대문학. 1983. 4월호)/ (4) 씨뿌리기2-2연12행.(서울신문. 1981.2.13)/ (5) 봄. 점경(點景)3-2연12행(서울신문. 1984.3.22)/ (6) 봄. 점경(點景)2-3연 20행.(조선일보. 1981.4.9.)/ (7) 춘분기(春分期)-5연16행. (중앙일보. 1987.3.21.)/ (8) 삼짇날-5연15행.(현대시조. 1987. 여름호)/ (9) 민들레꽃1-3연15행.(주부생활. 1981. 5월호)/ (10) 민들레꽃2-2연14행.(시문학. 1986. 1월호)/ (11) 홍강단(紅扛丹)-2연14행(중앙일보. 1981.5.2.)/ (12) 질경이꽃-2연14행.(시조문학. 1981. 여름호)/ (13) 풀꽃-2연9행(出典 없음)/ (14) 두견(杜鵑)이-2연13행(이무영 1908-1960)선생 문학비 제막식. 1985.4.20)/ (15) 그네뛰기-3연19행(엘레강스. 1982. 6월호)

〈3부 봉화대(烽火臺) 달맞이〉 / (1) 청(青)모시-2연14행.(신동아. 1982. 2월호)/ (2) 늦장마-3연19행(총력안보. 1987. 3월호)/ (3) 영월무(迎月舞)-2연9행(소설문학. 1986. 5월호)/ (4) 한마당 굿판-5연27행(현대문학. 1 986. 1월호)/ (5) 봉화대 달맞이-5연15행(시문학. 1986. 11월호)/ (6) 봉화

(烽火)여-5연32행.(전우신문. 1982.11.17)/ (7) 풍토기(風土記)1-3연16행(문학예술. 1981. 1집)/ (8) 채밀기(採蜜期)5-3연19행.(한국일보. 1981. 10.22/ (9) 농부일기(農夫日記)5-3연20행.(한국일보. 1982.6.3.)/ (10) 농부일기(農夫日記)6-2연13행.(현대시학. 1981. 11월호)/ (11) 농부일기(農夫日記)7-2연14행.(서울신문, 1982.11.7.)/ (12) 농부일기(農夫日記) 11-5연28행(현대시학. 1981. 11월호)/ (13) 농부일기(農夫日記)12-3연16행.(현대문학. 1983. 4월호)

〈4부 경평가도(京平街道) 육백리(六百里)〉 / (1) 경평가도 6백리1-5연26행(시문학. 1985. 12월호)/ (2) 경평가도 6백리2-1연6행.(시조문학. 1986. 봄호)/ (3) 유월의 전방(前方)-2연12행.(소설문학. 1985. 8월호)/ (4) 잡초와 지뢰밭과 철조망-3연17행.(시조문학. 1984. 여름호)/ (5) 민통선 철마(民統線 鐵馬)-2연9행.(한국철도. 1986. 7월호)/ (6) 차창 추색(車窓 秋色)-2연14행.(충북문학. 1987. 7집)/ (7) 차창 여심(車窓 旅心)-3연16행.(한국철도. 1985. 10월호)/ (8) 속리산 법주사송(俗離山法住寺頌)-5연33행.(한국일보 발행. 한국의 여로. 12권.序詩)/ (9) 낙엽(落葉)-2연13행.(한국문학. 1982. 2월호)/ (10) 노을진 기상(機上)에서-2연9행.(현대시조. 1986. 겨울호)/ (11) 동방(東方)의 무지개꽃-3연19행.(서울신문. 1981.10.4.)/ (12) 한촌(閒村)의 소리-2연14행.(한국일보. 1980.9.9.)/ (13) 두메길 2-2연13행.(문학예술. 1981. 1집.)/ (14) 가을 노래-2연14행(충북문학. 1982. 7집)/ (15) 갈대밭 입상(立像)-2연14행.(서울신문. 1980.8.23.)/ (16) 늦갈 들녘에서-4연25행.(현대문학. 1981. 11월호)

〈5부 겨울 포구(浦口)〉 / (1) 빈 초당(草堂)-2연11행.(여성중앙. 1981. 8월호)/ (2) 토담집-2연14행.(시조문학. 1980. 봄호)/ (3) 산(山)너와집-1연6행.(시조문학. 1987. 여름호)/ (4) 속물시대(俗物時代)-1연7행.(시조문학. 1986. 봄호)/ (5) 바람 든 얘기-2연10행.(소설문학. 1986. 4월호)/ (6) 바람난 도시(都市)얘기-2연6행.(월간문학. 1986. 5월호)/ (7) 겨울 포구(浦口)-3연12행.(한국문학. 1984. 2월호)/ (8) 서울 거리-3연10행.(시대문학.

1987. 창간호.)/ (9) 돌 하나로소이다(一石 李熙昇 1896-1980) 선생님-2연8행(시조문학. 1989. 여름호)/ (10) 성철(性徹 1912-1993)스님-3연19행(시문학. 1981. 4월호)/ (11) 구름재 고희송(古稀頌)-2연13행.(시조문학. 1986. 겨울호)/ (12) 고불.우촌.오리(맹사성 1369-1438)(황희 363-1452)이원익(1547-1634)세 정승 전(前)-2연13행(시조문학. 1981. 가을호)/ (13) 당산목 송(堂山木 頌)-3연10행.(신서정 1987. 10집.)/ (14) 성배(聖杯) 고 현호현 선생을 기려)-3연9행.(시조문학. 1982. 가을호)/ (15) 옥천 점경(沃川點景)-4연23행(중앙일보. 1984.3.10)/ (16) 청산(青山)골 노래-4연18행.(농민신문. 1985.10.19)/ (17) 효목리(孝木里)달빛-1연7행.(시조문학. 1986. 봄호)/ (18) 지금은 선산(先山)에서-2연10행.(월간문학. 1985. 6월호)/ (19) 하동(河東) 땅 거슬러서-4연19행.(소설문학. 1985. 8월호)/ (20) 강변(江邊)-2연9행.(시조문학. 1986. 겨울호)

* 작품 해설-경건한 얼과 떠도는 혼(魂)-백승철(문학평론가).

4) 백두여, 천지여-이은방 엮음(삼성미디어.1990)

(1) 비룡폭포-4연16행/ (2) 절정-이육사(1904-1944)시/ (3) 고대시조-김종서(1383-1453)장군(시조)/ (4) 고대시조-남이(1441-1468)장군(시조)/ (5) 백두산근참기-최남선(1890-1957)-3연18행/ (6) 망천후-안재홍(1891-1965)-4연22행/ (7) 백두여, 천지여-12연36행(장시조)/ (8) 비룡폭포-3연11행.

5) 하늘 못-시조집. 1990.

〈1부 유민(流民)의 꽃〉 / (1) 빈농가(農家)-2연12행/ (2) 설악 신록(雪岳新綠)-2연15행/ (3) 나목(裸木)들-2연10행/ (4) 장벽-5연15행/ (5) 동구(東歐)에 부는 바람-3연11행/ (6) 북방기(北方記)-2연12행/ (7) 만리장성(萬里長城)에 서면-3연13행/ (8) 하늘 못1-3연14행/ (9) 하늘 못2-3연19행/ (10) 백두 천지의 노래-12연43행/ (11) 백두(白頭)의 미인송(美人松)-5연15행/ (12) 장백(長白)폭포-3연12행/ (13) 두만강에서-3연9행/ (14) 유민(流民)의

꽃-4연15행/ (15) 간도 땅에서-2연12행/ (16) 황사(黃砂)바람-2연11행/ (17) 세태(世態)-3연10행/ (18) 안개 상황-2연15행/ (19) 어떤 상황(狀況)-2연16행.

〈2부 녹음 숲에〉 / (1) 장대비-3연13행/ (2) 토종기(土種記)-3연13행/ (3) 땀1-2연13행/ (4) 삶1-2연15행/ (5) 녹음 숲에서-2연14행/ (6) 그 밤 안개-2연14행/ (7) 먹뱅이-2연9행/ (8) 입춘(立春)-2연9행/ (9) 두메 장날-3연15행/ (10) 탑등(塔燈)-2연10행/ (11) 강구(江口)의 봄-2연12행/ (12) 어떤 춘경(春景)-2연9행/ (13) 겨울 벌판1-2연9행/ (14) 세상살이1-2연14행/ (15) 세상살이2-2연14행/ (16) 서울살이-2연14행/ (17) 평화(平和)-1연7행/ (18) 해오라비-2연7행/ (19) 삼각지(三角地)-2연13행/ (20) 이끼의 말씀-4연18행/ (21) 하와이 연가-1연9행.

〈3부 이슬〉 / (1) 생기(生氣)2-2연15행/ (2) 생기(生氣)3-2연15행/ (3) 생기(生氣)5-2연14행/ (4) 채밀기(採蜜期)1-2연6행/ (5) 채밀기(採蜜期)2-3연19행/ (6) 채밀기(採蜜期)32연14행/ (7) 채밀기(採蜜期)5-3연19행/ (8) 남해(南海)꽃섬1-2연14행/ (9) 남해(南海)꽃섬2-2연14행/ (10) 지신(地神)밟기-2연14행/ (11) 회춘법(回春法)5-2연13행/ (12) 이슬-2연16행/ (13) 동해(東海)-7연8행/ (14) 촌경(村景)1-2연14행/ (15) 청와곡(靑蛙曲)-2연16행/ (16) 절망(絶望)-3연21행/ (17) 실솔곡(蟋蟀曲)-2연15행/ (18) 대림동(大림林洞)아침 까치-2연15행/ (19) 계룡산 바람꽃은-3연11행/ (20) 까치집-2연12행.

〈4부 청(靑)모시〉 / (1) 종(鐘)소리-3연10행/ (2) 바람꽃1-2연10행/ (3) 겨울 포구(浦口)-3연13행/ (4) 신(新)이어도-3연20행/ (5) 청(靑)모시-2연14행/ (6) 씨뿌리기2-2연12행/ (7) 농부(農夫) 일기7-2연14행/ (8) 고적(古跡)2-2연14행/ (9) 돌담-2연14행/ (10) 춘분기(春分期)-5연16행/ (11) 삼짇날-5연15행/ (12) 민들레꽃1-3연15행/ (13) 민들레꽃2-2연14행/ (14) 늙은 장승(長丞)-3연9행/ (15) 늦갈 들녘에서-4연25행/ (16) 민통선(民統線) 바람꽃-6연18행/ (17) 한마당 굿판-5연27행/ (18) 다도해 변경(多島海 邊

境)-4연16행/ (19) 경평가도(京平街道) 6백리(百里)1-5연26행/ (20) 잡초와 지뢰밭과 철조망-3연17행.

* 작품 해설-다양한 탐미적시혼의 성취-이유식(문학평론가).

* 작품 해설-온상한 구조적 미학-공석하((1941-2011)덕성여대 교수.

6) 물빛 고인 하늘-시조집. 1994.

〈1부 먼동의 정황(情況)〉 / (1) 먼동의 정황-3연15행(현대문학. 1994. 7월호)/ (2) 물레질 소리-3연14행(세계일보. 1990.11.6.)/ (3) 황태 덕장에서-3연14행(펜문학. 1994. 가을호)/ (4) 벌목장에서-2연14행(월간문학. 1993. 10월호)/ (5) 폭설-2연14행(시문학. 1994. 4월호)/ (6) 현상학(現象學)-3연15행(시조문학. 1993. 겨울호)/ (7) 종생론(終生論)-10연40행(시문학. 1994. 4월호)/ (8) 가을 변성(邊城)-2연14행(문화일보. 1992.10.6)/ (9) 가을 이미지-3연15행(기업문화. 1991. 9월호)/ (10) 빈 들녘을 지나며-2연13행(시대문학. 1992. 봄호)/ (11) 겨울 숲길-2연12행(펜문학. 1992. 가을호)/ (12) 강변(江邊) 놀이-2연8행(시조문학. 1988. 여름호)/ (13) 화긴(花信)한 장-2연14행(충청일보. 1994.4.11)/ (14) 경춘가도(京春街道)-2연16행(시문학. 1992. 10월호)/ (15)봄비(細雨)-1연10행(월간문학. 1992. 6월호)/ (16) 핵(核)과 꽃사슴-3연13행(한맥문학. 1994. 8월호)/ (17) 만남의 장(章)-5연25행(문예사조. 1994. 8월호).

〈2부 천산(天山)으로 가는 길〉 / (1) 천산(天山)에 가서-2연15행(시문학. 1993. 7월호)/ (2)산성(山城)마을-2연11행(문학사상. 1994. 1월호)/ (3) 청송(青松)한 그루-3연14행(삶터문학. 1993. 11월호)/ (4) 산행(山行)에서1-3연14행(월간문학. 1992. 6월호)/ (5) 산행(山行)에서2-2연13행(문화일보. 1993.3.27)/ (6) 산행(山行)3-2연12행(창조문학. 1992. 7월-여름)/ (7) 봄 산-2연15행(가람문학. 1992. 13집)/ (8) 봄 산에 가서-2연11행(해동문학 1994. 봄호)/ (9) 여름 산(山)-2연10행(삶터문학. 1993. 11월호)/ (10) 가을 산(山)1-2연14행(현대자동차사보. 1991. 11월호)/ (11) 가을 산

(山)2-3연15행(시조문학. 1992. 봄호)/ (12) 간 산(山)빛 깨치더니(성철스님 1912-1993)-3연15행(한맥문학. 1993. 12월호)/ (13) 겨울 산빛1-3연13행(문학사상. 1994. 1월호)/ (14) 겨울 산빛2-2연10행(현대문학. 1994. 7월호)/ (15) 솔밭에서-3연12행(서울문학. 1992. 창간호)/ (16) 홀로 간 산길-3연9행(예술세계. 1994. 9월호)/ (17) 서울 살이2-1연7행(시의 벽. 1994. 10월호).

〈3부 변경의 바람꽃〉 / (1) 변경의 바람꽃-3연16행(Queen. 1989. 11월호)/ (2) 백령도 통신14연19행(세계일보. 1993.3.27)/ (3) 백령도 통신2-3연13행(문화일보. 1993.6.17.)/ (4) 백령도 통신3-2연13행(한맥문학. 1993. 8월호)/ (5) 바이칼호에서-2연14행(문화일보. 1992.8.24.)/ (6) 바이칼호의 놀빛-3연12행(현대문학. 1992. 8월호)/ (7) Baikalgh 통신-3연13행(Queen. 1993. 8월호)/ (8) 우수리 강-2연13행(나래문학 1993. 가을. 50집)/ (9) Mongoliadptj-3연13행(문예사조. 1991. 9월호)/ (10) 울란바토르 교외의 밤-2연13행(시문학. 1991. 10월호)/ (11) 이국(異國)의 달(울란바토르의 밤)-3연16행(시문학. 1991. 10월호)/ (12) 이국(異國)의 장미여(울란바토르카페)-2연13행(문예사조. 1992. 4월호)/ (13) 사막-2연12행(월간문학. 1993. 10월호)/ (14) 고비사막 넘는 길-2연13행(시조생활. 1991. 겨울호)/ (15) 여로(旅路)1-2연14행(현대문학. 1992. 8월호)/ (16) 여로(旅路)2-2연14행(예술세계. 1992. 8월호)/ (17) 변방기행4제(邊方紀行四題)-4연24행(예술세계. 1992. 10월호)/ (18) 국경(國境)을 지나며-3연16행(자유문학. 1991. 창간호)/ (19) 구름 밭을 갈며-2연12행(문학춘추. 1992. 창간호).

〈4부 늦가을 남은 빛〉 / (1) 가을 길-1연9행(한겨레문학. 1993. 창간호)/ (2) 연륜(年輪)-2연13행(한국시. 1992. 10월호)/ (3) 백두(白頭)의 돌 하나-2연11행(충청문예. 1990. 12월호)/ (4) 다시 본 백두산(白頭山)-2연10행(시문학. 1991. 7월호)/ (5) 백두여, 천지여-3연9행(음악동아. 1991. 6월호)/ (6) 태고사(太古寺) 가는 길-1연7행(문예사조. 1994. 5월호)/ (7) 산정호수(山頂 湖水)-2연11행(해동문학. 1994. 봄호)/ (8) 산장호수(山莊 湖水)-2연12행(시조생활. 1994. 여름호)/ (9) 참성단(마니산)-1연9행(순수문학. 1994. 3월호)/ (10) 생수천(生水泉)-2연11행(문학공간. 1993. 11월호)/ (11)인어(人魚)-2연14행(진천문학. 1993. 11월호)/ (12) 늦가을 남은빛-2연10행(中大文壇. 1990)/ (13) 무역전황-2연13행(시조생활. 1993. 봄호)/ (14) 독버섯-2연14행(겨레시조. 1992. 여름호)/ (15) 악수(幄手)-2연12행(겨레시조. 1993. 7집-가을)/ (16) 장마 전선-3연12행(장르. 1992. 여름호)/ (17) 마니산 가는 길-1연7행(시조문학. 1994. 봄호)/ (18) 산사(山寺) 안부-1연6행(시조문학. 1994. 봄호)/ (19) 가뭄-1연7행(出典 없음).

* 작품단평-우리 시조시단의 가장 솔직한 목소리로 이 시인은 시의 치밀한 원심적 확산을 드러내는 마술적 특성을 지닌다.-홍기삼.

* 현대 시조사에 한 획을 긋는 이은방 문학의 정수와 향취-백승철.

* 다양한 탐미적 시혼의 성취-옥천의 문학정신과 구조적 특성-이유식.

* 온유한 정형의 미학적 특성-공석하(1941-2011).

7) 산방에 송화가루-시조집. 1999.

〈1부 초당마을 솔밭 길〉 / (1) 판문점 통신1-3연13행/ (2) 초당(草堂)마을 솔밭 길-2연14행/ (3) 토기론(土器論)1-3연12행/ (4) 토기론(土器論)2-4연12행/ (5) 토기론(土器論)3-3연10행/ (6) 박물관(博物館)-3연12행/ (7) 신록 맞이-2연14행/ (8) 남북시대(南北時代)3-3연12행/ (9) 산방(山房)에 송화(松花)가루1-3연14행/ (10) 산방(山房)에 송화(松花)가루3-4연13행/ (11) 탑(塔) 끝에 송화가루-3연12행/ (12) 사막(砂漠)을 가며-5연18행/ (13) 갈(秋)빛 이슬에게-2연11행/ (14) 해돋이 솔밭 길-3연12행/ (15) 천불탑(千佛塔)-2연8행.

〈2부 해돋이 탑(塔) 끝에〉 / (1) 쇠죽쑤기-3연12행/ (2) 월정리(月井里)의 봄-2연12행/ (3) 산사(山寺)드는 길-3연13행/ (4)송화가루 눈 날리듯-2연8행/ (5) 봄날-1연4행/ (6) 신록 잔치2-2연13행/ (7) 굴뚝새-2연12행/ (8)

두메산골-3연12행/ (9) 금강산(金剛山)-3연12행/ (10) 금강산(金剛山)에 가서-3연12행/ (11) 당산나무-3연16행/ (12) 산(山)꽃-2연9행/ (13) 갈빛 속으로1-2연9행/ (14) 갈빛 속으로22연12행/ (15) 관천리 갈빛 속으로-3연 14행/ (16) 산(山)길을 가다가-2연14행/ (17) 두메길-2연14행.

〈3부 독도 통신〉 / (1) 독도 통신1-3연15행/ (2) 독도 통신2-3연14행/ (3) 섬1-3연14행/ (4) 청유 계곡에서-3연16행/ (5) 청냉포(淸冷浦)의 넋1-4연16행/ (6) 청냉포(淸冷浦)의 넋2-2연8행/ (7) 탐라 점경(點景)1-2연11행/ (8) 탐라 점경(點景)2-2연10행/ (9) 설산(雪山)-2연11행/ (10) 봄산-2연8행/ (11) 불볕-2연14행/ (12) 반딧불이-2연12행/ (13) 외암(外岩) 마을-1연7행 /(14) 해 묵은 집(맹씨행단)-1연7행/ (15) 해송(海松)-2연8행/ (16) 축배(祝杯)의 잔(盞)-2연15행/ (17) 무지갯빛 동산 숲-5연20행.

〈4부 성녀(聖女)의 향낭(香囊)〉 / (1) 동란(動亂)때-3연14행/ (2) 포구(浦口)의 달-3연14행/ (3) 성녀(聖女)의 향낭(香囊)-3연12행/ (4) 돌섬-2연 13행/ (5) 겨울 파도1-2연8행/ (6) 겨울 파도2-2연15행/ (7) 산 노을-3연15행/ (8) 나루터 풍경-3연12행/ (9) 남해 기행초(南海 紀行抄)-4연13행/ (10) 고불(古佛)의 향단(香壇)길-3연14행/ (11) 탑등(塔燈)-2연8행/ (12) 만산(晩山)-3연14행/ (13) 가을 산(山)1-2연14행/ (14) 가을 산(山)2-3연15행/ (15) 추수(秋收)-2연10행/ (16) 고행(苦行)-2연10행/ (17) 분교(分校)의 꽃 -3연13행.

〈5부 바람꽃 사연(事緣)〉 / (1) 천산(天山)에 거서-2연15행/ (2) 벌목장에서-2연14/ (3) 변경(邊境)의 바람꽃-3연16행/ (4) 바이칼호(湖)에서-2연 14행/ (5) Baikal호(湖)의 놀빛-3연12행/ (6) 가을 이미지-3연15행/ (7) 채밀기(採蜜期)(1)-2연16행/ (8) 채밀기(採蜜期)2-3연13행/ (9) 채밀기(採蜜期)5-3연19행/ (10) 바람꽃2-3연12행/ (11) 대림동(大林洞)아침 까치-2연 15행/ (12) 농부 일기(農夫 日記)7-2연14행/ (13) 실솔곡(蟋蟀曲)-2연15행 / (14) 남해(南海) 꽃섬1-2연14행/ (15) 생기(生氣)1-3연18행/ (16) 생기(生氣)5-2연14행.

8) 국경의 바람소리-시집. 2006

(1) 바람 길1-3연13행/ (2) 바람 길2-4연17행/ (3) 바람 길3-2연10행/ (4) 바람 벽(壁)-3연13행/ (5) 바람 춤(風舞)-3연12행/ (6) 보라매공원-3연13행 / (7) 겨울 보라매-4연14행/ (8) 비천무(飛天舞)1)3연12행/ (9) 비천무(飛天舞)2-3연13행/ (10) 비천무(飛天舞)3-2연12행/ (11) 혈죽도(血竹圖)-3연12행/ (12) 풍무도(風舞圖)1-4연24행/ (13) 풍무도(風舞圖)3-3연14행/ (14) 녹차 밭1-3연12행/ (15) 녹차 밭2-2연9행/ (16) 노도의 적소(適所)에 답(答)함-2연10행/ (17) 금강물(金剛水)-7연31행/ (18) 보라매공원3-4연16행 / (19) 보라매공원5-3연12행/ (20) 보라매공원7-3연11행/ (21) 봄비 젖은 공원-3연12행.

〈2부 방천(防川)망해각〉 / (1) 방천(防川)에서(3국국경지대)-3연10행/ (2) 산행3-4연16행/ (3) 만산(晩山)-2연13행/ (4) 추수가 끝날 무렵-3연19행/ (5) 이슬빛 들꽃-3연15행/ (6) 한(恨)의 잔혼(殘魂)-2연12행/ (7) 잔영(殘影)3-3연11행/ (8) 고구려 하늘-3연11행/ (9) 구인가 가는 날1-3연12행/ (10) 구인사 가는 날2-2연8행/ (11) 새떼의 군무(群舞)-5연21행/ (12) 공원길-3연17행/ (13) 판문점 통신-5연18행/ (14) 숯 가마-2연10행/ (15) 가을산 풍악소리-4연17행/ (16) 백령도 길3-4연16행/ (17) 금강산(金剛山)에 가서8-2연10행/ (18) 금강산(金剛山)에 가서9-3연12행/ (19) 금강산 풍경(金剛山 風景)10-2연12행/ (20) 금강산 풍경(金剛山 風景)11-3연12행/ (21) 산가(山家) 툇마루-2연10행/ (22) 너와집-2연13행.

〈3부 남북 사기(南北史記)〉 / (1) 바람 소리-3연12행/ (2) 변방(邊方)하늘-3연12행/ (3) 새벽 강(江)-3연15행/ (4) 산행5-4연16행/ (5) 늦갈-3연13행/ (6) 서울살이3-2연10행/ (7) 동석동-2연8행/ (8) 선하계곡-2연8행/ (9) 동지(冬至)날-3연14행/ (10) 남북사기(南北史記)7-3연16행/ (11) 광야(曠野)3-3연14행/ (12) 운해(雲海)-2연13행/ (13) 마라도 정경(情景)-3연14행/ (14) 옛길-3연15행/ (15) 묵상(黙想)-2연10행/ (16) 오욕(五慾)-4연18행/ (17) 봄꽃 점경-2연9행/ (18) 늦 봄날-2연7행/ (19) 메밀꽃-2연14행/ (20)

잔흔(殘痕)-2연8행/ (21) 바람의 넋-4연16행.

〈4부 남해 가는 길〉 / (1) 옛길2-3연12행/ (2) 탑등(塔燈)-2연14행/ (3) 두메 산조(散調)-3연12행/ (4) 탑돌이-3연12행/ (5) 산사(山寺)안부-1연6행 / (6) 가을 길-1연9행/ (7) 갈(秋)빛 하늘-1연6행/ (8) 하얀 천지(天地)간에 -2연13행/ (9) 밤 파도-3연13행/ (10) 민요조(調)-3연12행/ (11) 국경 넘어도-3연14행/ (12) 남해 가는 길-3연12행/ (13) 두메길3-3연12행/ (14) 두메 산골7-2연8행/ (15) 서울 살이4-3연13행/ (16) 서울 살이5-3연10행/ (17) 집 수리-3연12행/ (18) 겨울 산6-3연10행/ (19) 겨울 산7-2연8행/ (20) 겨울 산정(山頂)7-3연12행/ (21) 황석산성(黃石山城)-3연12행/ (22) 금강산(金剛山)에 가서-3연12행.

〈5부 빈 농가(農家)〉 / (1) 건봉사-3연12행/ (2) 우화(寓話)-3연18행/ (3) 광야(曠野)에서-4연16행/ (4) 빈집 몇 채1-3연14행/ (5) 철조망 연대(年代)-5연21행/ (6) 빈 농가(農家)몇 채2-6연19행/ (7) 고갯길-2연11행/ (8) 오지 땅3-2연12행/ (9) 설산(雪山)-2연11행/ (10) 강 건너 두메길-4연15행/ (11) 산정(山頂)2-2연8행/ (12) 금강산 풍경소리-2연12행/ (13) 금강산 바람-1연6행/ (14) 봄빛-3연12행/ (15) 신선도(神仙圖)-1연6행/ (16) 국경(國境)을 넘어-2연12행/ (17) 사막을 건너-2연12행/ (18) 컴퓨터 시대-2연12행/ (19) 황토(黃土)-1연6/ (20) 시골 저녁-1연4행/ (21) 먹뱅이 가는 길-2연12행/ (22) 폐가(廢家)-2연10행.

### 3. 옥천(沃泉)의 명작시조 감상

#### 1) 다도해 변경(多島海 邊境)

뫼 뿌리 핥은 하늬/ 거슬러 간 그 해률(海律)에// 홀연히 여문 달빛/ 몸 받친 얼을 빗듯// 한 기구(祈求) 사뤄서 푼 꿈/ 동백 꽃은 피는가.// 하늘 밑 한(恨)된 시름/ 이물(船頭)에도 씻지 못해// 저미는 가슴팍은/ 발이 얽힌 수렁인데// 그 곡성(哭聲)몸서리 치게/ 잠 못 드는 파도여.// 먼 남도 변방이야/ 눈에 삼삼 접히는데// 그토록 짙은 향취/ 뉘 보란듯 떨친 해에//

아쉬운 무지개 놓아/ 깃을 펴는 설활(說話)레.// 쪽빛 기슭 누빈 가락/ 현(弦)을 켜듯 조으는 사랑// 속삭임 속삭임을/ 꽃술 잔에 펼친 대안(對岸)// 이 눈빛 지협 저 쪽에/ 세월 두고 가꾸리.

2) 채밀기(採蜜期)

햇망울 입김을 스쳐/ 청초(青草)이슬로 몸을 씻고// 꽃가루 뜸을 들인/ 그 역사(役事)의 슬기를 따서// 금잔(金盞)빛 어린 순즙(純汁)만/ 은혜롭게 빚고 있다.// 꽃춤 속 만적(滿寂)을 쓸며/ 첩첩 정취를 감아 돌고// 참 삶의 아악(雅樂)을 뜯는/ 꿀벌들의 어진 순리가// 끝없는 꽃술을 따라/ 순애사(純愛史)의 혼(魂)을 판다.

3) 바람꽃.1

샛바람 어울다 간/ 그늘 속 외진 연대(年代)// 오뉴월 밤낮으로/ 바람 꽃은 울다 핀다// 혼절한 그 영혼들끼리/ 달빛이고 흐른다.// 피의 땀 젖은 대로/ 울다 지쳐 잠든 넋들// 암울한 사념 속에/ 습한 산협 베고 누워// 피 비린 바람 꽃들은/ 지천으로 피었더라.

## 4. 옥천(沃泉)의 시조 창작 특색

1) 시조의 현대성 확립과 문학적 형상화, 현대시 상징 체계를 기호화, 형식 파괴로 다양한 실험, 직유시조의 현대시 명료화로 걸러내었다.

2) 시어 선택의 고급화로 시적 긴장미가 유지되는 과정을 함축적 절제미가 시조의 상용화로 전개되었다.

3) 백두산, 바이칼호, 고비사막, 금강산 등 해외 기행으로 점철된 독특한 기행시조의 절창을 표출하였다.

4) 시조 창작의 단형보다 장시조에 가까운 연형시조가 즐겨 창작되어 오밀조밀한 직조 과정이 세밀화되었다.

## 5. 옥천 이은방(沃泉 李殷邦 1940-2006)의 현대시조 창작형태조사

| 시. 시조집 | 1 | 2 | 3 | 4 | 5 | 사설 | 장시조 | 엇시조 | 총계 | 비고 |
|---|---|---|---|---|---|---|---|---|---|---|
| 시조문학 | 10 | 20 | 14 | 3 | | | | | 47수 | |
| 연간집 | 2 | 3 | 7 | 3 | 1 | | 1 | | 17 | |
| 현대시조 | | 1 | | | 1 | | | | 2 | |
| 시조생활 | | 2 | | | | | | | 2 | |
| 한국시조 | 10 | 17 | 13 | 4 | | | | | 44 | |
| 시조선집 | | 5 | 3 | | | | | | 8 | |
| 가람문학 | | 2 | 1 | | | | | | 3 | |
| 문학사랑 | | 7 | 4 | 1 | | | | | 12 | |
| 시. 대사전 | 6 | 12 | 9 | 5 | | | | | 32 | |
| 다도해 변경 | 23 | 11 | 14 | 6 | 1 | | | 시조집 | 55 | 월간문학1971 |
| 채밀기 | 4 | 44 | 19 | | | | | | 67 | 충대도서관 |
| 바람꽃 | 4 | 37 | 22 | 4 | 8 | | 3 | | 78 | 유성 도서관 |
| 백두 천지여 | 2 | | 2 | 2 | | | 1 | | 7 | 어린이 도서관 |
| 하늘 못 | 2 | 46 | 20 | 4 | 6 | | 3 | | 81 | 민족 1990. |
| 물빛하늘 | 8 | 38 | 23 | 2 | 1 | | 1 | | 73 | 뿌리. 1994 |
| 송화가루 | 3 | 40 | 36 | 4 | 2 | | | | 85 | 세손. 1999. |
| 바람소리 | 7 | 35 | 49 | 2 | 3 | | 2 | | 98 | 세손. 2006. |
| 총계 | 81 | 320 | 236 | 40 | 23 | | 11 | | 711 | |
| 비율% | 11.3 | 45.0 | 33.1 | 5.6 | 3.2 | | 1.5 | | 99.7 | |

## Ⅲ. 나오며

건군기념 현상문예〈시〉수상, 조선일보 신춘문예 당선, 시조문학 천료 한국시조문학상 · 노산문학상 · 한국문학상 · 가람시조문학상 · 문학사랑 대상을 수상했으며 명지대 대전대 겸임교수 역임, 한국문인협회 시조분과 회장, 국제펜 이사, 한국시조시인협회 회장을 역임하였다. 한평생 동안 시 · 시조집은 8권 상재했으며 총 711수를 창작하였고 중복된 것은 골라내지 못했다. 2연이나 3연시조가 78.1.%를 차지해서 단형시조보다 연형시조를 가슴 깊히 선호했음을 보여주고 있다. 특히 〈백두여, 천지여〉에서는 기행문으로 꽉차 버린 주제를 열거하면 다음과 같다.

(1) 백두로 가는 길/ (2) 백두 정상을 오르며/ (3) 꿈같은 영봉의 멧부리/ (4) 국경선과 경계비/ (5) 하산 길에 내려다 본 수목지/ (6) 천지로 가는 길/ (7) 노천온천./ (8) 중국 돈/ (9) 풍구(風口)/ (10) 고국을 그리는 동포들/ (11) 백두폭포/ (12) 백두산 전설 12가지 생략.

이상으로 조사연구를 마무리하고 삼가 고인의 명복을 기원하며 맺는다.

## ➚ 노산 이은상(露山 李殷相 1903-1982)

### Ⅰ. 들어가며

근대시조대전-임선묵-홍성사-서울(1989)과 근대시조집람-임선묵-경인문화사-서울(1995) 두 권을 구입하고 노산시조선-이은상-삼중당문고-서울(1976)을 구입했다. 이 자료를 기준으로 삼고 가고파-노산시조선집을 2012년도에 발간하여 그 자료를 구입하고 정리를 해서 본고를 작성하고 논문으로 정리한 것이다.

### Ⅱ. 펼치며

1. 근대시조대전. 1989.

1) 불교(佛教) 1924.7. 창간.
   80호(1931.2.) 속,편양선사전(續,鞭羊禪師傳))-퇴경선생 법구-5연15행.
2) 조선문단(朝鮮文壇)1924.10.창간.15호(1926.4)-별이사곡(別離四曲)-강호로 가며-4연24행.
3) 동광(東光)-1926.5. 창간. 23호-1931.7.인생-1연6행.
4) 현대평론(現代評論)1927.1.창간. 1927.8.추억도향(追憶稻香)-3연9행.
5) 신생(新生)(1).1928.10.창간. 1929.5. 오월(五月)-3연9행. 1930.9. 견우와 직녀-2연12행. 1930.12. 눈-1연3행.1931.6. 금강산십이폭(金剛山十二瀑)-2연6행. 1931.7. 등,북악(登北岳)-곡, 성첩(哭,城堞)-1연3행.망,성곽(望,城郭)-1연3행. 용연폭(龍淵瀑)-1연6행.1931.10. 세돌 말씀-4연12행. 1932.2. 구음삼장(舊吟三章)-9연27행. 1932.4. 삼태동(三台洞)을 지나며-3연9행. 1932.5. 거울 앞에서(1)-2연6행. 밤빗소리-양장시조2행. 답우(答友)-3연9행. 1933.4. 맹서-2연6행, 거울 앞에서(2)-1연3행.
6) 문예공론(文藝公論) 1929.5.창간. 창간호(1929.5.)-귀자해심(歸子亥心)-3연9행.

7) 삼천리(三千里) 1929.6.창간. 가고파-4연12행, 성불사의 밤-3연9행.

8) 문예월간(文藝月刊) 1931.11.창간. 1931. 12. 계룡산(鷄龍山)까지-10연30행.

9) 신동아(新東亞) 1932.11.창간. 1932.4. 봄날의 네처녀-진달래-1연3행, 앉은뱅이-1연3행, 할미꽃-1연3행, 개나리-1연3행. 1932.10. 송우(送友)-양장시조-10연20행. 1933.7. 묘향산 향로봉-3연9행, 1933.8. 맥국고도춘천(貊國古都春川)-3연9행. 위례성의 고적-2연6행, 춘궁후림(春宮後林) 의학(鶴)-2연6행, 월하(月下)의 연무관(演武館)-2연6행, 장경사(長慶寺)와 현절사(顯節祠)-2연5행, 시조 구수(九首)-1연3행. 황혼의 간이비(杆伊碑)-3연9행.

10) 한글 1932. 5. 창간. 103호. 1948.2. 환산 이윤재(桓山 李允宰)선생유저(遺著)-7연21행.

11) 종교시보(宗教時報) 1932.7.창간. 1933.2. 눈보라치는 밤에-2연6행.

12) 신가정(新家庭) 1933.1.창간. 1933.7. 화초찾는 귀빈꽃 위에 넘도는 흰나비 범나비-2연12행. 1934.12. 송년유회(送年有懷)-4연24행. 1935.4. 두견새-1연6행.

13) 학등(學燈) 1933.10. 창간. 창간호.1933.10. 학등(學燈)-3연9행. 13호-1935.1. 세두감(歲頭感)-3연9행. 23호-1936.3. 졸업생에게 주는 노래-1연36행

14) 예술(藝術) 1934.12. 창간. 1935.4. 봄-1연3행, 할미꽃-1연3행, 봄처녀-2연6행.

15) 시원(詩苑) 1935.2. 창간. 1935.2. 밤(양장시조)-12행.

16) 조광(朝光) 1935.11.창간. 1936.9. 오륙도(五六島)-3연9행.

17) 삼천리문학(三千里文學) 1938.1. 창간. 2집-1938.4. 자장율사전, 찬(慈藏律師傳,贊)-10연3행.

18) 새한민보 1947.6.창간. 53호-1949.6. 연연자가(然然子歌)-3연9행. 밤송이-4연12행.

2. 근대시조집람. 1995.

1) 조선일보 1920.3.6. 창간.

1931.4.8. 춘화송(春花頌)-3연9행. 춘설만(春雪挽)-3연9행. 탑원정사(塔園精舍)-누상에서 남산을 바라보고-3연9행, 1931.5.2. 가상소감(街上所感)-6연18행. 1931.5.6.삼종인(三種人)-3연9행, 1931.5.14. 동물포폄(動物褒貶)-14연42행. 1931.5.18. 애화오종(愛花五種)-옥잠화-1연3행, 수국-1연3행, 수선화-1연3행, 목련-1연3행, 정향(丁香)-1연3행, 유가삼수(柳袈三首)-3연9행, 1931.5.27. 불탄예송(佛誕禮頌)-3연9행, 몽중걸자(夢中傑者)- 3연9행. 1931.5.31. 어린이 원유회(園遊會)-3연8행, 1931.6.16. 화표조(華表操)-3연9행, 1931.6.28. 가상견살사광경유감(街上見殺蛇光景有感)-3연9행, 1935.10.28. 우리글노래-5연15행, 1936.1.3. 신년호-1연6행.

2) 동아일보(東亞日報) 1920.4.1. 창간.

1929.12.1. 서회(書懷)-3연18행, 1927.1.1. 자유(自遺)-2연12행, 1927.1.9. 촉금(燭唫)-2연12행, 1927.1.10. 존심(尊心)-2연12행, 1929.4.29. 경무대를 지나며(1)-3연9행, 1929.5.1. 경무대를 지나며(2)-3연9행, 1929.5.2. 경무대를 지나며(3)-3연9행. 1929.5.3. 경무대를 지나며(4)-3연9행, 1930.9.12. 금강행(金剛行)-태자성(太子城)-4연12행, 태자궁기(太子宮基)-7연21행, 수렴동(水廉洞)-4연12행, 영원동산오(靈源洞山烏)-4연12행, 1930.9.14. 금강행(3)金剛行-배석(拜石)-2연6행, 명연(鳴淵)-6연20행, 조,충혼(弔,忠魂)-3연9행, 감성루(勘惺樓)-3연9행, 삼산국(三山局)-4연12행, 매월당(梅月堂)의 애각(崖刻)을 보고-3연11행, 1930.9.16. 금강행(4)(金剛行)-만폭동팔담가(萬瀑洞八潭歌)-9연27행, 상제보살전설가(上帝菩薩傳說歌)-5연15행, 백운대(白雲臺)-1연3행, 망, 중향성(望, 衆香城)-4연12행. 1930.9.17. 금강행(5)-금강수(金剛水-)4연12행, 등,비로봉(登,毘蘆峰)-4연12행, 비로봉(琵蘆峰(2)-2연6행, 비로봉(琵蘆峰(3)-2연6행, 묘길상 안불(妙吉祥 岸佛)-6연8행, 내수첨(內水帖)-1연3행, 칠보암(七寶庵)-2연6행, 1930.9.18. 금강행(6)-석이(石耳)-4연12행, 십이폭(十二瀑)-2연6행, 음,감로수(飮,甘露水)-3연

9행, 영산지(映山池)-2연6행, 앙지대(仰止臺)-2연6행, 구룡폭(九龍瀑)-3연9행, 태자묘(太子墓)-4연12행, 1930.9.19.금강행(7)-만물초(萬物草)-2연6행, 옥녀봉(玉女峰)-5연15행, 단중제(丹中題)-1연3행, 칠성봉(七星峰)-3연9행, 부부암(夫婦岩)-3연9행, 금강에 살으리랏다-2연6행, 금강귀로-2연6행, 1930.10.8. 중추일(中秋日)유감(有感)-10연30행, 1930.11.22.기(寄)청조(青鳥)-6연8행, 1931.4.18. 강변유(江邊遊)-10연30행, 1931.4.30. 고전야(古殿夜)-9연27행, 화하제(花下題)-3연9행, 1931.11.3. 송도영언(상)-관덕정(觀德亭)-1연3행, 만월대(滿月臺)-3연9행, 구정(球庭)-3연9행, 화원(花園)-1연3행, 포은구거(圃隱舊居)-1연3행, 선죽교(善竹橋)-2연6행, 읍비(泣碑)-1연3행, 자하동(紫霞洞)-1연3행, 서사정(逝斯亭)-3연9행, 1931.11.5. 송도영언(하)-혜산행(蹊山行)-2연6행, 박연(朴淵)-10연30행, 관음사(觀音寺)-2연6행, 1931.12.16. 계월송(溪月頌)-3연9행, 초민곡(焦悶曲)-3연9행, 1931.12.18. 설야음(雪夜吟)-3연9행, 1932.1.8. 가고파-10연30행, 1932.10.1. 추야장(秋夜長)-독사(讀史)-양장시조, 화영(花影)-1연3행, 신문(新聞)-1연3행, 추억(追憶)-1연3행, 1932.10.21. 기적(汽笛)-1연3행, 지기(知己)-1연3행, 야좌(夜坐)-1연3행, 일기(日記)-1연3행, 1932.10.11. 단풍(丹楓) 한 잎-5연15행, 1933.9.5. 가을-1연3행, 1933.9.12. 실솔(蟋蟀)-1연3행, 1933. 9.19. 다듬이-1연3행, 1934.5.6. 악인정여사찬(樂人鄭女史贊)-7연21행, 3) 서울신문 1948.1.31. 고,이윤재(1888-1943)선생 영전(故李允宰先生 靈前)에-7연21행.

3. 노산시조선. 1976.

나도 같이 시를 쓴다-1연7행, 먹-1연7행, 바다와 나-2연14행, 푸른하늘-1연7행, 창공-5연35행, 가을하늘-1연7행, 소낙비-1연7행, 대지(大地)는 이제 고요히-3연21행, 땅의 자서전-2연14행, 고목-2연14행, 인생-1연7행, 생쥐-1연7행, 부엉이-3연21행, 달-2연14행, 자화상-3연21행, 붓명(銘)-1연7행, 구름-1연7행, 어느 것을-3연21행, 사랑-2연14행, 이 마음-2연14행, 염주(念

珠)-1연7행, 이 순간-1연7행, 밤-4연28행, 나는 늘그날에 산다-1연7행, 돌아보면 빈언덕-1연7행, 천지송(天地頌)-3연21행, 동해송(東海頌)-2연14행, 막대 가는대로-장안사(長安寺)-1연7행, 금강(金剛)이 무엇이뇨-2연14행, 보현사(普賢寺)-2연14행, 단군굴(檀君屈)-2연14행, 성불사(成佛寺)-2연14행, 만월대(滿月臺)-3연21행, 계산(溪山)저문 날에-2연14행, 낙화암(落花岩)(1)-1연7행, 낙화암(落花岩)(2)-5연35행, 오륙도(五六島)-2연14행, 취적암(吹笛岩)-2연14행, 동로강(東路江)-1연7행, 압록강(鴨綠江)-5연35행, 삼랑성(三郎城)-1연7행, 부한산비봉(北漢山碑峰)-2연14행, 숲속에서-2연14행, 효대(孝臺)-3연21행, 종석대(鍾石臺)-3연21행, 유달산(儒達山)-1연7행, 명량(鳴梁)(1)-2연14행, 명량(鳴梁)(2)-3연21행, 홍류동(紅流洞)-1연7행, 하회(河回)-1연7행, 애일당(愛日堂)-1연7행, 선묘정(善妙井)-1연7행, 조령관문(鳥嶺關門)-1연7행, 물새의 영토-1연7행, 백비(白碑)-1연7행, 연화봉(蓮花峰)-1연7행, 달래강-1연7행, 추풍령(秋風嶺)을 넘는다-4연28행, 꽃 앞에서-진달래(1)-1연7행, 진달래(2)-3연21행, 매화-1연7행, 매화사(梅花詞)-3연21행, 개나리-1연7행, 난초-1연7행, 국화-1연7행, 대-1연7행, 해당화-1연7행, 달맞이꽃-1연7행, 산백합-2연14행, 탱자꽃-1연7행, 분수(噴水)-1연7행, 가고파-10연70행, 고향생각-2연14행, 옛동산-2연14행, 산언덕집이길래-1연7행, 다드미-1연7행, 봄처녀-2연14행, 삼월-2연14행, 봄-3연21행, 산에서 내려온 사람-1연7행, 신록(新綠)-1연7행, 급행차-1연7행, 당신과나-2연14행, 나의 조국 나의 시-1연7행, 가서 내 살고 싶은 곳-1연7행, 가서 내 살고 싶은 곳-4연28행, 한라산 기도-9연63행, 천왕봉(天王峰)찬가-7연49행, 옥중에서 읊은 시-어머니께 드리는 편지-3연21행, 비파-1연7행, ㄹ자-2연14행, 앨루살렘아-3연21행, 공습-2연14행, 하느님 당신의 성경일랑-3연21행, 해바라기-2연14행, 남풍-1연7행, 그림틀-1연7행, 너라고 불러보는 조국아-3연21행, 조국아-10연70행, 피난도(避難圖)-5연35행, 폐허시첩-못건너는 강-3연21행, 옛것은 반가운데-2연14행, 숭례문(崇禮門)-2연14행, 슬픈역사-4연28행, 남산엔 오르지마오-9연63행, 고지가 바로 저긴데-2

연14행, 푸른민족-2연14행, 〈양장 시조〉

1) 소경되어지이다. 2) 입다문 꽃봉오리 3) 밤비소리 4) 산 위에 올라 5) 역머리에서-9행. 6) 혼자서 부른 노래-18행. 7) 추억의 조각조각-5행. 8) 사랑의왕릉-3행. 9) 독백-3행. 10) 오월-3연18행. 11) 한강은 여름날 해질녘이-3연27행. 12) 귀명가(歸命歌)-12행. 13) 혼자서 부른 노래-18행. 14) 추억의 조각조각-5행. 15) 사랑의 왕릉-3행. 16) 독백-3행, 17) 오월-2연18행. 18) 한강은 여름날 해질녘이-3연27행. 19) 귀명가(歸命歌)-31행.

4. 기원(祈願). 1982.

돌아오지 않는 다리-1연3행, 서시(序詩)-12연84행, 저주의 서해-5연35행. 백사장의 발자국-5연35행, 웃고 피는 도라지꽃-3연21행, 물과 피-5연35행, 백로의 낙원-3연21행, 죽음의 강나루터-4연28행, 농부된 어부-4연28행, 낙화-3연21행, 강둑에 주저앉아-5연35행, 젊은 넋들-5연35행, 판문점(板門店)-6연42행, 돌아오지 않는 다리-6연42행, 갈림길에서-4연28행, 좁은 산길-6연42행, 산언덕을 넘으며-4연28행, 재물의 자서전-5연35행, 신록 속에 서서-3연21행, 설마령(雪馬嶺)-4연28행, 비속의 능선-6연42행, 새농막-6연42행, 옛38경계선비문-4연28행, 두견새와 다람쥐-6연42행, 칡꽃마을이여기-5연35행, 해골과 구두짝-3연21행, 고석정(孤石亭)-3연21행, 유방고지(乳房高地)-3연21행, 원혼들의 호소-4연28행, 산철쭉, 산난초-5연35행, 스승과 제자-3연21행, 검은구름 토하는 고개-4연28행, 아레스, 멀리가라-6연42행, 근심없는 마을-5연35행, 맑은 시냇가에서-5연35행, 향로봉 위의 기도-5연35행, 지구촌(地球村)-5연35행, 한겨울만 더 지나면-3연21행, 파도도 울고 나도 울고-6연42행, 한밤과 새벽의 어귀에 서서-7연49행, 동해의 아침해-8연56행, 고통과 부활-3연21행, 새 역사는 개선장군처럼-3연21행, 기원-5연35행.

5. 한국시조큰사전. 1985.

가고파-10연30행, 가람의 무덤을 찾아-3연9행, 가윗날에-10연30행, 갈성루-2연6행, 감로수-3연9행, 개나리-3연9행, 거울 앞에서-2연6행, 경양선사전을 읽고-5연15행, 계산행-2연6행, 계월송-3연9행, 고전의 밤-4연12행, 고향생각-2연6행, 곡,성첩-2연6행, 공초 먼 길을 가다-3연9행, 관덕정-1연3행, 관음사-2연6행, 구룡폭-3연9행, 구름-1연3행, 구정-3연9행, 국화-1연3행, 꿈 깬 뒤-3연9행, 구해심-3연9행, 그대 대답하시오-3연9행, 그리움-3연9행, 금강에 살으리랏다-2연6행, 금강을 바라보며-2연6행, 기도는-2연6행, 기봉 위에 서서-3연9행, 기,청조-3연9행, 길이 끝났다-1연3행, 나팔부는 사나이-2연6행, 나의 조국 나의 시-1연3행, 낙화암-5연15행, 내 수첩 노중-1연3행, 노들-1연3행, 눈보라치는 밤에-2연6행, 달-양장시조5행, 달맞이꽃-1연3행, 답우-2연6행, 대-1연3행, 마지막 드리는 노래-5연15행, 만물초-2연6행, 만월대-3연9행, 만천교 위에서-2연6행, 만폭동팔담가-9연27행, 매월당애각을 보고-2연6행, 매화-1연3행, 매화사-3연9행, 맹서-2연6행, 멱-1연3행, 못깨는 생각-2연6행, 묘길상애불-3연9행, 문장대-1연3행, 물건도-1연3행, 박연-10연30행, 방-4연12행, 밤빗소리-양장시조, 배석-2연6행, 백결선생전을 읽고-3연9행, 백비-2연6행, 백상루-1연3행, 백운대를 오르다-1연3행, 백운대에 올라-1연3행, 범종이 우는구야-2연6행, 봄-1연3행, 봄날이 하 좋아 부른 노래-3연9행, 봄처녀-2연6행, 부부암-2연6행, 비로봉(1)-2연6행, 비로봉(2)-2연6행, 비룡폭-2연6행, 사랑-2연6행, 사랑-양장시조, 산에서 난돌쇠아비-3연9행, 산 위에 올라-양장시조, 산전을 지나며-1연3행, 삼개에서-10연30행, 삼보정-2연6행, 삼산국-4연12행, 삼선암계곡-1연3행, 삼월-2연6행, 삼대동-3연9행, 상제보살전설가-4연12행, 새가 되어 배가 되어-4연12행, 새 지도를 그려본다-2연6행, 서시-12연36행, 저주의 서해-5연15행, 백사장의 발자국-5연15행, 웃고 피는 도라지꽃-3연9행, 물과 피-5연15행, 백로의 낙원-3연9행, 죽음의 강나루터-4연12행, 농부된 어부-4연12행, 낙화-3연9행, 강둑에 주저앉아-5연15행, 젊은 넋들-5연15행, 판문점-6연18행, 갈림길에서-4연12행, 돌아오지 않는 다리-6연18행, 좁은 산길-6연18행, 산언덕을 넘으며-4연12행, 재물의 자서전-5연15행, 신록에 서서-3연9행, 설마령-4연12행, 비속의 능선-6연18행, 새농막-6연18행, 옛38선경계선비문-4연12행, 두견새와 다람쥐-6연18행, 칡꽃마을 이야기-5연15행, 해골과 구두짝-3연9행, 고석정-3연9행, 유방고지-3연9행, 원혼들의 호소-4연12행, 산철쭉 산난초-5연15행, 스승과 제자-3연9행, 검은구름 토하는 고개-4연12행, 아레스멀리가라-6연18행, 근심없는 마을-5연15행, 맑은 시냇가에서-5연15행, 향로봉 위의 기도-5연15행, 지구촌-5연15행, 한겨울만 더 지나면-3연9행, 파도도 울고 나도 울고-6연18행, 한밤과 새벽의 어귀에서-7연21행, 동해의 아침-8연24행, 고통과 부활-3연9행, 역사는 개선장군처럼-3연9행, 기원-5연15행, 선죽교-2연6행, 설야음-3연9행, 성불사의 밤-2연6행, 소경이 되어지이다-1연3행, 수렴동-2연6행, 슬픈행장-1연3행, 쓸쓸한 저녁이다-3연9행, 신의 체온-1연3행, 실춘곡-3연9행, 십이폭-2연6행, 앉은뱅이-2연6행, 양산가의 고장-2연6행, 어포 달밝은 밤에-3연9행, 업경대-2연6행, 영산지-2연6행, 염원동산조-3연9행, 옛 강물 찾아와-3연9행, 옛 동산에 올라-2연6행, 오산장터-2연6향행, 오수 아닌 오수-2연6행, 오연-3연9행, 오녀봉-3연9행, 옥류동-3연9행, 유관순열사-2연6행, 유월의 회상-5연15행, 은선대-2연6행, 이 마을-2연6행, 인생-1연3행, 일기-2연6행, 임진강을 지나며-2연6행, 입다문 꽃봉오리-양장시조. 자취-3연9행, 자하동-1연3행, 장안사-1연3행, 적사정-3연9행, 절룸바리-1연3행, 조,충혼-2연6행, 주중재-1연3행, 죽음과 삶이-1연3행, 중항성을 바라보며-3연9행, 진달래(1)-1연3행, 진달래(2)-1연3행, 진달래(3)-3연9행, 초민국-3연9행, 춘향의 말-1연3행, 칠보암-2연6행, 칠불사-1연3행, 칠성봉-3연9행, 태자궁-5연15행, 태자묘-4연12행, 태자성-3연9행, 포은구거-2연6행, 푸른하늘의 뜻은-5연15행, 할미꽃(1)-1연3행, 할미꽃(2)-2연6행, 해당화-1연3행, 화원-1연3행, 화하제-3연9행, 횡보천보-3연9행.

6. **성불사의 밤**. 2006.

가고파-10연54행, 감로수-3연9행, 편양선 사전을 읽고-5연15행, 인생-1연3행, 계월송-3연9행, 고전의 밤-3연9행, 고향생각-2연6행, 곡성첩-2연6행, 관덕정-1연3행, 관음사-2연6행, 구정-3연9행, 꿈 깬 뒤-3연9행, 귀해심

-3연9행, 그대 대답하시오-3연9행. 그리움-3연9행, 금강에 살으리랐다-2연6행, 기봉에 서서-3연9행, 내수점로중-1연3행, 달-양장시조5행, 답우-2연6행, 만월대-3연9행, 만폭동팔담가-9연27행, 매월당의 애각을 보고-2연6행, 맹서-2연6행, 못깨는 생각-2연6행, 박연-10연30행, 백결선생전을 읽고-3연9행, 봄처녀-2연6행, 비로봉-2연6행, 비봉폭-2연6행, 사랑-2연6행, 삼태동을 지나며-3연9행, 성불사의 밤-2연6행, 소경이 되어지이다-양장시조, 수렴동-2연6행, 쓸쓸한 저녁이다-3연9행, 옛동산에 올라-2연6행, 옥녀봉-3연9행, 입다문 봉오리-양장시조, 포은구거-2연6행, 가람의 무덤을 찾아-3연9행, 공초먼길을 가다-3연9행, 기도는-2연6행, 나발부는 사나이-2연6행, 나의 조국 나의 시-1연8행, 낙화암-5연15행, 달맞이꽃-1연3행, 당신과 나-2연16행, 땅의 자서전-2연6행, 대-1연7행, 마지막 드리는 노래-5연15행. 마천루-2연6행, 매화-1연3행, 매화사-3연9행, 멱-1연3행, 밤-4연12행, 백비-1연3행, 삼월-2연6행, 새 지도를 그려본다-2연6행, 슬픈행장-1연3행, 신의 체온-1연3행, 양산가의 고장-2연6행, 6월의 회상-5연15행, 일기-2연6행, 푸른하늘의 뜻은-5연15행, 해당화-1연3행, 황보천고-3연9행, 서시-12연36행, 저주의 서해-5연15행, 백사장의 발자국-5연15행, 웃고 피는 도라지꽃-3연9행, 물과 피-5연15행, 백로의 낙원-3연9행, 죽음의 강나루터-4연12행, 농부된 어부-4연12행, 낙화-3연9행, 강둑에 주저앉아-5연15행, 젊은넋들-5연15행, 판문점-6연18행, 돌아오지 않는다리-6연18행, 갈림길에서-4연12행, 좁은 산길-6연18행, 산언덕을 넘으며-4연12행, 재물의 자서전-5연15행, 신록속에 서서-3연9행, 설마령-4연12행, 비속의 능선-6연18행, 새농막-6연18행, 옛38경계선비문-4연12행, 두견새와 다람쥐-6연18행, 칡꽃마을 이야기-5연15행, 해골과 구두짝-3연9행, 고석정-3연9행, 유방고지-3연9행, 원혼들의 호소-4연12행, 산철쭉 산난초-5연15행, 스승과 제자-3연9행, 검은구름 토하는 고개-4연12행, 레이스! 멀리가라-6연18행, 근심없는 마을-5연15행, 맑은 시냇가에서-5연15행, 향로봉의 기도-5연15행, 지구촌-5연15행, 한겨울만 더 지나면-3연9행, 파도도 울고 나도 울고-6연18행, 한밤과 새벽의

어귀에 서서-7연21행, 동해의 아침해-8연24행, 고통과 부활-3연9행, 역사는 개선장군처럼-3연9행, 기원-5연15행.

7. **가고파**. 2012.

가고파-10연70행, 고향생각-2연14행, 사랑-2연14행, 인생-1연7행, 자화상-3연21행, 인경을 치자-3연16행, 붓명(銘)-1연7행, 구름-1연7행, 이 마음-2연14행, 바다와 나-2연14행, 나도 같이 시를 쓴다-1연7행, 푸른하늘-1연7행, 창공-5연35행, 단풍 한 잎-3연14행, 마니산-2연16행, 고목-2연14행, 생쥐-1연7행, 기둥-1연6행, 부엉이-3연21행, 염주-1연7행, 이순간-1연7행, 달-2연14행, 어느 것을-3연21행, 밤-4연28행, 나는 늘그날에 산다-1연7행, 돌아보면 빈 언덕-1연7행, 먹-1연7행, 가을하늘-1연7행, 소낙비-1연7행, 대지는 이제 고요히-3연21행, 땅의 자서전-2연14행, 춘천도중-1연7행, 귀뚜라미-1연5행, 백계산 동백림-2연6행, 거북선-1연3행, 옛 동산에 올라-2연14행, 봄처녀-2연14행, 그리움-3연9행, 산언덕 집이길래-1연7행, 다듬이-1연7행, 실춘곡-3연16행, 새가 되어 배가 되어-4연12행, 거울 앞에서-1연6행, 쓸쓸한 저녁이다-2연7행, 탑그림자-2연7행, 눈-1연6행, 낙화-1연6행, 슬픈 들사슴-2연16행, 길장승처럼-2연10행, 삼월-2연14행, 신록-1연7행, 급행차-1연7행, 봄-3연21행, 산에서 내려온 사람-1연7행, 분수-1연7행, 파초-1연6행, 진달래(1)-1연7행, 진달래(2)-3연21행, 매화-1연7행, 매화사-3연21행, 개나리-1연7행, 난초-1연7행, 국화-1연7행, 대-1연7행, 해당화-1연7행, 달맞이꽃-1연7행, 산백합-2연14행, 탱자꽃-1연7행, 앉은뱅이-1연4행, 할미꽃-1연4행, 장안사-1연7행, 금강이 무엇이뇨-2연14행, 보현사-2연14행, 단군굴-2연14행, 성불사의 밤-2연14행, 만월대-3연21행, 계산 저문 날에-2연14행, 낙화암(1)-1연7행, 낙화암(2)-5연35행, 오륙도-2연14행, 취적암-2연14행, 동로강-1연7행, 압록강-5연35행, 삼랑성-1연7행, 북한산비봉-2연14행, 숲속에서-2연14행, 효대-3연21행, 종석대-3연21행, 유달산-1연7행, 명량(1)-2연14행, 명량(2)-3연21행, 홍류동-1연7행, 하회-1연7행, 애일당-1연7

행, 선묘정-1연7행, 조령관문-1연7행, 물새의 영토-1연7행, 백비-1연7행, 연화봉-1연7행, 달래강-1연7행, 추풍령을 넘다-4연28행, 고지가 바로 저긴데-2연14행, 당신과 나-2연14행, 나의 조국 나의 시-1연7행, 가서 내 살고 싶은 곳-4연28행, 한라산 기도-9연63행, 정방폭-2연9행, 천왕봉찬가-7연49행, 너라고 불러보는 조국아-3연21행, 조국아-10연70행, 다시 우뚝 서본다-3연15행, 피난도-5연35행, 푸른민족-2연14행, 목이 그만 멘다-2연7행, 수석송-1연7행, 천지송-3연21행, 동해송-2연14행, 폐허시첩-사설시조, 못건너는 강-3연21행, 옛 벗은 반가운데-2연14행, 숭례문-2연14행, 슬픈역사-4연28행, 남산엔 오르지마오-5연35행, 강 건너 왔소-4연28행, 옥중에서 읊은 시-사설시조, 어머님께 드리는 편지-3연21행, 비파-1연7행, ㄹ자-2연14행, 예루살렘아-3연21행, 공습-2연13행, 하느님 당신의 성경일랑-3연21행, 해바라기-2연14행, 남풍-1연7행, 그림틀-1연7행, 사랑의 종-5연30행, 북위 몇도에 서 있는지-10연70행, 춘향의 말-1연7행, 파도야-1연7행, 하늘벽-1연7행, 푸른하늘의 뜻은-5연35행, 슬픈행장-1연7행, 수운정 옛터-1연6행, 산목련-1연7행, 신의 체온-1연7행, 새 지도를 그려본다-2연15행, 탄금대-2연14행, 난계묘-3연21행, 산촌-1연7행, 일기-2연14행, 가람의 무덤을 찾아-3연18행, 마지막 드리는 노래-5연35행, 유관순 열사-2연14행, 임진강에서-1연7행, 태초의 순간을-1연7행, 달은 예대로-3연23행, 송강묘-2연14행, 한계-1연9행, 나발부는 사나이-2연14행, 밤이 오면-1연7행, 서시-12연84행, 제주의 서해-5연35행, 백사장의 발자국-5연35행, 웃고 피는 도라지꽃-3연21행, 산언덕을 넘으며-4연28행, 백로 위 낙원-3연21행, 낙화-3연21행, 강둑에 주저앉아-5연35행, 갈림길에서-4연28행, 좁은 산길-6연30행, 물과 피-5연35행, 옛38선경계선비문-4연28행, 고석정-3연21행, 맑은 시냇가에서-5연35행, 스승과 제자-3연21행, 한겨울만 더지나면-3연21행, 〈양장시조〉 소경이 되어지이다-1행, 입다문 꽃봉오리-1행, 밤비소리-1행, 산에 올라-6행, 역머리에서-9행, 추억의 조각조각-5행, 사랑의 왕릉-3행, 독백-3행, 오월-2연18행, 향랑-6행, 달밤-5행, 한그루 나무를-4행.

## Ⅲ. 노산 이은상(露山 李殷相 1903-1982)의 현대시조 창작형태조사

| 시조잡지 | 1연 | 2연 | 3연 | 4연 | 5연 | 사설 | 장시조 | 양장<br>시조 | 총계 | 비 고 |
|---|---|---|---|---|---|---|---|---|---|---|
| 근대시조대전 | 15 | 22 | 13 | 5 | 1 | | 4 | 3 | 52 | |
| 근대시조<br>집람 | 24 | 16 | 29 | 9 | 4 | | 14 | 1 | 97 | |
| 노산시조선 | 47 | 30 | 17 | 4 | 4 | | 5 | 19 | 126 | |
| 한국시조<br>큰사전 | 35 | 49 | 49 | 14 | 19 | | 16 | 5 | 187 | |
| 성불사의밤 | 12 | 25 | 29 | 9 | 18 | | 14 | 3 | 110 | |
| 가고파 | 69 | 44 | 31 | 9 | 13 | 2 | 7 | 12 | 187 | |
| 총계 | 202 | 175 | 168 | 50 | 59 | 2 | 60 | 43 | 759 | |
| 비율% | 26.6 | 23.0 | 22.1 | 6.5 | 7.7 | 0.2 | 7.9 | 5.6 | 99.6 | |

## Ⅳ. 노산의 현대시조 특색

1. 엇시조로 분류한 시조 형태를 보면 단형 평시조가 아니라 장형 연시조로 틀의 박자감을 어긋난 시행이 있었다.

2. 가람 이병기(1891-1968)도 양장시조 36수를 남겼고 노산 이은상(1903-1982)은 43수를 남겼지만 모두 중복된 것은 골라내지 못한 통계다.

3. 애국적 현대시조가 많고 젊은 청춘들의 패기가 넘치는 시조가 많은 반면 과학적 상상시조가 전혀 찾아 볼 수 없었다.

## Ⅴ. 나오며

평시조 1연이 202수, 26.6%, 2연이 175수 23.0%, 3연이 168수 22.1%, 4연50수 6.5%, 5연59수 7.7%, 장시조 60수 7.9%, 양장시조 43수 5.6%를 나타내고 있다. 간단명료한 현대시조가 이병기라면 엇시조로 진행되어 엇박자가 많은 장시조를 이은상은 즐겨 창작하였고, 가곡으로 작곡된 현대시조도 이은상은 많은 편이다.

## ↗ 난대 이응백(蘭臺 李應百 1923-2010)

### Ⅰ. 나들이-시조집. 2002.

아내의 수술받던 날-24연72행, 나들이-22연66행, 속리산기행-9연27행, 경주를 찾음-20연60행, 태안사 성기암에서-7연21행, 빗속의 청평사-10연30행, 서산의 사적을 찾아-8연24행, 영화 서편재를 보고-10연30행, 그대에게-25연75행, 49제날-12연36행, 양평나들이-5연15행, 해운대를 찾아서-12연36행, 성묘일에-12연36행, 청명절 성묘-5연15행, 봄이 오면-10연30행, 회상(回想)-3연9행, 상사초(相思草)-4연12행, 목련화-3연9행, 우리 옛문화를 찾아서-37연111행, 남미 나들이-50연150행, 세검정에서 이사하던 날-15연45행, 우면산 첫 등산-7연21행, 승가사에 오르면서-20연60행, 봄-2연6행, 녹음나들이-4연12행, 석류-2연14행, 석류(1)-3연9행, 석류(2)-2연12행, 백도를 찾는 길에-4연12행, 강촌청유-6연18행, 비금도-6연24행, 청해진유적-4연12행. 보길도-2연12행, 보길도와 다산초당-9연27행, 제주점경-8연32행, 관동삼경-3연9행, 용문사-3연9행, 삼천포 과수원에서-9연27행, 천지(天池)-2연12행, 백두폭포-4연12행, 포락만삼장의 밤-1연3행, 대우령과 합환산-1연3행, 일월담-1연3행, 자연인간 본모습 찾자-41연123행, 오지호(吳之湖)선생을 생각하며-28연84행, 제3회 국제한자협의 다녀와서-6연18행, 요새 생각하는 것-5연15행, 사람 인정-3연9행, 시조송(時調頌)-8연24행, 가뭄의 교훈-6연18행, 작달비-2연6행, 창가에서-3연9행, 노랑머리 까망머리-4연12행, 국산술 칵테일-4연12행, 축,돌-1연6행, 20세기와의 고별-3연9행, 나의 염원-5연15행, 지금 우리는-1연7행, 준공을 앞둔 가사 문학관-3연12행, 우봉 한상갑(又峰 韓相甲)선생께 세배 드리옵고-6연18행, 노소동학-3연9행, 선성군(宣城君)신도비명(神道碑銘)-4연12행, 종묘대제-5연15행, 운경(雲耕)선생추모서화전-3연12행, 운경선생 송덕비-사설시조, 운경선생10주기추모-3연9행, 박찬옥시인 영전에-6연18행, 구우학(具羽鶴)군(君)영전에-11연33행, 유병석학장을 곡함-10연30행, 김광협(김광협1915-1970)시인

-8연24행, 우촌(于村)2주기에 부침-4연12행, 영원한 삶-1연3행, 한시시조역-26인, 축하격려의 글, 금혼식축하-10연30행.

〈발문-跋文〉사무아와 반구제기-김봉군.

## II. 난대 이응백(蘭臺 李應百 1923-2010)박사의 정형시 창작형태조사

| 시조집 | 1연 | 2연 | 3연 | 4연 | 5연 | 사설 | 장시조 | 한시 | 비고 |
|---|---|---|---|---|---|---|---|---|---|
| 제1시조집 | | | | | | | | | |
| 나들이 | 4 | 7 | 13 | 9 | 5 | 1 | 69 | 26 | |
| 총계 | 4 | 7 | 13 | 9 | 5 | 1 | 69 | 134 | |
| 비율% | | | | | | | | | |

## ➚ 이응창(李應昌 1906−1986)

### Ⅰ. 한국시조큰사전. 1985.

꿈을 싣고-1연3행, 광한루(廣寒樓)-1연3행, 산바람-캠프파이어-1연3행, 스케치-1연3행, 파리 떼-1연3행.

### Ⅱ. 이응창(李應昌 1906-1986)의 정형시 창작형태조사

| 시조집 | 1연 | 2연 | 3연 | 4연 | 5연 | 사설 | 장시조 | 총계 | 비고 |
|---|---|---|---|---|---|---|---|---|---|
| 한국시조 | 5 | | | | | | | 5 | |
| 총계 | 5 | | | | | | | 5 | |
| 비율% | 100 | | | | | | | 100 | |

## ↗ 송고 이 인 식 (松皐 李仁植 1935−2011)

### Ⅰ. 한국시조큰사전. 1885.

겨울개구리-3연9행, 겨울대장간-4연12행, 고추-2연6행, 나비소묘(素描)-1연3행, 내 또한 어부(漁夫)되어-3연9행, 눈 내리는 아침-1연3행, 바람-1연3행, 사랑을 위한 엽서(葉書)-1연3행, 선도라지꽃-2연6행, 산중별곡(山中別曲)-1연3행, 소만(小滿)에서 입하(立夏) 사이-2연6행, 옛생각-1연3행, 오원(吾園)의 홍매(紅梅)-3연9행, 은령사(銀嶺詞)-2연6행, 태양(太陽)-2연6행, 허벅, 그 사랑 말씀-3연9행.

### Ⅱ. 대숲에 달빛 내려-시조시집. 1986.

소만(小滿)에서 입하(立夏) 사이-2연14행, 오원(吾園)의 홍매(紅梅)-3연9행, 사군자(四君子)시초(詩抄)-梅詩-1연3행, 蘭詩-1연3행, 竹詩-1연3행, 菊詩-1연3행, 미루나무 서사(序詞)-2연6행, 으악새 단상(斷想)-1연7행, 난(蘭)을 치다가-1연7행, 라일락-1연7행, 달을 위한 서시(序詩)-3연19행, 찔레꽃-2연7행, 난류(暖流)의 바다-3연9행, 나비 소묘(素描)-1연7행, 춘분(春分)-2연6행, 연두빛 이야기-1연7행, 풍란(風蘭)-1연7행, 수국사(水菊詞)-1연7행, 방해사(螃蟹詞)-1연7행, 고추-2연6행, 대숲에 달빛 내려-2연6행, 유년(幼年)의 바다-1연7행, 바람-1연7행, 눈 내리는 아침-1연7행, 산도라지꽃-2연6행, 춘삼월(春三月)은-1연7행, 선곡(仙谷)에 핀 영산홍(映山紅)-2연6행, 흐느낌은 폭포처럼-5연15행, 겨울 개구리-3연9행, 산행시초(山行詩抄)-청죽(靑竹)-1연6행, 산과들-1연3행, 하늘-1연3행, 가람-1연3행, 구름-1연3행, 유곡(幽谷)-1연3행, 계류(溪流)-1연3행, 산촌(山村)의 밤-1연7행, 원두막 추억(追憶)-1연7행, 강월헌(江月軒)에서-2연6행, 태양(太陽)-2연6행, 허무한 나날이지만-2연6행, 다시 또 영월(寧越)에 와서-3연9행, 불일폭포(佛日瀑布)에 가다-3연9행, 내 또한 어부(漁夫)되어-3연9행, 합죽선(合竹扇)-2

연6행, 물처럼 내가 가고-2연6행, 겨울대장간-2연6행, 겨울 섬-1연7행, 그대생각-2연6행, 돌베개-2연6행, 은령사(銀嶺詞)-2연6행, 내 외로운 돛배되어-3연9행, 옛 생각-1연7행, 누가 달이 되어-2연6행, 복사꽃 만발한 날-1연7행, 산중별곡(山中別曲)-3연18행, 가평목동(加平木洞)에 와서-1연7행, 서귀포(西歸浦)귤밭에 서면-2연6행, 달빛어린 내고향은-1연7행, 고비사랑 캐던 생각-2연6행, 가슴에만 남은 뱃길-2연6행, 어머님 무덤에 핀 두견화(杜鵑花)-3연9행, 구름엽서(葉書)-1연7행, 타향(他鄉)살이-2연6행, 우수(雨水)와 경칩(驚蟄)사이-2연6행, 겨울마라도(馬羅島)幻想曲)-2연6행, 사모곡(思母曲)-3연21행, 탐라목석원(耽羅木石園)-3연9행, 한란(寒蘭)필 무렵-1연7행, 파도(波濤)에 띄운다-1연7행, 고향(故鄉)을 그리며-1연7행, 입출(入出)-1연7행, 한라산(漢拏山)진달래-1연7행, 가파도(加波島)-2연6행, 일출봉(日出峰)-2연6행, 비자림(榧子林)-3연9행, 호롱불을 끄면서-1연7행, 산호림(珊瑚林)-2연6행, 유채꽃 필 무렵-2연6행, 백록담(白鹿潭)-1연7행, 삼성설화(三姓說話)-2연6행, 제주(濟州) 해녀(海女)들-2연6행, 두럭산-1연7행, 항파두리(缸波頭里)-4연12행, 허벅, 그 사랑 말씀이-3연9행, 이어도(離於島)-2연6행, 풍다부(風多賦)-1연7행, 애기구덕-1연7행, 고사림(枯死林)-2연6행, 봄 뱃길-1연6행, 동백꽃 추억(追憶)-1연7행, 〈序文〉李泰極.

〈跋文〉큰시(詩)의 불씨를 거느리고 있는 詩人-李鎬光. 눈오는 돌섬-자료없음.

### Ⅲ. 한라안개 한 자락이-시조시집. 1990.

떠돌이 구름-2연12행, 달빛 어린 내고향-1연7행, 타향-2연13행, 가슴에만 남은 뱃길-2연12행, 한라산(漢拏山) 돌며-2연12행, 그때 그 사랑아-2연12행, 청보리밥-2연12행, 마음의 둘레-2연13행, 내외로운 돛배-3연9행, 내고향(故鄉) 바닷가에서-3연18행, 꿈에 본 한라의 빛-2연13행, 모대산 숨부기나무-3연18행, 내 고향(故鄉) 바다낚시-2연12행, 어머님 무덤가에 핀 두견화(杜鵑花)-3연18행, 오래 두고 오는 비-2연12행, 내 살던 이호마을-1연7

행, 사모곡(思母曲)-3연18행, 영주산에 올라-2연12행, 안개우는 솔밭-2연12행, 제주(濟州)섬은-1연7행, 관음사(觀音寺)한초부-1연7행, 제주돌담-1연7행, 한라산진달래-1연7행, 연자매-1연7행, 갈매기 우는 산지항-2연12행, 한라산(漢拏山)청개구리-3연18행, 풍다부(風多賦)-1연13행, 맷돌의 노래-2연14행, 애기구덕-1연7행, 뗏목과 어부-2연13행, 한라산(漢拏山) 담배꽁초-2연12행, 가을선판악은-2연13행, 시로미 따는 처녀-1연7행, 제주(濟州)미선목-2연13행, 유채꽃 필 무렵-2연12행, 제주(濟州)의 봄들녘-2연12행, 고비사랑 캐던 생각-2연12행, 춘란(春蘭)-1연7행, 제주꿩의 박제사(剝製師)-2연13행, 비자림(榧子林) 숲-3연18행, 동백(冬柏)동산-2연12행, 유채꽃 벌나비-2연12행, 바람먹은 초가지붕-1연7행, 산방굴사(山房屈寺) 이야기-2연13행, 영실-2연12행, 제주성곽들-2연12행, 겨울마라도(馬羅島) 환상곡(幻想曲)-2연13행, 가파도(加波島)-2연12행, 해안리 공동묘지-2연12행, 물장울-2연12행, 제주물레방아-2연12행, 서귀포산호림(西歸浦珊瑚林)-2연12행, 한림공원(翰林公園)에 핀 소철-1연7행, 토끼섬 구름엽서-1연7행, 도근내-1연7행, 비바리 철쭉꽃-2연12행, 한라산(漢拏山)공작-2연13행, 봄타령하는 한라산(漢拏山)-2연12행, 한란(寒蘭) 필 무렵-1연7행, 물새우는 서귀포(西歸浦)-2연12행, 산천단(山天壇)에서-2연12행, 용연(龍淵)-2연14행, 성산일출봉(城山日出峰)-2연12행, 말하는 용머리-2연12행, 천하영봉(天下靈峰)-2연12행, 여름사봉낙조-2연12행, 제주군산-1연7행, 제주의 밤도시-2연12행, 고산수월봉-2연12행, 제주국제공항(濟州國際空港)-2연12행, 제주공항로(濟州空港路) 달리는 차들-2연12행, 제주(濟州)가는 낮KAL기-2연12행, 서울 오는 밤KAL기-2연12행, 농부(農夫)의 갈옷-1연7행, 물허벅 짊은 비바리-2연12행, 베틀노래-2연12행, 제주(濟州)붉은 속돌은-1연8행, 백록담(白鹿潭)-1연7행, 산굼부리-2연12행, 차귀섬-2연14행, 천지연폭포(天池淵瀑布)-2연14행, 이어도(離於島)-2연12행, 구상나무밭-2연13행, 돌하루방한(恨)은-3연18행, 삼성(三姓)설화(설화)-3연18행, 제주다듬잇돌-2연12행, 비양섬에서-2연12행, 제주(濟州)의 징-3연18행, 항파두리(缸波頭里)-4연12

행, 탐라목석원(耽羅木石園)-3연18행, 해녀(海女)의 노래-3연18행, 허벅, 그 사랑 말씀이-2연18행, 정낭-2연12행, 추사(秋史)의 비(碑)-3연18행, 설문대(舌問臺)할망-1연6행, 제주향교(濟州鄕校)-2연12행, 제주(濟州)풀무의 노래-3연18행.

## IV. 은하물 머금고 온 민들레-시조시집. 1997.

먹을 갈고 보면-2연12행, 전통열차(傳統列車)-1연11행, 파로호(破虜湖)-3연19행, 한빛탑-4연25행, 서울의 시계(時計)-3연18행, 청령포(淸令浦)-3연20행, 방랑시인(放浪詩人)-3연18행, 나라(奈良)그 흥복사(興福寺) 오중탑(五重塔)-2연14행, 만남의 광장에서-3연28행, 나랑(奈良)공원(公園)의 사슴-3연20행, 태백산맥(太白山脈)-3연25행, 추곡(楸谷) 약수터-3연19행, 아침교통-4연24행, 시조(時調)는 겨레의 꽃-3연19행, 전철역 계단-2연16행, 어머님 무덤가에 핀 들찔레-3연21행, 어머님 유택(幽宅)을 보며-3연19행, 어머님 봉분에는-2연12행, 어머님의 손금-1연9행, 망육(望六)의 불효자(不孝子)-2연14행, 가을 달밤에 온 편지(便紙)-세수대야-2연14행, 내 삶은-1연17행, 은하물 머금은 민들레-3연19행, 빰맞은 시인(詩人)-3연19행, 아내는 물항아리-2연14행, 잎지는 나무-2연13행, 어느 그윽한 들녘-2연13행, 벽에 건 난(蘭)액자-2연13행, 시름의 갈피-2연13행, 태양(太陽)(2)-2연14행, 가을산 단풍은-2연14행, 꽃 사랑이야기-1연9행, 둑에 핀 들매화-2연13행, 중랑천(中浪川) 수양버들은-2연13행, 서향화(瑞香花)-2연14행, 메꽃-1연9행, 주목(朱木)-1연7행, 장기(將棋)놀이-3연19행, 조약돌-3연9행, 미끄럼틀-1연8행, 군마천리도(群馬千里圖)-2연14행, 바람이는 물레방아-1연7행, 산수국(山水菊)-1연9행, 시루속에 담긴 콩나물-1연7행, 조개 줍는 아낙-3연19행, 아내가 손 쓴 차-1연8행, 귤림추색(橘林秋色)-2연12행, 해풍(海風)의 땅 마라도(馬羅島)-2연12행, 녹담만설(鹿潭晩雪)-1연9행, 성산(城山)-2연13행, 도두봉(道頭峰)-1연7행, 조발 밟는 아낙-2연15행, 가을한라산(漢拏山)의 밤은-2연13행, 우뚝 선 왕관릉(王冠陵)-1연7행, 영구춘화

(瀛丘春花)-1연8행, 제주산목련(濟州山木蓮)꽃-2연13행, 영실기암靈室奇岩)-2연13행, 유도화(柳挑花) 피는 뜻은-2연13행, 선인장(仙人掌)-2연13행, 임이시여-1연7행, 바다속의 어부사(漁夫詞)-2연14행, 산신도(山神圖)-4연25행, 대숲에 걸린 달-2연14행, 가을 산가(山家)-2연12행, 시가(詩家)이별(離別)의 서(書)-3연19행, 낙수물 소리-2연14행, 오월은-2연13행, 개학날-2연16행, 오지 그 목자의 집-1연7행, 두메산 가을밤은-2연13행, 설촌(雪村)의 야경(夜景)소견(所見)-3연19행, 이슬 머금고 사는 시인(詩人)-3연19행, 버들꽃-1연7행, 삭풍(朔風)의 솔잎 난(蘭)-1연12행, 방황(彷徨)-2연14행.

## Ⅴ. 가슴에 드리운 두레박-시조시집. 2000.

아산 외암마을-3연18행, 전차지표 개폐기는-3연19행, 아내의 행상(行商)-2연14행, 추석날 밝은 달-2연12행, 한밤의 시계소리-2연14행, 미선나무 우표딱지-1연11행, 밤하늘-1연9행, 부리도-3연19행, 생활인(生活人)의 터-2연13행, 5호선 여의나루-2연12행, 어머니의 산-3연19행, 용문사(龍門寺)에서-3연19행, 장대비 내리는 날-2연12행, 한강대교 가로등-2연14행, 통일을 맞이하자-5연30행, 꽃이란-3연18행, 개, 좀민들레-2연13행, 나팔수선화-2연14행, 다섯모꼴 호박-2연14행, 들찔레-2연14행, 모과는-2연14행, 밤나비-2연14행, 사랑의 불꽃-2연14행, 왕벚꽃나무-2연14행, 어스오름 가을밤은-2연14행, 이른 봄에 핀 명자꽃-2연14행, 찔레그 찔레꽃은-2연14행, 개고치의 삶-2연14행, 우도해녀(牛島海女)들-2연14행, 석양녘 산지항구-3연19행, 제주(濟州)는 돌섬-2연14행, 월하시조집(月下時調碑)-2연16행, 중문해안(中門海岸)절경(絶景)-3연18행, 해변(海邊)의 발자국-3연18행, 해수욕장(海水浴場)에서-3연19행, 해돋이 성산일출봉(城山日出峰)-3연21행, 가꿔진 개나리-2연14행, 애기달맞이꽃-1연12행, 내 마음의 낚시가 되어-3연21행, 미선마무 우표딱지-1연9행, 맹사성(孟思誠)의 옛집터-2연12행, 나이아가라강-3연21행, 중명전(重明殿)-3연21행, 햇고사리나물-3연18행, 고동-2연14행, 사석전왕인묘(사석전 王仁墓)-2연14행, 다카마쓰가 고분벽화관

-3연21행, 대판성은-3연21행, 섬진강(蟾津江)에서-2연12행.

## Ⅵ. 송고 이인식(松皐 李仁植 1935-2011)의 정형시 창작형태조사

| 시조시집 | 1연 | 2연 | 3연 | 4연 | 5연 | 사설 | 장시조 | 총계 | 비고 |
|---|---|---|---|---|---|---|---|---|---|
| 한국시조 | 6 | 5 | 4 | 2 | | | | 17 | |
| 대숲달빛 | 43 | 32 | 14 | 1 | 1 | | | 91 | |
| 한라산안개 | 21 | 61 | 15 | 1 | | | | 98 | |
| 은하물 | 20 | 34 | 20 | 3 | | | | 77 | |
| 가슴드리운 | 4 | 27 | 17 | | 1 | | | 49 | |
| 총계 | 94 | 159 | 70 | 7 | 2 | | | 332 | |
| 비율% | 28.3 | 47.8 | 21.0 | 2.1 | 0.6 | | | 99.8 | |

## ↗ 이 항 령 (李恒寧 1915−2008)

### Ⅰ. 한국시조큰사전. 1985.

백설부(白雪賦)-50연 150행.

### Ⅱ. 이항령(李恒寧 1915-2008)의 정형시 창작형태조사

| 시조집 | 1연 | 2연 | 3연 | 4연 | 5연 | 사설 | 장시조 | 총계 | 비고 |
|---|---|---|---|---|---|---|---|---|---|
| 한국시조 | | | | | | | 50 | 50 | 백설부 |
| 총계 | | | | | | | 50 | 50 | |
| 비율% | | | | | | | 100 | 100 | |

## ↗ 이 호 우 (李鎬雨 1912-1970)

### Ⅰ. 차라리 절망을 배워(민병도. 문무학).그루-대구. 1992.

가을에-1연3행, 공항(空缸)-1연3행, 익음-1연6행, 실진(失眞)-1연3행, 낙치(落齒)-1연3행, 파편(破片)-1연6행, 눈-1연6행, 등고(登高)-1연6행, 소외(疏外)-1연6행, 추사(秋思)-1연6행, 직선(直線)-1연6행, 왜? 속에서-1연6행, 짐승되어-2연6행, 아폴로 8호에-1연3행, 벚꽃-1연5행, 봄날에-1연3행, 가람선생 영전에-4연24행, 오늘에-1연6행, 석굴암석불-1연6행, 섬어(譫語)-1연6행, 묵밭에서-2연12행, 개화(開花)-1연6행, 삼불야(三弗也)-1연6행, 비키니섬-1연6행, 꽃샘-1연6행, 회상(回想)-1연6행, 난로(煖爐)-1연6행, 진주(眞珠)-1연6행, 가로수-1연6행, 낙엽(2)-1연6행, 모(暮)-1연6행, 낙후(落後)-1연6행, 별-1연6행, 상실(喪失)-1연6행, 애정-1연6행, 칠석-1연6행, 추석-1연6행, 공-1연6행, 만사(輓詞)-3연9행, 또 다시 새해는 오는가-4연14행, 학(鶴)-1연6행, 단풍-1연6행, 사슴-1연6행, 묘비명(墓碑銘)-1연6행, 염불(念佛)-1연6행, 나의 별-1연6행, 저녁어스름-1연6행, 한일(閑日)-1연6행, 춘한(春恨)-1연6행, 단층에서-1연6행, 오(午)-1연6행, 휴화산(休火山)-1연6행, 맥령(麥嶺)-1연6행, 낙목(落木)-4연15행, 발자욱-1연6행, 손길-1연6행, 환(幻)-1연6행, 청우(聽雨)-1연6행, 문(門)-1연6행, 겨울-1연6행, 가을-1연6행, 정좌(靜坐)-1연6행, 영위(營爲)-1연6행, 하(河)-1연6행, 매화-1연7행, 난(蘭)-1연6행, 국화(菊花)-1연6행, 죽(竹)-1연6행, 송(松)-1연6행, 목련(木蓮)-1연6행, 은행(銀杏)-1연6행, 모과(木瓜)-1연6행, 석류(石榴)-1연6행, 코스모스-1연6행, 진달래-1연6행, 무화과(無花果)-1연6행, 연(蓮)-1연6행, 달맞이꽃-1연6행, 나무-1연6행, 여상(旅床)-1연6행, 비원(悲願)-1연6행, 영위(營爲)-1연6행, 유성(流星)-1연6행, 그대-1연6행, 세월-1연6행, 이룸-1연6행, 청추(聽秋)-4연16행, 기(旗)빨-3연9행, 바람벌-4연12행, 다방향수에서-3연9행, 휴일-1연6행, 한낮-1연6행, 산길에서-1연6행, 비(碑)-1연6행, 초원(草原)-1연6행, 지연(紙鳶)-1연6행, 이단(異端)의 노래-4연12행, 설(雪)-3연

9행, 봄은 한갈래-2연6행, 너 앞에-2연6행, 낙엽(1)-2연6행, 지일(遲日)-2연6행, 영어(囹圄)-4연12행, 연기-4연12행, 오월-4연12행, 술-4연12행, 바다-1연6행, 달밤-4연12행, 이끼-2연6행, 유성(流星)(1)-2연6행, 벽(壁)(1)-1연6행, 설야(雪夜)-1연6행, 나를 찾아서-3연9행, 밤길-4연12행, 춘한(春恨)(1)-3연9행, 임이여 나와 가자오-4연12행, 해바라기처럼-3연9행, 첫설움-1연6행, 산(山)마을-3연9행, 촉석루-3연9행, 산샘-1연6행, 고사(古寺)-1연6행, 허일(虛日)-1연6행, 산으로 오소-3연9행, 이향(離鄕)-3연9행, 여로(旅路)-2연6행, 금-1연6행, 나의 가슴-3연9행, 태양을 여윈 해바라기-3연9행, 무덤-4연12행, 매우(賣牛)-3연9행, 병실-3연9행, 길-3연9행, 살구꽃 핀 마을-2연6행, 팔조령(八鳥嶺)-1연6행, 물결-1연6행, 그저 오늘로-2연6행, 작은 기원(祈願)-2연6행, 하나를 찾아-2연6행, 벽(2)-1연6행, 수평선-1연6행, 목숨-1연6행, 새벽-3연9행, 귀로(歸路)-4연12행, 시름-1연3행, 영어(囹圄)-1연3행, 가는 봄-1연3행, 작별-1연3행, 모일(暮日)-4연12행, 낙동강-1연3행, 봄비-1연3행, 모강(暮江)-1연3행, 강아지-1연3행, 설야(雪夜)(2)-1연3행, 경야(經夜)-2연6행, 행로(行路)-1연3행, 송(松)-1연6행, 오월-4연12행, 낙화(落花)-1연3행, 석굴암-1연3행, 추억-1연3행, 바다-3연9행, 박쥐-4연12행, 나그네-3연9행, 비-1연3행, 춘정(春情)-2연6행, 촉석루-7연21행, 연모사(戀慕詞)-2연6행, 출범(出帆)-3연9행, 맹서-4연12행, 눈오는 저녁-4연12행, 외가집-4연12행, 춘당(春塘)-1연3행, 옛터-1연6행, 가을밤-1연6행, 불멸의 빛-2연6행, 엽서-1연6행, 애상(哀傷)-1연6행, 춘소(春宵)-1연6행, 사모(思慕)-1연6행, 만일(晩日)-1연6행, 앙천(仰天)-1연6행, 태성동(台城洞)-3연18행, 동백해곡(冬柏海曲)-3연18행, 화춘(畵春)-3연18행.

### II. 삼불야(三弗也). 민병도. 목원예원-청도. 2012.

달밤-4연12행, 새벽-3연9행, 적은 기원-2연6행, 살구꽃 핀 마을-2연6행, 밤길-4연12행, 바람별-4연12행, 오월-4연12행, 임이여 나와 가자오-4연12행, 기로-4연12행, 길-3연9행, 술-4연12행, 산마을-3연9행, 다방항수에서-3

연9행, 박(1)-1연3행, 설야(1)-1연3행, 그저 오늘로-2연6행, 봄-4연12행, 팔조령-1연3행, 시름-1연3행, 영어(囹圄)(1)-1연3행, 가는 봄-1연3행, 이끼-3연9행, 첫설움-1연3행, 수평선-1연3행, 봄은 한갈래-2연6행, 너 앞-2연3행, 해바라기처럼-3연9행, 나를 찾아-3연9행, 바위 앞에서-1연3행, 목숨-1연3행, 벽(2)-1연3행, 작별-1연3행, 나의 가슴-3연9행, 물결-1연3행, 바다 앞에서-1연3행, 태양을 잃은 해바라기-3연9행, 모일(暮日)-4연12행, 유성(流星)-2연6행, 단 하나를 찾아-2연6행, 낙동강-1연3행, 지연(紙鳶)-1연3행, 설(雪)-3연9행, 이단(異端)의 노래-4연12행, 봄비-1연3행, 산길에서-1연3행, 춘당(春塘)-1연3행, 낙화(落花)-1연3행, 초원(草原)-1연3행, 한낮-1연3행, 모강(暮江)-1연3행, 모일(暮日)-1연3행, 고사(古寺)-1연3행, 산샘-2연6행, 무덤-4연12행, 매우(賣牛)-3연9행, 이향(離鄕)-3연9행, 병실-3연9행, 적일(寂日)-1연3행, 비(碑)-1연3행, 영어(囹圄)(2)-4연12행, 노정(路情)-3연9행, 산으로오소-3연9행, 영일(永日)-2연6행, 낙엽-2연6행, 연기-4연12행, 촉석루-3연9행, 강아지-1연3행, 설야(雪夜)-1연3행, 경야(經夜)-2연6행, 기(旗)빨-3연9행, 개화(開花)-1연6행, 사슴-1연6행, 묘비명(墓碑銘)-1연6행, 학(鶴)-1연6행, 단풍-1연6행, 낙엽(2)-1연6행, 가로수-1연6행, 낙후(落後)-1연6행., 모(暮)-1연6행, 오(午)-1연6행, 휴화산-1연6행, 염불-1연6행, 나의 별-1연6행, 저녁어스름-1연6행, 한일(閑日)-1연6행, 맥령(麥嶺)-1연6행, 낙목(落木)-4연12행, 춘한(春恨)(2)-1연6행, 단층에서-1연6행, 비키니섬-1연6행, 삼불야-1연6행, 상실-1연6행, 별-1연6행, 꽃-1연6행, 추석-1연6행, 또다시 새해는 오는가-4연12행, 만사(輓詞)-3연9행, 진주(眞珠)-1연6행, 난로-1연6행, 회상(回想)-1연6행, 꽃샘-1연6행, 애정(愛情)-1연6행, 칠석-1연6행, 발자욱-1연6행, 손길-1연6행, 여상(旅床)-1연6행, 나무-1연6행, 매화(梅花)-1연6행, 난(蘭)-1연6행, 국화(菊花)-1연6행, 죽(竹)-1연6행, 송(松)-1연6행, 목련(木蓮)-1연6행, 은행나무-1연6행, 모과(木瓜)-1연6행, 석류-1연6행, 코스모스-1연6행, 진달래-1연6행, 무화과-1연6행, 연(蓮)-1연6행, 달맞이꽃-1연6행, 비원(悲願)-1연6행, 영위(營爲)(1)-1연6행, 유성(流星)-1연6행, 그대-1연6행, 세월-1연6행, 이룸-1연6행, 가을-1연6행, 정좌(靜坐)-1연6행, 영위(營爲)(1)-1연6행, (河)-1연6행, 환(幻)-1연6행, 청우(聽雨)-1연6행, 문(門)-1연6행, 겨울-1연6행, 청추(聽秋)-4연12행, 기(旗)빨-3연9행, 바람별-4연12행, 다방향수에서-3연9행, 수평선-1연6행, 목숨-1연6행, 나를 찾아-3연9행, 밤길-4연12행, 그저 오늘로-2연6행, 적은 기원(祈願)-2연6행, 벽(1)-1연6행, 설야(雪夜)-1연6행, 길-3연9행, 살구핀 마을-2연6행, 바다-1연6행, 달밤-4연12행, 오월-4연12행, 술-4연12행, 태양을 여윈 해바라기-3연9행, 무덤-4연12행, 매우(賣牛)-3연9행, 병실-3연9행, 영어(囹圄)-4연12행, 연기-4연12행, 낙엽(1)-2연6행, 지일(遲日)-2연6행, 이향(離鄕)-3연9행, 여로(旅路)-2연6행, 허일(虛日)-1연6행, 산으로 오소-3연9행, 초원(草原)-1연6행, 지연(紙鳶)-1연6행, 산길에서-1연6행, 비(碑)-1연6행, 산샘-1연6행, 고사(古寺)-1연6행, 휴일-1연6행, 한낮-1연6행, 산(山)마을-3연9행, 촉석루-3연9행, 해바라기처럼-3연9행, 첫설움-1연6행, 금-1연6행, 나의 가슴-3연9행, 이단(異端)의 노래-4연12행, 설(雪)-3연9행, 봄은 한갈래-2연6행, 너 앞에-2연6행, 이끼-2연6행, 유성(流星)(1)-2연6행, 팔조령-1연6행, 물결-1연6행, 하나를 찾아-2연6행, 벽(2)-1연6행, 춘한(春恨)(1)-3연9행, 임이여 나와 가자오-4연12행, 가을에-1연3행, 공항(空缸)-1연3행, 익음-1연6행, 실진(失眞)-1연3행, 낙치(落齒)-1연3행, 파편-1연6행, 눈-1연6행, 등고(登高)-1연6행, 소외(疏外)-1연6행, 추사(秋思)-1연6행, 직선(直線)-1연6행, 왜, 속에서-1연6행, 짐승 되어-2연6행, 아폴로8호에-1연3행, 벚꽃-1연3행, 봄날에-1연3행, 가람선생 영전에-4연12행, 오늘에-1연6행, 석굴암석불-1연6행, 섬어(譫語)-1연6행, 묵밭에서-2연12행, 모래알-1연3행, 무제-4연12행, 행로(行路)-1연6행, 송(松)-1연6행, 오월-4연12행, 석굴암-1연3행, 추억-1연3행, 바다-3연9행, 박쥐-3연9행, 나그네-3연9행, 비-1연3행, 춘정(春情)-2연6행, 촉석루-7연21행, 연모사-2연6행, 출범-3연9행, 맹서-4연12행, 눈 오는 저녁-4연12행, 외가집-4연12행, 옛터-1연6행, 가을밤-1연6행, 불멸의 빛-2연6행, 엽서-1연6행, 애상(哀傷)-1연6행, 춘소(春宵)-1연6행, 사모-1연6행, 만일-1

연6행, 앙천(仰天)-1연6행, 태성동(台城洞)-3연18행, 동방해곡(東邦海曲)-3연18행, 화춘(花春)-3연18행, 이호우의 산문.

### Ⅲ. 이호우(李鎬雨 1912-1970)의 현대시조 창작형태조사

| 시조지 | 1연 | 2연 | 3연 | 4연 | 사설 | 장시조 | 총계 | 비고 |
|---|---|---|---|---|---|---|---|---|
| 차라리절망을 배워(전집) | 121 | 17 | 24 | 22 | | 1 | 185 | |
| 삼불야(전집) | 151 | 26 | 39 | 34 | | 1 | 251 | |
| 총계 | 272 | 43 | 63 | 56 | | 2 | 436 | |
| 비율% | 62.3 | 9.8 | 14.4 | 12.8 | | 0.4 | 99.7% | |

## ➚ 일석 이희승(一石 李熙昇 1896-1989)

### Ⅰ. 근대시조대전 시조작품

1. 이화(梨花) 1929. 2. 창간.

4집. 1932.10. 만음수제(漫吟數題) / 1. 봄-3연9행/ 2. 낙화(洛花)-26연6행/ 3. 희망(希望)-평시조3행/ 4. 밤의 장안(長安)-2연6행/ 5. 광명(光明)-3연9행/ 6. 가을-2연6행/ 7. 경복궁(景福宮)-평시조3행.

4집. 1932.10. 일야(一夜)의 청유(淸遊)-7연21행.

2. 신동아(新東亞) 1931. 11. 창간.

26호. 1933.12. 추원점경(秋園 點景)-4연12행.

### Ⅱ. 근대시조집람 시조작품

1. 동아일보(東亞日報) 1920. 4. 1. 창간.

1933. 10. 3. 초추 삼제(初秋 三題) / 1. 달-평시조3행. 2. 벌레-평시조3행. 3. 낙엽-평시조3행.

1933. 10. 4. 추야월(秋夜月)-3연9행.

1933. 11. 30. 고성 유감(古城 有感)-3연9행.

1933. 12. 28. 송년부(送年賦)-3연9행.

2. 고려 시보(高麗 時報) 1933. 4. 15. 개성에서 창간.

1936. 2. 16. 입지 출향(立志 出鄕)-평시조6행.

### Ⅲ. 일석 이희승(一石 李熙昇 1896-1989)의 정형시 창작형태조사

| 정형시 | 1연 | 2연 | 3연 | 4연 | 5연 | 사설 | 장시조 | 총계 | 비고 |
|---|---|---|---|---|---|---|---|---|---|
| 동아일보 | 3 | | 3 | | | | | 6 | |
| 고려시보 | 1 | | | | | | | 1 | |
| 총계 | 4 | | | | | | | 4 | |
| 비율% | | | | | | | | | |

## ↗ 일묵 임 영 창(一默 林泳暢 1917-2001)

### Ⅰ. 한국시조큰사전. 1985.

가을과 삶의 장(章)-3연9행, 가을의 이미지-2연6행, 고(孤)의 장(章)-2연6행, 9회말의 게임-2연13행, 나 하나-2연6행, 도피안송(到彼岸頌)-2연6행, 목사 리반나(MOKSA,NIRVANA)-3연9행, 바위-3연9행, 사군자송(四君子頌)-매(梅)-1연3행, 난(蘭)-1연3행, 국(菊)-1연3행, 죽(竹)-1연3행, 산사춘한(山寺春閑)-2연6행, 산이 날 오라한다-3연9행, 삼국유사(三國遺事)시초(詩草)(1)-단군(檀君)-2연6행, 신시(神詩)-3연9행, 사예찬-2연6행, 사월송-3연9행, 술 마시다가-주운시-3연9행, 신륵사(神勒寺)부처님-1연3행. 양릉(英陵)-5연15행, 어느 오후의 에고(EGO)-3연9행, 에고(EGO)(1)-3연9행, 에고(EGO)(3)-4연12행, 에뜨랑제-3연9행, 6월1일-2연6행, 6월2일-2연6행, 육바라밀(六波羅密)-보시(布施)-1연3행, 지게(持戒)-1연3행, 인욕(忍辱)-1연3행, 선정(禪定)-1연3행, 지혜(智慧)-1연3행, 20세기의 세모(歲暮)(2)-3연9행, 20세기의 세모(歲暮)(4)-2연6행, 20세기의 세모(歲暮)(5)-2연6행, 20세기의 XRISISTVS-2연6행, 인생의 석양에 내가 배운 것-2연6행, 춘소이장(春宵二章)-2연6행, 춘일장한(春日長閑)-2연6행.

### Ⅱ. 나 -시조시집. 1981.

시조(時調)에 부침-2연14행, 에고(EGO)(1)-3연21행, 에고(EGO)(2)-3연22행, 에고(EGO)(3)-4연28행, 어느 오후의 에고(EGO)-3연15행, 골고다산정(山頂)의 에고(EGO)-3연18행, 20세기 XRISTVS-2연13행, 20세기의 세모(歲暮)-2연28행, 20세기의 세모(歲暮)(2)-3연26행, 20세기의 세모(歲暮)(3)-4연35행, 20세기의 세모(歲暮)(4)-2연21행, 20세기의 세모(歲暮)(5)-2연13행, 20세기의 세모(歲暮)(6)-2연14행, 20세기의 세모(歲暮)(7)-2연17행, 20세기의 세모(歲暮)(8)-2연20행, 20세기의 세모(歲暮)(9)-2연13행, 20세기

의 세모(歲暮)(10)-2연14행, 20세기의 세모(歲暮)(11)-2연15행, 목사리반나MOKSA, NIRVANA-2연15행, 술마시다가 주운 시-3연24행, 겨울 광상곡(狂想曲)(1)-3연19행, 서울 광상곡(狂想曲)(2)-서울 광상곡(狂想曲)(3)-3연21행, 개타령-3연18행, ETRANGER-3연30행, AD1966-1연12행, +1연3행+1연11행+1연7행, 봄의COMPoOSITION-2연12행, 6월-2연17행, 9회말의 게임-2연15행, 가을과 삶의 장(章)-3연18행, 고(孤)의 장(章)-2연13행, 파파여로(波波旅路)-3연18행, 가을의 이미지-2연14행, 생(生)의 의미(意味)-2연14행, 도망자(逃亡者)-1연6행, 붉은 눈동자-1연7행, 우리는 마음에도-2연10행, 마음에 색칠하는 노래-2연10행, 시조(時調)에 부침-2연12행, 매(梅)-1연3행, 난(蘭)-1연3행, 죽(竹)-1연3행, 삼국유사(三國遺事)시(詩)장(章). 단군(檀君)-2연12행, 신시(神市)-1연6행, 혁거세(赫居世) 탈해(脫解) 알지(遏止)-2연12행, 지철노왕(智哲老王)-1연6행, 이차돈(異次頓)-1연6행, 수로왕(首露王)-1연6행, 호녀화인(虎女化人)-2연12행, 조국(祖國)에 부침-3연18행, 우봉생일(又逢生日)-4연32행, 인생(人生)의 석양에 내가 배운 것-2연9행, 초사흘밤-2연12행, 산거음(山居吟)-2연14행, 항아(姮娥) 신월(新月)-1연6행, 만월(滿月)-1연6행, 잔월(殘月)-1연6행, 산이 날 오라한다-3연18행, 다방백서(茶房白書)-3연18행, 동경이제(東京二題)-금관(金冠)-1연6행, 옥저(玉笛)-1연6행, 바위의 의미(意味) 석루(石樓)에 서서-1연7행, 진실찬(眞實讚)-2연12행, 서예찬(書藝讚)-2연12행, 책(册)-2연14행, 나와 나-3연18행, 하늘송(頌)-2연14행, 부처이제(二題)(1)-2연11행, 부처이제(二題)(2)-2연12행, 바위-3연18행, 장강일곡(長江一曲)-2연18행, 도피안송(到彼岸頌)-2연16행, 사월송(四月頌)-3연18행, 관음찬(觀音讚)-2연12행, 육파라밀(六波羅密)-보시(布施)-1연3행, 지계(持戒)-1연3행, 인욕(忍辱)-1연6행, 정진(精進)-1연6행, 선정(禪定)-1연6행, 지혜(智慧)-1연7행, 비구니찬(比丘尼讚)-3연18행, 범종(梵鐘)-2연12행, 어느 회향(迴向)-1연6행, 산사춘한(山寺春閑)-2연19행, 고목(古木)-3연19행, 설계법계(雪界法界)-3연19행, 제야음(除夜吟)-4연24행, 춘소이제(春宵二題)-우울(憂鬱)-1연7행, 무설설(無說

說)-1연6행, 목단(牧丹)-1연6행, 시인(詩人)에게-4연24행, 고목대춘도(枯木待春圖)-4연24행, 초춘(初春)-3연21행, 적지삼월(謫地三月)-3연21행, 춘일즉경(春日卽景)-2연17행, 춘상편편(春想片片)-4연24행, 용문유(龍門遊)-3연18행, 춘일장한(春日長閑)-2연12행, 산중답우인(山中答友人)-2연12행, 춘화이제(春花二題)-2연13행, 오월(五月)-1연9행, 유월(六月)-2연13행, 달맞이꽃-2연14행, 추야월(秋夜月)-고풍(古風)의 장(章)-1연6행, 신풍(新風)의 장(章)-1연6행, 모던(MODERN)의 춤-1연6행, 만추(晩秋)-1연10행, 고드름-2연12행, 설경삼장(雪景三章)-3연18행.

〈자작시 해설〉그 산골 소나무 햇순을 따라.

## Ⅲ. 일묵 임영창(一默 林泳暢 1917-2001)의 정형시 창작형태조사

| 시조집 | 1연 | 2연 | 3연 | 4연 | 5연 | 사설 | 장시조 | 총계 | 비고 |
|---|---|---|---|---|---|---|---|---|---|
| 한국시조 | 10 | 16 | 12 | | 1 | | | 39 | |
| 나시조집 | 35 | 45 | 25 | 7 | | | | 112 | |
| 총계 | 45 | 61 | 37 | 7 | 1 | | | 151 | |
| 비율% | 29.8 | 40.3 | 24.5 | 4.6 | 0.6 | | | 99.8 | |

## ↗ 하보 장응두(何步 張應斗 1913-1970)

### Ⅰ. 한국시조큰사전. 1985.

가랑잎-2연6행, 감추만상(感秋晩想)-3연9행, 강강수월래-1연3행, 강물처럼(1)-1연3행, 객창추상(客窓秋想)-4연12행, 검무(劍舞)-1연3행, 고목(古木)-2연6행, 국화(菊花)-1연3행, 그리움-1연3행, 금붕어(1)-2연6행, 낙엽(落葉)(1)-2연6행, 낙엽(落葉)(2)-3연9행, 낙일(落日)-1연3행, 뇌(腦)-1연3행, 독야(獨夜)-사설시조, 마의태자(麻衣太子)-1연3행, 망각(妄却)-1연3행, 매화(梅花)와 수선(水仙)을 들고-1연3행, 무제음이수(無題吟二首)-2연6행, 밤-2연6행, 벽-1연3행, 별리(別離)-1연3행, 비(碑)(1)-1연3행, 비(碑)(2)-1연3행, 빛도 흠뻑 쏟아라-4연12행, 산(山)(2)-1연3행, 산거(山居)-1연3행, 산해당(山海棠)-산해(山海)-1연3행, 삼일절(三一節)에-3연9행, 석류(石榴)-1연3행, 세월(歲月)(1)-2연6행, 세월(歲月)(2)-3연9행, 세월(歲月)(3)-1연3행, 송가(頌歌)-2연6행, 술-1연3행, 귀로(歸路)-1연3행, 천안도(天雁圖)-1연3행, 낙일(落日)-1연3행, 망각(妄却)-1연3행, 승무(僧舞)-1연3행, 시조송(時調頌)-4연12행, 실솔(蟋蟀)을 두고-1연3행, 압록강(鴨綠江)을 건너면서-4연12행, 야국(野菊)-3연9행, 오월(五月)(1)-2연6행, 오월(五月)(2)-2연6행, 원(願)-2연6행, 이한날-2연6행, 제승당(制勝堂)에서-4연12행, 청산도(靑山道)(1)-1연3행, 청산도(靑山道)(2)-1연3행, 추야장(秋夜長)-양장시조4행, 추정(秋情)-1연3행, 춘몽(春夢)-1연3행, 춘우(春雨)-1연3행, 춘조(春潮)-양정시조4행, 파도(波濤)-2연6행, 한야보(寒夜步)(1)-2연6행, 한야보(寒夜步)(2)-1연3행, 해운대(海運臺)-1연3행, 허림(虛林)-2연6행, 허심(虛心)-2연6행, 회,청산곡(懷,靑山曲)-1연3행, 희제(戱題)망명객-3연9행.

### Ⅱ. 현대시조 100인선. 2006.

세월(歲月)(1)-1연6행, 세월(歲月)(2)-1연6행, 고목(古木)-2연12행, 매화

(梅花)와 수선(水仙)을 두고-1연6행, 방(房)-2연12행, 실솔(蟋蟀)을 두고-1연6행, 국화(菊花)-1연6행, 낙엽(落葉)(1)-2연6행, 춘몽(春夢)-1연6행, 춘우(春雨)-1연6행, 한야보(寒夜步)(1)-2연12행, 한야보(寒夜步)(2)-1연6행, 마의태자(麻衣太子)-1연6행, 빛은 살아있다-1연6행, 강(江)물처럼(1)-1연6행, 산(山)(1)-1연6행, 산(山)(2)-1연6행, 숲-1연6행, 비(碑)(1)-1연6행, 비(碑)(2)-1연6행, 춘설(春雪)-1연6행, 목련(木蓮)-1연6행, 환월도(環月圖)-1연6행, 산거(山居)-1연6행, 파도(波濤)-2연12행, 바다에서-2연12행, 산해당(山海棠)-1연6행, 향수(鄕愁)-1연6행, 강강수월래-1연6행, 송가(頌歌)-2연12행, 청산도(青山道)(1)-1연6행, 청산도(青山道)(2)-1연6행, 청산도(青山道)(3)-1연6행, 뢰(雷)-1연6행, 회,청산곡(懷,青山曲)-1연6행, 벽(壁)-1연6행, 석류(石榴)-1연6행, 낙엽(落葉)(2)-3연18행, 가랑잎-2연12행, 강(江)물처럼(2)-2연12행, 춘외춘(春外春)-2연12행, 허림(虛林)-2연12행, 금붕어(1)-2연12행, 원(願)-2연12행, 오월(五月)(1)-2연12행, 오월(五月)(2)-2연12행, 야국(野菊)-2연12행, 세정(世情)-2연12행, 송추사(頌秋史)선생서예-2연12행, 고도(孤島)-2연12행, 송도(松島)-2연12행, 해운대(海雲臺)-1연6행, 금붕어(2)-2연12행, 나룻가에서-2연12행, 허심(虛心)-2연12행, 승무(僧舞) -1연6행, 검무(劍舞)-1연6행, 귀로(歸路)-1연6행, 농악(農樂)-1연6행, 망각(忘却)-1연6행, 낙일(落日)-1연6행, 결별(訣別)-1연6행, 별리(別離)-1연6행, 세월(歲月)-3연18행, 빛도 흠뻑 쏟아라-4연24행, 시조송(時調頌)-4연28행, 천안도(天雁圖)-1연6행, 감추만상(感秋晚想)-3연18행, 이 한 날-2연12행, 삼일절(三一節)에-3연16행, 제승당(制勝堂)에서-4연24행, 매미-2연12행, 가랑잎-3연20행, 파초(芭蕉)-5연31행.

〈해설〉자연송(頌) 그리 돌아보는 삶의 빈자리-박윤우.

## Ⅲ. 하보 장응두(何步 張應斗 1913-1970)의 정형시 창작형태조사

| 시조집 | 1연 | 2연 | 3연 | 4연 | 5연 | 사설 | 장시조 | 양장시조 | 총계 | 비고 |
|---|---|---|---|---|---|---|---|---|---|---|
| 한국시조 | 34 | 16 | 6 | 5 | | 1 | | 2 | 64 | |
| 현대시조 | 42 | 25 | 5 | 3 | 1 | | | | 76 | |
| 총계 | 76 | 41 | 11 | 8 | 1 | 1 | | 2 | 140 | |
| 비율% | 54.2 | 29.2 | 7.8 | 5.7 | 0.7 | 0.7 | | 1.4 | 99.7 | |

## ↗ 전병택(田丙宅 1912-2013)

### Ⅰ. 한국시조큰사전. 1985.

대금(大笒)-1연5행, 기유송(祈油頌)-3연9행, 딸에게-4연12행, 도예삼제(陶藝三題)-성형-1연3행, 굽이-1연3행, 청자-1연3행, 산(山)-9연27행, 아들에게-4연12행, 예술가의 손(4)-3연9행, 임진강(臨津江)-5연15행.

### Ⅱ. 삼월(三月)의 소리. 1993.

삼월의 소리-6연53행, 해양송(海洋頌)-12연36행, 한계령(寒溪嶺)을 넘으며-4연12행, 파도(波濤)-3연12행, 불타는 오월-5연15행, 8.15광복절에 부쳐-10연30행, 남태령별곡(南太嶺別曲)-4연12행, 영혼(靈魂)-4연12행, 당신은 아시나요?-4연12행, 당신은 모르시나요?-4연12행, 당신은 잊으셨나요?(평화의 댐)-3연9행, 상황(狀況)(1)-2연6행, 상황(狀況)(2)-2연6행, 상황(狀況)(5)-3연9행, 상황(狀況)(7)-3연9행, 상황(狀況)(8)-4연12행, 상황(狀況)(9)-사설시조, 상황(狀況)(10)-1연9행, 세산도(歲寒圖)-사설시조, 십장생(十長生)-해-1연3행, 산-1연3행, 물-1연3행, 구름-1연3행, 솔-1연3행, 돌-1연3행, 불노초(不老草)-1연3행, 산-1연3행, 학(鶴)-1연3행, 사슴-1연3행, 거울을 보며-아침 독백-5연15행, 두 개의 꿈-사설시조 전생(田生)의 꿈-사설시조, 가고 싶은 달세계-2연14행, 란(蘭)이 피는 아침-1연6행-사설시조, 아내의 낮잠-1연7행, 내 손자-2연14행, 추청(秋晴)-3연21행, 백학(白鶴)의 연무(戀舞)-사람이 분장하고 추는-3연21행, 벌써 봄이 온다-3연21행, 낚시-2연14행, 장미-1연7행, 폭포(1)-1연12행, 들국화-1연3행, 벌초(伐草)-1연3행, 기도(祈禱)-1연3행, 비명(碑銘)-1연3행, 심운 김천홍선생송(心韻 金千興 先生頌1909-2007)-2연18행, 무형문화재 1호-종묘제례악-해금, 처용무 39호-기능보유자, 영랑호반(永郎湖畔)에서-2연13행, 산성비가 내린다-3연27행, 난지도(蘭芝島)-5연15행, 봉선화-순정-1연3행, 통한(痛恨)-1연3행,

회억(懷憶)-1연3행, 허망(虛妄)-1연3행, 파초(芭蕉)의 꿈-2연13행, 한국춘란(韓國春蘭)-1연9행, 석부풍란(石附風蘭)-1연9행, 무량(無量)-사설시조, 나의 세한도(歲寒圖)-3연21행, 그랜드캐넌-4연12행, 무라이스캐넌-4연12행, 자이언캐넌-3연21행, 인디언마을 지나며-4연12행, 사막(砂漠)(1)-서부 무하비 가다-4연12행, 사막(砂漠)(2)-아리조나주(洲)모하비-사설시조 3편, 사막(砂漠)의 이변(異變)-2연18행, 도박사-라스베가스-4연12행, 토론토 하늘-2연14행, 온타리오 호반(湖畔)에서-2연14행, 나체주의자(裸體主義者)-4연12행, 선셋(sun set)숲에서-3연21행, 짐승들의 조찬회-2연12행, 매미의 합창-2연12행, 참새의 우화(寓話)-2연12행, 보름달-4연12행, 한라산(漢拏山)-6연18행, 삼성혈(三姓穴)-2연6행, 바람-1연3행, 돌-1연3행, 여자(女子)-1연3행, 파도(波濤)-1연3행, 추사(秋史)의 비(碑)-3연27행, 이어도(離於島) 타령(打令)-3연21행, 물레방아(경주기행)-3연9행, 돌부처-2연18행, 신종(神鐘)-5연15행, 대륙원(大陸苑)유감-2연18행, 안압지(雁鴨池)-4연12행, 토함산(吐含山) 해돋이-2연14행, 민속촌(民俗村) 정문(正門) 앞에서-1연3행, 서원(書院)-1연3행, 초가집-1연3행, 동동주-1연3행, 물레방아-1연3행, 대장간-1연3행, 장승(長丞)-1연3행, 안산만보(安山漫步)-바닷가에 서서-2연14행, 월피천(月陂川)에서-3연9행, 사리(舍利)의 낭만(浪漫)-2연17행, 팔각정(八角亭)에 올라-3연9행, 쌍도(雙島)의 추억(追憶)-3연9행, 서해안소식(西海岸消息)-3연21행, 동해(東海) 해돋이-3연26행, 설날 아침에-3연21행, 랑봉(郎峰)님 영전(靈前)에-6연18행, 낙서편편(落書片片)-10연70행.

### Ⅲ. 늙숙이의 합창. 2007.

사군자송(四君子頌)-매(梅)-1연3행, 난(蘭)-1연3행, 국(菊)-1연3행, 죽(竹)-1연3행, 백학(白鶴)의 연무(戀舞)-사람이 분장하고 추는 3연21행, 봉선화-金天愛(1919-1995)님 부음 듣고-3연21행, 사향(思鄕)의 장(章)-6연42행, 컴퓨터-3연9행, 사월(四月)의 비가(悲歌)-하늘-1연3행, 청산(青山)숲-1연3행, 강물-1연3행, 참사-1연3행, 백로(白鷺)의 죽음-1연3행, 벌써 봄이

온다-3연21행, 나무를 심자-3연21행, 별들의 충돌-1연3행+사설+사설+사설+1연3행, 그는 눈물의 왕이었다-5연35행, 진주(珍珠)-3연9행, 철원기행(鐵原紀行)-서장(序章)-5연15행, 백마고지(白馬高地)-3연9행, 노동당사(勞動黨舍)-1연3행, 전망대(展望臺)-1연3행, 월정리역(月汀里驛)-1연3행, 직탕폭포(直湯瀑布)-2연6행, 고석정(孤石亭)과 고석바위-2연6행, 땅굴-3연9행, 재두루미-1연3행, 의적 임거정(義賊 林巨正 ?-1562)-2연6행, 임금 궁예(弓裔)-3연9행, 종장(終章)-3연9행, 삼림송(森林頌)-5연15행, 동해기행(東海紀行)-대관령(大關嶺)-1연7행, 동해해돋이-1연7행, 해수보살성상(海水菩薩聖像)-1연7행, 의상대(義湘臺)에서-1연7행, 전망대(展望臺)-1연7행, 한계령(寒溪嶺)-1연7행, 설악루(雪嶽樓)-1연7행, 어화(漁火)-1연7행, 귀항(歸港)-1연7행, 나의 근황(近況)-문화상(文化賞)-1연3행, 미수(米壽)잔치-1연3행, 미국에 다녀와서-1연3행, 동작동(東雀洞) 묘지(墓地)에서-4연28행, 종소리-3연21행, 포스코에서-철강-4연12행, 적조(赤潮)-4연12행, 낙엽(落葉)-3연21행, 회갑(回甲)날에-8연56행, 신종(神鐘)-경기기행-5연15행, 태평양(太平洋)을 바라보며-4연12행, 십자가(十字架)의 예수-6연18행, 나이아가라폭포-6연18행, 하버드여! 영원하라-5연15행, 시카고의 밤-4연12행, 아! 시화호(始華湖)-15연45행, 우공(牛公)-3연9행, 경로석(敬老席)-사설시조3수, 파도(波濤)-3연9행, 링컨대통령거상(巨像) 앞에서-6연18행, 신인류족(新人類族)-6연18행, 너는 누구인가?-5연15행, 열대야(熱帶夜)-2연14행, 영혼(靈魂)-4연12행, 나의 세한도(歲寒圖)-3연21행, 부할전후(復割前後)-6연12행, 임진강(臨津江)-5연15행, 차(茶) 한 잔-3연9행, 문명인(文明人)의 8대 죄(罪)-인구과잉(人口過剩)-1연3행, 공해(公害)-1연3행, 무모한 성장-1연3행, 의식마비(意識痲痺)-1연3행, 유전적(遺傳的) 퇴화(退化)-1연3행, 전통(傳統)의 단절(斷絶)-1연3행, 교화(教化)에 대한 민감성(敏感性)-1연3행, 핵무기(核武器)-1연3행, 사막서부-모하비를 가다-4연12행, 황자의 K목사-5연15행, 붕괴(崩壞)-5연15행, 남해기행(南海紀行)-지리산온천(智異山溫泉)-2연6행, 비 내리는 섬진강(蟾津江)-2연6행, 도량물소리-2연6행, 남해(南

海)의 인심-2연6행, 외도(外島)-2연6행, 강아지 안부-2연6행, 백내장-4연12행, 묵적비송(墨蹟碑頌)-3연9행, 아! 대한민국-5연15행, 해바라기-3연21행, 산(山)아 너를 닮자한다-영역시-2연14행, +역역시+2연14행+역역시+2연14행, +영역시.

## Ⅳ. 전병택(田丙宅 1912-2013)의 정형시 창작형태조사

| 시조집 | 1연 | 2연 | 3연 | 4연 | 5연 | 사설 | 장시조 | 영역시 | 총계 | 비고 |
|---|---|---|---|---|---|---|---|---|---|---|
| 한국시조 | 4 | | 2 | 2 | 1 | | 1 | | 10 | |
| 삼월의 소리 | 36 | 20 | 20 | 14 | 4 | 9 | 6 | | 109 | |
| 늙숙이의 합창 | 35 | 13 | 18 | 8 | 10 | 6 | 8 | 4 | 102 | |
| 총계 | 75 | 33 | 40 | 24 | 15 | 15 | 15 | 4 | 221 | |
| 비율% | 33.9 | 14.7 | 18.0 | 10.8 | 6.7 | 6.7 | 6.7 | 1.8 | 99.5 | |

## Ⅴ. 나오며

전병택 원로 시인은 평북 선천에서 출생하였고 우리나라에서 찾아보기 어려운 부부가 시조시인이다. 1984년 현대시조로 등단하였고 성호문학상, 안산문화상을 수상했으며 99세로 천국 승천할 때까지 현대시조나 첫시조집〈산아, 너를 닮자 한다〉는 자료수집을 할 수 없어 본고에 수록하지 못했다. 그리고 부인(이경자)시인도 한맥문학 시조로 등단하여 활동한 〈하루의 연가〉, 〈늙숙이의 합창〉이 발간 되었으나 첨부하지 않았음을 밝혀둔다.

## ➚ 정 경 태 (鄭坰兌 1916−2004)

### Ⅰ. 한국시조큰사전. 1985.

관동(關東)-사설시조, 목포 유달산(木浦 儒達山)-1연3행, 부산(釜山)-사설시조, 부산동심지회가(釜山同心支會歌)-1연3행, 새마을 시조(時調)-2연6행, 제주(濟州)-사설시조, 종포감(種砲感)-1연3행, 하동 지리산 개발(河東智異山 開發)-2연6행.

### Ⅱ. 정경태(鄭坰兌 1916-2004)의 정형시 창작형태조사

| 시조집 | 1연 | 2연 | 3연 | 4연 | 5연 | 사설 | 장시조 | 총계 | 비고 |
|---|---|---|---|---|---|---|---|---|---|
| 한국시조 | 3 | 2 | | | | 3 | | 8 | |
| 총계 | 3 | 2 | | | | 3 | | 8 | |
| 비율% | 37.5 | 25.0 | | | | 37.5 | | 100 | |

## ➚ 정 기 환 (鄭箕煥 1906−1983)

### Ⅰ. 한국시조큰사전. 1985.

귀로(歸路)(1)-2연6행, 귀로(歸路)(2)-3연9행, 귀소(歸巢)-2연6행, 그리운 맘-1연3행, 그 뫼신 맘-2연6행, 길-2연6행, 눈-1연3행, 떨어진 별-3연9행, 만추 삼태(晩秋三態)-1연3행, 감-1연3행, 낙엽(落葉)-1연3행, 맷돌-2연6행, 멋-3연9행, 배리(背離)-2연6행, 백자(白磁)-2연6행, 벽(壁)-3연9행, 빈 그릇-1연3행, 사슴-1연3행, 산(山)이여-3연9행, 산촌 야정(山村 夜情)-3연9행, 새벽(1)-2연6행, 새벽(2)-3연9행, 불면야(不眠夜)-1연3행, 이유(理由)-1연3행, 실제(失題 三章)-3연18행, 오늘의 자세(姿勢)-3연9행, 오월(五月)-1연6행, 유월송(六月頌)-3연9행, 일기초(日記抄)-4연12행, 자력(磁力)-1연6행, 집을 떠나와서-5연15행, 찾아간 마을-4연12행, 청자(青瓷)-2연6행, 청포도(青葡萄)-2연6행, 못-1연3행, 정(靜)-1연3행, 향(香)-1연3행, 원(願)-1연3행, 바위-1연3행, 아침-1연3행, 첫걸음-1연3행, 추억(追憶)-1연3행, 세태(世態)-1연3행, 푸른 언덕-1연3행. 한월(寒月)의 곡(曲)-3연9행, 칠월 송(七月頌)-2연6행.

### Ⅱ. 정기환(鄭箕煥 1906-1983)의 정형시 창작형태조사

| 시조집 | 1연 | 2연 | 3연 | 4연 | 5연 | 사설 | 장시조 | 총계 | 비고 |
|---|---|---|---|---|---|---|---|---|---|
| 한국시조 | 21 | 11 | 11 | 2 | 1 | | | 46 | |
| 총계 | 21 | 11 | 11 | 2 | 1 | | | 46 | |
| 비율% | 45.6 | 23.9 | 23.9 | 4.3 | 2.1 | | | 99.8 | |

## ↗ 정 덕 채 (鄭德采 1915-1994)

### Ⅰ. 한국시조큰사전. 1985.

꽃씨를 뿌리는 마음-1연3행, 낡이-2연6행, 노상푸른-1연3행, 두옥(斗屋)-3연9행, 마을-2연6행, 무궁화(無窮花)-1연3행, 무등산(無等山)-3연9행, 무상(無常)-2연6행, 맑은 햇살빛-2연6행, 방울방울-1연3행, 불신 보조(佛心普照)-1연3행, 서종(曙鐘)-2연6행, 소망(所望)의 빛-1연3행, 인지위덕(忍之爲德)-1연3행, 칠요명(七曜銘)-7연21행, 푸른 추억(追憶)-1연3행, 행복(幸福)의 씨알-2연6행, 화려강산(華麗江山)-2연12행, 흙(1)-1연3행, 흙(2)-2연6행, 흙속에 씨알-1연3행.

### Ⅱ. 정덕채(鄭德采 1915-1994)의 정형시 창작형태조사

| 시조집 | 1연 | 2연 | 3연 | 4연 | 5연 | 사설 | 장시조 | 총계 | 비고 |
|---|---|---|---|---|---|---|---|---|---|
| 한국시조 | 10 | 8 | 2 | | | | 1 | 21 | |
| 총계 | 10 | 8 | 2 | | | | 1 | 21 | |
| 비율% | 47.6 | 38.0 | 9.5 | | | | 4.7 | 99.8 | |

## ↗ 정 병 욱 (鄭炳昱 1922-1982)

### Ⅰ. 한국시조큰사전. 1985.

송수시(頌壽詩)-6연18행,

두류산(頭流山)-2연6행.

### Ⅱ. 정병욱(鄭炳昱 1922-1982)의 정형시 창작형태조사

| 시조집 | 1연 | 2연 | 3연 | 4연 | 5연 | 사설 | 장시조 | 총계 | 비고 |
|---|---|---|---|---|---|---|---|---|---|
| 한국시조 | | 1 | | | | | 1 | 2 | |
| 총계 | | 1 | | | | | 1 | 2 | |
| 비율% | | 50.0 | | | | | 50.0 | 100 | |

## ➚ 정 소 파 (鄭韶坡 본명-현민 1912-2013)

### Ⅰ. 들어가며

현대동시조를 2000년대부터 창간하여 전남지역의 동시조 작가와 시조집 교류가 왕성했을 무렵 소파선생의 시조집을 수집하기 위해서 두 차례나 요청했으나 한 권도 수집하지 못했다. 현대시조를 창작해 오면서 시조집 수집이 가장 어려운 시인으로 확인되었고 시조문학, 한국시조큰사전, 우리시대 현대시조 100인선에 수록된 작품들을 모아 본고를 정리하였음을 밝혀둔다.

### Ⅱ. 펼치며

1. 시조문학

1960. 창간호-불붙는 봄 들녘에서-3연18행./ 1960. 제2집-금선보(琴線譜)-4연28행./ 1962. 제5집-진달래 그늘에서-4연24행./ 1962. 제7집-가을시초-낙과(落果)-1연6행, 산아(山鵶)-1연6행, 모인(慕人)-1연6행, 실솔(蟋蟀)-1연6행./ 1962. 제8집-나림(裸林)-4연24행./ 1964. 제10집-희생(犧牲)-3연20행./ 1965. 제11집-사탑(斜塔)-3연18행./ 1965. 제12집-망안투시도(忘眼透視圖)-4연23행./ 1966. 제14집-회갑연수-김오남여사 수연축-4연24행./ 1967. 제15집-호서기행시초-산길-1연6행, 속리산-1연6행, 석연지환상-2연12행, 쌍사자석등상-2연12행./ 1967. 제17집-산영가(山映歌)-3연18행./ 1968. 제18집-대하(大河)로 터질 새 날-3연18행./ 1968. 제19집-소춘, 산음(小春, 山吟)-3연18행./ 1968. 제20집-그 깊이 모를 일이외다-3연18행./ 1970. 제23집-청산리 벽계수야-나의 애송시조./ 1970. 제24-25집-동담고(冬曇考)-3연18행./ 1970. 제26집-슬픈 군상(群像)-3연20행./ 1971. 제27집-빛-3연18행, 옛등걸-3연21행./ 1972. 제30집-갈밤비-3연21행./ 1973. 제31집-청맹(靑盲)의 노래-3연24행. / ※ 이하 자료 없음.

2. 신한국문학전집(전50권)

1975. 빗소리 음계-3연28행, 화영(花影)-3연21행, 맹안투시도(盲眼透視圖)-3연22행, 여안(旅雁)-3연18행, 흙빗발 속에서-3연9행, 밤의 나상(裸像)-4연28행, 꽃밭 그림자-3연24행, 뇌우(雷雨)-3연18행, 환(幻의 연장(聯章)-3연12행, 귀에 남는 소리-3연9행, 애국시-한국문인협회-전선(戰線)에 지는 가을-3연21행.

3. 한국시조큰사전

1985. 가을모영-3연9행, 가을시초-산과-1연6행, 산아-1연6행, 모인-1연6행, 실솔-1연6행, 갈봄비-3연9행, 강바람 앞에서-4연12행, 꽃밭 그림자-4연12행, 꽃, 꽃이여-3연9행, 귀에 남은 소리-3연9행, 금선보-4연12행, 나목의 숲에서-3연9행, 낙화산조-3연9행, 네가 오는 때를-3연9행, 뇌우-3연9행, 동야만상-4연12행, 무등추경-광풍각-1연3행, 제월당-1연3랭, 밤비-2연6행, 밤의 나상-4연12행, 봄눈 환무곡-3연9행, 봄맞이-1연3행, 봄, 천장암-3연9행, 불 붙는 봄들녘에서-2연6행, 빗소리 음계-3연9행, 산창일기초-2연6행, 삼우제초-4연12행, 석담소음-2연6행, 설매사-3연9행, 소리섬-3연9행, 소춘창변-3연9행, 속임란사유감-3연9행, 유구-1연3행, 야안행-3연9행, 융동산적요-3연9행, 전선에 선 아들-3연9행, 죽풍사-3연9행, 진달래 그늘에서-4연12행, 청춘시초-1연3행, 춘향연가-4연12행, 한별곡-3연9행, 화영-3연9행, 혼곡에 서서-3연9행, 흙빛같은 속에서-3연9행.

4. 현대시조 100인선-달여울의 소리무늬

2000. 슬픈 조각달-3연25행, 꿈꾸는 와불-3연21행, 동담고(冬曇考)-3연18행, 은하사(銀河詞)-3연26행, 현명곡(絃鳴曲)-사설시조, 모상연가(母裳戀歌)-3연23행, 빗소리 음계-3연18행, 백매(白梅)-3연21행, 설목림-4연23행, 자애보(慈愛譜)-3연18행, 꽃-3연21행, 내 나이 또래의 나무와 마주서서-4연30행, 봄밤비-3연24행, 첫눈 원무곡-3연21행, 풍혈대(風穴臺)-3연18행,

무등백마능선에서-3연18행, 능파각(凌波閣)소보(小譜)-3연21행, 상사초(相思草)-사설시조, 설매사(雪梅詞)-3연18행, 산창일기(山窓日記)-4연24행, 달밤비-3연16행, 꽃의 자서(自敍)-3연9행, 동야만상(冬夜漫想)-4연24행, 망안투시도(忘眼透視圖)-엇시조, 소리섬(鳶鳥)-3연19행, 솔바람 소리속에는-5연35행, 바다처럼-양장시조, 나목의 숲에서-3연28행, 죽풍사(竹風辭)-3연32행, 한별곡(恨別曲)-3연23행, 화계(花階) 내리는 나비-3연31행, 혼곡(昏谷)에 서서-3연21행, 눈 오는 밤-3연28행, 금선보(琴線譜)-4연37행, 전야곡(錢塋曲)-3연15행, (白木蓮) 환곡(幻曲)-4연28행, 동천(冬天)의 달-3연18행, 무등(無等)은 봄 거느리고-3연21행, 흰상여(喪輿)에 실린 신록(新綠)-3연21행, 화낭가(花娘歌)-3연21행, 지들 강(江)사설-사설시조, 산소곡(山咲曲)-3연15행, 화춘우조(花春羽調)-3연18행, 흰얽이 검은 가마를 타고-3연21행, 설장(雪葬)-3연17행, 사초(沙草)를 하며-3연9행, 새안도(塞雁圖)-3연19행, 허산공심곡(虛山空心曲)-3연39행, 고도(孤島)의 이성(理性)-5연16행, 추석(秋夕) 월명곡(月明曲)-3연21행, 피리부는 천녀도(天女圖)-3연27행, 설야행(雪夜行)-3연21행, 겨울강구(江口)-3연20행, 귀에 남은 소리-3연9행, 갈대밭에서-3연21행, 밤의 나상(裸像)-4연28행, 여안(旅雁)-3연18행, 향국송(香菊頌)-3연24행, 봄들녘에서-3연24행, 봄이 오기까지에는-3연23행, 설월율운도(雪月律韻圖)-3연21행, 사랑이 내리는 동산-3연32행, 선회(旋回)하는 만경(萬頃)들-3연26행, 노고할미의 역성-3연28행, 동백의 낙백(落白)-3연24행.

※해설-허산과공심동양정신의 구현-임종찬.

### Ⅲ. 정소파(1912-2013)의 현대시조 창작형태조사

| 시조잡지 | 1연 | 2연 | 3연 | 4연 | 5연 | 사설 | 엇시조 | 양장시조 | 총계 | 비고 |
|---|---|---|---|---|---|---|---|---|---|---|
| 시조문락 | 7 | 2 | 12 | 5 | | | | | 26 | |
| 신한국 문학전집 | | | 10 | 1 | | | | | 11 | |

| | | | | | | | | | | |
|---|---|---|---|---|---|---|---|---|---|---|
| 한국시조 큰사전 | 9 | 4 | 23 | 8 | | | | | 44 | |
| 현대시조 100인선 | | | 51 | 7 | 2 | 3 | 1 | 1 | 65 | |
| 총계 | 16 | 6 | 96 | 21 | 2 | 3 | 1 | 1 | 146 | |
| 비율% | 10.9 | 4.1 | 65.7 | 14.3 | 1.3 | 2.0 | 0.6 | 0.6 | 99.5 | |

## Ⅳ. 현대시조 창작 특색

1. 사설시조, 양장시조, 엇시조까지 창작하여 후대에게 교훈적 자료활용의 배려가 남다르다는 점을 앞세워 보았다.

2. 향토적 서정시를 주로 다루어 왔으며 천문적, 과학적, 항공적 현대시조가 전혀 없었다.

3. 자료수집이 불충분하여 심도 깊은 연구 논문이 미완성으로 매듭지은 결과로 간주한다.

## Ⅴ. 나오며

현대시조 창작형태를 고찰해 보면 1연 평시조가 16수 10.9%, 2연은 6수, 4.1%, 3연이 96수, 65.7%, 4연이 21수 14.3%로 나타나고 있다. 사설시조, 양장시조, 엇시조를 밝혀 놓아 후진들의 현대시조 창작에 좋은 귀감이 되고 많은 시조작가들이 참고자료로 활용하게 될 것을 예상하고 있다.

## ↗ 정 운 엽 (鄭雲燁 1944-1991)

### Ⅰ. 한국시조큰사전. 1985.

가을 엽신(葉信)-엽서(葉書)한 장-1연3행, 엽차(葉茶)한 잔-1연3행, 전화(電話)한 통화(通話)-1연3행, 겨울나무-3연9행, 우산-1연3행, 나무-1연3행, 달맞이 꽃-3연9행, 무심천(無心天)-3연9행, 바람 이야기-3연9행, 산울림-2연6행, 옛날 얘기(1)-1연3행, 옛날 얘기(2)-봄-1연3행, 여름-1연3행, 가을-1연3행, 겨울-1연3행, 월림리(月林里) 소곡(小曲)-3연9행, 출토기(出土記)-3연9행.

### Ⅱ. 정운엽(鄭雲燁 1944-1991)의 정형시 창작형태조사

| 시조집 | 1연 | 2연 | 3연 | 4연 | 5연 | 사설 | 장시조 | 총계 | 비고 |
|---|---|---|---|---|---|---|---|---|---|
| 한국시조 | 10 | 1 | 6 | | | | | 17 | |
| 총계 | 10 | 1 | 6 | | | | | 17 | |
| 비율% | 58.8 | 5.8 | 35.2 | | | | | 99.8 | |

## ↗ 위당 정인보(爲堂 鄭寅普 1893-1950)

### Ⅰ. 근대시조대전 시조작품

1) 청년(靑年) 1921.3. 창간—1927. 3. 가신 님-6연18행./ 1928.3. 졸업하는 여러분을 축하합니다-4연12행.

2) 계명(啓明) 1921.5. 창간—16호. 1926.12. 가신 어머님-16연48행.

3) 동광(東光) 1926.5. 창간—1927.1. 가신 님-13연39행/ 18호. 1931.2. 박연행(朴淵行)-10연30행.

4) 시대 평론(時代評論) 1927.1. 창간—1927.3. 고전 애(古典 哀)-4연12행.

5) 한빛 1928.1. 창간—3호. 1928.3. 자모사 백결(慈母思 百関)-사설시조, 17연51행.

6) 신생(新生)(1) 1928.10. 창간—1929.3. 월야(月夜)-3연9행/ 1929.4. 조춘(早春)-3연9행/ 1929.4. 자모사(慈母思)(1)-14연42행/ 1929.5. 자모사(慈母思)(2)-13연39행/ 1929.6. 자모사(慈母思)(3)-6연36행/ 1931.7. 박연행(朴淵行)-10연30행/ 1931.11. 근화사(槿花詞)-3연9행.

7) 문예 공론(文藝 公論) 1929.5. 창간—1929.5. 님 그리워-4연12행.

8) 배화(培花) 1929.5. 창간—4호. 1932.7. 배화반 화사(培花斑 花詞), 이화사(梨花詞)-평시조3행, 연화사 삼첩(蓮花詞 三疊)-3연9행, 행화사 삼첩(杏花詞 三疊)-3연9행, 도화사 삼첩(桃花詞 三疊)-3연9행, 난화사 삼첩(蘭花詞 三疊)-3연9행, 근화사 삼첩(槿花詞 三疊)-3연9행, 국화사 삼첩(菊花詞 三疊)-3연9행, 매화사 삼첩(梅花詞 三疊)-3연9행.

9) 삼천리(三千里) 1929.6. 창간—1934.5. 고곡애(古曲哀) 삼결(三関)-3연18행/ 1935.1. 가신 님-13연39행/ 1936.1. 경기사(競技詞)-8연24행/ 1936.2. 남장미(男壯美)-5연15행.

10) 시온(詩蘊) 1930.12. 창간—1931.9. 춘음(春吟)-3연9행.

11) 신 가정(新 家庭) 1933.1. 창간—1935.9. 자모사(慈母詞) 삼수(三首)-3연9행.

12) 중앙(中央) 1933.11. 창간―창간호. 1933.11. 여몽양(呂夢陽)형(兄)께-평시조3행.

13) 불교(佛教)(3) 신생(新生)(2) 개제(改題) 1947.1.부터 신생(2)를 불교로 개제―8월호. 1948.8. 만 만해 선사(挽 滿海 禪師)-평시조3행.

## II. 근대시조집람 시조작품

1) 조선일보(朝鮮日報) 1920. 3. 6. 창간―1929. 3. 금강 귀로(錦江 歸路)에 미성이(閔成二) 우(友)를 생각하면서-6연18행/ 1930. 1. 1. 신년 사(新年 詞)칠 수(七 首)-7연21행.

2) 동아일보(東亞日報) 1920. 4. 1. 창간―1928. 12. 결절 사(決絶 詞) 칠 수(七 首)-7연21행/ 1929. 5. 편지 속에 든 댓닙을 보고-3연9행/ 1930. 2. 유모 강씨(乳母 姜氏) 상여(喪輿)를 보면서-10연30행/ 1930. 9. 경기 사(競技 詞)-8연24행/ 1930. 11. 강석 한공만(江石 韓公挽)-4연12행/ 1932. 9. 척수(戚嫂)허씨(許氏)만(挽)-6연18행/ 1933. 9. 가을-평시조3행/ 1946. 12. 1. 숙초(宿草)밑에 누운 고우(故友)송고하(宋古下)를 우노라(상)-9연27행. 숙초(宿草)밑에 누운 고우(故友)송고하(宋古下)를 우노라(하)-9연27행.

## III. 위당 정인보(爲堂 鄭寅普 1893-1950) 시조창작형태조사

| 시조집 | 평시조 | 2연 | 3연 | 4연 | 5연 | 장시조 | 엇시조 | 비고 |
|---|---|---|---|---|---|---|---|---|
| 근대시조대전 | 3 | | 13 | 3 | 1 | 11 | | 126수 |
| 근대시조집람 | 1 | | 1 | 1 | | 8 | | 63수 |
| 자모사 | 2 | 4 | 15 | | 4 | 24 | (중복) | 311수 |
| 총계 | 6 | 4 | 29 | 4 | 5 | 43 | | 500수 |

## ↗ 정 재 열 (鄭在烈 1952-2012)

### Ⅰ. 옥이네 앵두나무. 2011.

두물머리-2연6행, 자갈마당-2연6행, 채석강단층-2연6행, 백운대-2연6행, 숨은 벽-1연7행, 회룡계곡에서-2연6행, 창공에 쓴 가을편지-5연15행, 쌍곡 금강 절벽-2연6행, 삼강주막(三江酒幕)-2연6행, 찻집 다예찬-1연7행, 옥계 폭포에서-1연7행, 백담유회(白潭有懷)-1연7행, 평화의 댐에서-1연7행, 장봉도 뱃전에서-1연7행, 부봉(釜峰)-6연18행, 황산(黃山)-2연6행, 가을부석사-1연7행, 화살나무-1연7행, 어느 멋진 가을날-1연7행, 청미래-1연7행, 성벽-1연7행, 동문(東門)-1연7행, 남문(南門)-1연7행, 수어장대(守禦將臺)-1연7행, 서문(西門)-1연7행, 북문(北門)-1연7행, 삼전도비 앞에서-3연9행, 현절사(顯節祠)-1연7행, 매바위-1연7행, 영춘정(迎春亭)을 지나며-1연7행, 영월정(迎月亭)에서-1연7행, 취성암(醉醒岩)-1연7행, 송암정(松岩亭)터를 지나며-1연7행, 새벽-2연6행, 원단일출(元旦日出)-2연6행, 신지옹성(信地甕城)의 만추(晩秋)-1연7행, 낙엽-2연6행, 눈치-1연7행, 상고대(上古臺)-1연7행, 남문고목유감(南門古木有感)-2연6행, 범내골-1연7행, 옛이야기-4연12행, 벌내골사람들-1연7행, 설날소죽-2연6행, 봄바람-1연7행, 봄의 왈츠-1연7행, 우농가(牛農家)-1연7행, 나팔꽃-1연7행, 꼬부랑 초승달-2연6행, 초나흗달-2연6행, 굴렁쇠 추억-2연6행, 처서에 부쳐-3연9행, 벌내골 가을풍경-5연15행, 송이(松栮)-1연7행, 단풍불-1연7행, 목가(牧歌)-1연7행, 당집유감-1연7행, 돌부처-1연7행, 조부 기일에 부쳐-1연7행, 친구자당 백수연(白壽宴)-1연7행, 까치집-2연6행, 정류장 풍경-2연6행, 봄햇살-1연7행, 봄날 한 때-1연7행, 봄의 오케스트라-1연7행, 갈대꽃-1연7행, 단풍-1연7행, 철없는 민들레-1연7행, 청상(靑裳)-2연6행, 윤회(輪回)-1연7행, 폭설(暴雪)-1연7행, 동장군-1연7행, 소한설국(小寒雪菊)-1연7행, 겨울나그네-1연7행, 석촌호수-1연7행, 분당까치집-1연7행, 시상식장(施賞式場)에서-1연7행, 치매-1연7행, 옥천앵두-1연7행, 타성(惰性)-1연7행, 달항아리-4연12행,

단비-2연6행, 추석날-1연7행, 공일 아침-1연7행, 입적(入寂)-1연7행, 숙취(宿醉)-1연7행, 이명(耳鳴)-1연7행, 잠 못 이루는 밤-1연7행, 불면증(不眠症)-1연7행, 꿈-1연7행, 이발-1연7행, 시계탑(時計塔)-1연7행, 주사(酒邪)-1연7행, 삼강나무-1연7행, 갈등(葛藤)-1연7행, 월이(月耳)-1연7행, 17층제1병동-3연9행, 몽환(夢幻)-1연7행, 투정(妬情)-1연7행, 광음-1연7행.

〈해설〉 생명력을 불어넣는 이야기와 단련된 수사(修辭)-김준 박사.

## II. 정재열(鄭在烈 1952-2012)의 현대시조 창작형태조사

| 시조집 | 1연 | 2연 | 3연 | 4연 | 5연 | 사설 | 장시조 | 총계 | 비고 |
|---|---|---|---|---|---|---|---|---|---|
| 옥네앵두나무 | 71 | 20 | 3 | 2 | 2 | | 1 | 99首 | |
| 총 계 | 71 | 20 | 3 | 2 | 2 | | 1 | 99 | |
| 비율% | 71.7 | 20.2 | 3.0 | 2.0 | 2.0 | | 1.0 | 99.9 | |

## ↗ 치운 **정 재 익** (致雲 鄭載益 1930－2014)

### Ⅰ. 한국시조큰사전. 1985.

1) 가을에-3연9행/ 2) 갈대꽃-1연3행/ 3) 겨울바다-3연9행/ 4) 녹목문창-2연6행/ 5) 낙엽-2연6행/ 6) 눈 내리는 날-2연6행/ 7) 등불-2연6행/ 8) 모종-2연6행/ 9) 봄 아침-2연6행/ 10) 산란-1연3행/ 11) 새여-3연9행/ 12) 신록에-2연6행/ 13) 애모-3연9행/ 14) 운문사에서-3연9행/ 15) 이런 연가-3연9행/ 16) 자개반상-3연9행/ 17) 정사-2연6행/ 18) 정좌-1연3행/ 19) 추사-3연9행/ 20) 투시-3연9행/ 21) 퉁소-3연9행/ 22) 풍기에 와서-3연9행/ 23) 표설-1연3행.

### Ⅱ. 무화과. 1974.

1) 정좌-1연9행/ 2) 추적-1연9행/ 3) 통도사.음-2연18행/ 4) 애모-3연21행/ 5) 모종-3연21행/ 6) 화환-2연18행/ 7) 투시-3연21행/ 8) 정사-2연18행/ 9) 낙목-1연9행/ 10) 한송-1연9행/ 11) 풍설-1연9행/ 12) 달의 산조-연월-1연9행/ 13) 추월-1연9행/ 14) 강월-1연9행/ 15) 퉁소-3연21행/ 16) 봄아침-2연18행/ 17) 만장-2연18행/ 18) 무화과-1연9행/ 19) 동천-1연9행/ 20) 추사-3연21행/ 21) 해를 보내며-2연18행/ 22) 폐허-2연18행/ 23) 진달래-1연9행/ 24) 갈대꽃-1연9행/ 25) 운문산에서-3연23행/ 26) 수난-3연21행/ 27) 톱칸-2연18행/ 28) 환상의 봄-2연18행/ 29) 원-3연21행/ 30) 대전사-1연9행/ 31) 기바위-1연9행/ 32) 자하성터-1연9행/ 33) 궁터-1연9행/ 34) 자개반상-3연21행/ 35) 낙화-1연9행/ 36) 불국사운(한시)-7언절구8행/ 37) 불국사 가을에 와서-4연12행/ 38) 동창회회우백호정(한시)-7언절구8행/ 39) 백호정모임-4연12행/ 40) 고추즉사(한시)-7언절구8행/ 41) 가을에 서서-4연12행/ 42) 회고(한시)-7언절구8행/ 43) 초루의 밤-4연12행/ 44) 제야술회(한시)-7언절구8행/ 45) 제야에-4연12행/ 46) 관해(한시)-7언절구8행/ 47) 바다를 보며-4연12행/ 48) 노승(한시)-7언절구8행/ 49) 승방비추-4연12행/ 50) 자동차(한시)-7언절구8행/ 51) 희작

-4연12행/ 52) 해인사.운(한시)-7언절구8행/ 53) 해인사에서-4연12행/ 54) 양후즉사(한시)-7언절구8행/ 55) 비개인 오후-4연12행/ 56) 부임일주년축하.운(한시)-7언절구8행/ 57) 신년운(한시)-7언절구8행/ 58) 신년송-4연12행.충성(한시) -7언절구8행/ 59) 충성(한시)-7언절구8행/ 60) 풀벌레와 더불어-4연12행/ 61) 기.조지훈(한시)-7언절구4행/ 62) 지훈님께-2연6행/ 63) 근차만산배옹수연운(한시)-7언절구8행/ 64) 수성 더욱 빛나리-4연12행/ 65) 이회일수(한시)-7언절구8행/ 66) 유전의 노래-4연12행/ 67) 향인부노신추회석(한시) -7언절구8행/ 68) 아미산추연-4연12행/ 69) 주왕산.운(한시)-7언절구8행/ 70) 주왕산추경-4연12행/ 71) 근차신주오십년교육공로쵸창운(한시)-7언절구8행/ 72) 진리는 불씨런가-4연12행.

### III. 가지에 걸린 지등. 1987. 자료없음.

### IV. 아침 산행. 1994.

1) 억새꽃 흩날린 날에-3연27행/ 2) 낙엽을 밟으며-1연9행/ 3) 가을하늘-1연9행/ 4) 석류를 보며-1연9행/ 5) 저울대-1연9행/ 6) 난을 보며-1연9행/ 7) 분란한 떨기-2연18행/ 8) 찻잔-1연9행/ 9) 삶이란-2연18행/ 10) 들녘에 서서-1연9행/ 11) 겨울 나무는-2연18행/ 12) 항도편지-2연18행/ 13) 봄, 강나루-2연18행/ 14) 텃밭-1연9행/ 15) 고향에 머물며-3연21행/ 16) 나비 되어 앉고 싶다-1연9행/ 17) 꽃밭에 서서-2연18행/ 18) 경칩-1연9행/ 19) 달을 보며-1연9행/ 20) 의암을 딛고서서-3연27행/ 21) 아침노을-1연9행/ 22) 혼자 앉아서-1연9행/ 23) 죽령에 올라-2연18행/ 24) 겨울대관령-2연18행/ 25) 뒷짐지고 거닌 봄날-2연18행/ 26) 송도에 와서-3연21행/ 27) 갓바위 부처님은-2연18행/ 28) 지리산 휴게소에서-2연18행/ 29) 겨울석굴암-3연21행/ 30) 매정리에 와서-3연21행/ 31) 수태골 늪을 찾아-2연18행/ 32) 한재에서-1연9행/ 33) 아침 산행(1)-2연18행/ 34) 아침 산행(2)-1연12행/ 35) 이럴수도 있으랴

-2연18행/ 36) 이른 봄나들이-3연21행/ 37) 해인사 겨울에 와서-3연21행/ 38) 수성호반에서-2연18행/ 39) 오작교도 없던 하늘-2연18행/ 40) 이춘신-2연18행/ 41) 산나리꽃-1연9행/ 42) 부산포에서-2연18행/ 43) 담벽-1연9행/ 44) 순리를 업은 위상-3연21행/ 45) 요즈음 거리풍경-3연21행/ 46) 자목련-2연18행/ 47) 한높이 솟아 앉아도-4연28행/ 48) 우수절-1연9행/ 49) 경칩 무렵-1연9행/ 50) 서리바람-2연18행/ 51) 가뭄-2연18행/ 52) 푸른찻잔 달 띄우고-4연28행/ 53) 탑-2연18행/ 54) 청량산 흐른 기맥-3연21행/ 55) 솔바람 늘어진 가지-3연21행/ 56) 찬란한 이 깃발을 들고-3연21행/ 57) 황악 바라 앉으시다-2연18행/ 58) 바라보면 울창한 숲-2연18행/ 59) 넓은 벌 푸른 보람-3연21행/ 60) 창울한 숲을 보며-2연18행/ 61) 빛부신 이 증표-2연18행/ 62) 회연사원-1연9행./ 〈해설〉뿌리깊은 사유와 체험-이근배.

### V. 팔공산 가는 구름. 1999.

1) 겨울강-1연9행/ 2) 몸살-2연14행/ 3) 가면극-2연14행/ 4) 두더지-1연12행/ 5) 임진강에서-3연21행/ 6) 금강호-2연14행/ 7) 과대포장-1연9행/ 8) 고향편지-2연14행/ 9) 이상기온-1연9행/ 10) 겨울비-2연14행/ 11) 고향집-3연21행/ 12) 추석유감-2연18행/ 13) 생량-2연14행/ 14) 산나리꽃-1연9행/ 15) 꽃 피면 꽃 시절이-3연21행/ 16) 갑술년을 보내며-3연21행/ 17) 입춘방을 붙이며-2연18행/ 18) 무인년을 보내며-2연18행/ 19) 인생살이-4연28행/ 20) 돌아온 농심-3연21행/ 21) 허수아비-2연14행/ 22) 동짓날에-2연14행/ 23) 풍란 앞에서-2연14행/ 24) 삶-1연9행/ 25) 가로수-2연18행/ 26) 상-2연14행/ 27) 장미에게-1연9행/ 28) 아침 산행(3)-1연9행/ 29) 석수-2연24행/ 30) 대숲을 보며-2연18행/ 31) 등나무숲-2연14행/ 32) 마지막 잎새-2연14/ 33) 단비-2연14행/ 34) 다부원격전지에서-3연21행/ 35) 표충사 여름에 와서-3연21행/ 36) 팔공산-3연21/ 37) 도동향림에서-3연21행/ 38) 극락사에 와서-3연21행/ 39) 화엄사를 찾아서-3연21행/ 40) 육신사에서-2연17행/ 41) 피서-2연14행/ 42) 팔공산신록-2연14행/ 43) 아침 산행(5)-3연21행/

44) 황학산에 올라-3연21행/ 45) 고사리를 캐며-2연12행/ 46) 잠든 유풍 일깨우리-3연21행/ 47) 남산수를 누리소서-4연28행/ 48) 학인양 한 발 집고-3연21행/ 49) 꽃구름 잠든 유장-3연21행/ 50) 서른해 쌓은 탑은-2연14행/ 51) 환히 뵈는 푸른 여일-2연14행/ 52) 푸른솔 듣는 청음-3연21행/ 53) 품으로 쌓은 탑이-4연27행/ 54) 연년익수 누리소서-2연18행/ 55) 두갈래도 빛부셨네-2연14행/ 56) 산새 한 마리-1연9행/ 57) 목련꽃-1연9행/ 58) 우리 아빠-3연21행/ 59) 운동화-2연16행/ 60) 자전거-1연9행/ 61) 다람쥐-2연16행/ 62) 눈꽃송이-1연9행/ 63) 성묘길-3연21행/ 64) 붕어빵-2연18행/ 65) 석류-1연9행./ 〈해설〉시조의 전범과 서정 관조의 미학-최승범.

## Ⅵ. 산자수명. 2005.

1) 주왕산-1연3행/ 2) 대전사-1연3행/ 3) 기바위-1연3행/ 4) 주왕굴-1연3행/ 5) 주왕암-1연3행/ 6) 가학주-1연3행/ 7) 제일포포-1연3행/ 8) 궁터-1연3행/ 9) 자하성터-1연3행/ 10) 가을단신-2연17행/ 11) 아침 산행(7)-2연18행/ 12) 독수리-2연6행/ 13) 겨울 우포늪-1연8행/ 14) 철새떼-1연7행/ 15) 갈대밭-1연7행/ 16) 입추 무렵-1연9행/ 17) 줄넘기-2연15행/ 18) 봄숲-1연9행/ 19) 호미곶에 서서-3연21행/ 20) 향일암에서-2연18행/ 21) 오십천변 복사꽃-2연18행/ 22) 의암호반에서-3연21행/ 23) 수련에게-3연9행/ 24) 수련에게(2)-1연9행/ 25) 비슬산에 올라-2연18행/ 26) 한신계곡에 와서-3연9행/ 27) 보문사에 와서-3연9행/ 28) 옥계계곡에서-3연9행/ 29) 벚꽃길-2연14행/ 30) 망해루에 올라-3연21행/ 31) 분란-1연7행/ 32) 세운대운 드높아라-2연6행/ 33) 보문호반에서-2연12행/ 34) 별들은-1연9행/ 35) 소주 한 잔-1연9행.

## Ⅶ. 가지에 걸린 지등〈선집〉. 2005.

1) 산자-2연18행/ 2) 겨울바다-3연21행/ 3) 새여-3연21행/ 4) 소걸음

-3연21행/ 5) 달밤-2연18행/ 6) 봄비에 젖으며-2연18행/ 7) 가을에-3연21행/ 8) 신록에-2연18행/ 9) 가지에 걸린 지등-2연18행/ 10) 라일락꽃 필 무렵-2연19행/ 11) 어느 고적-2연18행/ 12) 어떤 연가-2연19행/ 13) 잠 못 이룬 밤에-2연18행/ 14) 탑을 위한 서시-3연21행/ 15) 은행나무-1연9행/ 16) 산란-1연9행/ 17) 야국-1연9행/ 18) 도라지꽃-2연18행/ 19) 풍기에 와서-3연21행/ 20) 백암온천에 와서-2연18행/ 21) 금정산신록-2연18행. / 〈해설〉가지에 걸린 지등-정완영.

## Ⅷ. 한국동시조. 1995.

1998. 제6집-목련꽃-2연18행/ 2000. 제9집-봄숲-1연9행.

* 한국동시조선집-목련꽃-2연18행.

9. 현대동시조. 2000.

2004. 제5집-봄숲-1연9행/ 2008. 제9집-산마을-1연9행.

* 현대동시조선집-산마을-1연9행.

## Ⅸ. 치운 정재익(致雲 鄭載益 1930-2014)의 현대시조 창작형태조사

| 시조시집 | 1연 | 2연 | 3연 | 4연 | 사설 | 장시조 | 한시 | 총계 | 비고 |
|---|---|---|---|---|---|---|---|---|---|
| 한국시조 | 4 | 8 | 11 | | | | | 23 | |
| 무화과 | 17 | 10 | 9 | 17 | | | 19 | 72 | |
| 가지지등 | | | | | | | | 자료없음 | |
| 아침산행 | 20 | 26 | 14 | 2 | | | | 62 | |
| 팔공산 | 13 | 30 | 19 | 3 | | | | 65 | |
| 산자수명 | 18 | 10 | 7 | | | | | 35 | |
| 지등(시선) | 3 | 12 | 6 | | | | | 21 | |
| 한국동시 | 1 | 2 | | | | | | 3 | |
| 현대동시 | 3 | | | | | | | 3 | |
| 총계 | 79 | 98 | 66 | 22 | | | 19 | 284 | |
| 비율% | 27.8 | 34.5 | 23.2 | 7.7 | | | 6.6 | 99.8 | |

## ➚ 백훈 정 태 모(苩訓 鄭泰模 1923-2010)

### Ⅰ. 한국시조큰사전. 1985.

잠실에서-1연3행, 거미-1연3행, 모란꽃이 아우르는 밤-3연9행, 뻐꾸기 울음-2연6행, 꽃씨-1연3행, 중춘(仲春)-1연3행, 사월-3연9행, 산채-2연6행, 새 판도를 그려야지-3연9행, 경(景)-박꽃-1연3행, 산조-1연3행, 여상(女像)-1연3행, 선시(禪詩)-신앙-1연3행, 도량(道場)-1연3행, 산행(山行)-1연3행, 산사(山寺)-1연3행, 중생-1연3행, 선(禪)-1연3행, 기도사-1연3행, 실솔(蟋蟀)-2연6행, 장편(章篇)-9연27행.

### Ⅱ. 장편(章篇). 1987.

1연, 3행, 5행, 7행, 9행, =108수(首).

### Ⅲ. 귀소(歸巢). 1991.

나의 근황-2연12행, 어머니-3연18행, 언년이-2연12행, 양띠 촌부(村婦)-3연18행, 삶-1연7행, 각씨방-2연12행, 체후(體嗅)-2연6행, 사랑의 짓-2연16행, 회복기(恢復期)-2연12행, 귀소(歸巢)-2연28행, 생(生)(1)-2연14행, 생(生)(2)-2연14행, 처세(處世)-2연14행, 연(鳶)-2연6행, 아침에-1연6행, 낙엽-1연6행, 그리움-1연7행, 밤바다-1연6행, 밤비-1연12행, 파초(芭蕉)-1연5행, 신심(身心)과 불신(佛心)-구도(求道)-1연7행, 행자(行者)-1연7행, 수도승(修道僧)-1연7행, 달마(達磨)의 의미-1연5행, 창조적 행위-1연6행, 견성(見性)-1연15행, 성불(成佛)-1연7행, 입석(立石)-1연12행, 안택(安宅)굿-2연12행, 고사-2연14행, 외도(外道)-2연12행, 망부석(望夫石)-2연12행, 산사(山寺)-1연12행, 겨울 산사(山寺)(2)-1연6행, 철운종현선사시조비(鐵雲宗玄禪師時調碑) 앞에서-3연18행, 관음송(觀音頌)-2연12행, 관등불사(觀燈佛事)-3연18행, 선사 좌선(禪師 坐禪)-1연6행, 연등불사-1연6행, 귀의불(歸

依佛)-1연7행, 도피안(到波岸)-1연7행, 게송(偈頌)-1연7행, 색불이공(色不異空)-3연15행, 이른 봄-2연14행, 저녁노을-3연15행, 사월(四月)에 얻은 시(詩)-2연14행, 사랑의 달-1연12행, 오월(五月)의 시(詩)-산사(山寺)뜨락에-1연7행, 귀소(歸巢)길-1연7행, 지천명 고(至天命 考)-1연7행, 뻐꾸기 울음-2연14행, 단오절(端午節)-2연14행, 여름-3연15행, 여름은-2연18행, 구월(九月)의 시(詩)-3연21행, 가을-2연14행, 가을에-2연12행, 아침 산책길-1연3행, 낮 석점 반-1연3행, 귀뚜리 우는 저녁-1연3행, 소춘(小春)-2연8행, 겨울 엽신(葉信)-4연14행, 강원도의 산-3연22행, 대관령의 봄-3연18행, 가을 산행-3연14행, 수렵도(狩獵圖)-3연21행, 향리(鄕里)-3연10행, 오대산(五坮山)-1연7행, 담쟁이-1연7행, 상원사 범종(上元寺 梵鐘)-1연7행, 팔각구층탑(八角九層塔)-1연7행, 전나무 숲-1연7행, 오대산 계곡-1연7행, 산사에서-1연7행, 애기봉(愛妓峰)-1연7행, 유도(留島)-1연7행, 한강 하류(漢江 下流)-1연7행, 한(恨)-1연7행, 여운(餘韻)-1연7행, 섬강에서-여주(麗州)로 건너가며-2연14행, 고란사(皐蘭寺)-2연12행, 전주(全州)에서-1연6행, 중앙회관-1연6행, 약수터에서-1연6행, 오수를 지나며-2연6행, 남원소묘(南原素描)-1연7행, 해인사 사찰(海印寺 寺刹)-1연7행, 전설-1연7행, 우두산-1연7행, 판각-1연6행, 부산(釜山)-1연6행, 해변도로-1연6행, 온양온천(溫陽溫泉)-1연4행, 유성온천(儒城溫泉)-1연4행, 釜谷溫泉)-1연4행, 수안보온천(水安堡溫泉)-1연4행, 산채(山菜)-2연12행, 미풍(微風)-1연12행, 시인(詩人)의 눈-2연12행, 바람의 노래-3연15행, 카메라 영상-3연18행, 탄광촌 소묘(炭鑛村 素描)-이슬-1연6행, 사랑-1연6행, 여인(女人)-1연6행, 파도(波濤)-3연21행, 산길-2연14행, 실솔(蟋蟀)(1)-3연18행, 실솔(蟋蟀)(2)-3연21행, 잡석부(雜石賦)-6연24행, 경(景)-1연12행, 가을 산-3연14행, 딸기-1연6행, 앵두-1연3행, 살구-1연3행, 으름-1연3행, 자두-1연5행, 꽈리-1연3행, 복숭아-1연5행, 포도(葡萄)-1연3행, 오미자-1연3행, 벗지-1연3행, 팟배-1연3행, 밤-1연3행, 대추-1연3행, 머루-1연3행, 다래-1연3행, 여운(餘韻)-1연9행. 〈시작메모〉

## Ⅳ. 현대시조 선집(복사본)

새 판도(版圖)를 그려야지-3연21행, 을사 이후 60년사-삼일정신-1연7행, 수난40년사-1연7행, 광복의 아침-1연7행, 휴전선-1연7행, 전망(展望)-1연7행, 설원(雪原)에 서서-3연18행, 성채(城砦)의 밤-3연21행, 강원도의 산-3연22행, 산채(山菜)-2연6행, 뻐꾸기의 울음-2연8행, 카메라 영상-3연21행, 조(操)-사설시조, 파도(波濤)-3연15행, 사모곡(思母曲)-3연18행, 모란꽃이 울리는 밤에-3연21행, 외도(外道)에 젖었다가-2연12행, 색불이공(色不異空)-3연21행, 달맞이꽃-1연7행, 용화산 대숲마을(1)-1연7행, 용화산 대숲마을(2)-3연21행, 남원소묘초(南原素描抄)-이도령고개-1연7행, 남원에서-1연7행.

※동시집-〈초롱꽃〉을 발간했는데 강원도문학상 상패에는 〈꽃초롱〉, 한국시조시인협회에서는 기념패를 받았는데 〈호롱꽃〉으로 각각 이름이 틀려 동시집 책 이름이 오기(誤記)로 되어 있다고 한다.(태풍 루사로 수해를 당하여 시조집이 없다고 복사본을 하사(下賜)해 주셨음.

탄광촌 소묘-이슬-1연7행, 사랑-1연7행, 여인-1연7행, 대숲 앞에서-2연14행, 매화-1연9행, 산야채-3연21행, 사월의 시-2연18행, 농민-2연12행, 모심기-3연9행, 토속주-3연18행, 호미씻이-3연18행, 언년이-2연14행, 옥지환(玉指環)-1연7행, 귀뚜라미-3연21행, 항아리-2연6행, 청국장-3연18행, 모란꽃이 어우르는 밤에-1연9행, 아라리 변주곡-3연21행, 석류나무 비화-2연14행, 겨울 다시마-4연12행, 계행(戒行)-2연12행, 사랑에게-2연14행, 경(景)-2연9행, 초가을 저녁에-2연12행, 이른 아침-2연18행, 여름은-2연12행, 꽃-2연14행, 냄새-2연6행, 소춘(小春)-2연8행, 연(鳶)-2연5행, 시인(詩人)의 눈-2연12행, 사랑의 짓-2연16행, 산행(山行)-1연12행, 〈시작노트〉 내 고향 꽃이야기-4연12행, 내 바람-2연12행, 어머니 말씀대로-1연6행, 통탄(痛嘆)-1연6행, 은하계(銀河系)-1연3행, 자중자애(自重自愛)-1연7행, 태풍 루사 수해(2002.8.31).늦가을-1연7행, 단풍-1연6행, 아침-1연7행, 달밤-1연7행.

## Ⅴ. 동심의 그림자-현대동시조. 2005.

새벽을 여는 소리-3연7행, 우리 아기-1연6행, 아가의 눈-1연7행, 옹아리(1)-1연6행, 옹아리(2)-2연12행, 자장가-1연9행, 꽃신-1연7행, 누구하고 노니?-1연3행, 청도라지꽃-1연6행, 꽃싸움-1연6행, 버들피리-1연6행, 꽃씨봉투-2연6행, 그리운 친구-1연3행, 발자국-2연6행, 끼리끼리-1연5행, 학교 길-1연3행, 연필-2연6행, 그네-1연7행, 내 바람-2연12행, 봄이 오는 소리-2연10행, 봄나물-2연12행, 산나물-1연7행, 산새알 물새알-2연12행, 아기새-1연3행, 노고지리-1연3행, 산새-2연8행, 뻐꾸기 울음-2연14행, 반디불-1연5행, 잠자리(1)-1연5행, 잠자리(2)-2연6행, 잠자리(3)-2연6행, 매미-2연10행, 풀벌레 우는 소리-2연9행, 달팽이-1연7행, 옹달샘-1연6행, 토끼 눈-1연5행, 산사에서-1연3행, 절간-1연3행, 대숲에서-1연7행, 새벽의 시-1연6행, 꽃밭-1연3행, 꽃에게-1연3행, 꽃(1)-1연8행, 꽃(2)-2연12행, 꽃과 잎-1연3행, 꽃밭에서-1연3행, 민들레-1연3행, 방울꽃-1연3행, 금붓꽃-2연6행, 찔레꽃-1연3행, 고향 꽃-2연10행, 국화-1연7행, 앵두알처럼-1연5행, 산딸기-1연9행, 매화-1연9행, 감-1연7행, 미루나무-1연3행, 이른 봄-2연6행, 보슬비-1연3행, 새봄-2연6행, 봄의 소리-1연12행, 초가을 문턱-1연8행, 가을 문턱에-2연6행, 가을(1)-1연3행, 가을(2)-1연3행, 가을(3)-1연6행, 가을바람-2연10행, 가을저녁-2연6행, 가을밤-1연6행, 늦가을-1연7행, 겨울밤(1)-1연7행, 겨울밤(2)-2연8행, 눈-1연5행, 눈오는 날-1연7행, 싸락눈-1연6행, 흰구름-1연9행, 미풍-1연3행, 이슬비-1연7행, 이슬-2연14행, 이슬비-1연7행, 안개비-1연6행, 봄비-1연3행, 산길(2)-1연3행, 동산에서-1연6행, 꽃-1연8행, 노래-1연6행, 달밤(1)-2연10행, 은행잎-1연9행, 산길(1)-1연3행, 달밤(2)-1연7행, 편지-1연11행, 〈후기〉갑자기 동시조집으로 바뀌게 된 것은 한밭에 살면서 중도의 길을 걷는 김창현 사우(詞友)의 배려에 이루어진 일이라고 후기를 쓰고 있음. 제25문집까지 발간한 문학 장르 중 동요, 동시, 평론은 생략하고 현대시조와 현대동시조만 발췌하여 집필하였음.

## VI. 강원시조문학

1985. 창간호 → 1990. 제5집- 자료 없음/ 1991. 제6집-내 사랑은-1연10행, 입석(立石)-1연11행, 우계(雨季)-1연7행, 노래-3연21행, 낙엽(落葉)-1연7행, 여운(餘韻)-1연7행, 사모곡(思母曲)-3연18행, 가을 산행(山行)-3연18행, 수렵도(狩獵圖)-3연21행, 십유사악장(十遺砂樂章)-구도-1연3행, 행자-1연3행, 수도자-1연3행, 달마의 의미-1연3행, 창조의 행위-1연3행, 개화에 앞서-1연3행, 개화-1연3행, 그에게-3연18행/ 1992. 제7집-항아리(1)-2연12행, 항아리(2)-2연12행, 경구죄(經垢罪)-소녀에게-1연3행, 신부에게-1연3행, 얼룩-2연6행, 옥지환(玉指環)-1연6행, 개화(開花)-1연6행, 산(山)에 드니-3연24행, 매미송(頌)-4연29행/ 1993. 제8집-팔상전(捌相殿)에서-3연9행, 정상에서-1연3행, 옥지환-1연3행, 빡꽃-1연3행, 향수(鄕愁)-3연18행, 수련(修練)-3연21행, 경구죄(經垢罪)-소녀에게-1연3행, 신부에게-1연3행, 〈시작여적〉/ 1994. 제9집-청정법신(淸淨法身)-2연12행, 처세술(處世術)-3연15행, 초야서곡(初夜序曲)-2연6행, 경포대(鏡浦臺)의 달빛-3연15행, 봄맞이-1연3행, 봄이 오는 소리-2연6행, 산새-2연14행, 달밤에-2연12행/ 1995. 제10집 → 2001. 제16집-자료 없음/ 2002. 제17집-두메골 식탁-4연12행, 내인미덕(耐忍美德)-2연14행, 병상기(病床記)-3연21행/ 2003. 제18집-계행(戒行)-2연12행, 사랑에게-2연14행, 경(景)-2연9행, 초가을 저녁에-2연12행/ 2004. 제19집-내 바람-2연14행, 옹아리-2연12행, 새봄-2연14행/ 2005. 제20집-은하계(銀河系)-1연7행, 자중자애(自重自愛)-1연7행, 근황(近況)-2연14행/ 2006. 제21집-새잎 돋듯-1연6행, 통탄(痛嘆)-2연10행, 어머니 말씀대로-1연3행/ 2007. 제22집 -이후 작품 없음.

## VII. 미래문학(대전)

2007. 제17호(여름)-백색 촉규화(白色蜀葵花)-3연27행, 착각(錯覺)-4연34행, 내 영혼-3연20행.

## Ⅷ. 한국시 대사전. 2004.

행적(行績)-3연19행, 공자(孔子)-2연13행, 장미송(薔薇頌)-2연15행, 국경선(國境線)-4연30행, 한국 말-2연19행, 나의 사랑은-2연20행, 사월(四月)의 시(詩)-2연6행, 노자(老子)-2연6행, 모란꽃이 어우르는 밤에-1연3행, 염원(念願)-2연18행, 청국장-3연9행, 호미씻이-3연9행.

## Ⅸ. 백훈 정태모(苩訓 鄭泰模 1923-2010)의 정형시 창작형태조사

| 시조집 | 1연 | 2연 | 3연 | 4연 | 사설 | 장시조 | 동시조 | 총계 | 비고 |
|---|---|---|---|---|---|---|---|---|---|
| 한국시조 | 14 | 3 | 3 | | | 1 | | 21 | |
| 장편 | 108 | | | | | | | 108 | |
| 귀소 | 76 | 30 | 19 | 1 | | 1 | | 127 | |
| 동심의그림자 | 65 | 25 | 1 | | | | (91) | 91 | |
| 강원시조문학 | 26 | 18 | 12 | 2 | | | | 58 | |
| 미래문학 | | | 2 | 1 | | | | 3 | |
| 한국시대사전 | 1 | 7 | 3 | 1 | | | | 12 | |
| 총계 | 290 | 83 | 40 | 5 | | 2 | (91) | 420 | |
| 비율% | 69.0 | 19.7 | 9.5 | 1.1 | | 0.4 | 동시62편 | 99.7 | |

## 강릉태풍 휼던 비바람

— 백훈 정태모(苩訓 鄭泰模)사백님 영전에

태백산맥 뻗어 내린 강릉 내곡동엔
산골짜기 골 깊은 산새, 산꽃, 곱게 피고
가깝고 멀고 먼 길 돌아 강릉 시내 찾던 길.

피나는 노력 문학 수련 자유시도 십년 쓰고

서울신문 신춘문예 현대시조 당선되어
시, 시조 새롭게 여는 시인으로 우뚝 섰네.

아이들이 주는 용돈 출판비 마련하고
문집도 스물다섯 문학장르 제 각각
산새알 물새알 동요 불러보고 싶고나.

태풍 루사 불던 비바람 밤잠도 건너 뛰고
가슴 앞 차오른 물 뒷동산 빠져나와
수해로 가사 탕진한 마음 고생 컸으리오.

작가정신 뛰어나 동심의 그림자가
동시조는 내가 앞장 후기에 쓰고 있고
빛나는 문학작품이 밝은 세상 등불되리. (김창현)

〈참고〉
※ 태풍 루사15호(Rusa.2002.8.31.)로 수해복구하였음.
※ 강릉강수량-870.5mm.(기네스)5조원 재산피해.
※ 2012.8.초순. 3주기때.

## ➚ 정 태 무 (鄭太戊 1918-1987)

### Ⅰ. 한국시조큰사전. 1985.

공주박물관(公州博物館)-3연9행, 남산(南山)을 지나며-3연9행, 독도(獨島)-3연9행, 동백(冬柏)꽃-3연9행, 백마강(白馬江)-3연9행, 백목련(白木蓮)-3연9행, 입춘(立春) 날에-4연12행, 추억(追憶)-3연9행.

### Ⅱ. 정태무(鄭太戊 1918-1989)의 정형시 창작형태조사

| 시조집 | 1연 | 2연 | 3연 | 4연 | 5연 | 사설 | 장시조 | 총계 | 비고 |
|---|---|---|---|---|---|---|---|---|---|
| 한국시조 | | | 7 | 1 | | | | 8 | |
| 총계 | | | 7 | 1 | | | | 8 | |
| 비율% | | | 87.5 | 12.5 | | | | 100 | |

## ↗ 정 훈 (丁薰 1911–1992)

# 시조맥락과 평시조 분절(平時調 分節)의 자수 고찰(字數 考察)

## Ⅰ. 들어가기

평시조는 고려 때부터 거슬러 올라가야 하지만 오늘날의 현대시조로 발달되어 우리나라의 국정교과서에 편찬된 제1차 중학교 교육과정(1955) 중학국어(2-1) 춘일 평시조 작품을 시초로 1950년대부터 1990년대까지 창작된 평시조만 가려 뽑아 시조문학의 변천과정과 간결미, 형식미에 어떤 변화와 영향을 끼쳤는지 탐구해 보았다. 평시조의 어원(語源)은 중학교 제1차 교육과정 국정교과서 중학국어에 어원 풀이가 등장하며 평시조의 율격과 종장형의 생성원리(문교부 학술연구비(1985). 충남대 이근규, 김선기, 교수논문집)에서 인용되었음을 근거로 연구 논문을 선정 조사하였다.

### 1. 평시조의 탐색

| 시조집 | 시조분류 | 시조형태 | 년대 | 비고 |
|---|---|---|---|---|
| 벽오동 | 평시조 | 33수 | 1955 | 학우사.서울 |
| 꽃 시첩 | 평시조 | 69수 | 1960 | 민중서관.서울 |
| 청자(青磁) | 평시조 | 2수 | 196-1970 | 한국인쇄사.대전 |
| 차령(車嶺) | 평시조 | 10수 | 1978 | 농경출판사.대전 |
| 시조문학 | 평시조 | 7수 | 1960-1970 | 새글사.서울 |
| 밀고 끌고 | 평시조 | 7수(총128수) | 2000 | 오늘의문학사.대전 |

## 2. 청자 시조작품 조명

| 청자 | 시조작품 | 시조형태 | 년대 | 비고 |
|---|---|---|---|---|
| 창간호 | 청자에 부쳐 | 평시조 | 한밭시조동인회(1965.7.31) | 한국인쇄사.대전 |
| 제10호 | 정(靜) | 평시조 | 청자시조문학회(1970.6.28) | 대한출판사.대전 |

## 3. 차령 시조작품 조명

| 차령 | 시조작품 | 시조형태 | 년대 | 비고 |
|---|---|---|---|---|
| 창간호 | 초설 | 평시조 | 차령시조문학회 | 농경출판사.대전 |
| 서정단시조 | 별리 | 평시조 | 1978.1.20- | |
| | 소품 | 평시조 | 1978.10.30. | |
| | 정적 | 평시조 | | |
| | 추혼 | 평시조 | | |
| 제2호 | 망운 | 평시조 | | |
| 서정단시조 | 동모 | 평시조 | | |
| | 강변풍경 | 평시조 | | |
| | 단장 | 평시조 | | |
| | 팽이 | 평시조 | | |
| 제3호 | 동시조 없음 | | | 활문사.대전 |

## 4. 청자 평시조분절 자수조사

| 주제 | 평시조형태 | 자수고 | | | 비고 |
|---|---|---|---|---|---|
| | | 초장 | 중장 | 종장 | |
| 청자에 부쳐 | 1연6행 | 15 | 14 | 16 | 창자창간호.<br>1965 |
| 정(靜) | 1연6행 | 13 | 13 | 16 | 청자제10호.<br>1970 |

## 5. 차령 평시조분절 자수조사

| 주제 | 평시조형태 | 자수고 | | | 비고 |
|---|---|---|---|---|---|
| | | 초장 | 중장 | 종장 | |
| 초설(初雪) | 1연10행 | 14 | 14 | 16 | 차령 창간호. 1978 |
| 별리(別離) | 1연11행 | 16 | 14 | 14 | 차령 창간호. 1978 |
| 소품(小品) | 1연12행 | 13 | 25 | 15 | 차령 창간호. 1978 |
| 정적(靜寂) | 1연8행 | 14 | 9 | 13 | 차령 창간호. 1978 |
| 추혼(秋昏) | 1연3행 | 13 | 14 | 16 | 차령 창간호. 1978 |
| 망운(望雲) | 1연10행 | 13 | 16 | 19 | 차령 제2호. 1978 |
| 동모(東募) | 1연9행 | 14 | 15 | 15 | 차령 제2호. 1978 |
| 강변풍경 | 1연9행 | 12 | 12 | 15 | 차령 제2호. 1978 |
| 단장(斷腸) | 1연9행 | 14 | 14 | 15 | 차령 제2호. 1978 |
| 팽이 | 1연6행 | 14 | 15 | 15 | 차령 제2호. 1978 |

## 6. 벽오동 평시조분절 자수조사

| 주제 | 평시조 형태 | 자수고 | | | 비고 |
|---|---|---|---|---|---|
| | | 초장 | 중장 | 종장 | |
| 안변 | 1연6행 | 14 | 14 | 15 | 학우시. 1955. 서울 |
| 보리고개 | 1연6행 | 14 | 12 | 15 | |
| 춘궁 | 1연6행 | 14 | 14 | 16 | |
| 소쩍새 | 1연6행 | 14 | 12 | 15 | |
| 채미 | 1연6행 | 13 | 13 | 15 | |
| 귀가 | 1연6행 | 12 | 13 | 15 | |
| 모촌 | 1연6행 | 14 | 14 | 15 | |
| 못버리는 내 고향 | 1연6행 | 14 | 15 | 15 | |
| 길 | 1연6행 | 15 | 14 | 16 | |
| 추혼 | 1연6행 | 16 | 14 | 15 | |
| 만춘 | 1연6행 | 14 | 14 | 15 | |
| 대인 | 1연6행 | 14 | 14 | 15 | |
| 황토재 | 1연6행 | 15 | 15 | 15 | |

| 사우 | 1연6행 | 14 | 14 | 15 | |
|---|---|---|---|---|---|
| 춘일 | 1연6행 | 13 | 13 | 15 | |
| 샤보뎅 | 1연6행 | 14 | 16 | 15 | |
| 모두 나오너라 | 1연6행 | 13 | 14 | 15 | |
| 농조 | 1연6행 | 14 | 15 | 15 | |
| 두견조 | 1연6행 | 15 | 15 | 15 | |
| 서울 한밤 | 1연6행 | 12 | 13 | 15 | |
| 벽오동 | 1연6행 | 14 | 14 | 15 | |
| 보내고 그리는 임 | 1연6행 | 14 | 13 | 15 | |
| 남하 길 | 1연6행 | 16 | 15 | 15 | |
| 수자리듯 | 1연6행 | 15 | 14 | 17 | |
| 사향 | 1연6행 | 15 | 14 | 15 | |
| 때로는 | 1연6행 | 14 | 16 | 15 | |
| 물것 | 1연6행 | 13 | 13 | 15 | |
| 동학사 가는길 | 1연6행 | 13 | 12 | 16 | |
| 태고사 오르는 길 | 1연6행 | 15 | 12 | 15 | |
| 계룡산정 | 1연6행 | 13 | 12 | 16 | |
| 사처 | 1연6행 | 14 | 14 | 15 | |
| 임종야 | 1연6행 | 13 | 14 | 15 | |
| 조그만 입술 | 1연6행 | 13 | 16 | 15 | |

## 7. 시조문학 평시조

| 주제 | 평시조형태 | 자수고 | | | 비고 |
|---|---|---|---|---|---|
| | | 초장 | 중장 | 종장 | |
| 불두화 | 1연6행 | 14 | 14 | 15 | 시조문학15호. 1967 |
| 수국 | 1연6행 | 14 | 12 | 15 | 시조문학15호. 1967 |
| 노목 | 1연6행 | 16 | 13 | 16 | 시조문학23호. 1970 |
| 추천 | 1연6행 | 13 | 13 | 15 | 시조문학28호. 1971 |
| 역머리 | 1연6행 | 15 | 14 | 16 | 시조문학28호. 1971 |

8. 밀고 끌고 평시조

| 주제 | 평시조형태 | 자수고 | | | 비고 |
|---|---|---|---|---|---|
| | | 초장 | 중장 | 종장 | |
| 초설.2 | 1연12행 | 15 | 14 | 15 | 유고집.오늘의문학사2000.대전 |
| 추혼 다시 | 1연7행 | 13 | 14 | 16 | |
| 얕은산허리에 | 1연6행 | 13 | 16 | 16 | |
| 세한 이우 | 1연6행 | 12 | 14 | 16 | |
| 석류 | 1연6행 | 12 | 11 | 15 | |
| 정(情) | 1연6행 | 14 | 15 | 15 | |

9. 평시조 작품

1) 청자에 부쳐

천년 푸른 얼이 얼이/ 역력히 스며 있듯/ 청자 또한 겨레의 얼을/ 꽃 피우고자// 여럿이 여기 자리잡고/ 새 하늘을 여느니.

* 출처-청자 창간호.(1965)

2) 춘일(春日)

노랑 장다리 밭에/ 나비 호호 날고// 초록 보리밭 골에/ 바람 흘러가고// 자운영 붉은 논둑에/ 목매기는 우는고.

* 중학교 국정교과서(중학국어2-1).(1955)

3) 벽오동

벽오동 심은 뜻은/ 봉황을 보자는 것// 올 임은 아니 오고/ 바람만 거세구나// 죽실도 거의 젖으니/ 올지 말지 하여라.

* 출처-벽오동.(1955)

## ➚ 조 남 령 (曺南嶺 본명-曺永恩 1920-1950?)

### Ⅰ. 한국시조큰사전. 1985.

구악(駒岳)-3연9행, 노호(蘆湖)-3연9행, 금산사(金山寺)-2연6행, 바람처럼-3연9행, 봄-5연15행, 석굴암(石窟庵)-3연9행, 토함산(吐含山) 고개-3연9행, 영릉(英陵)-2연6행, 창(窓)-3연9행, 향수(鄕愁)-5연15행.

### Ⅱ. 현대시조 100인선. 2006.

창(窓)-3연9행, 금산사(金山寺)-4연12행, 향수(鄕愁)-5연15행, 봄-5연15행, 노호(蘆湖)-3연9행, 구악(駒岳)-3연9행, 바람처럼-3연9행, 석굴암(石窟庵)-3연9행, 석굴암대불(石窟庵大佛)-3연9행, 영릉(英陵)-2연6행, 길에서-1연3행, 삼체석불(三體石佛)-1연3행, 안압지(眼壓池)-1연3행, 경주(慶州)-1연3행, 불국사(佛國寺)의 밤-1연3행, 황룡사지(黃龍寺址)에 서서-5연15행, 남행(南行)-3연9행, 골목-2연6행.

〈단편소설〉동아일보-신인문학콩크르 당선작-익어가는 가을. 1939.

〈평론〉현대시조론.

〈해설〉세계의 탐색으로서 신비적 언어해위-최한선.

### Ⅲ. 조남령(曺南嶺(본명-曺永恩 1920-1950?)의 정형시 창작형태조사

| 시조집 | 1연 | 2연 | 3연 | 4연 | 5연 | 사설 | 장시조 | 총계 | 비고 |
|---|---|---|---|---|---|---|---|---|---|
| 한국시조 | | 2 | 6 | | 2 | | | 10 | |
| 현대시조 | 5 | 2 | 7 | 1 | 3 | | | 18 | |
| 총 계 | 5 | 4 | 13 | 1 | 5 | | | 28 | |
| 비 율% | 17.8 | 14.2 | 46.4 | 3.5 | 17.8 | | | 99.7 | |

## ↗ 조 명 복 (趙明福 필명-成昊 1937-2011)

### Ⅰ. 산촌에 살리라-시집. 2006.

산촌에 살리라-1연6행, 옛집터-2연12행, 화전민 떠난 자리-1연6행, 산채밥-1연6행, 안개낀 숲-1연6행, 산장에 오는 봄-2연12행, 산자락 순한 기류-1연6행, 설경-1연6행, 겨울나무-1연6행, 돌샘-1연6행, 고행-1연6행, 물레방아-1연6행, 겨울산행-1연6행, 경포호반 산책-2연12행, 산의 사계절-2연12행, 그 예쁜 여자-1연6행, 영화배우-2연12행, 여자 팔자-2연12행, 혈육의 정-2연12행, 고추 모종-1연6행, 가을편지-2연12행, 결혼식장-2연12행, 상사병-2연12행, 우편함-1연6행, 청바지-1연6행, 무선전화-1연6행, 손주생각-2연12행, 자가용-2연12행, 술주정-1연6행, 음주운전-2연12행, 돈풍년-2연12행, 약국간판-1연6행, 현수막-1연6행, 나무난로-1연6행, 삼림욕-1연6행, 불가마-1연6행, 숯가마-1연6행, 골프장-1연6행, 현관종소리-1연6행, 흔적-2연12행, 허욕-1연6행, 화살-1연6행, 인생행로-2연12행, 걸신(乞神)-2연12행, 여자모습-1연6행, 금두꺼비-2연12행, 찬상의 사신-1연6행, 웅동(熊洞)전설-1연6행, 백조의 낙원-1연6행, 꽃다람쥐-2연12행, 갈매기 쉼터-1연6행, 꿩돌이-사설시조, 멧돼지 자국-1연6행, 원앙이 한쌍-1연6행, 까치 천국-2연12행, 호랑나비-1연6행, 벌떼의 십계명-사설시조, 석청(石淸)-1연6행, 나무꼭두-1연6행, 천하대장군-2연12행, 호박엿장수-1연6행, 떠돌이 약장수-2연12행, 어느 여인의 한-2연12행, 태엽이 풀린 맥박-2연12행, 겨울 김치맛-1연6행, 바가지 장단(1)-1연6행, 바가지 장단(2)-1연6행, 바가지 장단(3)-1연6행, 가을의 미-2연12행, 닫힌 대문-2연12행, 꽃사랑-1연6행, 꽃의 여왕-2연12행, 춤추는 풀꽃-2연12행, 철쭉꽃-1연6행, 영동고속도로-2연12행, 홀로 나선 길인데-1연6행, 기계황소-1연6행, 어판장-2연12행, 대관령 옛 길 넘으며-3연9행, 초당두부마을-2연12행, 안흥찐빵-4연12행, 새끼호랑이-1연6행, 푸른들-1연6행, 산장 풍경-5연15행, 완행열차에서-2연12행, 유세장 풍경-2연12행, 바위를 바라보며-2연12행, 봄언덕 넘은 매화향기-4연12행,

세상사 쉬어가며-3연9행, 가을여행-2연12행, 피라미-1연6행.

〈해설〉성호(成昊-필명)의 시 세계-사랑의 축 만들기-유창근.

## II. 조명복(趙明福-필명-成昊 1937-2011)의 정형시 창작형태조사

| 시조집 | 1연 | 2연 | 3연 | 4연 | 5연 | 사설 | 장시조 | 총계 | 비고 |
|---|---|---|---|---|---|---|---|---|---|
| 산촌 | 50 | 35 | 2 | 2 | 1 | 2 | | 92 | |
| 총계 | 50 | 35 | 2 | 2 | 1 | 2 | | 92 | |
| 비율% | 54.3 | 38.0 | 2.1 | 2.1 | 1.0 | 2.1 | | 99.6 | |

↗ 작촌 조 병 희 (鵲村 趙炳喜 1910-2002)

# 鵲村 趙炳喜의 생애와 시조(동시조)문학

## Ⅰ. 들어가며

가람탄신 100주년 기념(李秉岐 1891-1968) 한국시조시인협회 주최로 91 가람시조 세미나가 전주에서 열려 찾아갔었다. 찜통같은 무더운 여름, 배롱나무 꽃이 곱게 핀 그늘에서 매미가 목청을 높일 때 수우재(守愚齋) 생가를 방문하였다. 그때 가람 선생 생질되는 조병희(1910-2002) 선생을 처음 만나 뵈었고, 탐방한 시조시인들께 수우재와 가람선생의 문화생활을 설명해 주셨다. 카랑카랑한 목소리와 하얀 백색 머리칼이 퍽 인상적이었다.

## Ⅱ. 펼치며

### 1. 鵲村 趙炳喜의 시조(동시조) 작품 조사

1) 표현

1980-합장-2연6행/ 까치-2연6행/ 호남벌-2연6행/ 1981-섣달의 음정-2연6행/ 1983(6권)-견훤성-2연12행/ 백련-3연18행/ 꿈결-평시조6행/ 1984(7권)-자화상-2연12행/ 귀뚜리 우는 밤-2연12행/ 풋나기 낚시-2연12행/ 1984(8권)-가람선생의 문학생활(1)/ 1985(9권)-가람선생의 문학생활(2)/ 1985(10권)-가람선생의 문학생활(完)/ 1986(11권)-시월-2연12행/ 석류-2연12행/ 1986(12집)-작품 없음/ 1987(13집)-동짓달 밤-2연12행/ 청매(青梅)-2연12행/ 金山寺 大寂光殿아!-3연18행/ 1987(14집)-지겟꾼-2연18행/ 미륵사지 발굴 곁에서-3연18행/ 금강유역의 홍수-3연18행/ 1988(15집)-돼지머리-2연12행/ 이조철 사병-2연12행/ 보경사(寶鏡寺)의 가을-2연12행/ 1989(17집)-무등산(無等山)의 단풍-2연12행/ 화엄사(華嚴寺)-2연12행/ 기도-2연12행.

(이하-자료 없음)

2) 시조문예

1982.-무지개-평시조3행

3) 전북신문

1980.1.25.-입동-2연6행/ 1981.1.15.-계명(鷄鳴)-2연6행/ 1981.6.30.-석류꽃-2연6행/ 1983.2.4.-입춘-2연6행

4) 한국시학

1982.4.30.-제야(除夜)의 인경소리((3연9행)

5) 한글새소식

1981.12.5.-한글학회 60돌을 맞이하여-5연15행

6) 차령3호

1979.8.20.-이조백자-3연9행

7) 한밭시조문학

1987. 창간호-제5집-작품 없음/ 1994. 제6집-마라톤의 영웅 황영조-2연12행, 일본을 눕혀낸 축구-2연2행, 낙엽-2연12행/ 1995. 제7집-호박꽃-2연12행, 버림받은 백제석불-2연12행, 허물리는 일제 총독부청사-2연12행.

8) 가람문학

1980. 창간호-삼천포(三千浦)-평시조6행, 천제연폭포-평시조6행/ 1981. 제2집-봄-2연12행, 수군대첩비-평시조6행, 쌍충사(雙忠祠)-2연12행/ 1982. 제3집-낙화암-2연12행, 노처(老妻)-2연12행/ 1983. 제4집-권금성-2연12행, 고군산(古群山)-2연12행, 동해-2연12행/ 1984. 제5집-송덕비-2연12행, 수석산방(壽石山房) 주인께-2연12행/ 1985. 제6집-석공장의 환상-평시조6행, 삼탄대(三彈坮)-평시조6행, 명량의 진도대교-평시조6행, 건널목-평시조6행, 무궁화나무-평시조6행/ 1986. 제7집-개구리의 수난-평시조6행, 늦가을의 허수아비-평시조6행, 병석의 아들-2연12행, 은장도-2연12행/ 1987. 제8집-미륵사 터 발굴-3연18행, 금강 하구 둑-2연12행, 할머니 상-2연12행/ 1988. 제9집-기왓장-2연12행/ 친구의 병상에서-2연12행, 고장(1)-2연12행/ 1989. 제10집 작품 없음/ 1990. 제11집 봄은 다가 왔는데-2연12행, 성묘-2

연12행, 고 박봉우 시인에게-3연18행, 과후-2연12행, 꽃과 밤손님-평시조 6행/ 1991. 제12집-금강 하구둑-평시조6행, 윤봉길 의사의 고택-평시조6행, 수덕사 대웅전-평시조6행, 덕산 온천에서-평시조6행, 추사(秋史)선생의 고택에서-평시조6행, 온양민속박물관-평시조6행, 독립기념관에서-평시조8행, 무령왕릉의 유물-평시조7행/ 1992. 제13집-작품 없음/ 1993. 제14집-도수장에 몰려가는 소-2연12행, 남고사(南固寺) 느티나무-2연12행, 봄 기운-2연12행/ 1994. 제15집-황토현-2연12행, 앵곡(鶯谷)-2연12행, 사물놀이-평시조6행/ 1995. 제16집-갯벌의 여인네들-2연12행, 철사유(鐵砂釉)-2연12행, 어이산(모악산)-3연18행/ 1996. 제17집-독도는 장백산의 마지막 작품-2연12행, 해후(邂逅)-2연12행, 숙명의 한일 축구전-2연12행/ 1997. 제18집-제야의 인경소리-2연12행, 시호(試豪)-2연12행/ 1998. 제19집-산당화-2연12행.

9) 시조문학

1977. 가을호-청령포-3연9행, 저무는 서울거리-2연6행/ 1978. 겨울호-갈재(蘆嶺)-2연6행/ 1979. 봄호-건란의 낙화-2연6행/ 1979. 여름호-병석-2연6행/ 1980. 가을호-보리고개-3연9행/ 1980. 겨울호-새치기-2연6행/ 1981. 봄호-반포의 겨울 밤-2연6행, 백련-평시조 3행, 백제 탑-2연6행/ 1981. 가을호-고살늙은이-3연9행/ 1982. 봄호-자수-3연9행/ 1982. 가을호-진달래-2연6행/ 1982. 겨울호-불일폭포-평시조3행, 백련사-3연18행/ 1983. 여름호-산막-평시조3행/ 1990. 여름호-추석명절-2연12행/ 1990. 겨울호-동짓날-3연18행, 우수절-2연6행/ 1991. 여름호-가람선생의 문학생활(1)(2) 표현지 8. 9. 10호. 조병희(1910-2002), 가람선생의 문학생활(完)가람선생의 일화-한글새소식 1982.5.5 p.24-p.110까지-가람탄신 100주년 기념특집/ 1991. 가을호-역사는 사람이 만드는 것-사설시조/ 1992. 여름호-거두리 참봉 이보한-3연18행/ 1992. 겨울호-월하선생의 팔순을 기려-3연18행/ 1994. 겨울호-태풍 브랜던호-2연12행/ 1998. 가을호-조선의 은가락지-2연12행/ 1999. 겨울호-청간정(淸澗亭)-2연12행.

10) 전라시조

1985. 제2집-망월-3연9행(1984. 창간호-작품없음)/ 1986. 제3집-진묵과 봉서사-3연18행(4집~7집-작품없음)/ 1991. 제8집-완산(完山)-3연18행/ 1992. 제9집-전주천-평시조6행, 다가정의 꾀꼬리-평시조6행, 건지산의 송림-평시조6행, 경편철도(輕便鐵道)평시조6행, 두무수(놀이터)-평시조6행/ 1993. 제10집-봄은 왔는데-3연18행, 병줄에서 벗어날 무렵-2연12행/ 1993. 제11집-농촌의 초가을 풍경-평시조6행, 추억의 강나루터-평시조6행, 장마-평시조6행, 청학동-평시조6행, 도시 변두리-평시조6행/ 1994. 제12집-덕진의 추억-2연12행, 황토현-2연12행/ 1995. 제13집-피아골-평시조6행, 고별사-평시조6행, 마라톤의 영웅 황영조-평시조6행, 일본을 눕혀낸 축구-평시조6행, 낙엽-평시조6행/ 1995. 제14집-봄소식-2연12행, 어이산(모악산)-2연12행, 철사유(鐵砂釉)-2연12행, 배자와 홍매꽃-2연12행/ 1995. 제15집-보광재-2연12행, 침략을 아니했다고-2연12행, 무더위-2연12행/ 1996. 제16집-만남 외 4편, 평시조6행5수/ 1996. 제17집-바둑왕 이창호-평시조8행, 수석-평시조8행, 백련-평시조9행, 사릉(思陵)-2연12행, 홍릉(洪陵)-2연12행/ 1997. 제18집-가을의 점경 외 3편. 평시조4수(19집-자료없음)/ 1998. 제20집-서래원(西來院) 한나절-2연12행(21집-작품없음)/ 1999. 제22집-청와당(聽蛙堂) 외 4편, 평시조5수(23집-작품없음)/ 2000. 제24집-늦가을-2연12행, 백제금동대향로-2연12행, 토림을 고별하고-3연18행/ 2000. 제25집-손거울 외 1편-2연2행. 2수/ 2001. 제26집-치당(恥堂)선생-3연18행, 사무라이(일본국수파들)-2연12행, 거두리 이보한(1872-1931)-3연18행/ 2001. 제27집-분판(粉板)글씨-2연12행, 산당화-2연12행, 소나기-2연12행/ 2001. 제28집-봄소식-2연12행, 조국의 금메달-2연12행, 겉절이-평시조6행/ 2002. 제29집-다가공원-3연18행/ 2003. 제30집-〈추모특집〉봄 소식-2연12행, 낙엽-2연12행, 소나기-2연12행, 모과나무-2연12행, 도시 변두리-2연12행, 동심-2연12행, 창문을 열어 제치면-2연12행, 자화상-2연12행, 자수-3연18행.

11) 한국동시조

1995. 제2호-무지개-평동시조6행, 마라톤의 영웅 황영조-2연12행, 일본을 눕혀낸 축구-2연12행/ 1996. 제3호-봉선화-평동시조6행, 살구-2연12행/ 1997. 제4호-감자구이-평동시조6행, 장승-평동시조6행/ 1998. 봄호-그리움-평동시조6행, 단비-평동시조6행/ 1998. 가을호-달랑쇠-평동시조6행, 복실이-평동시조6행/ 2000. 봄호-오늘날의 꼬마들-2연12행/ 2001. 가을호-동심-2연12행.

12) 현대동시조

2006. 제7집-봉선화-평동시조6행, 한국현대동시조선집-봉선화-평동시조1수.

13) 향촌문학

1989. 창간호-산막-1연9행, 늦가을의 허수아비-1연9행, 호남벌-2연 12행, 창문을 열어 제치면-2연18행/ 1991. 제2집-錦江 河口 둑에서-2연12행, 겉절이-1연6행, 야국-1연9행, 단풍-1연9행/ 1992. 제3집-검정별-3연18행, 가로수-2연12행, 거두리 이보한-3연1행/ 1993. 제4집-입춘-2연12행, 낙화암-2연12행, 호남벌-2연12행, 석류-2연12행, 백지-2연12행/ 1994. 제5집- 사월-2연12행, 진도대교-2연12행, 겨울의 서곡-2연12행, 갯땅-2연12행/ 1995. 제6집-계명(鷄鳴)-2연12행, 새치기-2연12행, 찻집-2연12행, 한라산의 오월-2연12행/ 1996. 제7집-백제탑-2연12행, 보릿고개-3연9행, 제야의 인경소리-2연12행, 갈재(蘆嶺)-2연12행, 꿈결-1연7행, 소나기-3연9행/ 1997. 제8집-고매(古梅)-1연7행, 백련(白蓮)-1연9행, 병줄에서 벗어날 무렵-2연12행, 황토현-2연12행/ 1998. 제9집-가을의 점경(點景)-2연12행, 금산사(金山寺)의 한나절-2연12행, 명필 이삼만(李三晩)의 유허-2연12행, 보광(普光)재-2연12행, 해후(邂逅)-2연12행/ 1999. 제10집-아낙네의 은가락지-2연12행, 회화나무-2연12행/ 2000. 제11집-모과나무-2연12행, 토림(土林)의 취우도-2연12행, 토림(土林)의 수묵하경-2연12행, 청간정(淸澗亭)-2연13행, 병석에서 보는 청매꽃-2연12행/ 2001. 제12집-청매와 폭설-2연12행, 청매와 꿀

벌-2연12행, 서원고개-2연12행, 서원너머-2연12행, 도수장으로 끌려가는 황소-2연12행/ 2002. 제13집-망부석-2연12행, 삼탄대(三彈坮)-2연12행, 자화상-2연12행, 진묵(震黙)과 봉서사(鳳棲寺)-2연12행, 풋내기 낚시-2연12행.

## 2. 작촌-조병희의 시조시 창작형태조사

| 시조시집 | 평시조 | 2연 | 3연 | 4연 | 5연 | 사설 | 장시조 | 엇시조 | 동시조 | 비고 |
|---|---|---|---|---|---|---|---|---|---|---|
| 새벽녘 까치소리 | 22 | 60 | 20 | 2 | 2 | | | | | 106수 |
| 表現 | 6 | 18 | 5 | | | | | | | 29수 |
| 시조문예 | 1 | | | | | | | | | 1수 |
| 전북신문 | | 4 | | | | | | | | 4수 |
| 한국시학 | | | 1 | | | | | | | 1수 |
| 한글소식 | | | | | 1 | | | | | 1수 |
| 차령3호 | | | 1 | | | | | | | 1수 |
| 한밭시조 | | 6 | | | | | | | | 6수 |
| 가람문학 | 20 | 31 | 3 | | | | | | | 54수 |
| 시조문학 | 3 | 134 | 8 | | | 1 | | | | 146수 |
| 전라시조 | 25 | 36 | 8 | | | | | | | 69수 |
| 한국 동시조 | 8 | 5 | | | | | | | 13 | 13수 |
| 현대 동시조 | 2 | | | | | | | | 2 | 2수 |
| 향촌문학 | 8 | 44 | 4 | | | | | | | 56수 |
| 총계 | 95 | 338 | 50 | 2 | 3 | 1 | | | | 489수 |
| 비율% | 19.43 | 69.12 | 10.23 | 0.41 | 0.61 | 0.2 | | | 3.1 | |
| 詩的傾向 | 鄕土的 事物時, 思惟時로 變容 | | | | | | | | | 중복 포함 |

## Ⅲ. 작촌 조병희의 정형시 창작의 특색

1) 향토적 사물시를 중심으로 단형시조나 2연시조 창작의 우월성으로 미루어 보아 평시조(동시조) 작품을 많이 남겼다.

2) 한시, 서예, 문화재 등 詩, 書, 畵에 관련된 주제시조가 많았으며 조예가 깊은 작품과 겨레 걱정을 선보인 작품이 특색을 이룬다.

3) 옛날 藝, 學, 禮의 문물제도를 평생 수집 정리하여 후세의 가르침이 되도록 진력하며 현대동시조 작품도 여러 수(首) 남겼다.

## Ⅳ. 작촌 조병희의 평시조 감상

1) 까치

가죽나무 세발가지 삭정이 둥지에선/ 여명을 쪼는 소리 창살을 두드린다/ 봄 앓이 야윈 삭신에 저리 저리 도는 핏기.

〈1980. 9. 1 표현〉

2) 무지개

녹두꽃 자주 빛이 청포장수 눈물 빛이/ 깃 꺾인 파랑새의 흐르는 핏물 빛이/ 만석보 물코 우닐 제 천심 멀리 뻗은걸까.

〈1982. 12. 1 시조문예〉

## Ⅴ. 나오며

충분한 자료조사가 부족해서 완벽한 조사연구가 어렵지만 평생 동안 시조(동시조) 작품을 어떤 방향으로 이끌고 왔는지 그 개념 정도는 추측 예상할 수 있었다.

평시조가 95수 19.43%, 2연시조가 338수 69.12%, 3연시조가 50수 10.23%를 차지하고 있었으며 현대동시조도 15수를 창작하였다. 제한된 자료 수집으로 폭넓은 조사연구의 성과는 독자의 몫으로 남기고 싶으며 삼가 고인의 명복을 빌며 끝을 맺는다.

## ↗ 조운(曺雲 본명-曺柱鉉 1900-1949)

### Ⅰ. 한국시조큰사전. 1985.

가을비-1연3행, 고매(古매)-1연3행, 고향하늘-1연3행, 구룡폭포-2연6행, 나올제 바라봐도-1연3행, 눈-1연3행, 눈아침-1연3행, 딸에게-1연3행, 덥고 긴날-1연3행, 도라지꽃-1연3행, 면회(面會)-1연3행, 무꽃-1연3행, 비맞고 찾아온 벗에게-2연6행, 산사폭우-1연3행, 상치쌈-1연3행, 서해(曙海)야, 분려(芬麗)야-서해(曙海)야-4연12행, 분려(芬麗)야-2연6행, 석담신음(石潭新吟-10연30행, 석류-1연3행, 선죽교(善竹橋)-3연9행, 설월야(雪月夜)-1연3행, 설청(雪晴)-1연3행, 시조(時調) 한 장(章)-1연3행, 아내에게-1연3행, 야국(野菊)-1연3행, 어머니 얼굴-1연3행, 어머니 회갑에-3연9행, 여서(女書)를 받고-2연6행, X월X일 · 晴(1)-1연3행, X월X일(2)-1연3행, 오랑캐꽃-1연3행, 옥잠화(玉簪花)-1연3행, 우음(偶吟)-1연3행, 우장(雨裝)없이 나선 길에서-1연3행, 원단(元旦)-1연3행, 일요일(日曜日)밤에-1연3행, 잠든 아가-1연3행, 정운애애(停雲靄靄)-3연9행, 채송화-1연3행, 추운(秋雲)-1연3행, 출범(出帆)-1연3행, 파초(芭蕉)-1연3행, 한야(寒夜)-1연3행, 호월(湖月)-3연9행, 황진이(黃眞伊)-1연3행.

### Ⅱ. 조운(曺雲)시조집(복간-2000)

석류(石榴)-1연7행, 채송화(菜松花)-1연6행, 고매(古梅)-1연6행, 난초(蘭草)잎-1연7행, 오랑캐꽃-1연7행, 파초(芭蕉)-1연8행, 무꽃-1연7행, 도라지꽃-1연7행, 옥잠화(玉簪花)-1연5행, 야국(野菊)-1연7행, 부엉이-1연8행, 앵무-1연7행, 갈매기-1연7행, 설청(雪晴)-1연7행, 독거(獨居)-1연7행, 그매화(梅花)-1연6행, 제가(題家)-1연6행, 노도(怒濤)-1연7행, 시조(時調) 한 장(章)-1연7행, 상치쌈-1연6행, 석량(夕凉)-1연6행, 추운(秋雲)-1연5행, 우음(偶吟)-1연8행, 잠든 아가-1연6행, 한창(寒窓)-1연6행, 별-1연6행, 눈-1연5

행, 설월야(雪月夜)-1연7행, 해불암낙조(海佛菴落照)-1연7행, 불갑사(佛甲寺) 일광당(一光堂)-1연8행, 산사폭우(山寺暴雨)-1연6행, 출범(出帆)-1연8행, 수영(水營) 울돌목-1연6행, 만월대(滿月臺)에서-2연6행, 선죽교(善竹橋)-3연9행, 호월(湖月)-3연9행, 구룡폭포(九龍瀑布)-사설시조, 석담신음(石潭新吟)-10연30행, 책을 보다가-1연6행, 비맞고 찾아온 벗에게-2연6행, 어머니 회갑(回甲)에-3연9행, 성묘(省墓)-1연6행, 아바지 얼굴-1연6행, 고우죽창(故友竹窓)-1연5행, 돌아다 뵈는 길-4연12행, 병우(病友)를 두고-5연15행, 정운애애(停雲靄靄)-3연9행, 우장(雨裝)없이 나선 길에-1연6행, 서해(曙海)야, 분려(芬麗)야--서해(曙海)야-4연27행, 분려(芬麗)-2연14행, 망명아(亡命兒)들-1연6행, 황진이(黃眞伊)-1연7행, 파란병정(波瀾兵丁)-1연9행, 원단(元旦)-1연6행, XX일(日)-1연6행, 십일월십삼일(十一月十三日)1연6행, 복습(復習) 시키다가-1연5행, X월X일-1연6행, X월X일-1연6행, 일요일(日曜日)밤에-1연6행, X월X일-1연6행, 눈아침-1연6행, X월X일-1연5행, X월X일 · 晴 -1연6행, 고향(故鄕)하늘-1연7행, 한야(寒夜)-1연8행, 어머니 생각-1연3행, 아내에게-1연3행, 딸에게-1연3행, 여서(女書)를 받고-2연15행, 면회(面會)-1연6행, 어머니 얼굴-1연7행, 덥고 긴 날-1연6행, 나올제 바다봐도-1연7행, 법성포12경 선진귀범(仙津歸帆)-1연3행, 옥녀조운(玉女朝雲)-1연3행, 서산낙조(西山落照)-1연3행, 구유청풍(九牰晴風)-1연3행, 선암모종(仙菴暮鐘)-1연3행, 응암어적(鷹岩漁笛)-1연3행, 동령추월(東嶺秋月)-1연3행, 후산단풍(後山丹楓)-1연3행, 정조낙안(鼎鳥落雁)-1연3행, 대랑모경(待郎慕烱)-1연3행, 마촌추가(馬村推歌)-1연3행, 칠산어화(七山魚火1연3행, 초하(初夏)-5연30행, 한강소경(漢江小景)-7연21행, 모비네집 생각이 난다-5연30행, 금일(今日)-4연23행, 영호청조(暎湖淸調)-21연67행, 추인회영초(秋蚓會詠草)-사향(思鄕)-1연3행, 울음-1연3행, 아이고 아이고-3연9행, 노고지리-2연6행, 뉘를 찾아-2연6행, 하고 싶은 말-2연6행. 사향(思鄕)-3연8행, 미망(未忘)-3연9행, 고대(苦待)-3연9행, 해-3연18행, 봄비-2연6행, 예,이사람-3연9행, 머무른 꽂-2연6행, 달도 노엽다-1연3행, 춘야부단(春夜不短)-2연13행, 완산칠영(完山七詠)-오목대(梧木臺)에서-1연5행, 풍남루(豊南樓)-2연12행, 목추천(木秋川)-1연6행, 한벽당(寒碧堂)-2연11행, 무제(無題)-1연8행, 명절(名節)안 날-2연16행, 설창(雪窓)-1연6행, 독좌(獨坐)-1연3행, 금만경(金萬頃)들-2연12행, 고부 두승산(古阜斗升山)-2연6행, 유자(柚子)-2연6행, 〈자유시〉-32수.

〈해설〉조운 시조의 전통계승과 의의-김현선.

〈내가 만난 조운시조-조운 시조집은 책이 아니고 차라리 스승이었다. 조운연보〉-조운작품연보.

### III. 조운(曺雲(본명-曺柱鉉 1900-1949)의 정형시 창작형태조사

| 시조집 | 1연 | 2연 | 3연 | 4연 | 5연 | 사설 | 장시조 | 현대시 | 총계 | 비고 |
|---|---|---|---|---|---|---|---|---|---|---|
| 한국시조 | 32 | 4 | 4 | 1 | | | 2 | | 43 | |
| 시조집 | 83 | 15 | 9 | 5 | 3 | 1 | 3 | | 119 | |
| 총계 | 115 | 19 | 13 | 6 | 3 | 1 | 5 | | 162 | |
| 비율% | 70.9 | 11.7 | 8.0 | 3.7 | 1.8 | 0.6 | 3.0 | 32 | 99.7 | |

## ↗ 찬샘 조 일 남(趙一男 1943-2007)

### Ⅰ. 들어가며

집필자와 찬샘과의 첫 상견례는 충남교육회관 4층 강당에서 가람문학 제10집 출판기념회(1989년 6월 10일)를 개최했을 때 처음 만났다. 그 후 전국한밭시조백일장이 해마다 열리면서 초·중학교 어린이들의 작품을 심사했고 붓대를 휘어잡은 일이 기억에 남는다. 세상을 뜨기 전에 하얀민들레 생즙을 복용해 보라고 권유했으며, 사오년간 민들레 생즙을 애용했으며, 그 시조작품을 시조문학에 〈민들레 김치〉를 발표한 일이 있다고 경험담을 알려준 일도 있었다. 또 찬샘 시인이 충남여중에 있을 때 〈고향노래〉를 10권 보내주고 현대동시조 작품을 청탁한 일이 있으며 꽃나무 손질이 바쁘신 일과를 보내고 있었다.

### Ⅱ. 펼치며

#### 1. 시조문학

1989. 겨울호-경주 1989년-2연13행/ 1990. 가을호-계족산-3연18행/ 1992. 겨울호-팔월에는-3연9행/ 1994. 겨울호-한산섬-2연15행/ 2002. 가을호-용산사(龍山寺)-3연9행, 수잔루드베키아-3연18행, 상아에 새긴 혼-2연11행, 인도네시아 바탐섬-3연9행, 엄지손가락-1연7행/ 2003. 가을호-아파트에 내리는 비-1연8행, 피로-1연6행/ 2006. 가을호-오월초 산기슭 까투리는-2연12행.

#### 2. 현대시조

1983. 가을호-변질-2연20행/ 1989. 가을호-여인에게-3연9행/ 1991. 봄호-문경새재-1연6행, 조선솔-1연6행, 주막집-1연6행, 행군하는군인-1연6행/ 1999. 가을호-단오에는 밤꽃이 핀다-2연12행, 버드내 산다(2)-2연13행/

2003. 여름호-지완이-2연17행, 귤-1연6행.

3. 가람문학

1981. 제2집-폭죽-2연6행/ 1982. 제3집-진혼(鎭魂)-3연18행, 까치집-1연 6행, 봄비-1연6행/ 1983. 제4집-유월에-2연12행, 봄에-2연12행, 주차장 주변-3연19행, 공간-3연19행/ 1984. 제5집-노랑병아리-2연12행, 탈곡-3연17 행, 동산에 올라-3연18행.(시작노트)/ 1985. 제6집-들판-2연6행, 서울-2연 10행, 덕유산-3연18행, 가풍-3연18행, 밤-1연3행, 가로수-3연9행/ 1986. 제 7집-작은 우주-3연18행, 봄날에-3연19행, 고개-3연18행, 가을밤-사설시조/ 1987. 제8집-죽음의 미학-3연18행, 봄산에 가니-2연12행, 밤-4연24행.(시 작노트)/ 1988. 제9집-88 그 횃불-2연12행, 심안(心眼)-3연9행, 물길-3연18 행, 우리 시골-4연12행/ 1989. 제10집-그대의 노래-3연21행, 주발송(周鉢頌)-3연18행, 솔-3연18행, 그런 날-2연14행, 말-사설시조-대추나무-3연20 행/ 1990. 제11집-삶이 기도를-3연21행, 봄이라서-3연21행, 무제(無題)-1 연7행/ 1991. 제12집-물잣는 강이여-4연24행, 가다가-2연12행, 창호지-1연 7행/ 1992. 제13집-현암사-2연13행, 어머니(1)-1연9행, 소풍-3연18행/ 19 93. 제14집-자연, 종교, 시가 녹아든 삶-회갑특집(산문), 꿈돌이-1연8행, 닭 울음그치고-2연13행, 현암고 아래-3연9행, 신록-2연6행/ 1994. 제15집-송 씨고택에 피는 철쭉-3연9행, 아! 고구려-3연18행, 수채화-2연14행, 옥류각 -2연12행/ 1995. 제16집-지사총(志士塚)-사설시조, 엑스포 93 그자리-2연 12행, 7월-1연9행/ 1996. 제17집-독도가 던진 화두-3연12행, 체내시계-2연 12행, 착시-2연12행/ 1997. 제18집-할미꽃-2연13행, 호피석(虎皮石)-2연12 행, 기운-2연12행, 쌓인다-사설/ 1998. 제19집-박팽년선생 유허에서-5연36 행, 손돌목-2연12행, 판문점 단상-4연12행/ 1999. 제20집-한솔길-3연9행/ 2000. 제21집-시내버스-2연14행, 중바위-3연19행, 고인의 장서-3연18행/ 2001. 제22집-현재상황-사설시조, 버드내산(10)-2연12행/ 2002. 제23집-산에 오르다-4연12행, 기도하고 싶을 때-2연12행, 김영희 닥종이나라-2연6행

/ 2003. 제24집-서울역 기차타기-사설시조, 산수유꽃-1연6행, 유채꽃-2연14행, 마라도와 산방산-2연13행, 놀이터-1연6행, 지완이-2연17행/ 2004. 제25집-교정에 오는 봄-2연14행, 꽃꽂이에 물주기-사설시조, 봉래산.시.9-구룡대-4연25행/ 2005. 제26집-봄이 오는 교정-산수유-1연6행, 제비꽃-2연6행, 민들레꽃-2연6행, 다시 제비꽃-2연6행, 씀바귀-1연7행/ 2006. 제27집-구봉산-2연12행, 계족산-3연18행, 도솔산-2연12행, 내가 본 그 나라 색깔(캄보디아)-2연12행, 캐나다-1연6행, 타프롬의 반야나무-2연15행/ 2007. 제28집-병상에서-1연6행, 믿음-2연13행, 관평천 산책로-2연12행/ 2008. 제29집-보문산-2연12행, 빈계산-2연12행, 구봉산-2연12행, 계족산-3연18행.

4. 호서문학

1988. 제14집-통도사 길을 가며-3연18행, 허난설헌-3연18행, 남삼에 올라-3연9행/ 1989. 제15집-1989년 8월 어느날-사설시조/ 1990. 제16집-우리 앞의 여유-사설시조/ 1991. 제17집-구천동야영-사설시조/ 1992. 제18집-잠자리-사설시조/ 1993. 제19집-이제는-사설시조/ 1994. 제20집-노점상금지구역-2연6행/ 1996. 제22집-구음(口音)-2연19행/ 1998. 제24집-박팽년선생 유허에서-5연35행/ 2000. 제21호-2000.8.15.-2연13행/ 2001. 제22호-어머니 계신 시골집 가면-3연9행/ 2002. 제23호-남으로 가며-3연18행/ 2003. 제24호-까마귀-2연12행/ 2004. 제25호-계룡산 빗소리-2연13행/ 2005. 제26호-짜증-2연15행/ 2006. 제27호-오월초 산기슭 까투리는-2연12행 / 2007. 제28호-(추모특집)-호피석(虎皮石)-2연12행, 때로는-3연18행, 풍란(風蘭)-2연14행, 무화과(無花果)-3연18행, 가다가-2연12행.

5. 한밭시조문학

1987. 창간호-영농약사-3연25행, 상여(喪輿)-2연13행/ 1988. 제2집-사진첩-3연22행, 교단에서(1)-3연19행, 참꽃 필 때-3연21행/ 1989. 제3집-가을에-2연12행, 어죽을 들며-2연12행, 대둔산-2연12행/ 1990. 제4집-사랑이

어디-3연18행, 소심난(素心蘭)-1연6행, 재활병동-3연19행, 문명은 저주-3연19행/ 1993. 제5집-길에서-1연6행, 삶이-1연6행, 고향이-1연6행, 계족산-3연20행, 무제(無題)-1연7행, 억새풀-1연7행, 창호지-1연7행, 잠자리-사설시조, 소심난-1연6행, 현암교 아래-3연9행, 도리깨질-2연13행, 수락계곡-3연9행/ 1994. 제6집-하늘-2연12행, 금(琴)-1연6행/ 1995. 제7집-샘머리공원-3연18행, 생명-3연19행/ 1996. 제8집-산쌓기-2연12행, 탄금대-2연12행, 내 친구(1)-2연10행, 내 친구(2)-2연13행/ 1997. 제9집-우후계룡-2연12행, 소백산-2연17행, 삼청공원-2연13행, 이변-3연29행/ 1998. 제10집-탐라 구혼여행-2연14행, 착시-1연7행, 만장굴-2연14행, 무화과-3연18행/ 1999. 제11집-서대전역-2연12행, 길놀이-3연9행, 산에 가면 산이 되고-2연12행, 버드내 산다(6)-1연6행, 버드내 산다(7)-2연12행, 버드내 산다(8)-사설시조/ 2000. 제12집-서대산-5연15행, 금산이 아름답다-3연9행/ 2001. 제13집-대왕암-3연12행, 어머니 계신 시골집에 가면-3연9행, 준희도 왔구나-2연12행/ 2002. 제14집-태봉재-2연12행, 긴 장마 뒤 세천에 가니-2연17행, 사랑해-사설시조/ 2003. 제15집-마타리-3연15행, 구름다리-2연12행, 피로-1연6행, 나도 아파트로 간다-2연12행, 이승을 접고-사설시/ 2004. 제16집-세미나-4연12행, 삶-2연12행, 네 살배기 손녀가-2연14행, 금산봉황천-5연15행, 아현이-2연12행/ 2005. 제17집-잡초-1연6행, 하키경기장-1연6행/ 2006. 제18집-돌 지난 영현이도-3연9행, 현충원 제비꽃-3연9행, 서현이가 부활절에 받아온 달걀-3연9행, 서현이와 야니-2연12행, 바나나아이스크림-1연6행.

6. 대전문학

1989. 창간호-공(空)-1연8행, 역사-1연8행/ 1990. 제3호-세대와 세대와-2연14행/ 1991. 제5호-정(情)-1연9행/ 1992. 제7호-산이 되어-3연18행/ 1993. 제8호-보문산성-3연18행/ 1993. 제9호-물을 잣는 강이여-4연24행/ 1994. 제10호-현암교 아래-2연12행/ 1996. 제14호-세월-2연12행/ 1996. 제15호-쌍무지개-2연13행/ 1997. 제16호-살아있음에-2연12행/ 1997. 제17호

-어떤 부자상(1)-2연14행/ 1999. 제21호-산에 가면 산이 되고-2연12행/ 2000. 제22호-풍란(風蘭)-2연14행/ 2000. 제23호-아내의 여름나기-3연18행/2001. 제24호-네가 왔구나-3연18행/ 2001. 제25호-비갠 뒤 식장산 가니 -1연6행/ 2002. 제26호-밀어야지-3연9행/ 2002. 제27호-아가들-2연15행/ 2003. 제28호-귤-1연7행/ 2003. 제29호-유리창-3연18행/ 2004. 제30호-교정 안에 오는 봄-2연14행/ 2004. 제31호-대전바다-1연7행/ 2005. 제33호-열굴-2연12행/ 2006. 제34호-승부역-2연13행/ 2006. 제36호-이사하기-2연12행/2007. 제37호-삶이-1연7행, 때로는-3연18행, 딸과 손녀 그리기-3연17행, 청치마 상추-2연14행, 부활의 십자가-2연14행.

7. 오늘의문학

1994. 봄호-겨울산-3연18행/ 1996. 여름호-연(鳶)-2연12행, 세모-3연18행/ 1998. 가을호-새벽-2연13행, 비 갠 뒤 식장산 가니-1연6행/ 1999. 가을호-버드내 산다(5)-사설시조/ 2000. 가을호-버드내 산다(4)-사설시조/ 2003. 봄호-어머니(1)-1연9행/ 2003. 가을호-부부-3연19행/ 2006. 겨울호-풍란-2연14행, 무화과-3연18행, 참꽃 필 때-3연13행, 삼밭에 쑥대처럼-3연18행, 손톱눈-2연17행.

8. 미래문학

2001. 제4집-세월-2연12행, 수락계곡-1연6행, 석천암-1연6행, 군지계곡 -1연5행/ 2001. 제5집-손녀가-2연12행/ 2004. 제11호-강아지풀-1연7행/ 2007. 제16호-풍란(風蘭)-2연14행.

9. 동시조문학

1987. 봄호-미루나무-2연12행/ 1987. 가을호-토끼풀밭-2연13행/ 1988. 겨울호-가을 아침-2연6행.

10. 동시조사상(창간호(1988.2.15)

1988. 창간호-민들레-1연7행, 한문시간-1연6행, 아가눈-1연8행, 개울-1연6행.

11. 한국동시조

2005. 제20호-풀벌레-1연6행.

12. 현대동시조

2000. 창간호-해동-1연8행/ 2001. 제2호-미루나무-2연12행, 글-1연6행/ 2002. 제3호-준희가 건네요-1연6행/ 2003. 제4호-작품 없음/ 2004. 제5호-서현이가 보기엔-1연8행, 결혼-1연6행/ 2005. 제6호-준하는-2연12행/2006. 제7호-풀벌레-1연6행/ 2007. 제8호-강아지풀-1연7행/ 2009. 현대동시조선집-강아지풀-1연7행.

13. 때로는-시조집

1) 민들레-1연7행. 2) 봄이라서-3연21행. 3) 소백산-2연17행. 4) 남으로 가며-3연18행. 5) 생명-3연19행. 6) 우후계룡-2연12행. 7) 하늘-2연13행. 8) 유혹-2연12행. 9) 억새풀-1연7행. 10) 개울-1연12행. 11) 신록-2연6행. 12) 계족산-3연20행. 13) 소심난(素心蘭)-1연6행. 14) 대둔산-2연12행. 15) 가을아침-2연13행. 16) 가을에-2연12행. 17) 물잣는 강이여-4연24행. 18) 솔-딸아이네 교정에서-3연18행. 19) 덕유산-3연18행. 20) 호피석(虎皮石)-2연13행. 21) 모항-2연12행. 22) 눈-2연6행. 23) 아가눈-1연10행. 24) 갈증-3연18행. 25) 고압선-2연12행. 26) 아파트단지 노점상 금지구역-2연6행. 27) 산이 되어-3연18행. 28) 이제는-사설시조. 29) 삼청공원-2연13행. 30) 사랑이 어디-2연12행. 31) 어죽을 들며-2연12행. 32) 영농약사(營農略史)-4연25행. 33) 닭울음 그치고-2연13행. 34) 할미꽃-2연13행. 35) 방심-2연12행. 36) 수채화-2연14행. 37) 노랑병아리-2연12행. 38) 주차장 주변-2

연14행. 39) 그대의 노래-3연21행. 40) 말-사설시조. 41) 7월-1연9행. 42) 눈의 변주-들판-2연6행. 43) 서울-2연6행. 44) 어머니(1)-1연9행. 45) 삼장막(蔘場幕)-2연13행. 46) 금산 장날-2연12행. 47) 동산에 올라-3연18행. 48) 탈곡-3연18행. 49)무신경증후군-2연14행. 50)한문시간-1연6행. 51)세대와 세대와-2연14행 52) 구천동 야영-사설시조. 53) 소풍-3연18행. 54) 공간-3연18행. 55) 가풍-3연18행. 57) 부부-3연19행. 58) 우리 시골-4연12행. 59) 무제-1연9행. 60) 금(琴)-1연7행. 61) 밤-4연24행. 62) 봄산에 가니-2연12행. 63) 심안(心眼)-3연9행. 64) 통도사 길을 가며-3연18행. 65) 도선사 마애석불-3연18행. 66) 때로는-3연18행. 67) 단수2제-공(空)-1연8행. 68) 역사-1연8행. 69) 잠자리-사설시조. 70) 산쌓기-2연12행. 71) 길에서-1연6행. 72) 삶이-1연6행. 73) 고향이-1연6행. 74) 재활병동-3연19행. 75) 삶이 기도를-3연18행. 76) 지사총-사설시조. 77) 그런 날-2연14행. 78) 죽음의 미학-3연18행. 79) 부호(符號)-2연6행. 80) 구음(口音)-2연10행. 81) 주발송(周鉢頌)-3연18행. 82) 보문산성-3연18행. 83) 허난설헌-3연18행. 84) 옥류각-2연12행. 85) 송씨고택에 피는 철쭉-2연6행. 86) 아! 고구려-3연18행. 87) 현암사-2연13행. 88) 88 그 횃불-2연12행. 89) 남산에 올라-3연19행. 90) 창호지-1연7행. 91) 상여-2연11행. 92) 까치설날 까치는 총을 맞고-4연18행. 93) 경주 1989년-2연13행. 94) 1989년 8월 어느 날-사설시조. 95) 엑스포 93 그자리-2연12행. 96) 독도 가던 진화두-3연12행. 97) 강화도-3연18행.

14. 비 갠 뒤 식장산 가니-시조집

1) 강아지풀-1연7행. 2) 도꼬마리-2연14행. 3) 질경이-2연14행. 4) 수잔루드베키아-3연18행. 5) 풍란-2연14행. 6) 무화과-3연18행. 7) 해동-1연8행. 8) 교정에 오는 봄-2연14행. 9) 참꽃 필 때-3연13행. 10) 단오에는 밤꽃이 핀다-2연12행. 11) 아내의 여름나기-3연18행. 12) 매미나무-2연12행. 13) 김영희 닥종이나라-2연6행. 14) 삼밭에 쑥대처럼-3연18행. 15) 긴장마

끝에-3연18행. 16) 학이어라-3연9행. 17) 한결같이 걸어온 길-3연18행. 18) 한길-2연12행. 19) 가다가-2연12행. 20) 쌓인다-사설시조. 21) 삶-2연12행. 22) 믿어야지-3연9행. 23) 시내버스-2연14행. 24) 서울역 기차타기-사설시조. 25) 도배-3연9행. 26) 학교유리창 닦기-2연12행. 27) 1989.8. 어느날-사설시조. 28) 손톱눈-2연17행. 29) 나는-1연8행. 30) 나도 아파트로 간다-2연12행. 31) 이승을 접고-사설시조. 32) 사냥꾼-2연12행. 33) 마무리-2연14행. 34) 진악산-3연15행. 35) 서대산-5연15행. 36) 중바위-3연20행. 37) 금산이 아름답다-3연9행. 38) 봉황천-3연9행. 39) 사랑채-사설시조. 40) 우리동네 버드내 나무-2연13행. 41) 어머니 계신 시골집에 가면-3연9행. 42) 안국상회-2연12행. 43) 판문점 단상-4연12행. 44) 고인의 장서-3연18행. 45) 손돌목-2연12행. 46) 현재상황-사설시조. 47) 대왕암-3연12행. 48) 수락계곡-1연6행. 49) 석천암-1연6행. 50) 군지계곡-1연5행. 51) 대천바다-1연7행. 52) 계룡산 빗소리-2연13행. 53) 서현이 네가 왔구나-3연18행. 54) 준희도 왔구나-2연12행. 55) 퇴근길-3연19행. 56) 엄지손가락-1연6행. 57) 아가들-2연15행. 58) 지완이-2연17행. 59) 아가들은 신기해요-2연12행. 60) 아현이랑 지낸 한 달-5연15행. 61) 주일날 서현이가-1연6행. 62) 준하는-2연13행. 63) 해바라기-1연6행. 64) 선유도가세-1연3행. 65) 안쪽바다-1연3행. 66) 선유도3구-1연3행. 67) 산책길-3연9행. 68) 낙조-1연3행. 69) 장자할매바위-1연3행. 70) 북으로 가며-봉래산(1)-3연18행. 71) 고성항-봉래산(2)-3연18행. 72) 마타리-봉래산(3)-3연15행. 73) 만물상-봉래산(4)-3연19행. 74) 온정리-봉래산(5)-3연18행. 75) 미인송-봉래산(6)-3연18행. 76) 옥류동-봉래산(7)-2연13행. 77) 구룡폭포-봉래산(8)-2연14행. 78) 구룡대-봉래산(9)-4연26행. 79) 탐라고혼여행-바닷가호텔-2연14행. 80) 탐라구혼여행-작시-1연7행. 81) 무덤-제주도-1연7행. 82) 귤밭-1연7행. 83) 용산사-3연9행, 84) 상아에 새긴 혼-2연11행. 85) 박팽년선생 유허에서-5연34행. 86) 길놀이-3연9행. 87) 서대전역-2연12행. 88) 버드내 산다(1)-이름-2연13행. 89) 버드내 산다(2)-만남-2연13행. 90) 버드내산다(3)-출퇴근길-2연13

행. 91) 버드내 산다(4)-비가 내린 뒤-사설시조. 92) 버드내 산다(5)-버드내 사람들-사설시조. 93) 버드내산다(6)-8월을 삼킨다-1연6행. 94) 버드내 산다(7)-백로의 춤-2연12행. 95) 버드내 산다(8)-신선놀음-사설시조. 96) 버드내 산다(9)-다시 봄이-2연12행. 97) 비 갠 뒤 식장산 가니-1연6행.

15. 왼손잡이(유고시집)

1) 얼굴-2연12행. 2) 해바라기-1연6행. 3) 새아파트 보는 날-1연6행. 4) 우리 여생-2연12행. 5) 승부역-2연13행. 6) 내 방-1연7행. 7) 작은 소망-2연13행. 8) 어머니-2연12행. 9) 어머니의 아들-3연15행. 10) 고비-1연7행. 11) 오월 초 산기슭 까투리는-2연12행. 12) 계산-용진호님-3연9행. 13) 청치마 상추-2연14행. 14) 지완이-3연9행. 15) 돌 지난 영현이도-3연9행. 16) 현충원 제비꽃-3연9행. 17) 서현이가 부활절에 받아 온 달걀-3연9행. 18) 딸과 손녀 그리기-3연17행. 19) 호박잎-1연6행. 20) 서현이와 야니-2연12행. 21) 바나나아이스크림-1연6행. 22) 이사하기-2연12행. 23) 내 머리에-1연6행. 24) 영현이 말배우기-1연8행. 25) 엄마랑 귀국한 지완이-4연24행. 26) 이 가을에-1연6행. 27) 엄지손가락-1연7행. 28) 등산과 산책 사이-먼저 보문산에-2연12행. 29) 빈계산-2연12행. 30) 식장산-3연9행. 31) 구봉산-2연12행. 32) 계족산-3연18행. 33) 도솔산-2연12행. 34) 십자군찬양단 정기연주회-2연13행. 35) 내가 본 그 나라색 깔-3연18행. 36) 여행, 뭘 보러 갔지-2연12행. 37) 천년미소-2연12행. 38) 타프롬의 반야나무-2연15행. 39) 신라적배모양 토기-1연13행. 40) 어디나 다 같거니해도-4연24행. 41) 무지개-2연12행. 42) 병상에서-1연6행. 43) 믿음-2연13행. 44) 관평천 산책로-쑥뜯기-2연12행. 45) 대청호길-2연12행. 46) 부활의 십자가-2연14행. 47) 대전도시철도-2연6행. 48) 조화옹-황룡굴용궁-3연9행. 49) 대청호반-어디쯤에서-3연9행. 50) 관평천이 다시 나서-1연3행. 51) 왼손잡이-사설시조. 52) 나도 캐나다 가서(1)-나이가라 민들레-1연6행. 53) 나도 캐나다 가서(2)-다 뭣들하지-2연12행. 54) 나도 캐나다 가서(3)-천섬-3연14행. 55) 나

도 캐나다 가서(4)-농사일-2연12행. 56) 나도 캐나다 가서(5)-캐나다 사람들-2연12행. 57) 나도 캐나다 가서(6)-나는 기억한다-2연12행. 58) 나도 캐나다 가서(7)-토키의 나무들-2연12행. 59) 나도 캐나다 가서(8)-하늘물 내리니-2연12행. 60) 나도 캐나다 가서(9)-스탠리공원 너구리-2연12행. 61) 나도 캐나다 가서(10)-돌아와서-3연18행. 62) 상해에서-윤봉길 의사-1연3행. 63) 상해임시정부청사-1연3행. 64) 상해야경-1연3행. 65) 원가계(袁家界)-3연9행. 66) 천원관광-2연6행. ※작품해설-홍성란.

## Ⅲ. 찬샘 조일남(趙一男 1943-2007)의 정형시 창작형태조사

| 시조집 | 1연 | 2연 | 3연 | 4연 | 5연 | 사설 | 장시조 | 총계 | 비고 |
|---|---|---|---|---|---|---|---|---|---|
| 시조문학 | 3 | 4 | 5 | | | | | 12首 | |
| 현대시조 | 5 | 4 | 2 | | | | | 11 | |
| 가람문학 | 14 | 43 | 30 | 6 | 1 | 7 | | 101 | |
| 호서문학 | | 10 | 7 | | 1 | 5 | | 23 | |
| 한발시조 | 15 | 27 | 21 | 1 | 2 | 4 | | 70 | |
| 대전문학 | 7 | 15 | 8 | 1 | | | | 31 | |
| 오늘의문학 | 2 | 4 | 6 | | | 2 | | 14 | |
| 미래문학 | 4 | 3 | | | | | | 7 | |
| 동시조문학 | 4 | 3 | | | | | | 7 | |
| 현대동시조 | 8 | 2 | | | | | | 10 | |
| 때로는 | 16 | 40 | 29 | 5 | 6 | | | 96 | |
| 비갠뒤식장산가니 | 20 | 35 | 28 | 2 | 3 | 9 | | 97 | |
| 왼손잡이 | 17 | 31 | 15 | 2 | | 1 | | 66 | |
| 총계 | 115 | 221 | 151 | 17 | 13 | 28 | | 545 | |
| 비율% | 21.1 | 40.5 | 27.7 | 3.1 | 2.3 | 5.1 | | 99.7 | |

## Ⅳ. 찬샘 조일남(1943-2007)의 현대시조 창작작품 특색

1. 가정살림집에서 소탈하게 지내시다 아파트로 이사하면서 귀여운 손자, 손녀와의 생활경험을 토대로 유아동시조 창작에 남다른 애착을 보이고 있다.

2. 교육청 장학사로 교장으로 근무하면서 바쁜 일과를 보내다가 정년퇴임하여 중국, 캐나다, 동남아시아, 제주도 등 기행시조 작품을 창작하였다.

3. 단형시조 중 1연 2연 3연짜리 현대시조 작품을 주로 창작하였고 사설시조작품도 28수나 창작하였으며 생략법이 적은 수필체의 문체형을 선호하였다.

## Ⅴ. 나오며

오늘날의 현대시조가 관념시의 고답성이나 달콤한 개인의 감성보다 난해시를 벗어난 은유기법은 선명한 이미지(심상-心象)의 조형미가 아름답다. 이 은유기법을 현대시조의 메타포어(Metapher)기법이라고도 하는데 시조의 율격이 절제와 균형미를 지탱해 주기 때문이다. 사물의 본체를 숨기고 그것을 비유하는 형상만을 내세우는 은유법의 묘미를 살려내는 세목들(細目群)을 이미저리(Imagery)라고도 한다. 초등학교 저학년이나 유치원 아이들 그리고 전국한밭시조백일장에 참가하는 어린이들에게 현대동시조의 틀(형식)을 이해시키기 위해서는 시어 선택이 가장 중요한 문제이다. 그 이유는 수준 높은 동시조를 좌우하기 때문이다.

현대시조 작품이 총 545수로 수록되었으나 중복된 것은 골라내지 못했으며 평시조 중 1연 2연 3연짜리 현대시조가 482수로 89.1%를 차지하고 있어 장시조보다 단형인 평시조를 선호하였다. 사설시조도 28수나 창작하였고 전체 작품의 5.1.%를 차지하고 있다. 현대동시조 2007.제8호에서 추모특집으로 현대동시조만 간추려 엮었으나 현대시조를 총합산하여 다시 작품평설을 마치고 삼가 고인의 명복을 기원하며 끝을 맺는다.

## ➚ 조재억 (趙載億 1921–2005)

### Ⅰ. 한국시조큰사전. 1985.

입동(立冬)-1연3행 백설(白雪)-1연3행, 심야(深夜)-1연3행, 고독(孤獨)-1연3행, 고색(古色)-1연3행, 기적(汽笛)-2연6행, 낙엽(落葉)-1연3행, 다듬이-1연3행, 단풍(丹楓)-1연3행, 달밤-1연3행, 두견(杜鵑)-1연3행, 들국화-1연3행, 목련(木蓮)-1연3행, 봄비-1연3행, 비-2연6행, 비 갠 석양(夕陽)-1연3행, 비룡폭포(飛龍瀑布)-1연3행, 산곡(山谷)의 봄-1연3행, 산길-2연6행, 산사(山寺)의 뜰-2연6행, 새벽 종(鐘)-1연3행, 새싹-3연9행, 서실(書室)에서-1연3행, 석굴암 불상(石窟庵 佛像)-1연3행, 설악 산장(雪嶽 山莊)에서-1연3행, 속리산방(俗離山房)에서-3연9행, 순촌(淳村)-1연3행, 여수(旅愁)-1연3행, 요람부(搖籃賦)-봄-2연6행, 여름-2연6행, 가을-2연6행, 겨울-2연6행, 육신묘(六臣墓)-1연3행, 은행잎-1연3행, 이른 봄-1연3행, 전원(田園)-2연6행, 진달래-1연3행, 청덕(淸德)-1연3행, 초조(焦燥)-2연6행, 향정(鄕情)-2연6행.

### Ⅱ. 조재억(趙載億 1921-2005)의 정형시 창작형태조사

| 시조집 | 1연 | 2연 | 3연 | 4연 | 5연 | 사설 | 장시조 | 총계 | 비고 |
|---|---|---|---|---|---|---|---|---|---|
| 한국시조 | 27 | 11 | 2 | | | | | 40 | |
| 총계 | 27 | 11 | 2 | | | | | 40 | |
| 비율% | 67.5 | 27.5 | 5.0 | | | | | 100 | |

## ↗ 철운 조종현(鐵雲 趙宗玄 1906-1989)

### Ⅰ. 근대시조대전 시조작품

1. 불교(佛教)(1) 1924. 7. 창간.

71호. 1930. 5. 성북 춘회(城北 春懷)-3연9행./ 79호. 1931. 1. 점화 미소(點花 微笑)-3연9행./ 80호. 1931. 2. 새봄을 맞으며-3연9행./ 81호. 1931. 3. 석전영호노사(石顚映湖老師)의 별어(別語)-2연6행./ 82호. 1931. 4. 사후송(獅吼頌)-3연9행./ 86호. 1931. 8. 차마 그 길 가질까-4연12행./ 88호. 1931. 10. 감로탑(甘露塔)-평시조3행. 고향수(枯香樹)-평시조3행./ 90호. 1931. 12. 귀향 소곡(歸鄉 小曲)-3연9행./ 91호. 1932. 1. 바라밀찬(波羅密讚)-3연9행./ 92호. 1932. 2. 동무에게-2연6행./ 94호. 1932. 4. 한양별곡(漢陽別曲) -4연24행./ 98호. 1932. 8. 노모(老母)의 설움-3연9행./ 100호. 1932. 10. 시조일기. 1. 예방주사-5연15행. 2. 찾아왔다 찾는 길-평시조3행. 3. 중국 계집애-3연9행. 4. 꽃송이 꺾어주랴-3연9행. 5. 좌우명(座右銘)-관세음보살-평시조3행. -첫노래-평 시조3행. 6. 돌다리 형에게-평시조3행. 7. 우리 뜻 살려지다-5연15행./ 101호, 102호(합호). 1932. 12. 얘기의 편지-3연9행, 바람결에 붙이는 노래. 1. 성원(星園)-평시조3행. 2. 무상(無常)-평시조3행. 3. 자식의 마음-2연6행. 4. 산수(山水)-평시조3행./ 103호. 1933. 1. 쓰고 적고-2연12행./ 104호. 1933. 2. 사슴이 우는 밤-4연12행./ 105호. 1933. 3. 흰털을 뽑으며-6연18행./ 106호. 1933. 4. 시(詩) 이수(二首)-동무의 말-5연15행./ 107호. 1933. 6. 경주순례기(2)-3연9행. 경주순례기(3)-2연6행.

2. 동광(東光) 1926. 5. 창간.

19호. 1931. 3. 눈오는 밤-3연18행./ 20호. 1931. 4. 한강 수(漢江 水)-3연9행./ 23호. 1931. 7. 보신각(普信閣)종(鐘)-3연9행./ 25호. 1931. 9. 그

렇게 가련가-3연9행./ 26호. 1931. 10. 애닯은 추억-4연12행./ 27호. 1931. 10. 어머니의 다지는 말씀-4연12행./ 28호. 1931. 12. 세모(歲暮)의 강산(江山)-4연12행./ 33호. 1932. 5. 호풍 이역(胡風 異域)-4연12행. 이 땅의 형제여-4연12행./ 34호. 1932. 6. 동방(東方)의 광명(光明)-5연15행./ 37호. 1932. 9. 주인은 어디로-3연9행./ 38호. 1932. 10. 왜 그 말을 하였던가-4연12행./ 39호. 1932. 11. 전원(田園)에 드는 가을-4연12행.

**3. 신생(新生)(1). 1928. 10. 창간.**

1931. 7. 생사 관공(生死 觀空)-3연9행.

**4. 무명 탄(無名 彈). 1930. 1. 창간.**

1호. 1930. 1. 칠월칠석-3연9행.

**5. 선원(禪苑) 1931. 10. 창간.**

2호. 1932. 2. 점화미소(點花 微笑)-3연9행. 3호. 1932. 8. 생(生)의 진의(眞義)-4연12행. 미륵(彌勒)-평시조3행. 그림자나 있을까-평시조3행.

**6. 불교(佛敎)(2). 1937. 3. 속간.**

신2집. 1937. 4. 자모초기(慈母初忌)-10연30행./ 신11집. 1938. 3. 박종운(朴鍾雲)군(君)의 영(靈)에게-8연24행./ 신21집. 1940. 2. 설산(雪山)으로 들어가-6연18행./ 신25집. 1940. 7. 잃은 청춘-3연9행.

## II. 근대시조집람 시조작품

**1. 매일신보(每日申報) 1910. 8. 30. 대한매일신보를 개제(改題)**

1931. 9. 삼산(三山)에 지는 달(1)

(1) 남향귀로(南鄕歸路)-6연36행. (2) 승객-3연18행. (3) 새벽-3연9행. (4) 송정리역에서-12연72행. 삼산(三山)에 지는 달(2). (5) 약속을 어긴 자여-6연36행. (6) 애닯은 추억-12연72행. 삼산(三山)에 지는 달(3). (7) 삼산

에 지는 달-16연96행.

2. **조선일보(朝鮮日報)1920. 3. 6. 창간.**

1931. 7. 말로 아니 슬프신가-3연18행.

1931. 9. 가고만 도시요여-5연15행.

1931. 10. 귀향소곡(歸鄕小曲). 1.밤길-3연24행. 2.시골의 밤-5연30행.

3. **동아일보(東亞日報) 1920. 4. 1. 창간.**

1930. 12. 그리운 정(情)-3연18행.

1931. 3. 융능(隆陵)-장헌세자(莊獻世子)의 묘(墓)-평시조6행.

1931. 5. 백운대(白雲臺)갈 때러니. 1)석간수(石間水)-3연18행. 2)태고암(太古庵) 보름달-3연18행. 3)넷 성문(城門)-평시조36행.

4. **백운대(白雲臺)-9연54행.**

1931. 6. 충무공(忠武公)추모(追慕)-3연18행.

1931. 10. 한강 월야(漢江 月夜)-3연18행. 종소리 그치고-2연12행. 영천(靈泉)석불(石佛)-평시조6행.

## III. 철운 조종현(鐵雲 趙宗玄 1906-1989) 시조창작형태조사

| 시조집 | 평시조 | 2연 | 3연 | 4연 | 5연 | 사설 | 장시조 | 엇시조 | 비고 |
|---|---|---|---|---|---|---|---|---|---|
| 근대시조대전 | 10 | 6 | 20 | 11 | 4 | | 4 | | 176수 |
| 근대시조집람 | 3 | | 8 | | 2 | | 6 | | 93수 |
| 나그네길 | 21 | 19 | 20 | 8 | 3 | | 9 | | 220수 |
| 총계 | 34 | 25 | 48 | 19 | 9 | | 19 | | 489수 |

## ↗ 주요한(朱耀翰 1900-1979)

### Ⅰ. 한국시조큰사전. 1985.

강남(江南)(1)-1연3행, 강남(江南)(2)-1연3행, 강남(江南)(3)-1연3행, 강남(江南)(4)-1연3행, 고궁(故宮)-1연3행, 광인(狂人)-5연15행, 금강 산화(金剛 山火)-6연18행, 기다람-1연3행, 내근 기자(內勤 記者)-3연9행, 노래-1연3행, 눈 오는 날-7연21행, 뉴스 영화(映畵)-3연9행, 대보름-5연15행, 돌잔치-3연9행, 두드림-5연15행, 망중록(忙中錄)-4연12행, 망향(望鄕)(1)-1연3행, 망향(望鄕)(2)-1연3행, 망향(望鄕)(3)-1연3행, 망향(望鄕)(4)-1연3행, 망향(望鄕)(5)-1연3행, 망향(望鄕)(6)-1연3행, 망향(望鄕)(7)-1연3행, 망향(望鄕)(8)-1연3행, 메주-3연18행, 발자취-13연39행, 벗-1연3행, 베르렌의 탄식(歎息)-2연6행, 봄비(1)-1연6행, 봄비(2)-1연6행, 봄비(3)-1연6행, 봄비(4)-1연6행, 봉사(奉仕)-1연6행, 사심(謝心)-2연12행, 산보(散步)(1)-1연3행, 산보(散步)(2)-1연3행, 산보(散步)(3)-1연3행, 산보(散步)(4)-1연3행, 산보(散步)(5)-1연3행, 새곡조(曲調)(1)-1연3행, 새곡조(曲調)(2)-1연3행, 새곡조(曲調)(3)-1연3행, 새곡조(曲調)(4)-1연3행, 새곡조(曲調)(5)-1연3행, 새곡조(曲調)(6)-1연3행, 새곡조(曲調)(7)-1연3행, 새곡조(曲調)(8)-1연3행, 설-7연21행, 세레나데 림피안타-3연9행, 송전(松田)서-4연12행, 스케이트-2연6행, 습작(習作)(1)-1연3행, 습작(習作)(2)-1연3행, 습작(習作)(3)-1연3행, 습작(習作)(4)-1연3행, 습작(習作)-(5)-1연3행, 습작(習作)(6)-1연3행, 시조 6수(時調)6수(首)-6연18행, 여객기(旅客機)-1연6행, 영시(英詩)에서-2연6행, 1일-5연15행, 장목사(張牧師) 춘부회갑(春父回甲)에-1연6행, 정월설(雪)-2연6행, 창경원(昌慶園)에서-4연24행, 천원에게(1)-1연3행, 천원에게(2)-1연3행, 춥지 않은 겨울-3연9행, 편지(便紙)-1연3행, 푸른 하늘-4연12행, 호텔-2연6행, 힘-1연3행.

## II. 주요한(朱耀翰 1900-1979)의 정형시 창작형태조사

| 시조집 | 1연 | 2연 | 3연 | 4연 | 5연 | 사설 | 장시조 | 총계 | 비고 |
|---|---|---|---|---|---|---|---|---|---|
| 한국시조 | 46 | 6 | 6 | 3 | 4 | | 6 | 71 | |
| 총계 | 46 | 6 | 6 | 3 | 4 | | 6 | 71 | |
| 비율% | 64.7 | 8.4 | 8.4 | 4.2 | 5.6 | | 8.4 | 99.7 | |

## ↗ 초원 지 상 렬 (草園 池相悅 1908-1979)

# 시조문학지를 중심으로

### Ⅰ. 들어가며

우리나라 시조문학(계간 1960 창간)이 1960년대에 창간되어 정형시를 대표하는 돌파구가 표출된 것은 국문학사의 중대한 획기적인 일이다.

현대시조가 100주년(2006)을 맞이해서 다양한 강연, 토론, 문집 발간이 있었다. 대전, 충남에서는 정형시를 전문적으로 다루는 시조시인이 60년대에는 열 명도 넘지 못했다. 더구나 동시조 작가는 가뭄에 콩 나듯 겨우 대여섯 사람밖에 되지 않았다. 벽지 초등학교를 근무하면서 정형시의 동시조를 창작한 작품들을 집중조명하고 과거의 동시조 역사와 먼 장래의 동시조 발전을 위해서 그 흔적을 조사하여 논평하고자 한다.

### Ⅱ. 초원 지상렬(草園 池相悅 1908-1979)의 문학작품 조사

1) 새교육(1959.7.1)시조-피(稗)입선-2연12행.—새교육(1959.10.1)시조-단비/ 2) 교육평론(1959.11.1)시조-가을 달.—교육평론(1959.12.1)시조-가을 아침./ 교육평론(1966.10.1)시조-소낙비/ 3) 교육자료 5권8호(1961.8.1)시조-낙화/ 4) 새교실 7권7호(1962.7.1)시조-푸른정열(입선)/ 5) 시조문학(1961.7.15)3호-병아리깨기(부화)3연18행.—시조문학(1962.3.10)4호-해바라기-2연12행, 시조문학(1962.7.10)5호-고향의 봄-3연18행, 시조문학(1962.11.10)6호-재봉춘-3연9행, 시조문학(1963.3.25)7호-교편생활-3연9행, 시조문학(1967.2.25) 15호-복더위-4연24행, 시조문학(1968.11.25)20호-호박넝쿨 박넝쿨-2연6행, 시조문학(1969.6.30)21호-대추, 밤, 감-평동시조18행, 시조문학(1969.9.25)22호-낚시질-2연12행, 여름-평동시조6행, 시조문학(1973.6.25)31호-개구리 연가-2연12행/ 6) 삼장시(1972.10)시조-가

을 우는 벌레-3연18행.—삼장시(1972.11)시조-교정의 낙엽-3연18행, 삼장시(1972.12)시조-들국화-3연18행, 삼장시(1973.2)시조-아기보리-3연18행, 삼장시(1973.4)시조-눈발-3연18행/ 7) 풀피리-초원시조선집.1973(출전-한밭시조문학.제2집.1988)

## Ⅲ. 지상렬(1908-1979)의 동시조 작품조사

1) 시조문학3호(1961)-병아리깨기-3연18행/ 2) 시조문학5호(1962)-고향의봄-3연18행/ 3) 시조문학15호(1967)-복더위-4연24행/ 4) 시조문학20호(1968)-호박넝쿨 박넝쿨-3연18행/ 5) 시조문학21호(1969)-대추, 밤, 감-평동시조18행/ 6) 시조문학22호(1969)-낚시질-2연12행, 여름-평동시조6행/ 7) 시조문학31호(1973)-개구리연가-2연12행.

## Ⅳ. 동시조 작품 조명

1) 대추

밤마다 마신 이슬/ 단맛으로 살찐 대추// 부풀은 젖가슴을/ 옷섶으로 가리면서// 빨갛게 수줍은 두 볼/ 못견디게 귀여워.

2) 밤

금단의 가시부대/ 감싸여 자란 젊음// 개울물 노래 듣고/ 오동통 살 오르니// 햇볕이 몹시 그리워/ 밤송이 찢어 벌렸네.

3) 감

바다처럼 파란 하늘/ 어찌 보고 싶던지// 불 이글 타는 이 몸/ 가지 끝에 매달리니// 푸른 손 뻗쳐 만지며/ 달래주는 너그럼.

## Ⅴ. 한국시조큰사전

고향의봄-1연3행, 교편생활-3연9행, 낚시질-2연6행, 백합화-3연9행, 석간(石澗)-2연6행, 여름-1연3행, 재봉춘(再逢春)-3연7행, 파초-2연6행, 해바라기-2연6행, 호박넝쿨 박넝쿨-3연9행.

### Ⅵ. 초원 지상렬(1908-1979)의 동시조 창작형태조사

| 동시조 | 평시조 | 2연 | 3연 | 4연 | 사설 | 장시조 | 동시조 | 비고 |
|---|---|---|---|---|---|---|---|---|
| 시조문학 | 4 | 2 | 3 | 2 | | | 10 | 21수 |
| 새교육 | | 2 | | | | | | 2(입선) |
| 교육평론 | | | 2 | | | | | 2수 |
| 새교실 | | | 1 | | | | | 1(입선) |
| 교육자료 | | | 1 | | | | | 1수 |
| 삼장시 | | | 5 | | | | | 5수 |
| 한국시조 | 2 | 4 | 5 | | | | | 11수 |
| 총계 | 6 | 8 | 17 | 2 | | | 10 | 43수 |

### Ⅶ. 나오며

한밭시조문학 1988 제2집을 살펴보면 작고시인 탐방에서 지상렬(1908-1979) 시인은 유동삼 회장님이 자세히 소개하고 있는 바 아호를 수석(水石)으로 밝혔다. 시조문학 1963 제7집에도 수석(水石)으로 사용했으나, 제31집(1973) 10년 후 개구리 연가에서는 초원(草園)을 사용하고 있으며 정년퇴임기념으로 〈초원시조선집-풀피리〉를 발간하여 충남 부여 초촌초등학교에서 사용했을 것으로 미루어 보아 아호를 초원으로 밝혔음을 덧붙인다. 시조작품은 22수와 동시조 10수를 포함해서 총 32수를 남겼는데 〈풀피리〉 시조선집은 자료가 없어서 몇 수가 수록됐는지 잘 모르겠으며 〈단비, 가을달, 가을 아침, 소낙비, 낙화〉는 시조창작형태가 몇연 몇행으로 짜여졌는지 알 수 없어 통계만 맞추었고 〈대전동시조 뿌리찾기〉를 전개하면서 초원의 100주년(2008)이 돌아오는 때에는 유고집이 햇빛을 바라보기를 기대하면서 끝을 맺는다.

## ➚ 차 의 섭 (車義燮 1919–1993)

### Ⅰ. 한국시조큰사전. 1985.

거미줄의 역사(歷史)-3연9행, 귀성(歸省)-1연3행, 나비-3연9행, 달팽이 -1연3행, 두메의 만춘(晩春)-3연9행, 맨드라미꽃 영상(映像)-3연9행, 모과(木瓜)-1연3행, 박꽃-5연15행, 석류(石榴)-3연9행, 송광사(松廣寺)-4연12행, 신록(新綠)의 증심사(證心寺) 언저리-3연9행, 아내- 3연9행, 안경(眼鏡)-3연9행, 5월의 명암(明暗)-3연9행, 입암산성(笠巖山城) 단풍(丹楓)-1연3행, 지리산(智異山)수송(水頌)-1연3행, 채송화(菜松花)밭에서-2연6행, 추일한경(秋日閑景)-1연3행, 해바라기-3연9행, 허일(虛日)-2연6행.

### Ⅱ. 차의섭(車義燮 1919-1993)의 정형시 창작형태조사

| 시조집 | 1연 | 2연 | 3연 | 4연 | 5연 | 사설 | 장시조 | 총계 | 비고 |
|---|---|---|---|---|---|---|---|---|---|
| 한국시조 | 6 | 2 | 10 | 1 | 1 | | | 20 | |
| 총계 | 6 | 2 | 10 | 1 | 1 | | | 20 | |
| 비율% | 30.0 | 10.0 | 50.0 | 5.0 | 5.0 | | | 100 | |

## ↗ 육당 최남선(六堂 崔南善 1890−1937)

### Ⅰ. 시조작품 조사연구 자료

1) 근대시조대전-임선묵 편저. 홍성사(서울)1989.

2) 근대시조집람-임선묵 편저. 경인출판사(서울)1995.

3) 백팔번뇌-최남선(시조집) 태학사(서울)2006.

### Ⅱ. 근대시조대전 시조수록

1) 소년 1908. 11. 창간—1909. 9. 국풍-公六-4연12행./ 1910. 3. 평양행-N.S.-4연12행./ 1910. 4. 봄맞이-公六-7연21행./ 1910. 6. 또 황령(국풍)-3연9행./ 1910. 7. 압록강-평시조3행. 위화도-3연9행./ 1910. 8. 국풍2수-2연6행. 대조선 정신-7연21행. 때의 부르짖음-5연15행. 더위 치기-5연15행./ 1910. 12. 청천강-3연9행.

2) 개벽 1920.6.창간—17호. 1921.11.기쁜 보람-육당 최남선-12연36행.

3) 조선문단 1924.10.창간—12호-1925.10.여윈 어머니-3연9행./14호-1926.3.낙랑의 꿈 자취-4연12행./속간호-1927.1.구월산 가는 길에-3연9행.

4) 시종(時鐘) 1926. 1. 창간—창간호 1926. 1. 동무에게-3연9행.

5) 동광(東光) 1926. 5. 창간—4호. 1926. 8. 단군굴에서(묘향산)-3연9행./ 6호. 1926. 10. 강서 삼묘(江西 三墓)에서-4연24행./ 9호. 1927. 1. 새해에 어린 동무에게-3연18행.

6) 문예시대 1926.11.창간—재간호 1926.11.람각즉사(覽閣卽死)-3연18행.

7) 별건곤(別乾坤)1926. 11. 창간—21호 1929. 6. 청춘 송(青春 頌)-엇시조-7연29행.

8) 신생(1) 1928. 10. 창간—1929. 7. 소-평시조3행./ 1930. 9. 석왕사(釋王寺)에서-평시조6행. 화(和)-평시조6행(오언절구). 금강영(金剛影)-32연96행.

9) 일광(一光) 1928. 12. 창간—6호 1936. 1. 문수산성(文殊山城)-3연9행./ 7호 1936. 7. 삼랑성(三郎城)-3연18행.

## Ⅲ. 근대시조집람 시조수록

1) 동아일보 1920. 4. 1. 창간—1926. 4. 29 속잎 나는 잔디-3연18행.

## Ⅳ. 백팔번뇌(百八煩惱)-시조집

제1부에서 36수, 제2부에서 39수, 제3부에서 36수, 총계 111수를 수록하였고 다음 〈표〉로 정리하였다.

## Ⅴ. 육당 최남선(1890-1937)의 시조창작 형태조사

| 시조집 | 평시조 | 2연 | 3연 | 4연 | 5연 | 사설 | 장시조 | 엇시조 | 비고 |
|---|---|---|---|---|---|---|---|---|---|
| 근대시조대전 | 3 | 1 | 11 | 5 | 2 | 1 | 5 | | 96수 |
| 근대시조집람 | | | 1 | | | | | | 3수 |
| 백팔번뇌 | 12 | | 21 | | | | 4 | | 111수 |
| 총계 | 15 | 1 | 33 | 5 | 2 | 1 | 9 | | |

우리시대 현대시조 100인선을 보면 님 때문에 끊긴 애를 읊은 36수, 조선국토순례의 축문으로 쓴 39수, 안두 삼척(案頭 三尺)에 제가 저를 잃어버리는 36수, 총 111수가 수록되어 있다.

## ↗ 최 도 규 (崔挑圭 1943-1992)

### Ⅰ. 한국시조큰사전. 1985.

가을이 없다면-1연3행, 누나-2연6행, 바람불던 날-1연3행, 사진-1연3행, 산촌일기-10연30행, 성당에서-1연3행, 장독대-3연9행, 진달래-3연9행, 착각-1연3행, 태극기-3연9행, 할미꽃-3연9행, 회오리 바람-1연3행.

### Ⅱ. 강원시조문학. 1985.

1985. 창간호-1990제5집-자료없음./ 1991. 제6집-시를 잡자-2연12행, 산마루-2연14행, 진달래꽃-2연14행, 이른봄-2연14행./ 1992. 제7집-삶-6연18행, 병원-5연15행./ 1993. 제8집-유고특집-진달래-2연17행, 강변-2연17행, 여름날-3연27행, 장독대-3연27행, 고추잠자리-1연8행, 숭늉-3연18행, 까치소리-2연18행.

### Ⅲ. 최도규(崔挑圭 1943-1992)의 정형시 창작형태조사

| 시조집 | 1연 | 2연 | 3연 | 4연 | 5연 | 사설 | 장시조 | 총계 | 비고 |
|---|---|---|---|---|---|---|---|---|---|
| 한국시조 | 6 | 1 | 4 | | | | 1 | 12 | |
| 강원시조 | 3 | 8 | 3 | | 1 | | 1 | 16 | |
| 총계 | 9 | 9 | 7 | | 1 | | 2 | 28 | |
| 비율% | 32.1 | 32.1 | 25.0 | | 3.5 | | 7.1 | 99.8 | |

## ↗ 최 성 연(崔聖淵 1914-2000)

### Ⅰ. 한국시조큰사전. 1985.

깨끼 저고리-2연6행, 갈매기도 사라졌는데-3연9행, 거북의 유언(遺言)-4연12행, 꽃신-2연6행, 궂은 비-1연3행, 나의 묘비명(墓碑銘)-3연9행, 남해(南海)-1연3행, 다도해(多島海)-1연6행, 망향(望鄕)-1연6행, 먼동은 트고 말리라-4연12행, 모시치마 적삼-1연3행, 목련(木蓮)-3연9행, 물-1연3행, 미련(微戀)-2연6행, 바다-4연12행, 분노(憤怒)-4연12행, 비굴(卑屈)-1연3행, 비상(飛翔)-3연9행, 사생도(死生圖)-5연15행, 산딸기-1연3행, 살얼음-2연6행, 생이별(生離別)-1연6행, 설빔-1연6행, 솔개-4연12행, 아내(1)-1연3행, 아내(2)-1연3행, 얄밉도록 보고픈 임아-3연9행, 어떤 운명(殞命)-3연9행, 엄마 품-2연6행, 오리-1연3행, 원앙대(鴛鴦臺)-4연12행, 은어(隱語)-2연6행, 이, 사냥-1연3행, 잠을 잃고-1연3행, 전화(戰禍)(1)-1연3행, 전화(戰禍)(2)-1연3행, 전화(戰禍)(3)-1연3행, 전화(戰禍)(4)-1연3행, 종목송가(從木頌歌)-3연9행, 증,경사(贈,鏡詞)-1연3행, 증오(憎惡)-1연3행, 참새 떼-1연3행, 천패(天覇)꾼-1연3행, 청자(靑瓷)-4연12행, 피난(避難)-1연3행, 핏자국-4연12행. 회고(懷古)-1연3행.

### Ⅱ. 최성연(崔聖淵 1914-2000)의 정형시 창작형태조사

| 시조집 | 1연 | 2연 | 3연 | 4연 | 5연 | 사설 | 장시조 | 총계 | 비고 |
|---|---|---|---|---|---|---|---|---|---|
| 한국시조 | 25 | 6 | 7 | 8 | 1 | | | 47 | |
| 총계 | 25 | 6 | 7 | 8 | 1 | | | 47 | |
| 비율% | 53.1 | 12.7 | 14.8 | 17.0 | 2.1 | | | 99.7 | |

### ↗ 만취 최일환(晩翠 崔日煥 1924–1990)

#### Ⅰ. 한국시조큰사전. 1985.

고도야곡(孤島夜曲)-3연9행, 고도유거기(孤島幽居記)-2연6행, 국화(菊花)-2연6행, 그리움-2연6행, 기원(祈願)-1연3행, 나의 태양(太陽)은-2연6행, 님 오시는 날-2연3행, 달-3연9행, 대춘(待春)-2연6행, 들길에서-1연3행, 등대(燈臺)-3연9행, 무등산(無等山)-1연6행, 물염정(勿染亭)-2연6행, 백제고도(百濟古都) 기행-공산성(公山城)-1연3행, 축 무령왕릉(祝 武寧王陵)발굴-1연3행, 부여회고(扶餘懷古)-2연6행, 보림사(寶林寺)-1연3행, 봄처녀-2연6행, 비탈길에 서서-2연6행, 산신령님께-2연6행, 석류(石榴)-2연6행, 선암사(仙岩寺)-3연9행, 소쩍새-2연6행, 식영정(息影亭)-2연12행, 여상(女像)-3연9행, 오월(五月)-2연6행, 주옥(珠玉)-1연3행, 청산별장(青山別章)-3연9행, 청송부(青松賦)-1연3행, 추야(秋夜)-1연3행, 축 졸업(祝 卒業)-2연6행, 풍경(風景)-2연6행, 한산섬(閑山島)에서-2연6행.

#### Ⅱ. 청송부(青松賦)-시조집. 1992.

서시(序詩)-3연27행, 추모시(追慕詩)-4연12행, 합죽선(合竹扇)-4연24행, 아아, 만취(晩翠)선생-1연8행, 만가슴 적시던 정분(情分)-4연12행, 푸른산 파란물 사이-3연24행, 만취(晩翠)님 영전에-4연28행, 빛나는 별입니다-사설시조, 붓글씨를 보며-1연7행, 취선되어 잠드시오-2연14행, 등대불빛-3연21행, 만취선생님-2연12행, 애도의 정-2연14행, 무등골에서-2연14행, 말도 없이 가시더니-10연68행, 원단(元旦)-2연12행, 새아침 임에게-1연8행, 새아침의 장(章)-3연21행, 대춘(待春)-2연6행, 매화(梅花)-1연8행, 동백(冬柏)-2연13행, 청산별장(青山別章)-3연18행, 봄처녀-2연12행, 춘수(春愁)-1연6행, 오월(五月)-2연12행, 소쩍새(1)-2연14행, 소쩍새(2)-1연6행, 매미-1연6행, 칠석(七夕)-1연7행, 석류(石榴)-2연16행, 풍요(豊饒)-2연12행, 가을밤-1연19행,

단풍(丹楓)-1연6행, 국화(菊花)-2연15행, 기러기-1연6행, 가을 산사(山寺)에서-1연6행, 설야(雪夜)-3연24행, 세모유감(歲暮有感)-1연6행, 산중우음(山中偶吟)-2연12행, 청송부(靑松賦 )-1연11행, 바탈길에 서서-2연16행, 여기도 산이 있고-1연7행, 산심(山心)이여-3연22행, 은사(隱士)를 비오며-1연6행, 세월(歲月) 헤는 밤-2연16행, 독백초(獨白抄 )-2연14행, 부임(赴任) 길-3연18행, 근원(根源)을 못찾고-1연9행, 나의 태양(太陽)은-2연12행, 시인(詩人)의 봄시-1연8행, 고도유거기(孤島幽居記)-2연18행, 고도야곡(孤島夜曲)-3연22행, 님 오시는 날-1연7행, 눈꽃길을 걸으며-1연8행, 바다-1연6행, 축 졸업(祝卒業)-2연12행, 헌수사(獻壽詞)-1연6행, 송시(頌詩)-1연6행, 송율은선생(宋栗隱先生)-2연12행, 시골 한 밤-1연6행, 세월(歲月)-2연14행, 귀향(歸鄕)-3연9행, 등대(燈臺)-3연18행, 기원(祈願)-1연8행, 봄빛-1연6행, 주옥(珠玉)-1연3행, 달-3연9행, 밤-1연6행, 그리움-2연12행, 화톳불-3연24행, 여상(女像)-3연21행, 상부(孀婦)-3연18행, 들길에서-1연6행, 세월(歲月)-2연14행, 논개(論介)-2연12행, 경고(警告)-6연36행, 에느니스 스쳐간 뒤-2연14행, 가을밤(2)-1연3행, 선암사(仙岩寺)(1)-3연18행, 선암사(仙岩寺)(2)-2연13행, 식영정(息影亭)-2연12행, 물염정(勿染亭)-2연12행, 금강암(金剛庵)-2연12행, 송광사(松廣寺)-3연21행, 산행(山行)-1연7행, 승평(昇平)에서-2연14행, 보림사(寶林寺)-1연10행, 억불산(億佛山)1연8행, 월출산(月出山)(1)-1연8행, 월출산(月出山)(2)-1연6행, 무등산(無等山-1연6행.

〈논단〉1. 원작자 소고론-병가의 작자를 중심으로/ 2. 면앙정 송순의 시조. 소개./ 3. 가사(歌詞).

### Ⅲ. 만취 최일환(晩翠 崔日煥 1924-1990)의 정형시 창작형태조사

| 시조집 | 1연 | 2연 | 3연 | 4연 | 5연 | 사설 | 장시조 | 총계 | 비고 |
|---|---|---|---|---|---|---|---|---|---|
| 한국시조 | 9 | 18 | 6 | | | | | 33 | |
| 청송부 | 62 | 49 | 23 | 7 | 3 | 1 | 3 | 148 | |
| 총계 | 71 | 67 | 29 | 7 | 3 | 1 | 3 | 181 | |
| 비율% | 39.2 | 37.0 | 16.0 | 3.8 | 1.6 | 0.5 | | 99.7 | |

## ↗ 최 재 열 (崔載烈 1913-1978)

### Ⅰ. 한국시조큰사전. 1985.

귀뚜라미-1연3행, 금붕어-1연3행, 나만 홀로-2연6행, 금붕어(金附魚)-1연3행, 부재(不在)-3연9행, 사향부(思鄕賦)-1연3행, 산정(山情)-2연6행, 석류(石榴)-3연9행, 선인장(仙人掌)-2연6행, 세월(歲月)-3연9행, 애가(哀歌)-3연9행, 오월 설악산(雪嶽山)-1연3행, 이 동토(凍土)에-2연6행, 이력서(履歷書)-2연6행, 청산도(青山島)-1연3행, 풍운(風雲)-1연3행, 향가(鄕歌)-2연6행.

### Ⅱ. 최재열(崔載烈 1913-1978)의 정형시 창작형태조사

| 시조집 | 1연 | 2연 | 3연 | 4연 | 5연 | 사설 | 장시조 | 총계 | 비고 |
|---|---|---|---|---|---|---|---|---|---|
| 한국시조 | 7 | 6 | 5 | | | | | 18 | |
| 총계 | 7 | 6 | 5 | | | | | 18 | |
| 비율% | 38.8 | 33.3 | 27.7 | | | | | 99.8 | |

## ↗ 동호 최 진 성 (幢湖 崔辰聖 1928-2003)

### Ⅰ. 한국시조큰사전. 1985.

가을 점묘(點描)-2연6행, 가을 풍경(風景)-2연6행, 그 이름-2연6행, 낙조(落照)-1연3행, 노고단(老姑段) 길-3연9행, 눈-3연9행, 단장 삼장(短章三章) -고독(孤獨)-1연3행, 꿈-1연3행, 학(鶴)-1연3행, 동백정 조망(冬柏亭眺望)-2연6행, 밀베리아기아누탄스-2연6행, 밤의 낙서(落書)-2연6행, 백화근(百花槿)2연6행, 산나리꽃-2연6행, 산에 살고 싶어라-3연9행, 산정(山情)-2연16행, 산정(山頂)에서-3연7행, 산향부(山香賦)-3연9행, 색상(色相)-2연6행, 수(愁)(1)-1연3행, 수(愁)(2)-1연3행, 앵두-1연3행, 연푸른 설화(說話)이 고픈-2연6행, 인고(忍苦)로 낙(樂)을 삼던 그 불엔-2연6행, 지리산(智異山)-사설시조, 한(韓)-2연6행, 한신폭포(寒神瀑布)-2연6행, 해바라기-1연3행.

### Ⅱ. 징검다리-자유시-94수.

### Ⅲ. 향산을 바라보며-자유시-80수.

### Ⅳ. 동호 최진성(幢湖 崔辰聖 1928-2003)의 정형시 창작형태조사

| 시조집 | 1연 | 2연 | 3연 | 4연 | 5연 | 사설 | 장시조 | 총계 | 비고 |
|---|---|---|---|---|---|---|---|---|---|
| 한국시조 | 8 | 14 | 5 | | | 4 | | 31 | |
| 총계 | 8 | 14 | 5 | | | 4 | | 31 | |
| 비율% | 25.8 | 45.1 | 16.1 | | | 12.9 | | 99.9 | |

## ↗ 외솔 최 현 배 (崔鉉培 1894-1970)

### Ⅰ. 한국시조큰사전. 1985.

가사굴(袈裟屈)-2연6행, 강서(江西) 세 무덤-3연9행, 고구려장안성(高句麗長安城)초(抄)-3연9행, 고향(故鄕)의 노래-10연30행, 방어음풍(方魚吟風)-4연12행, 염포피서(塩浦避暑)-3연9행, 옥중시조(獄中時調)-2연6행, 나날의 살이(일상생활-日常生活)-4연12행, 기한(期限)-5연15행, 사시(四時)-8연24행, 통신(通信)-2연6행, 면회(面會)-5연15행, 임생각-6연18행, 공부-3연9행, 해방(解放)-1연3행, 을지문덕묘(乙支文德墓)-3연9행, 하한샘 스승님 생각함-7연21행.

### Ⅱ. 외솔 최현배(崔鉉培 1894-1970)의 정형시 창작형태조사

| 시조집 | 1연 | 2연 | 3연 | 4연 | 5연 | 사설 | 장시조 | 총계 | 비고 |
|---|---|---|---|---|---|---|---|---|---|
| 한국시조 | 1 | 3 | 5 | 2 | 2 | | 4 | 17 | |
| 총계 | 1 | 3 | 5 | 2 | 2 | | 4 | 17 | |
| 비율% | 5.8 | 17.6 | 29.4 | 11.7 | 11.7 | | 23.5 | 99.7 | |

## ↗ 탁상수(卓相銖 1900–1990)

### Ⅰ. 한국시조큰사전. 1985.

낙조(落照)에 물든 구비-3연9행, 남망산(南望山) 순례(巡禮)-12연36행, 님이여-2연6행, 망기(忘機)-3연9행, 맥령(麥嶺)-4연12행, 봄-2연6행, 사진(寫眞)-3연9행, 서회(書懷)-1연3행, 영토근참(塋土覲參)-5연15행, 옥녀봉(玉女峰)에서-3연9행, 운동회(運動會)-3연9행, 인생(人生)-2연6행, 인정(人情)-5연15행, 청조(聽潮)-5연15행, 추야장(秋夜長)-4연12행, 춘조(春調)-11연33행, 칠석(七夕)-1연3행, 투우(鬪牛)-4연12행.

### Ⅱ. 탁상수(卓相銖 1900-1990)의 정형시 창작형태조사

| 시조집 | 1연 | 2연 | 3연 | 4연 | 5연 | 사설 | 장시조 | 총계 | 비고 |
|---|---|---|---|---|---|---|---|---|---|
| 한국시조 | 2 | 3 | 5 | 3 | 3 | | 2 | 18 | |
| 총계 | 2 | 3 | 5 | 3 | 3 | | 2 | 18 | |
| 비율% | 11.1 | 16.6 | 27.7 | 16.6 | 16.6 | | 11.1 | 99.7 | |

## ↗ 금아 피천득(琴兒 皮千得 1910–2007)

### Ⅰ. 한국시조큰사전. 1985.

가을 비-1연3행, 만나서-3연9행, 무제(無題)-3연8행, 벗에게-1연3행, 사랑-18연54행, 산야(山夜)-1연3행, 세익스피어의 소네트 104번-1연3행, 이 마음-2연6행, 진달래-1연3행.

### Ⅱ. 생명(生命)-시집. 1993.

새해-2연12행, 시내-1연6행, 바다-1연6행, 가을-1연6행, 백날 아기-1연9행, 아가의 기쁨-2연6행, 구슬-1연6행, 그림-1연6행, 기다림-1연8행, 축복(祝福)-1연8행. 꿈(1)-2연8행, 산야(山夜)-1연6행, 이슬-2연8행, 역장(驛長)-1연6행, 벗에게-1연6행, 친구를 잃고-1연8행, 파랑새-3연18행, 작은 기억(記憶)-1연8행, 달무리 지면-1연6행, 생각-1연6행, 진달래-1연6행, 금아 연가(琴兒戀歌)-18연54행, 나의 가방-2연12행, 서른 해-1연6행, 만추(晩秋)-1연9행. 〈해설〉 진실의 아름다움-석경징.

### Ⅲ. 금아 피천득(琴兒 皮千得 1910-2007)의 정형시 창작형태조사

| 시조집 | 1연 | 2연 | 3연 | 4연 | 5연 | 사설 | 장시조 | 총계 | 비고 |
|---|---|---|---|---|---|---|---|---|---|
| 한국시조 | 5 | 1 | 2 | | | | 1 | 9 | |
| 생명시집 | 19 | 5 | 1 | | | | 1 | 26 | |
| 총계 | 24 | 6 | 3 | | | | 2 | 35 | |
| 비율% | 68.5 | 17.1 | 8.5 | | | | 5.7 | 00.8 | |

## ➚ 왕산 하한주(旺山 河漢珠 1908-1984)

### Ⅰ. 한국시조큰사전. 1985.

가락에 실은 향수(鄕愁)-4연12행, 가을 밤-2연6행, 꼭두 춤-2연6행, 그리운 모정(母情)-2연6행, 그 이름-6연18행, 대지(大地)의 봄-3연9행, 듀메살이-3연9행, 뜨거운 사랑-2연6행, 봄이 오면-3연9행, 삐에따-4연12행, 4월의 상처(傷處)-2연6행, 석류(石榴)일-2연6행, 성탄밤-3연9행, 슬픈 영가(詠歌)-2연6행, 승리(勝利)의 어머니-3연9행, 시조 송(時調 頌)-2연6행, 아가-1연3행, 양지(陽地)에서-2연6행, 어머니 사랑-2연6행, 어머님 상서(上書)-3연7행, 엄마 품-2연6행, 예수님은 내 사랑-2연6행, 오월의 하늘 아래-2연6행, 옥(玉)비녀-2연6행, 옥잠화(玉簪花)-2연6행, 자모상(慈母像)-3연9행, 잠은 안오고-3연9행, 주님의 종이오니-2연6행, 죽지사(竹枝祠)-4연12행, 파랑새-2연6행, 하느님-2연6행, 학(鶴)의 노래-2연6행, 할미꽃-3연9행.

### Ⅱ. 왕산 하한주(1908-1984)의 정형시 창작형태조사

| 시조집 | 1연 | 2연 | 3연 | 4연 | 5연 | 사설 | 장시조 | 총계 | 비고 |
|---|---|---|---|---|---|---|---|---|---|
| 한국시조 | 1 | 19 | 9 | 3 | | | 1 | 33 | |
| 총계 | 1 | 19 | 9 | 3 | | | 1 | 33 | |
| 비율% | 3.0 | 57.5 | 27.2 | 9.0 | | | 3.0 | 99.9 | |

## ↗ 하 희 주 (河喜珠 1926−2004)

### Ⅰ. 한국시조큰사전. 1985.

가새짬 시조(時調)-1연3행, 꽃 소리-4연12행, 둠벙을 보며-4연12행, 바보의 노래-3연9행, 비오는 덕진호(德津湖)-6연18행, 정명도(程明道)-4연12행, 석암(石庵)선생 기적 비명(記蹟碑銘)-3연9행, 이야기-사설시조.

### Ⅱ. 하희주(河喜珠 1926-2004)의 정형시 창작형태조사

| 시조집 | 1연 | 2연 | 3연 | 4연 | 5연 | 사설 | 장시조 | 총계 | 비고 |
|---|---|---|---|---|---|---|---|---|---|
| 한국시조 | 1 | | 2 | 3 | | 1 | 1 | 8 | |
| 총계 | 1 | | 2 | 3 | | 1 | 1 | 8 | |
| 비율% | 12.5 | | 25.0 | 37.5 | | 12.5 | 12.5 | 100 | |

## ↗ 석가정 **한승배** (石佳亭 韓昇培 1941-2011)

### Ⅰ. 시작하며

우리나라의 현대동시조가 1930년대 심훈(1930-1936)이 중앙(1934. 4)에 〈달밤〉이란 동시조를 발표한 이후 80년이 가까운 지금, 2006년 현대시조 100주년이 지났고 2007년부터 새천년시조 시대로 접어든 우주시대의 현대시조 현실은 현대동시조가 문학장르도 없는 늪과 벽이 가로막고 있을 뿐, 발전 향상된 개선책은 하나도 찾아볼 수 없다. 시대는 놀랍게 팽창 변천되었어도 현대시조는 진전된 구체적 증거가 없다는 뜻이다. 집필자도 대전일보(1970)에 동시조를 발표한 사례가 있으며 동시조문학-김두원(1981) 창간, 한국동시조-박석순(1936-2011) 1995. 창간되었고 현대동시조-김창현. 2000. 창간되어 오늘날에 이르고 있다.

집팔자가 석가정(본명-한승배 1941-2011) 시인과 처음 상견례를 나눈 것은 봉고차를 이용해서 전남 진도 군민회관(1997. 12. 27)에 갔을 때 제3회 항재(恒齋-申基勳 1909-1989)시조문학상 시상식을 진도 행사장에서 처음 상면하였다. 집필자는 준비한 축사(祝辭)를 하였고 기념촬영 행사를 마치고 운림산방, 쌍계사, 진도대교, 우수영을 관람하였으며 전남해남 윤선도(1587-1671) 고산유물관, 어부사시사-시비, 유물을 답사하고 대전으로 귀가하였다. 그때 답사한 대전시조시인협회 시인은 이도현, 김종성(1926-2000), 천병태, 김광순, 석가정(1941-2011), 조근호, 김영환, 이상덕, 김창현 등이었다.

### Ⅱ. 펼치며

#### 1. 시조문학

1979. 봄호-백령도(白翎島)-5연15행.(시조문학 천료작품)/ 1979. 겨울-임진강(臨津江)가에서-3연21행./1980. 여름-잉태기(孕胎期)-3연9행./1980.

가을-들국화-2연6행./ 1982. 겨울-청산도(靑山圖)-3연21행./ 1990. 봄호-무공해(無公害)-4연28행./ 1990. 여름-묘지(墓地)에서-3연18행./ 1990. 겨울-산촌일기(山村日記)-3연14행./ 1991. 겨울-농부일기(근황1990-1)-3연17행./ 1991. 겨울-농부일기(원두막)-3연15행./ 1992. 겨울-보길도(甫吉島)-10연50행.

2. 현대시조

1982. 여름-봄비-3연9행. 해질녘-2연6행./ 1989. 가을-지상(地上)에서 산다는 것-3연21행./ 1991. 가을-농부일기(반딧불)-3연15행./ 1993. 가을-농부일기-2연14행. 초적(草笛)-3연18행./ 1999. 봄호-아련한 빛-3연21행. 농부일기-3연15행.

3. 시조문학 연간집

1988. 백령도(白翎島)-5연15행. 해질녘-2연10행./ 1992. 이 지상(地上)에서 산다는 것-3연9행./ 1993. 농부 일기(종다리)-3연15행./ 1995. 농부일기(17)-3연21행./ 1996. 농부일기(일상(日常))-2연14행./ 2000. 황혼(黃昏)에-2연21행./ 2002. 직소(直訴)-3연17행./ 2004. 낙법 연습(落法練習)-3연18행. 해질녘-2연14행./ 2005. 낙엽(落葉)을 보며-2연12행./ 2012. 다랑이 농악(農樂)-2연14행.

4. 시조문학 사화집

1998. 농부일기(딸기밭에서)-3연12행. 낙법연습-2연14행.

5. 가람문학

1982. 제3집-아내에게-4연28행, 봄 편지-3연15행./ 1983. 제4집-가을 여인(女人)-2연14행, 산이홍(山裏紅)-3연21행, 입동근처-2연16행./ 1984. 제5집-배추밭에서-3연9행, 가을야상곡(夜想曲)-3연15행, 라일락향에 젖어-3

연21행.〈시작노트〉/ 1985. 제6집-늦가을에-2연6행, 강둑을 건너며-2연6행, 겨울밤에-2연6행, 폭우(暴雨)-2연6행./ 1986. 제7집-춘경(春耕)-2연12행, 산촌일기-3연15행, 삼간초가(三間草家)-3연18행./ 1987. 제8집-내 소유-3연9행, 텃밭에서-2연6행, 해변의 연가-3연21행./ 1988. 제9집-겨울연가(戀歌)-3연18행, 만귀역정(晩歸歷程) 항재송(恒齋頌)-3연18행, 농약을 뿌리다가-3연15행./ 2012. 제33집-석가정(1941-2011)추모. 아침산정에서-3연21행, 해질녘-2연14행, 소야곡(小夜曲)-3연21행, 아지랑이-3연22행, 맹아(萌芽)-4연27행.

6. 월간 교육

1980. 7. 초적(草笛)-3연9행.

7. 전원

1981. 10. 꿈-1연3행.

8. 불교

1981. 11. 백두산 등보기(白頭山 登步記)-8연24행./ 1982. 6. 태고사행(太古史行)-4연12행./ 1983. 2. 안동현 진강산(安東縣 鎭江山)-2연6행./ 1983. 2. 의주통군정(義州統軍亭)-4연3행.

9. 한국시조 큰 사전

1) 남해(南海)에서-3연9행./ 2) 들국화-2연6행./ 3) 백령도(白翎島)-5연15행./ 4) 산이홍(山裏紅)-3연9행./ 5) 유년(幼年)의 산정(山頂)에서-3연9행./ 6) 봄비-3연9행./ 7) 잉태기(孕胎期)-3연9행./ 8) 초적(草笛)-3연9행./ 9) 해질녘-3연6행./ 10) 석대은(釋大恩)-꿈-1연3행./ 11) 백두산 등보기(白頭山 登步記)-4연12행./ 12) 안동현 진강산(安東縣 鎭江山)-1연3행./ 13) 의주통군정(義州統軍亭)-1연3행./ 14) 태고사행(太古史行)-8연24행.

10. 현대동시조

2008. 제9집-오월 아침-1연7행./ 2009. 한국현대동시조선집-오월 아침-1연7행.

11. 시조문예

1982. 제12호-별리사(別離辭)-2연15행. 남해(南海)에서-2연15행. 귀향(歸鄕)-3연21행./ 1983. 제13호-해질녘(3)-2연10행. 겨울산 위에서-3연15행. 가을바다에서-3연18행. 산정(山頂)에서-3연18행./ 1989. 제19호-가을산사(山寺)에서-3연18행./ 1994. 제4호-달무리-3연21행. 봄비-3연15행.

〈이하 자료 없음〉

12. 광주 전남시조

2010. 제9집-일상(日常)-2연14행. 대처가 그립던가-2연14행.

〈이하 자료 없음〉

13. 진도문학

1992. 제16집-농부일기(근황1990-2)3연15행, 농약(農藥)을 뿌리다가-3연15행, 겨울산가(山家)-3연15행, 산골에서-3연21행, 이 지상(地上)에 산다는 것-3연21행, 폭우(暴雨)-5연29행, 겨울 바다에서-3 연15행, 해변추청(海邊秋晴)-2연14행, 남해(南海)에서-3연15행, 아내에게-4연28행, 해변(海邊)의 연가(戀歌)-3연21행, 삼간초가(三間草家)-3연18행, 가을여인-2연14행, 지상에 산다는 것(시조집) 작품해설./ 1995. 제19집-농부일기(딸기밭에서)3연18행, 농부일기(일상(日常))-2연14행./ 1996. 제20집-들국화-2연17행, 어촌모정(漁村慕情)-2연14행, 늦가을에 -2연14행, 낙엽(落葉)을 보며-2연12행./ 1997. 제21집-낙법연습-3연17행, 아련한 빛-3연21행.

〈이하 자료 없음〉

14. 동시조문학

1982. 봄호-달무리-3연21행./ 1985. 봄호-오월의 소리-2연14행./ 1987. 봄호-물새-3연19행./ 1987. 가을-동백꽃 노래-5연15행./ 1987. 겨울-오월 아침-1연8행.

〈이하 자료 없음〉

## Ⅲ. 현대시조집

### 1. 이 지상(地上)에서 산다는 것(시조집. 1991)

1) 농무(農霧)

(1) 흙을 부비며-4연24행. (2) 농부 일기(근황1990-1)-3연17행. (3) 농부 일기2(근황1990-2)-3연15행. (4) 해거리-5연39행. (5) 김매기를 하며-2연12행. (6) 시장통 골목에서-7연49행. (7) 무공해-4연28행. (8) 농약을 부리며-3연15행. (9) 배추밭에서-7연42행. (10) 텃밭에서-2연14행.

2) 산촌일기 *시작 배경(詩作 背景)-가을 가랑비 가는 가슴에.

(11) 산촌일기1-3연18행. (12) 산촌일기2-3연15행. (13) 겨울산가(家)-3연15행. (14) 겨울청산도(靑山圖)-3연21행. (15) 삼간초가(三間草家)-3연18행. (16) 산이홍(山裏紅)-3연21행. (17) 입동근처(立冬近處)-2연16행. (18) 한거일우(閑居一隅)-2연10행. (19) 산골에서-3연21행. (20) 풀꽃에게-3연21행.

3) 이 지상에 산다는 것 *시작 배경-단상 편편.

(21) 이 지상(地上)에 산다는 것-3연21행. (22) 백령도(白翎島)-7연35행. (23) 황혼에-2연14행. (24) 폭포 옆에서-4연24행. (25) 행진(行進)-4연28행. (26) 묘지(墓地)에서-3연18행. (27) 폭우(暴雨)-4연29행. (28) 해질녘-2연10행. (29) 대흥사(大興寺) 종(鐘)소리-6연36행. (30) 잉태기(孕胎期)-3연21행.

4) 바다의 변주곡 *시작 배경-바닷가에서

(31) 겨울 바다에서-4연20행. (32) 고도(孤島)에서-2연14행. (33) 강둑을

거닐며-2연10행. (34) 겨울 연가(戀歌)-3연17행. (35) 아침 바다에서-3연21행. (36) 해변추청(海邊)-3연21행. (37) 가을바다에서-3연18행. (38) 겨울 산에서-3연15행. (39) 겨울바람-3연21행. (40) 남해(南海)에서-3연13행.

5) 연가(戀歌) *시작 배경-청명한 이 가을에(소녀에게)

(41) 연가(戀歌)-3연18행. (42) 첫사랑-4연20행. (43) 아내에게-4연28행. (44) 향원행(香原行)-4연20행. (45) 해변의 연가(戀歌)-3연21행. (46) 라일락 향에 젖어-3연21행. (47) 설야(雪夜)-3연24행. (48) 가을여인(女人)-2연14행. (49) 별리사(別離辭)-3연15행. (50) 태초기(太初期)-6연36행.

6) 계절의 골목에서 *시작 배경-계절의 골목에서

(51) 봄이 오는 길목에서-3연24행. (52) 달맞이 꽃-3연21행. (53) 새벽 뻐꾸기 울음-2연14행. (54) 봄 편지-3연15행. (55) 가을 야상곡(夜想曲)-3연15행. (56) 친구에게-2연12행. (57) 꽃그늘 아래서-3연21행. (58) 봄비-3연21행. (59) 가을산사(山寺)에서-2연12행. (60) 제야(除夜)에-3연20행.

〈작품 해설〉-이도현. 후서(後書)-용진호(1933-2001). 발문-천병태.

2. 시연(詩緣)일세! 봄 꿩 스스로 울고(시조집. 2010)

1) 제1부 삼장육구(三章六句)

(1) 조춘(早春)-2연16행. (2) 춘경(春耕)-2연14행. (3) 아지랑이-3연21행. (4) 경칩(驚蟄)-3연18행. (5) 맹아(萌芽)-4연28행. (6) 봄비(1)-3연21행. (7) 춘치자명(春雉自鳴)-3연21행. (8) 세우(細雨)-3연24행. (9) 춘곤(春困)-1연10행. (10) 들국화-2연14행. (11) 소야곡(小夜曲)-3연21행. (12) 오월에-2연14행. (13) 보리피리-2연14행. (14) 초적(草笛)-3연21행. (15) 오월의 소녀-2연14행. (16) 봄비(2)-2연14행. (17) 어촌모경(漁村暮景)(1)-2연14행. (18) 어촌모경(漁村暮景)(2)-2연14행. (19) 이른 아침-2연14행. (20) 일상(日常)-2연14행. (21) 농부의 기도-3연21행. (22) 닭 울면 깨어 앉아-3연21행. (23) 춘궁기(春窮期)-3연21행. (24) 허수아비-3연21행. (25) 딸기 밭에서-3연24행. (26) 종다리-3연21행. (27) 어떤 풍경-3연21행. (28) 내 소유-3연21행.

(29) 대처가 그립던가-2연14행. (30) 삼간초가(三間草家)-3연15행. (31) 임진강(臨津江)가에서-3연21행. (32) 인토(忍土)-3연21행. (33) 열녀문(烈女門)-3연21행. (34) 월(月)-3연21행. (35) 향일(向日)-2연14행. (36) 싸라기 짜개-2연16행. (37) 까마귀 되어-3연21행. (38) 달무리-3연21행. (39) 벽파전에서-2연14행. (40) 낙엽을 보며-2연14행. (41) 산정(山頂)에서-3연21행. (42) 아침 산정(山頂)에서-3연21행. (43) 유년(幼年)의 산정(山頂)에서-3연21행. (44) 시인(詩人)의 어느 하루-3연21행. (45) 눈꽃 길을 걸으며-3연21행. (46) 절터에서-1연7행. (47) 눈 오는 날-2연14행. (48) 늦가을에-2연14행. (49) 겨울밤에-2연14행. (50) 새해 아침에-4연28행. (51) 문맥(文脈)의 빛-3연21행. (52) 황혼(黃昏)에-3연21행. (53) 쾌청(快晴)-3연21행. (54) 소꿉살림-3연23행. (55) 밤과 새벽의 거리-4연28행. (56) 동맥(冬麥)-3연21행. (57) 귀범(歸帆)-3연21행. (58) 청맥(靑麥)-2연14행. (59) 보길도(甫吉島)를 찾아서-10연50행. (60) 백련당(白蓮堂)-4연28행. (61) 어느 정적(靜寂)미암 차의섭(美岩 車義燮 1919-1997)님을 추모하며-3연21행. (62) 등대 불빛-만취 최일환(晩翠 崔日煥 1924-1990)님을 추모하며-3연21행. (63) 만귀역정(晩歸歷程)-항재 신기훈(恒齋 申基勳 1909-1989)송(頌)-3연21행. (64) 진혼시(鎭魂 詩)갈매 섬 때 죽음 진혼제-9연46행.

2) 제2부 수필

(1) 시작배경. (2) 남해(南海)섬 그리고 인생. (3) 가을 그 풍요한 계절. (4) 낙엽을 보며. (5) 어느 봄날의 환상. (6) 반딧불과 꿩 밥. (7) 겨울 고도(孤島)에서. (8) 해변유정(海邊有情). (9) 바다의 변주곡(變奏曲). (10) 유년(幼年)의 산정(山頂)을 오르며. (11) 인정(人情). (12) 제야(除夜)에.

## IV. 석가정 한승배(1941-2011)의 시조시 창작형태조사

| 시조집 | 1연 | 2연 | 3연 | 4연 | 5연 | 사설 | 장시조 | 총계 | 비고 |
|---|---|---|---|---|---|---|---|---|---|
| 시조문학 | | 1 | 7 | 1 | 1 | | 1 | 11 | |
| 현대시조 | | 2 | 6 | | | | | 8 | |

| | | | | | | | | |
|---|---|---|---|---|---|---|---|---|
| 시조문학연간집 | | 6 | 5 | | 1 | | | 12 | |
| 시조문학사화집 | | | 2 | | | | | 2 | |
| 가람문학 | | 11 | 15 | 2 | | | | 28 | |
| 월간교육 | | | 1 | | | | | 1 | |
| 동시조문학 | 1 | 1 | 3 | | | | | 5 | |
| 불교.전원 | 1 | 1 | 1 | 1 | | | 1 | 5 | |
| 한국시조큰사전 | 2 | 3 | 6 | 1 | 1 | | 1 | 14 | |
| 현대동시조 | 2 | | | | | | | 2 | |
| 시조문예 | | 3 | 7 | | | | | 10 | |
| 광주.전남시조 | | 2 | | | | | | 2 | |
| 진도문학 | | 7 | 12 | 1 | 1 | | | 21 | |
| 이 지상에 산다는 것 | | 12 | 32 | 9 | 3 | | 4 | 60 | 한림-광주 1991 |
| 시연일세! 봄꿩 스스로 울고 | | 2 | 20 | 38 | 4 | | 2 | 66 | 한림-광주 2010 |
| 총계 | 6 | 51 | 117 | 53 | 11 | | 9 | 247 | |
| 비율% | 2.4 | 20.6 | 47.3 | 21.4 | 4.4 | | 3.6 | 99.7 | |

## Ⅴ. 석가정(石佳亭 1941-2011)의 시조문학 특색

1. 황토의 전원적 생활에 시의 뿌리를 심고 삼장육구(三章六句)의 시조 원리를 준수한 자연환경을 예찬하고 있다.

2. 시작 배경을 수록하여 독자의 이해성을 높이고 농촌생활의 즐거움, 가족 화목을 중시한 시조창작으로 노래하고 있다.

3. 한문 시어의 박식한 사자성어(四字成語)를 활용하여 독자의 친근감, 저변확대, 시의 영역을 팽창시켜 전원(田園)시, 사유(思惟)시, 생활풍속(生活風俗)시를 정형(定型)시에 담고 있다.

## VI. 나오며

석가정(石佳亭 1941-2011) 시인은 전남 진도에서 출생하였고, 광주시의 전. 한국통신에 근무할 때 자유시의 습작기도 있었지만 광주 최일환(崔日煥 1924-1990)시인과 시조문학 1979년 겨울호에 천료된 인연으로 시조시를 창작하게 되었다. 진도의 〈섬문학-진도문학〉 창립동인으로 한국문인협회진도지부 초대지부장을 역임하였고 한국문인협회, 한국시조시인협회, 가람문학회, 전남문인협회, 광주문인협회, 광주.전남시조시인협회, 진도문인협회에서 활동했다. 전남시문학상(제1회. 1995. 전남시인협회), 시조문예상(제3회. 1995. 호남시조문학회), 항재시조문학상(제3회. 1997. 대전.) 전남문학상(제25회. 2002. 전남문인협회)을 수상하였다. 내 소유의 땅 한 평 없는 청빈한 시인으로 융자를 얻어 해마다 수박농사를 지어 자식들의 교육비에 충당하였고, 한국시조시인협회 창립 40주년 기념 세미나를 대전 홍인장 호텔에서 거행했을 때 〈현대동시조 제5호〉를 배포하면서 바쁜 일이 있다고 잠깐 만나고 헤어졌다. 한평생 동안 시조집은 두 권 발간했으며 총 13문종(文種)에 247수를 창작하였고 중복된 것은 골라내지 못했다. 특히 3연21행 시조시 창작이 독보적 존재로 47%를 차지하고 있으며 더 많은 자료가 있을 것으로 예상되나 한정된 자료수집으로 광범위한 조사연구를 진행하지 못했음을 부끄럽게 생각한다. 농부시인, 전원시인으로 자처하고 있을 뿐 아니라 본명보다 아호, 필명시인으로 널리 알려진 추앙받는 시인으로 전국에 알려졌다. 삼가 고인의 명복을 기원하며 끝을 맺는다.

## ➚ 만해 한용운(萬海 韓龍雲 1879-1944)

### Ⅰ. 들어가며

용운 봉완(龍雲 奉玩 1879-1944) 구한말 스님. 호는 용운(龍雲), 별호는 만해(萬海), 속성은 한(韓), 충남 홍성에서 출생했으며 24세에 백담사에서 승려가 되고 건봉사 만화(萬化)의 법을 이어 받았으며 한 때 백담사에서 개강하였다. 1911년 회광(悔光)이 원종총무원장의 명의로 일본 조동종과 연합조약을 맺고 이를 실행하려는 것을 영호(映湖)와 함께 반대운동을 일으켜 무효케 하였다. 1919년 민족대표의 한 사람으로 조선독립을 선언하였고 1929년 광주학생사건 때 민중대회를 조직하여 규명(糾明)하였다. 66세 나이로 서울 성북구 성북동 심우장(尋牛莊)에서 입적하였다. 불교유신론, 불교대전, 채근담 강의, 님의 침묵 등 많은 저서를 남겼다.

### Ⅱ. 펼치며

**1. 만해 한용운(萬海 韓龍雲 1879-1944) 시조작품 조사**

1) 개벽(開闢) 1920. 창간

27호(1922.3.9)-무궁화 심고자(옥중시)3연18행.

2) 불교(1) 1924. 7. 창간

84-85호-환가(環家)-평시조1수./ 93호-권두언-평시조6행./ 96호-권두언-평시조6행./ 103호-권두언-평시조6행./ 104호-권두언-평시조6행./ 105호-권두언-평시조6행.

3) 일광(一光) 1928. 12. 창간

창간호-성불과 왕생-평시조6행.

4) 삼천리(三千里) 1929. 6. 창간

우리 님-평시조6행./ 실제(失題)-평시조6행.

5) 선원(禪苑) 1931. 10. 창간

3호-선우(禪友)에게-평시조6행.

6) 야담(野談) 1935. 12. 창간

어옹(漁翁)-2연12행./ 추화(秋花)-평시조6행.

7) 민성(民聲) 1945. 12. 창간

29호-환가(還家)-평시조6행./ 공화난대(空華亂隊)-평시조6행./ 심우장(尋牛莊)1-평시조36행./ 심우장(尋牛莊)2-2연12행.

8) 신한국문학전집 1975.

추야몽(秋夜夢)-평시조6행./ 조춘(早春)-3연18행./ 선경(禪境)-평시조6행./ 사랑-평시조6행./ 계어(溪漁)-2연12행./ 무제(無題)-3연78행.

9) 한용운전집(韓龍雲全集) 1979.

한강에서-평시조6행./ 춘주(春晝)-2연12행./ 추야단(秋夜短)-평시조6행./ 춘조(春朝)-평시조6행./ 코스모스-평시조6행./ 성공(成功)-평시조6행./ 남아(男兒)-평시조6행./ 직업부인-평시조6행./ 표아(漂娥)-평시조6행.

2. 시조작품 감상

1) 권두언. 1

가며는 못 갈소냐 물과 산이 많다 기로/ 건너고 또 넘으면 못 갈리 없나니라/ 사람이 제 아니라고 길이 멀다하더라.

〈出典〉-불교(1)1932.3.

2) 권두언. 2

새봄이 오단말까 매화야 물어보자/ 눈바람에 막힌 길을 제 어이 오단말까/ 매화는 말이 없고 봉오리만 맺더라.

〈出典〉-불교(1)1933.1.

## 3. 시조창작 매개체 조사

| 문집 | 평시조 | 2연 | 3연 | 4연 | 사설 | 장시조 | 엇시조 | 동시조 | 합계 | 비고 |
|---|---|---|---|---|---|---|---|---|---|---|
| 개벽 | | | 1 | | | | | | 1수 | |
| 불교1 | 6 | | | | | | | | 6수 | |
| 일광 | 1 | | | | | | | | 1수 | |
| 삼천리 | 2 | | | | | | | | 2수 | |
| 선원 | 1 | | | | | | | | 1수 | |
| 야담 | 1 | 1 | | | | | | | 2수 | |
| 민성 | 3 | 1 | | | | | | | 4수 | |
| 신한국 | 2 | 1 | 1 | 1 | | 1 | | | 6수 | |
| 전집 | 8 | 1 | | | | | | | 9수 | |
| 총계 | 24 | 4 | 2 | 1 | | 1 | | | 32수 | |

## 4. 만해 한용운(1879-1944)의 문학

| 문학장르 | 주제 | 한용운 전집 | 기타 |
|---|---|---|---|
| 시(詩) | 님의 침묵-90편<br>심우장 산시-18편 | 1권-님의 침묵<br>-조선독립의 서 | 심우장 만필, 회고,<br>기행 |
| 시조(時調) | 시조-20주제 32수 | 2권-조선불교유신론<br>-불교논설집 | 수양, 시론, 논설,<br>수상 |
| 소설(小說) | 장편소설-흑풍, 호회,<br>철혈미인, 박명, 죽음 | 3권-불교대전<br>-유마경소설경강의<br>-십현담주해 | 유심(唯心)<br>1호 1918. 9. 1<br>2호 1918. 10. 20<br>3호 1918. 12. 1 |
| 동시(童詩) | 1. 달님-3연32행 | 4권 정선강의, | 3.1운동-불교계대 |

| | 2. 산너머언니-1연15행<br>3. 籠의 小鳥-3연11행<br>동아일보-1993. 3. 26 | 채근담-건봉사 및 건봉사 말사사적 | 표 33인 중 한 분 |
|---|---|---|---|
| 한시(漢詩) | 산가의 새벽-142편 | 5권-장편소설-흑풍, 호회, 철혈미인 | 1933<br>方應模(1884-1950) 朴洸(1882-1970)몇 분의 성금으로 서울성북동만년을 기거하였던 곳 |
| 기타 | 尋牛莊-無常大道를 깨치기 위한 집이란 뜻.<br>충남 홍성-생가<br>만해체험관(2007.10.19)<br>백담사만해마을 | 6권-장편소설-박명, 죽음 | |

## Ⅲ. 나오며

유심(唯心)(재)만해사상 실천선양회-계간을 1918년 가을 창간하여 2001년 봄 복간되어 오늘날까지 발행되고 있으며 충남 홍성 생가가 있고 만해체험관이 건립되었다. 강원도 인제군 백담사에는 만해마을도 생겨났으며 전국고교생백일장을 열어 만해사상을 일깨우고 만해정신을 계승발전 시키고자 만해대상을 시상하고 있다. 특히 먼 장래를 내다보고 어린이에게 알맞은 동시를 조선일보(1933.3.26)에 발표하였고 본고에서는 정형시만 발췌하여 조사연구를 진행했음을 밝혀두고 만해대상 내용을 도표로 만들면 다음과 같다.

역대 만해대상 수상자 일람

| 시상연도 | 횟수 | 만해대상 수상자 | | | | | | 비고 |
|---|---|---|---|---|---|---|---|---|
| | | 평화상 | 실천상 | 학술상 | 포교상 | 시문학상 | 예술상 | |
| 1997 | 제1회 | 조영식 경희대 총장 | 카톨릭농민회-김승호 신부 | 이기영 동국대 교수1922-1996 | 숭산스님 1927-2004 | | | |

| 1998 | 제2회 | 김순권 경북대 교수 | | | 성일스님 화성 신흥사 | 고은 시인 | | |
|---|---|---|---|---|---|---|---|---|
| 1999 | 제3회 | 윤정옥 이화여대 교수 | | 조동일 서울대 교수 | 우리는선우박광서 서강대 교수 남지심 소설가 | 정완영 시인 | | |
| 2000 | 제4회 | 인센반 린톤. 유진벨 재단 | 리영희 한양대 교수 | 신용하 서울대 교수 | | 오세영 서울대 교수 | | |
| 2001 | 제5회 | 정주영 1915-2001 | 백낙청 서울대 교수 | 정영호 한국 교원대 교수 | | 이형기 동국대 교수 | | |
| 2002 | 제6회 | 강원룡 1917-2006 | | 강만길 상지대 총장 | | 신경림 시인 | 박찬수 목아박물관 관장 | |
| 2003 | 제7회 | 김대중 대통령 1924-2009 | | 김윤식 서울대 교수 | | 조정래 소설가 | 이애주 서울대 교수 | |
| 2004 | 제8회 | 만델라 남아공 대통령 | | 다비도 맥캔 하바드대 교수 | | 황석영 소설가 | 임권택 영화감독 | |
| 2005 | 제9회 | 달라이 라마-티벳망명정부 수반 | | 이지관 전.동국대 총장 | | 소잉카 아프리카.나이지리아 시인 | | |

| 2006 | 제10회 | 김지하 시인 | 박원순 변호사 | 권영민 서울대 교수 | 맘바린엠호바야르.몽골 공화국 대통령 | 로버트핀스키.미국 보스턴대 교수, 황동규 서울대 교수 | | |
|---|---|---|---|---|---|---|---|---|
| 2007 | 제11회 | 봉고온림바.가봉 공화국 대통령 | 비쉬누니스트리.네팔기자연맹회장 | 유종호 연세대 교수 | 루이스랭가스터.미국 버클리대 교수 | 김남조 숙명여대 교수 | 특별상 서인혁.국술원 총재 | |
| 2008 | 제12회 | 로카미트라.영국법사 | | 김태길 서울대 교수 | 로버트버스웰캘리포니아대 교수,혜자스님도선사주지 | 이어령 이화여대 교수 | | |
| 2009 | 제13회 | 시린에바디이란인권 변호사 | 이소선 전태일 노동 운동가 | 김용직 서울대 교수 | 빤냐와르스님 호주스님 | 로버투하스-미국버클리대교수, 김종길 고려대교수 | | |
| 2010 | 제14회 | 이동건 국제 로타리 회장 | 성운스님 인덕원 이사장 | 김학성 성균관대교수 죤덜컨.UCLA교수 | | 존랜스턴 소울.캐나다소설가, 정진규 시인 | | |

## ↗ 향촌 허 연(香村 許 演 1923-2008)

### 1. 한국시조큰사전. 1985.

난초(蘭草)-1연3행, 눈꽃-3연9행, 다도해(多島海)-1연3행, 무등산,송(無等山,頌)-3연9행, 불망비(不忘碑)-1연3행, 살구-1연3행, 양장시조-새벽기-금붕어-2수, 영산강(榮山江)우음(偶吟)-1연3행, 외로움-1연3행, 장군도(將軍島)-4연12행, 집-1연3행, 해바라기-2연6행.

### 2. 산난초(山蘭草)-자유시-32수

### 3. 백수가 다 되시어도-자유시-82수. 총 114수.

### 4. 향촌 허 연(香村 許 演 1923-2008)의 정형시 창작형태조사

| 시조집 | 1연 | 2연 | 3연 | 4연 | 사설 | 장시조 | 양장시조 | 총계 | 비고 |
|---|---|---|---|---|---|---|---|---|---|
| 한국시조 | 7 | 1 | 2 | 1 | | 2 | | 13 | |
| 총계 | 7 | 1 | 2 | 1 | | 2 | | 13 | |
| 비 율% | 13.8 | 7.6 | 15.3 | 7.6 | | 15.3 | 2 | 99.6 | |

➚ 연재 홍사준(然齋 洪思俊 1905-1980)

# 서심초(敍心草) 역사 시조집을 중심으로

## Ⅰ. 들어가며

새천년시대(2000년)로 접어 들면서 전국한밭시조백일장에 참여하는 어린이들을 위해서 〈읽을거리〉를 마련해 보급하기로 결심하고 〈대전동시조〉를 창간하여 초등학교를 순회하면서 현대동시조를 강의하고 무료로 책자를 나누어 주었다. 이 무렵 한밭시조 뿌리찾기를 전개하던 중 우연히 〈서심초(敍心草)〉 역사 시조집을 구입하게 되었다.

내 고장의 시조뿌리가 〈충남문학전집〉에 수록되어 있고 그 작품을 조사연구했으나 자료수집이 어려워 중단한 일도 있으며 〈서천군지(전4권) 2009.〉에도 인물사만 수록되어 문학작품은 참고작품도 수집할 수가 없었다.

## Ⅱ. 펼치며

### 1. 서심초(敍心草)

봄(春)-1연3행, 여름(夏)-1연3행, 가을(秋)-1연3행, 겨울(冬)-1연3행, 부소산(扶蘇山)-1연3행, 구룡포(九龍浦)-1연3행, 수북정(水北亭)-1연3행, 규암진(窺巖津)-1연3행, 백마강(白馬江)-1연3행, 시비론(是非論)-1연3행, 낙화암(落花岩)-1연3행, 고란사(皐蘭寺)-1연3행, 사색(史索)-1연3행, 백제탑(百濟塔)-1연3행, 신언(愼言)-1연3행, 봄(春)-1연3행, 해방(解放)-1연3행, 부여정세(扶餘情勢)-1연3행, 견학(見學)-1연3행, 낙화암(落花岩)-1연3행, 유광(流光)-1연3행, 유물(遺物)-1연3행, 우리의 생명(生命)-1연3행, 생명(生命)-1연3행, 백제문박(百濟文博)-1연3행, 소당(小塘)-1연3행, 솔성(率性)-1연3행, 수신(守身)-1연3행, 수분(守分)-1연3행, 무궁화(無窮花)-1연3행, 유물(遺物)-1연3행, 우리 넋-1연3행, 백제명(百濟名)-1연3행, 해방후상(解放後狀)-1연3

행, 혼란(混亂)-1연3행, 유월경물(六月景物)-1연3행, 신언독행(愼言篤行)-1연3행, 단결(團結)-1연3행, 희녀(戱女)님-1연3행, 통심신(痛心身)-1연3행, 우후등산(雨後登山)-1연3행, 구도(舊都)-1연3행, 나팔꽃-1연3행, 고도부여(古都扶餘)-1연3행, 상경차중(上京車中)-1연3행, 회의(會議)-1연3행, 도중(途中)-1연3행, 쪼각종이 정리하며-1연3행, 도, 유관순(悼, 柳寬順) 열사(烈士 1902-1920)-1연3행, 대의원선거(代議員選擧)-1연3행, 개함(開函)-1연3행, 자수(自守)-1연3행, 해방국리(解放國吏)-1연3행, 백제탑(百濟塔)-1연3행, 초하(初夏)-1연3행, 무제(無題)-1연3행, 기회(機會)-1연3행, 맹꽁이-3연9행, 미륵(사)탑(彌勒(寺)塔-1연3행, 석불리(石佛里)-1연3행, 왕궁탑(王宮塔)-1연3행, 송군(送君)-3연9행, 우후 장하리(雨後 長蝦里)-1연3행, 장하리 탑(長蝦里, 塔)-1연3행, 자원(字源)을 받고-1연3행, 흥왕사지(興王寺祉)를 보고-1연3행, 이성산성(二聖山城)에서-1연3행, 촌장날-1연3행, 부여실경(扶餘實景)-1연3행, 탄,부여(嘆,扶餘)-3연9행, 낙화암(落花岩)-2연6행, 장마비-10연30행, 임존성(任存城)-1연3행, 수덕사(修德寺)에서-1연3행, 이충무공 영정(李忠武公影幀)-1연3행, 가계(家鷄)-1연3행, 유엔(UN)승인 경축일-2연6행, 엽관자(獵官者)2연6행, XX비서에게-1연3행, 망,담후단(罔,談後短)-1연3행, 가화(家和)-1연3행, 병아리염관-1연3행, 초대건국상(初代建國狀)-1연3행, 김관장 귀국-1연3행, 원단(元旦)-1연3행, 조선에 대한 미소(美蘇)-4연12행, 부여중, 대, 대건중 싸움-1연3행, 주자근학 시(朱子勤學 詩)-2연6행, 낙화삼천(落花三千)-1연3행, 계백(階伯 607- 660)-1연3행, 낙화암-1연3행, 장암도중 풍경(場岩途中風景)-1연3행, 세종(世宗)날-1연3행, 오월단오(五月端午)-1연3행, 동방화촉(洞房華燭)-1연3행, 조, 이동백(弔, 李東伯 1866-1950)-본명-鐘琦, 증, 기숙생(贈, 寄宿生)-1연3행, 조, 백범 김구(弔, 白凡 金九 1876-1949)-1연3행, 조, 헐버트옹(弔, 헐버트 1863-1949)-1연3행, 평, 장개석(評, 蔣介石 1887-1975)-4연12행, 8.15-6연18행, 부소산 모우(扶蘇山 暮雨)-1연3행, 낙화암 숙견(落花岩 宿鵑)-1연3행, 낙화암-2연6행, 수북정 청풍(水北亭晴黨)-1연3행, 규암진귀범(窺岩津 歸帆)-1연3행, 백제탑 석조(百濟塔 夕照)-1연3행, 백제탑

(百濟塔)-4연12행, 고란사 효종(皐蘭寺曉鐘)-1연3행, 구룡평 낙안(九龍坪落雁)-1연3행, 백마강 심월(白馬江 沈月)-1연3행, 백마강-1연3행, 경회루(慶會樓)-1연3행, 회고(懷古)-1연3행, 왕릉(王陵)-1연3행, 군창지(軍倉址 )-1연3행, 은정자 산수(銀亭子山水)-1연3행, 의열사(義烈祠)-1연3행, 천정대(天政臺)-1연3행, 자온대(自溫臺)-1연3행, 영일대(迎日臺)-1연3행, 대재각(大哉閣)-1연3행, 기한(飢寒)-1연3행, 양심(良心)-1연3행, 마천지(馬天地)-1연3행, 징병검사-1연3행, 까마귀-1연3행, 미꾸리XX-2연6행, 답,임형(答,任兄)-2연6행, 해방유감-1연3행, 인생(人生)-5연15행, 엽관(獵官)-4연12행, 까치-1연3행, 돌아가는 자연-3연9행, 기자단 발단-1연3행, 수탉-1연3행, 산골 아침-2연6행, 정월 윷-3연9행, 이력서-5연15행, 인생-1연3행, 눈(目)-1연3행, 심향(心鄕)-1연3행, 시정(施政)-5연15행, 성춘(惺春)-2연6행, 마음-1연3행, 보스톤대회-1연3행, 양심(良心)-1연3행, 근무(勤務)-1연3행, 고적 애호주간-4연12행, 흥왕사지(興王寺趾)-1연3행, 궁지(宮趾)-1연3행, 쉬파리-1연3행, 국회의원 재선-1연3행, 우로(雨路)-1연3행, 이화(梨花)-1연3행, 복구대(復舊隊)-2연6행, 행상-1연3행, 유심(誘心)-1연3행, 총살우익인-1연3행, 연합군재입성-4연12행, 독정(毒政)-1연3행, 학정(虐政)-1연3행, 추국(秋菊)-1연3행, 서공(鼠公)-2연6행, 돼지-1연3행, 모래말 역두(驛頭)-영등포(永登浦)-1연3행, 대설(大雪)-2연6행, 팥죽-2연6행, 동요 시어((童謠 詩語)-8연24행, 관우(官友)-1연3행, 계, 소년(戒, 少年)-4연12행, 촌경(村景)-4연12행, 동요(童謠)-1연3행, 천공(天空)에-1연3행, 환세(換歲)-1연3행, 전황(戰況)-1연3행, 촌경(村景)-1연3행, 전쟁 풍경(戰爭 風景)-1연3행, 계녀(戒女)-3연9행, 징병검사-15연45행, 경인년 결산-12연36행, 입성 방송-1연3행, 불우(不遇)-1연3행, 미정국토-3연9행, 한식(寒食)-1연3행, 식목일-3연9행, 봄꽃-1연3행, 담배-3연9행, 춘경(春景)-1연3행, 죽실(竹實)-3연9행, 낙화-1연3행, 춘경-6연18행, 각희(角戲)-2연6행, 춘연(春燕)-8연24행, 격언-3연9행, 우장춘(禹長春 1898-1950)-1연3행, 야충(夜蟲)-2연6행, 맹꽁이-3연9행, 종수이가(從嫂離家)-1연3행, 피난민-8연24행, 부채-1연3행, 육소성(六笑聲)-1연3행, 똑똑이-1연3행, 식계추

각(食鷄鶩脚)-1연3행, 저렁거리-2연6행, 삼팔선사변-1연3행, 감고인간(甘苦人間)-2연6행, 재(才)-1연3행, 고도형태(古都形態)-1연3행, 습성(習性)-1연3행, 유월유두(六月流頭)-1연3행, 초복(初伏)-1연3행, 호박넝쿨때리다-2연6행, 백마강-1연3행, 가위-1연3행, 인두-1연3행, 조경(朝景)-8연24행, 문원앙낙금강(聞鴛鴦落錦江)-1연3행, 소나기-4연12행, 중학 종업일-1연3행, 노래는 슬프다-1연3행, 평등(平等)-2연6행, 하야우(夏夜雨)-1연3행, 독(讀)나폴레옹(1769-1821) 전(傳)-1연3행, 칠석-2연6행, 청년-1연3행, 청년의 진로-1연3행, 영웅(英雄)-1연3행, 무지개-1연3행, 유화월(流火月)-1연3행, 부여(扶餘)-1연3행, 권력가(權力家)-1연3행, 밤-1연3행, 절개(節介)-1연3행, 황성(荒城)-1연3행, 침묵(沈黙)-1연3행, 달-2연6행, 시정(時政)-2연6행, 세사(世事)-1연3행, 인생-1연3행, 공상(空想)-1연3행, 조명(釣名)-1연3행, 영일대(迎日臺)-1연3행, 부소산(扶蘇山)-1연3행, 백마강(白馬江)-1연3행, 초추망(初秋望)-1연3행, 칠월망(七月望)-1연3행, 백강채합(白江採蛤)-1연3행, 태극문나비-1연3행, 초복(初伏)-1연3행, 대풍(大風)-1연3행, 연분홍-1연3행, 사랑의 측량-1연3행, 독(讀) 히틀러(1889-1945) 전(傳)-1연3행, 초추(初秋)-1연3행, 생(生)-1연3행, 독서성현심(讀書聖賢心)-1연3행, 목화(木花)-1연3행, 고생(苦生)-1연3행, 애호박-2연6행, 독(讀)대이스레리-힌두교앙코르사원-1연3행, 희망-3연9행, 작봉 방선생(作逢 方先生)-1연3행, 염우(染雨)-1연3행, 역심(易心)-1연3행, 증, 유정(贈, 有情)-1연3행, 삼봉(三封)-4연12행, 문, 대일청화(聞, 對日請和)-5연15행, 마천령(摩天嶺)-1연3행, 상사(相思)-1연3행, 세우(細雨)-2연6행, 자탄(自嘆)-1연3행, 지환(指環)-2연6행, 춘원(春怨)-1연3행, 화답(和答)-2연6행, 적성(笛聲)-1연3행, 사고향(思故鄕)-1연3행, 독,백두산관참기-1연3행, 봉정(奉呈)-1연3행, 유회(有懷)-2연6행, 심야(深夜)-1연3행, 규원(閨怨)-2연6행, 명월(明月)-1연3행, 구, 사고(舊, 思苦)-2연6행, 단혼(斷魂)-5연15행, 한글날-2연6행, 판문점회담-1연3행, 먹자, 입자, 놀자 주의-1연3행, 시황(時況)-1연3행, 객주(客酒)집-1연3행, 흔들리는 젊은이-3연9행, 인간자유-1연3행, 신노심불노(身老心不老)-1연3행, 믿음-1연3행, 속고서-2연6

행, 제석(除夕)-1연3행, 뜻간데-2연6행, 고저(高低)-1연3행, 뒤뜰 망월(望月)-1연3행, 억압(抑壓)-6연18행, 이홍직(李弘稙 1909-1970) 시(詩)를 보내고-4연12행, 바늘-6연18행, 사시풍(四時風)-1연3행, 두부-2연6행, 열사(烈士)-1연3행, 추위-3연9행, 정초(正初)-2연6행, 방인(訪人)-5연15행, 무상(無常)-1연3행, 전등(電燈)-4연12행, 삼일절 웅변회-3연9행, 제초(除草)-2연6행, 우회(友會)날-3연9행, 총리(總理)-2연6행, 이십사절후(二十四節侯)-4연12행, 풍월부여(風月扶餘)-4연12행, 부여강산설(扶餘江山雪)-2연6행, 아, 원수래거사(元帥來去辭)-5연15행, 망성인(望聖人)-8연24행, 대통령 방일-3연9행, 정국(政局)-7연21행, 시간은 마음을 움직인다-3연9행, 낙화암-4연12행, 이시영(李始榮 1882-1919)선생 서거(逝去)-2연6행, 오세창(吳世昌 1864-1953)선생 서거(逝去)-1연3행, 포로교환개시-2연6행, 영국여왕재관(英國女王載冠)-3연9행, 차중경(車中景)-1연3행, 삼팔선-3연9행, 장마-1연3행, 포로해방-2연6행, 오리-5연15행, 판자방(板子房)-2연6행, 신문-1연3행, 석류-1연3행, 휴전-8연24행, 임(任)시조(時調)소리-1연3행, 선물은 왜받고-2연6행, 칠석-1연3행, 백성은 적자-3연9행, 호서문인회 내부(湖西文人會來扶)-2연6행, 부소산-1연3행, 백송아지-4연12행, 백농 최규동(白濃 崔圭東 1882-1953)선생 일주기-1연3행, 안면도-1연3행, 동지-1연3행, 남한일주(南韓一周)-18연54행, 포로석방-10연30행, 처녀-4연12행, 기관장회-3연9행, 관시(觀市)-1연3행, 회일고등(晦日沽燈)-2연6행, 사외상 회의(四外相 會議)-1연3행, 삼일절-8연24행, 자오선(子午線)의 광복(光復)-5연15행, 낙화암-1연3행, 천정대(天政臺)-2연6행, 조, 김성수(弔, 金性洙 1908-1955)-2연6행, 축 회갑 유치순(兪致淳 ?)-1연3행, 축 회갑 백호은(白虎隱 ?)-2연6행, 한산주유성(韓山周留城)-1연3행, 비인탑(庇仁塔)을 찾아서-1연3행, 고마메(叩馬)를 찾아서-3연9행, 등, 임존산성(登, 任存山城)-1연3행, 꾀꼬리-1연3행, 교회(敎會)-1연3행, 장곡사(長谷寺)-1연3행, 야천(夜天)-1연3행, 부소산-1연3행, 백마강-1연3행, 성주사(聖住寺)-2연6행, 무량사(無量寺)-1연3행, 도솔암-1연3행, 기우(祈雨)-1연3행, 기우제(祈雨祭)-1연3행, 가는 세월-1연3행, 걱정에서-1연3행, 더위-1연3행, 앙운(仰雲)-1연3행, 통소(洞簫)-2연6행, 남원(南原)에서-1연3행, 운봉(雲峰)-1연3행, 남원산내면대정리-1연3행, 실상사(實相寺)를 보고와서-1연3행, 인월역(引月驛)-2연6행, 여중우인월(旅中雨引月)에서-1연3행, 백화정(百花亭)-2연6행, 하루-1연3행, 칠백의총(七百義塚)-2연6행, 석불리(石佛里)-1연3행, 영규대사-1연3행, 8.15-2연6행, 소나기-1연3행, 불없는 교회-1연3행, 칠석날-2연6행, 칠석소낙비-3연9행, 백옥봉(白玉峰)-1연3행, 추야월(秋夜月)-2연6행, 시정(時政)-1연3행, 정읍사(井邑詞)-1연3행, 방, 의열사(訪, 義烈祠)-1연3행, 선운산(禪雲山)-3연9행, 정읍(井邑)-1연3행, 두승산성(斗升山城)-1연3행, 부안(扶安)-1연3행, 덕화(德化)는-15연45행, 가효(佳肴) 씹고-2연6행, 관동폭설(關東暴雪)-10연30승, 세사(世事)-1연3행, 낙화암-14연42행, 대통령 성명을 보고-3연9행, 망해정(望海亭)-6연18행, 민주당 표어-2연6행, 6세 신동-1연3행, 첫봄-4연12행, 법주사(法住寺)-3연9행, 조, 해공신익희(弔, 海公申翼熙 1894-1956)-2연6행, 조, 형수(弔, 兄嫂)-1연3행, 견훤(甄萱)-1연3행, 쌍계사(雙溪寺)-1연3행, 미나다리-2연6행, 남매탑(男妹塔)-1연3행, 고왕암(古王庵)-1연3행, 마곡사(麻谷寺)-1연3행, 송, 김종칠(送, 金鍾七)청장-1연3행, 배달정신-1연3행, 상국(霜菊)-1연3행, 오동동-3연9행, 송, 채교감-1연3행, 부여인삼-2연6행, 답, 우중문(答, 宇中文)-1연3행, 작야대설(昨夜大雪)-2연6행, 매화-2연6행, 증, 채교감-3연9행, 바람-2연6행, 계백(階伯 607-660)-2연6행, 성충(成忠 ?-656)-1연3행, 백제혼-1연3행, 홍수(興首 ?-660)-1연3행, 추석-1연3행, 대한통(大韓統)-4연12행, 무시(茂視)-1연3행, 세파(世波)-1연3행, 행로(行路)-1연3행, 추조(秋早)-1연3행, 한원(旱怨)-1연3행, 부여-3연9행, 참나무-1연3행, 추석-1연3행, 예배종-1연3행, 조세(釣世)-1연3행, 저심(低心)-3연9행, 가을-1연3행, 삼충사낙성(三忠祠落成)-3연9행, 조, 육당 최남선(弔, 六堂 崔南善 1830-1957)-2연6행, 송, 육당(頌, 六堂)-3연9행, 증, 청헌화백(贈, 青軒畵伯)-3연9행, 증, 신형(贈, 辛兄)-3연9행, 숭림사(崇林寺)-2연6행, 세상이-1연3행, 래, 조선기(來, 趙仙妓)-1연3행, 황수영 귀국(黃壽永 1918-2011) 귀국-1연3행, 생, 부소문학회-1연3행, 접, 부음 심화백-1연3행, 증, 백류문학회-1연3행, 화병의 매화-2연6행, 전별(餞別)-1연3행, 제석(除夕)-1연3행, 조, 우장춘(弔, 禹長春 1898-1959)-1연3행, 우장춘 입국담-1연3행, 혜초시(1)고향생각-1연3행, 녹야원(鹿野苑)에서-1연3행, 조, 한승(弔, 漢僧)-1연3행, 한사팔번(漢使八蕃)-1연3행, 대재각(大裁閣)-1연3행, 강설술회(降雪述懷)-1연3행, 가을-1연3행, 산문보고-1연3행, 인생-1연3행, 추월야천(秋月夜天)-1연3행, 제, 개천절-1연3행, 영소(迎笑)-1연3행, 명절-1연3행, 개천절-1연3행, 삼충제(三忠祭)-1연3행, 사라풍-2연6행, 속리산문장대-2연6행, 백제문화-1연3행, 권하십년(權下十年)-5연15행, 애농(愛農)-1연3행, 과, 담양(過, 潭陽)-1연3행, 화순(和順)과객(過客)-1연3행, 수덕사 종(修德寺鐘)-1연3행, 황룡사지-1연3행, 불국사-1연3행, 영지(影池)-3연9행, 군인혁명-1연3행, 영묘사(靈廟寺)-1연3행, 무열왕구부(武烈王龜趺)-1연3행, 포석정(鮑石亭)-1연3행, 첨성비두(瞻星比斗)-1연3행, 안압지(雁鴨池)-1연3행, 첨성대-2연6행, 요석궁(瑤石宮)-1연3행, 요석공주(瑤石公主)-1연3행, 안하지(安夏池)-1연3행, 불국사-1연3행, 아사(阿斯)-1연3행, 지림사(祇林寺)-1연3행, 대왕암(大王岩)에서-1연3행, 신선암(神仙岩)-1연3행, 운문사(雲門寺)-1연3행, 청송사지석탑(青松寺址石塔)-1연3행, 군위석굴사(軍威石屈寺)-3연9행, 수도암(修道庵)-1연3행, 진불암(眞佛庵)-2연6행, 거래사(去來辭)-1연3행, 상대사(相對辭)-1연3행, 춘양정화사탑(春陽正華寺塔)-1연3행, 영일보경사비(迎日寶鏡寺碑)-1연3행, 삭풍은-1연3행, 첨성대 실측-1연3행, 영일대(迎日臺)-7연21행, 대통령 투표-5연15행, 인심-1연3행, 정성-3연9행, 투표-1연3행, 시(時)-1연3행, 동학사-3연9행, 관촉사-1연3행, 세월-1연3행, 개태사(開泰寺)-1연3행, 신도안-1연3행, 공주왕릉-1연3행, 별-4연12행, 전진(前進)-2연6행, 화가내방(畵家來訪)-1연3행, 화-1연3행, 알-1연3행, 폭정(暴政)-1연3행, 명정(明政)-1연3행, 탄, 귀인(誕, 貴人)-1연3행, 공평(公平)-4연12행, 추풍(秋風)-3연9행, 부여추경(扶餘秋景)-1연3행, 약혼(約婚)-2연6행, 버스-1연3행, 사랑(愛)-2연6행, 백마장강(白馬長江)-2연6행, 자유-1연3행, 궁남지(宮南池)-1연3행, 심씨내행(沈氏來行)-2연6행, 촌경(村景)-1연3행, 무량사(無量寺)-1연3행, 성주사(聖住寺)-1

연3행, 조명(釣名)-1연3행, 이,김,양양내부(李,金, 兩孃來扶)-5연15행, 불만의 한숨-1연3행, 명예등불-1연3행, 돋보기는 선생-1연3행, 박, 이, 양씨 내부(朴, 李, 兩氏 來扶)-1연3행, 미국 케네디(1917-1963) 서거(逝去)-1연3행, 의원투표-1연3행, 조(弔)케네디-1연3행, 잘난 척-2연6행, 저녁종-1연3행, 때아닌 연(鳶)-1연3행, 장하리 석탑(長霞里 石塔)-1연3행, 성흥산성(聖興山城)-1연3행, 소리없는 부름-1연3행, 설이심지(雪裡深址)-1연3행, 석성산성(石城山城)-1연3행, 까닭-연유(緣由)-1연3행, 대풍(大風)-1연3행, 탄금도(彈琴圖)-3연9행, 금강사지 발굴-1연3행, 마곡사-3연9행, 영일루(迎日樓)-1연3행, 낙화암-1연3행, 조녀(弔女)-1연3행, 신양서봉엄부(辛孃誓逢嚴父)-1연3행, 반가사유불(半跏思惟佛)-1연3행, 백설-1연3행, 환영, 재일불교단(歡迎, 在日佛教團)-1연3행, 조, 영국처칠(弔, 英國, 처칠경, 1874-1965)-1연3행, 매조등부소산연시조(每朝登扶蘇山硏時調)-1연3행, 파월 2,000명-1연3행, 을사재회(乙巳再回)-1연3행, 만춘(晩春)-1연3행, 가뭄-1연3행, 백제사비성(百濟泗沘城)-1연3행, 동백정(冬柏亭)-2연6행, 속리산즉경(俗離山卽景)-1연3행, 왕궁탑(王宮塔)보수-1연3행, 서정리구층탑(西亭里九層塔)-1연3행, 지안(智眼)-1연3행, 백제미륵반가상(百濟彌勒半跏像)-1연3행, 왕궁탑(王宮탑塔)출품-2연6행, 한일비준교환-1연3행, 계백묘심방(階伯墓探訪-2연6행, 윤비영거(尹妃永遽)-1연3행, 옥안칠발(玉顔漆髮)-1연3행, 미륵사 서탑(彌勒寺 西塔)-1연3행, 왕궁리서탑(王宮里西塔)을 고치고-1연3행, 버들(柳)-1연3행, 사랑노래-1연3행, 탄현(炭峴)-1연3항, 수덕사(修德寺)-1연3행, 궁녀사(宮女祠)를 건축 중-1연3행, 노소(老少)-1연3행, 중수 피향정(重修披香亭)-1연3행, 잠-1연3행, 대왕암(大王岩)-2연6행, 이견대(利見臺)-1연3행, 실상사 범종(實相寺梵鐘)-1연3행, 상원사 범종(上院寺梵鐘)-1연3행, 경포(鏡浦)에서-1연3행, 오죽헌(烏竹軒)-1연3행, 강릉풍경(江陵風景)-1연3행, 감은사 석등(感恩寺石燈)-1연3행, 문무왕 수중장골(文武王水中藏骨)-1연3행, 현충일-1연3행, 현충제전(顯忠祭典)-1연3행, 국회의원 선거일-2연6행, 황산리제라전(黃山里濟羅戰)-4연12행, 유물파괴(遺物破壞)-1연3행, 상원사행(上院寺行)-1연3행, 이충무공비(李

忠武公碑)-1연3행, 무위사 비(無爲寺碑)-1연3행, 보림사비(寶林寺碑)-1연3행, 나룻배(규암-窺岩)-2연6행, 다리와 나룻배-1연3행, 백제반가사유상도(百濟半跏思惟像圖)-1연3행, 이방자(李芳子 1901 -1988)-내부(來扶)-1연3행, 견반가상(見半跏像)-1연3행, 아폴로11호 달에 가다-1연3행, 일본인과 촉석루 가다-1연3행, 서산 마애삼존불(瑞山 磨崖三尊佛)-2연6행, 다보탑(多寶塔)-1연3행, 희어대(戲御臺)-2연6행, 월함지(月含池)-1연3행, 낙화암-1연3행 궁남지-2연6행, 낙화암-1연3행.

2. 한국시조큰사전. 1985.

다리와 나룻배-1연3행, 부여팔경-백마강 심월-1연3행, 부소산 모우-1연3행, 낙화암 숙학-1연3행, 고란사 만종-1연3행, 백제탑 석조-1연3행, 규암진 귀범-1연3행, 수북정 청풍-1연3행, 구룡평 낙안-1연3행, 불국사 다보탑-1연3행, 상원사-1연3행.

3. 연재 홍사준의 연대별 시조창작형태조사(敍心草)

| 연대 | 1연 | 2연 | 3연 | 4연 | 5연 | 사설 | 장시조 | 총계 | 비고 |
|---|---|---|---|---|---|---|---|---|---|
| 1946 | 15 | | | | | | | 15 | |
| 1947 | 33 | | | | | | | 33 | |
| 1948 | 42 | 4 | 3 | | | | 1 | 50 | |
| 1949 | 41 | 5 | | 3 | | | 1 | 50 | |
| 1950 | 71 | 6 | 2 | 5 | 3 | | 1 | 88 | |
| 1951 | 188 | 19 | 10 | 2 | 2 | | 6 | 227 | |
| 1952 | 42 | 5 | 3 | 4 | 2 | | 2 | 58 | |
| 1953 | 55 | 6 | 5 | 2 | 1 | | 3 | 72 | |
| 1954 | 52 | 1 | 1 | 1 | 1 | | 3 | 59 | |
| 1955 | 53 | 11 | 3 | | | | | 67 | |
| 1956 | 63 | 4 | 2 | 1 | | | 4 | 74 | |

| 1957 | 42 | 7 | 8 | 1 | | | | 58 | |
|---|---|---|---|---|---|---|---|---|---|
| 1958 | 4 | | | | | | | 4 | |
| 1959 | 24 | 3 | | | | | | 27 | |
| 1960 | 4 | | 1 | | | | | 5 | |
| 1961 | 6 | | 1 | | | | | 7 | |
| 1962 | 24 | 2 | 1 | | | | | 27 | |
| 1963 | 73 | 7 | 3 | 2 | 2 | | 1 | 88 | |
| 1964 | 13 | | 3 | | | | | 15 | |
| 1965 | 20 | 2 | | | | | | 22 | |
| 1966 | 12 | | | | | | | 12 | |
| 1967 | 15 | 2 | | 1 | | | | 18 | |
| 1968 | 6 | 1 | | | | | | 7 | |
| 1969 | 12 | 4 | | | | | | 16 | |
| 한국시 | 11 | | | | | | | 11 | |
| 총계 | 921 | 89 | 45 | 22 | 11 | | 22 | 1110 | |

## Ⅲ. 맺으며

충남 서천(한산)에서 출생하였고 경주박물관장, 부여박물관장으로 재직하며 문화재 전문위원, 대한민국문화장 국민장을 수상했다. 저서는 백제의 전설, 백제문화와 부여, 부여의 백제유적, 연재고고론집, 백제사료가 있다. 논문은 〈백제사택지적비(百濟砂宅智積碑)〉외 100여편의 논문이 있고 부여박물관장으로 정년퇴임하였다. 원본에서는 시대별 시조가 통합되어 있으나 독자가 이해하기 쉽게 분류하였고 중복된 것은 골라내지 못했다 생전에 1099수를 창작했고 단형시조의 평시조가 82.8%를 차지하고 있어 장시조보다 단형시조를 선호했음을 고찰할 수 있었고 역사적 고증자료도 상당부분 차지하고 있었다.

## ↗ 소산 홍준오(素山 洪俊五 1926-2000)

### Ⅰ. 한국시조큰사전. 1985.

강변(江邊)에서-2연6행, 객창유감(客窓有感)-4연12행, 겨울산거(山居)-4연12행, 고도(孤島)-2연6행, 낙엽(落葉)의 사연(事緣)-3연9행, 노산(露山)은 조국(祖國)의 얼-9연27행, 노을 곁에서-3연9행, 눈길에서-3연9행, 다도해 (多島海) 별견(瞥見)-3연9행, 등꽃-3연9행, 매운뜻 사도(師道)에 걸고-5연15행, 모정(慕情)-3연9행, 무주구천동(茂朱九泉洞)기행-완월대(玩月臺)-1연3행, 만균탄(晩鈞灘)-1연3행, 금포탄(琴浦灘)-1연3행, 인월담(印月潭)-1연3행, 바다에서-4연12행, 늦가을 산정(山頂)에서-3연9행, 봄비-3연9행, 비개인 한낮-2연6행, 사월-3연9행, 산정(山頂)에서-4연12행, 삼월(三月)-3연9행, 석가탑(釋迦塔)-4연12행, 아지랑이-2연6행, 영춘사(迎春祠)-5연15행, 이별(離別)-1연3행, 제야종(除夜鐘)-5연15행, 초겨울 여심(旅心)-5연15행, 초춘(初春)-2연6행, 추감산제(秋感散題)-능금밭에서-2연6행, 야산행(夜山行)-2연6행, 추색(秋色)-1연3행, 추령(秋嶺)을 넘으며-1연3행, 사하촌(寺下村)의 달밤-2연6행, 벽공(碧空)-2연6행, 풍경-2연6행, 회향(懷鄕)-3연9행.

### Ⅱ. 아리산(阿里山) 메아리-시집. 1985.

늦더위-1연9행, 공항(空港)을 떠나며-1연8행, 기상(機上)에서-1연3행, 공해(公海)를 지나며-1연9행, 타이완-중정공항(中正空港)-1연10행, 타이완 상공(上空)에서-2연15행, 대북(台北)으로 가는 길-1연9행, 원산대반점(圓山大飯店)-1연9행, 태풍(颱風) 불던 날-1연6행, 태풍(颱風) 가신 날-1연8행, 대북일야(台北一夜)-1연6행, 또한 새벽에-1연9행, 대만유감(台灣有感)-1연10행, 국부기념관(國父記念館)-1연7행, 孫文(1866-1925) 중정기념관(中正記念館)에서-1연9행, 蔣介石(1887-1975) 아호-中正, 중산박물관(中山博物館)-3연9행, 지열곡(地熱谷)에서-1연7행, 자호(慈湖)로 가는 길-1연7행, 대중(台中)으로 가는 길-1연9행, 대중(台中)을 지나며-1연8행, 일월담(日月潭)-1연9행, 일월담(日月潭)의 아침-1연12행, 아리산낭자(阿里山娘子)-1연7행, 계두(溪頭)로 가는 길-1연8행, 계두(溪頭)-1연9행, 바나나밭 길에서-1연11행, 아리산(阿里山) 무희(舞姬)-2연14행, 총통장개석능침(總統蔣介石陵寢)-2연19행, 산령(山嶺)을 넘으며-2연15행, 가남평야(嘉南平野)를 지나며-2연19행, 오수(午睡)를 쫓다 깨니-1연10행, 고웅(高雄)의 밤-1연9행, 등청호(澄清湖)-2연17행, 매점(賣店)에서-명담(名潭)에서-1연7행, 백화점(百貨店)에서-1연7행, 창해유감(滄海有感)-2연14행, 아금비(鵞鑾鼻)에서-3연26행, 선동(仙洞)을 지나며-1연9행, 간정삼림(墾丁森林)-2연18행, 관해루(觀海樓)에 올라-1연10행, 아침구름-1연8행, 우림(雨林)을 뚫으며-2연23행, 아리산(阿里山)-2연22행, 연(蓮)꽃-2연18행, 고속도로(高速道路)를 달리며-2연20행, 현장사(玄奘寺)-1연10행, 문무묘(文武廟)-1연10행, 대중공원(台中公園)-1연9행, 석문수고(石門水庫)-1연8행, 작은 무덤-1연8행, 상여(喪輿)를 보며-1연8행, 흔드는 새하얀 손-1연8행, 향수(鄕愁)에 젖은 밤은-1연9행, 송별만찬(送別晩餐)-2연16행, 해돋자 가슴 속에-1연10행, 귀로(歸路)에 기내(機內)에서-1연17행, 중정항공대합실(中正航空待合室)-2연16행, 조국(祖國)에 돌아와-1연9행, 고우면 그 마음에-3연9행, 아리산(阿里山)의 메아리-1연7행.

### III. 설산도(雪山圖)-시집. 1986.

산까치-2연12행, 강산월(江山月)-2연12행, 조망(眺望)-2연12행, 봄 하루-1연13행, 봄 동산(東山)에 올라-2연12행, 아침 산책(散策)(1)-1연8행, 병후(病後)에-1연12행, 길-2연12행, 오월(五月)은-2연12행, 아카시아 필 무렵-1연12행, 산야(山野)는 지금-2연12행, 황혼(黃昏) 강변(江邊)에서-2연12행, 청산(靑山)에게-1연12행, 비 개인 날-1연12행, 무지개-2연12행, 소나기-2연12행, 숲길에서-1연11행, 메아리-1연11행, 여물든 가을-1연13행, 은행나무 아래서-1연12행, 바람-1연12행, 가을 산-1연11행, 만추(晩秋)의 산령(山

嶺)에서-2연12행, 늦가을 나들이-1연10행, 해바라기(1)-1연3행, 해바라기(2)-1연3행, 혼혼(黃昏) 길-1연3행, 비개인 한낮-1연3행, 바다-1연3행, 허수아비-1연3행, 계절(季節)의 창변(窓邊)에서-1연7행, 춘정월(春正月) 소곡(小曲)-2연12행, 개구리-1연7행, 봄밤-2연21행, 춘정(春情)-1연7행, 추억(追憶)에서-2연12행, 빗소리-1연7행, 꽃그늘 취해 골다-1연7행, 초록비 개인 날은-2연13행, 찔레꽃-1연7행, 한정(閑庭)-1연7행, 숙일(宿日)-1연7행, 바람-1연7행, 우후즉음(雨後卽吟)-1연7행, 가을이 이슬로 와서-2연14행, 병든 눈 비벼뜨니-1연7행, 가을하늘-1연7행, 성근별 무서리 되어-1연7행, 가랑잎-1연7행, 초설(初雪 )-1연7행, 함박눈 오는 날-1연6행, 아침 산책(散策)(2)-1연8행, 강설(江雪)-1연7행, 세모작심(歲暮作心)-1연11행, 산에 와 몇몇 날을-역두(驛頭)에서-2연6행, 강기슭 지나면-1연3행, 날개 펴는 청산(青山)-1연3행, 두타산(頭陀山)-1연3행, 무릉계(武陵溪)바위-1연3행, 두타산성(頭陀山城)-2연6행, 촬영(撮影)-1연3행, 범종(梵鐘)-3연9행, 용추폭포(龍湫瀑布)-3연9행, 물소리-2연12행, 문경(聞慶)새재에서-5연15행, 산에 와서-2연6행, 산거일기(山居日記)-2연6행, 밤 바다에서-1연3행, 장기갑(長鬐岬)에서-1연3행, 장기갑등대(長鬐岬燈臺)-1연3행, 유명산(有名山) 가는 길-4연12행, 정선(旌善) 가는길-산협(山峽)에서-1연6행, 별어곡(別於谷)을 지나며-1연6행 정선(旌善)에서 화엄(華嚴)까지-1연6행, 화엄(華嚴)약수(藥水)터-1연6행, 새벽 몰운대(沒雲臺)-1연6행, 몰운대(沒雲臺) 실경(實景)-1연6행, 광대곡(廣臺谷)을 지나며-1연6행, 송어회를 먹으며-1연6행, 갑사(甲寺)로 가는 길-황혼(黃昏)길-1연6행, 꽃길을 가며-1연6행, 등운암(登雲庵)-1연6행, 연천봉(蓮天峰)-1연6행, 갑사(甲寺)로 가는 길-1연7행, 산마을 가는 길에-들꽃-1연6행, 고추잠자리-1연6행, 산마을-1연6행, 엉겅퀴-2연12행, 가을 산성리(山城里)-1연6행, 다시 산성(山城)에서-2연12행, 여강즉경(驪江卽景)-1연10행, 다시 여강(驪江)에서-5연15행, 어떤 연분(緣分)-1연8행, 내장산(內藏山) 단풍(丹楓)-놀이-1연12행, 가을로 가는 길-2연12행, 월야산곡(月夜散曲)-서곡(序曲)-1연6행, 어느 산자락에서-1연6행, 설령(雪

嶺)의 밤-1연6행, 경포(鏡浦)의 달밤-1연6행, 여수(旅愁)-1연6행, 속초(束草)에서 울진(蔚津)까지-1연6행, 해당화(海棠花) 사연(辭緣)-1연6행, 오늘은 달을 좇아-1연6행, 설산도(雪山圖)-1연11행, 송구영신(送舊迎新)-2연12행, 연하장(年賀狀)-1연12행, 미사리(美沙里) 주변 겨울-2연12행, 겨울 여심(旅心)-2연12행, 모정(慕情)-2연12행, 달리는 판교가도(板橋街道)-2연12행, 말티재를 오르며-1연8행, 은령(銀嶺)을 넘으며-1연10행, 아침에 산을 보고-1연9행, 눈 덮힌 겨울산-1연11행, 대천(大川) 가는 길-1연11행, 호반(湖畔)에서-3연9행, 겨울 속리산(俗離山)-1연9행, 눈 덮힌 수덕사(修德寺)-1연7행, 아침 강변(江邊)-1연12행, 귀로(歸路)-1연7행, 잠자는 하얀무덤-2연12행, 겨울 소래(蘇萊)에서-2연12행, 겨울 산행(山行)초(抄)-겨울 설악산(雪嶽山)-1연6행, 설악산(雪嶽山)바위-1연6행, 산정(山頂)에서-1연6행, 다시 금강굴(金剛窟)에서-1연6행, 겨울 비선대(飛仙臺)-1연7행, 득의(得意)-2연12행, 향정(鄕情)-2연12행, 가을 강변(江邊)-3연9행, 산을 두고-5연15행, 심산(深山)에 홀로 와서-3연9행, 초여름 단상(斷想)-3연9행, 봄의 여인(女人)-1연10행, 석란(石蘭)-3연9행, 수석별전(壽石別傳)-2연12행, 분재(盆栽)-3연9행, 기적(奇績)의 손-2연12행, 엽신(葉信)-4연12행, 시심(詩心)이옥 죄면-4연12행, 석연(石蓮) 앞에서-5연15행, 공동고백(共同告白)-2연12행, 말씀이 빛으로 오사-3연9행, 반 나들이-2연12행, 섭리(攝理)-4연12행, 새남터에서-3연9행, 부처님 오신 날에-2연12행, 역사(歷史) 앞에서-3연9행, 부소산(扶蘇山)에 올라-3연9행, 부석사 운(浮石寺 韻)-3연9행, 장릉(莊陵)-3연9행, 청령포-3연9행, 탄금대(彈琴臺)-2연12행, 풀꽃-3연9행, 한가위 달-2연12행, 산(山)을 버렸더니-3연9행, 접동새-1연12행, 사향가(思鄕歌)-2연12행, 그대 마음-1연9행, 수유리 진달래-2연12행, 목숨 하나 애써 쪼면(김어수선생 영전에)-8연24행, 넉넉히 가장 넉넉히(구름재-박병순선생 고희축연에)-6연18행, 명(明)도 곰삭이면(일묵 임영창선생 고희연에-5연15행, 청빈이야 목영처럼-임헌도박사 정년퇴임에-6연18행, 우란송(于蘭頌-于蘭 金惠培女史 壽辰에-7연21행, 말씀이 그러하니-宣珽柱-시집-겨울삼

십년을 읽고-3연9행, 자적(自適)도 그쯤이야-장석주 시조집〈雪夜〉를 읽고 -3연9행, 산하송(山河頌)-鄭石柱 詞伯께-1연10행, 보름달-1연12행, 쌓으면 목숨 하나-이동희선생 정년퇴임에-인생(人生)은 적요(適遙)처럼-尹元錫선생-정년퇴임에-7연21행, 소라의 왕국(王國)-2연12행, 달과 빌딩-1연8행.

## Ⅳ. 구슬내 물안개-시조집. 1993.

산방일기-17연80행, 산가(山家)와 코스모스-3연9행, 아침에-2연12행, 밤길-2연14행, 한가위-3연9행, 그림 그리기-3연9행, 가을 편지-2연13행, 추분(秋分)에-2연12행, 비오는 강마을-1연6행, 아침 나들이-2연14행, 금송산 가을 산방(琴松山)가을 산방(山房)-2연13행, 무서리 치는 아침은-3연9행, 가을 산방(山房)운(韻)-2연12행, 석류를 따며-1연6행, 가을 단상(斷想)-1연6행, 산수유-2연12행, 돌아오는 날의 심상(心像)-1연7행, 비긋는 금송산(琴松山)-1연8행, 궂은비 오는 날에-2연12행, 세모(歲暮)에 앉아-2연12행, 새벽길-1연6행, 달밤에-1연6행, 가을산 까투리-1연6행, 겨울 산행-1연6행, 눈오는 날은-2연12행, 잠자는 겨울산-1연10행, 계유년(癸酉年) 새해맞이-2연12행, 숙일(宿日)-2연12행, 여로(旅路)-마음 길-2연12행, 안동(安東) 가는 길-16연48행, 조망(眺望)-2연12행, 춘일(春日) 한정(閑情)-1연6행, 북의 소리-1연7행, 여로(旅路)에서-2연6행, 고향(故鄕)물소리-1연8행, 능내역(陵內驛)의 봄-2연12행, 비오는 앙수리(兩水里)-1연7행, 아침 남한강(南漢江) -1연6행, 초겨울 북한강(北漢江)-1연7행, 들국화-1연7행, 동백꽃-1연6행, 갈대숲 서정(抒情)-2연12행, 어떤 풍경(風景)-2연12행, 박모(薄暮)에-2연14행, 가을 유랑(流浪)-3연9행, 초가을 안개-2연12행, 새벽 달-1연7행, 가을 여심(旅心)-3연9행, 강(江)을 보며-1연7행, 가을에-1연6행, 은행잎 주우며-1연9행, 열반(涅槃)하는 가을산-1연11행, 그림자-1연7행, 실일(失日)-2연12행, 이런 이치(理致)-1연6행, 용문산(龍門山)에서- 3연9행, 낚시 가는 길-2연12행, 꿈에 뵈온 어머님-3연0행, 어드밴처(ADVENTURE)에서-3연9행, 비 오는 대합실-2연12행, 애견(愛犬)하니-3연9행, 가을 하늘-3연9행,

귀로(歸路)에-1연9행, 늦가을 농심(農心)-3연9행, 안개 속에서-1연11행, 사랑학습-2연12행, 무덤가에서-2연12행, 무슨 원(願) 저리 깊어-1연6행, 시계(時計)를 보며-2연12행, 물 위에 구름일듯-5연15행, 어떤 죽음-3연9행, 한잔 차 달빛에 끓여-2연12행, 심골(心骨)이 푸른 선운(禪韻)-1연9행, 설레는 환송곡-1연7행, 파도는 파도를 품고-1연6행, 대만유감(台灣有感)-2연14행, 사랑의 화문석-1연7행, 파도(波濤)의 환상(幻想)(1)-1연7행, 파도(波濤)의 환상(幻想)(2)-2연12행, 환상비행(幻想飛行)-2연12행, 낙조(落照)-1연7행, 타임머신-3연9행.

〈해설〉신기적(神氣的)자연의 심상(心象)-공석하.

〈해설〉순수 서정의 심상미-홍윤기.

〈시평〉비범한 인식과 순화(純化)된 미의식(美意識)-김광수.

## Ⅴ. 소산 홍준오(素山 洪俊五 1926-2000)의 정형시 창작형태조사

| 시조집 | 1연 | 2연 | 3연 | 4연 | 5연 | 사설 | 장시조 | 총계 | 비고 |
|---|---|---|---|---|---|---|---|---|---|
| 한국시조 | 7 | 10 | 11 | 5 | 4 | | 1 | 38 | |
| 아리산 | 43 | 14 | 3 | | | | | 60 | |
| 설산도 | 95 | 43 | 19 | 4 | 5 | | 6 | 172 | |
| 구슬내 | 34 | 31 | 14 | | 1 | | 2 | 82 | |
| 총계 | 179 | 98 | 47 | 9 | 10 | | 9 | 352 | |
| 비율% | 50.8 | 27.8 | 13.3 | 2.5 | 2.8 | | 2.5 | 99.7 | |

## ↗ 추강 황희영(秋江 黃希榮 1922-1994)

### Ⅰ. 한국시조큰사전. 1985.

참새 한마리-2연6행, 갈매기의 꿈-3연9행, 꽃과 나-2연6행, 부채를 드리는 날에-3연9행, 그 날이 오면-3연9행, 나의 날개를 펴리라-3연9행, 남고산성(南固山城)-4연12행, 남원(南原)의 가을-1연3행, 능금나무 아래서-3연9행, 대나무-1연3행, 도라지-1연3행, 들과 나-1연3행, 두 무덤-2연6행, 마음의 고향(故鄕)-3연9행, 백일홍(百日紅)-1연3행, 봉선화(鳳仙花)-1연3행, 분꽃-1연3행, 비구니(比丘尼)-3연10행, 석죽화(石竹花)-1연6행, 소원(所願)-2연6행, 손-2연6행, 손씻이-2연6행, 아름다운 번역(叛逆)-3연9행, 아버지-10연30행, 어머니-8연24행, 옛 편지(便紙)-3연9행, 오월(五月)-3연9행, 오작교(烏鵲橋)-1연3행, 왕관(王冠)-2연6행, 왕궁탑(王宮塔)-2연6행, 월광곡(月光曲)-사설시조, 아 한 마리의 외로운 소리-3연9행, 인심(人心)-1연3행, 전설(傳說)의 강(江)-4연12행, 참새 한 머리-사설시조, 추강(秋江)-2연6행, 한산섬(閑山島) 화답시조(和答時調)-3연9행, 해바라기-1연3행.

### Ⅱ. 청자(靑磁). 1965.

1965. 7.21. 청자창간호-석죽화(石竹花)-1연4행, 해바라기-1연4행, 봉선화(鳳仙花)-1연6행, 꽃부채를 드리는 날-1연3행.

1965.11.12. 청자제2집-서로 마음-2연6행, 도라지-1연10행, 종착역-8연39행.

1965.12.15. 청자제3집-월광곡(月光曲)-3연15행, 가을뜨락에 서면-1연7행.

1966. 3.20. 청자제4집-죽(竹)-1연6행, 그날이 오면-4연24행.

1966. 6. 9. 청자제5집-오월에는-1연6행, 전설(傳說)의 강(江)-4연16행.

1966. 8. 2. 청자제6집-어머니-8연32행, 손-1연7행, 백일홍(百日紅)-1연6행.

1966.11.18. 청자제7집-시조시(時調詩) 정형성 분삭을 위한 노오트 초(抄)-미완성 교향곡-3연15행, 트럼펫(STRUMPET)-사설시조, 분꽃-1연7행.

1960. 6. 1. 청자제8집-아름다운 반역(叛逆)-2연6행, 지석(砥石)-2연7행.

1967.12.23. 청자제9집-탈출(脫出)-1연6행, 세정(世情)-2연15행, 음성(音聲)-2연12행.

1970. 6.28. 청자제10집-아름다운 반역(叛逆)-3연9행.

## III. 신한국문학전집(전50권). 1975.

소원(所願)-2연10행, 손끝-1연4행, 참새 한 마리-사설시조, 꽃과 나-2연6행, 봉선화(鳳仙花)-1연6행, 석죽화(石竹花 )-1연4행, 분꽃-1연7행, 어머니-8연33행, 꽃부채를 드리는 날-3연9행, 월광곡(月光曲)-사설시조, 왕관(王冠)-2연13행.

## IV. 영원한 언어의 날개로 날으리라—유고집. 2000.

추강(秋江)-2연6행, 강물-3연15행, 한국(韓國)의 봄-4연16행, 일송정(一松亭) 푸른솔-5연22행, 문경(聞慶)새재(鳥嶺)-5연17행, 백제(百濟)는 산처럼 강처럼-4연24행, 온온사(穩穩舍)에서-3연9행, 칠석(七夕)날-3연12행, 남원(南原)의 가을--광한루(廣漢樓)-1연6행, 오작교(烏鵲橋)-1연6행, 춘향각(春享閣)-1연6행, 마한(馬韓)-5연18행, 백자(白磁)-4연16행, 남고산성(南固山城)-4연12행, 왕궁탑(王宮塔)-2연10행, 월광곡(月光曲)-3연15행, 왕관(王冠)-2연13행, 사도세자(思悼世子)릉(陵) 가는 길에-4연12행, 비구니(比丘尼)-4연24행, 전설(傳說)의 강(江)-곰나루-1연4행, 옷 잃은 선녀(仙女)-1연4행, 나뭇꾼의 노래-2연8행, 피리(1)-1연3행, 가야금(伽倻琴)(2)-1연3행, 종소리(3)-1연3행, 빗소리(4)-1연3행, 다드미 소리(5)-1연3행, 기러기(6)-1연3행, 사물농악기(四物農樂器)가락을 듣노라면-꽹과리-1연3행, 징-1연3

행, 장고-1연3행, 북(소고)-1연3행, 슬기와 사랑이 솟구치는 곳에-과천예찬(果川禮讚)-사설시조, 한산섬-화답시조(和答時調)-3연9행, 꽃바치기-1연6행, 높푸른 잣나무-2연10행, 간 봄 그리며-2연12행, 금강(錦江)-7연39행, 샘이 깊은 물-7연37행, 금강(錦江)벌은 이겨레 빛나는 역사(歷史)이고-15연76행, 금강(錦江)은 금수강산(錦繡江山)-9연49행, 한반도(韓半島) 젖줄-11연62행, 바람과 밝은 달과 사람-13연76행, 한과 온의 땅-7연39행, 빛은 동(東)에서 바람은 서(西)으로-6연34행, 꽃과 나-2연6행, 벼랑에 떨어진 꽃-2연6행, 감국(甘菊)-1연3행, 감꽃-1연3행, 거울속의 꽃-1연3행, 고란초(皐蘭草)-1연3행, 고사리-1연4행, 고추-1연3행, 과꽃-1연3행, 개나리-1연3행, 궁궁이꽃-1연3행, 금강초롱꽃-1연3행, 금잔화-1연3행, 글라디올러스-1연3행, 꿩의 바람꽃-1연3행, 꽃사과-1연3행, 나팔꽃-1연3행, 난(蘭)-1연3행, 능금나무꽃-1연3행, 능소화-1연3행, 냉이꽃-1연3행, 단풍잎-1연3행, 다알리아-1연3행, 달맞이꽃(1)-1연3행, 달맞이꽃(2)-1연3행, 도라지꽃-1연6행, 동백꽃-1연3행, 두견화(杜鵑花)-1연3행, 들국화(1)-1연3행, 들국화(2)-정조대왕어화(御花)를 보며-1연3행, 등꽃-1연3행, 대나무-1연3행, 라알락-1연3행, 마늘-1연3행, 머루, 다래, 산딸기-1연3행, 모란-1연3행, 목련(木蓮)-1연3행, 목화(木花)꽃-1연3행, 무궁화(無窮花)-1연3행, 무화과(無花果)-1연3행, 물망초(勿忘草)-1연3행, 매화(梅花)(1)-1연3행, 매화(梅花)(2)-김홍도(金弘道)의 고희(古稀)명금(鳴禽)을 보며-1연3행, 맨드라미꽃-1연3행, 메나리꽃-1연3행, 메밀꽃-1연3행, 미나리-1연3행, 민들레-1연3행, 박꽃-1연3행, 버들개지-1연3행, 벽오동-1연3행, 벚꽃-1연3행, 복수초꽃-1연3행, 복숭아살구꽃-1연3행, 봉선화-1연3행, 분꽃-1연7행, 붉은병꽃-1연3행, 배꽃-1연3행, 백일홍(1)-1연3행, 백일홍(2)-1연3행, 백합-1연3행, 사루비아꽃-1연3행, 사시나무꽃-1연3행, 산부추꽃-1연3행, 산수유-1연3행, 산수유꽃-1연3행, 산수국-1연3행, 산이질풀꽃-1연3행, 산유화(山有花)-1연3행, 산작약(山芍藥)-1연3행, 산철쭉-1연3행, 산딸기-1연3행, 샤론의 장미꽃-1연3행, 석류꽃-1연3행, 석죽화(石竹花 )-1연3행, 선씀바귀꽃-1연3행, 선조대왕의 산죽-1연3행,

설토화(雪吐化)-1연3행, 소심화(素心花)(1)-1연3행, 소심화(素心花)(2)-1연3행, 소나무-1연3행, 수련-1연3행, 수선화(水仙花)-1연3행, 수수-1연3행, 쑥-1연3행, 아네모네-1연3행, 아카시아꽃-1연3행, 안개꽃-1연3행, 양귀비꽃-1연3행, 억새풀-1연3행, 엉겅퀴-1연3행, 연꽃-1연3행, 연산홍-1연3행, 오디-1연3행, 옥잠화(玉簪花)-1연3행, 유채꽃-1연3행, 앵두꽃-1연3행, 은방울꽃-1연3행, 은행잎-1연3행, 이하은(李昰應) 묵란(墨蘭)-1연3행, 인삼-1연3행, 에델바이스-1연3행, 원추리와 개구리-1연3행, 자운영-1연3행, 잡초-1연3행, 장다리꽃-1연3행, 장마-1연3행, 접시꽃-1연3행, 진달래-1연3행, 제비꽃-1연3행, 찔레꽃-1연3행, 창포꽃-1연3행, 춘란홍화(春蘭紅花)-1연3행, 채송화-1연3행, 카아네이션-1연3행, 칸나-1연3행, 코스모스-1연3행, 크로바꽃-1연3행, 노루귀꽃-1연3행, 파초(芭蕉)-1연3행, 포도(葡萄)-1연3행, 포푸라-1연3행, 파랭이꽃-1연3행, 할미꽃-1연3행, 호박꽃-1연3행, 황촉규-1연3행, 해당화(海棠花)-1연3행, 해바라기-1연3행, 코스모스-3연21행, 거리에 서서-3연9행, 눈길-3연12행, 두 무덤-2연6행, 어머니-8연32행, 아버지-10연30행, 그날이 오면-4연24행, 오월의 노래-3연12행, 종착역(終着驛)-3연18행, 한마디 외로운 소리-3연18행, 아름다운 반역-3연9행, 들과 나-1연4행, 그런 멋에도-3연12행, 부채를 드리는 날에-3연9행, 마음의 고향-3연9행, 서원(誓願)-2연14행, 소원(所願)-2연12행, 이렇게 있는 것을-2연8행, 당신의 손-4연20행, 정헌(靜軒)-3연18행, 손-2연11행, 손씻이-2연8행, 옛편지(便紙)-3연10행, 눈 오는 날에-4연20행, 휴전선(休戰線)에서-3연12행, 능금나무 아래서-3연12행, 오월은 다시 왔는데-3연12행, 잿빛비둘기-4연18행, 나 또한 한국인(韓國人)이 너를 자꾸 돌아보다-4연12행, 하루가 천년되게 하소서-3연18행, 어느 봄날-2연12행, 해외에서 조국에게-3연14행, 눈물-4연15행, 달무리-3연11행, 반달의 추억(追憶)-3연9행, 죽음-3연12행, 구름위-4연12행, 나의 날개를 펴리라-3연18행, 바람과 비와 나-5연21행, 손자손녀들에게-경아-1연3행, 민아-1연3행, 예나-1연3행, 선우-1연3행, 한일-1연3행, 성재-1연3행, 선아-1연3행, 한민-1연3행, 태일-1연3행, 나나-1연3행,

태정-1연4행, 천사의 집에서의 기원-사설시조, 미완성 교향곡-4연19행, 참회-4연13행, 가람을 뵙던 날-7연30행, 송,우봉선생 회갑-3연9행, 흰옷 입고 동산에 우뚝 서시다-5연20행, 시조문학지령 백호에 축하하며-3연12행, 돌뫼시인들-2연10행, 송,청곡문병집박사화수(華壽 )-5연26행, 일석이희승(一石李熙昇)스승을 추모하는 글-4연12행, 월하선생 팔순을 기리며-3연15행, 아호를 주며-2연6행, 축시,정덕채선생 화수(華壽)-2연10행, 현산,김종훈박사 화수(華壽)-2연10행, 우정의 가까운 분들이 주신 글.

〈정리〉황희영 박사의 삶과 시조문학-정순량.

## V. 추강 황희영(秋江 黃希榮 1922-1994)의 정형시 창작형태조사

| 시조집 | 1연 | 2연 | 3연 | 4연 | 5연 | 사설 | 장시조 | 총계 | 비고 |
|---|---|---|---|---|---|---|---|---|---|
| 한국시조 | 11 | 9 | 11 | 3 | | 2 | 2 | 38 | |
| 청자 | 11 | 5 | 3 | 3 | | 1 | 2 | 25 | |
| 한국문학 | 4 | 3 | 1 | | | 2 | 1 | 11 | |
| 유고집 | 155 | 19 | 29 | 15 | 6 | 2 | 11 | 237 | |
| 총계 | 181 | 36 | 44 | 21 | 6 | 7 | 16 | 311 | |
| 비율% | 58.1 | 11.5 | 14.1 | 6.7 | 1.9 | 2.2 | 5.1 | 99.6 | |

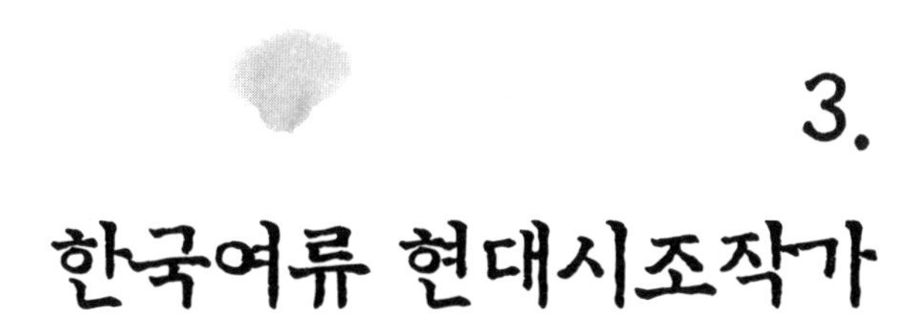

# 3. 한국여류 현대시조작가

## ↗ 구 영 주 (丘英珠 1944-1999)

### 1. 강원시조문학. 1992.

1992. 제7집-산방(山房)일기-3연18행, 고산식물(高山植物)-1연6행, 폐광이후(廢鑛 以後)-3연15행, 추석 전에 붉은 대추-2연16행, 수화(手話)-1연6행.

### 2. 시조문학

1990. 가을호-남사당(男寺黨)-4연20행, 어미의 홀로서기-3연15행, 너의 흔적이 지워질 때까지-2연10행/ 1996. 겨울호-은혜로운 오늘-2연12행.

### 3. 한국시 대사전. 2004.

시-요정이옵니다, 사랑법, 생성의 내력, 마음 준 파도 못잊어요, 천고(千古)를 밝혀 온 섭리여!, 빈손의 아침.

### 4. 시집, 수필집.

1979. 월간문학 신인상./ 1984. 시조문학 등단./ 1986. 대한민국문학상 수상.(문학부문)./ 1989. 강원도문화상 수상(문학부문)./ 제1시집-마음을 준 파도 못잊어요(1980)./ 제2시집-호밋날 쟁깃날(1981)./ 제3시집-종(鐘) 진동항아리(1983)./ 제4시집-산(山)하고 정들이면(1985)./ 제5시집-홀로 뜨는 해(1988)./ 제6시집-앓는 푸른 술(1989)./ 제1수필집-다시 쓰는 편지(1988)./ 제2수필집-그대 흔적이 지워질 때까지(1990).

### 5. 구영주(丘英珠 1944-1999)의 정형시 창작형태조사

| 정형시 | 1연 | 2연 | 3연 | 4연 | 5연 | 사설 | 장시조 | 총계 | 비고 |
|---|---|---|---|---|---|---|---|---|---|
| 강원시조 | 2 | 1 | 2 | | | | | 5 | |
| 시조문학 | | 2 | 1 | 1 | | | | 4 | |
| 총계 | 2 | 3 | 3 | 1 | | | | 9 | |
| 비율% | 22.2 | 33.3 | 33.3 | 11.1 | | | | 99.9% | |

## ↗ 김 경 자 (金京子 1939-2012)

### 1. 생각 깊은 꽃. 2000.

시냇물을 보며-3연9행, 구절초 단상-1연7행, 푸른 경현당(景賢堂)-2연6행, O형의 그대-1연3행, 한중록(閑中錄) 속에서-3연9행, 씨앗-1연3행, 가을 햇살 아래-3연9행, 단풍-1연3행, 늙은 엿장수-2연6행, 매일학습-2연6행, 타작마당-4연12행, 아버님무덤 앞에-1연3행, 솔-2연6행, 철원-1연3행, 이인문(李寅文)님-2연6행, 품앗이철-1연8행, 함창행-5연15행, 고요함-1연3행, 상수도원류-3연9행, 지하셋방-1연3행, 내 안의 암자-4연12행, 아리랑-1연3행, 겨레의 만남-3연9행, 사라져가는 것 중에-꽃담(1)-2연6행, 사라져가는 것 중에-원두막(2)-3연9행, 사라져가는 것 중에-다락(3)-3연9행, 사라져가는 것 중에-한지(韓紙)(4)-3연9행, 사라져가는 것 중에-호롱불(5)-3연9행, 사라져가는 것 중에9도롱이(6)-2연6행, 사라져가는 것 중에-망태기(7)-3연9행, 사라져가는 것 중에-삼태기(8)-1연3행, 사라져가는 것 중에-싸리비(9)-2연6행, 사라져가는 것 중에-수숫대울타리(10)-3연9행, 사라져가는 것 중에-솜버선(11)-사설시조, 사라져가는 것중에-맷방석(12)-2연6행, 사라져가는 것 중에-낙양동구릉토(13)-3연9행, 사라져가는 것 중에-황토고개(14)-2연6행, 사라져가는 것 중에-헛간(15)-3연9행, 사라져가는 것 중에-샘물치는날(16)-3연9행, 사라져가는 것 중에-장독대(17)-3연9행, 2000년의 휴전선-3연9행, 우표-1연7행, 정신대의 아리랑-4연12행, 단오-1연7행, 가을 과수원-2연6행, 경칩-1연3행, 눈내리는 들녁-2연6행, 우리 큰댁-2연6행, 실상사(實相寺)-3연9행, 산골의 봄-1연3행, 상주 남장사(尙州 南長寺)-3연9행, 망월동 애가(望月洞 哀歌)-1연3행, 낱말을 새기다가-3연9행, 삼백마을에 살며-가을누에-1연3행, 벼꽃 필 때-1연3행, 곶감-1연3행, 장생문일월연(長生文日月硯)-3연9행, 저녁식탁-1연6행, 꿈꾸는 산발-3연9행, 태기(胎氣)-1연5행, 바탕골 건너밭-4연12행, 춥던 겨울-2연6행, 숯막사람들-3연9행, 잔치가 있는 마을-1연4행, 징소리-3연9행, 땀-1연3행, 천운당별곡(天雲堂別

曲)-3연9행, 농경마을-1연7행, 돌아보기-2연6행, 상주시남성동84-68-3연9행, 홀로 여는 아침-2연6행, 생각 깊은 꽃-3연10행, 병실소묘-1연6행, 통리역-3연10행, 폐광촌의 밤-3연9행, 보름으로 가는 꽃-3연9행, 오죽헌에서-2연6행, 도토리-2연6행, 식혜를 만들며-2연6행, 가을산속-2연6행, 소곡(小曲)-1연3행, 사가재(四可齋)-3연9행, 우리 마을-1연6행, 헌고무신-3연9행, 목련의 말씀-1연7행, 10월의 편지-3연9행, 갈대-1연7행, 산배두개-3연9행, 고향겨울-3연9행.

〈해설〉고요한 세계의 불꽃무늬-김경자론-이우걸.

## 2. 마을문고 안에는. 2002.

도서관이 보이는 방-2연6행, 첫가을-1연3행, 소슬한 밤에-1연3행, 별-1연4행, 여수돌산-2연6행, 잠 잃은 방-1연3행, 한중록에서-3연9행, 낮달-1연3행, 판전(版殿)을 우러르며-3연9행, 늦가을 저물녘-1연3행, 생각깊은 우물물-3연12행, 가을햇살 아래-1연6행, 지게-3연9행, 가뭄-1연3행, 등(燈)을 달며-3연9행, 지하셋방(2)-1연3행, 마을문고 안에는-4연12행, 퇴근길-1연3행, 미역 사러 간다-3연9행, 뽕밭-1연3행, 임진강-2연6행, 겨울입구-3연9행, 가을걷이 끝낸 뒤-1연4행, 폭설 뒤-2연6행, 다시오는 유월-1연3행, 잣밭 오르는 길-2연6행, 꿈-1연10행, 겨울민박-3연9행, 상주(尙州)-1연3행, 정동진 저녁바다-3연9행, 그리운 추석-3연9행, 굴피집 주인-1연3행, 생각깊은 우물물-1연8행, 배추를 씻으며-3연9행, 길-2연6행, 산골학교-3연9행, 고향우체국-1연3행, 기다림의 백제여인-3연9행, 홀로가는 산책길-2연6행, 자리산장당골-3연9행, 골절상-1연3행, 상수도원류-3연9행, 복지회관 앞-1연3행, 청령포(淸怜浦) 진달래-3연9행, 사라져가는 것 중에-초립(18)-2연6행, 사라져가는 것 중에-키(19)-1연3행, 사라져가는 것 중에-목화밭(20)-2연6행, 사라져가는 것 중에-돌확(21)-1연3행, 사라져가는 것 중에-복조리(22)-3연9행, 사라져가는 것 중에-복주머니(23)-1연3행, 사라져가는 것 중에-노병(老兵)(24)-2연6행, 사라져가는 것 중에-외나무다리(25)-2연6행, 사라져가는 것 중에-고란초(26)-3연9행, 사라져가는 것 중에-초가굴둑(27)-2연6행, 사라져가는 것 중에-물레방아(28)-2연6행, 사라져가는 것 중에-짚신(29)-2연6행, 사라져가는 것 중에-섬진강재첩(30)-3연9행, 사라져가는 것 중에-수초(31)-2연6행, 사라져가는 것 중에-수초(32)-3연9행, 사라져가는 것 중에-수초(33)-1연3행, 사라져가는 것 중에-분교(34)-2연6행, 흐린 뒤 맑음-3연9행, 퇴출-3연9행, 삼우제-4연12행, 소식-1연3행, 대자리-2연6행, 민들레와 할아버지-2연6행, 어떤 귀휴(歸休)-3연9행, 좋은 시인-1연3행, 분청사기(粉靑沙器)-2연6행, 고운바람 부는 날-2연6행, 감 깎는 사람들-3연9행, 오월-1연7행, 가은(加恩)에서 조금 가면-3연9행, 북-1연4행, 서른 세송이의 모란꽃-2연6행, 관주(貫珠)-1연3행, 백령도-4연12행, 경복궁 앞에서-1연4행, 월간지를 정리하며-3연9행, 가을갈이-1연3행, 소 팔러 가는 날-3연9행, 백기(白旗)-1연3행, 직지사 입구-2연6행, 덕진(德津)연(蓮)밭-2연6행, 섬-2연6행, 보육원에서-1연3행, 운림산방(雲林山房)-3연9행, 겨울 불전암-1연3행, 고향부엌-4연12행, 남장사(南長寺)-1연3행, 자연학습장-3연12행, 산막골 분교-1연3행, 견훤산성-2연6행, 울음 뒤-1연3행, 푸른 한산섬-3연9행, 거울-1연8행, 판문점에서-3연9행.

### 3. 상주문학 2012. 제24집

동신제(洞神祭)-3연14행, 지붕 위의 새들과 24.-4연12행, 마을문고 안에는-3연9행, 여름의 끝-1연3행.

(1) 지붕 위의 새들과-130수. (2) 생각 깊은 꽃-87수. (3) 마을문고 안에는-97수. (4) 서원이 보이는 강-79수. 총 393수.

시조의 명장-김경자론-일상적 정서와 전통정신의 구현-박찬선.

### 4. 한국시조 큰사전. 1985

까치집-1연3행, 겨울들녘-3연9행, 고드름-2연6행, 방생(放生)-2연6행, 봄갈이터-5연15행, 산신제-4연12행, 새재(鳥嶺)-3연9행, 신사임당-3연9행, 탄산일우(炭山一偶)-3연9행.

### 5. 한국여류시조문학선집. 1996.

징소리-3연9행, 칠월-1연6행, 바탕골 건너밭-4연12행, 남장사법종-3연9행.

### 6. 김경자(金京子 1939-2012)의 정형시 창작형태조사

| 시조집 | 1연 | 2연 | 3연 | 4연 | 5연 | 사설 | 장시조 | 총계 | 비고 |
|---|---|---|---|---|---|---|---|---|---|
| 생각깊은꽃 | 29 | 20 | 34 | 4 | 1 | 1 | | 89 | |
| 마을문고 | 38 | 24 | 31 | 4 | | | | 97 | |
| 상주문학 | 1 | | 2 | 1 | | | | 4 | |
| 한국시조 | 1 | 2 | 4 | 1 | 1 | | | 9 | |
| 여류시조 | 1 | | 2 | 1 | | | | 4 | |
| 총계 | 70 | 46 | 73 | 11 | 2 | 1 | | 203 | |
| 비고% | 34.4 | 22.6 | 35.9 | 5.4 | 0.9 | 0.4 | | 99.6 | |

## ↗ 김 덕 자 (金德子 1917–2004)

### 1. 말휘리 언덕에서. 1997.

정일(靜日)-2연12행, 별-2연12행, 오늘밤-2연12행, 아들의 중병-2연12행, 어머니 묘소 앞에서-2연12행, 다툼-2연12행, 의외로 만난 후배-2연12행, 노상에서-2연12행, 꾀복 친구-2연12행, 산골로 시집간 순덕이-2연12행, 회한-1연12행, 새벽전화-1연7행, 보도진들-1연7행, 12.12 특별방송을 듣고-2연12행, 늘어진 빨래줄-1연7행, 크리스마스-1연7행, 첫눈-2연12행, 빈집-2연12행, 푸른하늘-2연12행, 늦가을 채송화-2연12행, 산골초가집-2연12행, 바닷가-2연12행, 이른봄-2연12행, 하늘은 천병도술-2연12행, 낙엽-1연7행, 은행잎-2연12행, 솔잎-2연12행, 가을나무-2연13행, 그믐달(1)-1연7행, 그믐달(2)-2연12행, 밤-1연7행, 고도에서-2연13행, 거제도에서-3연18행, 폭설-2연12행, 4.19 묘지 앞에서-2연12행, 들꽃-3연18행, 한강(1)-3연18행, 한강(2)-2연12행, 철쭉꽃-2연12행, 산골물-2연12행, 내금강설악(1)-2연12행, 내금강설악(2)-2연12행, 단발령-2연12행, 말휘리(末輝里)-2연12행, 명경대(明鏡臺)-2연12행, 만폭동(1)-2연12행, 만폭동(2)-2연12행, 만폭동(3)-2연12행, 보덕굴-3연18행, 진주담옥류분(玉流盆)-2연12행, 분설담-2연12행, 비로봉-2연12행, 내금강면민회-2연12행, 구룡연(1)-3연18행, 구룡연(2)-2연12행, 영릉-3연18행, 인정전-2연12행, 전망대(1)-2연12행, 전망대(2)-2연12행, 현해탄-2연12행, 북의 아재비-2연12행, 월계꽃-2연12행, 설중매-2연12행, 눈오는 낮-2연12행, 입춘(立春)-3연18행, 매미울음-2연12행, 울던기사-2연12행, 여승동창회-3연18행, 밤의 차소리-2연12행, 마른가지-1연7행, 만회-1연7행, 고독-2연12행, 생각에 밤을 샌다-3연18행, 허공-3연18행, 만상의 사랑-2연12행, 행복은 한없이-2연12행, 아름다운 것-1연7행, 까치-2연12행, 조춘(早春)-2연12행, 소나기-2연12행, 목련봉오리-1연6행, 심록(深 綠)-1연6행, 웅덩이물-2연12행, 손녀의 물장난-2연12행.

〈해설〉 귀로에의 미학-이우종.

## 2. 꿈꾸는 분설담. 2000.

봉암도-2연12행, 한산섬-2연12행, 덕적도(1)-2연12행, 덕적도(2)-2연12행, 총석정-2연12행, 삼일포(三一浦)-2연12행, 망향대(望鄕臺)-2연12행, 꿈꾸는 분설담(1)-2연12행, 꿈꾸는 분설담(2)-2연12행, 인공폭포-1연7행, 자유의 다리-2연14행, 장단마을-2연16행, 싱륵사-3연16행, 무궁화-2연12행, 동창(1)-2연13행, 동창(2)-3연18행, 밀레니엄-1연7행, 남령산 의역리-1연7행, 남영산-1연7행, 철원들-1연7행, 만경평야-2연12행, 나의영-2연12행, 유동(流東 李宇鍾 1924-1999)선생을 그리며-2연16행, 외가댁 산소에서-2연16행, 외가댁 성묘-2연16행, 천안공원묘지-2연12행, 나도 모르게-2연14행, 시동생은 가다-2연12행, 떠나시는 선배-2연12행, 인연(因緣)-2연12행, 제여(除夜)-1연6행, 허망-1연6행, 적막-1연7행, 석양-1연7행, 연륜-1연7행, 부지런한 계절-1연7행, 딸의 생각-2연12행, 몰락(沒落)-2연12행, 나의 길-2연12행, 둥지-2연12행, 부싯돌-1연7행, 뜰안나무-1연7행, 호수-1연6행, 수영버들(1)-2연12행, 수양버들(2)-2연12행, 바닷가-1연6행, 산울음-1연7행, 늦가을들-2연12행, 메아리-1연6행, 고향마을 우물-2연12행, 갈대(1)-1연7행, 갈대(2)-1연7행, 겨울한강-2연12행, 눈산-2연12행, 설야-2연13행, 겨울밤(1)-1연7행, 겨울밤(2)-1연7행, 꽃샘눈-1연7행, 가로수-2연12행, 기러기-1연7행, 소나무-2연12행, 들꽃-3연18행, 첫울음-1연7행, 눈세기물-2연12행, 둑에 앉아서-2연16행, 밭가는 소-2연12행, 공원에서-2연12행, 보슬비-1연7행, 가을의 강상-2연12행, 홍수-2연12행, 새벽달-2연14행, 문틈 민들레-2연16행, 이별-1연6행, 문을 달자-1연7행, 벚꽃-1연7행, 오두막집-1연7행, 젊은이-1연7행, 노변상인-2연12행, 미락동 사슴농장-2연12행, 비상비하리-1연7행, 모방-1연7행, 누이동생의 한-2연12행, 참새울음-1연6행. 〈후기〉.

## 3. 김덕자(金德子 1914-2004)의 정형시 창작형태조사

| 시조집 | 1연 | 2연 | 3연 | 사설 | 장시조 | 엇시조 | 총계 | 비고 |
|---|---|---|---|---|---|---|---|---|
| 말휘리언덕에서 | 13 | 63 | 10 | | | | 86 | |
| 꿈꾸는분설담 | 31 | 46 | 3 | | | | 80 | |
| 총계 | 44 | 109 | 13 | | | | 166 | |
| 비율% | 26.5 | 65.6 | 7.8 | | | | 99.9 | |

## ↗ 백송 김 송 배(白松 金松培 1921-2009)

### 1. 한국시조큰사전. 1985.

비-2연12행, 별-2연6행, 부곡온천-2연6행, 비-2연6행, 설화-2연6행, 제주도의 봄-2연6행, 진눈깨비-2연6행, 회상-2연6행, 여름-2연6행, 우후(雨後)-2연6행, 전원추송(田園秋頌)-5연15행, 탑동공원-3연9행, 한강에서-3연9행.

### 2. 회상(回想)의 우물가에서. 1989.

축시-4연24행 南州 박옥금(朴玉金), 봄비-2연18행, 설명-2연18행, 강남(江南)에서-2연14행, 별-2연14행, 바람-2연18행, 소철-1연9행, 염원(念願)-1연9행, 내장산-1연7행, 속리산-1연7행, 전원(田園)-1연9행, 겨울바다-1연7행, 설화(雪花)-2연12행, 진눈깨비-2연12행, 시골의 봄-2연12행, 단오날에-2연12행, 손자-1연9행, 사진첩-2연12행, 사모곡-3연18행, 항아리-3연21행, 심서(心書)-2연12행, 한밤에-2연14행, 수성천변(壽城川邊)-3연9행, 낙목(落木)-2연18행, 우물가에서-2연12행, 부곡온천-2연14행, 구천동 11경-3연21행, 진달래-1연9행, 개나리-1연9행, 배꽃-1연9행, 접시꽃-1연9행, 찔레꽃-1연9행, 난(蘭)-2연12행, 유족을 생각하며-3연12행, 이산가족-2연12행, 새해(1)-3연21행, 새해(2)-2연12행, 새해(3)-2연12행, 먼생각-2연14행, 성묘(省墓)-2연14행, 환상(幻想)-사설시조, 나의 벗-사설시조, 설악산-1연9행, 한계령-1연7행, 비선대(飛仙臺)-1연7행, 의상대(義湘臺)-1연7행, 동해(東海)-1연7행, 한라산성화-1연7행, 들국화-2연14행, 대보름-1연7행, 고엽(枯葉)-1연7행, 회상(回想)-4연24행, 깃털구름-2연12행, 제주도-2연12행, 봉선화-2연18행, 해바라기-1연9행, 백합-1연9행, 걸스카우트-4연24행, 진해군함제-2연12행, 한여름-1연9행, 거리(1)-1연7행, 거리(2)-1연7행, 거리(3)-1연9행, 거리(4)-2연12행, 거리(5)-1연9행, 거리(6)-1연9행, 거리(7)-1연9행, 모교-4연24행, 경주보문단지-3연21행, 도버해협-2연12행, 한식날-2연12행,

빛이 되라-3연9행, 사랑의 베틀-2연12행, 수연(壽宴)-2연12행, 너를 찾아-3연12행, 삼청동-2연12행, 그리움-2연12행, 활화산-2연12행, 깃발-2연12행, 장도(壯途)-1연7행, 호수-2연14행, 나비와 개미-2연14행, 봄-1연6행, 여름-1연6행, 가을-1연6행, 겨울-1연6행, 우리집-2연12행, 코스모스-2연12행, 손-2연14행, 별님과 이슬-2연14행, 나팔꽃-2연14행, 남산타워-2연14행, 민들레-2연14행, 노을-2연14행, 바다-2연14행, 88호돌이-2연12행, 올림픽-2연12행, 연필-2연12행, 추석보름날-2연12행.

〈서문〉순정의 시인-리태극.

〈해설〉정을 뿌리로 한 진솔한 삶의 미학-이은방. 맑고 큰사랑을 듬뿍 퍼올려-지은이.

### 3. 한국여류시조문학선집. 1996.

자화상(自畵像)-3연9행, 석별(惜別)-4연12행, 기도(祈禱)-3연9행, 벚나무 밑에서-2연2행, 설악산비선대(雪嶽山飛仙臺)-1연3행.

### 4. 백송 김송배(白松 金松培 1921-2009)의 정형시 창작형태조사

| 시조집 | 1연 | 2연 | 3연 | 4연 | 5연 | 사설 | 장시조 | 총계 | 비고 |
|---|---|---|---|---|---|---|---|---|---|
| 한국시조 | | 10 | 2 | | 1 | | | 13 | |
| 회상우물 | 32 | 46 | 8 | 4 | | 2 | | 92 | |
| 여류시조 | 1 | 1 | 2 | 1 | | | | 5 | |
| 총계 | 33 | 57 | 12 | 5 | 1 | 2 | | 110 | |
| 비율% | 30.0 | 51.8 | 10.9 | 4.5 | 0.9 | 1.8 | | 99.9 | |

## ↗ 김 오 남 (金午男 1906-1993)

### 1. 김오남-시조집. 1953.

맹춘일출(孟春日出)-2연6행, 두견화야 피었느냐-1연3행, 춘경(春景)-2연6행, 한정(閑情)-3연9행, 술회(述懷)-1연3행, 이부럼-1연3행, 꾀꼬리-1연3행, 산곡(山谷)에서-2연6행, 맘속 노래-1연3행, 눈물(1)-1연3행, 점경(點景)-2연6행, 봄-5연15행, 임진강(臨津江)-3연9행, 지게꾼의 탄식-1연3행, 자위(自慰)-1연3행, 눈물(2)-2연6행, 이렁성사십시다-1연3행, 꿈-4연12행, 사친(思親)-1연3행, 고적-1연3행, 만월대-1연3행, 걸인(乞人)-2연6행, 이생(生)-1연3행, 새해노래-2연6행, 내마음-1연3행, 고국(故國)을 찾아-1연3행, 소망-1연3행, 희작(戲作)-1연3행, 인생은 꿈이로다-1연3행, 삼막사(三幕寺)에가다-1연3행, 낙화(落花)-4연12행, 산협(山峽)을 지나-1연3행, 비봉(飛峰)에 올라-1연3행, 궁예성(弓裔城)을 지나며-1연3행, 버들언덕에서-1연3행, 살자니-1연3행, 가을-3연9행, 그네-2연6행, 꽃-1연3행, 꽃다운 일-1연3행, 남한산(南漢山)에 올라-2연6행, 현해탄을 건너며-1연3행, 자탄(自嘆)-6연18행, 네 어이 알라-1연3행, 삼방(三防)-2연6행, 농촌편감(農村片感)-2연6행, 달을 따라-1연3행, 한탄(恨嘆)-2연6행, 빈궁(貧窮)-1연3행, 고원(古苑)-2연6행, 죽은 조카를 생각하며-4연12행, 세사(世事)는 꿈이란다-1연3행, 세루(世累)-1연3행, 자악(自樂)-1연3행, 출진(出陣)하는 학생의 노래-1연3행.

### 2. 심영(心影)-김오남-시조집. 1956.

산곡(山谷)의 달밤-1연3행, 바라는 마음-1연3행, 가정부인의 탄식-2연6행, 묵화-1연3행, 어머니 사랑-1연3행, 하루살이-2연6행, 이(李)첨지-2연6행, 한탄하는 노래-1연3행, 애닯은 일-1연3행, 못갚을 은혜-1연3행, 남창(南窓)-1연3행, 생애-1연3행, 추억의 노래-1연3행, 이리하소서-1연3행, 이

내몸-1연3행, 자식의 병-2연6행, 보은(報恩)-1연3행, 늙은 거지-2연6행, 영혼-1연3행, 애정-1연3행, 천선대(天仙臺)-1연3행, 비로봉-2연6행, 구룡연-2연6행, 비사문을 넘다-1연3행, 해금강-1연3행, 금강산을 떠나는 노래-1연3행, 겨레를 생각하며-2연6행, 형의 집 가는 길-1연3행, 자식의 병이 낫다-1연3행, 경부선 열차에서-1연3행, 송도-1연3행, 경주-1연3행, 봉황재-1연3행, 안압지-1연3행, 왕릉-1연3행, 김유신묘 앞에서-1연3행, 토함산에서-2연6행, 토함산을 떠나며-2연6행, 첨성대-1연3행, 불국사-1연3행, 석굴암-1연3행, 경주를 떠나는 노래-1연3행, 형의 묘-2연6행, 귀뚜리-2연6행, 봄-2연6행, 후회-1연3행, 답답하구나-1연3행, 동경(憧憬)-1연3행, 하운(夏雲)-1연3행, 어머니의 희망-2연6행, 부부의 정-2연6행, 희망의 나라-1연3행, 사형(思兄)-1연3행, 슬픈노래-2연6행, 풍자-1연3행, 이렁사오-1연3행, 연정-2연6행, 어머니의 병-2연6행, 수치-1연3행, 희작(戱作)-1연3행, 망원(望遠)-1연3행, 진관사-1연3행, 인류를 보며 백년 후를 생각한다-1연3행, 몽이상(夢裏想)-2연6행, 산수(山水)-1연3행, 생애의 길-2연6행, 코스모스-1연3행, 하운(夏雲) 여름-1연3행, 시시하다-1연3행, 산중(山中)의 밤-여름-1연3행, 여성들-2연6행, 겨울-1연3행, 구하면 되리-1연3행, 이슬-1연3행, 고향에 우는 새-2연6행, 가정-1연3행, 결혼-1연3행, 잠-2연6행, 산 위에서-1연3행, 남한산성-1연3행, 신비-3연9행, 사(死)-죽음-4연12행.

### 3. 여정(旅情) 김오남-시가선. 1960.

조기(朝起)-2연6행, 불우탄(不遇嘆)-2연6행, 진주에서-4연12행, 포곡-2연6행, 야유-1연3행, 앵화-3연9행, 정사(靜思)-1연3행, 뜰 앞-2연6행, 봄이 늦어지니-1연3행, 서장대-2연6행, 춘정(春庭)-1연3행, 딸의 혼일(婚日)을 정하고-3연9행, 딸의 혼인-3연9행, 춘회(春懷)-2연6행, 서글픈 일-3연9행, 유감-1연3행, 국태(國態)-3연9행, 홀문(忽聞)-1연3행, 향천사(香泉寺)기도-5연15행, 향천사에서-2연6행, 만상(漫想)-2연6행, 창공-비행기를 타다-2연6행, 병중우작(病中偶作)-2연6행, 무상(無常)-2연6행, 귀로(歸路)-4연12행,

몽념(夢念)-4연12행, 세파(世波)(1)-5연15행, 세파(世波)(2)-5연15행, 추억을 안고-1연3행, 운하(雲霞)-1연3행, 익사(溺死)-3연9행, 실제(失題)-4연12행, 한일울감(閑日蔚感)-5연15행, 편경(片景)-1연3행, 꽃들-1연3행, 우감(愚感)-1연3행, 예불(禮佛)-4연12행, 가을들판-1연3행, 비경(秘景)-1연3행, 소요산(逍遙山)-2연6행, 과꽃-2연6행, 망우리-2연6행, 어느날 아침-2연6행, 심감(深感)일에 실패하니 빚만 남다-5연15행, 도중(道中)-2연6행, 점경(點景)-2연6행, 석경(夕景)-2연6행, 한(閑)-1연3행, 낙엽-1연3행, 수면-1연3행, 심공(心空)-1연3행, 야국(野菊)-1연3행, 달밤-1연3행, 심회(心懷)-2연6행, 험로(險路)-2연6행, 낙화(落花)-1연3행, 비는 마음-1연3행, 꺼뚜리-3연9행, 청도를 지나며-5연15행, 희랑대-2연6행, 최고운선생-1연3행, 해인사-2연6행, 진주-3연9행, 만추(晩秋)-1연3행, 의암석(義岩石)-2연6행, 동생-3연9행, 편감(片感)-3연9행, 모일(某日)-4연12행, 규원(閨怨)-3연9행, 꿈-1연3행, 시조를 쓰며-2연6행, 세고(世苦)-2연6행, 생애란 무엇이뇨-1연3행, 빗달련-1연3행, 평범(平凡)-1연3행, 찾아봐도-1연3행, 될대로 되라하고-3연9행, 맹서-1연3행, 마음-2연6행, 괴(怪)-1연3행, 축(서원출교장회갑)-3연9행, 축-진명여고 강당신축-3연9행, 송축(頌祝)숙명여고 50주년-2연6행, 기,문교장(寄,文校長-淑明高)-3연9행, 잡감(雜感)-3연9행, 여정(旅情)-4연12행, 초연(超然)-1연3행, 십일월-2연6행, 모를 일-2연6행, 환형(幻形)-1연3행, 감(感)-2연6행, 내 집(빚이 많아 팔까하다)-2연6행, 살림살이-3연9행, 눈(雪)-2연6행, 설야(雪夜)-1연3행, 호기(豪氣)-2연6행, 설산(雪山)-1연3행, 움집-2연6행, 영감(靈感)-3연9행, 새벽-1연3행, 농촌-3연9행. 〈평설-논문〉

## 4. 김오남(1906-1993)의 현대시조 작품연보

1932.12. 신동아-시조13수/ 1933.2. 신가정제14호-이 마음/ 1933.3. 신동아-시조5수/ 1933.4. 신가정-애닯은 생각/ 1933.8. 신동아-시조9수/ 1933.10. 신동아-무제음 7수/ 1934.2. 신가정-시조6수/ 1934.2. 중앙-시조6수/ 1934.3. 신가정-생(生)/ 1934.6. 신가정-추천/ 1934.7. 신인문학-시조

5수/ 1934.8. 신가정-마음속의 노래/ 1934.9. 중앙-무제/ 1935.1. 신동아-실제/ 1935.2. 시원(詩苑)-무제/ 1935.4. 조선문단-무제음2수/ 1935.5. 조선문단-무제음2수/ 1935.9.신가정-점경/ 1935.9. 신가정-농촌편감/ 1935.12. 시원-무제2수/ 1936.8. 신인문학-실제/ 1936.8. 여성-농촌 점경/ 1936.9. 신가정-무제음. / 1936.10. 조선문학-산변점경. / 1936.12. 여성-무제음 5수/ 1938.1. 여성-신년송/ 1945.12. 여성문화-신년의노래/ 1957-1960. 문학전집-시조6수 수록/ 1959.9. 자유문학-심통. 망우리. 농부/ 1959.9.현대문학-청도를 지나며. 한(閑)/ 1960. 6. 시조문학 창간호 참여-작품은 없음/ 1963.6. 자유문학-근음이제/ 1966.9. 시조문학-환갑, 심감, 소망, 하루살이 / 1966.9. 월간문학-인생/ 1970.3. 시조문학-방 외3수/ 1980. 가을. 시조문학-물가에서, 귀로, 고향, 실제, 밤길/ 1982.9. 이태극고희문집-옛터 외 2수 / 1983. 겨울. 시조문학-설악산, 농촌/ 1984. 현존55인 시조전집-낙화암/ 1985.9. 한국여류 101인 시인선-슬픈노래 2수/ 2006.12. 연천문학제4집-마음 외 13수.

## 5. 김오남(1906-1993)의 현대시조 창작형태조사

| 시조집 | 1연 | 2연 | 3연 | 4연 | 5연 | 사설 | 장시조 | 총계 | 비고 |
|---|---|---|---|---|---|---|---|---|---|
| 시조집.1953. | 34 | 13 | 3 | 3 | 1 | | 1 | 55수 | |
| 심영.1956. | 57 | 23 | 1 | 1 | | | | 82 | |
| 여정.1960. | 35 | 30 | 19 | 7 | 6 | | | 97 | |
| 총계 | 126 | 66 | 23 | 11 | 7 | | 1 | 234 | |
| 비율% | 53.8 | 28.2 | 9.8 | 4.7 | 2.9 | | 0.4 | 99.8 | |

## ↗ 김 일 엽 (金一 葉 1896-1971)

### 1. 들어가며

충남 예산의 덕숭산 수덕사 견성암에는 한국 최초 여류시인으로 유명한 신여성 제창자로 김일엽 스님이 있다. 〈신정조론〉, 〈자유연애론〉으로 대표되는 사회 운동과 대중포교에 앞장선 여성운동가로 그의 생애를 통한 시조작품을 발굴 조사하여 근대여성 시조에 어떠한 영향을 끼쳤는지 그 흔적을 탐구하고자 조사연구를 하였다. 이숙례 시인은 초기 현대여류시조 연구 김일엽의 시조세계 논문(부산시조 2006 겨울호-2007 여름호)에서 다음과 같이 밝히고 있다. 그의 문단 생활은 1920년 7월 《폐허》 지가 창간될 때부터 시작되었고 다른 남성 문인 열 사람과 같이 《폐허》 동인이 되면서 20년대 초기 여류시조의 주도자가 되었다.

1923년 9월 충남 예산 수덕사에 가서 만공법사의 법문을 듣고 관심을 갖게 되었으며 1927년 권상로(1877-1765 동국대 초대총장)박사가 발행한 월간 《불교사》 에서 한용운(1877-1944)과 함께 관여한 때 가장 활발한 작품 활동을 하였다고 한다. 그리고 신문 · 잡지에 발표한 시는 5편. 시조는 27편. 수필 8권 논설문 10편. 소설 8편이 있으나 현대시조만 발췌했음을 밝혀두고 시와 시조를 통합했다.

### 2. 김일엽(1896-1971)의 시조작품 발표 연보

1) 신여성

1932.11.6. 1) 신여성지에—김일엽—3연시조, 2) 단념(斷念)—평시조, 3) 풍속(風俗)—평시조

2) 불교(1)

91호(1932.4.21) 4) 행로란(行路難)—김일엽—3연시조

95호(1932.5.28) 5) 청춘(青春)—김일엽—평시조, 6) 님의 손길—평시

조, 7) 귀의(歸依)—평시조

96호(1932.6.1) 8) 낭화역수-김일엽—평시조, 9) 낙화—평시조.

100호(1932.10) 10) 불교지(佛教誌)—김일엽—평시조, 11) 세존(世尊)이 여기 든 길—평시조, 12) 가을—평시조, 13) 만각(晩覺)—평시조, 14)경대(鏡臺) 앞에서—평시조/ 101호 102호 합본(1932.12) 15) 무제(無題)—김일엽—평시조/ 106호(1933.4.) 16) 때아닌 눈—김일엽—평시조

3) 삼천리(三千里 1929. 6. 창간)

1932.4.4. 17) 님과 고적(孤寂)—김일엽—평시조, 18) 가을 밤—평시조, 20) 화원(花園)에서—평시조, 21) 청춘(青春)—평시조, 22) 님에게—2연시조

4) 제일선(第一線)(彗星 改題)

1933.3.3. 23) 어린 봄—김일엽—2연시조

5) 신동아(新東亞 1931. 11)창간

6호(1932.4.2) 24) 모든 꽃을 다—김일엽—평시조

6) 조선일보

1926.8.6. 25) 휴지(休紙)—일엽—2연시조, 26) 애원(哀願)—일엽—평시조

7) 동아일보

1926.7.16. 27) 자탄(自歎)—일엽—2연시조/ 1926.9.30. 28) 추회(秋懷)—일엽—평시조, 29) 이별(離別)—일엽—평시조/ 1926.11.2. 30) 이로(異路)—일엽—평시조/ 1926.12.6. 31) 침입자(闖入者)—일엽—평시조

## 3. 시조작품 조명

1) 님의 손길

우주에 가득 찬 것 모두 다 님의 손길/ 잡아라 잡으라고 소리소리 치시건만/ 눈멀고 귀 어둔 중생 헛손질만 하더라.

2) 가을

잎 푸르고 새 울기에/ 여름으로 여겼더니/ 이 어인 찬바람이/ 잎 지우고 새날이라.// 두어라 세월이 하는 짓을/ 탓할 수가 있으랴.

## 4. 시조창작 매개체 조사

| 매개체 | 시조창작형태 | | | | | 비고 |
|---|---|---|---|---|---|---|
| | 평시조 | 2연 | 3연 | 사설 | 합계 | |
| 신여성 | 2 | 1 | | | 3수 | |
| 불교(1) | 12 | 1 | 1 | | 14수 | |
| 삼천리 | 5 | 1 | | | 6수 | |
| 혜성 | | 1 | | | 1수 | |
| 신동아 | 1 | | | | 1수 | |
| 조선일보 | 2 | | | | 2수 | |
| 동아일보 | 4 | 1 | | | 5수 | |
| 총계 | 26 | 5 | 1 | | 32수 | |

## 5. 나오며

한국최초의 여류 시인 김일엽(1896-1971)은 본명이 원주(元周)이고, 일엽(一葉)은 아호인 바 시조작품에도 한글 일엽, 김일엽, 일엽으로 나타나고 있다. 평북 용강 출신으로 이화전문학교를 졸업하고 삼일운동을 주도했으며 일본 동경 영화학교를 수료한 후 〈신여자〉 잡지를 창간 여성운동을 제창하였다.

1928년 금강산 서봉암에 입산 만공선사 문하로 충남 수덕사 견성암에서 시조문학을 창작했으며 〈어느 수도인의 회상〉, 〈청춘을 불사르고〉, 〈행복과 불행의 갈피에서〉 등 저서가 있다. 특히 포교법극 〈이차돈의 사〉를 각색 연출 국립극장 공연 월송 스님 주연 이차돈 역을 맡아 화제를 일으켰다.

여류 시인은 동아일보(1926.7.16) 자탄 시조를 시작으로 불교 106호(1933.4)까지 시조작품 총 31수를 창작했는데 주로 인생철학에 대한 주제를 평시조(단형)으로 창작했음을 엿볼 수 있다. 현대시조의 기사법도 초장, 중장, 종장의 낭독 기사법이 아니라 시조 형식을 분절하여 새로운 창안으로 낭송중심 기사법을 수용한 방법이 특색으로 나타나고 있다. 좀더 방대한 자료를 수집하여 폭 넓은 시조 연구를 시도하여 더 많은 시조가 산재해 있을 것으로 사료되나 한정된 자료 수집으로 한국 여류 시조인의 맥락을 조사연구 하였음을 밝혀 두고 한국 여성의 시조연구 필요성이 제기되고 있다.

### ➚ 김 정 연 (金正淵 1913-1987)

#### 1. 한국시조큰사전. 1985.

갑사(甲紗)댕기-1연3행, 계절(季節)잃은 귀뚜라미-1연3행, 곶감-1연3행, 그리움-1연3행, 그믐달-1연3행, 나팔꽃-1연3행, 낙수(落水)-1연3행, 남실남실-1연3행, 넋두리-1연3행, 반달-1연3행, 백발(白髮)-1연3행, 삽살개-1연3행, 석양(夕陽)(1)-1연3행, 석양(夕陽)(2)-1연3행, 어린 장미(薔薇)-1연3행, 영(靈)-1연3행, 의기논개(義妓論介)-2연6행, 이빠진 갈쿠리-1연3행, 29호-1연3행, 자욱날까-1연3행, 제이차경제개발달성(第二次經濟開發達成)-2연6행, 진토(塵土)-1연3행, 찔레꽃-1연3행, 초승달-1연3행, 향토예비군(鄕土豫備軍)-1연3행, 호롱불-1연3행.

#### 2. 김정연(金正淵 1913-1987)의 정형시 창작형태조사

| 시조집 | 1연 | 2연 | 3연 | 4연 | 5연 | 사설 | 장시조 | 총계 | 비고 |
|---|---|---|---|---|---|---|---|---|---|
| 한국시조 | 24 | 2 | | | | | | 26 | |
| 총계 | 24 | 2 | | | | | | 26 | |
| 비율% | 92.3 | 7.6 | | | | | | 99.9 | |

## ↗ 동호 김해석(東湖 金海石 1932~2010)

### 1. 들어가기

제1회 전국한밭시조백일장이 열리던 1986년부터 초등학교 아이들을 지도하여 참여시켰으며 시조문학, 현대시조, 시조생활, 계간잡지에 발표한 일도 있다. 그 당시에는 어린이들이 읽을거리(동시조집)가 없었고 초등학교에서 배우지 않고 있기 때문에 현대동시조 지도가 무척 어려웠다. 한국동시조(1995)가 광주광역시에서 발간되었고, 현대동시조(2000)가 대전에서 발간되면서 아이들에게 읽을거리를 만들어 주었다. 그러나 현행 제7차 개정교육과정에서는 초등학교 2-1학기 읽기에 〈까치〉 하나만 동시에 포함시켜 낭송지도를 하고 있다. 초등학교 어린이에게는 어려우니까 아동기 때 배우지 말고 중 · 고등학교 때 청소년이 되거든 배우라는 식이다. 전국백일장과 현행 초등학교 교육과정이 너무 동떨어져 있다. 그나마 성인시조에 동시조를 포함시켜 어린이의 눈높이와 지적 수준을 무시하고 시조에 포함시키고 있는 문제점도 있다. 이 어려운 문제점을 극복하기 위해서 〈현대동시조〉를 발간하고 있을 때 동호(東湖) 시인과 작품 교류가 시작되었다.

### 2. 펼치며

1) 정형시(시조) 작품조사

(1) 시조문학

1988 여름호-봄나들이-3연9행(시조문학 천료)/ 1990 가을호-윤동주 묘소를 찾으며-2연9행/ 1992 겨울호-학(鶴)처럼 곧은 품격(品格)-3연21행/ 1993 겨울호-아슴한 기억-2연14행(영어시조)-마오리 전통민속 쇼의 밤-3연21행/ 1996 가을호-단양팔경-2연12행, 의림지(義林池)-적송-2연12행/ 1996 겨울호-시의 고향-2연14행, 케냐 풍정(風情)-3연21행, 웅본성(熊本城) 우물을 보면서-3연21행, 석무대 고분(石舞臺 古墳)-2연14행, 맹사성 고택(古宅)-2연14행

/ 1997 여름호-삶의 무상(無常)-5연18행/ 1999 여름호-만물상(萬物相) 앞에서-3연9행/ 2000 여름호-수석의 말-2연6행, 겨울 나그네-2연6행, 검은 땅의 진주-2연12행, 이색풍경(異色風景)-2연12행, 춘란소묘(春蘭素描)-2연12행/ 2000 가을호-별자리-평시조7행, 훼어팩스-평시조7행/ 2004 가을호-봄 하루-2연6행, 강변 연가(戀歌)-평시조5행, 산책-2연10행, 옛 벗들과-3연9행, 옥화(玉花) 휴양림 찾아-2연6행/ 2006 봄호-꽁초 불씨-평시조6행, 폭설-평시조7행/ 2006 겨울호-꽃삽 들고-2연8행-제24회 한국시조문학상/ 2008 봄호-카사브랑카 해변-평시조6행/ 2010 겨울호-윤동주 생각-2연14행.

(2) 현대시조

1992 (가을-겨울)합병호-옛 영화 그 흔적-3연18행/ 1993 여름호-춘국(春菊)을 음미하며-3연20행, 유성(流星) 하나-2연14행/ 1996 봄호-핵분열-2연14행, 넙치의 숙명-2연14행/ 1995 겨울호-선운사 설경(禪雲寺 雪景)-2연14행, 기창(機窓) 밖-2연14행/ 2000 봄호-2000.1.1.0시-2연13행, 새천년 첫 새벽-2연6행/ 2001 겨울호-겨울 나들이-2연12행, 까치밥-평시조7행/ 2002 겨울호-여명의 불빛-2연6행, 부정(父情)-평시조6행/ 2003 여름호-겨울 석류-3연18행/ 2003 겨울호-선교장(船橋莊) 풍경-2연 12행, 온천을 즐기며-평시조6행/ 2004 여름호-설레이는 밤-2연12행, 꽃길 거닐며-평시조3행/ 2004 겨울호-우리 땅 찾을 길은-3연15행/ 2006 봄호-불씨-평시조6행, 폭설-평시조6행/ 2006 가을호-나무의 독백-평시조6행, 꽃불-평시조6행.

(3) 한국시조 연간집

1992 춘천의 밤 언덕에서-3연9행/ 1993 이싹 성당에서-2연12행/ 1994 설레이는 모정(母情)-5연15행/ 1995 은사님 뫼신자리-3연21행/ 1996 초원(草原)의 조화-3연21행/ 1997 쿠바 여행-7연25행(장시조)/ 1998 심양신락(沈陽新樂) 박물관과 유적지-3연18행/ 1999 반짇고리 펼쳐들고-3연14행/ 2000 쿠르즈의 황혼-3연21행/ 2001 불씨-2연6행/ 2002 촉석루(矗石樓)의 여름-2연12행/ 2003 부라하 풍경-2연12행/ 2004 초저녁-평시조12행, 불바다-평시조7행/ 2005 자미사 저고리-2연12행/ 2006 불씨-2연12행/ 2007 꽃

삽 들고-2연18행/ 시조문학 출신사화집-카리브해의 밤바다-5연15행, 자하문 밖 새소리는-2연14행/ ※이후-자료 없음

(4) 한국여류시조문학선집(1996)

1. 낙엽(落葉)-평시조6행. 2. 돋보기-평시조7행. 3. 첫눈-평시조7행. 4. 세모의 황혼-평시조7행. 5. 풀꽃의 미소-2연13행. 6. 사모곡(思母曲)-3연9행.

(5) 한국시조문학상 수상작품집(2010)

1. 꽃삽 들고-2연8행. 2. 눈길 나들이-2연 14행. 3. 아들의 새 둥지-2연6행. 4. 새벽안개-평시조7행. 5. 소식(消息)-2연10행. 6. 봄 오는 길목-평시조8행. 7. 불씨-2연10행./ (제24회(2006)한국시조문학상)

(6) 한국동시조

1999 봄호-눈썰매-1연6행, 꽃과 친구-1연6행, 샹들리에-1연7행, 꿈-1연7행, 기다리는 마음-1연6행/ 2000 봄호-내 동생-1연6행, 물장구-1연7행, 청소 날-1연6행/ 2005 봄호-남태평양 햇살-3연12행, 훌라후프 놀이-2연10행/ 2006 가을호-가을 아침-1연5행, 산길-1연8행/ 2008 봄호-장독대의 봄-1연6행/ 2010 봄호-봄햇살-1연6행.

(7) 현대동시조

2001 제2집-초겨울 감나무-1연7행/ 2002 제3집-까치들의 소풍-2연14행/ 2003 제4집-은빛 소망-1연7행, 놀이터의 봄-1연7행/ 2004 제5집-꽃물결-1연6행, 비 오는 날-1연6행/ 2005 제6집-산책 길-1연6행/ 2006 제7집-놀이터에서-2연14행/ 2007 제8집-노크소리-1연7행.

※한국현대동시조선집(2009)-산책 길-1연6행.

### 3. 시조창작의 특색

가. 세계 각국을 누비며 기행 견학한 풍물시조가 주류를 이루어 후대의 좋은 선지식 자료를 제공하고 있다.

나. 여성 특유의 섬세한 필치로 담아낸 정형시는 아름다운 극치를 감상할 수 있는 좋은 견본이 되고 있다.

다. 부모의 자식교육 또는 며느리 손자, 손녀 등 가정교육의 표본이 되고 있으며 충효사랑이 깃든 좋은 사례가 되고 있음을 강조하고 싶다.

## 4. 동호 김해석(東湖 金海石 1932~2010)의 소지시 창작형태 조사

| 시조시집 | 평시조 | 2연 | 3연 | 4연 | 5연 | 사설 | 장시조 | 엇시조 | 동시조 | 비고 |
|---|---|---|---|---|---|---|---|---|---|---|
| 시조문학 | 6 | 18 | 7 | | 1 | | | | | 32수 |
| 현대시조 | 8 | 11 | 4 | | | | | | | 23수 |
| 한국시조 연간집 | 2 | 8 | 6 | | 2 | | 1 | | | 19수 |
| 한국여류 시조선집 | 4 | 1 | 1 | | | | | | | 6수 |
| 한국시조 문학상수상집 | 2 | 5 | | | | | | | | 7수 |
| 한국동시조 | 14 | 1 | 1 | | | | | | 16수 | |
| 현대동시조 | 9 | 2 | | | | | | | 11수 | |
| 달과느티나무 | 4 | 58 | 5 | | | | | | 1998 | 67수 |
| 지하문밖 새소리는 | 11 | 58 | 14 | 2 | | | | | 1990 | 86수 |
| 미리내이야기 | 8 | 57 | 31 | 2 | | | | | 1995 | 88수 |
| 그 강물 나의 돛폭에 | 4 | 40 | 42 | | 2 | | 1 | | 1998 | 89수 |
| 사막의 모래무늬 | 25 | 43 | 21 | | 1 | 1 | | | 2001 | 91수 |
| 달빛에 익은 북소리 | 24 | 47 | 8 | 1 | | | | | 2006 | 80수 |
| 총계 | 121 | 340 | 140 | 5 | 6 | 1 | 2 | | | 615수 |
| 비율% | 19.6 | 55.2 | 22.7 | 0.5 | 0.9 | | | | | |
| 시적경향 | 각국의 기행시조로 변용 또는 변주 | | | | | | | | | |

## 5. 평시조 작품감상

1) 강변 연가(戀歌)

꽃가마 쉬어 넘던/ 동구 밖 정든 고개// 따가운 유월 햇살/ 물별 되어 강에 뜨고// 부시어/ 가린 손등을/ 살며시 잡는 그대

2) 까치밥

모처럼 겨울 날씨/ 외려 생기 돋아라// 스키장으로 간 아이들/ 대자연을 배우겠네// 까치밥/ 쪼던 새 부리/ 흐뭇해라 이 한낮.

3) 꽃길을 거닐며

산골짝 눈 녹는 바람/ 꽃 향 실어 상큼해라// 진달래 배냇짓에/ 가만히 다가서면// 푸드득/ 산 꿩이 나네/ 솔숲을 가르며.

## 6. 나오며

지금까지 조사연구를 하였으나 충분한 자료 수집이 어려워 기대 수준에 미치미 못할 것 같다. 표에 나오는 통계를 참고하기 바라며 똑같은 시조장르를 선택한 동명이인의 시조시인이 있음을 처음 발견하였다. 김해석(金海石 1932-2010) 고인은 시조문학으로 등단한 여성 시인이며, 김해석(金海錫) 시인은 현대시조로 등단한 남성 시인임을 밝혀내어 시행착오를 방지해야 될 것 같다. 특히 우리나라 고유의 시조문학은 동시조로부터 시작되어야 한다.

동시조의 발전은 시조의 발전과 직결되기 때문이다. 귀여운 손자 손녀에게 한국동시조는 16수, 현대동시조는 11수의 꽃씨를 심어주고 먼 나라로 떠나셨다. 삼가 고인의 명복을 기원하며 끝을 맺는다.

## ➚ 춘성 노 자 영 (春城 盧子泳 1901–1940)

### 1. 한국시조큰사전. 1985.

강산여화(江山如畵)-1연3행, 나의 무궁화(無窮花) 반도(半島)-5연15행, 낙엽단상(落葉斷想)-1연3행, 육붕(六鵬)-1연3행, 무영지(無影池)-3연9행, 반월성반(半月城畔)의 묵례(默禮)-13연39행, 백일홍(百日紅)-2연6행, 안압지(雁鴨池)-2연12행, 인경(忍經)-1연6행, 코스모스-2연12행, 탄식(歎息)-1연6행, 한쌍의 반려자(伴侶者)-1연3행, 한월(寒月)-3연9행, 나팔꽃-1연3행, 초설(初雪)-1연3행.

### 2. 춘선 노자영(春城 盧子泳 1901-1940)의 정형시 창작형태조사

| 시조집 | 1연 | 2연 | 3연 | 4연 | 5연 | 사설 | 장시조 | 총계 | 비고 |
|---|---|---|---|---|---|---|---|---|---|
| 한국시조 | 8 | 3 | 2 | | 1 | | 1 | 15 | |
| 총계 | 8 | 3 | 2 | | 1 | | 1 | 15 | |
| 비율% | 53.3 | 20.0 | 13.3 | | 6.6 | | 6.6 | 99.8 | |

## ➚ 노 천 명 (盧天命 1912−1957)

### 1. 한국시조큰사전. 1985.

고성(古城)터(墟)에서-1연3행, 만월대(滿月臺)-3연9행, 술회(述懷)-2연6행, 찾음-2연6행, 촉석루(矗石樓)에 올라-2연6행.

### 2. 노천명(盧天命 1912-1957)의 정형시 창작형태조사

| 시조집 | 1연 | 2연 | 3연 | 4연 | 5연 | 사설 | 장시조 | 총계 | 비고 |
|---|---|---|---|---|---|---|---|---|---|
| 한국시조 | 1 | 3 | 1 | | | | | 5 | |
| 총계 | 1 | 3 | 1 | | | | | 5 | |
| 비율% | 20.0 | 60.0 | 20.0 | | | | | 100 | |

## ↗ 남주 박옥금(南洲 朴玉金 1927-2006)

### 1. 한국시조큰사전. 1985.

기착지(寄着地)-2연6행, 난(蘭)-2연6행, 도농리(陶農里) 가는 길-3연9행, 돼지-2연6행, 밤, 한강-2연6행, 비가(悲歌)(1)-2연6행, 비가(悲歌)(2)-3연9행, 비가(悲歌)(3)-2연6행, 비가(悲歌)(4)-3연9행, 비가(悲歌)(5)-2연6행, 생활(生活)의 서(書)(1)-2연6행, 생활(生活)의 서(書)(2)-2연6행, 생활(生活)의 서(書)(3)-2연6행, 생활(生活)의 서(書)(4)-3연9행, 생활(生活)의 서(書)(9)-2연6행, 생활(生活)의 서(書)(13)-3연9행, 생활(生活)의 서(書)(14)-2연6행, 생활(生活)의 서(書)(15)-2연6행, 생활(生活)의 서(書)-2연6행, 은행-1연3행, 일년열두달-정월-1연3행, 2월-1연3행, 3월-1연3행, 4월-1연3행, 5월-1연3행, 6월-1연3행, 7월-1연3행, 8월-1연3행, 9월-1연3행, 시월-1연3행, 십일월-1연3행, 십이월-1연3행, 책상을 닦으며-4연12행, 출근(出勤)-2연6행, 한 벌의 노래-임종-2연6행, 입관-2연6행, 하관-2연6행.

### 2. 한국여류시조문학선집. 1996.

독백(獨白)-2연6행, 이국(異國)의 여숙(旅宿) 동경(東京)에서-2연6행, 출근(出勤)-2연6행, 코스모스-2연6행, 어머니생각-4연12행.

### 3. 저 하늘 끝에 살아도. 1990.

겨울바다(1)-3연18행, 겨울바다(2)-3연18행, 창가에서(1)-2연14행, 창가에서(2)-2연14행, 창가에서(3)-3연21행, 창가에서(4)-2연14행, 창가에서(5)-2연14행, 창가에서(6)-2연14행, 창가에서(7)-2연14행, 창가에서(8)-3연21행, 창가에서(9)-사설시조, 창가에서(10)-3연20행, 창가에서(11)-2연14행, 창가에서(12)-2연14행, 창가에서(13)-사설시조, 창가에서(14)-사설시조, 창가에서(15)-1연7행, 식목일 유감(植木日有感)-3연9행, 구름(1)-3연9

행, 구름(2)-2연14행, 구름(3)-1연7행, 회갑(回甲)날에-3연21행, 내 눈물의 미인(美人)이여-3연21행, 겨울비에게-3연21행, 이 만남(중국서 온 조카에게)-3연21행, 아! 서울올림픽-5연15행, 고 현암(故 玄岩)오주기(五週忌)에 바침-4연12행, 저 하늘 끝에 살아도-3연21행, 기원(祈願)-2연14행, 귀뚜리-2연14행, 다시 가을에 서서-3연21행, 칸나꽃-2연14행, 낙엽(落葉)을 밟으며-2연14행, 겨울밤-3연21행, 추억(追憶)의 마을(1)-3연21행, 추억(追憶)의 마을(2)-3연20행, 추억(追憶)의 마을(3)-2연14행, 개나리-2연14행, 잠실 벗꽃-2연14행, 어린이날에-3연9행, 이제 내사랑은-2연14행, 허리펴기(1)-2연14행, 허리펴기(2)-2연14행, 겨울아파트-2연14행, 대설(大雪)의 서울을 본다-3연21행, 설야(雪夜)-2연14행, 앙모, 고 손소희(仰慕, 故 孫素熙)선생(先生)님-2연14행, 또 이사(移徙)를 하다니-3연21행, 한강(漢江)-6연18행, 아침-1연7행, 거울을 보며(1)-1연7행, 거울을 보며(2)-1연7행, 거울을 보며(3)-1연7행, 거울을 보며(4)-1연7행, 거울을 보며(5)-1연7행, 거울을 보며(6)-1연7행, 거울을 보며(7)-1연7행, 거울을 보며(8)-1연7행, 거울을 보며(8)-1연7행, 거울을 보며(9)-1연7행, 거울을 보며(10)-1연7행, 아파트(1)-2연14행, 아파트(2)-1연7행, 아파트(3)-1연7행, 아파트(4)-1연7행, 아파트(5)-2연14행, 아파트(6)-2연14행, 애가(哀歌)(1)-2연14행, 애가(哀歌)(2)-2연14행, 애가(哀歌)(3)-2연14행, 애가(哀歌)(4)-1연7행, 애가(哀歌)(5)-1연7행, 들길에서서-2연14행, 회한(悔恨)-1연7행, 스위스누가노에서-2연14행, 도버해협(海峽) 선상(船上)에서-2연14행, 베르사이유궁전(宮殿)-3연21행, 바티칸박물관(博物館)-3연21행, 버킹검궁(宮) 앞에서-2연14행, 런던타워의 슬픔-2연14행, 콜롯세움-2연14행, 소렌토 잊지 않으리-2연14행, 스페인이여!-4연24행, 고독(孤獨)한 개선문(凱旋門)-2연14행, 차창(車窓)에서-2연14행, 프라자훼미리밤-3연19행, 무학송(舞鶴松)을 보고-2연14행, 은혜(恩惠)-생각하며-2연14행, 목동소식(木洞消息)(1)-1연7행, 목동소식(木洞消息)(2)-1연7행, 목동소식(木洞消息)(3)-2연14행, 목동소식(木洞消息)(4)-2연14행, 목동소식(木洞消息)(5)-2연14행, 대관령(大關嶺)을 넘으며-2연14

행, 가을속리산(俗離山)-2연14행, 소금강(小金剛)에서-2연14행, 어떤 병세(病勢)-4연24행, 밤, 한강로(漢江路)에서-2연14행.

### 4. 은하(銀河)의 가을소식. 1995.

한강야경(漢江夜景)-2연14행, 한강야경(漢江夜景)(2)-3연21행, 한강야경(漢江夜景)(3)-2연14행, 한강야경(漢江夜景)(4)-2연14행, 한강야경(漢江夜景)(5)-1연7행, 한강야경(漢江夜景)(6)-1연7행, 한강야경(漢江夜景)(7)-1연7행, 한강야경(漢江夜景)(8)-2연14행, 한강야경(漢江夜景)(9)-2연14행, 한강야경(漢江夜景)(10)-1연7행, 진눈깨비를 보며-2연14행, 낙엽(落葉)-1연7행, 낙엽(落葉)을 밟으며-3연21행, 밤비소리-2연14행, 혼자 남아서-1연7행, 폭풍소리 들으며-2연14행, 어느날의 신문(新聞)-2연14행, 장마 개이고-3연21행, 독백((獨白)(1)-2연13행, 독백(獨白)(2)-2연14행, 독백(獨白)(3)-2연14행, 독백(獨白)(4)-2연14행, 독백(獨白)(5)-2연13행, 독백(獨白)(6)-1연7행, 독백(獨白)(7)-2연14행, 독백(獨白)(8)-2연 · 14행, 독백(獨白)(9)-2연14행, 독백(獨白)(10)-2연14행, 춘한(春寒)-1연7행, 그대산으로가는길-2연14행, 묘(墓) 앞에서-2연14행, 제사(祭祀)-3연21행, 달에게-3연21행, 조화(造花)장미-3연21행, 광복절(光復節) 아침에-1연7행, 설날유감(有感)-2연14행, 가을바람-3연21행, 어떤 길목에서-3연20행, 흘러간 것을 위하여-3연21행, 먼 후일(後日)-3연20행, 어떤 이별(離別)-4연24행, 일본여행소간(日本旅行所感)-6연18행, 이국(異國)의 여숙(旅宿)에서-2연15행, 참새-2연13행, 편지(便紙)-3연21행, 새-1연7행, 홀로, 단풍나무(1)-1연7행, 홀로, 단풍나무(2)-1연7행, 홀로, 단풍나무(3)-1연7행, 손자(孫子)-1연7행, 성묘상(省墓床) 앞에서-3연9행, 국립묘지(國立墓地)에서-3연21행, 고해(告解)-3연18행, 만추(晩秋)- 한장(1)-사설시조, 만추(晩秋) 한장(2)-사설시조, 만추(晩秋) 한장(3)-사설시조, 서울의 가을 소식-3연21행, 또 한 해가 가네-2연14행, 사우(思友), 고 홍준오(故 洪俊五)선생님께-3연18행, 늦가을 고궁(古宮)에서-사설시조, 약속(約束)-2연14행, 동거(冬去)-2연14행, 일요일(日曜

日)-1연7행, 과자전병을 씹으며-사설시조, 초록-2연14행, 수영장(水泳場)에서-2연14행, 여름, 기관지염(氣管支炎)-2연14행, 매미소리-2연14행, 아파트뜰에 한그루 단풍-2연14행, 갈대-2연14행, 눈물의 축 화혼(祝 華婚)-2연14행, 서울의 겨울소식-3연21행, 다시 생일날에-2연14행, 딸(1)-2연14행, 딸(2)-1연7행, 발치(拔齒)-2연20행, 목련송(木蓮頌)-2연20행, 붉은철쭉-1연7행, 흰철쭉-1연7행, 눈아침-2연14행, 관절염(關節炎)-2연14행, 아단송(雅丹頌)-2연14행, 송, 이정숙여사(頌, 李貞淑女史) 3연21행, 축 고희(祝 古稀)-3연9행, 청차호향(淸茶好香)-2연14행.

〈해설〉서정의 호수에 비친 자화상-김광수.

## 5. 남주 박옥금(南洲 朴玉今 1927-2006)의 정형시 창작형태조사

| 시조집 | 1연 | 2연 | 3연 | 4연 | 5연 | 사설 | 장시조 | 총계 | 비고 |
|---|---|---|---|---|---|---|---|---|---|
| 한국시조 | 13 | 17 | 5 | 1 | | | | 36 | |
| 여류시조 | | 4 | | 1 | | | | 5 | |
| 저하늘끝 | 20 | 46 | 24 | 3 | 1 | 3 | 1 | 98 | |
| 은하가을 | 18 | 41 | 17 | 3 | | 5 | 1 | 85 | |
| 총계 | 51 | 108 | 46 | 8 | 1 | 8 | 2 | 224 | |
| 비율% | 22.7 | 48.2 | 20.5 | 3.5 | 0.4 | 3.5 | 0.8 | 99.6 | |

## ↗ 오 신 혜 (吳信惠 1913-1978)

### 1. 한국시조큰사전. 1985.

꽃밭-3연9행, 꽃밭초-2연6행, 구름꽃-3연9행, 그이에게-3연9행, 낙엽-2연6행, 낙화-1연6행, 단심-2연6행, 수의성(擣衣聲)-3연9행, 들국화-2연6행, 보고파-5연15행, 보름달-3연9행, 분수-1연3행, 산가(山家)-2연6행, 새마음-3연9행, 새벽에-3연9행, 새출발-3연9행, 소품2제-거짓-1연3행, 참-1연3행, 수양버들-3연9행, 안개-2연6행, 어머니의 눈물-3연9행, 어버이께-1연3행, 오선(五線)-3연9행, 6 · 25-3연9행, 이슬-3연9행, 인정의 등불-3연9행, 진달래-3연9행, 찬송-3연9행, 하루의 노래-5연15행.

### 2. 오신혜(吳信惠 1913-1978)의 정형시 창작형태조사

| 시조집 | 1연 | 2연 | 3연 | 4연 | 5연 | 사설 | 장시조 | 총계 | 비고 |
|---|---|---|---|---|---|---|---|---|---|
| 한국시조 | 5 | 6 | 16 | | 2 | | | 29 | |
| 총계 | 5 | 6 | 16 | | 2 | | | 29 | |
| 비율% | 17.2 | 20.6 | 55.1 | | 6.8 | | | 99.7 | |

## ↗ 소정 우숙자(小庭 禹淑子 1932-2013)

### 1. 아직도 고향은 마냥 먼데-시조집. 1988.

가을 언덕에서-4연12행, 고독-3연9행, 친정 하늘-2연6행, 새벽 꿈-3연9행, 그리움-3연9행, 동창생-5연15행, 봄은 또 왔건만-5연15행, 유월의 시-4연12행, 호박꽃을 보며-4연12행, 세월의 능선에서-6연18행, 푸른 내 고향으로-4연12행, 고향생각-3연9행, 북녘 땅의 어머님을 그립니다-9연27행, 분계선에 서서-5연15행, 고향으로 가렵니다-5연15행, 내 고향 만월대-6연18행, 어머니여! 어머니여!-5연15행, 인삼온천을 찾으며-4연12행, 실향민의 소리-6연18행, 고향방문단을 지켜보며-5연15행, 동생의 죽음-3연9행, 아름다운 모녀-3연9행, 실크로드-4연12행, 안락암에 오르다-3연9행, 움파를 보며-2연6행, 눈이오는 아침-2연6행, 떡시루-3연9행, 어떤 모정-3연9행, 여정(旅程)-4연12행, 눈(雪)오는 날-3연9행, 이별의 아픔-3연9행, 삶의 언덕에서-3연9행, 차를 마시며-3연9행, 빗소리-2연6행, 항아리를 매만지며-3연9행, 목련을 바라보며-3연9행, 난초를 보며-2연6행, 화엄사에서-2연6행, 국립묘지를 찾아서-3연9행, 시낭송의 밤-2연6행, 팔려가는 송아지를 보며-2연6행, 떠나온 그 이후-2연6행, 갈대를 보며-3연9행, 어느 순간-3연9행, 방황의 끝-3연9행, 소녀민들레-3연9행, 다정한 노부부를 보며-2연6행, 그 목소리-3연9행, 저녁 나그네-3연9행, 축복-3연9행, 구름-1연3행, 동동주-1연3행, 달맞이꽃-1연3행, 벽시계-2연6행, 은행잎을 줍다가-3연9행, 해수관세음보살을 보며-3연9행, 김포공항에서-3연9행, 여심(女心)-3연9행, 외별-3연9행, 파도를 보며-3연9행, 내 유년에-3연9행, 딸을 보며-3연9행, 작은 기도-4연12행, 월미도에서-3연9행, 한나절-2연6행, 남은 말-3연9행, 인연을 찾으려-4연12행, 송시(送詩)-8연24행, 일기(日記)-3연9행, 그 향기는-3연9행, 고향(1)-3연9행, 고향(2)-3연9행, 고향(3)-3연9행, 고향(4)-2연6행, 심산(深山)의 장(章)-4연12행, 첫 작별-3연9행. 〈후기〉

## 2. 내 고향 창가에 얼룩진 저녁놀. 1991.

해 뜨는 언덕-3연9행, 실향의 노래-3연9행, 통일로 가는 길-3연9행, 한마음의 노래-4연12행, 90년 송년통일전통음악회를 보며-3연9행, 통일의 문턱에서-3연9행, 고향(1)-2연6행, 고향(2)-2연6행, 겨울 고향-3연9행, 고향의 연가-4연12행, 고향의 환상-3연9행, 어머니와 헌고무신-4연12행, 한가위-2연6행, 패랭이 꽃-1연3행, 기다람-3연9행, 고향-4연12행, 사향(思鄕)-3연9행, 축, 생일-2연6행, 보고싶은 준이에게-4연12행, 가을 길목에서-3연9행, 하늘에다 부칩니다-4연12행, 평화-3연9행, 길목에서-2연6행, 자화상-2연6행, 용인묘지를 찾던날-5연15행, 그리움아-3연9행, 모스코바공항에서-3연9행, 모스코바의 새벽-3연9행, 타슈겐트에서-3연9행, 헝가리-2연6행, 길을 떠난다-2연6행, 연가(1)-2연6행, 연가(2)-2연6행, 연가(3)-2연6행, 연가(4)-2연6행, 하루가 일렁이는 바다-2연6행, 그리운 동생에게-3연9행, 바람 바람 바람-2연6행, 낮달-1연3행, 눈이 내린다-3연9행, 1990.2.1.비가-3연9행, 오늘 1989.11.8.-2연6행, 도시락-2연6행, 봄비 오는 밤-2연6행, 평화를 기리며-3연9행, 큰아들을 기다리며-3연9행, 은가락지-3연9행, 둘째아들을 기다리며-3연9행, 꽃다발을 드립니다-2연6행, 님-3연9행, 철둑가 맨드라미-1연3행, 봄편지-1연3행, 어머니날-1연3행, 근황-3연9행, 일문이의 손-3연9행, 비원(悲願)-3연9행, 새벽에-2연6행, 또 하루-3연9행, 애거미의 죽음-3연9행, 낙엽을 보며-2연6행, 하루방을 보며-2연6행, 가을 빗속에서-2연6행, 삶-2연6행, 회상의 노래-2연6행, 마음(1)-2연6행, 마음(2)-2연6행, 마음(3)-2연6행, 마음(4)-2연6행, 1989.11.6.목소리-2연6행, 남은 이야기-2연6행, 방황의 의미-3연9행, 빈 뜨락을 거닐며-2연6행, 분신-4연12행, 사랑의 대합실-3연9행, 가장 어둡던 날-3연9행, 동창생-2연6행, 총화-3연9행, 이정표-2연6행, 명자에게-3연9행, 친구여-4연12행, 기내전경(機內全景)-2연6행, 축시(祝詩)-6연18행, 축시(祝詩)-9연27행, 이 빈자리 누가 있어 메꾸리까-8연24행, 사노라면-2연6행.

〈해설〉-눈물 그리고 고향의 미학-이우종(1925-1999).

## 3. 그날의 별들이 서성이는. 1992.

두고 온 가을-3연18행, 그날의 별들이 서성이는-3연17행, 쓸수 없는 시-2연12행, 남북제6차 고위급 회담에 부쳐-3연18행, 남북제7차 고위급회담에 부쳐-4연24행, 만남-3연18행, 일기(日記)-3연18행, 지름길 열어다오-4연24행, 시공을 넘어서-3연18행, 심야토론을 보며-2연12행, 적(跡)-3연17행, 만추의 하루-3연18행, 사랑의 노래-3연18행, 파도야 울지말어-2연12행, 도라지꽃-1연6행, 쓰르라미-2연12행, 구곡폭포에서-2연12행, 이별-2연12행, 선양사에서-2연12행, 분수-1연6행, 등선폭포를 오르며-2연12행, 사랑이야기-1연6행, 아버님의 숨소리-2연12행, 가을 밤-2연12행, 꽃의 소묘-2연12행, 영원한 빛이소서-3연18행, 늘푸른 솔이시여-5연30행, 임의 빛-3연18행, 일기장-2연12행, 어느 미망인-3연18행, 우정의 문화열차를 타고-8연48행, 회갑송-7연42행, 꿈-2연12행, 양평의 밤-2연12행, 사향(思鄕)(1)-2연12행, 사향(思鄕)(2)-2연12행, 사향(思鄕)(3)-2연12행, 사향(思鄕)(4)-2연12행, 사향(思鄕)(5)-2연12행, 사향(思鄕)(6)-2연12행, 사향(思鄕)(7)-2연12행, 사향(思鄕)(8)-2연12행, 사향(思鄕)(9)-2연12행, 사향(思鄕)(10)-2연12행, 기내풍경(機內風景)-3연18행, 그랜드캐넌(grandcanyon)의 이야기-4연24행, 만남-4연24행, 고향일기-5연30행, 세월의 이야기-5연30행, 갈바람-2연12행, 화가 노부부를 보며-2연12행, 내 가슴-2연12행, 나그네 눈물-2연12행, 삶-1연6행, 일기(日記)(1)-3연18행, 일기(日記)(2)-2연12행, 일기(日記)(11)-2연12행, 일기(日記)(12)-2연12행, 일기(日記)(13)-2연12행, 일기(日記)(14)-2연12행, 일기(日記)(15)-2연12행, 일기(日記)(17)-3연18행, 일기(日記)(18)-2연12행, 일기(日記)(19)-2연12행, 일기(日記)(20)-2연12행, 일기(日記)(21)-2연12행, 일기(日記)(22)-3연18행, 일기(日記).(23)-2연12행, 일기(日記)(24)-2연12행, 일기(日記)(25)-2연12행, 일기(日記)(26)-1연6행, 일기(日記)(27)-2연12행, 일기(日記)(28)-2연12행, 일기(日記)(29)-2연12행, 일기(日記)(30)-1연6행, 일기(日記)(31)-2연12행, 일기(日記)(32)-2연12행, 일기(日記)(33)-2연12행, 일기(日記)(34)-2연12행, 일기(日記)(36)-1연6

행, 삶의 무게-2연6행, 전쟁과 평화-2연6행. 〈후기〉

### 4. 흰옷 입은 고향의 언어들. 1994.

세모의 밤-3연18행, 통일연수원에서-4연24행, 만남-4연24행, 1993.3.19.-3연18행, 오늘-3연18행, 두 사람-4연24행, 사랑의 예감-1연6행, 사랑의 죄-2연12행, 세모-2연12행, 월미도의 밤-1연6행, 고향(故鄕)(1)-1연6행, 고향(故鄕)(2)-1연6행, 고향(故鄕)(3)-1연6행, 유성의 밤-1연6행, 판문점에서-2연12행, 적막을 안고-1연6행, 사향(思鄕)(1)-2연12행, 사향(思鄕)(2)-2연12행, 사향(思鄕)(3)-2연12행, 사향(思鄕)(4)-2연12행, 대전박람회(EXPO)를 찾으며-3연18행, 대전엑스포과학공원에서-2연12행, 설악의 밤-2연12행, 소유-1연6행, 사랑했다 그 한마디-2연12행, 내가 말할 때까지는-2연12행, 어느날 오후-1연6행, 낙조를 보며-3연18행, 1993.10.3.-2연12행, 1993.10.30.-1연6행, 호박넝쿨을 바라보며-1연6행, 친구들아-2연12행, 월미도에서-2연12행, 망향-2연12행, 어느 오후-2연12행, 무게-1연6행, 보고싶은 윤숙이에게-4연24행, 여인의 울음-4연24행, 손자 일권이를 품에 안으며-2연12행, 일문이의 숨소리-1연6행, 눈물을 닦으며-3연18행, 삶의 의미-2연12행, 세월-2연12행, 채송화-1연6행, 꽃다발을 받아들고-1연6행, 철원 친구 별장에서-3연18행, 가버린 사랑-4연24행, 꽃등-5연30행, 노을처럼 곱습니다-3연18행, 도고온천 간이역에서-2연12행, 지옥온천을 찾으며-3연18행, 박다(博多)의 아침-2연12행, 낙조를 보며-2연12행, 아소로 가는 길-3연18행, 대만국립고궁박물관에서-4연24행, 화련대리석협곡연자구 앞에서-3연18행, 괌의 밤-2연12행, 마카오에서-2연12행, 클럽메드-3연18행, 로타로 가는 길-4연24행, 태평양한국인위령평화탑 앞에서-3연18행, 기내에서-2연12행, 빙콕의 아침-2연12행, 남지나해를 건너며-3연18행, 센토사섬의 음악분수쇼를 보며-2연12행, 싱가폴의 아침-2연12행, 파니만(Paniman)해변을 거닐며-3연18행, 팍상안(Pagsanjan)해변을 거닐며-3연18행, 팍상안폭포로 가는 길-3연18행, 마닐라만의 노을-2연12행, 어느날 전철에서-2연12행, 모스코바의 노을-3연18행, 이야기-1연6행, 세월-1연6행, 기약도 없이 가셨습니다-5연15행, 메이드인(Made in)개성냄비서울에-3연18행, 금강산 합동차례-4연12행, 고향을 다녀와서-4연16행, 보고싶은 어머니-3연12행, 설악의 밤-3연12행, 오마니 목소리-3연9행, 아름다운 친구야-3연12행, 한실, 이상보 박사님-3연9행, 큰느티나무로 서서-3연9행, 학의 울음-4연12행, 환영의 밤-5연15행, 전시회를 보고-3연9행, 석별(惜別)-4연12행.

## 5. 실향의 아픔은 나의 비단길이었네. 1996.

〈시인의 말〉 세모-3연18행, 1995.1.1.-2연12행, 임진각 전망대에서-1연6행, 하늘에 부칩니다-3연18행, 저게 무슨 꼴입니까?-3연18행, 쌀 지원-2연12행, 부끄럽지 않느냐-2연12행, 남북한대학총장회담에 부쳐-2연12행, 눈물-2연12행, 만남-3연18행, 새벽-1연6행, 향수-1연6행, 피할수 없던 하루-3연18행, 그리움-1연6행, 꿈-1연6행, 선물-3연18행, 유선-3연18행, 고향 하늘-3연18행, 귀여운 송이에게-2연12행, 일권이를 바라보며-1연6행, 모곡유원지에서-3연18행, 천산마을을 찾아서-2연12행, 푸른산-2연12행, 눈꽃바람-1연6행, 춘설-1연6행, 천둥-1연6행, 떨어지는 벚꽃-1연6행, 소요산의 사월(四月)-1연6행, 싸리꽃-1연6행, 지리산에서-2연12행, 대둔사 가는 길-2연12행, 물한계곡 가는 길-1연6행, 비 오는 날-2연12행, 제주도에서-4연24행, 바다-1연6행, 만장굴-1연6행, 동해의 밤-1연6행, 수안보온천에서-2연12행, 강화도의 노을 길-3연18행, 못 다 부른 노래-3연18행, 눈물의 여울목-3연18행, 우정의 노래-3연18행, 영일만에서-3연18행, 너 밖에 없다-3연18행, 장애자를 돕기위한 자선의 밤-2연12행, 쉼터에서-1연6행, 종소리-2연12행, 만남-2연12행, 무-1연6행, 상처-2연12행, 강화에서-1연6행, 오늘-2연12행, 마음(1)-1연6행, 마음(2)-1연6행, 마음(3)-1연6행, 마음(4)-1연6행, 마음(5)-1연6행, 마음(6)-1연6행, 마음(7)-1연6행, 마음(8)-1연6행, 허무-1연6행, 회심곡-1연6행, 공-1연6행, 1995.3.17.-1연6행, 무궁화-3연18행, 아침의 창-2연12행, 만남-2연12행, 온 하늘을 펴 담으신 깊고 푸른 하늘이여-3

연18행, 멋과 그 여유를-3연18행, 일붕 서경보 큰스님 서거에 부쳐-3연18행, 1995.2.19.-2연12행, 물 한 잔-2연12행, 조약돌-2연12행, 우정-2연12행, 시작과 끝-2연12행, 새벽창-1연6행, 1994. 12.18.-2연12행, 시인의노래-2연12행, 가을 길-2연12행, 여로-2연12행, 분꽃-1연6행, 친구-1연6행, 기다림-1연6행, 겨울 비-1연6행, 떠도는 까마귀-1연6행, 1994.12.14.-2연12행, 남은 시간-2연12행, 우정-2연12행, 잊으렵니다-2연12행, 그 길은 나의 길이 아니었다-1연6행, 한식날-2연6행, 고향은 말이 없다-2연12행, 저 멀리 마지막 가는 겨울-3연18행, 그 목소리-2연12행, 해안선을 달리며-3연18행, 서울의 연가-2연12행, 임진각에서-3연18행.

### 6. 새로운 바람소리. 1999.

서시-10연60행, 새로운 바람소리-10연60행, 금강산-1연6행, 염원 담은 소떼 북한간다-4연24행, 1997.4.20.-3연18행, 탈북 김경호씨 일가17명 기자회견을 보며-3연18행, 새 아침-2연12행, 축하합니다-2연12행, 일붕 서경보존자-6연36행, 복조리-1연6행, 여고 동창생-3연18행, 선비들의 책 꽃잔치-4연24행, 동양인의 요람입니다-10연60행, 노숙자-1연6행, 소요산-2연12행, 송악산을 바라보며-3연9행, 기내에서-2연12행, 북을 파는 어린 소년-2연12행, 인도-2연12행, 아침마다 슬피우는 저 새소리-2연12행, 파도를 보며-2연12행, 토론토에서-2연12행, 나이아가라폭포 앞에서-4연24행, 빅토리아 섬을 바라보며-3연18행, 서포 김만중(1637-1692)선생-3연18행, 금산 가는 길-3연18행, 길 위에 뿌린 눈물-3연18행, 저 큰별(1)-1연6행, 저 큰별(2)-1연6행, 저 큰별(3)-1연6행, 바람-1연6행, 악몽-2연12행, 멍에-2연12행, 생명-2연12행, 나그네-2연12행, 봄의 길목-2연12행, 잃어버린 찻잔-2연12행, 길-2연12행, 봄비-3연18행, 선생님 그립습니다-3연18행, 주소없는 하얀 편지-3연18행, 유성숙 작가-3연18행, 용인의 밤-1연6행, 수정산장에서-2연12행, 해변-2연12행, 강릉 경포대에서-2연12행, 뱃길 위에서-2연12행, 아직은 그 빛을 길게 드리우고-2연12행, 늦장미-1연6행, 내일이 없다-2연12

행, 미운 정 고운 정아-2연12행, 가을 빗소리에-2연12행, 1997.7.27.-2연12행, 보배야, 예-2연12행, 1998.11.2.-3연18행, 꿈(1)-2연 12행, 꿈(2)-2연12행, 꿈(3)-2연12행, 꿈(4)-1연6행, 비워야지-1연6행, 무섭다-1연6행, 망향-2연12행, 그리움-1연6행, 일기(日記)(1)-2연12행, 일기(日記)(2)-2연12행, 일기(日記)(3)-2연12행, 일기(日記)(4)-2연12행, 일기(日記)(5)-2연12행, 카레라이스를 먹으며-2연12행, 찻잔을 보내며-2연12행, 어느 하루-2연12행, 쏟아지는 눈(雪)발을 보며-2연12행, 일기(日記)-2연12행, 방법이 따로 없다-1연6행, 이런 밤에-2연12행, 유선-1연6행, 동백꽃-1연6행, 남과 북-3연18행, 비정-3연18행, 길을 묻지 않겠다-2연12행, 생각을 바꿔야지-2연12행, 허구(虛構)-2연12행, 임진각에서-2연12행, 슬픔도 힘인가(1)-2연12행, 슬픔도 힘인가(2)-2연12행, 사랑(1)-2연12행, 사랑(2)-1연6행, 기다림속의 길(1)-1연6행, 기다림속의 길(2)-1연6행, 기다림 속의 길(3)-1연6행, 기다림 속의 길(4)-1연6행, 마음(1)-1연6행, 마음(2)-1연6행, 마음(3)-1연6행, 마음(4)-1연6행, 축시-경영대학원 수련회 마치고-3연21행, 겨레의 꽃이여-4연36행, 고 조정희 여사영전에-사설시조, 책을 엮으며-사설시조.

## 7. 끝나지 않은 망향의 가을 편지. 2001.

〈시인의 말〉 고향-2연12행, 아가야-3연18행, 소중한 사람은 곁에 있으면 모르죠-3연18행, 고희의 언덕-5연30행, 아름다운 세상을-2연12행, 조건없는 사랑-3연18행, 봄의 길목에 서서-3연18행, 문선 문태길 교장선생님-3연18행, 대공원에서-2연12행, 눈물을 보여준 고운 친구야-2연12행, 아직은 어두운 새벽인데-2연12행, 그 이름 청청하여라-2연12행, 새봄의 노래-2연12행, 새벽에-1연6행, 남은 말-3연18행, 늦장미-2연12행, 숲과 숲-2연12행, 광릉수목원에서-3연18행, 뜬 구름-2연12행, 뒷모습-2연12행, 그가 돌아 왔다-4연24행, 고불 맹사성(1360-1438)-4연24행, 손톱 끝에 봉선화 지기 전에-2연12행, 사곶해안에서-2연12행, 해무의 변-2연12행, 슬프도록 아름다운 백령도여!-6연36행, 손톱 끝에 남은 봉선화-2연12행, 하아얀 허공 위에 무엇을 그릴까-5연30행, 원숙아-1연6행, 세월-1연6행, 한마디-2연11행, 나도 여행 중-2연12행, 매미-2연12행, 2000.9.26.-2연12행, 경인선철도 도로연결-3연18행, 시드니 2000올림픽-3연18행, 백련교(白蓮橋)에서-3연18행, 통일탁구경기대회-3연18행, 뿌리깊은나무-3연18행, 길섶에 피어있는 민들레꽃-3연18행, 시낭송의 밤-2연12행, 눈물 꽃 이야기-2연12행, 친정하늘-2연12행, 남북이 열린다-사설시조, 100회를 맞는 고향의 영원한 빛-사설시조, 해금강에서-1연6행, 성동노인종합복지관-사설시조, 천지-사설시조, 청초한 박꽃같은 친구야-8연48행, 기다림-3연18행, 겨울 고향-3연18행, 바람아-3연18행, 개성고 여4회동창회장-5연30행, 애잔한 풀꽃같은 친구야-사설시조, 아름다운 친구야-사설시조, 축하합니다-사설시조, 세월의 꽃다발을 드립니다-사설시조, 민들레같은 친구야-6연36행.

〈해설〉 전통의 계승과 시의 깊이-오만환.

### 8. 가슴에 묻은 목마름의 고향. 2004.

〈시인의말〉 고향-3연18행, 귀여운 송이의 목소리-3연18행, 저 소리-2연12행, 참! 고맙다 명순아-3연18행, 만남(1)-3연18행, 계곡의 섬 마우이-4연24행, 백담사를 찾아서-3연18행, 슬픔도 힘이 됩니까-3연18행, 일기(日記)-3연18행, 보고싶은 어머니-2연6행, 낮달-1연6행, 새벽 창-1연6행, 겨울 비-1연6행, 개성고여개교60주년동창회에 부쳐-5연30행, 가을 비 속에서-2연6행, 개성특산 고려인삼차를 마시며-3연18행, 한번만 왔다갔으면 좋겠어?-3연18행, 밤-2연12행, 길목(1)-1연6행, 길목(2)-1연6행, 길목(3)-1연6행, 날 사랑하지 않아도 떠날 수는 없는거야-3연18행, 고인돌-5연30행, 설악의 밤-2연12행, 동동주-1연6행, 동창회-1연6행, 청산마을을 찾아가서-2연12행, 수안보온천에서-2연12행, 태극기 휘날리며-3연18행, 공허한 메아리로 돌아온 고 김선일님-4연24행, 단비되어 내리소서-3연18행, 그냥 울었다-3연18행, 2002년의 신화-사설시조, 제10차 남북장관급 회담에 부쳐-2연12행, 제14회 부산아시아경기대회-2연12행, 인생은 연극이다-3연18행, 춤꾼들-1연6

행, 사랑이 오는 길목-1연6행, 꽃밭에 앉아서-1연6행, 눈사람-2연12행, 눈사람-2연12행, 호박넝쿨을 바라보며-1연6행, 월미도의 밤-1연6행, 한나절-2연12행, 추억은 나무가 되어-2연12행, 시간의 저 편-1연6행, 멍들은 노을-1연6행, 그 목소리 제천이예요?-2연12행, 시(詩)-1연6행, 세계속의 꿈나무여-3연18행, 선생님 뵙고 싶습니다-3연18행, 어제 밤-4연24행, KBS아침마당을 보며-3연18행, 해돋이-1연6행, 이월(二月)의 바람-1연6행, 성탄아-사설시조, 아가의 꿈-2연12행, 달맞이 꽃-1연6행, 채송화-1연6행, 구름-1연6행, 산수유꽃-2연12행, 고인돌-3연18행, 허무-1연6행, 회심곡-1연6행, 기다림 속의 길(1)-1연6행, 기다림속의 길(2)-1연6행, 제9차 회담-1연6행, 가을-1연6행, 심야토론을 보며-2연12행, 일기(日記)-2연12행, 마음(1)-2연12행, 마음(2)-2연12행, 어머니의 눈물-3연18행, 합정역 축제-2연12행, 반짝이는 별이여! 축하합니다-6연36행, 하늘-2연12행, 가을 길-1연6행, 향기 그윽한 배꽃같은 친구야-사설시조, 문학21대상-사설시조, 고향으로 가렵니다-5연30행.

### 9. 소의다오(素依多伍). 2004.

〈저자 소개〉 자서--서시 → 중국어. 자목련을 바라보며- 자유시 32편,

〈평론〉우아한 우 시인의 노래-이우재. 통일로 가는 길-3연9행, 총화-3연9행, 사랑의 죄-2연12행, 겨울 고향-3연7행, 세월-2연12행, 일기-2연12행, 못다 부른 노래-3연9행, 우정의 노래-3연9행, 도고온천 간이역에서-2연12행, 가을 길-2연6행.

〈해설〉현대시조론의 형성-백운복

〈해설〉실향민의 고향 의식-김민정. 수필, 편지, 세월을 그리며-생략.

### 10. 한국여류시조문학. 1996.

해 뜨는 언덕-3연9행, 친정 하늘-2연6행, 채송화-1연3행, 갈 수 없는 고향-3연9행, 남은 시간-2연10행.

## 11. 소정 우숙자(小庭 禹淑子 1932-2013)의 정형시 창작형태조사

| 시조집 | 1연 | 2연 | 3연 | 4연 | 5연 | 사설 | 장시조 | 총계 | 비고 |
|---|---|---|---|---|---|---|---|---|---|
| 아직도 고향은 마냥 먼데 | 3 | 13 | 39 | 10 | 6 | | 5 | 76 | |
| 내고향 창가 얼룩진 저녁놀 | 5 | 35 | 33 | 8 | 1 | | 3 | 85 | |
| 그날의 별들이 서성이는 | 7 | 50 | 16 | 4 | 3 | | | 82 | |
| 흰옷입은 고향의언어들 | 17 | 30 | 26 | 12 | 3 | | | 88 | |
| 실향아픔 내 비단길이었네 | 39 | 35 | 22 | 1 | | | | 97 | |
| 새로운바람소리 | 25 | 48 | 16 | 4 | | 2 | 4 | 99 | |
| 끝나지 않은 망향가을편지 | 4 | 22 | 16 | 2 | 3 | 8 | 3 | 56 | |
| 가슴에 묻은 목마름의 고향 | 28 | 22 | 19 | 3 | 3 | 4 | 1 | 80 | |
| 중국어 (번역시집) | | 5 | 5 | | | | | 10 | |
| 한국여류 시조문학 | 1 | 2 | 2 | | | | | 5 | |
| 총계 | 128 | 262 | 194 | 44 | 19 | 14 | 18 | 678 | |
| 비율% | 18.8 | 36.6 | 28.6 | 6.4 | 2.8 | 2.0 | 2.6 | 99.8 | |

↗ 금당 이복숙(琴堂 李福淑 1932–1989)

# 청자, 시조문학을 중심으로

## 1. 들어가며

대전, 충청권에서 60년대의 시조문학 전개운동은 대여섯 분의 시조 동인지 한밭시조동인회 회원들의 〈청자〉 뿐이었다. 우리나라 현대시조 발전단계가 60년대에는 시조의 현대성 확립과 문학적 형상화에 앞장섰고 70년대는 현대시로 합병하는 상징, 체계를 기호화 했고 80년대는 형식 파괴로 다양한 실험이 지속되었으며 90년대는 직유시조가 현대시조로 자리매김했으며, 2천년대는 활발한 시어 선택으로 시적 긴장미가 유지될 수 있는 작품 속으로 파고 들었다고 설명할 수 있을 것이다. 한국 여성의 현대시조 작가로 김일엽(1896-1971), 최영자(1920-1986), 이복숙(1932-1991) 등이 활동했으며 최영자 작가는 자료를 확보할 수 없어서 다음 기회로 넘기고 김복숙 작가는 충청도 한밭에서 유일한 여성 작가로 〈청자〉에서 시조 작품 활동을 전개하였기에 자료를 모아 시조작품 조사를 시도하였다. 본고에서는 자유시가 많이 있으나 정형시만 발췌하여 조사했음을 밝혀둔다.

## 2. 펼치며

1) 청자(青磁)

제4집(1966.3.20)-문병기-4연12행, 면사포(面紗布)-2연6행, 섣달-1연6행/ 제5집(1966.6.10)-심측불(心則佛)-2연14행, 노목(老木)-4연28행, 아카시아 사연-3연21행/ 제6집(1966.8.7)-취중기(醉中記)-1연7행, 종(鐘)-1연7행, 백발이모(白髮二毛)-1연7행/ 제7집(1966.11.19)-하늘-3연21행, 가난-1연7행, 백일홍-1연7행/ 제8집(1967.6.15)-봄비-1연7행, 노을-1연7행〈시조문학 제16집〉/ 제9집(1967.12.26)-세월-2연14행, 후회-2연13행/ 제10집(1970.6.28)-

조춘(早春)-1연6행, 얘기의 눈-1연7행.〈영문판〉

2) 시조문학

제10집(1964.11.15)-정(情)-5연15행/ 제13집(1966.4.10)-실제(實題)-4연12행/ 제15집(1967.2.25)-첫눈이 오면-1연7행〈이복숙 시조집-광고〉/ 제17집(1967.10.20)-혼자서-3연21행/ 제20집(1968.11.20)-백일홍-1연7행/ 제21집(1969.6.30)-고운꽃 심는 마음-2연6행/ 1975. 봄호-비로소-1연3행, 사루비아-1연3행/ 1976. 6월호-경험-2연6행/ 1976. 9월호-보낸 뒤-1연3행/ 1987. 연간시조선집-차라리-자료 없음.

3) 한국시조큰사전

(1) 가슴이 아리거든-3연9행. (2) 갈꽃-1연3행. (3) 경험-2연6행. (4) 고몽(孤夢)-4연12행. (5) 고운 잠-2연6행. (6) 국화-1연3행. (7) 기다림-2연6행. (8) 기도-2연6행. (9) 눈물-3연9행. (10) 등(背)-1연3행. (11) 마음의 창을-1연3행. (12) 문병기-3연9행. (13) 백일홍-1연3행. (14) 보낸 뒤-1연3행.(15) 봄-1연3행. (16) 불협화음-2연6행. (17) 비로소-1연3행. (18) 선달-1연3행. (19) 심측불(心則佛)-2연6행. (20) 어느 권태-2연6행. (21) 어머님 영전에서-6연18행. (22) 어미 눈엔-1연3행. (23) 우리 엄마 엉터리-2연6행. (24) 전송(餞送)-2연6행. (25) 정(情)-5연15행. (26) 제야 종-2연6행. (27) 참선의 마음-2연6행. (28) 취중기(醉中記)-1연3행. (29) 하늘-3연9행. (30) 한밤중에-1연3행.

4) 신한국문학전집(전50권)

(1) 고몽(孤夢)-4연24행. (2) 전송(餞送)-2연6행. (3) 어느 권태(倦怠)-2연12행. (4) 어머님 영전(靈前)에서-6연18행. (5) 기다림-2연12행. (6) 가슴이 아리거든-3연18행. (7) 심측불(心則佛)-2연6행. (8) 불협화음-2연12행. (9) 고운 잠-2연12행. (10) 등(背)-1연3행. (11) 취중기(醉中記)-1연3행.

5) 시조집-거북선(1972.4.22)〈한국시조작가협회〉

※1972. 거북선-1연3행.

6) 한국여류시조문학선집(1996)

(1) 기도(祈禱)-2연12행. (2) 고몽(孤夢)-4연12행. (3) 옥잠화-1연6행. (4) 종(鐘)-1연6행.

7) 이복숙(琴堂 李福淑 1932-1989) 시조집

〈1부〉 (1) 하늘-3연21행. (2) 종(鐘)-1연7행. (3) 심측불(心則佛)-2연6행. (4) 노목(老木)-봄-1연7행. 여름-1연7행. 가을-1연7행. 겨울-1연7행. (5) 거울 앞에서-1연7행. (6) 한밤중에-1연7행. (7) 희망-1연7행.

〈2부〉 (1) 등(背)-1연3행. (2) 흠-1연7. (3) 고몽(孤夢)-4연12행. (4) 눈물-1연7행. (5) 정(情)-5연35행. (6) 문병기(問病記)-3연21행.

〈3부〉 (1) 독백(獨白)-4연28행. (2) 선달-1연7행. (3) 어느 권태(倦怠)-2연14행. (4) 취중기(醉中記)-1연7행. (5) 함박눈-1연7행.

〈4부〉 (1) 백발이모(白髮)이모)-1연7행. (2) 이월이면-1연7행. (3) 봄-1연7행. (4) 계곡(溪谷)에서-1연7행. (5) 가을-1연7행. (6) 낙엽(落葉)-1연7행. (7) 밤, 이슬-2연14행. (8) 전송(餞送)-2연14행. (9) 가난-1연7행.

〈5부〉 (1) 딸-2연14행. (2) 애기눈-1연7행. (3) 어미눈엔-1연7행.

〈6부〉 (1) 사르비아-1연7행. (2) 코스모스-1연7행. (3) 백일홍-1연7행. (4) 옥잠화-1 연7행.

〈7부〉 (1) 면사포(面紗布)-2연14행. (2) 너와 나-3연21행. (3) 실제(實題)-4연28행.

〈8부〉 (1) 추고(推敲)의 변-2연14행. (2) 논개(論介)문학의 밤에-3연21행. (3) 전승비(戰勝碑)-1연7행. (4) 물 오르는 저 소리-5연35행. (5) 끝에 부치는 말-황희영(黃希榮 1922-1994) 평설.

8) 중요 저서

(1) 이복숙 시조집. 신조문화사-서울. 1966. (2) 묵란(默蘭). 현대문학사-서울. 1976. (3) 종(鐘)일어판. 한마음사-서울. 1983. (4) 숲에 내린 하늘. 한마음사-서울. 1987. (5) 수필집, 저서, 논문이 있음.

9) 금당 이복숙(琴堂 李福淑 1932-1989)의 정형시 창작형태 조사

| 문학지 | 1연 | 2연 | 3연 | 4연 | 5연 | 사설 | 장시조 | 엇시조 | 총계 | 비고 |
|---|---|---|---|---|---|---|---|---|---|---|
| 차령 | 10 | 4 | 2 | 2 | | | | | 18 | |
| 시조문학 | 5 | 2 | 1 | 1 | 1 | | | | 10 | |
| 한국시조 | 12 | 11 | 4 | 1 | 1 | | 1 | | 30 | |
| 한국문학 | 2 | 6 | 1 | 1 | | | 1 | | 11 | |
| 거북선 | 1 | | | | | | | | 1 | |
| 여류시조 | 2 | 1 | | 1 | | | | | 4 | |
| 시조집 | 28 | 7 | 4 | 3 | 2 | | | | 44 | |
| 총계 | 60 | 31 | 12 | 9 | 4 | | 2 | | 118 | |
| 비율 % | 50.8 | 26.2 | 10.1 | 7.6 | 3.3 | | 1.6 | | 99.6 | |

10) 이복숙의 현대시조 창작특색

(1) 평시조 단형시조 창작이 전체 시조창작의 50%를 차지하고 있어 단시조 창작을 선호하였다.

(2) 초등학교 교육과정에서 제1차에서 제7차까지 모두 낭독지도로 편찬되었음에도 불구하고 유독 단형 7행 시조로 창작되어 어린이들의 낭송지도에 편리하였다.

(3) 아름다운 자연환경이나 우리 인생이 살아가는 사회 질서의 사회생활을 소재로 창작된 시제가 주류를 이루고 있는 반면 천문 과학적 소재 해양 수산적 자원 소재가 희박하였다.

## 3. 나오며

이복숙(1932-1989)교수 시인은 경남 진주에서 출생하였고 대학, 대학원(석, 박사 과정)에서 국문학을 전동했고 비교문학 일문학을 연구하기 위해

서 일본 동경대학 대학원에서 5년간 유학하였다. 1954년 〈들장미〉 시를 발표하면서부터 1959년 대학에서 문학을 강의하기 시작했다. 한국시인협회 중앙위원, 국제펜클럽출판위원을 역임하였고, 한국문인협회 감사도 역임하였으며, 건국대 교수로 봉직하며 문학작품 활동을 하던 중 1989년 타계하였다. 시집은 여러 권 있지만 정형시(시조)는 118수에 불과하며 중복된 것은 골라내지 못했다. 시조집의 서문은 조연현(1920-1982) 문학평론가가 집필했고, 작품평설은 황희영(1922-1994) 교수가 논평했으며, 이어령(1934) 전 문화부장관에게 보내준 시조집이었다. 그밖에 여러 문학잡지에 정형시가 산재해 있으리라 예상되나 충분한 자료확보를 못해서 불충분한 논문으로 끝을 맺고자 한다.

## ↗ 정운 **이 영 도** (丁芸 李永道 1916-1976)

### 1. 한국시조큰사전. 1985.

가을-3연9행, 갈대(1)-1연3행, 갈대(2)-1연3행, 갈원(渴願)-2연6행, 강설(降雪)-2연6행, 개구리-2연6행, 계속-1연3행, 고가-1연3행, 고단이-1연3행, 고비-1연3행, 꽃대봉-1연3행, 관악 앞에서-2연6행, 광화문 네거리에서-2연6행, 구름(1)-1연3행, 구름(2)-4연12행, 국화-1연3행, 귀소(歸巢)-2연6행, 그리움-1연3행, 그아 낙-1연3행, 기도(祈禱)-1연3행, 낙화암(落花岩)-2연6행, 난(蘭)-1연3행, 눈-1연6행, 눈(2)-3연9행, 눈(3)-1연3행, 눈길에서-2연6행, 능선-1연3행, 단란(團欒)-1연3행, 단풍(丹楓)-1연3행, 단풍 앞에서-2연6행, 달-1연3행, 달무리-1연3행, 등불-2연6행, 만경평야-1연3행, 매미의 노래-2연6행, 머언 생각-2연6행, 모란-1연3행, 목련화(木蓮花)-2연6행, 무릉(武陵)-5연15행, 무제(無題)(1)-2연6행, 무제(無題)(2)-2연6행, 무주구천동-계곡에서-1연3행, 파회정에서-1연3행, 추월담에서-1연3행, 연도(沿道)에서-1연3행, 무지개-1연3행, 미소-1연3행, 바다-1연3행, 바람(1)-1연3행, 바람(2)-1연3행, 바위(1)-1연3행, 바위(2)-1연3행, 백록담-1연3행, 벌레-1연3행, 별-1연3행, 병상-1연3행, 보리고개-2연6행, 봄(1)-1연3행, 봄(2)-1연3행, 봄(3)-2연6행, 봄날-1연3행, 봄비-1연3행, 부활절의 노래-2연6행, 불국사-1연3행, 비-1연3행, 비로전(毘盧殿)(1)-1연3행, 비로전(毘盧殿)(2)-1연3행, 비익사(飛翼祠)-2연6행, 빗소리-1연3행, 새벽-1연3행, 새벽달-2연6행, 색안경-1연3행, 샛별-2연6행, 생장(生長)-1연3행, 석간(夕刊)을 보며-2연6행, 석굴암-1연3행, 석류-1연3행, 석남사(石南寺)-2연6행, 설야(雪夜)-2연6행, 세병관(洗兵館)-1연3행, 세월-1연3행, 손주-1연3행, 수혈-3연9행, 아가야 너는 보느냐-3연9행, 아랑각(阿娜閣)-1연3행, 아지랑이-1연12행, 아침-1연3행, 아폴로의 독백-1연3행, 안타까움-2연6행, 애가(哀歌)-3연9행, 어디로 가야하리-2연6행, 어딘집소묘-2연6행, 운동장-2연6행, 어머님-1연3행, 어머니의 손-1연3행, 언약-1연3행, 연-1연3행, 연꽃-1연3행, 열녀비-1연3행,

영위(營爲)-4연12행, 외따로 열고-2연6행, 우후(雨後)-1연3행, 운일-(雲日)-1연3행, 울산암-1연3행, 유성(流星)-1연3행, 은총-1연3행, 은행나무-1연3행, 이별-1연3행, 안경-2연6행, 입원-2연6행, 입춘-3연9행, 장명등(長明燈)-2연6행, 저녁놀-1연3행, 절벽-1연3행, 제야(除夜)(1)-4연12행, 제야(除夜)(2)-2연6행, 종(1)-1연3행, 종(2)-1연3행, 종(3)-1연3행, 진달래(1)-2연6행, 진달래(2)-3연9행, 차창춘색-2연6행, 춘소(春宵)-3연9행, 추야(秋夜)-1연3행, 추청(秋晴)을 간(癎)다-2연6행, 천계(天啓)-1연3행, 청맥의 창-2연6행, 환일(患日)-2연6행, 코스모스-1연3행, 탑(塔)(1)-1연3행, 탑(塔)(2)-1연3행, 탑(塔)(3)-1연3행, 평제탑(平濟塔)-1연3행, 폭포(1)-2연6행, 풍경(1)-1연3행, 풍경(2)-1연3행, 피난길에서-2연6행, 피아골(1)-2연6행, 하늘-2연6행, 한라산의 뇌임-1연3행, 해녀-1연3행, 향수-4연12행, 화관(花冠)-2연6행, 황혼에 서서-2연6행, 흐름 속에서-12연36행, 희방사(喜方寺)계곡-2연6행.

### 2. 너는 저 만치 가고. 현대시조 100인선. 2000.

아지랑이-1연12행, 목련화(木蓮花)-2연14행, 봄(2)-1연7행, 화관(花冠)-2연14행, 신록(新綠)-1연7행, 연꽃-1연7행, 석류-1연7행, 단풍-1연7행, 갈대-1연7행, 낙엽-1연7행, 은행나무-1연7행, 바람(1)-1연7행, 나목(1)-2연14행, 바위-1연7행, 보리고개-1연7행, 산-2연14행, 유성(流星)-1연7행, 귀소(歸巢)-2연14행, 무릉(武陵)-5연15행, 단란(團欒)-1연7행, 비-1연7행, 탑(塔)(3)-1연7행, 황혼에 서서-2연14행, 석간(夕刊)을 보며-2연14행, 낙화(落花)-2연14행, 그리움-1연7행, 진달래-2연14행, 무제(無題)(1)-2연14행, 무제(無題)(2)-2연14행, 수혈(輸血)-3연9행, 머언 생각-2연14행, 제야(除夜)-4연12행 애가(哀歌)-3연9행, 탑(塔)(1)-1연7행, 피아골-2연14행, 계곡(溪谷)-1연7행, 절벽(絶壁)-1연7행, 달무리-1연7행, 어머님-1연7행, 외따로 열고-2연14행, 단풍 앞에서-2연14행, 흐름 속에서-10연69행, 모란-1연7행, 천계(天啓)-1연7행, 설야(雪夜)-2연14행, 기도(祈禱)-1연7행, 은총(恩寵)-1연7행, 봄비-2연14행, 장명등(長明燈)-2연14행, 청맹(靑盲)의 창-2연14행, 부활절의 노래-2연14행, 광화문 네거리에서-2연14행, 진달래-3연20행, 등불-2연14행, 아가야 너는 보는가-3연21행.

〈해설〉개인서정과 공적감정의 넘나들이-조남현.

### 3. 정운 이영도(丁芸 李永道 1916-1979)의 정형시 창작형태조사

| 시조집 | 1연 | 2연 | 3연 | 4연 | 5연 | 사설 | 장시조 | 총계 | 비고 |
|---|---|---|---|---|---|---|---|---|---|
| 한국시조 | 83 | 45 | 8 | 4 | 1 | | 1 | 142 | |
| 저만치가고 | 26 | 22 | 4 | 1 | 1 | | 1 | 55 | |
| 총계 | 109 | 67 | 12 | 5 | 2 | | 2 | 197 | |
| 비율% | 55.3 | 34.0 | 6.0 | 2.5 | 1.0 | | 1.0 | 99.8 | |

## ↗ 이월수(李月洙 1940-2008)

### 1. 한국시조큰사전. 1985.

고심(孤心)-7연21행, 고향초(故鄕抄)-4연12행, 꽃의 노래-2연6행, 국화-1연3행, 동백-2연6행, 들녘에서-2연6행, 매화-1연3행, 목화꽃-1연3행, 무궁화-1연3행, 바닷가에서-2연6행, 바위-2연6행, 백목련-3연9행, 봄의 서(序)-2연6행, 사모곡(思母曲)-4연12행, 산사(山寺)에서-2연6행, 석란(石欄)-3연9행, 학(鶴)-1연3행, 동백(冬柏)-1연3행, 철새-1연3행, 연가(戀歌)(2)-3연9행, 연가(戀歌)(19)-2연6행, 오월은-2연6행, 인연(因緣)(5)-2연6행, 진양호반-3연9행, 허(虛)(1)-4연12행.

### 2. 한국여류시조문학. 1996.

연가(戀歌)-3연9행, 청자 한 점-2연12행, 바람-3연15행.

### 3. 이월수(李月洙 1940-2008)의 정형시 창작형태조사

| 시조집 | 1연 | 2연 | 3연 | 4연 | 5연 | 사설 | 장시조 | 총계 | 비고 |
|---|---|---|---|---|---|---|---|---|---|
| 한국시조 | 7 | 11 | 4 | 3 | | | 1 | 26 | |
| 여류시조 | | 1 | 2 | | | | | 3 | |
| 총계 | 7 | 12 | 6 | 3 | | | 1 | 29 | |
| 비율% | 24.1 | 41.3 | 20.6 | 10.3 | | | 3.4 | 99.7 | |

## ↗ 이 택 제 (李澤悌 1926−1996 )

### 1. 한국시조큰사전. 1995.

모정(母情)은-1연6행, 가만한 찌엔-1연3행, 겨울나무-2연6행, 내일(來日)-4연12행, 바람-2연2행, 연(蓮)-1연3행, 한줄기 가을 상류(上流)가 하구(河口)에 이르기 까지-4연12행.

### 2. 게시판(揭示板).

가을 편지(便紙)-1연3행, 입춘(立春)-1연3행, 첫눈-1연3행, 촛불의 노래-1연3행, 부엉이 우는 봄-1연3행, 목,백일홍(木,百日紅)-1연3행, 다도해 탁본(多島海 拓本)-1연3행, 한줄기 가을 상류(上流)가 하구(河口)에 이르기까지-1연3행, 가시나무새-사설시조, 갈밭에서-겨울나그네-1연3행, 한려수도(閑麗水道)의 시(詩)-1연3행, 가만한지엔-춘간조수도(春江釣水圖)에 부쳐-1연3행, 어떤 무녀도(巫女圖)-1연3행, 가을 나무곁에서-1연3행, 그 해 여름-1연3행, 씀바귀-1연3행, 시조(時調) 잘 읽고 갑니다. -편지글.

### 3. 이택제(李澤悌 1926-1996)의 정형시 창작형태조사

| 시조집 | 1연 | 2연 | 3연 | 4연 | 5연 | 사설 | 장시조 | 총계 | 비고 |
|---|---|---|---|---|---|---|---|---|---|
| 한국시조 | 3 | 2 | | 2 | | | | 7 | |
| 게시판 | 16 | | | | | | | 16 | |
| 총계 | 19 | 2 | | 2 | | | | 23 | |
| 비율% | 82.6 | 8.6 | | 8.6 | | | | 99.8 | |

## 설향 임금자(雪鄕 林今子 1934-2009)

### 1. 별빛도 함께 바람도 함께. 1999.

토담집-1연11행, 고무신-3연18행, 노을에 서서-1연10행, 바위-3연15행, 난지도-3연15행, 마개-3연21행, 들꽃의 집-4연24행, 감을 따며-2연10행, 목도장사설-4연12행, 옥수수를 벗기며-3연12행, 나무절구통-3연21행, 메아리-1연8행, 억새풀-3연16행, 풍경(1)-인사동-사설시조. 풍경(2)-명동밤거리-1연8행, 풍경(3)-신혼드레스촌-1연7행, 내 마음의 풍경-1연7행, 낙조-1연5행, 꽃-1연5행, 호수-1연5행, 고추잠자리-1연5행, 노량진시장-3연22행, 추억캐내기(1)-8연33행, 추억캐내기-3연20행, 때늦은 비상-2연16행, 낙타의 꿈-2연14행, 옛집에 갔더니-2연16행, 허무-2연18행, 연꽃-1연9행, 수의거풍(壽衣擧風)-5연15행, 나무의 사설-3연15행, 두 어머니-3연9행, 어머니 가시던 날-5연20행, 장독대-3연15행, 육괴정 한쪽-2연14행, 해바라기 사랑-1연8행, 무우시루떡-4연25행, 우산 속에서-4연20행, 고사목(枯死木)-사설시조, 치매일기(1)-시모님-사설시조, 치매일기(2)-사설시조, 콩나물을 기르며-2연14행, 금강산-4연16행, 까치소리-2연14행, 딸에게-2연12행, 장갑 한 짝-3연16행, 공항에 다녀와서-3연15행, 고부(姑婦)-2연14행, 항려의 노래(길)-4연16행, 사랑-1연10행, 빗소리-3연15행, 그리움-3연21행, 환청(幻聽)-2연16행, 조화(弔花)를 보며-2연16행, 하관(下棺)-2연17행, 그대 앞에(비문)-1연7행, 밤마다-2연14행, 은행, 가을을 흔들다-4연12행, 성산포일출봉-3연15행, 군밤, 사랑의 화덕같은-3연15행, 함박눈이 내리던 날-2연12행, 가을병창-미련-1연4행, 가을산-1연4행, 낙엽-1연4행, 가을을 타는 여자-1연4행, 환절기-1연4행, 마로니에-1연4행, 편지-1연4행, 소멸-1연4행, 서있는 섬-2연14행, 코스모스-1연11행, 칸나의 뜰-3연18행, 여정-2연14행, 한잔의 차-4연34행, 석화촌(石花村)-빈집-3연18행, 위내시경-2연14행, 지삿개에서-3연12행, 이사-2연13행, 가을담쟁이-1연7행, 분이네 집-3연12행, 여의나무에서-3연28행, 소재원의 달밤-2연14행, 관악산-2연16행, 바람골 바람소리-3연21행, 보길도-3연15행, 비선대 가는 길-2연13행, 고수동굴-2연17행, 청령포-2연12행.

〈해설〉-풍경화와 정서의 나들이-채수영.

## 2. 그 안에 나 있었네. 1999.

설향(雪鄉)-3연15행, 화전놀이-2연16행, 그 안에 나 있었네-(콩나물시루)-1연10행, 청계천-3연24행, 오월에-3연15행, 겨울계곡-2연14행, 내 가을을-1연10행, 비오는 날에-3연15행, 녹음이 짙은 곳에-3연12행, 조약돌-2연14행, 하늘문 찾다보니-2연8행, 빈집-3연18행, 공감(共感)-3연27행, 승방모기-1연7행, 인삼밭-1연8행, 봄의대결-1연8행, 쥐똥나무를 노래함-1연9행, 난꽃을 보며-2연14행, 진달래-1연9행, 능소화-1연12행, 진흙-1연8행, 귀가(歸家)-1연10행, 늦은 귀향-3연22행, 회상-2연12행, 채석장-2연14행, 부산부두-3연15행, 어느 어머니 독백-3연15행, 비무장지대-3연27행, 고속도로에서(1)-2연14행, 고속도로에서(2)-1연10행, 비둘기 시위-2연16행, 영등포역-2연14행, 삼천포어시장-3연21행, 피아골소묘-1연9행, 불청객-2연14행, 엘로카드-2연18행, 잠수교-2연10행, 파주용주골-2연14행, 치과에서-사설시조, 테트라포드-1연7행, 양로원(1)-3연9행, 양로원(2)-2연12행, 양로원(3)-3연21행, 가을 그리고 여름-3연15행, 친구에게-2연14행, 사금파리-2연16행, 무너미에서-1연11행, 연꽃축제-2연14행, 구름밭-1연12행, 제주예찬-3연12행, 여강의 물소리-3연21행, 새벽공원-2연14행, 봄안개-1연9행, 선유실-1연9행, 그집 딸-3연15행, 동백꽃-2연14행, 만물상천선대-1연7행, 금강산 뱃길의 꿈-2연14행, 류동무-2연12행, 여로의 끝-3연20행, 울돌목화음-1연8행, 톨스톨이의 방-3연21행, 시베리아 상공에서-1연10행, 파도가 가져간 것-3연17행, 남한강-2연17행, 임진강가에서-2연14행, 무릉계곡-2연14행, 양수리소견-3연26행, 남한산성-2연12행, 일산에서-1연10행, 선암사뜨락에서-1연11행, 말문 잊은 충주호-2연12행, 의암 뒤에서-1연9행, 영종도 뱃길-2연17행.

〈시인탐구〉 인간 임금자를 말한다-김남웅.

### 3. 한국여류시조문학선집. 1996.

마개-3연9행, 노량진시장-3연9행, 한 잔의 차-1연9행, 조화(弔花)를 보며-2연6행.

### 4. 설향 임금자(雪鄕 林今子 1934-2009)정형시 창작형태조사

| 시조집 | 1연 | 2연 | 3연 | 4연 | 5연 | 사설 | 장시조 | 총계 | 비고 |
|---|---|---|---|---|---|---|---|---|---|
| 별빛바람 | 23 | 23 | 25 | 7 | 2 | 3 | 1 | 84 | |
| 나있었네 | 23 | 26 | 24 | | | 1 | | 74 | |
| 여류시조 | 1 | 1 | 2 | | | | | 4 | |
| 총계 | 47 | 50 | 51 | 7 | 2 | 4 | 1 | 162 | |
| 비율% | 29.0 | 30.8 | 31.4 | 4.3 | 1.2 | 2.4 | 0.6 | 99.6 | |

## ↗ 장 정 심 (張貞心 1898–1948)

### 1. 한국시조큰사전. 1985.

꽃이 피면-1연3행, 관악산(冠岳山)-4연12행, 만물상(萬物相)-1연3행, 미륵탑(彌勒塔)-1연3행, 종유동(鍾乳洞)-1연3행, 네 탓-1연3행, 눈물-1연3행, 산록(山綠)-2연6행, 산수 송악산(山水 松嶽山)-4연12행, 삼막사(三幕寺)-1연3행, 햇빛-1연3행, 마음 꽃-1연3행, 연주대(戀主臺)-1연3행, 영변고성음(寧邊古城吟)-1연3행, 땀-1연3행, 물-1연3행, 물망초(勿忘草)-1연3행, 바다-1연3행, 박연폭포(朴淵瀑布)-4연12행, 북-1연3행, 불심(佛心)-1연3행, 영월(寧越)행(行)-금강정(金剛亭)-1연3행, 금강암(金剛巖)-1연3행, 왕(王)의 능(陵)-1연3행, 자취(自炊)-1연3행, 정(情)-1연3행, 정자각(丁子閣)-1연3행, 진달래-1연3행, 청령포(淸泠浦)-1연3행, 편지(便紙)속의 꽃-1연3행.

### 2. 근대시조대전. 1989.

1) 문예공론1929. 5. 창간.
여류시단-햇빛-1연3행, 꽃 아침-1연3행, 마음 꽃-1연3행.
2) 산천리. 1929. 6. 창간.
관악산(冠岳山)-4연12행.
3) 신가정. 1933.1. 창간.
박연폭포(朴淵瀑布)-4연12행, 햇빛-1연3행, 마음 꽃-1연3행, 편지 속의 꽃-1연3행, 내 탓-1연3행.
4) 조광(朝光). 1935. 11. 창간.
영변고성음(寧邊古城吟)-1연6행.

## 3. 장정심(張貞心 1898-1985)의 정형시 창작형태조사

| 시조집 | 1연 | 2연 | 3연 | 4연 | 5연 | 사설 | 장시조 | 총계 | 비고 |
|---|---|---|---|---|---|---|---|---|---|
| 한국시조 | 26 | 1 | | 3 | | | | 30 | |
| 문예공론 | 3 | | | | | | | 3 | |
| 삼찬리 | | | | 1 | | | | 1 | |
| 신가정 | 4 | | | 1 | | | | 5 | |
| 총계 | 33 | 1 | | 5 | | | | 39 | |
| 비율% | 84.6 | 2.5 | | 12.8 | | | | 99.9 | |

## ➚ 추정 전 성 신(秋汀 田姓信 1916-2004)

### 1. 한국시조큰사전

나목(裸木)-2연6행, 낙화(落花)-1연3행, 만남-3연9행, 매계서원(梅溪書院)-2연6행, 목하산(木夏山)의 봄-1연3행, 사직공원-2연6행, 산(山)-2연6행, 설악의 밤-1연3행, 추석-3연9행, 한계령의 단풍-3연9행.

### 2. 꿈은 익으려나. 2004.

추정님 영전에(전병택)-3연9행, 기약도 없이 가셨습니다(우숙자)-5연15행, 추모-인소리(자유시), 후손들에게-4연26행, 자랑스런 후손이어라-7연48행, 남북정상회담-5연30행, 고향 잃은 소떼-3연18행, 전쟁기념관에서-2연12행, 청주의 글밭 취경루(聚景樓)-3연18행, 통일전망대에서-3연18행, 북녘기행-3연18행, 1.4후퇴-1연7행, 아산외암마을-3연21행, 이승만별장-2연13행, 겨울산사에서-1연7행, 겨울바다-1연7행, 가을밤-1연7행, 비 오는 날에-1연7행, 세우(細雨)-1연7행, 일모(日暮)-1연7행, 눈 오는 날에-1연7행, 눈 오는 밤-1연6행, 잠든 바다-1연7행, 파도-1연7행, 바다가의 추억-1연7행, 봄의 서정-1연7행, 민초(民草)-1연7행, 석양(夕陽)-1연7행, 봄에 거는 기대-2연14행, 눈-1연7행, 농촌의 여름-1연7행, 옹달샘-1연7행, 보리고개-1연6행, 연못가에서-1연6행, 봄이 오는 길목-1연7행, 도심속 물레방아-1연7행, 가을에-4연12행, 세월의 강-1연7행, 나들이-1연7행, 동면(冬眠)-1연7행, 꿈은 익으려나-1연7행, 삶-1연7행, 길-1연7행, 백일제(百日濟 )-1연7행, 노경(老境)-1연7행, 백중날에-1연7행, 인고(忍苦)의 세월-1연7행, 무아경(無我境)-1연7행, 연륜(年輪)-1연7행, 너와집-1연7행, 세탁기-1연7행, 황혼(黃昏)-1연7행, 묘지(墓地)에서-1연7행, 춘설(春雪)-1연7행, 산행(山行)-1연7행, 인생무상(人生無常)-1연7행, 수심(愁心)-1연7행, 회고(懷古)-1연7행, 방황-1연7행, 회고(回顧)-1연7행, 절규(絶叫)-3연21행, 참회-1연7행, 발아(發芽)-1연7행, 고향생각-1연7행, 어머니생각-1연7행, 한줌의 재-1연7행, 미련-1연7행, 목멱산의 봄-1연7행, 낙화(落花)-1연7행, 백목련(白木蓮)-1연7행, 상사화(相思花)-1연7행, 갑곶리 탱자나무-1연7행, 풀꽃-1연7행, 풍란(風蘭)-1연7행, 조롱박-1연7행, 석류-1연7행, 사과꽃-1연7행, 문주란-1연7행, 수수꽃다리-1연7행, 만남-2연12행, 백년화(百年花)-1연7행, 오륙도-1연7행, 서귀포의 겨울밤-1연6행, 강화보문사-1연7행, 전등사-1연7행, 고려궁터-1연7행, 갑곶돈-1연7행, 유달산-1연7행, 동해일출-1연7행, 하조대-1연7행, 경포대-1연7행, 설악의 밤-1연7행, 경주불국사-1연7행, 무영탑-1연7행, 눈덮힌 문장대-1연7행, 대빈묘-1연7행, 인천의 밤바다-1연6행, 구인사-1연7행, 보은사범종-1연7행, 금강을 바라보며-1연7행, 해돋이-1연7행, 설악-1연7행, 설악계곡에서-3연21행, 탁족(설악계곡에서)-1연7행, 설악을 떠나며-1연7행, 월정사-1연7행, 울산바위-1연7행, 소요산에서-3연21행, 내가 본 이천-2연14행, 동해에서-1연7행, 태종대-1연7행, 세느강의 유람선-1연7행, 미켈란제로의 걸작품-1연7행, 아름다운 스위스-1연7행, 융플라우-1연7행, 템즈강-1연7행, 나폴리-1연7행, 미국의 소크타테스-1연7행, 그랜드캐넌-1연7행, 나이아가라폭포-1연7행, 로마의 분수-1연7행, 스위스의 낭만-1연7행, 폼베이-1연7행, 스위스로 가는 길목-1연7행, 로마에서-1연7행, 도버해협을 건너며-1연7행, 안트라겐-1연7행, 유럽-1연6행, 뉴욕거리-1연7행, 맨허턴-1연7행, 하알림가-1연7행, 포토믹강-1연7행, 콜로라도강-1연7행, 프레시노-1연7행, 라스베가스-1연7행, 킹맨의 달-1연7행.

### 3. 한국여류시조문학 선집. 1996.

만남-3연21행, 한가위-3연21행.

### 4. 추정 전성신(秋汀 田姓信 1916-2004)의 정형시 창작형태조사

| 시조집 | 1연 | 2연 | 3연 | 4연 | 5연 | 사설 | 장시조 | 총계 | 비고 |
|---|---|---|---|---|---|---|---|---|---|
| 한국시조 | 3 | 4 | 3 | | | | | 10 | |
| 꽃은익으려나 | 113 | 5 | 9 | 2 | 2 | | 1 | 132 | |
| 여류시조 | | | 2 | | | | | 2 | |
| 총계 | 116 | 9 | 14 | 2 | 2 | | 1 | 144 | |
| 비율% | 80.5 | 6.2 | 9.7 | 1.3 | 1.3 | | 0.6 | 99.6 | |

## ➚ 은촌 조애영(隱村 趙愛泳 1911-2001)

### 1. 한국시조큰사전. 1985.

교표(校標)-4연12행, 개천절(開天節)-1연3행, 광복절초(光復節抄)-3연9행, 귀향가초(歸鄕歌抄)-5연15행, 그리운 조국(祖國)-3연9행, 금강산 기행가(金剛山 紀行歌)-2연6행, 기다림-2연6행, 깊은 밤-3연9행, 만사초(挽詞抄)-3연9행, 만월대(滿月臺)-2연6행, 망향가초(望鄕歌抄)-4연12행, 명경대초(明鏡臺抄)-3연9행, 박연폭포(朴堧瀑布)-4연12행, 부슬비-2연6행, 삼팔선-3연9행, 선죽교(善竹橋)-2연6행, 숨어사는 신세초-4연121행, 어머니-2연6행, 외금강(外金剛)-1연3행, 우리는 양(羊)초-3연9행, 유점사(楡岾寺)-3연9행, 인도귀민 환송시-5연15행, 장안사(長安寺)-1연3행, 진주당초(眞珠堂抄)-3연9행, 탄식(歎息)-3연9행, 푸른잎새-3연9행, 화초찬미가초(花草讚美歌抄)-4연12행, 해금강(海金剛)-2연6행.

### 2. 한국여류시조문학선집. 1996.

망향가10곡-10연30행, 화초찬미시조-매화-1연3행, 난초-1연3행, 등나무꽃-1연3행, 해바라기-1연3행, 장미화-1연3행, 접시꽃-1연3행, 양귀비꽃-1연3행.

### 3. 은촌 조애영(隱村 趙愛泳 1911-2001)-내방가사집

화전가(花煎歌), 직녀가(織女歌), 애연가(哀戀歌), 산촌향가(山村鄕歌), 명산가(明山歌), 울분가(鬱憤歌), 금강산기행가(金剛山紀行歌), 신혼가(新婚歌)-한양비가(漢陽悲歌), 학생의거혁명가(學生義擧革命歌), 육여사환영회가(陸女史歡迎會歌), 사우가(思友歌), 한국남녀토론회가(韓國男女討論會歌), 소비층지도가(消費層指導歌), 귀향가(歸鄕歌), 귀거래가(歸去來歌), 골동품애무가(骨董品愛撫歌), 고서적찬미가(古書籍讚美歌), 축,수연가(祝,壽宴歌).

## 4. 은촌 조애영(隱村 趙愛泳 1911-2001)의 정형시 창작형태조사

| 시조집 | 1연 | 2연 | 3연 | 4연 | 5연 | 사설 | 장시조 | 총계 | 비고 |
|---|---|---|---|---|---|---|---|---|---|
| 한국시조 | 3 | 7 | 12 | 5 | 2 | | | 29 | |
| 여류시조 | 7 | | | | | | 1 | 8 | |
| 총계 | 10 | 7 | 12 | 5 | 2 | | 1 | 37 | |
| 비율% | 27.0 | 18.9 | 32.4 | 13.5 | 5.4 | | 2.7 | 99.9 | |

# 4.

# 아동문예문학상 심사평

## ☼ 정병도 / 자신의 목소리를

시조의 율격에 충실한 현실의 일상생활을 수용하는 시적 홍미의 운율로 보아 동시조밖에 없다고 해도 괜찮을 것 같다. 아동문학 속의 동시조 세계가 발달되는 시대 감각과 민족정신의 흐름 속에 동시조를 선호하는 개성파 시인들이 점차 늘어남을 고무적인 견해로 생각하고 있다. 정병도님의 어머님께 바치는 노래를 창작한 〈진달래, 농악놀이, 도깨비〉를 당선작으로 올린다. 여러 해 동안 동시조를 연찬한 기법으로 보아 동시조의 형식미, 시어 선택의 평이성이 뛰어나다. 앞으로 대상을 정밀하게 관조하고 거기에서 얻어진 사유의 심상을 자신의 생활세계와 연관지어 전환 표현하는 동시조 작품을 기대하며 정진을 바란다.

## ☼ 채정미 / 신인다운 패기로

동시(童詩)가 어린이를 주된 독자로 하여 쓰는 시라고 한다면, 동시조(童詩調)는 어린이를 주된 독자로 하여 쓰는 시조이다.

동시조는 시조이기 때문에 시조가 갖는 특성을 모두 갖추어야 한다. 더 나아가 동심이라는 특성까지도 포함시켜야 한다. 즉 어린이가 읽을 수 있는 '시조(時調)'여야 한다. 이런 특수성 때문인지는 몰라도 아직까지 동시조 작가는 손꼽을 정도이다. 시조를 쓰는 작가가 많듯이 동시조 작가도 많이 배출되는 것이 아동문단을 위해서도 바람직한 일이다.

이번에 채정미 씨의 '여름 삽화', '가을 향기' 두 편의 동시조 작품을 당선작으로 올린다.

시의 소재가 '비', '돌담', '산딸기', '풀벌레' 같은 평이한 것들이다. 그러나 이런 소재를 대하는 눈은 새롭다. '우주의 작은 열쇠가 빗장을 열었다' '푸르른 담요 한 장 살포시 덮어준다' '솔바람 산울림 데리고 벗이 되어 찾아와요' 등의 표현이 그렇다.

채정미 씨의 동시조는 형상화가 잘 되어 있다. 그림을 보는 것처럼 이미지가 맑고 투명하다. 다만 동시조라는데 착안한다면 '여명', '군무', '활강' 등의 시어는 어린이들이 쉽게 받아들일 수 있는 언어로 바꾸는 것이 좋을 것이다.

채정미 씨는 시조의 운율 속에 동심을 담은 솜씨가 있다. 동시조 시인을 만나게 되어 기쁘다. 신인다운 패기로 동시조의 세계를 새롭게 개척해가는 시인으로 크게 성공하길 기대해본다.

## ☼ 김정숙 / 동시조 생명은 형식미

우리 나라에서 동시조를 창작하는 작가가 '가뭄에 콩나듯' 하는 오늘날 감칠맛 나는 동시조를 미국에 사는 김정숙 씨가 보내왔으니 무척 반가웠다.

평동시조-폭포와 강물 1수, 2연 동시조-글그림과 글노래, 텍사스의 산딸기, 바다의 노래, 언니 닮은 햇님, 밤밭골의 오월, 젊은 파도 6수, 3연 동시조-산이 좋아요, 새싹의 꿈 2수, 엇동시조-이민1.5세 등 모두 10수를 보내왔다.

동시조에서 형식(틀)과 내용 중에서 형식보다 내용을 중요시할 때가 많다. 그러나 내용보다는 형식(틀)이 훨씬 중요하다.

그 내용과 본질을 담아낼 수 없기 때문이다.

그래서 형식(틀)은 자연에 감추어진 능력을 끄집어내는 역할을 한다고도 한다. 김정숙 시인의 '새싹의 꿈' '글그림과 글노래' '산이 좋아요' 3수를 당선작품으로 올린다.

'새싹의 꿈'에서 꽃샘바람과 장대비를 이겨내고 겨우내 참았다가 이른 봄이 되면 겨울눈이 꽃봉오리를 품는다는 인내심, 희망적 감정이입이 돋보이고, '글그림과 글노래'는 동시조의 제목도 이름 짓기와 다를바 없다.

밝고 환한 세상에서 동시 마음 동요 마음이 넉넉하여 흥얼거리는 콧노래 가락이 흥겨워 어린이들 마음을 즐겁게 이끌었고 '산이 좋아요'는 큰 산이 산을 업어주고 다독거려주는 정다움과 나무들이 무등 타고 올라 어깨를 만져주는 따스한 인정이 스며들어 마음과 꿈이 커가는 미래지향적 방법이 마음에 들고 발상전개가 탁월한 동시조 작품이다.

더욱 정진을 기대한다.

## ☼ 상동규 / 동심으로 반죽되는 시적 변용

아이들의 콧노래가 제멋대로 흘러나와야 좋은 동시조라고 한다. 동시조를 창작할 때 필요한 언어는 일상생활에서 사용하는 언어가 아니라 상상을 초월한 감성적 언어를 구사해야 고소한 맛이 난다. 동시조는 정형시의 형식미를 근원으로 따지기에 내용보다 형식(틀)이 더 중요하다. 그 이유는 내용과 본질을 담아낼 수 없기 때문이다. 그래서 어린이에게는 창조적인 상상력과 미래를 생각하는 원만함이 있다. 그들의 꿈이 곧 동시조 세계다. 꿈은 미래를 상징하고 상상력은 동시조의 원동력이 된다. 동시조는 리듬, 은유(비유), 상징, 아이러니, 원형, 이미지 등 시적 요소가 필요하고 삐딱하게 보기, 낯설게 하기, 패쉬타쉬 등 기묘한 표현기법도 있다. 그러므로 변용된 시어, 비유된 시어, 상징된 시어를 차용해야 수준 높은 동시조가 창작되며 시적 요소를 잘 활용해야 시 맛이 있다.

'내 동생'-평동시조(7행), '방울토마토'-평동시조(7행), '전자계산기'-평동시조(7행), '맷돌'-평동시조(7행), '들깨'-평동시조(7행), '붕어'-평동시조(7행), '소금쟁이'-2연동시조(12행), '미술 공부'-2연동시조(12행), '휴지통 노래'-2연동시조(12행), '냉이가족'-2연동시조(12행), '봄소식'-2연동시조(12행), '콩나물'-2연동시조(12행) 등 평동시조-6수, 2연동시조-6수를 보내왔다. 그 중에서 '내 동생', '붕어', '미술공부'를 우수 작품으로 추천하여 올린다.

'내 동생'-교통문화의 예절, '붕어'-자연환경의 중요성, '미술공부'-가정 생활의 행복감을 시상 전개로 창작된 착안이 돋보인다.

이미 자유시의 시적 변용을 달관한 의지가 평이한 시어를 차용하여 비유와 상징으로 시적 요소를 형상화하기 때문이다. 앞으로 문학의 길은 험난한 파도를 만나 슬기롭게 헤쳐나가는 기량이 용솟음쳐야 하고 넓은 항해의 문학적 기교가 날로 융성하기를 기대한다.

## ☼ 가재순 / 진실성의 원형을 찾는 동심

동시조는 빛깔 고운 매력적인 시어로 원형이 선명하고 리듬감이 조화로워 심오한 시상의 간결미로 변용되고 상징된 시어 차용으로 빚어야 맛깔좋은 수준 높은 동시조가 요리된다.

동시조도 리듬, 은유, 상징, 원형, 이미지 등 시적 요소가 녹아 있어야 문학적 가치를 얻을 수 있기 때문이다.

보내온 작품들이 모두 깔끔한 원형의 동심으로 표출 그 진실성이 너무 향기롭다.

그 우수한 동시조 작품에서 아이들의 교훈적 동시조를 으뜸으로 가려뽑아 '가을 산' '봄비' '하늘과 노을'을 당선작품으로 올린다.

특히 '하늘과 노을'은 착한 마음씨, '봄비'는 초록물, 분홍꽃 바람의 원형이 돋보이고, '가을 산'은 가정(햇살) 식구(오색물감) 역할 분담, 행복(꽃등불)으로 기승전결법이 뛰어난 작품으로 평가된다.

동시조의 형식미학은 종장에 숨어 있다.

3장 6구 12음보의 외형율이 체계화되어 내적인 율격으로 정확한 표현체제의 기능을 동시조 창작교육에 확보해 나간다면 동시조의 발전은 눈앞에 다가올 것으로 확신한다.

한국의 현대동시조 앞날에 밝은 횃불이 피기를 기대한다.

## ☼ 김 숙 / 상상력을 일깨우는 동심의 접근

동시조의 형식 미학이 단순한 음수율에서 음보율로 바뀌는 것으로 만족하지 못한다는 이론은 동시조의 율격은 음보율로 설명할 수 있지만 단순히 음보가 아니라, 두 개의 음보가 짝을 이루어 구(句)로서의 역할을 할 때 음보율의 가치를 얻을 수 있다.

이처럼 동시조도 시(詩)이기 때문에 형식과 요소와 동심이 반죽되어야 어린이들의 상상력(잠재력)을 키울 수 있고 또 틀에 담을 수 있어야 수준 높은 동시조가 창작될 것이다.

김숙 님이 보내온 작품에서 아이들의 생활 주변에서 변화되고 있는 서정성이 간결미, 절제미가 맛깔 좋게 농축된 '제비꽃', '민들레'를 당선작품으로 올린다.

'제비꽃'은 아이들에게는 햇살이 눈 비바람 때문에 심술부려도 어깨동무한 초록별 세상은 꿈이 있고 희망이 떠오른다. 아무리 어려운 일이 닥쳐와도 슬기롭게 헤쳐나가는 아이디어, 재치가 반짝거려야 하겠고, '민들레'는 동물이나 인간으로 의인화되어 치마저고리를 입은 어린이가 뽀로롱 토라진 입술이 매우 인상적이며 홀씨 동무로 비유(은유)된 점도 특색이다.

앞으로 문학의 길은 험난한 파도를 헤쳐나가는 슬기가 빛나야 하겠고 기량이 날로 확대 연찬되어 훌륭한 시 정신 작가로 거듭나기를 기대한다.

[ 제221회 아동문예문학상 심사평 ]

## ☼ 권영국, 윤황한 / 품안 같은 여유로움의 동시조

권영국 씨가 보내온 동시조는 자연 환경 속에 인간과 더불어 살아가는 생활 공동체의 작품으로, 우선적으로 〈새싹, 바람, 채송화〉 세 편을 골라 당선작으로 올린다. 넓고 희망찬 웃음에 포만감을 느낄 수 있고 자연의 사물이나 소외된 사유의 따스한 온정을 한아름 품어내어 사랑의 인정으로 느낄 수 있다. 경이로움, 신비함을 맛보며 친환경 속성과 자연의 소중함, 생명의 보금자리를 관심 깊게 직시하고 있음으로 알 수 있어 정감을 갖는다. 새싹은 햇빛과 바람과 따스한 이미지와 연상되어 품안 같은 여유로움을 느낄 수 있다.

윤황한 씨가 보내온 동시조는 친밀감을 쉽게 접근할 수 있는 소재로 〈소나기와 천둥, 피어라 한글, 우리 말글〉 세 편을 당선작으로 올린다. 소나기와 천둥은 우리나라도 우주인이 탄생하여 우주정거장까지 갔다 온 나라로 우주시대와 걸맞는 과학동시조이다. '피어라 한글, 우리 말글'은 리듬감이 돋보이고 한글의 우수성과 소중함을 일깨웠다. 한글날의 국경일과 유네스코가 세계기록문화 유산으로 지정하여 그 우수성을 소재로 한 것도 좋은 내용이었다고 볼 수 있다.

동시조는 경험과 아름다운 상상을 통하여 얻은 생각들을 은율, 리듬감이 있는 틀 속에 담아내어 감동을 던져주는 시이다.

현실에 뿌리내린 상상과 감동이 어우러진 변용된 시어를 차용해서 시적 요소를 활용하여 수준 높은 동시조로 글맛을 끌어 당겨야 한다.

리듬, 은유, 상징, 아이러니, 원형, 이미지 등 시적 요소가 녹아 있어야 하고 기묘한 표현 기법도 터득해야 할 것이다.

더욱 정진하기를 기대한다.

## ☼ 홍오선, 한영필 / 꿈결 같은 관찰 생활시의 즐거움

인터넷문화 속에 컴퓨터에 중독된 아이들에게는 반복되는 의성어나 의태어가 글맛을 당기는 특효약일지도 모른다.

홍오선 시인은 현대시조에서 탁월한 재능을 발휘하여 수준 높은 현대동시조의 창작기법을 연찬하여 〈아가랑 할머니랑〉 동시조집을 세상에 펼쳐놓은 바 있다.

어느 것 하나 놓치기 아까운 현대동시조를 만나니 온 세상이 내것처럼 마음이 넓어진다. 개정교육과정에 알맞은 낭송법과 창작수준이 월등한 세련미가 조화성을 이루고 있으며 〈병아리1, 2〉는 탄생과 기쁨의 직유법, 〈안경〉은 아이들의 흥미를 이끌어내는 의성어, 의태어가 살아 숨쉬고 생활 주변과 밀접한 시어 접근이 용이한 주제 선택의 눈초리가 놀라워 〈병아리1, 2〉〈안경〉을 당선작으로 올린다.

한영필 시인의 현대동시조는 자연환경과 함께 생활 주변에서 살아가는 공간 속을 체험하고 함께 뒹굴고 뛰노는 모습을 담고 있다. 또한 생활 속에 파묻혀 슬기를 일깨워 현명한 지적 행실로 안내하는 역할이 현대동시조의 지향점이다. 〈꽃밭〉〈운동회〉〈시냇물〉은 친환경적 요소가 깃들어 있고 아이들과 친근감이 넘치는 자연환경을 등에 업고 있으므로 당선작으로 올린다.

자라나는 어린이들에게 꿈과 희망을 심어주고 앞날에 밝은 마음으로 땡감도 단맛으로 우려져 나오듯 새로운 예술적 장르가 펼쳐져 올곧은 신념과 끈질긴 노력으로 앞날을 약속 받는 훌륭한 작가로 성장하리라 믿는다.

## ☼ 문복선 / 하얀 마음결을 다듬는 노래

맑고 밝은 노래로 하얀 마음결을 다듬는 감성적 동시조가 즐거웠다. 문복선 시인이 보내온 작품들은 아이들과의 거리감이 가깝고 낭송이 손쉬운 재미성을 이끌어준다.

2연 동시조 〈대나무 숲, 시계, 낙엽을 밟으며, 외할머니〉와 짧은 동시조 〈내 얼굴, 엄마의 하얀 손, 감의 꿈, 예산골 아이들, 빨랫줄, 편지〉 등을 보내왔다. 어느 작품 하나 놓치기 아까운 작품들이었다.

아이들의 심리적 친근감을 느낄 수 있는 〈내 얼굴, 편지, 빨랫줄〉을 당선작으로 뽑아 올린다.

〈내 얼굴〉에서는 담장 그늘이 채송화, 연못가에서는 연꽃, 엄마의 사랑 앞에서는 행복꽃으로 비유한 시적 변용작용이 돋보여 놀라웠다.

〈편지〉는 대문 밖을 나갔을 때 집배원 아저씨는 보이지 않고 바람이 웃고 있어 바람을 의인화했으며, 남쪽 언덕에 봄이 왔다는 편지의 연결 연속성을 제시, 정형시로의 절제미를 맛볼 수 있는 순수성의 극치를 만날 수 있었다.

〈빨랫줄〉은 빨랫감이 하얀 생명 깃발로 펄럭이는 동적 리듬감을 살려 시적 강도를 높이는 기교가 좋았다.

현대동시조도 시의 삼요소를 떠나서는 무의미한 일이다. 그러므로 비유와 은유, 리듬, 아이러니, 상징, 이미지 등의 시적 요소가 녹아 있어야 감동을 이끌어 낼 수 있다. 어린이들이 곧 동시조 세계다. 구체적인 시어, 참신한 이미지, 리듬의 내면화가 절제미와 대화적 요소를 깃들인다면 한국현대동시조의 최첨단 절정을 유발시킬 수 있을 것이다.

더욱 큰 발전이 있기를 기대한다.

[ 제232호 아동문예문학상 심사평 ]

## ☼ 채정순 / 어린이에 지극한 애정

채정순씨는 아이들의 생활 체험 공간보다 흥겨운 동심 노래 리듬(가락)을 우선으로 보아 〈귀뚜라미〉, 〈비눗방울 무지개〉를 당선작으로 올린다.

〈귀뚜라미〉는 청각적 이미지를 잘 살려낸 집합요소를 곤충들의 소리결을 만들어내는 과학적 탐구능력이 탁월하다.

귀뚜라미는 앞날개로 소리를 내며, 여치, 베짱이는 날개와 날개를 비벼서, 메뚜기는 겉날개와 속날개, 방아깨비는 뒷다리 톱날에 날개를 비벼서 매미는 발음기로 소리를 낸다. 우리나라도 전남 고흥 나로우주센터가 완공되어 우주 공간에서 보내온 기상예보를 활용하고 있으며 우주인도 탄생하였다. 우리나라에서 생산되는 우주음식이 러시아 우주탐사선 우주인들의 우주식품으로 선정되어 한국 과학동시조에 밝은 전망을 내다보고 있고 내 앞에 다가온 우주시대의 장래가 바람직한 작품이다.

〈비눗방울 무지개〉는 비눗방울과 무지개의 두 낱말이 합쳐진 합성어로 짜여진 과학 실험적 상징작품이다. 과학실험실이나 운동장에서 아이들이 비눗방울을 만들어 날려 보내는 실험적 체험을 맛보는 과정을 제시하고 있다. 떠오르는 비눗방울 속에 햇빛의 반사작용으로 무지개가 떴으리라? 신비 속의 아이들은 꿈과 희망을 가지고 나무처럼 무럭무럭 자라고 있을 것이다. 꿈과 희망을 심어주는 일들이 동시조인이 할 일이다.

거대한 화물선이 드나드는 항구처럼 큰 발전있기를 기대한다.

## ☼ **신현창** / 자연의 신비성을 노래한 동심의 세계

현대동시조를 20여 편 보내왔는데 친근감을 우선으로 보아 〈산길〉 〈이끼〉 〈주름살〉을 아동문예문학상 당선 작품으로 뽑아올린다.

〈산길〉은 산림녹화 사상과 직결되는 주제다. 오솔길도 있지만 산길은 자연경관이 훼손되지 않고 때묻지 않은 순수성이 내포되어 아이들에게는 친근감을 더욱 가깝게 접근하고 있을 것 같다. 푸른 산에 메아리가 살게 옷을 입히자는 노래가 흘러나올 듯하다.

〈이끼〉도 보잘것 없는 미생물의 소재지만 산길과 다름없는 자연주의, 생태주의에 접근한 사례들이며 새로운 신비감을 끌어당기는 주제이다. 이끼는 암꽃과 수꽃이 따로따로 독립되어 피고 있기 때문에 아이들에게 자주적 독립심을 강조한 주제라고 생각된다. 부모나 남에게 의존하는 습관을 버리고 스스로 모든 일을 처리하는 자주 독립심을 어렸을 때부터 길러주어야 할 것이다.

〈주름살〉은 아이들이 학교에 갔다 집에 오면 말동무나 읽을거리가 없었고 학원으로 내몰렸지만 중산층 아래 가난한 사람들은 생활 여유가 없기 때문에 과외 학습이 어려운 실정이다. 더구나 농어촌에서는 두드러진 현상이며 우주시대에 살고 있는 오늘날에도 효행교육이 절실히 요청되고 있기 때문이다. 할아버지의 이마에 주름잡힌 모양을 시냇가로 비유(은유)한 이미지 처리는 재미있는 표현으로 나타나고 있다. 더욱 분발하여 훌륭한 작가로 정진하기를 기대한다.

## ☼ 김장수, 김용진 / 꿈 세상에 펼친 글꽃

김장수 씨가 응모한 10여 편을 펼쳐놓고 보니 아까운 작품이 많았다.

그 중에서 〈민들레꽃〉 〈6학년 미술시간〉 〈봄 운동회〉를 '아동문예문학상' 당선작으로 뽑아 올린다. 〈민들레꽃〉은 옛날부터 아홉 가지 큰 덕을 우리 인간에게 준다고 하여 구덕초라고 불렀고 훈장한테 '구덕초 9덕'을 배우고 서당 앞에 심고 가꾸었다. 오늘날에는 민들레 김치를 개발하여 농가 소득을 올리고 있으며 건강식품으로 널리 애용되고 있어 건강증진에 좋은 글감이다. 〈6학년 미술시간〉은 오순도순 정다운 학습을 이끌어가며 최첨단 과학을 환경교육으로 배울 수 있는 색다른 소재다. 한 번 쓰면 버리지 말고 미술 시간에 재활용교육도 병행할 수 있는 좋은 글감이다. 〈봄 운동회〉의 천진난만한 웃음은 먼 장래를 내다보는 미래에 밝은 희망을 안겨준다. 소외된 아이들보다 명랑쾌활하고 협동심을 이끌어내는 아이디어가 가장 좋은 작품이다.

김용진 씨가 보내온 작품 11편이 동시조에서도 시의 본질 고리는 연관성을 부정할 수 없듯이 사회변동으로 선진화 된 문학의 조류라고 생각하고 있다. 동심노래로 접근한 시상을 발탁하여 〈이슬〉 〈운동장 아이들〉 〈우산〉을 '아동문예문학상' 당선작품으로 뽑아 올린다.

〈이슬〉은 아침햇살이 반짝이는 무지개 꽃의 시적형상화가 율동감 넘치는 시적 전개과정이 탁월하다. 〈운동장 아이들은〉은 우리 학교 운동장 우산과 빗방울의 율동감, 하늘 무지개 빛으로 연상어가 확대되어 시의 원형 진폭을 팽창시켰으며 생동감 넘치는 시적변용이 좋았다. 근래에 전국백일장에서 동시조 작가들이 점차 늘어나고 있어서 수준 높은 작품을 만날 수 있다. 내용보다 '틀'이 더 중요하다는 점을 강조하고 싶다.

김장수 씨와 김용진 씨는 소용돌이 치는 물결을 헤쳐나가는 슬기를 배우고 더욱 정진하여 대성하기를 기대한다.

[ 제241회 아동문예문학상 심사평 ]

## ☼ 석성환 / 꿈이 열리는 꿈나무

오늘날의 동시조 창작은 진솔한 경험을 짜내 가슴 속의 뜨거운 감동을 자아낼 수 있는 창작 기법이 필요하다.

간결하고 의미 깊은 알기 쉬운 시어로 아름다움의 조화가 이루어져 긴장과 탄력, 절제와 함축을 바탕으로 간결 미학을 추구하는데 그 목적이 있으며 가락의 운용은 자연스러워야 함이 동시조의 생명이다.

어린이들에게 꿈을 심어 주고 꿈나무가 무럭무럭 자란 풍선 같은 열매가 주렁주렁 열리는 아동문학의 지향점은 바로 여기에 내포되어 있다. 모든 동시조 작품들을 놓치기가 아쉬웠지만 내용보다 '틀'이 더 중요하다.

왜냐하면 동시조의 본질을 담아낼 수 없기 때문이다. 감탄사를 효율적으로 적재적소에 사용했으며 어린이와 등대와의 비유(은유), 생략법을 적용한 사례는 작품 수준을 뛰어넘은 우수성으로 보아 〈지구〉〈겨울나무〉〈등대와 아이〉를 '아동문예문학상' 당선작으로 뽑아 올린다.

어린이들에게 우주과학은 가장 호기심 많은 희망 꿈이다. 이처럼 우리 생활 주변의 우주과학이 놀라운 속도로 팽창하고 발달하여 과학 동시조가 절실한 이때에 〈지구〉는 각광을 받을 수 있는 좋은 시제로 떠오른다. 〈겨울나무〉는 자연보호와 환경운동의 소재로 아름다운 친구들의 우정이 정답게 느껴졌으며 〈등대와 아이〉는 정직성, 믿음이 주는 교훈성이 돋보이는 주제였다.

앞으로 기교가 넘치는 생략법보다 어린이에게 스스로 일깨우는 재치와 슬기를 터득할 수 있는 시제를 더욱 연찬하여 훌륭한 작가로 대성하기를 기대한다.

## ☼ 김옥자 / 천리향 같은 글꽃

어린이들은 쪽빛하늘을 바라볼 때 자기 눈 안으로 들어온 그림 그대로 하늘을 본다. 그것이 동심이다. 어린이는 구개음화가 발달하지 못해서 혀가 짧고 정확한 발음이 전달되지 않는다. 또 휴지가 짧아 쉴 참이 적기 때문에 리듬감을 맞춰주고 재미성, 흥미성을 곁들여야 한다.

세계7대 경관으로 선정된 아름다운 제주 특별자치도에서 동시 10편을 보내왔다. 글짓기 교실에서 열심히 지도 받은 흔적을 미루어보아 어린이의 동심을 이해하고 감동이나 울림이 전달되어 아름다운 생각과 마음으로 끌어당겨야 한다. 새로운 의미를 전달하게 하는 리듬감이 살아 있는 작품을 골라내어 〈연과 바람〉〈음악시간〉〈안개꽃〉을 당선작으로 올린다. 자기 경험을 통한 소통방법으로 미학적 접근이 필요하고 적절한 어휘 내용과 틀을 가늠하기에 좋아 따뜻하고 정겨운 손길이 정답다. 〈연과 바람〉은 연과 주인공. 엄마와 바람이 가오리연으로 띄우고 칭찬받은 즐거움과 상징이 가슴에 와 닿는다. 하늘 같은 어머니 품처럼 크고 넉넉한 시각의 틀을 뛰어넘는 구체적인 체험과 관찰시를 읽는 즐거움을 맛보게 하여 상상력을 일깨우는 인간중심의 차원 높은 수준으로 끌어올려 천리향 같은 글꽃이 활짝 피었다. 〈음악시간〉은 음치라는 어린이도 흥겨운 장단에 맞추어 노래를 부를 수 있는 희망이 찌렁찌렁하게 울려 퍼졌고 경쾌함과 발랄함보다 고난을 이겨낼 수 있는 끈기가 돋보이며 시적 상상력이 기발하고 참신한 느낌을 주는 수법은 본받을 만한 장점으로 생각한다. 〈안개꽃〉은 장미꽃다발을 받을 때 들러리 선 안개꽃이 우리 엄마라는 걸 처음으로 알아차렸다는 아동심리가 나타나 어린이 눈으로 보는 세상과 어른들의 생각은 어린이가 독자인만큼 어린이에 대한 이해가 선행되어야 함이 타당하다. 가족간의 사랑과 삶의 진리를 간결하고 압축된 형식으로 풀어내는 좋은 시창작 방법으로 보인다. 〈빨랫줄〉도 빼놓기가 아까운 작품이며 봄비가 이슬 음표로 비유(은유)되어 박자 맞는 그네타기로 전이시켜놓은 우수한 작품이다. 지금까지 갈고 닦은 동시에 시조의 옷을 입혀 현대동시조로 용해시켜 놓았다. 앞날에 큰발전 있기를 기대하며 축하의 손뼉을 보낸다.

[ 제250회 아동문예문학상 심사평 ]

## ☼ 심성보 / 생동감이 꿈뜰거린 햇살밭

응모한 심성보 시인은 갈매기의 도시 부산에서 부경대학교 명예교수이며 공학박사로 활동하고 있다. 자라나는 어린이와 귀여운 손자, 손녀를 위한 동시조를 창작하고 그 작품을 〈시작노트〉와 함께 〈봄나비〉〈무지개〉〈가오리연〉〈돌감〉〈지리산〉〈풀국새〉〈참새〉 등 10편을 보내왔다. 시조문학(계간) 신인상으로 등단을 하였지만 〈동시〉로 등단하기 위해 작품을 보내왔다.

〈풋콩〉〈꿩〉〈느티〉 3권의 시조집을 발간하였고 〈개똥참외〉〈곰보빵〉〈가오리연〉 3권의 현대동시조집을 발간하였다. 보내온 작품 중에서 동시 속의 비유(은유)나 이미지가 뚜렷하고 어린이들의 감동을 자아낼 수 있는 〈봄나비〉〈무지개〉〈참새〉를 아동문예문학상 작품으로 선택하였다.

〈봄나비〉는 아지랑이를 봄나비로 비유(은유)하는 기법을 사용하였고, 〈무지개〉는 줄을 걸고 그네 타면 산 너머 바다도 무지개가 된다는 희망 꿈이 서려있고, 〈참새〉는 지금까지 잘못된 버릇을 부지런하게 고쳐 미래지향적 의미가 내포되어 있다. 오늘날의 21세기는 과학문명이 급속도로 발달팽창하여 우주시대로 접어들었다. 만화, 전자오락게임 등 어린이들의 정서순화에 장애물을 없애는 방법이 감동을 자아낼 수 있는 동시로 치유해야 한다. 꿈이 숨쉬고 희망이 살아있는 동시가 앞날을 개척하는 꿈나무요, 꽃이기 때문이다. 아름다운 시로 끌어 당기는 시를 창작하는 앞날에 햇님 같은 동시의 꽃이 활짝 피기를 기대한다.

[ 제252회 아동문예문학상 심사평 ]

## ☼ 이희규 / 즐거운 꿈길 속에 흥얼거린 콧노래

현대동시조의 창작 작품 특색은 관점을 중요시하고 동요, 동시, 동시조 작품도 우수하지만 어린이들의 친근감과 꿈과 사랑이 넘치는 작품을 우선적으로 골라내었다.

첫째, 자연환경의 서정시와 사물시가 공존하는 현대동시조로 창작하여 어린이들이 손쉽게 이해할 수 있는 창작기법을 활용한 것.

둘째, 현대동시조의 작품 소재가 광범위하고 다양하여 어린이들의 지적 수준을 극대화할 수 있는 재미성, 흥미성을 유발시키는 놀라운 방법을 활용한 것.

셋째, 어린이들의 가정, 학교, 사회생활에서 쓸모있게 활용할 수 있는 알기 쉬운 시어로 창작되어 현대동시조에 접근이 가능한 작품을 간추려 보았다. 이희규 시인의 「봄비」「석류」「옹달샘」을 아동문예문학상 작품으로 올린다.

오늘날의 현대동시조 창작은 아이들이 떠들고, 웃고, 뒹굴고, 뛰노는 현장의 생활속에서 무르익어가야 한다. 때문에 알기 쉽고 재미있고, 진솔한 경험을 짜내어 뜨거운 감동을 자아낼 수 있는 창작기법이 요구된다. 시적 요소가 녹아있는 리듬, 비유(은유), 상징, 아이러니, 원형, 이미지 등 절제와 함축을 바탕으로 간결미학을 추구하는 데 있다.

오늘날 아동문학은 바로 동시의 힘을 끌어당기는 가락의 운용이 자연스러워야 한다. 끈질긴 대패질은 품질좋은 목가구가 완성되어 고가로 팔려나가는 명품이 되듯 이희규 시인은 훌륭한 동시조를 더욱 연찬하여 빛나는 시인으로 대성하기를 기대한다.

[ 2006년 공무원문학 여름호 〈시조부문〉 심사평 ]

## ☼ 김현호 / 간결미로 반죽되는 시적 변용

시조는 절제와 형식미가 근원이기 때문에 내용보다 형식(틀)이 더 중요하다. 형식이 없다면 내용과 본질을 담아 낼 수 없기 때문이다. 그래서 리듬, 은유(비유) 상징, 아이러니, 원형, 이미지 등 시적 요소가 필요하고 삐딱하게 보기, 낯설게 하기 등 기묘한 표현기법도 있다.

그러므로 변용된 시어, 비유된 시어, 상징된 시어를 차용해야 수준 높은 시조가 창작되며 시적 요소를 잘 활용해야 시맛이 있다.

시조작품 11수 중에서 인생과 서경시로 비유(은유)된 〈경포소묘〉 〈목련화〉 〈미니 아가씨〉를 당선작품으로 올린다. 가려 뽑은 시조작품의 특징은 시인이 겪어온 총체적인 삶이 용해되어 경륜에서 오는 관조와 조응세계가 돋보이며 기교를 부리지 않아 이해하기 쉽고 감동적인 시어가 바람직하기 때문이다.

앞으로 문학의 길은 험난한 파도를 만나 슬기롭게 헤쳐 나가는 기량이 용솟음쳐야 하고 폭넓은 문학적 기교가 날로 융성하기를 기대한다.

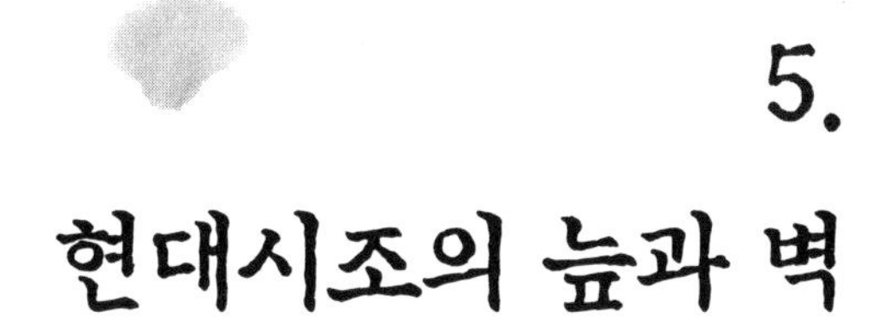

# 5.
# 현대시조의 늪과 벽

## 1. 대전동시조 창간호에

새천년의 밝은 해는 중도 하늘 높이 솟아올랐다. 이제 오천년의 새 역사를 창조해 온 우리 조상들의 시조문학도 대전 땅에서 새 물결의 파도가 일렁거리게 되었다.

동시조가 태어난 지 70년이 지난 오늘 순수한 대전동시조가 햇빛을 보게 되기까지는 수많은 어려움이 있었으나 동시조를 심어야한다는 사명감으로 시작한 일이다. 창간 동기는 다음과 같다.

첫째, 한밭 시조의 뿌리를 찾고 대전동시조의 씨를 뿌리기 위해서이다. 대전동시조가 시조의 씨를 심어 어린이의 마음밭에 슬기있고 재치있고 고운 마음씨를 길러 동시조 나무를 키워야 하기 때문이다.

둘째, 대전 · 충남의 대가족 시조에서 수준 높은 동시조의 뿌리가 내려 시조와 동시조가 공존하는 문학 풍토를 조성하기 위해서다. 〈문학의 해〉에서처럼 국민의 시조가 말로만 끝나서 구호로 외치는 것보다 어린이와 어른이 함께 참여하는 시조 풍토를 하루 빨리 만들어야 된다는 책임감 때문이다.

셋째, 향토시조의 문화 창달이다.

아무리 횃대 밑에서 장담하더라도, 실천하지 못하면 쓸데없는 군소리밖에 되지 않는다. 백일장만 치러냈다고 동시조의 텃밭을 일구어 놓은 것은 아니다. 어른들의 수준 높은 시조는 어린이들이 즐겨 읽을 수도 없고 찾지도 않는다. 어린이들의 심신발달 성향에 걸맞는 동시조라야 하며 어린이에게 읽을거리를 만들어주어야 한다.

그래서 〈대전동시조〉는 시조의 모든 가족이 함께 참여하여 살아 숨쉬는 터전을 마련하고 먼 앞날까지 전승되는 동시조를 키워, 한밭에 아름다운 동시조 꽃이 활짝 피도록 가꾸어 나가야 하겠다.

— 2000년 6월 30일

## 2. 동시조 나무를 심고 (1)

최첨단 과학 기술이 발달하여 사이버공간과 컴퓨터와 테크노댄스와 채팅방, 핸드폰에 길들여진 우리 아동들이 얼마만큼 동시조의 세계에 공감을 얻을 수 있을지 모르지만 민족 고유의 시조를 다지는 동시조를 일으켜 세워야 할 책임과 의무를 절실하게 느끼고 싹수 좋은 동시조나무를 한밭 땅에 심었다.

동시조의 세계는 아동이다.

또 동시조의 대상은 아동들이다. 어른들의 시세계와는 다른 어린이다운 시어로 창작되어야 한다. 어린이의 눈과 마주쳐야 하고 가슴과 숨결로 전이되어야 하며 어린이들의 입가에 오르내리는 노래가 펴져 나와야 한다.

그래서 한밭 땅의 동시조나무가 잘 자라도록 덧거름도 주고 북돋아주고 곁가지 치기도 해주고 비료도 주어서 병충해가 없는 튼튼하고 건강한 나무가 자라도록 온 정성을 모아야 한다.

동시조나무를 심고

백제 땅에 우뚝 설/ 동시조나무 깊게 심자// 울타리도 세워 주고/ 향란 몇 촉 심어 두고// 한밭에 꽃들이 활짝 피면/ 친구 불러 함께 놀자// 선비 많던 한밭 땅에/ 기와집도 한 채 짓고// 양지바른 따순 햇살/ 줄기차게 뻗는 나무// 샘머리 까치도 둥지 틀게/ 나그네도 쉬어 가게// 계룡산 봉우리에/ 무지개도 걸어 놓고// 송아지도 풀을 뜯게/ 잔디밭을 가꿔 주고// 오늘은 둔지미공원으로/ 동시조를 들고 오자.

백제 땅 한밭의 시인님이시여! 대전 동시조가 살아남게 붙잡아 주시고 보살펴 주어 먼 앞날에 아름다운 동시조꽃이 활짝 피도록 힘을 모아 주기를 바라는 마음 간절할 뿐이다.

— 2001년 7월 31일

## 3. 동시조나무를 심고 (2)

어느 학자가 쓴 책을 읽고 망각이 너무 높아 모두 옮길 수는 없지만 내 머릿속에 남는 것만 찾아본다면 '약무대전 무한국(若無大田 無韓國), 대전이 없으면 그것은 한국이 아니다.'라는 말이 유행한다고 한다. 정부대전청사가 개청한 다음 급속도로 번진 말인데 어느 시인은 한밭골에서 살고 싶다고 말한 적이 있다. 그 이유를 알아보면 다음과 같다. 첫째 따뜻한 고향의 품안 같은 느낌을 감지할 수 있고, 둘째 외갓집을 찾는 편안함을 간직할 수 있고, 셋째 정겨운 이웃과 친숙함을 맛볼 수 있기 때문이라고 한다. 그래서 이러한 생활 스테미나가 발생하는 이유는 지적인 엄숙성, 전통 의지력, 공동체적 삶의 힘이 밑바탕을 이루고 있기 때문이라고 하며 제38회 지방행정연수대회(2001.11.9)때 대전이 우수상을 차지한 것도 무관하지 않다고 생각한다. 이와같이 한국의 중추적인 노른자 위의 씨눈이 한밭, 또 손맛깔을 내는 전통미, 그리고 소리떨림 미학에서 한국 국보 신종(神鐘)의 아랫도리가 오므라들어 내는 소리를 종벽 속에 가두어 아껴가며 흘러내기에 맥놀이가 생겨 여운이 긴 한국의 에밀레종처럼 한국의 사설 동시조가 한국을 온통 들썩거려 놓았다. 첨단과학시대의 대중매체가 급속한 발달로 산업화, 도시화, 근대화, 개발화까지 우리 앞에 다가왔지만 동시조는 설익은 성숙이 너무나 많아 아동에게 교육적인 사회성 발달로 유도를 하면서 홍미를 다양화해야 한다. 그 홍미의 다양화가 바로 동시조라고 해도 틀린 말이 아닐 것이다. 동시조는 늘어진 꿈꾸기에 글탑을 쌓아 올려야 헐거워진 바퀴에 기름을 치듯 아이들의 삶에 꿀맛 같은 달콤한 콧노래가 흘러나오는 장치(글탑)가 있어야 한다. 이 신선한 콧노래로 새로운 꿈꾸기의 길로 다가오도록 유도해야 한다. 그래서 우리 시인들은 눈감고 있는 사물들에게 눈뜨게 하는 놀라움과 팽팽함을 만들어 주는 동시조의 글탑을 세워야 한다.

— 2002년 6월 30일

## 동시조를 앞세우는 길

현대정보화 시대가 첨단과학 대중매체의 인터넷 문화가 산업화, 도시화, 근대화, 개별화까지 내 앞에 다가섰다. 컴퓨터교육이 대중화되면서 별다른 정보화 문화가 수시로 탄생하는 오늘날에 있어서 과학문명을 따라잡는 인성도 지능을 짜내지 않을 수 없게 되었다.

현대동시조가 자수형(字數形) 문학으로 통계학적인 구시대의 흐름과 리듬의 맹종을 배격하고 자유로운 단형 동시조문학으로 정립시켜야 한다. 아이들의 심리는 긴 연형 동시조보다 짤막한 단형동시조를 선호하기 때문이다. 현대동시조가 가질 수 있는 또는 가져야 할 영역에 과감한 개척을 시도하여 현대동시조를 감상할 수 있는 시대적 미래장치가 필요하다. 동시조의 초점을 어디에 맞추느냐에 따라 차이점이 있겠지만 아무리 효율적인 과감한 시안이 개혁되었다 하더라도 동시조를 아끼고 사랑하는 시인이나 시조시인들의 호응 없이는 이룩될 수 없기 때문이다. 시조시인들의 지조와 자발적인 참여의식이 미흡하여 단결된 호응만이 현대동시조를 우뚝 서게 하리라고 확실성 있게 내다본다. 오늘날 동시조의 모순성을 주장한다면 규칙적 율독미를 생명으로 대접하는 정형시가 동시조이므로 동시가 누릴 수 없는 정신세계를 동시조화 할 수 있는 독특한 형태를 개발해야 한다.

동시조의 외형적 형식을 음수율로 파악되는 형식미가 아니라 음보율로 파악되는 형식미를 찾아야 한다. 그러므로 동시에서 느끼지 못하는 예술미를 동시조에서 느끼게 해야 한다. 동시조가 어느 시점에서 의미의 집합을 분명하게 이루어냄으로써 동시조로서의 독특성을 확보하는 것이 동시와의 의미의 통일된 형상화를 꾀하지 못하는 경우가 많은데 현대동시를 닮으려는 시작풍으로 보여진다. 현대동시조에서 과음보 9음절을 한 음보로 처리하는 경우와 2음절을 한 음보로 처리하는 경우가 있다. 현대동시조의 묘미는 율독미에 있다. 9음절도 한 음보라고 하면 동시조로서의 안정된 율박감을 느끼지 못하게 되므로 동요처럼 박자 맞는 장단이 절실하게 필요하며 요청된다. 그러므로 언어가 즉 시어가 구체적으로 매력적이면 좋겠고 이미지가 선명하고 참신하되 리듬이 내면에 어떤 깊은 방향을 불러일으킬 수 있는 감명과 사상적 함축성이 깃들어 있어야 할 것이다. 뛰어난 동시조 작품의 특징은 대화적인 적절한 사용으로 동시조 전개를 박진감 있게 처리하고 작품 구성의 소재 선택이 탁월함을 보여주어야 하고 사물을 통한 감정 이입이 절제되어 부드럽고 자유스러워야 된다는 마음만 간절할 뿐이다.

— 2003년 7월 30일

## 한국동시조의 어제와 오늘

우리 나라 동시조의 출발점은 1940년 5월 29일 동아일보에 이구조가 연재한 어린이 문학 논의 중 아동시조의 제창이 그 효시(시조문학 2004. 여름호-한국정형시 창작강의-문무학)가 된다고 밝혔지만 동시조 작품은 이보다 훨씬 먼저 심훈이 중앙(1934)에 「달밤」과 사해공론(1935) 조연재의 「봄비」가 한국 최초의 동시조(아동문예 1997. 12월호. 재미있는 동시조 짓기-지상강좌)라고 밝힌 바 있다.(한국동시조사 연표 참조) 어느덧 70년의 세월이 흐르는 동안 한국 동시조는 눈부신 발전을 거듭해왔다. 한국동시조(발행인-박석순)가 1995년에 창간되었고 대전동시조(발행인-김창현)가 2000년에 창간되어 쌍벽을 이루고 있으며 쪽배동호회(쪽배-1997) 창간되어 한국동시조 문학의 장르를 개척하여 첨단화되고 있는 현실이다.

이러한 동시조 문학의 전개에 시조는 어떻게 변천되어 왔을까? 60년대가 시조의 현대성 확립과 문학적 형상화에 앞장섰고, 70년대는 현대시로 합병하는 상징체계를 기호화했고, 80년대는 형식파괴로 다양한 실험이 지속되었으며, 90년대는 직유 시조가 현대시로 자리매김 했으며, 2천년대는 활발한 시어 선택으로 시적 긴장미가 유지될 수 있는 작품 속으로 파고들었다고 하겠다. 그렇다면 한국의 동시조는 어떻게 변천되어 왔을까? 60년대는 청자(1965. 창간)가 발행되면서 동시조가 꿈틀거려 눈을 떴고 70년대는 차령(1978. 창간)과 어린이 시조의 첫걸음(이명길), 꽃가지 흔들 듯이 정완영의 동시조집이 햇살을 보게 된다. 80년대는 별 총총 초가집 총총-박경용 동시조집, 동시조 문학(경철) 등이 쏟아져 나온다. 아동시조의 개념과 그 지도안(이명길), 동시조 중흥의 가능성(정태모), 동시조의 수용론(오승희), 동시조 사상(경철) 등이 우후죽순으로 솟아올랐다. 90년대와 2천년대는 한국동시조와 대전동시조가 자리매김의 좌표를 지키고 있는 실정이다.

시조의 전성시대로 시조문학 현대시조 등, 한국 시조문학 잡지들이 판을 쳐도 동시조 문학은 이런 볼거리들에 자꾸 밀려나가고 있다. 확실히 변두리를 떠돈다. 그걸 시조시인만 부정하고 있다. 아직도 시조는 조상의 얼이 담겨 있고 시조 위상만 생각하고 존경한다는 망상에서 깨어나지 못하고 있다. 한없이 가벼워지는 시조는 제쳐놓고 동시조를 살펴봐도 그렇다. 어디서 읽은 듯한 천편일률적인 평동시조, 페미니즘을 가장한 연동시조, 사소한 것들을 크게 불리는 엇동시조, TV 연속극에 맞춰 쏟아져 나오는 그만그만한 깊이의 사설동시조 등 어느 시대보다 가장 많은 시조시인들이 존재하지만 동시조 평론이란 소출은 갈수록 보잘 것 없다. 좀더 자세히 들여다보면 동시조 비평을 찾아 읽는 독자들은 거의 없다. 비평다운 비평이 없기 때문이다. 동시조집이나 동시조 전집에 붙어 있는 해설은 상투적인 문구의 광고에 가깝다. 비평이 상업주의 늪에 빠졌다. 동시조가 한없이 가벼워져도 꾸짖는 목소리가 없다. 동시조 비평의 목소리가 아닌 시조의 목소리로 주체가 아닌 객체로 스스로 시조의 부속물이 되어가고 있는 것이다. 동시조 비평이 아닌 비평으로 동시조의 깊이가 아닌 시조문학의 지형도로 자기자리의 마련으로써 한 단계 동시조가 감당해야 할 문제는 그러한 껍데기들의 청산이다. 출판 자본의 강도를 높여 광고 과대비평이 범람할 것이며 그래도 상품성이 없다면 동시조 자체를 버릴지 모른다. 작품화 되지 못한 뼈들이 가짜 동시조가 판을 칠 것이고, 어설픈 시조시인들이 대가 인척 권력을 동시조를 구하겠다고 달려들 것이다. 시조문학으로 쏟아진 가짜 유기를 알아야 한다. 시조시인들은 이제 눈부신 권좌에서 내려와야 한다. 턱없이 부풀려진 자만심도 위장된 거짓도 막걸리를 걸러내듯 걸러져야 한다.

한국동시도의 기형아가 생산된 억지 논의를 시조 비평가의 매문(賣文)이 곧 한국동시조의 절망이다. 순수 비평이 사라진 곳에 동시조 창작의 긴장감이 흐르겠는가?

비평이 죽으면 동시조가 죽는다. 참다운 비평가이기를 소망하는 시조시인들의 고뇌를 읽었다. 동시조가 머지않아 비상하리라 믿는다.

— 2004년 6월 30일

## 앞날의 동시조 지향점

우리는 일상생활에서 음식 맛깔이 없으면 떠먹지 않듯이 동시조도 맛이 없다면 독자들은 읽으려고 눈독을 들이지 않을 것이다. 요리사가 맛있고 모양 좋은 음식을 빚어내듯 시인 작가도 시적 변용과 시적 도구 새로운 기법을 만들어 새로운 작품을 창작하려고 노력할 것이다. 동시조 쓰기는 이런 방법으로 출발한다. 그러므로 동시조 쓰기에 필요한 언어는 일상생활에서 사용되는 사실적 언어가 아니라 상상을 초월한 감성적 언어를 구사해야 참맛이 난다. 동시조 쓰기가 형식과 내용으로 치우쳐 편중되는 일이 없어야 되겠기에 동시조는 삶의 거울이며 나를 또 다른 모습으로 형상화하는 작업이다. T.S엘리엇은 주지주의에서 '지성을 존중하고 감성을 억제하는 노력은 자신이 한다'라고 말했듯이 자신의 감정을 통제하고 그것을 형상화하는 과정은 쉬운 일이 아니며 그것을 내면으로부터 외연으로 드러내는 작업도 쉽지 않기 때문이다. 어린이는 쪽빛 하늘을 바라볼 때 자기 눈 안으로 들어온 그림 그대로 하늘을 본다. 그것이 동심이다. 어린이에게는 창조적인 상상력과 미래를 생각하는 원만함이 있다. 그들의 꿈이 곧 동시조 세계다. 꿈은 미래를 상징하고 상상력은 동시조의 원동력이 된다.

언어는 두 가지 속성이 있는데 사실언어(과학언어)와 감성언어(시적언어)가 있다.

시는 리듬, 은유(비유), 상징, 아이러니, 원형, 이미지 등 시적 요소가 필요하고 삐딱하게 보기, 낯설게 하기, 패쉬타쉬 등 기묘한 표현기법도 있다. 삐딱하게 보기는 인유(引喩)나 패러디 혼성모방 등으로 변질되어 가는데 패쉬타쉬는 인유가 그 본질이며 인유법은 유명한 시나 문장 어구 등을 끌어다 자신으로 표현으로 대신하는 기법을 말한다. 비틀어 짜기는 언어의 모순이다. 언어의 모순은 관념에서 일탈해 보고자 하는 인간의 욕구일 수도 있다. 그래서 비틀어 짜기의 기법은 최대한의 언어의 모순이 일어났을 때 성공한다. 개그 쪽에서도 많이 사용하지만 내용이 곧 역설적이어야만 흥미를 끌게 되기 때문이다. 아이러니 기법이라고도 할 수 있지만 거리가 좀 있다. 비틀어진 어법과 어휘를 사용했을 때 웃음을 자아내게 되는데 이것이 언어의 비틀어 짜기이며 시의 장르에서 이 기법을 활용한다. 곧 훌륭한 동시조란 변용된 언어, 비유된 언어, 상징된 어어를 차용해야 좋은 동시조가 되며 시적 요소를 잘 활용해야 시맛이 있다. 우리나라 동시조에서 형식(틀)과 내영 중, 형식보다 내용을 중요시할 때가 많다. 그러나 내용보다는 형식이 훨씬 중요하다. 그 내용과 본질을 담아낼 수 없기 때문이다. 그래서 형식은 자연에 감추어진 능력을 끄집어내는 역할을 한다고도 한다. 그렇다면 앞날의 동시조 지향점은 어떤 것들이 있는지 제시하고자 한다. 첫째, 시어가 구체적으로 매력적이었으면 좋겠다. 둘째, 이미지가 선명하고 참신해야 되겠다. 셋째, 리듬의 내면에 어떤 깊은 방향을 불러일으킬 수 있는 감정과 사상적 함축성이 깃들어 있으면 좋겠다. 뛰어난 동시조 작품의 특징은 대화적인 적절한 사용으로 동시조 전개를 박진감 있게 처리하고 작품 구성의 소재 선택이 절제되어 부드럽고 자유스러워야 된다고 강조하고 싶다.

— 2005년 7월 30일

## 충청권(대전 · 충남) 동시조문학의 시대적 고찰

우리나라 동시조는 1934년 심훈이 중앙에 「달밤」, 1935년 조연제가 사해공론 「봄비」를 기성 시인들의 주축으로 처음 탄생했다고 밝힌 바 있다.(현대동시조. 2004. 제5집 참조) 그렇다면 한밭의 동시조는 중학교 제1차 교육과정(1955) 중학국어(2-1)에 정훈(1911-1992)의 춘일 동시조(평동시조)가 처음 수록되었고 중학교 제6차 교육과정(1992) 중학교 국어(1-2)에 밀고 끌고(2연 동시조)가 수록되었으며 초등학교 제6차 교육과정(1992) 말하기, 듣기, 쓰기(5-2)에 할머니의 말씀(4연 동시조)이 수록되었다. 이에 앞서 대전일보에 전형(1907-1980)의 칠석날, 무지개, 메뚜기(유고시집-새로 얻은 노래-오늘의문학사)와 청자 창간호(1966)에서 제10호까지 동시조가 전개되고 차령 창간호(1978)에서 제3호까지 이어지며 유동삼 시조집(회상사. 1967)이 등장하게 된다.(한국동시조사 연표. 현대동시조. 2005. 제6집. 참조) 뒤페이지에 수록된 충청권 동시조문학의 시맥과 전개 양상(60-70년대 시조문학지를 중심으로)으로 논술한 평론을 참고하면 손쉽게 이해하리라고 믿는다.

그런데 우리나라 국어사전에도 없는 〈동시조〉라는 명칭부터 타당한지 살펴본다면 국립국어원 전태수 박사의 해석을 소개하기로 한다.

1. 동시조 문제에 대해서는 어느 누구도 개인적으로 결정권을 가진 사람이 없습니다. 굳이 결정을 하려면 문화관광부 국어심의회 표준어분과위원회를 거쳐야합니다. 그러나 일상생활이나 신문 방송에서 쓰는 모든 단어가 이 기관의 통과를 거쳐서 사용되는 것은 아닙니다. 따라서 제 사견을 전제로 답변해 드리겠습니다.

2. 결론적으로 말씀 드려서 동시조라는 기왕의 명칭이 타당하다고 봅니다. 어른들을 대상으로 하는 〈시〉라는 용어에 대해서 아이들을 대상으로 하는 시를 〈동시〉라고 하므로 어른들을 대상으로 하는 〈시조〉에 대해서

아이들을 대상으로 하는 시조를 〈동시조〉라고 하는 것은 지극히 자연스럽다고 봅니다. 또 이미 이 용어를 써오고 있습니다.

3. 한자어를 쓰기 싫다면 대안으로 어린이 시조를 생각해 볼 수 있으나 너무 길다는 느낌이 듭니다. 이는 동시를 어린이 시조라고 했을 때의 느낌과 같다고 하겠습니다. 국어사전에 없기로는 동시조나 어린이 시조나 마찬가지입니다.

4. 따라서 국어사전에 없지만 이미 써오고 있고 또 이에 대한 마땅한 대안이 없으므로 동시조라는 용어 사용이 무난하다고 생각됩니다.

그래서 현대동시조는 초등학교, 중학교, 제1차 교육과정에서 제7차 교육과정까지 동시조 작품을 총정리해서 수록하였고 동시조 문학평론도 연구를 거듭해서 확대 수록하고 있는 실정이다. 한 가지 아쉬운 점은 빈약한 재정으로 한정판을 발행했기에 현대동시조를 찾는 모든 기관 단체에게 책자를 발송하지 못하는 사정을 이해하기 바라는 마음 간절할 뿐이다.

— 2006년 6월 30일

## 현대 동시조의 텃밭을 일구며

오늘날 21세기의 급변하는 사회변동에서 현대정보화 시대가 첨단대중매체의 인터넷 문화로 정착되어 산업화, 도시화, 근대화, 개별화까지 내 앞에 다가섰다. 아날로그 문학에서 디지털 문학으로 인쇄매체 문학에서 방송영상 문학으로 오프라인(Off-line)에서 인터넷과 온라인(On-line) 문학, 일상생활 문학으로 초고속 변화하고 있다.

작년(2006)에는 현대시조 100주년의 해라고 여러 가지 기념행사가 있었다. 한국 고대시조가 고려 충혜왕(1313) 성여완 시조-청구영언(정정 시조문학사전-정병욱(1972)과 문예연표(한국문화예술진흥원. 1981. 차이점)부터 갑오경장(1894)까지, 근대시조가 갑오경장부터 1906년 혈죽가까지 현대시조가 혈죽가로부터 2000년대까지 변천되어 왔다. 우리나라 동시조도 1934년 심훈(1901~1936)의 달밤(중앙), 1935년 조연제의 봄비(사해공론)부터 73년이 지난 2000년대는 선풍적 문학 풍조를 몰고와 동시조집 발간이 붐을 이루고 있는 현실이다.

내후년(2009)에는 현대동시조 창간 10주년을 맞는다. 경험과 아름다운 상상을 총하여 얻어진 생각들을 운율, 리듬이 있는 틀 속에 담아낸 사람들의 감정을 읽는 사람에게 감동을 주는 시가 동시조이다. 특히 주의할 일은 종장 첫 음보는 3음절로 고정되며 2음보는 5음절 이상이 되어야 하는데 동시로 변질되는 경우가 가끔 나타나고 있음은 퍽 아쉬운 일이다. 동시조에 대한 기초지식을 넓혀 음수율에 파경을 보이고 시행의 배열이 다양하며 감각적인 시어, 구체적인 시어를 선택해서 읽는 사람에게 재미있고 쉽게 읽을 수 있고 진솔한 경험에서 나와 감동을 받을 수 있는 동시조가 창작되어야 하겠다. 동시조의 기법도 여러 가지가 있다. 아이들에게는 여러 가지 다양한 프로그램을 선호하기 때문에 동시조 작품도 다양성을 표출함이 좋을 것 같다.

동시조가 들꽃(야생화)이라면 보잘것없는 들꽃(야생화)들이 반겨주는 즐거움이나 아름다움은 자라나는 어린이들의 고통을 씻어주고 하루 생활의 즐거움과 행복을 안아 주기 때문이다. 얼마나 갸륵한 일인가. 들꽃 같은 동시조를 읽고 아이들의 갸륵한 마음씨를 유발하고 내것 없어도 남을 도울 줄 아는 마음 넓은 어린이가 되기를 바라는 마음 간절할 뿐이다. 어린이와 시인들은 현실적이지만 동시조는 더 깊은 인간의 내적 성찰을 유발시키고 생각과 깊이의 폭넓은 문화 속에 내재되어 있는 원인적인 삶의 고뇌를 승화시킬 때 그 결과는 활짝 핀 꽃송이에서 기쁨을 맛보게 될 것이다.

— 2007년 7월 30일

## 앞날의 현대동시조는 이렇게!

현대동시조는 생활 경험과 아름다운 상상을 통하여 얻어진 생각들을 운율, 리듬, 이미지가 있는 틀 속에 담아낸 감정으로서 읽는 사람에게 감동을 주는 시이며, 어른들이 어린이를 위해서 교훈적으로 지어낸 동시조와 아이들이 직접 지어낸 어린이 시조가 있다. 현대동시조의 형식과 운율은 초장, 중장, 종장이 1연으로 4음보 격이다. 두 개의 호흡 단위로 나뉘어 6구로 짜여 있고, 3.4조의 기본 음수율로 되어 있으며 종장 첫 음보는 3음절로 고정되고 둘째음보는 5음절 이상이어야 한다. 지금 우리나라에서는 평동시조, 연동시조, 장동시조, 엇동시조, 사설동시조가 존재하고 있다.

현대동시조의 대상이 어린이기 때문에 쉽게 읽고 재미있게 진술한 경험을 짜내어 가슴속의 뜨거운 감동을 자아낼 수 있는 창작 기술이 필요할 것이다. 어린이들은 호흡과 휴지 기간이 짧기 때문에 음수율에 파격을 주고 시행의 배열이 다양하며 시어가 구체적이고 감각적인 알기 쉬운 시어를 선호해야 한다. 여기서 알기 쉬운 시어라 함은 간결하면서도 깊은 의미와 아름다움의 조화가 이루어져야 하고 긴장과 탄력, 절재와 함축을 바탕으로 완결의 미학을 추구하는데 있으며 그 가락의 운용은 자연스러워야 함이 현대동시조의 생명이라고 할 수 있을 것이다. 그래서 현대동시조의 기능은 첫째, 순수한 정서의 기능. 둘째, 새로운 의미를 만드는 창조의 기능. 셋째 새로운 시대를 열어가는 쾌감의 기능이 있다. 요즈음 세상이 급격하게 변화하는 디지털과학정보 문화가 초현대적으로 발달하는 반면에 지식 수준이 따라잡기 힘든 찰나에 정서순화의 함정이 커질 수밖에 없는 현실이다. 그래서 현대동시조가 시대적 사명감을 갖고 앞날을 헤쳐 나가려면 어린이들의 꿈을 일구어 주어야한다. 아름다운 한글을 갈고 다듬어 빛내야 하고 우리 생활의 수준 높은 행복감으로 끌어 올려야 한다. 그리하여 현대동시조의 기초공사 밑바탕을 다져놓으려면 유아동시조부터 개발하여 초등학교로 확산되어야 할 것이다. 그러므로 재치와 기발함을 균형과 조화를 이루는 방향으로 현대동시조가 창작되어야 할 것이다. 현대동시조의 이미지 중에는 시각적 이미지가 있는데 지혜를 구하는 구도적 이미지, 심상 속의 꽃이며 청각적 이미지는 정화 기능이고 관념적 이미지는 철학적 사유가 들어 있고 구어적 이미지는 배경, 풍요, 활달함, 재미성이 강조되고 행위적 이미지는 역동적 기능 움직임을 근본으로 한다. 동시조는 아이들 틈바구니에서 웃고, 울며 즐거움과 기쁨을 함께 나누는 어깨동무 사이에서 이루어지며 아이들의 마음을 꿰뚫어 보는 안목이 필요하고 막연한 감성적 동시조와 아집적인 동시조는 과감하게 지향해야 할 것이다. 그러므로 시의 감동은 동시조를 살리는 핵심 줄거리다. 동시조를 읽고 아무런 감동을 느끼지 못한다면 겉만 동시조 틀이지 속이 없는 표본실의 매미와 다를 것이 무엇이랴! 이미지(Image) 군(郡) 이미져리(Imagery)로 살려내는 길이 동시조를 동시조답게 살려내는 길임을 강조하고 싶다.

— 2008년 9월 30일

## 현대동시조 창간 10주년을 맞이하여

현대동시조를 지금까지 지켜보아 주시고 이끌어 주신 성원과 격려를 아끼지 않았던 시조시인, 시인님께 감사드린다.

어느덧 10년이면 산천초목 강산도 변한다는 말처럼 현대동시조가 2000년에 창간하여 어린동시조 나무를 심은 지 열 살, 초등학교에 다닐 수 있는 나무로 자라서 제법 온 산을 푸르게 만들고 있다. 이토록 자라게 만들어 주신 모든 은혜는 앞에서 뒤에서 북돋아주시고 거름도 주시고 햇빛과 물로 따뜻하게 보살펴 주신 덕택이라고 생각한다. 돌이켜 보면 현대동시조가 우리나라에 처음 탄생한 지 75년을 지내오면서 한밭시조의 뿌리를 찾고 현대동시조의 씨를 심어 대전 · 충남의 대가족 시조에서 수준 높은 현대동시조의 긴 뿌리가 내려 시조와 동시조가 함께 공존하는 문학 풍토를 조성하고 향토시조(동시조)의 문화 창달을 앞세워 놓고 현대동시조의 지표를 〈동시조를 위해서는 피땀을 흘려야 하고-爲時流之汗〉, 〈동시조를 위해서는 눈물도 흘려야 하며-爲時流之涙〉, 〈동시조를 위해서는 코피도 흘려야 한다-爲時流之血〉로 확정하고 피눈물 나는 노력을 경주해 왔다. 그래서 현대동시조는 시조의 모든 가족이 함께 숨쉬는 터전을 마련하고 먼 앞날까지 전승되는 동시조를 키워 한밭땅에 아름다운 현대동시조 꽃이 활짝 피도록 가꾸어 나가자고 힘차고 용기 있게 말한 바 있다.

오늘날 첨단과학이 발달한 우주시대에 접어들어 현대동시조의 세계는 어린이가 주인이다. 한밭 땅에 동시조 나무를 심어 가꿔주고 살아남을 수 있도록 붙잡아 주고 이끌어 주시라고 호소한 바 있으며 아이들의 삶에 꿀맛 같은 달콤한 콧노래가 흘러나오는 새로운 꿈꾸기의 길로 다가오도록 유도해 보자고 말한 바 있으며 가까운 사물들에게 눈뜨게 하는 놀라움과 팽팽하게 만들어 주는 동시조의 글탑을 세우자고 역설한 바 있다. 동시조를 앞세우는 길은 자발적 참여와 단결된 호응만이 현대동시조를 우뚝 서게 하는 확실성을 내다볼 수 있고 율독미를 높이는 정형시의 장점을 동시가 누릴 수 없는 정신세계를 동시조화 할 수 있는 독특한 형태를 창안 개발하자고 주장하였다. 60년대에 《청자》(1965창간)가 발행되어 동시조가 꿈틀거렸고, 『어린이시조의 첫걸음』(이명길 1928-1994), 『꽃가지 흔들 듯이』 정완영 동시조집이 햇살을 보게 된다. 80년대는 『별 총총 초가집 총총』 박경용의 동시집, 『동시조 문학』(경철) 등이 쏟아져 나온다. 아동시조의 개념과 그 지도안(이명길 1928-1994), 동시조 중흥의 가능성(정태모), 동시조의 수용론(오승희), 동시조 사상(경철) 등이 우후죽순처럼 솟아올랐다. 90년대와 2천년대는 한국동시조와 현대동시조가 자리 매김의 좌표를 지키고 있는 실정이다.

현대동시조는 곧 변용된 언어, 비유된 언어, 상징된 언어를 차용해서 시적 요소를 글맛 나게 반죽하여 시어가 구체적, 매력적이고 이미지가 선명하고 리듬의 조화로 감정과 사상이 함축적인 감동을 일으키는 현대동시조를 전개하여 박진감 넘친 소재 선택으로 부드럽고 자유스러웠으면 좋겠다. 보잘것 없는 꽃들이 아이들을 반겨주는 즐거움이나 아름다운 꿈속을 키워주듯이 현대동시조가 자라나는 아이들의 고통을 씻어주고 하루 생활의 즐거움과 행복을 안겨주는 디딤돌이 되기를 바라는 마음 간절할 뿐이다.

— 2009년 7월 31일

## 솔 향내가 솔솔 풍기는 동심의 오솔길을 오르며

목청을 높였던 매미들의 노래 소리가 멀어지고 단풍잎이 곱게 물들어 가는 가을이 성큼 다가왔다. 오래 전부터 어린이들을 지도하면서 느낀 일이 많아 2000년에 〈대전동시조〉를 창간하였다. 그렇지만 어른들 중에도 시조 짓기를 어렵게 생각하는 분들이 많은데, 더구나 어린이들이 시조를 짓는 것은 참으로 어려운 일이었다. 또한 문학 장르에 '동시조'가 없기 때문에 널리 알리는데도 어려움이 컸다. 특히 어린이들의 눈높이를 제고한 우리나라의 현행 교육과정이나 참고 자료가 없는 상태에서 시작하고 보니 힘이 많이 들었다. 시인이나 시조시인들의 참여를 절실하게 요청하였지만, 〈대전동시조〉 발간에 힘을 보태주는 지역 문인들이 적었다. 그래서 전국 문인을 대상으로 하여, 2004년에 〈현대동시조〉로 제호를 바꾸어 발간하였다. 수준 높은 현대동시조 작품을 수록하겠다는 발간의욕, 현대동시조 작가들이 창작하는 기사법(記寫法)이 천태만상이라 어린이들에게 혼동을 예방하자는 잠재적 의도, 현대동시조 작가들의 참여 호응도를 높이고 현대시조의 뿌리를 튼튼히 올곧게 세우기 위해서 〈현대동시조〉 발간이 절실하게 요구되는 시점이었기 때문이었다. 열심히 노력하여 창간 10주년을 맞이할 때까지 거르지 않고, 2009년에 제10호를 발간하였다. 그리고 2010년 제11호 〈현대동시조〉를 준비하면서 편집 모임을 가졌다. 이때 동시조의 발전을 위해서는 참여폭의 제한성, 수록작품의 제한성을 극복하는 것이 바람직하다는 데에 의견의 일치를 보았다. 이와 같은 회원들의 뜻에 따라 제호를 〈한밭아동문학〉으로 변경하여 발간하기로 하였고, 단체명도 '한밭아동문학가협회'로 변경하였다. 〈한밭아동문학〉은 참여 장르를 동시, 동시조, 동화, 동극, 아동문학에 관한 평론, 어린이들에 맞는 수필로 확대하였다. 참여하는 아동문학가의 층이 넓어질 것이고, 작품들 또한 수준이 더 높아질 것을 기대한다. 특히 제호에 '한밭'이라는 지역성이 들어 있지만, '한밭'은

넓고 큰 밭이라는 의미를 갖고 있기 때문에, 전국의 아동문학가들에게 문을 열어 놓았음도 밝힌다. 10년간 유지하던 '동시조'라는 제호를 변경하면서, 동시조 발전을 위해 수고하신 아동문학가들에게 죄송한 마음이다. 지금까지 보살펴 주시고 좋은 작품을 보내 주신 고마움을 잊지 못할 것이다. 그 동시조에 대한 사랑을 가슴 깊이 아로새기며 더욱 알찬 문학지로 발전시킬 것을 다짐한다. 이런 신념을 믿어 주시고, 전보다 더 큰 사랑으로 이끌어 주시기를 소망한다. 가을이다. 누구에게나 결실의 고마움과 아름다움을 나누는 계절이다. 우리 역시 뜻과 힘을 모아 〈한밭아동문학〉의 향기를 나누고자 한다.

— 2010년 9월 30일

# 大田 · 忠南時調史 年表

(1945~2000) 대전시조시인협회

| 年度 | 時調集 | 文學活動 | 其他 |
|---|---|---|---|
| 1945 | | 鷄龍義塾(丁薰)에서 鄕土詩歌會 운영 | 8·15 광복 |
| 1946 | | 동백 창간 (정훈) | |
| 1947 | | 동백 8집으로 종간 | |
| 1948 | | | 정부수립 |
| 1949 | | | |
| 1950 | | | 6·25사변 |
| 1951 | | 湖西文學會 창립(1951.11.11) 회장-정훈 | |
| 1952 | | 호서문학 창간호 - 정훈(시조) | |
| 1953 | | | 휴전협정 |
| 1954 | | 호서문학 2집 - 정훈, 설창수(시조) | 과수원 창간호 |
| 1955 | 정훈시조집-〈벽오동〉 | 한국문학가협회충남지부 결성 | 현대문학 창간<br>백수문학 창립 |
| 1956 | | 호서문학 3집 | |
| 1957 | | | |
| 1958 | | | |
| 1959 | | 머들령문학회 창립-정훈-충남문화상<br>수상-호서문학 4집 | |
| 1960 | 정훈시조집-〈꽃시첩〉<br>시조문학 창간 | 김대현-충남문화상 수상 | 3·15 부정선거 |
| 1961 | | 이근배(당진)-조선일보 시조 당선<br>이방남(대전)-충청일보 시조 당선 | 5·16혁명<br>화폐 개혁 |
| 1962 | | 한국문인협회 충남지부 결성 | 돌샘문학 창립 |
| 1963 | | 이덕영(대전)-한국일보 결성 | |
| 1964 | | | |
| 1965 | | 鄭夏庚(부여)-서울신문 시조당선<br>青磁1~3집<br>황희영, 남준우, 유동삼, 이용호, 김해성<br>림헌도, 이교탁, 채희식(한밭시조동인회) | |
| 1966 | | 청자 4~7집 | 현대시학 창간<br>詩魂 창간호<br>한국문학 창간 |
| 1967 | 유동삼 시조집-<br>〈유동삼 삼시조집〉 | 청자 8~9집(청자 시조동인회로 개칭) | |
| 1968 | | | |
| 1969 | | 이용호-서울신문 시조 당선 | |

| 年度 | 時調集 | 文學活動 | 其他 |
|---|---|---|---|
| 1970 | 유동삼 시조집-〈꽃마을〉 | 호서문학 1집, 호서문학 2집, 호서문학 3집, 호서문학 4집-충남문학 6집<br>청자시조선집 제10집, 70년 6월 28일(청자시조문학회) | 충남문학 6집 |
| 1971 | | 유준호-시조문학 천료<br>이방남-시조문학 천료 | 시문학 창간<br>새여울 창간호 |
| 1972 | 호서시선(湖西詩選) | | 풀과별 창간 |
| 1973 | 림헌도 시조집-〈青山別曲〉 | 이용호-충남문화상 수상 | 心象창간<br>충남아동문학회창립 |
| 1974 | 속호서시선 | | 푸른메아리 창간호 |
| 1975 | | 허인무-시조문학 천료 | 천안문학 창간호 |
| 1976 | | 호서문학 5~6집 속간 | 보리수 창간호<br>아동문예 창간 |
| 1977 | 이용호 시조집-〈점경시첩〉 | 청자시조문학회 창립<br>김환식-시조문학 천료 | 도가니 창간호 |
| 1978 | | 車嶺 1~2집 (차령시조문학회) | 시도 창간호<br>백지 창간호 |
| 1979 | 이금준시조집-〈祈雨祭〉<br>김환식시조집-〈素服舞〉<br>〈호서시선〉 3집-호서문학동인회 | 차령 3호<br>가람문학회 창립(1979. 10. 9) | |
| 1980 | 이도현 시조집-〈선비의 머리카락〉<br>호서시선 4집 | 이도현-시조문학 천료, 가람문학 창간호 발행<br>이금준-시조문학 봄호 천료<br>이교탁-시조문학 봄호 1회 추천 | 如林문학 창립<br>이교탁(2.26 작고) |
| 1981 | 현대시조 창단<br>황순구 시조집-〈꽃이 피는 지역〉<br>권용경 시조집-〈새맑은 바람〉 | 김길순 -시조문학 천료<br>가람문학 2집 | 흙빛문학 창간호 |
| 1982 | 이도현 시조집-〈바람과의 대화〉<br>유동삼 시조집-〈새꽃밭〉 | 가람문학 3집 | 이금준 작고 |
| 1983 | | 전국시조백일장 시조세미나 대전대회<br>가람문학 4집 | 동시대 1~3집<br>이덕영 작고 |
| 1984 | | 림헌도, 황순구-제1회 현대시조문학상 수상<br>김영배-현대시조 봄호 천료 가람문학 5집<br>조근호-시조문학 가을호 천료 | |
| 1985 | 신기훈 시조집-〈훈풍〉<br>이도현 시조집-〈다시 바람에〉<br>김환식 시조집-〈이제 빛의 미사가 끝났으니〉 | 가람문학 6집 | |

| 年度 | 時調集 | 文學活動 | 其他 |
|---|---|---|---|
| 1986 | 허인무시조집-〈白木蓮〉<br>림헌도시조집-〈기상도〉<br>이우만 시조집-〈香雲〉 | 가람문학 7집<br>상설시조학교 운영-충남교육회관 제1회<br>전국한밭시조백일장-대전고등학교<br>일반부 장원-최정란 | |
| 1987 | 신기훈 시조집-<br>〈담수의 정〉 | 김동직-시조문학 봄호 천료<br>상설시조학교 운영-충남교육회관<br>박헌오-시조문학 가을호 천료<br>제2회 전국한밭시조백일장-대전여중<br>일반부 장원-이효숙<br>가람문학 8집. 한밭시조문학 창간호 | 설화문학<br>창간호 |
| 1988 | 김영배 시조집-<br>〈출항의 아침〉<br>신기훈 시조집-〈雁書〉 | 청소년 시조 강좌-주포학생야영장<br>김광순-시조문학 여름호 천료<br>가람문학 9집<br>제3회전국한밭시조백일장-대전여중<br>일반부 장원-이영주<br>조일남-시조문학 겨울호 천료<br>한밭시조문학 제2집 | 시조와 비평<br>창간호 |
| 1989 | 조병희 시조집-<br>〈새벽녘 까치 소리〉 | 가람문학 10집<br>김동일-시조문학 여름호 천료<br>제1회 가람문학 신인상-김창현<br>상설시조학교운영-충남교육회관<br>제4회 전국한밭시조백일장-대전여자중<br>일반부 장원-여인문<br>한밭시조문학 제3집 | 신기훈 작고<br>대전문학 창간 |
| 1990 | 김길순 시조집-<br>〈흐르는 물〉<br>김대현 시조집-<br>〈구름꽃 묵음과 새〉<br>유동삼 시조집-<br>〈집게 손가락〉<br>시조생활 창간 | 가람문학 11집<br>제2회 가람문학 신인상-이종현<br>대전상설시조학교 운영-충남교육회관<br>제5회 전국한밭시조백일장-대전여자중<br>일반부 장원-임재룡, 김계연<br>한밭시조문학 제4집 | 서림문학 창간호<br>한국시 창간호 |
| 1991 | 김환식 시조집-<br>〈최초의 심판〉<br>김대현 시조집-<br>〈푸른 숲 푸른 달빛〉<br>강정부 시조집-<br>〈어머니의 달빛〉<br>김창현 시조집-<br>〈가슴 냇가에 흐르는<br>사랑〉<br>조근호 시조집-<br>〈겨울엽서〉<br>김재수 시조집-<br>〈제비꽃 사랑〉 | 가람문학 12집<br>제3회 가람문학 신인상-신봉섭<br>김창현, 이기동-시조문학 여름호 천료<br>제6회 전국한밭시조백일장-대전여자중<br>일반부 장원-최정란<br>강정부-시조문학 가을호 천료 | 향촌문학 창간호<br>해정문학 창간호<br>사비문학 창간호 |

| 年度 | 時調集 | 文學活動 | 其他 |
| --- | --- | --- | --- |
| 1992 | 김동직 시조집-〈풀물든 영창〉<br>김영수 동시조집-〈먼동이 트네〉<br>유준호 시조집-〈산중신곡〉<br>이우만 시조집-〈雲光〉<br>김환식-〈피바람 연가〉-한국천주교순교자 현양대서사시 | 박경배-시조문학 봄호 천료<br>이종현-시조문학 여름호 천료<br>가람문학 제13집<br>제4회 가람문학 신인상-김연산<br>제7회 전국한밭시조백일장-대전여자중 일반부 장원-이종현 | 권용경 작고<br>등대문학 창간호 |
| 1993 | 김영배 시조집-〈산울림 담은 강물〉<br>김종성 시조집-〈부소산 까치 소리〉<br>김재수 시조집-〈고향 하늘〉<br>박헌오 시조집-〈석등에 걸어둔 그리움의 염주 하나〉 | 김창현-아동문예문학상 수상<br>이도현-현대시조문학상 수상<br>시조창작교실 운영-대전대흥초등학교<br>가람문학 14집<br>제5회 가람문학 시인상-김경혜<br>문복선-한국시 9월호 시조 등단<br>제8회 전국한밭시조백일장-국립중앙과학관 일반부 장원-조성인<br>이도현-제5회 대전시문화상(문학부문)<br>이건영-현대시조 겨울호 등단<br>제1회 항재시조문학상-구름재 박병순<br>한밭시조문학 제5집 | 시상문학 창간호<br>여성문학 창간호<br>논산문학 창간호<br>한국시조 창간<br>옥로문학 창간<br>오늘의문학 계간 창간 |
| 1994 | 김재수 시조집-〈서낭당〉<br>김순영 시조집-〈가을 엽서〉<br>김창현 동시조집-〈바람이 밀어주는 그네〉<br>김종성 시조집-〈동암리〉 | 한밭시조글짓기교실·대전복수초등학교<br>상설시조학교<br>운영-대전성모여자고등학교<br>나순옥(서천)-조선일보 시조 당선<br>홍윤표, 영광의 충남인 수상<br>가람문학 제15집<br>제6회 가람문학 신인상-박봉주<br>제9회 전국한밭시조백일장-대전중학교 일반부 장원-윤종남<br>한밭시조문학 제6집 | |
| 1995 | 김재수 시조집-〈보운대의 새벽〉<br>김창현 시조집-〈이승과 저승 사이〉<br>이방남 시조집-〈갈대는 저희끼리 사랑한다〉<br>김영환 시조집-〈고향길〉<br>김재수 시조집-〈자오선의 비밀〉 | 한밭시조교실-대전복수초등학교<br>제10회 전국한밭시조백일장-대전여자중 일반부 장원-유혜자<br>가람문학 16집<br>제7회 가람문학 신인상-유혜자<br>박봉주-현대시조 겨울호 등단<br>이광렬-기조문학 봄호 등단<br>신재후, 서영자-현대시조 여름호 등단<br>한국동시조문학회 창립<br>한밭시조문학 제7집 | 한국동시조 창간<br>글탑 창간 |

| 年度 | 時調集 | 文學活動 | 其他 |
| --- | --- | --- | --- |
| 1996 | 김창현 시조집-<br>〈세월의 길목〉<br>유동삼 시조집-<br>〈물이랑 바위랑〉<br>김영배 시조집-<br>〈아! 나의 산하여〉<br>이한식 시조집-<br>〈파란 하늘 저 너머〉 | 시조교실 운영-대전내동초등학교, 탄방, 복수, 오류, 신평초등학교<br>가람문학 17집<br>제8회 가람문학 신인상-황여란<br>가람누학축제-겨레시조<br>낭송대회(대전중구문화원)<br>신양란(서천)-시조문학 봄호 천료<br>이상덕-현대시조신인상 여름호 등단<br>제11회 전국한밭시조백일장-서대전 야외공연장<br>일반부 장원-김광분<br>제2회 항재시조문학상-윷모 유동삼<br>김환식-카톨릭대상 수상<br>김종성-충청문학상 수상(제6회)<br>한밭시조문학 제8집 | 열린시조 창간 |
| 1997 | 박봉주 시조집-<br>〈뜨락만한 여유〉<br>이도현 시조집-<br>〈서산까지 따라오는 바람〉<br>이방남 시조집-<br>〈당신은별자리로남아〉<br>김재수 시조집-<br>〈휴전선의 아침〉<br>최봉돌 시조집-<br>〈빛 부신 하늘을 향해〉<br>박헌오 시조집-<br>〈산이 물에게〉 | 가람문학 18집<br>제9회 가람문학 신인상-김광분<br>제12회 전국한밭시조백일장-서대전 야외공연장<br>일반부 장원-남승렬<br>김순영-충청문학대상 수상<br>김영배-제2회 호서문학상 수상<br>김동직-제1회 한밭시조문학상 수상<br>제3회 항재 시조문학상-석가정 한승배<br>한밭시조문학 제9집 | 이광렬 작고 |
| 1998 | 홍병선 시조집-<br>〈채워지지 않는 자리〉<br>조근호 시조집-<br>〈그대의 강에 흐르는 갈채〉<br>박헌오 시조집-<br>〈우리는 하얀 솔잎이 되어〉<br>서영자 시조집-<br>〈물소리에 귀를 열고〉<br>김창현 동시조집-<br>〈고향노래〉<br>이도현 시선집-<br>〈바람의 귀향〉 | 박봉주-충청일보 신춘문예 시조당선<br>홍병선-한국예총예술문화상 수상<br>김창현-아동문예 97. 12월호부터 동시조 짓기 연재 21회<br>이우만-시조문학 여름호 등단<br>가람문학 19집<br>제10회 가람문학 신인상-김윤희<br>제13회 전국한밭시조백일장-서대전 야외음악당<br>일반부 장원-김성숙<br>제4회 항재 시조문학상 -야성 이도현<br>김연산 시조문학 겨울호 등단<br>김영배-제2회 한밭시조문학상 수상<br>한밭시조문학 제10집 | 金英秀 작고 |

| 年度 | 時調集 | 文學活動 | 其他 |
|---|---|---|---|
| 1999 | 김환식<br>시조집-〈자아상〉<br>김재수 시조집-<br>〈허깨비 장난〉<br>전종선 시조집-<br>〈바람따라 가거들랑〉<br>유해자 시조집-<br>〈동백새 울음에 뜨는<br>별〉 | 홍윤표-허균문학상 수상<br>김영배-논산시문화원 부회장 역임,<br>향토문화연구회 회장<br>김종성-노산 시조문학상 수상(제24회)<br>가람문학 20주년 특집호(20호)<br>조근호-제17회 한국시조문학상 수상<br>김환식-제5회 항재문학상 수상<br>김성숙-제11회 가람문학 신인상 수상<br>전종선-제3회 「公友」 신인문학 작품상<br>제14회 전국한밭시조백일장(서대전<br>야외음악당)<br>일반부 장원-이승태(부산)<br>김영배-충청문학상(제10회)<br>김대현-한밭시조문학상(제3회)<br>한밭시조문학 제11집 | 미래문학 창간호 |
| 2000 | 신웅순 시조집-<br>〈모반의 경계 읽기〉<br>배정태 시조집-<br>〈금강에 살으리랏다〉<br>김창현 시조집-<br>〈불당골 메아리〉<br>전종선 시조집-<br>〈산따라 바람따라〉<br>박봉주 시조집-<br>〈하늘동 산번지〉<br>김영배 시조집-<br>〈지등 하나 걸어 놓고〉<br>이상덕 시조집-<br>〈나지막한 가을〉<br>김재수 시조집-<br>〈만리장성에 올라〉<br>조일남 시조집-<br>〈때로는〉 | 대전동시조 창간<br>가람문학 21집<br>제15회 전국시조백일장(대전시청<br>잔디광장)<br>일반부 장원-박종욱(부산) | 미래문학 제2집<br>김종성 작고<br>(7월 14일) |

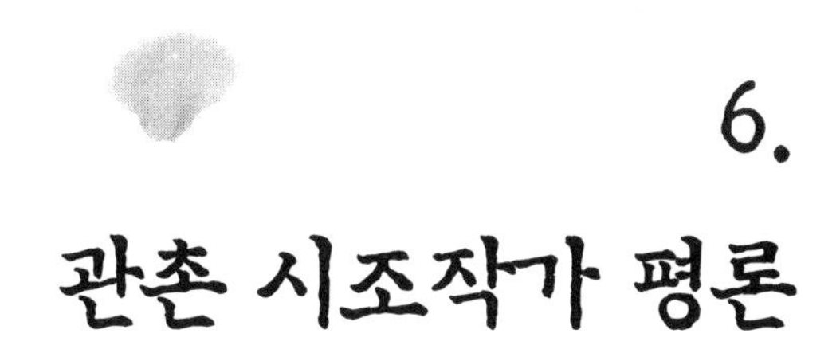

# 6.
# 관촌 시조작가 평론

# 운장 김대현(雲藏 金大鉉) 고문과 동시조문학

## 1. 들어가는 말

가람문학회가 제10회 특집(1990)으로 제1회 신인문학상에 당선되었을 때다. 림헌도 회장님과 운장님께 처음 인사를 올렸고 햇병아리 오금 죄듯 눈치만 살펴보고 있었다.

94년도에 접어들자 보현불교대학이 있었던 고개 아래 산모롱이를 돌아 소제동 길을 팥 바구니 쥐새끼 들랑거리듯 자진모리장단을 쳤었다. 한국불교문인협회 대전광역시지회 개편대회를 앞두고 운장님 장서가 쌓인 안방에서 무르익어 갔다. 운장님, 삼산, 관촌이 모여 모든 행사 프로그램을 짜내었다. 때마침 한국불교문인협회 회원 등록을 하기 위해서 추천인 도장을 받으러 찾아다니기도 했었다.

## 2. 시, 시조 창작과 작품집

운장님의 문학 장르는 시와 시조를 넘나들었다. 평생동안 시와 시조를 창작하면서 엮어낸 시집들을 살펴보면 다음과 같다.

1) 운장 김대현 저서 목록

| | | |
|---|---|---|
| 『청사(靑史)』 | 1954 | 정음사 |
| 『옥피리』 | 1958 | 정음사 |
| 『고란초』 | 1962 | 교학사 |
| 『석굴암』 | 1963 | 교학사 |
| 『보리수』 | 1979 | 시문학사 |
| 『보리수』(시문선 1) | 1983 | 정명사 |
| 『청지 한 장』(시문선 2) | 1983 | 정명사 |
| 『불타의 발자욱』(시문선 3) | 1983 | 정명사 |
| 『구름꽃 묵음과 새』(시문선 4) | 1990 | 호서문화사 |
| 『푸른 숲 푸른 달빛』(시문선 5) | 1991 | 호서문화사 |

2) 운장 김대현 호서문학선집

| 『호서신서 1』 | 1972. 8. 25 | 호서문화사 |
|---|---|---|
| 『호서신서 2』 | 1974. 3. 30 | 호서문화사 |
| 『호서신서 3』 | 1979. 11. 10 | 호서문화사 |
| 『호서신서 4』 | 1980. 10. 30 | 호서문화사 |
| 『동행의 축배 5』 | 1983. 8. 16 | 호서문화사 |

## 3. 운장님과 한국동시조

운장님은 시와 시조를 창작하면서 동시조까지 문학 장르를 확대시켜 나갔다. 여기에서 필자의 의문점은 어느 시집 속에 동시조 작품이 들어 있는지 찾아낼 수가 없다는 점이다. 필자의 생각으로는 동시조 원고 청탁을 받고 그때 즉흥 동시조나 고향 제주도 꼬마섬을 상상하여 창작하지 않았나 생각된다. 한국동시조는 우리나라에서 처음으로 동시조라는 문학 장르로 단행본을 발행하게 되었다. 그때 참여한 시인들은 리태극, 오승희, 전원범, 정완영, 허일, 경철, 김형진, 김창현, 박석순 등 9명이 창간호를 발행하였다. 한국동시조에 발표된 작품은 다음과 같다.

1) 꼬마섬

밤에는/ 뭍에 오르고/ 낮에는 물에 산대요// 먹이는 수초와 식물/ 누구고 수작하면은// 꽥 물총 쏘아 놓아서/ 깜짝 놀래준대 무어죠?// 물 뚱뚱이야 그것은/ 몸집이 큰 저 하마// 작은 귀 짧은 목에/ 텅리 없는 그 등 뜬 바다// 제비가 쉬고 가면서/ 감사하는 꼬마섬.

2) 눈꽃 피는 물넝울

갯마을 검은 바위 함박눈이 내리네요/ 비늘 냄새 살금 덮으며 고웁게 장식하네요/ 하얀 꽃 가지가지에 피어 논 멋 그윽하네요// 새 아침 새록새록 함박눈이 내리네요/ 살그머니 없음에 앉자하면 그만 늘음/ 바다가 먹어 버리어 참말 얌치 미웁네요// 빈 곳이 채우려는 삼삼한 함박눈에/ 바다는 어일 수 없어 미뿐 수심 고운 산/ 곰곰이 생각나는 넝울 깊은 가슴 하이얀 땅

* 김대현 : 충남문협지부장. 호서문학회장. 충남문화상 수상.
저서『푸른 숲 푸른 달빛』외

* 출전 : 한국동시조 제3호. 1996. 《한국동시조문학》

## 4. 운장님의 동심 세계

동시조는 기본적인 율격을 지녀야 하고 아이들의 마음 속에 꿈을 키워주는 상상의 날개를 펼쳐야 한다. 그래서 시어도 시조에 쓰는 시어와 동시조에 쓰는 시어가 색다르게 써야 한다. 어른들의 시세계와 아이들의 동시조 세계는 다르기 때문이다.

그러므로 운장님의 동심 세계는 무엇인지 작품을 통해 알아보기로 한다.

『꼬마 섬』 동시조 작품으로 선정한 꼬마 섬은 제주도, 우도, 마라도, 이어도(해상 기상 관측기지 건설. 2003) 등 제주도 지형의 주변에 있는 섬을 꼬마 섬으로 환치, 하마로 은유시킨 작품이다. 파도가 검은 바위에 부딪쳐서 물총을 쏜 것으로 비유시켰고 뚱뚱한 하마와 같은 섬이 작은 귀, 짧은 목, 털이 없는 둥뜬 바다로 표현한 곳이 재미있다.

특히 아이들에게 감사와 고마움을 일깨우는 교훈적 동시조임을 직감할 수 있으리라.

『눈꽃 피는 물넝울』은 큰 파도가 검은 바위에 부딪치면 하얗게 부서지는 기포들을 눈꽃으로 비유했을 것 같다. 새 아침에 함박눈이 내릴 때도 눈꽃들은 피었고 눈꽃들을 바다가 먹어 버렸어도 날마다 피었을 게다. 파도가 일렁이는 물넝울을 공허감이 채우는 포만감을 상상했을 것 같은 동심세계라 할 수 있다.

## 5. 운장님과 대전동시조

대전충남 지역에서 동시조 작가로 활동하는 시인들은 열 명도 되지 않는다. 대전동시조를 창간하면서 밥보다 고추장이 많다라는 비웃음을 듣지 않기 위해서 피눈물나는 노력을 쏟아부었으나 시인들의 동참 반응이 전혀 없고 비협조적이기에 전국을 대상으로 작품 원고를 수집해야 할 형편이었다. 다행히 원로 시인들의 동시조를 굳게 지켜 내려온 전통의 맥이 너무 고맙고 대견스러운 마음이 가득할 뿐이다.

대전동시조에는 창간호(2000)에 『꼬마 섬』 제3집(2002)에 『눈꽃 피는 물넝울』이 각각 한 편씩 실려있다. 한국동시조사 연표를 참고하면 한국의 동시조 발전상을 한 눈으로 조감할 수 있으며 한밭의 동시조 뿌리도 이해할 수 있으리라 믿는다.

## 6. 나오는 말

운장님과 필자는 이러한 불교문학 활동으로 점차 가까워졌다.

시조 작품의 세계도 불교적 시조 작품이 주류를 이루고 있다는 점이 공통점이다. 특히 1971년에 대한생활불교회를 설립했고 1975년에 보리수문학회를 창립하여 후진들에게 불심을 심고 교화하는데 광대한 업적과 발자취를 남겼다고 회고할 뿐이다. 2년전에 마지막 시조집을 내겠다고 필자를 불러들여 시조집 원고뭉치를 교정해 드렸는데 유고 시조집이 하루 빨리 햇빛을 보았으면 좋겠다는 기다림도 크고 이승을 떠나신 운장님께 삼가 명복을 기도하며 끝을 맺고자 한다.

# 낭강 김동직(浪江 金東稙) 회장의 동시조문학

## 1. 들어가기

가람문학 창간 10주년 기념으로 신인상을 공모했을 때 우연하게 도전했던 것이 당선되어 가람문학회(회장 림헌도 박사)님의 소개로 낭강님을 알게 되었다. 그 후 고향 온양으로 떠나가셨다는 소문과 한국문인협회 온양지부 회장을 맡으면서 《설화문학》을 창간하게 되었다는 문학 정보를 알고 지냈다. 《설화문학》 창간호를 받아보지 못했고 《설화문학》 제7호를 발간했을 때 대전에 나오셔서 나누어 준 일이 생각난다. 제9회 전국한밭시조백일장(1994) 때 대전에 오셔서 대전시조시인협회 김영배(아호 논강) 회장과 김동직(아호 낭강) 회장이 만나면 따스한 정이 넘실거렸다. 당시 총무 일을 맡았기에 제10회 전국한밭시조백일장(1995) 때도 하얀 빵모자를 쓰시고 나오신 추억이 눈앞에 선하다. 대전시조시인협회 연간집을 편집할 때도 쪽지 편지를 꼭 보내주셨고 총무 일로 수고많다는 칭찬을 아끼지 않으셨다. 그리하여 나 혼자 문학의 길을 걸어오면서 가슴 찡한 얘기를 담은 "한국저명문인육필원고"집을 만들어 보관하고 있다.

## 2. 낭강님의 동시조문학

가. 시조문학과 시조집

호서문화사 고 신정식과 시조집 발간으로 대전 중앙동(구. 정동)에 오시면 몇 차례 뵈었고 호서문학(호서문학회)을 같이 하면서 농촌 풍경 향토 시조작품활동을 전개하는 동안 시조집 발간 내용은 다음과 같다.

낭강 김동직 시조집

| 시조집 | 작품 수 | 발행년도 | 출판사 |
|---|---|---|---|
| 풀물 든 영창 | 72수 | 1992 | 호서문화사-대전 |

| 별을 줍던 뜨락 | 68수 | 1997 | 오늘의문학사-대전 |
|---|---|---|---|

나. 동시조문학

낭강 시인인 140수에 이르는 시조를 창작했지만 동시조 작품은 평생에 한 수를 남겼다. 그 동시조 작품은 다음과 같다.

〈가을 농사〉

할아버지 주름살에/ 수심이 가득해요// 금년 농사 반타작도/ 하늘에 맡겼다며// 태풍이 쓸고 간 잘/ 허수아비 세운대요.// 할머니는 빨간 고추/ 멍석 위에 헤치면서// 식량업슨 양념거리/ 소용없다 하시면서// 골고루 뒤집어가며/ 땀방울을 훔칩니다.

*출전 : 한국동시조. 1999. 겨울호/ * 출전 : 대전동시조. 2000. 창간호

『가을 농사』 동시조 작품은 한국동시조, 1999년 겨울호와 대전동시조 2000년 창간호에 실려 있다. 위에 있는 동시조는 2연동시조로 짜여져 있는데 1연은 할아버지가 태풍이 쓸고 간 논배미에 허수아비를 세우는 장면을 농촌 풍경화처럼 묘사하였고 2연은 할머니가 빨간 고추 멍석을 뒤적거리며 땀방울을 훔치는 장면이 표출되었다. 우루과이 라운드 이후 수입 농산물이 쏟아져 나온 농촌의 생활 참상을 동시조에 담아낸 시인의 마음씨를 이해할 수 있을 것 같으며 농촌을 지키는 농민들의 고충을 알 것만 같다.

## 3. 나오며

시조와 동시조의 작품 세계도 향토적 애향시와 농촌의 풍경화처럼 창작하였고 설화문학을 개척하는데 광대한 업적과 발자취를 남겼다고 회고할 뿐이다. 이승을 떠나신 낭강님께 삼가 명복을 기원드린다.

# 상상력을 일깨우는 동심의 접근

## — 김숙의 『봄 꿈꾸는 제비꽃』 동시조집을 중심으로

### Ⅰ. 들어가며

김숙 시인은 아동문예 2006년 7월호에서 「제비꽃」 「민들레」가 아동문예문학상에 당선되어 현대동시조 작가로 뛰어 오르게 된다. 현대동시조의 형식 미학이 단순히 음수율에서 음보율로 바뀌는 것으로 만족하지 못하다는 이론은 동시조의 율격은 음보율로 설명할 수 있지만 단순히 음보가 아니라 두 개의 음보가 짝을 이루어 구(句)로서의 역할을 할 때 음보율의 가치를 얻을 수 있다. 이처럼 동시조도 정형시(定型詩)이기 때문에 형식과 요소와 동심이 반죽되어야 어린이들의 상상력(잠재력)을 키울 수 있고 또 〈틀〉에 담을 수 있어야 수준 높은 동시조가 창작될 것이다.

김숙 시인이 보내온 작품 중, 아이들의 생활주변에서 변화되고 있는 서정성의 간결미, 절제미가 맛깔 좋게 농축된 「제비꽃」 「민들레」를 당선작품으로 뽑아 올린 바 있다. 제비꽃은 아이들에게 햇살이 눈비, 바람 때문에 심술부려도 어깨동무한 초록별 세상은 꿈이 있고 희망이 떠오른다. 아무리 어려운 일이 닥쳐와도 슬기롭게 헤쳐 나가는 아이디어 재치가 반짝거려야 하겠고 민들레를 동물이나 인간으로 의인화되어 치마저고리를 입은 어린이가 뾰로롱 토라진 입술이 매우 인상적이며 홀씨 친구로 비유(은유)된 점도 특색이다. 앞으로 문학의 길은 험난한 파도를 헤쳐 나가는 슬기가 빛나야 하겠고 기량이 날로 연찬 확대되어 훌륭한 시 정신 작가로 거듭나기를 기대한다고 평설한 바 있다.

### Ⅱ. 서정시의 흔적들

한밭전국백일장, 여성문예작품에서 〈동시〉가 입선되었고 〈문학사랑-계간〉 2002년 겨울호에서 동시가 당선되어 신인문학상을 받아 동시작가로 출발하게 된다. 그동안 갈고 닦은 문학수업으로 동시집 『초록 길 따라 열차를 탄다』를 발간했고 『천년초』 『살아 있음이 행복이다』 시집을 발간하여 서정이 깃든 자유시와 전통적인 정형시를 한꺼번에 아우르는 번개같은 풍물단 양 장구를 치듯 기교파 시인이 틀림없을 것이다. 왜냐하면 사유 같은 서정시를 주물로 독자를 즐겁게 하고 때로는 정형시를 다듬어 독자를 심취시키기 때문이다. 그리하여 이를 검정이라도 하듯 『살아 있음이 행복이다』 시집에서 그의 시론 철학을 살펴보면 다음과 같이 열거할 수 있다.

1) 서정시의 본질과 힘/ 2) 자연과의 소통/ 3) 계절 속에서의 봄의 미학/ 4) 삶의 흔적. 진실 자체 글쓰기

위와 같은 시의 본질 구조로 서정시의 미학을 전공했으며 그 빛나는 동시집 한 권, 시집을 두 권이나 상재하였다.

## III. 정형시의 접근

우리나라 현대동시조의 뿌리를 알아보기 위해서는 한국현대시조 변천사를 고찰할 수밖에 없어 다음과 같이 정리하였다.

### 1. 우리나라 현대시조의 변천

① 고려 충선왕(1313)성여완1수(청구영언)→조선 고종31년 갑오경장(1884) = (1884) = 고대시조/ ② 1885년부터→1905년까지 = 근대시조/ ③ 1906(혈죽가~대구여사)→2006년(현대시조100주년) = 현대시조/ ④ 2007년 이후/ ⑤ 현재 = 새 천년시조로 발전되었다.

### 2. 우리나라 현대동시조 태동

① 이구조(李龜祖 1911-1942) 동아일보(1940.5.20) 아동시조의 제창/ ② 이명길(李命吉 1928-1944) 어린이 시조/ ③ 이태극(李泰極 1913-2003) 현대시조작법—아동시조의 준말(동시조)/ ④ 이석현(李錫賢 1925-)캐나다 이민(1975)-아동문학의 미개지 동시조개발 제의/ ⑤ 박경용(朴敬用 1940-) 카톨릭 소년(19683 월호-5월호) 동시조 이야기

그러므로 어른들이 어린이를 위해서 효행적, 교훈적으로 창작했다면 현대동시조, 어린이가 직접 백일장에서 지었다면 어린이 시조라고 정의해도 틀린 말은 아닐 것 같다. 그래서 현대동시조란 사람의 생활 경험과 아름다운 상상을 통하여 얻어진 생각들을 운율, 리듬, 이미지가 들어있는 틀 속에 담아낸 감정으로서 읽는 사람들에게 감동을 던져주는 정형시이며 어른들이 어린이를 위해서 교훈 효행적으로 창작하는 동시조와 아이들이 백일장에서 직접 지어내는 어린이 시조로 나누어진다.

### 3. 현대동시조의 성립조건

① 초장, 중장, 종장이 1연으로 4음보 격이다./ ② 두개의 호흡단위로 나뉘어 6구로 짜여 있다./ ③ 3.4조의 기본 음수율로 되어 있다./ ④ 종장의 첫 음보는 3음절로 고정된다./ ⑤ 둘째 음보는 5음절 이상 7음보를 확보해야 한다.

주옥같은 수준 높은 현대동시조를 감상해 보기로 하자.

> 연 초록 이파리가/ 동글동글 굴러가요// 파란마음 고운마음/ 수줍은 동그라미// 초록 잎/ 곱게 피어서/ 별이 된 동그라미.
>
> —「초록 동그라미」 전문

연초록 이파리가 동글동글 굴러가는 것은 형태론적 근거로 보아 밤새 몰래 내려온 밤이슬을 비유 (은유)했을 것이라고 생각된다. 어린이들에게 3.4조의 리듬감을 살려주고 동기유발을 불러일으키는 좋은 소재를 선택하였다. 초등학교 아이들은 구개음화가 발달하지 못했고 휴지 기간이 짧기 때문에 낭독지도가 어려워 낭송지도로 개편되었고 초등학교 교육과정에 적합한 소재라고 평설할 수 있을 것 같다.

> 시골집 담장 위에/ 까치 소리 들어가며// 호박꽃 초롱초롱/ 왕

촛불 켜던 날// 이슬비/ 행여 꺼질라/ 호박잎 활짝 폈어요.

—「호박 꽃」 전문

어린이들의 마음을 읽어내는 방법은 여러 가지가 있으며 직유, 은유, 의성, 의태, 반복, 풍유, 과장, 생략법 등을 작품 속에 알맞게 적용시켜 재미와 흥미성을 증폭시켜 낭송지도의 율격을 도와준다. 동글동글, 초롱초롱 등 의성어, 의태어를 짜임새 있게 활용하고 있음을 발견할 수 있다.

그 옛날 학예발표/ 한석봉 역할 맡은 너// 붓글씨 그림 공부/ 동시조도 잘 지었지// 지금쯤/ 무엇 하는지/ 글을 쓰고 있는지.

—「친구」 전문

초등학교 4학년 읽기에서 한석봉(1543-1605)과 어머니의 이야기로 조선시대 명필로 키운 감동적 설화는 너무 유명하다. 어머니는 떡장수를 하여 석봉의 학비를 마련하였고 3년 간 절간에서 글 공부를 열심히 하였다. 어느 날 석봉은 어머니 제가 돌아왔습니다. 등불을 끄고 캄캄한 방에서 어머니는 떡을 썰고 석봉은 글씨를 쓴 결과 어머니가 썰은 떡은 크고 작은 것이 없지만 석봉의 글씨는 삐뚤삐뚤 엉망이었다. 다시 절간으로 가서 10년간 열심히 공부하여 훌륭한 명필이 되었다는 줄거리다. 즉 연극 활동을 현대 동시조에 접목시킨 사례라고 할 수 있을 것이다. 오늘날 충효교육, 효행교육이 절실한 다문화가정이 점차 확대되어 현모양처의 어머니상은 자라나는 어린이들에게 귀감이 될 것이며 좋은 시제로 각광을 받을 것이다.

달나라 우주정거장/ 첫발 디딘 우주선// 계수나무 아래서/ 달빛이 꼬아 만든// 튼튼한/ 동아줄 감고/ 여행가는 달나라.

—「달나라 여행」 전문

고흥나로우주센터(한국항공우주연구원)가 2009년 준공되었고 21세기 우주시대에 접어든 우리나라도 2008년 국제우주정거장까지 이소연 박사가 갔다와서 우주인도 탄생하였다. 1998년부터 국제우주정거장을 건설하여 10년 만에 금속 찌거기를 대청소하고 접합 부분에 윤활유를 바르고 고장난 태양 전자판 모터를 수리하고 세 명이 상주하던 우주공간을 여섯 명으로 증원시켜 우주생활 용품을 실어 나르는 우주왕복선이 국제 우주정거장을 갔다와 30년 간 우주왕복선 시대를 마감하였다. 우리나라도 오뚜기 전기밥솥으로 만든 하얀 쌀밥이 우주음식으로 선정되었고 불고기 미역국, 김치, 라면, 짬뽕이 러시아 화상 탐사선 우주인들의 우주 음식으로 선정되어 우주과학은 우리 어린이들의 가장 호기심 많은 공상과학의 희망 꿈이다. 이처럼 우리 생활 주변의 우주과학이 놀라운 속도로 팽창 발달하여 과학동시조가 절실한 이때에 좋은 시제로 떠 오른다.

> 흰 구름 배낭 메고/ 산길을 걸어가다// 산딸기 빨간 얼굴/ 옹달샘에 씻어주고// 뻐꾸기/ 정겨운 노래/ 까치집에 녹음해요.
>
> —「흰 구름」 전문

흰 구름, 배낭, 산길, 빨간, 얼굴, 옹달샘, 뻐꾸기, 노래, 까치집, 녹음 등 원형적 이미지들을 복합적으로 나열하였다. 원인이 있으면 결과도 있다는 자연 상호작용으로 오늘날 우주시대에 살고 있는 자연환경과 밀접한 상생(相生)관계를 표출한 작품을 여기서 만난다. 긴장과 탄력 절제와 함축을 바탕으로 간결미학을 추구하는데 초점을 맞추어 그 가락의 운용은 자연스러워야함이 현대동시조의 생명이라고 할 수 있을 것이다.

## Ⅳ. 현대동시조의 특색

1. 서정성의 본질로 시론 철학적 자유시를 수준 높은 정형시로 탈바꿈시키는 비법이 놀라운 기교파이다.

2. 간결미, 절제미가 맛깔 좋게 농축되어 재치있는 의인화, 비유(은유)법이 인상적이다.

3. 어린이들이 낭송지도에 걸맞는 단형동시조로 창작되어 동심을 배려한 창작기법이 빼어난 작품임을 엿볼 수 있다.

## Ⅴ. 나오며

순수한 어린이 마음으로 당선 소감을 다음과 같이 실토하고 있다. 전국 곳곳에 크고 작은 별들의 전쟁이 막을 내리고 승자와 패자는 겸손하게 순리에 순응해야 하는 유월의 첫날, 당선 통보를 받고 기쁜 소식을 누구와도 나눌 수 없던 떨리고 설레는 마음을 보물처럼 간직하듯 소중히 묻어 두었다가 저녁 늦은 시간 남편과 기쁨을 나누었다는 솔직하게 고백하고 있다. 동시조를 좋아하게 된 것은 유년 시절부터 교과서에 실린 시조를 읽으며 역사 속에 숨쉬는 시인을 좋아하였기 때문이고 그 옛날 라디오에서 흘러나오던 북한방랑기가 세월이 지났어도 귓가에 쟁쟁 들려오면서 여운으로 남아 있기에 동시조를 접하게 되었고 나무는 자라면서 넓은 세상이 보이듯이 한 걸음 넓은 길로 발걸음 옮겨보며 분수처럼 솟아나는 열정, 앞으로 가야 할 길이 정녕 이 길이라면  남은 시간 문학에 혼을 쏟아 부을 것이라고 포부를 밝힌 바 있다. 이와 같은 문학 기저를 바탕으로 서정시에 남다른 재능과 동시로 폭넓은 문학 장르를 섭렵하였고 빛 고운 화려한 기질은 사물시를 사유시로 승화시켰으며 자유시를 정형시로 용해시키는 신개념 문학기술로 넘나들었다. 그렇다면 현대동시조 창작기법은 내용보다 〈틀〉이 훨씬 더 중요하다. 그 내용과 본질을 담아 낼 수 없기 때문이고 틀은 자연에 감추어진 능력을 끄집어내는 역할을 한다고도 한다. 시어가 구체적인 알기 쉬운 낱말로 골라 써야하고 이미지가 선명한 구상, 리듬, 내면화의 율박감으로 감정과 사상적 함축성이 깃들어 있어야 한다. 또 감정을 사로잡는 의태어, 의성어가 현대동시조의 극치를 이끌어내며 대화적 매체를 박진감 있게 처리함이 우선적이다. 앞날의 문학 활동은 험난한 파도를 만나 슬기롭게 헤쳐 나가는 슬기와 용솟음이 솟구치는 재치가 필요하고 문학적 항해의 기교와 연찬을 거듭하여 옹골찬 시인으로 대성하기를 기대하며 끝을 맺는다.

# 만오 김영수(晩悟 金英秀 1913-1998)

## 1. 들어가며

만오(晩悟)님과 처음 상견례를 올린 일은 1990년대로 생각한다. 가람문학 출판기념회 때 운장(雲藏)님이 소개하여 자연스럽게 알게 되었다. 한국시 동시(1989)등단으로 충남아동문학회에서 활동하였고 시조문학(1980) 추천으로 기록되어 있다. 초등학교 교장을 지내면서 벽지 어린이들과 정다움을 나누는 아동문학에 관심이 많았고 〈먼동이 트네〉동시조집을 발간하였으며 탄생 100주년을 맞이하여 숭고한 문학정신을 기리고자 본고를 조사 정리하였다.

## 2. 펼치며

1. 차령(車嶺)

1978. 창간호-정(靜)-1연7행, 한(恨)-1연7행, 밤-1연7행, 애사(哀詞)-2연14행, 선인장(仙人掌)-1연7행./ 1978. 차령제2호-정한별초(情恨別抄)-춘정(春情)-1연7행, 석류꽃-1연7행, 석양길-1연7행, 부부-1연7행, 세도나루-1연7행, 낙화암을 보고-1연7행, 의사총에 절하고-1연7행./ 1979. 청자제3호-서정단시초(抒情短詩抄)-최후의 찬란-2연14행, 아! 허허-1연7행.

2.충남문학

1981. 제12집-공사현장에서-2연16행, 그날이여-3연21행.

3. 시조문학

1982. 겨울호-연분(緣分)-1연7행, 한(恨)-1연7행./ 1991. 겨울호-그 바람이-1연11행./ 1992. 겨울호-산정(山情)-1연8행./ 1993. 여름호-할아버지-1연11행, 옛 동무-1연12행, 철모르는 봄-1연9행./ 1993. 겨울호-오후의 풍경

-1연12행./ 1994. 봄호-무제(無題)-1연7행./ 1994. 겨울호-가뭄 1994-1연 11행./ 1995. 여름호-어머니날-1연8행./ 1996. 봄호-봄나들이-1연3행, 회색빛-1연3행.

4. 현대시조

1989. 가을호-구름-1연7행.

5. 가람문학

1980. 창간호-소쩍새-1연7행. 촉루(燭淚)-1연7행, 나의 역정(歷程)-1연 10행./ 1981. 제2집-점심상-2연14행, 산마을 아낙네들-1연9행./ 1982. 제3집-어머니-1연7행, 노경음(老境吟)-1연7행./ 1983. 제4집-인생(人生)-1연7행./ 1984. 제5집-사나이-1연6행, 나그네의 변(辯)-1연7행, 세사(世事)-1연7행./ 1985. 제6집-산방(山房)-1연7행./ 1986. 제7집-작품 없음./ 1987. 제8집-내일의 희망-1연7행./ 1988. 제9집-88 올림픽-사설시조, 텃밭-1연6행, 산소리-1연6행, 감자꽃등불-1연7행./ 1989. 제10집-우리 동네 정월-입춘방-1연7행, 복조리-1연8행, 쥐불놀이-1연8행, 당산제-1연7행./ 1990. 제11집-풋냉이국-1연6행, 새봄-1연6행, 봄 밤-1연6행, 하루-1연6행, 찔레꽃-1연6행./ 1991. 제12집-나의 세월-1연11행./ 1992. 제13집-종알종알-1연6행, 오순도순-1연6행, 드렁드렁-1연6행, 굵으셨네-1연6행, 재를 넘네-1연6행, 좋을시고-1연6행, 넘는다-1연6행, 웃음 속에-1연6행, 독백(獨白)-1연6행./ 1993. 제14집-시냇가에서(1)-1연6행, 시냇가에서(2)-1연6행, 낮닭-사설시조./ 1994. 제15집-할배-1연7행, 진도강아지-1연10행, 어느 역인가-1연11행, 가뭄(94)-1연10행/ 1995. 제16집-웃는 해님-1연12행, 등꽃길-1연3행, 우리교실-1연3행, 도시락-1연3행, 여름방학-1연3행, 비 그치고-1연3행./ 1996. 제17집-우리땅 독도-1연11행, 점심-1연11행, 한십년-1연11행, 학교 가도-1연12행./ 1997. 제18집-아기구름-1연12행, 숨소리-1연12행, 말하는 선풍기-1연12행, 파란하늘-1연12행, 바다-1연12행.

6. 한밭시조문학

1987. 창간호-한세월을-1연7행./ 1988. 제2집-산향기-1연6행, 비닐우산-1연6행, 머루다래를-1연6행, 어린 동태-1연7행./ 1989. 제3집-봄소식-1연6행, 푸른꿈-1연6행, 웃음-1연6행, 뻐꾸기-1연6행, 산이좋아-1연7행./ 1990. 제4집-이 산골에-1연7행, 산골 봄 밤-1연7행, 순이네-1연7행/ 1993. 제5집-작품 없음./ 1994. 제6집-밤의 세계-1연11행, 편지-1연12행, 조약돌을 보며-1연12행/ 1995. 제7집-작품 없음./ 1996. 제8집-오늘의 내고향-사설시조./ 1997. 제9집-줄그네-1연12행, 돌그네-1연12행, 미끄럼틀-1연12행.

7. 먼동이트네-동시조시집-시도.

1991. 싱글벙글-1연7행, 복을 일며-1연7행, 다가오면-1연7행, 드시는데-1연7행, 타누나-1연7행, 오는 소리(1)-1연7행, 주름펴는-1연7행, 엄마네-1연7행, 흐르네-1연7행, 우북우북-1연7행, 웃어쌓네-1연7행, 4월은-1연7행, 웃는가-1연7행, 종알종알-1연7행, 울어 울어서-1연7행, 고삐 툭툭-1연7행, 오순도순-1연7행, 잦추네-1연7행, 오는소리(2)-1연7행, 푸른 세상-1연7행, 걸렸네-1연7행, 달이 둥실-1연7행, 별도 총총-1연7행, 부푸네-1연7행, 쏟아지네-1연7행, 웃는다-1연7행, 투두둑툭-1연7행, 백일홍분꽃-1연7행, 노니네-1연7행, 검붉네-1연7행, 부시네-1연7행, 노니다-1연7행, 드렁드렁-1연7행, 뛰는가-1연7행, 돌아오네-1연7행, 굵으셨네-1연7행, 오는소리(3)-1연7행, 나섰네-1연7행, 영그네-1연7행, 재를 넘네-1연7행, 보렴아-1연7행, 본체만체-1연7행, 속삭이네-1연7행, 모르시네-1연7행, 반기네-1연7행, 두둥둥-1연7행, 넘고 넘네-1연7행, 좋을시고-1연7행, 골다지네-1연7행, 웃음꽃을-1연7행, 웃는가-1연7행, 그리네-1연7행, 앗겠구나-1연7행, 되셨네-1연7행, 오는 소리(4)-1연7행, 푸른꿈만-1연7행, 오르네-1연7행, 사뿐사뿐-1연7행, 감싸네-1연7행, 맞는가-1연7행, 뿌리고-1연7행, 따라가네-1연7행, 아침해를-1연7행, 드높네-1연7행, 넘는다-1연7행, 오북하이-1연7행, 떠는구나-1연7행, 울어대네-1연7행, 잘도하네-1연7행, 잊었네-1연7행, 높아가고-1

연7행, 웃음속에-1연7행.

## 3. 만오 김영수(晩梧 金英秀1913-1998)의 현대시조 창작형태조사

| 시조잡지 | 1연 | 2연 | 3연 | 사설 | 장시조 | 엇시조 | 총계 | 비고 |
|---|---|---|---|---|---|---|---|---|
| 차령 | 12 | 2 | | | | | 14 | |
| 충남문학 | | 1 | 1 | | | | 2 | |
| 시조문학 | 13 | | | | | | 13 | |
| 현대시조 | 1 | | | | | | 1 | |
| 가람문학 | 55 | 1 | | 2 | | | 58 | |
| 한밭시조문학 | 19 | | | 1 | | | 20 | |
| 먼동이트네 | 72 | | | | | 동시조 | 72 | |
| 총 계 | 172 | 4 | 1 | 3 | | | 180 | |
| 비 율% | 95.5 | 2.2 | 0.5 | 1.6 | | | 99.8 | |

## 4. 현대시조 창작의 특색

1) 한 평생동안 〈꽃이 피네〉 동시집 1권과 〈먼동이 트네〉 동시조집 1권을 발간했는데 동시집은 지금까지 작품집을 찾지 못해서 확실한 내용을 알 수 없는 형편이다.

2) 단형인 평시조가 172수로 95%를 차지하고 있어 3연 이상의 연시조나 장시조가 없으며 사설시조가 3수를 창작하였다.

3) 어린이들을 대상으로 현대동시조 작품이 주류를 이루고 있으며 과학. 문화, 역사, 해양 등 다양한 시제가 없고 생활주변의 일상생활에서 체험을 바탕으로한 생활시가 대부분이다.

## 5. 나오며

일상생활의 생활시가 시의 주제로 작용하고 있으며 은유(비유), 리듬,

이미지, 상징 등 시적 변용이 단순하고 대부분이 어린이들의 대상인 동시, 동시조가 작품을 구성하고 있다. 전체의 총 작품은 180수인데 중복된 것은 골라내지 못했으며 동시집도 찾아내지 못했다. 1980년에 시조문학으로 천료했으며 한국시(1989)에서 동시도 당선되어 문단에 나오게 되었다.

'나는 인생 70줄에 접어들면서 동시조 쓰기공부를 시작하여 어언 10년의 세월이 흘렀으나 시조다운 시조를 써 보지 못했다. 그 까닭은 나의 동심이 너무 메마른 소이라고 생각도 하며 나날을 보내 오던 차 어느 산골 어린이들의 거짓 없고 꾸밈없는 그들의 생활을 정답게 지켜보면서 그들이 일상생활 주변에서 보고 듣고 생각하며 느낀 것들을 가장 쉬운 말로 시조의 멋과 가락에 얹어 동시조라는 그릇에 담아 본 것이 70여 수가 남짓하기로 내 이번에 한 권의 시집으로 묶어 펴내는 바 이 땅의 모든 어린이들은 한번 벗 삼아 읽어 동시조에 대한 애착심을 길러주기를 바라는 마음 간절하며 이 책을 만드신 여러분께 감사를 드린다'고 적고 있다. 탄생 100주년을 맞이하여 숭고한 문학정신을 기리며 삼가 고인의 명복을 기원하고 끝을 맺는다.

# 금산 박석순(錦山 朴錫順 1936~2011)의 생애와 시조(동시조)문학

— 한국동시조 작품집을 중심으로

## Ⅰ. 들어가며

한국의 동시조 문학을 엮어가는 〈한국동시조〉 창간호를 발간할 때 그 인연은 아동문예, 시조문학에서 문학활동 상황을 파악하고 1995년 창간 멤버로 리태극(1913~2003), 오승희, 전원범, 정완영, 허일, 경철, 김형진, 김창현, 박석순(1936~2011) 시인들이 한국동시조를 발간하였다. 이때부터 계속 동시조 작품을 교환하였다. 연구자가 광주광역시(2000. 7. 2)를 방문하여 광주역에서 상면하였고 광주호, 식영정(성산별곡 유래지)을 자기 승용차를 몰고 답사 관광을 했으며 대전극동방송국(2000. 6. 26) 옆까지 승용차를 몰고 찾아와 점심을 나눈 일도 있다. 그때 서울 딸네 집에 갔다 왔다며 건강진단을 받고 온다는 대화를 주고 받은 일이 생각난다. 그렇게 갑자기 세상을 하직할 줄이야…. 이 글을 쓰려고 책상 앞에 앉으니 고인의 얼굴이 스크린처럼 스쳐 지나간다. 우리나라 동시조 문학의 양대 산맥을 지켜왔던 〈한국동시조〉와 연구자의 〈현대동시조〉가 그 조화를 이루었던 흔적들을 심도 깊게 조사 연구하였다.

## Ⅱ. 펼치며

### 1. 시조문학

1990. 가을호. 어느 날-2연14행./ 1992. 겨울호. 내 마음의 스승님(月河 선생 팔순을 기리며)-2연10행.

2001. 가을호. 구름-1연7행./ 2001. 겨울호. 파도-1연6행, 거미줄-1연5행, 돌-1연8행, 동화-2연16행, 수평선-1연 7행(창작이야기)/ 2002. 겨울호.

풍경-1연6행, 눈사람-1연8행./ 2007. 가을호. 허(虛)-1연 7행, 그 자리-1연7행./ 2009. 가을호. 불면증-1연8행, 파도-1연5행.

2. 시조문학 연간집

1998. 나루터 장날-이별-2연16행./ 1992. 울 안에서 거둔 열매-고향-1연10행./ 1994. 나무들의 푸른 손짓-동치미-1연10행./ 1995. 쉰 평의 섬 숲속에서-나무-2연15행./ 1996. 한국시조 연간집-고향-1연10행./ 1997. 한국시조 연간집-반딧불-1연10행./ 1999. 한국시조 연간집-음악회-2연14행./ 2000. 한국시조 연간집-갈대-1연5행.

3. 동시조집 작품조사

1) 아가와 꿈 선집-27수. 2) 아가와 꽃 선집-44수. 3) 가을엽서-자료 없음. 4) 추억-146수. 5) 새-64수. 6) 반딧불-63수. 7) 아가와 반딧불(동시조선집) 생략. 8) 아침이면 별들은 바쁘다-56수. 9) 아기별을 찾습니다-5수. 10) 한국동시조선집-1수. 11) 처음으로 생각했다-65수.

4. 한국동시조

1995. 창간호-(1) 자맥질-1연6행. (2) 물방울-1연7행. (3) 별빛-1연7행. (4) 하늘-1연7행. (5) 무지개-1연9행. (6) 소나무-1연7행. (7) 하늘. 별-1연6행. (8) 달-1연8행. (9) 꽃길-1연8행. (10) 새집-1연10행.

1995. 제2호-(1) 나무(1)-1연9행. (2) 나무(2)-1연7행. (3) 나무(3)-1연7행.

1996. 제3호-(1) 가을-1연7행. (2) 보리 밭-1연7행.

1997. 제4호-(1) 이야기-1연7행. (2) 구름-1연7행.

1998. 제5(봄)호-음악회-2연13행.

1998. 제6(가을)호-황소야 황소야-3연21행.

(황소가 판문점 넘어가던 날. 1998. 6. 15)

1999. 제7(가을)호-권두칼럼 「하늘이 맑은 이 가을에」

1999. 제8(겨울)호-(1) 꽃잎 새 들여다보면-1연6행. (2) 제1회 대한민국 동시조상-허 일 시인.

2000. 제9(봄)호-권두칼럼 「새천년에 바라는 동시조 문학」

2000. 제10(겨울)호-권두칼럼 「하늘이 맑은 이 가을에.

2001. 제11(봄)호-(1) 별-1연9행. (2) 이슬-1연6행. (3) 제비-1연7행.

2001. 제12(겨울)호-섬-1연 7행.

2002. 제13(봄)호-(1) 풍경-1연 5행. (2) 호수의 눈-1연 5행.

2002. 제14(가을)호-(1) 아침이 찾아오면 별들은 바쁘다-1연6행. (2) 호수-1연7행. (3) 어디에 숨나-1연7행. (4) 아가-1연8행. (5) 나팔꽃-1연6행. (6) 채송화-1연7행. (7) 달맞이 꽃-1연7행. (8) 파랭이 꽃-1연6행. (9) 별꽃-1연7행. (10) 이슬-1연7행. (11) 동화(1)-1연6행. (12) 동화(2)-1연7행. (13) 동화)3_-1연6행. (14) 동화(4)-1연6행. (15) 보물-1연5행. (16) 동그라미-1연7행. (17) 돌-1연8행.

2003. 제15(봄)호-(1) 어머니-1연9행. (2) 어디에 숨나-1연7행.

2003. 제16(가을)호-(1) 넌 아니?-2연17행.

2004. 제17(봄)호-(1) 고드름-1연8행. (2) 수민이의 짜-1연7행. (3) 터무니 없는 일-1연5행.

2004. 제18(가을)호-(1) 추억-그 처음-1연7행. (2) 추억-그 끝-1연6행. (3) 섬진강 지나기-2연15행.

2005. 제19(봄)호-(1) 눈-1연10행. (2) 눈사람-1연8행.

2005. 제20(가을)호-눈-1연10행.

2006. 제21(봄)호-은하수-1연9행.

2006. 제22(가을)호-(1) 공차기(소녀)-1연8행. (2) 유리 닦기-1연7행.

2007. 제23호(봄)호-(1) 튜울립-1연7행. (2)돌팔매-1연7행.

2007. 제24호-(1) 아이의 바다-1연7행. (2) 눈사람-1연7행.

2008. 제25호-조약돌-2연14행.

2010. 제26호-빈 놀이터-1연7행.

2010. 제27호-처음으로 생각했다-1연7행.

2011. 제28호-달리는 아이들-1연9행.

2011. 제29호-(1) 바람(1)-1연 8행. (2) 바람(2)-1연7행.

5. 광주 시(詩)문학

2001. 제6호-바람-1연7행.-이슬-1연6행.

6. 절장 시조

1) 벌집-69수. 2) 석공-75수.

7. 현대동시조

2000. 창간호-작품 없음./ 2001. 제2집-이슬-1연7행, 전화-1연6행./ 2002. 제3집-나무-10연65행./ 2003. 제4집-작품 없음./ 2004. 제5집-밤톨-1연8행, 고구마-1연7행./ 2005. 제6집-낮달-1연7행, 내 친구-1연7행./ 2006. 제7집-바람-1연6행./ 2007. 제8집-섬-1연7행./ 2008. 제9집-엽서(1)-1연7행./ 2009. 제10집-달-1연8행./ 2010. 제11집-처음으로 생각했다-1연7행./ 2011. 제12집-꽃으로 자란 돌-2연14행.

8. 시조(동시조)작품 감상

1) 풍경

산 숲도 이불을 덮고 꿈을 꾼다./ 초가집 굴뚝 연기도/ 눈이 되어 내리고 // 밭이랑/ 눈이 빨간 토끼는/ 발자국을 남긴다.

〈出典-시조문학. 2002. 겨울호〉

2) 음악회

바람 불어 오면/ 악기를 준비한다./ 맨 처음 빛살이/ 푸르름 두들기듯// 나무는 제 영혼을 찾아/ 몰아치는 북소리/ 서로를 두드리며/ 이 땅을 울린다./ 산 숲은 산 숲은요/ 산 숲의 음악당// 폭포수/ 영혼의 떨림/ 그 여신의 속삭임.

〈出典-한국시조 연간집. 1999〉

## Ⅲ. 금산 박석순(錦山 朴錫順 1936-2011)의 시조(동시조) 특색

1) 시조의 본질인 동시조 창작에 집념을 쏟아 79%가 단형시조(동시조)를 창작하였다.

2) 시조 장르로 등단했으나 문학 장르가 없는 동시조 창작에 몰두했으며 절장시조가 144수를 창작하였다.

3) 오직 한국동시조를 유지하기 위해서 자유시인이나 동시작가를 총 망라하여 동시조 작품확충에 심혈을 기울였다.

금산 박석순(錦山 朴錫順 1936-2011)의 정형시 창작형태조사

| 문학지 | 1연 | 2연 | 3연 | 4연 | 5연 | 장시조 | 절장시조 | 동시조 | 총계 | 비고 |
|---|---|---|---|---|---|---|---|---|---|---|
| 아가와 꿈 | 21 | 5 | 1 | | | | | 27 | 27 | 선집 |
| 아가와 꽃 | 44 | | | | | | | 44 | 44 | 선집 |
| 가을엽서 | | | | | | | | | 자료 | 없음 |
| 추억 | 121 | | | | | | | 121 | 121 | |
| 새 | 64 | | | | | | | 64 | 64 | |
| 반딧불 | 63 | | | | | | | 63 | 63 | |
| 아가와 반딧불 | | | | | | | | | 선집 | 생략 |
| 아침이면 별들은 바쁘다 | 30 | 23 | 2 | | 1 | | | 56 | 56 | |
| 아기별을 찾습니다 | 4 | 1 | | | | | | 5 | 5 | |
| 한국동시조선집 | 1 | | | | | | | 1 | 1 | |
| 처음으로 | 65 | | | | | | | 65 | 65 | |

| 생각했다 | | | | | | | | | | |
|---|---|---|---|---|---|---|---|---|---|---|
| 한국동시조 | 62 | 5 | 1 | | | | | 68 | 68 | |
| 시조문학 | 11 | 3 | | | | | | 14 | 14 | |
| 시조문학연간집 | 8 | 8 | | | | | | 16 | 16 | |
| 현대동시조 | 12 | 1 | | | | 1 | | 14 | 14 | |
| 광주시(詩)문학 | 2 | | | | | | | 2 | 2 | |
| 벌집 | | | | | | | 69 | | | |
| 석공 | | | | | | | 75 | | | |
| 총계 | 558 | 46 | 4 | | 1 | 1 | 144 | | 704 | |
| 비율(%) | 79.2 | 6.3 | 0.5 | | | | 20.4 | | | |

## Ⅳ. 나오며

박석순(錦山 朴錫順 1936-2011) 시인은 순천사범학교, 원광대학교를 졸업하고 시조문학으로 등단하여 한국아동문학연구회 중앙위원을 역임했고 한국시학, 동시조문학, 동백문학, 무등시조상, 운술상, 광주문학상을 수상하였다. 조사자와 인연이 한국동시조 창간호(1995)부터 줄기차게 이어오다 16년 동안 우리나라 동시조문학 〈한국동시조〉와 〈현대동시조〉의 쌍두마차를 끌고 왔다. 박석순(1936-2011) 시인은 부산 부산진에서 출생하여 1986년 시조문학으로 등단하였고 한평생 동안 시조작품은 30수에 불과하며 동시조(단형)만 670수 정도 창작했는데 연시조가 50수밖에 찾아 볼 수 없다. 오직 한국동시조를 개척하기 위해서 평생을 살아왔고 절장시조 144수를 창작하였다. 우리나라 한국시조 변천 단계 중, 현대시조와 새천년시조의 시대를 겪어 오면서 호남지역에 동시조 꽃이 활짝 피어 아름다운 시조 풍토를 조성하여 왔으며 먼 후세에 잊혀지지 않는 시조산맥을 이루고 세상을 떠났다고 생각한다. 삼가 고인의 명복을 두 손 모아 기도하며 참고 자료가 불충분한 여건에서 간추린 평설로 끝을 맺는다.

# 친환경적 서정시와 사물시의 융합 시학

— 배정태 『엄마랑 나랑』 동시조집을 중심으로

## Ⅰ. 들어가며

우리나라는 전남고흥 나로우주센터가 준공되었고 국제우주정거장이 건설되었을 때 이소연 박사가 2008년 카자흐스탄 바이코누르 우주기지에서 발사된 소유즈 TMA12호를 타고 국제우주정거장에 갔다가 소유즈TMA11호로 바꾸어 타고 지구로 돌아온 우주인도 탄생하였다.

21세기 우주과학시대가 전개되어 과학위성 제3호를 고흥나로우주센터에서 발사하여 지구궤도를 돌고 있는 오늘날의 현실임을 누구나 모두 알고 있는 과학상식들이다. 현대동시조가 현대시조창작운동을 펼쳤을 때 이병기(1891-1968)의 가을(신소년 1925)이 문학사에 오른 첫 작품이라고 주장하는 학설도 존재하고 1934년 심훈(1901-1936)의 달밤(중앙), 1935년 조연제(생몰미상)의 봄비(사해공론)를 주장하는 학설도 존재하고 있음을 여러 시조문학 잡지를 통하여 짐작할 수 있을 것이다. 최첨단 과학문명이 내 앞에 다가온 오늘날에는 현대시조부흥운동과 동요의 발달에서 재래동요가 예술동요로 창가동요에서 시적동요로 시대조류의 발달을 등에 업고 기존 문인 작가들의 주축으로 동시조가 탄생되었다는 주장도 있다.

오늘날의 현대동시조 창작은 아이들이 웃고 뒹굴고 뛰노는 현장의 생활속에서 무르익어 가기 때문에 쉽고 재미있고 진솔한 경험을 짜내어 가슴속의 뜨거운 감동을 자아낼 수 있는 창작기법이 절실하다. 리듬, 은유(비유), 상징, 아이러니, 원형, 이미지 등 시적요소가 녹아있고 율독미(律讀美)를 높이기 위해서 초장, 중장, 종장을 분절하는 낭송기법으로 변용된 시어, 비유된 시어, 상징된 시어로 차원 높은 현대동시조 창작이 바람직하다. 어린이는 구개음화가 발달하지 못했고 휴지기간의 호흡이 짧고 정확한 발음으로 낭송할 수 없기 때문에 분절 기사를 해야 한다. 의미 깊은 알기 쉬운 시어로 간결하고 아름다움의 조화가 이루어져 긴장과 탄력, 절제와 함축을 바탕으로 간결미학을 추구하는데 있으며 그 가락의 운용은 자연스러워야 함이 현대동시조의 생명이다.

## II. 펼치며

### 1. 자유시와 정형시의 판별성

1) 동요

(1) 노래 한 것./ (2) 가락을 고르게 뽑아 노래하기를 주로 한 것./ (3) 느낌이나 생각이 밖으로 나타난다./ (4) 박자의 아름다움.

2) 동시

(1) 속삭인 것./ (2) 그윽한 감정의 가는 물결을 속삭이듯 나타냄./ (3) 안으로 생각하는 힘이 세다./ (4) 생각의 흐름이 그윽하게 잔조로움.

3) 동시조

현대동시조란 사람의 생활 경험과 아름다운 상상을 통하여 얻어진 생각들을 운률, 리듬, 이미지가 들어있는 〈틀〉속에 담아낸 감정으로서 읽는 사람에게 감동을 던져주는 시(詩)이며 어른들이 어린이를 위해서 효행, 교육적으로 지어 낸 〈동시조〉와 어린이가 직접 지어 낸 〈어린이 시조〉로 나뉘어진다.

4) 현대동시조의 성립조건

(1) 초장, 중장, 종장이 4음보 격이다./ (2) 두 개의 호흡단위로 나뉘어 6구로 짜여 있다./ (3) 3.4조의 기본 음수율로 되어 있다./ (4) 종장의 첫 음보는 3음절로 고정된다./ (5) 둘째 음보는 5음보 이상 7음보를 확보해야 한다./ (6) 현재 우리나라는 평동시조, 연동시조, 장형동시조, 엇동시조, 사설동시조가 존재하고 있으나 통일 된 개념이 없고 학자마다 그 학설이 각각 다르다.

5) 현대동시조의 시어 선택은 이렇게!

(1) 순수한 우리 말로 창작해야 이해가 쉽다./ (2) 아름다움이 서려 있어

야 수준높은 동시조다./ (3) 동심이 숨 쉬고 있어야 좋다./ (4) 이해하기 쉽고 꿈이 담겨 있어야 좋다./ (5) 한자, 외래어, 외국어는 삼간 동시조가 좋다./ (6) 속된 말, 낮춘 말, 욕스런 말도 삼간 동시조가 좋다./ (7) 활기차고 생기가 넘치는 시어로 배열함이 좋다./ (8) 시어 배치가 작품 수준을 높이는 척도가 된다.

## 2. 서정시의 흔적들

심천(深泉) 배정태 시인은 철도청 기관사로 봉직하면서 무사고 130만㎞를 달성하여 홍조근정훈장, 대통령 표창을 수상했으며 전국한밭시조백일장에서 입상하였고 한남대학교 사회교육원 문창과를 수료했으며 옥로문학, 가람문학, 문학사랑 신인상을 수상하고 인터넷문학상, 행자부장관상을 수상하여 화려한 문학 등단에 뛰어오르게 된다. 〈금강에 살으리랏다〉에서는 시와 시조를 합병하였고 〈비단강 쏘가리〉는 시집, 〈낙엽은 또 하나의 약속〉에서는 시조, 〈적도에 이는 바람〉은 시집을 발간하여 서정시와 정형시가 함께 어우르는 시풍을 자아내고 있다. 어느 때는 서정이 깃든 사물시로 어느 때는 〈틀〉로 짜인 정형시로 자연의 내면세계를 인내하며 천둥 번개 속의 벌거숭이들, 고향과 친구를 잊는다 해도 폭풍의 날 지난 벌에 흩어진 꿈의 조각들 모아 녹음의 운치를 보듬는 젊음의 강을 심천(深泉)시인은 노래하고 있다.

## 3. 정형시의 접근

대전동시조를 2000년에 창간하고 현대동시조, 한밭아동문학으로 제호를 바꾸어 오면서 11년 동안 피눈물을 흘리며 헌신해 왔다. 심천(深泉) 시인은 창간호부터 참여하여 제12호까지 1연동시조가 2수, 2연동시조가 14수, 3연동시조가 1수로 총 17수를 창작해 왔으며 정형시에서는 1연이 3수, 2연이 30수, 3연이 92수, 4연은 28수, 5연은 4수, 사설시조는 209수, 장시조는 7수, 엇시조는 15수로 총 4권에 394수를 창작하고 있는 중견작가로 떠오르고 있다. 그렇다면 재미있는 현대동시조를 어떻게 변용 또는 변주하여 어떤 방법으로 창작되었는지 살펴보기로 하자.

### 4. 현대동시조의 작품 평설

봄비가 내리는 날/ 봄바람도 따라와서// 겨울나무 깨울 때/ 이웃집 막내둥이// 처음 산/ 책가방 메고/ 폴짝 폴짝 신나지.

—「새봄」 전문

올 겨울처럼 눈 많이 내려 적설량이 많은 해는 풍년이 든다고 우리 조상들은 믿고 있는 토속 신앙이다. 만물이 생동하는 봄, 꽃 피고 새 우는 봄은 활기를 되찾아 준다. 겨우내 움츠렸던 자연 환경은 파릇파릇 새싹이 돋아나면서 꽃을 피우는 뒷동산의 그리움이 되살아난다. 어린이들은 유치원 초등학교 입학식이 기다려지고 즐거운 학교생활이 시작되는 봄맞이를 함께하는 꽃동산 세상이 밝아진다. 자연의 아름다움을 노래하고 생기가 넘치는 소재를 선택하여 어린이들이 제일 많이 선호하는 좋은 작품으로 평가하고 싶다.

여름날/ 찾아들면/ 가슴이/ 시원하고// 매미들/ 합창하는/ 수박 밭/ 머리에서// 뙤약볕/ 잠시 식히면/ 여름 하루/ 저문다.

—「원두막」 전문

아이들은 여름방학을 제일 많이 기다린다. 들로 산으로 바다로 즐겁게 뛰노는 방학을 선호하기 때문이다. 가슴이 시원할 때 수박 밭 머리에서 매미가 합창하고 땀방울 식히면 여름 한나절은 지나간다는 이미지로 묘사 되었다. 매미는 수컷이 발성기가 따로 있어 〈맴맴〉하고 울지만 암컷은 울지 않으며 애벌레가 굼벵이 변화도 6-7년 되어야 매미 성충으로 탈바꿈되고 달밤에도 울더니 이틀이나 사흘이 되면 가장 짧은 일생을 마감한다고 한다. 매미 껍질은 한방약용으로 쓰이고 오늘날에는 비닐터널에서 눈 많이 내리는 겨울철에도 딸기, 참외, 수박, 토마토, 오이 등 각종 과일과 채소를 재배하여 농가소득을 올리고 있으며 농약을 쓰지 않는 친환경 농법이 매우 발달하였다.

> 조약돌 주워 들고/ 뒤뚱 뒤뚱/ 걸을 때면// 겨드랑이 놓칠까 봐/ 근심으로/ 뒤따르던// 울 엄마/ 그리운 밤이/ 꼭두새벽 깨운다.
>
> —「엄마랑 나랑」 첫째 연

현대동시조집 주제를 〈엄마랑 나랑〉으로 정해 놓고 엄마가 그리운 밤이 되면 겨드랑이 놓칠까 봐 근심 걱정을 염려한다. 60년대 새마을운동이 전개 되었을 때는 대가족제도가 유지되어 식구들이 많은 한지붕 가족이 많았지만 사회 과학 문명과 아파트 환경이 변화된 사회변동으로 핵가족 제도로 바뀌어 졌다. 어린이들은 길게 써놓은 연동시조보다 짧게 끝을 맺은 단형동시조를 선호한다. 낭송할 때 지루함을 쉽게 느끼고 구개음화가 발달하지 못해서 낭송을 정확하게 발음할 수 없기 때문이다.

> 파란 줄기 애호박/ 덩굴 잡고 선잠 잘 때// 찾아 온 벌 한 마리/ 어깨 움찔 꽃잎 지고// 속마음 익는 가을에/ 사랑 한 통 영근다.
>
> —「문지기 호박」 첫째 연

호박넝쿨 파란 애호박이 집을 지키는 문지기로 재미있게 비유(은유)되었다. 조선시대 한양 동서남북 사대문을 지켰던 포도청(순라꾼)이 연상된다. 호박꽃이 꽃등을 밝혀 어둠을 밝은 환경으로 전환되었고 어린이들의 친밀감 아름다운 동심을 유도해 내었다. 서정이 깃든 사물시(事物詩)를 여기서 만나게 되어 시적 변용을 한층 월등하게 변주 작용을 진행하고 있다. 그밖에도 딱따구리, 꿀 싸움, 저무는 시골집, 산비둘기, 단풍길, 나팔꽃 형제, 초롱꽃 강아지풀, 잠자리, 접시꽃, 무당거미, 도라지꽃, 박꽃, 달맞이꽃, 이슬비, 그림자 등은 모두 친환경적 서정시와 사물시로 환치된 좋은 시제들이다.

얼뜨기 우리 강아지/ 반년이 다 되어도// 짖을 줄을 모르더니/ 현관문을 밀치고 나가면// 어데 가 책 읽으라고/ 북북북 책만 찾네.

—「짖기가 어려워서」 첫째 연

우리나라 전남 진도의 진돗개는 천연기념물 제53호로 지정되었고 주인을 잘 따르고 충성심이 강하고 경북경산의 삽살개는 천연기념물 제368호로 지정되었으며 오수의 개는 술취한 주인을 구해주고 죽었으며 백구의 칠백리 길은 영화같은 감동을 주는 좋은 시제다. 북한에 있는 풍산개는 천연기념물 제128호로 지정되었으나 1962년 해제되었다. 시청각 매개체에서도 동물사랑 캠페인을 전개하고 있으며 우리 인간도 장애인이 살고 있듯이 강아지도 장애가 있는지 모르겠다. 우리 인간은 장애를 뛰어 넘어 훌륭한 업적을 남긴 미국 헬렌켈러(1880-1968), 강영우(1944-2012) 박사는 미국 백악관국가장애위원회 정책차관보를 지냈으며 그 밖에도 장애인들이 훌륭한 업적을 남기는 사례가 더욱 늘어나고 있는 실정이다.

### 5. 현대동시조 창작작품의 특색

1) 첫째 친환경의 서정시와 사물시가 어우러진 재미있는 현대동시조로 창작되어 어린이들이 쉽게 이해할 수 있는 창작 기법을 활용하였다.

2) 둘째 현대동시조의 작품 소재가 광범위하고 다양하여 어린이들의 지적 수준을 극대화할 수 있는 재미성, 흥미성을 유발시키는 놀라운 방법을 활용하였다.

3) 셋째 어린이들이 일상생활이나 가정, 학교, 사회생활에서 쓸모있게 활용할 수 있는 알기쉬운 시어로 창작되어 누구나 현대동시조에 접근할 수 있도록 창작되었다.

## Ⅲ. 나오며

우리나라의 현대시조가 60년대에는 시조의 현대성 확립과 문학적 형상화에 앞장섰고 70년대는 현대시로 합병하는 상징 체계를 기호화 했으며 80년대는 형식 파괴로 다양한 실험이 지속되었으며 90년대는 자유시조가 현대시로 자리매김 했으며 2천년대는 활발한 시어 선택으로 시적 긴장미가 유지될 수 있는 작품 속으로 파고 들었다고 하겠다. 그렇다면 한국의 현대동시조는 어떻게 발전되어 왔을까? 60년대는 청자(1965년 창간)가 발행되면서 동시조가 꿈틀거려 눈을 떴고 70년대는 차령(1978년 창간)과 어린이 시조의 첫걸음-이명길(1928-1994) 꽃가지 흔들듯이-정완영의 동시조집이 아침 햇살을 만나게 된다.

80년대는 별 총총 초가집 총총-박경용-동시조집, 동시조 문학-경철 등이 추풍낙엽처럼 쏟아져 나온다. 아동시조의 개념과 그 지도안-이명길(1928-1994), 동시조 중흥의 가능성-정태모, 동시조의 수용론-오승희, 동시조 사상-경철 등이 우후죽순처럼 솟아올랐다. 90년대와 2천년대는 한국동시조와 현대동시조가 자리매김의 좌표를 지키고 있는 실정이다. 이오덕(1925-2003) 아동문학가의 〈아동시론〉과 〈어린이를 살리는 문학〉을 보면 본 일, 한 일, 생각한 일, 할 일을 자연스럽고 간단명료하게 나타내는 방법을 아동시라고 정의하고 있으며 느낀 점을 나타내는 감동 기법을 우선순위로 올려놓고 있다. 태평양 같은 대망의 앞날에 빛나는 문운의 희망 꽃이 활짝 피기를 기대하며 끝을 맺는다.

# 호암 성덕제(湖岩 成悳濟 1936-2008)

## Ⅰ. 들어가며

현대동시조는 생활 경험과 아름다운 상상을 통하여 얻어진 생각들을 운율, 리듬, 이미지가 있는 틀 속에 담아낸 감정으로서 읽는 사람에게 감동을 던져주는 시이며 어른들이 어린이를 위해서 교훈적으로 창작하는 현대동시조가 있고 어린이들 스스로 지어내는 어린이 시조가 있으며 평동시조, 연동시조, 장동시조, 엇동시조, 사설동시조가 급변하는 사회변동으로 오늘날 우주시대에 존재하고 있다. 우리나라에서 어린이와 학생들의 시조 중흥은 현대동시조로부터 첫걸음을 시작해야 한다는 취지 아래 〈대전동시조=현대동시조〉를 창간한 지 3년이 접어들 무렵 〈메밀꽃〉 겨레의 노래(동시조집)를 받게 되었다. 이때부터 전국과 강원도에서 그동안 펼쳐진 〈호암시조선양회〉가 어린이 시조집을 발간하고 중학생 시조집, 시조잡지를 발간한 모든 자료를 상호 교환하였다. 현대동시조에 계속 작품을 투고하였고 2002년에는 〈메밀꽃〉 동시조집을 발간하게 된다. 지은이의 첫 동시조집인 메밀꽃을 펴내며 책머리 글(서문)을 소개하면 다음과 같다. 세살 때 아버지가 일찍 돌아가신 내게는 엄마와 누나 셋이 이 세상의 모두였다. 누나의 등에 업혀 종일 울다보면 달빛을 밟고 돌아오신 어머니는 나를 보고 우시면서 누나의 등가죽을 두드리시며 슬픈 삶을 한탄하셨다고 한다. 누나가 내게 그리움이 되어 메밀꽃으로 그려지고 하얀 박꽃으로 그려진 것은 먼 유년의 늪가에서부터 그런 마음이 내 가슴속에 담기게 된 것이라고 하겠다. 누나의 하얀 얼굴과 엄마의 핏기 잃은 애저린 모습은 내가 쓰는 글속에선 언제나 하얀 이란 말로 그려져 왔다. 초등학교 6학년 때 아버지란 동시가 학교문집에 실린 뒤 꼭 55년이 되는 지금에서야 이 동시조집을 내면서 부끄러움과 또 그리움을 가슴속에서 토해낸다. 하느님! 나의 그리움을 그렇게 기억하소서…. 고맙습니다.로 쓰고 있다.

이런 점을 상상해 볼 때 부성애가 무척 그리운 이미지로 남는다.

## II. 펼치며

### 1. 현대동시조 작품조사

1) 대전동시조 2002 제3집. 내 동생-1연9행, 방패연-2연14행.
2) 대전동시조 2003 제4집. 종소리-2연14행, 나무-2연18행.
3) 현대동시조 2004 제5집(제호개명) 메밀꽃-1연9행.
4) 현대동시조 2005 제6집. 굴뚝-2연14행.
5) 현대동시조 2006 제7집. 작품없음.
6) 현대동시조 2007 제8집. 아가의 얼굴-1연7행.
7) 현대동시조 2008 제9집. 작품없음.

### 2. 메밀꽃 동시조집 작품조사

| 동시조집 | 평동시조 | 2연 | 사설동시조 | 장동시조 | 엇동시조 | 총계 | 비고 |
|---|---|---|---|---|---|---|---|
| 메밀꽃 | 48 | 43 | | | | 91수 | (2002) |
| 총계 | | | | | | | |
| 비율(%) | | | | | | | |
| 詩的傾向 | 生活周邊 自然環境과 事物詩로 變容 또는 變奏 | | | | | | |

### 3. 전국, 강원도 어린이 학생의 작품조사

가. 어린이 시조집(엮음)

1) 파란마음 하얀마음(1989)./ 2) 첫여름의 노래(1989)./ 3) 나뭇잎 배(1991)./ 4) 해바라기(1991)./ 5) 꿈나라(1992)./ 6) 강강술래(1992)./ 7) 하얀 글씨(1993)./ 8) 고추잠자리(1994)./ 9) 봄 편지(1996)./ 10) 봄비(1996)./ 11) 어머니의 노래(1998)./ 12) 우리는 겨레의 노래를 부르고 있다(1999)./ 13) 우리는 조국의 노래를 부르고 있다(2000).

나. 중학생 시조집(엮음)

1) 봄이 오는 소리(1995)./ 2) 내 가슴에 젖어든 노래(1996)./ 3) 우리노래 하얀 밀어(1996)./ 4) 하늘같은 가슴엔 그리움을 담는다(1997)./ 5) 청솔 그 푸르름(1998).

다. 시조잡지 발간

1) 어린이시조 통권1000호 발행./ 2) 중학생시조 통권257호 발행./ 3) 중학생 시조신문 100호 발행.

라. 기타

1) 어린이 시조 25000수 CD제작 1회.

## Ⅲ. 현대동시조(성덕제 1936-2008) 작품조명

### 1. 메밀꽃

봄, 여름 누나의/ 하얀 마음 보다가// 가을엔 누나 같은/ 구름 꽃을 피웠다// 누나의 함박웃음도/ 구름밭에 뿌렸다.

〈출전-出典〉현대동시조. 2004. 제5집.

### 2. 종소리

산속에 살아서/ 가슴이 비었대요// 테에엥 종소리가/ 산속에 넘치면은// 나무는/ 슬픈 소리라고/ 고개까지 끄덕여요.// 천년을 살아서/ 가슴이 늙었대요// 테에엥 목쉰 소리/ 새들이 웃어대요// 비요롱/ 삐찌 삐찌 삐찌/ 어떠냐고 물어요.

〈출전-出典〉현대동시조. 2003. 제4집

## Ⅳ. 호암 성덕제(1936-2008)의 현대동시조 작품 특성.

현대동시조 창작 총 작품 수는 동시조집이 91수, 현대동시조가 7수로 98

수를 창작했는데 어린이들의 생활주변과 자연현상의 변화에서 주제선택이 90% 이상을 차지한 창작으로 미루어보아 첫째 아이들의 정서 감정에 친근감이 있는 생활 서정을 현대동시조 주제로 선택하였다. 둘째 현대동시조도 어디까지나 시이므로 현대동시조를 시(詩)답게 창작하려면 리듬, 이미지, 상징, 은우(비유)원형 등을 총동원한 기법으로 미루어보아 현대동시조 창작수준이 고도의 시적 요소로 활용하였다.

셋째 한 편의 현대동시조가 지각이나, 기억, 상상, 꿈에 의하여 마음속에 생산된 것이 이미지이고 언어에 의하여 마음속에 생산된 경우가 이미저리인데 여러 개의 이미지가 이미지 무리군(群)을 이룰 때 이미저리가 된다. 현대동시조의 모든 대상과 특질 정신적, 비유적, 상징적, 이미지 위주로 직조된 점으로 미루어 보아 수준 높은 현대동시조 창작을 한층 끌어 올렸다고 평설해도 과언이 아닐 것 같다.

## Ⅴ. 나오며

호암 성덕제는 시조작품집을 10권 발행했으나 참고자료가 없어서 현대동시조만 발췌 수록했음을 밝혀두고 호암 성덕제(1935-2009)는 호암시조선양회를 조직, 창회(1986.7.25)하여 민족시(시조)선양활동을 전개한 바 어린이 시조를 창간 발행하였고 전국 초등학교 어린이 2만명 참가, 총 발행부수 10만부 1000호 100권, 1,200 초등학교가 참가하였다. 중학생 시조 발행은 257호 발행, 참가 작품수 5,140수, 25,700부를 발행하였다. 지은이의 메밀꽃 현대동시조 작품은 91수, 평동시조가 48수 51.7%를 차지했고 2연동시조 43수 47.2%로 평동시조와 2연동시조를 주로 창작하였다. 현대동시조의 지표가 시를 위해서는 피땀을 흘려야 하고〈爲詩流之汗〉, 시를 위해서는 눈물도 흘려야 하며〈爲詩流之淚〉, 시를 위해서는 코피도 흘려야 한다〈爲詩流之血〉는 진리를 사진처럼 행동실천으로 옮겨 25,000수의 CD 제작은 손꼽을 만한 업적으로 평가해도 무리는 아닐 것 같다.

삼가 고인의 명복을 두 손 모아 빌며 끝을 맺는다.

# 생동감이 꿈틀거린 정형시의 시적 변용
## - 동계 심성보의 개똥참외, 곰보빵, 가오리연을 중심으로

Ⅰ.

우리나라의 언어는 두 가지의 속성이 있는데 사실언어(과학언어)와 감성언어(시적언어)가 있다. 시(詩)는 리듬, 은유(비유), 상징, 아이러니, 원형, 이미지, 등 시적 요소가 필요하고 삐딱하게 보기, 낯설게 하기, 패쉬타쉬 등 기묘한 표현 기법도 있다. 품위 있고 맛있고 재미있고 훌륭한 현대동시조는 변용된 시어, 비유(은유)된 시어, 상징된 시어를 차용해야 수준 높은 동시조가 창작되며 시적 요소를 잘 활용해야 시(詩) 맛이 있다. 내용과 형식(틀)도 중요하지만 틀(형식)이 어긋나면 동시로 변질 될 뿐만 아니라 본질을 담아 낼 수 없기 때문에 틀(형식)이 더 중요함을 강조해 둔다.

그렇다면 우리나라의 현대시조는 어떻게 변천되어 왔는지 시대적으로 고찰해 보면 다음과 같이 정리할 수 있다.

Ⅱ.

1. 정형시의 접근

1) 우리나라 현대시조의 변천

(1) 고려충선왕(1313)성여완. 1수(청구영언)→조선고종31년 갑오경장(1884)=고대시조./ (2) 1885년부터→1905년까지=근대시조./ (3) 1906년(혈죽가-대구여사)→2006년(현대시조100주년)=현대시조./ (4) 2007년 이후 → 현재=새천년시조로 발전되고 변천되었다.

2) 우리나라 현대동시조의 태동

(1) 이구조(李龜祖 1911-1942)동아일보(1940.5.20) 아동시조의 제창./ (2) 이명길(李命吉1928-1944) 어린이시조./ (3) 이태극(李泰極 1913-2003)

-현대시조작법-아동시조의 준말(동시조)./ (4) 이석현(李錫賢 1925-)캐나다 이민(1975)아동문학의 미개지-동시조 개발 제의./ (5) 박경용(朴敬用 1940-)가톨릭소년(1968. 3월호→5월호)동시조 이야기.

현대동시조란 사람들의 생활감정과 아름다운 상상을 통하여 얻어진 생각들을 운율, 리듬, 이미지가 들어있는 틀 속에 담아낸 감정으로써 읽는 사람에게 감동을 던져주는 정형시이며 어른들이 어린이를 위해서 교훈적, 효행적으로 창작해 낸 현대동시조와 어린이들이 직접 백일장에서 지어낸 어린이 시조로 나눌 수 있다.

## Ⅲ.

### 1. 정형시의 판별성

1) 동요

(1) 노래 한 것./ (2) 가락을 고르게 뽑아 노래하기를 주로 한 것./ (3) 느낌이나 생각을 밖으로 나타낸다./ (4) 박자의 아름다움.

2) 동시

(1) 속삭이는 것./ (2) 그윽한 감정의 가는 물결을 속삭이듯 나타낸 것./ (3) 안으로 생각하는 힘이 세다./ (4) 생각의 흐름이 그윽하게 잔조로움.

3) 현대시조

(1) 초장, 중장, 종장이 1연으로 4음보 격이다./ (2) 두 개의 호흡단위로 나뉘어 6구로 짜여 있다./ (3) 3.4조의 기본 음수율로 되어 있다./ (4) 종장의 첫 음보는 3음절로 고정된다./ (5) 둘째 음보는 5음절 이상 7음보를 확보해야 한다./ (6) 현재 우리나라에서는 평시조, 연시조, 장시조, 사설시조, 엇시조가 존재하고 있다.

참고로 현대동시조는 통일된 개념이 없고 그 학설이 학자마다 각각 다르다.

## 2. 현대동시조의 우수작품

심성보 시인은 경남 함안에서 출생하였으며 2002년 시의나라(계간) 풀국새 소리 외 16편으로 작품 활동을 시작했으며 시집-마음의 강물(2003), 시조문학(계간) 신인상(2004)으로 문학 등단에 오르게 된다. 오늘날 까지 〈풋콩〉, 〈꿩〉, 〈느티〉 현대시조집 3권을 발간하였고 〈개똥참외〉, 〈곰보빵〉, 〈가오리연〉의 현대동시조집 3권째 발간을 앞두고 있다. 부경대 명예교수이며 공학박사로 활동하고 있다. 어른들이 지적 수준을 어린이들의 공감대로 눈높이를 낮추어 어린이들이 좋아하는 현대동시조를 감상해 보자.

> 봄비는 단비라서/ 꿀물로 스며들어//촉촉이 적시는 비/ 보슬보슬 내리는 비//목말라/ 마셔 보자고/ 힘찬 기침하는 새싹.
>
> —「새싹」 전문

추운 겨울 동안 움추렸던 세상 만물들은 새 봄을 맞이하여 가슴 부푼 희망과 꿈과 생동감이 꿈틀거리는 힘찬 기침소리 맥박이 들리는 듯, 봄비를 마신 새싹들의 환호성을 느낄 수 있을 것이다. 초록빛 잔디의 새싹은 영원한 끈질김의 표상이요, 오뚜기의 기질을 닮아 우리 인생 길을 비유(은유)하는 자유시의 예시가 너무 많이 인용되고 있다. 시제가 자라나는 어린이들을 비유(은유)하였고 새싹과 어린이의 생활관찰을 자연환경에 관련시켜 생활공동체의 항구성을 표출하고 있다. 봄비를 단비, 꿀물로 비유하여 의인화 했으며 새싹도 기침하는 상상의 날개가 아름다움을 자아내고 있다.

> 이슬이 내 밥이다/ 배불리 먹어 두자//두 팔을 크게 벌려/ 둥근 해를 끌어  안고//장독간/ 울타리 올라/ 빵빵 나팔 불어보자.
>
> —「나팔꽃」 전문

나팔꽃은 아침 일찍 햇살을 마주보며 피기 때문에 게으른 사람은 꽃피는 모습을 관찰 할 수 없다고 옛날부터 전래되고 있으며 금관악기의 나팔과 그 모양이 비슷하고 악기와 나팔꽃과 그 대칭이 비슷하기 때문에 어린이들의 동기유발이 극대화를 이루어 비유(은유)가 잘된 여러 개의 이미지군이 모인 이미져리로 표출되고 있다. 나팔꽃은 이슬이 아침밥으로 비유되었고 두 팔 벌려 해를 안고 빵빵 나팔 부는 이미지가 특출하여 순수한 동심을 의인화로 표출된 곳을 금방 찾아 낼 수 있을 것이다.

> 산골짝 빈집 초가/ 다람쥐 들랑날랑//주인이 없다는 걸/ 어떻게 알았는지//문패도/ 없는 싸리문/ 휴일 없이 바빠요.
>
> —「빈 집」 전문

어린이들의 리듬감을 살려내는 의태어와 의성어의 사용으로 흥미성, 재미성을 이끌어 내는 창작기법은  심시인의 독특한 특출 방법이다. 〈들랑날랑〉,〈빵빵〉, 〈보슬보슬〉 등의 의태어나 의성어 사용으로 시의 박진감을 충족해 주고 미래지향적 즐거움을 팽팽하게 증폭시키고 있기 때문이다.

> 우리 집 울타리는/ 지구 만큼 돌아가고//곡간도 장독간도/ 뛰는 만큼 넓어 가고//고깔은/ 장고 소리에/ 열 두 발로  돌아  가고.
>
> —「농악」 전문

우리나라 농악은 우도농악과 남도농악으로 대별 할 수 있는데 대전, 서울의 중부지방은 우도농악이 유행되고 남부지방은 남도 농악이 전래되어 전남 진도에서 남도 농악을 군지정 보호 종목으로 지정되었다. 앉은 반 농악은 꽹과리, 장고, 징, 북의 농악기로 구성된 것을 사물농악(四物農樂-김덕수사물패-중요무형문화재지정)이고 선 반 농악은 나팔(피리), 농기, 남사당 무동, 징, 꽹과리, 장고, 북, 소고 등으로 구성된다. 농악놀이에서는 채상소고춤과 고깔소고춤이 있는데 채상소고춤은 채상머리 위에 긴 백지

꼬리를 달고 뱅뱅 돌리며 관중의 흥을 돋구며 기예적, 기술적 묘기를 연출하며 고깔소고춤은 초등학교 어린이들이 운동회 때 고깔을 쓰고 소고 무용을 연출하는 놀이를 의미한다. 어린이들이 제일 선호하는 시제로 부상하고 있으며 자기 체험 학습을 경험 해본 어린이들도 많다고 생각된다.

키다리 해바라기/ 해만 졸졸 따라 다녀//얼굴이 새 까만 채/
꼿꼿이 서 있다가// 담 너머/ 왜 자꾸 보나/ 못 치겠다 등물도.
—「해바라기」 전문

해바라기는 꽃대가 사람보다 큰 키로 노란 쟁반 꽃을 피어 해를 바라보는 해굽성 식물이다. 해바라기 꽃잎은 꽃잎 차, 씨는 약용으로 기름용으로 사용되고 꽃대는 땔감으로 활용하는 다목적 식물이다. 해바라기 잎은 집짐승의 먹이로 활용하는데 특히 토끼가 선호하는 기호식품이다. 바람에 휩쓸려 넘어졌어도 해를 바라보는 해바라기 꽃은 어린이들의 호응도가 가장 높은 선호도를 보이고 있다. 밝고 해맑은 웃음을 선사해 주며 깨끗하고 명랑한 정신을 선호하기 때문이다.

Ⅳ.

시(詩 )는 일상적인 삶을 진솔하게 상실감을 채워주는 작업이라면 시조는 기본적인 틀을 터득한 후에 내용을 다듬는 순서로 진행하는 방법이다. 율격을 느끼기에는 약간의 거슬리는 감도 있지만 키다리 해바라기가 해만 졸졸 따라 다니다 얼굴이 새까만 채 꼿꼿이 서 있다는 이미지가 선명하게 돋보인다. 지금까지 줄기차게 엮어 온 작품들을 정리해 본다면 시제 선호도가 자연환경의 생활공동체로 항구적 표출방법이 뛰어나고 비유(은유)가 잘 된 여러 개의 이미지 군(群)들이 모인 이미저리로 몰고 가는 창작 기법이 특출했고 의성어나 의태어를 사용하여 시의 박진감을 촉진시키는 재미성, 흥미성으로 미래 지향적 즐거움을 확대화 시키고 있다. 어린이들의 꿈과 희망의 표상인 농악이나 해바라기 등의 시제 선택과 7행동시조의 기사법이 수준 높은 현대동시조 창작에 진취적 경향을 보이고 있다는 장점을 꼽을 수 있다는 결론을 내릴 수 있을 것 같다. 지금 현재 고흥나로우주센터를 준공하여 국제우주정거장의 우주 개척처럼 우주선에 꿈과 희망을 모두 싣고 달 세계를 향하는 로켓은 발사되었다. 어떻게 하면 생존 원리를 찾아내고 앞날의 현대시조 개척을 어떻게 연구 창작해야 살아남을 수 있겠는가를 스스로 개척하고 연구하여 남 부끄럼이 없는 훌륭한 우주인이 되기를 기대하는 마음 간절할 뿐이다. 어떠한 시련도 감수하고 시행착오도 맛볼 것이며 쓰디 쓴 고통도 감수해야 할 것이다. 앞날의 문학 활동을 위해서는 쓰디쓴 눈물도 삼켜야 하고 땀방울도 뚝뚝 흘려야 하고 빨간 장미꽃 같은 코피도 떨어져야만 된다는 진리를 깨닫고 빛나는 꿈동산에 희망 꽃이 활짝 피기를 간절히 소망하며 끝을 맺는다.

# 계산 용진호(溪山 龍珍浩) 회장의 시조 혼과 한밭의 흔적

## Ⅰ. 들어가기

계산 회장을 필자가 처음 알게 된 것은 가람 탄신 100주년기념(1992) 때 익산에서 회의와 세미나를 끝내고 여산(礪산山)에 있는 수우제 뜰에서 첫 상면을 하게 되었다. 첫 시조집 『가슴 냇가에 흐르는 사랑』을 보내드리고 두 번째 시조집 『이승과 저승 사이』를 보냈는데 받기만 하고 시조집을 만들지 못해서 송구스럽다고 전화를 주고받은 일이 생각난다. 그 후로 한국문인협회 해남지부(지부장-용진호)에서 발간하는 한듬문학(1994,제9집)을 보내 주기도 했었다. 한국시조시인협회 총회와 세미나가 있을 때 상호 재회를 하였고 특히 고 월하 리태극 박사를 해남에서 극진히 모셨다는 일화는 너무 유명한 에피소드가 되었다. 계산 회장이 한밭에서 활동했던 시조 혼과 흔적을 고찰해 보기로 한다.

## Ⅱ. 펼치며

1. 가람문학 시조작품 목록

| 가람문학 | 시조작품 | 출판사 | 발행년도 |
|---|---|---|---|
| 창간호 | 작품 없음 | | 1980 |
| 제2집 | 봄볕, 다방 | 미광사 | 1981 |
| 제3집 | 수덕야운, 나비 | 제일문화사 | 1982 |
| 제4집 | 탄금대, 난(蘭), 정(情) | 제일문화사 | 1983 |
| 제5집 | 눈(眼), 옹달샘 | 호서문화사 | 1984 |
| 제6집 | 세탁, 쓰르라미, 유달산, 성수대교, 정16,17,18 | 호서문화사 | 1985 |
| 제7집 | 작품 없음 | | |
| 제8집 | 작품 없음 | | |
| 제9집 | 올림픽, 춘경, 정 40,41 | 호서문화사 | 1988 |

| 제10집 | 통일, 바닷가에서, 24절사 | 호서문화사 | 1989 |
|---|---|---|---|
| 제11집 | 삼한사온, 그믐달, 정37, 철쭉, 고파배치문회사기적비고성 | 호서문화사 | 1990 |
| 제12집 | 낙화암, 동백, 정, 바닷가 | 호서문화사 | 1991 |
| 제13집 | 금갑도진, 목장풍경, 상록수림, 회동서경, 홍주예찬, 학도래지 | 호서문화사 | 1992 |
| 제14집 | 단풍, 낙엽을 태우면서, 경칩 우수, 비구니 | 호서문화사 | 1993 |
| 제15집 | 노량대첩, 쌍계사, 궁중요화 | 호서문화사 | 1994 |
| 제16집 | 금강사, 통일염원, 낙엽을 태우며, 변공의사수기추모, 박꽃 | 호서문화사 | 1995 |
| 제17집 | 우리땅 독도, 새벽, 풍우가 설치는날 | 호서문화사 | 1996 |
| 제18집 | 매송, 국송, 억새꽃, 수녀로 간 딸 생각, 연곡사 | 호서문화사 | 1997 |
| 제19집 | 계룡산 동학사, 늦감 | 대교출판사 | 1998 |
| 제20집 | 안동호에서, 망종 절 안개비, 맷돌 | 대교출판사 | 1999 |
| 제21집 | 다듬이돌, 달량진, 봉우사 | 대교출판사 | 2000 |
| 제22집 | 원고지, 세월 비를 쌓고 앉아 | 대교출판사 | 2001 |

2. 한국동시조 작품 목록

| 한국동시조 | 동시조 작품 | 동시조 형탭 | 출판사와 년도 |
|---|---|---|---|
| 창간호 | 작품 없음 | | |
| 제2집 | 봄비, 동그라미, 산 | 평동시조,2연동시조, 2연동시조 | 한림, 1995 |
| 제3집 | 낙수, 저녁노을 | 평동시조 | 한림, 1996 |
| 제4집 | 작품 없음 | | |
| 제5집 | 동그라미 | 2연동시조 | 한림,1998,봄호 |
| 제6집 | 강아지풀 | 3연동시조 | 1998,가을호 |
| 제7집 | 한국여류동시조 | | |
| 제8집 | 잠자는 아이 얼굴 | 3연동시조 | 1999,겨울호 |
| 제9집 | 병아리 | 2연동시조 | 2000,봄호 |

3. 대전동시조 작품목록

| 대전동시조 | 동시조 작품 | 동시조 형태 | 출판사 |
|---|---|---|---|
| 창간호92000) | 작품 없음 | | |
| 제2집(2001) | 산 | 2연동시조 | 오늘의문학사 |

4. 시조집-계산 시조시 선집

| 동시조 | 동시조작품 | 형태 | 출판사 |
|---|---|---|---|
| 동시조12수 | 동그라미<br>종달새<br>꽃동산 만드는 날<br>할미꽃<br>우리 부처님<br>산 | 2연동시조<br>3연동시조<br>2연동시조<br>2연동시조<br>2연동시조<br>평동시조 | 문학춘추사(광주)2001,<br>한림 |
| | 시조 228수 | | |

## Ⅲ. 나오며

계산 용진호(1933-2001) 회장은 가람문학(1981)에 제2집부터 제22집(2001)까지 총 70수를 투고했고 한국동시조는 9수, 대전동시조 1수를 창작하였는데 계산시조시선집까지 시조는 총 298수, 동시조는 22수의 흔적을 남긴 셈이다.

계산의 시조작품 경향은 역사적 고증을 날카롭게 이미지를 형상화하였고 자연의 서정성을 한시풍으로 읊은 재능이 특색으로 꼽을 수 있다. 특히 서예와 한시도 일가견을 이루었고 문화재 발굴과 해남문학 창설에 심혈을 쏟았으며 뒤늦게 고인의 명복을 기원한다.

# 슬기 꽉 찬 절제미(切除美)와 직유법(直喩法)의 미학(美學)

— 시천(柴川) 유성규의 〈코코질 냄새〉, 〈연필 화났다〉 동시조집을 중심으로

## Ⅰ. 들어가며

우리나라의 현대동시조는 사람의 생활경험과 아름다운 상상을 통하여 얻어진 생각들을 운률, 리듬, 이미지가 들어있는 틀 속에 담아낸 감정으로서 읽는 사람에게 감동을 던져주는 시(詩)를 의미한다. 1934년 심훈(1910-1936) 중앙〈달밤〉, 1935년 조연제(생몰연대 미상)사해공론〈봄비〉를 기성 시인들의 주축으로 처음 시도되었다고 밝힌바 있으나 이병기(1891-1968)〈가을〉을 최초 동시조로 주장하고 있는 학자도 있어 정확한 개념은 없고 양론이 대두되고 있는 실정이다. 그리고 한국 동시조(명칭)의 문헌적 근거 변천을 고찰해 보면 다음과 같다.

1) 이구조(李龜祚 1911-1942) 동아일보(1940.5.29)아동시조의 제창.

2) 이명길(李命吉 19228-1944) 어린이 시조.

3) 이태극(李泰極 1913-2003) 현대시조작법(아동시조의 준말〈동시조〉)

4) 이석현(李錫賢 1925-) 아동문학10집(1964)-캐나다 이민(1975)
아동문학의 미개지-동시조 개발 제의.

5) 박경용(1940-) 가톨릭소년(1968.3월호-5월호) 동시조 이야기

그러므로 어른들이 어린이를 위해서 효행적, 교훈적으로 창작했다면 〈현대동시조〉백일장에서 아이들이 직접 지었다면 아동시조라고 정의해도 틀린 말은 아닐 것 같다.

## Ⅱ. 펼치며

### 1. 시천(柴川)의 현대동시조 자료조사

1) 동방령가-구두-2연12행(학예춘추-서울 1985)

2) 시천시조선집. 우리 식구-평동시조 7행

잠자리와 나-3연9행./ 산바람들바람-평동시조 7행./ 새봄의 식탁-평동시조 7행./ 거꾸로 산다-평동시조 7행./ 저녁놀-평동시조 7행./ 선거-평동시조 7행./ 누나의 편지-평동시조 7행./ 구름-평동시조 7행./ 유치원 산수 시간-평동시조 3행./ 유치원 지리 시간-평동시조 3행./ 한국의 어린이는-평동시조 7행./ 하얀 지붕 및-2연6행./ 새봄의 소원-2연6행./ 어느 날-평동시조 7행./ 엄마의 장보기-평동시조 6행./ 나의 꽃밭-2연12행./ 외가댁 가는 길-평동시조 7행./ 할머니 생각-2연6행./ 키 재기-평동시조 6행./ 내가 살 꽃마을-3연15행./ 나의 하루-평동시조 7행./ 미안해-2연14행./ 내 동생-3연 9행./ 우리나라-평동시조 7행./ 꽃 앞에서-평동시조 7행./ 짝꿍과 단 둘이서-평동시조 7행./ 금붕어-평동시조 7행./ 누가 누가 잘하나-2연14행./ 내 인형-3연9행.

3) 한국동시조 1999. 제8호-내가 살 꽃마을-3연9행

2000. 제9호-금붕어-평동시조 36행./ 내 인형-3연9행./ 나의 꽃밭-2연6행./ 누가 누가 잘 하나-2연6행./ 저녁노을-평동시조 3행./ 누나의 편지-평동시조 3행./ 구름-평동시조 3행./ 내 동생-3연9행./ 새봄의 식탁-평동시조 6행./ 2004. 제18호-하얀 지붕 밑-2연6행./ 나비-평동시조 3행./ 2009. 한국동시조선집-금붕어-2연6행.

4) 현대동시조 2005. 제6집-구두-2연12행

2007. 제8집-금붕어-평동시조 6행./ 2008. 제9집-우리 식구-평동시조 7행./ 2009. 제10집-구름-평동시조 7행./ 한국현대동시조선집-구두-2연12행

5) 현대동시조집 (1) 코코질 냄새(동시조집)-평동시조 72수./ (2) 연필 화났다(동시조집)-100주제 125수.

## 2. 시천(柴川)의 현대동시조 세계

1) 시청각적 이미지

우리나라의 어린이는 나라의 기둥이라고 한다. 어린이들이 씩씩하고 튼

튼하게 자라야 나라도 건강하고 굳센 나라가 된다는 사실은 누구나 알고 있는 사실이다. 이와 마찬가지로 아이들에게는 〈읽을거리〉가 있어야 하며 〈일을거리〉를 만들어 주는 일이 〈동시조 작가〉들이 하는 일이다. 이러한 말은 구실이 제대로 척척 기계가 돌아가듯 움직여야 현대동시조의 활동이 전개되는 것이다. 유치원 아이들과 함께 〈일을거리〉를 〈유아동시조〉라고 부르는데 우리나라에서 제일 처음 유아동시조를 리태극(1913-2003)박사가 그 작품을 남겼다고 생각하며 〈월하 동시조의 진실적 전개양상〉 시조문학 2005 겨울호-걸음마, 개구쟁이를 참고하면 좋을 것 같다. 그럼 유아와 엄마를 위한 유아동시조를 감상해 보자.

> 코코질 냄새 난다/ 살이 오른 아가 볼// 촉촉한 지린내와/ 살이 오른 볼기짝// 엄마의 뽀뽀소리가/ 아가 귀로 들어 간다.
>
> —「코코질 냄새」 전문

신문이 윤리강령을 준수한다면 현대동시조는 현행 개정 교육과정을 준수할 수밖에 없다. 국정교과서와 다르다면 아이들은 혼동을 주기 때문이다. 현행 제7차 초 · 중 · 고 개정교육과정(2007.2.28)교육인적자원부 고시 제2007-79호 새교과서로 개정되어 초장, 중장, 종장을 모두 불절 기사(記寫)하였다. 아이들은 구개음화가 발달하지 못했고 혀가 짧아 휴지가 짧기 때문에 정확한 발음으로 낭송할 수가 없기 때문이다. 6행, 7행, 8행, 9행 기사가 아무 제약이 없으나 종장의 〈틀〉을 인식시키고 둘째음절이 5-7자로 짜여져야 현대동시조의 늪에 빠지지 않기 때문이다. 그러므로 7행으로 기사함이 바람직하다고 제안한다.

2) 시(詩)의 구성 요소

동시조 작가는 어린이들의 마음을 파고들어가야 한다. 아동심리를 이해하고 동시조 짓기를 출발해야 한다. 시적 변용과 시적 도구, 새로운 기법과 방법도 어린이들이 일상생활에서 사용하는 사실적 언어가 아니라 상상을 초월한 감성적 언어를 구사해야 참맛이 있기 때문이다. 어린이들은 쪽빛 하늘을 바라볼 때 자기 눈 안으로 들어온 그림 그대로 하늘을 본다. 그것이 동심이다. 아이들에게는 창조적인 상상력과 미래를 생각하는 원만함이 있다. 그들의 시는 리듬, 은유(비유), 상징, 아이러니, 원형, 이미지 등 시적 요소가 필요하고 삐딱하게 보기, 낯설게 하기, 패쉬타쉬 등 기묘한 표현기법도 있다. 삐딱하게 보기는 인유법(引喩法)이나 패러디, 혼성 모방 등으로 변질되어 가는데 패쉬타쉬는 인유가 그 본질이며 인유법은 유명한 시나 문장, 어구 등을 끌어다 자신의 표현으로 대신하는 기법을 말한다. 비틀어짜기는 언어의 모순이다. 언어의 모순은 관념에서 일탈해 보고자 하는 인간의 욕구일 수도 있다. 그래서 비틀어짜기의 기법은 최대한의 언어의 모순이 일어났을 때 성공한다. 개그쪽에서는 많이 사용하지만 내용이 곧 역설적이어야만 흥미를 끌게 되기 때문이다. 아이러니 기법이라고도 할 수 있지만 거리가 좀 있다. 비틀어진 어법과 어휘를 사용했을 때 웃음을 자아내게 되는데 이것이 언어의 비틀어짜기이며 시의 장르에서 이 기법을 활용한다. 곧 훌륭한 동시조란 변용된 언어, 비유된 언어, 상징된 언어를 차용해야 좋은 동시조가 되며 시적 요소를 잘 활용해야 시 맛이 있다. 우리나라 동시조에서 틀(형식)과 내용 중 틀보다 내용을 중시하는 경우가 있다. 그러나 내용보다는 틀이 훨씬 더 중요하다. 그 내용과 본질을 담아낼 수 없기 때문이다.

그렇다면 초등학교 저학년에서 적당한 동시조를 감상해 보자.

> "얘 임마 아파 죽겠다/ 넌 왜 자꾸 내 살 깎니?" // "숙제를 해 가야지/ 그럼 어떻게 해" // "알았어, 졸기만 해 봐라/ 콕콕 찔러 줄거야"
>
> —「연필 화났다」 전문

대화체 동시조를 의인법으로 표출했다. 순수한 동심을 의인화로 표출시켜 자연 사물(事物)과의 교감(交感)을 통한 의인화 방법으로 친근감을 이끌어 내고 있다. 아이들에게는 현대동시조의 읽는 즐거움을 주고 내용을 이해하기 쉬워 재미와 흥미를 유발시켜 주는데 도움을 준다.

### 3. 현대동시조의 늪과 벽

전국한밭시조백일장에서 현대동시조 작품을 심사하다보면 지금도 현대동시조의 늪에 빠진 작품들을 만날 수가 있다. 내용보다 〈틀〉이 어긋난 작품들이 나오기 때문이다. 현대동시조의 독립된 장르 찾기, 동시로 편중된 교과서의 현대동시조 공동수록문제, 통일된 명칭문제 등 이러한 현대동시조의 늪과 벽을 뛰어 넘어야 우주시대로 발전하는 현대동시조의 문제점과 해결방안이다. 우리나라의 최초 동시조도 이병기(1891-1968)의 〈가을〉과 심훈(1901-1936)의 〈봄비〉가 아동문학에서의 주장과 시조문학에서의 주장이 제각각으로 현재에 이르고 있는 실정이다. 이와 같은 문제점은 현대동시조의 벽이다. 하루 빨리 해결된다면 현대동시조를 발판삼아 시조생활로의 향상과 발전으로 전개될 것이다.

## Ⅲ. 柴川 柳聖圭의 現代童時調 創作形態調査

| 동시조집 | 평 동시조 | 2연 | 3연 | 사설 동시조 | 장형 동시조 | 엇 동시조 | 총계 | 비고 |
|---|---|---|---|---|---|---|---|---|
| 동방령가 | | 1 | | | | | 1首 | |
| 시천시조선집 | 20 | 6 | 4 | | | | 30首 | |
| 한국동시조 | 6 | 4 | 4 | | | | 14首 | |
| 현대동시조 | 3 | 2 | | | | | 5首 | |
| 코코질 냄새 | 72 | | | | | | 72首 | |
| 연필화났다 | 90 | 5 | 5 | | | | 100首 | |
| 총계 | 191 | 16 | 13 | | | | 222首 | |
| 비율 | 86.0 | 8.1 | 5.8 | | | | 222主題 | 총266首 |
| 詩的傾向 | 自然現象의 事物詩, 思惟詩로 變容 또는 變奏 | | | | | | 중복선별 못했음. | |

## Ⅳ. 柴川 柳聖圭의 현대동시조 특색

1. 짝짝, 죔죔, 삐약삐약, 앵앵앵, 까꿍까꿍, 뜸북뜸북, 딸랑딸랑, 토닥토닥, 싱글벙글, 콩당콩당, 콜록콜록, 출렁출렁, 포르릉, 아장아장, 훨훨, 냠냠냠, 이와 같은 의성어나 의태어의 흉내말을 사용하여 리듬감을 심어주고 재미를 느끼게 하고 있다.

2. 의인법을 사용하여 독자와 친밀감을 유도하고 따옴표를 사용한 대화체 동시조가 특색을 이루고 있다.

3. 내용을 쉽게 알 수 있는 직유법이 많아 어린이들의 흥미를 유발시키고 평동시조로 창작되어 낭송법이 용이하며 현행개정 교육과정에 적합하다.

## Ⅴ. 나오며

시천(柴川)동시조 작가는 오늘날까지 총 222주제 266수를 창작하였다. 그 중에서도 평동시조(당형동시조)가 191수로 86.0%를 차지하였고 2연 동시조는 18수 8.1%, 3연 동시조는 13수 5.8%를 나타내고 있다. 지금까지는 유치원 아이들의 〈유아동시조〉와 초등학교 저학년을 위조로 창작된 작품들이 많았고 앞으로 초등학교 고학년을 중심으로 수준 높은 현대동시조 〈읽을거리〉가 꼭 발간되기를 기대한다. 한국 최초 우주인 이소연 박사가 오뚜기 전기밥솥으로 만든 한국쌀밥의 우주음식 이야기, 우주정거장, 한국천문대, 고흥나로우주센터, 농촌에서 콤바인, 트렉터 이앙기의 만능운전 초등학교 6학년의 효자이야기, 산촌, 어촌에서 감동이 숨어있는 이야기, 사설동시조, 장형동시조, 엇동시조 등 우리 어린이들의 〈읽을거리〉가 하루빨리 쏟아져 나왔으면 정말 좋겠다고 생각했다.

# 동심으로 반죽되는 순수성의 미학

— 윤황한『허수아비와 아이들』 동시조집을 중심으로

## Ⅰ. 정형시의 탐색

인간의 심성을 전달하고 싶은 관념이나 실제 경험 또는 상상적 체험들을 미학적으로 그리고 호소력 있는 형태로 형상화시킬 수 있는 수단을 이미지라고 한다. 동시조란 자기의 경험과 아름다운 상상을 통하여 얻어진 생각들을 운율, 리듬이 있는 틀(형식) 속에 담아낸 사람들의 감정으로서 읽는 사람들에게 감동을 던져주는 시이며 어른들이 어린이를 위해서 교훈적으로 창작한 동시조와 아이들이 직접 지어낸 어린이 시조가 있고 평동시조, 연동시조, 엇동시조, 사설동시조가 존재하고 있다. 우리나라의 동시조는 1934년 심훈의 중앙 「달밤」과 1935년 조연제의 사해공론 「봄비」가 기성 시인들의 주축으로 처음 시도되었다. 윤황한 작가는 아동문예에 동시조로 등단했으며 당선소감으로 꿈을 심어주는 시는 어린이를 어린이답게 그리고 어린이의 마음을 헤아리고 그들의 꿈을 키워주는 일이 우리 어른들이 할 일이라는 것을 깨닫고 동시조에 입문했다는 소견과 녹슬고 둔해진 글재주를 일깨워주신 현대동시조와 앞으로 정진할 수 있도록 길을 터주신 아동문예에 감사를 드린다는 고마움과 남은 여생을 어린이들 곁에서 동시조와 함께 호흡하게 된 것을 기쁘게 생각한다고 문학적 이해를 밝힌 바 있다.

## Ⅱ. 동심으로 반죽되는 이미지

오늘날 동시조의 모순성을 주장한다면 규칙적 율독미(律讀美)를 생명으로 대접하는 정형시가 동시조이므로 동시가 누릴 수 없는 정신세계를 동시조화 할 수 있는 독특한 형태를 개발해야 한다.

동시조의 외형적 형식을 음수율로 파악되는 형식미가 아니라 음보율로 파악되는 형식미를 찾아야 한다. 그러므로 동시에서 느끼지 못하는 예술미를 동시조에서 느끼게 해야 한다. 우리나라는 농업국가였다. 과학문명이 발달하여 21세기를 맞이하는 오늘날에는 우주시대로 접어들었다. 현대 정보화시대는 첨단과학 대중매체의 인터넷문화가 산업화, 도시화, 근대화, 개별화까지 내 앞에 다가섰다.

컴퓨터 교육이 대중화되면서 색다른 정보화 문화가 수시로 탄생하는 오늘날에 있어서 과학문명을 따라잡는 인성도 지능을 짜내지 않을 수 없게 되었다. 현대동시조가 자수형(字數形)문학으로 통계학적인 구시대의 흐름과 리듬의 맹종을 배격하고 자유로운 단형동시조 문학으로 정립시켜야 아이들의 선호에 부응하게 될 것이다. 아이들은 구개음화가 발달하지 못해서 발음이 짧고 휴지기간도 짧아 긴 연동시조보다 단형동시조를 선호하기 때문이다. 초, 중등학교 제7차 교육과정 개정안도 초장, 중장, 종장을 모두 분절하여 낭송지도로 개정한 이유도 바로 여기에 있다. 저 황홀찬란한 가을 들판을 바라보라. 고개 숙인 벼가 누렇게 익은 곡식들의 물결을 황금벌판으로 비유(은유)했으며 허수아비 가족들이 행복한 가정으로 변형되었다. 자유, 평화, 행복을 추구하는 상징을 비유했으리라! 한 폭의 풍경화를 보고 상상의 콧노래가 흘러 나올 듯한 장면이 내 눈앞에 선하다.

'훠이훠이', '하하하'는 반복적 의성어가 동시조의 맥을 살려내는 구실을 하고 있기 때문이다. 그 밖에 사물시와 사유시로 변형된 시재들은 「꽃집 앞, 연꽃, 까치밥, 눈발자국, 꽃들이 우산을 썼어요」 등에서 자연환경과 밀접한 관련성이 있는 동시조 작품들이다.

동시조가 어느 시점에서 의미의 집합을 분명하게 이루어 냄으로써 동시조로서의 독특성을 확보하는 것이 동시와의 변별성이다. 현대동시조는 한 작품 속에 여러 이미지를 동원시켜 의미의 통일된 형상화를 꾀하지 못하는 경우가 많은데 현대동시조가 현대동시를 닮으려는 시 작풍으로 보여진다.

시어가 구체적이고 매력적이어야 하며 이미지가 선명하고 리듬이 순조로워 감동과 사상적 함축성이 깃들어 있어야 참다운 동시조가 될 수 있다.

따라서 현대동시조는 율독미에 있다. 틀을 파격해서 과음보 9음절을 한 음보로 처리하는 경우와 2음절을 한 음보로 처리하는 경우가 있다. 9음절을 한 음보라고 하면 동시조로서의 안정된 율박감을 느끼지 못하게 되므로 동요처럼 박자 맞는 장단이 절실하게 필요하며 요청된다. 그러므로 언어가 즉 시어가 알기 쉬운 것으로 선택해야 수준 높은 동시조가 창작되며 시어 선택이 동시조의 극치를 이끌어내기 때문이다.

## Ⅲ. 사물시(事物詩)와 사유시(思惟詩)

현대동시조의 주제들은 자연환경, 학교주변, 과학상식, 일상생활의 연속적 사물들이 시제로 선택되는 경우가 대부분이다.

그 중에서 자연환경과 어린이들의 관련성이 깊은 내용을 고찰해 보기로 하자.

> 황금 들판 허수아비 가족/ 아빠 허수아비 엄마 허수아비// 그 옆에 나란히 아들 딸 셋/ 훠이 훠이 참새 쫓는 시늉// 하하하/ 장난기 섞인/ 아이들의 흉내내기.
>
> — 「허수아비와 아이들」 전문

## Ⅳ. 우주시대와 현대동시조

오늘날의 21세기에 접어든 우주시대에 있어서 국제우주정거장은 우주에 떠 있는 인류의 유일한 상주시설로 우주탐사의 전초기지다.

우리나라도 2008년 4월 8일 오후 5시 40분 탑승, 6시 16분 39초 카자흐스탄 바이코누르 우주기지에서 발사, 2008년 4월 10일 오후 10시 9분 도킹, 수유즈 TMA12호를 타고 우주비행사 이소연 씨가 국제우주정거장을 갔다가 2008년 4월 19일 오후 소유즈 TMA11호로 바꾸어 타고 지구로 돌아왔다. 이제 우리나라도 우주시대에 접어들었다. 오뚜기 밥솥으로 만든 쌀밥이 우주음식으로 선정되었고 아이들에게 꿈을 심어주고 꿈은 이루어

진다는 신념을 뿌리내린 과학동시조가 절실하기 때문에 이와 관련성이 깊은 동시조 작품을 살펴보면

> 천둥/ 누구하고 노니/ 소나기하고 놀지// 소나기/ 누구하고 노니/ 천둥하고 놀지// 천둥은/ 싫어 싫어요/ 소나기하고 놀래.
>
> — 「소나기와 천둥」 전문

지금 국제우주정거장을 건설한 지 10년만에 금속 찌꺼기를 대청소하고 접합 부분에 윤활유를 바르고 고장난 태양전지판 모터를 수리하고 세 명이 상주하던 우주 공간을 여섯 명으로 증원시켜 우주생활용품을 실어 나르는 우주왕복선 인데버호가 국제우주정거장을 갔다 왔다.

「시계는 언제 자나요, 과자 한 봉지, 뻥튀기」 등은 아이들의 글맛을 끌어당기는 좋은 과학동시조의 시제들이다.

> 재잘거리는 1학년 교실/ 우리 어머니 우리 아버지// 책읽고 글 쓰는 솜씨/ 피어나는 우리 한글// 새 봄에/ 꽃가지 가지마다/ ㄱ, ㄴ, ㄷ, ㄹ…… 피어났으면
>
> — 「피어라 한글」 전문

우리나라는 한글날을 2005년 12월 8일 국회에서 국경일로 승격하였고 유네스코는 세계문맹 퇴치일(5월 15일)을 세종대왕 탄신 일로 정했으며 세종대왕 문해상(文解賞)을 주고 있다. 또 지구상에 살고 있는 사람들이 6800개의 말이 있지만 말을 적는 글자는 40종밖에 되지 않으며 유네스코가 한글의 우수성을 인정하여 1997년 세계기록문화유산으로 지정하였다.

## Ⅴ. 맺으며

현대동시조의 미래상은 진솔한 경험에서 우려낸 알기 쉽고 재미있는 수준 높은 동시조가 요구되며 음수율에 파격을 해서라도 동시조의 감동을 자

아내는 감각적 구체적 시어로 직조되어야 할 것이다.

또 시행의 배열이 다양하여 낭송지도가 손쉽게 이루어지는 방향으로 이끌어 와야 할 것이다.

윤황한 작가의 현대동시조를 창작한 특색을 고찰해 보면

첫째, 현대동시조가 자수형, 통계학적인 구시대의 흐름과 리듬의 맹종을 배격하고 자유로운 평동시조 문학으로 확립했고,

둘째, 아이들은 구개음화가 발달하지 못해서 발음과 휴지기간이 짧아 단형동시조를 선호하는 관점을 착안하여 평동시조 창작이 우세성을 보이고 있으며,

셋째, 우리나라의 현대동시조도 상품 광고에 사용하는 현대동시조가 일반화되어 우주시대에 걸맞는 과학동시조를 개척했다는 사실을 손꼽을 수가 있다.

그래서 현대동시조도 어디까지나 시이기 때문에 리듬, 은유(비유), 상징, 아이러니, 원형, 이미지 등 시적요소가 필요하고 삐딱하게 보기, 낯설게 하기, 패쉬타쉬 등 기묘한 표현 기법도 있다.

그러므로 변용된 시어, 비유된 시어, 상징된 시어를 차용해야 수준 높은 동시조가 창작되며 시적 요소를 잘 활용해야 시 맛을 끌어당길 수 있다.

앞으로 문학의 길은 험난한 파도를 만나 슬기롭게 헤쳐나가는 기량이 용솟음쳐야 하고 폭넓은 향해의 문학적 기교가 날로 융성하기를 기대하며 끝을 맺는다.

# 월정 이종훈(月汀 李鍾塤) 시인과 동시조문학

## 1. 들어가기

월정(月汀) 시인과 상면하고 지낼 때는 한국시조시인협회 정기총회 때 한글회관에서 산심(山心) 원수연(元壽淵) 시인과 함께 만난 일이 있다. 서로 같은 문학 장르인 시조문학으로 등단했기 때문이다. 1991년도 첫 시조집을 펴냈을 때부터 계속 작품 교류를 하였고 시조와 동시조를 창작하면서 문학 역사의 돌탑을 쌓아 올릴 때마다 대전동시조문학회와 인연을 맺고 있었다. 월정 시인이 평생 동안 시조집을 발행한 내용을 연표로 만들면 다음과 같다.

1) 월정 이종훈 시인의 시조문학

| | 시조집 | 장르 | 출판사 | 발행년도 |
|---|---|---|---|---|
| 1 | 불러야 할 이름이 있네 | 시조집 | 세광출판사 | 1993.6.10 |
| 2 | 이 길로 가면 | 시조시집 | 도서출판 원주 | 1995.9.25 |
| 3 | 세월 속에 묻어 놓고 세월 불러 물어보고 | 시조집 | 도서출판 원주 | 1997.11.15 |
| 4 | 창해에 비친 달 | 선시조집 | 도서출판 원주 | 1998.9.5 |
| 5 | 해와 달로 떠서 | 시조집 | 시와비평사 | 1999.6.15 |
| 6 | 세월의 강 | 고희기념 | 애유문화사 | 2000.12.28 |
| 7 | 길들여진 대로 | 청송헌시초 | 대유문화사 | 2002.11.30 |
| 8 | 가슴을 풀어 놓고 | 유고시집 | | |

2) 월정 이종훈 시인의 동시조문학

가) 한국동시조(발행인-박석순-광주) 작품

| 한국동시조 | 동시조작품 | 장르 | 발행년도 |
|---|---|---|---|
| 제3호 | 앉은뱅이꽃, 외딴집 | 단형동시조 | 1996 |
| 제4호 | 외딴집, 새벽까지 | 단형동시조 | 1997 |
| 제5호(봄호) | 작품 없음 | | 1998 |
| 제6호(가을호) | 작품 없음 | | 1998 |
| 제7호(봄호) | 한국여류동시조 | | 1999 |

| 第8호(겨울호) | 가을에는 | 단형동시조 | 1999 |
| --- | --- | --- | --- |
| 제9호(봄호) | 참새꽃 | 단형동시조 | 2000 |
| 제10호(겨울호) | 한국여류동시조 | | 2000 |
| 제11호(봄호) | 작품 없음 | | 2001 |
| 제12호(가을호) | 작품 없음 | | 2001 |
| 제13호(봄호) | 봄 아가씨 | 2연동시조 | 2002 |
| 제14호(가을호) | 작품 없음 | | 2003 |
| 제15호(봄호) | 작품 없음 | | 2003 |

나) 대전동시조(대전동시조-김창현) 작품

| 대전동시조 | 동시조작품 | 장르 | 출판사 |
| --- | --- | --- | --- |
| 창간호(2000) | 앉은뱅이꽃 | 단형동시조 | 오늘의문학사-대전 |
| 제2집(2001) | 작품 없음 | | 오늘의문학사-대전 |
| 제3집(2002) | 5월, 까만 나무 | 단형 동시조<br>단형 동시조 | 오늘의문학사-대전 |
| 제4집(2003) | 봄아가씨, 눈물로 잘못 알고 | 2연동시조<br>단형동시조 | 오늘의문학사-대전 |
| 제5집(2004) | 발간 예정 | | |

## 2. 나오는 말

월정 이종훈 시인의 생애와 문학이란 논문을 혹석하 시인이 집필했는데 미래문학 2004년 여름호(회장 장춘득)에 수록되었다. 월정 시인의 유고시집을 빼놓고 시조집 7권을 펴내면서 총작품 수는 시조 781수, 동시조 13수를 창작하였다. 유고시까지 포함시킨다면 850수가 훨씬 넘을 것 같다. 월정 시인은 산사와 관련된 선시를 많이 창작했기 대문에 필자의 불교문학과 상통하는 공통점이 있었고 특히 동시조를 창작하면서 수몰민의 애환을 노래한 흔적을 엿볼 수 있다.

대전에서 서예전시회를 열었다는 소문을 들었을 때는 서로 알지 못했고 상호 안면이 없어 찾지 못해서 항상 마음이 무거웠었다. 지금은 극락정토에서 편히 쉬고 있을 것이며 뒤늦게 알고 삼가 명복을 기원한다.

# 월하 이태극(月河 1913-2003) 동시조의 진실적 전개양상

## 1. 들어가기

우리나라에서 1960년대에 시조문학[1] 전문 잡지가 창간되면서 시조의 일반화에 기여한 지대한 업적은 재론할 필요성이 없을 것 같다. 한국동시조[2]는 심훈의 달밤[3](중앙.1934)과 조연제의 봄비(사해공론.1935)가 발아되면서 동시조 작품이 전개되고 있는 역사적 의미를 갖는다. 오늘날까지 70년의 연륜이 쌓이면서 한국 동시조는 눈부신 발전을 거듭해 왔다. 한국동시조(1995.창간)와 현대동시조(2000.창간)가 탄생되었기 때문이다. 그래서 지금까지 다루어왔던 시조작품들의 연구 논문들은 제외하고 동시조만 가려 뽑아 한국동시조를 어느 코너로 몰고 왔는지 동시조 작품의 진실적 이미지와 문학성의 위치를 살펴 보고자 한다.

## 2. 월하 동시조의 시대적 분류와 조명

1) 월하 시조집 발간 내용

| 작품출전 | 연대 | 출판사 | 작품유형 | 비고 |
|---|---|---|---|---|
| 현대시조선총 | 1958.3.25 | 새글사 | 65명시조작품 456수 | 이병기. 리태극 공동편집 |
| 꽃과 여인 | 1970.11.30 | 동민문화사 | 47수 | 월하시조집 |
| 노고지리 | 1976.8.15 | 일지사 | 42수 | 시조집 |
| 소리소리소리 | 1982.2.15 | 문학신조사 | 224수 | 시조집79편224수 |
| 한국시조큰사전 | 1985.3.23 | 을지출판공사 | 188수 | 큰사전 |
| 날빛은 저기에 | 1990.6.25 | 시민문학사 | 90수 | 시조집 |

1) 《시조문학》-계간 1960창간-리태극, 한국동시조사연표(현대동시조.2004)p184
2) 현대시조작법(리태극-정음사.1981) p129.
3) 이달의 아동문학칼럼(아동문예.1995.12월호) p154.

| 자하산사 이후 | 1995.7.25 | 토방 | 55수 | 시조집 |
|---|---|---|---|---|
| 진달래연가 | 2000.12.28 | 태학사 | 67수 | 시조선집 |

2) 월하 동시조 작품 출전내용

| 출전 | 주제 | 유형 | 형태 | 비고 |
|---|---|---|---|---|
| 한국 시조 큰사전 | 1.수숫대 | 평동시조 | 단형3행 | |
| | 2.참새 | 평동시조 | 단형3행 | |
| | 3.갈대 | 평동시조 | 단형3행 | 1969년 모래내에서 창작 |
| | 4.고추 | 평동시조 | 단형3행 | |
| | 5.가을 | 평동시조 | 단형3행 | |
| 한국 시조 큰사전 | 가을이오면 | 2연동시조 | 2연6행 | 1965.12.19. 감나무골에서창작 |
| | 갈대 | 2연동시조 | 2연6행 | |
| | 갈매기 | 평동시조 | 단형3행 | 1952.5.남도영도우사 |
| | 감 | 3연동시조 | 3연9행 | 1976.10.26.자하빌라에서창작 |
| 날빛은 저기에 (시조집) | 걸음마 | 평동시조 | 단형6행 | |
| | 잠투정 | 평동시조 | 단형6행 | 1986.10.30.자하빌라에서창작 |
| | 별따기 | 평동시조 | 단형6행 | |
| | 개구쟁이 | 평동시조 | 단형6행 | |
| 한국 동시조 | 새치기 | 평동시조 | 단형6행 | |
| | 걸음마 | 평동시조 | 단형6행 | 개구쟁이를 수렁마당으로 주제변경 |
| | 수렁마당 | 평동시조 | 단형6행 | |
| 진달래 연가 | 산딸기 | 동시조 | 2연12행 | 1966.9.26.동망산방에서 창작 (화천파로호시조비) |

3) 국정교과서에 수록된 동시조

| 교육과정 | 주제 | 유형 | 형태 | 비고 |
|---|---|---|---|---|
| 중학교 제3차 교육과정(중학국어) | 삼월은 | 동시조 | 2연12행 | 서울신문(1956.4.15) |
| 중학교 제4차 교육과정(중학국어) | 삼월은 | 동시조 | 2연12행 | 서울신문(1956.4.15) |

## 3. 월하 동시조 작품

1) 수숫대

키다리 수숫대는 주체스레 이삭 달고/ 푸른 하늘 조아리며 추석을 기다리네/ 올 가을 수수고물 제빈 동이 함께 먹어야지.

2) 참새

그 까만 눈동자들을 동글동글 깜박이며/ 동구 밖 재재 공론 단풍잎 더욱 고와/ 덤불 및 참새 공론도 익어가는 어스름.

3) 갈대

흰머리 너울 짓는 저 언덕 갈대 숲 발/ 어깨동무 처얼철 그 소리도 메아리 쳐/ 노을이 비낀 언덕으로 신이나는 숨바꼭질.

4) 고추

빨간 고추 지붕이 겨울로 다가가네/ 무 배추 퍼런한 올해 뜰도 풍성하고/ 엄마의 다래기 속엔 엄마 마음 가득해.

5) 가을

벼이삭 휘어진 둑 아빠의 환한 얼굴/ 시루떡 무설기 눈앞에 서리는 김/ 가을은 보람만 찬 잔치 누나도 시집간대.

6) 가을이 오면

풀 섶 나뭇잎이 노을로 불 붙으면/ 드높은 창공은 투명 속의 청자 거울/ 빵라간 능금 알들어 가슴 가슴 안기네.// 이렇게 가을이 오면 마음은 돛을 달고/ 그 옛날 뒤뜰의 능금 밭에 닿는다/ 못 잊을 하나의 영상을 되찾아나 보련 듯.

7) 갈대

하이얀 갈대들이 날개 젓는 언덕으로/ 바래진 나날들이 갈기갈기 찢기운다/ 어허남 요령도 아련히 푸른 하늘 높푸른데.// 칡덩굴 얼기설기 휘감아 산다는 길/ 까마귀 석양을 넘듯 넘어나 가 봤으면/ 그 훗날 저 꽃 증언 삼아 다시 여기 서나 보게.

8) 갈매기

햇볕은 다사론데 물결 어이 미쳐 뛰나/ 뜨락 잠기락 하여 바람마저 휘젓

다가/ 푸른 선 아스라이 넘어 날라 날라 가고 나.

9) 감

십 여 년 바램 끝에 떨어지고 남은 열매/ 여나문 감 알이 가을 볕에 물들었다/ 우수수 바람이 지나도 잠 못 이루던 마음 딛고.// 두툼한 잎새 속에 무르익은 정열도 짙게/ 드높은 하늘을 안고 응결된 채 말이 없다/ 산새도 때로 가지에 와 노래 불러 기리는데.// 비수를 든 눈초리로 이 빛은 볼 것이다/ 베드로의 헛 부리로 이 맛은 알 것이다/ 지순의 알몸으로도 저렇게 익은 것을.

10) 걸음마

기웃뚱 옮겨놓고/ 하하하 손 흔들고// 또 한 발짝 띄어보다/ 엉덩방아 찧고서도// 일으킨 엄마의 손 길/ 뿌리치는 고사리 손.

11) 잠투정

으아 입 언저리에/ 스며 내리는 눈물 방울// 둥개둥개 슬어 안고/ 마음 조이다 보면// 그 눈물 옷섶을 적신 채/ 스스로 새근새근.

12) 별 따기

긴 막대 둘러메고/ 언덕으로 달려올라// 어둠 속 반짝이는/ 별 하나 따 보려고// 발돋움 발돋움 치며/ 휘젓고 휘젓는다.

13) 개구쟁이

질펑한 수렁마당/ 이리 뛰고 저리 뛰며// 강아지와어울리어/ 넘어지고 자빠지나// 얼굴엔 앙 괭이 그려/ 히히 하하 손뼉이다.

14) 새치기

아이들 줄을 서서/ 버스를 기다린다// 언 발을 동동동/ 찬 입김 엇갈린다// 새치기 큰 몸뚱이를/ 우우 하고 밀어낸다.

15) 걸음마 - 한국동시조 창간호 1995. 동시조 작품과 동일함.

16) 수렁마당

개구장이 동시조 주제를 수렁마당으로 개정하였음.

개구쟁이와 수렁마당은 내용이 동일함.

17) 산딸기

골짝 바위 서리에/ 빨가장이 여문 딸기// 까마귀 먹게 두고/ 산이 좋아 사는 것을// 아이들 종종 쳐 뛰며/ 숲을 헤쳐 덤비네.// 삼동(三冬)을 견뎌 넘고/ 삼춘(三春)을 숨어 살아// 뙤약볕 이 산 허라/ 외롬 품고 자란 딸기// 알알이 부픈 정열(情熱)이사/ 마냥 누려 지이다.

18) 삼월은

진달래 망울 부퍼/ 발돋움 서성이고// 쌓이던 눈도 슬어/ 토끼도 잠든 숲 속// 삼월은 어머니 품으로/ 다사로움 더 겨워.// 멀리 흰 산 이마/ 문득 다금 언젤런고// 구렁에 물소리가/ 몸에 감겨 스며드는// 삼월은 젖먹이로세/ 재롱만이 더 늘어.

* 중학교 제4차 교육과정 동시조-삼월은 제3차와 교육과정과 같음.

* 1955. 9. 26. 동망산방에서 창작.

## 4. 이태극론(李泰極 論 1913-2003)

시조는 우리 민족의 사상과 정서를 육백여 년간 이어온 전통문학 양식인데 현대시조로 체계적 정립은 쉬운 일이 아니다. 가람, 노산의 뒤를 이어 시조 학문적 연구, 시조의 문학 장르 정립에 헌신해 왔다. 현대시조는 전통 계승 요소와 변이 요소가 내포되어 있다고 보아 유기적 형식의 발전 방향을 모색해 보려고 한다.

1) 시조문학의 중흥을 가져오기까지 〈시조문학〉 계간지를 이끌어 온 것은 시조계승의 강한 의지를 살펴볼 수 있다./ 2) 월하의 시조 계승은 겨레시의 전통성을 이어 현대 감각으로 조화시키는 변이성을 갖는다./ 3) 고유한 전통성과 새로운 현대적 현실 의식을 표현하도록 전통정신을 수요, 변용하는 시조의 현대성 추구-이선희(李仙姬)[4] 시조가 꾸준히 유지되어 창작되고 있는 이유를 월하는 다음과 같이 간추려 말하고 있다.

---

4) 한국시조작가론(원용문) 국학자료원 2000 서울 p.799

1) 그 형식이 간결하면서도 묘미가 있어 기준형식 안에서는 자유로운 차어(借語)를 할 수 있다./ 2) 그 그릇이 우리의 생활과 사상과 감홍과 사색들을 단적으로 담기에 알맞다./ 3) 그 내용과 형식이 시가의 본질에 맞아서 현대시로서의 가치를 가지고 있다./ 4) 그 형식성을 알고 짓기 시작하면 곧 그 운율성이 터득되어 정형성의 구애를 받지 않게 된다./ 5) 남녀노소나 각층의 직업에 관계없이 누구나 지을 수 있다./ 6) 3장6구로 된 한 수 또는 몇 수이므로 누구나 감상하고 즐길 수 있다.

## 5. 월하 시조의 특색

1) 현실의 각박한 삶을 훈훈하고 정감어린 전통적 인본주의와 낙관적 미래관 내면성을 승화시켜 내면 세계를 구축하고 있다./ 2) 자연과의 교감을 통한 자아성찰로 인간의 순수한 마음을 노래하고 있다./ 3) 현대의 혼돈된 삶을 한국의 전통사상에 용해시킨 서정의 미학이라고 김선희는 결론을 내리고 있다.

## 6. 나오며

월하의 진실적 동시조 세계를 개괄적으로 통합하여 보면 평동시조 13수 2연동시조 5수 3연동시조가 1수가 있는데 대체적으로 단형으로 창작된 평동시조가 주류를 차지하고 있다. 동시조 작품 경향은 자연의 서정형이 주축을 이루고 있고 고희가 넘어서 손자 형제를 키우며 재롱의 귀여움 진실성의 현장을 박진감 넘치게 묘사하고 있다는 점이 특색이다. 필자는 현대시조작법(리태극-정음사, 서울)을 85년도에 대전 대훈서적에서 구입하고 독학으로 시조공부를 할 때 통신지도(우편)을 받아 스승님으로 모시고 시조문학으로 등단한 이유도 여기에 있다. 특히 기묘한 인연은 스승님이 22세 때 하루살이를 서울신문에 투고했다면 필자는 하루의 주제로 시조문학에 등단한 작품이다. 냉면을 무척 좋아하셨는데 지금도 엷은 입가에 웃음이 번지는 듯 생생하기만 하다.

# 춘파 전형 유고시집『새로 얻은 노래』

## 1. 들어가며

춘파(春坡) 전형(全馨 1908-1980) 시인은 대전일보 주필 겸 편집국장으로 재직할 때 대전일보에 발표된 작품 중 동시조만 발췌해서 소개하기로 한다. 1930년대에서부터 작품 발표를 하였다는 바, 이용호 교수가 발굴 정리하고, 대전문인협회 리헌석 회장이 유고시집을 발간하여『새로 얻은 노래』(전형 유고시집. 오늘의문학사. 2002)를 참조하였다.

1) 칠석날

쓰르락/ 쓰르락/ 가을의 가수// 카네션 잎은/ 저렇듯 푸르른데// 칠석은 말린 고사리/ 도르르 여름을 감는다.

2) 무지개

염천 하늘 덮은 구름/ 쏟아 붓는 소낙비 개구// 환히 피어나는/ 아롱진 무지개사// 저 하늘/ 휘도는 꿈을/ 물들이고 남나니.

3) 메뚜기

사알금 사알금/ 숨소리 죽이고// 한 발짝 두 발짝/ 잡힐 듯 따라 가면// 메뚜기 깡총 깡깡총/ 찌리릭 약 올린다.// 어디 어디 숨었니/ 풀 속에 꽁꽁 숨지// 현이와 메뚜기/ 술래잡기하는 벌판// 햇볕은 아몰 아몰해/ 벌레 소리 띠르릉.

## 2. 천진난만한 동심

동시조 「칠석날」은 성큼 다가온 가을을 맞이해서 풀벌레의 울음소리를 듣는다. 〈쓰르락 쓰르락〉 노래를 잘 부르는 가수로 비유한 동심이 운치가 있어 마음을 끈다. 카네션 잎은 푸른데 고사리는 돌돌 말아가며 고스라져서 가을이 벌써 찾아왔다는 내심적 표현의 기법이다.

동시조 「무지개」는 시어가 너무 어려운 낱말이 있다. 그 당시에는 동시조가 발달하지 못해서 어린이들의 수준에 머물러 있지 않고 독자를 대중으로 생각했을 것 같다. 염천은 몹시 더운 날씨인데, 쨍쨍 쬐는 땡볕을 의미한다. 소나기 삼형제가 쏟아져 내리면 아름다운 무지개를 보고 내 꿈도 하늘을 물들이고 있다고 표현한 감정이 어린이 마음으로 닮아가고 있을 지은이의 마음을 엿볼 수 있다.

동시조 「메뚜기」의 주인공은 현이다. 현이가 들판에서 메뚜기를 잡으려고 숨바꼭질하는 연상 장면이 영화의 스크린처럼 지나간다. 의태어 의성어가 동시조 작품의 품격을 높이는 방법도 돋보인다. 사알금 사알금, 한 발짝 두 발짝, 깡총 깡깡총, 꽁꽁 등은 어린이들의 입가에 오르내리는 노래말이다.

### 3. 맺는 말

『새로 얻은 노래』(춘파 전형 유고시집)에서 세 편만 골라냈다. 이 밖에도 「추억」「노을」「파초」 등 여러 편이 있으나 동시조의 생명은 형식미에 있다.

# 정완영(鄭椀永) 동시조의 시어적 이미지(Image) 연구

— 꽃 가지를 흔들 듯이, 엄마목소리를 중심으로

## Ⅰ. 들어가기

한국 동시조의 시초는 심훈(沈薰)이 〈중앙 1934.4〉에 〈달밤〉이란 동시조를 발표했고 조연제(趙淵濟)가 〈사해공론 1935.5〉에 〈봄비〉를 발표함으로써 기성 문인에 의하여 텃밭을 갈고 씨를 뿌려 발아되었다.

뒤를 이어 이구조(李龜祖)가 동아일보에 〈아동시조의 제창 1940. 5. 29〉이란  동시조론을 발표하여 한국 문단에 동시조의 씨를 뿌렸다고 할 수 있다.[1] 정완영은 1960년대 초 유치환의 추천으로 문단에 등단하여 40여년간의 시조 창작을 통하여 현대인의 정서와 사상을 시조에 담고자 하였다. 그의 작품론은 사물과 사물을 관련시켜서 관조하여 그것을 전통적인 수법으로 아름답고 섬세한 언어로 정교하게 표현하여 현대시조의 중흥에 이바지하였다. 박재삼은 정완영의 시조를 사대부의 여지(餘枝)의 역(域)에서 본격문학(本格文學)이 되게 한 중흥에 공헌한 인물이라고 하였다.[2]

이처럼 높은 평가를 받음에도 불구하고 정완영의 작품을 전반적으로 다루며 심층적으로 분석한 본격적인 연구는 석사 학위 논문 1편과 그 밖에 연구논문이 2편 있을 정도이다.[3] 그래서 본 연구는 다음과 같은 몇 가지 문제를 다루어 보려고 한다.

첫째, 기존의 논문에서 다루지 않은 동시조를 살펴보고자 한다. 작가의 동시조를 살피는 일은 한국 동시조에 필수적인 문제라고 할 수 있을 것이다.

둘째, 40여년이라는 긴 세월을 시조 창작에 몰두한 바 방대한 양의 작품을 창작하였다. 본 연구에서는 작품 세계의 변모 양상을 살펴 동시조의 시어적 이미지와 문학성의 위치를 살펴보고자 한다.

---

1) 아동문예 - 꿈틀거린 동시조. 1995. 12월호. p154.
2) 박재삼 - 백수 그 인간과 문학. 현대시조. 1987. 여름호. p31.
3) 원용문 - 한국현대시조작가론. 1999. 국학자료원. p851.

## II. 동시조의 문학관

한국 최초의 동시조라는 장르로 독립된 동시조집 (꽃 가지를 흔들 듯이. 1979. 가람출판사)에서 펴낸 머리글을 보면 다음과 같이 밝혀 놓고 있다.

> 나는 남달리 꿈 많은 소년 시절을 보냈었다. 예컨대 우리 집 살구나무가 꽃 가지를 흔들어야 겨우 내 잠들었던 하늘빛이 깨어나는 줄 알았었고 엄마가 빨래를 헹궈야 개울물이 환하게 열리는 줄 알았었다.
>
> 그러다 뿐인가 종다리 울음소리가 보리 목을 뽑아 올리는 줄 알았으며 직지사(直指寺) 인경 소리가 연못에 날아와 앉아 연잎으로 피어나는 줄 알았었다. 과학문명이 발달하면 발달할수록 꿈을 잃어 간다는 오늘, 우리는 어떻게 하면 우리 민족 전래의 꿈을 잃지 않고 살아갈 수 있을 것인가, 여기 내 어린 시절의 아름다웠던 꿈 조각들을 주워 모아 동시조 집을 엮어 내는 뜻은 어여쁘고 자랑스러운 우리 어린이들에게 이 꿈을 조금이라도 심어 주고 싶은 생각 때문이다. 화창한 봄 날씨 같은 화평한 천지가 열리고 아름다운 꽃밭 같은 어린이 세상이 하루 바삐 와 주기를 소망하면서 붓을 놓는다.

정완영은 1978년 7월에 원고를 정리하고 1979년에 동시조집을 발행(가람출판사. 1979.1.31) 하였으며 중심 내용은 어린이들에게 동심을 심어주고 싶은 마음과 꽃밭 같은 어린이 세상이 되기를 바라는 소망에서 동시조집을 펴냈다고 밝히고 있다. 또 (엄마 목소리. 토방. 1998)에서는 무리 별빛이 빛난다 해도 엄마 목소리만큼 찬란할 수는 없고 아무리 꽃이 아름답다 해도 엄마 목소리만큼 사무칠 수는 없다. 엄마 목소리는 구원(久遠)의 소리이기 때문이다. 그렇기에 엄마 목소리는 실상 저 별에도 꽃에도 흐르는 구름결에도 아니 이 하늘과 땅 사이 만물 속에 다 숨어 있는 것이다. 이 목소리들을 불러모아 한자리에 앉혀 놓은 것이 이 동시조집이다. '사람들의 가슴 가슴에 사랑이 식어 간다고 하고 정이 메말라 간다고 한다. 그러나 속속들이 들여다 보면 거기 아직도 불씨는 남아 있다. 그 불씨에다 모닥불을 지피려고 팔순 늙은이가 여덟 살 배기 어린 시절로 돌아가서 이 노래를 불러 본 것이다' 라고 말하고 있다. 또 정완영 시조 창작 정신의 관점은 동시조와 민족 정서에서 국적 있는 교육을 아무리 입으로만 떠들어봐도 민족 정서가 고갈된 곳에서는 참된 한국인 상은 정립되지 않는다. 민족 정서를 함양하는 길은 초등학교 아동 때부터 동시조 교육을 지도해야 한다고 (시조 창작법. 정완영 편저. 중앙일보사. 1981)에서 주장하고 있다.

## Ⅲ. 동시조의 정의

한국 문단의 시인들과 연구자들이 그 동안 동시조에 대한 호칭 문제로 논란이 많았으나 오늘날에 이르러서는 동시조(童 + 時調)로 일반화되었다. 동시조의 명칭문제로 선행 연구자 또는 시인들이 언급한 것을 종합해 보면 다음과 같이 〈표 1〉로 정리할 수 있다.

동시조의 정의〈표 1〉

| 연구자 | 동시조의 명칭 |
|---|---|
| 이명길 | 동시조. 어린이 시조 |
| 오동춘 | 어린이 시조. 아동시조. 새싹시조. 애푸른시조=동시조 |
| 전원범 | 아동시조. 시조동시. 정형동시=동시조 |
| 경 철 | 동시조 |
| 오승희 | 시-동시. 시조-동시조 |
| 박경용 | 아동+시조=동시조 |
| 연구자 | 아동=아동시조. 어른=동시조 |

연구자는 동시조가 시조문학의 동시조와 동시문학의 아동문학으로 판정하려는 것이 아니라 독립된 장르로 인정해야 타당하다고 주장한다. 형평성의 원리나 등가관계의 성립에도 무리가 없을 것이기 때문이다.그래서 연구자는 초등학교에서 어린이들과 직접 동시조를 지도하였는데 그 흔적들을 종합하면 다음과 같이 〈표 2〉로 정리할 수 있다.

한국시조(전문지) 동시조지도 사례 〈표 2〉

| 계간지 | 지도학교 | 발표 때 |
|---|---|---|
| 시조문학 | 대전중리초등학교 | 겨울호. 1993 |
| 현대시조 | 대전중리초등학교 | 겨울호. 1993 |
| 시조생활 | 대전유천초등학교 | 겨울호. 1994 |

2. 동시조 지도

1) 시조문학. 제77호 (1993. 겨울호) 대전중리초등학교(편). P192.

2) 현대시조. 제40호 (1993. 겨울호) 대전중리초등학교(편). P202.

3) 시조생활. 제22호 (1994. 겨울호) 대전유천초등학교(편). P400.

4) 시범학교운영. 단계별 연계과정 안의 적용. 대전유천초등학교(시-장려) 1994

3. 학교 동시조집 발행 사례 〈표 3〉

| 동시조집 | 지도학교 | 발행연도 |
|---|---|---|
| 버드내동시조 | 대전유천초등학교 | 창간호. 1996 |
| 버드내동시조 | 대전유천초등학교 | 제2집. 1997 |
| 버드내동시조 | 대전유천초등학교 | 제3집. 1998 |
| 양지뜸 동시조 | 대전양지초등학교 | 제4집. 1999 |
| 꿈이 열리는 나무 | 보령시 개화초등학교 | 제5집. 2000 |

* 경비관계로 연말에 모은 동시조를 한 권의 책으로 제책사에서 묶었음

연구자는 동시조가 시조문학에 속하는가? 아니면 아동문학에 속하는가를 판정하는 속단은 내리지 않겠다. 다만 시가 있다면 동시가 있고 시조가 있다면 동시조가 있어야 마땅하며 독립된 장르로 인정해야 타당하다. 형평성의 원리로 보아 타당하고 등가 관계로 파악해도 무리가 없을 것이기 때문이다. 그래서 연구자는 초등학교에서 직접 어린이들에게 동시조 지도를 실천해 본 경험이 있으며 또 연구논문 〈단계별 연계 과정안 적용을 통

한 동시조 짓기 능력 신장 방안. 1995〉[4] 과 〈시 지도를 위한 통합지도자료. 1997〉[5] 에서 밝힌 바 있다. 이제 동시조 문학이 새롭게 진전하여 동시조가 급속히 발달되어 동시조 문학의 특성과 아동 문학의 특성이 융합될 때 동시조의 위상을 설정하고 정립시킬 필요성이 절실히 요청되는 과제로 남을 뿐이다.

## Ⅳ. 동시조의 갈래

동시조의 개념이 일반화되면서 독립된 장르로 정완영의 첫 동시조집 (꽃 가지를 흔들 듯이. 가람출판사. 1979)가 발행되었고 뒤이어 박경용의 (별 총총 초가집 총총. 00출판사. 1980)이 쏟아져 나왔다. 동시조의 전문지로 (동시조 문학. 1981. 창간) (동시조 사상. 1988. 창간) (한국 동시조. 1995. 창간) (대전 동시조 2000. 창간)이 햇빛을 보게 되었다.

이에 따라 동시조의 형식적 갈래를 경철은 절장동시조, 양장동시조, 삼장동시조, 사장동시조, 사설동시조로 분류하였고 연구자는 평동시조, 엇동시조, 사설동시조로 나누고 있다. 시조의 상위개념이나 하위개념을 논하는 것이 아니라 평시조[6] 평동시조, 엇시조-엇동시조, 사설시조-사설동시조로 각각 독립된 장르로 설정해야 타당하다. 따라서 지금까지 연구된 조사로 동시조 연구논문을 〈표 4〉로 정리하면 다음과 같다.

### 1. 한국동시조 연구논문 목록[7]

1) 아동시조의 제창(어린이 문학 논의) 이구조. 동아일보. 1940. 5. 29.
2) 동시조의 정도(正道). 박경용. 교육평론 제124호. 1968. 11.
3) 동시조와 동시의 관계. 박평주. 시조문학 통권 22집. 1969. 9. 25.

---

4) 단계별연계과정안 적용을 통한 동시조짓기능력신장방안-교육연구논문(시-3등급)1995.
5) 시(詩) 지도를 위한 통합지도자료(논문)-교육자료전시회(시-1등급). 1997.
6) 평시조의 율격과 종장형의 생성원리-문교부학술연구논문. 1985.
7) 한국시조큰사전-시조사연대표. 을지출판공사. 1985. p1231-p1262.

4) 동시조의 지도안. 이명길. 새교육 22/12. 1970.12.

5) 어린이 시조. 이명길. 시와 시조론 (부산시 교육위원회). 1974. 6. 26.

6) 아동시조의 개념과 그 지도안. 이명길. 현대시조. 1984. 여름호

7) 동시조 중흥의 가능성. 정태모. 시조문학 통권 42집. 1985. 봄호

8) 동시조의 수용론 경철의 형식적 체험의식을 중심으로. 오승희. 시조문학 통권 47집 1986. 여름호

## V. 정완영의 동시조 세계

1960년대에 등단하여 지금까지 시조 창작한 저서 목록 중에서 동시조 세계를 고찰하려고 다음과 같은 자료를 조사 활용하였는데 〈표 4〉로 정리하면 다음과 같다.

정완영 저서 목록 〈표 4〉

| 저서 | 분류 | 동시조 | 출판사 | 발행년도 |
|---|---|---|---|---|
| 1. 꽃 가지를 흔들듯이 | 동시조 | 50수 | 가람출판사 | 1979 |
| 2. 시조 창작법 | 시론 | 16 | 중앙일보사 | 1981 |
| 3. 시조 산책 | 시론 | 21 | 가람출판사 | 1985 |
| 4. 연(蓮)과 바람 | 시조 | 67 | 가람출판사 | 1984 |
| 5. 고희기념사화집 | 종합 | 30 | 가람출판사 | 1989 |
| 6. 백수산고 | 서문(책머리글) | 5 | 도서출판 토방 | 1995 |
| 7. 엄마목소리 | 동시조 | 70 | 도서출판 토방 | 1998 |

*연구대상은 〈꽃 가지를 흔들듯이, 엄마 목소리〉 동시조 2권만 연구 텍스트로 설정했고 중복된 것은 생략하였다.

국정교과서 수록된 작품 〈표 5〉

| 교육과정 | 학년 | 교과 | 동시조 주제 |
|---|---|---|---|
| 초등학교 | 3학년 | 국어(읽기) | 분이네<br>살구나무(1974) |

|  | 5학년 | 국어(읽기) | 바다 앞에서(1984) |
|---|---|---|---|
| 중학교 | 1학년 | 국어 | 부자상(1984) |
| 고등학교 | 3학년 | 국어 | 조국(1974) |

## Ⅵ. 선행 연구 논문

정완영의 저서 작품에 나타난 선행 연구 논문을 표로 정리하면 다음 〈표 6〉과 같다.

백수 정완영 문학론 〈표 6〉

| 연구 논문 주제 | 출전 |
|---|---|
| 1. 백수 그 인간과 문학-박재삼 | 현대시조. 1989. 여름호. |
| 2. 이 당대 시조의 순교자적 면모-박경용 | 백수고희기념 사화집 |
| 3. 유. 불. 선의 동심원 그 한국적 감성과 가락-서벌 | 가람출판사. 1989. p459 |

## Ⅶ. 동시조의 분류

동시조의 특징은 외형율에 있다. 경철은 〈동시조의 새로운 전개〉라는 논문을 통하여 동시조를 어떻게 하면 현대 아동에게 잘 수용할 수 있도록 할 것인가에 대하여 꾸준하게 형식의 체험과 그 변용을 위한 실험정신이 수반되어야 한다고 주장하고 있다.[8]

### 1. 절장 동시조(絶章 童時調)

절장 동시조는 그 형식이 오직 한 장으로 이루어진 것이며 또는 단장 동시조(單章 童時調)라고도 일컫는다.

메마른 우리 가슴에/ 절어 오는 그 손길

〈어머님〉 (동심의 시 1집)

8) 한국현대시인연구. 오승희-저. 동백문화사. 2000. p81.

겨우내 꽁꽁 얼었던/ 다사론 입김에 소록소록 깨는 잠.

〈새싹〉 (동심의 시 3집)

살아 온 길섶엔 바람/ 나는 뿌리 그 아픔.

〈존재〉 (절장시조집. 화엄삼매)

**2. 양장 동시조(兩章 童時調)**

양장시조는 이은상의 시조 창작에서 처음 시도되었고 초장, 중장, 종장으로 된 동시조가 아니라 앞, 뒤 두 장으로 만든 동시조를 말한다.

목 말라 기다린 맘/ 이대도록 애가 탄다.// 우러러 섰다 앉았다/ 기다리는 빗방울.

〈가뭄〉 (동심의 시. 2집)

산마루 산들바람/ 옷깃 스며 시원하다// 흰구름 산 넘어가는/ 고향 따른 이 마음.

〈고향생각〉 (양장시조집-백팔염주)

3. 삼장 동시조(三章 童時調)

삼장 동시조는 초장, 중장, 종장으로 짜여진 동시조를 말한다.

1) 동시조의 낭독 기사법

〈가을〉 초등5-2 읽기 (이병기1891-1968)1.2.3.차 교육과정.

들마다 늦은 가을 찬바람이 일어나네

벼 이삭 수수이삭 오슬오슬 속삭이고/ 밭 머리 해 그림자도 바쁜 듯이 가누나.

〈초, 중, 종장으로 배열〉

2) 동시조의 낭송 기사법

〈돌날 아침〉 졸작(낮달 뜨는 고향 언덕)

때때옷 입고/ 돌상 받은 아기/ 돌떡은 먹지 않고// 거꾸로 쥔/ 색연필로/ 무지개 그림 그렸네// 칼국수/ 지렁이 그림/ 커다란 빨래줄 그림.

〈7행.9행. 12행으로 늘여 배열.〉

연구자는 (1) 평시조=평동시조로, 3장 6구 12음보로 짜여진 동시조를 의미한다.9)

한국에서는 아직까지 확실하게 지칭하는 명칭이 없으며 학자들마다 각기 다른 의미가 많다.

(2) 엇시조=엇동시조로 초장이나 중장이 평동시조보다 길어 중장이 긴 사설동시조도 아닌 엇동시조 형식을 갖춘 동시조를 의미한다.

(3) 사설동시조는 연구자가 아동문예 (2000.12월호)와 대전동시조 (2001. 제2호)에 발표되어 있으며 중장이 긴 것이 특징이다.

## Ⅷ. 정완영의 동시조 연구

1. 동시조의 형태적 분류〈표 7〉

| 동시조 형태 | | | | | | | | | |
|---|---|---|---|---|---|---|---|---|---|
| | 단형 | 2연 | 3연 | 4연 | 5연 | 6연 | 7연 | 기타 | 총계 |
| 꽃가지를 흔들듯이 | 36 | 12 | 3 | · | 1 | · | 1 | | 53 |
| 엄마목소리 | 41 | 22 | 6 | · | 1 | | | | 70 |
| 총계 | 77 | 34 | 9 | · | 2 | · | 1 | | 123 |

2. 동시조의 유형적 분류〈표 8〉

| 유형 | 단형동시조 | 연형동시조 | 엇동시조 | 사설동시조 | 총계 |
|---|---|---|---|---|---|
| 꽃가지를흔들듯이 | 36 | 17 | · | · | 50 |
| 엄마목소리 | 41 | 29 | · | · | 70 |
| 총계 | 77 | 46 | · | · | 120 |

9) 동시조문학의 전망-경 철. 시조와 비평. 1993. 가을호. p15-21.

## IX. 동시조의 율격구조와 기사형식

### 1. 율격구조.[10)]

시의 운율이란 언어를 통해서 구현되는 것으로 리듬에 어떤 규칙성이 증가해서 반복적으로 실현되어 정형성을 유지하는 것이 율격이다.

동시조 3장 형식은 음수율이 고정된 것이 아니라 45자를 중심으로 어느 정도 융통성이 주어진다. 원용문(元容文)은 〈한마디로 기식(氣息) 단위가 동시에 합치점을 이루는 곳은 제2절과 제3절 사이가 되었으니 동시조의 한 장은 4개의 구로 나누어지지 않고 2개의 구로 나누어 진다고 보아야 한다. 아울러 초장에서의 이러한 논리는 그대로 중장과 종장까지 적용되어 동시조는 3장 6구 12어절로 된 우리 고유의 정형 동시조라는 점을 결론으로 제시해 둔다.〉 라고 하였다. 본 연구도 동시조의 형식을 3장 6구 12어절로 보고 정완영의 동시조의 구조적 특징을 밝히기 위하여 율격 변모양상과 음수율의 변화를 살펴보기로 한다.

### 2. 율격의 변모양상과 음수율의 변화

시의 운율은 언어의 음악적 자질에 주로 의존하기 때문에 이를 음성구조(SOUND STRUCTURE)라고 부르기도 한다.1[11)] 이 운율은 대개 몇 개의 음절이 모여서 하나의 기본단위를 형성하고 이 기본단위가 다시 몇 번 반복되어 하나의 시행을 이루는 것이 보통이다. 율격은 고저, 장단, 강약의 규칙적 반복이다. 우리 말은 첨가어이기 때문에 체언과 용언에 조사나 어미가 붙어서 한 음절이 대개 3음절이나 4음절로 이루어지고 있다. 그래서 우리의 음수율은 2.3조, 3.3조, 3.4조, 4.4조, 3.3.2조, 3.3.3조, 3.3.4조로 가르고 또 개화기 이후 일본에서 도입되었다는 7.5조도 역시 3.4조, 또는 5는 2.3. 등으로 가를 수 있기 때문에 결과적으로 전통 음수율의 변형에 지나지 않는다. 그래서 우리말의 어휘는 2음절과 3음절로 된 것이 압도적으

10) 시조문학. 2002. 가을호. p297.
11) 김용직의 <문학의 이해> 한국방송통신대학교 출판부. 1996. p60.

로 많다. 이 어휘에 조사나 어미가 붙어 실제로 운용되는 어절은 3음절이나 4음절이 된다. 따라서 동시조는 3.4조의 음수율 때문에 정형시가 아니라 3음절 또는 4음절을 휴지의 일주기로 한 시간적 등장성의 반복 때문에 정형시다.[12] 그래서 모든 시가의 율격은 음절에 기초를 둔 음보율에 의하여 이루어진다고 할 수 있다. 조동일(趙東一)은 평동시조의 기본 율격을 다음 네 가지로 정리하였다.

1) 3행이다.

2) 2음보가 반행 또는 반줄을 이루고 반줄이 둘씩 연결되어 있는 4음보격이다.

3) 기준 음절수는 4음절이다.

4) 제3행(종장)의 제1음보는 기준 음절수 미만이고, 제2음보는 기준 음절수 초과이다.[13]

## X. 동시조 연구주제의 분석

지금까지 정완영 동시조가 어느 코너로 몰고 갔는지 그 흔적들을 들추어보는 일도 동시조를 연구하는 핵심이다. 물론 정확한 측정과 감상이 학자마다 천차만별이 있다는 사실은 확증된 증거 자료이나 연구자는 다음과 같이 동시조 문학과 인생관을 종합하여 설정해 보았다. 그 연구 결과를 정리하면 다음과 같다.

술회(述懷)형이 9.75%, 서경(敍景)형이 75.6%, 오륜(五倫)형이 13.0%, 기송(祈頌)형이 1.6%의 비율이 나왔다. 절의(節義)형이나 연수(硏修)형도 포함되지만 서경형으로 몰아 넣었고 어림수로 통계를 잡은 것을 설명해 둔다. 동시조 창작 방향의 선호도는 아름다운 자연의 경치를 아이들에게 심어주는 동심이 하늘처럼 넓은 마음씨와 다를 바 없다고 생각해 보았다.

그밖에 자세한 통계와 심도 깊은 창작 기술은 상상도 할 수 없었고 동시

12) 김준오. 시론. 삼지원. 2000. p143.
13) 조동일. 1조의 율격과 변형규칙-한국시가의 전통과 율격. 한길사. 1984. p80.

조 창작 양상에서 종결 어미를 재는 것이 55%, 연결 의미를 갖는 것이 21%, 두 음보씩 한 문장을 구성하는 것이 4%, 연결 의미를 가지는 것이 20%로 나타났다. 더 자세한 내용은 통계표로 대신하고자 한다.

## XI. 선행연구와의 비교

### 1. 서벌(徐伐)[14]

유, 불, 선의 동심원 그 한국적 감성과 가락에서 정완영의 시조세계를 특정지어 결론을 내리고 있다.

1) 백수 시조 세계의 형성 동기가 된 선험작용은 당시(唐詩)의 편린들이 준 직관적 감성이었다.

2) 그러한 선험작용의 구체적인 요소는 유, 불, 선적인 분위기였으며 이것을 어린 시절에 할아버지로부터 교외 별전적(教外 別傳的)으로 닦았음을 확인 할 수 있었다.

3) 백수 세계에 둘린 유, 불, 선으로서의 동심원(同心圓) 분위기는 독창적인 시각성과 탁월한 박자 감각을 따면서 한국적 풍류 차원을 시조로 현대화한 중대 국면이었다.

4) 천부적인 상상력을 발휘하여 지리적 서정시를 끊임없이 개척했고 그를 통한 상상의 언어들은 한국적 정한(情恨) 요체를 유감없이 흔들면서 채보(採譜)되어 전통적인 탄주 역능을 과시한 경우가 되었다.

5) 맥수 세계가 구심 의미로 갖추어 지닌 시적 발생 원체는 나-고향-조국으로 입체화한 일체감이다.

6) 백수 시조가 가동해온 시적 기법을 종잡아 보면 보편적인 언어 바탕을 그대로 개간하여 놀랍고도 빛나는 소출을 보여 왔다는 점이다.

14) 백수 정완영선생 고희기념 사화집. 가람출판사. 1989. p475.

2. 송정란(宋貞蘭)[15]

60년을 흘러 온 맑은 물의 시 정신에서 백수 정완영의 시조창작 시기를 23세 때인 1941년으로 잡는다. 경북 상주에 있는 조선철도자동차주식회사 영업소 주임으로 근무하고 있었으며 시조창작으로 일본 경찰에게 고문 받았던 해이다. 한글로 시를 짓는 일은 사상범에 해당 할만큼 큰 죄였다. 일제의 불령선인(不逞鮮人)으로 심한 고문을 받아 지금까지 손과 팔을 사용하는데 불편함을 느끼는 후유증이 있다고 한다. 그러나 이것은 시인에게 시조창작의 길로 몰입하는 반발심으로 가속화되었고 일제의 미움을 받아 총살형을 당할 위기까지 이르렀다. 해방을 맞아 목숨을 부지했으나 해방된 조국은 좌우익 갈등, 신탁반대운동, 대구폭동 등으로 한시도 잠잠한 날이 없었고 말없이 여위어 가는 조국에 대한 안타까움은 〈조국〉이라는 시로 형상화되었다. 조국으로 표상 된 청산을 향해 시인의 마음은 가얏고가 되어 애절하게 울리고 있다. 달이 떠오르는 전양조에서 통곡에 이르는 휘몰이까지 가얏고의 울림에 따라 조국에 대한 시인의 사랑은 한창 고조되어 간다. 피가 맺히도록 온 마음을 다해 조국의 평화를 기원하지만 조국은 학처럼 여위어가며 시인을 절망하게 한다. 시인의 불길한 예감은 그대로 적중하여 이 시를 쓴 지 2년 후에 6.25전쟁이라는 민족상잔의 비극이 일어났던 것이다. 1960년 국제신보에 당선된 동시조가 〈해바라기〉라면 서울신문에 당선된 동시조는 〈꽃가지 흔들듯이〉가 아닌가 생각된다. 처남이 서울신문에 동시조를 보냈기 때문이다. 그리고 시인이 항상 염두에 두고 있는 시조작법은 다음과 같다.

1) 시조는 정형시이므로 정형을 지켜야 한다. 어쩌다 파격을 하는 경우 그것은 하나의 파격으로 열을 얻을 수 있을 때이다.

2) 가락을 살려 써야 한다. 시조에는 흐름이 있고 굽이가 있고 마디가 있고 풀림이 있다. 그 리듬감을 터득해야 한다.

3) 작품을 쓰기 위한 과정에서 고통스러울 정도로 천착해야 하나 작품은

---

15) 시조시학. 2003. 봄호. p160. 시조시학. 2004. 봄호. p168.

쉽게 써야 한다. 마치 무쇠가 용광로에 들어가 부글부글 끓지만 나올 때는 식어있는 것처럼 거죽은 서늘하고 속은 뜨거워야 한다.

4) 격조를 높여야한다. 사람에게 인품이 있듯 시에도 격이 있어야 한다.

5) 시 정신이 경직되지 말아야한다. 45자 안팎으로 고정된 시조의 틀을 너무 의식하지 말고 명징한 내용으로 형식을 뛰어 넘어야한다. 다시 말하면 하나의 파격으로 열을 얻을 수 있을 때 파격하라. 동시조가 가진 고유한 리듬감을 터득하라. 깊은 뜻을 쉽게 표현 할 수 있는 작품을 써라. 시 정신이 형식에 얽매어서는 안된다. 창작의 지침을 아로새겨야 하겠다.

## XII. 나오며

정완영 동시조의 관점을 요약 정리하면 다음과 같이 열거해 보았다.

첫째, 독창적인 시청각 감성과 탁월한 리듬감이 매혹적이다.

둘째, 수준 높은 상상력을 발휘하여 탄력작용이 풍부한 시어가 곱다.

셋째, 나, 고향, 조국으로 이어지는 가정, 사회, 국가의 동심원이 놀랍고도 빛나는 격조가 탁월하다. 이상으로 동시조 연구 논문으로 결론을 내리고자 한다.

# 자연환경의 신비를 버무리는 순수성의 미학

— 조혜식 동시조집을 중심으로

## Ⅰ. 현대동시조의 우월성

우리는 일상생활에서 음식 맛깔이 없으면 떠먹지 않듯이 동시조도 맛이 없다면 독자들은 눈독을 들이지 않을 것이다. 요리사가 맛있고 모양 좋은 음식을 빚어내듯 시인, 작가도 시적변용과 시적 도구 새로운 기법을 만들어 새로운 작품을 창작하려고 노력하는 일이 상식처럼 되어 있다. 동시조 쓰기는 이런 방법으로 출발한다. 그러므로 동시조 쓰기에 필요한 언어는 일상생활에서 사용되는 사실적 언어가 아니라 상상을 초월한 감성적 언어를 구사해야 참맛이 있다.

동시조 쓰기가 틀(형식)과 내용으로 치우쳐 편중되는 일이 없어야 되겠기에 동시조는 삶의 거울이며 나를 또 다른 모습으로 형상화하는 작업이다. T.S엘리엣은 주지주의에서 〈지성을 존중하고 감성을 억제하는 노력은 자신이 한다〉라고 말했듯이 자신의 감정을 통제하고 그것을 형상화 하는 과정은 쉬운 일이 아니며 그것을 내면으로부터 외연으로 드러내는 작업도 쉽지 않기 때문이다. 어린이는 쪽빛 하늘을 바라 볼 때 자기 눈 안으로 들어 온 그림 그대로 하늘을 본다 그것이 동심이다. 어린이에게는 창조적인 상상력과 미래를 생각하는 원만함이 있다. 그들의 꿈이 곧 동시조 세계다. 꿈은 미래를 상징하고 상상력은 동시조의 원동력이 된다. 언어는 두 가지 속성이 있는데 사실언어(과학언어)와 감성언어(시적 언어)가 있다.

시(詩)는 리듬, 은유(비유), 상징, 아이러니, 원형, 이미지 등 시적 요소가 필요하고 삐딱하게 보기, 낯설게 하기, 패쉬타쉬 등 기묘한 표현기법도 있다. 삐딱하게 보기는 인유(引喩)나 패러디, 혼성, 모방 등으로 변질되어 가는데 패쉬타쉬는 인유가 그 본질이며 잉유법은 유명한 시(詩)나 문장 어구 등을 끌어다 자신의 표현으로 대신하는 기법을 말한다. 비틀어 짜기는 언어의 모순이다. 언어의 모순은 관념에서 일탈해 보고자 하는 인간의 욕구일 수도 있다. 그래서 비틀어 짜기의 기법은 최대한의 언어의 모순이 일어났을 때 성공한다. 개그 쪽에서도 많이 사용하지만 내용이 곧 역설적이며 야만 흥미를 끌게 되기 때문이다. 아이러니 기법이라고도 할 수 있지만 거리가 좀 있다. 비틀어진 어법과 어휘를 사용했을 때 웃음을 자아내게 되는데 이것이 언어의 비틀어 짜기이며 시(詩)의 장르에서 이 기법을 활용한다. 곧 훌륭한 동시조란 변용된 시어, 비유된 시어, 상징된 시어를 차용해야 좋은 동시조가 창작되며 시적요소를 잘 활용해야 시 맛이 있다. 내용과 형식(틀)이 중요하지만 틀(형식)이 어긋나면 동시로 변질될 뿐만 아니라 본질의 내용을 담을 수 없기 때문에 틀(형식)이 더 중요함을 강조해 둔다.

## II. 자유시와 정형시의 판별성

### 1. 동요

(1) 노래한 것./ (2) 가락을 고르게 뽑아 노래하기를 주로 한 것./ (3) 느낌이나 생각이 밖으로 나타난다./ (4) 박자의 아름다움.

### 2. 동시

(1) 속삭인 것./ (2) 그윽한 감정의 가는 물결을 속삭이듯 나타냄./ (3) 안으로 생각하는 힘이 세다./ (4) 생각의 흐름이 그윽하게 잔조로움.

### 3. 동시조

현대동시조란 사람의 생활 경험과 아름다운 상상을 통하여 얻어진 생각들을 운율, 리듬, 이미지가 들어있는 틀 속에 담아낸 감정으로서 읽는 사람에게 감동을 던져주는 시(詩)이며 어른들이 어린이를 위해서 교훈, 효행적으로 지어내는 〈동시조〉와 아이들이 직접 지어내는 〈어린이 시조〉가 있다.

### 4. 현대동시조의 성립조건

(1) 초장, 중장, 종장이 1연으로 4음보 격이다./ (2) 두 개의 호흡 단위로 나뉘어 6구로 짜여있다./ (3) 3.2조의 기본 음수율로 되어있다./ (4) 종장의 첫 음보는 3음절로 고정된다./ (5) 둘째 음보는 5음보 이상 7음보를 확보해야 한다./ (6) 현재 우리나라에서는 평동시조, 연동시조, 장형동시조, 엇동시조, 사설동시조가 존재하고 있다. 참고로 현대동시조의 통일된 개념은 없고 학자마다 그 학설이 각각 다르다.

## Ⅲ. 현대동시조의 우수작품

고령의 연세에도 불구하고 밤잠을 줄여가며 피땀 흘려 창작해 낸 동시조가 귀여운 손자, 손녀들의 품안을 들썩거렸던 맑고 밝은 시어들의 진주들이 은하수의 별빛으로 빛날 때는 그 위대함을 상상하지 않을 수 없다. 가정, 사회, 국가를 생각한 것, 가정, 인생을 깊이 파고든 것, 자연환경이나 과학적 소재로 폭넓게 작품 구상이나 주제 선택이 다양하게 전개하였으며 가정을 주제로 한 것들은 날마다 행복이 살아 숨쉬는 싱싱한 작품들을 만날 수 있으며 도덕적 가정주제 20수, 학교주제 10수, 사회주제 25수, 과학주제 15수, 자연환경주제 30수 총 100수로 짜여져 있어 그 대표적 작품들을 감상해 보기로 하자.

> 우리 집은 높은 아파트/ 두 손 번쩍 치켜들면/ 파아란 하늘이 닿을 듯/ 시원한 바람 스쳐가는 집// 우리 집/ 식구들 함박웃음/ 날마다 행복하지요.
>
> —「우리 집」 전문

학교 주제를 현대동시조로 창작 생활 주변의 가장 가까운 주제로 선택 표출하여 친근감을 유발시켜 홍미, 재미성을 돋보인 창작기교의 특색을 감상해 보자.

햇살이 따뜻해진/ 1학년 우리 교실// 서로 이마 맞대고/ 열심히 공부해요// 아이들/ 파아란 꿈 안고/ 무럭무럭 커 가요.

—「1학년 아이들」 전문

사회주제를 펼쳐나간 현대동시조를 컴퓨터에 눈독들인 아이들을 끌어오도록 글맛나게 창작한 동시조를 감상해 보자.

길가에서 아빠, 나/ 지난 가을 받아 놓은// 백일홍 봉숭아 꽃씨/ 꽃밭에 정성껏 뿌렸어요// 새싹도/ 꽃밭에서 잘 자라/ 예쁜 꽃 피겠지요.

—「꽃씨」 전문

인생을 주제로 창작한 현대동시조를 감상해 보자.

볏짚 이어 엮은 이엉/ 초가삼간 오막살이// 돌담 위 길게 둘러친/ 그리운 내 고향집// 할머니/ 새벽잠 일깨워/ 쇠죽 쑤던 고향집.

—「고향집」 전문

고향을 주제로 창작한 현대동시조를 감상해 보자.

은하수 하늘나라는/ 무척 아름답지요// 얼마나 좋을까/ 날아가 보고 싶어요// 무지개/ 시소다리 건너/ 하늘 가 본 꿈 꿨어요.

—「어젯밤 꿈」 전문

자연환경을 주제로 창작한 현대동시조는 어린이들 생활 주변에서 가장 가까운 주제를 선택한 것이 특색으로 나타나고 있음을 알 수 있다.

높은 산 푸르른 숲/ 맑은 공기 보태주고// 맑은 강 깨끗한 바다/ 우리들이 가꾼 자연// 자연이/ 튼튼 건강해야만/ 우리 삶은 행복해요.

—「우리들이 가꿀 자연」 전문

## Ⅳ. 현대동시조 작품평설의 개관

소은 조혜식(素恩 趙慧植) 시인은 초등학교 선생님을 경험해 오면서 아동교육, 아동심리 등 어린이와 밀접한 소양지식과 덕망으로 다져놓은 여러 문학 장르를 섭렵하여 시, 동시, 동시조 등 다재다능한 필력을 시집, 동시집, 동시조집을 통하여 발현되고 있으며 특히 뿌리깊은 신앙시는 자신의 수양덕목에 근면성을 엿볼 수 있고 가정의 주부로 효부로 소문나지 않은 숨겨진 현모양처로항상 존경해 오고 있는 실정이다.

다양한 문학 장르를 구사하려면 그만큼 장비가 구비되어야 하고 또 바늘가는데 실이 뒤따르듯 수많은 장서가 내 작은 가슴을 깜짝 놀라게 만들었다. 가정주부가 이렇게 수많은 장서를 구비했으니… 한편 너무 부럽고 놀란 가슴은 진정되기 어려웠으며 솔직한 고백이다. 빛나는 역작의 시집이 〈흘러간 내 그림자〉 외 17권, 동시집 〈꿈을 키우는 아이들〉 외 3권, 동시조집 〈맑고 밝은 어린이〉를 발간하기까지의 그 피눈물 나는 어려운 과정은 하루아침의 이슬방울 맺히듯 이룩된 것이 아니라 인생의 가치갈등과 함께 출발했으리라. 자유시와 동시의 장르는 주제넘게 잘 알지 못해서 생략했고현대동시조만 제한했음을 밝혀두고 그 특색을 탐색해 보았다.

1. 가정을 주제로 창작한 〈우리 집〉은 현대과학문명의 발달과 사회변동으로 가정생활의 질적향상이 양질화, 극대화 되어 아파트 생활이 중심을 이루고 있다. 높은 아파트에 살면서 하늘닿을 듯 시원한 집에서행복한 웃음으로 살아가는 생활상을 그림 그려내듯 (내적 충실성) 깊게 창작하였다.

2. 학교주제를 표출해 낸 현대동시조는 아이들과 친근감, 재미성, 흥미성이 돋보이게 창작기법을 동원한 수준은 높이 평가해도 과찬이 아닐 것 같다. 햇살이 따뜻한 우리 교실에서 이마를 맞대고 오순도순 공부하는 정경이 눈앞에 선명하게 나타나고 있다. 글맛나는 작품들이 감칠맛을 한층 북돋우고 있다.

3. (꽃씨)를 주제로 창작한 현대동시조는 원인과 결과의 순환법칙을 조화롭게 활용하였고 어린이도 사회의 일원으로 참여하는 국민(주인)의식을

다룬 점은 사고력의 심층까지 돌입했다는 산교육의 증거일 것이다.

4. 가정생활, 사회생활, 국가생활을 해오면서 보고 듣고 느낀 일을 빼놓지 않고 골고루 탐색하기란 그리 쉬운 일이 아니다. 더구나 고향은 항상 그리움의 대상이 되고 시골 풍경이 변화되는 과정을 경험할 수 있었으리라. 시골 농촌 오막살이에서 할머니가 살고 계신 고향이 얼마나 보고 싶고 그립겠는가? 고향집은 소를 기르던 추억과 할머니의 손길이 클로즈업 되어 주제 연상이 쉽게 떠오른다.

5. 현대 21세기를 맞이한 오늘날에는 엄청난 속도로 발달한 과학문명을 따라 잡을 수 있는 대안과 현대동시조가 따라 잡아야 될 것 같다. 아이들의 꿈과 희망이 상상의 세례로 전개되는 과학이 어린이들의 생각과 일치하기 때문이다.

## V. 현대동시조의 창작작품 특색

첫째, 평동시조의 단형 동시조를 현행 제7차 개정교육과정(2007.2.28) 교육인적자우너부 고시 제2007-79호 새교과서로 개정되어 낭송지도가 용이하고 편리하도록 7행 동시조로 창작하였다.

둘째, 현대동시조 작품 소재가 광범위하고 다양하여 아이들의 지식수준을 극대화 시킬 수 있는 창작기법을 사용하였다.

셋째, 아이들이 일상생활이나 가정, 학교생활에서 쓸모있게 활용할 수 있는 알기 쉬운 시어로 직조되어 누구나 손쉽게 현대동시조에 접근하도록 창작하였다.

## VI. 맺으며

끝으로 바람직한 현대동시조를 창작하려면 틀(형식)과 내용 중 틀보다 내용을 중요시 할 때가 많다. 그러나 내용보다 틀(형식)이 훨씬 더 중요하다. 그 내용과 본질을 담아낼 수 없기 대문이다. 그래서 틀은 자연에 감추어진 능력을 끄집어내는 역할을 한다고도 한다. 그렇다면 바람직한 현대동시조 창작기법은 시어가 구체적이고 알기 쉬운 낱말을 골라 써야 하고 이미지가 선명하고 새로워야 하며 리듬의 내면에 어떤 깊은 방향을 불러일으킬 수 있는 감정과 사상적 함축성이 깃들어 있었으면 좋겠고 감동을 이끌어 내야 한다.

감정을 사로잡는 의태어, 의성어가 현대동시조의 극치를 이끌어내며 대화적 매체를 박진감 있게 처리하고 작품 구성의 소재 선택이 절제되어 부드럽고 자유스러워야 되겠다고 강조하고 싶다. 더욱 더 분투, 노력을 쉬지 않고 끈질기게 간직하여 한국의 현대동시조를 빛내주기를 바라는 마음 간절할 뿐이며 끝을 맺는다.

1. 素恩 趙憓植의 定型詩 創作形態 調査

| 동시조집 | 평동시조 | 2연 | 3연 | 4연 | 사설동시조 | 엇동시조 | 장형동시조 | 비고 |
| --- | --- | --- | --- | --- | --- | --- | --- | --- |
| 맑고밝은 어린이 | 100 | | | | | | | |
| 총계 | | | | | | | | |
| 비율% | | | | | | | | |
| 詩的傾向 | | | | | | | | |
| 特徵 | | | | | | | | |

2. 素恩 趙憓植의 現代童時調詩題調査

| 동시조집 | 가정주제 | 학교주제 | 사회주제 | 과학주제 | 자연환경 | 비고 |
| --- | --- | --- | --- | --- | --- | --- |
| 맑고밝은 어린이 | 20 | 10 | 25 | 15 | 30 | 100首 |
| 비율% | | | | | | |
| 총계 | 20 | 10 | 25 | 15 | 30 | 100首 |

3. 現代童時調道德德目 分類調査

| 동시조집 | 효행성 | 근면성 | 책임성 | 참회성 | 봉사성 | 협동성 | 비고 |
|---|---|---|---|---|---|---|---|
| 맑고밝은 어린이 | 14 | 15 | 17 | 11 | 22 | 21 | 100首 |
| 비율% | 14% | 15% | 17% | 11% | 22% | 21% | |
| 총계 | | | | | | | 100首 |

4. 素恩 趙憓植의 定型詩創作形態 調査

| 동시조집 | 평동시조 | 2연동시조 | 사설동시조 | 장형동시조 | 엇동시조 | 비고 |
|---|---|---|---|---|---|---|
| 맑고밝은 어린이 | 98 | 2 | | | | 100首 |
| 총계 | 98 | 2 | | | | 100首 |
| 비율% | 98% | 2% | | | | |
| 詩的경향 | 自然環境, 現代童時調의 一般化 | | | | | |

# 흥겨운 마음결 노래 그 간결 미학

— 채정순 「비늣방울 무지개」 동시조집을 중심으로

## Ⅰ. 꿈결같은 동시의 흔적들

아동문예 94년 4월호 노을 외 1편이 아동문예문학상 당선으로 등단하였고 '바람개비는 바람을 좋아하나봐', '신나는 우산', '새싹들의 잔치' 동시집을 발간하였으며 국제펜클럽한국본부, 21동행시 아동문학 동인으로 활발한 문학활동을 전개하고 있다. KBS전국창작동요대회(2002) 금상, MBC전국창작동요대회(2004) 입상하였고, 오늘의문학(계간, 대전)신인작품상, 한국영농문학상을 수상하여 빛나는 글탑을 쌓아올리고 있어 문학수준이 높고 역량도 많은 동시작가다.

## Ⅱ. 정형시로의 접근

동시를 창작하고 있는 작가들이 정형시를 뛰어넘기란 그리 손쉬운 일이 아니다. 이미 몸에 배어있고 일상생활에서 늘 쓰고 있는 토박이말이 말을 듣지 않기 때문이다. 그것은 시인마다 제각각 장단점이 있겠지만 갑자기 동시에서 틀이 있는 정형시로 접근하기란 오랫동안의 시간과 절차탁마의 각고가 따라야 하기 때문이다. 하나의 조각품을 만들려면 한두 번 대패질 망치질로 끝내는 일이 아니다. 긴 세월을 묻어 놓고 수십차례 무딘 대패 망치로 갈고 깎고 다듬고 두드려야 하고 윤나는 무늬 조각품을 만들 수 있듯이 정형시로 다듬고 창작하는 문학 수행도 이와 다를바가 없다.

이처럼 현대동시조는 사람의 생활 경험과 아름다운 상상을 통하여 얻어진 생각들을 운율, 리듬, 이미지가 들어있는 틀 속에 담아낸 감정으로서 읽는 사람에게 감동을 던져주는 시이며 어른들이 어린이를 위해서 교훈적으로 지어낸 동시조와 아이들이 직접 지어낸 어린이시조가 있으며 통일된 개념이 없고 학자마다 그 학설이 각각 다르다.

현대 동시조의 성립조건은 초장, 중장, 종장이 1연으로 4음보격이며 두 개의 호흡단위로 나뉘어 6구로 짜여있고 3 · 4조의 기본음수율로 되어 있다. 종장의 첫 음보는 3음절로 고정되고 둘째 음보는 5음보 이상이어야 하며 현재 우리나라는 평동시조, 연동시조, 장형동시조, 엇동시조, 사설동시조가 존재하고 있다.

## Ⅲ. 흥겨운 마음결의 노래

동시조도 어디까지나 시이기 때문에 리듬, 은유, 상징, 아이러니, 원형, 이미지 등 시적 요소가 필요하고 삐딱하게 보기, 낯설게 하기, 패쉬타쉬 등 기묘한 표현기법도 있다. 삐딱하게 보기는 인유나 패러디, 혼성모방으로 변질되어가는데 패쉬타쉬는 인유가 그 본질이며 인유법은 유명한 시나 문장 어구등을 끌어다 자신의 표현으로 대신하는 기법이며 인유법은 유명한 시나 문장 어구 등을 끌어다 자신의 표현으로 대신하는 기법을 말한다. 비틀어짜기는 언어의 모순이다. 관념에 일탈해 보고자 하는 인간의 욕구일 수도 있다. 그래서 비틀어짜기의 기법은 최대한의 언어 모순이 일어났을 때 성공한다. 개그쪽에서도 많이 사용하지만 내용이 곧 역설적이어야만 흥미를 끌게 되기 때문이다. 아이러니 기법이라고도 할 수 있지만 거리가 좀 있다. 비틀어진 어법과 어휘를 사용했을때 웃음을 자아내게 되는데 이것이 언어의 비틀어짜기이며 시의 장르에서 이 기법을 사용한다. 곧 훌륭한 동시조란 변용된 시어, 비유된 시어, 상징된 시어를 차용해야 좋은 동시조가 될 수 있으며 시적 요소를 잘 활용해야 시 맛이 있다. 그렇다면 대표적인 현대동시조를 감상해 보기로 하자.

〈1〉

물보라 하얀거품/ 모래밭 금빛 은빛// 갯바위 철썩철썩/ 파도소리 정다워// 해질녘/ 갈매기 떼 춤추며/ 고깃배 따라 가네.

— 「바다」 전문

넓고 푸른 바다는 마음을 상쾌하게 만든다. 도시 생활에 마음이 찌들은 아이들은 드넓은 푸른 바다를 보면 마음이 넓어지기 때문에 자기도 모르는 사이에 바다와 친근감으로 젖어 들기 마련이다. 저녁 노을이 물들여 놓은 황홀찬란한 바다와 궁궐같은 그림 속에서 살고 싶어질 것이다. 더구나 파도가 노래하는 자장가를 감상하면서 고깃배가 떠다니는 금빛 바다의 풍경화는 동화속의 어린이가 제일 좋아하는 바다 풍경일 것이다. 이러한 자연환경 감상을 서정성 짙은 현대 동시조의 비유로 표출 기법이 돋보인다.

〈2〉

빛 고운 비눗방울/ 하늘나라 무지개// 파란 꿈 파란 마음/ 하얀 꿈 하얀 마음// 온종일/ 바람 타고 씽씽/ 하늘 높이 날아가요

—「비눗방울 무지개」 전문

초등학교 2학년때 자연시간 비눗방울 만들기 단원이 나온다. 지루한 교실 학습시간이 계속되다가 실험관찰시간이 되면 아이들은 즐거워한다. 자연의 사물시를 사유시로 전환시키는 창작기법이 놀랍고 파란 마음 하얀 마음 노래가 흘러나올 듯 하다.

〈3〉

찹쌀떡 말랑말랑/ 울 언니 합격하라// 엄마가 두 손 모아/ 정성 다래 빌어준 떡// 내 어깨/ 두드려 주며/ 용기 주는 우리 삼촌

—「찹쌀떡」 전문

우리나라가 70~80년대부터 농업 국가에서 농공업국가로 발돋움을 하기 시작했다. 비료공장을 세워 쌀 생산량을 높였고 새마을운동을 전개하여 '잘살아보세'라는 새마을 노래 희망가와 농촌부흥운동도 울려퍼졌다. 대가족제도에서 핵가족제대로 바뀌고 의식주 생활이 개선되어 먹고 살기 힘든 세상은 저 멀리 지나갔다고 보아야 올바른 판단일 것이다. 아이들도 의식주 생활에 불편이 없는 행복한 가정, 학교, 사회, 국가의 풍부하고 윤택한

생활로 바뀌어갔다. 충효문화 사상이 궁핍한 오늘날의 원인도 도시생활의 분주한 직장생활과 연관되어 가정생활의 여유, 휴식 시간이 좁아져 사회변동으로 몰고온 시대현상일 수밖에 없는 일이다. 가정생활의 어머니상을 충효사상문화까지 내다본 미래지향적 걸작을 여기서 만나게 된다. 귀여운 자식사랑의 어머니 정성을 어찌 잊을 수가 있으랴! 이 세상 모든 어머니의 소원은 자식들이 훌륭한 인물이 되어 주기를 바라는 마음은 한결같을 것이며 날마다 일상생활에서 만지작거리는 5만원짜리 신사임당(1504~1551)의 훌륭한 어머니상이 떠오르는 시제이다. 더구나 물결같이 찰랑대는 리듬감이 자유로워 잔잔한 감동을 느끼도록 창작되었다.

〈4〉

마늘밭 검은 비닐/ 툭 툭 툭 걷어 내고// 햇살은 땡볕 더위/ 구슬땀 흘러 내려// 외갓집/ 농촌 일손 돕기/ 힘들어도 재밌어요.

—「마늘 캐기」 전문

매미가 즐거운 노래를 불러주는 여름방학이 우리 아이들을 기다림의 미지수이다. 시골 농촌의 외갓집이 그립고 시원한 원두막의 수박, 참외는 아이들이 가장 좋아하는 먹거리와 쉼터이다. 어렸을 때부터 날마다 먹고 살아온 농산물 쌀의 존재감과 중요성, 피땀흘려 지은 곡식, 농촌 일손돕기를 실천하여 농촌생활의 어려움을 서로 도와주는 이웃사촌, 협동정신을 일깨워 주어야 하겠다. 땡볕 더위 속에서 구슬땀을 흘려도 '마늘 캐기' 농촌 일손돕기를 재미있는 생활 경험으로 살려내고 있다. 경험의 원리를 보람으로 느낀 원인과 결과의 철학적 원형을 되새기고 있는 좋은 시제들이다.

〈5〉

연못가 올챙이 알/ 비닐푸대 넣어서// 따뜻한 베란다에/ 큰 어항 옮겨 놓고// 올챙이/ 말린 달걀가루/ 먹이 주어 키워요

—「올챙이」 전문

새천년에 접어들어 자연환경이 파괴되어 먹이사슬 관찰학습이 어려워졌다. 자연관찰 학습을 통하여 자연보호와 생태학습이 중요시 되어 오고 있으며 우리 가정생활과의 밀접한 상생관계를 명시하고 있는 시제들이다. 특히 방향을 앞뒤로 돌려 과학동시조로 방향을 크게 돌렸으면 좋겠다고 제안한다. 오늘날 우리나라도 우주시대에 접어들어 우주공간의 국제 우주정거장은 인류의 유일한 상주시설로 우주탐사의 전초기지다. 긴장과 탄력, 절제와 함축을 바탕으로 간결의 미학을 추구하는데 있으며 그 가락의 운용은 자연스러워야 함이 현대 동시조의 생명이라고 할 수 있을 것이다. 이제 현대동시조라는 보이지 않는 거대한 짐을 싣고 태평양같은 망망대해를 출항하는 하얀 깃발을 올렸다. 문학의 항해는 험난한 파도를 만나 슬기롭게 헤쳐 나가는 지혜와 기량이 소용돌이치다 용솟음쳐야하고 폭넓은 문학적 기교가 날마다 소록소록 융성하기를 기대하며 끝을 맺는다.

# 7.
# 현대시조의 앞날

# 아동문학과 동시조의 접목(1)

— 초등학교 교육과정을 중심으로

## 1. 들어가며

중 · 고등학교, 일제강점기 때 교육과정의 동시조(현대시조)는 생략한다고 밝힌 바 있다. (대전동시조, 제4집 2003 참조) 심상소학교, 보통학교 때의 국어 독본에는 옛 시조가 3 · 4조나 7 · 5조의 교훈적 내용이고 개인이나 사립학교에서 편찬된 교과서에만 수용되어 있는 형편이다.

보통학교 조선어독본에는 모두 옛 시조 8수가 수록되어 있고 일제강점기는 옛 시조 8수, 군정청, 문교부(1945-1946)가 발행한 초등국어교본에도 옛 시조 7수가 수록되었다. 1947년부터 1954년까지 초등국어에 수록된 동시조는 별, 가을(이병기) 6수, 작자 미상의 어린이 시절 2수, 토함산 고개 2수가 수록되어 있다.

한밭교육박물관을 현장 답사하여 조사했으나 자료를 찾을 수가 없었고 또 자료 훼손 문제로 복사 금지로 되어 있었다. 이런 문제 때문에 제1차 교육과정 이전의 동시조는 별, 가을이 차후 교육과정에 수록되어 있으므로 생략한 이유가 바로 여기에 있다.

## 2. 우리나라 교육과정의 변천 내용

제1차 교육과정(1995. 8. 1) 문교부령, 제44호

제2차 교육과정(1963. 2. 15) 문교부령, 제119호

제3차 교육과정(1973. 2. 14) 문교부령, 제310호

제4차 교육과정(1981. 12. 31) 문교부고시, 제87-7호

제6차 교육과정(1992. 9. 30) 교육부 고시, 제1992-16호

제7차 교육과정(1997. 12. 30) 교육부 고시, 제1997-15호

## 3. 우리나라 초등학교 교육과정(국어-읽기)에 수록된 동시조 목록

제1차 교육과정

6-2(국어) 별-이병기-2수2행(2연 동시조)

6-2(국어) 봉숭아-김상옥-3수9행(3연 동시조)

제2차 교육과정

6-2(국어) 별-이병기-2수6행(2연 동시조)

6-2(국어) 봉숭아-김상옥-3수9행(3연 3동시조)

제3차 교육과정

5-2(국어) 가을-이병기-2수6행(2연 동시조)

6-1(국어) 꽃을 보며-이은상-1수3행(평동시조)

6-2(국어) 우리노래-그날의 하늘처럼-이우종-1수3행(평동시조)

6-2(국어) 우리노래-살구꽃 핀 마을은-정완영-1수3행(평동시조)

6-2(국어) 시조-별-이병기-2수6행(2연 동시조)

6-2(국어) 시조-봉숭아-김상옥-3수9행(3연 동시조)

제4차 교육과정

5-1(국어) 우리들의 노래-분이네 살구나무-정완영-1수7행(평동시조)

6-1(국어) 노래하는 마음-한산도의 밤-이병기-2수6행(2연 동시조)

6-2(국어) 노래하는 마음-별-이병기-1수6행(평동시조)

제5차 교육과정

4-1(읽기) 꽃을 보며-이은상-1수3행(평동시조)

5-1(읽기) 분꽃-이병기-1수3행(평동시조)

5-1(읽기) 급행차-이병기-1수3행(평동시조)

5-2(읽기) 봉선화-김상옥-2연6행(2연 동시조), 2연만 편찬

5-2(읽기) 강강술래-송선영-1수3행(평동시조)

6-2(읽기) 바다 앞에서-정완영-2연6행(2연 동시조)

6-2(읽기) 가을-이병기-2연6행(2연 동시조)

6-2(읽기) 산새-임종찬-2연6행(2연 동시조)

제6차 교육과정

5-2(말하기 듣기 쓰기) 할머니 말씀-유동삼-4연12행(4연 동시조)

제7차 교육과정

1-2(읽기) 매미-김양수-1연12행(평동시조)

4-1(읽기) 주사 맞던 날-서재환-2연12행(2연 동시조)

5-2(읽기) 가을-이호우-1연6행(평동시조)

5-2(읽기) 가을-이병기-1연6행(평동시조)

6-2(읽기) 친구야 눈빛만 봐도-송선영-1연12행(평동시조)

## 4. 우리나라 초등학교 교육과정(국어-읽기)에 수록된 동시조 작품

제1차 교육과정(6-2 국어) 별-이병기(1891-1968)

바람이 서늘도 하여 뜰앞에 나섰더니/ 서산 머리에 하늘은 구름을 벗어나고/ 산뜻한 초사흘 달이 별과 함께 나오더라.// 달은 넘어가고 별만 서로 반짝인다/ 저 별은 뉘 별이며 내 별 또 어느게오/ 잠자코 호올로 서서 별만 헤어 보노라.

제1차 교육과정(6-2 국어) 봉숭아 김상옥(1920-2005)

비오자 장독간에 봉숭아 반만 벌어/ 해마다 피는 꽃을 나만 두고 볼 것인가/ 세세한 사연을 적어 누님께로 보내자.// 누님이 편지 보며 하마 울까 웃으실까/ 눈앞에 삼삼이는 고향집을 그리시고/ 손톱에 꽃물 들이던 그 날 생각하시리.// 양지에 마주앉아 실로 찬찬 매어주던/ 하얀 손 가락가락이 연붉은 그 손톱은/ 지금은 꿈속에 본 듯 힘줄만이 서누나

제2차 교육과정(6-2 국어) 별-이병기

바람이 서늘도 하여 뜰앞에 나섰더니/ 서산 머리에 하늘은 구름을 벗어나고/ 산뜻한 초사흘 달이 별과 함께 나오더라.// 달은 넘어가고 별만 서로 반짝인다/ 저 별은 뉘 별이며 내 별 또 어느게오/ 잠자코 호올로 서서 별만

헤어 보노라.

제2차 교육과정(6-2 국어) 봉숭아 김상옥

비오자 장독간에 봉숭아 반만 벌어/ 해마다 피는 꽃을 나만 두고 볼 것인가/ 세세한 사연을 적어 누님께로 보내자.// 누님이 편지 보며 하마 울까 웃으실까/ 눈앞에 삼삼이는 고향집을 그리시고/ 손톱에 꽃물 들이던 그 날 생각하시리.// 양지에 마주앉아 실로 찬찬 매어주던/ 하얀 손 가락가락이 연붉은 그 손톱은/ 지금은 꿈속에 본 듯 힘줄만이 서누나

제3차 교육과정(5-2 국어) 가을-이병기

들마다 늦은 가을 찬바람이 일어나네/ 벼이삭 수수이삭 오슬오슬 속삭이고/ 밭머리 해 그림자도 바쁜 듯이 가누나.// 무 배추 밭머리에 바구니 던져두고/ 젖 먹는 어린아이 안고 앉은 엄마 마음/ 늦가을 저문 날에도 바쁜 줄을 모르네.

제3차 교육과정(6-1 국어) 꽃을 보며-이은상(1903-1982)

수줍어 수줍어서 다 못타는 연분홍이/ 부끄러 부끄러워 바위틈에 숨어 피다/ 그나마 남이 볼세라 고대 지고 말더라.

제3차 교육과정(6-2국어) 우리노래-그날의 하늘처럼-이우종(1925-1999)

그 날의 하늘처럼 달은 둥실 떠 있는데/ 한 뼘의 거릴 두고 돌아누운 이 한밤엔/ 낭랑히 들려만 오는 임의 소리 북소리.

제3차 교육과정(6-2국어) 살구꽃 핀 마을은-이호우(1912-1970)

살구꽃 핀 마을은 어디나 고향 같다/ 만나는 사람마다 등이라도 치고 지고/ 뉘 집을 들어서 본들 반겨 아니 맞으리

제3차 교육과정(6-2 국어) 시조 별-이병기(1891-1968)

바람이 서늘도 하여 뜰앞에 나섰더니/ 서산 머리에 하늘은 구름을 벗어

나고/ 산뜻한 초사흘 달이 별과 함께 나오더라.// 달은 넘어가고 별만 서로 반짝인다/ 저 별은 뉘 별이며 내 별 또 어느게오/ 잠자코 호올로 서서 별만 헤어 보노라.

제3차 교육과정(6-2 국어) 봉숭아 김상옥(1920-2005)

비오자 장독간에 봉숭아 반만 벌어/ 해마다 피는 꽃을 나만 두고 볼 것인가/ 세세한 사연을 적어 누님께로 보내자.// 누님이 편지 보며 하마 울까 웃으실까/ 눈앞에 삼삼이는 고향집을 그리시고/ 손톱에 꽃물 들이던 그 날 생각하시리.// 양지에 마주앉아 실로 찬찬 매어주던/ 하얀 손 가락가락이 연붉은 그 손톱은/ 지금은 꿈속에 본 듯 힘줄만이 서누나.

제4차 교육과정(5-1읽기) 우리들의 노래-분이네 살구나무-정완영(1919-)

동네서 제일 작은 집/ 분이네 오막살이// 동네서 제일 큰 나무/ 분이네 살구나무// 밤 사이/ 활짝 펴올라/ 대궐보다 덩그랗다.

제4차 교육과정(6-1국어)노래하는 마음-한산도의 밤-이병기(1891-1968)

그 날의 하늘처럼 달은 둥실 떠 있는데/ 한 뼘의 거릴 두고 돌아누운 이 한밤엔/ 낭랑히 들려만 오는 임의 소리 북소리

제4차 교육과정(6-2 국어) 노래하는 마음-별-이병기91891-1968)

바람이 서늘도 하여/ 뜰 앞에 나섰더니// 서산 머리에 하늘은/ 구름을 벗어나고// 산뜻한 초사흘 달이/ 별과 함께 나오더라.

* 2연 동시조인데 1연만 편찬했음.

제5차 교육과정(4-1 읽기 꽃을 보며-이은상(1903-1982)

수줍어 수줍어서 다 못 타는 연분홍이/ 부끄러 부끄러워 바위틈에 숨어 피다/ 그나마 남이 볼세라 고대 지고 말더라.

제5차 교육과정(5-1 읽기) 분꽃-이병기(1891-1968)

빨강이 노랑이로 어여삐 단장하고/ 게으른 잠을 자다 저녁밥 지으렬 제/

살포시 그 잠을 깨어 방글방글 웃는다.

제5차 교육과정(5-1 읽기) 급행차-이병기(1891-1969)

조그만 역이라고 쉬지 않고 막 달린다/ 코스모스 핀데 어든 천천히 지나가렴/ 아무리 바쁘더라손 그만 여유야 없겠니.

제5차 교육과정(5-2 읽기) 봉선화-김상옥(1920-2005)

비오자 장독간에 봉숭아 반만 벌어/ 해마다 피는 꽃을 나만 두고 볼 것인가/ 세세한 사연을 적어 누님께로 보내자.// 누님이 편지 보며 하마 울까 웃으실까/ 눈앞에 삼삼이는 고향집을 그리시고/ 손톱에 꽃물 들이던 그 날 생각하시리.

* 3연 동시조인데 2연만 편찬했음.

제5차 교육과정(5-2 읽기) 강강술래-송선영(1936-)

돌아라 휘돌아라 메아리도 홍청댄다/ 옷고름 치맛자락 갑사댕기 흩날려라/ 한가위 강강술래 서산마루 달이 기우네.

제5차 교육과정(6-2 읽기) 바다 앞에서-정완영(1919-)

아무리 바다가 넓어도/ 돛배 하나 없어 봐라// 갈매기 불타는 노을/ 고깃배가 없어 봐라// 그것이 바다겠는가/ 물만 가득 사막이지.// 아무리 바다가 멀어도/ 저 항구가 없어 봐라// 흔드는 손 흔드는 깃발/ 뱃고동이 없어 봐라// 그것이 바다겠는가/ 파도뿐인 물굽이지.

제5차 교육과정(6-2 읽기) 가을-이병기(1891-1968)

들마다 늦은 가을 찬바람이 일어나네/ 벼이삭 수수이삭 오슬오슬 속삭이고/ 밭머리 해 그림자도 바쁜 듯이 가누나.// 무 배추 밭머리에 바구니 던져두고/ 젖 먹는 어린아이 안고 앉은 엄마 마음/ 늦가을 저문 날에도 바쁜 줄을 모르네.

제5차 교육과정(6-2 읽기) 산새-임종찬(1945-)

빛 고운 것으로도 안 접히는 생각들을/ 부리로 쪼아보다 발톱으로 비집다가/ 먼데 산 푸른 빛 띠고 가만 울어도 보는가.// 낮이면 둥지 안에 햇살 가득 길어 놓고/ 밤이면 까만 눈동자 별을 박아 지새우고/ 때로는 풍선을 가르며 날개 치고 있어라.

제6차 교육과정(5-2말하기 듣기 쓰기) 할머니 말씀-유동삼(1925-)

동기간 한 몸 같이 아끼며 보살피며/ 준 것은 잊더라도 받은 은혜 잊지 말고/ 서로가 도와가면서 한결같이 지내라.// 하루종일 놀더라도 논 표는 아니 나고/ 도막 시간 책 읽으면 공부한 표 금방 난다/ 하물며 매일 힘쓰면 뛰어나게 되는 법.// 남의 것은 짚검불도 어려운 것이란다/ 폐 안되게 살아가기 쉬운 일이 아니란다/ 신세를 지는 것보다 보태주며 살아라.// 나하고 싶은 일은 암만해도 표 안 나고/ 남 위해 하는 일은 작은 것도 표가 난다/ 남들을 이롭게 하면 나도 빛이 나는 법.

제7차 교육과정(1-2 읽기) 매미-김양수(1953-)

숨죽여 살금살금/ 나무에 다가가서// 한 손을 쭈욱 뻗어/ 잽싸게 덮쳤는데// 손안에 남아 있는 건/ 매암매암 울음뿐.

제7차 교육과정(4-1 읽기) 주사 맞던 날-서재환(1956-)

예방주사 놓으려고/ 의사 선생님이 들어오시자// 왁자한 교실 안이/ 금세 꽁꽁 얼어붙고// 차례를/ 기다리는 가슴이/ 콩닥콩닥 방아찧는다.// 뾰족한 바늘 끝이/ 반짝하고 빛날 때면// 다른 아이들 비명 소리에/ 내 팔뚝이 더 아프고// 주사를/ 맞기도 전에/ 유리창엔 내 눈물이…

제7차 교육과정(5-2 읽기) 가을-이호우(1912-1970)

가을 산 빛이/ 고이도 잠긴 산 샘// 나뭇잎 잔을 지어/ 한 모금 마시고는 // 무언가 범한 듯하여/ 다시 하지 못하다.

제7차 교육과정(5-2 읽기) 가을-이병기(1891-1968)

들마다 늦은 가을 찬바람이 일어나네/ 벼이삭 수수이삭 오슬오슬 속삭이고/ 밭머리 해 그림자도 바쁜 듯이 가누나.

제7차 교육과정(6-2 읽기) 친구야 눈빛만 봐도-송선영(1936-)

봄이면 꽃피운 소리 두 귀로 듣는단다/ 겨울날 눈 내리는 소리 두 귀는 듣는단다// 친구야 눈빛만 봐도/ 네 마음의 소리 들린단다.

## 5. 동시조 주제와 형태

| 교육과정 | 주제 | 동시조 형태 | | | | 총 편수 |
|---|---|---|---|---|---|---|
| | | 평동시조 | 2연동시조 | 3연동시조 | 4연동시조 | |
| 제1차 교육과정 | 별-이병기<br>봉숭아-김상옥 | | 1 | 1 | | 5수 |
| 제2차 교육과정 | 별-이병기<br>봉숭아-김상옥 | | 1 | 1 | | 5수 |
| 제3차 교육과정 | 가을-이병기 | | 1 | | | 10수 |
| | 꽃을 보며-이은상 | 1 | | | | |
| | 그날의 하늘처럼-이우종 | 1 | | | | |
| | 살구꽃 핀 마을은-정완영 | 1 | | | | |
| | 별-이병기 | | 1 | | | |
| | 봉숭아-김상옥 | | | 1 | | |
| 제4차 교육과정 | 분이네 살구나무-정완영 | 1 | | | | 4수 |
| | 한산도의 밤-이병기 | | 1 | | | |
| | 별-이병기 | 1 | | | | |
| 제5차 교육과정 | 꽃을 보며-이은상 | 1 | | | | 12수 |
| | 분꽃-이병기 | 1 | | | | |
| | 급행차-이병기 | 1 | | | | |
| | 봉선화-김상옥 | | 1 | | | |
| | 강강술래-송선영 | 1 | | | | |
| | 바다 앞에서-정완영 | | 1 | | | |
| | 가을-이병기 | | 1 | | | |
| | 산새-임종찬 | | 1 | | | |
| 제6차 교육과정 | 할머니 말씀-유동삼 | | | | 1 | 4수 |
| 제7차 | 매미-김양수 | 1 | | | | 6수 |

| | | | | | | |
|---|---|---|---|---|---|---|
| 교육과정 | 주사 맞던 날-서재환<br>가을-이호우<br>가을-이병기<br>친구야 눈빛만 봐도-송선영 | <br>1<br>1<br>1 | 1 | | | |
| 합계 | 별-4회/봉숭아-4회/가을-4회/꽃을 보며-2회/기타-1회 | 13 | 10 | 3 | 1 | 46수 |

## 6. 끝맺으며

1955년 제1차 교육과정부터 1997년 제7차 교육과정까지 초등학교 동시조는 총 46수가 수록되었다. 그 중에서 평동시조 13수, 2연동시조 10수, 3연동시조 3수, 4연동시조 1수가 수록되어 있다. 국정교과서 편찬에서 제7차 초등학교 교육과정은 1학년에서 동시조를 지도하는 과정이 특색이다. 어린이들이 시각적 행동울 동시조의 흐름에 따라 자기 나름대로의 본 것, 생각한 것, 느낀 것을 말하여 봅시다, 라고 편찬되어 있다. 특히 살금살금 다가갈 때, 손을 뻗을 때, 매미를 놓쳤을 때 느낀 점을 발표하는 과정이 중심 내용이며 동시조의 앞날은 밝아온다고 진단할 수 있겠다.

# 아동문학과 동시조의 접목(2)

— 초등학교 교육과정을 중심으로

## 1. 들어가기

민족 고유의 정형시를 시조라 하고, 아이들의 심신 발달과 그 수준에 걸맞은 동시조의 읽을거리를 창작해내는 일이 시를 쓰는 모든 사람 앞에 다가왔다.

컴퓨터의 기계적인 생활에서 헐거워진 일상생활의 바퀴에 기름칠을 해주어야 하기 때문이다. 그 기름칠이 아이들 마음의 양식이 되는 아동문예의 여러 장르들이다. 한국의 아동문학과 동시조의 접목은 1930년대에 시를 쓰는 시인들이 동시를 개척하여 하나의 문단사를 이룩해 놓았다. 이에 따라 우리 민족의 신라 향가에서 고려 가요를 거쳐 점차 발달하여 민족의 가슴에 면면히 이어온 시조의 뿌리도 민족의 숨결과 무엇이 다르랴.

그렇다면 자라나는 아이들의 심신발달과 수준에 어른의 옷을 입히는 시조보다 동시조 나무를 심고 가꾸어야 함은 두말할 필요성도 없는 정론이다. 과학정보화 문화가 산업화, 도시화, 현대화, 개별화까지 내 앞에 다가왔지만 동시조는 아직도 꿈꾸기에 지나지 않는 현실이다. 변화된 새 천년에 있어서 아동문학 속의 동시조가 어떻게 접목되어 왔는지 초등학교 교육과정을 중심으로 고찰해 보는 과정도 빼놓을 수 없는 기초탐구이기에 지상강좌를 통하여 강론하고자 한다.

## 2. 싣는 차례

동시조의 범위성에서 초등, 중 · 고등학교의 교육과정도 있으나, 중 · 고등학교는 어린이와는 달리 청소년에 해당되므로 생략했으며, 또 일제 강점기 교육과정에 시조교육도 있으나 생략하고 제1차 교육과정부터 출발하는 한계성도 설정 이유 중의 하나다.

초등학교 교육과정의 변천

(1) 제1차 교육과정(1955.8.1) 문교부령 제44호. 교과중심 교육과정

(2) 제2차 교육과정(1963.1.15) 문교부령 제119호. 경험중심 교육과정

(3) 제3차 교육과정(1973.2.14) 문교부령 제310호. 학문중심 교육과정

(4) 제4차 교육과정(1981.12.31) 문교부 고시 제442호. 국민정신, 학습량, 수준 축소

(5) 제5차 교육과정(1987.6.30) 문교부 고시 제87-9호. 통합교육과정

(6) 제6차 교육과정(1992.9.30) 교육부 고시 제1992-9.30호. 도덕성, 창의성, 컴퓨터, 환경, 진로, 직업

(7) 제7차 교육과정(1997.12.31) 교육부 고시 제1997-15호. 학생 중심 교육과정

## 3. 초등학교 시조와 동시조의 개념

가. 시조의 개념

시조란 오리 겨레만이 예부터 짓고 불러 온 고유한 형식의 정형시로서 어느 한 겨레나 어느 한 계층만의 문학이 아니고 민족 전체가 사랑하고 즐겨 부르던 노래이다.[1]

현대 시조는 1894년 갑오경장 이후에 이루어진 시를 말하며 상대적으로 이전에 이루어진 시조를 고시조 또는 옛시조라고 한다.[2]

나. 동시조의 개념

동시조는 시조의 형식을 빌어 어른이 어린이를 위해 지어낸 동시조와 어린이가 직접 지어낸 아동시조가 있는데 이를 통틀어 동시조라고 한다.[3]

즉 동시조의 정의는 우리 민족의 고유한 시조 형식으로서 어린이를 대상으로 동심과 사상과 감정을 운률적으로 표현한 3장 6구의 정형시라고

1) 국민학교 교사용 지도서. 국어6-2. 서울 대학교과서주식회사. 1998. 79~80쪽.

2) 국민학교. 앞의 책.

3) 아동문예. 1995. 12월호.

말할 수 있다.

## 4. 초등학교 시조문학의 기원과 발생

시조문학과 동시조 문학에 있어서 시조의 기원과 발생설에 대한 논의는 아직 학계의 분분한 이론이 있는 것은 사실이지만 초등학교 교사용 지도서에 제시된 내용은 지나치게 빈약하고 그것도 제4차 교육과정 지도서에만 아래의 내용이 간단히 언급되었을 뿐이다. 시조의 발생에 관해서는 여러 가지 설이 있으나 신라 향가의 전통에서 시작되어 고려가요를 거쳐서 이루어진 듯하다.[4] 동시조의 발생설은 1934년 심훈의 달밤(중앙 4월)과 1935년 조연제의 봄비(사해공론)가 한국 최초의 동시조라고 강론한 바 있다.[5]

## 5. 시조와 동시조의 형식

가. 시조의 형식

시조의 기본 형태는 초장 제1구, 3.4, 제2구 3.4, 중장 제1구 3.4, 제2구 3.4, 종장 제1구 3.5, 제2구 4.3으로 되어 있다.[6]

나. 동시조의 형식

동시조의 형식도 시조의 형식을 빌어 창작하기에 시조의 형식과 똑같다.[7]

## 6. 시조와 동시조의 종류

시조는 종장의 첫째 마디와 둘째 마디의 규칙만 지켜주면 시조의 독특한 형태를 깨뜨리지 않는다는 허용 때문에 옛시조에서도 길고 짧은 것이 있으나 보통 다음과 같이 나누어왔다.

---

4) 국민학교. 앞의 책.
5) 아동문예. 앞의 책.
6) 국민학교. 앞의 책.
7) 아동문예. 앞의 책.

1) 평시조(단시조) - 보통의 시조를 말하는데 3장 6구 45자 안팎의 형태를 지켜 쓴 것.

2) 중형시조(엇시조) - 평시조의 초장, 중장 가운데 어느 한 장의 글자 수가 다소 길어진 것으로서 종장에는 아무런 변화가 없다.

3) 장형시조(사설시조) - 평시조의 초장이나 중장이 길어지고 종장도 어느 정도 길어진 시조로서 시조 중에서 가장 길게 쓴 형식인데 글자 수는 적어도 51자 이상으로 사설시조가 여기에 속한다.[8] 동시조의 종류도 학자마다 그 정론이 분분하다. 뚜렷한 정론이 없으며 편의상 단형동시조, 엇동시조, 사설동시조로 대별하고 그 작품을 아동문예에 발표한 바 있다.[9]

## 7. 제1차 초등학교 교육과정 국어 교과서 수록된 시조

개화기와 일제 강점기에 있어서 초등학교의 시조교육 지도 내용이 있으나 생략하였다. 또 교수요목기 때 초등학교 국어교본에 수록된 시조도 있으나 생략하고, 제1차 교육과정이 1955년 8월 1일 문교부령 제44호로 초등학교 교육과정이 공포되어 제1차 교육과정부터 논의 대상으로 설정하였음을 밝혀 둔다.

〈제1차 초등학교 교육과정에 수록된 시조와 동시조〉

| 교과 학년 | 주제(제목) | 지은이 | 형식 | 작품연대 | 작품수 |
|---|---|---|---|---|---|
| 국어 6-1 | 한산섬 달 밝은 밤 | 이순신 | 평시조, 단형 | 고시조 | 1 |
| 국어 6-2 | 동창이 밝았느냐 | 남구만 | 평시조, 단형 | 고시조 | 1 |
| 국어 6-2 | 이런들 어떠하리 | 태종 | 평시조, 단형 | 고시조 | 1 |
| 국어 6-2 | 이몸이 죽고 죽어 | 정몽주 | 평시조, 단형 | 고시조 | 1 |

8) 국민학교 교사용 지도서 국어 6-2 178쪽.
9) 아동문예. 앞의 책.

| 국어 6-2 | 태산이 높다하되 | 양사언 | 평시조, 단형 | 고시조 | 1 |
|---|---|---|---|---|---|
| 국어 6-2 | 오백년 도읍지를 | 길재 | 평시조, 단형 | 고시조 | 1 |
| 국어 6-2 | 지당에 뿌리고 | 조헌 | 평시조, 단형 | 고시조 | 1 |
| 국어 6-2 | 아버님 날 낳으시고 | 정철 | 평시조, 단형 | 고시조 | 1 |
| 국어 6-2 | 마을사람들아 | 정철 | 평시조, 단형 | 고시조 | 1 |
| 국어 6-2 | 이고 진 저 늙은이 | 정철 | 평시조, 단형 | 고시조 | 1 |
| 국어 6-2 | 별 | 이병기 | 2연동시조 | 현대시조 | 2 |
| 국어 6-2 | 봉숭아 | 김상옥 | 2연동시조 | 현대시조 | 2 |

## 8. 시조와 동시조 작품

가. 옛시조와 현대시조

옛시조는 주제(제목)이 없고 중세 국어로 쓰였고, 한문을 많이 사용하였으며, 현대시조는 주제(제목)이 있고 현대국어로 창작해서 우리 어린이들의 심신 발달과 그 수준에 적합해서 현대시조를 동시조에 포함하였고 현대시조가 발달되어 동시조까지 진전되었음을 보여주는 과정이기도 하다.

1) 한산섬 달 밝은 밤에 수루에 홀로 앉아/ 큰 칼 옆에 차고 깊은 시름 하던 차에/ 어디서 일성호가는 남의 애를 끊나니.

* 이순신(1545~1597) 조선 선조 때 명장. 충무공.

2) 동창이 밝았느냐 노고지리 우지진다/ 소 치는 아이 놈은 상기 아니 일었느냐/ 재 너머 사래 긴 밭을 언제 갈려 하느냐.

* 남구만(1629~1711) 조선 숙종 때 영의정.

3) 이런들 어떠하리 저런들 어떠하리/ 만수산 드렁칡이 얽혀진들 그 어떠하리/ 우리도 이와 같이 얽혀져 백년까지 살리라.

* 이방원(1371~1422)조선 태종 임금. 「하여가」

4) 이 몸이 죽고 죽어 일백 번 고쳐 죽어/ 백골이 진토 되어 넋이라도 있고 없고/ 임 향한 일편단심이야 가실 줄이 있으랴.

* 정몽주(1337~1392) 고려 공민왕 때 문하시중. 「단심가」

5) 태산이 높다 하되 하늘 아래 뫼이로다/ 오르고 또 오르면 못 오를 리 없건마는/ 사람이 제 아니 오르고 뫼만 높다 하더라.

* 양사언(1517~1584) 조선 명종 때 학자.

6) 오백년 도읍지를 필마로 돌아드니/ 산천은 의구한데 인걸은 간데 없네/ 어즈버 태평연월이 꿈이런가 하노라.

* 길재(1353~1419) 고려 공민왕 때 학자.

7) 지당에 비 뿌리고 양류에 내 끼인 재/ 사공은 어디 가고 빈 배만 매었는고/ 석양에 짝 잃은 갈매기만 오락가락 하노라.

* 조헌(1544~1592) 조선 선조 임진왜란 때 의병대장.

8) 마을 사람들아 옳은 일 하자스라/ 사람이 되어 나서 옳지 못하면/ 마소를 갓 고깔 씌워 밥 먹이나 다르랴.

* 정철(1536~1593) 조선 선조 때 판서. 시조 93수가 전함.

9) 이고 진 저 늙은이 짐 벗어 나를 주오/ 나는 젊었거니 돌이라 무거울까/ 늙기도 서러워라커든 짐조차 지실까.

* 정철(앞의 사람)

나. 동시조(현대시조)

10) 「별」 -- 이병기(1891~1968)

바람이 서늘도 하여 뜰 앞에 나섰더니/ 서산머리에 하늘은 구름을 벗어나고/ 산듯한 초사흘 달이 별과 함께 나오더라.// 달은 넘어가고 별만 서로 반짝인다/ 저 별은 뉘 별이며 내 별 또한 어느 게오/ 잠자코 호올로 서서 별만 헤어 보노라.

11) 「봉숭아」 -- 김상옥(1920~2005) 3연시조 중 2연만 수록.

비오자 장독간에 봉선화 반만 벌어/ 해마다 피는 꽃을 나만 두고 볼 것인가/ 세세한 사연을 적어 누님께로 보내자.// 누님이 편지 보며 하마 울까 웃으실까/ 눈앞에 삼삼이는 고향집을 그리시고/ 손톱에 꽃물 들이던 그 날 생각하시리.

# 중학교 교육과정 동시조

## 1. 중학교 교육과정의 변천

1) 제1차 중학교 교육과정-문교부령 제45호(1955.8.1)
2) 제2차 중학교 교육과정-문교부령 제120호(1963.2.15)
3) 제3차 중학교 교육과정-문교부령 제325호(1973.8.31)
4) 제4차 중학교 교육과정-문교부고시 제442호(1981.12.31)
5) 제5차 중학교 교육과정-문교부고시 제87-7호(1987.3.31)
6) 제6차 중학교 교육과정-교육부고시 제1992-11호(1992.6.30)
7) 제7차 중학교 교육과정-교육부고시 제1997-15호(1997.12.30)

## 2. 제1차 중학교 교육과정 동시조(평시조-명칭)

| 중학국어 | 주제 | 지은이 | 연행수 | 유형 |
|---|---|---|---|---|
| 1-1 | 가고파 | 이은상 | 4연12행 | 4연동시조 |
| 2-1 | 봄 | 이영도 | 1연3행 | 평동시조 |
| 2-1 | 봄 | 이병기 | 2연6행 | 2연동시조 |
| 2-1 | 춘일 | 정훈 | 1연3행 | 평동시조 |
| 2-1 | 달밤 | 이호우 | 4연12행 | 4연동시조 |
| 2-1 | 꽃장수소녀 | 김상옥 | 1연3행 | 평동시조 |
| 2-1 | 삼산국(三山局) | 이은상 | 3연9행 | 3연동시조 |
| 2-1 | 만폭동(滿瀑洞) | 이은상 | 4연12행 | 4연동시조 |
| 2-1 | 비로봉(毘盧峰) | 이은상 | 3연9행 | 3연동시조 |
| 2-1 | 십이폭(十二瀑) | 이은상 | 2연6행 | 2연동시조 |
| 2-1 | 칠성봉(七星峰) | 이은상 | 2연6행 | 2연동시조 |
| 2-1 | 금강에 살으리랏다 | 이은상 | 2연6행 | 2연동시조 |
| 2-1 | 돌아오는 길에 | 이은상 | 1연3행 | 평동시조 |
| 2-1 | 동포를 살리려고 | 이은상 | 1연3행 | 평동시조 |

## 3. 제2차 중학교 교육과정 동시조

| 중학국어 | 주제 | 지은이 | 연행수 | 유형 |
|---|---|---|---|---|
| 1-1 | 가고파 | 이은상 | 4연12행 | 4연동시조 |
| 2-1 | 단란 | 이영도 | 1연3행 | 평동시조 |
| 2-1 | 추천 | 김상옥 | 2연6행 | 2연동시조 |
| 2-1 | 꽃장수소녀 | 김상옥 | 1연6행 | 평동시조 |
| 2-1 | 백담계곡 | 이희승 | 2연6행 | 2연동시조 |
| 2-1 | 박연폭포 | 이병기 | 3연9행 | 3연동시조 |
| 2-1 | 효대 | 이은상 | 3연9행 | 3연동시조 |
| 2-1 | 다도해 | 김상옥 | 3연9행 | 3연동시조 |
| 2-1 | 다락은 반공에 솟고 | 이은상 | 1연3행 | 평동시조 |
| 2-1 | 절문은 닫혀 있고 | 조위 | 1연3행 | 평동시조 |
| 2-1 | 금수산 높은 누대 | 조위 | 1연3행 | 평동시조 |
| 2-1 | 해지는 제가 어디요 | 조위 | 1연3행 | 평동시조 |

## 4. 제3차 중학교 교육과정 동시조

| 중학국어 | 주제 | 지은이 | 연행수 | 유형 |
|---|---|---|---|---|
| 1-1 | 산길에서 | 이호우 | 1연6행 | 평동시조 |
| 1-1 | 소녀꽃장수 | 김상옥 | 1연6행 | 평동시조 |
| 1-1 | 의상대해돋이 | 조종현 | 1연7행 | 평동시조 |
| 2-1 | 삼월은 | 이태극 | 2연12행 | 2연동시조 |
| 2-1 | 박연폭포 | 이병기 | 3연9행 | 3연동시조 |
| 2-1 | 초원 | 이호우 | 1연6행 | 평동시조 |
| 2-1 | 효대 | 이은상 | 3연9행 | 3연동시조 |
| 2-2 | 백담계곡 | 이희승 | 2연6행 | 2연동시조 |
| 3-1 | 다보탑 | 김상옥 | 2연12행 | 2연동시조 |

## 5. 제4차 중학교 교육과정 동시조

| 중학국어 | 주제 | 지은이 | 연행수 | 유형 |
|---|---|---|---|---|
| 1-1 | 울내여 | 이은상 | 1연6행 | 평동시조 |
| 1-1 | 의상대해돋이 | 조종현 | 1연7행 | 평동시조 |
| 1-1 | 다보탑 | 김상옥 | 2연12행 | 2연동시조 |

| 1-2 | 부자상 | 정완영 | 3연9행 | 3연동시조 |
|---|---|---|---|---|
| 2-1 | 삼월은 | 이태극 | 2연12행 | 2연동시조 |
| 2-1 | 박연폭포 | 이병기 | 3연9행 | 3연동시조 |
| 2-2 | 옥류동 | 정인보 | 3연9행 | 3연동시조 |
| 3-2 | 개화 | 이호우 | 1연6행 | 평동시조 |

## 6. 제5차 중학교 교육과정 동시조

| 중학국어 | 주제 | 지은이 | 연행수 | 유형 |
|---|---|---|---|---|
| 1-2 | 부자상 | 정완영 | 3연9행 | 3연동시조 |
| 2-2 | 다보탑 | 김상옥 | 2연12행 | 2연동시조 |
| 3-1 | 개화 | 이호우 | 1연15행 | 평동시조 |
| 3-2 | 벽공 | 이희승 | 1연6행 | 평동시조 |

## 7. 제6차 중학교 교육과정 동시조

| 중학국어 | 주제 | 지은이 | 연행수 | 유형 |
|---|---|---|---|---|
| 1-2 | 부자상 | 정완영 | 3연9행 | 3연동시조 |
| 2-2 | 다보탑 | 김상옥 | 2연12행 | 2연동시조 |
| 2-2 | 진달래 | 이영도 | 2연12행 | 2연동시조 |
| 3-1 | 벽공 | 이희승 | 1연6행 | 평동시조 |

## 8. 제7차 중학교 교육과정 동시조

| 중학국어 | 주제 | 지은이 | 연행수 | 유형 |
|---|---|---|---|---|
| 1-2 | 봉선화 | 김상옥 | 3연9행 | 3연동시조 |
| 3-1 | 둑방길 | 유재영 | 2연24행 | 2연동시조 |
| 3-1 | 봄비 | 이수복 | 4연12행 | 4연동시조 |
| 3-1 | 풍란 | 이병기 | 2연6행 | 2연동시조 |

## 중학교 교육과정 동시조 주제와 형태

| 교육과정 | 주제 | 동시조 형태 | | | | 총 편수 |
|---|---|---|---|---|---|---|
| | | 평동시조 | 2연동시조 | 3연동시조 | 4연동시조 | |
| 제1차 교육과정 | 가고파 | | | | 1 | 4수 |
| | 봄 | 1 | | | | 1수 |
| | 봄 | | | | | 2수 |
| | 춘일 | 1 | | | | 1수 |
| | 달밤 | | | | 1 | 4수 |
| | 꽃장수소녀 | 1 | | | | 1수 |
| | 삼산국 | | | 1 | | 3수 |
| | 만폭동 | | | | 1 | 4수 |
| | 비로봉 | | | 1 | | 3수 |
| | 십이폭 | | 1 | | | 2수 |
| | 칠성봉 | | 1 | | | 2수 |
| | 금강에 살으리랏다 | | 1 | | | 2수 |
| | 돌아오는 길에 | 1 | | | | 1수 |
| | 동포를 살리고 | 1 | | | | 1수 |
| 제2차 교육과정 | 가고파 | | | | 1 | 4수 |
| | 단란 | 1 | | | | 1수 |
| | 추천 | | 1 | | | 2수 |
| | 꽃장수소녀 | 1 | | | | 1수 |
| | 백담계곡 | | 1 | | | 2수 |
| | 박연폭포 | | | 1 | | 3수 |
| | 효대 | | | 1 | | 3수 |
| | 다도해 | | | 1 | | 3수 |
| | 다락은 반공에 솟고 | 1 | | | | 1수 |
| | 절문은 닫혀있고 | 1 | | | | 1수 |
| | 금수산 높은 누대 | 1 | | | | 1수 |
| | 해지는 제가 어디요 | 1 | | | | 1수 |
| 제3차 교육과정 | 산길에서 | 1 | | | | 1수 |
| | 소녀꽃장수 | 1 | | | | 1수 |
| | 의상대 해돋이 | 1 | | | | 1수 |
| | 삼월은 | | 1 | | | 2수 |
| | 박연폭포 | | | 1 | | 3수 |
| | 초원 | 1 | | | | 1수 |
| | 효대 | | | 1 | | 3수 |
| | 백담계곡 | | 1 | | | 2수 |

| | | | | | | |
|---|---|---|---|---|---|---|
| | 다보탑 | | 1 | | | 2수 |
| 제4차 교육 과정 | 울내여 | 1 | | | | 1수 |
| | 의상대 해돋이 | 1 | | | | 1수 |
| | 다보탑 | | 1 | | | 2수 |
| | 부자상 | | | 1 | | 3수 |
| | 삼월은 | | 1 | | | 2수 |
| | 박연폭포 | | | 1 | | 3수 |
| | 옥류동 | | | 1 | | 3수 |
| | 개화 | 1 | | | | 1수 |
| 제5차 교육 과정 | 부자상 | | | 1 | | 3수 |
| | 다보탑 | | 1 | | | 2수 |
| | 개화 | 1 | | | | 1수 |
| | 벽공 | 1 | | | | 1수 |
| 제6차 교육 과정 | 부자상 | | | 1 | | 3수 |
| | 다보탑 | | 1 | | | 2수 |
| | 진달래 | | 1 | | | 2수 |
| | 벽공 | 1 | | | | 1수 |
| 제7차 교육 과정 | 봉선화 | | | 1 | | 3수 |
| | 둑방길 | | 1 | | | 2수 |
| | 봄비 | | | | 1 | 4수 |
| | 풍란 | | 1 | | | 2수 |
| 총계 | 가고파(2회), 다보탑(3회), 부자상(2회), 삼월은(2회), 벽공(2회), 의상대해돋이(2회), 소녀꽃장수(3회) | 21 | 16 | 10 | 1 | 112수 |

## 중학교 제1차 교육과정 동시조

1. 가고파-이은상(1903-1982)

내 고향 남쪽 바다 그 파란 물 눈에 보이네/ 꿈엔들 잊으리요 그 잔잔한 고향 바다/ 지금도 그 물새들 날으리 가고파라 가고파.// 어릴 제 같이 놀던 그 동무들 그리워라/ 어디 간들 잊으리요 그 뛰놀던 고향 동무/ 오늘은 다 무얼 하는고 보고파라 보고파.// 그 물새 그 동무들 고향에 다 있는데/

나는 왜 어이하다가 떠나 살게 되었는고/ 온갖 것 다 뿌리치고 돌아갈까 돌아가.// 가서 한데 얼려 옛나라 같이 살고 지라/  내 마음 색동옷 입혀 놓고 웃고 웃고 지내고저/ 그 날 그 눈물 없던 때를 찾아가자 찾아가.

(10연 동시조 중 4연만 수록)

2. 봄-이영도(1916-1976)

아이는 봄 따라 가고 고요가 겨운 뜰에/ 봉오리 맺은 가지 만져도 보고 지고/  뭉네지 설레는 마음 떨고 일어나서라.

3. 봄-이병기(1891-1968)

봄날 궁궐 안은 고요도 고요하다/ 어원 업은 언덕 버들은 푸르르고/ 소복한 궁인은 홀로 하염없이 거닐어라.// 썩은 고목 아래 전각은 비어 있고/ 파란 못물 위에 비오리 한 자웅이/ 온종일 서로 따르며 한가로이 떠돈다.

4. 춘일-정훈(1911-1992)

노랑 장다리밭에/ 나비 호호 날고// 초록 보리 밭골에/ 바람 흘러가고// 자운영 붉은 논둑에/ 목매기는 우는고.

5. 달밤-이호우(1912-1969)

낙동강 빈 나루에 달빛이 푸릅니다/ 무엔지 그리운 밤 지향 없이 가고파서/ 흐르는 금빛 노을에 배를 맡겨 봅니다.// 낯익은 풍경이되 달 아래 고쳐 보니/ 돌아올 기약 없는 먼 길이나 떠나 온 듯/ 뒤지는 물과 산들이 돌아 돌아 뵙니다.

6. 꽃장수 소녀-김상옥(1920-2005)

새 아침 맑은 길에/ 꽃장수 소녀가 간다// 칠보 환관인 양/ 꽃 광주리 받쳐 이고// 누구라 가지라느냐/ 향기로운 그 마음.

7. 삼산국(三山局)-이은상(1903-1982)

봉래산 바둑판을 그냥 어이 지날런가/ 냇가에 맑은 돌을 주워 들고 앉았으니/ 청풍이 손드록 오며 나랑 놀자 하더라.// 어허 선자로구정녕히 그럴진대/ 마음은 어이하야 이리도 슬미는고/ 전세에 남은 일 많음에 일어설까 하노라.

8. 만폭동(萬瀑洞)-이은상(1903-1982)

흐르고 맺히고 감돌고 굽이치고/ 솟고 잘리고 고이고 넘쳐나고/ 꺾이어 만 번도 더하니 만폭동인 하노라.// 일곡(一曲)은 어디 메오 꼬리치는 저 흑용(黑龍)아/ 이 좋은 운산(雲山)에서 너만 혼자 논단 말가?/ 물어도 대답이 없이 제 흥겨워 하노라.// 사곡(四曲)은 어디 메오 분설(噴雪)하는 양이로다/ 무삼일 물을 뿜어 그칠 줄 모르는다/ 하 많은 손의 가슴을 식혀 주려 하노라.// 팔곡(八曲)은 어디 메오 화룡(火龍)이 꼬리친다/ 동천(洞天)이 하 좋으니 창해(滄海)를 잊었구나/ 행인(行人)도 광흥(狂興)을 못 이겨 바위 치며 가더라.

9. 비로봉(毘盧峰)-이은상(1903-1982)

금길 은길 밟고 올라 상청궁(上淸宮)에 높이 서서/ 일성(日星) 은한(銀漢)과 벗하는 오늘이다/ 천풍(天風)은 무수(舞袖)를 날리며 몸 가으로 돌더라.// 백운천(白雲天) 여기로다 청벽(靑壁)을 만지노라/ 팔황(八荒) 운물(雲物)이 발 아래 다 깔리니/ 내 몸이 어디 섰는지 분별 못해 하노라.// 나그네 들었던 집 어디런지 알고 싶어/ 사방을 둘러 볼 제 향하(香霞)가 눈을 덮네/ 두어라 만장홍진(萬丈紅塵)에 그릴 무엇 있느뇨?

10. 십이폭(十二瀑)-이은산(1903-1982)

열두 물 한 줄기로 떨어지니 일장폭(一長瀑)을/ 일장 폭 열두 단(段)에 꺾였으니 십이폭(十二瀑)을/ 하나라 열둘이라 함이 다 옳은가 하노라.// 열둘로 보자 하니 소리가 하나이요/ 하나로 듣자 하니 경개(景槪)가 아니 열둘인가/ 십이폭 묻는 이 있으면 듣고 보라 하리라.

11. 칠성봉(七星峰)-이은상(1903-1982)

입석포 맑은 물에 일편 주 홀로 저어/ 성라 기도를 찾았나니 칠성봉을/ 사공이 제 먼저 알고 뱃줄 던져 매더라.// 바라보니 수연천에 운도가 싸여 돌고/ 돌아보느냐 육지 금강을 옥병을 둘러쳤네/ 옛 사람 삼도 십주를 어느 곳에 찾던고.

12. 금강(金剛)에 살으리랏다-이은상(1903-1982)

금강에 살으리랏다 금강에 살으리랏다/ 운무(雲霧) 데리고 금강에 살으리랏다/ 홍진에 썩은 명리(名利)야 아는 체나 하리오.// 이 몸이 시어진 뒤에 혼이 정녕 있을진댄/ 혼이나마 길이 길이 금강에 살으리랏다/ 생전에 더러운 마음 명경(明鏡) 같이 하과저.

13. 돌아오는 길에-이은상(1903-1982)

금강이 무엇이뇨 돌이요 물이로다/ 돌이요 물일러니 안개요 구름일러라 / 안개요 구름일러니 있고 없고 하더라.

14. 동포를 살리려고-이은상(1903-1982)

동포를 살리려고 붉은 피를 흘리신 이여!/ 겨레의 가슴마다에 임은 살아계시나이다/ 강산에 서리신 뜻은 전후 만대 푸르리이다.

## 중학교 제2차 교육과정 동시조

1. 가고파-제1차 교육과정과 같음.

2. 단란(團欒)-이영도(1916-1976)

아이는 글을 읽고 나는 수(繡)를 놓고/ 심지 돋우고 이마를 맞대이면/ 어둠도 고운 애정(愛情)에 감가한 듯 둘렀다.

3. 추천(鞦韆)-김상옥(1920-2005)

멀리 바라보면 사라질 듯 다시 뵈고/ 휘날려 오가는 양 한 마리 호접(胡蝶)처럼/ 앞뒤 숲 푸른 버들엔 꾀꼬리도 울어라.// 어룬 님 기다릴까 가벼웁게 내려서서/ 포란 잠 빼어 물고 낭자 고쳐 찌른 담에/ 오지랖 다시 여미며 가쁜 숨을 쉬더라.

4. 꽃장수 소녀-체1차 교육과정과 같음.

5. 백담계곡-이희승(1896-1989)

백담에 고인 물이 물마다 거울일레/ 거울 속에 비친 얼굴 봉봉이 홍장일레/ 그 속에 흩어진 그림자 태고(太古) 찾는 나그네.// 유구를 흘러 흘러 돌과 바위 갈고 닦아/ 모양도 동글동글 빛조차 깨끗하구나/ 인심(人心)을 닦아온 지는 역사 아직 젊더냐.

6. 박연폭포-이병기(1891-1968)

이제 산에 드니 산에 정이 드는구나/ 오르고 내리는 길 괴로움을 다 모르고/ 저절로 산인(山人)이 되어 비도 맞아 가노라.// 이골 저골 물을 건너고 또 건너니/ 발 밑에 우는 폭포 백이요 천 이러니/ 박연을 이르고 보니 하나밖에 없어라.// 봉 머리 이는 구름 바람에 다 날리고/ 바위에 새긴 글발 메이고 어지러지고/ 다만 그 흐르는 물이 궂지 아니하도다.

7. 효대-이은상(1903-1982)

일유봉은 해 뜨는 곳 월유봉은 달 뜨는 곳/ 동백나무 우거진 숲을 울 삼아둘러치고/ 네 사자 호위 받으며 웃고 서 게신 저 어머니!// 천년을 한결같이 비가 오나 눈이 오나/ 어여쁜 아드님이 바치시는 공양이라/ 효대에 눈물 어린 채 웃고 서 게신 저 어머니!// 그리워 나도 여기 합장하고 같이 서서/ 저어머니 아들 되오 몇 번이라 절하옵고/ 우러러 다시 보오 매 웃고 서 계신 저 어머니!

8. 다도해-김상옥(1920-2005)

쟁반에 담긴 쪽빛 누가 여길 바다랬나/ 멀리 구름 밖에 겹겹이 포개진 것/ 그린 듯 고운 아미에 졸음마저 오누나.// 이제 막 솟아오른 반만 핀 꽃봉오리/ 잠길 듯 둥근 연잎 떠 있는 물굽이로/ 잔잔히 흐르는 돛대 나비 되어 숨는다.// 어미 소 곁에 노는 귀여운 망아지 떼/ 송아지 뒤따르다 돌아보는 얼룩말들/ 점점이 꿈을 먹이는 푸른 벌판이구료.

9. 다락은 반공에 솟고-이은상(1903-1982)

다락은 반공에 솟고 메들은 나직한데/ 난가에 기대서자 어허 저게 달 아닌가/ 떨어져 물에 잠기니 유리 쟁반 같구나.

10. 절 문은 닫혀 잇고-조위

절 문은 닫혀 있고 차 달이는 연기만 나네/ 중 불러 같이 앉아 토란을 굽노랄제/ 이윽고 풍경 소리만 뎅그르렁 울린다.

11. 금수산 높은 누대-조위

금수산 높은 누대 벼랑 아랜 강이온데/ 하룻밤 봄바람에 꽃 피어 비단일레/ 풀빛이 내랑 어울려 봄이 아롱졌구나.

12. 해지는 제가 어디오-조위

해지는 제가 어디요 만길 멀리 재촉하네/ 술잔을 기울이고 소매를 나눌 적에/ 구슬픈 이별곡 소리 애를 아니 끊는가.

## 중학교 제3차교육과정 동시조

1. 산길에서-이호우(1912-1969)

진달래 사태진 골에/ 돌돌돌 물 흐르는 소리// 제법 귀를 종긋/ 듣고 섰던 노루란 놈// 열적게 껑청 뛰달아/ 봄이 깜짝 놀란다.

2. 소녀 꽃장수-제1차 교육과정과 같음.

3. 의상대 해돋이-조종현(1904-1982)

천지개벽이야!/ 눈이 번쩍 뜨인다// 불덩이가 솟는구나/ 가슴이 용솟음 친다// 여보게/ 저것 좀 보아/ 후끈하지 않은가.

4. 삼월은-이태극(1913-2003)

진달래 망울 부퍼/ 발돋움 서성이고// 쌓이던 눈도 슬어/ 토끼도 잠든 숲속// 삼월은 어머님 품으로/ 다사로움 더 겨워.// 멀리 흰 산 이마/ 문득 다금 언젤런고// 구렁에 물소리가/ 몸에 감겨 스며드는// 삼월은 젖먹이로세/ 재롱만이 더 늘어.

5. 박연폭포-제2차 교육과정과 같음.

6. 초원-이호우(1912-1969)

상긋 풀내음새/ 이슬에 젖은 초원// 종달새 노래 위로/ 효대-제2차 교육과정과 같음.

8. 백담계곡-제2차 교육과정과 같음.

9. 다보탑-김상옥(1920-2005)

불꽃이 이리 튀고/ 돌조각이 저리 튀고// 밤을 낮을 삼아/ 정 소리가 요란하더니// 불국사 백운교 위에/ 탑이 솟아오르다.// 꽃쟁반 팔모 난간/ 층층이 고운 모양// 임의 손 간 데마다/ 돌옷은 새로 피고// 머리엔 푸른 하늘을/ 받쳐 이고 있도다.

## 중학교 제4차 교육과정 동시조

1. 울내여-이은상(1903-1982)

울내여! 너 피 흘린 물아/ 장수들 칼 씻은 물아// 목메어 우는 물가에서/ 나도 목멜 줄 알았더면// 이뿔사 이 길로 왜 오리/ 딴 길로 재를 넘을 걸.

2. 의상대 해돋이-제3차 교육과정과 같음.

3. 다보탑-제3차 교육과정과 같음.

4. 부자상(父子像)-정완영(1919-)

사흘 와 계시다가 말 없이 돌아가시는/ 아버님 모시 두루막 빛 바랜 흰 자락이/ 웬일로 제 가슴속에 눈물로만 스밉니까.// 어스름 짙어오는 아버님 여일(餘日) 위에/ 꽃으로 비춰 드릴 제 마음 없사오매/ 생각은 무지개 되어 고향 길을 덮습니다.// 손 내밀면 잡혀질 듯한 어릴 제 시절이온데/ 할아버님 닮아가는 아버님의 모습 뒤에/ 저 또한 그 날 그 때의 아버님을 닮습니다.

5. 삼월은-제3차 교육과정과 같음.

6. 박연폭포-제3차 교육과정과 같음.

7. 옥류동-정인보(1893-1950)

단풍숲 터진 새로 누워 넘는 어여쁜 물/ 저절로 어린 무늬 겹친 사(紗)와 어떠하니/ 고요한 이 산골 속이 더 깊은 듯 하여라.// 긘 물밑이 뵈니 유리 어찌 아니 맑아/ 나뭇잎 근뎅여도 모르는 듯 길이 없다/ 산 위로 가는 구름을 굽어 좋다 했노라.// 물 밖은 신나무 뿐 나무 말곤 물이로다/ 잎새로 새는 해가 금가루를 뿌리단 말/ 이 경야 없으리마는 예서 보니 달라라.

8. 개화-이호우(1912-1969)

꽃이 피네 한 잎 한 잎/ 한 하늘이 열리고 있네// 마침내 남은 한 잎이/

마지막 떨고 있는 고비// 바람도 햇볕도 숨을 죽이네/ 나도 가만 눈을 감네.

### 중학교 제5차 교육과정 동시조

1. 부자상-제4차 교육과정과 같음.
2. 다보탑-제3차 교육과정과 같음.
3. 개화-제4차 교육과정과 같음.
4. 벽공(碧空)-이희승(1896-1989)

손톱으로 툭 튀기면/ 쨍 하고 금이 갈 듯// 새파랗게 고인 물이/ 만지면 출렁일 듯// 저렇게 청정무구(淸淨無垢)를/ 드리우고 있건만.

### 중학교 제6차 교육과정 동시조

1. 부자상-제4차 교육과정과 같음.
2. 다보탑-제3차 교육과정과 같음.
3. 진달래-이영도(1916-1976)

눈이 부시네 저기/ 난만(爛漫)히 멧등마다// 그 날 스러져 간/ 젊음 같은 꽃 사태가// 맺혔던 한(恨)이 터질 듯/ 여울여울 붉었네.// 그렇듯 너희는 지고/ 욕처럼 남은 목숨// 지친 가슴 위엔/ 하늘이 무거운데// 연연(戀戀)히 꿈도 설워라/ 물이 드는 이 산하(山河).

4. 벽공-제5차 교육과정과 같음.

### 중학교 제7차 교육과정 동시조

1. 봉선화-김상옥(19120-2005)

비오자 장독가에 봉선화 반만 벌어/ 해마다 피는 꽃을 나만 두고 볼 것인가/ 세세한 사연을 적어 누님께로 보내자.// 누님이 편지 보며 하마 울까 웃으실까/ 눈앞에 삼삼이는 고향집을 그리시고/ 손톱에 꽃물 들이던 그 날 생각하시리.// 양지에 마주앉아 실로 찬찬 매어주던/ 하얀 손 가락가락이 연붉은 그 손톱은/ 지금도 꿈속에 본 듯 힘줄만이 서누나.

2. 둑방길-유재영(1948-)

어린 염소/ 등 가려운/ 여우비도/ 지났다// 목이 긴/ 멧리가/ 자맥질을/ 하는 곳// 마알간/ 꽃대궁들이/ 물빛으로/ 흔들리고// 부리 긴/ 물총새가/ 느낌표로/ 물고 가는// 피라미/ 은빛 비린내/ 문득 번진/ 둑방길.// 어머니/ 마른 손 같은/ 조팝꽃이/ 한창이다.

3. 봄비-이수복(1924-1986)

이 비 그치면/ 내 마음 강나루 긴 언덕에/ 서러운 풀빛이 짙어오것다// 푸르른 보리밭길/ 맑은 하늘에/ 종달새만 무어라고 지껄이것다// 이 비 그치면/ 시새워 벙글어질 고운 꽃밭 속/ 처녀 애들 짝하여새로이 서고// 임 앞에 타오르는/ 향연(香煙)과 같이/ 땅에선 또 아지랑이 타오르것다.

4. 풍란-이병기(1891-1968)

잎이 빳빳하고도 오히려 영롱(玲瓏)하다/ 썩은 향나무 껍질에 옥(玉) 같은 뿌리를 서려 두고/ 청량(淸凉)한 물기를 머금고 바람으로 사노니.// 꽃은 하이 하고도 여린 자연(紫煙) 빛이다/ 높고 조촐한 그 품(品)이며 그 향(香)을/ 숲속에 숨어 있어도 아는 이는 아노니.

# 충청권 동시조문학의 시맥과 전개 양상

— 60~70년대의 시조문학지를 중심으로

## 1. 들어가기

우리나라 동시조는 1934년 심훈이 중앙에 〈달밤〉, 1935년 조연제가 해공론에 〈봄비〉를 기성 시인들의 주축으로 처음 시도 되었다고 밝힌 바 있다.(현대동시조. 2004. 제5집 참조) 한밭의 동시조는 중학교 제1차 교육과정(15955) 중학국어(2-1)에 정 훈(1911-1992)의 춘일(평동시조)이 수록되었고 중학교 제6차 교육과정(1992)중학교 국어(1-2)에 밀고 끌고(2연 3동시조)가 수록되었으며 초등학교는 제6차 교육과정(1992) 말하기 · 듣기 · 쓰기(5-2)에 유동삼의 할머니 말씀(동시조)이 수록되었다. 지금까지 묻혀있던 60-70년대의 시조문학지의 동시조를 발굴하여 청자와 차령으로 이어지는 동시조의 시맥을 한국동시조사와 관련지어 고찰하였다.

## 2. 시조문학의 동시조 작품 조명

1) 시조문학 창간호(1960.6.1)새글사-정훈-호박꽃(평동시조)
2) 시조문학 제2호(1961.1.20)새글사-정훈-들국화(평동시조)
3) 시조문학 제3호(1961.7.15)새글사-지상열-병아리깨기-3연동시조 중-첫연
4) 시조문학 제4호(1962.3.10)새글사-동시조 없음
5) 시조문학 제5호(1962.7.10)새글사-지상열-고향의 봄(2연동시조)
6) 시조문학 제6호(1962.11.10)새글사-유동삼-불두화(2연동시조)
7) 시조문학 제7호(1963.3.25)새글사-유동삼-(1)죽림(2)빗소리(3)길갓집
8) 시조문학 제8호(1963.10.20)새글사-정훈-추정(2연중 끝연)
9) 시조문학 제9호(1964.7.15)새글사-동시조 없음
10) 시조문학 제10호(1964.11.15)새글사-유준호-아침(3연중 첫연)

11) 시조문학 제11호(1965.5.20)새글사-동시조 없음
12) 시조문학 제12호(1965.12.1)새글사-유동삼-함수초(4연동시조)
채희석-가을 밤(평동시조)
13) 시조문학 제13호(1966.4.10)새글사-동시조 없음
14) 시조문학 제14호(1966.9.25)새글사-동시조 없음
15) 시조문학 제15호(1967.2.25)새글사-정훈-다알리라(평동시조).채송화(평동시조).불두화(평동시조).카네이션(평동시조).수국(평동시조)-남준우-다보탑(평동시조).이복숙-봄비(평동시조).지상열-복더위(4연동시조)
16) 시조문학 제16호(1967.6.15)새글사-유동삼-창(3연동시조).차창을내다보며(평동시조).대사리92연동시조).이용호-얼굴(평동시조)
17) 시조문학 제17호(1967.10.20)시조문학사-동시조 없음
18) 시조문학 제18호(1968.4.15)시조문학사-이용호-어린놈(평동시조)
19) 시조문학 제19호(1968.8.1)시조문학사-동시조 없음
20) 시조문학 제20호(1968.11.25)시조문학사-유동삼-함수초(시조문학 12호-생략).지상열-호박넝쿨박넝쿨(3연동시조)
21) 시조문학 제21호(1969.6.30)시조문학사-지상열-대추,밤,감(평동시조)
22) 시조문학 제22호(1969.9.25)시조문학사-지상열-낚시질(2연동시조).여름(평동시조).유준호-봄바람(평동시조)
23) 시조문학 제23호(1970.3.20)시조문학사-정훈-노목,백매,석란(평동시조)
24) 시조문학 제24-25호(1970.6.25)새글사-유준호-봄날에(2연동시조)
25) 시조문학 제26호(1970.11.25)새글사-유동삼-꽃밭(4연동시조)
26) 시조문학 제27호(1971.6.25)새글사-동시조 없음
27) 시조문학 제28호(1971.10.1)정훈-추천(가을하늘-평동시조).유준호-꽃(평동시조)
28) 시조문학 제29호(1972.4.3)새글사-동시조 없음
29) 시조문학 제30호(1972.12.15)새글사-유준호-미루나무(2연중 끝연)

30) 시조문학 제31호(1973.6.25)새글사-지상열-개구리(2연동시조)

31) 시조문학 제32호(1973.10.2-문화의 날)새글사.동시조 없음

### 3. 동시조 작품

1) 호박꽃-정훈(1911-1992)

순이네 엄마 모양/ 호박꽃이 피고 지네// 여름 가을 없이/ 누우렇게 피고 지네// 초가집/ 가시울타리에서/ 소리없이 피고 지네.

〈출전〉 시조문학 창간호(1960)

2) 들국화-정훈(1911-1992)

풀숲에/ 오순도순/ 귀여운 얼굴들이다// 꼭/ 순이와 똑같은/ 착한 얼굴들이다// 바람이/ 소소히 불면/ 더욱 고운 얼굴들.

〈출전〉 시조문학 제2호(1961)

3) 병아리깨기(부화)-지상열(1908-1979)

알 곡식도 헤쳐보고/ 주워 먹던 그 방정이// 핏빛 배실 바래도록/ 알 품고 앉은 모습// 눈 씻고 다시 보자니/ 옷깃 다시 여며지다.

〈출전〉 시조문학 제3호(1961)

4) 고향의 봄-지상열(1908-1979)

봄비에 물 가득 찬/ 논 둑길 거닐면서// 못자리 에쁜 머리/ 쓸어주고 싶은 마음// 개구리 바각대는 소리/ 고향악도 달사위.// 새파란 하늘 아래/ 보리 이삭 물결 치고// 종달새 소리 높혀/ 봄 노래 부를 때// 황홀한/ 법열에 싸여/ 산을 잊고 앉았다.

〈출전〉 시조문학 제5호(1962)

5) 불두화-유동삼(1925-)

분홍도 노랑도/ 새파랑도 다 마다하고// 하양도 싫다하며/ 초록을 옮게 들여// 염불만 외고 있대서/ 불두화라 부릅니까.// 뭇꽃 노래하고/ 한참 시

시대다가// 무상한 그 길을/ 또 걸어 사라진대// 스님만 이제 피어서/ 그 넋두리 합니까.

〈출전〉시조문학 제6호(1962)

6) 대나무 숲(죽림)-유동삼(1925-)

곧은 마음 푸른 제복/ 바른 자세 삼장 공약// 굳어진 마디 마디/ 피어린 다짐으로// 한 세상 깨끗이 사는/ 고진들의 별 천지.

〈출전〉시조문학 제7호(1963)

7) 빗소리-유동삼(1925-)

잠결에 빗소리가/ 주룩주룩 요란하다// 작년엔 영주에서/ 금년엔 순천에서// 실근한 아우성 소리/ 되살리는 빗소리여.

〈출전〉시조문학 제7호(1963)

8) 길갓집-유동삼(1925-)

판자 울타리에/ 초가집 두어 채가// 신작로 옆에 서서/ 뽀얗게 먼지 쓰고// 벽에는 진흙 투성이/ 비오던 날 이력서

〈출전〉시조문학 제7호(1963)

9) 추정-정훈(1911-1992)

대추는 주렁주렁/ 빨갛게 물이 들고// 소소한 바람결에/ 달빛도 익어 간다// 어디서들려 오는가/ 토닥 알밤 듣는 소리.

〈출전〉시조문학 제8호(1963)

10) 아침-유준호(1943-)

솟아 와 빛을 지고/ 신화처럼 피어난다// 열리는 가슴 사이/ 웃음이 들려지면// 밤 새워 흐르던 소나타/ 이불깃을 흔든다.

〈출전〉시조문학 제10호(1964)

11) 함수초-유동삼(1925-)

낮에는 시넝질 부려 신경초/ 밤에는 잠만 잔다 비웃어 잠풀인가/ 그래도

어여쁘지만 미모사라 한다네.// 슬쩍 손만 대도 자지러지는구나/ 늦잠 들어 깜짝 놀라 일어나는 새각시/ 다소곳 숙인 얼굴에 부끄러움 함수초.// 깨끗이 지니려는 한 줄기 정성으로/ 빗방울 떨어져도 입김만 서리어도/ 사리고 돌아앉으며 붉은 가시내민다.// 태성이 과민하여 키조차 못 컸는데/ 대대로 이어받은 굳은 절개 어리어도/ 연분홍 수줍은 마음 고이고이 피어라.

〈출전〉 시조문학 제12호(1965)

12) 가을 밤-채희석(1919-1975)

귀뚜라미 울음 결에/ 가을 소식 찾아 왔네// 낙엽지는/ 뜨락 밑에// 여름 그늘/ 와서 잔데// 한 잎에/ 정 한 맺어서/ 아아 백발 되어가네.

〈출전〉 시조문학 제12호(1965)

13) 다알리라-정훈(1911-1992)

구월달 푸른 하늘에/ 붉게 타는 다알리아// 가슴에 벅찬 사랑/ 한아름 안고 서서// 한 올의 구김도 없이/ 활짝 피는 웃음이여.

〈출전〉 시조문학 제15호(1967)

14) 채송화-정훈(1911-1992)

어디선가 본 듯한/ 낯익은 모습들이// 따뜻한 새 봄날/ 네 곁에 섰노라면// 영이의 색동저고리가/ 눈에 삼삼 어린다.

〈출전〉 시조문학 제15호(1967)

15) 불두화-정훈(1911-1992)

하도 불연이 깊어/ 불두화라 일렀나// 하나는 많은 것/ 많은 것은 하나인// 높으신 현묘한 법을/ 상징토록 피는가.

〈출전〉 시조문학 제15호(1967)

16) 카네이션-정훈(1911-1992)

내년 봄 삼월에/ 온다고 떠난 사람// 십년이 다 가도록/ 까마득 소식 없네// 올 봄엔 꼭 오시라고/ 카네이션을 심는다.

〈출전〉 시조문학 제15호(1967)

17) 수국-정훈(1911-1992)

착하고 영리하면/ 오히려 죄가 되나// 순결은 짓밟혀서/ 파랗게 멍이 들고// 마지막 정열을 뿜어/ 붉게 피다 지느니.

〈출전〉시조문학 제15호(1967)

18) 복더위-지상열(1908-1979)

아람 넘는 동구나무 그늘도 두툼한데/ 더위를 쫓아 보려 꽂 피우는 얘기 속에/ 드르렁 코고는 이도 하나 둘 씩 늘어간다.// 더위에 목을 짜는 가지 끝에 매미 소리/ 멀리 가까이 들려오는 아이스 장수 고함/ 버릇 된 부채 바람에 토막토막 끊긴다.// 콩 멍석 널은듯이 밀어 붙인 땀띠들이/ 저마다 보이면서 몇 해 만에 처음이라고/ 엄살이 아니란 고개짓 눈 두렁에 흐른다.// 길 가던 나그네가 그늘 찾아 들자마자/ 흠뻑 젖은 저고리를 활짝 벗어 짜 널면서/ 타올이 닳토록 씻은 얼굴 대추 빛이 물든다.

〈출전〉시조문학 제15호(1967)

19) 다보탑-남준우(1919-1975)

그 때가 봄이었소/ 어스름 달밤인데// 솔 틈으로 비낀 그림/ 달 어린 다보탑을// 황홀히 우러러 보던/ 단 둘이던 그 날이.

〈출전〉시조문학 제16호(1967)

20) 봄비-이복숙(1932-1989)

촉촉이 소문 없이/ 스며드는 나의 고향// 팔 다리를 걷어 올려/ 그대로 맞고 싶네// 새 움이 터지는 소리/ 엄마 엄마 울 엄마.

〈출전〉시조문학 제16호(1967)

21) 창-유동삼(1925-)

동으로 트인 여닫지 않는 이 조그만 창문/ 한 조각 유리로 만든 창살도 없이 벽에 붙은 것인데/ 밤낮을 먼저 알고서방안으로 알리네.// 추우면 성에 끼고 어두우면 거울도 되고/ 보름달 방안 가득히 환히 비춰도 주고/ 어둔 밤 제 깜냥으로 쉴새 없이 밝히네.// 밖이 어두우면 안에서 빛을 주고/

안이 어두우면 밖에서 빛을 준다/ 두 세상 그 틈에 끼어 한가한 듯 바쁜 몸.

〈출전〉 시조문학 제16호(1967)

22) 차창을 내다보며-유동삼(1925-)

양달 밑 아득한/ 저 마을 사람들이// 초가집들 다정한/ 그 인심 부러워라// 티 없이 서로 아끼며/ 바르게만 사시라.

〈출전〉 시조문학 제16호(1967)

23) 대사리-유동삼(1925-)

밑구멍 물어 뜯어 왼손에 퇴퇴 뱉고/ 돌려서 입에 물어 쪽쪽 빨아보면/ 한 점의 고깃덩이가 입안으로 쏙 든다.// 혓바닥 돌려가며 잘강잘강 씹으면서/ 집게 손 큰 놈 찾다 양재기 째 까부른다/ 해져도 허리 굽으려 잡는 뜻을 알려라.

〈출전〉 시조문학 제16호(1967)

24) 얼굴-이용호(1935-)

뜨락에 지는 백장미/ 봄 오면 또 피지만// 떨어진 꽃잎/ 흩날린 바람/ 가버린 사람// 뻐꾸기 산에서 울면/ 떠오르는 그 얼굴.

〈출전〉 시조문학 제16호(1967)

25) 어린 놈-이용호(1935-)

할미 꽃 꽃 쪽두리/ 두 손에 쥐고 와서// 울 밑에 호박 심는/ 제 어미 부르다가// 어린 놈/ 병아리 좇아/ 마당가를 휘돈다.

〈출전〉 시조문학 제18호(1968)

26) 호박넝쿨 박넝쿨-지상열(1908-1979)

따가운 가을 햇볕/ 모자 반쯤 비껴 쓰고// 애교로 웃음 벙긋/ 발 디딤도 침착하게// 뒤돌아 볼 일도 없는/ 앞만 향한 네 줄기.// 몇 포기 안 되는게/ 돌담 모두 뒤덮어서// 자식들 올망졸망/ 남부럽게 거느린 너// 나도야 너를 닮고파서/ 이렇게 지켜 섰나 봐.// 하찮은 부딛침에/ 목 주춤 움추리고 // 펜을 들다 망설이다/ 가냘픈 네 목숨에// 영장을 내세우는 때는/ 얼굴 붉어지누나.

〈출전〉 시조문학 제20호(1968)

27) 대추-지상열(1908-1979)

밤마다 마신 이슬/ 닷맛으로 살찐 대추// 부풀은 젖가슴을/ 옷섶으로 가리면서// 빨갛게 수줍은 두 볼/ 못 견디게 귀여워.

〈출전〉 시조문학 제21호(1969)

28) 밤-지상열(1908-1979)

금단의 가시무대/ 감싸여 자란 젊음// 개울물 노래 듣고/ 오동통 살 오르니// 햇볕이 몹시 그리워/ 송이 찢어 벌렸네.

〈출전〉 시조문학 제21호(1969)

29) 감-지상열(1908-1979)

바다처럼 파란 하늘/ 어찌 보고 싶던지// 불 이글 타는 이 몸/ 가지 끝에 목매달아// 푸른 손 뻗쳐 만지며/ 달래주는 너그럼.

〈출전〉 시조문학 제21호(1969)

30) 낚시질-지상열(1908-1979)

노랗게 타는 계절/ 밀 보리도 익었구나// 갈대 밭 푸른 물결/ 조수처럼 밀려 와도// 뚝 넘어 이 호서까지는/ 후정이지 않겠지.// 넓직한 호수 둘레/ 띠엄 띠엄 태공들만// 드리운 낚시 밖엔/ 여백 없는 마음 자락// 초점을 쏘는 눈길이/ 흐르는 듯 빛난다.

〈출전〉 시조문학 제22호(1969)

31) 여름-지상열(1908-1979)

복더위 화덕 불에/ 매아마 매암 찌르르르// 그늘 아래 땀 들이기/ 즐거운 풍류련만// 비바리 지친 이몸엔/ 되려 엉엉 울고 싶다.

〈출전〉 시조문학 제22호(1969)

32) 봄바람-유준호(1943-)

봄바람은 산 속에서/ 새싹을 몰고 온다/ 봄바람은 산 색시인가/ 꽃씨와 사랑한다/ 내 살 속 깊이를 돌아/ 애를 배고 젊는다.

〈출전〉 시조문학 제22호(1969)

33) 노목(늙은나무)-정훈(1911-1992)

비 바람 사나운 날이면/ 더욱 시러운 게다// 다 타버린 가슴은/ 텅 빈 동굴이다.// 목숨을 이어가기란/ 저리 아픈 세월인가.

〈출전〉 시조문학 제23호(1970)

34) 백매(하얀매화)-정훈(1911-1992)

말근 향이 코에 스며/ 문득 눈을 뜬다// 봄을 쫓던 매화 한송이/ 낮 별처럼 피었네// 등걸은 돌로 차거운데/ 살아남은 넋이여.

〈출전〉 시조문학 제23호(1970)

35) 석란-정훈(1911-1992)

연연한 뿌리로/ 청석가슴을 후벼파// 목숨을 심은/ 아픈 삶에선가// 꽃보다 짙은 보라향이/ 흰 옷섶을 젓는다

〈출전〉 시조문학 제23호(1970)

36) 봄날에-유준호(1943-)

땅갗에 고인 볕살/ 꽃뱀처럼 뜰을 긴다// 댓돌만 내려서도/ 냉이 쑥의 속삭임을// 살겨운 햇 정에 끌려/ 단추 풀린 꿈 간지럽다.// 나비 쌍쌍 섶자락/ 예쁘게 여민 노랑나비// 봄 뜰을 다독이는/ 새색시 손매 같이// 가슴 빈 고목일망정/ 사랑 빛 날을 연다.

〈출전〉 시조문학 제24-25호(1970)

37) 꽃밭-유동삼(1925-)

나팔꽃 제일 먼저/ 일어났다 자랑인가// 채송화는 굴품에서/ 샛밥을 조릅니다// 분꽃은 저녁하라고/ 꼬마 나팔 붑니다.// 밤이 되니 잠풀은/ 깊은

잠이 들었는데// 박꽃은 지붕 위에서/ 도둑을 지킵니다// 달뜨자 달맞이꽃은/ 노란 노래 불러요.// 바늘 돋친 선인장/ 얽어빠진 여주련만// 주머니 찬 꽈리란 놈/ 한 잔 하고 거나해서// 패랭이 젊은 놈이랑/ 서로 질투합니다.// 촉규화 당이옥은/ 향수에 젖었는데// 무궁화 큰 기침에/ 포도 넝쿨 차일 치고// 백일초 천일초들은/ 형님 동생 따집니다.

〈출전〉 시조문학 제26호(1970)

38) 추천(가을하늘)-정훈(1911-1992)

달은 희고 높아/ 끝없는 하늘인데// 스산한 낙엽이/ 이리저리 휘몰린다//  아픔을 견디다 못해/ 저리 뒹구는 게다.

〈출전〉 시조문학 제28호(1971)

39) 꽃-유준호(1943-)

봄비에 밴 햇빛 먹어/ 심장을 펴는 꽃은// 그 숱한 그리움/ 살 속 깊이 안은 다음// 싱싱한 꿈 한아름씩을/ 씨로 뭉쳐 뿌린다.

〈출전〉 시조문학 제28호(1971)

40) 미루나무-유준호(1943-)

가난한 들녘 한 복판/ 외줄기로 품은 소망// 미루나무 키 위에 올려/ 구름밭에 묻어 두면// 한 모금 단비로 내려/ 내 가슴을 적신다.

〈출전〉 시조문학 제28호(1971)

41) 개구리-지상열(1908-1979)

어둠에 몸 사리고 겨우내 닦은 목숨/ 화려한 날 새싹 봄 햇살로 트듯이/ 하늘 땅 번쩍 쳐들어 씨름하고 싶은 기승.// 약동하는 환희로 산천 울린 대합창/ 밀월도 피가 솟아 사랑으로 크는가/ 광명한 계곡을 찾아 벼랑 위에 서 있다.

〈출전〉 시조문학 제31호(1973)

## 4. 작가별 동시조 창작경향

| 동시조 작가 | 동시조 형태 | | | | | 합계 |
|---|---|---|---|---|---|---|
| | 평동시조 | 2연동시조 | 3연동시조 | 4연동시조 | 5연동시조 | |
| 남준우 | 1 | | | | | 1 |
| 유동삼 | 4 | 2 | 1 | 3 | | 10 |
| 유준호 | 2 | 2 | 1 | | | 5 |
| 이복숙 | 1 | | | | | 1 |
| 이용호 | 2 | | | | | 2 |
| 정 훈 | 11 | 1 | | | | 12 |
| 지상열 | 4 | 3 | 1 | 1 | | 9 |
| 채희석 | 1 | | | | | 1 |
| 총계 | 36 | 8 | 3 | 4 | | 41 |

## 5. 나오며

충청권 현대 동시조 변이는 다음과 같이 요약정리 할 수 있겠다.

1) 평동시조에서 3연 또는 4연 5연으로 이어지는 연동시조로 전개되는 경향을 보인다.

2) 동시조의 현대성 처리로 시적 승화가 낭독지도 기사법(記事法)에서 낭송지도 기사법으로 전이 되었다.

3) 삼행 평동시조를 시간적 지루함을 벗어나 율독미를 높이는 미학적 기여가 지대하였다.

4) 감정의 비약단계를 시적 기교성보다 평이성, 동시성을 추구하였다.

5) 자유시와 동시조의 가능성을 시적 전개 과정에서 구축하기에 노력해왔다고 조심스럽게 내다볼 수 있겠다.

# 충청권의 동시조 작가를 찾아서

— 심훈(沈熏 1901-1936)의 시조작품을 중심으로

## 1. 들어가며

농촌계몽운동가, 상록수의 작가, 민족저항 시인으로 우리 충청도의 횃불을 밝혔던 주인공이 전염병(장티푸스)으로 짧은 생애를 살아 왔으나 그의 문학작품은 시, 소설, 동시조, 영화 등을 두루 섭렵하며 빛나는 동시조도 남겼다. 특히 시조작품을 발굴하여 시조창작형태를 중심으로 근대시조에 어떠한 영향을 끼쳤는지 조사연구를 하여 논술하고자 한다.

## 2. 심훈(沈熏 1901-1936)의 시조작품 조사

1. 신여성-1923. 9. 창간

1933. 8. 7. 1) 명사십리-2연시조-그날이 오면(시집)/ 2) 해당화-2연시조 / 3) 송도원-2연시조-그날이 오면(시집)/ 4) 총석정-2연시조

2. 삼천리-1920. 6. 창간

1931. 6. 3. 소항주유기(蘇抗洲遊記)-심훈

1) 서호월야(西湖月夜)-3연시조/ 2) 루외루(樓外樓)-3연시조/ 3) 채연곡(採蓮曲)-3연시조-그날이 오면(시집)/ 4) 남병만종(南屛晩鐘)-평시조/ 5) 백제춘효(白堤春曉)-평시조/ 6) 항성(杭城)의 밤-평시조/ 7) 악왕 묘(岳王 廟)-평시조/ 8) 전당(錢塘)의 황혼-평시조/ 9) 목동(牧童)-평시조/ 10) 칠현금(七絃琴)-평시조

3. 중앙(中央)-1933. 11. 창간

1934. 4. 2. 농촌의 봄-심훈

1) 아침-평시조/ 2) 창을 여니-평시조/ 3) 마당에서-평시조/ 4) 나물캐

는 처녀-평시조/ 5) 달밤-평시조(한국최초 동시조)/ 6) 벗에게-평시조

4. 조선중앙일보(중앙일보)-1933. 3. 7. 창간

1934. 11. 2. 근음삼수(近吟三首)-심훈

1) 아침-평시조 2)낮-평시조 3)밤-평시조(필경사에서)

5. 그날이 오며는-신경림-편저(지문사-서울)1982.

1929. 4. 28. 1) 영춘삼수(詠春三首)-심훈-3연시조-그날이 오면(시집)

1929. 10. 10. 2) 고독-4연시조

1930. 8. 3) 한강의 달밤-9연시조. 4) 소야악(小夜樂)-4연시조/ 5) 고려사(高麗寺)-평시조-그날이 오면(시집)

## 3. 심훈(沈熏 1901-1936)의 시조작품 탐색

1. 명사십리(明沙十里)-심훈(1901-1936)

시푸른 성낸파도 백사장에 몸 부딛고/ 먹장 구름 꿈틀거려 바다 위를 짓누르네/ 동해도 우아한 품이 날만 못지 안하구나.// 풍덩실 몸을 던져 물결과 태견하니/ 조 알 만한 세상 근심 거품같이 흩어지네/ 물가에 게 집 지으며 하루 해를 보내다.

2. 해당화(海棠花)

해당화 해당화 명사십리 해당화야/ 한 떨기 홀로 핀게 가이없어 꺾었거니/ 내 어찌 가시로 찔려 앙갚음을 하느뇨.// 빨간피 솟아 올라 꽃입술에 물이드니/ 손 끝의 핏방울은 내 입에도 꽃이로다/ 바닷가 흰 모래위에 토닥토닥 묻었네.

3. 송도원(松濤園)

뛰어라 창랑(滄浪)위에 굴러라 백사장에/ 여름이 한 철이니 기를 펴고

뛰놀아라/ 아담과 이브의 후예이니 무슨 설움 있으랴.// 물 넘어지는 해에 흰 돛이 번득이고/ 백구(白鷗)도 돌아들제 물에 오른 에너쓰는(미상)/ 송풍(松風)에 머리 말리며 파도소리 들어라.

4. 총석정(叢石亭)

멀리선 생황(笙簧)이요 다가보니 빌딩일세/ 촉촉능능(矗矗陵陵) 온갖 형용 엄청나 못 부치니/ 신기(神奇)타 조물(造物)의 손장난도 이만하면 관두더라.// 벌집같이 모난 돌이 창(槍)대처럼 쌓아 올려/ 창공에 구멍 날듯 비바람 쏟아질듯/ 격랑(激浪)에 돌뿌리 꺾어질까 소름 오싹 들더라.

5. 소항주유기(蘇杭洲遊記)

서호월야(西湖月夜)/ 중천의 달빛은 호심(湖心)으로 녹아 흐르고/ 향수(鄕愁)는 이슬 내리듯 온몸을 적시네/ 어린 물새 선잠 깨어 얼굴에 똥누더라.// 손바닥 부르트도록 뱃전을 두드리며/ 동해물과 백두산 떼 지어 부르다 말고/ 그도 나도 달빛에 눈물 깨물었네.// 아버님께 종아리 맞고 배우던 적벽부(赤壁賦)를/ 운양만리(雲恙萬里) 천자 읽듯 외우란 말인가/ 우화면(羽花面) 귀향해야 어버이 뵈옵고져.

6. 루외루(樓外樓)

술 마시고 싶어서 인호상면(印壺觴面) 자작(自酌)하니/ 젊은 가슴 타는 불을 꺼보려는 심사로다/ 취(醉)하여 난간에 기대었으니 어울리지 않더라.

7. 채연곡(菜蓮曲)

애호(哀湖)로 일엽편주 소리없이 저어드니/ 연잎이 배 바닥을 간질이듯 어루만지네/ 풍겨온 향기에 사르르 잠이 올 듯하구나.// 콧노래를 부르며 연근 캐는 저 사람/ 걷어 붙인 팔뚝 보소 백어(白魚)같이 노니노라/ 연(蓮)밥 한 줄 던졌더니 고개 갸웃 웃더라// 누에가 뽕잎 썰듯 세우성(細雨聲)

자자진듯/ 연 봉오리 푸시시 기지개 켜는 소릴세/ 연 붉은 그 입술에 키스한들 어떠리.

8. **남병만종(南屛晩鐘)**

야마(野馬)를 재촉하여 남병산(南屛山) 치달으니/ 만종(晩鐘)소리 잔물결에 주름살이 남실남실/ 고탑(古塔)위 까마귀 떼는 뉘 설움에 우느뇨.

9. **백제춘효(白堤春曉)**

낙천(樂天)이 싸운 백제(白堤) 사립(蓑笠)쓴 저 노옹(老翁)아/ 오월(吳越)은 언제런듯 그 양자(樣子)만 남았구나/ 죽장(竹杖)을 낚시대 삼아 고기 낚고 늙더라.

10. **항성(杭城)의 밤**

항성의 밤 저녁은 개 짖어 깊어가네/ 비단 짠듯 오희(吳姬)는 어느 날밤 새우러노/ 울음이 풀리는 근심 뉘라서 엮어주리.

11. **악왕(岳王)의 묘(廟)**

천년 묵은 송백(松栢)은 엉크러져 해를 덮고/ 만고정충(萬古精忠) 무목(武穆)혼은 길이길이 잠들었네/ 봉회(奉檜)놈 쇠 수갑 찬 채 남의 침만 뱉더라.

12. **전당(錢塘)의 황혼**

얕은 하늘의 아기별들 어화(漁火)와 입맞추고/ 임립(林立)한 돛대 위해 하현(下弦)달이 눈 흘기네/ 포구에 돌아드는 사공 뱃노래가 처량하구나.

13. **목동(牧童)**

수우(水雨)를 빗겨타고 초적(草笛)부는 저 목동/ 병풍 속에 보던 그림 그대로 한 폭일세/ 죽순(竹筍)을 캐던 누이 자병(紫屛)에 마중터라.

14. 칠현금(七絃琴)

밤 깊어 벌레소리 숲 속에 잠들 때면/ 곁방 노인 홀로 깨어 졸며졸며 거문고 타네/ 한 곡조 타다 멈추고 한숨 깊이 쉬더라.

15. 농촌의 봄-아침

산 속의 참새들도 꿈속에 우짖는 듯/ 간밤에 성을 쌓았나 어이 이리 노곤한고/ 검둥이 너도 이놈아 기지개만 키느냐.

16. 창을 여니

이 마을 저 동네로 닭소리 넘나들고/ 실낱같은 아침 연기 아옥(芽屋)마다 한 줄기가/ 아침해 눈시어 오르니 산 허리에 불이 붙네.

17. 마당에서

비 온 뒤 파릇파릇 돋아난 난초 잎이/ 귀엽고 신기하여 뜰에 내려 쓰담자니/ 눌렸던 대지의 맥박 팔딱팔딱 뛰노라.

18. 나물캐는 처녀

너 그게 냉이냐 씀바귀냐 초리쟁이냐/ 나물은 한줌인데 할미꽃만 소복코나/ 반 넘어 기운 바구니를 언제 채려 하느냐.

19. 달밤-우리나라 최초의 동시조

저 달이 네 눈에는 능금으로 보이더냐/ 어린것 등에 업혀 따 달라고 조르네/ 네 엄마 얼굴을 보렴 달 한송이 열렸고나.

20. 벗에게

개구리 우는 밤에 논두렁을 거닐었소/ 휘파람 불며 불며 이슥토록 거닐었소/ 내 마음 붙일 곳 없는데 저 달마저 지는구려.

21. 근음삼수(近吟三首)-아침

서리 찬 새벽부터 뉘 집에서 씨앗 트나/ 우러러 보니 기러기 떼 머리 위에 한 줄기라/ 이 땅의 무엇이 그리워 밤새가며 왔는고.

22. 낮

볏단 헤는 소리 어이 그리 슬픈가/ 싯누런 금벼 이삭 까마귀가 다 쪼는데/ 오늘도 이 밥 한 그릇 무엇하러 잡셨는가.

23. 밤

창 밖에 그 누구요 부스럭 또 부스럭/ 아낙네 이슥토록 콩 거두는 소릴세/ 달밤이 원수로구려 단밤 언제 자려고.

24. 영춘삼수(詠春三首)

책상 위에 꺾어다 꽂은 봉숭아 꽃/ 잎잎이 시들어선 향기 없이 떨어지니/ 네 열매 어느 곳에서 맺으려 하는고.// 개천 바닥 뚫고 서서 언덕 위로/ 파릇파랏 피어 오른 풀 잎새/ 망아지 되어 가지고 송아지 되어 가지고.

25. 고독(孤獨)

진종일 앓아 누워 다녀간 것들 손꼽아 보자니/ 창살 들어간 햇빛과 마당에 강아지 한마리/ 두 손길 펴서 가슴에 얹은 채 임종 때를 생각해 보다.// 그림자하고 단 둘이서만 살림이거늘/ 천장이 울리도록 그의 이름은 왜 불렀는고/ 쥐라도 들었을세라 혼자서 얼굴 붉히네.// 밤 깊어 첩첩이 얽힌 대문 밖에 그 무엇이 뒤설레는고/ 미닫이 열어 젖히자 굴러드는 낙엽 한 잎새/ 머리만 어루만져 세우나 바시락거려 잠을 안 자네.

26. 한강의 달밤

은하수가 흘러내리듯 쏟아지는 달빛이/ 잉어의 비늘처럼 물결 위에 뛰노는 여름밤/ 나 함께 보트를 같이 탄 세사람 여정이 있었다.// 아득한 포플러 그늘에 뱃머리 돌려대고/ 손길을 마주 잡고 꿈속같이 사랑 속삭이면/ 저 달로 부끄럼을 타는 듯 구름 속에 얼굴 가렸다.// 물결도 잠자는 백사장 찍혀진 발자국은/ 어느 속에 끝이 내려는 두 줄기 레일이던가/ 몇 번이 두 몸이 한 덩이로 뭉쳤었던가.// 아아 그러나 이제 생각하니 모든 것이 꿈이로다/ 초저녁에 꾸다가 버린 꿈보다도 허무하고/ 그 기억조차 저 물결같이 흐르고 말려한다.// 그 중에 가장 어여쁘던 패성 계집아이는/ 돈 있는 놈에게 속아서 못된 병까지 옮아/ 그 피를 토하다가 청춘을 북망산에 파묻었다.// 당신 아니면 죽겠어요. 하던 또 한사람은/ 배 맞앗던 사나이와 벌어진 틈에 나를 끼워서/ 그 얕은 꾀로 이용하고는 발꿈치를 돌렸다.// 마지막 동혈 군은 맹세 지내오던 목소리 고운 여자/ 집 한 칸도 없는 당신과는 살 수 없어요 하고/ 일전 오리 낙서 한 장 던지더니 남의 첩이 되었다.// 그들은 달콤한 것만 핥아 가는 꿀벌같이/ 내 마음 순진과 정열을 다루어 빨아가고/ 골 안개처럼 내 품에서 잠들다 사라지고 말았다.// 오늘밤도 그 강변에 물결 노닐고 앞이 밝다/ 하염없이 좀 씰려 꺼풀만 남은 청춘의 그림자들/ 이 길로 솟은 포플라 그늘이 가로 세로 빗질할 듯.

27. 소야악(小夜樂)

달빛같이 창백한 각광을 받으며/ 흰 구름장 같은 드레스를 가벼이 끌면서/ 맨 처음으로 그는 세레나데를 추었네.

28. 고려사(高麗寺)

운인(雲姻)이 잦아진 골에 독경소리 그윽하구나/ 예와서 고려태자 무슨 도를 닦았던고/ 그래도 내 집 인양하여 두 번 세 번 찾았네.

## 4. 심훈(沈熏 1901-1936)의 문학

| 문학장르 | 주제 | 기타 |
|---|---|---|
| 시 | 봄의 서곡-14편<br>그날이 오면-8현<br>첫눈-13편<br>어린것에게-6편<br>잘있거라 나의 서울이여-8편<br>신문게재시-4편 | 흙의 문학<br>필경사 잡기<br>심훈의 산문<br>1919. 3.1운동<br>가담-서대전 형무소 |
| 시조<br>동시조 | 평시조-18수<br>2연시조-4수<br>3연시조-2수<br>4연시조-2수<br>9연시조-1수<br>동시조-달밤1수 | 친구-이희승<br>중국으로 망명유학<br>동아일보기자(1924)<br>문자보급운동(1929-1935)<br>브나로드운동(1931-1935)<br>농촌계몽운동(1926-1935) |
| 소설 | 영화소설-탈출<br>장편소설-직녀성, 상록수-동아일보 창간<br>15주년 공모당선<br>단편소설-황공의 최후 | 그날이 오면-심훈문학과<br>생애(신경림편저-참고) |
| 총계 | 자유시-55편/ 시조-28수/ 소설-6편 | |

## 5. 나오며

심훈(1901-1936)은 동아일보, 조선일보, 경성방송국에 취직하면서 시, 시조, 소설, 영화 등 여러 문학 장르를 섭렵하였다. 일제의 간섭으로 중단된 일이 많았고 특히 상록수 소설가로만 알려져 있으나 우리나라 최초의 동시조 작가로 밝혀졌다. 그 근거는 참고문헌으로 대신하며 청송심씨로 경기도 시흥에서 농촌 면장의 3남 1녀의 막내로 태어나 실직과 가난으로 또는 농촌계몽운동으로 낙향하여 충남 당진 필경사에서 작품활동을 하였으며 전염병(장티푸스)으로 짧은 인생을 마감하였다. 그뿐만 아니라 심훈의 문학적 연구와 일제 강점기 때 사회상도 우리 민족에게 커다란 교훈이 많을 것 같다고 제언하며 자료가 부족하여 충분한 연구성과물은 아니지만 시조문학을 한정했기 때문에 이 관점을 이해하기 바라며 끝을 맺는다.

# 충청권의 현대동시조 문인을 찾아서

— 전형(全馨 1907-1980)의 문학작품을 중심으로

## 1. 들어가며

올해(2006)에 접어들면서 현대시조 100주년 기념을 떠들썩하게 부르짖고 있다. 그렇다면 한국시조의 변천과정은 삼단계로 대별할 수 있을 것 같다. 고려에서 갑오경장까지(고려 충선왕 4년(1313) 성여완 시조부터-1894), 근대시조가 갑오경장에서 현대시조까지(1894-1906), 현대시조는 혈죽가에서 동시조(1906-1934)까지 새 판도를 꾸밀 수 있다고 생각한다.

우리나라의 현대동시조가 1930년대에 심훈(중앙, 1934)의 〈달밤〉, 조연제(사해공론, 1935)〈봄비〉가 기성 신인들의 주축으로 탄생됐다고 논술한 바 있다.(현대동시조사 연표, 2006)

전형(1907-1980) 시인 탄생 100주년을 맞이하여 1900년도에서 1930년대까지 수많은 충청도 시인들이 많겠으나 자료가 빈약하고 시조를 창작할 수 있는 조건과 기량이 맞물려 있어야 하므로 현대동시조를 창작하는 기성 시인들은 그리 많지 않을 것으로 사료된다. 다음 시조 자료들에 나타난 시조시인을 중심으로 충청권의 현대동시조 문인들을 대상으로 현대동시조 작품과 함께 시리즈로 엮어 나갈 계획이다.

1) 현대동시조 자료목록(표 1)

| 시조자료 | 지은이 | 연대 | 비고 |
|---|---|---|---|
| 시조문학사전 | 정병욱 | 신구문화사, 서울 1972 | 고려충선왕4년(1313)성여완시조부터 |
| 한국시조큰사전 | 한춘섭, 이태극, 박병순 | 을지출판공사, 서울 1984 | |
| 근대시조대전 | 임선묵 | 홍성사, 1989 | |
| 한국시조대사전 | 박을수(상, 하) | 아세아문화사, 1991 | |

| 근대시조집람 | 임선묵 | 경인문화사, 1995 | |
|---|---|---|---|
| 시조문학 | 창간호-제33호 | 새글사, 서울 1960 | |
| 청자, 차령 | 창간호-제10호<br>창간호-제3호 | 활문사, 대전 1965 | |

2) 전형(1907-1980)의 시조작품

| 수록된 곳 | 지은이 | 시조작품주제 | 시조형태 | 비고 |
|---|---|---|---|---|
| 조선시단 | 전우한<br>춘파<br>전형<br>전형 | 한숨<br>아침이 왔단다<br>환멸의 노래<br>단가 21수 | | 1928. 2. 3호 합본호<br>1929. 제5호<br>1934. 제8호 속간호<br>1934. 제8호 속간호 |
| 혜성 2호 | 전춘파 | 춘일점경 | 5연시조 | 1932. 4 |
| 신조선11호 | 전형<br>전형 | 애창<br>새로얻은노래 | 3연시조<br>3연시조 | 1935. 6<br>1935. 6 |
| 조선중앙일보 | 전형 | 고음(苦吟) | 3연시조 | 1936. 6. 17 |
| 자오선 | 전형<br>전형 | 정야(靜夜)<br>별을 우러러 | | 자오선 창간호 1937 |
| 조선일보 | 춘파 | 초추영제 | 평시조5수 | 1927. 11. 19 |
| 고려시보 | 춘파<br>봄물결 | 29회 투고<br>시조 91주제 | 평시조26수<br>연시조65수 | 1934. 11. 14 창간부터<br>1939. 11. 16 투고일까지 |
| 새로얻은노래<br>(유고집) | 전형 | 시조10주제<br>시 34수<br>동시 5수 | 동시조4수 | 평동시조<br>칠석날, 무지개,<br>2연동시조<br>해바라기, 메뚜기 |

전형(全馨 1907-1980) 시인은 본명이 전우한(全佑漢)으로 시조작품을 각종 문예잡지, 조선일보, 조선중앙일보, 고려시보에 투고할 때 본명이나 필명을 사용하지 않고 아호를 사용했는데 전춘파, 춘파, 봄물결로 투고했음을 엿볼 수 있다.

3) 근대시조대전 수록작품

① 혜성(1931. 3. 창간) 2호 춘일점경(1934. 4), 전춘파 5연

② 신조선 11호(1935. 6), 애창(哀唱), 전형 3연시조. 새로얻은 노래 3연

4) 근대시조집람 수록작품

① 조선일보(1927. 11. 19) 초추영제(初秋詠題)-춘파
천마산 평시조, 박연폭포 평시조, 월야의 폭포 평시조, 체하동 2연시조, 두문동 평시조

② 조선중앙일보(중앙일보 1936. 6. 17)
고음(苦吟)-전형 3연시조

③ 고려시보(1933. 4. 15)

1933.11.1. 절사정(浙斯亭)-춘파 3연시조/ 1934.1.1. 영년사(迎年詞)-봄물결 3연시조. 연안(延安)기행, 산촌점경, 방목동소견(芳木洞所見)-춘파. 예성강 평시조, 철교 2연시조, 백천온천을 지나며 2연시조. 연안온천에 내리며 3연시조. 연안성희봉고인(延安城喜逢故人) 3연시조. 산촌점경-방목동소견 4연시조/ 1934.5.16. 석양-춘파 2연시조/ 1934.5.1. 춘사오장(春詞五章)-춘파 6연시조 자축(自祝)-고려시보 속간-봄물결-4연시조. 편자(註)-고려시보는 1934.5.16. 제19호로 휴간/ 1935.5.1. 제20호로 속간/ 1935.6.1. 희우(喜雨)-춘파 6연시조/ 1935.6.16. 시조-안부득(眼不得)-춘파 6연시조/ 1935.7.1. 시조-전원하경(田園夏景)-춘파 3연시조/ 1935.7.16. 소채하산장(小彩霞山莊)-방공처사(訪孔處士)-춘파-6연시조 곡우운계(哭禹雲溪)-춘파-5연시조/ 1935.8.1. 시조-충고(忠告)-춘파-6연시조/ 1935.8.16. 초당유거(草堂幽居)-춘파-5연시조/ 1935.10.16. 평산온천유-잡영편편(平山溫泉留-雜詠片片)-춘파, 입욕(入浴) 4연시조, 청우(聽雨) 평시조, 사향(思鄕) 3연시조/ 1935.11.1. 평산온천유(平山溫泉留). 심란(心亂)-춘파 3연시조, 증 여주인(贈 女主人) 2연시조, 야청명월 독작호음(夜晴明月 獨酌豪飮) 2연시조, 쓸쓸한 밤-춘파 2연시조, 온천의 김 평시조, 암탄(暗歎)2연시조, 대우(待友)평시조/ 1935.12.1. 평산온천유(平山溫泉留)-춘파 설천(雪天) 5연시조, 욕장(浴場) 2연시조, 문병(問病) 평시조, 추경(秋景)-봄물결 2연시조/ 1936.1.1. 잔구영신(殘舊迎新)-춘파-7연시조 봉박우(逢朴友)-춘파 평시조, 거화수찰(炬火手札) 평시조, 독위(獨慰) 평시조, 억우(憶友) 2연시조, 주송

(酒頌)-3연시조/ 1936.1.15. 평산온천유(平山溫泉留)-춘파 등 칠성대(登七星臺)-춘파 3연시조, 낙수성(落水聲) 평시조, 객회(客懷) 2연시조, 설(雪) 평시조, 걸인(乞人) 2연시조/ 1936.2.1. 평산온천유(平山溫泉留)-춘파 고적(孤寂) 3연시조, 야욕(夜浴) 평시조, 병든 이들 3연시조, 귀장(歸裝) 2연시조, 구정(舊正) 3연시조/ 1936.2.16. 초동입외금강(初冬入外金剛)-춘파 등로(登路) 평시조, 과 경성(過 京城) 평시조, 전곡(全谷) 평시조, 철원(鐵原)-2연시조, 망 동해(望 東海) 평시조. * 〈편집자〉등로 종장은 원문에 누락/ 1936.3.1. 외금강(外金剛)-춘파. 월출(月出) 평시조, 해(海) 2연시조, 온정 착(溫井 着) 2연시조, 온욕(溫浴) 2연시조/ 1936.3.16. 춘사(春思)-춘파 4연시조/ 1936.12.16. 제야감(除夜감感)-춘파 4연시조/ 1937.1.1. 연년사(延年詞)-춘파 3연시조/ 1937.6.16. 녹음(綠陰)-춘파 2연시조/ 1937.7.1. 임진강 어어(臨陣江 漁魚)-춘파 3연시조/ 1937.7.16. 감우(甘雨)-춘파 3연시조/ 1937.12.16. 제야(除夜)-춘파 3연시조/ 1938.1.1. 신년사(新年辭)-춘파 3연시조/ 1938.1.16. 시조수제(時調數題)-춘파 삼일(三日) 2연시조, 낙수물 평시조, 위장신사(僞裝紳士) 2연시조, 몽견춘아(夢見春芽) 평시조, 윷노리 평시조/ 1938.11.16. 고려시보백호찬(高麗時報百號讚)-춘파-4연시조, 계명(鷄鳴) 평시조, 노송(老松) 평시조, 직죽(直竹) 평시조, 영구(靈柩) 평시조, 선학(仙鶴) 평시조/ 1939.1.1. 잔아사(殘雅詞)-춘파-3연시조/ 1939.2.1. 금강 영(金剛 詠)-춘파, 금동거사암(金同居士岩) 2연시조, 영선교(迎仙橋) 2연시조/ 1939.10.16. 산성유 단상편편(山城留 斷想片片)-춘파, 실망(失望) 2연시조, 춤추는 그 여자 3연시조, 월상지(月上遲) 평시조, 선성(蟬聲) 2연시조.

5) 전형(1907-1980)의 동시조

현대동시조 2007 제8집을 발간하면서 한밭동시조 뿌리찾기3. 현대동시조(대전동시조) 제4집(2003) 〈새로 얻은 노래-유고시집〉에서 칠석날, 무지개, 메뚜기 등 3수를 수록한 바 있다.

① 칠석날 : 춘파

쓰르락/ 쓰르락/ 가을의 가수// 카네이션 잎은/ 저렇듯 푸르른데// 칠석은 말린 고사리/ 도드르 여름을 감는다

② 무지개 : 춘파

염천 하늘 덮은 구름/ 쏟아 붓는 소낙비 개고// 환히 피어나는/ 아롱진 무지개사// 저 하늘 휘도는 꿈을/ 물들이고 남나니.

③ 메뚜기 : 춘파

사알금 사알금/ 숨소리 죽이고// 한 발짝 두 발짝/ 잡힐 듯 따라 가면// 메뚜기 깡총 깡깡총/ 찌리릭 약올린다.// 어디 어디 숨었니/ 풀 속에 꽁 숨지// 현이와 메뚜기/ 술래잡기하는 벌판// 햇볕은 아몰 아몰 해/ 벌레 소리 따르릉.

④ 해바라기

서산 넘어/ 가셨기에/ 머리를/ 남으로 두고// 어두운 밤을/ 이렇게 세일테요// 해돋이에/ 눈물을 씻고// 오늘도/ 해바라기는/ 해맑게도 웃는다.

## 2. 나오며

현대동시조(대전동시조) 2003 제4집에서 천진난만한 동심으로 〈칠석날, 무지개, 메뚜기〉 3수를 수록하여 간단한 평설을 수록했기에 생략하고 〈해바라기〉는 2연 11행으로 출전했으나 동시조의 리듬감을 살려내기 위해 편의상 2연 12행으로 늘려 썼음을 양지하기 바라며 밤 맺힌 이슬을 눈물로, 아침 해돋이에 눈물 씻고 해맑게 웃는 해바라기로, 표현한 기법이 어린아이를 달래주듯 동심이 깃들어 있음을 알 수 있다. 충청권에서는 처음으로 시조와 동시조를 전문 문학잡지에 투고하면서 동시조의 기틀을 쌓았다고 할 수 있다.

# 충청권의 여류시조 작가를 찾아서

— 김일엽(金一 葉1896-1971)의 시조작품을 중심으로

## 1. 들어가며

충남 예산의 덕숭산 수덕사 견성암에는 한국 최초 여류시인으로 유명한 신여성 제창자로 김일엽 스님이 있다. 〈신정조론〉, 〈자유연애론〉으로 대표되는 사회 운동과 대중포교에 앞장선 여성운동가로 그의 생애를 통한 시조작품을 발굴 조사하여 근대여성 시조에 어떠한 영향을 끼쳤는지 그 흔적을 탐구하고자 조사연구를 하였다.

## 2. 김일엽(1896-1971)의 시조작품 탐구

1. 신여성

1932.11.6. 1) 신여성지에-김일엽-3연시조

2) 단념(斷念)-평시조, 3) 풍속(風俗)-평시조

2. 불교(1)

91호(1932.4.21) 4) 행로란(行路難)-김일엽-3연시조

95호(1932.5.28) 5) 청춘(青春)-김일엽-평시조

6) 님의 손길-평시조, 7) 귀의(歸依)-평시조

96호(1932.6.1) 8) 낭화역수-김일엽-평시조, 9) 낙화-평시조.

100호(1932.10) 10) 불교지(佛教誌)-김일엽-평시조

11) 세존(世尊)이 여기 든 길-평시조

12) 가을-평시조, 13) 만각(晩覺)-평시조

14) 경대(鏡臺) 앞에서-평시조

101호 102호 합본 (1932.12) 15) 무제(無題)-김일엽-평시조

106호 (1933.4.) 16) 때아닌 눈-김일엽-평시조

3. 삼천리(三千里 1929. 6. 창간)

1932.4.4. 17) 님과 고적(孤寂)-김일엽-평시조

18) 가을 밤-평시조, 20) 화원(花園)에서-평시조

21) 청춘(靑春)-평시조, 22) 님에게-2연시조

4. 제일선(第一線)(彗星 改題)

1933.3.3. 23) 어린 봄-김일엽-2연시조

5. 신동아(新東亞 1931.11) 창간

6호(1932.4.2) 24) 모든 꽃을 다-김일엽-평시조

6. 조선일보

1926.8.6. 25) 휴지(休紙)-일엽-2연시조, 26) 애원(哀願)-일엽-평시조

7. 동아일보

1926.7.16. 27) 자탄(自歎)-일엽-2연시조

1926.9.30. 28) 추회(秋懷)-일엽-평시조, 29) 이별(離別)-일엽-평시조

1926.11.2. 30) 이로(異路)-일엽-평시조

1926.12.6. 31) 침입자(闖入者)-일엽-평시조

## 3. 시조작품 조명

1) 신여성지(新女性誌)-김일엽(金一葉(1896-1971)

남의 손길 잡고 서서/ 아가 걸음 어린양을// 나이 꼽아 다시 보면/ 울을 듯도 하건마는/ 내 얼굴 붉어지는 뜻/ 나 할 일을 못합니다.// 내 너를 생각함이/ 가난한 집 어미 곁에/ 이것도 해 주고 싶고/ 저것 또한 생각되나// 아직도 작만 할 것 없으니/ 맘만 홀로 바빠라.

2) 단념(斷念)

성기고 약한 님에/ 별에 고임 없어지니// 바람이 휘어 치고/ 서리마져 덮는 고야// 공변된 자연이 이렇다하니/ 한(恨)할 줄이 있으랴.

3) 풍속(風俗)

별이 귀애한다./ 잎 피우고 꽃 웃기다// 별의 손길 멀어진다/ 몸부림쳐

떨고 지우니// 언제나 가지 푸르른/ 송죽 아니 웃으랴.

4) 행로난(行路難)

님께서 부르심이/ 천년전인가 만 년 전인가// 님의 소리 느끼일 때/ 금시 님을 뵈옵는 듯// 법열에 뛰놀던 것만/ 들쳐보면 거기로다.// 천궁에서 시를 땐가/ 지상에서 꽃 달 땐가// 부르시는 님의 소리/ 듣기는 들었건만// 어딘지 분명치 못하여/ 빵빵이만 치노라.// 님이여 어린 혼이/ 님의 말씀 양식 삼아// 슬픔을 모으옵고/ 가노라고 가건마는/ 지축이 아기 걸음도/ 언제나 님 뵈오리까.

5) 청춘(青春)

따슨볕 이불 삼아 풀 요 위에 누었으니/ 작은 새 노래하고 가는 바람 키스한다/ 무심한 저기 구름은 시샘할 줄 모르는가.

6) 님의 손길

우주에 가득 찬 것 모두 다 님의 손길/ 잡아라 잡으라고 소리소리 치시건만/ 눈멀고 귀 어둔 중생 헛손질만 하더라.

7) 귀의(歸依)

헤매던 미숙한 몸이 불법에 귀의하여/ 선지식(善知識)을 모시오니 겉보기야 끝없지만/ 나에게 밝은 귀 없으니 그를 접혀 합니다.

8) 낙화유수(落花流水)

유수는 광음(光陰)이요. 낙화는 인생이라/ 한 구비도 못 들어서 꽃잎은 으서져도/ 그에게 안긴 영혼은 바다까지(가노라—없음)

9) 낙화(洛花)

열매를 고이 맺어 님 속에 숨겨두고/ 옛집을 떠나가는 어여뿐 꽃이거늘/ 날으고 또 날으시기에 나비인가 하였노라.

10) 불교지(佛教誌)

백호 천호 만만호로/ 미진 겁(未盡 劫)에 뻗으사// 아득이는 중생들에/ 봉화가 되오소서// 더구나 그들의 어두운 눈을/ 어느 누가 뛰우리까.

11) 세존(世尊)이 여기 든 길

세존이 계실 때에/ 세상 나지 못하여도// 세존이 여기 든 길이/ 내 앞에 놓였으니// 여기 든 길 내 앞에 있으니/ 아니 예고 어이라.

12) 가을

잎 푸르고 새 울기에/ 여름으로 여겼더니/ 이 어인 찬바람이/ 잎 지우고 새날이라.// 두어라 세월이 하는 짓을/ 탓할 수가 있으랴.

13) 만각(晩覺)

봄 꽃 가을 달이/ 절절히 되오기에// 내 청춘도 매양인양/ 그렁저렁 반 늙었다// 이후(以後)란 시절에 속아/ 노닐줄이 있으랴.

14) 경대(鏡臺)앞에서

서시귀비(西施貴妃) 어여뻐도/ 남은 것은 함담 거리// 하물며 우리네는/ 양자(樣)평범(平凡)컨만/ 겉 꿈이 속 못 차리는 건/ 여자인가 하노라.

15) 무제(無題)

세상 일 헤아리면 하염없는 꿈이로다/ 꿈의 꿈인 이 목숨을 그 얼마나 믿을소냐/ 대도(大道)를 깨우치고져 맘만 홀로 띄워라.

16) 때아닌 눈

세상이 어지러니/ 절기조차 문란하다// 봄 차지 그 대지를/ 눈이 와서 안았으니// 두어라 그 눈이 녹아서/ 꽃을 재촉하리라.

17) 님과 고적(孤寂)

우리 집 손님이란 님과 다 고적이라/ 님 가시자 고적 와서 떠날 줄을 모르는가/ 아마도 나의 고적은 님의 선물인(하노라.)없음.

18) 겨울 밤

겨울 밤 길다더니 감긴 회포 풀 잤더니/ 첫 구비도 찾기 전에 새벽 이 새로워라/ 그럴 줄 알았더라면 더 잡지나 말 것을

19) 애별(哀別)

어지어 내 일이니 인제는 홀로 이다/ 인생의 험한 길을 나 어이 혼자 갈까/ 님이야 사귈님 많으니 외로우시나 하리까.

20) 화원(花園)에서

꽃이란 꽃이거니 꽃이거든 미울소냐/ 도화(桃花)꽃 머리에 꽂고 오얏꽃 손에 들어/ 장미 밭 지나가서는 해당화를 보리라.

21) 님에게

나의 어린 영(靈)이 님의 말씀 믿자옵고/ 방향조차 모르고서 가노라고 가지마는/ 힘없는 지축 걸음을 어느 때나 뵈오리까.// 님께서 부르심이 천년전인가 만년 전인가/ 님의 말씀 느낄 때는 금시 님을 뵈옵는 듯/ 법열(法悅)에 뛰놀다가도 돌쳐 보면 거기로다.

22) 어린 봄

눈 녹은 물 속에도 봄 그림자 비춰지고/ 저진 듯 바람에도 봄 숨결이 풍기는데/ 건너 산 아지랑이 속엔 무슨 신비 쌓였노.// 따스한 햇빛 이불 봄을 덮어 길러주고/ 촉촉한 보슬비가 봄을 먹여 살찌는데/ 피 잖은 그 날개 밑에 온갖 미(美)가 꿈꾼다네.

23) 모든 꽃을 다

꽃이란 꽃이거니/ 꽃이 고와 미울 소냐// 복숭아 꽃 머리 꽂고/ 오얏 꽃 손에 들어// 장미 밭 더 지나가서/ 해당화를 보리라.

## 4. 시조창작 매개체 조사

| 매개체 | 시조창작형태 | | | | | 비고 |
|---|---|---|---|---|---|---|
| | 평시조 | 2연 | 3연 | 사설 | 합계 | |
| 신여성 | 2 | 1 | | | 3수 | |
| 불교(1) | 12 | 1 | 1 | | 14수 | |
| 삼천리 | 5 | 1 | | | 6수 | |
| 혜성 | | 1 | | | 1수 | |
| 신동아 | 1 | | | | 1수 | |
| 조선일보 | 2 | | | | 2수 | |
| 동아일보 | 4 | 1 | | | 5수 | |
| 총계 | 26 | 5 | 1 | | 32수 | |

## 5. 나오며

한국최초의 여류 시인 김일엽(1896-1971)은 본명이 원주(元周)이고, 일엽(一葉)은 아호인바 시조작품에도 한글 일엽, 김일엽, 일엽으로 나타나고 있으며 평북 용강 출신으로 이화전문학교를 졸업하고 삼일운동을 주도했으며 일본 동경 영화학교를 수료한 후〈신여자〉잡지를 창간 여성운동을 제창하였다.

1928년 금강산 서봉암에 입산 만공선사 문하로 충남 수덕사 견성암에서 시조문학을 창작했으며 〈어느 수도인의 회상〉, 〈청춘을 불사르고〉, 〈행복과 불행의 갈피에서〉 등 저서가 있다. 특히 포교법극 〈이차돈의 사〉를 각색 연출 국립극장 공연 월송 스님 주연 이차돈 역을 맡아 화제를 일으켰다.

여류 시인은 동아일보(1926.7.16) 자탄 시조를 시작으로 불교 106호(1933.4)까지 시조작품 총 31수를 창작했는데 주로 인생철학에 대한 주제를 평시조(단형)으로 창작했음을 엿볼 수 있다. 현대시조의 기사법도 초장, 중장, 종장의 낭독 기사법이 아니라 시조 형식을 분절하여 새로운 창안으로 낭송중심 기사법을 수용한 방법이 특색으로 나타나고 있다. 좀더 방대한 자료를 수집하여 폭 넓은 시조 연구를 시도하여 더 많은 시조가 산재해 있을 것으로 사료되나 한정된 자료 수집으로 한국 여류 시조인의 맥락을 조사연구 하였음을 밝혀 두고 한국 여성의 시조연구 필요성이 제기되고 있다.

# 大田圈 時調의 展開樣相과 脈絡

— 한밭시조의 뿌리찾기

## 1. 한밭시조의 뿌리찾기

1) 동백(修柏)을 중심으로

2) 청자(靑磁)를 중심으로

1945년 광복절이 한참 지나서 선비의 고장 한밭에서는 향토시가회가 꿈틀거렸다. 호서시조의 전개 양상을 고찰하여 맥락의 전통을 파악하기 위해서 다음과 같은 과정기를 거쳐야 되겠다고 판단하였다. 시대적 고찰 자료를 사용하여 표를 만들면 다음과 같이 도표를 만들 수 있다.

호서시조의 전개양상〈표1〉

| 1945~1948 | 동백(修柏) | 향토시가회 |
|---|---|---|
| 1951. 11. 11 | 호서문학(湖西文學) | 호서문학회 |
| 1965. 7. 31 | 청자(靑磁) | 한밭시조동인회 |
| 1978. 1. 20 | 차령(車嶺) | 차령시조문학회 |
| 1979. 10. 9 | 가람문학 | 가람문학회 |
| 1987. 7. 10 | 한밭시조문학 | 대전시조시인협회 |

## 2. 동백(修柏)-향토시가회

1945년 계룡의 숙(정훈)이 호서중학교로 개명되어 사립중학교의 선생님들이 모였는데, 동백은 책(도서)이 아니고 신문이었다고 한다.

신문 8절지 앞 뒤로 등사판을 사용하여 프린트 하였는데, 동백 두 글자만 빨강색으로 등사했다. 1945년 9월에 창간하여 1948년 제8집으로 종간하였다.

고증자료는 찾을 길이 없어 알 수 없고 9명이 참가하여 주로 시(詩)만 실었다. 당시 호서중학교에 있던 선생님과 동백에 참여했던 회원들을 도표로 만들면 다음과 같다.

동백(佟柏) 향토시가회 〈표2〉

| 朴喜宣 | 詩-작고(제1회 호서문학상) |
|---|---|
| 朴龍來 | 국어-작고(사정공원 박용래시비) |
| 원용한 | 영어-교감 |
| 송석홍 | 호서문화사(호서시선) |
| 이교탁 | 시조-작고(대전충남시조사연표) 참조 |
| 성명미상 | 남자-월북 |
| 김소정 | 여자 |
| 하유상 | 논산공고 교사(희곡) 서울 |
| 남준우 | 시조(청자동인) 대전전매청 |

계룡의숙에 향토시가회(정훈)를 조직하였으며 호서중학교(교장-정훈)가 있었던 곳은 대전시 원동에 위치했다고 한다.(소정 정훈 92. 8. 2. 작고)

학교를 세웠는데 남곡 권용경씨는 강사로 다녔다고 한다.(92. 3. 29 작고-국립묘지 독립유공자)

## 3. 청자 창간호

한밭시조동인회가 청자(靑磁) 동인시조 시집 제1집을 1965년 7월 31일 50쪽 분량으로 발행하였는데 창간호 참여 회원들을 도표로 만들면 다음과 같다.

청자창간호-한밭시조동인회 〈표3〉

| 정 훈 | 청자에 붙여 | 회장 |
|---|---|---|
| 추강 황희영 | 석죽화, 해바라기, 봉선화 | 대전대학 교수 |
| 남준우 | 속리산1, 단풍2, 문장대, 산국화 | 대전전매청 |
| | 강변, 사향, 꽃부채 드리는 날, 벼랑에 서서 | |

| 유동삼 | 소쩍새, 수양버들, 수련, 상사화, 함수초, 백일초 | 대전여중 |
|---|---|---|
| 이영호 | 밤 · 강, 꽃은, 장미 | 대전일보 |
| 김해성 | 석류, 설뚜꽃, 코스모스 | 대전대학 |

• 同人誌를 엮고나서

한국에서 처음으로 시조동인회를 구성한 일은 작년 가을(1964)

구보사상(龜步思想)으로 내일을 가는 것 뿐, 현재 5명이 창간호 발행했으나 제2집부터는 공주사대 림헌도 교수, 청주대학 崔正如 교수님이 동인으로 합류.

한국시조작가회와 청자의 讚을 써주신 丁蕙시인께 감사.

1965. 7. 19 한밭 梧井골 〈讀書山房〉에서 선언.

우리는 詩를 사랑한다. 우리는 詩와 함께 살 것이다.

詩는 나의 생명 속에서 생성(生成)하는 예술(藝術)이기 때문이다.

詩가 에레지의 歌詞이기를, 言語의 塔이기를, 集團의 號外가 되는 것을, 活字의 產品이 되는 것을 배격한다. 詩는 이데아의 캐이어스가 에스프리의 에로스를 통하여 이뤄지는 코스모스요, 로고스이어야 함을 주장한다. 時調는 우리의 詩임을 확신한다. 時調는 한국 詩歌 傳統의 生産이며, 現代詩의 定型的 成長 行爲이며, 韻律의 居室이어야 함을 재확인 한다. 傳統은 족보가 아니요, 定型은 갑옷이 아니요, 韻律은 피리로 더루나 아니다. 그것들은 詩人들의 생명 속에 배어진 포에지가 人生속에 勞作된 꽃이기도 하다. 꽃, 꽃, 꽃, 꽃, 꽃. 故人은 清燈 高邁한 빛깔, 均整, 淸雅한 맵시의 創造技法을 위하여 우리에게 青滋 한 개를 주고 갔다. 青滋! 이 창간호에 우리 다섯은 꽃들을 青滋에 꽃을 보내 드리다.

## 4. 청자 제2집

한밭시조동인회가 1965년 11월 12일 50쪽 분량, 500부 한정판으로 발행했다. 청자 제2집 참여한 회원을 도표로 만들면 다음과 같다.

청자 제2집-한밭 시조동인회 〈표4〉

| 추강 황희영 | 서로 마음, 도라지, 종착역 |
|---|---|
| 림헌도 | 산촌정경, 화갑송. |
| 남준우 | 제주 풍경, 어느날. |
| 유동산 | 경주기행, 윷, 소, 피와 살 |
| 이용호 | 공주점경 |
| 이교탁 | 소풍, 육랑화, 맨트라미, 정-양계업 |
| 채희석 | 소나기 온 후에, 세정, 사랑-이리농고 |
| 김해성 | 장곡사, 체념, 서해항구에서 |

• 편집후기-유동삼 • 제1집 주제-꽃 • 제2집 주제-우리나라 고유한 향기
• 내년-중고등학생 백일장 계획 • 표지그림-이종수화백

## 5. 청자 제3집

한밭 시조동인회가 1965년 12월 날짜는 없고 34쪽 450부 한정판으로 발행했다. 표지그림은 윤후근의 작품이고, 머리말은 추강 황희영 교수가 썼고 가람 李秉岐님의 〈落葉〉을 가람시조집에서 골라 실었고, 황산 高斗東의 三層四獅塔(緣起祖師母子像)을, 月河李泰極의 街路燈의 초대시조를 실었다. 청자 제3집에 참여한 회원을 도표로 만들면 다음과 같다.

청자 제3집-한밭시조 동인회〈표 5〉

| 추장 황희영 | 월광곡, 가을뜨락에 서면 |
|---|---|
| 림헌도 | 추풍감별곡, 유성(流星), 윤회 |
| 남준우 | 삼국지, 마의 태자. |
| 유동삼 | 사기점골, 도선바위, 하늘 |
| 채희석 | 가을과 소녀의 꿈, 밤나그네 |
| 김해성 | 창(窓), 낙엽, 과수원, 족보 |
| 이용호 | 연(鳶), 세모, 오마담 |

• 편집후기-유동삼 • 동호인-찬조작품 한 두편 싣기로 함 • 시조문학 제12집-청자특집 • 백영근님-대전일보 • 이우종님-문학춘추 12월호 청자발전격려 • 전국도서관-청자비치 요청-보내드리지못해서 유감 • 이교탁 동인작품-싣지 못함.

## 6. 청자 제4집

한밭시조동인회가 1966년 3월 30일 43쪽 500부 한정판으로 발행하였다.

• 題字-朴忠植 • 表紙-崔鍾泰

머리말-추장 황희영 교수는 벌판새싹-움트는 소리, 황량한 거리에 따사로운 양지 빛, 삭막한 가슴에, 노래 부르는 자유에 취해 본다.

청자 제4호의 꽃대궐에 차린 詩의 동산에 꽃씨를 심어 간다.

조선들의-자유만세가 그리운 지대에서 있기에 조국번영, 겨레사랑, 후손슬기, 바라기에, 그날이 오면 목메어 불러 보고, 도란거려, 용솟음쳐, 멎지 않는 우리의 소원을 새기는 것. 번져 뿌리박을 멋진 우리만의 가락에 담은, 내일은 세계의 포에지를 이뤄가는 벅찬 詩道의 길. 청자 제4호에 참여한 회원을 도표로 만들면 다음과 같다.

청자 제4호-한밭시조 동인회〈표6〉

| 추강 황희영 | 죽(竹), 그날이 오면 |
|---|---|
| 림헌도 | 立春, 祖國(3 · 1절에), 넝쿨 |
| 남준우 | 木蓮①, ②, ③, ④, ⑤ |
| 유동삼 | 충무공, 서표(書標), 후발치 |
| 채희석 | 白雲賦, 江畔音 |
| 김해성 | 貞兒의 이야기 ①願念 ②試驗場에서 ③病院을 지나며 ④漢陽의 밤 ⑤解醫職 당한날 ⑥어느 봄을 위해 |
| 李福淑 | 問病記(무슨 病) 面紗布, 섣달. |
| 이용호 | 早春三題 ①, ②, ③, 다시 3 · 1절에 |
| 이교탁 | 山 |

• 편집후기-유동삼 • 李福淑동인-1932년 경상도 태생, 1958년 성균관대학원, 진주농대 조교수 • 제4집 주제-애국애족 • 대한일보-청자소개 • 중앙일보-청자용기 • 편집후기-김해성 • 청자찬사-전국지방-물결치고 있다 • 진흙 속의 구슬(玉)진리 • 시간이 길러 준 섭리-조언

## 7. 청자 제5집

청자 시조동인회가 1966년 6월 10일 46쪽 500부 한정판으로 발행하였다.

• 題字-朴忠植

表紙-林庠黙화백이 부여 능산리 고분천장벽화 流雪蓮花紋.

• 머리말-림헌도 교수님/ • 외침 보다-실천을 강령

정통성에 입각한 현대감각 시조

구슬-꿰야 빛이 나고 금송아지도 자랑해야 남이 알아준다.

• 외래풍조-무비판적 • 흡수-거부

• 정형시-신축성 우리 체질과 호흡에 맞는 시형, 선조가 남긴 시조 장르의 전통을 선양하는 기수가 되고자 한다.

청자 제5집에 참여한 회원을 도표로 만들면 다음과 같다.

청자 제5집-청자시조동인회 〈표7〉

| 추강 황희영 | 五月에는, 傳說의 江 |
|---|---|
| 림헌도 | 百濟王陵①, ②, 나무. |
| 남준우 | 新綠日記抄 ①버들꽃 ②보슬비 ③松花 ④東鶴寺 |
| 채희석 | 哀史(舊百濟古都 公州를 찾아서), 옥피리 |
| 이복숙 | 心則佛, ①, ② 老木 ①봄 ②여름 ③가을 ④겨울 |
| 이교탁 | 아카시아의 사연 ①, ②, ③ |
| 김해성 | 玉笛, 情恨歌(水仙花에 答하여) 古寺풍경, 枯木 |
| 유동삼 | 新綠頌, 소나기, 봄바람, 보문산, 山村春景, 雙樹亭 |
| 이용호 | 菖蒲, 大佛앞에서(4월 8일 석가탄신일에) 薄倖 |

• 편집후기-이용호 • 1966년 3월 말 공주사대 국문학회 초청 시조문학의 밤 • 제5집 주제-백제문화 新綠 • 가람-이병기 선생댁, 채희석 선생댁 심방 • 제5집-新綠-재미있는 개성과 牧歌的인 향수, 고독의 읊조림 • 백제문화-백제 얼을 담은 작품 • 표지그림-임상묵 화백 공주태생, 백제 얼을 표현하는데 큰 힘 감사한다./ 청자주제 정리하면 제1집 주제-꽃, 제2집 주제-우리나라 고유향기, 제3집 주제-찬조작품, 제4집 주제-애국애족, 제5집 주제-新綠, 제6집 주제-가람특집.

## 8. 청자 제6집

청자 시조 창작동인회가 1966년 8월 7일 54쪽 500부 한정판으로 발행하였다. 1966년 7월 18일 오후 1시 가람선생댁 뜨락 鑑賞堂 亭子에서 부자유스런 손을 드시어 〈축 청자〉를 쓰신 휘호가 있고, 〈守愚齋〉서제 앞에서 푸른 비가 내리던 7월 오후 〈청자〉동인들이 가람선생님과 기념사진을 촬영했다. 가람특집호를 꾸몄는데 가람님의 시조 〈시름〉이 실려 있고 양상경님의 〈청자를 부여안고〉 시조가 있는데 1966년 7월 6일 밤 〈청자〉를 펴들고 그 발전을 祝福하면서, 라고 씌여 있다.

청자 제6집에 참여했던 회원을 도표로 만들면 다음과 같다.

청자 제6집-가람특집호-청자시조창작 동인회 〈표8〉

| 추강 황희영 | 가람을 뵙던날(서문을 대신하여), 어머니, 손, 백일홍 |
|---|---|
| 림헌도 | 가람 선생, 바다. |
| 남준우 | 蘭香(가람 선생님께) 바다, 七夕 |
| 채희석 | 寂寞境(가람 선생님을 찾던날에) |
| 유동삼 | 오디, 기도, 등대지기, 바다, 달창이 숟가락, 먹둥구미. |
| 이복숙 | 醉中記, 種, 白髮二毛. |
| 이교탁 | 鷄龍三詠 ①上峰 ②國士峰 ③謀士峰 |
| 김해성 | 바라의 이야기, 竹賦(가람스승댁에서), 섬, 珊瑚樹 |
| 이용호 | 가람 선생댁 방문기, 바다, 鍾, 맨드라미 |

• 편집후기-김해성 • 창간호 후기-龜步처럼 묵묵히 전진 • 현대문학 8월호-현대동인지 대표 좌담회 • 1966년 6월 18일 익산시 오고파다방 • 청자 제5집 기념-문학의 밤 전북 문인 신문인들께 감사 • 1966년 8월 7일 낮-청자가족 야유회 • 대전 가로수다방-청자의 밤, 대전문학 동호인 • 대전 대한출판사 사장-李相浩님, 전무-崔明實님 감사 • 1966년 7월 23일 한밭 讀書山房에서 • 題字-가람친필 • 청자 제6집 주제-가람 이병기님 특집

## 9. 청자 제 7집

청자시조동인회가 1966년 11월 19일 61쪽 500부 한정판으로 발행하였다.

題字-가람친필, 논문을 실은 것이 특색이다. 창작 노트를 꾸미었다. 청자 제7집 참여 회원을 도표로 만들면 다음과 같다.

청자 제7집-청자시조동인회 〈표9〉

| | |
|---|---|
| 추강 황희영 | 時調詩 定型性 분석을 위한 노트抄 |
| | (논문-고시조 리듬의 結語에서) |
| 황희영 | 미완성 교향곡 제1장, 제3장, 제6장-너와 나 그리고 우리가 인류의 |
| | 종말이 아니기위하여 그 빛 저 소리를 향하여 전진해야 한다. |
| | STRUMPET, 분꽃 |
| 림헌도 | 창작노오트, 추석절, 기도, 망향 |
| 남준우 | 추석달(思母曲), 湖心과 年輪(어느 非情의 세월) |
| 채희석 | 달무리(童心은), 同心草(서로 마음) |
| 이복숙 | 하늘, 가난, 백일홍 |
| 유동삼 | 소쩍새를 지은 마음, 추석, 버마재비, 꽃과 일기(채송화, 봉숭아, |
| | 맨드라미 연지방아터) |
| 이교탁 | 한가위①, ②, ③ |
| 김해성 | 창작노오트, 果實밭, 望月頌, 伽倻琴, 꽃바람, 箜篌, 海窓 |
| 이용호 | 첫서리, 군밤, 海松가신날, 몸쓸길. |

• 편집후기는 없고 동인들 요즘 소식 • 김해성-한국현대시문학사 출판 준비(대전대학) • 남준우-창작 결실계절(대전 전매청 수납과장) • 유동삼-중등국어 연구, 한국 동시조작가(대전중학교) • 이교탁-민속신비-시작몰두 • 이복숙-이복숙 시조집-현대문학사, 출간(진주 농과대학) • 이용호-한국 현실 직감-詩心 뺏을수는 없다(대전일보) • 림헌도-백제 문화제 위원, 전국 국어국문학회 연구발표(공주사대 국어과장실) • 채희석-감싸인 시정(이리 농림고등학교) • 황희영-시조와 청자를 해외대학과 문단에 소개(대전대학)

## 10. 청자 제8집

청자시조 창작동인회는 시조문학 제16집에 청자 제8집-청자시조창작동인회를 특집으로 꾸몄다. 1967년 6월 15일 발행.

(선언)抄

우리는 詩를 사랑한다.

우리는 詩와 함께 살 것이며 詩는 나의 생명 속에서 생성하는 예술이기 때문이다. 時調는 우리의 詩임을 확신한다. 時調는 한국 詩歌 전통의 생산이며 現代詩의 定型的 성장행위이며, 운율의 거실이어야 함을 재확인한다. 故人은 淸燈 高邁한 빛깔, 均整, 淸雅한 맵시의 창조 기법을 위하여 우리에게 청자 한개를 주고 갔다. (靑磁-靑磁誌 창간호선언문에서. 김해성, 남준우, 유동삼, 이복숙, 이용호, 림헌도, 채희석, 황희영)

청자 8집에 참여한 회원들을 도표로 만들면 다음과 같다.

청자 제8집 -시조문학 제16집-청자시조창작동인회 특집 〈표10〉

| 추강 황희영 | 아름다운 반역, 지(砥)숫돌, 그런것에도 |
|---|---|
| 림헌도 | 묵시록, 산, 행렬 |
| 남준우 | 다보탑, 종언(終焉), 석굴암 |
| 이복숙 | 봄비, 노을, 윤회 |
| 채희석 | 칠석 |

| 유동삼 | 창(窓), 차창을 내다보며 |
|---|---|
| 이용호 | 춘일삼재(진달래, 춘정, 얼굴), 대사리 |
| 김해성 | 春信, 先鄕, 홀로가는 길, 孤獨 |

추강 황희영님의 작품 중에서 지(砥)하고 썼는데 지석(砥石)을 잘못 쓴 것 같다. 石字가 탈자가 아닌가 생각한다. 숫돌을 지석(砥石)이라고 하기 때문이다. 시조문학 제16집에 청자시조창작동인회 특집으로 꾸몄기 때문에 편집후기가 없고 청자 제8집을 따로 만들지 않고 시조문학 제17집에 포함되어 있다.

## 11. 청자 제9집

청자 시조창작동인회가 1967년 12월 26일 34쪽 350부 한정판으로 발행하였다.

• 題字-朴忠植　• 그림-李仁榮

충청남도교육회, 대전시중등교육회, 대전일보사가 발전을 축하하는 광고를 냈는데 무엇을 축하하는지 축하 내용이 없다. 청자 발간을 축하하는 내용인지 청자 제9집 발간을 축하하는지 내용이 없어서 알 수가 없었다.

청자 제9집에 수록한 회원을 도표로 만들면 다음과 같다.

청자 제9집-청자시조창작동인회 〈표11〉

| 남준우 | 嶺東紀行(三八線-江陵 襄陽사이에서) 烏竹軒 申師任堂 居所 |
|---|---|
| 림헌도 | 旅心, 世情(내장사로 가는길) |
| 황희영 | 脫出, 後日, 音聲 |
| 채희석 | 돌부처, 烏鵲橋 春香閣 남원추정 |
| 이복숙 | 세월, 思鄕, 참회 |
| 유동삼 | 들국화, 붓꽃, 담쟁이, 가재 |
| 이용호 | 書齋에서, 동양화적 풍경 |

• 편집후기-이용호 • 림헌도 교수-고등작문 집필(공주사대) • 황희영 교수-박사학위 논문(대전대학) • 남준우 과장-연초수납(대전 전매청) • 이복숙 교수-저서준비(진주농대) • 채희석-연수원 강습(이리농림) • 유동삼-시조집 발간(대전중) • 낙강 창간호-이호우(영남시조문학회장) • 송년시조문학의 밤-대전문화원 • 전주-이복숙, 이리-채희석, 공주-임헌도-가족회의

## 12. 청자 제10집

청자시조문학회가 1970년 6월 28일 한국시조선집을 영역판으로 발행하였다. 제자글씨는 박충식 표지그림은 최종태 작품이다. 제37차 세계작가대회가 한국에서 열리는데 국제펜클럽한국대회기념으로 청자 제10집을 만들어 냈다. 머리말은 1970년 6월 20일 한국시조 작가협회 이은상 회장님이 쓰셨고, 축하의 말은 1970년 6월 20일 국제펜클럽한국본부 백철 회장님이 쓰셨다.

편집내용은 고시조에서 성종임금, 황진이, 정철 권호문, 윤선도, 이택, 무명씨의 시조작품 한 수만 연대순으로 국문, 영역판으로 편집하였다.

현대시조는 최남선 외 69명과 대전충남지역 시조시인을 연령순으로 수록하였다. 194쪽 국문 영역판 대한출판사(대전) 청자 제10집에 수록된 시인은 별첨과 같다.

번역자의 말
발문-황희영 교수

• 고시조 수록자

1. 성종임금(成宗大王) 2. 황진이(黃眞伊) 3. 정철(鄭澈) 4. 권호문(權好文)
5. 윤선도(尹善道) 6. 이택(李澤) 7. 무명씨(無名氏)

청자 제10집(1970. 6. 28. 발행) 한국시조선집(영역판)
국제팬클럽한국대회기념 제37차 세계작가 대회(한국)

## 1. 고시조 수록 명단

| | |
|---|---|
| 성종임금 | (1457~1494)-이시렴 부디 갈따 |
| 황진이 | (16세기 초)-청산리 벽계수야 |
| 정 철 | (1536~1593)-내 시름 어디 두고 |
| 권호문 | (1532~1587)-바람은 절로 맑고 |
| 윤선도 | (1567~1677)-보리밥 풋나물을 |
| 이 택 | (1651~1719)-감장새 작다하고 |
| 지은이 모름 | 네 집이 어디 메오 |
| 지은이 모름 | 소경이 盲觀이를. |

## 2. 현대시조 수록 명단

| | |
|---|---|
| 최남선 | (百八煩惱)漢江을 흘리저어(1886-1957) |
| 이병기 | (가람시조집)젖. 창(窓). 한국시인전집 1942. (1891-1968) |
| 이광수 | (동아일보. 1925)仲秋月(1892-1958) |
| 김 억 | (한문시번역시조) 원앙이 잡을깨리(1895-1950) |
| 이희승 | (신문학대표작전집)石榴(1896-1989) |
| 장정심 | (琴線시조집) 자취(1898-1948) |
| 박종화 | (현대시조선총)梅花(1901-1981) |
| 김영진 | (문장. 1939) 古鏡賦(1898-1981) |
| 이은상 | (노산시조집. 1930)映山池 金剛頌(1903-1982) |
| 고두동 | (皇山시조집) 人問衛星(1903-1904) |
| 양상경 | (양상경 시조집) 저달로 이불을 삼고(1904-1991) |
| 서정봉 | (신문학 60년 기념시조선)黃昏(1905-1980) |
| 조종현 | (자정의 지구시조집) 바라보는 월남땅(1906-1989) |
| 김오남 | (김오남 시조집) 환갑(1906-1992) |
| 정기환 | (정기환 시조선) 저하늘(1906-1983) |
| 하한주 | (旺山 시조집삐에따) 利川의 성묘(1909-1991) |
| 정 훈 | (69연간시조집) 靜(1911-1992) |
| 김동리 | (충무공한산섬 화답 시조) 임의자취(1911-1995) |
| 이호우 | (휴화산) 壁開. 化. 달밤. (1912-1959) |

| | |
|---|---|
| 정소파 | (67한국시조선집) 네가오는때를(1912-2014) |
| 오신혜 | (69연간시조집) 山家(1913-1978) |
| 이태극 | (서울신문 1956.4.)三月은(1913-2003) |
| 최성연 | (현대시조선총) 산딸기(1914-2000) |
| 김어수 | (시조문학창간호) 山村春色(1915-1985) |
| 남준우 | (남준우 시조집) 사진첩, 新綠日記抄(1915-1975) |
| 정덕채 | (정덕채 時詞集) 緖鐘(1915-1994) |
| 이영도 | (이영도 시조집(석류)) 아지랑이. 團欒(1919-2005) |
| 김남중 | (김남중 詩詞文集) 임(1917-1975) |
| 박항식 | (박항식 詩詞集抄) 복숭아(1917-2002) |
| 박병순 | (구름재 시조집) 인연(1918-2008) |
| 이재복 | (이재복 詩詞集) 촛불(1918-1991) |
| 김상옥 | (69연간시조집) 鞦韆(1919-2005) |
| 정완영 | (採春譜. 정완영 시조집) 추석. 종달새와 할미꽃(1919-) |
| 채희석 | (채희석 시조집) 沼(1919-1975) |
| 림헌도 | (청자 4호) 넝쿨. 山(1921-2006) |
| 황희영 | (신문학 60년 기념시조선) 아름다운 반역. 분꽃(1922-1994) |
| 이우출 | (이우출 시조집) 기다림(1928-1985) |
| 이우종 | (시조문학 20호) 산처일기(1924-1999) |
| 유동산 | (유동삼 시조집) 석굴암. 오디(1925-) |
| 배병창 | (배병창 시조집) 잔디밭에서 (1927-1978) |
| 정하경 | (시조문학 6호) 낮(1927-) |
| 이교탁 | (시조문학 12호) 꽃(1927-1980) |
| 장순하 | (장순하 시조집) 세종로 소묘(1928-) |
| 이명길 | (이명길 시조집) 청포도(1928-1994) |
| 이환용 | (시조문학 6호) 하늘(1928-1998) |
| 정재호 | (시조문학 20호) 그네(1929-) |
| 이준구 | (이준구 시조집) 소(1929-) |
| 최승범 | (67한국시조선집) 大阪城에서(1931-) |
| 유성규 | (6 · 25 사변피난도상에서) 無綠地帶(1931-) |
| 박재삼 | (신문학 60년 기념 시조선) 가을에(1933-1997) |
| 전규태 | (69연간시조집) 눈오는날에(1933-) |
| 이복숙 | (이복숙 시조집) 무春얘기의 눈(1934-1989) |
| 이병기 | (1969. 동아일보 신춘문예) 石榴抄(1934-) |
| 김해성 | (69연간시조집) 홀로가는길 春信(1935-) |
| 이용호 | (청자 7호) 군밤. 얼굴(1935-) |
| 박재두 | (시조문학 14호) 파도(1935-2004) |

| | |
|---|---|
| 송선영 | (시조문학 14호) 松語帖(1936-) |
| 박경용 | (시조문학 20호) 해바라기(1936-) |
| 김춘랑 | (시조문학 17호) 對峙(1934-2013) |
| 김 준 | (시조문학 17호) 永蓮十字架(1937-) |
| 이근배 | (69연간 시조집) r의 비명(1937-) |
| 진성기 | (진성기문집) 탑라섬에서(1937-) |
| 서 벌 | (시조문학 20호) 낚시 心書(1938-2005) |
| 김제현 | (시조문학 14호) 지는 꽃(1939-) |
| 이상범 | (67한국시조선집)蓮꽃(1939) |
| 고 영 | (67한국시조선집) 여름바다(1941-2011) |
| 배태인 | (69연간 시조집) 哨所(1940-1993) |
| 윤금초 | (67한국시조선집) 內在律(1941-) |
| 강인한 | (시조문학 23호) 고별(1944-) |
| 김애숙 | (김애숙 시조 노오트) 봄나루(1945-) |

# 아동심리의 본질로 반죽된 어린이 특성

— ≪아동문예≫ 2000년 3월호를 읽고

1.

개나리 활짝 피어 아지랑이 어루만지는 3월, 특선으로 동시조가 선을 뵈었다. ≪아동문예≫2000. 3월호에는 티없이 맑고 깨끗한 어린이의 동심세계를 노래한 동시조인 허일 시인의 5편, 신현배 시인의 10편이 내 마음을 즐겁게 해주고 있다.

① 망울진 꽃눈들이/ 도톰도톰/ 눈부시다// 따스한 햇살이/ 한나절만 어루만지면// 봄이다!/ 소리 지르며/ 눈뜨겠네 일제히.

— 허일 「개나리」 전문

따르릉/ 바퀴에 불 붙었다.// 세발 자전거/ 앞산이 달려온다/ 가로수가 뒷걸음친다// 활짝 핀 코스모스 길/ 만국기가 펄럭인다.// 달린다/ 따릉따릉/ 바람처럼 구름처럼// 짱아를 동동 날리며/ 무지개 뜬 언덕 넘어// 노을이 사월 때까지/ 별이 눈 뜰 때까지

— 허일 「세발 자전거」 전문

② 여름내 시원하겠다/ 높다란 까치네 집// 소올솔 잠 잘 오겠다/ 선선한 까치네 집// 소리개 맴도는 한낮/ 집을 비운 까치네.

— 허일 「까치네 집」 전문

③ 번쩍 꾸르릉 꽝!/ 이크, 하늘 터졌다// 투두둑 툭탁 툭탁/ 아, 별이다 별 별 별// 아이가 별을 줍다가/ 손을 본다 하늘을 본다

— 허일 「우박」 전문

④ 아, 별똥미사일이다/ 시퍼런 저 꼬리를// 바다가 뒤집히고/ 땅덩이가 갈라지고// 화산이 폭발하는데/ 지진 아래 사람들이// 인공위성 쏘아 올려

/ 우주를 탐험하다// 잠자는 사자자리/ 콧털을 건드렸나// 지구촌 동 · 서 · 남 · 북이/ 온통 쑥대밭이 되나 보다.

— 허일 「별똥소나기」 전문

2.

아동심리의 인과관계를 인지와 적용, 아동사고의 특징 중에 피아제의 인과관계 개념에 대한 발달과정의 설명에 현상론적 인과관계, 물화론, 목적론이 있다. 현상론적 인과관계는 동시에 또는 근접해서 일어나는 두 사상(事象) 사이에는 인과관계가 있다고 여기는 사고이다.

이런 사고의 유형으로 쓰인 동시조를 허일 시인의 「개나리」에서 찾아보면, '망울진 꽃눈들이 햇살이 어루만져서 봄 소리 지르며 눈 뜬다'고 읊고 있다. 햇살이 어루만졌기 때문에 눈을 떴다고 인과론적 사고로 해석하고 있다. 현상론적 인과관계에는 밀접한 관계나 무리없는 과정을 제시해야 독자를 감동의 세계로 몰입시킬 수 있는 방법이다.

3.

모든 사물은 생명을 가지고 있다는 것으로 여기는 물활론(物活論)을 들 수 있다. 피아제는 생명에 대한 개념이 발달하는 과정을, 4단계로 설명했다.

1단계 : 사람에게 영향을 미치는 모든 대상은 살아 있다고 믿는 단계

2단계 : 움직이거나 이동할 수 있는 것들은 살아 있다고 믿으나 움직이지 않는 것은 살아 있지 않다고 믿는 단계

3단계 : 스스로 움직이는 것은 살아 있으며 스스로 움직이지 못하는 것들은 생명이 없다고 믿는 단계

4단계 : 생물만은 살아 있다고 믿는 단계로 구분하여 2세부터 6세까지의 전조작기 아동은 1 · 2단계의 사고를 많이 하며 6세부터 12세까지의 구체적 조작기 아동은 3 · 4단계

무생물을 생명체로 나타내거나 생명처럼 운문과 산문에서 시조와 동시조에서 두루 쓰이고 있지만 아동은 무생물을 사람처럼 사고하고 지각있는 대상으로 여긴다. 그래서 동시나 동시조에서는 무생물이 생물처럼 쓰이는 경우는 너무 많으므로 무생물이 의인화 된 것만 찾아본다.

「세발 자전거」는 무생물이지만 자전거를 탄, 보이지 않는 주인공은 어린이다. '세발 자전거'를 생명체로 파악한 것은 2 · 3단계의 사고에 해당된다. '〈바퀴에 불 붙었다〉〈앞산이 달려온다〉〈가로수가 뒷걸음친다〉〈만국기가 펄럭인다〉〈바람처럼 구름처럼〉〈무지개 뜬 언덕 넘어〉〈노을이 사윌 때까지〉〈별이 눈 뜰 때까지〉'의 이 동시조는 점층 형식으로 전개했다. 세발 자전거를 동심적 사고로 소재의 선택, 구성, 전개에 무리없이 적용시켰다. 보통 자전거는 어린이보다 큰 어른이 타고 세발 자전거는 어린이가 타는 자전거이다. 이와 같이 어린이 특성에 어울리게 표현해야 큰 감동을 얻을 수 있다는 사실은 누구나 다 아는 사실이다.

「범종 · 1」에서는 아동의 특성에 어울리게 표현했으나 새로움의 발견 묘미에 그치고 있을 때는 큰 감동을 얻지 못한다.

> 꼿꼿이 등을 세우고/ 종각 안에 앉은 범종// 천년을 살았지만
> 주름 하나 없습니다/ 수없이 울고 울어도/ 눈물 자국 없습니다
>
> — 신현배 「범종」 전문

'종각의 범종이 천년을 살았어도 주름이 없다, 수없이 울고 울어도 눈물 자국 없다'고 표현되고 있지만 여기에서 범종은 생명체로서의 의미보다는 감정이 전이된 작가이거나 관찰된 슬피 우는 아동이다. 범종을 동심의 시각에서 바랄보고 슬픈 이미지로 포착하고 있으나 왜 울었는가의 이유가 제시되지 않았기에 슬피 우는 느낌에 함께 빠져들기 쉬워 절실한 감정이 약하다. 아무리 동심이 모든 사물에 대한 생명체로 지각하거나 의인화가 가능하다 해도 최소한의 합리성이나 근거 제시, 참신한 비유 등이 동반되어

야 한다. 그리고 나서 아동심리에 마련된 물화론적 상상력에 기대하여 과감한 환상 세계로 몰입해야 보다 큰 감동을 자아낼 수 있을 것이다.

4.

모든 사상(事象)에 목적이 있는 것으로 인지하려는 목적론이 있다. 모든 사물은 인간에 의해서 인간을 위해서 만들어졌다고 믿으며 모든 사상에는 원인이 있고 목적이나 이유가 있다고 믿는 사고의 유형이다. 아동은 삼라만상의 사물이나 모든 사상에서 이유나 목적을 찾기 위해 '왜?'라는 질문을 던진다. 그리고 호기심과 의구심으로 이해하고 파악하려 한다. 이런 동심에 바탕을 두고 쓰여진 동시조를 찾아보자. 「별똥소나기」에서는 별똥미사일이 '화산 폭발하는데 지진 아래 사람들이 인공위성을 쏘아 올렸는데 우주를 탐험하다 잠자는 사자 콧털을 건드렸기 때문에 지구촌이 쑥밭이 되었다'라고 이와 같이 목적이나 이유를 결론으로 맺고 있기 때문에 감동이 박진감 있고 숨차 오르는 느낌을 준다. 어린이들은 목적과 이유를 합리성에 관계없이 수용할 수 있는 특성을 가지고 있기 때문에 단정적인 결론에도 거의 무리가 없다. 아동문학은 단순, 명쾌한 점이 특성인데 동시조도 시조의 형식만 빌어쓸 뿐 별다른 이유가 없다. 우리는 아동의 심리 상태에 마련된 현상론적 인과관계, 물활론, 목적론의 특성이 있으므로 사상이 서로 관련을 짓거나 무생물에 생명을 부여하고 의인화 시킬 때에 목적이나 이유 까닭의 의미를 부여할 때는 동심의 수용 여부에 크게 구애받지 말고 과감하게 환상의 세계로 전개하는 편이 환상의 세계를 확대시켜 감동의 폭을 깊고 넓게 해야 할 것이다.

# 우리 시조문학의 시대적 고찰

## — 시조집 거북선을 중심으로

Ⅰ.

우리 민족은 외세의 침략을 받아 왔음에도 씨족에 대한 족보를 소중히 여겨 자기 뿌리를 후손에게 대물려 주고 있다.

이와 함께 우리 민족의 고유시인 시조도 민족과 함께 연연히 그 맥을 이어오고 있다. 그래서 한 민족이 한 시대를 살아온 자취를 더듬어 보고, 민족사가 어떻게 발전되어 왔는가를 고찰해 봄으로써 새로운 시조 발전의 도약을 마련하는 일도 좋겠다고 생각된다.

Ⅱ.

4×6배판 크기 117쪽 분량을 세로쓰기 단형시조로만 우좌형으로 엮었는데 제일 먼저 박정희 대통령 거북선 화답시조를 실었다. 1971년 4월 22일 발행했는데 한국시조작가협회장 이은상 회장이 편집겸 발행인이다.

발간의 말을 살펴보면, 충무공은 승전장군 뿐만 아니라, 사상가, 외교가, 과학자, 전략가, 시인이라고 평하고 조경남(趙慶男)의 난중잡록(亂中雜錄)에는 충무공의 난중시 작품이 수십 편이었으나, 모두 잃어버리고 겨우 몇 수만이 전하고 있다고 밝히고 있다. 발간 취지는 한구시조작가협회가 〈한산섬 노래〉를 영원히 기념하기 위해서 충무공 탄신일을 즈음하여 기념행사도 벌이고 화답시조를 모아 책으로 간행하기도 했다. 제1회 때는 서울에서 〈한산섬〉을 주제로 했으나 제2회 때는 여수에서 〈거북선〉을 주제로 화답시조를 간행하게 되었다고 밝히고 있다. 끝으로 이 행사와 간행을 통해서 충무공의 구국정신을 본받고 고유한 문학 전통인 시조를 즐겨 읽고 짓게하여 모든 국민들의 아름다운 국풍이 되기를 원한다고 머리말글 대신한다고 썼다. 1970년 4월 28일 한산섬을 주제로 화답시조 작품집이 없어 소개하지 못하여 아쉽기만 하다. 목차를 살펴보면 제1부 사회명사 66편, 제2부 일반문인 28편이고, 제3부 시조 작가편에서는 53편, 제4부는 당선작가편인데 16편 중 대통령상 1편, 국회의장상 1편, 국무총리상 1편, 시조작가협회장상 1편이고, 장려상이 12편을 실었다. 船頌과 거북선에 관한 기록을 함께 편찬했던 점이 특생이며 朴正熙대통령의 거북선 화답시조를 소개하면 다음과 같다.

〈거북선〉

남들은 무심할 제 임은 나라 걱정했고/ 남들은 못미친 생각 임은 능히 생각했고/ 거북선 만드신 뜻을 이어받드옵니다.

또 당시에는 외무부장관을 했고 나중에 대통령이 된 최규하 대통령의 거북선 화답시조는 다음과 같다.

〈거북선〉

나라를 지키는 일과 나라를 사귀는 일이/ 따지고 보면 똑같은 이치보다는 어려운 일/ 거북선 나라지킨 뜻 외교술로 살리리라.

당시 유명 인사들의 거북선 화답시조를 소개하면 다음과 같다.

울돌목 한 번 싸움 한 번 옛 얘기가 되었는데/ 거북선 장엄한 모습 어제론 듯 삼삼해라/ 나즉한 휘파람결에도 뜨고지는 우국의 정

〈신민당 대표 유진산〉(1905-1974)

거북선 짓고 부리신 충무공을 본받아서/ 오늘의 이 바다를 저어가고 싶어라/ 어려운 이 겨레현실 열어가고 싶어라.

〈국회의장 이효상〉(1906-1989)

전란이 걷힌 땅에 동백꽃 붉게 되고/ 건설의 망치소리 산울림에 젖건마는/ 거북선 그 날 그 생각 더워오는 눈시울

〈공화당상임고문 정일권〉(1917-1994)

충무공 거북선은 적을 모조리 무찔렀고/ 원균이 부릴적엔 적의 손에 깨어졌네/ 거북선 안 귀하리만 사람 더욱 귀할네

〈공화당의장 백남억〉(1914-2001)

왜적이 미웠을까 그 소행이 미웠던 것/ 그 죄를 징계한 임의 정신 거북선을/ 본받아 바로 다스리리 양심 등을 밝히리

〈대법원장 민복기〉(1913-2007)

기우는 이 나라를 한 몸으로 떠받들고/ 달려드는 왜적떼 불을 뿜어 물리쳤다/ 거북선 그 용맹과 슬기 오늘 더욱 아쉽고나

〈공화당총재 상의역 전예용〉(1910-1994)

갈수록 어렵게만 느껴지는 이 종살이/ 그래도 더부려지리 충무공의 거북선처럼/ 한뉘를 이 겨레 위해 종살이를 치르리라

〈부총리 김학렬〉(1923-1972)

괴물이 나타났다 도암치던 왜적놈들/ 푸른서슬 호령 높던 충무공 위엄받들어/ 그 괴물지 날 때마다 승전고가 높았네

〈국회부의장 장경순〉(1923-)

거북선이 뿜던 불꽃 오늘날에 활활 되워/ 헐뜯고 시기하는 마음들을 불태우리/ 이 민족 마음 풍토를 새로갈고 싶어리

〈국회부의장 정성태〉(1915-2000)

가람문학. 1997. 제18호

# 시조교육의 문제점과 개선 방향

— 초등학교 교과서에 실린 시조를 중심으로

## Ⅰ. 주제 설정의 동기

본 연구에 주제 설정은 초등학교 문학 교육 중, 시조 교육이 갖는 문제점을 검토 · 분석하여 바람직한 시조 교육을 위한 개선 방안을 모색해 보고자 하는 것이다. 다시 말하면 토의에 임하는 구성원들이 국어 수업중, 시 영역의 시조 교육에 있어서 경험했던 문제점을 토의해 보고자 한 데서 비롯되었다. 오랜 역사와 문화를 가지고 살아온 우리 겨레에게는 그동안 훌륭하게 이룩해 놓은 시조라는 고유한 민족시인 정형시가 있다. 시조는 그 시형이 간단할 뿐만 아니라, 인간의 감정 정서를 진솔하게 읊기에 매우 쉬운 시형이어서 옛날의 사대부나 천민, 천기에 이르기까지 그들의 정감을 쉽게 시조에 담을 수 있었다. 우리 시조는 전 사회계층이 다함께 즐길 수 있다고 할 수 있다. 따라서 이러한 민족시를 육성하고 발전시켜야 한다고 생각된다. 그럼에도 불구하고 현재의 시조 교육은 시조의 형식 이해는 물론, 시조에 담긴 사상과 정서를 감상할 수 있는 능력을 기르지 못하고 있는 실정이며 짓기능력이 부족하다는 데 그 문제점이 있기 때문이다. 작품이 대한 감상력과 미적 감상력을 기르며, 다양한 삶의 이해와 바람직한 방향으로 변화라는 기조 교육의 궁극적 목표에 도달할 수 없을 뿐만 아니라 학생들로 하여금 시조에 대한 잘못된 인식을 갖게 할 수도 있다는 데 공감하였다.

## Ⅱ. 시조 교육의 실태 및 문제점

1) 시조 교육목표와 지도 내용의 문제점

○ 목표 : • 시의 분위기를 살려 낭독할 수 있다. • 글의 종류에 따라 효과적인 읽기 방법을 알 수 있다.

○ 지도내용 : • 시조의 내용에 대해 알아보기 • 시조의 분위기에 따라

낭독해 보기 • 시조의 형식에 대해 알아보기 • 평시조, 엇시조, 사설시조의 효과적인 읽기 방법 알기

위의 교육과정에 제시된 목표에 입각한 지도 내용을 검토해 보면 시조 자체의 분위기, 형식, 주제, 표현법, 비유와 상징을 알아내기를 시조 교육의 지도 내용으로 삼고 있음으로 알 수 있다. 이것은 지나치게 분석주의적 방법에 의존한 것으로 이러한 지도 내용으로는 시조 교육의 궁극적 목표에 도달하기 어렵다. 구조적 분석은 작품을 이해하는 데는 도움을 줄 수 있으나 정작 중요한 작품 감상 능력을 길러 줄 수 없을 뿐만 아니라 작품 전체의 감상을 방해할 수 있기 때문이다. 이런 지도 내용을 무조건 수용하는 교육현장의 잘못으로 학생들은 시조가 추상적이고 우리의 생활(삶)과는 거리가 먼 문학으로 잘못 인식하게 되었다.

2) 교과서 편찬과정에서의 문제점

초등학교에서 시조는 5학년에 처음으로 나온다. 1,2학년에 동요가 나오고 동요 지어 보기가 나오고, 3,4학년에서는 시가 등장하며 쓰기 시간에 시를 지어 보도록 편성되었다. 그러나 5학년에서는 시조가 등장하지만 시조를 지어 보는 시간은 편성되어 있지 않다. 그리고 6학년에도 시조가 10여 편이 나오지만 역시 민족시인 시조 지어 보기는 나오지 않으며 오로지 시의 분석과 분위기 파악 및 읽기 방법의 지도가 고작이다. 또한 초등학교 교과서에 시 교재가 107편이 수록되어 있으나 시조는 15편 정도가 수록되어 아동들이 고유 정형시인 시조의 참맛과 시조의 가락을 내면화 시키지 못하고 한때 옛 선인들이 즐겨 읊던 노래로만 여기는 오류를 범하고 있는 실정이다. 그리고 초등학교 교과서와 고등학교 교과서에 「십년을 경영하여」라는 시조가 똑같이 수록되어 있으며 초등학교 교과서에는 지은이가 '김장생'으로, 고등학교 교과서에는 '송순'으로 수록되어 혼돈을 일으키는 등 많은 문제점이 제기되고 있다.

3) 교사들이 지닌 문제점

시조 교육의 궁극적 목표에 도달시키려면 시조 교육을 주도하는 교사들의 변화가 있어야 한다.

첫째, 교사들의 시조 교육의 목표에 대한 인식이 부족하다. 교사가 시 교육에 대한 확실한 이해없이 시조를 지도한다면 학생들은 그 목표에 올바르게 도달할 수 없을 것이다. 아직 미숙한 아동들은 교사가 이끄는 대로 따라간다는 점을 생각할 때 먼저 교사들이 문학 교육에 대한 정확한 이해와 올바른 문학관을 지녀야 한다고 본다.

둘째, 수업 방법에 대한 개선책을 찾으려는 노력과 소신이 부족하다. 현행 교과서(5,6학년 읽기)에 수록된 시조가 부족하여 아동들이 시조를 접할 기회가 부족하고 지도 내용이 합당치 않다면 교사가 적극적인 자세로 개선책을 찾아 시조의 수업에 적용해야 할 것이다. 또한 지도 내용에 빠진 시조(동시조) 지어보기 등도 과감하게 도입하여 실시해야 할 것이다. 오직 교사들이 지도서에 매달려 그 지도서의 지도 내용만 끝나면 수업의 끝으로 생각하지 말고 좀더 발전적이고 아동들이 쉽게 이해하고 활용할 수 있는 방법 등을 모색해야 한다.

## Ⅲ. 개선 방향

위에서 살펴본 문제점들을 극복하고 올바른 방향으로 나아가기 위해서는 무엇보다도 아동들로 하여금 우리의 민족시인 시조에 대한 친근감을 갖게 하고 시조의 이해와 감상에 창의적이고 능동적으로 참여하게 하는 방법이 마련되어야 할 것으로 생각된다.

첫째, 교과서의 시조를 다루기에 앞서 아동들로 하여금 자료를 준비토록 한다. 즉, 녹음된 시조음반, 테이프 또는 시조집이나 정자나 그늘에서 시조를 즐기는 모습의 삽화, 사진, 슬라이드 자료, 비디오 테이프 등을 통하여 아동들이 늘 접할 수 있는 기회를 만든다. 따라서 아동들의 정서 속에 시조가 옛 선인들이 즐기던 흘러간 옛 시조가 아니라 오늘날에도 많은 사람들이 자기의 희로애락을 시조로 나타내고 있음을 인식토록 한다.

둘째, 시조의 암송과 낭송 테이프 만들기 작업을 통하여 시조에 대한 친근감을 높인다. 시조 단원 들어가기 전에 또는 배운 후에 시조 낭송 테이프 만들기를 조별 활동 과제로 제시한다. 낭송할 시조는 교과서에 실린 시조나 교사가 선정해 주는 시조 중에서 5~6편 정도 준비하여 배경음악과 함께 녹음하도록 한다. 조별 공동 보고서와 개별 소감문도 시조 낭송 테이프와 함께 제출토록 한다. 이런 활동을 통하여 협동의 필요성을 깊이 체험하게 되는 효과를 얻을 수 있다. 또한 아동들이 좋아하는 시조를 암송하게 함으로써 시조의 율격적인 면을 자연스럽게 익히게 되고 시어가 지닌 특성과 시조의 표현법 등을 이해하게 된다.

셋째, 동시조 모방 창작과정과 다수의 작품을 지어보고 발표하게 한다. 즉 어느 시조를 제시해 주고 그 글자수에 따라 일상적인 생활경험에서 생각나는 것을 적어보게 한다. 하나의 예를 들면

파랑새 날아오면 그이가 온다더니(십일월 돌아오면 난로를 땐나더니)
파랑새 날아와도 그이는 아니온다(십일월 돌아와도 난로는 아니땐다)
오늘도 아니오시니 내일이나 올련가(오늘도 아니피우니 내일이나 필련가)

또한 단계별 연계 지도 과정안을 활용한다. 즉 신문을 동시로 바꾸어 보고 동시를 동시조로 바꾸어 보는 방법을 활용하면 효과가 클 것이다.

예를 들면 다음과 같다

① 4월이 파랗게 맑습니다. 솜 같은 흰구름이 두 덩이가 떠갑니다. 큰 것은 엄마 구름처럼 둥둥 떠가고 작은 것은 아기 구름처럼 동동 떠갑니다. 구름이 어디로 가는지는 알 수 없습니다. 구름이 쉬지 않고 정답게 떠 갑니다.

② 4월이 파랗게 맑습니다.

솜 같은 흰구름 두 덩이가 떠 갑니다./ 큰 것은 엄마 구름처럼 둥둥 떠 갑니다./ 작은 것은 아기 구름처럼 동동 떠 갑니다./ 구름이 어디로 가는지

는 알 수 없습니다./ 구름은 쉬지 않고 정답게 떠 갑니다.

③ 파아란 4월 하늘 (동시)

흰구름 두 덩이/ 엄마 구름 둥둥/ 아기 구름 동동/ 어디로 가는지는 알 수 없지만/ 쉬지 않고 정답게 떠 갑니다.

④ 구름 (동시조로 재구성)

파아란 여름 하늘 희구름 두 덩이/ 엄마 구름 둥둥둥 아기 구름 동동동/ 정답게 떠가는 구름 어디 가나 알 수 없어요

넷째, 교과서의 편성과 지도 내용에 있어서는 다음의 교육과정 개정시에 우리 고유의 민족시인 시조의 내용을 넓혀 더 많은 내용의 수록과 3,4학년에서 시조의 맛을 느낄 수 있도록 개념 도입이 필요하다.

동시조의 지도 단계는 여러 가지 방법이 있으나 다음 두 가지 방법을 제시한다.

① 단계적 지도 과정안

| 동요<br>1,2학년 | → | 동시<br>3,4학년 | → | 동시조<br>5,6학년 |
|---|---|---|---|---|

② 단계별 연계 지도 과정안

| 단계 | 지도내용 | 활동내용 |
|---|---|---|
| 1단계 | 낭송하기 | 제목, 년도, 종류, 운율, 작자, 구조, 음보 알기 |
| 2단계 | 표현특징 | 표현 기교, 구성상의 특징, 이미지, 어휘의 특징 알기 |
| 3단계 | 학습요소 | 주제, 소재, 관계 핵심어 알기 |
| 4단계 | 작품내용 | 갈래, 명칭, 시상, 전개, 형식 알기 |
| 5단계 | 작품세계 | 경향, 성격, 맛과 멋, 시풍 비교하기 |
| 6단계 | 모방창작 | 모방 변형, 압축, 단형, 장형 짓기, 퇴고하기 |

다섯째, 시 교육을 주도하는 교사들의 문제는 시 교육의 목표를 정확히 인식하고 올바른 문학관과 현장에서의 문제점을 찾아 개선하려는 노력이 필요하다고 본다.

## Ⅳ. 맺음말

이상에서 시조 교육의 문제점을 검토 · 분석해 보고 시 교육의 궁극적 목표에 접근하기 위한 개선방안을 모색해 보았다.

현재 시조 교육의 문제점으로 본 것은

첫째, 제5차 교육과정에서 제시된 지도 내용 자체에 모순이 있다는 것과

둘째, 교과서에 실린 시조 작품의 교과서 편서와 비율의 문제

셋째, 문학 교육을 주도하는 교사들이 지닌 문제로 교사의 문학 교육 목표에 대한 인식부족과 수업 방법을 개선하려는 의지부족 등이 나타났다.

이런 문제점들은 우선 교사들이 문학 교육에 대한 확실한 인식과 소신을 가지고 자체적인 노력을 경주할 때 비로소 개선될 수 있으며 우리 민족시인 시조 교육 또한 올바른 방향으로 나아갈 수 있다는 것이다.

교육 현장에서 우리 교사들이 실천해 볼 수 있는 개선 방안은

첫째, 아동들이 쉽게 시조에 접근하여 친밀감을 가질 수 있도록 시조집이나 시조 녹음테이프 혹은 녹화테이프 등을 구비하여 아동들이 언제나 어디서나 보고 들을 수 있게 해 보는 것과

둘째, 시조 낭송 테이프 만들기 활동을 통해 시조에 대한 관심과 친밀감을 높이고 공동체에 대한 긍정적인 체험을 하게 하는 것, 좋아하는 시조를 암송하게 하여 시조와 좀더 친밀감을 갖게 하는 것

셋째, 시조의 모방을 통하여 스스로 시조를 지어 봄으로써 즉 창작활동을 통하여 시조에 대한 관심과 애착으로 많은 아동의 참여를 유도한다.

위와 같은 개선 방향이 교육 현장에서 정확히 이루어질 때에 우리 시조 문학은 세계적인 문학의 한 장르로 자리 매김을 할 것이다.

※한밭시조문학. 1995. 제7집

# 한밭시조문학의 변천사

— 청자, 차령을 중심으로

## Ⅰ. 들어가며

우리나라는 전남 고흥 나로우주센터가 준공되었고 국제우주정거장이 건설되었을 때 이소연 박사가 2008년 카자흐스탄 바이코누르 우주기지에서 발사된 소유즈 TMA12호를 승선하고 국제우주정거장에서 오뚜기 전기밥솥에 히얀 쌀밥으로 우주음식을 먹으며 우주생활을 하다가 소유즈 TMA11호로 바꾸어 타고 지구로 돌아온 우주인도 탄생하였다. 21세기 우주과학시대가 전개되어 과학위성 제3호를 고흥나로우주센터에서 발사하여 지구 궤도를 돌고 있는 오늘날의 과학 상식이다. 유네스코에서 세계유산을 문화유산, 자연유산, 기록유산, 무형유산으로 나뉘고 우리나라의 무형유산은 종묘 제례및 종묘제례악, 판소리, 강릉단오제, 강강술래, 남사당놀이, 영산제, 제주칠머리당 영등굿, 처용무, 가곡(우조, 계면조), 대목장, 매사냥, 줄타기, 택견, 한산모시 짜기 등이 선정되었는데 그중 가곡과 판소리는 사설시조에 포함되어 온 국민들에게 전승되어야 한다고 주장한다.

## Ⅱ. 펼치며

### 1. 한국시조의 변천사

1) 고대시조 → 고려 충선왕(1313)성여완 1수(청구영언). → 조선 고종 31년 갑오경장(1884)까지./ 2) 근대시조 → 1885년부터 1905년 까지./ 3) 현대시조 → 1906(혈죽가-대구여사)-2006(현대시조100주년)./ 4) 새천년 시조 → 2007년 이후 - 현재.

### 2. 한밭시조문학의 변천사

1) 청자(靑磁) 창간호(1965.7.31.)-한밭시조동인회./ (1) 정훈(1911-199

2)-청자에 붙여-1연6행./ (2) 황희영(1922-1994)-석죽화-1연4행. 해바라기-1연4행, 봉선화-1연6행, 꽃부채를 드리는 날-1연3행, 벼랑에 서서-3연11행./ (3) 남준우(1915-1981)-속리산단풍-1연7행, 문장대-1연7행, 산국화-1연7행, 강변-2연14행, 사향-4연28행./ (4) 유동삼-소쩍새-3연7행, 수양버들-3연9행, 수련-3연9행, 상사화-4연12행, 함수초-4연12행, 백일초-2연6행./ (5) 이용호-밤강-2연14행, 꽃은-2연14행, 장미-3연17행./ (6) 김해성-석류-1연6행, 설두꽃-1연6행, 코스모스-5연30행.

2) 청자 제2집(1965.11.12)

(1) 황희영(1922-1994)-서로 마음-2연6행, 도라지-1연10행, 종착역-8연31행./ (2) 림헌도(1920-2006)-산촌정경-3연18행, 회갑송-3연18행./ (3) 남준우(1915-1981)-제주풍경-서귀포-2연14행, 천제연-2연14행, 어느날-2연14행./ (4) 유동삼-경주기행-다보탑-1연6행, 석굴암-1연6행, 포석정-1연6행, 육-1연6행, 소-1연6행, 피와 살(혈육)-2연10행./ (5) 이용호-공주정경-입동-1연6행, 은행잎-2연12행, 곰나루-1연6행, 박물관-1연6행, 공산성-2연12행./ (6) 이교탁(1927-1981)-소풍-1연7행, 육당화-1연7행, 맨드라미-1연7행, 정-3연21행./ (7) 채희석(1917-1997)-소나기 온 후에-3연18행, 세정(世情)-1연7행, 사랑-1연7행./ (8) 김해성-마곡사-2연12행, 체념(諦念)-2연12행, 서해항구에서-3연21행.

3) 청자제3집(1965.12.15)

(1) 가람 이병기(1891-1968)-낙엽-3연9행./ (2) 고두동(1904-1994)-삼층사자석등(연기조사모자상)-2연6행./ (3) 리태극(1913-2003)-가로등-2연12행./ (4) 황희영(1922-1994)-월광곡-3연16행, 가을 뜨락에 서면-1연7행./ (5) 림헌도(1920-2006)-추풍감별곡-2연12행, 유성(流星)-1연7행, 윤회(輪廻)-1연7행./ (6) 남준우(1915-1981)-삼국지-3연18행, 마의태자-2연6행./ (7) 유동삼-사기점골-1연6행, 도선바위-2연12행, 하늘-1연6행./ (8) 채희석

(1917-1997)-가을과 소녀의 꿈-2연12행, 밤나그네-2연14행./ (9) 김해성-창(窓)-1연6행, 낙엽-1연6행, 과수원-1연6행, 족보-1연6행./ (10) 이용호-연(鳶)-1연6행, 세모(歲暮)-1연6행, 오(吳)마담-1연6행.

4) 청자제4집(1966.3.30)

(1) 황희영(1922-1994)-죽(竹)-1연6행, 그날이 오면-4연24행./ (2) 림헌도(1920-2006)입춘(立春)-1연8행, 조국(삼일절에)-1연7행, 넝쿨-2연14행./ (3) 남준우(1915-1981)-목련(木蓮)-5연30행./ (4) 유동삼-충무공-4연12행, 서표(書標)-1연6행, 후발치-2연12행./ (5) 채희석(1917-1997)-백설부(白雪賦)-3연18행, 강반음(江畔音)-2연12행./ (6) 김해성-정아(貞兒)의 이야기-염원-1연6행, 시험장에서-1연6행, 병원을 지나며-1연6행, 한양(漢陽)의 밤-1연6행, 해의직(解醫職) 당한 날-1연6행, 어느 봄을 위해-1연6행./ (7) 이복숙(1932-1989)-문병기(무슨병)-4연12행, 면사포(面紗布)-2연6행, 섣달-1연6행./ (8) 이용호-조춘삼제(早春三題)-3연21행, 다시 삼일절에-2연14행./ (9) 이교탁(1927-1981)-산(山)-1연7행.

5) 청자제5집(1966.6.10)

(1) 황희영(1922-1994)-오월에는-4연16행, 전설의 강-4연16행./ (2) 림헌도(1920-2006)-백제왕릉(百濟王陵)-2연18행, 나무-1연9행./ (3) 남준우(1915-1981)-신록일기초-버들꽃-1연7행, 보슬비-1연7행, 송화(松花)-1연7행, 동학사(東鶴寺)-2연14행./ (4) 채희석(1917-1997)-애사(哀史)구백제고도 공주를 찾아서-2연12행, 옥피리-2연12행./ (5) 이복숙(1932-1989)-심측불(心側佛)-2연14행, 노목(老木)-1연7행, 여름-1연7행, 가을-1연7행, 겨울-1연7행./ (6) 이교탁(1927-1981)-아카시아의 사연-3연21행./ (7) 김해성-옥저(玉箸)-5연30행, 정한가(情恨歌)수선화에 답하여-2연12행, 고사(古寺)풍경-1연6행, 고목(枯木)-1연6행./ (8) 유동삼-신록송(新綠頌)-3연9행, 소나기-1연6행, 봄바람-1연6행, 보문산-2연12행, 산촌춘경(山村春景)-2연12행, 쌍

수정(雙樹亭)-1연6행./ (9) 이용호-창포(菖蒲)-1연6행, 박봉(薄俸)-1연6행.

6) 청자제6집(1966.8.7)청자시조창작동인회

(1) 가람 이병기(1891-1968)-시름-3연9행./ (2) 양상경(1904-1973)-청자를 부여안고-3연9행./ (3) 황희영(1922-1984)-가람을 뵙던 날-5연30행, 어머니-8연32행, 손-1연7행, 백일홍(百日紅)-1연6행./ (4) 림헌도(1920-2006)-가람선생-4연36행, 바다-2연18행./ (5) 남준우(1915-1981)-난향(蘭香)가람선생님께-3연21행, 바다-1연7행, 칠석(七夕)-2연6행./ (6) 채희석(1917- 1997)-적막경(寂寞境)가람님을 찾던 날에-3연18행./ (7) 유동삼-오리-1연6행, 기도-3연9행, 등대지기-2연12행, 바다-2연12행, 달팽이순가락-2연6행, 멱둥구미-3연7행./ (8) 이복숙(1932-1989)-취중기(醉中記)-1연7행, 종(鐘)- 1연7행, 백발이모(白髮二毛)-1연7행./ (9) 이교탁(1927-1981)-계룡삼영(鷄龍三咏)-상봉(上峰)-1연6행, 국사봉-1연6행, 모사봉-1연6행./ (10) 김해성-바다의 이야기-3연18행. 죽부(竹賦)가람스승 댁에서-2연12행, 섬-1연6행, 산호수(珊瑚樹)-1연6행./ (11) 이용호-가람선생댁방문기-4연24행, 바다-1연6행, 종(鐘)-1연6행, 맨드라미-1연6행.

7) 청자제7집(1966.11.19)

(1) 황희영(1922-1994)-미완성교향곡-3연15행, 트럼펫-사설시조, 분꽃-1연7행, 시작노트./ (2) 림헌도(1920-2006)-추석절에-2연18행, 기도-1연9행, 망향-1연9행./ (3) 남준우(1915-1981)-추석절(사모곡)-3연21행, 호심(湖心)과연륜(年輪)-4연12행./ (4) 채희석(1917-1997)-동심은-2연12행, 동심초(同心草)-2연12행./ (5) 이복숙(1932-1989)-하늘-3연21행, 가난-1연7행, 백일홍-1연7행./ (6) 유동삼-소쩍새를 지은마음, 추석-1연6행, 미안마제비-2연6행, 채송화-1연3행, 맨드라미-1연3행, 울화가 나서-1연3행, 하도 안타까워서-1연3행, 하루종일 집보며-1연3행, 연자방아-2연6행./ (7) 이교탁(1927-1981)-한가위-3연18행./ (8) 김해성-창작노트, 과실밭-2연12행, 망월송

-1연6행, 가야금-1연6행, 꽃바람-1연6행, 금파(筝琶)-1연3행, 해창(海窓)-1연3행./ (9) 이용호-첫서리-2연12행, 군밤-1연6행, 해송(海松) 가시던 날-2연12행, 몹쓸길-1연6행.

8) 청자제8집(1967.6.15) 시조문학 제16집.

(1) 황희영(1922-1994)-아름다운 반역-3연9행, 지석(砥石)-1연4행, 그런 것에도-2연8행./ (2) 림헌도(1920-2006) 묵시록-2연13행, 산(山)-1연9행, 행렬(行列)-1연8행, 종언(終焉)-1연9행./(3) 남준우(1915-1981)-다보탑-1연6행, 석굴암-1연6행, 관세음보살-1연6행./ (4) 이복숙(1932-1989)-봄비-1연7행, 노을-1연7행, 윤회(輪廻)-2연14행./ (5) 채희석(1917-1997)-칠석(七夕)-3연19행./ (6) 유동삼-창(窓)-3연9행, 차창을 내다보며-1연6행, 대사리-2연6행./ (7) 이용호-춘일삼제-진달래-1연7행, 얼굴-1연7행, 춘경(春耕)-1연4행./ (8) 김해성-춘신(春信)-1연6행, 실향(失鄕)-1연6행, 홀로 가는 길-1연6행, 고독(孤獨)-1연6행.

9) 청자제9집(1967.12.26)

(1) 남준우(1915-1981)-영동기행-삼팔선 양양강릉 사이에서-1연6행, 오죽헌-3연12행, 동해어촌-3연9행./ (2) 림헌도(1920-2006)-여심(旅心)-2연18행. 세정(世情)-1연9행, 후일(後日)-1연9행./ (3) 황희영(1922-1984)-탈출-2연12행, 음성(音聲)-1연6행, 음절(音節)-1연6행, 음성(音聲)-1연6행./ (4) 채희석(1917-1997)-남원추정-광한루-1연6행, 춘향각-1연6행, 오작교-1연6행, 돌부처-2연12행./ (5) 이복숙(1932-1989)-사향(思鄕)-2연12행, 세월-1연7행, 참회(懺悔)-2연13행./ (6) 유동삼-들국화-1연6행, 붓꽃-1연6행, 담쟁이-2연12행. 가재-1연6행./ (7) 이용호-서재(書齋)에서-1연6행, 동양화적 풍경-3연9행.

10) 청자제10집-청자시조문학회(1970.6.28)영역판.

(1) 정훈(1911-1992)-정(靜)-1연6행./ (2) 남준우(1915-1981)-사진첩-2연

12行./ (3) 채희석(1917-1997)-소(沼)-1연6行./ (4) 림헌도(1920-2006)-넝쿨-2연14行, 산(山)-1연9行./ (5) 황희영(1922-1984)-아름다운 반역-3연9行./ (6) 유동삼-석굴암-1연3行, 오디-1연3行./ (7) 이교탁(1927-1981)-꽃-2연14行./ (8) 이복숙(1932-1989)-조춘(早春)-1연6行, 아기의 눈-1연7行./ (9) 김해성-홀로 가는 길-1연6行, 춘신(春信)-1연6行./ (10) 이용호-군밤-1연6行, 얼굴-1연6行.

※수록자 71명 중 청자 회원만 발췌했음.

11) 차령-차령시조문학회(1978.1.20)

[1] 차령창간호(1978)

(1) 권용경(1912-1992)-바다-1연6行, 은폭동(隱瀑洞)-1연6行/ (2) 김준현-산승일기-3연18行/ (3) 김환식-민요-3연19行, 만적-(萬積)-3연21行/ (4) 김영수(1913-1998)-정(靜)-1연7行, 한(恨)-1연7行, 밤-1연7行, 애사(哀詞)-2연14行, 선인장-1연7行/ (5) 신기훈(1909-1989)-자축(自祝)-2연12行, 백마강(白馬江)에서-1연6行, 옷고름-1연6行/ (6) 염준호(1901-1984)-가을삼제-여행-1연3行, 귀뚜라미-1연3行, 다듬잇소리-1연3行/ (7) 유동삼-동해안관광-동해와 설악-3연18行, 성류굴-3연18行/ (8) 유준호-추석-3연18行, 손바닥-2연12行, 겨울산-2연12行/ (9) 이교탁(1927-1981)-한재-2연12行. 귀가-1연6行/ (10) 이우종(1924-1999)-밤의 서정-3연18行, 놀이 뜨는 나이가 되면-3연20行, 모상(母像)-3연18行/ (11) 이은방(1940-2006)-남해꽃섬-2연12行/ (12) 이상범-외등(外燈)-3연18行, 서울 숲-2연12行, 밤한강불빛-2연12行/ (13) 이금준(1931-1983)-백목련-1연7行, 방아실-3연18行, 도망매가(悼亡妹歌)-3연19行, 고목(古木)-2연14行/ (14) 이도현-겨울나무-2연12行, 내강토-3연18行/ (15) 이덕영(1942-1983)-설인(雪 印)-2연6行, 연기 속에서-3연21行, 길-1연7行/ (16) 이용호-맨드라미-1연7行, 얼굴-1연9行, 숨소리-1연10行/ (17) 이소란-오딧빛서정-3연26行, 산골에-4연33行, 그날밤-3연18行/ (18) 림헌도(1920-2006)-당간지주-2연12行, 귀로(歸路)-1연11行, 세정

(世情)-1연9행/ (19) 정훈(1911-1992)-초설(初雪)-1연10행, 별리(別離)-1연10행, 소품(小品)-1연11행, 정숙(靜肅)-1연7행, 추혼(秋昏)-1연3행/ (20) 허인무-돌아앉은 강산-3연18행, 허심(虛心연12행, 산정(山靜)-1연7행.

2 차령제2집(1978.10.30)

(1) 권용경(1912-1992)-우공이제(牛公二題)-2연12행/ (2) 김준현-산승일기-3연9행/ (3) 김영수(1913-1998)-춘정(春情)-1연7행, 석류꽃-1연7행, 석양길-1연7행, 부부(夫婦)-1연7행, 세도나루-1연7행, 낙화암을 보고-1연7행, 의사총에 절하고-1연7행/ (4) 김환식-성모상-3연21행, 대금(大笒)-2연14행 / (5) 김길순-양로원-2연14행, 바람-1연7행, 모래탑-1연7행/ (6) 신기훈(1907- 1989)-고희유감-3연18행/ (7) 염준호(1901-1984)-원통일(願統一)-3연18행/ (8) 유동삼-은진미륵-10연30행, 무궁화-2연6행, 느티나무-2연6행, 개미-2연14행, 절개-1연3행, 미련-1연6행/ (9) 유준호-샘물-3연24행, 나무로-2연13행, 오월의 해-2연16행/ (10) 이교탁(1927-1981)-사향사제(思鄕四題)-3연24행, 한려수도-3연18행/ (11) 이우종(1924-1999)-밤의 연가-2연12행, 항아리의 이력서-6연36행/ (12) 이상범-눈발은어-(隱語)-3연18행, 우리의노역-(勞役)-2연14행/ (13) 이금준(1931-1983)-소녀의 편지-1연7행, 출오급송(出蔜及頌)-10연30행, 수북정(水北亭)-3연21행/ (14) 이도현-목련(木蓮)-3연20행, 고란초(皐蘭草)-2연14행, 강을 건너며-1연9행/ (15) 이소란-내 손을 잡을때는-3연32행, 작정한 무더위가-1연9행, 기도-3연9행/ (16) 리헌석-바람속에서-4연28행/ (17) 이은방(1940-2006)-실솔곡-2연13행, 아침까치-2연14행, 산사초(山寺抄)2연13행/ (18) 이덕영(1942-1983)-화석(化石)-1연7행, 겨울 심서(心書)-3연8행/ (19) 림헌도(1920-2006)-고향-1연12행, 여수(旅愁)-1연12행, 설야(雪夜)-1연12행/ (20) 정훈(1911-1992)-망운(望雲연9행, 동모(冬暮)-1연9행, 강변풍경-1연7행, 단장(斷腸)-1연8행. 팽이-1연6행/ (21) 허인무-난(蘭)-1연9행, 죽(竹)-1연8행.속리산 일야(俗離山一夜)-2연12행.

3 차령제3집-차령시조시문학회(1979.8.20)

(1) 정훈(1911-1992)-장한생애(壯한 生涯)-9연54행/ (2) 이은방(1940-2006)-고도(孤島)-1연7행, 햇골산뻐꾹새-3연18행/ (3) 이상범-설악산소묘-5연30행/ (4) 유동삼-꽃샘추위-3연18행/ (5) 조병희(1910-2002)-이조백자(李朝白磁)-3연18행/ (6) 김준현-선승일기-2연6행/ (7) 유준호-북풍-1연3행, 매화-1연3행, 달-1연3행, 연(鳶)-1연3행, 눈-1연 3행, 포장집-1연3행/ (8) 이금준(1931-1983)-봄이 오는 소식-1연12행, 원시시대-2연14행/ (9) 김영배(1931-2009)-학(鶴)-4연24행, 꽃씨-3연18행/ (10) 오승영-박수-3연21행, 허수아비-3연21행/ (11) 이도현-광야(廣野)에서-5연30행/ (12) 염준호(1901-1984)-봄하늘-1연10행, 잔달래-1연9행/ (13) 신기훈(1909-1989)-봄사연-3연21행/ (14) 권용경(1912-1992)-삼월이 오면-3연18행/ (15) 김길순-황혼-4연24행/ (16) 림헌도(1920-2006)-밤의 섭리-5연34행/ (17) 이교탁(1927-1981)-죽하묘명(竹下墓銘)-3연18행/ (18) 리헌석-모내기-3연18행/ (19) 허인무-춘희(春戲)-1연7행, 내 노래-2연14행/ (20) 김영수-최후의 찬란-3연22행.

**3. 한밭, 청자. 동인회의 현대시조 창작특색**

1) 한국전쟁으로 인간의 후유증이 남았고 자연환경의 궁핍생활 속에 풍요로운 시조창작이 전개 되었고
2) 관념시조에서 벗어나 서정시조로 전환된 창작 경향으로 평가되고 초등학교도 낭송지도로 개정 편찬 되었고
3) 서정시, 사물시, 위주로 창작되었고 청자제10호는 영문판으로 창작되어 전국시조창작 풍토로 선진화 확산되었다.
4) 한국현대시조의 가람학파를 창시했다면 소정 정훈(1911-1992)의 첫 시조집〈벽오동-시조시집.1955.5.11.〉에서 가람의 발문을 엿볼수 있고 청자가 가람 스승을 방문 면담하여 가람학풍을 조성한 흔적들을 고찰할 수 있어 청자, 차령으로 현대시조 전통이 계승되고 있다.

4. 동인회(한밭.청자)작가의 시조창작 경향(청자-표집)

| 작가 | 현대시조창작형태 | | | | | | | | | | 편수 |
|---|---|---|---|---|---|---|---|---|---|---|---|
| | 1연 | 2연 | 3연 | 4연 | 5연 | 6연 | 7연 | 8연 | 9연 | 10연 | |
| 김해성 | 26 | 5 | 4 | | 1 | | | | | | 36 |
| 남준우 | 15 | 7 | 4 | 3 | 1 | | | | | | 30 |
| 림헌도 | 19 | 7 | 2 | 1 | | | | | | | 29 |
| 유동삼 | 24 | 13 | 7 | 2 | 1 | | | | | | 47 |
| 이교탁 | 7 | 1 | 3 | | | | | | | | 11 |
| 이복숙 | 10 | 5 | 1 | 2 | | | | | | | 18 |
| 이용호 | 21 | 7 | 3 | 1 | | | | | | | 32 |
| 채희석 | 3 | 10 | 3 | | | | | | | | 16 |
| 황희영 | 14 | 3 | 6 | 3 | | | | 2 | | | 28 |
| 총계 | 139 | 58 | 33 | 13 | 3 | | | 2 | | | 247 |
| 비율% | 56 | 23 | 13 | 5.3 | 1.2 | | | 0.8 | | | |

## Ⅲ. 나오며

우리나라의 현대시조가 60년대에는 시조의 현대성확립과 문학적 형상화에 앞장섰고 70년대에는 현대시조로 병행하는 상징 체계를 기호화했으며 80년대는 형식 파괴로 다양한 실험이 지속되었으며 90년대는 자유시조가 현대시로 자리 매김했으며 2천년대는 활발한 시어 선택으로 시적 긴장미가 유지될 수 있는 작품 속으로 파고 들었다고 하겠다.

조남익 시인께서 2009년도에 〈대전 · 충남의 시집출간 현황과 전망〉대전문화제18호. 별지를 참고하며 한밭시조문학의 발전상도 내다 볼 수 있다고 생각한다. 끝으로 가람문학 창간호(1980)가 발간되었고 한밭시조문학(1987)-그아침에심은나무, 창간호가 발간되어 대전 · 충청권의 현대시조문학 시맥이 전승되고 있음을 밝혀 둔다.

# 관촌 김창현의 작품 평설

1) 『가슴 냇가에 흐르는 사랑』-리태극-김 시인은 한편 한편의 작품을 엮는데 말 그대로 심혈을 기울이고 있고 아울러 시조의 정률(正律)을 잘 지키고 있다. 이 점으로 보아도 시인의 시조가 얼마나 진실성이 있고 각고(刻苦)의 창작인가 함을 느끼게 하여주고 있다.(리태극 책머리 중에서)

이도현-겨레의 아픔을 승화시킨 곡진한 서정 한을 품은 듯 애조를 띤 멋의 여운과 아픔을 예술로 승화하는 곡진한 서정의 표출 방법. 불가적 아픔의 형상화 및 시청각적 이미지의 조화. 등이 그의 작품성이 갖는 경향으로 평가되고 있다.(한국현대문학작은사전.P. 140. 가람기획.2000.서울) 시집 전편을 통해서 바닥에 깔려있는 대표적인 언어는 아픔, 슬픔, 울음, 한, 그것이었다. 이것이 어찌 시인만의 아픔이겠는가. 우리 모두 겨레의 아픔이요, 한(恨)인 것이다. 그러나 이 아픔을 아픔으로 노래하지만 않고 한을 한풀이로 끝내지 않으면서 한 급 높은 예술 작품으로 승화(昇華)하고 있는데서 작품은 더욱 빛난다.(이도현 작품해설 중에서)

2) 『이승과 저승 사이』-趙根鎬-심줄보다 더 질긴 한(恨)의 실마리와 존재의식

내면세계에서 우러나오는 고뇌와 한의 의식이 시인 특유의 절묘한 상상의 과정을 거쳐 두루 섭렵. 저자는 농약 중독으로 네 시간 동안 저승을 다녀왔다. 이승과 저승 사이는 곧 현실과 직결되며 지금도 농약중독 후유증을 앓고 있기 때문에 애착을 느껴 거창한 표제로 변신된 것 같다. 한의 실마리를 찾고자 숱한 고뇌와 갈등을 짓이기며 이승과 저승 사이를 한이 휘어지도록 풍찬노숙(風餐露宿)했으나 아스라한 열반 속 수평선의 작은 영혼만 보았을 뿐 찾지도 잡지도 못했다. 과거의 경험을 오늘에 되살려 현대 언어의 감각으로 섬세하게 엮어낸 역설과 패러독스가 함께 어우러진 작품. 객체를 자기 자신과 동일화하여 실제의 심리적 상태와 작품의 내용을 일치시킨 순수한 결정체.

3) 『세월의 길목』-劉準浩-空思想을 바탕으로 꽃피운 自然美

자연의 생동성과 현실성을 상승 하강적 이미지로 표현. 우리의 몸에서 무성하게 자라는 무지와 번뇌의 풀을 끊어낸다는 뜻에서 삭발을 하고 탐욕과 자만으로 가득찬 과거의 자신을 버리고 맑은 깨달음을 얻어 중생을 이롭게 하겠다는 숭고한 서원의 표시라면 저자는 세월의 길목에 서서 삭발의 의미를 되새기며 한(恨)의 숨결을 듣고 싶다. 아직도 한(恨)의 깊이도 잴 수 없고 한(恨)의 무게도 저울질 할 수 없지만 시조의 글탑은 생을 두고 층층이 쌓아 올리겠다.(시인의 말 중에서)

동양인의 심층 심리와 연기설에 바탕한 공 사상 세계로 표현하고 혼을 제제로 마음과 정신으로 듣는 소리와 느낌의 세계를 탈속적 이미지로 표현하고 무욕으로 유유자적하며 자연 귀의를 희원하는 사무사의 경지가 나타나 있다.

4) 『불당골메아리』-李憲錫-법화(法華)의 시학적 경지

보탑에서 들리는 사람만 듣는다는 영감, 신심, 서정을 매체로 하여 시조 작품을 형상화.

여행을 다니면서 찾아간 사찰만 작품 대상으로 엮었으며 불교대학을 다니다가 보글거리는 농약중독 때문에 자퇴한 것이 후회스럽다. 또 불교의 진리를 조금이라도 터득하여 내 문학 작품의 창작 텃밭을 일구려고 마음먹고 있다. 회갑 고개를 훌쩍 넘어 문득 부모님 은혜가 간절해지면 사찰을 찾아가서 기원도 해 보고 마음의 진정을 깨닫기 위해 이 고행 길을 떠나는지 모르겠다. 그래서 사찰마다 특색이 다름을 보고 느낀 감정이 수없이 많지만 내 생각이 좁아 모두 집어넣지 못하고 조촐하게 엮었더니 또 부끄럼이 앞선다. 넘쳐나는 욕심 속에서 태허의 진리를 발견했고 아무것도 가진 것 없는 비움 속에서 충만한 법열을 찾을 수 있는 시심을 갖고 있다. 그 시심 속에서 그는 작품 창작의 새로움을 더하고 있다.

※ 문학평론-李憲錫-불심이 깃든 시 산책(오늘의문학사. 2003. 참조)

5) 『고향햇살밭』-申雄淳-변주된 아픈 삶의 흔적들

시인의 시학은 모반일 수밖에 없는 외적 요인이 아직도 남아 있다. 걸작을 위한 기다림의 침묵이다. 함께 어울리는 세상 속에 동시조의 뿌리는 정착되어 먼 후대에는 푸른 숲 동산이 우거져 봄에는 꽃도 피고 여름에는 그늘도 가을에도 열매도 겨울에는 함박눈이 내리는 아름답고 넉넉한 생활이 되지 않을까. 자아가 세계에 순응하는가 모반하는가의 문제는 인생의 화두다. 생의 아픔을 극복하지 못하고 있기 때문이다. 극복할 수 있다면 무슨 시를 쓸 수 있겠는가. 더 많은 고독과 사고를 필요로 하고 삶의 찌꺼기를 제거할 때까지 우려내야 할 시간이 필요한 것이다. 끈질긴 생에서 희망의 빛을 발견했고 편안의 안주를 위해 고향과 불교를 택했다.

6) 『달동네 판소리여』-朴明用-사설시조의 현실적 의미

인생 관조를 통해 해탈의 꿈. 한국적인 징 소리가 십리 밖 천리까지 보낸다는 나사(나이테 모양의 줄무늬)와 재 울음잡기의 울림과 떨림의 미학, 여운이 긴 맥놀이 현상 같은 사설시조를 짜내고 싶은 마음은 앞서 있지만 저승 갔다온 죄값이 너무 커서 부끄러움이 또 남는다. 중장이 긴 사설시조가 처음으로 내딛는 발걸음이 가볍지 않을지라도 앞날의 먼 희망을 향해 열심히 그리고 줄기차게 갈고 닦아나갈 것이다.

시인의 인생은 정체된 삶이 아닌 무엇인가를 생성해 나가는 삶의 연속이라 할 수 있다. 이러한 삶의 방식은 그의 인생 뿐 아니라 시작품에도 고스란히 투영되어 나타나는데 이 같은 요소들이 그의 시조 작품의 미학이라 하겠다. 결국 그는 날카로운 시정신으로 부조리와 부조화의 현실을 꿰뚫어 보고 이를 사설시조로 표현해 냄으로써 전통과 현대가 공존케하는 성과와 함께 민족시를 되살려 냈다는 점에 그 의미가 크다.(박명용교수의 해설 중에서)

7) 『배흘림햇살기둥』-趙南翼-그리움의 여로와 律의 조화

풍류와 예술의 차이, 사설시조의 진폭, 동시조에서 사설시조까지

※ 누정 시조(樓亭 時調)-정자나 누각에서 만들어진 문학을 누정문학(목원대학교 허경진교수) 그 시조를 누정 시조라 정의한다-한국 최초 창안. 시인은 지금까지 살펴 본 바와 같이 매우 저력 있는 작품활동을 사설시조, 사설동시조 영역까지 확대하여 전개하고 있다. 그의 창작 지느러미는 놀랄 만큼 집요한 자기 현실의 굴절을 보여준다. 그는 오랜 정신적 갈등에 목말라 했다.

그의 영혼은 시조의 형식미에서 자신의 삶과 인생의 섬광을 찾아 긴 여로에 나섰고 마침내 세계 인식의 새로움과 자유로움을 더해주는 길을 열었다. 그는 문학을 통하여 자신을 창조했다고 할 수 있다.(조남익 시인의 해설 중에서)

※ 詩와 得音 美學-趙南翼 詩論集. P383. 오늘의문학사. 2004

8) 『아지랑이 일던 가슴』(恨歌)-이규식-恨의 기능과 시조의 역할.

짧은 시의 미덕, 삶에 맞닿은 恨. 〈결〉로 끝나는 여운과 울림. 긍정으로 바라보는 삶, 건강한 대안으로서의 시조 문학, 한의 실마리가 울림과 떨림으로 사무치는 소용돌이. 여백의 미학과 부정도 긍정도 않는 초연한 삶의 관조에서 시조의 멋은 풍겨난다. 한(恨)이 다양한 무늬와 색깔 모습으로 형상화되고 있다. 시인의 작품은 이렇듯 시조의 기본 미학을 따르면서도 한(恨)의 부채살이 그 넓어진 반경 속으로 많은 사람들의 시심과 의식을 보듬기 바란다.(이규식 교수의 해설 중에서)

※詩人의 눈길 詩人의 숨결-이규식문학평론집. p51. 오늘의문학사. 2005

# 김창현(金昌鉉) 아호-관촌(冠村) 연보

1. **본명** : 김창현. 필명_금촌(金邨)

2. **생년월일** : 무인년(戊寅年)3월20일(陰)

3. **학력** : 국립군산(群山)사범학교 졸업. 한국방송통신대학교 졸업.

4. **교육** : 초등학교(1959. 3. 31 - 2001. 2. 28) 교사, 교감

5. **문력**

1987. 교육자료〈시조〉 1회 추천.
1988. 교육자료〈시조〉 2-3회 추천.
1990. 시조문학(계간) 초회 추천.
1991. 시조문학(계간) 2-3회 추천.
1993. 아동문예(월간-격월간)〈동시〉 추천.

6. **경력**

1991. 한국문인협회, 한국시조시인협회 회원
1993. 대전시조시인협회 사무국장, 한국아동문예작가회 회원
2000. 아동문예문학상 심사위원.
2010. 문학사랑(계간) 신인상 심사위원.
2011. 문화체육관광부, 기획재정부, 한국문화예술위원회, 복권위원회, 공동보조금 받음.

7. **문학상**

1993. 아동문예문학상.
1994. 한국동시조문학상.
2003. 한국불교문학상.
2003. 인터넷문학상.
2004. 황산고두동시조문학상.

2005. 대전문학상.

2009. 한국청소년문학상(본상).

2013. 시조문학공로상(6.29)

2013. 아동문학상(한국동시조문학 공로상)

**8. 저서** : 1) 『개구리도 배꼽이 있나』 수필집.p126.우일사-군산.1982.

2) 『말더듬이의 하소연』 수필집.p149.대전문화사-대전.1989.

3) 『가슴냇가에 흐르는 사랑』 시조집.p154.호서문화사-대전.1991.

4) 『바람이 밀어주는 그네』 동시조집.p115.아동문예-서울.1994.

5) 『이승과 저승사이』 시조집.p98.아동문예-서울.1995.

6) 『세월의 길목』 시조집.p111.분지-도서출판-대전.1996.

7) 『고향노래』 동시조집.p115.아동문예-서울.1998.

8) 『불당골 메아리』 시조집.p124.오늘의문학사-대전.2000.

9) 『고향햇살밭』 평시조집.p167.오늘의문학사-대전.2001.

10) 『달동네 판소리여』 사설시조집.p131.오늘의문학사-대전-2002.

11) 『배흘림햇살기둥』 시조집.p.126.오늘의문학사-대전.2003.

12) 『낮달뜨는 고향언덕』 동시조집.p134.아동문예-서울.2003.

13) 『아지랑이 일던 가슴』 장시조집(한가).오늘의문학사-대전.2005.

14) 『문턱 너머 지구촌』 시조집.p126.오늘의문학사-대전.2006.

15) 『햇살이 길게 누울때』 공동시집.p135.태극-서울.2007.

16) 『별꿈나라 꽃대궐』 사설시조집.p124.오늘의문학사-대전.2007.

17) 『한국현대동시조선집』 (엮음)p265.오늘의문학사-대전.2009.

18) 『월명산 진달래꽃』 정형시집.p143.오늘의문학사-대전.2010.

19) 『글꽃피는 꽃동네』 동시조집선집.p146.오늘의문학사-대전.2011.

20) 『한(恨) 많은 어머니 눈물』 시집.p134.창작교실-대전.2012.

21) 『한국현대시조의 연구와 향방』 평설집.오늘의문학사-대전.2014.

22) 『등대도깨비』 동시집.아동문예-서울-2014.

9. 논문(평론)

1) 어린이들에게 동시조 짓기를!. 대전중리초등학교신문 제7호. 1993. 2. 15.
2) 시조교육의 문제점과 개선방향. 한밭시조문학. 제7집. 1995.
3) 꿈틀거린 동시조-이달의 아동문학칼럼-아동문예. 1995. 12월호.
4) 우리 시조문학의 시대적고찰-시조집-거북선을 중심으로. 가람문학. 제8집. 1997.
5) 재미있는 동시조 짓기-지상강좌-아동문예. 1997. 12월호-2000. 4월호.
6) 채정순 동시세계-동시집 발문. 바람개비는 바람을 좋아하나봐-아동문예. 1999.
7) 대전. 충남시조사연표. 한밭시조문학. 제11집. 1999.
8) 대전권시조의 전개양상과 맥락-한밭시조의 뿌리찾기. 가락문학. 제21집. 2000.
9) 아동심리의 본질로 반죽된 어린이 특성-대전동시조. 창간호. 2000.
10) 한국동시조사연표. 대전동시조. 제2호. 2001.
11) 아동문학과 동시조의 접목. 대전동시조. 제4호. 2003.
12) 정완영 동시조의 시어적 이미지연구. 문학사랑(평론부문-신인상). 겨울호. 2004.
13) 황산의 문학과 생애(3)황산의 시조혼과한밭의 흔적. 〈문집〉 시조와비평. 2004.
14) 충청권 동시조문학의 시맥과 전개양상-현대동시조. 제7집. 2006.
15) 충청권 동시조 작가를 찾아서(1). 현대동시조. 제8집. 2007.
16) 충청권 여류시조작가를 찾아서(2). 현대동시조. 제9집. 2008.
17) 동심으로 반죽되는 순수성의 미학(윤황한-동시조집). 아동문예. 2009.
18) 충청권불연시조문학의 시대적 고찰(1). 중도문학. 제15호. 2009.
19) 자연환경의 신비를 버무리는 순수성의 미학(조혜식-동시조집). 오늘의문학사. 2010.

20) 홍겨운 마음결의 노래, 그 간결미학(채정순-동시조집).아동문예. 2010.

21) 충청권불연시조문학의 시대적고찰(2).중도문학.제16호.2010.

22) 논강김영배(1931-2009)의 생애와 현대시조(동시조)문학.한밭아동문학.제11호.2010.

23) 소산신재후(1931-2010)의 생애와 현대시조(동시조)문학.대전문학.2011.봄호.

24) 상상력을 일깨우는 동심의 접근(김숙-동시조집).오늘의문학사.2011.

25) 슬기 꽉찬 절제미와 직유법의 미학(시천.유성규동시조집).한밭아동문학.제12호.2011.

26) 작촌조병희(1910-2002)의 생애와 현대시조(동시조)문학.향촌문학.제22집.2011.

27) 금산박석순(1936-2011)의 생애와 현대시조(동시조)문학.한밭시조문학.제13집.2012.

28) 봉곡박준명(1929-2008)군수의 생애와 현대시조문학.향촌문학.제23집.2012.

29) 만오김영수(1913-1998)의 생애와 현대시조문학.한밭아동문학.제14집.2013.

30) 친환경적 서정시와 사물시의 융합시학(배정태-동시조집).오늘의문학사.2013.

31) 생동감이 꿈틀거린 정형시의 시적변용-심성보-동시조집.

## 10. 문학등단. 추천작가

1) 李光烈(1936-1997)시조문학(1994.봄호-당신-초회추천)1995.봄호(계룡산)천료.

2) 徐榮子-현대시조.1995.여름호.제23회신인상-낙엽(2연12행)천료.

3) 蔡貞順-아동문예.1994(4월호)-노을,바람개비-동시.천료.

4) 鄭炳燾-아동문예.2001(12월호)150회〈심사평〉자신만의목소리로.

5) 蔡貞美-아동문예.2003(10월호)제172회〈심사평〉신인다운패기로.

6) 李起東-아동문예.2004(4월호)제178회.벽시계.아침해-동시.지도.

7) 金貞淑-아동문예.2005(1월호)제187회.〈심사평〉동시조의생명은형식(틀).

8) 尙東奎-아동문예.2005(7월호)제193회.〈심사평〉동심으로반죽되는시적변용.

9) 賈在順-아동문예.2005(9월호)제195회.〈심사평〉진설성의원형을찾는동심.

10) 金淑-아동문예.2006(7월호)제204회.〈심사평〉상상력을 일깨우는 동심의접근.

11) 金賢鎬-공무원문학.2006.여름호(시조부문)〈심사평〉간결미로반죽되는 시적변용.

12) 朴正植-아동문예.2006.12월호〈서평〉숨바꼭질-슬기를일깨우는시.

13) 權寧局-아동문예.2008(11-12월호)〈심사평〉품안같은여유로움의동시조.

14) 尹晃漢-아동문예.2008(11-12월호)〈심사평〉품안같은여유로움의동시조.

15) 洪五善-아동문예.2009(11-12월호)〈심사평〉꿈결같은동시조의즐거움.

16) 韓泳苾-아동문예.2009(11-12월호)〈심사평〉꿈결같은동시조의즐거움.

17) 文福善-아동문예.2010(7-8월호(〈심사평〉하얀마음결을다듬는아이들의노래.

18) 蔡貞順-아동문예.2010(9-10월호)〈심사평〉어린이들의지극한사랑.제232회.

19) 申鉉昌-아동문예.2010(11-12월호)〈심사평〉자연의신비성을노래한동심세계.

20) 金壯洙-아동문예.2011(3-4월호)〈심사평〉꿈세상에펼친글꽃.제235회.

21) 金龍鎭-아동문예.2011(3-4월호)〈심사평〉꿈세상에펼친글꽃.제235회.

22) 石成煥-아동문예. 2012(3-4월호) 〈심사평〉 꿈이열리는꿈나무. 제241회.
23) 金玉子-아동문예. 2013(7-8월호) 〈심사평〉 천리향같은글꽃. 제249회.
24) 沈成輔-아동문예. 2013(9-10월호) 〈심사평〉 생동감이꿈틀거린햇살밭. 제250회.
25) 李熙圭-아동문예(2014(1-2월호) 〈심사평〉 즐거운꿈길속홍얼거린콧노래. 제252회

11. 문학사랑(계간) 추천작가
1) 尹晃漢-제70회 신인작품상(시조부문)2009. 여름호. 통권88호.
2) 金壯洙-제71회 신인작품상(시조부문)2011. 봄호. 통권95호.
3) 申鉉昌-제81회 신인작품상(시조부문)2012. 봄호. 통권99호.

12. 주요활동
1) 새마을재건촉진회-초등학교운동회(고깔소고춤-지도자)1961.
2) 충남교육-오세영교수(오열사-詩評). 1977.
3) 국어과현장교육연구논문-다수 입상. 1989.
4) 한국현대시조대표선(2). 가슴녻가에흐르는사랑. 1994.
5) 어린이한국문학(전50권). 계몽사. 1995.
6) 대전문학선집(전4권). 문학의해. 1996.
7) 아동문예(지상강좌)재미있는동시조짓기-1997. 12월호-2004. 4월호.
8) 초등학교시조짓기지도교재(대전시교육연구원)감수위원. 1998.
9) 우리나라좋은동시(다람쥐, 말똥구리)꿈이있는집. 1999.
10) 대전. 충남시조사연표. 대전시조시인협회. 1999.
11) 한국최초-누정시조 창안. (시조문학). 2000.
12) 한국시대사전(개정증보판)을지출판공사. 2004.
13) 문학사랑(계간)문학평론-정완영동시조. 2004.
14) 문예육필공운. 시조비 건립. 〈대장간합주곡〉 2007.
15) 한국시조선집(일본어판)동광문화사-대전. 2008.

16) 현대시조선총. 시조문학사-서울. 2011.

17) 시조문학100인단시조선총. 시조문학사-서울. 2012.

18) 문예진흥기금(문화관광체육부, 기획재정부, 문화예술위원회, 복권위원회)공동기금. 수혜.

**13. 현대시조 평론집**

1) 불심이 깃든 시 산책-리헌석 평론집(2003)

* 법화의 시학적 경지-김창현시인의 시조세계-불당골메아리(시조집) 해설.

2) 시조혼과 은율의 미학-이도현 평론집(2007)

* 겨레의 아픔을 승화시킨 곡 진한서정-가슴 냇가에 흐르는 사랑(시조집)해설.

3) 향내나는 숲속의 시인들-조남익 시론집(2013)

* 김창현의 대장간 협주곡-대전문학 2005. 여름호-아지랑이 일던 가슴(시조집) 시평.

**14. 관촌문학 첫 출전(出典)**

1) 시(詩) : 글짓는마음-충남일보(1977. 12)제23회 전국통일문예현상공모〈시〉최우수상. 1992.

2) 동요(童謠) : 1994. 아동문예(7월호)-개구리, 매미, 똑똑이(3편).

3) 동시(童詩) : 충남일보(1977. 10)외딴섬. 1993. 아동문예(6월호)개구리 외(특선동시)

4) 동화(童話) : 없음.

5) 동시조(동시調) : 1993. 아동문예(1월호)등대, 운동장, 귀뚜라미(아동문예문학상 당선)

6) 수필(隨筆) : 同名異人-새교실(1971. 9월호)도가니8집(오늘의문학사)-아내와제자. 1983.

7) 시조(時調) : 저녁놀-중도일보(1989. 10. 28)시조문학1991. 여름-하루2연24행. (천료).

8) 평론(評論) : 2004. 문학사랑-겨울호-정완영동시조의시어적이미지연구.

9) 논설(論說) : 서해방송-아침의산책-차창밖으로휴지를버리지말자(1976.4.8.7시40분)

10) 소설(小說) : 없음.(아동문예-아름다운나의길(2)-농약을뿌리다가)62호(2010.7.19)

11) 편지(便紙) : 보고싶은 어머니-교육자료.1970.한국명수필-부모님전상서.1997.

* 시조비 : 충남보령시 성주면 개화리 274. 개화예술공원.

**15. 지역사회 봉사활동**

중앙선거관리위원회대전광역시동구용전동. 제2투표구선거관리위원장.

2000.4.13. 제16대 국회의원선거관리위원장 역임.

2002.6.13. 제3회 전국동시지방(시장.군수)선거관리위원장 역임.

2002.12.19. 제16대 대통령선거관리위원장 역임.

2004.4.15. 제17대 국회의원선거관리위원장 역임.

2004.6.5. 대전광역시 동구청장 재보궐선거관리위원장 역임.

**16. 관촌-정형시집 작품평설**

1) 이도현-겨에에 아픔을 승화시킨 곡 진한서정.1991.

2) 박종현-인생은 길고 아름다운 것.1994.

3) 박순길-동시조의 사랑과 보급확산의 열정.1994.

4) 조근호-심줄보다 더 질긴 한(恨)의 실마리와 존재의식.1995.

5) 유준호-공.사상(空.思想)을 바탕으로 꽃피운자연미(自然美).1996.

6) 전영관-동심의 고향 그 순수와 그리움의 미학.1998.

7) 리헌석-법화의 시학적경지.2000.

8) 김재용-사설동시조의 형태와 시정신.2001.

9) 박명용-사설시조의 현재적 의미.2002.

10) 조남익-그리움의 여로와 율(律)의 조화.2003.

11) 조근호-꿈과 사랑 그리고 순수의 결정.2003.

12) 이규식-한(恨)의 기능과 시조의역할.2005.
13) 김창현-불교사상으로 반죽되는 누정시조.2006.
14) 김창현-삶의 체험으로 반죽되는 동심.2007.
15) 조남익-관촌김창현의 정형시세계.2010.
16) 김창현-관촌의현대동시조창작과평설.2011.
17) 김완하-한국현대시의 지평과심층.2012.

**17. 관촌-작품평설총람**

1) 윤황한-동심으로 반죽되는 순수성의 미학.2009.
2) 조혜식-자연환경의 신비를 버무리는 순수성의 미학.2010.
3) 채정순-홍겨운 마음결의 노래 그 간결미학.2010.
4) 김 숙-상상력을 일깨우는 동심의 접근.2011.
5) 한영필-꿈결같은 관찰생활시의 즐거움.2012.
6) 배정태-친환경적 서정시와 정형시의 융합시학.2012.
7) 심성보-생동감이 꿈틀거린 정형시의 시적변용.2013.

## 〈참고 문헌〉


- 이복숙 시조집/ 시조문화사(서울)/ 1966.
- 이병기/ 가람문선/ 신구문화사(서울)/ 1969.
- 이은상/ 거북선/ 한국시조작가협회/ 1971.
- 정병욱/ 시조문학사전/ 신구문화사(서울)/ 1972.
- 리태극/ 시조의 사적연구/ 선명문화사(서울)/ 1974.
- 신.한국문학전집(시조선집)/ 어문각(서울)/ 1975.
- 신한국문학전집(전50권)/ 어문각(서울)/ 1976.
- 한국문화예술진흥원/ 문예연감/ 고려서적(서울)/ 1977.
- 이병기/ 가람시조선(중판)/ 삼중당(서울)/ 1978.
- 한용운전집(전6권)/ 신구문화사(서울)/ 1979.
- 리태극/ 현대시조작법/ 정음사(서울)/ 1981.
- 한국문화예술진흥원/ 문예연감/ 고려서적(서울)/ 1981.
- 한국문화예술진흥회/ 문예연표/ 서울/ 1981. 확인하지 못했음.
- 신경림/ 심훈문학과 생애/ 지문사(서울)/ 1982.
- 전규태/ 논주시조/ 정음사(서울)/ 1984.
- 한춘섭 · 박병순 · 리태극/ 한국시조큰사전/ 을지출판공사(서울)/ 1985.
- 김대행/ 시조유형론/ 이화여대출판부(서울)/ 1986.
- 임종찬/ 시조문학의본질/ 대방출판사(서울)/ 1986.
- 임선묵/ 근대시조대전/ 홍성사(서울)/ 1989.
- 김일엽/ 두고간 정(일엽-일당시화집)54수 시, 화 수록/ 고려원/ 1990.
- 김일엽/ 영원한 삶을 찾아/ 성도문화사(서울)/ 1991.
- 박을수/ 한국현대시조대사전(상.하.별책)/ 아세아문화사(서울)/ 1991.
- 이병기/ 난초/ 미래사(서울)/ 1991.
- 이우재/ 한국시조시문학론/ 복조리(서울)/ 1991.
- 서원섭/ 시조문학연구/ 형설출판사(서울)/ (초판.1991)
- 리태극/ 덜고더한시조개론/ 반도출판사(서울)/ 1992.

- 임종찬/ 현대시조론/ 국학자료원(서울)/ 1992.
- 신동욱/ 한국현대시인연구(한용운)/ 문학세계사(서울)/ 1993.
- 국어국문학회/ 시조문학연구/ 백문사/ 1994.
- 안종국/ 한용운시전집/ 진명문화사(서울)/ 1994.
- 이도현/ 한국현대시조대표선(1.2권)/ 대교출판사(대전)/ 1994.
- 이영지/ 한국시조문학론/ 양문각(서울)/ 1994.
- 임선묵/ 근대시조집람/ 경인문화사(서울)/ 1995.
- 한국여류시조문학선집/ 시문학사(서울)/ 1996.
- 김대현/ 시인의 대표작 해설(13회)-연(蓮)의 시정(詩情)이야기/ 한국시/ 1997. 5월호.
- 당신은 나에게 무엇이 되었사옵기에(시집)/ 문화사랑(서울)/ 1997.
- 서원섭/ 시조문학연구/ 형설출판사(서울)/ 1977.
- 김선배 · 박이정/ 시조문학교육의 통시적 연구/ 1998.
- 김제현/ 현대시조작법/ 새문사(서울)/ 1999.
- 심훈/ 그날이 오면(시집)/ 신라출판사(서울)/ 1999.
- 원용문/ 한국시조작가론/ 국학자료원/ 1999.
- 교육평가이론/ 한국방송통신대학교 교재/ 2000.
- 김희보/ 한국의 옛시/ 가람/ 2000.
- 박을수/ 시조의서발유취/ 아세아문화사(서울)/ 2000.
- 새벽 별-현대시조100인선/ 태학사(서울)/ 2000.
- 황충기/ 장시조연구/ 국학자료원(서울)/ 2000.
- 신웅순/ 현대시조시학/ 문경출판사(대전)/ 2001.
- 용진호/ 계산 시조시선집(시조집)/ 한림(광주)/ 2001.
- 이우걸/ 젊은시조문학개성읽기(평론집)/ 작가(서울)/ 2001.
- 김재용/ 한국동시논평과해설/ 아동문예(서울)/ 2002.
- 이지엽 외/ 한국현대시조작가론(1)(2)(3)/ 태학사(서울)/ 2002.

- 송기한,김현정/ 대전.충청지역의고향시/ 도서출판다운샘(대전)/ 2003.
- 윤금초/ 현대시조쓰기/ 새문사(서울)/ 2003.
- 춤추는 노을/ 신지성사(서울)/ 2003.
- 김창직.윤해규/ 한국시대사전(개정증보판)/ 을지출판공사(서울)/ 2004.
- 이병기/ 수선화/ 태학사(서울)/ 2006.
- 이숙례/ 초기 현대여류시조연구(김일엽의 시조세계)1, 2/ 부산시조 2006. 제20호, 21호.
- 최남선/ 백팔번뇌(시조집)/ 태학사(서울)/ 2006.
- 이도현/ 시조혼과 은율의 미학/ 대교출판사(대전)/ 2007.
- 이지엽/ 현대시조쓰기/ 랜덤하우스코리아(서울)/ 2007.
- 김복근/ 생태주의 시조론/ (경남-마산)/ 2009.
- 김창현/ 한국현대동시조선집/ 오늘의문학사(대전)/ 2009.
- 박석순/ 한국동시조선집/ 도서출판 드림(광주)/ 2009.
- 황충기/ 조선시대연시조 주해. 푸른사상(서울)/ 2009.
- 민병도/ 닦을수록 눈부신 3장의 미학(시조평론집)/ 목원예원(경북청도)/ 2010.
- 시조의 형식미학과 현대적 계승/ 열린시조학회(서울)/ 2010.
- 이광녕/ 현대시조의 창작기법/ 국학자료원(서울)/ 2010.
- 노창수/ 사물을 보는 시조의 눈(현대시조평론집)/ 고요아침(서울)/ 2011.
- 신웅순/ 시조예술론/ 박문사(서울)/ 2011.
- 신웅순/ 한국시조창작원리론/ 푸른상사(서울) 2012.
- 권채련/ 가람시조집/ 지식/ 2012.
- 가람문학/ 창간호(1980) → 현재.
- 대전동시조/ 대전동시조문학회/ 2000-2003.
- 대전문학/ 1995. 13호 → 2010. 제48호.
- 대전문학연구총서(1)-(5)/ 오늘의문학사(대전)/ 2006. → 2013.
- 문학시대/ 2004. 제15집 → 2010. 제24집.
- 미래문학/ 2000. 가을호 → 2009. 여름호.

- 부산시조/ 2006. 제20호(겨울), 2007. 제21호(여름).
- 시도(詩圖)/ 2001. 제80집 → 2006. 제90집.
- 시조문학/ 창간호(1960) → 2010. 겨울호.
- 시조와 비평/ 1996. 여름호 → 2005. 가을호.
- 아동문예/ 아동문예사/ 1998 → 2002.
- 옥로문학/ 1996. 제4집 → 2006. 제18집.
- 유심(唯心)계간/ 2005. 가을호.
- 저자 시조집 6권
- 차령창간호/ 제3호.
- 청자/ 제1집 → 제10집(영문판)
- 한국동시조/ 창간호(1995) → 2010 봄호.
- 한국시조문학상 수상작품집(2010).
- 한국시조연간집 1992 → 2008.
- 한국여류시조문학선집/ 1996.
- 한국현대동시조선집/ 2009.
- 한듬문학/ 한국문협남해지부/ 1994.
- 한밭시조문학/ 1995. 제7집 → 2010. 제22집.
- 한밭아동문학/ 제11집.
- 현대동시조/ 창간호.
- 현대시조(계간)/ 1992(가을, 겨울) 합병호, 2006 가을호.
- 현대시조(새시대시조)/ 2.5.10.26호 → 현재.
- 현대시조/ 1995. 여름호 → 2009. 여름호.
- 현대시조사화집/ 1996. 제1집 → 2005. 제6집.
- 호서문학/ 1950. 제6호 → 현재.

한국 현대시조 연구와 향방

김창현 평설집

발 행 일 | 2014년 3월 20일
지 은 이 | 김창현
발 행 인 | 李憲錫
발 행 처 | 오늘의문학사
출판등록 | 제55호(1993년 6월 23일)
주　　소 | 대전광역시 동구 삼성1동 125-6 한밭오피스텔 401호
전화번호 | (042)624-2980
팩시밀리 | (042)628-2983
홈페이지 | http://www.lito77.co.kr(홈페이지)
전자우편 | hs2980@hanmail.net

공 급 처 | 한국출판협동조합
주문전화 | (070)7119-1741~2
팩시밀리 | (031)944-8234~6

ISBN 978-89-5669-601--0 93810
값 70,000원